Le cœur ne cède pas

DU MÊME AUTEUR

Rapport sur moi, Allia, 2002 (prix de Flore) ; J'ai lu, 2004, 2020.

L'Invité mystère, Allia, 2004.

Cap Canaveral, Allia, 2008.

Le Dossier M, Livre 1, Flammarion, 2017 (prix Décembre) ; J'ai lu, 2019.

Le Dossier M, Livre 2, Flammarion, 2018 ; J'ai lu, 2020.

Charlot déprime suivi de *Un rêve de Charlot*, Librio, 2019.

Le cœur ne cède pas, Flammarion, 2022 (prix André-Malraux, prix Honoré de Balzac, Choix Goncourt de la Pologne).

GRÉGOIRE BOUILLIER

Le cœur ne cède pas

J'AI LU

L'auteur remercie le CNL pour son soutien.

Texte intégral revu et augmenté par l'auteur.

Pour Dom Coullet

« Une cage allait à la recherche d'un oiseau. »

Franz KAFKA, *Réflexions sur le péché, la souffrance, l'espérance et le vrai chemin*

« De l'autre, nous ne savons rien et nous ne pouvons rien savoir ; et pourtant, nous savons tout de lui. Nous en savons autant que sur nous-mêmes. »

Giacomo LEOPARDI, *Zibaldone*

PROLOGUE

1

« Monsieur Bouillier,

Avoir accepté de vous rencontrer était une erreur. Quelques jours ont passé depuis notre rencontre et je vous informe que je m'oppose fermement à votre projet de livre sur ma Grand-Mère.
Vous m'avez fait part de votre « inexplicable passion » pour l'histoire de ma Grand-Mère. Cela vous regarde. Moi, ce que je ne m'explique pas, c'est votre insistance et les recherches extrêmement intrusives que vous avez menées sur ma Grand-Mère dans l'optique de votre livre. Je les trouve déplacées et choquantes.
Je vous dis donc mon refus le plus ferme à ce que vous écriviez un livre concernant ma Grand-Mère ou qui impliquerait n'importe quel autre membre de ma Famille.
Je suis certaine que vous respecterez ma Décision. Je ne doute pas que vous trouverez ailleurs matière à exercer vos talents littéraires et à investir vos « inexplicables passions ».

Avec mes salutations. »

Ce mail était signé… (ici une consonne, puis une voyelle)

Il était signé… (roulements de tambour)

Vais-je le dire ? Courir le risque ? Braver la menace ?

Sachant que la décision que je vais prendre modifiera tout ce que je vais écrire à partir de maintenant, irrévocablement.

Sachant qu'il ne s'agit pas seulement du livre à venir, mais de la société tout entière.

De ce qu'il est possible de dire, ou non, de la réalité.

Voilà qui dépasse largement mon cas personnel, même si je me retrouve impliqué au premier chef.

2

Que faire ?

J'ai relu le mail.

Sur l'écran de mon ordinateur, il semblait une bête malfaisante.

Il était 20 h 26, ce mardi 11 janvier 2022.

Je venais de terminer de dîner. (Au menu ce soir-là : une barquette « saumon à l'oseille avec son écrasé de pommes de terre ».)

À la télévision qui me faisait de l'œil dans un coin, c'était la fin du journal de 20 heures avec un magnifique reportage vantant les magnifiques paysages des Appalaches (hier c'étaient les magnifiques paysages de l'Andalousie et, avant-hier, les magnifiques paysages du littoral français). Paysages d'autant plus magnifiques, s'extasiait le commentaire, que pas un touriste ne venait souiller leur magnificence en raison de l'épidémie de Covid et tant pis si, dix minutes plus tôt, un autre reportage avait longuement relayé les déplorations des professionnels du tourisme touchés de plein fouet par la crise ~~sanitaire~~ hospitalière et c'est ce qui s'appelle les contradictions du capitalisme ou je me trompe ?

Et maintenant ce mail !

Mais dans quel pétrin m'étais-je encore fourré ?

À quel moment les choses avaient-elles dérapé ?

Je n'avais pas envie d'écrire une énième fiction « tirée-de-faits-réels ».

Encore moins d'être forcé d'en écrire une !

Cela n'aurait aucun sens.

La réalité est en elle-même une construction, elle est une fiction et la « fictionner » est absurde.

C'est rater le meilleur.

Autant écrire une pure œuvre de l'imagination.

Il en existe d'excellentes.

C'était non !

Je ne voulais pas renoncer à écrire les événements tels qu'ils s'étaient produits trente-cinq ans plus tôt dans le 18e arrondissement de Paris. Je ne voulais pas les falsifier. Ce serait les trahir. Alors que je me sentais un devoir envers eux. Quand bien même nombre de zones d'ombre persistaient, ce serait tricher. Comme forcer les pièces d'un puzzle à s'emboîter alors que leurs contours ne coïncident pas. Comme limer les griffes du tigre.

Je n'avais pourtant aucune mauvaise intention.

Strictement aucune !

Mes émotions étaient toutes positives.

Elles étaient toutes précautionneuses.

Cela comptait, non ?

Que craignait-elle que je raconte sur sa Grand-Mère et sa Famille (avec des majuscules, s'il vous plaît) ?

Quelle peur derrière sa Décision (avec une majuscule, là aussi) ?

Quel refus derrière son Refus ?

Quatre heures durant, ne m'avait-elle pas longuement parlé de sa grand-mère dans un café qu'elle avait choisi du côté de la porte des Lilas ? Livré certaines informations qui, finalement, ne faisaient que confirmer ce que je savais déjà, plus ou moins ? Sans doute était-elle méfiante au début, inquiète que je me soucie de cette histoire qui, pour concerner un membre de sa famille, datait tout de même de près de quatre décennies. Mais peu à peu, elle avait paru se détendre, son visage de belle femme de 50 ans parfaitement blonde et élégante s'était adouci, même son corps à la fois menu et nerveux m'avait paru se décontracter, si bien qu'à la fin, elle m'avait carrément demandé si elle « n'avait pas été trop dure » avec moi. Pas du tout, lui avais-je répondu. Je comprenais qu'elle soit sur la défensive. C'était en effet bizarre et probablement perturbant qu'un inconnu veuille écrire un livre sur sa grand-mère. Qui étais-je pour me mêler de son histoire de famille ? J'avançais sur des œufs. Mais elle pouvait me croire : je ne voulais blesser personne. C'était plutôt le contraire. C'était définitivement l'inverse. Je cherchais simplement à comprendre ce qui s'était passé. Pour une raison que je ne m'expliquais pas moi-même, il fallait que je comprenne.

À un moment, elle m'avait demandé de lui envoyer un document qui se trouvait en ma possession et dont elle ignorait l'existence, ce que j'avais fait sitôt rentré chez moi.

Et trois jours plus tard, elle m'envoyait ce mail.

Pourquoi ?

Alors qu'elle n'était pas mon sujet. Je ne comptais pas spécialement parler d'elle. Elle n'était pas sa grand-mère. En aucun cas se trouvait au cœur de l'histoire. Elle aussi se situait à deux générations de la vérité. Et ce n'est pas parce qu'on fait partie de la famille qu'on sait ce qui s'y passe. J'ai même envie de dire : au contraire. Si j'en juge ma propre famille.

En plus, elle n'avait quasiment pas connu sa grand-mère, étant très jeune lorsque celle-ci était morte.

Pourquoi ?

J'ai tenté de me mettre à sa place.

Et si c'était ma grand-mère ?

Si un écrivain, trente-sept ans plus tard, la gueule enfarinée, venait me dire qu'il allait écrire un livre sur elle ?

Allait remuer la boue.

Rouvrir les plaies.

Déterrer les cadavres.

Mettre des mots comme on enfile des perles.

Comme on crache en l'air.

Profaner le silence.

Faire du pognon avec cette histoire.

Avec cette douleur.

Qui n'était pas la sienne.

Que dirais-je ?

Hein ?

Je dirais que cela dépend de l'écrivain.

Je dirais que cela dépend du livre.

3

Mais je n'allais pas me laisser intimider !

Je maintenais, non l'impunité de la littérature (cette tarte à la crème qui la prive de sa part maudite), mais la part de risque qui, justement, lui est inhérente et qui, d'une certaine façon, la justifie.

Je maintenais que la petite-fille *n'*était *pas* la grand-mère et que celle-ci méritait qu'un livre lui soit consacré.

Le verbe « mériter » me chagrine, mais c'est l'idée.

Eh quoi ? Ce qu'on appelle la réalité est mon maître *es* littérature, elle l'a toujours été, et ce n'est pas à 60 ans que je vais servir un autre dieu.

Finalement, me suis-je dit, ce mail, avec toutes les questions qu'il pose, tant d'affects, tant d'enjeux, fait partie de l'histoire.

Il pourrait même figurer au début du livre, me suis-je dit.

Bonne idée, me suis-je dit.

Ou très mauvaise, ai-je songé.

J'ai allumé une cigarette.

Il se passerait quoi si je passais outre ?

Si, malgré tout, j'écrivais le nom figurant en bas du mail ?

J'allais dire « si j'écris ton nom, Liberté ».

Il se passera quoi si j'expose la réalité ?

Si je respecte les faits ?

Si je dis ce qui est comme cela est ?

Si je persiste à appeler un chat un chat ?

Quelles sanctions ?

Le mot procès ici ?

Mon livre sera-t-il interdit, censuré, envoyé au pilon, brûlé en place publique ?

Va-t-on saisir mes biens ?

Me harceler sur les réseaux sociaux ?

Dois-je m'attendre à être égorgé en bas de chez moi avec une feuille de boucher ?

J'ai saisi mon téléphone pour appeler mon éditrice. Je ne voulais pas rester dans l'incertitude. J'avais, là, tout de suite, férocement besoin de savoir ce que j'avais le droit d'écrire ou pas (et de me poser la question était déjà un crève-cœur). Tant pis si je la dérangeais chez elle. Elle ne se formaliserait pas. Pas elle.

« Je vais contacter le service juridique, fut la réponse de mon éditrice, après avoir pris la mesure du problème.

Il ne faut pas rigoler avec ça, surtout par les temps qui courent. Mais vous avez tout mon soutien. » Cela faisait plaisir à entendre.

Nous avons encore discuté un moment au téléphone. Sur la littérature, l'époque, les gens, les temps qui couraient à leur perte, les articles 9 du Code civil et 226-15, alinéa 2, du Code pénal protégeant la vie privée et les échanges entre particuliers, la radicalisation des affects et la culture de l'offense, les avocats devenant les nouveaux directeurs littéraires, le roman comme fille de la censure alors qu'il se prétend la mère des libertés, etc. « Vous savez quoi ? me suis-je énervé au téléphone. Don't worry ! Après tant d'autres, je vais moi aussi devenir un magicien. Ah oui, je vais transformer la réalité en fiction et prétendre ensuite que j'ai exposé une vérité encore plus vraie. À l'instar des lessives qui lavent plus blanc. Vous pigez le truc ? »

4

Deux jours plus tard, mon éditrice me transférait le mail que lui avait envoyé le service juridique.

> « Chère Alix,
>
> Oui, on peut parler de la grand-mère et citer son nom. La protection de la vie privée est un droit personnel qui s'éteint avec la personne.
> En revanche, les enfants et petits-enfants, ainsi que les proches, ne peuvent en principe pas être évoqués sans leur accord.
> On évite aussi d'évoquer les enfants mineurs, en toutes circonstances.

Enfin, dès lors que des documents sont inédits, on ne peut pas les reproduire – même en citant des extraits, car la libre citation exclut expressément les inédits – sauf à obtenir l'accord des héritiers. Tout ça limite la marge de manœuvre de ton auteur.

Amicalement,

Inès »

Tout ça limite la marge de manœuvre de ton auteur.

Tu parles Charles !

Ainsi les livres qui paraissent s'écrivent-ils à l'intérieur d'une « marge de manœuvre ».

Absolument tous !

Voilà qui est bon à savoir.

Je n'avais jamais envisagé la littérature sous cet angle.

Avant d'ouvrir un bouquin, il faut avoir en tête qu'il n'est pas le lieu de la liberté qu'on imagine qu'il est.

[redacted] (Ici une bordée d'injures.)

« Tout commence par une interruption », a dit quelque part Paul Valéry que, par ailleurs, j'ai peu lu.

5

Tout à l'heure, je suis allé chercher un colis au point relais situé à côté de chez moi, rue Robert Lindet (je peux citer la rue ou Robert Lindet va-t-il lui aussi m'envoyer une missive comminatoire ?). Je faisais la queue sur le trottoir en compagnie d'une petite dizaine de personnes, nous portions tous un masque protégeant des miasmes lorsque, banal piéton remontant la rue, un type, blanc, la cinquantaine, assez grand, vêtu d'un anorak vert et ne portant pas de masque : il s'approche et, arrivé à notre hauteur, le voici qui dit à voix haute, d'une voix claire et calme, presque douce, en tout cas dénuée de la moindre agressivité mais suffisamment forte pour être entendue des gens qui étaient là, oui, il dit : « Je déteste Familles de France. »

Ah oui ?

Content de le savoir.

Encore un pauvre gars qui parle tout seul dans les rues.

Une des innombrables victimes des temps.

C'est quoi Familles de France ?

Ça existe ?

Sûrement un truc catholique.

Comme le type passe devant nous, chacun s'écarte prudemment et lui, toujours à haute voix, d'une voix calme et douce, sans nous regarder mais fixant droit devant lui, il dit : « Je déteste Familles de France... et on va tous vous tuer. »

On va tous vous tuer !

Cela qu'il dit, d'une voix douce et calme, en passant tranquillement devant nous, sans nous regarder, en fixant droit devant lui.

On va tous vous tuer !

On en est donc là ?

Dans cette impasse de violence ?

Cette contagion mimétique de l'horreur ?

Un an plus tôt, un professeur avait été égorgé devant son collège.

Et avant lui un prêtre dans son église.

Et d'autres avant eux.

Comme disait l'autre (René Girard), « La violence est plus contagieuse qu'un virus. »

Et il n'y a pas que la violence.

L'air du temps propage d'innombrables virus qui rendent malades.

Des virus auxquels chacun est exposé et contre lesquels il n'existe aucun vaccin.

Des virus qu'on peut même recevoir par mail.

Sur l'instant, j'ai failli me précipiter. Qu'avait-il dit ? On allait tous nous tuer ? Qui ça, « on » ? J'ai vraiment senti la colère m'électrifier.

Mais l'autre s'éloignait, toujours d'un pas tranquille, comme s'il n'avait rien dit, comme s'il ne nous avait pas tous menacés de mort et qu'il ne s'agissait que d'un mauvais rêve, que les mots ne voulaient rien dire. Qu'il n'était qu'un anorak vert avec personne à l'intérieur. Un sarcasme ambulant.

S'il s'était retourné, j'aurais tenté quelque chose, même si je me demande bien quoi maintenant.

Une fois rentré chez moi, je me suis renseigné : Familles de France est une association qui, depuis 1908, défend les familles nombreuses.

Manquerait plus que Familles de France me fasse un procès pour avoir osé parler d'elle.

Manquerait plus qu'on ne puisse plus rien dire de la réalité, cette fiction de plus en plus réduite à sa plus épouvantable expression. À sa plus fantastique ingéniosité ! Son imagination tellement supérieure à la nôtre.

Mais chut.

Chut ?

« On commence à s'intéresser à une chose quand elle est perdue. »
Darian LEADER, *Ce que l'art nous empêche de voir*

1

« Monsieur Baltimore

Quelques jours se sont écoulés depuis notre rencontre.
Rencontre que j'ai acceptée dans le seul but de savoir à quoi vous ressemblez et je n'ai pas été Déçue.
M'avez-vous crue assez stupide pour croire à votre histoire de livre ?
Faites donc passer le message à votre employeur (car vous n'êtes qu'un Sbire, c'est évident !) : vous ne me faites pas Peur.
Vous ne savez pas à qui vous avez Affaire !
Je connais certaines personnes dont vous n'avez pas Idée !

Je ne vous le redirai pas : abandonner vos Recherches !
C'est mon Dernier Avertissement.

Sincères salutations »

La lettre était signée « Rita Ojabe ».

1.1

– C'est quoi ce nom ? a fait Penny par-dessus mon épaule.
Sa voix m'a fait sursauter.
Penny a le don de surgir dans mon dos comme si elle le faisait exprès ou qu'elle était l'improviste même.
– C'est l'anagramme de rabat-joie, ai-je répondu sans la regarder.
– Très drôle. Vous êtes un petit comique, Bmore.
Je me suis tourné vers elle :
– Vous auriez préféré Annie Wilkes ? Mildred Ratched ? Violette Morris ? La poupée Robert ? Ou même Lucie Fair ? Ce ne sont pas les rabat-joie qui manquent. En plus, Rita est la sainte patronne des « causes désespérées »...

Cela fait presque trois ans que Penny travaille pour moi. Elle a débarqué un jour à l'Agence pour y faire un stage et, le temps passant, elle est restée, se rendant indispensable sans que je sache si c'est une bonne chose. Car elle a le chic pour me déranger dans mon travail avec une ingénuité consternante – la preuve. Les affaires de la Bmore & Investigations ne sont pourtant pas si florissantes. D'un autre côté, ses 20 ans mettent un peu d'animation à l'Agence, dont je suis à la fois le propriétaire et l'unique employé. Sans chercher à la réduire à son physique, j'apprécie aussi sa grâce joliment quantique : on ne sait jamais si elle est là ou pas. Tandis que les lignes de son corps sont ferroviaires. Son visage la rosée du matin. Sa chevelure un Pollock. Comment fait-elle pour se coiffer de façon si ardente ?

– Ma petite Penny, dis-je en allumant une cigarette, sachez que l'avantage de devoir inventer la réalité, c'est qu'on peut se venger d'elle *en toute impunité*. Paradoxalement, on n'est plus forcé de la respecter. N'est-ce pas magnifique ? La protection de la réalité aboutit à son exact contraire.

Penny m'a regardé avec perplexité, ses sourcils devenant comiques.

– Tant pis pour Rita, c'est ça ? a-t-elle sifflé d'une voix d'étourneau. Elle l'a bien cherché ? Tel est pris qui croyait prendre ? Mais que faites-vous de sa souffrance ? Coucher les gens sur le papier contre leur gré, ce n'est pas seulement voler leur vie, c'est les coucher dans une tombe qui n'est pas la leur.

Je suis resté silencieux.

J'ai failli dire que je ne cherchais pas à coucher sur papier mais à élever par les mots ; mais je me suis abstenu.

Trois ans plus tôt, j'étais loin d'imaginer que les choses prendraient cette tournure.

Je n'avais aucune idée du pétrin dans lequel j'allais me mettre.

Trois ans plus tôt, j'ignorais que la fiction gagne en liberté ce qu'elle perd en vérité.

Trois ans plus tôt, je ne m'appelais pas Baltimore et Penny n'existait pas.

Elle n'était même pas née.

> « Les premières données de cette histoire nous sont données tout simplement. »
> Pier Paolo Pasolini, *Théorème*

2

S'il s'agissait d'un film, un carton annoncerait maintenant un flashback avec ces mots apparaissant en énorme à l'écran : « TROIS ANS PLUS TÔT... »

À l'écran, on verrait peut-être les pages arrachées d'un calendrier s'envoler les unes après les autres comme des feuilles mortes emportées par le vent de l'automne, comme dans les vieux films des années 40 et 50, un tourbillon de dates rembobinant le temps à toute vitesse : janvier 2022... septembre 2021... avril 2021... juillet 2020... février 2020... décembre 2019... mai 2019... octobre 2018... juin 2018.

JUIN 2018 !

Là, tout de suite, nous voici transportés au mois de juin de l'année 2018.

Nous sommes, ici et maintenant, en juin 2018.

Au moment précis où tout a commencé.

Au moment où tout ce qui eut lieu par la suite n'existait pas encore !

Rita Ojabe ? Mais quelle Rita Ojabe ? En juin 2018, j'ignorais la possibilité même de cette femme. Inconnue au bataillon elle était. Puisque je n'ai appris son existence qu'en janvier 2022. D'ici là, il faut donc oublier jusqu'à son nom, oublier son mail, tout oublier. Car il s'agit de respecter la chronologie des faits. Il s'agit de reconstituer les événements dans l'ordre dans lequel ils se sont déroulés. Faute de quoi, on ne comprendra rien à l'histoire. On ne comprendra même pas Rita Ojabe.

2.1

S'il s'agissait d'un film, ce serait maintenant un long fondu au noir, comme on ferme les yeux ; avant de les rouvrir et, à l'écran, telles surgissant de l'oubli, ce seraient d'abord des formes floues et mouvantes, des masses informes et abstraites qui, lentement, très lentement, deviendraient de plus en plus nettes, jusqu'à révéler des rues du vieux Paris, ou bien un nain déguisé en femme, un défilé de mode des années 50, un test ADN, les Allemands défilant sur les Champs-Élysées, une femme en manteau léopard tenant dans ses bras un petit lapin, un mari tabassant son épouse, un écrivain japonais, les couloirs de l'hôtel Overlook, un couple de vieillards lubriques, des paysages de Tunisie et d'Algérie, le Pr Tournesol avec un pendule, les jacqueries du Bas-Berry, une mère dépeçant ses deux enfants, peu importe. Ce qui compterait à cet instant, c'est cet ineffable passage du flou au net car il indiquerait que l'histoire vient de se mettre en branle, en direction d'un point à l'horizon dont on ne sait encore rien.

Dans ce passage du flou au net, de l'oubli à la réminiscence, du sommeil à l'éveil, de la parole à l'écrit, la voix d'un homme, tout à coup. Voix off. Voix sans visage. Voix à la fois proche et lointaine, monocorde et rapide, un peu comme François Truffaut dans ses films. Ou comme la voix intérieure d'un individu se parlant à lui-même. Ou peut-être le témoignage d'un homme interrogé par la police et faisant la déposition que voici :

« C'est une émission de radio que j'ai entendue dans les années 80. Mais impossible de me souvenir de quelle émission il s'agissait. Je ne me souviens même pas sur quelles ondes elle fut diffusée (France Inter ? France Culture ? Une radio commerciale ?).

Ce n'était d'ailleurs peut-être pas dans les années 80, mais dans les années 90.

Je ne sais plus.

Ce dont je me souviens, c'est qu'un écrivain parlait d'un livre qu'il venait de publier.

Livre dont le sujet était une femme – comment dire ?
Elle avait été mannequin vedette chez un grand couturier (Jean Patou ? Christian Dior ?).
Elle avait eu son heure de gloire dans les années 50 (les années 60 ? 70 ?).
Elle avait été admirée, courtisée, choyée, enviée, entourée, aimée.
Une belle vie, en apparence.

Pourtant, on avait retrouvé son cadavre momifié dans son petit appartement (à Paris ?).

C'est l'odeur qui avait alerté les voisins.
Elle était morte depuis dix mois. (Quelque chose comme ça.)
Elle était morte depuis dix mois sans que personne s'en aperçoive.
Pendant dix mois, nul ne s'était inquiété de ne plus avoir de ses nouvelles.
Ni parents, ni amis, ni voisins.
Personne n'avait été là pour elle.
Elle n'avait manqué à personne.
Comme si elle avait fait le vide autour d'elle.
Ou que cela faisait longtemps qu'elle avait tiré sa révérence et qu'elle soit là ou pas ne faisait plus aucune différence.
Tout comme moi.
Ou n'importe qui.
Pas la peine de nous raconter d'histoires.

Dix mois !

Dis-moi des mots d'amour.

À côté de son corps décomposé, momifié sur le lit, loque affreuse, charnier obscène, on avait trouvé un cahier d'écolier. Cahier dans lequel, expliquait l'écrivain à la radio, cette femme racontait s'être laissée mourir de faim. Cahier dans lequel, au jour le jour, elle avait consigné sa lente agonie, notant de façon clinique et lapidaire, sans la moindre émotion qui ne soit justement cette absence d'émotion, la détérioration de son corps, les effets de la privation de nourriture, l'horreur que c'est de mourir de faim à petit feu, pendant des jours et des semaines. Pendant un temps abominable.

À l'antenne, un passage du cahier avait été lu : « Mardi : la langue dégorge comme un escargot. » Ce n'était peut-être pas « mardi » mais, trente-trois ans plus tard, je me rappelais encore cette phrase. Je me la rappelais comme si c'était hier. En moi elle s'était gravée. Ces mots, je l'avais vue les écrire dans son cahier. *J'avais vu l'escargot !* J'avais vu sa langue dégorger dans sa bouche et je l'avais sentie enfler et boursoufler et déglutir dans ma propre bouche et cette sensation m'avait poursuivi.

Cette vision m'avait glacé.

Comme une énigme sans fin.

Une *tentation* ?

Ou comme André Breton : dans le *Manifeste du Surréalisme* (1924), il raconte qu'un soir qu'il était somnolent, il entendit soudain une phrase sans savoir d'où elle venait exactement : de sa tête ? d'ailleurs ? Phrase qui disait quelque chose comme : « Je vois un homme coupé en deux par la fenêtre. » Sur l'instant, cette phrase le frappa si fort que c'est à partir de son « étrange poésie » qu'il théorisa l'écriture automatique. Rien de moins. Et d'expliquer que cette phrase « cogna à sa vitre ». Et de même l'escargot : il cogna ce soir-là à ma vitre. Et n'a plus cessé depuis.

Entendant à la radio l'histoire de cette femme, entendant sa solitude et sa volonté terrifiante d'en finir, entendant ses mots et sa folie de les mettre par écrit dans un cahier d'écolier, je ne l'avais plus jamais oubliée. Je n'avais plus cessé de penser à elle, son souvenir m'accompagnant de loin en loin, comme un leitmotiv insistant, une compassion revêche, une question faramineuse.

Qui était cette femme ?

Comment en était-elle arrivée là ?

Comment avait-elle pu ?

Comment pouvait-on décider de se laisser mourir de faim, toute seule, dans son coin, dans le plus parfait silence ?

De s'infliger, froidement et résolument, un aussi long supplice ?

Défier à ce point la vie ?

Même un chien ne se laisse pas mourir de faim.

Même les grévistes de la faim se battent pour une cause et trouvent en elle la force d'aller jusqu'au bout si leur revendication n'est pas exaucée.

Rien de tel ici.

Pas de cause ici.

Pas d'autorité qu'il s'agirait de faire plier.

Pas de martyre.

Aucune gloire.

Nul héroïsme, du moins déclaré.

Juste l'anonymat.

Juste la cruauté d'un calvaire solitaire et interminable.

Le mot inhumain.

Le mot folie.

Quel mot, en fait ?

Parfois, je faisais des recherches sur Internet. Je tapais dans Google "mannequin suicide 'mort de faim' journal Patou livre écrivain 'années 80'", en essayant toutes sortes de variantes et combinaisons. Je tombais invariablement sur des affaires d'anorexie dans le milieu de la mode. Isabelle Caro. Zombie Boy. Raudha Athif. Tales Soares. Etc. Rien qui m'intéressât, a priori.

Ce n'était pas que cette histoire m'obsédait. C'était plutôt comme un ami d'enfance perdu de vue depuis très longtemps auquel, dans un de ces moments où l'esprit se comble de son propre vide, on songe fugacement en se demandant ce qu'il a bien pu devenir. Pendant une heure ou deux, on se met à chercher sa trace sur le Web – en vain. Il semble avoir disparu de la surface de la Terre. Peut-être est-il décédé. Ou à l'autre bout du monde. On finit par laisser tomber. On n'y pense plus. Comme si toute la vie se trouvait sur Internet et se confondait avec ses milliards de données. Cette illusion-là. Mais quelques mois plus tard, dans un autre moment creux, telle une minuscule bougie éclairant faiblement un recoin de notre mémoire, on repense à lui et rebelote.

Ce n'était pas tant le fait divers qui venait lentement me hanter à intervalles plus ou moins réguliers que le journal que cette femme avait écrit et laissé après sa mort, en témoignage de – quoi ? Que signifiait avoir écrit son agonie ? L'avoir transcrite en mots et en direct ? Était-ce pour qu'on la lise ? Qu'on se rende compte ? S'épouvante ? La pleure ? Faire honte à ceux qui liraient ? Était-ce parce qu'elle ne pouvait pas mourir sans se taire, dire malgré tout, briser le silence qui était devenu son linceul dans la vie ? Prouver à la face du monde qu'elle avait existé, un jour, naguère, et jusqu'à son dernier souffle ? Que personne ne lui vole sa mort ? Qu'elle se survive à elle-même ? Pourquoi écrit-on ?

Pourquoi écrit-on ?

Que faisons-nous, sinon mourir d'une certaine faim un jour après l'autre, un mot après l'autre ? Sinon noter au jour le jour, sur une feuille de papier ou dans la nuit de nos pensées, les signes d'une privation impossible à nommer ?

Avait-elle, de son vivant, écrit d'autres textes ?

Des poèmes, peut-être ?

J'aurais voulu lire le cahier dans son intégralité. Le tenir entre mes mains et tourner chacune de ses pages, apprécier chacun de ses mots, relier entre elles toutes les phrases afin d'avoir une vision d'ensemble, seule susceptible de livrer la logique et le secret de ce qu'elle avait écrit et donc vécu. Quel document ! me disais-je.

Je ne doutais pas de sa valeur littéraire. Je voulais y croire. C'était le journal, non de la mort, mais de la vie face à la mort. C'était le journal de la vie se regardant mourir. *De la vie se donnant la mort.* C'était, écrit noir sur blanc, le face-à-face le plus ultime qui soit. C'était fou. Ce texte était unique. Il témoignait d'une expérience vécue à nulle autre comparable. D'une expérience individuelle des limites. Du passage intime de la vie à tr pas, mais infiniment au ralenti. À la vitesse d'une image par seconde. D'un seul battement de cœur par heure. La vitesse de l'escargot ! Aucun écrivain ne s'était approché si près de l'abîme. Ni Sade ni Rimbaud ni Lautréamont ni même Artaud. *Les Derniers Jours d'un condamné à mort* de Hugo ne parlait pas de ça. Il n'y avait qu'Hervé Guibert, peut-être, oui. Dans son livre *Cytomégalovirus*. Et son film *La Pudeur ou l'Impudeur*, qui ne cachait rien de la maladie, dévoilait tout du malade, jusqu'à l'effroi nu. Mais la mort était venue à Guibert de l'extérieur. Elle lui avait été transmise. Ce n'était pas lui qui, en conscience, s'était inoculé le virus du sida. Il ne s'était pas suicidé. Il n'avait pas, volontairement, mis fin à son existence. Au contraire. Ce qu'il avait fait, c'était raconter son combat contre la maladie et sa défaite. Lui était une victime alors que cette femme était son propre bourreau et, en ce sens, son journal m'apparaissait d'autant plus vertigineux. Il était un absolu. Il était le noir au-delà du noir. L'inconcevable même. Une sainte et sa haine. Je ne sais pas comment dire.

Je ne savais qu'une chose : cette femme faisait peur. Elle me faisait peur. La férocité de son suicide me terrifiait. Et d'en avoir raconté l'atrocité me sidérait. Cela dépassait mon entendement. Pour moi, quelque chose ne collait pas. Deux choses ne collaient pas.

1. Qui se suicide en y mettant un temps fou ?

2. Et qui, se suicidant en y mettant un temps fou, en témoigne par écrit, se regardant méticuleusement mourir à petit feu, comme une hallucination morbide – ou une volupté innommable ?

Pourtant, quelque chose m'attirait chez cette femme. Je me sentais proche de sa monstruosité. Inexplicablement proche. À la façon de deux aimants aux pôles inversés : ils se repoussent et s'attirent à la fois. Ce sentiment m'effarait, au point que c'est de moi que j'avais peut-être peur.

Nul doute que l'écrivain qui parlait à la radio avait eu accès au cahier d'écolier. Ce n'était pas possible autrement. Il devait en citer de larges extraits dans son livre. Peut-être l'avait-il même publié in extenso. Combien de pages en tout ?

Sauf que j'ignorais le nom de cet écrivain, de même que le titre de son livre, n'ayant noté ni l'un ni l'autre sur l'instant.

Imbécile que je suis !

Problème : le livre semblait ne pas avoir rencontré un énorme succès. Sur Internet, il brillait par son absence. Je ne comprenais d'ailleurs pas que cette histoire n'ait nulle part laissé de trace. Cela m'apparaissait étonnant. Bizarre, presque. Après l'indifférence de son vivant, l'indifférence post mortem ? Cependant, bien des faits divers ne posaient pas autant de questions ni ne plongeaient si loin dans les tourments de l'âme humaine, comme on dit.

Mon seul espoir était de retrouver cet écrivain. De mettre la main sur son livre. De découvrir le nom de cette femme. Savoir qui elle était. Démêler tout l'écheveau, si c'était possible. Comme un jeu de poupées russes. Une enquête dans le style du film *Laura*, avec moi dans le rôle du lieutenant Mark McPherson cherchant à élucider la mort de Gene Tierney. Un polar dont l'héroïne serait un fantôme du passé.

Mais je n'avais aucune piste et, trente-trois années durant, je suis resté avec cette interrogation sur les bras.

Cette toute petite plaie dans ma conscience.

Ce minuscule et irréfragable bloc d'abîme noir défiant la raison, la mienne mais pas seulement. »

Fin de la voix off / fondu au noir.

« C'est écrire le véritable plaisir. »
Virginia Woolf, *Journal d'un écrivain*

3

Tout arrive au bon moment. Rien ne survient tout à fait par hasard. Quelque chose nous fait signe au moment le plus propice, une main nous est tendue alors qu'on n'espère plus rien et cela s'est vérifié, une fois de plus.

On croit à son étoile ou on n'y croit pas.

On est donc en juin 2018 et, à l'époque, je ne vais pas très bien. Je vais même franchement mal. Je me sens inutile, amer, teigneux, désœuvré, perdu, mesquin, etc. J'ai l'air d'aller bien mais c'est faux. Les autres m'exaspèrent. Ils me dépriment. Ils me terrifient ! M'offusque le moindre de leurs faits et gestes. Dès que je parle avec quelqu'un, je me sens encore plus seul – un comble ! Tout *m'effare*. Tout me donne envie de me coucher et, après avoir rabattu les couvertures sur moi, de me tourner du côté du mur. D'ailleurs, je ne sors plus. Je passe mon temps à ruminer, l'esprit amorphe. La télé marche en permanence. Elle est mon crachoir où déverser ma bile. Je m'alimente pour la forme. Les livres me tombent des mains. La musique me vrille les nerfs. Les femmes me crispent et l'amour m'indiffère. Autant que je me crispe et m'indiffère moi-même, sauf que je suis forcé de rester en ma compagnie. Pas le choix.

Les raisons de ma dépression ? Quelle importance ! Qui s'en soucie ? Qui pourrait me remonter le moral ? Tout le monde déprime aujourd'hui. Personne ne va bien. Inutile de charger la mule. Je préférerais aller mieux. Ma dépression ne me rend pas « spécial ». Ni plus intelligent ni rien. Je suis trop vieux pour le croire.

3.1

Pour ceux que cela intéresse malgré tout, disons que, neuf mois plus tôt, j'avais un travail. Mais le journal qui m'employait avait été vendu et, vu le repreneur, vu sa réputation et ses pratiques éditoriales, j'avais préféré partir, avec des indemnités.

Sur l'instant, je m'étais dit que ce serait l'occasion de souffler un peu. De reprendre ma vie en main. Me livrer à de nouvelles activités qu'une vie de salarié lambda ne m'avait pas permis d'expérimenter. Le mot liberté dansait joliment devant mes yeux. À mon âge, il était temps. Surtout que je possédais maintenant un peu d'argent – une première dans mon existence. Peut-être pourrais-je m'acheter une petite maison, au bord de la mer de préférence, du côté de la Bretagne si possible. Histoire de changer d'air. Me mettre à l'abri. Ne plus être à la merci d'une lettre recommandée m'enjoignant un beau matin de vider les lieux avant la fin de l'année puisque j'étais locataire et que je n'étais pas chez moi, pas du tout, qu'est-ce que je croyais ?

Des nèfles !

Neuf mois que j'étais au chômage et mon existence ressemblait maintenant à un oiseau mort. À un rat crevé. Privée de ses repères qui viennent autant des choix qu'on a faits que des habitudes qu'on a prises, elle s'était déstructurée comme une chiffe, reconfigurée vers le rien – un château de cartes qui dégringole ! Fini d'être obligé de me lever, me vêtir, sortir, m'activer, faire la bise, parler à des gens, concentrer mon cerveau sur une tâche précise, fût-elle de peu d'intérêt. Malgré mes efforts, je me sentais quotidiennement tiré vers l'hiver, dépendant socialement d'allocations et de conseillers Pôle emploi qui me traitaient tantôt comme un petit enfant débile, tantôt comme un fraudeur, tantôt comme une charge insupportable pour la société parce que, cinq jours plus tôt, je n'avais pas daigné répondre à l'offre mirobolante que me faisait une société de publipostage de coller pour elle des enveloppes à mon domicile. Sans déconner ! Cela une offre d'emploi ? À bientôt 60 ans ? Après avoir bossé vingt ans dans la presse scientifique ? Et il fallait en plus que, devant le conseiller Pôle emploi (c'était une femme tout en os avec des petits yeux fatigués), je fasse profil bas et m'excuse d'exister, m'excuse d'avoir cotisé toute ma vie car, sur ma tête, pesait désormais la menace de la radiation, de la honte et de la misère. C'était très humiliant. Très angoissant.

Comme le chante le rappeur Vald : « Ni se nourrir ni se loger n'est gratuit/Je crois qu'avec ça j'ai tout dit/Ce monde est cruel (ce monde est Bruel). »

Pour le reste, je n'avais rien à faire et demeurais malgré moi les bras ballants, encombré de mes dix doigts. Mon emploi du temps affichait des lignes et des colonnes entièrement vides. Ce temps libre que je croyais me réapproprier, il me fuyait comme une fine pluie arénacée coulant entre mes doigts sans que je puisse l'arrêter et, dans cet interminable couloir de la durée, ce n'étaient plus que des matins qui s'éternisaient, des après-midi désœuvrées qui n'en finissaient plus, des soirées angoissantes à force de vacuité – et je ne parle pas des insomnies. À l'âge que j'avais, je n'avais aucune chance de retrouver un emploi salarié qui soit dans mes cordes. Dans ce monde, l'âge joue incroyablement vite contre vous. Quant à trouver une petite maison, j'avais découvert à quel point je me leurrais sur la réalité des prix de l'immobilier. Je me leurrais depuis toujours sur la prétendue « valeur travail » alors que, dans notre meilleur des mondes capitalistes, on gagne largement mieux sa vie en ayant du capital qu'en bossant ses trente-cinq heures par semaine pendant vingt ans. Rapporté en années de salaire, je devais me rendre à l'évidence : il aurait fallu que je trime deux ou trois mille ans pour m'offrir une maison un tant soit peu à ma convenance. Ce n'était donc pas demain que je trouverais un lieu que je puisse dire « chez moi » – un vieux rêve !

Ce qui me manquait le plus, ce n'étaient cependant pas les horaires, le travail, les gens, l'occupation de mon temps comme on dit d'une armée qu'elle occupe un pays, non, ce qui me manquait, c'était la cantine où j'allais déjeuner chaque jour tout seul en lisant le journal, ayant le choix entre des entrées de toutes les couleurs, trois plats cuisinés pour tous les goûts, des desserts parfois très appétissants. Voici qu'il me fallait maintenant réfléchir à ce que j'allais manger non seulement le soir, mais encore le midi, comme si je n'avais que ça à penser et que c'était ce qu'il y avait de plus important sur Terre.

3.2

Mais la véritable raison de ma dépression, la raison intime et irréductible, c'était mon dernier livre : avec ses deux tomes de près de mille pages chacun, il m'avait vidé de toute ma substance. Je lui avais tout donné et il m'avait tout pris, emportant avec lui mes forces vives sans m'en laisser aucune. J'étais rincé, vidé, ras-le-bol. J'avais créé un monstre de deux mille pages et ce monstre m'avait avalé tout entier. J'avais créé un monstre et que devenait Jonas après que la baleine l'a recraché ?

Je ne savais qu'une chose : l'écrire avait été une euphorie à nulle autre comparable. J'avais déjà publié des livres mais c'était la première fois que je m'étais senti écrivain, oui, je m'étais senti élu, oui, j'étais entré dans le cercle enchanté de *ma* littérature, là où écrire cesse d'être une activité artistique pour se confondre avec la vie même, jusqu'à la supplanter. Quel bonheur ! J'avais crevé mon propre plafond de verre et, devant mon ordinateur, je connaissais une effervescence psychique de chaque instant, une jouissance à la fois mentale et organique que je n'imaginais pas possible, comme si mon cerveau était en permanence inondé d'ocytocine, noyé de dopamine, saturé d'endorphines, toutes ces hormones en même temps, le cocktail le plus intense qui soit. J'avais beau être assis à ma table de travail, je ne tenais pas en place. Je chantais et dansais. Je faisais rouler le monde dans le creux de ma main, je réinventais l'Univers à chaque phrase, je créais au plus haut des cieux. Ma conscience fonctionnait à mille à l'heure, branchée sur cent mille volts, tout à fait électrifiée, ses vannes grandes ouvertes, vingt-quatre heures sur vingt-quatre. J'étais heureux. J'étais fabuleux. Je jouissais infiniment au-dessus de la ceinture et c'était mieux que faire l'amour. Voici que mon être était mobilisé comme jamais ; mon existence sur Terre enfin justifiée ; toutes mes contradictions miraculeusement réconciliées. Jamais je ne m'étais senti aussi vivant. Plein et entier. Jamais je n'avais connu pareil bonheur d'être au monde. Pareille *toute-puissance* ! Les contingences de l'existence, les factures EDF, le chien des voisins qui n'arrête pas d'aboyer, les problèmes d'argent, la misère des temps, la laideur partout : voici qu'ils n'avaient plus prise sur moi. Je payais toujours mes factures EDF et le chien des voisins continuait d'aboyer à la mort, mais cela n'avait plus aucune espèce d'importance. J'avais mieux à faire ! Tandis que j'écrivais, je savais que je ne pouvais pas mourir. C'était impossible. Ce que la suite a d'ailleurs démontré (sourire). Il n'empêche : écrire, c'est opposer aux pulsions de mort du monde une force de vie infiniment supérieure. C'est créer du temps et de l'espace. C'est créer un temps et un espace qui n'ont rien à voir avec l'espace et le temps de la société. Ce n'est pas seulement littéraire, c'est existentiel, et j'aurais voulu me tenir éternellement dans cet état de vitalité formidable. Dans cette jouvence intarissable, exactement comme lorsqu'on tombe amoureux. J'avais l'impression d'être le premier écrivain sur Terre car personne n'avait jamais écrit l'histoire que je racontais – et encore moins de la façon dont je la racontais. Cela m'autorisait toutes les audaces, toutes les libertés. Les conventions littéraires – ces fichues conventions qui font que les livres ressemblent si souvent à l'image d'un livre au lieu d'en être véritablement –, je les transgressais, je les faisais sauter comme des bouchons de champagne. Aucun doute, je posais les bases d'une toute nouvelle littérature. J'étais fée. J'étais minotaure. J'étais Roi mage déposant la myrrhe, l'or et l'encens dans l'esprit du lecteur. On parlerait encore de mon livre dans cinq siècles. Il ferait naître des vocations. Je serais le père d'une nouvelle lignée d'écrivains, à la fois tragiques et affranchis et joyeux. J'allais *sauver le monde* ! Cette mégalomanie-là, assurément risible mais belle comme un soleil à son zénith et irradiant mon texte pendant des mois et des années.

Mais tout a une fin et j'avais terminé ce livre. Il avait été publié, des articles lui avaient été consacrés, il avait même reçu un prix et, trois mois plus tard, il vivait sa vie de par le vaste monde tandis que je demeurais sur place, exsangue et déchu. Comme si toute lumière s'était éteinte en moi. Comme si j'avais été expulsé d'un univers merveilleusement amniotique et me retrouvais à présent jeté dans une réalité froide et factice. Après le rêve que cela avait été d'écrire ce livre, quel cauchemar soudain. Quelle prison ! Quel néant ! Voici que je n'avais plus aucun but dans l'existence, plus aucune mission sur Terre. Plus aucune force ni désir. Nul psychisme. J'avais brûlé tous mes vaisseaux et, de retour sur Terre, proie de nouveau des contingences les plus stupides et de la médiocrité ambiante, de la fatalité des factures EDF et des ennuis qui portent si bien leur nom, j'étais redevenu mortel. Une loque comme une autre. Un être qui sent en lui un vide immense et qui ne cesse de tomber dedans. Une épave. Une exuvie.

On ne se doute pas de ce que font les livres à ceux qui les écrivent.

Dans quel état ils les laissent.

On n'en a pas la moindre idée.

Ce n'est pas un reproche mais un constat.

(Je parle bien sûr des livres qui ne se contentent pas de raconter une histoire. Ceux-là entretiennent la flamme mais n'allument aucun feu.)

C'était au point où je reprochais à mon livre de m'avoir tout volé. J'éprouvais envers lui une espèce de dégoût. Une jalousie qui est celle des pères envers leurs fils. M'avait-il permis de nouer des amitiés passionnantes ? De créer un cercle littéraire aux allures de bande de potes, de *gang*, comme lorsque j'étais gamin ? Avait-il provoqué la moindre discussion ? Fait bouger les choses d'un iota ? Révolutionné la littérature et changé le monde ? Peau de balle ! Moi qui, en l'écrivant, avais cru gagner un minimum de respect, on me traitait avec la même désinvolture qu'avant. La même insignifiance. Il me semblait que j'étais encore *moins* considéré ! Autant dire que j'avais raté mon coup. J'allais même plus mal qu'avant. Je ressentais un chagrin qui m'était jusqu'alors inconnu. Un chagrin, oui, c'est le mot.

La vérité, c'est que mon livre n'avait été qu'un bouquin parmi des millions d'autres. Un livre que cinq cents ouvrages non moins exceptionnels feraient oublier à la prochaine rentrée littéraire, la machine avalant tout. À quoi bon alors ?

À quoi bon écrire si c'est pour que le monde continue de tourner comme si de rien n'était ?

Autant être boulanger, électricien, sage-femme.

Au moins ces professions sont-elles utiles.

Ce putain de livre, il avait été ma météorite et moi son dinosaure. Il avait été mes Trente Glorieuses et la fête était terminée. Place désormais à la crise, à la rigueur, à l'austérité, à l'ordinaire rimant avec calvaire, à la petite vie à la petite semaine, aux heures chiches.

Ulysse faisait-il deux fois son Odyssée ? Je ne repartirais jamais pour semblable voyage, surtout si c'était, à la fin, pour rentrer dans le rang, redevenir un numéro comme un autre. Je ne créerais pas un nouveau monstre. Je songeais à Maurice Blanchot qui disait qu'« écrire est une forme d'autosacrifice ». Merci Momo. Bien le bonjour chez toi. Je songeais à ces athlètes qui avaient un jour accompli un magnifique exploit et qui finissaient dans l'anonymat et l'amertume : eux savaient à quel point la vie est une escroquerie.

La dernière fois que j'avais dédicacé mon livre, j'avais griffonné : « Ci-gît l'auteur. » On était prévenu. Qu'on ne me le reproche pas. Qu'on ne me demande plus ce que j'allais écrire maintenant. Assez de cette question qui m'était systématiquement posée. Avoir écrit ce livre ne suffisait donc pas ? Ils attendaient déjà le prochain ? Vite le prochain ! Au suivant ! Oust oust ! Du balai ! Mais ils voulaient quoi ? N'étaient-ils que des consommateurs ? Auraient-ils demandé à Proust ce qu'il allait écrire après *La Recherche* ? « Alors, monsieur Cervantès, qu'allez-vous écrire après *Don Quichotte* ? On a hâte ! »

J'avais, depuis longtemps, l'habitude de dire que si le chemin se perd en cours de route, c'est donc qu'il y a une route. Je n'y croyais plus à présent. Je n'y croyais plus du tout. La route conduisait à une impasse.

J'ignorais ce que j'allais faire dorénavant, mais je songeais sérieusement à m'en aller, comme on dit pudiquement. Pourquoi non ? Qui ou quoi me retenait ? Autant partir tant qu'il était temps. Fort courtoisement. Cela aurait un certain panache.

Quand je disais que j'étais devenu amer, teigneux, mesquin, etc.

Mais ça, c'était neuf mois plus tôt.

C'était avant que l'escargot fasse de nouveau effraction dans mon existence.

Aujourd'hui, neuf mois plus tard, je sais que le livre que je viens de commencer est le combustible qui va me permettre de brûler mon dernier livre, comme on brûle ce qu'on a aimé, parce qu'on n'a pas le choix. Il va fermer la porte qui s'était ouverte, sceller la vanne. Il sera cendres ou il ne sera rien.

« Voici l'île ! C'est elle ! s'écria Annie. »
Enid BLYTON, *Le Club des cinq et le trésor de l'île*

4

On est en juin 2018.

Je suis chez des gens que je ne connais pas. Une espèce de fête anniversaire. Je crois que c'est notre hôte (un vieux monsieur) que l'on célèbre. Ou bien sa fille morte il y a longtemps, je n'ai pas bien compris. L'ambiance est étrange.

C'est un ancien collègue du journal qui m'a invité. L'un des rares avec qui j'avais sympathisé, principalement parce qu'il est lui aussi féru de rugby. Mon premier mouvement avait été de refuser, désolé, j'avais mon chapeau à manger. Mais je l'aimais bien et cela aurait été lui mentir. Surtout, il aurait fallu que j'explique les raisons de mon refus, que je me justifie, m'embourbe. J'avais choisi la solution de facilité et, tout en levant intérieurement les yeux au ciel, accepté de venir. On demande toujours les raisons d'un refus et jamais pourquoi nous acceptons telle ou telle chose – grave erreur !

Il n'y a rien de spécial à raconter concernant cette soirée. Elle se déroula dans un très bel appartement en rez-de-chaussée, avec de larges baies vitrées donnant sur un patio éclairé par des loupiotes de toutes les couleurs. Une fête anniversaire comme une autre, avec des gens qui parlent et qui boivent et qui rient, sans oublier certaines tensions inhérentes aux réunions familiales. Une soirée réussie, je suppose. Les convives étaient tous des adultes entre 30 et 70 ans, avec des enfants à qui on interdisait de courir dans tous les sens. On se dit qu'on a bien vieilli lorsqu'on réalise que les seuls jeunes que l'on connaît sont nos enfants et leurs copains.

Ce dont je me souviens, c'est surtout le dîner et d'y avoir passé la majeure partie du temps à regarder les miettes de pain sur la nappe blanche. J'avais envie de leur faire un procès. On était au moins une vingtaine à table, celle-ci dessinant un grand T inversé et magnifiquement dressée, avec verres en cristal, couverts en argent et corbeilles de fleurs. Les conversations fusaient et j'en saisissais des bribes décousues selon que les voix s'élevaient tout à coup au-dessus du brouhaha ambiant. Si j'avais eu un appareil enregistreur, cela aurait donné quelque chose du genre : « Quelqu'un peut-il me passer le plat d'asperges ? Merci à vous tous. Je me lève pour vous dire combien je suis heureuse de vous avoir ici ce soir. J'aimerais aussi dire quelques mots pour remercier mon mari, mon cher et tendre Helge. Moi je voudrais lever mon verre aux 35 ans de Yoyo. C'est quoi ? Du poulet ? Oh, c'est une bûche ? Non c'est Kloug ! J'accepte les régimes, pas les manies. Vous avez vu ce fait divers ? Un type a tué son beau-père en lui tirant le slip. Bienvenue à Griffon d'or ! Moi je lève mon verre au tas d'ordures qui m'entoure, y a de quoi remplir une sacrée poubelle. Eh bien, ce ragoût est tout simplement dégueulasse. La sauce, c'est de la flotte. Quelqu'un va-t-il enfin me passer le plat d'asperges ? C'est quoi un métèque ? C'est bien simple : dans vingt ans, nous serons sept milliards sur Terre et quel poids de déchets corporels pensez-vous qu'un individu libère par jour ? Quand j'étais gosse, on trouvait de la viande, des œufs, du beurre, de la laitue fraîche. Il y avait un monde avant... À propos de fait divers, cela me rappelle une femme qui s'est laissée mourir de faim. C'était une ancienne mannequin. C'est une sorte de "Discours de vérité". Je l'ai intitulé : "Quand papa prenait son bain". Ah l'admirable cholestérol qu'on va se payer ! Avec un marchand de meubles, il y a deux solutions : le feu ou la hache. Le feu c'est joli, la hache ça défoule. Non, je n'ai pas *perdu* mon boulot, il ne s'est pas envolé d'un coup de baguette magique, pas du tout : j'ai démissionné ! Oh mesdames, je ne suis pas en état de jouer. Je vais vous raconter une histoire. Un jour, à 7 heures du matin un agent découvre, dormant du profond sommeil de l'ivrogne, un jeune homme allongé sur la tombe du soldat inconnu. Voilà exactement ce que je veux dire ! C'est affreux cette femme qui s'est laissée mourir de faim. Et elle a écrit un journal de son agonie ? C'est dingue ! Y a personne qui pourrait me dire où se trouve l'erreur ? Là-bas, ce sont les côtes d'Angleterre. Et si on les voit, c'est qu'il va faire beau temps. Hey, c'est mon steak, Valance ! Ramasse-le, Liberty ! De toute façon, la tristesse durera toujours ! Vous savez pour combien j'en ai de viande par mois rien que chez le boucher ? C'est un Saint-Julien Château Léoville Las Cases 1953 ! Je vous ennuie ? Vous savez qu'on ne dit pas une mannequin mais un mannequin, c'est un mot du genre masculin. Ta mère a l'air de penser que je devrais continuer de bosser comme un esclave tandis qu'elle garde ma bite dans un Tupperware ! Quelqu'un va-t-il donc me passer ce fichu plat d'asperges ? Miaou ! Miaou ! Je peux vous dire une chose : ces œufs de lump ont un goût de caviar. Mais peut-être que vous préférez l'accordéon. Je ne sais pas mentir, la Bête. Je travaille à l'INA et, si vous voulez, je peux faire une recherche. On ne sait jamais. Sens ma main : elle pue ! Non mais je vais entendre ces conneries toute ma vie ! Recevoir des leçons imbéciles jusqu'à la fin des temps ! Bon, Rémi, on va manger des moules ? Mademoiselle, donnez-moi la même chose qu'elle. Quand je pense que maman se tape la prune ! Ta gueule toi ! Tu m'emmerdes ! Toi, je t'emmerde ! Je vous emmerde tous ! Avant-hier, nous sommes allés à l'opéra voir *Tristan et Yseult*. Je m'appelle Thomas. Donnez-moi votre mail et je vous tiens au courant. Promis ! La troisième fourmi dit : je vois deux fourmis devant moi et j'en vois deux derrière moi. On peut se gourer sur la peinture, sur la musique, mais sur la bouffe, pas d'histoire : c'est bon ou c'est mauvais. En 1974, chère maman, tu es entrée dans le bureau et tu as vu ton fils à quatre pattes et ton mari sans pantalon. Désolé que tu aies vu ton fils ainsi. Désolé que ton mari t'ait dit de dégager et que, sans hésiter, tu sois sortie. Racontez tout ça à votre voisin parce que, moi, j'en ai rien à branler de vos conneries. Tout le monde sait que lorsque Cézanne peignait des pommes, ce n'était pas des pommes qu'il peignait, non, le sujet de ses tableaux, c'était la peinture. Eh bien, c'est pareil pour la littérature. Moi, j'adore ces bonnes vieilles traditions familiales. » Etc.

Un dîner d'anniversaire comme un autre, finalement. Comme on en voit des marmitonnes au cinéma, avec leurs instants de vérité, les occasions de s'en donner à cœur joie. À la fin du repas, un jeune hippie avait même bondi sur la table pour se mettre à chanter à tue-tête : « I got life, mother ! I got my ass ! » Par un effet de contagion, les convives, comme possédés, s'étaient alors mis à danser un calypso endiablé sur l'air de *Banana Boat* (« Day-o »). Deux moments très émouvants. Ce qui, en comptant bien, doit faire une trentaine d'extraits de films et... qui saura les retrouver ? C'est un petit jeu de société que je propose, histoire de passer le temps. Afin de m'épargner l'ennui de raconter ce dîner qui, pour être plaisant, ne me laissa aucun souvenir digne d'être raconté et, plus subtilement, en arriver à ce qui sera le premier coup de théâtre dans cette histoire.

4.1

Car quinze jours plus tard, je recevais ce mail à l'en-tête de l'Institut national de l'audiovisuel (l'INA pour les intimes) :

> « Bonjour,
>
> Nous nous sommes croisés lors du dîner d'anniversaire de Helge (quel foutoir cette soirée !).
> Je vous avais dit que je chercherais dans les archives de l'INA si nous avions quelque chose à propos du fait divers dont vous avez parlé.
> Or je pense avoir trouvé !
> Nous possédons deux émissions de radio qui évoque un livre sur une mannequin qui s'est laissée mourir de faim. Et il semble que cette femme a aussi participé à une émission télévisée d'Anne Gaillard sur le divorce (mais c'est à vérifier, j'ai un doute).
> Ci-dessous les références et résumés des émissions provenant de notre base.

Pour écouter/visionner, il faut vous inscrire sur le site de l'INA, après avoir rempli le formulaire en ligne.
J'espère que cela vous sera utile !

Bonne journée.

Thomas »

Suivaient deux notices.

4.2

La première notice (numérotée PHD98037192) concernait une émission des *Nuits magnétiques* diffusée sur France Culture le jeudi 29 mai 1986 et intitulée « La nuit et le moment ». D'une durée de 90 minutes, sa « plage 3 » mentionnait : « Entretien d'Alain Arnaud pour *Rue Championne*. C'est une sorte de plaquette très pudique sur un fait divers. Une femme s'est laissée mourir de **faim** pendant 40 jours. Elle avait été **mannequin** vedette. »

Les mots en gras ne sont pas de moi.

Je mis d'ailleurs un moment à comprendre : pour effectuer sa recherche, Thomas avait dû entrer les mots « faim » et « mannequins » et hop, bingo, le moteur de recherche lui avait sorti deux réponses en quelques millisecondes, avec les mots recherchés en gras. Ils étaient bien outillés, à l'INA. Ils indexaient vraiment tout, jusqu'à détailler minute par minute près de soixante-dix ans de programmes radiophoniques et télévisuels. Voilà qui faisait plaisir. Dans ce monde de chaos, il se trouvait encore des gens qui faisaient leur boulot. Si j'avais su, je me serais tourné plus tôt vers l'INA. Pourquoi n'y avais-je pas songé ? On peut chercher toute sa vie, l'important est de chercher au bon endroit. Et d'avoir les bons contacts.

La notice précisait que cette femme avait « coupé tout contact avec les vivants. Elle avait pourtant des enfants ». Et, à 04'18, la séquence se terminait par une question : « Que cherche-t-il [Alain Arnaud] en écrivant ce livre ? Il explique qu'il n'a rien cherché, il a subi une fascination. »

La seconde notice (indexée PHD99011353) renvoyait également à une émission des *Nuits magnétiques*, mais intitulée celle-ci « Quatre quartiers de solitude (2e partie) ». Enregistrée et diffusée le mercredi 10 juin 1987, soit un an plus tard, elle durait 59 minutes et 3 secondes. Il était indiqué, à 03'49 : « L'émission s'attardera aussi sur un fait divers qui s'est déroulé il y a deux ans : le suicide de Marcelle P, 64 ans, ancienne **mannequin** de chez Jacques Fath. Elle s'est laissée mourir de **faim** chez elle à Paris. Elle a été retrouvée dix mois plus tard. »

C'était elle !
C'ÉTAIT ELLE !
Je l'avais retrouvée !
Alléluia !
ALLÉLUIA !

Car cela ne faisait aucun doute. Les dates concordaient. Les notices recoupaient mes souvenirs. TOUT COÏNCIDAIT ! Je n'en revenais pas. Quelle émotion tout à coup ! Après trente-deux années à chercher dans le noir, enfin la lumière ! Enfin je touchais au but ! Enfin une bonne nouvelle !

Le contenu de la première notice, surtout, semblait tout droit sorti de ma mémoire et, oui, il devait s'agir de cette émission diffusée en mai 1986 que j'avais entendue, il devait, oui oui, s'agir de cet écrivain, même si le nom d'Alain Arnaud ne me disait rien. Il devait s'agir de son livre : *Rue Championne*. Un drôle de titre. À cause du *Champion de jeûne* de Kafka ? J'avais, moi aussi, fait un jour le rapprochement.

J'ai relu au moins dix fois les notices.

Elle s'appelait donc Marcelle P.
Elle était morte en 1987-2 ans = 1985.
Elle habitait bel et bien à Paris.
Elle avait eu des enfants.
Elle avait été mannequin chez Jacques Fath (et non Jean Patou !).
Elle avait 64 ans à ce moment-là.
On avait effectivement retrouvé son cadavre dix mois plus tard.
Un certain Alain Arnaud avait publié en 1986 un livre sur elle.
Son livre s'appelait *Rue Championne*.

C'était un début. Un magnifique début. Le premier fil de la pelote. Un nouveau départ dans ma propre existence.

Je n'avais donc pas rêvé. Cette femme avait réellement existé. Elle n'était pas une hallucination de ma part. À force, j'en étais presque venu à douter de son existence. Je me disais que je l'avais peut-être inventée. Et voici que j'en apprenais plus sur elle en cinq minutes qu'en trente-trois années.

Pourquoi maintenant ?

Je l'ignorais.

Je me posais la question.

Ce n'était peut-être pas un hasard.

Il y avait peut-être une raison qui m'échappait.

Quelle ironie cependant : cette femme qui s'était laissée mourir de faim, il a fallu que je retrouve sa trace lors d'un festin.

4.3

Excité comme un pou, je me suis connecté au site de l'INA, en cliquant sur le lien qui se trouvait dans le mail. Je voulais, sans perdre une seule seconde, avec une avidité datant de plus de trois décennies, écouter les deux émissions, m'en repaître les oreilles. Je voulais, toute affaire cessante, en avoir le cœur définitivement net et, devant mon écran, je me sentais aussi fébrile qu'un jeune homme au moment de son premier rendez-vous amoureux. Avant de déchanter cruellement, comme de juste. Car impossible d'avoir accès aux contenus de l'INA ! Il fallait non seulement s'inscrire et remplir un formulaire, mais détailler aussi l'objet de ses recherches, préciser ses compétences, montrer patte blanche, envoyer sa demande, justifier d'un parrainage. Cela pouvait prendre un mois avant que le dossier soit validé, était-il indiqué. Un mois ! Le mot frustration ici, en très grosses lettres capitales. Mais j'avais attendu trente-trois ans et je pouvais bien patienter un mois de plus. Pour certaines choses, je suis quelqu'un de très patient. De très tenace. Je suis d'ailleurs avec la même femme depuis huit ans. Et je peux, moi aussi, rester des heures à attendre sous la pluie. Il m'arrive même de croire que je vais vivre au moins deux cent cinquante ans. Du moment que j'écris.

Cependant, je possédais maintenant une piste. J'avais de quoi m'occuper et, toujours très excité, j'allai sur Google pour :

1. découvrir qu'un certain Alain Arnaud avait effectivement publié en 1986 chez Actes Sud un livre qui s'intitulait *Rue Championnet – Paris XVIIIe* et non *Rue Championne* (mais je n'allais pas jeter la pierre à l'INA ! Il me suffirait de signaler cette petite erreur à Thomas, qu'il la fasse corriger) ;

2. commander aussitôt ce livre sur un site de vente en ligne d'ouvrages d'occasion, *Rue Championnet* étant depuis longtemps « indisponible et épuisé ».

Encore six ou huit jours à attendre !

Pourquoi la rue Championnet dans le 18e arrondissement ? Quel rapport avec Marcelle P ? Était-ce là qu'elle s'était ? Là qu'elle avait ?

Mais peu importait. La machine était lancée. Je le sentais. J'avais chaud soudain. Cela ne m'était pas arrivé depuis des lustres. Mais un point, devant moi, s'était mis à briller dans la nuit et pas question de le quitter des yeux. Voici que je savais quoi faire de mes dix doigts. Enfin ! Il avait suffi de cinq minutes pour que je sorte de ma léthargie. Oh ma bonne étoile ! Ce mail de Thomas, il était un véritable signe du destin.

Il marquait la fin d'une énigme vieille de plus de trois décennies.

C'était presque triste, en un sens. Comme si je me dépouillais d'un trésor qui, obscurément, me tenait chaud depuis trente ans et me donnait de l'importance à mes propres yeux. Me donnait une espèce de crédit, le sentiment de posséder un secret et, partant, d'avoir une existence personnelle, autonome, différenciée. D'avoir encore une chose à faire, à élucider, à écrire peut-être, un jour. Et voici que je divulguais mon secret, je le livrais au monde comme du foie gras à un cochon, je le *trahissais* avec joie, si bien que j'allais désormais me retrouver démuni et coupable. Honteusement tout nu, sans plus rien à me mettre, ni chapeau ni culotte. On est dans la mesure de ce que, secrètement, l'on possède et garde pour soi.

Mais je n'allais pas me plaindre.
Ce mail était inespéré.
Il était le départ d'une nouvelle aventure.
Merci Thomas.
Merci merci merci.

4.4

Ce fameux jeudi 29 mai 1986, entre 22 h 30 et minuit, j'écoutais donc *Les Nuits magnétiques*. J'étais chez moi, forcément. Peut-être couché dans mon lit. Cela me paraît plausible. Cela s'accorde avec mes souvenirs, aussi vagues et ténus soient-ils. Quel temps faisait-il ce jour-là ? C'est important la météo. Quelques clics plus tard, j'apprenais que, à Paris, le Soleil s'était levé le jeudi 29 mai 1986 à 05 h 59 et couché à 21 h 37. C'était la Saint-Aymar mais je ne m'appelais pas Jean. Et les archives de la station météorologique de Paris-Montsouris indiquaient qu'il faisait plutôt frais pour un 29 mai : en soirée, la température était tombée à 8 °C. Il avait plu une bonne partie de la journée. On ne se serait jamais cru à trois semaines de l'été. Un vrai sale temps. À l'image de ma vie à l'époque.

De fait, j'avais 25 ans, bientôt 26, et j'étais malheureux, de nouveau malheureux, une mauvaise habitude dans mon cas, une espèce d'abonnement. Toujours des hauts, des sommets, des cimes, suivis de bas, de gouffres, d'abysses. Mon malheur s'appelait cette fois F (disons F).

Après quatre années d'un amour dévorant, elle m'avait quitté sans un mot ni un regard, pour ne plus jamais donner de ses nouvelles, pas la moindre. Un parfait cas de « ghosting », même si le terme n'existait pas à l'époque – mais ce type de comportement cruel et malsain consistant à disparaître du jour au lendemain sans un mot ni un regard et à laisser l'autre dans un état de sidération et de négation mortifère de lui-même semble désormais à la mode. (10 % des ruptures en 2020 !) Encore un symptôme de nos temps merveilleusement communicants.

À l'époque, cela m'avait rendu fou. Réellement fou. Je dormais dans les rues et j'entendais des voix. Je sais avoir connu à ce moment-là un grave épisode psychotique. Une espèce de crise schizophrénique qui dura quelques mois. Ce fut, dans ma vie, une période compliquée, psychiquement et socialement. Inutile d'entrer dans les détails, surtout que je m'en suis sorti. Rien que de songer au déchet que j'étais à ce moment-là me déprime. Ce n'est définitivement pas la période de ma vie que je préfère. D'ailleurs, je m'en souviens à peine. Je préfère ne pas. C'est si loin aujourd'hui.

Non, ce qui importe, c'est qu'en 1986, je remontais peu à peu la pente. Le temps faisait son œuvre, mes crises de schizophrénie s'espaçaient et j'avais même fini par retrouver un toit, sous la forme d'un deux-pièces tout pourri situé rue Saint-Lazare, dans le 9e arrondissement. Le nom de cette rue m'était alors apparu de très bon augure. Je me souviens des tomettes rouges qui s'écaillaient et, en de multiples endroits, se descellaient carrément, quand elles n'étaient pas fendues sur toute la longueur. Une parfaite image de ce que j'étais devenu. Marcher pieds nus laissait la plante des pieds toute rouge, comme sanguinolente.

Financièrement, c'était aussi la misère. Il faudra que je vérifie, mais je crois que j'étais au chômage à ce moment-là. C'était la première fois. Et voici que je suis actuellement au chômage, pour la seconde fois de ma vie, trente-deux ans plus tard. C'est drôle.

S'il avait fait beau temps ce fameux 29 mai 1986, je serais probablement sorti picoler dans un bar, surtout un jeudi. Je n'aurais donc pas écouté la radio ce soir-là, je n'aurais pas entendu parler de Marcelle P et je ne serais pas ici à parler d'elle. Au commencement, il y a toujours un infime battement d'ailes de papillon. Un minuscule coup de dé, d'où procède tout le reste. Il est bon de garder cela présent à l'esprit, des fois qu'on croirait que l'histoire a un sens.

Je suis d'autant plus convaincu que je devais écouter *Les Nuits magnétiques* que non seulement je n'avais pas la télévision, mais j'étais un fidèle de cette émission, l'une des plus belles de l'histoire de la radio. Chaque soir, elle emmenait aux confins du rêve et de la réalité. Elle était un tapis volant. Une plongée dans la magie des sons. L'invention d'un pur moment de réel. La radio comme un voyage intérieur à l'extérieur de soi. Comme une expérience ondine des ondes, entre bandes magnétiques et champs magnétiques. D'ailleurs, cette émission se revendiquait, depuis sa création en 1978, de *Trajectoire du rêve* d'André Breton.

Je me souviens très bien de cette émission ; et d'une autre qui la prolongeait au cœur des ténèbres : *Clair de nuit*, avec ses rubriques pleines de rêves éveillés – Rémanences, Tentatives premières, Essais de voix, Rub a dub dub, La durée du oui… La durée du oui ! Quel titre ! Qui en avait eu l'idée ? Certainement pas F !

Surtout, j'étais à l'affût de – comment s'appelait-elle ?

Ah oui. Irène Omélianenko.

La voix d'Irène Omélianenko !

Lorsqu'elle lisait à l'antenne de courts textes que, par la seule magie de sa voix flûtée, chantante, gracile, bandante (mais d'autres pourraient la trouver nunuche), elle transformait en poèmes, en mots d'amour murmurés à l'oreille. Lorsqu'elle disait, à la toute fin de l'émission, disait dans un souffle, « bonne nuit », c'était comme si elle m'effleurait les lèvres. Comme si elle m'embrassait pour la vie. Me bénissait de tendresse. Je savais que je n'étais plus seul. Je pouvais m'endormir tranquille. Sa voix chassait les démons et j'étais chaque soir bouleversé par le cristal humide de cette voix qui semblait à chaque instant suspendre le temps, le dilater, au bord de tomber dans un précipice. Cette voix me bouleversait au point d'en pleurer, parfois, tout seul, dans mon coin de tomettes rouges. C'était comme le fantôme de toutes mes amours défuntes et à venir. Comme Nadja enlaçant Ophélie. À elle seule, la voix d'Irène Omélianenko rachetait toutes les horreurs du monde. Elle me réconciliait avec l'Univers. Elle me sauvait de ma mère. Elle me ramenait F comme aux plus beaux jours, pour mieux m'aider à l'oublier. Asile et féerie, elle développait dans la nuit des harmoniques fragiles et persistantes, comme un très grand vin déploie des notes, des arômes et des saveurs qui laissent dans l'esprit et le corps l'empreinte de délices impérissables. Voici que la nuit remuait. Le silence devenait audible. L'imaginaire palpable. La réalité se faisait soie sur la peau. Les verrous sautaient. Etc. Il suffit d'une seule petite voix dans la nuit, d'une voix « claire de nuit », pour vous sauver la vie. J'étais fou amoureux de la voix d'Irène Omélianenko. J'étais fou amoureux de son nom (un talisman) et de sentir que je pouvais éprouver de tels sentiments m'apprenait que j'étais encore vivant, ce que je ne croyais plus possible à l'époque. On a l'âme d'une midinette ou on n'a pas d'âme du tout.

Je voudrais entendre une fois dans ma vie l'un ou l'autre de mes livres lu par Irène Omélianenko.

Je me souviens d'un sondage. Il indiquait que *Les Nuits magnétiques* était « l'émission préférée des marginaux : clochards, irréductibles, voyous, éléments incontrôlés, bohèmes, enragés, déracinés, mendiants, gueux, grévistes, nihilistes ». Je le confirme. Je cochais à l'époque au moins quatre de ces items. Et encore aujourd'hui, même si ce ne sont plus exactement les mêmes. Mais France Culture a bien changé, elle aussi. Elle ne s'adresse plus vraiment aux marginaux. Plus du tout aux enfants du Paradis. Dommage.

« À la fin de mon souffle, qui est le commencement du vôtre. »
André BRETON, *Nadja*

5

« Seule à en mourir.

Longue et brune, la taille bien prise dans un tailleur noir de bonne coupe : Marcelle Pichon, à 64 ans, avait de l'allure et du charme. Il y a quelques mois, elle avait acheté un minuscule logement dans une cité du 18e arrondissement de Paris. Elle y vivait seule. Deux fois divorcée, elle ne recevait pas de visite et ses deux enfants l'avaient, semble-t-il, oubliée. Ses voisins la connaissaient peu. Au début, on la voyait parfois faire ses courses. Puis plus rien. Elle était partie, peut-être. Personne ne s'est ému lorsque, répondant à une petite annonce, elle avait participé à une émission d'Anne Gaillard consacrée à la solitude et diffusée le 27 septembre 1984.

Ancien mannequin du couturier Jacques Fath, Marcelle Pichon avait été heureuse sans doute, il y a bien longtemps. Mais elle crevait de solitude. Avec pudeur, elle l'avait dit devant les caméras de FR3 : “Le pire, c'est de devoir rentrer chez moi et de ne pas m'entendre dire Bonsoir chérie.”

Personne ne dira plus jamais bonsoir à Marcelle Pichon. En septembre 1984, l'électricité de son studio est coupée. Les factures s'accumulent. Dans un cahier d'écolière, elle note : “J'ai de graves difficultés financières. Je suis lasse de la vie.”

Elle ne s'alimente plus. Et, du 23 septembre au 6 novembre, elle note les phases de son agonie : “Le jeûne, c'est la mort

FAITS DIVERS

Seule à en mourir

Longue et brune, la taille bien prise dans un tailleur noir de bonne coupe : Marcelle Pichon, à soixante-quatre ans, avait de l'allure et du charme. Il y a quelques mois, elle avait acheté un minuscule logement dans une cité du dix-huitième arrondissement de Paris. Elle y vivait seule. Deux fois divorcée, elle ne recevait pas de visite et ses deux enfants l'avaient semble-t-il oubliée. Ses voisins la connaissaient peu. Au début, on la voyait parfois faire ses courses. Puis plus rien. Elle était partie, peut-être. Personne ne s'est ému lorsque, répondant à une petite annonce, elle avait participé à une émission d'Anne Gaillard consacrée à la solitude et diffusée le 27 septembre 1984.

Ancien mannequin du couturier Jacques Fath, Marcelle Pichon avait été heureuse sans doute, il y bien longtemps. Mais elle crevait de solitude. Avec pudeur, elle l'avait dit devant les caméras de FR 3 : *« Le pire, c'est de devoir rentrer chez moi et de ne pas m'entendre dire : « Bonsoir chérie. »*

Personne ne dira plus jamais bonsoir à Marcelle Pichon. En septembre 1984, l'électricité de son studio est coupée. Les factures s'accumulent. Dans un cahier d'écolière, elle note : *« J'ai de graves difficultés financières. Je suis lasse de la vie. »* Elle ne s'alimente plus. Et du 23 septembre au 6 novembre, elle note les phases de son agonie : *« Le jeûne, c'est la mort la plus horrible qui soit. (...) Pour un bol de bouillon, une tranche de melon, une orange, on vendrait son âme. »*

Une voisine, une fois, sonne à sa porte. Elle répond : *« Fichez-moi la paix. »* Le mardi 6 novembre, une dernière annotation : *« Je ne peux plus me lever. Mes urines sont rouge sang. J'ai très mal aux reins. »*

Dix mois plus tard, on découvrira le corps momifié de Marcelle Pichon. La belle dame brune, qui était seule à en mourir..

Le Monde, *mardi 27 août 1985*

la plus horrible qui soit (...) Pour un bol de bouillon, une tranche de melon, une orange, on vendrait son âme."

Une voisine, une fois, sonne à sa porte. Elle répond : "Fichez-moi la paix." Le mardi 6 novembre, une dernière annotation : "Je ne peux plus me lever. Mes urines sont rouge sang. J'ai très mal aux reins."

Dix mois plus tard, on découvrira le corps momifié de Marcelle Pichon. La belle dame brune, qui était seule à en mourir. »

5.1

C'est en tapant dans Google « 1985 Marcelle P mannequin "Jacques Fath" "morte de faim" » que j'ai découvert, sur le site Internet Archive (qui, depuis 1996, construit une « bibliothèque de la Toile », avec quelque 750 milliards de pages Web déjà archivées), cet entrefilet du *Monde*, daté du mardi 27 août 1985. Je n'allais pas attendre de recevoir le livre d'Alain Arnaud ni d'avoir accès aux contenus de l'INA pour commencer à remuer ciel et terre. Maintenant que je disposais d'éléments tangibles, trop impatient j'étais.

Situé au beau milieu de la page 8, rangé sous la bannière « Faits divers » (et, juste en dessous, il y avait une publicité pour une classe préparatoire à Science Po), cet article n'était pas signé ; mais il livrait de précieux renseignements, le plus décisif étant que Marcelle P s'appelait Marcelle Pichon.

MARCELLE PICHON.

Était-ce son nom de jeune fille ?

Je me posai la question puisque prendre le nom de leur mari efface le passage des femmes sur Terre.

D'après cet article, elle s'était laissée mourir de faim entre le 23 septembre et le 6 novembre 1984. Soit quarante-cinq jours de jeûne. Elle habitait bien dans le 18e arrondissement, probablement rue Championnet. On avait retrouvé son cadavre dix mois plus tard, sans doute dans les jours précédant la parution de l'article. Elle avait divorcé deux fois. Elle avait deux enfants (un enfant de chaque mariage ?). Elle était manifestement tombée dans la misère (l'électricité lui avait été coupée) ; cependant, elle venait juste « d'acheter un minuscule logement ». C'était bizarre, non ?

Elle était « longue et brune ».

Il y avait aussi cette histoire d'émission d'Anne Gaillard consacrée à « la solitude » et diffusée le 27 septembre 1984. Thomas ne s'était pas trompé.

Si les dates disaient vrai, Marcelle avait donc cessé de s'alimenter quatre jours avant que soit diffusé à la télévision le documentaire auquel elle avait participé. Avait-elle peur de se voir à l'écran ? Craignait-elle, en se découvrant dans le poste, de recevoir un choc ? Avait-elle dit ou fait quelque chose qui lui faisait maintenant honte ? Ce documentaire avait-il été un élément déclencheur ? Existait-il seulement un lien ? Ce synchronisme suggérait quelque chose – mais quoi ?

Surtout, je possédais quelques bribes de son journal. « J'ai de graves difficultés financières. Je suis lasse de la vie. (...) Le jeûne, c'est la mort la plus horrible qui soit (...) Pour un bol de bouillon, une tranche de melon, une orange, on vendrait, son âme. (...) Je ne peux plus me lever. Mes urines sont rouge sang. J'ai très mal aux reins. »

Et la langue comme un escargot ?

5.2

Une fois qu'on tient le bon bout, tout s'accélère. Tout s'emballe. Devient excitant, bordélique, foisonnant. Des informations surgissent de toutes parts comme si on avait ouvert la boîte d'un puzzle et déversé en vrac toutes ses pièces sur la table. Comme des petites fleurs de toutes les couleurs éclosant à l'unisson au printemps : elles vous font de l'œil, elles vous tendent les bras et il n'y a qu'à se baisser pour les cueillir. Là où il n'y avait qu'une surface nue et rase, voici que des lignes se dessinent, des masses s'esquissent, une histoire se tisse, un visage qu'on ne soupçonnait pas prend forme, encore flou et chaotique pour l'instant, mais on le voit surgir de l'oubli et c'est fascinant. C'est beau comme une photo argentique dévoilant lentement dans le bac révélateur la scène ayant impressionné la pellicule. Le passé a été écrit à l'encre sympathique et il suffit de passer sur lui une flamme agrémentée d'un peu de citron pour, sinon le restituer à lui-même, du moins le rendre perceptible. Ce sentiment-là. Ce sont les traces que l'histoire a laissées qui disent le chemin. Elles qui montrent la voie et chaque information que je trouvais sur Marcelle Pichon en amenait une autre, qui en amenait une autre, et ainsi de suite, à l'infini. Le moindre détail se révélait *admonitor*, à l'instar de ces personnages qui, dans un tableau, indiquent au spectateur ce qu'il doit regarder. L'admonestent.

Ainsi savais-je à présent que le cadavre d'une certaine Marcelle Pichon avait été découvert à la fin du mois d'août 1985 dans le 18e arrondissement de Paris. Cela signifiait qu'un acte de décès avait dû être dressé à la mairie concernée. Cette pensée me vint comme une illumination ! Il devait être 3 heures du matin et je me brossais les dents, ayant décidé d'aller me coucher après des heures à fouiller les entrailles du Web en quête de nouvelles informations. J'avais mal aux yeux, mal au crâne, mal aux reins ; pourtant, je retournai vivement à mon ordinateur, le rallumai et, quelques clics plus tard, je surfais sur le site des Archives de Paris avec la même ferveur qu'un surfeur découvrant les vagues au Rice Bowl d'Hawaï. Ô la mère féconde des archives, l'immense continent enchanté ! Moi qui cherchais, en prévision de la suite, à me renseigner sur les moyens de consulter des actes de décès et qui imaginais déjà toutes sortes d'obstacles administratifs, d'autant plus que je ne faisais pas partie de la famille du défunt, quelle surprise de constater que les Archives de Paris étaient accessibles en ligne, ouvertes à tous, même à 3 heures du matin, sans restriction aucune, pas même l'obligation d'ouvrir un compte ou de débourser quoi que ce soit. Elles mettaient à la disposition du public plus de treize millions de documents numérisés, se répartissant en deux grands ensembles : 1/ l'état civil « reconstitué » (du XVIe siècle à 1859) ; 2/ l'état civil « complet » des vingt arrondissements (à partir de 1860). En un rien de temps, le premier venu pouvait prendre connaissance des actes de décès et de mariage enregistrés à Paris (s'ils datent d'au moins vingt-cinq ans), mais aussi de naissance pourvu qu'ils aient été dressés il y a soixante-quinze ans minimum. Je n'en croyais pas mes yeux. Qui avait eu cette merveilleuse idée ? Découvrir le site des Archives de Paris fut le deuxième tournant de cette histoire. Ce fut comme si les portes d'un palais s'ouvraient devant moi, sans même qu'il soit besoin que je bouge de ma chaise. Sésame ouvre-toi !

Après avoir renseigné le type d'acte que je cherchais (décès), l'année (1985) et l'arrondissement (18e), je tombai sur une page affichant dix onglets classés selon un ordre chronologique. Celui qui m'intéressait était le septième et concernait les actes numérotés de 1596 à 1896, établis entre le 19 août 1985 et le 3 octobre 1985. Un clic et une fenêtre s'ouvrit, contenant trente et une pages numérisées. C'est avec une fébrilité sans nom que je les parcourus l'une après l'autre et, à la quatrième page, après les actes de décès de Si Amer (une enfant mort-née), de Joseph Schneider (décédé à l'âge de 79 ans), de Marie-Solange Pasquet (morte dans sa quatre-vingt-dix-huitième année), voici que le miracle se produisit : l'acte de décès n° 1629. Celui de Marcelle Pichon. Lequel était même susceptible d'être sauvegardé sur mon ordinateur. Comme le monde moderne était merveilleux !

Sans doute un historien sourira-t-il de me voir m'extasier sur ce qui constitue l'ordinaire de son activité. Je souris volontiers avec lui. Je parle bien sûr d'un historien bienveillant. Sauf que tout cela est nouveau pour moi. J'avance en terre totalement inconnue. D'autant que je ne me suis jamais soucié de généalogie. Les gens qui s'accrochent à leurs racines, on dirait des végétaux, et je ne suis pas un végétal, je ne suis pas une *plante verte* ! Tous ceux qui s'interrogent sur leurs origines, ils cherchent en fait les origines de leur malaise. Ils ont l'air de croire qu'ils sont nés de la cuisse de Jupiter et non d'une femme, comme si cela leur posait problème. Enfin bref. Je ne suis pas historien et je n'ai aucune compétence en la matière. Ni les outils ni les concepts. Je ne suis même pas un historien amateur comme il en existe tant, entre passion pour Napoléon ou la Première Guerre mondiale et abonnement à *Historia* ou à une autre revue spécialisée. De l'histoire, je ne sais que ce que tout le monde sait, plus ou moins, entre dates, personnages et événements mémorables, récits et légendes vernaculés.

Ce qui fait que j'improvise ici. Je me fie à mon intuition. J'apprends sur le tas. J'avance au flan.

Je me dis que Marcelle Pichon saura me guider.

5·3

Il était 4 heures du matin lorsque j'entrai en possession du précieux document.

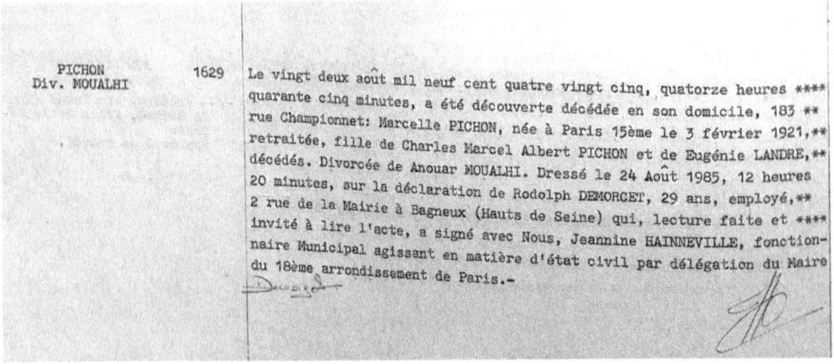

PICHON
Div. MOUALHI

1629 Le vingt deux août mil neuf cent quatre vingt cinq, quatorze heures **** quarante cinq minutes, a été découverte décédée en son domicile, 183 ** rue Championnet: Marcelle PICHON, née à Paris 15ème le 3 février 1921,** retraitée, fille de Charles Marcel Albert PICHON et de Eugénie LANDRE,** décédés. Divorcée de Anouar MOUALHI. Dressé le 24 Août 1985, 12 heures 20 minutes, sur la déclaration de Rodolph DEMORCET, 29 ans, employé,** 2 rue de la Mairie à Bagneux (Hauts de Seine) qui, lecture faite et **** invité à lire l'acte, a signé avec Nous, Jeannine HAINNEVILLE, fonctionnaire Municipal agissant en matière d'état civil par délégation du Maire du 18ème arrondissement de Paris.-

Son cadavre avait donc été découvert le 22 août 1985 (un jeudi).

Elle habitait 183 rue Championnet, Paris 18e.

Elle avait divorcé d'un certain Anouar Moualhi.

Elle était la fille de Charles Marcel Albert Pichon et d'Eugénie Landré.

Ses parents étaient tous les deux décédés.

Elle était née le 3 février 1921, à Paris 15e (une Verseau).

Les témoins étaient Rodolph Demorcet, employé à la mairie de Bagneux (pourquoi Bagneux ?) et un fonctionnaire d'état civil de la mairie du 18e.

Personne de sa famille ne semblait avoir été présent.

Il était 4 h 20 et je n'étais plus du tout fatigué. Je me sentais comme un chercheur d'or qui vient de découvrir un fabuleux filon. Comme un joueur de poker que la chance prend sous son aile pour le faire gagner à tous les coups et impossible d'aller me coucher. J'étais lancé et il fallait que je sache, creuse, fouille, à mains toujours plus nues. Une véritable fièvre s'était emparée de moi et je replongeai tête la première dans les Archives de Paris, à la recherche cette fois de l'acte de naissance de Marcelle Pichon, puisque je savais maintenant où et quand elle était née.

Une demi-heure plus tard, je levais les bras au ciel en signe de victoire ! Une demi-heure plus tard, je téléchargeais le fac-similé numérisé d'un document vieux d'un siècle et l'affichais plein pot sur l'écran de mon ordinateur. Comme un fou j'étais ! Ce que je découvrais me faisait chavirer. Marcelle Pichon n'était plus un simple nom, elle n'était plus un fait divers, elle n'était plus seulement sa mort, non, voici que ses lignes de vie et ses lignes de cœur se dévoilaient devant moi, tracées à la plume sur du papier jauni, dans une écriture fine et penchée qui, à elle seule, mesurait le temps qui s'était écoulé entre 1921 et 1985. Pas écoulé, non, plutôt rompu à un moment donné, tellement ces deux dates renvoyaient à deux mondes qu'aucun continuum ne semblait relier, comme si l'un avait évincé l'autre et qu'ils se trouvaient maintenant chacun dans des plans séparés et hostiles. Car si l'acte de décès avait été tapé à la machine à écrire, lui donnant une froideur mécanique et impersonnelle, l'acte de naissance avait, soixante-quatre ans plus tôt, été rédigé à la main, dans ce qui devait passer à l'époque pour une « belle écriture », avec de jolis pleins et déliés, au risque de la rendre aujourd'hui difficile à lire, surtout que l'encre avait passé jusqu'à parfois s'effacer – la preuve.

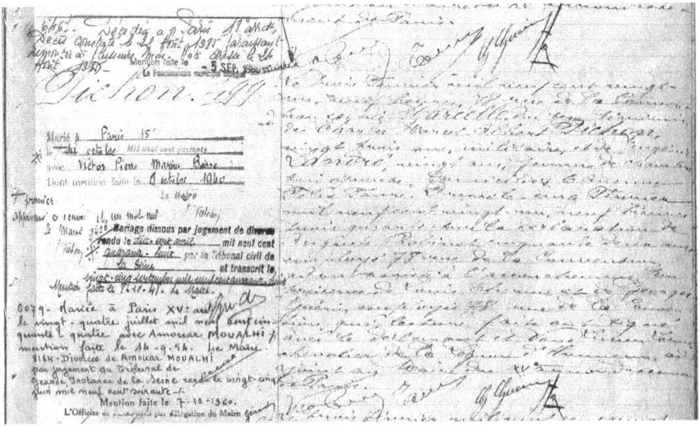
Pichon
Mariage dissous par jugement de divorce
mil neuf cent
par le Tribunal civil de
et transcrit le
Mention faite le 7-10-1960.

De fait, il me fallut un certain temps (c'est un euphémisme) pour déchiffrer ce qui était écrit. À savoir que Marcelle Pichon était née le 3 février 1921 à 9 heures du matin, au 78 de la rue de la Convention (sans doute la maternité). Son père, Charles Pichon, avait 23 ans au moment de sa naissance ; il était militaire (la guerre de 14 était pourtant terminée depuis trois ans…). Sa mère, Eugénie Landré, avait 20 ans et elle était femme de chambre. Tous deux étaient domiciliés 6 avenue Félix-Faure. Les témoins étaient Auguste Robinet (Robinot ?), 52 ans, employé 78 rue de la Convention et ayant assisté à l'accouchement, et Louis-Étienne et Georgette Guérin, également employés à la maternité.

Juste au-dessus de l'acte, il était indiqué : « Décédée à Paris 18e. Décès constaté le 22 août 1985 paraissant remonter à plusieurs mois. »

Mais ce furent surtout les mentions figurant dans la marge qui m'électrisèrent. Marcelle s'était mariée deux fois et, deux fois, avait divorcé. Une première fois le 1er octobre 1940 avec un certain Victor Pierre Marius Baisse (Boisse ? Buisse ?). Mariage dissous le 17 avril 1948. Elle s'était ensuite remariée six ans plus tard avec Anouar Moualhi, le 14 septembre 1954. Et ce mariage avait également été dissous, le 25 juin 1960. Tout cela à Paris 15e.

Tout cela dans mon quartier ! Car j'habite à cent mètres de la mairie du 15e arrondissement, là où Marcelle avait, par deux fois, dit oui à un homme « pour le meilleur et pour le pire ». Quelle coïncidence ! Depuis vingt ans que j'ai emménagé ici, je connais par cœur cette mairie, sa grande place, sa statue de Carpeaux par Bourdelle, sa petite fontaine Wallace et l'avancée de ses larges escaliers où les habitants du quartier viennent s'asseoir quand il fait beau. Une vraie place de village ! Où les gosses viennent s'ébattre après l'école, jouer au foot, faire du vélo, du roller. Où j'allais jouer au badminton avec ma fille lorsqu'elle était petite. Ce n'était pas comme si Marcelle était née n'importe où ailleurs, dans un autre arrondissement de Paris ou même dans une ville de province, une quelconque bourgade. Ce n'était pas du tout pareil. Quelle était la probabilité pour que cette femme à laquelle je songeais depuis plus de trente ans soit née rue de la Convention, se soit mariée à la mairie du 15e, ait probablement passé toute son enfance et même une partie de sa jeunesse dans *mon* quartier ? Soudain, je n'avais aucun mal à l'imaginer en robe blanche, rayonnante, radieuse, au bras de Victor ou d'Anouar, entourée d'amis et de proches jetant des poignées de riz, à l'image des jeunes mariés que j'aperçois le samedi matin lorsque je vais lire le journal en buvant un petit crème au café de la mairie (dit Le Blomet). Là où, justement, les mariés et leurs invités tout joyeux et clinquants viennent souvent sabler le champagne après la cérémonie, avant de se retrouver ailleurs pour faire la fête. Peut-être Marcelle s'était-elle assise sur l'une ou l'autre des chaises sur laquelle moi-même m'assieds parfois. Ô vertige ! Toute nouvelle information sur une chose modifie la perception qu'on en a et Marcelle Pichon ne me semblait plus une inconnue, tout à coup. Elle n'était plus cette femme de 64 ans qui s'était laissée mourir de faim à petit feu de l'autre côté de la Seine, autant dire à des années-lumière de moi, au plus loin de son enfance dans tous les cas, comme une volonté de se quitter déjà elle-même. Elle n'était plus un affreux cadavre putréfié dans un lit ; elle n'était plus seulement sa mort ; elle n'était plus une *défaite* car elle était une femme qui avait été jeune, une femme qui avait été vivante, une femme qui avait aimé et même plusieurs fois, si tant est qu'elle s'était mariée par amour. En tout cas, elle n'avait pas été une vieille fille revêche, une nonne ratée, une rosse que l'existence rebute. Elle n'était pas née recluse ni momie mais l'était devenue. Et cela changeait tout !

L'erreur serait de croire que le supplice que s'est infligé Marcelle Pichon éclairerait sa vie alors qu'il s'agit, au contraire, de savoir si son existence peut éclairer sa mort. Il s'agit de respecter la chronologie et, plus j'y songeais, plus Marcelle Pichon prenait corps devant moi. Je pouvais soudain me la *représenter*. Je pouvais, là, tout de suite, l'imaginer traverser la place de la mairie, aller faire ses courses à l'Auchan de la rue Lecourbe, prendre son pain à la boulangerie de la rue Pétel ou, rue Blomet, déposer une robe chez Marvan pour qu'il la retouche avec ses doigts de fée. Son fantôme était là, quelque part, dans l'air que je respirais, dans l'ombre des passants, dans la couleur jaune des murs ou le gris luisant des pavés. Par-delà le temps, nous étions proches. Nous étions voisins. Ce n'était pas banal. Ce n'était pas un hasard.

5.4

Cela me rappelait un livre. Mais lequel ? Impossible de me le rappeler. C'était il y a longtemps. C'était… C'était… Comme c'était agaçant ! J'aurais voulu m'ouvrir le crâne et farfouiller dedans à deux mains comme dans une caisse à outils pleine à ras bord, vider par terre tout son contenu afin de trouver la minuscule information qui s'y cachait. Ainsi pendant un long moment. Jusqu'à ce que, sans que je sache comment, comme écartant de lui-même les brumes de ma mémoire, comme s'arrachant à la force des bras de l'affreuse mélasse de l'oubli pour se frayer un chemin vers ma conscience, un titre prenne soudain forme dans mon esprit, s'impose, me convainque. Mais oui ! Aucun doute !

Deux minutes plus tard, je feuilletais le livre que j'étais allé chercher dans ma bibliothèque et je ne m'étais pas trompé. C'était là, un passage que, vingt ou vingt-cinq ans plus tôt, j'avais eu la bonne idée de cocher lorsque j'avais lu *Dora Bruder* et, lisant de nouveau ces lignes, tout m'était revenu d'un coup. Comme moi, Patrick Modiano croyait aux coïncidences qui, chez certains écrivains, culminent en un véritable « don de voyance » pouvant embrasser aussi bien le futur que le passé. À preuve : Modiano avait découvert que Dora Bruder était, au moment de sa disparition en pleine période de l'Occupation – alors qu'âgée de 15 ans elle portait l'infamante étoile jaune –, pensionnaire dans un couvent qui, par extraordinaire (mais était-ce extraordinaire ou, justement, pure « voyance » ?), se trouvait être le fameux couvent dit du Petit-Picpus où, un siècle plus tôt, Cosette et Jean Valjean s'étaient réfugiés pour échapper à une patrouille de police au chapitre VI du tome II des *Misérables*. De même m'étais-je souvenu de Dora Bruder au moment d'écrire sur Marcelle Pichon, de même Patrick Modiano s'était-il rappelé Cosette et Jean Valjean au moment d'écrire sur Dora Bruder. Voilà pourquoi ce passage m'était revenu en mémoire. Un semblable processus de voyance semblait s'être mis en branle dans ma quête de Marcelle Pichon.

Tant que j'y étais, je me replongeai dans le début du livre, m'apercevant que j'avais oublié que Patrick Modiano s'était lancé sur la piste de Dora Bruder après avoir lu en 1988 une petite annonce de *France Soir* qui, datée du 12 décembre 1941, signalait la disparition d'une jeune fille de 15 ans, exactement comme Marcelle Pichon était entrée dans ma vie à la suite d'une émission de radio me révélant, là aussi des décennies plus tard, sa disparition la sienne. Au commencement, Modiano ne disposait, comme moi, que de quelques mots auxquels s'accrocher. N'avait, pour boussole, qu'un sentiment, une angoisse, un mystère, un désir, un minuscule fil sur lequel tirer. Cela me troubla. M'excita. M'embêta aussi. Comme si Dora Bruder volait quelque chose à Marcelle Pichon. Lui ôtait un peu de sa singularité. C'était avant de lire le paragraphe suivant. Avant de réaliser que la « voyance » existait bel et bien ! Car, d'après la petite annonce de *France Soir*, Dora Bruder habitait 41 boulevard Ornano ; or, Modiano expliquait connaître depuis l'enfance ce quartier du boulevard Ornano, où il allait souvent avec sa mère. Et même lorsqu'il était jeune homme (bien avant de devenir « Patrick Modiano ») :

au début de l'année 1965, il allait traîner ses mornes états d'âme dans ce quartier dans l'espoir d'y retrouver « une amie qui habitait rue Championnet ». Une amie ? Rue Championnet ? Modiano ? RUE CHAMPIONNET ? Je crus sauter au plafond. Dévorai fiévreusement les lignes suivantes. Pour découvrir que, le dimanche soir, une Jaguar de couleur noire était souvent garée rue Championnet. Jaguar appartenant à qui ? Modiano se posait la question. Sans apporter de réponse. Et si le mystérieux propriétaire de la Jaguar de couleur noire se rendait chez Marcelle Pichon ? Ouh là là ! Ah mais non ! En 1965, Marcelle Pichon n'habitait pas encore rue Championnet puisque, à en croire l'article du *Monde*, elle avait acquis ce studio vers l'année 1983. Ce n'était donc pas chez elle qu'allait sonner l'homme à la Jaguar. Non plus Patrick Modiano. Dommage. Cela aurait été *fascinant*. Mais quelle importance ? Après avoir découvert qu'elle était née dans mon quartier, j'apprenais maintenant que Marcelle Pichon était morte dans celui de Dora Bruder. Comment ne pas y voir un nouveau signe ? La démonstration de la voyance. Une incitation à continuer. Un passage de témoin, depuis au moins Victor Hugo. Pour que l'histoire jamais ne se termine. Qu'elle rebondisse de livre en livre, officieusement, à l'infini.

Devant une telle folie, tant d'informations multicolores explosant dans ma tête, oui, maintenant que les événements se précipitaient et prenaient une forme cosmique, je sus que je venais d'entrer dans une nouvelle dimension de l'histoire de Marcelle Pichon. Je sus que je n'aurais de cesse de reconstituer le puzzle en entier. Je sus qu'entre elle et moi, il y avait « quelque chose ». Ce n'était pas pour rien si cette histoire m'était restée dans un coin de la tête pendant trente-deux ans.

Il était près de 6 heures du matin lorsque j'allai me coucher. Malgré la fatigue, j'eus du mal à m'endormir et agité fut mon sommeil. Je rêvai de Gene Tierney et de nazis la cherchant dans une école délabrée et abandonnée. Mais des coups résonnaient soudain. Comme des coups de feu. Des rafales de mitrailleuse. Ou des cris. Si forts qu'ils me réveillèrent. Le voisin du dessus cognait sur la tuyauterie. Ou bien celle-ci hoquetait comme pas permis. Merde alors ! Cela dura un moment. J'étais trop épuisé pour être furieux, mais le cœur y était. Les coups cessèrent subitement. Je me rendormis.

« La curiosité est le signe d'un progrès dans un syndrome dépressif. »
The Widow, saison 1, épisode 3

6

Lorsque je me réveille, plusieurs jours ont passé.

Les canalisations font toujours d'immondes gargouillis mais je m'en fiche : je lis *Rue Championnet*, d'Alain Arnaud.

Je le dévore.

J'ai fini par le recevoir par la poste et, le découvrant, j'étais fébrile.

Je le suis toujours.

Le livre fait quarante-quatre pages : quasiment le nombre de jours que Marcelle Pichon mit à mourir de faim. J'imagine que c'est voulu. Je trouve cela parfait. Tellement judicieux. Absolument hors de ma portée.

Page 10, j'apprends que la presse a largement relaté ce fait divers : *Le Parisien Libéré*, *L'Humanité*, *Paris Match*, *France Soir*, *Le Monde*... Je n'imaginais pas que Marcelle Pichon avait autant suscité l'intérêt. Je me dis qu'il me faut de toute urgence me procurer ces journaux !

À partir des photos parues dans la presse, le livre s'attache ensuite à « reconstituer l'allure, le visage, le regard... » de Marcelle P – Alain Arnaud l'appelle « Marcelle P ». (Il me faut *absolument* ces journaux ! Moi aussi je veux voir à quoi elle ressemblait !)

S'inspirant toujours de la presse, les pages suivantes tentent de « consigner les faits selon leur chronologie », depuis la naissance de Marcelle P en 1921 jusqu'à sa mort fin novembre 1984, puis la découverte de son cadavre en août 1985, en passant par sa période mannequin chez Jacques Fath « dans les années cinquante », ses deux mariages, l'achat de son studio rue Championnet en 1983, ses soucis d'argent fin septembre 1984, le début de son jeûne, son Journal. Rien que l'article du *Monde* ne m'ait déjà appris – sinon ce détail qui me plaît : « Elle fait son marché sur Ordener » (page 16).

Et cet autre détail qui me plaît encore plus : son père tenait un « salon de coiffure dans le 15e arrondissement ». Son père : un merlan ! Un Figaro ! Il n'était donc pas militaire de carrière, comme l'acte de naissance de Marcelle me l'avait fait supposer (et moi d'en tirer déjà certaines hypothèses). Cette information me réjouit. Ainsi Marcelle vécut-elle toute son enfance dans l'ambiance d'un salon de coiffure, parmi les sons d'un salon de coiffure, les odeurs d'un salon de coiffure, les lotions, la brillantine, les fers à friser, les perruques, les blouses à enfiler et les balayettes pour le cou, les fauteuils basculant-tournant, les paires de ciseaux de toutes les tailles, le bruit des ciseaux qui claquent, coupent, sculptent, dégagent et égalisent, les touffes de cheveux jonchant le sol – que sais-je encore ? À quoi ressemblait un salon de coiffure dans les années 20 et 30 ? Je me pose la question, ce que je n'aurais jamais cru possible dix minutes plus tôt.

Je songe à Pina Bausch. Née en 1940, elle passa son enfance dans le café de ses parents, à Solingen, en Rhénanie-du-Nord-Westphalie. Toute petite, elle se cachait sous les tables et restait des heures à observer la comédie humaine, le jeu tragique des hommes et des femmes, toute la gamme des comportements dont, plus tard, elle fit la matière de ses spectacles, son travail de chorégraphe consistant, expliqua-t-elle un jour, à « donner une forme à ses émotions enfouies dans sa prime enfance ». De fille de cafetiers à fille de coiffeur, il n'y a peut-être pas si loin et j'ai soudain la vision de la petite Marcelle se faufilant à quatre pattes parmi les fauteuils, les rombières, les élégantes, les magazines de mode, les commérages, les confidences frelatées, observant sous l'angle capillaire l'humanité cherchant à se faire belle. Tout le monde n'a pas la chance d'être à la bonne école de la vie. Voici une pièce du puzzle qui, loin de se trouver au bord du cadre, doit s'emboîter quelque part au centre de l'image que j'essaie à toute force de faire surgir du néant.

Mais voici que, page 18, Alain Arnaud change de ton : « J'arrête sur cette voie de la reconstitution. Elle me paraît stérile et malsaine », écrit-il. Il est vrai qu'il vient d'épuiser le filon biographique. Souvent vertu vient après le vice. Et de préciser : « Je ne mènerai pas l'enquête. Je m'en tiendrai au Journal, respectant ou croyant respecter ses dernières volontés. » Lisant ces lignes, je me sens tout à coup « malsain et stérile », pris en flagrant délit d'obscénité ; d'un autre côté, tant mieux s'il ne veut pas mener l'enquête, cela me laisse le champ libre. Cependant, je tique à l'idée de « respecter les dernières volontés » de Marcelle Pichon. Je comprends le sentiment mais ne suis pas sûr de le partager. Comment savoir quelles furent ses « dernières volontés ». Si elle a laissé un journal, c'était pour qu'on le lise après sa mort, non ?

J'ai hâte toutefois de lire la suite. Car je suis bien d'accord : « L'horreur n'est ni dans cette solitude, ni dans cette mort, mais bien dans le Journal. Qui est, souligne Alain Arnaud, proprement *monstrueux* » (page 19). Je m'attends donc à en découvrir la teneur, du moins à entrer dans sa « monstruosité ». Auquel cas, j'aurai atteint mon but. Je pourrai reprendre le cours ordinaire de mon existence, même si je n'en ai plus très envie.

Sauf que, dans les pages qui suivent, loin de s'en « tenir au Journal », emporté par son ethos d'écrivain (je connais ça !), Alain Arnaud imagine Marcelle P. Il s'imagine en Marcelle P. Il la voit « chez elle, le premier soir de son jeûne » ; il la voit vêtue d'une robe « blanc-bleu des glaciers », celle-là même que Jacques Fath créa pour le mariage de Rita Hayworth avec Ali Khan ; il « voit la cambrure de sa taille » ; il « assiste, dans la cabine des mannequins, à l'effervescence de beauté futile », etc. Avant de se reprendre et de se reprocher son imagination, jugeant « indécente » cette façon de prêter fictivement à Marcelle P des fragments de vie qui, au moment de son jeûne, auraient pu lui revenir en mémoire, éventuellement sous forme d'hallucinations. « Dans les passages du Journal que la justice a conservés secrets, tranche-t-il, je doute qu'il y ait la moindre mention de tels souvenirs. Et dans les fragments publiés, rien ne m'autorise pareille fantasmagorie » (page 23).

Ainsi la justice détient-elle le Journal !

Elle le conserve au « secret » !
Et Alain Arnaud n'y a pas eu accès !
Il ne sait pas ce qu'il contient véritablement.
Il ne sait que ce qu'il a lu dans la presse.
Je le comprends à ce moment-là.
Je décroche du livre à ce moment-là.

Même si, bien sûr, je le lis jusqu'au bout. Mais en prenant maintenant mes distances avec lui. En me protégeant de ses phrases, afin de ne pas me laisser envahir par les émotions qu'elles expriment et transmettent tout à la fois. En tant qu'écrivain qui, je le décide *à cet instant*, je le décide grâce à Alain Arnaud, va tenter à son tour de mettre des mots sur l'histoire de Marcelle Pichon, je me sens poreux, tout à fait influençable, au point de craindre qu'une sensibilité autre que la mienne ne m'oriente, m'égare, m'embobine ou, pire, qu'elle épuise mon sujet. Les livres ont le don de formuler ce que nous pensons avant même que nous le pensions et il est trop tard ensuite pour retrouver son propre indicible. Moi qui cherche un chemin conduisant à Marcelle Pichon, je ne veux pas devenir la proie de la « Marcelle P » d'Alain Arnaud. Je ne veux rien savoir de cette référence à saint Paul qui, page 41, après que je l'ai lue, s'est mise à creuser une galerie en moi : « Malheureux que je suis ! Qui me délivrera de ce corps qui me voue à la mort ? » (Épître aux Romains, 7,24). Eussé-je trouvé moi-même cette citation et ce qu'elle implique dans le cas de Marcelle Pichon, j'aurais maintenant le sentiment de l'usurper.

J'ai bien conscience de ne pas lire le livre d'Alain Arnaud pour ce qu'il est mais pour ce qu'il peut m'apporter ou me retrancher. C'est une exécrable façon de lire. Elle me conforte cependant dans l'intuition qui fut d'emblée la mienne : ce n'est pas la mort de Marcelle qui contient la femme qu'elle fut, mais sa vie qui, d'une façon ou d'une autre, contient le secret de sa mort. Contrairement à Alain Arnaud, c'est donc son existence que je veux investiguer, afin de comprendre ce qu'il est possible de comprendre. Je parle d'un défi à l'entendement plus que d'une émotion à propos de laquelle il n'y a rien à dire qui ne soit la pureté vide de cette émotion. Je suis toujours embarrassé quand la littérature se nourrit de sa propre impuissance.

Je relirai *Rue Championnet – Paris XVIIIe* plus tard, à la fin, si fin il y a.

D'ici là, je retiens que c'est Alain Arnaud qui a tout déclenché. C'est lui qui, sans le soupçonner, a allumé la mèche d'un baril qui est le mien. Sans son livre dont il vint parler à la radio, je ne serais pas là. Ce n'est pas une dette, non, c'est le *sortilège* de Marcelle Pichon.

Au tout début de son livre, Alain Arnaud écrit : « Nul ne pourrait dire comment elle en arriva là. »

Je vais tout de même tenter cet impossible.

6.1

Dans un calepin, j'ai commencé à prendre des notes. Afin de fixer les idées qui me passent par la tête, les choses à faire, les détails à vérifier, les indices à foison, les pistes à suivre, mes intuitions et mes hypothèses, même si elles ne reposent sur rien de tangible et, par la suite, se révéleront des impasses, j'allais dire des insultes. C'est que je crains d'oublier quelque chose d'important. Volatiles sont les pensées, spécialement les miennes. Une fois qu'elles ont pris leur envol et s'émancipent de ma boîte crânienne, je ne les revois plus. Elles se dissolvent dans l'air. Mieux vaut donc tout noter. Ce sera mon journal d'enquêteur. N'est-ce pas ce que font les Maigret & compagnie ?

C'est de cette réflexion qu'est née la Bmore & Investigations.

C'est ici que j'ai décidé de m'appeler Baltimore. G. B. Baltimore. Et, dans la foulée, de monter ma petite agence de détectives : la Bmore & Investigations.

Il faut prononcer « Bi-more ».

Ce qui signifie « sois plus », « fais mieux ».

Une espèce de programme pour moi-même. L'occasion, aussi, de calmer les ardeurs de Pôle emploi ne cessant de me harceler pour savoir pourquoi je ne trouve toujours pas de travail. Qu'est-ce que je fous ? Fais-je réellement les démarches nécessaires ? Tout mon possible ? Ai-je des preuves ? Ou je me tourne les pouces et profite du système ? Ah pas d'excuses ! S'ensuit souvent une convocation pour un entretien avec un de leurs fameux « conseillers » qui, pendant une demi-heure, me sermonne et me fait les gros yeux, me scrute en face avec un air revêche, comme le ferait un maton de mon anus (un chouette métier), avant de me donner la fessée et me mettre la pression, me prendre pour un hochet qu'il faut secouer comme un prunier pour en faire tomber toute la société comme elle est. En montant une boîte sous le statut d'autoentrepreneur, j'obtiens un répit. Ce qui compte pour Pôle emploi, ce n'est pas tant que l'on trouve du boulot, c'est que l'on disparaisse de la colonne des demandeurs d'emploi. Que baissent les chiffres. Ce qui est le cas lorsqu'on devient autoentrepreneur.

Je n'imaginais pas monter un jour une agence de détectives, mais c'est fait.

Duluc n'a qu'à bien se tenir !

Dans la foulée, je me suis acheté un imperméable couleur mastic. Un feutre, cela aurait été trop ; j'aurais pourtant bien aimé, mais un détective privé doit savoir se faire discret. C'est du moins la conception que je me fais du métier.

Pour l'imperméable, j'étais parti pour un modèle genre Bogart ; mais, vu le prix, j'ai opté pour un imper d'occasion trouvé dans une friperie. Moche et fripé comme il est, je ressemble finalement à Columbo, ce qui me va au poil.

Si on joue le jeu, on le joue sérieusement, ou bien on va jouer à la Game Boy.

Quant à avoir un flingue, on verra plus tard. Je n'ai pas de port d'armes. Je ne vois pas non plus pourquoi j'en aurais besoin. Je ne compte tuer personne et je ne vois pas qui voudrait m'éliminer. Hormis Rita Ojabe. Et peut-être l'homme à l'anorak vert.

« Le cocasse est que ces débilités n'ont pas l'air d'être extorquées mais de venir d'elles-mêmes. »
Clément ROSSET, *Faits divers*

7

Nous sommes le 11 juillet 2018 et le site de l'INA ne m'a toujours pas accrédité. (Grrrr !)

Nous sommes le 11 juillet 2018 et, après les avoir trouvés (ô joie !) et aussitôt commandés sur le site journaux-collection.com (pour environ 20 euros l'exemplaire), je tiens entre mes mains le journal *France Soir* daté du samedi 24 août 1985. Je tiens entre mes mains *Le Journal du dimanche* daté du dimanche 25 août 1985. Je tiens entre mes mains *Le Parisien libéré* daté des samedi 24 & dimanche 25 août 1985. Je tiens entre mes mains *Libération* et *L'Humanité*, l'un et l'autre datés du lundi 26 août 1985.

Après cette date, l'histoire de Marcelle Pichon n'apparaît plus dans la presse quotidienne. Elle sort de l'actualité. Son quart d'heure de célébrité a duré trois jours, week-end compris.

Cependant, la couverture de ce fait divers s'avère importante. Tous les quotidiens nationaux le relatent et beaucoup en font même leur une, avec parfois une photo pleine page. Probablement parce que, en cette fin de mois d'août, l'actualité se dore la pilule au bord de la mer, à l'instar de la majorité des Français. C'est bien connu : le monde accélère ou ralentit au gré des conditions de production de l'information et les mois de juillet et août sont donc médiatiquement propices aux faits divers qui, en temps « normal », ne feraient certainement pas les gros titres. Si le cadavre de Marcelle avait été découvert peu après sa mort, en novembre 1984, ou seulement un mois plus tard, au moment de la catastrophe de Bhopal (20 000 morts !), voire en avril 1985, au moment de la démission de Michel Rocard de son poste de ministre de l'Agriculture du troisième gouvernement Mauroy, la mort de Marcelle Pichon serait peut-être passée inaperçue. Alain Arnaud n'en aurait pas entendu parler. Ni moi de son livre. Encore une fois, le minuscule battement d'ailes du papillon.

Bhopal, Rocard, Mauroy... Partir à la recherche de Marcelle Pichon, c'est aussi faire un voyage dans le passé. C'est enclencher une espèce de machine à remonter le temps. Et le voyage commence par l'année 1985.

Cela dit, l'histoire de Marcelle Pichon possède tous les ingrédients propres à en faire un « bon » fait divers. C'est-à-dire un fait susceptible de « faire diversion » (Bourdieu) tout en témoignant d'un « trouble de la causalité » (Barthes). Une *ancienne mannequin des années 50* qui se laisse *mourir de faim* en tenant le *journal de son agonie* et dont on retrouve le cadavre seulement *dix mois plus tard* : avec de tels éléments de langage, difficile de ne pas fabriquer une histoire digne d'intérêt. Ce n'est pas moi qui vais dire le contraire.

7.1

D'emblée, ce qui me frappe à la lecture des articles que la presse consacre à Marcelle Pichon, c'est leur univocité. Ils ne tirent qu'un seul fil de l'histoire, qui plus est le plus factice. Il suffit de lire les titres : « Marcelle, assassinée à Paris dans l'indifférence » (*JDD*), « Abandonnée de tous, elle se laisse mourir et raconte son agonie » (*France Soir*), « L'indifférence et la misère ont tué la vieille dame » (*L'Humanité*).

À ma grande surprise (je dois être naïf...), les journaux, tous bords confondus, focalisent sur le « drame social ». De Marcelle Pichon, ils veulent à tout prix faire un symbole, comme on dit faire un exemple. D'elle, ils ne voient et ne veulent voir qu'une *victime*. Une victime non d'elle-même mais des temps, des autres, de la solitude dans les grandes villes, de l'indifférence généralisée et de la misère à l'heure du tournant néolibéral de la gauche au pouvoir et des premiers SDF apparaissant dans les rues, comme le sigle d'une grande entreprise nationale qui, cinq ans plus tôt, n'existait pas. En filigrane, il s'agit d'accuser l'époque, peut-être le gouvernement socialiste, voire Mitterrand en personne – en France, l'État est responsable de tout (il est vrai qu'il se mêle volontiers de tout). Dans tous les cas, il s'agit de culpabiliser le corps social, de reprocher à chacun et à chacune de n'avoir rien fait pour sauver la pauvre Marcelle Pichon, d'impliquer tout le monde dans un drame devant mettre les consciences en face de leur responsabilité. De leur infamie.

Ce qui revient à déposséder Marcelle Pichon de sa *singularité*. À l'exproprier de sa propre mort, comme si elle ne lui appartenait pas mais qu'elle devait servir au bien commun. Aucun article ne conçoit qu'elle ait pu choisir de mourir comme elle l'a fait pour des raisons qui lui seraient strictement personnelles. Son histoire individuelle ne compte pas. Quelle histoire individuelle ? Le sujet de l'histoire de Marcelle Pichon, ce n'est pas elle, c'est nous. C'est notre cruauté. C'est notre indifférence. C'est la société. Ainsi le fait qu'elle s'est laissée mourir de faim n'inspire-t-il aucun commentaire particulier : elle se serait suicidée d'une autre façon, d'une façon plus « douce » et moins interminable, cela ne ferait aucune différence. Tout est normal. Dans une espèce d'ordre des choses qui ne dit pas son nom. Même le journal de son agonie n'apparaît pas l'élément central de la « story ». Il est un détail pittoresque. Une pièce à verser au dossier de la solitude. Une preuve de l'indifférence qui court nos saletés de rues puisqu'elle n'avait plus que son cahier d'écolier à qui se confier. Jamais, il n'intrigue ni n'interroge sur sa raison d'être, sa fonction, sa nécessité à l'heure de mourir, sa « monstruosité ». Car ce qui compte, c'est que personne ne se soit aperçu de la détresse de cette femme et, dix mois durant, que le monde ait continué de tourner comme si de rien n'était. Ici le seul et unique scandale que dénoncent d'une même voix tous les articles, chacun se distinguant de la concurrence (si j'ose dire) dans la manière de constater, déplorer ou s'offusquer du « crime commis par tous » dont Marcelle a été la victime.

7.2

Pourtant, c'est le scandale le moins remarquable qui soit – ou le plus répandu, c'est au choix. Qui connaît les résidents de son immeuble au point de prévenir la police s'il ne croise plus celui-ci ou celle-là pendant un certain temps ? Qui, vivant seul, ne doute qu'il pourrait crever dans son coin sans que nul s'en aperçoive avant des jours, des semaines, voire des mois ? Je n'ai moi-même que des relations très épisodiques avec mon père, tandis que ma fille vit au Canada. Mes voisins ? Je ne les connais pas. Juste bonjour bonsoir. Quant aux copains et relations, ils ne s'inquiéteraient pas outre mesure de n'avoir plus de mes nouvelles. Ils penseraient que je suis occupé et tant mieux pour moi. Ou que je fais la gueule et tant pis pour moi. Ils attendraient que je fasse signe, froissés peut-être de mon silence. Ainsi pourrait-il s'écouler un *temps fou* avant que l'on retrouve mon cadavre et cela n'aurait rien d'anormal. Les gens ont mieux à faire que de se soucier de mon sort et c'est normal. Ils ont bien assez de leurs problèmes et je n'en fais pas partie. Je n'ai pas attendu Marcelle Pichon pour savoir que nous sommes seuls au monde dès lors que nous n'entretenons pas spécialement de liens avec les autres. Quand nous sommes au chômage, par exemple. Ou divorcés. Au vrai, nous ne sommes « proches » de personne. Nous croupissons chacun dans notre coin, repliés sur nous-mêmes, sans espoir de rien. Je sais dans quel monde je vis et s'étonner, même en 1985, de l'atomisation des individus comme s'il s'agissait d'un scoop est une farce. C'est enfoncer une porte ouverte. C'est tomber faussement des nues. C'est je ne sais quoi.

C'est surtout oublier que Marcelle Pichon ne *voulait* plus voir personne ! Car tous les articles citent le témoignage de voisins confrontés à son caractère rébarbatif. À l'une qui frappa pour lui remettre des lettres qu'elle avait découvertes sur le pas de sa porte, Marcelle la rembarra en disant de lui « fiche la paix ». De toute évidence, elle ne souhaitait aucune aide. Sa solitude fut *choisie* ! Elle fut *sa* décision. C'est elle qui fit le vide autour d'elle. Elle plus que n'importe qui d'autre. Pas un article qui ne l'écrive noir sur blanc. Ce qui n'empêche de développer la fiction du drame social et de la culpabilité collective. Pourquoi ? D'où ce déni ? Est-ce parce que Marcelle Pichon incarne un scandale si scandaleux que le seul moyen de s'en prémunir est de le transformer en un banal scandale acceptable et compréhensible par tous ? Est-ce parce que les médias ne peuvent pas se retenir de faire *quelque chose* des informations qu'ils diffusent et, à la fin, ce sont eux qui font l'actualité ? À la fin, leur fiction devient notre réalité. Dans ses *Mémoires*, madame de Staal-Delaunay protestait déjà : « Vous m'avez parée de tout ce que je n'ai pas et dépouillée de tout ce que je possède. »

Seul *Libération* se distingue en titrant « Marcelle a tenu 45 jours son journal de mort », suivi de ce chapeau : « "Je suis lasse de la vie." L'ancienne mannequin vedette de Jacques Fath s'est laissée mourir de faim et de solitude. Une agonie de 45 jours, dont elle a tenu le journal de bord. Pendant dix mois, sa mort est passée inaperçue. »

Je m'attends donc à trouver un article d'une autre tonalité. Sauf qu'il ne dépareille pas des autres. Avec un sens certain du drame, il s'ouvre sur la rue Championnet « écrasée de silence », évoque « l'ascenseur-cage qui s'élève lentement avec un bruit rouillé » jusqu'au « sixième étage, appartement 8 », où une « toute petite vieille » – « Léone Mayer » – raconte qu'elle ne connaissait pas Marcelle Pichon, car celle-ci « n'ouvrait jamais ».

Et d'avertir : « De toute façon, chacun vit seul ici. » Elle se rappelle que, chez Marcelle, « c'était grand, beau, bien meublé ». La dernière fois qu'elle l'a croisée, c'était à la fin de l'été 1984. Elle venait lui apporter une lettre qui traînait devant sa porte. « Elle m'a très mal reçue. Elle était toute négligée ».

Après cette mise en bouche bien ficelée, l'article en vient aux faits : « Vendredi (donc le 23 août 1985 – sauf que l'acte de décès de Marcelle Pichon indique le jeudi 22 août...), les gardiens de la paix, prévenus par des voisins inquiets de ne plus la voir (où l'indifférence alors ?) et intrigués par une odeur persistante [ont] forcé la porte du 9 » (l'appartement numéro 8 ou 9 ? Faudrait savoir !).

À l'intérieur du « petit logement bien rangé (il était donc bien rangé mais pas si grand finalement ?) reposait le corps de Marcelle Pichon ». (J'aime la douceur du mot « reposait ». Au moins, elle ne gisait pas.) Léone Mayer n'a « pas voulu la voir lorsqu'ils l'ont emportée. Il paraît qu'il ne restait plus que son squelette ». (Question : un squelette peut-il diffuser des odeurs pestilentielles ?)

Juste à côté du lit, un « cahier d'écolier couvert d'une écriture serrée ». (Des photos du cahier publiées dans d'autres journaux montrent au contraire une écriture ample et nerveuse. Mais le dire *serrerait* sans doute moins le cœur.) « Dans son dernier journal (d'autres l'ont précédé ?), Marcelle raconte pourquoi, à 64 ans, elle a préféré se laisser mourir de faim plutôt que de continuer à vivre, ruinée et désespérément seule. » (Ah non ! Elle ne raconte pas *pourquoi* elle a préféré se laisser mourir de *faim*, sous-entendu plutôt que se trancher les veines ou se jeter par la fenêtre ! Ce « pourquoi » est inutile, il est trompeur, il m'horripile. Vu le sens de la phrase, il aurait fallu écrire : « Dans son journal, Marcelle raconte qu'elle a préféré se laisser mourir (de faim) plutôt que de continuer à vivre. » Cela n'a l'air de rien mais cela change tout. Si on ne le comprend pas, je n'y peux rien.)

Suit une courte biographie, passage rédactionnel obligé : « Dans les années cinquante, elle avait été mannequin vedette chez le couturier Jacques Fath. Une carrière éclair ! (Ah oui ? voilà qui m'intéresse !) Puis il y eut deux divorces et bientôt l'ennui, la solitude, l'oubli (est-ce si sûr ?). Elle en parlait sans honte (ah bon ?). » Ici, focus sur l'émission d'Anne Gaillard sur FR3, où Marcelle aurait confié : « Le plus dur, c'est de rentrer chez soi et de ne jamais entendre : Bonjour ma chérie, comment ça s'est passé aujourd'hui ? » (Exactement le même extrait que celui paru dans *Le Monde*.) Pour *Libé*, ce passage dans une émission sur la solitude aurait été « son dernier appel » au secours (mais est-ce si sûr ? Elle tira peut-être d'autres sonnettes, moins médiatiques celles-là.). À partir de là, « Marcelle a fini par s'isoler complètement. Coupée du monde, elle s'est recroquevillée sur son passé (pourquoi recroquevillée sur son passé ? Qu'en sait *Libé* ?). »

L'article se termine en évoquant le cahier dans lequel elle nota « en dernière page » (dans d'autres articles, c'est plutôt la première page…) : « Je suis lasse de la vie. » « Puis défilent quarante jours (quarante-cinq ?) de souffrance et de désespoir jusqu'au 6 novembre (défilent ? Vraiment ? À quelle vitesse lorsqu'on agonise à petit feu de faim pendant quarante-cinq jours ?). »

Enfin, la chute de l'article : « Dix mois ont passé avant que quelqu'un, un voisin, s'inquiète de sa disparition. »

Et vlan.

7·3

L'article de *Libé* n'est ni pire ni meilleur que ceux parus dans *Le Parisien* ou *Le Monde*. On retrouve les mêmes éléments narratifs, notamment la référence au documentaire d'Anne Gaillard et la voisine dépitée racontant s'être fait envoyer paître, à croire que Léone Mayer fut la seule personne interviewée, l'unique source d'information de *toute* la presse, ce qui pose question, non ?

Pour le reste, il n'y a rien à dire. Techniquement, chacun scénarise au mieux les infos, comme on apprend à le faire dans les écoles de journalisme. Dommage qu'on n'y apprenne pas aussi à s'en tenir aux faits plutôt qu'à broder (inventer ?) pour combler les trous. Le jour où les journalistes comprendront que la réalité excède tout ce qu'on peut en dire, la presse se portera mieux. Le monde se portera mieux ! C'est comme l'Univers : si 10 % de la matière qui le constitue est connu des physiciens grâce à la lumière qui nous parvient, les 90 % restants leur demeurent totalement inconnus, faute d'émettre le moindre rayonnement. Autant dire que leur ignorance en dit plus long sur l'Univers que ce qu'ils en savent. Ce qui vaut pour n'importe quel sujet. Marcelle Pichon est un Univers à elle seule, comme chacun d'entre nous. Elle est une *énigme* ! Or, dans leurs articles, les journalistes font systématiquement comme si ce n'était pas le cas. *Pas un qui se pose la moindre question !* À croire que leur boulot n'est pas d'informer mais de remédier au chaos en le parant de certitudes, fussent-elles en mousse. D'éteindre au plus vite le feu que, l'espace d'un instant, la réalité a allumé.

Mais le pire, c'est tout de même cette façon de mettre l'accent sur le drame de la solitude, l'indifférence qui tue, etc. Pas un qui se démarque, propose une autre version, s'en donne seulement la peine. Tous sont d'accord pour livrer la même *histoire*. Unanimement et pathétiquement. Comme si le but ultime de la presse, c'était de mener des campagnes de presse.

À la une du *Journal du dimanche*, le billet de Michèle Stouvenot résume le sentiment général puisqu'il se termine par ces mots, écrits en gras s'il vous plaît : « Écrivons le nom de l'assassin : **l'indifférence**... » Pour tous, Marcelle Pichon ne s'est pas suicidée, non, elle a été *assassinée*. Tant pis si c'est factuellement faux. Tant pis pour les dernières volontés de Marcelle. On s'en fiche de ce qu'elle voulait. Rien à battre ! Auparavant, Michèle Stouvenot imagine Marcelle ressemblant « à la femme des "Vieux" de la chanson de Jacques Brel, ou à la vieille de Sardou, "qui a des cerises sur son chapeau", ou à celle de Gérard Berliner, que "personne n'appelle mémé" ». Sans commentaire. (Personne n'est responsable de son imagination mais il y a tout de même des limites.)

L'Humanité va plus loin : « On a du mal à imaginer pareille indifférence dont les coupables ne sont pas seulement les voisins de Mme Pichon. Car les pouvoirs publics eux-mêmes devraient bien s'interroger sur leurs propres responsabilités. La vieille locataire n'avait plus de quoi payer ses notes d'électricité, on a donc pris la décision administrative de lui couper le courant sans se préoccuper par la suite de ce qu'il advenait de cette Parisienne sans ressources. » Sans surprise, l'organe du parti communiste s'empare de la mort de Marcelle Pichon pour en faire un cheval de bataille. Petit détail : l'article parle d'une « vieille locataire » alors que les autres indiquent que Marcelle Pichon était devenue propriétaire de son appartement de la rue Championnet deux ans plus tôt.

Qu'ils soient d'un bord politique ou d'un autre, les journaux pensent tous la même chose. À leurs lecteurs, ils servent la même soupe indignée. Selon eux, nous aurions tous pu sauver Marcelle si nous n'étions pas si dégueulasses. Quand bien même elle ne le voulait pas. Pourquoi cet acharnement ? C'est quoi, ce formatage en règle ? Ce fait divers livré clés en main ? Que croire finalement ? Comment faire *confiance* ? Je sais bien que le média est le message, mais moi qui pensais obtenir des informations, voici qu'il me faut les trier, voici qu'il me faut les dégager des mots qui les emprisonnent, sans bien savoir comment m'y prendre.

Avec toutes ces versions identiques de la mort de Marcelle Pichon, j'ai l'impression d'un exercice de style à la Queneau. Un exercice de style raté.

Que l'on ne croie pas que cela m'amuse de patauger de la sorte. Je n'ai aucun doute sur le fait qu'il vaut mieux (c'est un euphémisme) un monde avec des journalistes qu'un monde sans journalistes. Cela ne souffre AUCUNE discussion ! Que personne ne s'avise de me faire dire ce que je ne dis pas. Eh quoi : sans les médias, nous ne saurions du monde que ce qui se passe dans notre rue et dans notre quartier – et encore ! Sans certains journalistes (mais ceux-là prennent des risques, ceux-là enquêtent et vont sur le terrain, jusqu'à en payer parfois le prix fort), on ne saurait rien de certaines guerres, on ne saurait rien de certains scandales, on ne saurait jamais la vérité, *on ne saurait rien de rien* !

Et je ne parle pas de Tintin reporter ni de Rouletabille.

Le problème, ce sont les conditions de production de l'information qui, entre timings serrés et flux tendus, conduisent à traiter chaque événement comme une vulgaire marchandise destinée à être rapidement consommée pour être aussitôt remplacée.

Le problème, c'est que les journalistes ne peuvent pas s'empêcher de donner une information sans ce qu'il convient d'en penser. Sans un *récit* qui, se substituant à l'information, devient le *message* et dispense une *morale*.

Le problème, c'est que les journalistes sont payés pour dire ce qu'ils savent, et de quoi auraient-ils l'air s'il leur fallait en plus dire ce qu'ils ne savent pas ? Il faudrait sacrément augmenter leurs salaires, vu l'ampleur de ce qu'ils ignorent.

Le problème, c'est que les médias ne voient dans un fait divers que le fait de société, alors que la littérature voit dans le fait divers le fait humain. C'est cela le problème.

Pour ma part, j'aurais préféré, concernant Marcelle Pichon, que tout fût clair, limpide, cohérent, avéré. Ô combien ! Sauf que j'ai l'impression de perdre mon temps. Et de faire perdre le sien au lecteur. Je ne m'attendais pas à devoir jouer les inspecteurs des travaux finis à travers ce simple fait divers. Sauf qu'il me faut bien démêler le vrai du faux. Comprendre ce qui s'est réellement passé et non me contenter d'une histoire qui m'apparaît de plus en plus salement cousue de fil blanc.

Raison de plus pour mener l'enquête, me fais-je la réflexion en remontant le col de mon imperméable couleur mastic.

Mais va falloir jouer serré, que je me dis aussi.
Toujours le vent nous pousse dans sa direction à lui, nous éloignant d'Ithaque.
Toujours un monstre à trois têtes nous barre le passage, obligeant à s'enfoncer dans la forêt obscure.

Suis-je le seul à voir Marcelle Pichon sous un autre angle ?

Ai-je tort contre tout le monde ?

Ou le très médiatique Dr Philippe Dayan a-t-il raison lorsqu'il dit à propos d'un de ses patients ayant commis l'irréparable : « Il faut lui rendre son choix » ?

Pour autant, je ne suis pas débile. Je ne doute pas que la solitude, l'isolement, le manque d'argent et les conditions modernes d'existence ont dû jouer un rôle dans le suicide par inanition de Marcelle Pichon. Je ne vais pas nier l'évidence. Que personne ne se soit aperçu de sa disparition pendant dix mois dit quelque chose d'elle *et* de la société. Mais il n'y a pas que cela. Pour s'infliger quarante-cinq jours d'un jeûne dont elle-même dit que « c'est la mort la plus horrible qui soit », il fallut autre chose. Autre chose qui fit qu'elle écrivit un journal jusqu'à l'extrême limite de son agonie. Autre chose qui s'appelait Marcelle Pichon.

« Le corollaire de l'idéologie du "vivre ensemble", c'est de mourir seul. »
David di NOTA, *J'ai exécuté un chien de l'enfer*

8

Par la suite (je brûle les étapes, mais pas le choix), j'ai découvert que les radios et les chaînes de télévision n'avaient pas été en reste. Particulièrement Antenne 2, TF1 se contentant de rapporter l'histoire de Marcelle Pichon le samedi 24 au matin, dans la revue de presse du magazine *Bonjour la France* animé par Jean-Claude Bourret. (Jean-Claude Bourret ! Ô souvenirs...) Puis, dans l'édition du 20 heures, Claude Sérillon (Claude Sérillon !) en parle très sobrement pendant trente petites secondes, juste avant la page des sports. Pas de reportage ici. Juste, en médaillon, la photo de Marcelle Pichon telle qu'elle a paru dans le *JDD* et dans *Libération* et la montrant tout sourire dans sa période mannequin. Pour la « grande chaîne populaire », le fait divers du jour est l'accident mortel d'un ULM tombé en torche sur le plateau du Larzac lors d'une compétition internationale.

La première fois que le nom de Marcelle Pichon est évoqué sur les ondes, c'est le samedi 24 aux aurores, sur RTL. Dans le flash de 5 h 30. Et d'emblée le ton est donné : « Révoltant drame de la solitude ! » s'exclame Michèle Claveau qui, ce matin-là, aux aurores, ouvre l'antenne comme on agite un chiffon rouge devant le taureau, avant de rapporter les faits.

Une heure plus tard, l'information est reprise, augmentée d'un reportage au 183 rue Championnet, où le reporter Gilles Delafon a, dès l'aube, foncé pour recueillir les témoignages des voisins et s'étonner qu'ils n'aient rien fait. Mais tous confirment n'avoir rien vu, rien soupçonné, parce qu'« elle s'était enfermée chez elle » et « ne parlait à personne ». Parce qu'il y a « cent trente logements ici et, vous savez, on connaît pas tout le monde ».

À 7 h 30, France Inter entre en piste. Après les titres (le Conseil constitutionnel valide la « loi sur l'avenir de la Nouvelle-Calédonie » ; le PS cherche à faire la synthèse de tous ses courants pour les prochaines législatives ; Mitterrand et Kohl vont se rencontrer au fort de Brégançon, où ils évoqueront la visite prévue à Paris de Gorbatchev et l'affaire de la taupe allemande Hansjoachim Tiedge ; les motards et automobilistes devront bientôt coller sur leur véhicule la vignette « certificat d'assurance »), Florence David annonce tout de go : « À Paris, la solitude et l'indifférence ont tué ! »

On n'en sort pas.

Dès le samedi matin, la fiction se met en place. Sans doute à partir d'une dépêche de l'AFP tombée dans la nuit du 23 au 24, puisque l'immense majorité des informations que diffusent les médias provient de cette source. Dans mon carnet, je note : « Retrouver la dépêche AFP. Savoir si elle proposait déjà l'histoire de Marcelle Pichon "clés en main". Savoir qui la rédigea. Comment l'histoire parvint-elle aux oreilles du journaliste qui, le premier, décida de la rendre publique. Comment lui-même fut-il au courant qu'une femme était morte de faim rue Championnet ? Que se passa-t-il entre la découverte du corps le jeudi 22 à 14 h 45 et le flash de RTL le samedi 24 à 5 h 30 ? Remonter toute la piste. » Puis je range mon petit carnet dans la poche intérieure de mon imperméable couleur mastic.

Au passage, j'apprends que, ce samedi 24 août 1985, il faisait moche sur la majeure partie du pays. Hormis dans l'extrême Sud-Est, il pleuvait partout, la couverture nuageuse était épaisse et des vents forts en rafales se renforçaient dans le Centre, le Nord et l'Ouest. Attention : de violents orages étaient prévus et, dimanche, « on risquait de le sentir passer ».

8.1

Tandis qu'il pleut en cette fin d'été pourrie, le nom de Marcelle Pichon circule sur les ondes.

Sans doute sur Europe 1 aussi ; sauf que leurs archives n'ont rien conservé de cette période, les bandes étant perdues, m'a-t-on dit. Dommage.

Sur RTL, l'histoire prend de l'importance. Le journal de 13 heures lui consacre pas moins de 9 minutes. De nouveaux témoignages recueillis par Gilles Delafon (décidément en pleine bourre !) apportent des précisions : à l'époque de la mort de Marcelle Pichon, la concierge était en vacances. À son retour, sa remplaçante lui a dit que la dame du sixième était partie chez ses enfants – « enfin, c'est ce qu'elle croyait ». On comprend tout à coup que nul ne se soit inquiété de ne plus la voir. L'indifférence a des excuses, soudain.

J'apprends aussi que le journal de Marcelle « se trouve actuellement sous scellés au commissariat de police ». (Lequel ? Celui du 18e arrondissement ? S'y trouverait-il encore ? La famille l'a-t-elle récupéré, avec les autres affaires de Marcelle ? L'un ou l'autre de ses deux enfants ? Je note d'ailleurs que personne n'a songé à les contacter et à leur demander leur version de l'histoire. Pourquoi ?)

La parole est ensuite donnée à un expert. Il y a toujours un expert pour dire ce qu'il faut penser. Mettre des mots comme on bouche un trou. Refermer la boîte de Pandore que la réalité a ouverte afin que, vite vite vite, le monde reprenne son cours normal et, en l'occurrence, il s'agit du « Pr Henri Baruk, un psychiatre membre de l'Académie de médecine » et auteur d'« une communication sur le thème de la solitude dans le monde d'aujourd'hui et le développement du suicide ». On comprend pourquoi on est allé le chercher. Il est là pour valider la thèse du crime social. Bien enfoncer le clou dans la tête des gens. Question : un autre psychiatre pourrait-il livrer une tout autre expertise et, à l'antenne, cela aurait la même valeur ? À condition d'être lui aussi « professeur » et membre d'une Académie bien officielle puisque c'est le titre qui crédite la parole. C'est l'Institution le message. Je ne veux pas avoir l'air mesquin, mais on ne sait jamais pourquoi un expert est sollicité plutôt qu'un autre. On ne sait jamais ce que signifie le mot « expert », comme si la Science était une et indivisible, alors qu'elle est un conglomérat de chapelles qui, bien souvent, s'opposent et rivalisent. Si cela se trouve, le choix de faire appel à tel expert tient au simple fait que celui-ci parle bien à la radio ou passe bien à la télévision. Sa première compétence serait ainsi d'ordre médiatique, ce qui n'est pas de très bon augure. Ou bien lui était disponible ce jour-là et pas les autres. Auquel cas, il n'était peut-être pas le premier choix de la rédaction. Il était peut-être le dernier choix ! Et il faudrait l'écouter comme le roi des animaux ?

Au micro d'Henri Marque, le Pr Baruk est formel. Pour lui, « la solitude est liée à la crise de la famille ». Et d'expliquer : « Il y a eu tout un mouvement idéologique dans lesquels (*sic*) on a voulu remplacer la famille par la société, celle-ci réglant tout le détail de la vie intérieure. Sauf que dans la famille, il y a des sentiments affectifs qui soutiennent le sujet tandis que dans l'aide sociale, c'est une aide matérielle, mathématique, qui est tout à fait indifférente, dans lesquels (re-sic) il n'y a pas le même état affectif. Et c'est ce qui explique la désolation d'un grand nombre de sujets qui sont seuls, qui n'ont plus d'espoir, et qui se laissent aller au suicide. »

– *Professeur Baruk, il y a bien sûr du désespoir, mais n'y a-t-il pas quand même un peu de folie chez ce genre de sujet ?*

– Dans des cas comme ça, il n'y a pas de maladie mentale classique. C'est uniquement le désespoir ! (Il s'énerve au micro.) Si vous voulez dire que tous les désespoirs sont de la folie, dites-le ! Mais quand vous aurez dit le mot folie, vous n'aurez rien apporté. L'essentiel, c'est d'empêcher le désespoir. (Et quand il dit le mot désespoir, il dit quoi au juste, monsieur l'expert ?)

– *Le fait que cette personne ait écrit quotidiennement son journal de bord au cours de son agonie vous étonne ?*

– Pas du tout ! Il y a des quantités de gens qui écrivent leur journal de bord, c'est très fréquent. Les gens repliés sur eux-mêmes retracent leur histoire. (Un peu court, non ?)

– *Et quand un patient ou une patiente se présente à votre cabinet et qu'elle souffre de solitude, que faites-vous ?*

– Ah, mais moi, j'étudie immédiatement toute sa situation et je fais tout mon possible pour la réconforter. Lorsque le malade sent que le médecin prend à cœur sa situation, qu'il le traite avec tout son cœur, on voit des malades déprimés qui sortent guéris en peu de temps. Il n'y a pas besoin de les bourrer de médicaments. C'est ça la vraie psychiatrie (il s'enflamme) ! L'humanisme psychiatrique que j'ai développé ! C'est ça qui fait défaut encore. (C'est surtout sa chapelle !)

– *En fait, le cas de madame Pichon est un cas social avant d'être un cas psychiatrique.*

– Absolument ! C'est un cas social !

CQFD.

Hasard de la programmation, il se trouve que le cinéaste Henri Verneuil est ce jour-là l'invité du journal de RTL pour présenter son livre *Mayrig,* sorte d'autobiographie romancée. Et réagissant à l'histoire de Marcelle Pichon, il insiste sur le fait qu'on a « oublié l'essentiel ». À savoir que « Marcelle Pichon était une grande mannequin de chez Fath. C'est donc un drame de la solitude, oui, mais c'est surtout le drame de quelqu'un qui était seul mais qui ne l'a pas toujours été ! Qui était célèbre autrefois. On voit ça chez les actrices. Il faut une tête et des épaules d'une très grande puissance, une grande force, pour accepter le déclin. »

– *Plus on est star plus on est fragile ?*

– Évidemment ! C'est une personne fragile qui a connu le triomphe, qui devait être de toutes les fêtes parisiennes ; et puis, un matin, le téléphone a sonné moins souvent. Et un autre matin, il n'a plus sonné. Il y a ça dans le drame de cette mannequin.

– *Oui, d'ailleurs nous avons essayé de joindre des camarades de la Marcelle Pichon d'autrefois – mais un samedi, au mois d'août, ce n'est pas facile... Mais nous entendrons certainement dans nos prochaines émissions des témoignages d'anciennes mannequins qui ont dû la connaître chez Jacques Fath.*

Suit une page de publicité, puis Henri Marque enchaîne sur l'affaire Greenpeace.

« Si Marlène passe, dites-lui le pire. »
Jean-Louis MURAT, *Nu dans la crevasse*

9

La télévision n'est pas en reste.

À midi, le journal d'Antenne 2 décide carrément d'ouvrir les actualités du jour (j'allais dire les hostilités) avec la mort de Marcelle Pichon. Noël Mamère est à la manœuvre. Un grand moment de journalisme. Je le cite : « Dans son quartier, le 18e arrondissement de Paris, on l'appelait la petite dame aux cheveux gris. Marcelle Pichon vivait seule dans son studio, au milieu d'un immeuble de sept étages. Elle avait 64 ans. Elle vivait certainement dans le souvenir de l'époque heureuse où elle avait été mannequin chez Jacques Fath, le grand couturier. La petite dame aux cheveux gris était abandonnée de tous et ne supportait plus cette vie de chien. Elle décida alors de se laisser mourir, en écrivant jour par jour son agonie. Ces dernières notes datent du 6 novembre 84, date probable de sa mort. Et pendant dix mois, oui, je vous dis bien, pendant dix mois, personne ne s'apercevra de cette disparition. Après dix mois d'indifférence, on a retrouvé hier matin le corps momifié de Marcelle Pichon. »

La « petite dame aux cheveux gris » ?

« Dans le quartier, on l'appelait la petite dame aux cheveux gris » ?

Sans déconner !

Alors que tout le monde parle d'une « grande dame brune ».

Ce que confirment les images montrant Marcelle Pichon peu avant sa mort, notamment celles du documentaire d'Anne Gaillard, dont Noël Mamère a forcément eu connaissance puisque le reportage qui suit en diffuse des extraits !

Par ailleurs, silence sur le fait qu'elle s'est laissée mourir… de faim : à l'heure du déjeuner, cela risquerait de couper l'appétit. Noël Mamère ne tient sans doute pas à choquer son public. Il laisse ce soin au reportage, signé Françoise Champey et Frédéric Astoux.

Si le ridicule tuait, ce ne serait parfois pas plus mal.

Que sait-il, le Mamère, d'une « vie de chien » ?

Elle ressemble à quoi, sa vie de journaliste ?

À noter que le reportage qui suit fait la part belle aux sapeurs-pompiers de Paris qui, « chaque jour, reçoivent des dizaines d'appels leur signalant l'existence de personnes seules paraissant en difficulté et, dans un cas sur trois, l'intervention des pompiers est justifiée » (l'indifférence n'est donc pas si générale !?). Face caméra, le commandant Jacky Laurent insiste sur le rôle crucial des voisins qui « de l'extérieur, peuvent observer des volets qui restent fermés trop longtemps ou la lumière qui demeure allumée toute la journée, les animaux qui aboient ou qui miaulent, enfin, tous les signes qui paraissent anormaux. Il arrive alors qu'on trouve le corps en état de décomposition d'une personne décédée chez elle ou même, dans des cas très exceptionnels, dévoré par les animaux se trouvant dans la maison ».

Dans l'édition de 20 heures, c'est au tour de Daniel Bilalian de balancer des confettis dans tous les sens. Se souvenant peut-être de Roger Gicquel et de son fameux « La France a peur » (1976), il démarre son journal bille en tête, l'air grave, la gorge serrée au point d'éprouver par trois fois des difficultés à déglutir, le buste penché en avant comme s'il voulait traverser l'écran et s'inviter directement dans les quinze millions de foyers qui le regardent, prendre chaque téléspectateur à témoin et, je le cite mot pour mot : « Madame monsieur, bonsoir. Si vous habitez une grande ville, peut-être avez-vous remarqué, un dimanche par exemple, dans les rues vides ou à la terrasse d'un café, un homme, une femme, pas forcément âgé mais solitaire. Et peut-être vous êtes-vous posé la question : que font-ils ? Où vont-elles ? À quoi ressemble leur vie ? À rien, parfois. (Là, il se redresse, respire un grand coup, se recule sur son siège pour signifier qu'il prend maintenant de la hauteur, en bon professionnel de l'image qu'il est.) C'est du moins ce que pensait une Parisienne de 64 ans, ancien mannequin, deux fois divorcée, accablée par les soucis financiers, et qui avait décidé de se laisser mourir de faim dans son appartement. C'est en septembre 1984 qu'elle a pris sa décision et ce n'est qu'hier qu'on s'est aperçu de sa mort. Neuf mois plus tard ! Auprès d'elle, dans un carnet, elle avait scrupuleusement consigné les détails de son agonie. Elle était morte, seule, au milieu des autres, indifférents. Reportage d'Agnès Poirier et Michel Giannoulatos (mais sans le commandant Jacky Laurent cette fois, on se demande pourquoi). »

Les autres, les « indifférents », c'est tout le monde, sauf Daniel Bilalian.

C'est tout le monde, sauf Pierre Bellemare !

Car le 8 janvier 1986, quatre mois après la découverte du cadavre de Marcelle Pichon, le célèbre téléacheteur d'« histoires extraordinaires » anime sur FR3 une grande soirée de charité-business intitulée « Au nom de l'amour ». Rien que le titre fait peur. Ce soir-là, il s'agit de recueillir des dons pour SOS Amitiés. Vêtu d'une veste en tweed, d'une chemise blanche et d'une cravate noire, Pierre Bellemare apparaît l'air solennel, la moustache sévère, ses cheveux gris argent étincelant sur un fond bleu du plus bel horizon. On sent que l'heure est grave et on ne se trompe pas. Avec force silences suggestifs et regards appuyés, la voix d'abord lente comme si chaque mot pesait des tonnes, avant d'aller crescendo pour un maximum de théâtralité, Bellemare entre d'emblée dans le vif du sujet sur le mode de l'anaphore, fixant droit la caméra : « Est-il possible qu'une femme qui a été mariée deux fois... Qui a deux enfants... Puisse disparaître sans que personne s'en inquiète ? Est-il concevable qu'une femme... Qui vit dans un grand ensemble parisien où cohabitent 210 familles... Puisse se laisser mourir de faim pendant quarante-quatre jours... Sans que personne s'en aperçoive ? Est-il pensable (ici, même mouvement de recul que Bilalian, pour signifier qu'il prend de la hauteur tandis que sa voix enfle)... En cette fin de XXe siècle... À l'époque du Minitel et de la carte à crédit à mémoire... Qu'une femme reste dix mois morte chez elle... (il hausse encore le ton et pointe un index accusateur vers la caméra) Sans que PERSONNE se pose de questions ? (Il reste trois secondes silencieux, l'index pointé en l'air.) Et c'est pourtant la VÉRITÉ ! Vous le savez ! C'est arrivé l'été dernier en plein Paris (de nouveau l'index accusateur vers le téléspectateur). Et cette femme est MORTE de la plus atroce des maladies du siècle : la SOLITUDE ! Voici le reportage de Jacqueline Hiegel, avec la voix de Françoise Christophe. »

Pierre Bellemare dans toute sa splendeur ! Son index, il nous le met dans l'œil jusqu'au coude. Il nous le doigte rudement. Un vrai morceau de bravoure. Un grand moment de télévision, assurément. Dingue comme ces gens se sentent investis d'une mission à la fois divine et de service public. La prise de conscience est leur credo. Ils démontrent surtout que la sensibilité se transforme en morale dès lors qu'elle se substitue à la connaissance. Comme disait Schopenhauer, « la morale est la plus facile des sciences ».

On voit surtout que, quatre mois après la mort de Marcelle Pichon, son histoire – l'histoire qui est la sienne et celle de personne d'autre – disparaît totalement derrière la fiction mi-compassionnelle mi-accusatrice que les médias ont créée et dans laquelle ils l'ont officiellement figée comme dans de l'ambre, pour l'éternité. À son corps que j'ose dire défendant, Marcelle est devenue l'emblème d'un problème de société, l'étendard d'une solitude tout à fait scandaleuse « à l'époque du Minitel et de la carte à crédit à mémoire » – mais d'autres pourraient rétorquer à Bellemare que cette situation cache au contraire un lien de cause à effet, les nouvelles technologies ayant le don d'enfermer chacun dans une solitude d'autant plus réelle qu'elle se paie collectivement de chimères numériques. Pour le dire autrement, ce n'est pas parce qu'on utilise des objets de plus en plus sophistiqués qu'on devient plus intelligent et sociable. C'est plutôt le contraire. Mais chut.

Que ne dit-on « au nom de l'amour » !

Que faisait Pierre Bellemare tandis que Marcelle se mourait ?

Que fit-il, *lui* ?

À quoi ressemblait la vie de Marcelle Pichon ? « À rien ! »

Vaudrait mieux être sourd que d'entendre ça.

Je ne tiens pas à dire à quoi ressemble Daniel Bilalian.

Le plus grave dans cette camelote informationnelle, c'est le mépris dont elle témoigne envers le public. Envers les *citoyens* !

Celles et ceux qui produisent les JT, ils sont contents d'eux ?
Ils n'ont pas l'impression de déchoir ?
Parce qu'ils sont aux commandes, ils pensent n'être pas embarqués dans le même bateau que nous autres ?
Ils se trompent !
Eux aussi seront emportés par le naufrage auquel ils contribuent.
En tout cas, leurs enfants le seront !

Dès qu'il s'agit de simples individus, d'individus lambda, *d'individus qui ne peuvent pas se défendre*, tout semble permis. Pas la peine de prendre de gants. Chacun peut en faire sa chose, son crachat, son étron.

Il n'y a pas de raison que ce qui vaut médiatiquement pour Marcelle Pichon ne vaille pour n'importe quelle autre information. Ou alors, il faut supposer que je suis particulièrement mal tombé avec ce fait divers. Qu'il est une exception. Une pomme pourrie dans le panier de la probité. Ou bien il s'agit d'un autre sortilège de Marcelle Pichon et, sur son nom, s'accumulent les malédictions.

C'est tout de même par les médias que nous avons accès à ce qui se passe dans le monde.

Avons accès à quoi au juste ?

9.1

Je pourrais maintenant raconter les reportages consacrés au « drame de la rue Championnet ». Reportages tous identiques à celui, premier du genre, qu'Antenne 2 diffusa le 24 août dans son édition de midi, à quelques variantes près dans le montage, les images et le commentaire les illustrant (les noms des journalistes – pas moins de six – qui leur sont associés font croire à des reportages différents, sauf que c'est une illusion). Mais je fatigue. Je n'en peux plus de voir les plans de la façade du 183 rue Championnet, son hall d'entrée et ses rangées de boîtes aux lettres plongées dans la pénombre, son antique ascenseur montant lentement avec un bruit « rouillé » jusqu'au sixième étage, ses couloirs longs et vides, sinistrement éclairés et desservant des appartements dont les portes en bois froides et nues semblent aussi désolées que celles de cellules de prisonniers. La chaleur humaine commence par le cadre de vie. La façon dont l'architecture contraint les relations humaines et produit misère et isolement, pourrait-on aussi en parler ?

De toute façon, j'ai l'intention de me rendre sur place. Voir de mes yeux où Marcelle. Qui habite maintenant l'appartement numéro 8 (ou 9).

Surtout, je n'en peux plus de voir la voisine (probablement Léone Mayer) entrouvrir sa porte pour répondre en boucle la même chose aux questions des journalistes, raconter en boucle comment elle se fit claquer le beignet par Marcelle alors qu'elle voulait lui donner ses lettres, exprimer en boucle son indignation à elle. Ah Léone Mayer ! S'il y a « une petite dame aux cheveux gris » dans cette histoire, c'est elle ! Noël Mamère n'est peut-être pas allé chercher très loin « sa » Marcelle Pichon.

Mais quelque chose m'apparaît maintenant : nombre d'articles de journaux semblent mettre en mots les images tournées par les équipes d'Antenne 2. C'est même troublant de constater les similitudes, jusqu'aux moindres détails. Jusqu'au « bruit rouillé » de l'ascenseur qu'on voit à l'écran. Jusqu'aux phrases de Léone Mayer toujours les mêmes, au mot près. Jusqu'aux propos extraits du documentaire d'Anne Gaillard, tous identiques à ceux figurant dans le reportage d'Antenne 2. Je me trompe peut-être, mais j'aimerais savoir quels journalistes sont allés enquêter au 183 rue Championnet. Lesquels ont interviewé des voisins. Lesquels ont réellement cherché à savoir qui était Marcelle Pichon. Lesquels se sont contentés de regarder Antenne 2 pour écrire leur papier depuis leur canapé, ni vu ni connu. Mais non. Je dois me tromper. Il s'agit d'une hallucination. Je parle de journalistes titulaires de la carte de presse. Je parle des héritiers de Tintin et d'Albert Londres ! C'est moi qui vois le mal partout, même si tout y pousse. Non non non, ce serait trop – quoi ?

Qui a parlé de « circulation circulaire de l'information » ? Soit le fait que les journalistes se doivent de parler d'un sujet que traitent leurs collègues et néanmoins concurrents s'ils veulent rester dans la course. Ainsi les deux tiers des informations sont-elles reprises d'autres médias. On a l'impression d'une fantastique diversité d'informations mais c'est faux : ce sont les mêmes informations qui tournent en boucle de façon fantastique.

Elles tournent même dans le monde entier car, le 25 août, le quotidien italien *L'Unità* consacre, en page 5, un article à Marcelle Pichon, dans sa rubrique « Cronache ». Et le 1er octobre, le tabloïd anglais *Weeckly World News* se fend d'une pleine page titrée « Ex-Model Starves Herself & Keeps a Death Diary ». Etc. Et sans doute d'autres journaux, ailleurs... Mais cela suffit. J'en sais bien assez comme ça. Et je ne pense pas être le seul.

C'est décidé. Je vais envoyer tous les reportages, articles et autres documents concernant Marcelle Pichon sur Internet, à l'adresse www.lecoeurnecedepas.com. J'ai déjà utilisé ce procédé ? Et alors ? C'est la preuve qu'il me plaît. De la sorte, chacun pourra se faire sa propre opinion. Chacun pourra consulter les pièces du dossier. Il ne sera pas dit que la Bmore & Investigations ne fait pas correctement son travail.

9.2

La bonne question, c'est pourquoi quelqu'un voudrait être seul.

Pourquoi quelqu'un voudrait couper les ponts avec le meilleur des mondes possibles et tout ce qu'il contient de merveilleux (le Minitel, la carte à puce...).

Pourquoi quelqu'un en aurait marre des autres.
Marre des voisins.
Marre de leurs gueules.
Marre des mots tombant de leurs bouches comme la morve du nez.

Marre de leurs pauvres désirs, de leurs rêves formatés, de leurs ambitions mesquines, de leurs frustrations et de leur bêtise, immenses.
Marre de leurs refus.
Marre de leurs affects effrayants, prenant toute la place, sans aucune retenue.
Marre de leur *glu*.
Marre de leur NOMBRE !
Et marre de soi-même pour finir.
Puisqu'on ne vaut pas mieux.

Pour ma part, cela me semble compréhensible.

Cela me paraît presque un minimum.

Marcelle avait-elle un chat ? Un chien ? Un poisson rouge ?

En avait-elle marre aussi des animaux ?

Ils sont pourtant le dernier recours au dégoût de l'humanité.

« Avec 20 000 euros par mois, j'y arrive à peine. »
Katy X, « La vie compliquée d'une multimillionnaire », *Les Pieds sur terre*, France Culture, 18 octobre 2019

10

Mais je suis mauvaise langue !

Car il existe un article digne de ce nom. Un article où, de toute évidence, le journaliste – un certain Jean-Michel Brigouleix – s'est rendu sur les lieux, a interrogé des gens, passé des coups de fil – en un mot : fait son boulot.

Publié le 24 août dans *France Soir*, j'ai gardé cet article pour la fin parce qu'il me réconcilie avec la profession tant il se démarque de la concurrence, non en changeant d'angle (la solitude), mais dans son traitement.

Visuellement d'abord : l'article se trouve sur la même page que la pin-up du jour, dont la photo en pied occupe tellement d'espace qu'elle semble illustrer le fait divers, d'autant qu'elle figure sous le titre de l'article. L'espace d'un instant, on se dit que Marcelle était cette « grande et pulpeuse brune » qui, les cheveux joyeusement froufroutants, sourit de toutes ses dents en posant en maillot de bain pigeonnant, les reins creusés et la croupe rebondie. Avant de se rendre compte que la photo est celle d'une certaine « Mélanie qui joue aux quatre coins ». Rien à voir avec Marcelle. Laquelle, j'imagine, la salue bien.

Plus sérieusement, l'article contient des détails qui ne figurent nulle part ailleurs. En particulier, j'apprends que « le commissariat des Grandes-Carrières (XVIIIe) a été saisi de l'enquête et le corps [de Marcelle Pichon] confié à l'institut médico-légal pour une autopsie ». Qui plus est, « Le préfet de police de Paris, M. Guy Fouquet, a demandé une note exhaustive sur cette affaire gardée secrète. »

Enfin des informations concrètes !

Enfin une piste pour retrouver le Journal !

Mais pourquoi cette affaire a-t-elle été « gardée secrète » ?

Voici qu'un frisson me parcourt !

Voilà qui me plonge dans un abîme de perplexité.

Un délicieux abîme.

Surtout que, plus loin, Brigouleix (on croirait un cousin de Rouletabille[1] !) persiste : « Ce n'est d'ailleurs pas le moindre mystère de cette affaire que Mme Pichon ait

1. Peu après la sortie du livre, celui-ci fut chroniqué par Pierre Assouline dans « La République des lettres ». Fin connaisseur de l'histoire de la presse, Assouline rapporte que « le roi du fait divers parisien à *France Soir* s'appelait à l'époque Lucien... Pichon » ! Mais en vacances en cette fin août 1985, c'est son jeune confrère J.-M. Brigouleix qui « couvrit » l'affaire Marcelle Pichon. Ô vertige ! Car d'un Pichon l'autre (sans qu'ils soient de la même famille – j'ai vérifié), je n'ose imaginer le fabuleux retentissement que j'aurais

été propriétaire de son appartement (le 609). En avait-elle hérité ? Si vraiment la misère frappait à sa porte, pourquoi n'a-t-elle pas songé à vendre ? »

Voici une question qu'elle est bonne ! Voilà ce que c'est que de réfléchir à ce qu'on écrit. Mettre les éléments en relation et voir s'ils s'emboîtent, grincent ou font des étincelles. Le B.A.-BA de l'activité intellectuelle. Le contraire de la paresse.

Moi-même m'étais fait la réflexion. J'avais trouvé curieux que Marcelle soit dans la misère alors qu'elle venait d'acheter un appartement, fût-il « petit-grand ». De quoi mettre à mal la thèse officielle d'un « suicide social » ? Conforter mon idée d'une mort voulue et désirée pour des raisons strictement personnelles ?

Et si elle avait acheté ce studio pour venir y mourir ?

Si « l'appartement 609 » (c'est donc bien la porte 9, sixième étage !) du 183 rue Championnet avait été son cimetière des éléphants ?

10.1

Me traverse soudain la vision de Burt Lancaster allongé sur son lit et attendant dans la pénombre d'une chambre d'hôtel minable que deux tueurs à gages viennent l'assassiner, au début du film *The Killers* de Robert Siodmak (1946). L'histoire de Marcelle Pichon pourrait commencer par cette image. Une femme sur son lit attendant la mort. L'attendant longtemps, lentement, sans bouger ni manger, sans frémir. Et moi je serais Edmond

---

donné à cette merveilleuse coïncidence et dont, à raison, l'excellent Pierre Assouline rigole par avance.

O'Brien, l'enquêteur chargé de faire la lumière sur cette affaire. Pourquoi Burt Lancaster ne s'est-il pas enfui ? Pourquoi a-t-il attendu les tueurs sans leur opposer la moindre résistance ? Quel était son secret ? Son histoire ? Pourquoi n'avait-il pas peur ? Qui était ce type ne souhaitant manifestement plus vivre ?

Construite en onze flashback (un record), l'enquête finit par retracer le parcours d'un Burt Lancaster marqué toute son existence par la poisse, les mauvaises rencontres, les mauvais choix, les coups foireux, les trahisons. Un ancien boxeur que la vie n'a cessé de mettre KO. La vie prenant ici le visage, l'allure et la cruauté d'Ava Gardner. Son apparition en fourreau noir fait partie des cent images les plus fétichisées du cinéma. Des vingt premières, peut-être. Il est vrai que pour incarner la vie à l'écran – la vie dans tous ses enchantements et maléfices –, Ava Gardner est sublime en femme fatale.

D'un ancien boxeur à une ex-mannequin : et si Marcelle avait été la proie d'un « homme fatal » ? Car il existe des hommes fatals. Ce n'est pas une spécialité féminine. Pas même une affaire de genre. Quand bien même le cinéma s'est plu à le faire croire. Mais c'est qu'il est l'affaire des hommes depuis un siècle. Depuis très précisément les années 20 et la naissance de la petite Marcelle Pichon puisque c'est à cette date que furent virées de leurs postes de cinéastes et de productrices celles qui avaient été les véritables pionnières du cinéma : Mary Pickford, Alice Guy et autres Mabel Normand. En contrepartie de se faire piquer leur boulot derrière la caméra par une flopée de types de la côte Est attirés comme des mouches par l'essor des studios à Hollywood au moment de la grande dépression, les femmes furent poussées devant les caméras, mises dans la lumière, pour ne pas dire renvoyées à leurs fourneaux. Car si elles se retrouvèrent en haut de l'affiche, le pouvoir de contrôler leur image leur fut ôté dans le temps même où elles devenaient des stars. Une histoire pleine d'enseignements, surtout par les temps qui courent. Cela dit, personne n'a jamais réussi à rendre glamour un homme pourri jusqu'à la moelle comme Ava Gardner dans *The Killers*. Personne n'en a d'ailleurs envie. Parce que personne n'imagine qu'un homme puisse incarner la vie dans toute sa beauté *et* dans toute son horreur.

Il arrive que quelqu'un cause notre perte. Certaines personnes sont diaboliques. Ce sont des choses qui arrivent. Ne le comprennent que ceux qui savent de quoi je parle. Les autres n'ont jamais tenté l'aventure de la vie et de l'amour. Qu'ils se taisent donc.

Ce n'est pas tout. Par sa corpulence puissante et virile, Burt Lancaster suggère une force vitale aux antipodes de son histoire de pauvre type dépassé toute sa vie par les événements. Or, Marcelle fut elle aussi un *corps*. Se pourrait-il alors qu'elle ait eu une existence contraire à ce que sa beauté laissait espérer au départ ? On peut avoir un destin inversement proportionnel à son physique. Les bonnes cartes que la nature (les gènes en fait, associés aux critères esthétiques du moment) vous met entre les mains, celles qui promettent de vous rendre plus facile le métier de vivre : elles peuvent se révéler trompeuses. Elles peuvent se retourner contre vous. On peut respirer la force et être un loser. On peut être belle et finir momie. Tout est lié.

Amusant : l'enquêteur Edmond O'Brien découvre grâce à un article de presse que Burt Lancaster a participé à un hold-up. On dirait moi ! Et dans la belle étude qu'il consacre au film, Ronny Chester le décrit comme « un fonctionnaire sans relief, qui trouve une certaine excitation à côtoyer l'underground, avec ses fantasmes de héros qui fraye un temps avec les bas-fonds d'une société simplement amorale dans son ensemble ». On dirait encore moi !

The Killers est considéré comme l'un des films les plus emblématiques du « film noir », par opposition aux films de gangsters, moins complexes et plus enfantins. Le scénario est librement inspiré d'une nouvelle d'Hemingway. Le film a tant marqué que Don Siegel en tourna sa propre version en 1964 (Marcelle venait alors de divorcer pour la deuxième fois). Et Tarkovski s'en empara pour son court-métrage de fin d'études, en 1956. Tarkovski, oui ! Lui fait dire à Burt Lancaster (devenu l'acteur Vassili Choukchine), alors qu'il fume une cigarette sur son lit et que le gamin de l'hôtel miteux où il loge lui apprend que la mort vient le chercher sous la forme de deux tueurs payés pour l'assassiner : « Je ne peux rien y faire. Personne ne peut rien pour moi. Il n'y a rien à faire. Je n'arrive pas à sortir. C'est ça le problème. Je n'ai pas bougé de la journée. J'en ai assez de fuir. Il n'y a plus rien à faire. C'est trop tard. Il n'y a plus rien à faire. Je vais rester ici encore un peu. Jusqu'à ce que j'arrive à sortir. » Le gamin s'en va et retrouve en bas le patron de l'hôtel. Il lui dit : « Je vais partir d'ici. Je ne supporte pas qu'il attende de se faire tuer dans sa chambre. C'est trop affreux. » « N'y pense plus », lui répond son boss. Le film se termine sur cette réplique du patron de l'hôtel avec un gros plan de son visage faisant une indicible grimace.

Le journal de Marcelle Pichon est-il à l'image de ce monologue ?

Pour le plaisir, je rapporte la critique de *The Killers* qu'un certain Fatpooper s'est cru autorisé à poster un jour de 2014 sur le site SensCritique : dans ce film, écrit-il, « tout est décousu, on suit une enquête qui est sans cesse interrompue par ce que racontent les personnages sans pour autant que les pièces du puzzle soient vraiment intéressantes : déjà elles manquent de suspens, ensuite les informations sont parfois un peu redondantes ».

Je suis prévenu.

10.2

Non moins intéressant que l'article de *France Soir*, je retiens aussi l'encadré publié par *Le Parisien libéré* en marge de son article principal. Parce qu'il livre les impressions d'Anne Gaillard sur la disparition de Marcelle Pichon. C'est donc le seul témoignage de quelqu'un l'ayant connue de son vivant. En ceci, il est précieux. Même s'il est convenu (Anne Gaillard ne va pas dire du mal d'une morte) et sujet à caution : il y a une différence de statut entre Marcelle Pichon, ancienne mannequin de 64 ans venue témoigner de sa situation de femme lambda se retrouvant aux abois, et Anne Gaillard, célèbre journaliste connue dans la France entière pour défendre âprement les droits des consommateurs. Dans les années 70, ma mère était une fidèle auditrice de son émission sur France Inter. Elle adorait son côté teigneux. Elle se reconnaissait dans ses combats et sa façon de tenir tête aux puissants, aux patrons, aux sbires des multinationales, jusqu'à les malmener, les faire sortir de leurs gonds, les terrasser verbalement, les transformer en petits d'hommes de rien du tout. Anne Gaillard ne défendait pas vraiment les femmes, mais elle les vengeait de la domination de l'argent dans ce qu'elle a de plus masculine, imbue et insupportable. Surtout qu'il n'y avait pas tant de femmes qui montraient les dents et sortaient médiatiquement du lot à ce moment-là. Une sorte d'Élise Lucet, mais en brune et beaucoup plus virulente. Si bien que Jacques Séguéla la traita un jour en direct à la télévision d'« Hitler de France Inter ». « Se faire insulter par ce con de publicitaire est une gloire », avait tranché ma mère.

Dans cet encadré, Anne Gaillard se souvient « avec émotion » de sa rencontre avec Marcelle Pichon : « C'est à cause d'elle que nous avions appelé notre documentaire *Compartiment divorces*. Tout de suite, elle nous avait séduits, malgré ses réticences. Elle ne voulait pas nous recevoir chez elle. Elle ne voulait pas parler de son passé. Elle ne voulait pas...

Et puis, nous lui avons proposé de tourner dans le train. "Deauville, m'a-t-elle dit, j'aimerais tant retourner à Deauville." Alors, nous avons fait ce voyage, pour elle, pour lui faire plaisir, en préparant l'émission, et ce jour-là, elle s'est un peu confiée.

Elle parlait volontiers de ses problèmes, de sa solitude. Elle était très intelligente, très lucide, bourrée d'humour aussi. En passant devant un hôtel – peut-être évoquait-il pour elle des souvenirs heureux –, elle m'avait dit "Quand je vais en vacances, je mets une alliance, c'est la première chose que regarde le portier. Il n'y a pas de chambre pour une femme seule, sans alliance."

Quelle réflexion étonnante chez une femme si belle, si soignée, si élégante ! Elle était très digne, elle ne voulait pas qu'on la plaigne, elle semblait vouloir que les choses s'arrangent.

Au retour, elle a parlé un instant de son passé. Elle avait deux enfants, avait été mannequin chez Jacques

Fath… Et quand elle m'a dit ça, comme si elle se souvenait soudain de la jeune femme courtisée qu'elle avait dû être, elle a enchaîné : "Ce qui serait bien, c'est d'avoir quelqu'un qui attende sur le quai et qui me demande comment ça s'est passé…"

C'était il y a deux ans. Puis nous avons tourné l'émission. Elle est revenue nous voir après, nous avions déjeuné, elle était contente… J'avais entrevu quelques photos qu'elle gardait dans son sac. Entrevu, elle était si secrète… Je croyais qu'elle allait revenir déjeuner avec moi… »

Quelques mois plus tard, Marcelle s'enfermait chez elle et cessait de s'alimenter.

Combien de mois exactement ? Je cherche les dates. Le documentaire fut diffusé le 27 janvier 1984, soit huit mois avant que Marcelle entame son jeûne. Le 27 janvier et non le 27 septembre, comme l'a écrit le journal *Le Monde*. Pfffff. Le documentaire ne fut donc pas l'élément déclencheur du jeûne de Marcelle, comme l'article (non signé) du journal le plus sérieux de l'Hexagone me l'avait fait supposer. Cette hypothèse ne tenait plus la route. Pas huit mois après sa diffusion. Pffffffffffffff !

Deauville ?
Que s'est-il passé à Deauville ?
Quel souvenir associé à cette ville ?
Quel ravissement ?
Quel amour, peut-être ?
Quel homme et une femme ?
Quel chabadabada chabadabada ?
Quelle Marcelle Pichon, pour l'éternité, se trouve-t-elle encore là-bas ?

10.3

Je retiens surtout les photos de Marcelle Pichon parues dans la presse.

Les photos publiées dans *Paris Match* !

Car dans son numéro du 6 septembre 1985 (la couverture montre Alain Delon dans la plénitude de ses 50 ans (il en fait 30…), un fin sourire aux lèvres et, partiellement visible sous sa chemise entrouverte, une intrigante croix égyptienne), l'hebdomadaire propose un reportage de cinq pages sur Marcelle Pichon, dont quatre de photos pleines pages.

C'est, à ma connaissance (je crois avoir lu *toute* la presse !), le seul magazine à se soucier de ce fait divers. Rien dans *L'Express* ni *Le Point*. Même les « féminins » n'en parlent pas. J'imaginais pourtant que *Elle* ou *Marie Claire*… Eh quoi, une ancienne mannequin finissant par se laisser mourir de faim, il y avait de quoi intéresser des rédactions soucieuses de la condition féminine. Mais non. Rien. Nada. Pourtant, le *Elle* du 2 septembre 1985 fait sa une avec ce titre : « La haute couture et ses coups d'éclat ». Comme coup d'éclat, l'histoire de Marcelle Pichon se posait là. Oui, mais vu la mannequin hyper glamour qui pose en couverture, j'imagine qu'il y a coup d'éclat et coup d'éclat.

L'article de *Paris Match* est le seul article à lever le voile sur la vie de Marcelle Pichon. À esquisser les contours de sa jeunesse. À fissurer le mur du temps et, par d'infimes trouées, à laisser filtrer une lumière qui vient de loin.

D'abord, il y a cette phrase : « Son père, qui possède un salon de coiffure dans le 15e arrondissement, l'élève seul. »

Son coiffeur de père l'élève seul ?
Qu'est devenue la mère alors ?
Elle est morte ?
Partie ?
Quand ?
Pourquoi ?
Que s'est-il passé ?
Encore une piste à creuser.
Peut-être la clé de quelque chose.
Son « rosebud » à elle.
À condition que cette information soit exacte.
(Je doute de tout maintenant.)

Pardon pour le chromo à l'eau de rose, mais j'ai soudain la vision d'une petite fille triste dans le salon de coiffure vaguement miteux, plutôt désert, que tient silencieusement son père avec, au mur, peut-être derrière la caisse, peut-être éclairé par une petite loupiote, le portrait aux couleurs jaunies par le temps de sa maman dans une jolie robe d'été, sorte d'ex-voto faisant désormais partie du décor depuis qu'elle est morte. Car elle doit être morte ! Dans les années 20 et 30, les enfants étaient neuf fois sur dix confiés à la mère en cas de divorce. Je dis neuf fois sur dix sans connaître les chiffres exacts, mais je suis sûr de ne pas être loin de la vérité. Je suis persuadé que c'était même onze fois sur dix.

Mais c'est surtout la phrase suivante qui me fait sursauter, littéralement bondir de joie et de surprise mêlées : « Elle suit les cours de l'Académie scientifique de beauté pour devenir esthéticienne et est engagée chez Jacques Fath. Là, son nom de mannequin est Florence. »

Son nom de mannequin est Florence !

Voici que Marcelle n'est plus seulement Marcelle.
Elle est aussi Florence.

Elle est double.
Elle est la femme qui en vaut deux.
Qui dira laquelle est la vraie ?

Muni de cette information, je devrais pouvoir retrouver la trace, sinon de Marcelle, du moins de Florence.

Youpi !

Pierre Rey, qui signe l'article, écrit ensuite : « Devenue la belle Florence, elle porte un nom de guerre aussi célèbre que les locomotives de sa génération : Fabienne, Ralla, Lucky, Bettina. »

Vrai que la question se pose : pourquoi Florence ?

Pourquoi avoir choisi ce prénom ?
Est-ce d'ailleurs elle qui le choisit ?
Ce fut peut-être Jacques Fath.
Ou une amie.
Un amant.
Un proche.
Quelqu'un travaillant dans les chemins de fer ?

Car à l'époque, les locomotives étaient des stars. Elles étaient les emblèmes de la marche triomphale des temps industriels, à qui on donnait des petits noms afin d'humaniser ces monstres d'acier qui raccourcissaient les distances et accéléraient le temps – et exorciser le fait qu'ils mécanisaient en retour la vie sur Terre. Des « bêtes humaines », disait Zola à la fin du XIXe siècle. Pour Jacques Lantier, cela avait été la « Lison ». En 1955, c'était la Brigitte, flamboyante machine codétentrice du record du monde de vitesse à 331 km/h. Avec ses rondeurs suggestives, la « BB 9004 » devait son nom à Bardot qui venait de tourner *Et Dieu créa la femme*.

Il y eut aussi la Micheline, célèbre autorail mis en circulation dans les années 30 et baptisé ainsi à cause de ses pneus Michelin. D'un rouge éclatant qui la faisait voir de loin, je me rappelle l'avoir très souvent prise entre Deauville et Cabourg, là où, entre 8 et 16 ans, j'allais passer les vacances d'été dans les années 70.

Aurais-je pu croiser Marcelle dans le train ? À la gare de Deauville ? Sur les planches ? Au Central ou au Vapeur où, avec mes parents, nous avions l'habitude d'aller ?

L'ai-je croisée à l'adolescence sans le savoir ?

Après le 15e arrondissement de Paris, Deauville ?

Est-ce moi qui marche sur les traces de Marcelle ou elle qui marche dans mes pas ?

C'est bizarre tout de même.

Ces coïncidences.

« Il n'y a pas de coïncidences, il n'y a que des rendez-vous », disait Éluard.

Il y eut aussi Yoyo (locotracteur Y 7000/8000), Zébulon (prototype Z 7001), Ratagaz, la Mogul, Zézette (automotrice Z 6000 aussi rouge et flamboyante que la Micheline), la Baleine, la Dakota, la Divine, la Jument Verte (qui desservait Bréauté-Beuzeville – Fécamp), etc.

Mais de locomotive Florence point.

Non plus de Lucky, de Bettina, de Ralla, de Fabienne que les vaches regardaient passer comme autant de jolies filles filant et défilant devant elle.

Mais suis-je bête !

Quel abruti je fais !

Je n'y connais tellement rien à la mode que j'ai cru que Pierre Rey parlait de véritables locomotives. Alors qu'il s'agit d'une image. D'une métaphore. C'est façon de parler des mannequins les plus célèbres des années 50. Des Bettina et autres Lucky qui, égéries de Dior, Cardin ou Fath, figures de proue du chic parisien de l'après-guerre, entraînaient dans leur sillage tout le milieu de la mode et tiraient vers le haut les ventes des « maisons ». Tut tut.

Des fois, je me donnerais des gifles.

J'ai perdu au moins trois jours avec ces conneries ferroviaires.

Au passage, il n'existe pas de mannequin s'appelant Ralla. Peut-être s'agit-il d'une faute de frappe. Ou Pierre Rey confond-il avec Alla, première mannequin asiatique à défiler pour un grand couturier français. C'est Cardin, en 1947, qui l'imposa, en dépit de polémiques d'autant plus vives qu'après les années d'occupation, le milieu de la mode était en guerre contre la concurrence étrangère, au point d'être professionnellement très xénophobe.

Maintenant que je me suis renseigné, je peux me la péter.

En même temps, les mannequins sont un peu des « bêtes humaines ». Elles sont des animaux qu'on exhibe dans le grand cirque de la mode. Des bêtes de foire.

J'aurais adoré savoir quelles gares aurait desservies « la Florence » ?

Quelle liaison ferroviaire ?

Paris-Deauville ?

« Mon nom n'est pas le vrai. Tu le savais ?
C'était le nom d'une femme très belle. »
Jerry SCHATZBERG, *Portrait d'une enfant déchue*

12

La question demeure : pourquoi Florence ?

Ce n'est pas rien de se donner un nom de guerre, un nom de scène, un nom d'emprunt, un nom à soi, un nom tout neuf.

C'est s'enfanter soi-même.
Renier le nom choisi par ses parents.
Se sortir de leurs griffes.
S'inventer une autre vie.
Renaître autre que le monde vous a fait.
Se doter d'une identité à soi.
S'en remettre tout entier à son imagination.
Se projeter dans une image idéalisée de soi-même.
Exprimer à la face du monde qui on est véritablement.
Ou croit être.
Ou aimerait être.

Pour Stendhal, ce fut par haine de son père. Pour Henri Troyat : afin de paraître français. George Sand voulait, au moins sur le papier, devenir un homme. Voltaire cherchait à déjouer la censure (et parce que son véritable nom, Arouet, évoquait le supplice de la roue, ce dont il se souvint d'ailleurs lors de l'affaire Calas, comme un retour du refoulé). Etc.

Bien des fils de famille ont également pris un pseudonyme afin de ne pas embarrasser leur famille et, par respect, par honte ou par calcul, dissimuler leurs origines sociales. Faire croire qu'ils ne devaient rien à personne et s'étaient faits eux-mêmes (rires).

Sans oublier qu'il s'agit aussi de se réifier soi-même, de se trouver un nom « vendeur », puisque pour faire carrière dans le monde marchand, on a plus de chances d'y parvenir selon ses termes commerciaux à lui que selon ses propres termes.

Sans doute Marcelle Pichon n'était-il pas un nom assez glamour. Bettina, le « plus grand mannequin de Paris » de l'après-guerre, s'appelait en réalité Simone Bodin. Capucine, incarnation de l'élégance française des années 50, était Germaine Lefebvre pour l'état civil. Quant à Praline, née Janine Marsay en 1921 (comme Marcelle), elle fut officiellement baptisée de son nom de mannequin lors d'une grande soirée organisée en 1947 par son mentor Pierre Balmain, dont la presse rendit compte. « Ainsi laissait-elle derrière elle quotidien et contingences matérielles, pour se choisir un nouveau prénom, poétique et évocateur, symbole du rêve incarné par la haute couture dans le monde entier », écrit Jean-Noël Liaut dans un livre tout acquis à son sujet : *Modèles & Mannequins – 1945-1965*.

Marcelle Pichon.

Marcelle *Pichon*.

Le patronyme Pichon est une variante de Petit. Mais il prend un sens différent selon les régions : en Picardie, c'est un poisson (osseux ou cartilagineux) ; en Auvergne et en Bretagne, un pigeon, voire un poussin. En Provence, Pichon désigne une personne de petite taille, un garçonnet, un « petiot » ou « pitchoun » ; mais aussi un pieu ou un pichet, une cruche.

Marcelle Cruche ?

Je me dis qu'il va falloir que j'identifie le berceau de la famille de Marcelle.

(Mais dans quoi me suis-je embarqué ?)

Tous les dictionnaires patronymiques citent en exemple de la « petitesse » du nom Pichon une phrase de Madame de Sévigné tirée d'une lettre du 11 mars 1676 adressée à Madame de Grignan : « Mandez-moi si la petite [la fille de Madame de Grignan] est à Sainte-Marie : encor que mon amour maternel soit demeuré au premier degré, je ne laisse pas d'avoir de l'attention pour les pichons. » Le 28 mai 1676, elle écrit aussi : « Parlez-moi du pichon : est-il encore timide ? »

Pour Marcelle, son nom ne la grandissait donc pas vraiment. Pas de quoi en tirer fierté. Plutôt de la timidité. Un sentiment d'infériorité, peut-être.

Henri Michaux trouvait son nom « vulgaire ». Il disait le « détester » et en avoir « honte ». Une « étiquette qui porterait la mention "qualité inférieure" ». Un « boulet » le préservant ainsi du moindre « sentiment de triomphe et d'accomplissement ».

En France, le patronyme Pichon se classe au 193e rang des noms les plus populaires, avec moins de 20 000 personnes l'ayant porté depuis 1890, si l'on en croit les actes dressés depuis cette date dans 99 départements. Il n'est donc pas très courant, même s'il semble familier à l'oreille.

Voilà ce que le nom Pichon peut nous apprendre.

C'est maigre.

À l'école, l'appelait-on Marcelle Nichon ?

Lui criait-on : « Marcelle Pichon t'as de gros nichons / Marcelle Pichon poil aux nichons ? »

Devant la glace s'imaginait-elle en mademoiselle Chopin, anagramme de Pichon ? En prenant des poses romantiques, en jouant les princesses polonaises, en dansant dans sa chambre des mazurkas endiablées, en rêvant de « note bleue » dans sa vie, après s'être langoureusement renversée en arrière, comme les lettres de son nom, comme si c'était l'Univers tout entier qu'elle renversait ?

12.1

Qui la prénomma Marcelle ? Son père ? Sa mère ? Son acte de naissance n'indique pas de deuxième prénom, nul lien avec d'autres membres de sa famille, une grand-mère, un oncle quelconque. Ce n'était pas si fréquent à l'époque. Cela dit peut-être quelque chose de ses parents. Un faible attachement aux anciennes générations. Des problèmes dans la famille. Des haines rassies et des ruptures, peut-être. Et, pour Marcelle, le sentiment de n'avoir que son père sur qui compter, sans personne d'autre vers qui se tourner. Aucune racine l'inscrivant dans une histoire plus grande qu'elle et l'ancrant dans la durée. Une fleur coupée.

Moi-même ne possède pas d'autre prénom que le mien, mais on s'en fiche.

En 1921, le prénom Marcelle était à son sommet : 8 638 petites filles furent prénommées en France de la sorte (Insee). Un record absolu dans l'histoire de ce prénom, qui déclina ensuite comme s'éloigne un bateau à l'horizon, jusqu'à devenir un point minuscule : seulement 16 Marcelle en 2020, et aucune à Paris, selon l'Insee. Lorsqu'elle naît, Marcelle se classe en septième position des prénoms les plus attribués, derrière Marie, Jeanne, Madeleine, Suzanne… Hormis les traditionnels prénoms chrétiens, le sien est un prénom masculin féminisé. Parce que l'homme est le standard et la femme la variante, disait Simone de Beauvoir. Une innovation du patriarcat apparue après la Révolution française. Ses parents ne voulaient donc pas lui donner le nom d'une sainte ? Étaient-ils peu ou pas croyants ? Carrément anticléricaux ? *Socialistes ?* Comme mon arrière-grand-père ? Voilà qui me les rend sympathiques. Voilà qui pourrait décrire l'ambiance familiale dans laquelle vécut la petite Marcelle. Je précise : socialistes à l'époque de la SFIO, du congrès de Tours, de la révolution bolchevique survenue quatre ans plus tôt. Cela a une autre allure qu'être socialiste aujourd'hui. D'ailleurs, les socialistes ont tous disparu. Alors que la religion…

Mais je m'égare. Le choix du prénom Marcelle tint peut-être à la préférence toute patriarcale et largement économique accordée à la naissance aux garçons et à leur force de travail au détriment des filles réduites à l'état de suffixe. Il se pourrait aussi que, pour des raisons personnelles, son père ou sa mère ne voulait simplement pas d'une fille. Auquel cas, ce serait, là encore, l'indice de quelque chose. Un petit trait dans le crayonné du portrait de Marcelle, une subtile nuance dans son regard, une larme sur sa joue. Entre amertume de n'être qu'une fille et culpabilité d'être une déception pour ses parents. De n'être pas celle qu'il aurait fallu et d'être indigne d'être aimée. De devoir mériter son existence. Ce genre de trucs pourris qu'on vous balance à la naissance et qui laissent des traces. Vous jettent dans l'existence avec un handicap. Sapent à la base la confiance en soi. Conduisent à se dévaloriser et, par contrecoup, à en faire trop pour ne plus se sentir une merde et mendier une reconnaissance faisant défaut depuis toujours.

Marcelle était-elle fille unique ?

Je me pose soudain la question.

J'ignore pourquoi, mais je ne la vois pas avec un ou plusieurs frères et sœurs.

C'est pourtant possible, voire probable.

En 1921, les femmes enfantaient, en moyenne, 2,5 enfants.

Encore des recherches en perspective !

Moi qui cherchais seulement à en savoir plus sur Marcelle Pichon, je n'imaginais pas devoir remuer ciel et terre.

Je ne mesurais pas l'étendue des débats (j'allais dire dégâts).

12.2

Aujourd'hui, le prénom Marcelle paraît moche, ridicule, affreusement obsolète. Hormis seize familles (les retrouver ? Leur demander pourquoi ? *Interviewer leur fille ?*), personne n'imagine appeler sa gamine Marcelle.

Et, probablement, aucune petite fille n'en rêve. Ce n'était pas le cas en 1921. Nulle époque ne regarde son présent avec les lunettes du futur et il n'y a pas de raison de juger le passé avec nos critères d'aujourd'hui : eux aussi ne perdent rien pour attendre et les Jade, Lina et autres Ambre plébiscités de nos jours paraîtront affreux dans un siècle. Jennifer, qui était au top au moment de la découverte du corps momifié de Marcelle Pichon, a déjà quasiment disparu du paysage prénonimique.

Il est vrai que le prénom Marcelle n'inspire pas franchement l'amour. En témoigne cette chanson de Boby Lapointe, composée en 1961, qui se termine ainsi : « Pourquoi cet œil noir, Marcelle ?/J'ai pourtant fait la vaisselle./N'as-tu pas de cœur ?/Quoi tu aimes mieux les nouilles au beurre ?/Moi j'préfère ta sœur. »

Si Marcelle entendit cette chanson, elle dut être contente.

Pour elle, Florence fut peut-être la petite sœur qu'elle savait qu'on lui préférait.

Même Jean-Louis Aubert, en 2010, y est allé de son couplet : « Marcelle/Y a ce truc qui colle pas/C'est ton nom/C'est ton nom/C'est ton nom. »

Décidément, se prénommer Marcelle n'incite pas à l'amour.

Que pensait Marcelle de son prénom ? L'aimait-elle ? Le détestait-elle ? Il est probable qu'elle dut croiser nombre de Marcelle pendant son existence. Pas de quoi se sentir exceptionnelle. Plutôt commune et quelconque. Une Marcelle parmi d'autres. Si le prénom est un support de l'identité, Marcelle se trouva peut-être mal lotie. Pas très bien née. Ou, au contraire, tout à fait rassurée de se trouver fondue dans la masse, bien au chaud au cœur du troupeau, parfaitement à l'abri. Tout dépend des ambitions qui étaient les siennes. De sa nervosité et de son impatience à exister dans le monde. À sortir de sa condition et échapper au salon de coiffure, à son existence programmée pour que jamais une mèche ne dépasse. Auquel cas, elle n'aurait pas le choix : pour sortir de l'anonymat, elle ne pourrait compter ni sur son nom ni sur son prénom. Il lui faudrait se distinguer par ses propres moyens. Ne compter que sur elle. Transcender la banalité de son identité, ou bien s'en évader, d'une façon ou d'une autre. Oui, peut-être en avait-elle marre de celle-là qui s'appelait Marcelle de cheval. Marcellophane. Marcellulite. De celle-là qui faisait marrer les autres ou qui aurait dû se marrer tout le temps, puisque cela s'entendait aussi à l'oral. Tous les enfants cherchent dans leur prénom un sens à leur existence. La raison qui fait que leurs parents les ont appelés ainsi. L'étrange obligation qui leur est faite de répondre à ce mot. De lui coïncider. Le mâcher et remâcher. Devoir tourner la tête à son appel. C'est comme un costume qu'on vous force à enfiler et auquel il faut se conformer vaille que vaille, car il contraint le corps et l'esprit. Un costume parfois trop large (« Hey, salut, Hercule », « Comment vas-tu, Bérénice ? »), parfois humiliant et dévoilant la méchanceté des parents (« Élève Guy Bolle, au tableau », « Moi, c'est Dorothy Deveau »), parfois trop étroit pour l'infini qu'on sent immense en soi. Dans tous les cas incompréhensible et mal ajusté.

« Qu'y a-t-il dans un nom ? Nous nous le demandons quand nous sommes enfant en écrivant le nom qu'on nous dit être le nôtre », écrit James Joyce dans *Ulysse*.

Très peu de Marcelle ont fait de grandes choses.

Quasiment aucune n'a marqué l'histoire, d'après mes recherches.

Pas une Marcelle qui, en 1920, disons 1920, alors que la petite Pichon n'était qu'un amas de cellules dans le ventre de sa mère, ait été une grande chanteuse, une star du cinéma muet, voire une célébrité des arts ou des sports. Et c'est pareil en 1919, pendant la guerre 14-18, et même avant. Ce n'est donc pas là que monsieur et madame Pichon ont puisé leur inspiration. Où alors ?

J'allais laisser tomber, imaginant que Marcelle tenait peut-être son prénom d'une aïeule Pichon ou Landré (le nom de jeune fille de sa mère). Voire que ce prénom ne venait de nulle part en particulier et, finalement, que moi seul jugeais important de tracer son origine. Lorsque.

Comment dire ?

Le mot « marcelling » dit-il quelque chose à quelqu'un ?

Il signifie « ondulation Marcel ».

Du nom d'un certain Marcel Grateau, né en 1852 à Chauvigny dans la Vienne et mort en 1936 à Paris 16e. Monté à Paris et devenu coiffeur, Marcel Grateau révolutionna la coiffure pour femme après avoir testé sur des prostituées un engin de son invention : le fer chaud à friser ou « fer Marcel » – l'ancêtre du Babyliss ! Cela se passait en 1872 (un an après la Commune de Paris). À l'époque, la pudeur exigeait que les femmes aient de longs cheveux dont elles devaient ramener l'imposante masse pour former de lourds chignons tenus avec force peignes et épingles. Le fer Marcel les libéra de cette servitude en permettant d'onduler les cheveux sans l'aide de tortillons ou de cylindres en métal à porter toute la nuit pour les faire friser ou boucler et qu'ils soient impeccables le lendemain. Surtout, cela marchait sur les cheveux courts et autorisait plein de nouvelles coiffures ! Il n'en fallut pas davantage pour que ce nouvel art capillaire devienne du dernier chic, à Paris comme à Londres. La belle Otéro, les danseuses Liane de Pougy et Cléo de Mérode popularisèrent cette nouvelle vague et, bientôt, tous les coiffeurs proposèrent l'ondulation à chaud, le fer Marcel étant mis en vente en 1897. Avant d'être breveté en 1905 aux États-Unis, où Grateau était parti répandre la bonne nouvelle. Mondial devint alors l'engouement. Partout les femmes voulaient des « Marcels ». Dans les années 10 et 20, cette coiffure fit carrément fureur. Que l'on songe à Joséphine Baker, sans doute la plus célèbre adepte des cheveux marcellés. En tant que coiffeur établi à Paris, Charles Pichon ne pouvait ignorer cette technique. Elle était peut-être sa spécialité. Peut-être fit-elle même sa fortune et, de lui, un « artiste du cheveu ». De là à lui rendre hommage à travers sa fille : pourquoi non ? L'idée me réjouit. Pour la corporation des coiffeurs, Marcel Grateau demeure à jamais ce bienfaiteur qui incita les femmes à pousser la porte de leur salon. Il est leur saint patron. S'il me faut trouver une origine au prénom de Marcelle Pichon, je vote pour celle-ci. J'imagine très bien le père « marcellant » sa fille. Tant pis si je délire.

Au commencement, Marcelle fut une ondulation.

Elle fut, par capillarité, le symbole d'une libération féminine.

(Mais me relisant, je sursaute soudain. J'ai écrit « le père "marcellant" sa fille » et, à l'oral, j'entends maintenant « le père m'harcelant sa fille ». Mince alors !)

12.3

Dans Florence il y a « flot » et « rance ». Marcelle s'en aperçut-elle ? Ou seulement son inconscient ? Ou rien de cela tant ce prénom impose une douceur italienne. Évoque les courbes ondulées de la Toscane, les arts renaissants, la poésie faite ville, la lumière rose du printemps. D'ailleurs, Florence vient du latin *florens*, qui signifie « en fleurs, florissant ». Ce prénom célèbre la joie de vivre, le renouveau, la *vita nova*, Vénus et ses amours. Tout le contraire de Marcelle, dont l'étymologie grecque *martikos* signifie « consacré au dieu Mars ».

Pourquoi avoir choisi Florence ?

Il importe de le savoir puisqu'elle *voulut* être Florence et, sans doute, le devint-elle.

En France, 1968 fut l'année record des Florence, avec 8 266 petites filles prénommées ainsi. Mais en 1950, période où Marcelle Pichon semble être devenue Florence, « mannequin vedette » chez Fath, il n'y en avait que 471. Marcelle se trouva donc un prénom plutôt rare. Un prénom aux antipodes de celui hérité de ses parents, dans sa signification comme dans sa sonorité. Un antidote ? Un talisman ?

Un syndrome ? Comme celui dit « de Florence ». Lorsque Stendhal, saisi par la beauté des fresques de la basilique Santa Croce, fut soudain pris de vertige, se sentit mal, tout à fait terrassé par la profusion divine de tant de perfection esthétique. Un syndrome psychiatriquement avéré et reconnu, que Marcelle devenue la « belle Florence » aurait pu incarner comme si elle était une œuvre d'art capable d'inspirer les plus hautes passions, des émois si puissants qu'on pouvait, rien qu'à la voir, en avoir le souffle coupé et sentir son corps se dérober sous soi, son être s'épuiser tout d'un coup, se vider de sa substance, se dissoudre en une multitude de paillettes multicolores et affolées ?

Si ce fut Jacques Fath ou quelqu'un d'autre qui choisit de l'appeler Florence, c'est que Marcelle devait inspirer ce prénom. À tout le moins devait-il lui aller comme une robe taillée pour elle. Si ce fut elle qui le choisit, alors il dut, à ses yeux, revêtir une signification particulière. Un charme singulier. Peut-être lié à une personne, à un souvenir, voire à un personnage de fiction, une odeur qui sait ? Il existe une eau de parfum baptisée *Florence* mais Roberto Cavalli l'a créée en 2017. Mauvaise pioche. Dans tous les cas, Marcelle se projeta forcément dans Florence et ce prénom représenta pour elle une espèce d'idéal à atteindre. Cessant d'être Marcelle, voici qu'elle devait se sentir forte, belle, intelligente, de taille à porter des robes de princesse et mettre le monde à ses pieds. Voici que sa mère n'avait jamais disparu. Voici qu'elle devenait « ville éternelle ». Devenait florentine. Devenait qui ou quoi ?

Pour en avoir une idée – pas une idée, non, plutôt l'écume d'une idée –, il faut chercher ce que Florence pouvait évoquer pour une jeune femme à l'orée de ses 30 ans, fille de coiffeur ayant été élevée par son père et vivant à Paris 15e dans les années 40 et 50. Sans la moindre garantie de savoir ce qu'il en fut véritablement. Bien sûr que non. J'extrapole ici. J'invente à partir des (maigres) éléments dont je dispose et de ce qu'ils m'inspirent. Dois-je le redire ? Je ne fais qu'improviser. J'avance au flan. Je me fie à mon intuition. Sachant qu'il n'y a pas que la biographie avec, en abscisse, les coordonnées sociales et familiales et, en ordonnée, celles du contexte et de l'histoire : pour approcher un individu, il faudrait aussi faire l'histoire de ses goûts, de ses rêves, de ses lectures, de ses peurs, de ses fantasmes, de ses parts d'ombre, de sa sexualité, de son *imaginaire*. À tout le moins tenter, même si c'est mission impossible. À jamais la psyché de Marcelle Pichon demeurera incommensurable et je dois faire avec ce manque. Là encore, seulement 10 % de qui elle fut peuvent être appréhendés. Je ne dis pas reconstitués. Je parle d'hypothèses. Je parle de 10 % pouvant tout de même être conjecturés. Or, concernant son pseudonyme de Florence, se pourrait-il ?

« Le libre développement de chacun est la condition du libre développement de tous. »
Karl MARX, *Manifeste du parti communiste*

13

En novembre 1944 sortait au cinéma le film *Florence est folle*. Une production Gaumont réalisée par Georges Lacombe, avec des dialogues d'Henri Jeanson, celui-là même de *Pépé le Moko* et *d'Hôtel du Nord*, sauf qu'il n'est pas crédité au générique (on est en 1944 et certains n'ont d'autre choix que de travailler au noir). Les rôles principaux sont interprétés par Annie Ducaux et André Luguet, un couple qui, un an plus tôt, avait rencontré le succès dans *L'Inévitable Monsieur Dubois*. On ne change pas une équipe qui gagne.

Florence est folle n'a pas laissé un souvenir impérissable. C'est peu de le dire. Mais à l'époque, en cette fin d'année 1944, la défaite allemande se profilant à l'horizon, le public fut au rendez-vous. Comme n'importe quelle production faisant aujourd'hui le buzz et aussi vite oubliée :

sur l'instant, elles occupent tout l'espace jusqu'à paraître des chefs-d'œuvre qu'elles ne sont nullement. Pour plaisants qu'ils soient, bien des coups de cœur (des « coups d'un soir ») n'ont pas vocation à devenir des histoires d'amour. Ne le prétendent même pas. Ce pourquoi ils sont mis en avant.

Se pourrait-il que Marcelle Pichon, devenue devant Dieu (à vérifier…) et les hommes madame Marcelle Baisse en 1940, ait vu ce film ? Si oui, le vit-elle seule ? Avec une amie ? En compagnie de son mari Victor ? Auquel cas, peut-être prirent-ils tous deux du plaisir à voir ce film, quoique chacun dans son coin, pour des motifs différents. Car pour Marcelle, l'histoire de Lucile, une jeune femme coincée et rigide mariée avec un ennuyeux Jérôme, procureur de son état, a pu faire écho à sa propre situation de jeune femme se retrouvant à 19 ans en ménage avant même d'avoir vécu sa jeunesse. Surtout en 1940, en pleine période de l'Occupation, synonyme de tout sauf de joie de vivre, avec ses restrictions en tout genre, ses passions morbides, ses solidarités improbables, ses saloperies notoires, ses angoisses au quotidien, ses dangers permanents. Synonyme de « génération sacrifiée » pour les jeunes gens nés comme Marcelle Pichon juste après la Première Guerre mondiale et plongés à leur tour dans un conflit européen devant durer quatre années. Même si, pour chaque individu, la vie continue, avec ses bonheurs et ses peines, comme si de rien n'était – ou presque.

Dans son livre de souvenirs *Une jeunesse bien occupée*, Geneviève Latour, 17 ans en 1940, scolarisée au lycée Camille Sée à Paris 15e (le quartier de Marcelle ! Le lycée de Marcelle ? En tout cas, ce fut celui de ma fille !…), raconte avoir passé les années d'occupation essentiellement préoccupée de passer son bac, d'amourettes comme on en a au lycée, d'amitiés enflammées et de passion exaltée pour le théâtre (elle y consacrera d'ailleurs le reste de son existence). De la « grande histoire », elle n'a qu'une conscience diffuse, n'en connaît que les embarras (le froid, la faim) et certains événements faisant irruption dans sa vie d'adolescente et la prenant au dépourvu, comme le jour où une camarade de classe apparaît avec une étoile jaune cousue sur sa veste. « Pour elle, écrit Geneviève Latour en parlant de la jeune fille qu'elle était à l'époque, la notion de guerre, de Juifs, de bombardements, de combats, de ressortissants anglais, de Pétain, d'Hitler, flottait dans un lointain dérisoire. » Et, plus loin : « À 17 ans, nous n'y pouvons rien, alors qu'on nous laisse vivre notre jeunesse, écouter Charles Trénet et danser le swing... » Geneviève Latour fut sans doute à l'image d'énormément de jeunes gens, même s'ils n'appartenaient pas, comme elle, à un milieu aisé autorisant une certaine insouciance. Elle témoigne d'une réalité *vécue* bien éloignée des récits que font les historiens de cette période. Si elle en dit moins qu'eux sur ce qui se passait, ce moins est aussi un plus.

Elle dit surtout une insouciance qui est celle de la jeunesse. Un mécanisme de défense, une façon de se protéger d'une situation traumatisante en surinvestissant les joies futiles et personnelles. Une inconscience coupable, jugeront les adultes, s'effrayant d'avoir enfanté des monstres sans voir que ceux-ci les renvoient d'abord aux choses monstrueuses qu'ils commettent – par exemple la guerre.

Pour la plupart d'entre nous, la grande affaire de sa vie, c'est d'abord soi dans le moment présent.

D'ailleurs, avoir 20 ans dans Paris occupé put s'avérer autrement plus instructif et même passionnant, voire une occasion unique d'embrasser l'existence à pleine bouche et de se faire rapidement un nom et une situation puisque la société se trouvait non seulement désorganisée, mais totalement criminalisée. Dans les situations de guerre, la vie prend une intensité inédite. On danse sur la mort. Une aubaine pour les audacieux, les héros et les salopards. En période de chaos, l'urgence de vivre se nourrit follement de l'angoisse de la mort, au point que, plus tard, certains se rappellent moins les horreurs des temps que les bonheurs électriques qu'ils connurent, dont ils sont nostalgiques une fois les choses rentrées platement dans l'ordre.

Pendant les années d'occupation, la liberté n'allait pas sans cruauté.

La liberté n'était pas tendre du tout.

13.1

Marcelle Pichon s'amusait-elle en novembre 1944 ? Dans un Paris redevenu français trois mois plus tôt, dansait-elle le « swing » et faisait-elle la fête en mâchant des chewing-gums et en flirtant avec les GI en goguette dans les rues et les avenues rendues à la liberté de circuler, heureuse comme tout, quoique crevant encore de faim, comme la plupart des Parisiens ? Était-elle d'ailleurs gaulliste ? De la première heure ou plus tardivement ? Avait-elle été pétainiste (comme 90 % des Français adulèrent celui qui avait épargné au pays une nouvelle boucherie vingt ans après celle de 14-18), jusqu'à vouer un véritable culte au Maréchal, collectionnant chez elle statuette, portrait et almanach à son effigie ? Fut-elle communiste ? Résistante et, à vélo, livrait-elle secrètement des messages ? Fut-elle antisémite, un peu ou férocement ? *Redouta-t-elle l'épuration ?* Mais peut-être la politique ne l'intéressait-elle pas et, quatre années durant, ne fut-elle préoccupée que de survivre, soucieuse uniquement de trouver de quoi manger et se chauffer, comme tous ceux qui savent qu'ils comptent pour du beurre, surtout quand il n'y en a plus ? Rien ne permet de le savoir. Je ne saurais jamais si elle écoutait « Radio-Paris ment, Radio-Paris est allemand » ou, chaque soir à 21 h 15, Radio Londres. Ou encore, chaque vendredi, la chronique internationale de René Payot sur la Radio suisse romande qui, n'étant pas brouillée, était bien plus facile à capter et dont les informations, surtout, étaient fiables comparées à l'océan de propagande déversé sur les ondes. Ou n'écoutait-elle que les émissions de jazz : jusqu'à trente-neuf heures par semaine sur Radio-Paris en 1942 !

Mais s'étant mariée au tout début de la guerre et celle-ci venant de s'achever, il se peut qu'elle considérât que son mariage devait lui aussi prendre fin, Victor se trouvant à jamais associé à ce qui lui avait volé ses 20 ans, lesquels ne reviendraient jamais. Des temps nouveaux s'annonçaient, qui promettaient d'être plus heureux et, en novembre 1944, peut-être voulait-elle rattraper le temps perdu. Peut-être en avait-elle marre d'être privée de tout. Marre d'avoir faim et d'avoir froid (jusqu'à – 17 °C pendant l'hiver 1941 et pas de charbon pour se chauffer). Marre d'avoir peur. Marre de marcher dans des chaussures en bois, de se vêtir avec des « vêtements de quatre ans », de se badigeonner les jambes de thé pour simuler des bas, de se laver avec du savon constitué de lichen mélangé à de la chaux éteinte – marre de mendier en permanence le droit de vivre ! Marre du fracas des temps et de la fureur des hommes. Marre d'être la fille d'un coiffeur de quartier. Marre de s'appeler Marcelle comme tout le monde. Marre de Victor et d'être engluée dans son couple, piégée par la disparition de sa mère et d'en payer le prix en se tenant sagement à sa place, rigide et effacée, de peur d'être rejetée, puisque sa mère l'avait rejetée hors de sa vie (paix à son âme). Oui, peut-être Marcelle en eut-elle toujours marre, d'abord marre, de façon réflexe, sans pouvoir s'en empêcher, jusqu'à en avoir marre de la vie, parce qu'elle s'appelait Marcelle : celle qui en a marre.

13.2

Mais j'y songe : pourquoi s'être mariée à 19 ans ? Et pourquoi en octobre 1940, alors que la France vient juste de perdre la guerre, que Paris est occupé, le pays coupé en deux et même en quatre, la vie partout rationnée, si bien que tout manque déjà : vivres, vêtements, charbon, gaz, électricité, etc. Même l'heure est devenue allemande, comme un passage autoritaire à l'heure d'hiver. Sans doute les soldats de la Wehrmacht ont-ils l'obligation d'être « korrekt », mais ils sont les vainqueurs et, sanglés dans leur uniforme impeccable, bottés de cuir rutilant, respirant la force, la virilité et la santé au point, paraît-il, d'impressionner favorablement les Parisiennes tandis que les Parisiens, se sentant tout petits par comparaison, réalisent à quel point on leur a menti en prétendant l'armée française parfaitement équipée et préparée, ils réquisitionnent à tour de bras tout ce qu'ils veulent, dévalisent les boutiques de luxe (parfums, alcools, lingerie...), s'empiffrent comme dix au restaurant, avant de s'encanailler nuitamment dans cette ville dont Hitler leur a dit qu'elle était leur « nouvelle Padoue » et leur « repos du guerrier ». Avec leur mark fantastiquement surévalué par rapport au franc (1 mark vaut vingt francs), ils ne laissent aux Parisiens que des miettes, moins que des miettes et à quoi pensait Marcelle lorsque, munie de tickets de rationnement « J3 » (correspondants aux 12-21 ans) péniblement récupérés à la mairie de 15e, elle devait *chaque jour* faire la queue pendant des heures pour se procurer le minimum vital, sans garantie de l'obtenir ? Affichait-elle, à l'instar de nombre de Parisiens, un air méprisant à la vue de la croix gammée flottant partout et des statues déboulonnées pour en récupérer le bronze, tandis qu'elle pédalait dans Paris vidé de ses voitures et que les panneaux indicateurs du « Gross Paris » étaient écrits en allemand et, dessous, en plus petit, en français ? Connut-elle d'ailleurs l'exode de la mi-juin 40, entre chaos et débâcle, panique et pillages, marmailles et matelas, stukas en piqué et fossés mitraillés, à l'instar de deux millions de Parisiens sur les trois que comptait la ville, avant de rentrer trois semaines plus tard, Pétain ayant signé l'armistice et, dans la foulée, rallié le camp d'Hitler. Rentrer pour se marier ?

Que comprenait-elle à la situation ?
À sa vie ?
Au monde ?

Lui qui, quelques mois plus tôt, semblait une évidence n'était-il qu'une illusion pour qu'un autre le remplace si facilement du jour au lendemain ? Tout ne reposait-il donc que sur du sable ? À 19 ans, rêvait-elle seulement d'être heureuse en des temps de malheurs ? Se réfugier dans les bras de Victor suffisait-il à son bonheur ? Quel était son état d'esprit à ce moment-là ? Son degré de conscience politique ? Que pensait-elle de la situation ? Trouvait-elle que les Français auraient dû résister, se battre, ne pas capituler, comme en 1870, lorsque l'armée française enfoncée à Sedan et Napoléon III fait prisonnier par les Prussiens, les Parisiens avaient continué le combat, refusant la défaite, refusant l'humiliation, répudiant le Second Empire comme on soufflette un sale type pour décréter la république, au risque de subir un siège de quatre mois et, sous les bombardements, de devoir manger des chats et des rats et tous les animaux du Jardin des Plantes pour se nourrir ? Au risque de subir, une fois l'armistice signé, le retour au pouvoir des anciens de la monarchie de Juillet qui, sur ordre de Bismarck et sous couvert cette fois d'une république non pas sociale mais de l'ordre social (c'est la nôtre), commencèrent par génocider la Commune de Paris et ses idéaux insurpassables (20 000 morts, cinq fois plus que lors de la Saint-Barthélemy). Ou bien trouvait-elle que l'armistice était finalement une bonne chose ? La moins pire des solutions ? Fuck la patrie, la liberté et la justice ?

Deux ans avant qu'elle se marie, le 30 octobre 1938, Orson Welles simulait à la radio la « guerre des mondes », provoquant la panique dans la population. On rigole aujourd'hui que les gens se soient affolés d'une invasion de petits hommes verts venus semer la mort sur notre planète ; mais deux ans plus tard, ils rigolaient moins à la vue d'envahisseurs en uniforme vert de gris. Par ailleurs, ce qui serait affolant, c'est qu'apprenant que des extraterrestres débarquent, apprenant que « la fin du monde » est proche, on restât tranquillement assis dans son fauteuil à écouter la radio. Ce qui est climatiquement en train de se produire, non ?

13.3

Cinq jours avant la cérémonie, célébrée le mardi 1er octobre 1940, alors que les Parisiens souffrent déjà salement des restrictions alimentaires imposées par l'occupant, la presse recommande de manger des orties, « un mets délicat qui peut remplacer un plat d'épinards et être servi en potage ». *Paris Soir* s'offusque de « 40 civils tués à Boulogne-sur-Mer par les bombardiers anglais de la RAF ». Pour sa part, le journal *Aujourd'hui* fait de l'humour : « On disait : je m'en moque comme de l'an quarante. L'an quarante s'est bien vengé ! »

Il faut dire que les Allemands contrôlent désormais les journaux grâce, notamment, au patron de presse Jean Luchaire, baptisé justement en ce début octobre 1940 le « Louche Herr » par Jean Galtier-Boissière, un ancien du *Crapouillot* qui, par-devers lui, tint au jour le jour sa chronique de l'Occupation. Le célèbre avocat Maurice Garçon, lui, retint de la journée du 1er octobre sa rencontre avec l'éditeur Bernard Grasset. Lequel l'entreprend direct : « Quel temps passionnant nous vivons ! » Et de lui exposer que « l'heure est venue de faire de grandes choses. Je ne suis libre que depuis que la France est occupée. Ici, c'est la politesse, c'est l'ordre, c'est la discipline ». Devant l'air sceptique de Garçon, Grasset s'énerve, le traite « de pauvre incompréhensif », le tance de ne pas faire son « devoir de Français », etc. Mais suffit ! Que Garçon ne dise plus rien, ah non, « ne m'enlevez pas ma foi », s'écrie Grasset, avouant à cet instant qu'il barbote en plein mysticisme. « Là-dessus nous nous sommes quittés », conclut Maurice Garçon. Un peu plus loin, celui qui deviendra le plus grand avocat de l'après-guerre note qu'« un commerçant, près de la place Denfert, a collé sur la vitre de sa boutique la mention *maison juive* avec, à côté, ses trois citations à l'ordre du jour de la guerre de 14-18 ».

Mais il n'y a pas que les Français. Le 6 de ce mois, le soldat de la Luftwaffe Erich B écrit une lettre à sa femme restée à Francfort : « Ma petite souris. Le 27 (septembre), tu m'as conseillé d'aller au bordel, puis finalement tu t'es rétractée le 28. Bien entendu, je devais m'y rendre, juste pour information, pour étudier cette affaire, sans m'encanailler avec une de ces "personnes". J'y suis déjà allé bien volontiers pour regarder, mais il y a un hic. Tu penses bien, quand on va effectivement au bordel – ce dont les soldats ne se privent absolument pas –, les infirmiers vous font une piqûre avant et après contre les maladies sexuelles. Ils se fichent complètement de savoir si vous allez voir une femme ou non, ils vous font la piqûre. Je me ficherais de tout ce tintouin si je ne m'étais fait prendre deux fois la main dans le sac. Alors, tu vois, je n'y suis pas allé, malgré ta suggestion. Il faut dire que ces personnes ne sont pas vraiment à mon goût car les statistiques disent que chaque catin assure une centaine de passes par jour, le record étant de 187. Imagine dans quel état elles doivent être ! Bonjour le spectacle ! » Erich termine sa lettre par ces mots : « Prends soin de toi. Sois brave et aimante. Je vous embrasse. Papa. »

Il vouvoie sa femme au moment de l'embrasser (elle et les enfants ?), après l'avoir appelée sa « petite souris ».

Et il signe *Papa* !

Lui aussi vit les événements à son niveau, dans le temps qui est le sien.

On croit Paris célèbre dans le monde entier pour ses musées et ses monuments ; la vérité, c'est que la Ville lumière dut surtout à ses bordels et à ses débauches d'être le « phare du monde ».

Et cela avant la guerre, pendant l'Occupation et après la guerre.

Depuis 1926, Mistinguett prévenait sur un air de « one-step » que « Paris c'est une blonde/Qui plaît à tout le monde/Tous ceux qui la connaissent/Grisés par ses caresses/S'en vont mais reviennent toujours/La petite femme de Paris/A les mêmes attraits que les autres/Oui, mais elle possède à ravir la manière d's'en servir/Elle a perfectionné la façon de s'donner. » On ne peut être plus explicite.

Quant à Maurice Chevalier, il chantait gaiement en 1940 : « Paris sera toujours Paris/Plus on réduit son éclairage/Plus on voit briller son courage/Sa bonne humeur et son esprit/Paris sera toujours Paris/*La plus belle fille du monde.* »

Qui a dit que les Parisiennes étaient l'anagramme de Sirènes alpines, pour ne pas dire lapines ou à pines ?

En tout cas, les soldats américains de passage à Paris avant de foncer sur Berlin prononçaient avec leur accent inimitable Pigalle « Pig Alley » et ils savaient de quoi ils parlaient. Si la virilité teutonne des jeunes Allemands venus en conquérants avait, paraît-il, séduit les petites et les grandes femmes de Paris, aussi vite elles tombèrent, paraît-il, sous le charme du physique nourri au maïs des *boys* venus en libérateurs. Pas toutes, bien sûr que non, mais pour un certain nombre malgré tout, paraît-il. Il est vrai que, dans un lit, ce n'est pas l'uniforme qui fait l'homme. Vrai, aussi, qu'un homme a plus de chances avec les femmes s'il est un conquérant ou un libérateur. Pourquoi s'encombrèrent-elles sinon d'un homme ? À la question de savoir ce qui l'avait poussée à devenir la maîtresse d'un Allemand, une flamboyante Ketty répondit à ses juges : « Parce qu'il avait une belle gueule et qu'il me faisait jouir. Vous, avec vos gueules de cons, vous ne me feriez pas jouir. » On semble l'oublier aujourd'hui, mais le désir à ses lois primitives que la société ignore.

Mais je m'égare.

N'empêche, c'est dans cette ville favorisant plus que n'importe quelle ville au monde les plaisirs et la nuit que Marcelle est née, a vécu, est morte.

Elle fut une Parisienne !

Une fleur des villes et pas de n'importe laquelle.

Qui plus est à la « belle époque », lorsque Paris était une fête. Du moins pour les gens comme Hemingway.

C'est une information à placer tout en haut de la pile, même si on oublierait presque ce que cela signifie. À quel point Paris dut jouer un rôle dans sa personnalité et sa destinée. Tant le Paris d'aujourd'hui est devenu l'ombre de ce qu'il fut. Moins que l'ombre : son mausolée. Puisqu'on s'y amuse moins à présent que n'importe où ailleurs. Une ville quelconque se faisant passer pour une capitale. Une ville devenue un décor pour attirer les touristes. Tellement domestiquée et gentrifiée que ne peuvent plus y vivre que ceux qui en ont les moyens.

Autre information : si elle se maria en 1940, c'est qu'elle ne fit pas d'études supérieures. Pourquoi ? Était-elle nulle en classe ? Détestait-elle l'école ? Son père n'avait pas les moyens ? Voilà qui dit encore autre chose. Suggère qu'elle était peut-être plus un corps qu'une tête et que, lorsque la bise fut venue, elle se retrouva sans rien.

Cela dit, je n'ai pas fait d'études non plus et, à 19 ans, j'étais moi aussi en couple. Pour de mauvaises raisons cependant : piégé par la culpabilité d'avoir vu mes parents se déchirer pendant mon enfance, je jouai quatre années durant au papa et à la maman avec G. Façon de réparer les dégâts. Combler un manque. Faire honte à mes parents ? Qu'ils comprennent le message ? Peu importe aujourd'hui. Mais quand on sait sa maman disparue, il se peut que Marcelle se retrouvât elle aussi prisonnière de son histoire familiale. Son désarroi prenant le nom de Victor. Voilà qui pourrait faire un autre point commun entre elle et moi. Un tout petit point en commun puisque cette situation est d'une banalité crasse.

13.4

Le jour du mariage de Marcelle et Victor, en cette heureuse journée du mardi 1er octobre 1940, Pétain annotait et ratifiait en Conseil des ministres le projet de « statut des Juifs », jetant sans même que les nazis le lui demandent les bases de la politique antisémite de l'État français, dont il dévoilerait aux Français la teneur quelques jours plus tard lors d'une longue allocution à la radio. Comme un symbole, il se produisit ce jour-là une éclipse du Soleil. Une éclipse *totale* du Soleil. Que l'on put observer à Paris, sinon de visu (elle fut observable dans l'hémisphère sud), du moins symboliquement. Ô combien ! Et c'est ce jour-là que Marcelle et Victor choisirent comme plus beau jour de leur vie. Jour d'une éclipse totale du Soleil. Jour de gloire antisémite. Jour de rentrée des classes aussi, après un été ayant tout bouleversé et la petite Hélène Pitrou de noter dans son journal intime à la date du 1er octobre ses impressions en découvrant le lycée Voltaire : « Ce matin, j'étais un peu perdue. Au début c'était la pagaille. La surveillante générale faisait l'appel et il manquait pas mal de filles à cause de la guerre. Finalement, on a trouvé nos classes. La grosse déception, c'est que Josette n'est pas là. Maman pense qu'elle doit être restée quelque part à la campagne et que les Goldstein ne vont sans doute pas tarder à revenir. Deux de nos professeurs aussi sont absents. »

Jour où les toutes premières « cartes postales familiales interzones » furent mises en circulation à Paris. Jour où, sur Radio Londres, la voix des « Français parlent aux Français » assura que, « avec le pacte tripartite, Hitler a ouvert les perspectives d'une guerre mondiale dont l'évolution est imprévisible. Dont la survenue est certaine ! » Une nouvelle guerre mondiale ? Seulement vingt ans après la première ? Sacré cadeau de mariage.

Le jour des noces, après la cérémonie, Marcelle et Victor écoutèrent-ils Radio Londres ou Radio-Paris, elle en robe blanche et lui en costume de marié, tout en dégustant des petits-fours aux orties ? On peut espérer qu'ils avaient mieux à faire. Mais ce n'est pas certain. Tant d'incertitudes régnaient alors. Chacun se demandait de quoi l'avenir serait fait. Même si, de toutes parts, le Reich semblait triompher.

Au moment où Marcelle et Victor se passaient la bague au doigt, deux cent cinquante bombardiers allemands se déchaînaient au-dessus de la Grande-Bretagne et, à Londres, la cathédrale Saint-Paul sera en partie détruite quelques jours plus tard. À ce moment-là, nul n'imaginait l'Angleterre capable de résister longtemps. Nul ne savait qu'il venait d'en prendre pour quatre années et que celles-ci verraient la civilisation basculer dans l'inhumanité. Chacun avait sans doute conscience de vivre des moments historiques, mais chaque journée n'en faisait pas moins toujours vingt-quatre heures. L'histoire vécue en direct est un continuum, elle ne brandit pas de grands écriteaux signalant les dates que les enfants apprendront plus tard à l'école. Sur l'instant, tout et rien fait histoire et Pétain serrant la main d'Hitler à Montoire une semaine après que Marcelle et Victor se furent mariés put paraître un événement flottant comme les autres dans un « lointain dérisoire ». Le lendemain, il se passait déjà autre chose. Des inondations à Amélie-les-Bains (100 morts), une course de triporteurs organisée dans Paris, la menace de fermer les cinémas si les spectateurs continuaient d'applaudir aux actualités montrant des Anglais, etc. Qui, dans la masse des informations qu'il reçoit quotidiennement, repère celles qui fabriquent réellement l'avenir et dont nous tous devrons, un jour, rendre compte ?

D'autant que la télévision n'existait pas à l'époque. Ce qui se passait dans le monde, ce qui se passait hors de son cercle, à seulement deux kilomètres de chez soi, horizontalement et verticalement, il fallait le vouloir pour en avoir connaissance. L'actualité ne s'invitait pas dans les foyers pour y être infusée directement dans les cerveaux, sans possibilité de lui échapper ni même le temps de réfléchir à ce qu'elle signifie. On pouvait donc s'en absoudre et rester relativement insouciant, relativement inconscient. On avait le temps de digérer les événements. L'ignorance avait au moins cette excuse. Même si être au courant signifie surtout être mis devant le fait accompli, sans possibilité de rien. Encore hier, j'ai vu un robot humanoïde, baptisé Atlas, faire la démonstration de son haut degré de perfection cybernétique en effectuant une petite danse guillerette et même un double salto arrière pour fêter la nouvelle année 2021. Ses créateurs de Boston Dynamics n'arrêtaient pas de lui donner de grands coups dans le dos, les jambes, partout, afin de le faire tomber et il se relevait à chaque fois, imperturbable, indestructible, grotesque, monstrueux. Une parfaite image de l'insensibilité. De la force obtuse. Du fascisme, en fait. Vers quoi tendent les nouvelles technologies dont on nous vante, béat et ravi, les fascinantes prouesses.

Quoi qu'il en soit, ce n'était pas la période la plus propice pour convoler dans la joie et la bonne humeur. Le mariage dut se dérouler dans une ambiance bizarre. Quasiment en catimini. En raison du couvre-feu imposé par les autorités (cela fait drôle d'écrire cette phrase par temps d'épidémie de Covid), la noce ne put s'éterniser, chacun devant réintégrer ses pénates avant 22 heures, au risque de se faire pincer par une patrouille et passer la nuit en prison – voire pire. Tel cet ami de Marcel Jouhandeau : parti chercher dans la nuit un médecin pour sa femme qui allait accoucher, il fut arrêté et, un soldat allemand ayant été assassiné vers minuit, il fut exécuté à l'aube avec une fournée d'autres prisonniers raflés malencontreusement comme lui. L'enfant naquit cependant. Bienvenue sur Terre ! (Qu'est-il devenu ?)

Qui plus est, le black-out imposé la nuit par l'occupant obligeait à calfeutrer chez soi toutes ses fenêtres afin qu'aucune lumière ne filtre, susceptible de guider les bombardiers anglais. Des soldats passant dans la rue pouvaient tirer dans vos fenêtres pour vous apprendre à ne pas vivre comme un rat. De quoi transformer le « plus beau jour de la vie » de Marcelle en veillée plutôt funèbre. En plus, il faisait froid ce mardi 1er octobre 1940. Très froid même. Moins de 4 °C à Paris en soirée, alors qu'on était au tout début de l'automne. Le temps était couvert, mauvais, humide. Toute l'année avait d'ailleurs été glaciale, avec une vague de froid en janvier, où les températures étaient descendues jusqu'à – 15 °C à Paris. La Seine charriait des blocs de glace. Du jamais-vu depuis 1838. Et le charbon, réquisitionné par les Allemands, manquait pour se chauffer. Les malheurs des temps s'acharnaient, assurément. Seule bonne nouvelle : tandis que Marcelle et Victor se disaient oui pour le meilleur et pour le pire naissait au même moment, à Genève, Jean-Luc Bideau ; mais on s'en fiche. Même si j'aime beaucoup Jean-Luc Bideau. Si Marcelle s'était mariée le 9 octobre 1940, j'aurais pu dire que naissait à ce moment-là à Liverpool le petit John Lennon car moi aussi j'imagine *all the people*.

13.5

Pourquoi ce mariage ? D'où son urgence ? Était-ce parce que Marcelle était enceinte et qu'elle n'avait pas le choix ? Parce que l'amour fou ? Parce que « Travail-Famille-Patrie » ? Parce que tel était le destin des jeunes filles ? Pour délester son père de la charge qu'elle représentait ? Pour devenir une femme mariée et se trouver économiquement à l'abri (surtout que Vichy ne cessa de vouloir nationaliser le corps des mères et des épouses, jusqu'à leur accorder le statut de chef de famille et même le droit au travail si le mari faisait défaut) ? Ou était-ce, plus gentiment, pour conjurer les désastres de la guerre et s'offrir une parenthèse enchantée en ces jours maléfiques, résister à deux plutôt que se soumettre tout seul ? Ou était-ce pour une autre raison qui m'échappe ? Mais tout m'échappe ! Que de mystères finalement. De nouvelles recherches en perspective. (Mais où cela va-t-il s'arrêter ?)

En 1940, seulement 14 221 mariages furent célébrés en France, contre près du double un an plus tôt, juste avant la guerre (27 186). Une sacrée baisse ! Des mariages « entre Français de souche » ayant lieu majoritairement au printemps et non en octobre.

Décidément, Marcelle ne fait rien comme tout le monde.

Tant que j'y suis, les femmes s'étant mariées en 1940 avaient, en moyenne, 22,8 ans (25,4 pour les hommes). C'est qu'à l'époque, les gens se mariaient pour entrer dans la vie conjugale et sociale, ce qui n'est plus vraiment le cas aujourd'hui, où les couples se marient entre 35 et 40 ans pour valider une vie sociale déjà bien remplie (et payer moins d'impôts). Moins pour quitter leurs familles que pour en fonder une. Moins pour publier des bans que pour les fermer.

Mais j'ai soudain l'image de Marcelle et Victor se retrouvant seuls le soir de leurs noces. Elle, heureuse, sensuelle, excitée, un peu pompette. Elle s'empressant de tendre une grande couverture devant la fenêtre pour respecter les consignes obligeant chacun à se calfeutrer chez soi afin que, des habitations, aucune lumière ne filtre qui pourrait guider les bombardiers anglais et, cette nuit-là, rien ne pouvait sans doute mieux se prêter à la situation que de se confiner dans la plus stricte intimité, comme s'il s'agissait de ne plus laisser entrer chez soi les horreurs des temps et, à l'abri, bien au chaud dans leur nid d'amour, après avoir allumé une bougie, voici qu'elle saute sur le lit encore vêtue de sa robe de mariée qu'elle retrousse vivement et dépoitraille pour s'offrir à Victor, se jeter amoureusement sur lui, se lover contre son corps, l'embrasser partout, sentir sa peau sur la sienne, sentir son sexe durcir dans sa main, avant de se redresser et, tout humide, de s'empaler délicieusement sur lui pour leur donner à tous deux un plaisir n'appartenant qu'à eux.

Hé quoi, elle eut aussi une vie sexuelle.

Nous ne saurons jamais si celle-ci fut heureuse, mais nous le lui souhaitons !

Sa nuit de noces fut-elle sa première fois ?

Si c'était le cas, cela se passa-t-il bien ? Très bien ? Merveilleusement bien ? Pas bien du tout ? Horriblement mal ?
Par la suite, Marcelle aima-t-elle faire l'amour ?
Ou bien la peur du sexe, le dégoût ?
Et la vie allant avec.

J'espère que non.

Je l'espère pour elle.

Je n'y avais pas prêté attention mais Victor était plus jeune d'un an que Marcelle.

Ils étaient deux enfants.

13.6

Mais elle avait maintenant 23 ans, elle était peut-être même maman d'un bambin ou d'une bambine (les enfants, à cette époque où la pilule contraceptive n'existait pas encore, naissaient surtout lors de la première année du mariage), Paris, tout juste libéré, était devenu une fête bizarre et qui peut dire si elle ne rêvait pas d'une vie plus exaltante que celle d'une jeune mère au foyer torchant son gosse et vouée, en bonne maîtresse de maison (en bonne servante de son époux), à faire de sa cuisine sa chambre à soi. Rêvait d'une vie moins servile et tracée d'avance. D'une vie qui ne serait pas déjà derrière elle mais lui tendrait amoureusement les bras. Rêvait d'idéal.

Surtout qu'elle était jolie (elle deviendra tout de même mannequin !). Elle pouvait donc nourrir certaines ambitions et, avec Victor, en cette fin d'année 1944, le cœur n'y était peut-être plus. D'ailleurs, ils divorceront en 1948. Il faut garder cet événement à l'esprit. Mesurer ce qu'il signifie. Si on compte les délais de la procédure, qui peuvent prendre jusqu'à quatre années, surtout à une époque où les tribunaux avaient tant d'autres chats à fouetter, rien n'interdit de penser que Marcelle nourrissait à ce moment-là l'obscur désir de se séparer de son mari et de prendre enfin son envol. Savoir ce qu'elle valait réellement. Les années d'occupation l'avait peut-être changée, rendue audacieuse, moins timide, plus *dure*.

Pour la génération née en 1920, ces années-là signèrent la fin de l'innocence et, dès juin 1941, le magazine *La Mode du jour* prévenait ses lectrices : « Les temps sont révolus où la femme pouvait n'être qu'une poupée maquillée. La débâcle est venue, entraînant la souffrance ; et la souffrance nous a appris à nous connaître. »

Qui sait d'ailleurs si un autre homme... dans les bras duquel... dans le dos de Victor... Un voisin ? Un Allemand ? Un zazou tout feu tout flamme ? Un homme plus mûr et expérimenté ? Tout est possible.

Les jours (et surtout les nuits) suivant la Libération de Paris par l'armée de Leclerc, les Tuileries où bivouaquaient les milliers de soldats de la 2e DB se transformèrent, par la grâce de Parisiennes effectivement libérées, en un immense lupanar à ciel ouvert dont les soupirs et les râles s'entendaient, paraît-il, jusque sur les berges de la Seine.

On comprend que, dès la fin du conflit, les demandes de divorce aient explosé en France : près de 18 000 en 1946, contre environ 9 300 en 1938. Une hausse de 93,5 % ! Celle-ci liée aux désordres de la guerre et au fait que Vichy interdisait tout divorce avant trois années de mariage ; ceux qui voulaient se séparer se rattrapèrent donc dès que cela leur fut possible. Oui, mais les études montrent que les ménages s'étant formés en 1939 et 1940 se révélèrent particulièrement « fragiles ». Eux n'étaient pas préparés à vivre quatre « années noires » pour le meilleur et pour le pire. En se mariant en octobre 1940, peut-être dans l'urgence, Marcelle et Victor avaient donc une probabilité plus grande de se séparer une fois la paix revenue.

Du reste, vivaient-ils ensemble à ce moment-là ou Victor se trouvait-il quelque part en Allemagne ? Non dans l'un des nombreux camps de prisonniers retenant près de deux millions de soldats français capturés après la débâcle de mai-juin 1940 : né en 1922, il fut sans doute trop jeune pour être mobilisé et envoyé sur la ligne Maginot ; mais en 1942, le Service du travail obligatoire le vit peut-être partir, de son plein gré ou contraint et forcé, pour une quelconque usine d'armement située dans un coin glacial du Reich, à l'instar de centaines de milliers de jeunes Français. À moins que, pour échapper au STO justement, il n'ait pris le maquis, comme tant de jeunes hommes rallièrent en masse la Résistance, non par conviction mais pour ne pas devenir des SOT, selon la première appellation du Service obligatoire du travail, laquelle, vu l'hilarité générale, fut vite rectifiée en STO. Encore une piste à creuser. Une de plus !

Il se peut que l'entrée de Marcelle dans le monde luxueux de la haute couture date de la période où elle était en instance de divorce. Ce ne serait pas une surprise. Pas la première fois qu'un premier amour ne résisterait pas à la pression sociale. Combien d'épouses répudiées par leur mari parce que celui-ci accède soudain à la notoriété ? Chez les artistes, c'est presque la norme... Combien de maris cocufiés par leur femme se retrouvant subitement dans la lumière ? Pauvre premier amour. Maintenant qu'on le regarde de haut, avec des yeux neufs qui eux-mêmes seront un jour crevés, il paraît une erreur de jeunesse, un tribut payé à la reproduction sociale, une peur de vivre sa vie, l'antichambre de sa véritable destinée. Il ne fut qu'un moyen de quitter ses parents. Un tremplin. Un *brouillon*. Pauvre pauvre premier amour ! Son sacrifice est programmé depuis le début et le remords éprouvé ne donnera que plus de prix au futur qui s'annonce (disent avec cette mauvaise foi qui les caractérisent ceux qui mènent leur propre guerre de libération sans voir de quoi ils sont aussi les esclaves). Mais tel est le prix de la réussite. Elle exige de renier ce qu'on a aimé. De tout miser sur l'avenir sans laisser derrière soi de témoins susceptibles de devenir des boulets ou, pire, des reproches vivants. Ce que la société appelle devenir « adulte ». Ce que nous appelons « vivre notre vie ». Et les autres « trahison ».

« Si je suis folle, alors il n'y a plus de mystère. »
Alfred HITCHCOCK, *Vertigo*

14

J'imagine, oui, *j'imagine* Marcelle Pichon allant voir *Florence est folle* au cinéma (peut-être celui de la rue de la Convention, à deux pas de chez elle). Et prendre soudain conscience de quelque chose. Comme si ce film mettait le doigt sur une plaie intime, gardée secrète. Un désir informulé. Un vrai malaise. (Alors que mes parents étaient au bord du divorce, voir un couple s'embrasser à la télévision vidait l'air de la pièce de tout son oxygène. Même le chat se recroquevillait dans un coin et ne bougeait plus. On pouvait voir les murs suer à grosses gouttes. La moquette devenir rouge sang. Heureusement, la scène ne durait pas et l'abîme qui s'était ouvert se refermait aussitôt, la vie reprenait son sale cours, comme si de rien n'était.)

Dans le film, c'est un accident de voiture qui offre à Lucile l'occasion d'exprimer enfin son « potentiel » : à son réveil à l'hôpital, voici qu'elle souffre d'un dédoublement de la personnalité. Non seulement elle ne reconnaît personne de son entourage, mais elle déclare s'appeler Florence Bolero et être une vedette de cabaret (et pourquoi pas mannequin dans une grande maison de couture ?). Si elle ne se rappelle pas son mari (manquerait plus que ça ! Le but n'est-il pas qu'elle se débarrasse d'abord de lui ?), Lucile – ou plutôt Florence – le prend toutefois pour son imprésario (façon pour le film de sauver les apparences). Après avoir vainement tenté de lui faire retrouver ses esprits (de la faire rentrer dans le rang), Jérôme finit par laisser Lucile être Florence (mais oui, que les hommes laissent les femmes être qui elles veulent !). N'en faisant désormais plus qu'à sa tête, lâchant tous ses chevaux et prenant l'existence pour un trépidant boléro allant crescendo (contrepartie forcément excessive d'années de frustrations), Florence embarque alors son imprésario de mari dans une série de péripéties de plus en plus olé olé (il s'agit aussi de liberté sexuelle, évidemment). À tel point que Jérôme devient l'amant de Florence la folle. Ou est-ce de Lucile sa femme ? Lui-même ne sait plus avec qui il couche ni avec qui il est marié. Exaspéré par tant de désordre (furieux de ne plus être le maître), il finit par donner une grosse mandale (ben voyons !) à Florence qui, abracadabra, redevient Lucile (ouf, ce n'était qu'un délicieux mauvais rêve. Ouf, une bonne mandale et madame redevient elle-même, c'est-à-dire docile). Mais Lucile restera tout de même un peu Florence puisqu'elle a goûté à la liberté et, accessoirement, que son mari a pris avec son double un plaisir inavouable. La liberté de sa femme le libère lui aussi, finalement. Mais le mal est fait. Lucile cache une Florence qui ne demande qu'à exister, batifoler, se frotter à la vie, jouir de son corps et donner sa pleine mesure. Et rien ni personne ne pourra plus la remettre dans une petite boîte fermée à double tour avec un joli nœud rose. Tant pis si on la croit folle. Ils se sont vus quand ils disent ça ?

On croit que les gens sont *fous* parce que quelque chose ne tourne pas rond chez eux, alors qu'ils le deviennent parfois (toujours ?) parce qu'ils évoluent dans un environnement qui les nie et les broie, jusqu'à les rendre mentalement ou physiquement malades – en l'occurrence schizophrènes. Plus que n'importe quel médicament ou psychothérapie, un changement d'environnement peut faire des miracles. Il n'est pas nécessaire de persévérer pour réussir. S'en aller, tout quitter, changer d'air et peut-être même changer le monde peut s'avérer le remède. Avis à tous ceux qui prétendent soigner nos souffrances psychiques sans jamais impliquer les conditions qui produisent justement ces souffrances. À croire qu'il s'agit d'abord de les sauvegarder (et bien sûr que c'est pour cette raison, je ne suis pas débile).

Un petit film de rien du tout comme *Florence est folle* a pu avoir l'effet d'une révélation chez Marcelle. Provoquer chez elle un déclic. Engendrer un *élan* qui, quarante ans plus tard, la conduirait à se laisser mourir de faim dans un petit studio du 18e arrondissement de Paris. Aussi infime et dérisoire soit-il, nul ne sait d'où le coup peut venir qui, en une fraction de seconde, fait bifurquer l'existence – et c'est parfois de là où on s'y attend le moins, précisément parce que l'on baisse sa garde à cet instant. Marcelle puisa-t-elle dans ce film la force de devenir « folle » ? Se souvint-elle de Florence au moment de devenir mannequin ? Si elle n'avait pas été au cinéma ce jour-là, serait-elle restée une gentille mère au foyer, faisant quotidiennement de son mieux et nourrissant sa vie intérieure de regrets plutôt que de remords, jusqu'à mourir tranquillement dans son lit, paisible et entourée, avec le sentiment que sa mort n'était pas tout à fait réelle puisqu'elle ne serait jamais née ?

Au point où j'en suis d'extrapolations faramineuses, d'hallucinations pichonesques qui ne dénoncent que moi, qui sait si, en sortant du cinéma, une dispute n'éclata pas avec Victor, parce qu'il trouvait le personnage de Florence complètement stupide, une vraie bécasse, une dinde comme pas permis, une greluche complètement tarée. La vie olé olé ? Une vedette de music-hall ? Le mannequinat ? Et quoi encore ! Foutaises que ces conneries ! Pas la peine de faire cette tête. Cela ne lui suffisait pas d'être sa petite femme chérie ? Elle voulait une beigne ? Dès cet instant s'en fut peut-être terminé de Victor. Son sort fut scellé. Elle l'envoya mentalement valdinguer. Marcelle vit l'homme étriqué, apeuré, monté sur ses petits ergots et devenant brutal dès qu'il perdait le contrôle. La goutte venait de faire déborder le vase. Florence était née. Elle n'était pas si cruche, finalement.

Partir, c'est autant dire bonjour à ce qui vient que dire adieu à ce qui est.

Prendre un pseudonyme n'est pas forcément prendre un masque mais arracher le sien pour dévoiler son vrai visage.

J'ai d'autres banalités en réserve si on le souhaite.

En 1954, lorsque Marcelle Pichon se remaria avec Anouar Moualhi, ce fut peut-être Florence qui, pour la première fois de leur existence à toutes les deux, faisait un mariage d'amour.

14.1

À propos de vase et de cruche : le 28 avril 1937, René Lalique, le grand maître verrier d'art déco, qui implanta sa fabrique en Alsace en 1921 (l'année de naissance de Marcelle), créait une série restée fameuse de vases baptisés « Florence » : en verre ou en cristal moulé-pressé, satinés mat et patinés sienne ou ocre, ces vases étaient de couleur blanche, bleue ou sépia, avec des vaguelettes émaillées assorties de pointillés noirs et, dessous, des motifs en colonne pouvant représenter des chérubins faisant pipi. À l'époque, ces « Florence » furent largement diffusés, si bien qu'on en trouve encore chez les antiquaires et dans les salles de ventes (entre 3 000 et 5 000 euros pièce). La famille Pichon en posséda-t-elle un exemplaire ? Auquel cas, interdisait-on à la petite Marcelle d'y toucher (« Oh malheureuse ! Ne va pas casser le Florence ! Tu n'as aucune idée de combien coûte ce vase ! »). Devenue mannequin vedette, Marcelle se souvint-elle de cet interdit pour le lever à sa façon ? Voulut-elle signifier à tout le monde que c'était elle qui coûtait maintenant une fortune ? Elle qu'il fallait désormais manier avec la plus grande précaution et éloigner de la portée des enfants, pour ne pas dire des hommes ? Elle qu'il ne fallait pas casser ? Le message étant : « Attention fragile ! Objet d'art ! On ne touche qu'avec les yeux. » Autre hypothèse : jolie comme elle était, se sachant une « belle plante », Marcelle se serait ironiquement baptisée du nom d'un vase plus beau et onéreux que n'importe quel bouquet pouvant être mis dedans. Façon de dire qu'elle n'était pas dupe : c'était le vase qui faisait la fleur. Et celle-ci se fanait vite. C'étaient les robes qui étaient belles et son rôle consistait simplement à les mettre en valeur. Une potiche, en somme. Une femme sandwich. Un mannequin en bois, origine du mot mannequin. Se donner le nom d'un vase (Marcelle Cruche !) pourrait ici s'interpréter comme un moyen de prendre ses distances et de garder perpétuellement à l'esprit que les éloges qu'elle pouvait recevoir ne s'adressaient pas à elle, mais aux toilettes qu'elle portait.

Marcelle lisait-elle ?
Lisait quoi ?
Des magazines de mode ?
Des revues illustrées de photos de modèles et de mannequins que recevait son père et qu'il mettait en évidence dans son salon de coiffure à l'intention de ses clientes, telles la *Revue de la coiffure et des modes*, *Coiffure de Paris*, *Le Capilartiste* ?

Lisait-elle *Notre Cœur*, un hebdomadaire qui, malgré la pénurie de papier pendant l'Occupation, tirait à 450 000 exemplaires ? Un magazine avec des accroches formidables (« Elles étaient trois sœurs qui aimaient le même homme et cet homme aimait la quatrième, qui avait donné son cœur à un autre »), des récits à l'eau de rose feuilletonnés sur plusieurs numéros et brassant d'épaisses thématiques telles que « L'amour et l'argent » (« Une première fois, Catherine avait, par sa cupidité, gâché son bonheur. Une deuxième chance allait s'offrir à elle mais... »), des histoires vécues (« Marilou divorce... »), des courriers évidemment du cœur (chronique tenue par une certaine Florence Deville...), des réclames ciblant le lectorat féminin (« Le secret d'une belle poitrine avec les Pilules Orientales » ; « Vendôme : le chapeau de Madame », etc.), sans oublier l'horoscope (celui de Marcelle pour la semaine du 30 janvier au 8 février 1941 étant : « Vous plairez mais ne le saurez pas tout de suite. Prudence le 7 ») et des témoignages poignants de lectrices (ainsi celui de Paulette : « Mes cheveux sont flous, je ne les lave que tous les mois, mais chaque semaine je frictionne le cuir chevelu avec de la poudre de lycopode mélangée d'un tiers de poudre d'iris »). De quoi intéresser fortement Marcelle.

Que pouvait lire une fille de coiffeur âgée de 20 ans, habitant Paris et tout juste mariée ?

Une jeune fille ayant été élevée seule par son père.

Lisait-elle les prix Goncourt décernés ces années-là et n'ayant laissé aucun souvenir (qui se rappelle les lauréats Francis Ambrière, Marc Bernard, Marius Grout ?...) ?

Préférait-elle les ouvrages de Blanchot, Mauriac, Fargue, Koestler, Simenon, Simone de Beauvoir, Georges Bataille, Marx ou Maurras ?

Aurait-elle pu lire *Florence*, de Jacques Rivière ?

14.2

Publié de façon posthume en 1935, ce livre transpose sur la page l'histoire d'amour que Jacques Rivière, qui était pourtant marié, vécut avec une certaine Florence lors de l'année 1925 et, pendant un moment, le cœur battant follement après avoir réussi à m'être procuré cet ouvrage, je crois qu'il s'agit peut-être de Marcelle... avant de réaliser que les dates ne coïncident pas : en 1925, Marcelle avait 4 ans.

Tant pis.

De toute façon, ce livre est mauvais. C'est-à-dire qu'il a vieilli. C'est-à-dire que les situations et les sentiments sont tellement littéraires que le lecteur passe plus de temps avec l'auteur se regardant écrire qu'avec ses personnages tentant de vivre et de s'aimer. Certaines phrases font frémir : « son corps ondulait de bas en haut, comme une flamme à la belle racine » ; « sa manche s'ouvrit, dévoilant une mince amande lactée » (il parle ici du bras de Florence…) ; tandis que « le bel astre d'or de ses cheveux » et « son sein brûlant tel un tendre charbon ». Etc. La littérature comme un ramassis chic et raffiné de lieux communs. L'art de bien s'exprimer en société, d'enrober les choses avec du papier brillant. Sur la page, l'homme du monde – c'est-à-dire l'homme aliéné à son monde – triomphe de l'écrivain, dont le style véhicule les vertus et les valeurs (l'hypocrisie en fait) de la classe à laquelle il appartient et on comprend tout à coup la *nécessité* du surréalisme, dont le *Manifeste* date justement de 1924, histoire de donner un grand coup de pied dans la fourmilière. Faire craquer le vernis.

D'un autre côté, le personnage de Florence – comment dire ? Elle est une jeune et jolie Circé qui, ensorcelant les hommes, les transforme en pourceaux. Une Célimène qui joue ses amants les uns contre les autres, se moque de leurs sentiments, se plaît à exciter leur jalousie sans rien leur donner en retour car « les hommes sont pour elle des succès qu'elle remporte, des trophées ». N'ayant jamais connu que « des maîtres qui commandent ou des indifférents qui s'esquivent », elle n'est pas de celles que l'on « aime ». En amour, il lui faut le danger, il lui faut des bijoux, il lui faut des « flatteries ambiguës » susurrées à l'oreille et il lui faut le « mépris » car elle a « besoin de cette offense ». Dès que la peur s'en va, dès qu'une intimité s'installe, elle n'a plus que des plaisirs « estimables et modérés ». Un personnage complexe, cette Florence. Une femme totalement imbue d'elle-même et, de ce fait, plus libre que la plupart des femmes de son temps. Un modèle d'émancipation, en quelque sorte. Une source d'inspiration pour Marcelle ? Puisqu'elle aussi était jolie, nul doute qu'elle apprit très tôt la convoitise des garçons et le profit qu'elle pouvait en tirer, ne fût-ce que pour se protéger. Le profit et, tout au fond d'elle, quelque chose d'amer, peut-être. Quelque chose de sarcastique et de douloureux. Quelque chose l'empêchant d'aller vers son propre désir si ceux des autres ne lui en laissaient jamais le temps. Jusqu'à faire de sa beauté une prison la tenant captive et l'invisibilisant toute. Un escargot dans sa coquille. Un cœur sous les belles robes. Marcelle fut-elle ce genre de femme dont « la seule et véritable passion est l'amour-propre » ? Une Florence qui, si on regardait au fond d'elle, ferait « horreur » ? Car rien n'indique qu'elle fut aimable. Peut-être était-elle tout le contraire. Ce n'est pas parce que sa mort émeut que Marcelle Pichon fut émouvante. Il faut se méfier des évidences, surtout si elles sont affectives. On a raison de pleurer les victimes d'une catastrophe ; mais parmi elles doivent se trouver des pères indignes, d'affreuses marâtres, des brutes sans nom, de vraies raclures, des gens pleins de pus. C'est statistique.

Cela ne veut pas dire qu'ils méritaient de mourir.

Quoique.

Le monde se porte mieux sans eux, non ?

14.3

Et si Marcelle avait assisté à la représentation de *Huis Clos* de Sartre ? Donnée pour la première fois le 4 juin 1944 au Théâtre du Vieux-Colombier, la pièce fut portée aux nues par l'ensemble de la presse. Tout le monde ne parlait que d'elle, quand ce n'était pas du débarquement américain qu'on annonçait déjà en Normandie. La célèbre phrase prononcée à la fin de la pièce (« L'enfer, c'est les autres ») tournait en boucle dans Paris et, peut-être, dans la bouche de Marcelle aussi.

Or, il existe une Florence dans la pièce : employée des postes, son mari s'est suicidé après avoir découvert qu'elle couchait avec une autre femme. En l'occurrence Inès, qui a séduit Florence comme on piétine une fleur pour le plaisir de la piétiner, parce qu'elle a « besoin de la souffrance des autres pour exister ». Et justement : j'ai en tête Marcelle « élevée seule par son père ». J'ai en tête une jeune fille souffrant de n'avoir pas eu de mère et, peut-être, cherchant éperdument à la retrouver dans des femmes choisies non pour qu'elles l'aiment (sa mère ne l'a jamais choyée) mais pour qu'elles la *détruisent* et la *saccagent* comme, peut-être, la détruisait et la saccageait son incommensurable besoin d'amour maternel. Cela s'est déjà vu. Ce dont nous sommes très tôt privés devient très vite incommensurable. Quoi que nous fassions, nos blessures intérieures nous dominent. Elles nous forcent à rejouer infiniment le drame qui est le nôtre, spécialement au sortir de l'enfance, alors que la plaie est à vif. Qui, dans ses jeunes années, n'a follement recherché dans le monde ce qui le tue, dans l'espoir de tuer ce qui le tuait déjà ? Qui n'a passionnément aimé un bourreau choisi exprès pour qu'il lui fasse du mal et le soulage du mal qui le torture au fond de lui ? Pour rester en vie, nous cherchons tous à suicider la mort en nous, d'une façon ou d'une autre. Malgré nous, nous devenons *pervers*. Telle est la tragédie de l'existence. Ce pourquoi elle est dangereuse. L'angoisse n'oublie personne et, dès la naissance, nous apprenons le manque qui ne nous laissera plus de répit. Nous rongera comme un acide. Nous poussera à fabriquer notre malheur ou à faire celui des autres. Ainsi les Florence savent-elles très bien trouver les Inès qui leur brûleront le cœur et les ailes ; tandis que les Inès repèrent très vite les Florence qui, tombant sous leur emprise, deviendront leur victime expiatoire et sacrificielle.

Marcelle aurait-elle pu être ce genre de Florence ?

Cherchait-elle sa mère au travers de femmes puissantes, cruelles, cyniques, fatales ?

Fut-ce la vérité de son désir ?

Au point de se livrer charnellement à une Inès ?

Avant de le regretter amèrement ?

Bon, je crois qu'il vaut mieux m'arrêter là.

Surtout que je ne suis pas beaucoup plus avancé.

Concernant « l'invention de Florence », je pense avoir fait le tour de la question.

Mais que sera d'autre Marcelle ici, sinon une femme de papier ? Un être de langage. Ce que nous sommes tous, à dire vrai.

Cette précision faite, je pense, en toute hypothèse (j'allais dire modestie), avoir tiré certains fils de Marcelle Pichon devenue à 19 ans madame Baisse et, en passe de divorcer, s'apprêtant à devenir « la belle Florence », avant de se laisser mourir de faim quarante ans plus tard. Je pense avoir identifié sa *matrice*, composée de quatre pôles ayant pu magnétiser sa personnalité et l'entraîner dans un sens ou un autre, façonner son destin : 1/ l'impétueuse jeune femme rêvant d'un destin plus flamboyant et pailleté que celui de petite épouse docile (*Florence est folle*) ; 2/ la mannequin en cristal moulé-pressé n'étant pas dupe de sa beauté (le vase Lalique) ; 3/ la belle femme piégeant les hommes comme des crapauds et elle-même piégée par sa beauté (la Florence de Jacques Rivière) ;

4/ l'enfant privé de maman et la cherchant éperdument partout (la Florence de Sartre).

Avec le peu d'informations tangibles dont je dispose, c'est un début.

La Bmore & Investigations est en train de gagner ses galons.

Il n'y a pas que les faits, les dates, les indices matériels : il y a tout ce qu'on ne voit pas et qui existe cependant.

Inutile maintenant de fredonner la chanson de Tino Rossi, lorsqu'il gluait de sa voix de velours son amour pour « Une fille jolie qui s'appelait Florence/Un doux nom cher à mon cœur. »

J'ignore si Marcelle Pichon aima Tino Rossi, mais si c'est le cas, je préfère ne pas le savoir.

Je préfère ce qu'écrivait Machiavel dans son *Histoire florentine* : « Je crois donc qu'elle s'est toujours appelée Florence. »

« Et Penny vint. »
Grégoire Bouillier, *Le cœur ne cède pas*

15

– C'est drôle.

C'est Penny qui parle.
La petite Penny.
Avec ses cheveux en pétard.

Six mois qu'elle travaille maintenant pour la Bmore & Investigations. Je ne le regrette pas. Son aide m'est devenue précieuse. Elle met de l'ordre dans les papiers qui s'entassent, effectue toutes sortes de recherches, court les bibliothèques quand d'autres démarches m'appellent, se rend utile mieux que je ne l'espérais. Enquêter sur l'affaire Marcelle Pichon semble l'amuser. Elle aussi s'est prise au jeu. Si c'est un jeu.

En tout cas, elle est douée pour dénicher des informations. Il lui arrive même de prendre des initiatives. Des initiatives bienvenues, je précise. Pas de celles qui me font perdre mon temps. Surtout, elle met de la joie dans mon travail. De la légèreté. Ce qui me sauve de l'histoire de Marcelle Pichon. Momentanément.

– Qu'est-ce qui est drôle, Penny ?
– C'est vraiment étrange.
– Quoi ?
– Vous avez remarqué ?
– QUOI ?
– Eh bien, Marcelle Pichon s'est laissée mourir de faim alors que, quatre années durant, pendant l'Occupation, elle dut crever la dalle et de froid. Cela ne vous intrigue pas ? Comme s'il y avait un lien. Une espèce de mémoire. La reproduction de quelque chose.
– Je n'avais pas fait le rapprochement.
– En plus, on venait de lui couper l'électricité et elle ne pouvait donc plus se chauffer en ce mois de septembre 1984 particulièrement frisquet. Avouez que c'est troublant.
– Tout me trouble dans l'histoire de Marcelle Pichon.
– Quatre années de famine, quarante ans plus tard, quarante-quatre jours d'agonie si on ne compte que les jours et pas les intervalles, cela fait beaucoup de quatre. Comme si, en 1984, elle était revenue en 1944.
– Vous croyez à ce genre de choses ? À une malédiction du 4 ? (Petit ricanement de ma part.)
– Moquez-vous ! (Geste de Penny qui fait les marionnettes avec les mains.) Elle est tout de même morte à l'âge de 64 ans.
– Le nombre des Marcelle est le 6. Comme celui des Florence, d'ailleurs.
– Ah vous voyez ! Vous-même êtes allé vérifier !
– Ma petite Penny, la question n'est pas de savoir si nous croyons à la symbolique des chiffres mais si Marcelle Pichon y croyait, elle !

– Celle-ci n'est pas votre petite Penny.

(Parenthèse : pour une raison que j'ignore, Penny ne dit jamais « je » mais « celle-ci » ou, lorsqu'elle est en colère ou sous le coup d'une émotion, « celle-là ». Je pense que cela remonte à son enfance. Une espèce de mécanisme de défense. Il lui est peut-être arrivé un truc moche. Je ne sais pas. Je ne tiens pas à la mettre mal à l'aise en lui posant la question. Cette étrange façon de s'exprimer m'a pris de court au début, elle m'a un peu *inquiété* ; mais ce n'est plus le cas. Parler de soi à la première personne du singulier n'est finalement qu'une convention et que Penny prenne ses distances avec elle-même n'est pas plus mal. C'est charmant. Cela change. Cela fait même du bien.)

Cette parenthèse m'a fait rater ce que Penny disait. Lorsque je l'écoute de nouveau, c'est pour l'entendre dire :

– C'est sûr que Marcelle n'a pas eu une jeunesse facile. Avoir 20 ans en 1940 : il y avait mieux pour démarrer dans l'existence. Vous vous rendez compte ? Avec tout ce qui se passait ? Ce devait être hyper glauque. Celle-ci ne peut même pas se représenter ce que cela fait de crever de faim et de froid pendant quatre années ! QUATRE ANNÉES !

– Les chiffres disent que les Parisiens sont passés de 3 000 calories par jour avant la guerre à 1 500 calories en 1942. Moitié moins.

– Les chiffres ne disent pas les sensations. Ils ne disent pas la faim. Ils ne disent pas l'angoisse au quotidien. Ils ne disent pas les queues pendant des heures devant des magasins vides. Ils ne disent pas le ventre qui crie famine. Ils ne disent pas la vérité : ils la nient. Ce pourquoi tout le monde parle chiffres, d'ailleurs. C'est façon d'évacuer l'humain. De ne plus le prendre en compte. Un truc de nazi, en quelque sorte.

– Les mots ne font pas beaucoup mieux, Penny.

– Pourquoi écrire alors ?

– Je me pose la question.

– C'est vrai que quatre années, cela ne veut rien dire. Il s'agirait de trois ou cinq ans, cela produit le même effet sur la page. On ne fait pas la différence. Alors que pour celui qui crève la dalle, une année de plus ou de moins, cela fait une sacrée différence.

– Pour sûr. Mais vous avez raison, Penny : ces « années noires » ont dû marquer Marcelle. Il y eut des séquelles, forcément. Reste à savoir lesquelles.

– Cela a dû lui forger un drôle de caractère. La détraquer, d'une manière ou d'une autre.

– Encore une piste à creuser.

– Cela ne fait jamais qu'une de plus.

– Très drôle !

– Vous pensez que cela pourrait expliquer sa mort ? La faim, les restrictions, tout ça.

– Je ne sais pas, Penny. Je n'en ai pas la moindre idée.

– Celle-ci avait une grand-mère dont le papa fut arrêté par les franquistes quand elle avait 6 ans. Elle était présente quand il a été emmené et elle ne l'a plus jamais revu. Toute sa vie, il suffisait que quelqu'un frappe à sa porte pour qu'elle devienne livide. Peut-être fut-ce la même chose pour Marcelle.

– Marcelle n'était plus une gamine en 1940. Il ne faut pas exagérer. (J'ai envie d'en savoir plus sur les origines espagnoles de Penny mais je m'abstiens. Peut-être parce qu'elle a vivement allumé une cigarette, comme si elle était tout à coup nerveuse. Je la laisse donc continuer sans l'interrompre.)

– En tout cas, celle-ci n'aurait pas aimé être à la place de Marcelle. Même si celle-ci ne trouve pas la situation actuelle très salubre, avec le Covid et le bordel ambiant.

– Personne ne veut échanger sa place avec un autre. Vous échangeriez vos maladies avec les miennes ?

– Certainement pas ! Vous devez être tout pourri à l'intérieur.

– Vous êtes un amour.

– En plus, celle-ci n'a pas de maladies. Celle-ci va très bien !

– C'est évident, ma chère Penny.

– Vous m'énervez, mon cher Baltimore !

– Allons, Penny. Je vous taquine.

– Dites, Bmore ?

– Oui ?

– Vous pensez que Marcelle a été contente de s'appeler madame Baisse ?

– Pourquoi ?

– Vous n'entendez pas ?

– Entendre quoi ?

– Madame Baisse ton froc. Madame Baisse-moi comme ta pute.

– Enfin ! Penny !

– Faites pas votre chochotte. Quand on sait que Pichon signifie déjà « petit », son nouveau nom ne grandissait pas Marcelle. Au contraire. On peut y voir une certaine logique. Une logique à la baisse. Un mariage à la baisse. C'est peut-être pour ça qu'elle a divorcé.

– Vous êtes sérieuse ?

– Si c'était vous qui deviez prendre le nom de votre femme, vous seriez moins certain de vous-même ! Vous devriez d'ailleurs essayer, cela ne vous ferait pas de mal. Les hommes sont tellement imbus d'eux-mêmes que devoir prendre le nom de leur femme leur rabattrait un peu le caquet. En même temps, vous êtes tous si fragiles psychologiquement...

– Je n'ai pas de femme, Penny. Je n'ai que vous.

– Attention Bmore, vous me harcelez !

– Hashtag m'en garde !

– N'empêche, quand les gens disaient « Bonjour, madame Baisse », Marcelle devait entendre quelque chose. Cela devait lui écorcher les oreilles. C'est forcé. Ce n'est pas comme si elle s'était appelée madame Rêve.

– Il y a tout de même pire que de s'appeler madame Baisse.

– Celle-ci ne vous parle pas de ça. Il s'agit de Marcelle. De ce que cela a pu signifier pour elle de passer de mademoiselle Pichon à madame Baisse.

– Je comprends. Selon vous, il était écrit que Victor baisse un jour dans son estime. Alors qu'au début, elle lui chantait peut-être amoureusement : « Oh Victor, Baisse ame mucho. »

– Comme vous êtes spirituel !

– Vous oubliez que c'est d'abord pour Victor que s'appeler Baisse a pu poser problème, s'il faut absolument chercher les problèmes. Ou l'inciter à faire de grandes choses, justement. Comme Jean-Claude Trichet est devenu directeur de la Banque de France. On peut aussi chercher à faire mentir son nom, vous savez. Cela marche dans les deux sens.

– Le problème, c'est que nous ne savons rien de Victor Baisse. Qui il était, ce qu'il est devenu...

– Yep. Encore du boulot en perspective...

(Bref silence.)

– À part ça...

– Oui, Penny.

– C'est quoi l'exergue que vous avez mis en tête de ce chapitre ? Vous vous croyez malin de citer le livre que vous êtes en train d'écrire ?

– Je n'ai pas trouvé mieux.

– Oui, bah, c'est n'importe quoi. Et ne parlez pas de mise en abyme et autres conneries.

– Je parle de ce que je veux, Penny. Contrairement à ce que vous semblez croire, j'accorde beaucoup d'importance aux exergues.

– Eh bien, c'est réussi.

– Les exergues racontent une histoire autonome et parallèle au livre. Ils rajoutent une couche de complexité. D'ailleurs, ils sont parfois ce qu'il y a de plus intéressant dans un livre. Il faut voir les exergues comme des bouteilles à la mer que jette l'auteur dans l'espoir qu'elles s'échouent sur la plage du lecteur. Ils sont un art à part entière, Penny. À eux seuls, ils pourraient presque suffire.

– Si vous le dites.

– Un jour, j'écrirai un livre dont, à la fin, je supprimerais la totalité du texte que j'ai écrit pour ne conserver que les exergues figurant au début de chaque chapitre. De l'un à l'autre, le lecteur tournera des pages entièrement blanches. Il pourra alors imaginer l'histoire à partir des citations mises en avant, comme un roman à clé. Un texte fantôme dont il ne restera, affleurant, que l'écume d'un monstre englouti. Des clés sans serrures.

– À propos de lire, cela ne vous gêne pas d'enchaîner les dialogues sans fioritures ni rien ? On n'est pas au théâtre ! Vous pourriez au moins décrire la scène de temps en temps. Que celle-ci se tient debout devant vous, par exemple. Qu'elle est en train de se pencher pour attraper le cendrier et écraser sa cigarette. Avec un gentil commentaire sur sa silhouette tandis qu'elle se cambre devant vous en sachant que vous la matez. Cela se fait dans les romans policiers. Cela fait des respirations. Voilà qui donne un peu chair aux mots. Alors que là...

– Ce sont les mots la chair. Pas la peine d'en rajouter.

– Si vous le dites. Ça ne donne pourtant pas envie de lire. Il manque les images. On ne peut pas visualiser. Du coup, on ne peut pas se faire son film.

– Euh.

– Désolé de vous le dire Bmore, mais celle-ci préfère le cinéma. Au moins, l'œil est libre de regarder ce qu'il veut alors que sur la page, il n'a pas le choix : il lui faut suivre l'histoire de gauche à droite, contraint et forcé. La littérature est un art coercitif, Bmore. Sur un plan sensoriel, elle est d'une grande pauvreté. Elle n'est plus du tout en phase avec notre époque. Si on était dans un film, nous pourrions tous les deux faire des choses n'ayant rien à voir avec ce que nous disons. Celle-ci pourrait faire le poirier, par exemple. Toutes sortes d'acrobaties. Celle-ci adore la gymnastique. Elle est même très douée. Ou on verrait à l'écran des images du Paris de l'Occupation, avec des photos de soldats allemands prenant du bon temps aux terrasses de café, des gens faisant la queue devant une boulangerie, etc. Ce serait plus intéressant. On verrait au moins de quoi nous parlons. Il se passerait plein de choses en même temps et on s'ennuierait moins. Chacun serait libre de se concentrer sur un truc en particulier. Le texte, ou bien les personnages, comment ils sont habillés, le décor, la lumière, ce qui se passe en haut et à droite de l'écran, peu importe. Vous avez vu les deux pigeons qui roucoulent depuis tout à l'heure sur le rebord de la fenêtre ? On pourrait les voir ! Vous pourriez en parler, alors que pas un mot ! Ce serait pourtant charmant. On penserait à une métaphore, si vous voyez ce que celle-ci veut dire. Sauf que personne ne voit que celle-ci vient de vous faire un clin d'œil. On entendrait même la tuyauterie qui fait du bruit ! À ce sujet, elle est vraiment pénible, cette tuyauterie. Quel vacarme ! Cela tape sur le système, à force. Vous ne deviez pas vous en occuper ?

– Je croyais que cela venait du voisin du dessus mais il m'a dit que non. Lui n'entend rien. Mais je vais m'en occuper, promis.

– Il serait temps.

– Okay, Penny. Si vous n'y voyez pas d'inconvénient, je vais me remettre au travail.

– Parce que vous ne travaillez pas en ce moment ?

– Quand je vous parle, je n'écris pas. Je me repose.

« Et si nous écrivions l'histoire
du duc d'Angoulême ? »
Gustave Flaubert, *Bouvard et Pécuchet*

16

Maintenant que Penny a disparu comme elle est venue, je songe à ce qu'elle a dit. Je réfléchis aux séquelles que laissèrent dans la psyché des populations civiles les années d'occupation. À la jeunesse qui connut la guerre et la vit s'enfuir avec elle. À Marcelle Pichon ayant vécu – quoi ? La faim, le froid – mais encore ? La peur ? La violence ? Le vice ? Que vit-elle de ses yeux ? Que connut-elle réellement de la guerre ? Jusqu'où celle-ci l'affecta-t-elle ? Jusqu'à modifier son être profond et donner à sa destinée une trajectoire très différente de ce qu'elle aurait été si l'histoire qu'on dit grande ne s'en était mêlée par la faute de petits hommes avides et brutaux ? Encore des questions. Tant de questions. Mais ai-je le choix ?

La tragédie des temps, nous la vivons à notre niveau. Les horreurs du monde, elles ne rivalisent pas avec une rage de dents, un souci familial, une fin de mois difficile, une belle matinée ensoleillée, une rencontre amoureuse. Que pouvons-nous contre les monstruosités dont les images et l'écho nous parviennent ? Que pouvait Marcelle Pichon contre Hitler ? À part se sentir impuissante. Et l'impuissance rend indifférent, insensible, sourd et aveugle, recroquevillé sur soi-même. Si notre quotidien prend tellement de place dans notre existence, c'est parce que nous avons un minimum prise sur lui, contrairement à tout ce qui se décide au-dessus de nos têtes et qui nous emporte malgré nous. Notre sphère d'influence ne dépasse pas trois ou quatre pâtés de maisons, et justement : que se passait-il dans le 15e arrondissement entre 1939 et 1945 ?

Car tous les Parisiens ne furent pas logés à la même enseigne. Les Allemands investirent surtout les beaux quartiers, réquisitionnant les hôtels particuliers et les habitations les plus luxueuses des 16e, 7e et 17e arrondissements. Dans les quartiers populaires, ceux du nord et de l'est de Paris, peu de bruits de bottes mais la pauvreté, le froid et la faim plus qu'ailleurs. Au centre et à l'ouest, c'étaient les cabarets, les théâtres et les bordels fréquentés par la soldatesque allemande en goguette. Et le 15e ? Comment cet arrondissement vécut-il les quatre années d'occupation ? Fut-il exposé un peu, beaucoup, pas vraiment ? Il se peut que, à l'instar de Geneviève Latour, Marcelle s'y trouva relativement à l'abri, au point de pouvoir vivre sa vie, sinon en toute tranquillité, n'exagérons pas, mais du moins sans trop de heurts. Sans que les « années noires » fassent de sa jeunesse la pire période de sa vie. Ne la marquent au fer rouge.

Il suffit de demander pour être exaucé.

Tel est le miracle des livres (bien aidé par le travail de Penny, je tiens à le préciser).

Car voici les événements liés à l'occupation allemande qui, entre 1939 et 1945, se déroulèrent dans le 15e arrondissement de Paris, dans un rayon de cinq cents mètres autour du domicile de Marcelle, situé 6 avenue Félix-Faure.

Disons dans un rayon d'un kilomètre et n'en parlons plus.

Eh quoi, il s'agit aussi de l'histoire de *mon* quartier.

Cela commence dès le 3 juin 1940. Dans l'après-midi, les Allemands déclenchent l'opération Paula. Objectif : bombarder les usines Citroën installées quai de Javel, pas loin de là où habitait Marcelle. Il se peut d'ailleurs qu'elle ait vu la centaine de bombardiers de la Luftwaffe passer au-dessus d'elle. Qu'elle les entendit fondre sur Paris comme la foudre et l'orage, en se bouchant les oreilles, en se jetant dans les bras de Victor, en se terrant sous le lit. Sûrement sentit-elle le sol trembler tandis que les vitres éclataient lorsque, entre 13 h 15 et 14 h 20, pendant plus d'une heure, s'abattit un déluge de bombes incendiaires sur Paris et sa banlieue, détruisant une partie du 15e et du 16e arrondissement. Rasant et éventrant des immeubles. Défonçant un tronçon du métro. Incendiant le ciel et la terre. On dénombra 254 morts, dont 20 enfants (une école fut touchée), et plus de 90 blessés. Peut-être Marcelle l'échappa-t-elle belle ce jour-là. Peut-être connaissait-elle une ou plusieurs victimes. Sûrement connut-elle la peur pendant une heure interminable. Une terreur inédite, irraisonnée, incrédule. À l'âge de 19 ans.

Deux ans plus tard, le 3 mars 1942, ce sont les Anglais qui, cette fois, sèment la mort et le chaos. Deux heures durant, à la tombée de la nuit, ils larguent 461 tonnes de bombes sur l'usine Renault de Boulogne-Billancourt. Depuis Guernica rasée par l'aviation nazie en 1937, jamais on n'avait autant bombardé des populations civiles en si peu de temps. Certes, l'île Seguin se trouve à environ quatre kilomètres de l'avenue Félix-Faure ; mais la RAF ne se soucia pas trop de précision et des dégâts furent constatés dans un rayon de quinze kilomètres, le 15e arrondissement n'étant pas épargné. Ce fut le premier bombardement massif de populations civiles opéré par les « forces du bien », avec plus de 700 morts. Et ce furent les Anglais qui tirèrent les premiers. Si Vichy décréta une journée de deuil national en hommage aux « innocents assassinés par la RAF » avec un cénotaphe élevé place de la Concorde devant lequel défilèrent des milliers de Parisiens (dont Marcelle ?), le bombardement du 3 mars 1942 marqua un changement dans la doctrine militaire des Alliés en y intégrant pour la première fois la fameuse notion de « dommage collatéral » pour les populations jugées coupables de complicité avec l'ennemi. Suivront Marseille, Le Havre, Nantes, Lisieux, puis Dresde, Hambourg, Berlin, etc. Cette nuit-là, Paris fut châtiée par nos meilleurs amis. Et Marcelle était aux premières loges.

Ce n'est pas tout.

À cinq minutes à pied de l'avenue Félix-Faure, au 184 rue de la Croix-Nivert, la Gestapo arrêta Albert Hervé et sa femme qui cachaient chez eux des aviateurs anglais. Cela se passait le 23 avril 1941. Lui fut fusillé au mont Valérien le 23 mai 1942 ; sa femme, je ne sais pas. Mais Marcelle put assister à cette arrestation. Ou à une autre. Car beaucoup de résistants se firent prendre dans le quartier : Robert Pavart, en mars 1942, rue Sébastien-Mercier, à la pension de famille Le Cygne Bleu (il portait sur lui un carnet dans lequel figuraient les noms des membres de son réseau) ; Mme Julien, à l'automne 1943, qui hébergeait rue Alasseur des fugitifs ; Pierre Lefaucheux, alias Gildas, chef de 20 000 francs-tireurs partisans (FTP), tomba pour sa part avec plusieurs de ses camarades le 3 juin 1944 au 86 rue Lecourbe ; et même tout l'état-major de l'Organisation de résistance de l'armée (ORA), le 3 juin 1944, au 15 rue du Hameau. Le 5 août 1945, sur le parvis de la mairie du 15e, ce fut au tour de Guy Flavien de se faire arrêter, lui qui évita à plus de 12 000 jeunes gens d'être envoyés en Allemagne en détruisant leurs dossiers du STO ; il sera déporté et mourra à Buchenwald.

Au 239 rue Saint-Charles, des membres du groupe Manouchian fabriquaient des explosifs dans un laboratoire clandestin installé au 3e étage ; mais le 3 décembre 1942, une mauvaise manipulation fit accidentellement sauter le local, blessant grièvement Samuel Weissberg (l'un des dirigeants du groupe), qui parvint cependant à s'enfuir. L'explosion ébranla peut-être les fenêtres de Marcelle. En tout cas, on dut en causer dans le quartier.

Au 113 avenue Félix-Faure, vraiment tout à côté de chez Marcelle, le bulletin *Libération Nord* était secrètement imprimé, tandis qu'au 17 rue Falguière c'était, renouant avec le « J'accuse » de Zola, le journal *L'Aurore* renaissant clandestinement de ses cendres. Un peu plus loin, rue Ginoux, une autre presse tirait en douce le journal *Le Gaulliste*. Marcelle était-elle au courant ? De tout ? De rien ? Sans parler des attentats. Tel celui survenu le 8 septembre 1943, lorsque des FTP mitraillèrent en plein jour un soldat allemand au carrefour des rues de la Convention et Vaugirard. Moins glorieux : le 24 juin 1943, à la station de métro Javel, des FTP exécutèrent par erreur un pauvre gars qu'ils confondirent avec le commissaire Hénoque, le patron de la tristement célèbre Brigade spéciale n° 2 de la préfecture de police qui, dédiée à la traque des communistes, en emprisonna près de 1 600, donc 600 finirent fusillés ou déportés

(Hénoque mourra tranquillement dans son lit en 1996, à Bruxelles, pffff). Contre toute attente, il s'en passait de belles dans le 15e. Qu'en sut Marcelle ?

Que sut-elle de l'entreprise spécialisée dans le déménagement des biens juifs confisqués qui s'était établie 308 rue Lecourbe ? À sa tête, Kurt von Behr et, surtout, Alfred Rosenberg, un fidèle d'Hitler, théoricien fanatique du judéo-bolchévisme et responsable de la spoliation de 20 000 œuvres d'art, avant d'organiser le génocide des Juifs en Europe de l'Est. Il fut condamné à mort par le tribunal de Nuremberg et exécuté par pendaison.

Que sut-elle du 26 boulevard Victor où, au sous-sol, la Gestapo fusillait à tour de bras des prisonniers dans ce qui était l'ancien stand de tir du ministère de l'Air ? C'est là que furent exécutés, le 8 février 1945, cinq lycéens qui avaient organisé une manifestation au lycée Buffon, situé 16 boulevard Pasteur, pour protester contre l'arrestation de leur professeur de lettres Raymond Burgard, fondateur du réseau Valmy. Ils s'appelaient Jean-Marie Arthus, Jacques Baudry, Pierre Benoît, Pierre Grelot et Lucien Legros. Ils n'avaient pas plus de 17 ans et tous habitaient le quartier, si bien que Marcelle les avait peut-être croisés. Le jour de leur exécution, on leur accorda d'écrire une lettre d'adieu à leurs parents. Lettres que l'on peut lire sur Internet. Lettres qui brisent le cœur.

Que sut-elle, les 16 et 17 juillet 1942, de la rafle du Vel d'Hiv, dont l'enceinte, rue Nélaton, se trouvait à dix minutes à pied de chez elle ? Le Vel d'Hiv ! Le temple des courses cyclistes (« les 6 jours de Paris ») et autres compétitions sportives depuis les années 1910. Devenu un haut lieu de collaboration, où les Doriot, Bonnard et Déat éructaient à la tribune contre les bolcheviques et les Juifs. Surtout contre les bolcheviques. Le Vel d'Hiv ! Cet Accor Hotel Arena de l'époque. Où se produisirent les plus grandes vedettes de variété et où, les 16 et 17 juillet 1942, furent parqués près de 13 000 Juifs (dont plus de 4 000 enfants) raflés par la police française sur ordre de René Bousquet et d'Amédée Bussière. Avant d'être déportés dans divers camps de concentration, dont seulement une centaine reviendront vivants (pas un seul enfant).

On sait aujourd'hui tout cela, mais à l'époque ?

Le sait-on encore aujourd'hui ?

En 1994, le procès de Paul Touvier, ancien chef de la milice lyonnaise, fut l'occasion pour la société française de proclamer que, cinquante ans après la collaboration, jamais plus elle ne se rendrait complice de crimes contre l'humanité. Ce procès en était la meilleure preuve. Sauf que se déroulait au même moment le génocide rwandais, avec la turquoise complicité de la France.

Ce que je ne sais pas, c'est si Marcelle vit les camions bâchés et les cohortes d'autobus affluer deux jours durant rue Nélaton.

Si elle reconnut, parmi les 4 500 policiers français mobilisés pour cette opération, l'un quelconque des quarante agents qui venaient du commissariat du 15e arrondissement et qui encadraient le flot ininterrompu de familles entières éberluées et effrayées d'avoir été tirées de leur lit en pleine nuit pour être conduites de force dans un vélodrome transformé en immense prison à ciel ouvert.

Si, à un moment donné, alors qu'il faisait plutôt frais pour une mi-juillet (21 °C puis, en soirée, 11,6 °C), elle marcha dix minutes pour se rendre compte par elle-même, voir de ses yeux ce qu'il en était réellement de ces milliers d'hommes, de femmes et d'enfants parqués comme des animaux sans eau ni soins ni aucun ménagement, au milieu de leurs valises dépenaillées et de leurs excréments puisque, quatre jours durant, avant d'être envoyés à la mort par des trains affrétés par la SNCF, 13 000 personnes ne disposèrent que de six toilettes.

Si elle entendit, par-delà les hautes enceintes, monter les cris des parents que des policiers séparaient à coups de matraque de leurs enfants, si forts que les riverains se plaignirent du vacarme qui les empêchait de dormir sur leurs deux oreilles, si cela s'appelle des oreilles.

Si oui, quels furent alors les sentiments de Marcelle ?

Se disait-elle que tout ça était horrible ?
Se disait qu'elle avait malgré tout de la chance ?
Se disait-elle que c'était bien fait pour les youtres ?

À peine trois mois plus tard, elle et Victor fêtèrent-ils leur deuxième anniversaire de mariage au même Vel d'Hiv pour y voir, le 9 octobre 1942, Marcel Cerdan devenir champion d'Europe des poids moyens après avoir furieusement démoli en moins de deux minutes chrono la gueule de l'Espagnol Ferrer qui était monté sur le ring vêtu d'un peignoir frappé de la croix gammée ? Pourtant interdite, *La Marseillaise* s'éleva alors de milliers de poumons exultant une joie aussi féroce que spontanée devant un parterre déconfit de pontes de la Kommandantur. L'histoire ne dit pas si, ce soir-là, les voisins se plaignirent du bruit.

À 21 ans, Marcelle Pichon ne fut pas la plus mal lotie, certes non, mais elle ne fut pas épargnée cependant. On peut être marqué à vie par ce que l'on voit sans le vivre soi-même. Peut-être plus, même. À cause de l'imagination.

Lorsque les sirènes retentissaient, annonçant l'imminence d'un bombardement, courait-elle à la cave ou à la station Javel toute proche pour descendre dans les profondeurs du métro et, jeune fille noyée dans la foule venue se réfugier en masse, attendre que l'alerte soit passée ? Crevait-elle alors de trouille ? Se mettait-elle dans un coin pour lire un livre à la lumière d'une lampe pigeon, attendant tranquillement de pouvoir remonter à l'air libre ? Ou, dans ces bas-fonds surpeuplés, électrisée par le danger, d'étranges désirs lui venaient-ils, avec Victor ou même avec un inconnu ? Car cela s'est vu. Les périodes de guerre ont le don d'exacerber les passions sexuelles, comme un antidote à la mort, un puissant aphrodisiaque, si bien qu'il existe un dessin humoristique montrant que : « Pour passer le temps dans l'Abri, on papote ; on complote ; on belote ; on bécote ; on pelote. »

Louis Aragon se rappellera par anticipation ces instants « déchirés d'amour » dans une scène de son *Traité du style* se déroulant dans le métro et d'un érotisme aussi furtif qu'intense, aussi frémissant qu'anonyme.

À propos de l'amour plus fort que la mort : au numéro 148 de la rue de Vaugirard, à deux pas de chez Marcelle, Albert Camus et Maria Casarès se retrouvaient pour des rendez-vous aussi intenses que hors du temps au cours de l'année 1940. Unis par des liens sacrés, ils se sentaient alors « les rois de la ville ».

16.1

Lise Deharme est une poétesse aujourd'hui oubliée. Amie des surréalistes, de Cocteau, de Picasso aussi, elle tint, entre 1939 et 1949, le journal de ses *Années perdues* et, le 11 septembre 1939, elle écrit ce poème dont j'ai envie de citer certains vers :

« Mon bol bleu ! C'est la paix.
Mes serviettes bien rangées sur le porte-serviettes : c'est la paix.
Se moquer du temps qu'il fait : c'est la paix.
Regarder par la fenêtre : c'est la paix.
Embrasser : c'est la paix.
Se plaindre : c'est la paix.
Perdre son temps : c'est la GUERRE. »

Le 3 mai 1943, elle écrit aussi : « Je ne reconstituerai pas de mémoire les événements de cette *nuit affreuse* : celle du 17 au 18 avril. Je laisse dans l'oubli cette nuit pendant laquelle ils ont célébré à leur manière l'anniversaire d'Hitler. Je garde au fond de mon cœur la blessure causée par l'attitude de certains "compatriotes", ce qui ne serait pas très grave, si… Mais je ne le dirai pas ! Je ne peux pas l'écrire. Immonde époque dont rien n'effacera la souillure. Ils peuvent tout me prendre, mais ils ne peuvent rien m'enlever. Il faut n'avoir peur de rien, car la peur n'évite rien. »

Au même moment, René Char, au nom tellement prédestiné à la guerre, écrivait dans ses *Feuillets d'Hypnos* rédigés dans le maquis de Provence cette phrase qui me ravit : « Marcelle était venue à mon volet me chuchoter l'alerte. » Et, plus loin : « Résistance n'est qu'espérance. »

Au même moment, Paul Éluard écrivait dans *Couvre-feu* : « Que voulez-vous, la porte était gardée, nous étions enfermés, la rue était barrée, la ville était matée, nous étions désarmés, la nuit était tombée – que voulez-vous, nous nous sommes aimés. »

Il écrivait aussi : « Dressé par la famine, l'enfant répond toujours : je mange ; viens-tu ? Je mange ; dors-tu ? Je mange. »

Et, pendant l'hiver 1943, « l'horrible hiver 43 », ce long poème qu'il intitula *Le monde est nul*.

Un peu de poésie fait du bien.

16.2

Ce n'est pas rien la guerre et, entre 1940 et 1945, plus de quatre années durant (*quatre années !*), ce ne fut pas rien, à l'âge de seulement 20 ans, de vivre dans un monde devenu du jour au lendemain dangereux, imprévisible, arbitraire, incompréhensible. Brutal et criminel de bout en bout. Un monde où le ciel pouvait vous tomber sur la tête et tout embraser autour de vous, tout exploser et détruire. Où des sirènes prévenant des bombardements faisaient de vous des chiens de Pavlov apeurés. Où faire confiance était devenu impossible et faire profil bas une nécessité. Où il fallait se battre pour sa pitance, pour un bout de pain ou de charbon, après avoir fait la queue pendant des heures, parfois dans le froid et sous la pluie, parfois en vain. Où votre voisin, votre conjoint, votre progéniture ou n'importe qui pouvait, par jalousie, par rancœur ou par intérêt, vous dénoncer et vous envoyer en prison, devant un peloton d'exécution ou même à la chambre à gaz. Où l'on vivait dans le mensonge et l'incertitude totale de ce qui se passait, la moindre information étant faite pour convaincre ou distraire. Où tout obligeait à se claquemurer chez soi. Un monde sans foi ni loi, sans liberté ni chaleur humaine, où la triche, la fraude et la corruption régnaient partout en maîtres. Où le cynisme, la brutalité, l'argent, le crime et la mort forniquaient ouvertement et enfantaient des monstres. Où tout indignait, révoltait, effrayait, désespérait, apeurait et, pourtant, il fallait subir, subir, subir, jusqu'au sarcasme nu ; il fallait tenir tenir tenir, jusqu'au rire fou.

Et je ne parle pas de l'exode de juin 1940 (ces dix millions d'hommes, de femmes et d'enfants totalement paniqués s'enfuyant dans le plus grand désordre pour échapper à l'ennemi, aux bombes, à la mort. Cette débandade collective que la France connut à l'époque mais qu'elle préfère méconnaître aujourd'hui chez les autres peuples fuyant le sang et les armes).

Je ne parle pas de l'épuration « sauvage » (cette fureur de la foule se vengeant de quatre années d'humiliations et tentant de laver son honneur perdu ou de redorer opportunément son blason dans le sang impur d'employés, d'ouvriers et de fonctionnaires présumés collabos, les gros poissons (cadres, patrons) ayant, ô surprise, les moyens et l'entregent de sauver leurs fesses).

Je ne parle pas des femmes (et parfois des hommes) que Marcelle, fille de coiffeur, vit peut-être tondues en place publique, surtout dans les journées du 24 au 26 juin 1945 à Paris. (Son père fut-il de la partie, comme le furent certains coiffeurs qu'on allait chercher que cela leur plaise ou non ? Ses ciseaux et tondeuses réquisitionnés ? Quelle vision alors pour Marcelle ! Dire que, avant-guerre, la coupe « à la garçonne » avait âprement divisé le pays, entre fin de la servitude des cheveux longs et violence faite à la féminité.)

Je ne parle pas de la Shoah.
Des cinq à six millions de Juifs assassinés.
Des images soudain diffusées du camp d'Auschwitz.
Des crimes contre l'humanité tout à coup révélés.
Ce choc-là.

Cette vérité au-delà de la vérité.
Pour Marcelle aussi ?

Je ne parle pas non plus de l'hypocrisie de l'après-guerre, avec le mythe d'une France glorieuse et résistante, comme si chacun avait eu la berlue pendant quatre années. Qu'il fallait se convaincre soi-même qu'on avait rêvé. Se faire à l'idée que l'avenir se fonderait sur des impunités sordides. Des tabous nauséeux. Une chape de silence de plomb. Des dignités pleines de fumier et, à la fin, un ancien officier nazi devint secrétaire général de l'ONU – un comble !

Non, ce ne fut pas rien, j'imagine, d'avoir vécu tout cela. Surtout à l'âge de 19, 20, 21, 22 et 23 ans. Sans même une maman pour vous tenir la main dans un monde ayant oublié jusqu'au mot tendresse.

Pas rien de voir la civilisation s'effondrer d'un coup et se vautrer ensuite dans ses propres décombres.

Pas rien d'assister à la faillite de son pays. À la faillite de la société. À la faillite des adultes. À la faillite de la civilisation. À la faillite de l'humanité. À la faillite de tout.

Si Marcelle fut la fille de ses parents, voire de leur divorce, elle fut surtout la fille d'une débâcle généralisée. Immense et indélébile.

Comme le sont tant d'enfants qui, un peu partout dans le monde, sont actuellement et seront à jamais des enfants de la guerre.

16.3

Faut-il s'en étonner ? Les quelques études (Croix-Rouge, programme de l'ONU, etc.) s'étant souciées du sort des populations civiles au sortir des « années noires » montrent que la vie qui vient après la guerre lui appartient encore.

Les psychologues évoquent d'abord la malnutrition, qui causa le plus de dégâts chez les 13-21 ans (la génération de Marcelle), car les besoins nutritionnels étant les plus élevés dans cette tranche d'âge, ce fut celle qui souffrit le plus des restrictions alimentaires. Les témoignages recueillis après la guerre attestent d'une véritable *obsession* pour la nourriture qui, « à défaut de nourrir l'estomac, alimentait toutes les conversations ». À la clé : des retards constatés dans les développements physique et intellectuel, aux premiers rangs desquels des déficits de poids (– 5 kilos en moyenne) et de taille (jusqu'à – 2,6 centimètres), des facultés rétiniennes diminuées, un quotient intellectuel marquant sensiblement le pas pendant cette période. Mais aussi des syndromes compulsifs concernant la nourriture. La peur de manquer et la phobie du gaspillage. Au point de devenir agressif à la vue de quelqu'un ne terminant pas son assiette ou jetant négligemment un croûton de pain qui, en 1943, aurait fait son bonheur.

Les psychologues parlent aussi de sentiment d'insécurité et de sentiment d'impuissance (surtout liés aux bombardements). D'un manque d'empathie, spécialement envers les jeunes enfants, spécialement lorsque ceux-ci se mettent à pleurer.

Ils parlent de « carence affective » entraînant des « difficultés relationnelles » ; de « construction identitaire mise à mal » ; « de blessures narcissiques » et même « d'abusés narcissiques » ; de « labilité émotionnelle » et « d'empêchés de latence » (c'est quoi ce charabia ?).

Ils parlent d'incapacité à avoir une « proximité émotionnelle avec les autres », même avec ses parents, parce que ceux-ci ne s'intéressaient pas à eux, trop accaparés qu'ils étaient par les tourments du présent (« Pour nous protéger, les adultes nous cachaient la réalité. Ils ne nous disaient pas la vérité, ce qui fait que les conversations étaient vides et fausses. Les relations glaciales. Surtout, on voyait qu'ils avaient peur. On n'était pas aveugle. On les voyait paniquer. On sentait qu'on ne pouvait pas compter sur eux. Les pères n'étaient plus des pères. On les a vus déchoir et ce fut rédhibitoire. On ne pouvait plus les admirer ni croire en eux. » Dixit un témoignage cité par Sabine Bode dans *The Forgotten Generation*).

Ils parlent de « tendance antisociale ». De troubles de la conduite, comme l'alcoolisme, les débordements sexuels, l'envie frénétique de s'amuser et de tout oublier, de n'en faire qu'à sa tête. Ou bien de repli sur soi. De neurasthénie.

Ils parlent de paranoïa.

De jeunes gens « déprivés au plan affectif » (déprivés ?).

Ils disent aussi que la guerre a pu faire « éclater au grand jour des troubles de la personnalité qui, jusqu'ici, n'étaient pas visibles, parce que refoulés ou surmontés ». (Par exemple ceux liés à l'absence de mère ?)

Ils parlent d'un « exceptionnel déclin de l'instinct maternel frappant les Françaises ». (Vendre son enfant serait même devenu une pratique courante après la guerre.)

Ils pointent une moindre attention à l'hygiène. Un souci de soi et un sentiment de honte faisant défaut. Ils parlent de « régression » et « d'attitudes infantiles ».

Ils indiquent que, à la fin de la guerre, nombre de jeunes gens « semblaient trop mûrs pour leur âge, car les événements les avaient contraints à grandir rapidement. Certains d'entre eux devinrent cyniques et insensibles face aux souffrances des autres ou même aux leurs ; certains se révélèrent combatifs quand d'autres éprouvaient de la peur et de l'inquiétude ; d'autres s'enrichirent sans scrupules ».

On comprend soudain mieux comment la société a évolué, non ?

Surtout que cette « culture de la faim », réapparue brutalement et subitement pendant la guerre, inspira ni plus ni moins la société dite de consommation, dont le culte de l'hyper-satiété trouve sa source dans cette « mémoire de la pénurie », ancrée depuis toujours dans l'imaginaire collectif mais devenue, après la Libération, le centre obèse de nos modes de vie.

J'ai lu que la guerre sapa si bien « la foi en l'individu » qu'une organisation des droits de l'homme lança après la guerre un programme de santé mentale visant à « cultiver l'individualisme » chez les jeunes gens. Parce que « l'individualisme est la première étape de l'autonomie (self-government) ». Il est possible que ce programme ait trop bien réussi. Ou bien le diagnostic était erroné.

Quand on sait que les événements qui traumatisent notre existence modifient notre ADN, on ne s'étonne pas qu'un individu sur trois souffrirait aujourd'hui, quatre-vingts ans et deux générations plus tard, de problèmes *hérités* de la Seconde Guerre mondiale. « Une partie des jeunes nés dans les années 1960 et 1970 témoigne d'angoisses inexpliquées et d'un sentiment d'insécurité *qui ne trouve pas sa source dans leur propre vie*. Ils connaissent d'étranges blocages – avec un pied sur l'accélérateur et l'autre sur le frein. »

Je suis né en quelle année déjà ?
En 1960 ?
Glup.

En même temps, j'ai découvert qu'on ne s'est jamais moins suicidé en France que sous l'Occupation : 4 460 suicides entre 1942 et 1944, contre 8 540 entre 1934 et 1937. Soit deux fois plus avant la guerre que pendant ! Il est vrai que ceux qui veulent se tuer s'accrochent à la vie dès que quelqu'un ou quelque chose s'avise de faire le boulot à leur place. Techniquement, la pendaison est, pour les deux sexes, le moyen le plus utilisé. Loin devant les armes à feu pour les hommes ; la noyade et les médicaments pour les femmes. Aucune mention ne signale de femmes se laissant mourir de faim, leur faible nombre échappant aux statistiques.

Peut-être Marcelle Pichon eut-elle peur toute sa vie.
Peut-être creva-t-elle de faim toute sa vie, n'étant jamais rassasiée.
Peut-être fut-elle toujours frigorifiée.
Peut-être sa vie fut-elle entièrement placée sous le signe du manque.
Manque de maman, manque de nourriture, manque de chaleur humaine, etc.
Peut-être ne fut-elle jamais *en paix* mais, au contraire, toujours en guerre, comme si c'était la chose la plus appropriée à l'être qu'elle était devenue.
Au point de faire d'elle une femme inapte au bonheur ?
Une femme vouée à la mort et à la destruction, jusqu'à s'enfoncer silencieusement dans la solitude et l'indifférence générale, tandis que le monde danserait sur son cadavre comme de l'huile sur une toile cirée, oublieux qu'il avait épuisé en elle jusqu'à Satan lui-même.

« Penser l'art entre quatre murs. »
Emmanuel PERNOUD, *Chambres closes.*
Art et claustration à l'âge
du roman policier

17

– Oui Penny ?
– Pardon de vous déranger.
– Vous ne me dérangez pas.
– Celle-ci voulait vous dire. Euh. Ne le prenez pas mal mais c'est drôle que vous écriviez sur la période de l'Occupation alors que nous sommes en pleine pandémie de Covid-19.
– Drôle comment ? À cause du couvre-feu ? Du confinement ? Des laissez-passer ? Non, ne dites rien. Cette histoire de Covid, elle n'a aucune espèce d'importance, Penny. Elle nous éloigne de notre sujet.
– Comme vous y allez ! Nous sommes en guerre, Bmore, c'est le Président qui l'a dit. Et il s'agit d'une guerre mondiale, avec des morts et tout !

– Que dira-t-il lorsque ce sera une vraie guerre, avec de vraies armes, des bombes, des horreurs bien sanglantes, des réfugiés affolés jetés par dizaines et centaines de milliers sur les routes ? Ne nous laissons pas piéger par les mots. Nous avons mieux à faire.

– En attendant, quand on voit ce qui se passe…

– Il suffit, Penny ! Ne faites pas du Covid le héros de votre quotidien. Il n'en vaut pas la peine. De toute façon, si ce n'est pas le Covid, c'est autre chose. Chaque nouvel événement écrase le précédent comme un vulgaire moucheron et ainsi allons-nous de calamité en calamité. Ainsi tournent les moulins à paroles jusqu'à la nausée. Taisons-nous plutôt. Portez un masque et concentrez-vous sur ce qui a réellement de l'importance.

– Mais Bmore !

– C'est non, Penny !

– Comme vous voudrez. C'est vous le boss. Focus sur Marcelle. Celle-ci a compris le message.

– Tant mieux.

– Euh, ça vous intéresse de savoir ce que celle-ci a découvert ? C'est assez amusant.

– Amusant ?

– Vous savez que, pendant les années d'occupation, la population manquait de tout et, notamment, de tissus, les Allemands faisant main basse sur les stocks de textiles. Du coup, les fabricants se servaient de tout et de n'importe quoi pour confectionner des habits. Même de fibres de bois. On appelait ça la végétalose. Pour les hommes, on trouvait ainsi des vestes en fibres de platane doublées de contre-plaqué. Le problème, c'est que les vêtements durcissaient et rétrécissaient s'ils prenaient la pluie. C'est tout juste si les gens qui les portaient ne prenaient pas racine avec eux. Mais voici le plus beau : saviez-vous qu'un décret du 27 mars 1942 ordonna aux coiffeurs de récupérer les cheveux de leurs clients afin qu'ils servent à la fabrication de pantoufles ?

– Des pantoufles en cheveux ? Mais j'adorerais en posséder une paire tissée avec vos jolies boucles ! De belles pantoufles toutes blondes ! J'aurais l'impression de marcher sur votre tête !

– On ne peut pas en dire autant de votre côté. Vous auriez du mal à me tenir chaud aux pieds !

– Merci de me rappeler que je me déplume, Penny.

– You're welcome. Mais vous imaginez Marcelle ramassant les cheveux jonchant le sol du salon de coiffure de son père, comme s'ils valaient tout à coup de l'or ?

– Voilà qui fait réfléchir à la valeur transitoire des choses.

– En tout cas, coiffeur, c'était la bonne planque. On était sûr d'avoir du boulot. La guerre peut faire rage, les cheveux continuent de pousser. Un virus ravage la planète, ils poussent. Quoi qu'il se passe, ils poussent. Les cheveux sont le chiendent de l'espèce humaine. Il y aura donc toujours besoin de coiffeurs. Les gens voudront toujours aller se faire couper les cheveux. Ils deviendraient fous autrement. Ils régresseraient à la préhistoire.

– Vous en êtes la preuve hirsute, Penny.

– Oui, bon. Celle-ci n'aime pas qu'on lui tripote le cuir chevelu. Elle est très sensible des méninges. Et elle ne veut pas qu'on lui coupe quoi que ce soit. Chaque fois qu'elle est sortie de chez le coiffeur, c'était avec une tête qui ne lui revenait pas.

– Vous me faites rire. Mais vous avez raison : pendant la guerre, Marcelle ne devait pas être la plus mal lotie. Je n'avais pas pensé à ça.

– Dites, que comptez-vous faire de toutes ces informations ?

– Je ne sais pas encore.

– Vous cherchez quoi ? Des questions ou des réponses ?

– Je verrai à la fin.
– Cela risque de prendre du temps.
– Nous sommes immortels !
– Surtout vous (rires). Mais celle-ci allait oublier ! Ah oui ! Celle-ci a lu ça dans deux livres consacrés au Paris de l'Occupation. Vous allez adorer ! (Penny fait une pirouette devant moi, une petite acrobatie censée manifester son enthousiasme.)
– Vous avez fini de jouer les Nadia Comaneci ?
– D'accord, monsieur gros bourru. Bon, écoutez ça. Les 15 et 16 juillet 1942, c'était la rafle du Vel d'Hiv. Or, la presse n'en parla quasiment pas.
– Sans déconner ? Pas même pour se frotter les mains puisque la presse était collabo ?
– Pas même ! Il semble que les Allemands imposèrent le black-out dans les médias. C'est dingue, n'est-ce pas.
– J'ignorais complètement ce silence assourdissant. Celui qui régna à l'époque comme celui qui, depuis lors, entoure ce silence. Voilà qui pose mille questions.
– Certes. Et à la place de la rafle, savez-vous de quoi parlèrent les journaux ? Celle-ci vous le donne en mille ! Vous n'allez pas en croire vos oreilles !
– Elles en ont entendu d'autres…
– Oui, bah l'événement qui fit les gros titres ce jour-là fut le gala donné à l'occasion de la réouverture d'un cabaret qui s'appelait… Le Florence ! Qu'est-ce que vous dites de ça ? LE FLORENCE ! Le jour de la rafle du Vel d'Hiv ! C'est ce qu'écrit le journaliste et écrivain Gilles Perrault (avec le grand historien Jean-Pierre Azéma) dans son livre *Paris sous l'Occupation*. Et Hervé Le Boterf dans *La Vie parisienne sous l'Occupation*. C'est une info, non ?
– Beau boulot, Penny ! Bien joué ! Je vois que vous avez de saines lectures.
– Vous pensez que Marcelle a pu connaître Le Florence ? Qu'elle y est allée le jour de la réouverture alors qu'on

raflait des milliers de Juifs ? S'y est encanaillée ce jour-là ou même un autre ? D'où son nom d'artiste ? Oh là là !

– Vous savez où se trouvait ce cabaret ?

– Celle-ci a cherché… Attendez. Ah voilà : Le Florence : 61 rue Blanche, dans le 9e arrondissement.

– C'est du côté de Pigalle. En 1942 ? Voilà qui est *très* intéressant ! Il faut en savoir plus sur ce lieu interlope. Trouvez tout ce que vous pourrez sur Le Florence. Et que ça saute ! Il se peut que nous allions renifler l'endroit, histoire de secouer les puces de la grande histoire et voir ce qu'il en tombe. Cela nous fera une petite sortie.

– Bien, chef ! À vos ordres, chef ! Vous augmentez celle-ci bientôt ?

« Seulement pour se convaincre
de sa propre existence. »
Imre KERTÉSZ, *Le Chercheur de traces*

18

Resté seul, je regarde les deux pigeons qui continuent de roucouler sur le rebord de la fenêtre. C'est bizarre les pigeons. C'est bizarre : la tuyauterie s'est tue sans prévenir. Je ne m'en plains pas. Je songe à quelque chose soudain.

Je songe à quelque chose qui n'a pas grand-chose à voir avec Marcelle Pichon. Qui ne la concerne pas directement. Ne la concerne pas du tout et, pourtant, cela doit la concerner d'une certaine manière puisque cela me vient tandis que je pense à elle. Parce que je pense à elle. Il doit donc y avoir un lien, même si j'ignore lequel.

En tout cas, cela me vient pendant que j'écris. Me vient *parce que* j'écris. Me vient de l'écriture elle-même. De façon incongrue, inopinée, transversale et cependant impérieuse. Alors que je regarde les deux pigeons roucouler sur le rebord de la fenêtre. Un genre de coq-à-l'âne. Comme le contenu latent d'un rêve. Une anagramme de Marcelle Pichon. *Une manière de combler les trous de sa biographie avec les pleins de la mienne*. Car je ne savais plus quoi penser de Marcelle Pichon et, d'un coup, ma langue a fourché, m'imposant un détour qui n'était pas prévu. Qui retarde mon enquête. Fout en l'air mon récit et, néanmoins, le révèle peut-être à lui-même. En dévoile peut-être *l'inconscient*. Il ne s'agit pas d'une digression. Il s'agit aussi d'aller là où m'emmène Marcelle Pichon. De ce qu'elle éveille obscurément en moi. De l'effet qu'elle produit sur moi. Faute de quoi, je ne pourrai plus écrire. Je serai bloqué. La Bmore & Investigations devra mettre la clé sous la porte. Pas le choix donc. Impossible de passer outre. Même si cela me déplaît. Ne m'arrange pas du tout sur un plan narratif. Je n'avais aucunement l'intention de parler de ça. Mais il est trop tard.

Donc.

J'étais en train de regarder les deux pigeons roucouler sur le rebord de la fenêtre lorsque, tout à coup, j'ai songé à mon père. J'ai songé à mon père né en 1937 et à ma mère née en 1939. Deux enfants de la guerre, s'il en est. En 1945, après la défaite de l'Allemagne nazie, ils avaient respectivement 7 et 5 ans.

Pendant l'Occupation, ma mère habitait dans le quartier du Marais ; elle se rappelait les bombardements. Se rappelait très bien sa frayeur. La faim aussi. Je n'en sais pas davantage. Mon père, lui, avait passé les « années noires » en province, je ne sais trop où, tandis que son père (mon grand-père) était prisonnier quelque part en Allemagne. Et là, soudain, j'ai eu envie d'appeler mon père pour qu'il me raconte. J'ai eu envie de lui parler.

Mais entre lui et moi se dresse depuis toujours un mur invisible, un mur transparent qui monte jusqu'au ciel. Nos relations sont cordiales, largement épisodiques, factices d'une certaine façon, entre pudeur et incapacité à nous dire les choses ; ou bien je me raconte des histoires.

Dans sa *Lettre au père*, Kafka écrit qu'il y avait « quelque chose d'anormal » entre lui et son père, quelque chose que son père a « contribué à provoquer, mais sans qu'il y ait de sa faute ». En tout cas, je n'ai pas le souvenir d'avoir jamais parlé au mien comme un fils à son père, ni lui comme un père à son fils. Il ne m'a jamais emmené voir un match, jamais emmené voir ses copains au café, jamais pris sous son aile. Il ne m'a pas appris à pêcher ni à chasser, à jouer au foot ou aux échecs, à faire des nœuds de chaise, à distinguer les astres ou les nuages dans le ciel, à monter et démonter un moteur turbo V8 à injection directe, à reconnaître une oreille de souris d'une fleur de myosotis, à peigner une girafe, à épiler une fraise ou à vider un cochon, à aller sur la Lune et à en revenir, à être le plus rapide de l'Ouest, à trouver une aiguille dans une botte de foin – en un mot : à devenir un homme mon fils. Il ne m'a rien appris. Rien imposé non plus et je m'en félicite. Rien que je me rappelle en tout cas. Sinon un peu de guitare, une fois. Mais j'étais nul. Ou bien rétif. Hormis cela, le bonheur d'être seul et d'être libre dans le sens où on n'attend rien de vous, on ne projette rien sur vous, on s'en fiche un peu. Entre lui et moi, il y a toujours eu quelque chose que je ne parviens même pas à définir. Quelque chose d'embarrassé. C'est au point où je ne peux même pas dire qui il est : je ne le sais pas. Il ne dit *jamais* rien. Il garde tout pour lui. Ses drames, ses chagrins, ses émotions, ses angoisses, ses désirs : il ne les partage pas. La mort de ma mère ? Celle de mon frère ? Pas un mot. Pas à moi tout du moins. La dignité la plus pudique. Alors que son fils, c'était surtout mon frère. Moi, j'étais plutôt le fils de ma mère. C'est ainsi. C'est peut-être une explication.

Ou bien c'est lié aux conditions de ma naissance. Au fait qu'il ne fût sans doute pas mon géniteur, même si cela ne fut jamais clairement établi et encore moins ouvertement assumé. Entre nous, il y a ce secret de Polichinelle. Il y a quelque chose qui ne s'est pas noué – ou qui s'est rompu. Rien que d'écrire ça, je pourrais en pleurer.

Il est vrai que ma mère prenait toute la place avec ses détresses dévastatrices, sa féminité exacerbée, ses désirs à vif, ses terrifiantes envies de se tuer. Elle est morte à présent ; et je m'aperçois qu'avoir passé tant d'années à me protéger de ses furies m'a dissimulé à mes propres yeux le besoin que j'avais d'avoir un père. Drôle comme le trop de l'une a pu masquer le pas assez de l'autre. Hilarant comme un seul arbre peut effectivement cacher une forêt.

Je me souviens, lorsque j'allais voir mes parents dans ce coin paumé des Landes, à côté de Mimizan, où ils avaient pris leur retraite : il arrivait que mon père, levé tôt le matin, cire mes chaussures, que je retrouvais étincelantes au petit déjeuner. Je ne comprenais pas pourquoi il faisait ça. Cela me mettait mal à l'aise. C'était tellement incongru. Presque obscène. Comme s'il se permettait tout à coup un geste intime. Voulait me faire passer un message. Mais lequel ? Je me fichais bien de mes godasses. Je ne voulais pas qu'il me cire les pompes. C'est autre chose que j'espérais de lui. J'aurais voulu qu'il me *parle*. Qu'il m'adresse la parole. Pas seulement pour me demander si j'avais bien dormi et si je voulais du thé ou du café ce matin. Mais je n'osais pas réclamer. J'en étais incapable. C'est donc de ma faute aussi. Je me souviens très bien de mes chaussures magnifiquement cirées parce que, aussi bizarre que cela paraisse, c'est l'une des rares marques d'attention que mon père m'ait témoignée. Comme un geste dans ma direction. L'une des rares fois où j'ai eu le sentiment qu'il se souciait de moi. *Du moins le crois-je.* Ce qui en dit long sur le peu de souvenirs que je peux avoir en la matière. Ou ceux qu'il a fallu que je me fabrique pour combler le manque.

Mais peut-être me voir porter des croquenots l'agaçait-il et les cirait-il pour cette unique raison.

Il se peut que mon père trouve injuste ce que je viens d'écrire. Et il est possible qu'il ait raison. Mais ce sont mes sentiments qu'il faut convaincre, pas moi. Et les sentiments ne tombent pas du ciel.

Ce pourquoi, plutôt que d'appeler mon père, plutôt que de le déranger (comme si j'avais définitivement intégré que ma présence était dérangeante et que je n'avais rien à attendre de lui), j'ai composé le numéro de téléphone de ma tante. La sœur de mon père. De trois ans sa cadette.

18.1

Avec ma tante, il est très rare que l'on se parle. On se voit généralement aux enterrements. Je n'ai d'ailleurs quasiment aucun contact avec personne de ma famille.

Elle aussi a eu une drôle d'existence. Des malheurs comme nous tous ; mais vécus avec une dignité, une classe, n'appartenant qu'à elle et dont, à 80 ans, alors qu'elle souffre de sérieux troubles respiratoires et de problèmes à la hanche, elle ne se départit toujours pas. Lorsqu'elle venait parfois à la maison – ce n'était hélas pas souvent –, l'adolescent que j'étais la concupisçait de loin, sans bien savoir ce que ce mot signifiait. Grande et belle femme, toujours très élégante et attirante dans le meilleur sens du terme, elle excitait mes désirs naissants, au point de représenter un idéal érotique aux antipodes de la sexualité agressive de ma mère, ceci expliquant sans doute cela. La voir vêtue d'un pantalon de cuir noir me donnait des envies que je savais à ce moment-là inaccessibles. Si j'avais souhaité qu'une femme me dépucelle, j'aurais voulu que ce fût elle (mais qu'est-ce que je raconte ? Ça va pas la tête ?). Bien plus tard, j'ai terriblement aimé une femme dont le prénom sonnait non moins terriblement comme le sien. J'espère n'offenser ni l'une ni l'autre en disant cela. Mais à l'époque je voyais dans les femmes la possibilité de l'amour fou. Façon de dissimuler la peur et la curiosité que j'avais du sexe.

Nous avons discuté au téléphone une bonne demi-heure. C'est elle qui m'a appris que mon père n'avait pas seulement passé les années d'occupation en province : avec sa mère, sa sœur, ses tantes et ses cousins, il n'avait cessé de déménager : d'abord en Vendée, à Saint-Gilles-Croix-de-Vie, entre 1939 et 1942 ; puis à Arc-lès-Gray, en Haute-Saône ; enfin, à Boisville, en Normandie. Toujours en zone occupée, ai-je noté. De sacrées tribulations, surtout à cette époque. Pour sa mère et ses tantes que la guerre avait réunies, il s'agissait de fuir la présence allemande dès lors qu'elle devenait trop agressive. Surtout qu'elles étaient seules avec une tripotée d'enfants en bas âge. Cela n'avait pas dû être facile pour elles. Imaginais-je le courage qui, quatre années durant, avait été le leur ? Leurs efforts au quotidien pour seulement se nourrir, les enfants d'abord ? De cette période, elle-même ne se rappelait pas grand-chose. Née en 1940, elle était trop petite. Mais mon père, qui était plus vieux de trois ans, pourrait sûrement m'en dire davantage. Fallait toutefois que je me dépêche car il n'y aurait bientôt plus personne de vivant pour raconter ce qui s'était passé (léger rire au téléphone). Pour sa part, elle n'avait que 4 ou 5 ans lorsque son père (mon grand-père) était revenu de captivité.

– C'était en quelle année ?
– Fin 1945.
– Cela signifie que mon père n'a rencontré son père qu'à ce moment-là ? Entre deux et huit ans, c'était comme s'il n'avait pas de père ?
– Oui, il était déjà grand quand papa est rentré. Cela a dû lui faire quelque chose de découvrir son père en chair et en os. Fini la liberté ! Terminé d'être le chef de famille et d'avoir sa mère, ses tantes et sa sœur pour lui tout seul.

Cela m'a laissé songeur.

Car à l'âge de 20 ans, en 1958, mon père avait été appelé en Algérie juste après la naissance de son premier fils (mon frère), exactement comme son père, quasiment au même âge, était parti à la guerre juste après sa naissance à lui. L'histoire se répétait. La guerre s'était drôlement invitée pour modifier le destin des uns et des autres. De même mon grand-père n'avait pas connu son premier fils (mon père) avant l'âge de 5 ans, de même mon père n'avait pas connu son premier fils (mon frère) avant qu'il soit « déjà grand ». À cette différence que celui-ci avait été confié à la garde de la belle-famille, ma mère ayant en effet décidé de rejoindre son mari sur le front, à Tizi Ouzou.

C'est ma naissance là-bas, inopinée, inattendue, pour le moins bizarre puisqu'elle eut lieu en zone de guerre, qui, d'après ce que ma mère me révéla un jour de ses amours avec mon père et un « interne de l'hôpital de Tizi Ouzou », lui avait valu d'être rendu à la vie civile.

Ma mère aimait dire que j'étais un « enfant de l'amour » mais n'avais-je pas plutôt été « l'enfant de la guerre » ? Voire « l'enfant du scandale » ? Je n'avais jamais vu les choses sous cet angle avant Marcelle Pichon (on se demande pourquoi...), mais revenir de la guerre d'Algérie avec une moitié d'Arabe dans un couffin, voilà qui avait dû la fiche mal.

Car tout indique que j'ai du sang berbère dans mes veines. Lorsque j'étais gosse, certaines réflexions à l'école ne laissaient aucun doute. À l'adolescence, les flics ne s'y trompaient pas non plus, qui me contrôlaient volontiers au faciès. Mon frère lui-même m'avait dit que je n'étais pas un Baltimore. Il en était persuadé. J'avais haussé les épaules à l'époque. Je ne voyais pas l'utilité d'en apprendre davantage. Ou bien j'avais peur. Ce n'est plus le cas. Le temps est venu de me poser certaines questions et d'obtenir des réponses. À cela que Marcelle Pichon m'incite. Cela qu'elle exige de moi. Afin de ne pas finir comme elle ! Ne pas demeurer irrésolu, au risque de devenir un jour ma propre proie.

De là l'amour excessif de ma mère à mon endroit ? Et l'espèce de gêne de la part de mon père, mais aussi de *toute* la famille Baltimore ? Gêne (gène ?) indicible, nullement exprimée, tellement informulée que moi-même peine à trouver les mots. Moi-même suis gêné. Là, tout de suite, ce n'est pas si facile. Je. J'ai du mal. Je me bats contre cette difficulté à dire. J'essaie de percer mes ténèbres avec le sentiment qu'elles sont trop épaisses. Trop ouatées. Se referment sur moi. Il doit exister cependant une façon de dire. De dire simplement. Sans peur. De dire avec *légèreté*. Surtout qu'il n'y a pas mort d'homme. Il ne faut pas exagérer. J'ai eu une enfance heureuse. Je ne me plains de rien. Je le dis sans ironie ni la moindre arrière-pensée. Dire quoi alors ?

Que si je suis né Baltimore, j'ai toujours éprouvé le sentiment étrange, sentiment diffus et impossible à identifier, impossible à nommer, que quelque chose clochait avec moi. Sans savoir pourquoi, je me sentais un étranger à la maison. Je me sentais vaguement rejeté. Me sentais coupable, mais pour une raison qui m'échappait. Quelle était ma faute ? J'allais vers les autres, mais c'était comme s'ils me fuyaient. Pourtant, personne dans ma famille n'a jamais émis la moindre remarque sur le fait que j'avais la peau mate et ne ressemblais, physiquement parlant, pas à un Baltimore. Pas une seule fois. Pas même une allusion. Tout était en apparence normal. Silence radio sur toute la ligne. Silence absolu ! Et c'est ça le problème. Je n'ai aucun doute sur le fait d'avoir été aimé comme un vrai petit Baltimore, sauf que je n'en étais pas tout à fait un. On m'aimait, mais pas au point de me dire la vérité. Pas au point de *crever l'abcès*. D'où cette gêne diffuse, imperceptible, que je sentais flotter autour de moi, comme un cordon sanitaire ne disant pas son nom. D'où mon *incompréhension*. L'impression persistante qu'on se fichait de moi, dans les deux sens du terme, au point que j'agitais follement les bras pour me faire remarquer, comme s'il fallait que je prouve en permanence que j'existe, parce que cela n'avait rien d'évident. Comme si j'avais tout le temps un bout de salade coincé entre les dents mais que tout le monde feignait de ne pas s'en apercevoir. Que tout le monde disait : mais non, tu n'as pas un bout de salade entre les dents, pas du tout, quelle idée ! Que vas-tu inventer ? Il n'y a aucun problème. Quel problème ? Et moi finissant par m'en convaincre, sans être dupe cependant, efforçant de l'être néanmoins, allant chercher ailleurs des raisons d'exister. Mais, quand je me regardais dans la glace, je voyais bien que j'avais un bout de salade coincé entre les dents. Je voyais bien qu'on me racontait des salades mais chut.

Un Noir dans une assemblée de Blancs, un homo dans un bar hétéro, un pauvre à la table des riches, un handicapé parmi des valides (et *vice versa !*) connaissent ce sentiment d'être un intrus, même si personne ne leur fait sentir qu'ils le sont. *Surtout si personne ne leur fait sentir qu'ils le sont !* Tout paraît irréel alors. Les murs deviennent mous. Eux savent pourtant que quelque chose ne va pas. Ils savent qu'ils sont différents alors que chacun s'évertue à faire comme si ce n'était pas le cas. S'obstine à ne rien remarquer. À *ne pas* voir. Parce que c'est plus commode. C'est très civilisé. C'est bien poli. Super généreux. Sauf que c'est factice. Le mot hypocrite ? À tout prendre, la stigmatisation reconnaît au moins la différence, en l'abominant. Au moins peut-on se battre contre elle. Les choses sont claires, elles sont dites, elles peuvent donc évoluer. Tandis que le silence. Le déni. Le rejet qui ne dit pas son nom. La surface stagnante et vernissée des lacs et des étangs. On cherche l'ennemi et on ne le trouve pas. Alors qu'on sait qu'il est là. On le sent.

18.2

Cela n'intéresse sans doute que moi, mais je réalise seulement maintenant les effets du non-dit familial dont j'ai été l'objet toute ma vie, depuis ma plus petite enfance jusqu'à aujourd'hui. Je constate mes propres dégâts. Ce qui a été déréglé dans mon rapport aux autres et à moi-même. Contre quel indicible je n'ai jamais cessé de me battre. Ce sentiment d'être différent, anormal, *étranger*, jusqu'à l'exil intérieur. Tout aurait été différent si, calmement, tranquillement, on m'avait expliqué que j'étais à moitié maghrébin – et alors ? Ce n'était pas un souci, on m'aimait comme j'étais. Au moins j'aurais su à quoi m'en tenir. J'aurais eu l'information au lieu de la chercher. Je ne me serais plus battu contre des fantômes. Cela aurait mieux valu plutôt que de persister à m'aimer comme si je n'étais pas à moitié bougnoule, en niant le fait et en me le dissimulant. Pourquoi ? Pourquoi m'avoir fait naître si c'était pour me reconnaître à moitié ? Nul ne les obligeait. C'était bien la peine, ai-je songé en regardant les deux pigeons qui roucoulaient toujours sur le rebord de la fenêtre. En comprenant tout à coup pourquoi j'étais devenu si solitaire, tout à fait réfractaire, incapable de faire confiance. Pourquoi cette distance entre moi et les autres. Ce vide glacial vidé de son oxygène. Pourquoi je n'ai cessé de chercher dans le monde des amitiés sincères et des amours véritables, tout en refusant systématiquement les mains qu'on me tendait, jusqu'à ne fréquenter que des gens qui ne m'aiment pas car je le saurais s'ils m'aimaient : je prendrais aussitôt mes jambes à mon cou !

Cela me stupéfie et me détruit depuis soixante ans, mais il *faut* que je sois avec des gens qui ne m'aiment pas. Pas avec des gens qui me détestent, non non non, avec des gens qui, très sincèrement, parfois très chaleureusement, ne m'aiment pas. Ne m'acceptent pas comme je suis. Ne me *reconnaissent* pas. Pas vraiment. *Pas du tout !* Mais sans me le dire – surtout pas. En me faisant croire tout le contraire. En croyant eux-mêmes tout le contraire ! Je suis peut-être piégé mais je ne suis pas débile. Je sais ce que je ressens. Je sais que personne ne m'a jamais *donné le sentiment* de m'aimer parce qu'une partie de moi (la partie bougnoule) ignore tout de ce sentiment, faute d'avoir jamais été aimée ni même considérée. Ma partie bougnoule, personne n'en a jamais voulu. *Personne n'en veut !* Bougnoule étant à prendre dans un sens non pas algérien ni même raciste, mais dans le sens que les autres lui ont donné. À savoir la partie dont on ne *veut* pas, la partie taboue, la partie obscène, la partie coupable, la partie qui n'est qu'un cri dans la nuit. Ou un rire sans fin dans la tête. Ce pourquoi je n'ai jamais évolué de toute ma vie dans des environnements qui me soient favorables. Des environnements où j'aurais pleinement trouvé ma place et où ces environnements auraient pareillement trouvé leur place en moi. Où tout ne me paraîtrait pas artificiel et sournois, ni moi coupé en deux et illégitime, avec des ombres de mort dansant tout autour, des spectres indistincts. Où les comportements ne seraient pas de pure forme.

Mais non. Je me suis toujours débrouillé pour me retrouver dans des environnements hostiles, gentiment hostiles, férocement hostiles, parce que c'est d'une hostilité qui ne dit pas son nom que je viens. C'est le non-dit mon lot. C'est la paranoïa mon pays. J'y ai mes aises, mes habitudes et tous mes repères. Jusqu'au gâchis pur et simple. Jusqu'à me sentir devenir de plus en plus paria, exilé, exclu, difforme, *étrangement étranger*. Proie d'un rejet diffus qui me pèse et m'étouffe, me suffoque et me coupe la parole. Me fait sans cesse refluer en mon for, en baissant les yeux. Me fait rêver de mettre le feu partout. Me fait chercher partout la vérité sans jamais la chercher au bon endroit. Jusqu'à devenir de plus en plus Horla. De plus en plus mi-figue mi-raisin, mi-chèvre mi-chou. De plus en plus seul avec ma solitude. Seul avec cette culpabilité intériorisée faute d'avoir su déchirer son masque et de l'avoir combattue. Seul avec ma partie bougnoule tandis que mon être baltimorien se délite de plus en plus, s'effiloche et s'écaille comme le tain d'un miroir, part en fumée. Je comprends Marcelle Pichon ! Ce qui, en elle et par elle, me rejoint et me touche et m'effraie et m'effondre. Cela dit sans accuser personne : parce qu'il est trop tard, le mal est fait et il s'est consolidé en moi ; et parce que j'ignore comment j'aurais moi-même réagi si ma fille était celle d'un autre. Il s'agit là d'affects qui ne dépendent pas de la volonté. Même si, j'en suis sûr, je lui aurais révélé la vérité afin de ne pas la laisser avec un non-dit devenant aveuglément le centre pourri de son existence.

Il y a toujours un secret dans les familles mais, jusqu'à aujourd'hui, je ne m'étais jamais dit que le secret de famille, c'était moi.

Je peux dire que cela fait bizarre.

Très bizarre.

Marcelle était-elle le secret de sa famille ?

Ceux qui cherchent leurs origines, ils cherchent en fait les origines de leur malaise. En moi, les deux se confondent.

La question, ce n'est bien sûr pas mon père. Le pauvre n'y est pour rien. Il est comme il est. Il a lui-même ses raisons, ses manques et ses trop-pleins, ses antécédents, son *inconscient*. Né en 1937, il est lui aussi un enfant de la guerre, avec tout ce que cela signifie de « déprivations au plan affectif ». Non, la question, c'est de remonter les fils qui font qu'on est devenu comme on est parce que tel père ou telle mère, parce que telle chose nous est arrivée, telle chose a fait de nous sa chose. C'est soi le problème, ce n'est pas l'autre ni la chose qu'on nous a faite. C'est moi que j'essaie de comprendre et, si possible, de guérir.

Les seules fois où je suis devenu violent dans ma vie, violent d'une rage immédiate, explosive, meurtrière, c'est lorsque quelqu'un s'est comporté avec moi comme si je n'existais pas. Comme si on niait le simple fait que j'existe, que je sois là ou pas, que cela plaise ou non. Encore aujourd'hui cela peut me rendre *fou*. Je peux *tuer* à ce moment-là.

On m'a parfois demandé si j'avais cherché à savoir qui était mon géniteur. Cela ne me tracassait donc pas ? N'avais-je pas envie de le rencontrer ? De savoir d'où je venais ? À ma place, disait-on, j'aimerais connaître mon « vrai père ». On trouvait d'ailleurs curieux que je me soucie si peu de le savoir. Ce n'était pas *normal*. Mais qu'imaginaient-ils ? Car l'eussé-je retrouvé, à part lui demander de me montrer sa bite, je ne vois pas ce qu'il aurait pu m'apprendre de plus concernant mes origines. En revanche, je pouvais leur montrer mon côté bougnoule. Ils voulaient voir ? Non ? Sans façon ? Vraiment ? Okay.

18.3

La dernière fois que j'ai eu mon père au téléphone, il venait de faire repeindre sa cuisine, avec une gazinière flambant neuve et le dernier cri de l'électroménager. À 83 ans, il était tout content. Il m'a dit, je cite : « Comme ça, si tu hérites, tu auras une cuisine tout équipée. »

Si j'hérite ?

Alors que ma mère et mon frère sont morts et qu'il ne reste que moi ?

Si j'hérite ?

D'où ce « si » ?

Mais je sais bien pourquoi.

Ce conditionnel, il m'a démoli sur l'instant. Il a rouvert d'un coup la plaie, le feu, la glace, la foudre et l'orage. Le pire étant que mon père ne l'a pas fait exprès. Il n'a pas dit ça pour me blesser. Cela lui a bonnement échappé. Il n'a fait qu'exprimer, de façon fortuite, l'air de rien, sans même y songer, à quel point il ne me reconnaît pas comme son fils. Pas vraiment. Pas foncièrement. Pas de façon inconditionnelle mais, au contraire, de façon conditionnelle.

Au téléphone, je n'ai rien dit. J'en étais incapable. J'ai pris l'information et je l'ai rejetée intérieurement au plus profond de moi, dans mes propres Sargasses, là où gisent et pourrissent tant de cadavres enfouis, de rêves défunts, de petites lumières éteintes, comme s'il s'agissait d'une ordure ou d'un serpent venimeux, d'une bombe à fragmentation, d'une tête de mort, d'une pichenette insignifiante.

Mon sentiment, sinon d'être rejeté, du moins de n'avoir jamais été accepté, n'est pas un délire de ma part. Il est fondé. Ce qui est rassurant d'un côté : je ne suis pas fou. Je me console comme je peux. Les orphelins et les bâtards ont plein de ruses pour s'en sortir.

Qu'il la garde sa cuisine tout équipée.

Quand je pense que j'ai recherché toute ma vie l'approbation de mon père. De lui guetter un minimum de soutien et de reconnaissance, je n'ose dire d'amour. Au point de prendre systématiquement son parti contre ma mère. De lui trouver toutes les excuses. Bon Dieu, une pauvre fille amoureuse d'un fantôme ne serait pas plus stupide.

Enfin bref.

Je viens de retrouver dans mon ordinateur un petit poème écrit il y a très longtemps. Un poème en hommage à Christophe Tarkos, dédicacé à Christophe Tarkos. Si on ne sait pas qui est Christophe Tarkos, ce n'est pas de ma faute et, là, tout de suite, je ne résiste pas, au point où j'en suis. Là, tout de suite, je recopie mon petit poème, il s'intitule « Le petit bougnoule » et ça dit, deux points ouvrez les guillemets : « C'est un petit bougnoule. Un petit bougnoule posé sur la table. Un petit bougnoule vide, un petit bougnoule normal, avec du vide dedans. Il est fermé, mais il est vide. Si on regarde dedans le petit bougnoule, on a du vide, on n'a rien, on le regarde et on voit un petit bougnoule qui reste bien à sa place, qui ne bouge pas. Il est sage le petit bougnoule. Il se tient immobile, il est totalement vide, il ne fait rien. Il ne se passe rien. Il est tranquille le petit bougnoule. Il ne déborde pas, il ne fait pas de vagues, c'est juste un petit bougnoule comme un autre, posé sur la table, tout seul, bien stable, qui ne se fait pas à manger. Il résiste le petit bougnoule, il tient, il a de la tenue, il ne va pas bouger, il résiste à tout, il tient, il a de la tenue. C'est un petit bougnoule qui est posé sur la table et on a de la chance d'avoir un petit bougnoule posé sur la table. Merci le petit bougnoule, merci le petit bougnoule. »

Que les amoureux de Christophe Tarkos ne m'en veuillent pas, mais lui-même disait qu'à la place du mot « tambour », on pouvait utiliser le mot « tombola ». C'était aussi bien. C'est comme bidon. Au lieu de dire « bidon », on peut dire « bougnoule », si on veut. Ça marche également très bien. Ça va ensemble. Parce que tambour et tombola, si on y regarde de près, ou même bidon et bougnoule, par exemple, si ça nous plaît, oui, au lieu de dire « Le monde est magique », par exemple, on peut dire « On va à la tombola ». Ou on peut dire « Un petit bougnoule plein de merde ». C'est moins bien que tambour et tombola, mais c'est beau quand même.

Pour sa part, le regretté Rachid Taha disait : « Algérien à déclarer. Algérien à foutre. »

Enfin bref.

« Le survivant doit raconter. »
Arturo PÉREZ-REVERTE,
Le Tableau du maître flamand

19

– Grand-père, il était prisonnier où ? Tu sais dans quel stalag ?

– Un oflag, a corrigé ma tante. Il était officier. Sous-lieutenant. Les stalags, c'étaient pour les simples soldats. Je sais qu'il a été interné dans plusieurs camps. En Allemagne et en Pologne aussi. Je dois avoir la liste quelque part. Il avait tout noté. Tu sais comme il était méticuleux. Je me souviens maintenant des colis qu'on préparait avec maman pour lui envoyer. Mais attends, je crois savoir où se trouve la liste. Ne quitte pas.

En attendant qu'elle revienne, je me suis revu passer les vacances scolaires chez mes grands-parents, dans l'appartement qu'ils occupaient dans une résidence située en lisière de la forêt de Saint-Germain-en-Laye. Tous les soirs, mon grand-père s'installait à la table de la salle à manger pour trier, classer et annoter des tonnes de papiers qu'il conservait précieusement. Je me demandais ce qu'il pouvait bien fabriquer. C'était quoi tous ces papiers ? Il était tellement absorbé que j'étais fasciné (mais ne suis-je pas moi-même penché à ma table, plongé dans des papiers ?). Mon frère et moi regardions la télévision, grand-mère lisait dans sa chambre et lui, le dos un peu voûté, il se plongeait dans ses dossiers jusqu'à plus d'heure, sans rien dire, hiver comme été, un clope éteint au bec. Fallait pas le déranger. Il fumait des papiers maïs qu'il roulait lui-même. Sa barbe blanche était toute jaunie d'un côté, brûlée par le tabac (moi-même roule mes cigarettes, mais pas avec du papier maïs et je ne porte pas la barbe).

Je me souviens aussi que, lors des repas, il aimait prendre la parole pour la monopoliser pendant des plombes, discourant avec une lenteur exaspérante, les mots sortant de sa bouche au compte-gouttes, entrecoupés de silences interminables et de lentes et sonores mastications, si bien qu'on savait trois phrases à l'avance ce qu'il allait dire et que l'envie prenait de le secouer furieusement pour qu'il accouche enfin. Mais lui s'en fichait. Il continuait sur sa lancée d'escargot, imperturbable, tout à fait autiste, en fixant son assiette comme si c'était à elle qu'il s'adressait et cela me frappait d'ailleurs qu'il ne nous regardât jamais, à aucun moment, n'en finissant plus de raconter son histoire qu'il avait commencée solennellement au moment de l'entrée pour la finir au moment du fromage sans se soucier de savoir si quelqu'un l'écoutait, en sachant que personne ne l'écoutait car il ne pouvait ignorer que tout le monde avait décroché depuis le début, ô oui, impossible qu'il ne sût que chacun se fichait totalement de ce qu'il racontait et le laissait monologuer tout seul, quand bien même nul n'osait l'interrompre. Mais rien à faire. Avec un soin maniaque, il allait au bout de son histoire, qu'il terminait enfin en ôtant ses lunettes et, souriant tout à coup dans sa barbe, il portait alors sur l'assistance un regard indiciblement enfantin et joyeux, comme s'il venait de raconter une histoire super rigolote et qu'il s'attendait à des bravos et des vivats qui, bien sûr, ne venaient pas, même s'il y avait toujours une âme charitable pour lui dire que oui, son histoire était très intéressante, vraiment passionnante. Le faisait-il exprès ? Jouissait-il secrètement de monopoliser la parole ? Ou parler tout seul, parler pour personne, était-il une habitude qu'il avait prise pendant ces quatre années de captivité ? Je me pose encore la question. Mais me fascinait la façon qu'il avait d'aller souverainement au bout de ce qu'il avait à dire, envers et contre tous, sans se soucier du temps que cela prenait ni que cela tombe ou pas dans l'oreille de quelqu'un. Je me demandais comment c'était possible.

À qui parlait-il, exactement ?

Et moi, tandis que j'écris ?

19.1

– Voilà, a repris ma tante au téléphone, tu vas tout savoir. J'ai sous les yeux les états de service de ton grand-père. Donc, il a été appelé le 15 octobre 1937 au 32e RAD à Vincennes... promu brigadier-chef en 1938... nommé sous-lieutenant de réserve le 31 mars 1939. Ah, il a été mobilisé le 2 septembre 1939 au 320e RACP, puis affecté le 17 février 1940 à la 607e batterie antichars. Il a été fait prisonnier à Toul le 23 juin 1940. Je lis qu'il a été cité à l'ordre de la division en mai 1944. Il y a aussi la liste des camps où il a été interné. J'en compte cinq. Oflag XIII A, oflag VI A, oflag XXI B – je crois que c'est celui-ci qui était en Pologne. Je t'enverrai la liste si cela t'intéresse. Il indique également avoir poursuivi des études en captivité, jusqu'à être diplômé de l'ESOP en octobre 1943 et en économie politique en novembre 1944.

– Des études ? Alors qu'il était prisonnier ?

– Privilège des officiers. Cela devait l'occuper.

– Il n'a jamais cherché à s'évader ?

– Pas que je sache. Il faudrait que tu demandes à ton père. À une époque, ils parlaient beaucoup ensemble. De la guerre qu'ils avaient tous les deux connue, ton grand-père en 40 et ton père en Algérie. Car lui aussi a été mobilisé plusieurs années.

– Quatre ou cinq ans, je crois.

– En bas de la page, ton grand-père a écrit qu'en tenant compte de ses états de service en temps de paix et en temps de guerre, il avait passé huit ans, zéro mois et quinze jours sous les drapeaux. C'est précis, comme tu peux voir. Cela lui ressemble tellement.

– Ça fait long surtout.

– Il avait 21 ans quand il est parti et il en avait 29 quand il est rentré.

– Pfffff. (Bref flashback sur *tout* ce que j'ai pu vivre entre 20 et 30 ans.)

– Tu sais qu'il a écrit un journal dans lequel il raconte sa « drôle de guerre » ?

– Mais non ! Quel journal ?

– Le plus simple est que tu le lises. Je vais te l'envoyer. Tu verras. C'est très intéressant. C'est... bizarre.

– Ah oui, je veux bien !

19.2

Six jours plus tard, je recevais par la poste une grande enveloppe contenant douze photocopies, chacune reproduisant la page d'un carnet que mon grand-père avait rempli d'une écriture minuscule et serrée, sans la moindre rature, sûrement en catimini, alors qu'interné depuis quatre mois dans la région de Nuremberg (oflag XIII A), il ne se doutait pas qu'il resterait prisonnier encore quatre années.

En parcourant ces pages, j'étais ému.

Il me semblait tenir là un document exceptionnel.

Un journal de guerre digne d'intéresser les historiens.

Et ce journal était celui de mon grand-père (peut-être pas génétiquement, mais je n'ai pas d'autre grand-père dont j'ai envie de me prévaloir, sachant que l'enfant reconnaît aussi ses parents. C'est lui qui les fait siens).

Douze pages qui racontaient ce qui s'était passé en juin 1940 sur le front de l'Est, sans fard ni effets de manche. Racontaient de l'intérieur, à hauteur d'homme, au plus près de la situation vécue, comme c'était pour de vrai là-bas et comme était pour de vrai mon grand-père, alors qu'il n'avait que 25 ans.

Alors qu'en moins de deux mois, entre le 10 mai et le 21 juin 1940, près de cent mille soldats français (*cent mille !*) seront tués sur le front et deux cent cinquante mille blessés. Ce qui fait plus de six mille tués chaque jour. Pour une « drôle de guerre » suivie d'une « guerre éclair », on oublie à quel point elle fut drôlement meurtrière. À quel point énormément d'êtres humains peuvent mourir en très peu de temps, fauchés par des balles ou atomisés par des bombes et des obus.

Dans une première partie, il racontait les incroyables difficultés qu'il avait rencontrées, de retour d'une permission, pour rejoindre du côté de Charleville son unité combattante (la section qu'il commandait à la 607e batterie antichars), alors que l'armée allemande se ruait dans les Ardennes, emportant tout sur son passage, la ligne des fortins étant enfoncée, la « fameuse » bretelle de Vaux-lès-Mouzon abandonnée et je cite le sous-lieutenant ~~Bouillier~~, Baltimore, « ivres les guetteurs qui la gardaient », les forces françaises partout « en déroute », totale la désorganisation des troupes et des postes de commandement, « immense débâcle ». Sans oublier les populations locales « évacuées n'importe comment », jetées terrorisées sur les routes au milieu des bombardements allemands et des attaques de la Luftwaffe, incessantes, horribles, « des nuées de moustiques en plein été ».

Mais il n'avait pas renoncé. Il n'en avait pas profité pour déserter ni se planquer. Il voulait rejoindre sa section. La patrie en danger comptait sur lui. Ses hommes comptaient sur lui et, pendant des jours et des jours, il avait cherché la 607e BAC le long de la Meuse, l'arpentant de long en large, croyant la trouver à Chéhéry, à Bulson, à Haraucourt, à Beaumont-en-Argonne, à Brouennes, à Juvigny, à Stenay, à Inor, au gré de renseignements glanés ici ou là, tous faux. Repartant alors d'où il venait, allant à pied d'une ville à l'autre, d'un bourg à un autre, se jetant dans les fossés au passage des avions allemands mitraillant à tout-va, coupant par champs pour éviter les bombardements et les colonnes de réfugiés paniqués et de soldats défaits qui se repliaient en vrac, « les officiers n'étant pas les derniers à s'enfuir, affolés ». Des dizaines et des dizaines de kilomètres à pied ! Des jours et des nuits à tourner sans fin dans le chaos et la chaleur, pire que Fabrice Del Dongo à Waterloo. Sans quasiment manger ni boire ni se laver. À bouffer la poussière jusqu'à en avoir « plein de boutons sur le visage ». À se faire rembarrer comme un chien par des officiers supérieurs se fichant de son sort et même le « maltraitant » (« Démerdez-vous ! ») et lui « pleurant de rage et de désespoir ». Dormant dans les bois « comme une bête ». Buvant un coup de gros rouge avec des soldats croisés en chemin et la tête lui tournant, vomissant dans le fossé. Se remettant en route, ses jambes « marchant seules, sans plus sentir ses pieds, à la moyenne de 2,5 km/h – où est-il le brillant sous-lieutenant ? ». Trouvant un vélo et zigzagant sur la route d'ivresse et de fatigue. Trouvant une moto et se ramassant une « bûche monumentale ». Rencontrant « deux poilus » égarés comme lui, deux Parisiens ne s'en faisant pas trop, « n'ayant pas l'air très Front populaire » et lui les engueulant, s'écriant que ce « je-m'en-foutisme était un des malheurs de notre armée ». Ne trouvant surtout rien ni personne pour l'aider, sinon des abris incendiés, des villages désolés, des armes abandonnées sur place dans le sauve-qui-peut général, « une touriste écrasée sur le bord de la route ». Désespérant de tout mais reprenant courage chaque fois. S'accrochant envers et contre tout, sans jamais cesser de penser à sa femme et à son « tout-petit » (son fils, mon père), s'inquiétant de ce que tous deux pourraient devenir s'il mourait ; mais se disant que, non, il ne pouvait pas mourir puisque son amour pour eux « l'immunisait contre tous les dangers », il ne pouvait en être autrement. Avant d'enfin retrouver sa batterie. Sa section. Son cheval Dynamitrios. Ses hommes. Eux lui avouant, je cite : « Ils avaient cru ne jamais me revoir, n'ayant pas l'air d'être un foudre de guerre ; aussi sont-ils surpris et heureux de me voir. Je les rassure sur la situation générale. Je sens que je pourrais faire de belles choses avec eux. »

De « belles choses » ? Mon grand-père n'avait pas été déçu. Car entre retraite précipitée devant l'avancée des Allemands, pagaille indescriptible sur les routes où les unités restaient bloquées, les abandons de poste (« Je perds tout de suite deux fusils-mitrailleurs, dont l'un avec son arme ») et le sentiment angoissant d'être tombé dans une nasse (« On sent la nuit pleine d'espions allemands, on les voit se faire des signaux lumineux »), les choses avaient en fait tourné à « la plus fantastique chevauchée que je connaisse, qui allait bouleverser toutes mes connaissances militaires », écrit-il avec ironie. Car chevauchée fantastique signifie ici fantastique reflux avec hommes, chevaux et pièces d'artillerie. On est le 14 juin et la 607e BAC est sans cesse contrainte de se replier sur des positions « mieux protégées », de creuser à la hâte des tranchées et d'abattre des arbres afin de « résister coûte que coûte, du moins ce sont les ordres ». Mais l'instant d'après, les ordres sont de se replier encore plus loin et rebelote avec les tranchées à creuser et les arbres à abattre, sans prendre le temps de souffler, en essuyant à chaque instant le feu venu du ciel (« un avion allemand nous a repérés et sa rafale de 105 éclate deux cents mètres derrière nous, maintenant une autre plus près, rien à faire, nous nous aplatissons dans le fossé et attendons un quart d'heure que la rage de ces messieurs se calme, heureusement seuls quelques éclats morts arrivent dans le fossé, les autres passent en sifflant au-dessus de nos têtes et s'enfoncent dans le talus »). Puis c'est le repli vers Juvigny, Ornes et Bezonvaux, Rupt-en-Woëvre, direction Verdun (« une étape interminable, treize heures de cheval sans débander sous la pluie, nous allons vers un nouveau Verdun »). Sauf que « la réalité allait être tout autre ». Car à Bezonvaux, les « troupes allemandes débouchent à sept cents mètres, puis à cent cinquante mètres sans que la soi-disant artillerie ou aviation française intervienne ». Bonjour le soutien ! « Je me décide alors à faire ouvrir le feu, mais un des FM s'enraye, je prends la place du tireur et le remets en état dans un temps record, je ne suis plus le même homme, la sueur ruisselle sur mon visage mais l'attaque est arrêtée et les Allemands se dispersent dans les buissons. » Mais une demi-heure plus tard, l'artillerie allemande se déchaîne (« Un obus éclate à dix mètres de nous, un de mes hommes est touché, il a une blessure à la hauteur du foie, le trou est minuscule mais le teint déjà jaunâtre »). Et de battre de nouveau en retraite, en emportant le blessé, qui agonise. Visions barbares de chevaux effrayés par les explosions et se jetant sur des barbelés, déchiquetés vivants, achevés par des balles. Visions de dépôts d'essence et de munitions en flamme, de camions et de chariots renversés sur les routes, de soldats fourbus, démoralisés, de brigadiers pris d'une « sainte frousse et même toute une colonne cédant à un superbe début de panique » (à Jouy-sous-les-Côtes), tandis que des vaches errent sur les routes, égarées elles aussi, hallucinées elles aussi. Lui tentant de remonter le moral de ses hommes, ne voulant pas leur montrer sa fatigue alors qu'il est, comme eux, « las de tout ». Rencontrant sur la route, entre Pagny-sur-Meuse et Rigny-Saint-Martin, un copain avec qui, un jour, il avait « fait popote », mais pas le temps de discutailler. On est le 18 juin et, à Rigny, « vers 13 heures », un violent bombardement, un de plus (« les cuisiniers qui nous portaient la soupe sont atteints à vingt mètres des tranchées que nous étions en train de creuser. Bonnardel est tué, Estienne blessé, le rata renversé. Et toujours nous reculons »). À Bulligny, les canons allemands tonnent cette fois depuis les lignes arrière, signe que la batterie est encerclée (« La défaite n'est plus maintenant qu'une question de jours, d'heures peut-être »). À Ochey, ça bombarde encore plus fort et, « ce 21 juin, vers 8 heures, Bertrand est tué, il appelle sa mère, sa femme, ses enfants. Pauvre type ; et dire que tout sera bientôt terminé ». Mais les obus explosent de partout, c'est la fin, c'est l'enfer (« Je sens la mort me frôler et, pour la première fois de la campagne, j'ai peur, oui, j'ai peur de mourir, alors que je sais que tout est fini, des pourparlers sont en cours et je pense que ce serait trop bête de mourir sans revoir ma chérie et notre tout-petit »). Tout est trop bête et, le lendemain 22 juin, l'armistice local est signé (« La question d'une tentative d'évasion vers la Suisse est presque adoptée ; mais nous y renonçons à cause des bruits qui courent sur l'armistice général, nous devrions être libérés »). Il n'en sera rien. Le 23 juin au matin, le matériel auto et hypo est rendu aux Allemands à Toul. S'ensuit l'internement à l'hôpital Luxembourg : « Nous allons y rester quatre jours et le jeudi 27 juin nous partons pour Saint-Mihiel à pied, les Allemands ayant fait courir le bruit que l'étape serait courte, nous faisons cependant quarante-cinq kilomètres, dont une bonne partie sous la pluie battante. Certains d'entre nous doivent marcher soutenus par deux camarades, moi je trouve la force de me redresser et de bomber le torse en entrant dans la ville, je ne veux pas avoir l'air d'un vaincu. » Logés dans des conditions « déplorables », les prisonniers sont « entassés à près de 800 dans un bâtiment de 200 places et 300 d'entre nous doivent coucher dehors sous la pluie, je n'ai même pas la force d'aller chercher à manger. Les conditions d'hygiène sont déplorables, peu d'eau, pas de waters, des feuillées d'où tout le monde nous voit et où il faut attendre son tour comme pour prendre l'autobus un jour de pluie. Mais enfin, petit à petit, on s'organise. Les bruits les plus divers courent, nous devons être libérés pour le 14 juillet, puis le 30, puis le 15 août. Des cours de droit occupent notre temps et le 23 août, enfin, départ mais la direction n'est pas la France. Nous embarquons par trente dans des wagons à bestiaux sans paille, nous sommes enfermés, cadenassés, sans ravitaillement, aux arrêts nous ne pourrons même pas sortir pour nous livrer à des besoins pressants car rien n'a été prévu. Enfin le 24, vers 10 heures, arrêt en Allemagne où nous pouvons nous dégourdir un peu les jambes et où nous recevons à manger. L'optimisme renaît. Le 25 au matin nous arrivons à Nuremberg. »

Le carnet s'arrête ici.

Mon grand-père le conservera pendant les quatre années de sa captivité, et toute son existence encore.

Ne pas avoir l'air d'un vaincu.

Dans la défaite.

Je ne sais pas si je retrouverai un jour le journal de Marcelle Pichon ; mais j'ai découvert celui de mon grand-père dont j'ignorais l'existence et, je ne sais pas, ce n'est pas rien. C'est *beaucoup*. C'est quelque chose que je dois à Marcelle Pichon.

D'ailleurs, je le poste en intégralité sur la page Internet lecoeurnecedepas.com. Avec toutes les pièces du dossier Marcelle Pichon, je ne le redirai pas. Afin que rien ne se perde.

Je pense que je peux maintenant reprendre l'enquête sur Marcelle Pichon.

Désolé du dérangement.

« Qui m'accordera que mes paroles
soient écrites ? »
Job 19,23

20

On est le 23 janvier 2019 et cela fait plus de sept mois que Marcelle Pichon a fait un retour chronophage dans ma vie.

On est le 23 janvier et l'INA m'ayant enfin accrédité (au vrai, cela fait un moment), j'ai pu écouter Alain Arnaud parler à la radio de son livre. Expliquer qu'il l'avait écrit comme une « catharsis », comme un « tombeau ». Évoquer sa « fascination » pour le journal que Marcelle laissa, cet « impensable pour la pensée ». Affirmer que, dans son texte, il avait voulu « s'effacer devant cette femme qui s'était elle-même effacée ».

Rien que *Rue Championnet* ne m'ait déjà appris.

L'émission des *Nuits magnétiques* du 10 juin 1987 était plus émouvante. Si Alain Arnaud évoquait de nouveau son livre, l'entretien était surtout prétexte à la lecture d'extraits du journal de Marcelle, sur fond de musique lentement mécanique, de ritournelle mélancolique. La voix qui lisait était celle d'un homme. Cela créait une distance bienvenue. Au moins n'avait-on pas l'impression que Marcelle était revenue d'entre les morts pour raconter son agonie. Si Irène Omélianenko avait prêté sa voix, je crois que je ne l'eusse pas supporté.

Les extraits lus à l'antenne étaient ceux reproduits dans le livre d'Alain Arnaud. Certaines phrases avaient aussi paru dans la presse, mais détachées de leur contexte, livrées en vrac, de façon décousue, sans aucun égard. Sans que nul puisse saisir le bloc d'abîme que, toutes ensemble, elles constituaient. Et justement : elles étaient ici restituées dans leur chronologie et dans leur intégralité, d'après la page arrachée du cahier que, dans un geste sacrilège qui faisait cependant mon affaire, *Paris Match* (et, en partie, *Le Parisien*) avait reproduit en fac-similé.

Les entendre dans l'ordre dans lequel Marcelle les avait couchées sur le papier brûlait le silence. On voyait Marcelle les écrire. On la voyait s'enfoncer dans la nuit et l'atroce. On voyait son corps la lâcher, dépérir, se délabrer, devenir squelette, devenir l'ennemi. On voyait la souffrance qu'elle s'était infligée pour tuer la vie en elle, l'arracher à mains nues de ses fibres, s'en déprendre toute. On voyait sa volonté à la fois incommensurable et éplorée. Ou plutôt, son absence de volonté. Car elle semblait s'être abandonnée corps et âme à son refus de s'alimenter et subir un supplice qui lui aurait été imposé sans qu'elle y eût, à aucun moment, la moindre part. Cela qui était fascinant : elle ne luttait pas, elle ne persévérait pas, elle ne s'obligeait à rien, non, elle endurait, elle supportait, elle souffrait comme on souffre d'une maladie mortelle contre laquelle on ne peut rien. Comme si se tuer à petit feu n'avait pas été sa décision mais une fatalité. En elle, le bourreau avait disparu, ne laissant que le cri d'une victime livrée à l'incrédulité de ce qui lui arrivait. Quoique de façon accélérée puisque la page courait sur un peu moins d'un mois alors que la lire à l'antenne prenait six minutes montre en main. On avait donc l'impression d'une agonie vécue d'une traite quand il s'était parfois écoulé des jours et des jours avant que Marcelle reprenne son cahier pour y noter une phrase, parfois un simple mot, juste son poids en chute libre. Il fallait garder en tête cette distorsion du temps, proprement insupportable dans le cas de Marcelle au moment où elle agonisait. Mais au moins la vérité de ce qu'elle avait enduré se déroulait-elle en une séquence unique et cohérente, dont le tragique et l'angoisse faisaient la beauté et, des verrous, la poésie. Ne lirais-je que ces quelques bribes, purs lambeaux de vie se drapant dans la dignité de l'effroi au moment de faire face au néant et de regarder la mort sans trembler, la défiant horriblement dans les yeux, elles seraient suffisantes. Elles paraissent déjà trop.

Qui faisait quoi ?

Et moi ?

Au moment où Marcelle écrivait,

je cite :

Mardi 9 octobre 1984 — 17e jour de jeûne. Un demi-litre d'eau par jour. La toilette assise devient pénible. Le cœur s'épuise mais quelle résistance ! 45 kg.

Samedi 13 octobre	m. 6 kg p 80 cm. 21 jours.
Vendredi 19	27 jours.
Mardi 24	32 jours. Crise de foie. Bile. 40 kg. Épouvantable. Le cœur tient toujours. Que la malédiction soit sur ce monde pourri. Pour un bol de bouillon, une tranche de pastèque, un citron, on vendrait son âme.
Dimanche 28	C'est épouvantable. L'eau n'est plus tolérable. La langue, c'est un escargot qui dégorge dans du sel. Le cœur ne cède pas. La lucidité est entière. La nuit, l'estomac se contracte. Trente-cinq jours sans manger. Je suis à bout de résistance. Le jeûne, c'est la mort la plus horrible qui soit. Comme toujours on ne sait jamais la vérité.
Mardi 6 novembre	Je ne peux plus me lever. Les urines sont rouge sang. J'ai très mal aux reins.

Mardi 9 octobre 84 — 17e jour de jeûne 1/2 l d'eau par jour. La lucidité aussi devient pénible le corps s'épure mais quelle résistance ! 45 kgs m. 6 kgs. p 80 mn.

Samedi 13 octobre — 21 jours

Vendredi 19 — 27 j.

Mardi 24 — 32 jours avec de foie bile – 10 kg
épouvantable. Le corps sent toujours
que la malédiction sent sur le
monde pourri.
pour un bol de bouillon une
tranche de pastèque, un citron
on vendrait son âme

Dimanche 28 — C'est épouvantable
l'eau n'est plus tolérable
la langue c'est un escargot
qui dégorge dans du sel
le corps ne cède pas. la
lucidité est entière.
La nuit l'estomac se
contracte

trente cinq jours sans manger. je suis à bout de résistance.

20.1

Il faudrait se taire.

Je ne vais pas me taire.

Que peut signifier « m. 6 kg p 80 cm » ?

Pourrait-il s'agir de sa perte de poids depuis le début de son jeûne (6 kg) ? De son tour de poitrine (p 80 cm) ? Comme une habitude de prendre ses mesures héritée de sa période mannequin ?

Je précise que Marcelle écrivit son journal sans presque aucune ponctuation ni majuscules.

Exactement comme le mail de sa petite fille (tiens donc...).

Le 24 octobre n'était pas un mardi mais un mercredi.

C'est la seule fois où Marcelle se trompe dans les jours, les dates.

Ce jour-là, elle écrit : « pour un bol de bouillon, une tranche de pastèque, un citron, on vendrait son âme ». Quelqu'un peut-il m'expliquer pourquoi le journal *Le Monde* (mais pas seulement lui) écrivit : « Pour un bol de bouillon, une tranche de melon, une orange, on vendrait son âme. » Par quel prodige la tranche de pastèque et le citron sont-ils devenus une tranche de melon et une orange ? C'est quoi le problème avec la pastèque et le citron ? C'est quoi le problème des journalistes ? C'est quoi le problème avec Marcelle Pichon ? D'où cette malédiction ?

Si le journal ne va pas au-delà du mardi 6 novembre, cela ne signifie pas que Marcelle mourut tout de suite après, ainsi que la presse en semble persuadée. Pour en être sûr, il faudrait posséder l'intégralité du journal ; or, aucun journaliste n'a eu ce privilège. Il se peut donc que l'agonie de Marcelle se soit prolongée après cette date et qu'elle en ait témoigné par écrit. Et quand bien même ses derniers mots dateraient du mardi 6 novembre, elle rendit peut-être son dernier souffle un, deux ou je ne sais combien de jours plus tard.

Au vrai, nul ne connaît la date de décès de Marcelle Pichon.

Si le 9 octobre fut le dix-septième jour de son jeûne, alors Marcelle cessa de s'alimenter le dimanche 23 septembre 1984.

Ce qui fait quarante-cinq jours de jeûne jusqu'au mardi 6 novembre.

Au moins quarante-cinq jours à agoniser.

À souffrir interminablement et abominablement sa propre mort.

Pourquoi le dimanche 23 septembre ?
Pourquoi ce jour-là ?
Jour de quel Seigneur ?
De quel symbole pour elle ?
Quelle mémoire, peut-être ?
Ou bien s'agissait-il d'un jour comme un autre et celui-ci ou un autre...

C'est le 23 septembre 1984 qu'eut lieu la première journée européenne du patrimoine.
Bernard Hinault remporta ce jour-là le Grand Prix des Nations.
Romy Schneider aurait fêté son quarante-sixième anniversaire.

À Nice se tint au même moment le 5e congrès international de l'Association pour le droit de mourir dans la dignité (ADMD), avec le Pr Barnard plaidant pour une loi en faveur de l'euthanasie et une « mort douce » librement choisie, dont le JT de 20 heures rendit compte, avec, en conclusion du reportage diffusé, cette question en forme de cas de conscience : « Qui peut décider qu'une vie n'est plus digne d'être vécue ? »

Cela le jour où Marcelle…
Comme par hasard.
Vit-elle d'ailleurs ce reportage ?
Rien n'est moins sûr.
Quelle étrange coïncidence, cependant.

Le 23 septembre 1984 était la Saint-Constant.
Le Soleil s'était levé à 07 h 43 et couché à 19 h 43.
La Lune était à son dernier croissant.
Il plut toute la journée à Paris.
La température ne dépassa pas 13 °C.

Que dire d'autre ?
« Sur mes cahiers d'écolier j'écris ton nom : Liberté. »
Que dire ?
« Malédiction sur ce monde pourri. »
« La langue, c'est un escargot qui dégorge dans du sel. »
« Comme toujours, on ne sait jamais la vérité. »
« Le cœur ne cède pas. »
Le cœur ne s'aide pas.
HÉLAS !

« Je ne veux pas me retrouver à soixante ans dans un meublé, à ne pas oser allumer le chauffage parce que je n'aurai pas de quoi payer la facture. Merde à cette vie. »

Sarah KANE, *Manque*

21

« "Cherchons divorcé(e)s de plus de 50 ans pour participer à une émission de télévision." Voilà l'annonce que nous avions passée à *Libération*, RTL, Radio Bleue et *Télé 7 jours*. Et nous avons reçu, de la France entière, plus de deux cents réponses. Sur ces deux cents réponses, nous en avons retenu vingt. Aucune de ces vingt personnes ne s'étaient jamais rencontrées. Et, pour eux (*sic*), nous avions loué un wagon. But du voyage : Paris-Bordeaux-Paris. Sujet des conversations : le divorce, l'amour, l'argent. »

Ainsi commence le documentaire *Compartiment divorces*, diffusé sur FR3 le 27 janvier 1984 dans le cadre d'une « carte blanche » accordée à la journaliste Anne Gaillard.

Avec cette voix off. Voix claire de femme. Sur fond lancinant de la musique du *Mépris* de Jean-Luc Godard. Tandis qu'un très long plan, très beau plan, plan de cinéma plus que de télévision, filme depuis un point situé en hauteur (probablement la terrasse du restaurant *Le Train Bleu*) les départs et les arrivées de la gare de Lyon, zoome sur « Denise 58 ans » qui, sortant des escaliers mécaniques, vient de surgir, se tourne, semble un peu perdue dans la gare, attend, la caméra l'abandonnant alors pour, d'un ample mouvement tournant, repérer « Ludovic 62 ans » qui, à l'autre bout de la gare, vêtu d'un manteau de cuir, vient lui aussi d'arriver, regarde sa montre, décide de rester là où il est, probablement son lieu de rendez-vous, la caméra ne s'attardant pas, repartant le long des voies ferrées pour surprendre cette fois « Yveline 52 ans » qui se les gèle à côté d'une boîte aux lettres jaune, elle a le bras en écharpe, elle aussi attend et, devant elle, sans qu'elle s'en doute, passe « Marcel 57 ans », un chapeau trilby en faux cuir sur la tête, que la caméra s'empresse de suivre, lui emboîtant le pas jusqu'à une autre « Denise », de « 60 ans » celle-ci, qui se tient un peu plus loin, qui cherche des yeux si quelqu'un vient la chercher, se mouche dans un mouchoir et la caméra fait alors un profond zoom arrière pour embrasser la gare de Lyon, la foule qui déambule et se presse, les trains à perte de vue, les verrières au-dessus, au terme d'un ballet parfaitement réglé, où chaque participant au documentaire a, sans le savoir, joué son rôle dans cette chorégraphie soigneusement orchestrée par le réalisateur Pierre Leherle, bravo à lui. En 1984, même à la télévision, faire un documentaire, c'était faire un film. C'était miser sur les images et sur leur mise en scène. C'était se donner un peu de mal.

Je ne vais pas raconter le documentaire. Pas raconter les conversations sur le divorce, l'amour, l'argent. Les problèmes de ces femmes divorcées prises socialement et sentimentalement à la gorge. Cela m'entraînerait beaucoup trop loin. Je n'en finirais plus de détester celui-ci qui, devant une femme lui expliquant qu'elle s'est retrouvée sans ressources après son divorce, lui rétorque que lui-même n'avait pas de situation lorsque sa femme l'avait quitté et qu'elle cesse donc de faire de son cas personnel une généralité tandis que lui, pas du tout, bien sûr que non, quelle idée ! Je n'en finirais pas avec celle-ci ne sachant pas pourquoi elle continue d'aider son ex-mari dans nombre de tâches du quotidien alors qu'il l'a toujours trompée et, au bout du compte, plaquée pour une femme plus jeune. Je n'en finirais pas non plus avec cette autre affirmant que, « en principe, l'homme est là pour nourrir la femme ». Je ne veux pas être plus déprimé que je le suis. Je veux me concentrer sur Marcelle et sur elle seule.

J'aimerais, par exemple, savoir où elle apprit qu'une émission de télévision recherchait des personnes divorcées. Écoutait-elle RTL ? Radio Bleue ? Lisait-elle *Libération* ? *Télé 7 jours* ? Je penche pour RTL et/ou *Télé 7 jours*. Je ne la vois pas, ni à ce moment-là ni à aucun moment de sa vie, lire chaque matin *Libé*. Mais je me trompe peut-être. Je me fais peut-être une idée totalement fausse de Marcelle. Voilà qui, de nouveau, en dit plus long sur moi que sur elle. Malheureusement.

Que cherchait-elle en répondant à cette annonce ?

Qu'espérait-elle ?

Que se dit-elle lorsqu'elle apprit qu'elle était sélectionnée pour passer à la télévision ?

Quelle drôle d'idée de participer à ce documentaire.

C'est vraiment bizarre.

Car on est le 27 janvier 1984, Marcelle a 63 ans et, huit mois plus tard, elle s'enfermera dans son petit studio du 183 rue Championnet pour se laisser mourir de faim.

À la voir à l'écran, on ne le croirait pas.

En même temps, à quoi peut ressembler quelqu'un qui se suicidera dans huit mois ?

À tout le monde et à personne, semble-t-il.

21.1

Dans le documentaire, on la voit en réalité très peu. Elle apparaît de loin en loin, toujours en retrait, toujours seule, ne se mêlant jamais aux conversations. Distante, se tenant à l'écart, elle semble s'isoler autant qu'isolée, se contentant d'observer, d'écouter, sans jamais participer. Peut-être certaines de ses interventions furent-elles coupées au montage. Si c'est le cas, ce serait intéressant de savoir pourquoi. Et ce qu'elles contenaient.

Tandis que toutes les autres intervenantes sont longuement interviewées, ce n'est pas le cas de Marcelle. Contrairement aux autres, elle ne raconte pas son histoire. Ne livre aucun détail sur sa vie, sur son passé, sur ses deux divorces, ses deux enfants, sa situation actuelle, ses difficultés, financières ou autres. C'était pourtant l'occasion ou jamais. Pourquoi avoir participé à cette émission si c'était pour ne pas y participer ? Comment a-t-elle pu tomber dans la misère alors qu'elle venait d'acheter un appartement ? Encore un mystère. Un truc qui ne colle pas.

En même temps, le milliardaire Warren Buffett disait que, lui aussi, il avait d'énormes problèmes d'argent.

À l'écran, Marcelle semble finalement incongrue. On saisit mal l'intérêt de sa présence tellement elle traverse le documentaire comme une ombre. Pourquoi l'avoir sélectionnée parmi deux cents personnes ? Aucune de ses interventions n'apparaît pertinente. On dirait une quelconque passagère du train à qui on a tendu un micro pour lui poser une question au débotté et, par parenthèse, j'aimerais lancer une pétition visant à interdire la pratique du micro-trottoir dans les journaux télévisés. Parce que les micros-trottoirs à propos de tout et de n'importe quoi, matin, midi et soir : c'est tout de même la LIE ! Prétendre informer les gens en demandant à l'homme de la rue ce qu'il pense de ceci ou de cela dont il n'a strictement aucune connaissance, c'est juste pas POSSIBLE ! C'est *journalistiquement honteux* ! C'est propager l'ignorance la plus crasse, et tu parles d'une information ! Alors que les médias ont pour mission de donner aux citoyens des informations pertinentes qui leur permettent d'exercer leurs droits démocratiques (dixit Pierre Bourdieu). Pour ma part, je vote pour la suppression pure et simple de cette hideuse pratique qui feint de donner la parole aux gens alors qu'elle la manipule. À l'antenne, le temps ainsi dégagé – d'une durée proprement fantastique ! – obligerait certains à faire leur boulot et nous à mieux comprendre, peut-être, le monde dans lequel nous vivons. Qui signe ? (Rendez-vous sur le site lecoeurnecedepas.com.)

Mais je m'égare.

Marcelle a droit à deux séquences, chacune très brève (moins d'une minute). La première survient à 39 minutes et 32 secondes du début. Il faut donc attendre la moitié du documentaire pour la voir et l'entendre. Mais la voici. C'est elle. Marcelle Pichon. En chair et en os. Quelques mois avant qu'elle se supplicie elle-même. Dans un compartiment vide, elle est assise bien droite à côté de la fenêtre, vêtue d'un imperméable blanc passé sur un tailleur couleur bleu nuit. Les pointes du col blanc de son chemisier émargent sagement par-dessus un gilet ras du cou de la même couleur que son tailleur. Détail qui m'intrigue : elle porte une cravate assortie à son ensemble, dont on aperçoit le nœud. Aimait-elle porter une cravate ? Faut-il en déduire quelque chose ? Supposer, chez elle, une certaine masculinité ? Le désir, pour l'occasion, de se viriliser quelque peu, comme si cela lui était plus facile d'apparaître en homme plutôt qu'en femme, comme une peur, un manque d'assurance, ou bien une volonté, une revendication ? Car nul doute qu'elle dut choisir avec le plus grand soin la tenue qu'elle allait porter pour passer à la télévision. Et, pour elle, à ce moment-là, cela signifia se vêtir de ce tailleur sombre et nouer autour de son cou la cravate allant avec, après avoir enfilé un chemisier blanc au col très sage, presque de petite fille.

Mais ce qui frappe le plus, ce sont ses lunettes. De grosses lunettes de soleil à monture d'écaille. De forme ovoïde. Effilées comme des amandes. Des lunettes à la Garbo. Qui dissimulent ses yeux. Que jamais elle n'ôtera. Jamais on ne verra son regard. La couleur de son iris. La flamme plus ou moins vive dans ses prunelles. Le fond de son âme. Sa myopie, si elle louchait. Louchait-elle ? Beaucoup ? Ou cherchait-elle à se donner un genre ? Préférait-elle voir les choses en noir ? Se croyait-elle à un enterrement et toujours le chagrin derrière ses verres fumés ? Dans tous les cas, porter des lunettes de soleil dans un train, cela fait passer un message. C'est se faire remarquer en faisant croire qu'on veut passer inaperçu. Un truc de vedette de cinéma. Ou d'autruche. Jack Nicholson portait tout le temps des lunettes noires : « Sans elles, disait-il, je suis vieux, gros et moche. Avec elles, je suis Jack Nicholson. »

Avec ses lunettes noires, qui était Marcelle Pichon ? Qui croyait-elle devenir ?

Son visage a une forme ovale. Son front est large. Sa bouche fine mais pas pincée. Ses cheveux, très noirs, sont lissés en arrière et ramenés en chignon sur sa nuque. Elle a mis du rouge à lèvres. Du blush sur ses joues. Son teint semble frais. Elle paraît plutôt enjouée. En bonne forme. Ainsi voulait-elle apparaître à l'écran.

Très « good looking ».

Était-elle Florence devant la caméra ?

Qui était-elle dans le Paris-Bordeaux ?

Elle sourit volontiers. Parle vite. Avec précipitation même. Agite les mains quand elle parle. Parle avec les mains. Sa voix n'est pas très agréable. Une voix pointue. Affectée. Limite snob. Hérissée d'épines dans tous les cas. C'est ce que je dirais. Elle ne porte pas de boucles d'oreilles. Ses mains sont longues et fines. Ses doigts secs. Ses ongles vernis. Discret le vernis. Transparent ou rose pâle, c'est difficile à dire. À son annulaire gauche, une bague. Elle n'en porte pas d'autres. À son poignet gauche, le bracelet de sa montre passe par-dessus la manchette de son chemisier, nouée directement à l'étoffe. Cela me chiffonne.

Tout, dans son apparence, paraît sanglé, cuirassé, cadenassé, hyper contrôlé.

Seuls son visage, ses mains et le débit de sa parole expriment une vivacité, une *nervosité*.

Pour le reste, une femme de 64 ans un peu empâtée et plutôt quelconque, comme tout le monde l'est (quelconque), à sa façon, de toute façon, au fil des ans. Passé un certain âge, personne ne ressemble plus à grand-chose. J'en sais quelque chose.

Mais elle n'a pas 64 ans ! Lorsqu'elle apparaît à l'image, une incrustation en bas de l'écran indique : « M... 54 ans. » Elle a menti sur son âge. Elle s'est rajeunie de dix ans. Ah ah ah !

Contrairement aux autres participants, elle n'est pas désignée par son prénom mais par une simple initiale. À sa demande ? Lui a-t-on conféré un statut spécial ? Dans tous les cas, elle n'intervient pas au même titre que les autres participants à l'émission. À quel titre alors ?

Je songe qu'elle ne ressemble à personne que j'aurais connu.

Tant mieux.

À regarder cette dame un peu âgée, un peu raide, un peu empâtée, un peu trop bien mise, tout à fait bourgeoise, je songe qu'on ne peut pas imaginer la « belle Florence » qui, trente ans plus tôt, défilait dans des robes de chez Jacques Fath. On ne peut pas non plus imaginer qu'elle se laissera mourir de faim quelques mois plus tard. On est ici dans un entre-deux. Une parenthèse. « La paix est un intervalle entre deux guerres », disait l'autre.

Savoir la mort que Marcelle se donnera quelques mois plus tard ne modifie ni dans un sens ni dans un autre l'image que je vois à l'écran. Rien ne semble relier la femme du documentaire à celle qui a écrit son journal d'agonie. Encore moins à la momie décharnée retrouvée 183 rue Championnet. J'ai beau tenter de l'imaginer, hirsute, négligée, ouvrant sa porte à sa voisine venue lui apporter son courrier et la rembarrant hargneusement, lui claquant la porte au nez en lui disant de lui foutre la paix, je n'y arrive pas. Entre ces deux versions de Marcelle, il y a un gouffre.

Ce gouffre, voilà ce que montre ce documentaire.

21.2

Ce que Marcelle dit face caméra est déconcertant.

Je retranscris, mot pour mot (en pestant de ne pouvoir reproduire sa voix un peu aigre, son débit précipité, sa nervosité – mais je mets le lien de l'INA sur le site lecoeurnecedepas.com) :

« Alors Marcelle, pourquoi portez-vous une alliance ?
– Ah, ça rassure les portiers d'hôtel, les restaurateurs, enfin toutes les... Tout de suite... Un bijou aussi. J'ai horreur des bijoux. J'adore l'orfèvrerie, en avoir ; mais je n'aime pas les bijoux. Mais il faut en mettre un. On est sûr que je réglerai l'addition.
– Pourquoi est-ce que l'alliance rassure les portiers d'hôtel ?
– Eh bien parce que... Mais on loue, on fait une location. Et on demande : « Bonjour madame, vous êtes là pour combien de temps ? Votre mari va vous rejoindre bientôt ? » Etc. etc. etc.
– Si vous n'aviez pas d'alliance qu'est-ce qui se passerait ?
– Eh bien je pense que... Je ne sais pas... Je mets... Mais c'est la coutume ! Je sais que c'est la coutume. Je sais qu'on regarde ma main. Celle-là (elle montre la

bague à son annulaire), c'est moi qui l'ai achetée. Vous voulez que j'aie un mari ? Eh bien j'ai un mari, oui, il vient me rejoindre, bien sûr. C'est tout. C'est fini. »

La séquence se termine sur ces mots.

Qu'espérais-je ? Que Marcelle serait une femme fascinante ? Qu'elle serait la grâce, la beauté et l'intelligence incarnées ? À la fois bouleversante et formidable ? Qu'en sa présence, une émotion à nulle autre comparable ? La tendresse du cœur ? L'humanité mise à nu ? Qu'à travers elle surgiraient, embellis, sublimés, consacrés, tous les êtres que la vie a trahis et dont le monde a fait des victimes ? C'est raté.

Au vrai, Marcelle semble un peu conne. Il faut l'admettre. Ce qu'elle dit n'est pas déconcertant mais consternant. Il n'y a pas d'autre mot. Quoi que j'en pense, elle n'est pas une belle héroïne au sens littéraire du terme. Pas une Emma Bovary, une Anna Karénine, une Mrs Dalloway. Pas une grande rebelle non plus, une Jo March, une Elizabeth Bennet, une Emily Brontë. Pas même une égérie du féminisme, une Milady de Winter, une Fifi Brindacier, une Valerie Solanas, pas de pot. Quand bien même, à l'heure de sa mort, Marcelle disposa librement de son corps, ô combien !

Mais c'est aussi bien, finalement. C'est même préférable, d'une certaine façon. Car c'est elle qui m'a choisi et je suis son obligé. Il me faut donc la prendre telle qu'elle est et non telle que je la voudrais. Il me faut prendre sa mort *et* sa vie. L'image que, ce jour-là, face à la caméra, elle donna ne saurait abolir la mort qu'elle s'est, peu après, donnée. Rosa Parks ne peut faire oublier Claudette Colvin. Je ne suis donc pas déçu. Sans doute aurais-je préféré plus de poésie. Moins de trivialité. N'importe quoi me la rendant infiniment sympathique, tendrement adorable, follement émouvante. Sans doute, oui, aurais-je aimé tomber amoureux d'elle. Aimer la femme qui, depuis juin 2018, occupe mon esprit. Avec qui, aujourd'hui, je vis, mange et dors en pensée. À qui, malgré moi, je me suis attaché par des liens aussi forts, quoique d'une nature différente, que ceux de l'amour. Mais Marcelle Pichon n'est pas ma chimère. Elle n'est pas ma *chose*. Elle n'est pas *mon* invention, encore moins une marionnette. Elle a existé « pour de vrai », elle fut qui elle fut et je ne peux pas me le dissimuler. Je ne veux pas me projeter en elle car ce serait lui voler ses secrets pour lui substituer les miens. Ce serait tricher. Ce serait lui manquer de respect. De toute façon, c'est de la réalité dont je suis amoureux. C'est elle le Grand Mystère. Elle qui, ayant une imagination bien supérieure à toutes les imaginations qui la composent, nous fait accéder à un autre degré de conscience et de perception en déjouant tous nos a priori. De quoi me plaindrais-je alors ? Marcelle est finalement comme je l'aime : réelle, avec tout ce que cela implique de prodiges et de déceptions.

21.3

Maintenant, j'entends aussi la femme derrière sa bêtise. J'entends ce que cache sa bêtise et à quoi elle lui sert. Les émotions et les angoisses qu'elle dissimule et qui, pour le coup, me la rendent poignante. J'entends, oui, la femme incroyablement prisonnière du regard des autres, prisonnière de l'argent, des conventions, de la « coutume », comme elle dit. J'entends une femme qui, à aucun moment, ne parvient à dire ce qu'elle pense, ressent, éprouve car ce qui compte, c'est de « rassurer les portiers d'hôtel ». Les portiers d'hôtel ! Quel argument extravagant pour justifier l'alliance qu'elle porte au doigt ! Alors qu'elle est divorcée depuis plus de vingt ans et, vivant désormais dans un minuscule studio, qu'elle ne fréquente certainement plus les palaces depuis longtemps. Autant dire qu'elle raconte des histoires et qu'elle s'en raconte aussi. Marcelle vivait-elle dans le souvenir glorieux de sa période Fath ? Comment savoir ? Que signifie redouter follement le jugement de simples portiers d'hôtel, comme s'ils étaient les cerbères de son existence ? Pourquoi vouloir tromper leur vigilance ? Afin de pouvoir entrer dans quel saint des saints ? Voilà qui rappelle le personnage de Kafka se présentant devant la porte de la Loi et attendant toute sa vie que le gardien qui lui barre le passage le laisse entrer – sauf que la porte n'était pas fermée et qu'il n'avait qu'à entrer puisque le gardien (le portier d'hôtel) n'était là que pour la forme. Il pouvait donc franchir le seuil quand il le voulait. Mais il l'ignorait et jamais n'osa. Toute sa vie resta interdit, dans tous les sens du terme. Et Marcelle ? Avait-elle des démêlés avec la Loi ? De gros démêlés ? Une chose est sûre : cela semblait compliqué dans sa tête. Très compliqué, même. Elle donne l'impression de ne pouvoir faire autrement que de s'inventer une vie qui n'est pas la sienne. D'être une femme subissant de plein fouet la pression sociale et maladivement soucieuse de sa réputation, comme si elle n'avait qu'elle à défendre, qu'elle pour se protéger. Que se passerait-il si elle brisait son image, osait transgresser la coutume ? « Je pense que… Je ne sais pas. » Non, elle ne sait pas.

Dans tous les cas, j'entends une femme persuadée qu'on « regarde sa main », qu'on l'examine, qu'on la scrute, qu'on la condamne pour une tache, une imperfection, une faute qu'elle aurait commise. Une femme confrontée à la suspicion et qui, à chaque instant, veut donner des gages qu'elle est irréprochable. Une femme dévorée par la culpabilité. Dont la confiance en elle a été totalement détruite. Une femme soignant d'autant plus son apparence que son être ne tient qu'à un fil. Une femme dont l'angoisse est si forte que, pour se défendre, elle ne trouve rien de mieux que de se mettre à la place des autres, allant jusqu'à les imiter, jusqu'à les faire parler par sa bouche, jusqu'à devenir le portier d'hôtel, jusqu'au malaise pur et simple. (« Bonjour Madame, Vous êtes là pour combien de temps ? »)

Une femme captive, si terrorisée qu'elle ne peut faire autrement que prendre le parti de son geôlier. Une femme qui ne cesse de s'exécuter, d'obéir, de se conformer à ce qu'on attend d'elle, à ce qu'elle croit qu'on attend d'elle. (« Vous voulez que j'aie un mari ? Eh bien j'ai un mari. C'est tout. »)

Une femme qui sent continuellement peser sur elle un regard qui l'écrase, qui la traque, qui l'affole, qui la soupçonne de « partir sans régler l'addition » et l'addition, elle la paiera au prix fort quelques mois plus tard, personne ne pourra dire qu'elle est partie de ce monde comme une voleuse, même si ce fut sur la pointe des pieds.

Une femme qui, finalement, ne trouve aucune autre solution pour exister que celle de jouer perpétuellement la comédie en incarnant tous les rôles à la fois, sauf le sien. Une femme à qui il est arrivé quelque chose, forcément, un jour, ou à la longue, dans son enfance ou plus tard. Quelque chose ayant à voir avec la Loi. Avec l'oppression de la Loi. Avec le poids de la Faute. Avec Kafka, oui, Franz Kafka. Définitivement ! C'est, pour l'instant, la meilleure piste que je possède ! Depuis *Un champion de jeûne* et *Devant la Loi* jusqu'à cette phrase que, à la date du 17 janvier 1920, Kafka écrit dans son journal (encore un journal !) en parlant de lui à la troisième personne du singulier : « Si on lui demande ce qu'il veut, il ne sait pas répondre car il n'a pas la moindre idée de ce qu'est la liberté. » À l'instar de celui de Kafka, le père de Marcelle fut-il « trop fort », trop « écrasant » ? Lui coupa-t-il les ailes en même temps que les cheveux ? Je l'ignore. Mais Marcelle me fait définitivement penser à Kafka. Je lui trouve tous les stigmates de l'oppression kafkaïenne tellement elle n'arrive pas à être elle-même. N'arrive pas à être tout court. N'y arrive tout simplement pas.

À l'écran, ce n'est pas Marcelle Pichon que l'on voit car Marcelle Pichon n'existe pas.

Marcelle Pichon n'est jamais née.

Ou elle est morte il y a très longtemps.

Ou elle est une autre.

Florence ?

21.4

Ce que confirme sa deuxième et dernière intervention, qui survient à la toute fin du documentaire, clôt même le film. De cette séquence, la presse et les médias ont retenu la solitude de Marcelle, son désarroi sentimental, le fait qu'elle aimerait rentrer chez elle et que quelqu'un l'attende, que quelqu'un l'embrasse, que quelqu'un lui parle et se soucie tendrement d'elle. Mais le malaise est ailleurs.

Le malaise est bien plus grave et profond.

Il confine au trouble de la personnalité.

Je ne vois pas d'autre façon de le dire.

Il suffit de l'écouter. D'écouter comme elle se perd elle-même dans ses masques, ses personnages, ses désirs d'être et ses impossibilités d'y parvenir. Si bien qu'à l'écouter, on s'égare dans le labyrinthe de ses tourments et, je la cite là encore mot pour mot, en mettant en italique ce qui me paraît décisif :

« Alors Marcelle, qu'est-ce que vous allez faire maintenant que cette journée est finie ?

– Cette journée est finie et je vais rentrer un peu tristement. C'est la solitude. Là il faudrait quelqu'un. Quelqu'un pour se confier, pour partager les joies qu'on a eues… Pour commencer…

– Tout à l'heure vous m'avez dit : "L'amour, ce serait…"

– Ah oui, ce serait que quelqu'un me dise : "Bonjour chérie, la journée a été bonne ?" Je lui raconterais ma journée.

– Vous aimeriez ?

– J'aimerais, oui, j'aimerais. *J'aimerais parler de moi au pluriel et à la troisième personne* : "Ah elle était triste cette dame dans le train !" *Mais je ne suis pas celle-là. Je ne suis pas celle-ci, je ne suis pas cette femme ; et je suis cette femme. J'aimerais bien jouer un rôle. Mais mon rôle, c'est le mien, malheureusement.*

– C'est quoi votre rôle ?

– C'est celui qui s'est déroulé… C'est nos conversations. Le voilà mon rôle ! Alors que si j'avais à tenir ce rôle, je dirais "bonjour chéri".

– *Vous aimeriez être quelqu'un d'autre que vous ?*

– *Bien sûr !* »

Le plan suivant, on voit Marcelle descendre lentement du train qui vient d'arriver gare de Lyon et, dans la nuit, s'éloigner sur le quai, se fondre dans la foule, disparaître corps et biens, son imperméable blanc sous le bras, tandis que l'accompagne, de façon un peu trop mélodramatique mais cependant poignante, l'adagio que Georges Delerue composa pour le film *Le Mépris* et sans lequel la silhouette de Marcelle retournant à sa solitude n'apparaîtrait pas si sinistre et tragique.

Mais qui est Marcelle Pichon, si elle-même ne le sait pas ?

Si elle préférait être une autre

Sauf que c'est impossible.

Elle doit tenir son rôle.

Même si ce n'est pas le sien.

Malheureusement.

Dans mon carnet, j'ai noté : « Hypothèse Kafka » (souligné trois fois).

Puis, juste en dessous : « Marcelle P, c'est Kafka, la littérature en moins. »

J'ai relu deux ou trois fois cette phrase, comme si elle détenait la clé d'un mystère.

Puis j'ai rangé mon carnet dans la poche intérieure de mon imperméable couleur mastic.

« Je ne peux pas rentrer chez moi
car mon passé y est déjà. »
Charles AZNAVOUR,
Je ne peux pas rentrer chez moi

22

On est le 16 avril 2020 et j'ai devant moi l'arbre généalogique de Marcelle Pichon. *Son arbre généalogique complet sur plus de trois générations !* Soit plus de cinquante noms reliés ensemble par des flèches sur une feuille format A3.

Je n'en reviens pas moi-même mais à force de patience, d'acharnement, de nuits blanches, d'exultations sans nom (en découvrant, par exemple, au fin fond des archives en ligne de la ville d'Issoudun l'acte de naissance daté de 1829 du premier époux d'une arrière-grand-mère de Marcelle) et de cruelles déceptions (lorsque, autre exemple, un homonyme m'égare sur une fausse piste et tout est à recommencer alors que je viens d'éplucher tous les actes de mariage célébrés à Paray-le-Monial en 1855), je suis parvenu à reconstituer les familles Pichon et Landré sur plus de deux siècles, remontant peu à peu la piste des parents de Marcelle, puis celle de ses grands-parents, enfin celle de ses arrière-grands-parents, m'arrêtant à ce stade parce que plus serait trop. Parce que cela n'en finirait jamais. Et parce que, me voyant pris d'une frénésie généalogique confinant à l'hystérie pour une famille qui n'est même pas la mienne, il m'est soudain apparu que, sous couvert de Marcelle Pichon, je compensais maladivement les lacunes de ma propre histoire, ignorant que je suis de ma véritable lignée paternelle et, pour cette raison, la cherchant abusivement là où elle ne peut être. Sachant que rien ne ressemble davantage à un arbre généalogique qu'un autre arbre généalogique, en tous les cas pour ce qui me concerne.

En même temps, rien n'arrive sans un minimum d'investissement *personnel*.

Mais là, mon investissement passait la mesure. Cela tournait à l'addiction pure et simple puisque des mois durant, chaque jour et jusqu'à des douze heures d'affilée, je me suis vu assis devant mon ordinateur fouiller fiévreusement dans les archives de Paris, de l'Indre, de l'Allier, du Cher et de je ne sais où encore pour y consulter des centaines de registres numériquement poussiéreux, jongler avec des milliers de parchemins digitalisés et m'abîmer les yeux à tenter de décrypter ce qu'une plume alambiquée naguère traça sur le papier, relier les fils éparpillés dans les arcanes de l'administration du temps et les connecter ensemble dans l'espoir d'en faire jaillir une étincelle, ô l'immense jeu de piste ! La fabuleuse chasse au trésor.

Je ne compte pas non plus les courriers envoyés ici et là, les coups de téléphone donnés, les après-midi passées aux Archives de Paris, boulevard Sérurier, afin de consulter un acte disponible uniquement sur place, faute d'avoir été numérisé.

Ô la fantastique émotion de faire surgir des figures d'un passé révolu, d'exhumer des dates, des lieux, des époques et les existences dont, en ombres chinoises, elles témoignent encore, de ressusciter pour moi seul des morts oubliés depuis si longtemps qu'on croirait qu'ils n'ont jamais existé. Pourtant, ils existèrent, les Joseph Pichon, les Marie Ribault, les Clémentine Reviron, les Joseph Desmolles, les Claudine Trouillet, les Jean-Marie Landré et tous les autres. Ils vécurent, eurent des joies, des peines, des rêves, des amours, des malheurs, des parents et des enfants, etc. Sans eux, Marcelle Pichon n'aurait jamais vu le jour. Sans nos ancêtres frappés aujourd'hui d'anonymat comme nous le serons nous-mêmes un jour, personne ne serait ici et maintenant. Si cela n'avait tenu qu'à moi, je serais remonté dans le temps le plus loin possible, jusqu'aux origines de l'état civil en 1792, jusqu'aux premiers registres des baptêmes instaurés par François Ier en 1539, jusqu'aux hommes des cavernes et même jusqu'à l'apparition de la vie sur Terre, les premières lueurs cosmiques, le Big Bang et même au-delà si c'était possible, tellement la question de nos origines est un puits sans fond. Une énigme immarcescible et, pour cette raison, la plus susceptible d'exorciser l'angoisse et l'incrédulité que constitue notre présence sur Terre alors que rien ne la justifie, qu'elle n'est rien d'autre, au sens propre, qu'insensée.

Il paraît que la recherche généalogique est le troisième passe-temps des Français, derrière le jardinage et le bricolage. Je comprends aujourd'hui pourquoi. Je conseille d'ailleurs de choisir un nom au hasard, un nom avec lequel on n'a aucun lien de parenté, pris dans une ville quelconque et de se lancer sur la piste de ses aïeux. C'est une activité terriblement prenante qui offre d'ineffables satisfactions. Bien plus que de jouer à un jeu vidéo.

N'en déplaise à Pôle emploi, je ne chôme pas depuis que je suis au chômage. La Bmore & Investigations est une start-up qui marche du feu de Dieu.

22.1

Personne ne choisit d'où il vient, et le berceau de la famille Pichon se situe dans le centre de la France. En plein Berry. Entre Ambrault et Bommiers, dans le département de l'Indre. Là où les arrière-grands-parents de Marcelle, Pierre Pichon et Marie Ribault, naquirent, lui le 7 août 1818, elle le 15 mars 1829.

Entre les mariés, une différence d'âge de onze ans.

Entre les deux bourgs d'environ six cents habitants chacun au début de XIXe siècle : sept petits kilomètres, à travers champs, vignes et prairies, mais aussi bois hirsutes, futaies solennelles, étangs noirs et même, le long de la rivière la Petite Thonaise, un bout de la sombre et mystérieuse forêt domaniale de Chœurs-Bommiers. La vie, largement grégaire, se déroulait alors dans un tout petit périmètre valant pour le monde entier et Pierre ne chercha pas très loin sa femme, ni elle son mari. Peut-être leurs familles se fréquentaient-elles, tout le monde connaissant tout le monde dans un rayon d'une ou deux lieues. Peut-être se rencontrèrent-ils à la foire de Bommiers (il s'en tenait une quatre fois l'an), où la famille Pichon vint rapidement s'installer, lui la raccompagnant à Pruniers un soir de clair de Lune, ne voulant pas qu'elle traverse seule la nuit peuplée d'arbres griffus, de bêtes tapies, d'ombres menaçantes, de farfadets diaboliques et de bons gars en profitant pour conter fleurette.

Ce qui est sûr, c'est que Pierre ne quitta jamais Bommiers – ou plutôt, à en croire les documents le concernant, Les Minimes, un hameau de quelques maisons dépendant de Bommiers, où il résidera jusqu'à sa mort rue du Fournil, survenue le 28 mars 1869, à l'âge de 51 ans (son acte de décès indique par erreur 54 ans, on ne se rappelait plus trop quand on était né à l'époque).

Il apparaît aussi que Pierre Pichon fut toute sa vie « journalier », comme l'était avant lui son père Denis, et son grand-père Joseph avant lui, etc. Mais aussi sa femme qui, lors des périodes de disette, trouvait encore à s'employer comme « domestique ». Sans oublier son frère aîné Louis (1812) et ses trois cadets, tous journaliers également et nés curieusement en rafale plus de dix années après lui : Louis-Joseph (1821), Charles (1827) et François (1829). Une belle fratrie, soudée puisque les actes administratifs montrent que l'un pouvait compter sur les autres pour être son témoin. Sachant qu'un petit Jacques, en 1820, ne vécut que trente jours et qu'une petite Anne passa également dans sa première année, en 1816 – mais une autre petite fille la ressuscita huit ans plus tard, laquelle Anne, déjà chargée du fantôme de sa sœur décédée, devint plus tard domestique.

Journalier, cela signifie que les Pichon étaient, de père en fils, gens pauvres, très pauvres même, avec tout ce que cela implique, inutile de faire un dessin, il serait trop vaste et amer. Car il n'y avait pas plus bas dans l'échelle du monde rural que les journaliers, aussi appelés « manœuvriers » : n'ayant souvent pas de logis à eux mais vivant dans des masures qu'on leur prêtait ou qu'ils payaient trois francs six sous, ils étaient chichement rétribués à la journée pour effectuer des tâches rudes et ingrates ne nécessitant aucune qualification et soumises à tant d'aléas, notamment climatiques, que le travail pouvait manquer jusqu'à quatre mois l'an : nettoyage des étables, travaux de terrassement, mise en fagots du petit bois pendant la période hivernale, surveillance du bétail, transport des foins, petit artisanat (sabotier, par exemple)... Une vie de gueux. Pour un salaire de misère. Si Marcelle vient socialement de quelque part, c'est du sous-prolétariat agricole. Avec tout ce que cela signifie. Car nous ne sommes pas que des sujets psychologiques, nous n'avons pas que des problèmes liés à notre papa et à notre maman : nous sommes aussi des sujets sociaux confrontés à un monde qui fabrique des dominants et des dominés et cette situation de départ contraint la vie, le corps et l'âme de tous les individus, chacun selon les modalités qui lui échoient mais certaines plus redoutables que d'autres. Comme il y a des parents dysfonctionnels, cette société est intrinsèquement dysfonctionnelle depuis environ quatre mille ans et les premiers propriétaires terriens s'accaparant les richesses, je n'apprends rien à personne. Et le problème pour ceux qui sont socialement « mal nés », c'est qu'ils ne peuvent pas quitter cette société comme ils quitteraient leur père les tabassant ou leur mère les étouffant. Personne ne peut prendre ses cliques et ses claques et, ciao, bye-bye société de merde, se tirer ailleurs car ailleurs ressemble à ici, en pire parfois. Sauf à se battre contre le sort qui lui est fait, l'être humain est baisé sur toute la ligne, et certains plus que d'autres. Il n'y a que dans les fictions que le drame humain se résume à des conflits sentimentaux que les personnages parviennent à résoudre sans jamais impliquer les conditions sociales qui pèsent pourtant sur leur psyché. Ce pourquoi, j'imagine, on appelle ça des fictions.

La fiction, c'est juste la réalité sans la vérité sociale.

Ce qui arrange bien la bourgeoisie, appelons ça la bourgeoisie, qui est maîtresse des arts, en amont comme en aval, pardon de le rappeler. (Même si d'autres formes d'art parviennent, de temps à autre, à faire effraction.)

C'est comme les familles : il y a des choses qu'on ne dit pas. Parce qu'elles sont trop embarrassantes. Parce qu'en parler entraînerait trop loin. Ferait vaciller le bien-fondé des personnages. Dévoilerait que le milieu social n'est pas un décor dans lequel évoluent des personnages, ainsi qu'il est généralement montré, mais une force agissante qui structure les individus, leur destin et leurs *sentiments*.

Avant de passer la bague au doigt de Marie Ribault le 28 juin 1858, Pierre Pichon avait déjà convolé une première fois le 10 janvier 1854 (il était alors âgé de 35 ans, ce qui n'était plus tout jeune) avec une « femme de ménage » de 28 ans, Marie-Madeleine Augras, née à Bommiers, de parents également journaliers, le 12 mars 1824 ; mais elle décédera le 11 décembre 1857, à seulement 33 ans. Or, dix-neuf mois plus tôt, elle accouchait d'un petit Pierre-Jacques Pichon, né le 23 avril 1856. Une naissance arrivée logiquement peu après qu'ils eussent étrenné le lit conjugal. Mais le petit Pierre-Jacques était-il de constitution fragile ? L'absence de maman lui fut-elle fatale ? Car le « petiot » mourra à l'âge de deux ans, le 8 août 1858. Coup sur coup, Pierre perdit donc sa femme et son fils. Et même sa mère, Jeanne Pichon née Cantineau, décédée elle aussi à Bommiers le 23 novembre 1857, à l'âge de 68 ans, soit juste un mois avant le décès de sa bru. Une véritable hécatombe en très peu de temps. Se serait-il produit quelque malheur ces années-là dans l'Indre profonde ?

Par acquit de conscience, ne voulant pas laisser cette question sans réponse (je ne veux laisser aucune question sans réponse, aucune zone d'ombre biographique, on sait pourquoi…), j'ai épluché les registres de Bommiers sur une période de quinze ans (eh oui). Et j'ai découvert (youpi) qu'entre 1856 et 1859 le bourg avait connu une vague de décès tout à fait exceptionnelle : alors qu'il en déplorait jusqu'ici entre cinq et dix chaque année, voici qu'il en compte subitement plus de 27 en moyenne, avec un pic de 49 morts en 1858. Une hausse d'au moins 400 % sur quatre années ! Il faut attendre 1860 et les années suivantes pour que la mortalité retrouve le taux qui était le sien avant 1856, signe que la situation est enfin redevenue normale.

Pourquoi tant de morts ?
Pourquoi m'en soucier ?
Qui était mon vrai père ?
Pourquoi une poupée russe en contient-elle toujours une plus petite ?

Parce que, au bout du compte, l'ombre recule face à la lumière.

Au bout du compte, il y a le Dr Jules Jugand, chirurgien des Hospices d'Issoudun, qui publia en 1861 un obscur mémoire conservé dans les archives de la Bibliothèque nationale de France (le merveilleux site Gallica) et intitulé « Études sur l'angine couenneuse – À propos d'une épidémie qui a régné dans l'arrondissement d'Issoudun pendant les années 1856, 1857, 1858 et 1859 ».

Une épidémie ? Dans l'Indre ? À cette époque ? D'angine couenneuse ? Quel nom affreux ! Voilà qui ne donne pas envie de l'attraper. De fait, on l'a injustement oublié (insouciants et incultes que nous sommes), mais au XIXe siècle, « à part le choléra, il n'est aucune maladie qui, de notre temps, n'a causé autant de ravages en France que l'angine couenneuse et qui, par son caractère perfide et insidieux, par son aspect hideux et par l'impuissance dont elle a frappé l'art médical jusqu'à ce jour, ait si profondément épouvanté les populations ». On avait beau être médecin – en l'occurrence le Dr Wilhelm Zimmermann, une sommité de la médecine militaire –, on savait écrire en 1860. On savait exprimer l'effroi. Victor Hugo, dont c'était le siècle, n'était jamais très loin. Aujourd'hui, on a droit au « Covid-19 »...

Aussi appelée « croup » (de l'anglais « hennir » ou « pleurer/crier comme un cheval » – tout un programme), l'angine couenneuse est en fait l'autre nom de la diphtérie. Une maladie salement infectieuse, salement contagieuse, salement mortelle, sale tout court puisqu'elle provoque des infections cutanées « putrides » pouvant aller jusqu'à la gangrène, l'asphyxie des voies respiratoires (œdèmes), des « hémorragies » fatales (diarrhées notamment).

Il faudra attendre les années 1920 pour qu'un vaccin antidiphtérique triomphe enfin de ce fléau dont Victor Hugo, justement, s'effrayait dès 1843 : dans son poème *Le Revenant*, il décrit la mort d'un enfant de 3 ans ayant contracté, je cite : « Le croup, monstre hideux, épervier des ténèbres,/Sur la blanche maison brusquement s'abattit,/Horrible, et, se ruant sur le pauvre petit/Le saisit à la gorge ; ô noire maladie !/De l'air par qui l'on vit sinistre perfidie ! » Une belle épitaphe pour le petit Pierre-Jacques Pichon.

Épervier des ténèbres.
Je retiens l'image.

Ainsi une épidémie d'angine couenneuse ravagea-t-elle le département de l'Indre entre 1856 et 1859. Sachant que les Pichon habitaient à moins de vingt kilomètres d'Issoudun, voici élucidé le « mystère de Bommiers » et de ses morts surnuméraires. Une bonne chose de faite. Très satisfaisante pour l'esprit.

Je veux toutefois citer le mémoire du Dr Jugand parce que son enquête sur les origines issoldunoises de la maladie l'amène à décrire les conditions dans lesquelles vivaient celles et ceux qui, à l'instar des arrière-grands-parents de Marcelle Pichon, habitaient un coin paumé du Berry. Un pays où il ne faisait pas très bon vivre. Où le climat était « morbide », n'en déplaise à George Sand, grande fervente de cette région où elle habitait et où elle situe nombre de ses récits. Mais Jules Jugand est formel, le Berry était une région « insalubre », lui qui, résidant pas moins sur place que Georges Sand, affirme joliment écrire « sous le ciel d'Issoudun » et s'être fait « un devoir de signaler à l'attention de tous les faits qu'il a personnellement pu observer, dont l'importance eût mérité l'honneur d'une autre plume que la sienne ». Mais au moins, continue-t-il avec ferveur, aura-t-il « le mérite de ne relater que des événements observés avec exactitude et sans idée préconçue ». J'aime cette profession de foi.

Ainsi, « Pendant l'automne et l'hiver, des brouillards s'élèvent au-dessus des prairies et se répandent sur les maisons. Même pendant l'été, à l'approche du crépuscule, on sent dans ces régions un froid humide qui vous saisit et vous pénètre. (...) Les sols plats donnent lieu à de fréquents débordements des rivières et les prairies inondées, balayées par de forts vents, diffusent des émanations malsaines. (...) Il règne ici une insalubrité constante. (...) Les habitations (je parle de celles des classes qui paient le plus large tribut aux maladies, tels les ouvriers agricoles et les *journaliers*...) sont ordinairement basses et humides, fréquemment situées au-dessous ou à fleur du sol, privées d'air et de lumière qu'elles ne reçoivent que par une fenêtre de petite dimension et par une porte à deux battants superposés, dont le supérieur reste presque toujours ouvert pour laisser arriver assez de jour dedans. Le sol, souvent mal carrelé, laisse dans de larges joints séjourner l'eau employée pour les usages domestiques et devient une autre cause d'insalubrité. Ajoutons à cela que l'habitation ne se compose ordinairement que de deux pièces : l'une, occupée par la famille entière constituée souvent de trois générations, sert à tous les usages domestiques et est presque toujours encombrée de meubles, surtout de lits (jusqu'à quatre parfois). Les animaux domestiques (*mais pas de pangolins...*) habitent ordinairement l'autre pièce de l'habitation, communiquant le plus souvent avec la chambre, de sorte que l'odeur de leurs déjections vient ajouter encore à la pestilence de l'air. (...) Les soins hygiéniques les plus simples sont inconnus ; les bains pour les enfants et même pour les adultes sont chose inusitée, odieuse même, les ablutions rares. Sur la tête des enfants, on laisse s'encroûter une crasse brunâtre, connue ici sous le nom de "heaume", dont on croit, une fois qu'elle est infestée de poux, qu'elle protège des maladies. (...) La population est presque entièrement agricole et plus spécialement vinicole. Les hommes, occupés tous les jours hors de la maison à travailler la terre, échappent davantage aux influences malsaines de l'habitation. On récolte du vin en abondance et cependant l'ivrognerie est rare. Le fond principal du caractère du vigneron issoldunois est l'amour de la terre et la manie de posséder. Il est économe jusqu'à la parcimonie, sobre jusqu'à la *privation*. De ce fait, son alimentation est grossière et impropre à le sustenter correctement. Au lieu du bon vin qu'il produit, il ne boit, pour son usage ordinaire, qu'une espèce de piquette obtenue avec de l'eau versée sur le marc du raisin. La viande paraît rarement sur la table, c'est un mets de luxe réservé pour certains dimanches et jours de fête. Ainsi sa constitution se trouve-t-elle désarmée quand la maladie vient l'atteindre, surtout dans les années de disette. »

Et justement : « En juin 1856, des inondations particulièrement cruelles dévastent les régions du centre et du midi de la France, détruisant les récoltes et faisant des dizaines de victimes. Simultanément, le Rhône et la Loire sortent de leur lit, mais aussi l'Indre, le Cher, l'Auron, l'Arnon, qui étaient déjà en crue depuis le mois de mai. À Orléans, la montée des eaux atteint 7,5 mètres et rompt les digues, noyant la basse-ville. La région de Châteauroux et d'Issoudun n'est pas épargnée. Mais point de ponts, de maisons ou d'églises écroulées ici, point de bétail noyé, point de routes éventrées ni de voies de chemin de fer éboulées. Rien d'aussi spectaculaire dans l'Indre. Pourtant, ces inondations apportèrent la mort en laissant un miasme infectieux se répandre partout. »

« C'est le 2 juin 1856 que l'inondation a atteint son maximum dans le département. Toutes les prairies, tous les villages avoisinant les rivières sont couverts d'eau. Le temps qui, jusque-là, était sombre et brumeux, change aussitôt : le ciel devient clair et un soleil de juin darde ses rayons comme pour éclairer le désastre. Le thermomètre qui avait oscillé entre 15 et 20 °C s'élève en deux jours à 25 et 30° C. Sous l'influence de cette température l'eau s'évapore avec rapidité. Règne alors une chaleur tropicale, qui libère des sols marécageux des miasmes délétères. Les populations riveraines sont frappées par des fièvres paludéennes et des fièvres dites muqueuses, pouvant culminer en angines couenneuses et en fièvres typhoïdes, entraînant une notable altération de l'économie. Rougeole et même choléra apparaissent. La contagion, à elle seule, devient la principale cause du développement et de l'extension de la maladie : c'est elle qui décime des familles entières, qui porte des ravages dans des bourgades qui eussent été épargnées si l'ignorance et l'impéritie des habitants n'eussent, pour ainsi dire, ouvert les portes au fléau. » Voilà qui est dit.

Ainsi périrent sans doute les proches de Pierre Pichon, l'arrière-grand-père de Marcelle.

On comprend maintenant pourquoi sa femme, qui se trouvait pourtant dans la plénitude de ses 33 ans, ait pu décéder aussi subitement qu'un enfant de 2 ans ou une grand-mère de près de 70 ans.

Dire que certains prétendent que c'était mieux avant.

Alors qu'il n'y a pas besoin du passé pour détester le présent : ce qu'il est plaide assez contre lui.

Au vrai, cela n'a jamais été mieux avant et comment c'est possible si c'est pire aujourd'hui ?

22.3

On est en 1857 et, cette année-là, Jean-François Millet peint son fameux *Angélus* et dans le couple de paysans s'arrêtant de travailler la terre pour, à la fin du jour, pieusement prier ensemble, je vois maintenant deux parents se recueillant tristement sur la tombe où repose, invisible, enterré, chéri, un petiot trop tôt disparu, injustement emporté par une saloperie du style l'angine couenneuse.

Au même moment, Bernadette Soubirous voyait la Vierge à Lourdes et Pasteur inventait la microbiologie à Paris en s'apercevant que les moisissures n'étaient pas l'œuvre de la mort, comme on le croyait jusqu'alors, mais le travail d'organismes vivants. Deux événements définissant de façon merveilleusement synchrone deux tendances aussi profondes qu'antagonistes dans nos sociétés : la foi et la science. Chacune embrassant la réalité humaine de façon si bien opposée, tellement séparée et irréductible, qu'elles en viennent à s'exclure l'une l'autre au lieu d'accorder leurs violons et, de la sorte, embrasser la totalité du mystère humain. Cela éviterait autant les errements de la science (fort nombreux) que ceux de la foi (bien dommageables). Quand la raison se met à croire et la foi à raisonner, le crime contre l'humanité n'est jamais loin.

22.4

Le Dr Jugand termine son mémoire par un court chapitre qu'il intitule avec une certaine coquetterie littéraire « Aphorismes ». J'en cite deux : « En temps d'épidémie, la maladie en apparence la plus localisée est une affection dépendant d'un état général. » À méditer. Et le second : « On doit proscrire du traitement de la maladie tout ce qui tend à débiliter l'économie. »

Voilà qui devrait ravir Penny.

Voici que l'on mesure le passage du temps, depuis l'époque où l'hygiène faisait cruellement défaut jusqu'à nos jours, où la volonté hygiéniste est partout présente, même dans les têtes, surtout dans les têtes.

Mais rien n'est jamais simple avec les individus. On ne peut jamais généraliser avec eux, jamais les réduire à des concepts qui vaudraient pour tous, jamais les mettre dans le même sac. Tous sont singuliers, uniques, irréductibles, *imperceptibles*. Ce qu'ils pensent véritablement, éprouvent sincèrement, désirent en leur for le plus intérieur échappe totalement – et à eux aussi, peut-être. L'un ne se remet pas des coups du sort, quand l'autre y puise un regain de vitalité. Il n'existe pas de loi et, en ce mois de juin 1858, alors qu'il était pour la seconde fois à la noce, Pierre Pichon était peut-être un homme heureux, finalement, en dépit des multiples deuils qui venaient de le frapper. Au bras de sa nouvelle épouse, peut-être avait-il tout à coup foi en l'avenir et, qui sait, peut-être se sentait-il même libéré d'un poids connu de lui seul. D'autant qu'après le temps des vaches maigres, des jours plus heureux poignaient à l'horizon. C'est le comte de Bouville, préfet de l'Indre, qui l'affirme : « Après des années de disette, les récoltes s'annoncent enfin bonnes pour l'année 1858, grâce à Dieu et au cœur de l'empereur (qui) veille sur nous, heureusement, avec une sollicitude que son génie seul égale. »

Il faut dire que, six ans plus tôt, Napoléon III venait de remettre au goût du jour l'empire à la faveur de son coup d'État sanglant du 2 décembre 1851. Alors que partout en France se développe à toute vitesse le chemin de fer, le préfet de l'Indre plaide aussi – et avec force – pour l'ouverture de lignes ferroviaires reliant Montluçon à Tours, Tours à Châteauroux et Bourges à Poitiers, en passant par Issoudun. Les temps modernes sont en marche. Au passage, le préfet se félicite que « la mendicité soit désormais interdite dans tout le département », une mesure ciblant particulièrement « la race nomade désignée sous le nom de Bohémiens (qui) est partout un objet de répulsion et d'effroi, ces familles vivant de rapine, n'ayant aucune résidence connue et étant constamment en dehors des lois ». Rien n'a vraiment changé depuis, pas vrai ? Surtout si l'on sait que Louis-Napoléon, fort de son « empire autoritaire », a fait voter des lois sécuritaires après avoir échappé à un attentat. Qu'il a rétabli massivement la censure. Supprimé l'enseignement de l'histoire et de la philosophie, etc. Rien qui ne soit d'une certaine façon d'actualité.

À propos d'éducation, le préfet de Bouville note que « les progrès constatés sous le rapport de l'instruction ne sont pas satisfaisants : sur 2 506 inscrits, 1 626 ne savent ni lire ni écrire, 856 savent lire et écrire, 24 ne connaissent que la lecture ». Qu'en était-il de Pierre Pichon ? En tant que journalier, on peut supposer qu'il était illettré. D'ailleurs, sa signature n'apparaît jamais sur ses actes de mariage et ceux de naissance de ses enfants. Non plus celle de sa femme. Mais puisque leur entourage était pareillement analphabète, cela ne devait pas les tourmenter outre mesure, nulle honte dont ils eussent à rougir dans leur entourage.

Je n'y avais pas songé, mais Pierre Pichon et Marie Ribault devaient porter des sabots.

Clac clac clac.

À lui seul, ce détail m'émeut et me les rend tangibles.

« Gare aux cons. »
KOXIE, *Garçon*

23

– Ah ma petite Penny, vous voici enfin !

– Redites encore une fois ma petite Penny et vous allez voir, Bmore !

– Vous avez raison, Monsieur le Premier ministre.

– Très drôle. Vous êtes un vrai comique, Bmore.

– Penny, je suis au regret de vous dire que nous piétinons. Tandis que je remonte la généalogie de Marcelle sans bien savoir où elle me mène, notre enquête s'enlise. Elle bat lamentablement de l'aile et il va falloir donner un coup d'accélérateur. Je propose donc que nous contactions toutes les personnes qui, de près ou de loin, ont été mêlées à la vie et à la mort de Marcelle Pichon. Je pense aux journalistes de *Paris Match* et de *France Soir*. À Alain Arnaud. À Anne Gaillard aussi, puisqu'elle connut Marcelle peu avant sa mort et qu'elle est sans doute la seule personne à pouvoir nous parler d'elle, à condition qu'elle soit toujours de ce monde. À vérifier. En tous les cas, chacun a peut-être des choses intéressantes à nous apprendre. Il faudra procéder à des auditions. C'est compris ? Vous avez noté ?

– Oui bwana. Merci bwana. Penny tout bien noter.

– Il faudrait aussi en savoir plus sur Florence. Sur la carrière de mannequin de Marcelle. Quand défila-t-elle pour Jacques Fath ? À quel moment cessa-t-elle le mannequinat ? Pour faire quoi ? J'ai commencé à faire des recherches mais je n'ai rien trouvé. Aucune trace, ni chez Fath ni nulle part. Ce n'est pas normal. Va falloir creuser plus profond. C'est important. Vous notez, Penny ? Parce que je ne le redirai pas.

– Oui missié. D'accord missié.

– Tant que vous y êtes, j'aimerais retrouver la dépêche AFP qui diffusa le suicide de Marcelle et qui, très certainement, alimenta la presse. Savoir qui l'écrivit et comment il fut au courant. Et il y a le commissariat des Grandes-Carrières. Ah oui ! Il se peut que le journal de Marcelle s'y trouve toujours, rangé sur une étagère pleine de poussière. Je n'y crois pas beaucoup mais il ne faut négliger aucune piste. J'espère surtout que les flics du 18e pourront nous en dire plus sur les circonstances du décès de Marcelle. Il doit y avoir un dossier quelque part. Il existe peut-être des photos de l'identité judiciaire. Vous vous souvenez que le préfet de police de Paris de l'époque, un certain Guy Fouquet, avait demandé une note exhaustive sur cette affaire gardée secrète ? Ce serait formidable d'y avoir accès.

– Euh, c'est tout ?

– Pour l'instant, oui.

– Et celle-ci fait comment ? Elle claque des doigts et abracadabra ?

– Je fais confiance à votre intelligence.

– Celle-ci a un corps aussi.

– Ne jouez pas à la fille avec moi, Penny.
– Quoi ? Mais c'est super misogyne ce que vous dites, Bmore.
– Ah bon ? Vous êtes sûre ?
– Mais oui !
– Parce que j'ai dit que je comptais sur votre intelligence ?
– Parce que vous niez que celle-ci a un corps.
– Écoutez Penny. Le corps a beau être précieux, il a beau être fort et fragile à la fois, source de joies ou de douleurs et de tout ce que voulez, il n'est pas sacré : il ne peut donc pas être profané. Il finira bouffé par les vers. À la fin, c'est lui qui a notre peau et personne d'autre. Marcelle l'avait bien compris.
– N'importe quoi ! Vous ne savez pas ce que vous dites !
– Penny, je n'ai aucun doute sur le fait que votre corps vous appartient et qu'il *doit* vous appartenir, même si le mot « appartenir » sent un peu trop la propriété ; or, comme vous le savez, la propriété, c'est le vol. Mais votre intelligence ?
– Quoi l'intelligence de celle-ci ?
– En prenez-vous soin ? La revendiquez-vous haut et fort ? Ne pensez-vous pas qu'elle soit menacée, opprimée, avilie, elle aussi ?
– Mais si.
– Pourtant, vous ne manifestez pas dans les rues en criant : « Libérez mon intelligence ! Respectez mes neurones ! Mes synapses m'appartiennent ! » Vous défendez votre corps et seulement lui ! C'est cela qui est misogyne ! Comme les hommes, vous ramenez tout au corps de la femme et, ce faisant, vous insultez votre intelligence. Vous la jugez quantité négligeable. Tandis que votre corps : vous n'avez que ce mot à la bouche. Mon corps mon corps mon corps ! À croire que vous n'avez que lui dans la vie.

– Vous faites de la provoc, Bmore. C'est ça ?
– Il est vrai que le corps est un marché très lucratif. Ce n'est pas comme s'il existait des crèmes pour être moins débile, des laits nourrissant l'intelligence, des lotions dopant l'âme.
– Les femmes n'ont pas d'âme, Bmore, c'est bien connu.
– CQFD. Tout insulte aujourd'hui notre intelligence, la vôtre comme la mienne. C'est cela qui distingue notre époque. Cela sa *poésie*. Je dirais même plus : nous vivons des temps rimbaldiens puisque tout le monde juge aujourd'hui sacré le désordre de son esprit. Pour se sentir exister, n'importe qui peut trouver une grande et noble cause à défendre et infuser en elle toute sa petitesse. Cela dont je me méfie, Penny. Pouvons-nous maintenant nous remettre au travail ? Please ?
– Pas si vite Bmore ! Car celle-ci voit bien comment vous la regardez de temps en temps. Et ce n'est pas son intelligence que vous matez.
– Le désir existe, Penny, et il embrasse le corps *et* l'esprit. C'est une vérité humaine. C'est ce qui nous rend vivants. Le nier est absurde. Vous aussi avez un *inconscient* à la fois collectif et individuel !
– C'est un régal de vous écouter ! On voit que vous ne vous promenez pas en petite robe dans la rue. La vérité, c'est que les hommes voient une femme et ils pensent sexe. Ils voient un nichon et ils bandent. C'est plus fort qu'eux. Ainsi sont les hommes. Des obsédés pour qui les femmes sont des proies ou des trophées, dans tous les cas des objets sexuels. De la *viande* !
– Si on excepte les homos. À moins que, pour vous, ils ne soient pas des hommes.
– Vous comprenez très bien ce que celle-ci veut dire.
– Vous pensez sérieusement que je bave sur tout ce qui bouge ?
– Vous êtes nombreux dans ce cas !

– Combien ? Vous avez des chiffres ? Parce que, à ce compte, toutes les femmes sont comme l'infirmière Mildred Ratched dans *Vol au-dessus d'un nid de coucou*.

– Cela n'a rien à voir ! Celle-ci vous parle d'une culture machiste et sexiste. Qui fait qu'une femme est tuée tous les deux ou trois jours parce qu'elle est une femme. Sans compter toutes les agressions au quotidien.

– Je peux vous assurer que ni moi ni personne dans mon entourage n'avons jamais tué ni même agressé la moindre femme. Ni de près ni de loin ! Cela fait au moins cinq ou six personnes. Qu'allez-vous faire de nous ? Je vous concède que nous n'avons pas le pouvoir de prédation de ceux qui profitent de leur position sociale pour abuser des gens qui se trouvent sous leur domination. La question de savoir si le pouvoir corrompt les hommes ou si ce sont les hommes qui corrompent le pouvoir reste à débattre. On verra si les femmes font mieux. Pour ma part, je préférerais que le pouvoir change de sexe plutôt qu'il y ait davantage de femmes au pouvoir. Je peux répéter cette phrase si vous voulez. Parce que, pardon, sans même parler de Margaret Thatcher et de sa « poigne de fer » tellement féminine, je vous rappelle que nous avons une femme à la tête du gouvernement et je ne vois pas trop le changement, ni dans le fond ni dans la forme. Sans compter qu'on trouve beaucoup de femmes à la tête de partis d'extrême droite. Des blondes, en plus...

– Ça, c'est un coup bas, Bmore. C'est vraiment sale !

– Okay, je retire... Sachez tout de même, Penny, que dans le tout petit monde qui est le mien, je connais davantage de femmes qui portent la culotte dans leur couple que l'inverse. Je connais énormément d'hommes qui la *bouclent*. Jusqu'au mutisme pur et simple. J'ai des preuves, et cela depuis que je suis tout petit.

– Vous feriez mieux de la boucler vous-même. Vous n'êtes qu'un pot de chambre, Bmore. Vous êtes dans le déni de la réalité que vivent les femmes et c'est absolument insupportable !

– Je ne suis pas dans le déni, Penny. Ma mère a été agressée sexuellement lorsqu'elle avait 8 ans par un membre de sa famille. Faites-moi la grâce de croire que je mesure très précisément les ravages que cela cause. J'en ai moi-même, par contrecoup, payé le prix. Mais on ne fait pas un concours. Fait-on un concours ? Non ! Je vous parle de vous et je vous parle de moi. On fait comment tous les deux ? On dit que toutes les femmes sont du côté du bien et tous les hommes du côté du mal ? On fait des victimes des modèles et des salopards les héros de notre quotidien ? On donne raison à Vigny qui disait que, au train où allaient déjà les choses au XIXe siècle, « la Femme aura Gomorrhe et l'Homme aura Sodome et, se jetant de loin un regard irrité, les deux sexes mourront chacun de son côté » ? Cela que vous voulez ? Que plus personne ne vous trouve jolie, désirable, attirante, digne d'être aimée ?

– Celle-ci ne veut pas être aimée de cette façon.

– De quelle façon alors ?

– De façon respectueuse. Quand et où celle-ci le veut. Pas n'importe où et n'importe comment, à cause de ses seins ou de son cul.

– À cause de quoi alors ?

– Voilà le problème, Bmore. Vous n'avez aucune imagination !

– Je vous le confirme. Je ne crois que ce que je vois. Et je vois que, bientôt, je ne pourrai plus aimer une femme sans me sentir coupable. Vous allez faire de moi un être honteux de ses désirs. J'en viens à me faire moi-même l'effet d'un *monstre*. Je vous jure, Penny. Je me sens *visé*. C'est au point où je me dis que je devrais peut-être forcer ma nature, histoire de vous donner raison. Comme ça, vous seriez contente. J'aimerais tellement que vous soyez heureuse ! Car le malheur des femmes assombrit la société tout entière. En attendant, cela impacte mon couple. Je n'ose plus embrasser ma compagne par surprise tandis qu'elle télétravaille ou parle à ses copines pendant des heures au téléphone. Et je ne parle pas de faire l'amour. D'ailleurs, je ne la touche plus. On évite ainsi les problèmes. Nous voici bien tranquilles. Tandis qu'elle achète des trucs sur Vinted, je joue dans le salon à FIFA 2022 et je collectionne des modèles réduits de voitures des années 60. Rien de répréhensible, comme vous voyez. Rien qui puisse la blesser ou la mettre mal à l'aise. Ni moi me rendre coupable de quoi que ce soit. Il règne entre nous l'entente la plus cordiale. La morale la plus respectueuse. Nous avons vaincu la malédiction du patriarcat. Nous avons triomphé de l'amour qui, en plus de semer le désordre dans la société, ne connaît pas de loi. Tant pis pour Carmen. Éros est mort, vive le platonisme ! Penny, vous avez devant vous un homme nouveau, un homme hyper moderne, un citoyen parfaitement modèle. Êtes-vous satisfaite ?

– Vous savez quoi, Bmore ? Celle-ci rêve de vous voir en prison à l'heure de la douche. On verra si vous chantez encore l'éros du désir masculin. En attendant, celle-ci plaint votre copine. La pauvre…

– Mais elle va très bien ! Je lui fiche une paix royale. Le dimanche matin, nous faisons du jogging et ce sont désormais les seuls moments où nous nous retrouvons tous les deux en sueur, tout à fait essoufflés et sentant délicieusement le fauve. L'abstinence est le REMÈDE, Penny. L'abstinence de tout puisque le mal est partout. Marcelle l'avait bien compris. Elle avait tout compris. L'abstinent est le modèle de la citoyenneté qui vient. C'est l'évidence même. Parfois, je me dis que je ferais mieux de changer de sexe, comme on se dépêche de vendre ses actions dont le cours dégringole, puisque nous vivons des temps de grande transition, qu'elle soit économique, écologique, numérique ou genrée. En attendant de franchir le pas, je ne sais plus comment m'y prendre. Je ne rigole pas, Penny. Je suis très sensible au fait que vous me détestiez. Car vous me détestez *en tant qu'homme*. Ne dites pas le contraire. Et pas seulement vous. Toutes les femmes ! Je sens bien. Je sens la *passion de la castration* ! Ah oui !

– Par pitié, Bmore. Pas ça. Pas vous !

– Vous avez vu *La Nuit de l'Iguane* ? Lorsque Richard Burton, ligoté comme un saucisson par Ava Gardner et Deborah Kerr qui veulent le sauver de lui-même, c'est-à-dire le « socialiser », s'écrie que « les femmes ne sont contentes que lorsqu'elles ont réduit le plus d'hommes possibles à une impuissance totale ». Voici une vérité immémoriale. Et aujourd'hui plus que jamais. Alors qu'il n'y a aucun continuum entre moi et un violeur ou un type qui tabasse sa femme. D'ailleurs, je ne suis pas un homme. Je suis un individu de sexe masculin et non une bite dont l'attribut serait d'être un être humain. Vous saisissez la nuance ? Mon sexe ne me définit pas. Pas davantage que la couleur de ma peau ou mon milieu social. Vous devriez d'ailleurs essayer. Voir plus grand…

– Mais il ne s'agit pas de vous, Bmore ! On s'en fiche de votre cas personnel. Rien à battre de votre complexe de castration. Votre couple, votre iguane et vos petites autos : mais qui s'en soucie ? Tout ce qu'on vous demande, c'est de vous mettre une seconde à la place des femmes. Comparé à l'ampleur des problèmes qu'elles connaissent depuis leur naissance, à toutes celles qui se font chaque jour humilier, reluquer, tripoter, abuser, agresser et exploiter, voire pire, vous n'êtes qu'une goutte d'urine dans un océan de merde. En plus, vous ne collectionnez même pas de petites autos ni ne jouez à des jeux vidéo. Arrêtez de raconter n'importe quoi ! Quant à votre vie sexuelle, celle-ci préfère n'en rien savoir. Merci bien ! De toute façon, ce n'est pas vous que celle-ci hait, c'est ce que vous dites. C'est ce que vous *représentez*. Ce sont les immondices qui sortent de votre bouche. Tout ce que vous attendez des femmes, c'est qu'elles pactisent avec l'infériorité dans laquelle la société des hommes les place depuis des millénaires. Vous voudriez même qu'elles s'en trouvent heureuses. Eh bien non ! Dans vos rêves ! Terminé ! Ce ne sont plus les gros cons dans votre genre qui décidez !

– Sympa comme vous me parlez, Penny. Ce n'est pas hyper constructif, si vous voulez mon avis. Je vous rappelle que je suis votre boss. Ce que je pense ne vous intéresse donc pas ?

– Non… si… Le problème, Bmore, c'est que vous n'êtes pas une femme. Vous ne pouvez pas comprendre.

– L'inverse n'est pas moins vrai. Vous voulez que je vous dise, ma petite Penny ?

– Redites une fois ma petite Penny et celle-ci vous éclate les burnes.

– Je vais quand même le dire. Je vois très bien ce dont vous ne voulez plus, je vois à quoi vous dites non, mais à quoi dites-vous oui ? À qui ? Quel est votre *désir* ? Je parle de votre désir et non du souci de vous-même. Car vous aussi avez des pulsions. Vous aussi avez des DÉMONS. Il n'y a pas que les hommes.

– Vous le saurez quand nous serons tranquilles, justement. Enfin en sécurité.

– Vous savez qu'une société aussi idéale n'adviendra jamais.

– On peut au moins tendre vers elle.

– Tous ceux qui ont rêvé d'une société parfaite ont fini par instaurer des dictatures.

– C'est tout ce que vous avez trouvé pour disqualifier la lutte des femmes ? Vous souhaitez donc que rien ne change. Que tout continue dans le meilleur des mondes sexistes et machistes ? Alors qu'il y a urgence ?

– Un point pour vous.

– Trop aimable.

– Cependant, Penny, dites-moi si je me trompe, mais on dirait que vous voulez surtout vous retrouver entre vous, entre sœurs, bien au chaud, à discuter de vos problèmes, à vous réconforter et à vous conforter les unes les autres, sans personne pour vous faire chier. Sans un homme à l'horizon car l'altérité n'a pas l'air de vous intéresser beaucoup. L'altérité semble le cadet de vos soucis et, à la fin, cela donne des *monologues* du vagin et non un dialogue avec l'autre sexe. Citez-moi un personnage masculin réellement intéressant inventé par une écrivaine ? Un personnage aussi complexe et émouvant qu'Anna Karénine, Emma Bovary, Antigone ou même la Joconde. À part Frankenstein, je ne vois pas...

– Mais vous avez bu, Bmore ! Ce n'est pas possible autrement. Parce que là, vous êtes en plein délire.

– Oui oui, je délire, Penny. Mais c'est parce que l'époque est délirante. Saviez-vous que des femmes se marient aujourd'hui avec elles-mêmes ? C'est même très tendance. Lors de grandes cérémonies, en robe blanche, elles se passent la bague à leur propre doigt, elles se jurent fidélité à elles-mêmes et, comme une certaine Nadine en 2012, elles se promettent de « vivre pour toujours une merveilleuse histoire d'amour avec leur merveilleuse personne ». Qu'est-ce que vous dites de ça ? C'est ce qu'on appelle la « sologamie ». Je n'invente rien, Penny. J'ai lu ça dans *Biba*. Eh oui, je lis *Biba*, ainsi que d'autres magazines féminins, histoire de me sentir plus proche de vous. Vous voulez que je vous dise ? Votre féminisme, il n'est qu'un narcissisme, doublé d'un victimisme. Désolé de vous le dire. Le plus drôle dans l'histoire, c'est que les hommes, cons comme ils sont – et Dieu sait s'ils le sont ! –, se croient le centre du monde alors qu'ils ne sont même pas le cœur du problème. Bon, je peux vous faire un petit bisou maintenant ?

– D'accord, vous faites définitivement de la provoc. C'est totalement nul ! C'est CONSTERNANT, Bmore. Vous allez sortir tout le catalogue des conneries du mâle blanc hétérosexuel qui sent son pouvoir lui échapper ? Cela votre intention ? Comptez pas sur celle-ci pour jouer à votre petit jeu débile. Vous êtes pathétique. Tout ce que vous ignorez des femmes révèle très précisément ce que vous ignorez de vous-même. Il est là le problème. Et celle-ci peut répéter cette phrase dix mille fois s'il le faut car vous aussi payez le prix fort aux genres institués. Vous devez tout le temps être fort, tout le temps dominer, tout le temps bander et être performant, tout le temps réprimer vos émotions afin de ne pas apparaître faible – en un mot : tout le temps être con ! Eh oui ! Et on s'étonne que vous pétiez régulièrement les plombs !

– Vous oubliez que le patriarcat fabrique aussi des hommes courageux, conscients de leurs responsabilités et soucieux de leurs devoirs, jusqu'à se faire fort, au moment du danger, de sauver les femmes et les enfants d'abord. Ce n'est pas rien. Ce qui vaut pour les femmes vaut pour les hommes, Penny : ils ne naissent pas hommes, ils le deviennent.

– Oui, bah, ce type d'homme est une race très ancienne, comme disait l'autre. Sans compter que ce mythe semble avoir été inventé pour rabaisser encore les femmes. La vérité, Bmore, c'est que vous avez peur. Les femmes vous terrifient.

– Il y a de quoi, non ? Vous ne connaissez pas ma mère.

– Votre mère ? Il ne manquait plus qu'elle ! Côté stéréotype, vous battez vraiment des records.

– Sauf que ce sont les femmes qui mettent au monde les garçons.

– Et alors ?

– Alors, ce n'est pas parce que vous nous chiez à la naissance qu'il faut ensuite nous traiter comme de la merde.

– Mais vous êtes un grand malade, Bmore ! Vous êtes complètement fou !

– Pas du tout ! Ne vous en déplaise, l'homme n'est pas le caca de la femme. Pas plus que la femme n'est l'avenir de l'homme.

– Au secours ! Mais faites-le taire ! Par pitié !

– J'avoue que je pousse un peu le bouchon.

– Un peu ?!

– En même temps…

– Mais faites, Bmore, persévérez dans votre être. Ne vous gênez pas. C'est un bonheur de vous voir vous enfoncer jusqu'au cou.

– Ce que je veux dire, c'est que vous, les femmes, vous avez développé un certain nombre de qualités et d'aptitudes qui tiennent au sort qui vous est fait. La finesse d'esprit, l'art de l'esquive et de la négociation, la perception des dangers très en amont, ce qu'on appelle l'intuition féminine, etc. Toutes choses qui ne tombent pas du ciel mais sont le fruit de votre évolution socialisée pour simplement survivre dans un environnement défavorable. Tant de faiblesses et d'apparentes fragilités dont vous faites des forces au quotidien et qui, mine de rien, font votre charme. Vous rendent tellement spéciales et insaisissables. Vraiment malines. Et puis sensibles car vos sens sont tout le temps aux aguets. Ils sont bien plus aiguisés que ceux des hommes car votre conscience du danger est permanente. Ce pourquoi vous êtes incompréhensibles pour nous autres. Avec vous, on ne voit pas venir les coups car vous avez appris des techniques très sophistiquées pour tuer et humilier qui est plus fort que vous. Vous avez même appris l'hystérie car vous faire passer pour folles est un bon moyen de terroriser l'agresseur et qu'il vous fiche la paix. C'est un truc de dominés et êtes-vous prêtes à renoncer à ces merveilleux acquis ? Car en vous libérant, vous allez devenir aussi grossières que les hommes. Aussi bêtes dans tous les sens du terme. L'humanité avait trouvé le moyen de rendre intéressante la moitié d'entre elles et je crains que ce ne soit bientôt plus le cas. La grâce et la beauté sont déjà en passe de devenir des souvenirs. Il suffit de voir les joueuses qui, au tennis, éructent et brandissent le poing après un coup gagnant. Cette hargne toute bourrine et testostéronée... On perd sans doute beaucoup à être dominé, mais on ne gagne rien à être dominant. Rien de valable. Les dominants, ils n'ont que la force et la brutalité pour eux, tandis que toutes les autres facultés humaines appartiennent aux dominés.

– Alors celle-là, c'est la meilleure ! Décidément, vous les aurez toutes faites ! Vous êtes en train de dire que ce que vous aimez chez les femmes, c'est le résultat de l'emprise multimillénaire que vous exercez sur elles ? Ce sont les morsures que vous laissez sur leur corps et sur leur psyché ? Mais celle-ci voudrait être sourde ! Il faudrait vous couper la langue, Bmore. Pas votre bite, croyez pas ça, mais la langue ! Ah oui ! Et avec une grande scie égoïne. Parce qu'il n'y a pas photo : vous êtes sexiste et misogyne, Bmore. Point barre.

– Écoutez, il y a toujours un bon côté aux mauvaises choses. C'est une question d'équilibre cosmique. Maintenant, je peux vous parler de mon corps et des contraintes qu'il m'impose depuis la puberté. Des mystères qui sont les siens. Vous verrez comme c'est fascinant.

– Merci bien, Bmore. Celle-ci en a plus qu'assez de vous écouter. Vos problèmes de cheveux, de bronches, de bite et de gras du bide ne l'intéressent pas du tout. Et celle-ci ne parle pas de l'andropause qui vous guette.

– Moi non plus. Pas un mot. Aucun intérêt. Pures contingences de l'existence.

– On en reparlera lorsque vous aurez vos règles six jours par mois et douze mois sur douze, cela depuis l'âge de 14 ans. Vous comprendrez alors le sens du mot « contingences ».

– J'y gagnerais peut-être une perception du temps moins… cérébrale. En attendant, pouvons-nous enfin nous remettre au travail ?

– Pas d'accord du tout, Bmore. Vous n'allez pas vous en tirer comme ça. Vous êtes un suppositoire du patriarcat. Vous êtes un dinosaure de la pire espèce. Voilà ce que vous êtes !

– Saviez-vous, Penny, que si les femmes, plutôt que de devoir s'occuper des enfants, étaient parties avec les hommes chasser le mammouth il y a environ cinquante mille ans, vous auriez morphologiquement évolué comme les hommes, jusqu'à devenir tout hommasse, avec de gros poignets, des muscles saillants et peut-être même des poils sur la poitrine. Fini Rita Hayworth. Adieu Audrey Hepburn. Exit Marylin et *Les Trois Grâces* de Carpeaux. Ne serait-ce pas dommage, pour vous comme pour moi ? À l'époque, cette invention de la « féminité », dont la sublimation a donné ensuite l'art et d'admirables chefs-d'œuvre, ne fut pas un moyen d'asservir votre sexe mais une question de survie. Enceintes, les femmes ne pouvaient pas chasser le mammouth. Et elles étaient trop précieuses pour être exposées. Or, il fallait bien nourrir la tribu. Rien d'offensant, à ce moment-là. Qu'un homme meure à la chasse était beaucoup moins grave. Cela ne menaçait pas la démographie du groupe. Dix autres, parfaitement interchangeables, pouvaient donner leur semence, ce qui, au passage, en dit long sur la place des hommes. Une place riquiqui ! Tout a commencé au paléolithique, Penny. Si vous devez vous en prendre à quelqu'un, c'est à dame Nature qui vous engrosse pour perpétuer l'espèce !

– Taisez-vous, Bmore. Cela vous a manifestement échappé, mais nous ne sommes plus au paléolithique ! Il est vrai que vous êtes un vieux croûton. La vérité, c'est que l'histoire des femmes a été écrite par les hommes. Or, la préhistoire fait partie de l'histoire !

– Oui mais...

– Taisez-vous ! Ne dites plus un mot. Surtout, ne dites plus rien ! Celle-ci va faire un malheur si vous continuez. Elle va vous casser la gueule ! Elle va vous renvoyer vite fait au paléolithique, avec vos congénères velus et bas du front.

– Voilà ce que je vous propose, Penny. Nous allons tous les deux partir à la chasse au mammouth. Vous et moi. À égalité. Vous êtes contente ?

– Qu'est-ce que vous voulez dire ?

– Je veux dire que notre mammouth s'appelle Marcelle Pichon. Et que nous allons tous les deux remonter sa trace à travers le temps et l'espace.

– Vous retombez toujours sur vos pieds, n'est-ce pas ?

– C'est moi qui tiens la plume.

– C'est bien le problème. Mais cela ne durera pas éternellement. Vous n'aurez pas toujours le monopole de la parole, Bmore. D'ailleurs, celle-ci remarque qu'elle a moitié moins de texte à dire que vous. Comme par hasard. Mais vos jours sont comptés, sachez-le !

– J'en prends bonne note, Penny. En attendant, je vais user de mon pouvoir discrétionnaire. Histoire d'aller de l'avant.

– C'est-à-dire ?

– C'est-à-dire que, à propos de Marcelle, vous allez maintenant me dire que nous pourrions contacter Béatrice Audry.

– Comment ça, « celle-ci va vous dire » ? Béatrice qui ? Ah mais non ! Celle-ci n'est pas votre marionnette. Celle-ci ne va rien dire de tel. Hors de question ! Elle ne sait même pas de quoi vous parlez !

– Trop tard ! Car, prenant un air hyper étonné, voici que je vous demande de façon parfaitement feinte : mais qui est cette Béatrice Audry ? Et vous, le plus naturellement du monde, vous me répondez… vous me dites…

– Euh, Béatrice Audry ? Ah oui, c'est une comédienne et dramaturge qui a écrit une pièce de théâtre qui s'intitule *Vous avez dit Marcelle Pichon* ?

– Quoi ? fais-je toujours l'étonné. Une pièce de théâtre ? Mais quelle pièce de théâtre ? Sur Marcelle ? Notre Marcelle ? Vous êtes sûre ?

– Tout à fait, Bmore. La pièce se passe dans le milieu de la mode. Celle-ci n'en sait pas davantage pour l'instant, sinon que la pièce est inscrite au répertoire théâtral de l'année 1987. Le texte est déposé à la BNF mais, en ce moment, les salles de lecture sont fermées. Because le Covid.

– Argh !

– Ce n'est pas tout. Celle-ci a également découvert une chanson qui s'appelle *La Complainte des mutantes,* sous-titrée *Pour Marcelle Pichon*.

– Mais c'est génial !

– C'est une certaine José-Anne Micha qui l'a composée et enregistrée en 1985. Sûrement après avoir entendu parler du suicide de Marcelle, vu la date. Ce fait divers dut l'émouvoir. Il dut l'inspirer. Ainsi sont les artistes. Les vrais. Eux sont des gens sensibles. Pas comme vous.

– *La Complainte des mutantes* ? Quel rapport avec Marcelle ?

– Celle-ci l'ignore. Elle n'a trouvé nulle trace de cette chanson sur le Net. Il semble qu'elle n'ait pas eu beaucoup de succès.

– Et José-Anne Micha ?

– Une chanteuse à texte. Du genre engagé. Dans la lignée des Colette Magny et des Michèle Bernard. Elle a écrit des titres comme *Drapeau rouge*, *Paris la crise-Paris le luxe*. Sur des airs plus ou moins mélancoliques de valse à l'accordéon. C'est très cabaret de la Butte. Je vous ferais écouter.

– Pas le style qu'on passe sur les radios.

– En effet. Plutôt un public confidentiel mais fidèle. Car elle continue de faire des concerts. Sur Vimeo, on trouve la vidéo d'un tour de chant qu'elle a donné en 2018 à Château-Thierry. Elle n'est plus toute jeune mais elle assure. Son engagement politique est intact. C'est rare.

– Encore un dinosaure…

– Très drôle.

– Bon, il faut la contacter, elle aussi. Je veux absolument écouter cette chanson. Décidément, on en apprend tous les jours sur Marcelle. Cette histoire est sans fin.

– Comme vous dites, Bmore. Et vous ? Quel est votre programme ?

– Je vais faire le tour des cimetières. Je voudrais retrouver la tombe de Marcelle. Je ne sais pas. C'est important, non ? On pourrait déposer des fleurs. On saurait où elle se trouve. On saurait si elle repose en paix quelque part ou si elle hante les canalisations.

– Moquez-vous. Vous avez une idée du cimetière où elle a été enterrée ?

– Pas la moindre.

– Puisqu'elle est morte rue Championnet, sa tombe se trouve peut-être au cimetière de Montmartre.

– C'est possible. Ou alors elle repose dans le caveau de la famille Pichon.

– Vous voulez dire dans le Berry ? Au cimetière de Bommiers ?

– Qui sait ? Mais à propos de la rue Championnet, je me dis que ce serait bien que vous alliez y faire un tour, histoire de voir à quoi ressemble l'immeuble, renifler l'endroit, vous voyez l'idée. Peut-être des voisins se rappellent-ils quelque chose.

– Trente-cinq ans plus tard ?

– Cela vaut la peine d'essayer. Essayez de voir qui habite maintenant le studio que Marcelle occupait. C'est l'appartement 9, au sixième étage. Si vous pouvez prendre des photos, ce sera parfait.

– Celle-ci essaiera.

– Et tant que vous y êtes, passez les lieux au luminol pour voir si vous trouvez des traces de sang. Agissez en professionnelle. Nous ne sommes pas des petits joueurs. Il y a un kit Bluestar dans l'entrée. C'est un ami chasseur qui me l'a refilé. C'est au sang que la bête laisse sur le sol qu'on sait si elle a été touchée. N'oubliez pas que nous traquons un animal mortellement blessé par la vie.

– Et vous ne voulez pas que celle-ci barre en plus tout le quartier avec du ruban jaune marqué « scène de crime » ?

– Je n'osais vous le demander.

– Sans rire, Bmore : si les nouveaux occupants ne sont pas au courant, cela va leur faire un choc d'apprendre qu'une femme s'est laissée mourir de faim chez eux et que son cadavre a pourri sur place dix mois durant. Si ça se trouve, ils dorment dans le même lit. Vous imaginez l'angoisse ? Ils vont maudire celle-ci. Ils vont vouloir déménager en quatrième vitesse.

– Je vous conseille donc d'agir avec tact.

– Comme vous y allez ! Pourquoi n'y allez-vous pas vous-même ? C'est toujours celle-ci qui se tape le sale boulot.

– Vous vouliez chasser le mammouth, non ? Et puis, les gens ouvriront davantage leur porte si c'est vous. Ils vous parleront plus facilement qu'à un sale type dans mon genre.

– Parce que celle-ci est une fille ?

– Exactement. Vous n'êtes pas sans savoir que la différence des sexes tourne parfois à l'avantage des femmes. Ce qui s'appelle tirer le meilleur parti d'une situation défavorable. Une preuve d'intelligence. CQFD.

– Celle-ci vous hait, Bmore !

– J'avais compris. Mais au boulot maintenant. Assez rigolé. Car on rigolait tout à l'heure, on est bien d'accord ? C'était du *théâtre*.

– À la fin, celle-ci ne savait plus trop. Vous aviez l'air terriblement crédible. Vous étiez très *énervant*.

– C'est cela qui est amusant.

– Vous jouez avec le feu, Bmore.

– Avec quoi d'autre voulez-vous qu'on joue ? De toute façon, nous parlions dans le vide car il y a des femmes et des hommes, et non les femmes et les hommes.

– Oui mais...

– Dès qu'on généralise, on dit des conneries. Seuls comptent les individus.

– Sauf que...

– Eh bien, puisque nous voici provisoirement réconciliés, remettons-nous au travail. Allez, zou, assez perdu de temps !

– Ce que vous pouvez être agaçant.

– Je sais.

– Ça veut dire que vous laissez tomber les ancêtres de Marcelle ? De toute façon, celle-ci ne voit pas trop l'intérêt. Elle ne voit pas où cela nous mène.

– Moi non plus.

– Comment ça ? Vous rigolez j'espère.

– À moitié, Penny. Je fouille l'arbre généalogique de Marcelle Pichon pour savoir d'où elle venait et ce que son passé peut nous apprendre sur elle, mais aussi dans l'espoir de trouver ses enfants, puisqu'on sait qu'elle en eut deux. Éventuellement ses petits-enfants. Parce que si le journal de Marcelle se trouve quelque part, il y a des chances qu'ils le sachent. Si ce n'est pas le cas, on sera dans l'impasse.

– Sauf que vous remontez son arbre au lieu de le descendre. Vous allez dans la direction totalement opposée.

– Je sais. C'est un problème.

– Alors quoi ?

– Je ne sais pas. J'ai des raisons personnelles... Et puis, ces figures du passé, ces destins oubliés, ces anonymes dont l'Histoire se fiche parce qu'ils n'ont rien accompli qui, selon elle, selon les critères de ceux qui l'écrivent, serait digne d'intérêt, oui, tous ces hommes et ces femmes qui vécurent leur vie comme vous et moi vivons péniblement la nôtre, tous ces disparus qui furent aussi insignifiants que nous le sommes quoi que nous en pensions, alors que nos existences nous paraissent incroyablement précieuses, eh bien, ils m'émeuvent, Penny. C'est aussi simple que cela. Je m'attache malgré moi à eux. Je me dis que j'aurais été comme eux à cette époque et plus je les exhume des archives, plus j'ai envie de leur rendre un peu de cette lumière dont ils sont privés depuis la nuit des temps.

– C'est beau, Bmore. On dirait du veau.

– Hors de ma vue, méchante fille.

– Sale type vous-même.

– Moi aussi je vous aime, Penny.

« Des histoires lui revenaient, où les hommes se laissaient mourir d'inanition plutôt que de manger le pain des tyrans. »

Émile ZOLA, *Germinal*

24

Lorsqu'elle épousa Pierre Pichon, Marie Ribault était elle-même veuve depuis trois ans. En 1849, alors qu'elle avait pile 20 ans et était donc « fille mineure », elle avait épousé en première noce Martin Roux, né en 1824 à La Berthenoux, une commune de mille habitants située à moins de quatre lieues de Pruniers, ville où il déménagea, probablement pour suivre sa femme qui y vivait et dont les parents, qui étaient laboureurs, offrirent peut-être quelques opportunités au pauvre journalier qu'il était lui aussi. Son bonheur, si bonheur il y eut, ne dura toutefois pas : cinq ans après la noce, il décéda en 1855, à l'âge de 31 ans seulement (déjà l'angine couenneuse ? Ou bien une existence si âpre et difficile, somme de tant de privations et d'épuisements physiques, qui, rien que d'y songer, serre le cœur ?)

De son remariage trois ans plus tard avec Pierre Pichon, Marie Ribault eut trois enfants : Charles, en 1859 (qui deviendra le grand-père de Marcelle), Joseph, en 1863, et Madeleine (en hommage à la première épouse de Pierre ?), en 1867. Une belle régularité. Après, plus rien. Plus d'enfant. Marie avait 34 ans à la naissance de son dernier et ne plus être grosse fut-il de son fait à elle ? À lui ? À la nature ? Peu importe. Ce qui compte, c'est que les trois enfants survécurent au sale climat du Berry et aux miasmes divers et pernicieux qui, à l'époque, emportaient si facilement les gosses à la naissance ou en bas âge, surtout s'ils n'étaient pas correctement nourris. Tous vécurent (pas forcément très vieux), tous se marièrent (une seule fois) et tous enfantèrent au moins un enfant (quatre pour Joseph).

Après la mort en 1869 de Pierre, Marie se maria une troisième fois treize ans plus tard, en 1882, à l'âge de 53 ans, avec un cultivateur du nom de Jean-Baptiste Moreau, à peine plus vieux qu'elle et né lui aussi à La Berthenoux mais demeurant à La Celle-Condé, un autre confetti berrichon distant de 14 kilomètres de Pruniers. Comme elle, il était veuf, mais en seconde noce seulement, si j'ose dire.

C'est à 60 ans passés, en 1890, que Marie Ribault, qui s'appela donc successivement Roux, Pichon et Moreau comme si, tout au long de son existence, il lui avait sans cesse fallu devenir une autre tout en restant chaque fois la même, s'éteignit à Saint-Hilaire-en-Lignières, où elle avait fini par s'installer avec son dernier époux, oh pas très loin : à quatre kilomètres de La Celle-Condé. Elle voyagea davantage onomastiquement que géographiquement. Si les documents indiquent qu'elle exerça toute sa vie la profession de « journalière », il apparaît que l'arrière-grand-mère de Marcelle fut parfois domestique, sans doute dans les périodes où, trop mauvaises, les récoltes n'offraient pas assez de travail. Fallait bien vivre, si cela s'appelle vivre. Fallait attendre des jours meilleurs, si vraiment il y en eut.

Sur tous les actes de naissance, de mariage ou de décès, il ressort d'ailleurs que les proches choisis par Pierre Pichon et Marie Ribault pour être leurs témoins étaient des journaliers et des domestiques, parfois des cantonniers et des laboureurs, une fois un cabaretier, une fois un propriétaire, une fois un couvreur, une fois un étudiant. Ici le terreau social de Marcelle Pichon. Son substrat originel. Son patrimoine socio-familial. Son capital culturel, comme disent les spécialistes. C'est de là qu'elle vient et il faut garder en tête les racines rurales et miséreuses de celle qui, un siècle plus tard, devint mannequin vedette à Paris, fréquenta le beau monde, fraya avec les gens de la haute, vit comment ils se comportaient, avec quel dédain ils considéraient les gens dont ils disaient qu'ils étaient de peu, d'en bas et même sans dents puisque le mépris de classe est le ciment de notre société, d'où que l'on vienne. On ne comprend peut-être rien à la personnalité de Marcelle Pichon (à son suicide par inanition ?) si on oublie le poids mémoriel de l'extrême pauvreté que connut au départ sa famille. Cette misère sur plusieurs générations reçue en héritage. Cette âpreté rustique des origines. Ce combat opiniâtre, mesquin, dur au mal, usant et injuste pour seulement survivre au quotidien. Seulement *manger* à sa faim chaque jour. Le sentiment de n'avoir que sa peau à défendre puisqu'on ne possède rien d'autre. Si les autres l'ignoraient, Marcelle savait qu'elle était l'arrière-petite-fille d'une bonniche et d'un croquant du Berry. Jusqu'à dissimuler, tandis qu'elle défilait dans des robes luxueuses et buvait une coupe de champagne dans des soirées clinquantes, parmi des gens qui n'avaient aucune idée de ce qu'était le travail puisque c'était leur argent qui travaillait pour eux, sa généalogie et en avoir honte ? Ou bien se félicitait-elle du chemin parcouru, des barreaux de l'échelle sociale gravis à toute vitesse grâce à sa beauté, la seule marchandise qu'elle pouvait monnayer, ne disposant d'aucun autre capital, ni matériel ni culturel ? Toute sa vie chercha-t-elle à échapper à son milieu et à la vie monotone et famélique qu'il induisait, avec les rêves de luxe, de calme et de volupté allant avec ? À fuir cette endogamie géographique, professionnelle, sociale et même conjugale que sa famille lui avait léguée parce que tel avait été son destin pendant des générations ? Je l'ignore, mais je pose la question. (Marcelle épousera tout de même en deuxième noce un Tunisien de Tunis, c'est-à-dire quelqu'un qui n'avait aucune attache avec Bommiers, l'Indre, le Berry et peut-être même la France, sinon celle des colonies.)

24.1

Lorsque Marcelle vint au monde, son arrière-grand-père était mort depuis cinquante-deux ans et son arrière-grand-mère depuis trente et un ans. Jusqu'au milieu du XXe siècle (jusqu'à l'invention de la « jeunesse » dans les années 60 ?), les liens familiaux étaient puissants, très puissants même, surtout à la campagne, mais pas seulement. Je me souviens de mes grands-parents paternels hébergeant dans leur petit F4 de Saint-Germain-en-Laye mon arrière-grand-père pendant toute sa vieillesse, même si cela horripilait ma grand-mère d'avoir dans les pattes ce vieux croulant qui, en plus, ne faisait rien pour se rendre agréable (pour l'embêter, il faisait exprès, à plus de 80 ans, sa gymnastique tout nu dans la salle à manger, lui infligeant le spectacle de sa nudité délabrée tandis qu'elle préparait le café du matin). Oui, mais lui refuser une place au coin du feu (fût-il un radiateur électrique) ne leur serait pas venu à l'esprit. Jusqu'au bout les « anciens » avaient droit de cité dans la famille et quand bien même on les reléguait dans un coin, ils étaient là, en chair et en os, radotant peut-être de vieilles histoires mais, ce disant, les transmettant, jusqu'à tisser un lien entre le passé et le présent, au lieu qu'il soit rompu, comme il l'est de nos jours. Quand je songe que Denis Pichon (l'arrière-arrière-grand-père de Marcelle) vit le jour un an avant la Révolution de 1789, qu'il avait 16 ans lorsque Napoléon se proclama empereur, 27 au moment de Waterloo, mourut sous la Restauration alors que Charles X cherchait à rétablir l'Ancien Régime et ses privilèges, je me dis que la mémoire de tous ces bouleversements dut oralement, sous forme de récits parcellaires et plus ou moins légendaires, tels qu'ils parvinrent vaille que vaille au fin fond du Berry, se transmettre de génération en génération, jusqu'à ce qu'il en reste certaines bribes chez Marcelle.

Je me dis que Pierre Pichon, son arrière-grand-père, avait 12 ans pendant la monarchie de Juillet (demeurée célèbre pour sa politique de paupérisation des pauvres et d'enrichissement des riches) et qu'il en avait 30 lorsque, au cœur du Berry, à seulement dix lieues de Bommiers, éclatèrent les « émeutes de Buzançais », à la mi-janvier 1847. Parce que la crise économique (ah ah ah). Parce que le chômage (hi hi hi). Parce que les mauvaises récoltes consécutives à deux années pourries (inondations en 1845, sécheresse en 1846) et parce que la hausse des prix du blé alimentée par la spéculation (oh oh oh) des gros exploitants agricoles. Parce que ras-le-bol, tout simplement, air connu, puisque c'est toujours la même histoire, toujours les mêmes qui trinquent le vin que d'autres tirent et boivent. Encore une fois, une fois de trop, les populations allaient crever de faim tandis que les possédants et les exploiteurs n'en finissaient pas de se gaver sur leur dos et ainsi des artisans, des petits commerçants, des ouvriers et bon nombre de journaliers, leurs femmes en tête, se piquèrent-ils de confisquer un convoi de grain, tuer deux gros bonnets (dont l'un avait eu la mauvaise idée de sortir un fusil et de tuer d'emblée deux émeutiers) et se livrer pendant plusieurs jours à quelques pillages de moulins et de demeures de « mauvais riches » dont le butin était livré à la commune pour être partagé entre tous, l'insurrection prenant rapidement des allures de fête et de ripailles jusqu'à gagner tout le département de l'Indre ; avant que la répression, comme d'habitude, implacable, sabre au clair, envoie trois « meneurs » à la guillotine (carrément !) et les autres au bagne (pas de quartier !).

L'arrière-grand-père de Marcelle participa-t-il à ces « émeutes de la faim », en se servant de son sabot comme d'une arme, aux cris de « Le blé à 3 francs ! » au lieu de 6 francs ? Certains émeutiers étaient-ils de ses connaissances, voire de ses amis, puisque les journaliers représentèrent plus de 60 % des séditieux ? Vit-il les trois « meneurs » guillotinés en place publique à Buzançais, histoire de marquer les esprits, que chacun sache ce qui l'attendait si la fantaisie le prenait de rêver d'une vie meilleure et de s'en prendre à ceux possédant tout, même la loi ? Eut-il peur, pour lui ou ses proches, pendant ces journées où des bandes de purotins armés de fourches et de cognées semaient partout le tumulte et où se propageait la rumeur d'un soulèvement général, d'un nouveau 1789 ?

Seule certitude, cette « jacquerie de Buzançais » préfigura les émeutes qui, ensanglantant Paris un an plus tard, en 1848 (5 700 morts tout de même), allaient mettre à bas cette saloperie de monarchie de Juillet et instaurer l'éphémère Deuxième République, laquelle abolit l'esclavage dans les colonies et proclama le droit au travail, sur lequel reviendra dès 1851 Napoléon III, fallait pas déconner non plus. Si bien que Marx vit dans les événements de Buzançais un modèle de « la lutte du peuple pour les moyens d'existence les plus élémentaires », tandis que Victor Hugo, Flaubert ou Jules Vallès s'en firent l'écho dans leurs écrits (comme cela paraît incongru aujourd'hui que des gloires littéraires se rangent du côté des plus faibles au moment, comme l'écrit George Sand qui, de ses yeux, assista aux violences émeutières, où ils se dressent contre « les avares et les spéculateurs » et, montrant « un rare discernement dans leurs vengeances qui, pour être illégales, n'en étaient pas moins justes », s'en prennent « à ceux qui, gorgés d'argent et méprisant toute l'année ceux qui n'en ont pas, refusent le nécessaire à leurs semblables et se frottent les mains en se disant que l'année sera excellente pour faire de bonnes affaires »). Le Berry, foyer insurrectionnel ? Marcelle hérita-t-elle aussi d'un cœur de pirate ? J'aime l'idée.

Ce pourquoi elle ne fit pas un beau mariage d'argent comme tant de mannequins se débrouillant pour épouser un « beau parti » (un industriel quelconque, un banquier, un fils de famille...), ne sachant pas monnayer sa beauté en échange d'une existence confortable et à l'abri du besoin ? Par fidélité à ses origines ? À cause de valeurs trop bien implantées ? De principes moraux trop rigides ?

Principes moraux que ceux d'en haut inventent pour ceux d'en bas afin qu'ils se tiennent tranquilles.

Une chose est sûre : pour quelqu'un qui s'est laissé mourir d'inanition, le passé de Marcelle Pichon est sacrément marqué par la faim. Ses origines furent d'emblée placées sous le signe du manque, des pénuries et du stress alimentaire. Et je ne parle pas seulement d'une mémoire familiale, sociale ou psychologique. Je parle de sa mémoire « épigénétique ». Je parle de ses gènes qui, de façon obscure mais vivace, portèrent la trace des privations subies par ses arrière-grands-parents puisque des études ont montré que le vécu d'un individu ou l'environnement dans lequel il évolue modifie durablement l'expression de son patrimoine génétique. Les Hollandaises en savent quelque chose : affamées par les Allemands pendant toute l'année 1944, elles mirent au monde des enfants rachitiques qui, vingt ou trente ans plus tard, donnèrent à leur tour naissance à des enfants rachitiques, alors qu'il n'y avait pas de raison : quoique carencés à la naissance, leurs parents avaient été bien nourris par la suite et la famine de 1944 n'était qu'un lointain souvenir concernant leurs grands-parents. Sauf que l'ADN a sa propre mémoire, de plus longue haleine que la nôtre. La « famine hollandaise », elle affecta le génome des lignées matrilinéaires, jusqu'à transmettre cette information dite « épigénétique » de génération en génération. Et ce qui vaut pour la famine vaut pour tous les drames de l'existence, dont notre génome conserve la trace, même s'ils viennent de plus loin que nous. Marcelle ne pouvait s'en douter, mais elle fut bel et bien l'enfant de la faim.

« De toute façon, tu n'as aucune empathie pour les gens. »
Hervé POIRIER, *Les Contes de la rue Blomet*

25

– Hey Bmore ?
– Hein ? Quoi ? Qu'est-ce ? Qui vive ?
– Du calme, Bmore, ce n'est que celle-ci, Penny.
– Ah c'est vous. Vous m'avez fait peur. Je ne vous ai pas entendue arriver.
– Dites donc, vous êtes le nez dans le guidon, on dirait. Vous pataugez dans les archives...
– Qu'est-ce que vous voulez ? Vous avez trouvé quelque chose ?
– Celle-ci se disait juste que ce n'est pas rien d'avoir faim.
– Vous m'étonnez.
– Vous ne comprenez pas. La faim, c'est peut-être le pire qu'un être humain puisse connaître de son vivant. Et que Marcelle se soit volontairement laissée mourir de

faim a quelque chose d'indécent quand, de par le monde, tandis que vous et moi discutons tranquillement, des centaines de millions de gens n'ont pas de quoi manger, ni aujourd'hui, ni hier, ni demain.

– Je sais, Penny.

– En ce moment même, un Français sur cinq saute des repas faute d'argent, soit 20 % de la population. 20 %, Bmore !

– Je sais Penny.

– Et ces chiffres sont en constante augmentation. Plus 12 % depuis 2007.

– Je sais, Penny.

– Vous ne comprenez pas, Bmore. Le temps d'écrire ces quatre mots, de compter jusqu'à 4, et une personne sera morte de faim dans le monde. Le Covid peut aller se rhabiller !

– Je sais, Penny. Mais Marcelle faisait peut-être cause commune. Y avez-vous songé ? Et puis, pour chacun, son malheur est irréductible. Il est tout le malheur du monde. Rien à foutre que d'autres souffrent. Le désespoir est un égoïsme.

– Celle-ci emmerde le désespoir !

– Mais qu'est-ce qui vous arrive, Penny. Je ne vous reconnais plus.

– C'est rien, Bmore. Désolée. C'est juste que celle-ci a lu l'autre jour un livre sur le siège de Paris, celui de 1590, par Henri IV. Qui n'était à ce moment-là que Henri de Navarre, Henri le Protestant, Henry l'Hérétique.

– Vous aussi avez mis le nez dans les archives ? Mais ne me dites pas que vous allez me raconter la guerre des religions, la Saint-Barthélemy et Paris vaut bien une messe ?

– Paris vaut surtout un bon gueuleton. Car un certain Pierre Corneïo, qui était des ligues catholiques, a raconté de l'intérieur ce qu'il avait vu, « de ses yeux vu », lors de ce siège qui, celle-ci vous l'apprend si vous l'ignorez, fit treize mille morts de faim. Dans le tome 4 des *Mémoires de la ligue*, il rapporte qu'après avoir mangé les chevaux et les mulets, puis les chiens, ceux-ci dévorés « tout crus dans les rues et jusqu'à leurs tripes jetées au ruisseau », puis les chats, les rats et les souris, puis le moindre brin d'herbe pour en faire des « tisanes », puis, après les avoir fait bouillir, toutes choses en cuir ou en bois, les Parisiens en vinrent à se nourrir d'un pain fait avec une farine d'os des cadavres qui jonchaient les rues. Ce pain s'appelait le « pain Montpensier », car souffrant de la famine comme les autres, cette grande duchesse catholique en vantait les mérites, quoiqu'elle se gardât d'en manger.

– Je ne sais pas quoi dire, Penny.

– Un autre contemporain, le mémorialiste Pierre de L'Estoile, a confirmé ces faits. Mais dans son *Journal de Henri IV*...

– Encore un journal ! Chouette !

– C'est l'idée, non ? Les écrits à la première personne. Les expériences vécues. Les choses vues de ses yeux. L'écriture de la réalité.

– Indeed !

– Donc, Pierre de L'Estoile raconte dans son journal un épisode du siège de Paris qui révèle à quelles extrémités la faim peut pousser. Le « vingt-cinquième jour de juillet, écrit-il, Paris bruissait de l'histoire d'une dame riche de près de trente mille écus ; laquelle ne trouvant pas avec argent de quoi vivre, & voyant deux de ses petits enfants morts de faim, les avait cachés & fait saler par sa servante, & l'une & l'autre de s'en nourrir au lieu du pain ».

– Vous voulez dire que cette mère a fait saler la viande de ses gosses comme des jambons et qu'elle s'en est régalée ensuite ?

– Régalée, c'est peut-être beaucoup dire. Surtout que si les petits étaient morts de faim, il ne devait pas y avoir lerche à manger. Juste la peau et les os. Cela dit, tout doit sembler succulent lorsqu'on crève de faim.

– Penny !

– Ah, ne faites pas cette tête, Bmore ! Vous jugez le ventre plein. Grave erreur ! Trop facile ! Cela vous oblige à surjouer l'émotion. Alors que si vous deviez chercher votre pitance comme un rat, vous comprendriez qu'aucune morale ne résiste à la faim. Tous les principes volent en éclats. L'humanité n'est plus qu'un mot. On redevient un animal. Moins qu'un animal.

– Et Marcelle s'est laissée mourir de faim.

– Voilà. Elle a dompté la bête.

– Je comprends ce que vous voulez dire. Ce n'est pas rien de se laisser mourir de faim quand on sait ce qu'est la faim.

– Ce que celle-ci comprend moins, ce sont les écrivains.

– Pardon ?

– L'horreur de cette histoire du siège de Paris a inspiré de grands auteurs. Agrippa d'Aubigné, dans ses *Tragiques*, s'éplore furieusement que la faim ait rendu cette femme « louve plutôt que mère ». Voltaire, lui, en fait des tonnes dans son *Henriade* sur le « repas effroyable ».

– Il y a de quoi, non ?

– Sauf que, pour eux, la réalité n'est jamais assez horrible. Il faut toujours qu'ils en rajoutent dans le pathétique. Ainsi ont-ils transformé les deux enfants en un seul, parce que manger *son* enfant frappe davantage l'esprit. Deux, c'est trop. Cela fait tout de suite grande bouffe. On perd en émotion. On peut moins s'identifier. *On pense moins au Christ !* C'est donc narrativement moins fort.

– Est-ce si grave ?

– Si on prétend raconter le siège de Paris et les horreurs de la faim, oui ! Et puis, vous pensez à l'autre gosse ? Celui qui disparaît du récit ? Tant pis pour lui ? C'est ça ? C'était lequel d'ailleurs ? Celui-ci ou son frère ? C'est comme s'il n'était jamais mort de faim, ni n'avait jamais vécu.
– Vu comme ça...
– Mais ce n'est pas tout, Bmore. Car là où la fiction dévoile ses grosses ficelles, c'est qu'il n'est plus question que le gosse soit mort de faim. Bah non ! C'est trop banal. Ce n'est pas assez *horrible*. Alors que si la mère le tue avant de le manger, pardon, mais il n'y a pas photo. C'est beaucoup mieux si la mère assassine son enfant avant de le manger. Si elle *l'égorge*. Cette fois, on est en pleine tragédie ! On touche au sublime.
– Ils racontent vraiment que la mère tue son enfant avant de le manger ?
– Comme celle-ci vous dit. Chez Voltaire, elle s'y reprend même à trois fois avant de planter son « coutelas » dans le cœur de son enfant. Vous le croyez ? Ce n'était pas assez que cette femme ait fait son repas de sa progéniture, il fallait encore, pour les besoins du récit, qu'elle soit la meurtrière du fruit de ses entrailles. Il fallait, en plus des affres de la faim, qu'elle connaisse celles de l'infanticide. Comme si manger son propre enfant n'était pas assez littéraire. Ils racontent même que la mère a fait *rôtir* l'enfant. Hop, à la broche le marmot. Que la tragédie soit complète.
– Eh oui, Penny. Ainsi se fabriquent les récits. Ainsi frappe-t-on l'esprit du lecteur. Cela dit, mourir de faim n'était peut-être pas aussi tragique à l'époque. Cette calamité faisait peut-être partie intégrante de la vie, comme la mort des nouveau-nés, d'où la nécessité d'en rajouter dans l'horreur. Et n'oubliez pas le Deutéronome. Au chapitre 28 : 53, il est écrit que « Pendant le siège,

au milieu de l'angoisse et de la détresse où t'aura réduit ton ennemi, tu mangeras le fruit de ton sein, la chair de tes fils et de tes filles, que le Seigneur ton Dieu t'aura donnés ».

– D'accord, Bmore. Sauf que cette version du siège de Paris est devenue une vérité historique. On la retrouve dans tous les livres d'histoire, comme symbole de la tragédie que connurent les Parisiens. Vous pouvez vérifier.

– Je vous sens bien énervée, Penny.

– Il y a de quoi ! Car le pire, Bmore, ce qui est vraiment déplorable, c'est que cette version de la mère infanticide aboutit à évincer la salaison des deux petits. Elle occulte l'imagination de la réalité. Pas un mot là-dessus ! Alors que s'il y a une chose complètement folle et magnifique, une chose absolument tragique, monstrueuse et insondable de bout en bout, qui met la littérature au pied du mur, ce sont ces deux femmes, la mère et sa servante, salant les corps dépecés et sans doute vidés des deux enfants, leurs viscères soigneusement mis de côté, comme des morceaux de choix, des morceaux pleins de fer et de vitamines. Vous voyez la scène ? Vous voyez la cuisine ? La grande table en bois ? Les enfants allongés dessus ? Le bol de sel ? Les grands couteaux de boucherie ? Les scies peut-être ? La bougie ? Comme dans un tableau de Fantin-Latour ?

– Euh...

– Vous les voyez, la mère et sa servante, toutes les deux penchées, toutes les deux silencieuses et concentrées, tandis qu'elles salent les chairs des enfants morts, leurs cuisses, leurs bras, leurs jarrets, avec des gestes lents et précis, leurs manches retroussées, sans une seule fois dire un mot, en évitant de prononcer le nom des enfants, ne voulant pas se les rappeler, s'y refusant absolument, sachant que leur survie dépend du soin qu'elles mettent à saler parfaitement la viande qui, devant elles, n'est plus la chair de la chair de personne, n'est plus que viande, simple bidoche, de sorte que celle-ci ne pourrisse pas, se conserve le plus longtemps possible, leur permettant d'avoir de quoi manger pendant plusieurs jours, leur sauvant la vie. Et leurs mains grasses de sel, rouges de sang : c'est comme si elles oignaient le corps des deux petits. Comme si elles retrouvaient les gestes sacrés des Égyptiens qui salaient leurs morts lors des rituels de momification.

– Je vois très bien, Penny.

– Et vous voyez, une fois bien salés, les quatre ou six quartiers de viande suspendus à des crochets pour qu'ils sèchent et la mère assise sur une chaise, toute silencieuse, les regardant se balancer doucement, comme hypnotisée, sans bouger, sauf pour chasser des mouches attirées par la viande et, les mouches chassées, retournant à son immobilité, ses deux mains posées à plat sur ses genoux, sans cesser de fixer les quartiers de viande suspendus à des crochets et se disant que, là, devant elle, ce sont ses deux petits qui, il n'y a pas si longtemps, jouaient et riaient ; tandis que, dans son dos, sa servante lave les couteaux, range le bol de sel, nettoie la table, *dispose des assiettes et des couverts pour le repas*. Voilà ce que celle-ci voit, Bmore.

– Vous avez une sacrée bonne vue, Penny. En vous écoutant, j'ai songé à une toile de Vermeer. J'ai vu un Vermeer. Un Vermeer énigmatique comme le sont tous les Vermeer, car la femme qu'on verrait assise, elle seule saurait ce qu'elle regarde avec une telle intensité, tandis que le spectateur, ne voyant que de simples quartiers de viande pendus à des crochets, imaginant que c'est du bœuf ou du cochon, ne se douterait de rien. *Il ne verrait pas les enfants !* Il soupçonnerait quelque chose mais, ne connaissant pas l'histoire, il demeurerait exclu de la scène et de son secret et il finirait par croire à une espèce de méditation métaphysique sur la vie et sur la mort, alors qu'il serait à des millions de kilomètres de la vérité.

– Un peu comme *L'Angelus* de Millet, dont vous parliez l'autre jour.

– Bon, si ça se trouve, la mère et sa servante riaient en salant les cadavres des deux marmots, toutes les deux échevelées, toutes les deux avides et au bord de la folie, dévastées par la faim et par ce qu'elles étaient non seulement en train de faire, mais s'apprêtaient aussi à faire. La mère surtout.

– C'est possible, oui.

– On ne le saura jamais.

– Non.

– Cela dit.

– Quoi, Bmore ?

– La mère.

– Oui ?

– D'avoir perdu ses deux enfants, de les avoir vus mourir de faim...

– Eh bien ?

– Je me dis que cela fut peut-être trop pour elle. Une douleur trop vaste. Manger ses enfants aurait alors une autre signification. Ce ne serait pas seulement poussée par la faim, pas seulement pour survivre, mais une façon de surmonter leur perte à tous les deux. Comme un désir fou de les ingérer après leur avoir donné la vie. Afin qu'ils retournent dans son ventre. S'amalgament de nouveau à son corps et, d'eux, qu'elle redevienne grosse. Jusqu'à ce que leurs chairs à tous les trois ne fassent plus qu'un seul corps. Vous voyez ce que je veux dire, Penny ?

– À l'instar de certaines peuplades qui mangeaient le cœur de leurs ennemis tués au combat afin de s'approprier leur force et leur âme. Les faire vivre en eux.

– Voilà.

– Celle-ci n'avait pas pensé à ça.

– On ne peut pas penser à tout. En tout cas, merci Penny pour les images que vous m'avez mises dans la tête. C'est cool. J'ai compris que la faim, c'est réellement quelque chose. J'ai compris que la littérature éteint le feu de la réalité lorsqu'elle souffle exagérément dessus. Je peux vous inviter à dîner maintenant ? Vous voulez qu'on regarde *Top Chef* ? Mais je sens que vous voulez ajouter quelque chose...

– Non... Oui... Celle-ci a aussi retrouvé des témoignages de la famine qui fit quatre millions de morts en Ukraine en 1933.

– Merci Staline, j'allais dire Poutine !

– Comme vous dites. À l'époque, les soldats russes venaient dans les maisons, dans les magasins, dans les fermes, et ils raflaient tout, ne laissant rien à manger à la population, strictement rien à manger. Quatre millions d'Ukrainiens sont morts de faim en quelques mois. Quatre millions d'hommes et de femmes et d'enfants ! Un putain de crime de masse baptisé « holodomor », qui signifie en ukrainien « génocide par la faim » ! Les enfants enflaient, devenaient tout bouffis, puis ils mouraient. Le prix stalinien de l'expansionnisme russe. Mais celle-ci croit que parler de cela serait trop...

– Dites. Au point où nous en sommes.

– C'est un témoignage que deux journalistes ukrainiens, Volodymyr Maniak et Lidia Kovalenko, ont recueilli, parmi plus de quatre cents autres. C'est ce que celle-ci a lu de pire sur les horreurs de la faim. Et pas de chichis cette fois. Pas de littérature.

– Allez-y.

– Celle-ci ne vous lit qu'un témoignage parce qu'un seul, c'est déjà trop.

– D'accord.

– Vous ne direz pas ensuite ?

– Allez-y, je vous dis.

– Parce que celle-ci en a fait des cauchemars. On n'a plus envie de manger ensuite. Ça vous coupe l'appétit pour la vie. Ça vous donne envie d'assassiner les assassins.

– Je ne rêve jamais, Penny. Et là, je n'ai pas vraiment faim.

– Bien. D'accord. Euh. On est donc au printemps 1933. Région de Vinnytsia, au sud-ouest de Kiev. C'est Frantchouk Vassyl Oleksiovitch qui raconte. Il avait alors 25 ans. Il était chef d'escouade. Prévenu qu'il se passait des « choses » dans une maison, il s'y rend, escorté d'un homme armé. Entre dans la maison. Et voici ce qu'il voit. Celle-là vous lit ce qu'il a écrit : « La pièce était nue, aucun linge ni sur la table, ni sur les lits. Le four était allumé, de la viande cuisait dans une marmite. Sur un banc, une bassine avec des entrailles. Près du poêle, le corps de l'enfant, ou plutôt ce qu'il en restait, complètement dépecé. La plus jeune sœur mordillait les doigts de son petit frère. La mère était assise dans un coin et rongeait un morceau. »

« Je voulais me tapir dans l'Indre. »
Honoré de BALZAC, *Le Lys dans la vallée*

26

J'ai cherché sur une carte où se trouvait Bommiers. Et puis Pruniers, Ambrault, La Berthenoux, Saint-Hilaire-en-Lignières, Issoudun… La cartographie des origines de Marcelle. Aucun de ces endroits ne me disait quelque chose. Issoudun, à la rigueur. Mais était-ce plutôt à l'est ou plutôt à l'ouest ? Un peu au sud de Paris ? Très au sud ? J'ai toujours été nul en géographie.

Bommiers ? Il s'agit d'une ancienne châtellenie (les ruines d'un imposant château fort datant du XIIe siècle se dressent encore au nord du bourg, tout à côté du hameau des Minimes où habitaient la famille Pichon et peut-être l'arrière-grand-père de Marcelle, lorsqu'il était minot, jouait-il à la guerre des boutons dans les vestiges de ce qui avait été la plus grande place forte du Berry, en faisant claquer joyeusement ses sabots, clac clac clac). Devenue la baronnie de « Bomiers », le bourg fut le berceau de la noble et puissante famille de sire Jacques de La Trémoille, frère puîné de Louis II, resté dans les mémoires comme le « premier capitaine du monde » tandis que ses contemporains le surnommaient le « chevalier sans reproche ». C'est drôle : toute mon enfance, je suis allé chercher le pain à la boulangerie qui se trouvait juste en bas de chez moi, à l'angle de la rue Marbeuf et de la rue de La Trémoille, dans le 8e arrondissement de Paris. En même temps, sur un milliard de possibilités, il est normal de trouver une ou deux coïncidences. Pas de quoi crier au complot. « Les coïncidences sont les pires ennemies de la vérité », prétend même Rouletabille dans *Le Mystère de la chambre jaune* – et la mort de Marcelle Pichon dans son studio de la rue Championnet n'est-elle pas une espèce de « mystère de chambre close » ? Une énigme comme les romans policiers en proposaient naguère. Avant que le « polar » fasse disparaître l'ingéniosité de l'intrigue au profit de l'émotion des situations. Ce que, pour ma part, je regrette.

26.1

Cependant, il y a plus drôle. Il y a plus troublant ! Car en examinant la carte IGN, je me suis rendu compte que Bommiers se trouve à un jet de pierre de Bourges, qui se trouve à un jet de caillou du village de Morogues, qui se trouve à un jet de salive du hameau de Laas, où mes parents nous envoyaient, mon frère et moi, passer la fin des vacances d'été chez nos grands-parents maternels. J'avais entre 10 et 15 ans, cela se passait au début des années 70 et nous envoyer chez papi et mamie était les pires vacances que deux préados en pleine effervescence hormonale pouvaient passer. Cela ressemblait à une punition ! C'étaient les pires vacances *au monde* ! Car il n'y avait rien à faire, strictement rien, à trente bornes à la ronde. La maison était moche et sommaire, on dormait dans une petite chambre pleine de toiles d'araignée aménagée dans le garage et infestée de bêtes sournoises et grouillantes dans le noir, il fallait mettre des patins dans la maison pour ne pas salir le linoléum, à partir de 18 heures mamie regardait « son feuilleton » à la télévision (genre *Les Feux de l'amour*) et interdiction absolue de la déranger. Si, au petit déjeuner, je mettais deux sucres dans mon Nesquik, c'était un de trop. Le soir, il y avait soupe de potiron ou betteraves du jardin, deux légumes devenus mes pires ennemis gastronomiques. Le dimanche midi, en revanche, c'était fête : papi cuisinait des pommes de terre sautées, sa spécialité, ouf. Il n'y avait pas de livres dans la maison, sinon une encyclopédie Larousse achetée par correspondance et la collection complète des Tintin, dans leur édition originale, si usée que les pages se détachaient toutes seules ; j'ai dû lire chaque album au moins trois millions de fois. Plutôt que les livres, mamie accumulait les poupées en porcelaine en costume régional. Elle en possédait une bonne vingtaine, de toutes les régions, avec leurs coiffes bretonne, alsacienne, périgourdine... Toutes alignées les unes à côté des autres et précieusement exposées dans une armoire vitrée – le peuple des poupées. Par moments, il me semblait en voir bouger certaines. Je les imaginais s'animer dès que j'avais le dos tourné et mon angoisse était si forte que j'étais persuadé qu'elles allaient venir une nuit nous égorger tous dans notre sommeil. Dans la chambre du garage, je dormais avec une lampe électrique que j'allumais au moindre bruit suspect, ce qui était toutes les deux minutes. Dans le noir, ça grouillait de partout. Ça bougeait furtivement. Ça grignotait juste sous mon lit. Ça cavalait soudain pour s'arrêter subitement. C'était affreux. La terreur à l'état pur. La terreur de petits Parisiens se retrouvant dans un écosystème hostile. On peut se moquer. Je me moque moi-même. Mais je connais plein de provinciaux qui ne supportent pas Paris. Trop de bruits, trop de gens, trop de vitesse, trop de voitures, trop de lumières, trop de puanteurs. Ils se sentent perdus et menacés de toutes parts. Ils paniquent. Ils *détestent*. Cela fait un partout, balle au centre. Cela dit surtout que nos habitudes parlent à notre place.

En tout cas, pour les petits Parisiens que mon frère et moi étions, le choc était rude. Retraités d'une usine de pneus en banlieue parisienne, puis d'une laiterie des environs de Vierzon où ils s'étaient abîmé les mains et le corps à loucher pendant des années des fromages frais battus sur les chaînes de production, papi et mamie avaient bien mérité de couler des jours sinon heureux, du moins tranquilles dans leur maisonnette perdue dans un hameau rébarbatif. Mais pour l'adolescent que j'étais, ils donnaient surtout l'impression d'une vie sinistre, étriquée, près de ses sous et enfermée dans un poing serré. Rien qui me fasse envie. Rien de la chaleur prolétaire, si celle-ci n'est pas un mythe. Aucune marque d'affection, jamais. Pas la moindre tendresse, à aucun moment, surtout pas. Juste les soucis du quotidien, déprimants, incessants, asphyxiants. Jamais l'envie de partager une joie ni de transmettre un savoir, même lorsque j'allais arroser le potager en compagnie de papi. J'arrosais les tomates et les laitues et c'était tout. Encore une fois le sentiment d'être un objet qu'on déplace, une chose en bois, sans savoir pourquoi, sous des dehors rudement familiaux.

Le hameau, surtout, déprimait. Six masures repliées sur elles-mêmes, façades grises de ciment nu largement crevassé, toutes solitaires plutôt que solidaires, avec une cour servant plus ou moins de dépotoir à ferrailles. Des molosses se jetaient contre le grillage en écumant de rage au moindre passage. Les voisins avaient une fille que tout le monde appelait « la débile » ; il se racontait qu'elle était le fruit d'un inceste entre le frère et la sœur ; qu'a-t-elle bien pu devenir ?

Je me souviens de la mère Dupont. Elle faisait peur. Impossible de deviner son âge : elle semblait avoir toujours été vieille et affreuse. Très grande et hommasse, avec de la moustache et du poil au menton, vêtue de plusieurs jupes longues en grosse toile bleue passées sur une blouse paysanne toujours la même, elle était édentée de partout, si bien qu'en plus de parler un patois incompréhensible, on ne comprenait rien à ce qu'elle disait. Une sorcière, habillée comme une crève-la-faim ! Un jour que je la croisais sur le chemin, elle me salua avec le bâton en bois de genêt qui lui servait de canne et me baragouina je ne sais quoi et moi, bien poli, tout petit devant elle, je ne compris pas tout de suite... mais quoi ?... oh mon Dieu... oh putain... mais si... pas de doute : elle pissait sous elle ! Elle s'était mise à pisser debout, comme une vache, sans cesser de baragouiner des trucs incompréhensibles et par moments véhéments, là, devant moi, sur le chemin, sans même relever ses jupes, comme si c'était la chose la plus naturelle au monde. Mon papi m'avait dit qu'elle était coutumière du fait. Où était le problème ? On ne pissait pas à Paris ? Ce que je pouvais être chochotte.

La mère Dupont : elle ne portait donc pas de culotte ? Avec mon frère, nous en avions longuement débattu le soir même, secoués de fous rires et de blagues graveleuses. Il m'avait dit que c'était dommage que je n'ai pas d'odorat car la grosse vache, qu'est-ce qu'elle puait.

La pisse et la vinasse. On la sentait à dix bornes à la ronde. Impossible de la louper. Une véritable infection !

On était en 1970 et c'était ça le Berry. L'arrière-pays berrichon. Un pays rude, malsain, réfractaire et rébarbatif, peuplé d'ennui et de péquenots, de rebouteux et de birettes vous jetant des sorts, le plus souvent mauvais. Pays d'un autre âge. Du Moyen Âge le plus ancré, comme s'il était immuable. Comme Pierre Pichon, et après lui son fils, le connut, l'eau courante, l'électricité, le téléphone, la télévision et les voitures en moins, ce qui n'est pas négligeable. Même si les choses ont dû changer depuis, c'est probable, surtout avec le remembrement des années 60 qui détruisit tout le bocage au nom de l'agriculture intensive. Pour le reste, ce devait être, à un siècle d'intervalle, à peu près la même ambiance. À peu près la même ruralité fruste et butée. La même hygiène laissant à désirer. Le même climat « morbide » et la même « manie de posséder », la même « âpreté au gain », pour reprendre les mots du Dr Jugand qui, natif de la région, savait de quoi il parlait concernant la proverbiale avarice des Berrichons, pas la peine d'appeler ça un stéréotype. Pas la peine que les gens du Berry m'assassinent sur les réseaux sociaux, je ne parle pas d'eux, je parle du berceau de la famille Pichon. Je parle des origines de Marcelle ! De ses origines rurales à la fois rugueuses et avaricieuses et, à la fin, Marcelle s'est donné une mort aussi âpre que parcimonieuse.

Du reste, cela ne se voyait pas, nul ne pouvait le soupçonner en la voyant, mais la mère Dupont était riche à millions. Elle possédait des terres de labour et des vignes à perte de vue, là où le Sancerre cède la place au Menetou-Salon. Le jour où des voisins avaient eu la télévision, elle s'était empressée d'acheter un poste encore plus gros et elle l'avait fait savoir à tout le monde.

Alors qu'elle se fichait bien de regarder la télévision. Mon papi m'avait emmené un jour chez elle et je peux confirmer l'exactitude de l'habitat berrichon que, cent ans plus tôt, le Dr Jugand décrivait dans son mémoire : on entrait de plain-pied dans une pièce sombre où le jour entrait à peine ; le sol était de terre battue ; au milieu, une grande table en bois noirci par le temps et je ne sais quoi qui n'inspirait pas confiance, accompagnée d'un long banc qui tournait le dos à l'âtre où brûlait mollement une énorme bûche ; un buffet massif avec un vaisselier ; un jambon entier pendait dans la pénombre, accroché à un clou ; l'énorme poste de télévision recouvert d'une dentelle blanche qui le dissimulait comme s'il s'agissait d'un coffre-fort ; dans un coin, un lit une place surélevé, que fermaient des panneaux en bois, ce qui m'avait fortement intrigué. Une ouverture étroite dans un mur communiquait avec une autre pièce, fermée à mi-hauteur par un battant ; derrière, on entendait caqueter des poules. Cent ans après Pierre Pichon, la mère Dupont vivait à peu de chose près dans les mêmes conditions ancestrales que lui. Sauf qu'il était pauvre et pas elle, signe qu'il ne s'agit pas d'une question d'argent.

Avec mon frère, nous ne savions comment occuper nos journées. Nous nous tournions les pouces. Nous allions par les chemins ramasser des mûres dans les ronces qui bordaient les futaies ; nous cherchions à vélo la borne qui indiquait qu'on se trouvait pile au centre de la France (il y en avait au moins sept dans la région, plusieurs communes se disputant ce privilège selon qu'elles tenaient compte de la courbure de la Terre, de la Corse, du relief volumétrique des montagnes, etc. – une vraie guerre picrocholine) ; nous courions les vignes et, par ennui, par exaspération, par bêtise (j'insiste), nous saccagions les cabanes des vignerons dont nous forcions la porte.

À l'intérieur, des fûts emplis à ras bord de goudron de pin servant à panser les pieds de vigne malades : nous les crevions sauvagement avec des bâtons, nous renversions sauvagement le goudron partout, avant d'y mettre sauvagement le feu et nous enfuir. Nous apprîmes plus tard que la gendarmerie recherchait activement une bande de voyous qui écumaient la région.

Après le 15e arrondissement de Paris, le Berry ? Et quoi encore ? Quelle probabilité y avait-il cette fois pour que le berceau de la famille de Marcelle Pichon se trouve à moins de soixante-dix kilomètres de l'endroit où j'allais passer des vacances pourries quand j'avais entre 10 et 15 ans ? Quel autre lieu la reliant à moi et moi à elle, maintenant ? Quelle autre « voyance » ? C'est quoi le problème avec Marcelle Pichon ? Elle me cherche ou c'est moi qui la cherche ? Cela commence à faire beaucoup de coïncidences. Beaucoup trop.

26.2

Il est vrai que le Berry est le pays de la sorcellerie. Des phénomènes étranges et surnaturels. Des diables et des revenants. Des birettes (spectres en chemise) et des fadettes (fées ou sorcières) prenant la forme de loups noirs conduisant des meutes à travers la nuit et les bois. Des fers à cheval qu'on accroche à sa porte. Des colliers reliant trois pattes de taupe séchées pour guérir des hémorroïdes ou neuf marrons pour protéger les enfants des convulsions. Des « pierres qui parlent » et des « pierres qui tuent » ou même qui rendent leur virilité aux hommes – à Bommiers se dresse d'ailleurs un menhir de l'époque néolithique. Sans parler des histoires qui font peur, pas seulement aux enfants car les adultes y croient aussi, qui se les racontent et les colportent depuis des générations. En 1971 (l'année où j'y allais), un documentaire montrait que le Berry croyait toujours dur comme fer au mauvais œil qu'on vous jetait, aux leveurs de sorts qu'il fallait appeler pour être désenvoûté (il y en avait autant que de médecins), au coq que certains égorgeaient et pendaient dans leur grenier pour éloigner le démon, aux chats noirs qui portaient malheur, à la boulangerie du bourg ensorcelée et contrainte de fermer car le pain ne levait plus depuis qu'une autre boulangère du bourg avait jeté la malédiction sur sa rivale. Un veau malade ? Derrière la grange, le pendule d'un magnétiseur avait pointé trois pierres étrangement disposées et une plume d'oiseau « chargée de maléfices ». En 1971, oui ! Alors que le dernier James Bond, *Les diamants sont éternels*, cartonnait au cinéma. Mais ici, on était plus proche du *Chat*, avec Gabin et Signoret s'étripant jusqu'à la nausée, également à l'affiche cette année-là. En 1971, le curé du village expliquait lui-même aux enfants du catéchisme que les sorciers existent bel et bien, qu'ils sont gens qui vendent leur âme au diable et ont le pouvoir de faire le mal à distance. D'ailleurs, un prêtre pratiquait toujours des exorcismes et des rites dits « de possession » (et non de dépossession – sans doute parce que, dans le Berry, « posséder » signifie d'abord « déposséder l'autre »). En 1971, oui ! Deux ans après que l'homme eut marché sur la Lune ! Réfractaire et superstitieux Berry. France profonde, très profonde, dont la région revendique fièrement le titre. Pays de croyances et de magies blanche et noire, de sabbats, de forces occultes s'emparant des esprits, de poupées piquées d'épingles (comme celles de ma mamie ? Je me pose soudain la question...), de recettes de sorcellerie tirées du *Grand Albert* et de sel béni jeté sur le bétail pour le protéger du malin. À propos d'animaux : c'est dans l'Indre que se tint, en janvier 1548, l'un des derniers grands procès d'animaux – en l'occurrence une truie qui avait si bien mordu une fillette que la petite mourut de ses blessures. Jugée au tribunal de Valançay et reconnue pénalement coupable au terme d'un procès tout à fait équitable, la truie fut condamnée à « être pendue par les pattes de derrière à un grand poirier jusqu'à ce que mort s'ensuive ». L'exécution de cette « grande criminelle » eut lieu devant une populace qui, dit la chronique, fut si grandement impressionnée par les monstrueux gruiiiiik d'agonie de la bête que longtemps, très longtemps, on parla dans tout le département de l'Indre de la « ch'tite treue du Bas-Bourg ».

Marcelle entendit-elle parler de cette truie ?

Quand, enfant, elle allait chez sa grand-mère comme moi-même étais envoyé chez ma mamie, lisait-elle *François le champi* ? *La Mare au diable* ? *La Petite Fadette* ? N'importe lequel des romans de George Sand qui, du Berry qu'elle habitait quand elle n'était pas à Paris ou ne jouait pas à Venise au billard à trois bandes avec Alfred de Musset et son petit Dr Pietro Pagello, fit un sujet littéraire et même un personnage romanesque ?

Lisait-elle *Le Grand Meaulnes* ?

Car le Berry est aussi la terre de grandes amours, le pays des apparitions enchantées, le lieu labyrinthique de passions aussi profondes et mystérieuses que les bois et les étangs leur servant de décor autant que d'inspiration.

Le soleil brille aussi dans le Berry, à travers les brumes et les feuilles des arbres, le long des labours.

La fameuse mare au diable de George Sand se trouve à Mers-sur-Indre, à vingt kilomètres seulement de Bommiers.

Elle n'est à présent qu'un trou d'eau bourbeux.

De là le prénom de Marcelle ?

Si on veut savoir comment, vers 1860, Pierre Pichon et Marie Ribault se marièrent, on peut se reporter au chapitre intitulé « Le mariage » qui se trouve à la fin de *La Mare au diable*. On y apprendra que la noce durait au moins trois jours, aux sons du cornemuseux et du vielleux, entre rires et chants et fanfaronnades ; que la cérémonie des « livrées » (des cadeaux de mariage) donnait lieu à une « attaque » en règle des amis du fiancé faisant le siège de la maison de la fiancée, laquelle finissait par céder oie plumée, *devanteau* (tablier), dentelle et tout autre présent constituant la corbeille de mariage ; que le « parti du fiancé » devait ensuite prendre d'assaut la maison de la fiancée que gardait toute sa famille pour, à force de bousculades, de furieuse mêlée et de gnons gentiment échangés, parvenir à planter fièrement une broche dans le cul d'une oie se trouvant à rôtir dans l'âtre ; que le fiancé devait passer l'ultime épreuve de désigner sa promise parmi quatre jeunes filles dissimulées sous de grands draps blancs et gare à lui s'il se trompait.

J'avais dit que partir à la recherche de Marcelle, c'était aussi faire un voyage dans le temps et l'espace. Je l'ai dit ou pas ?

« Pense que tu es un petit Indien. À Bombay.
Tu as faim alors mange. Mange tout ! »
Michel PICCOLI,
La Grande Bouffe, Marco Ferreri

27

Mais je reviens sur la faim. Sur l'horreur que c'est d'avoir faim et les extrémités auxquelles elle peut pousser. La conversation de l'autre jour avec Penny a laissé des traces. Je ne dirais pas qu'elle m'a laissé sur ma faim, ce serait de mauvais goût. Quoique. Car je viens de lire la thèse de doctorat qu'un nommé Jérôme Lucereau a consacré aux « écritures de la faim » et, avec un titre pareil, la thèse faisant près de cinq cents pages, j'avais bon espoir de découvrir au détour d'une ligne quelque chose sur les écrits retrouvés à côté du cadavre d'hommes ou de femmes s'étant volontairement laissés mourir de faim. Il y était peut-être même question du journal de Marcelle puisque cette thèse avait été soutenue en 2016. Mais non. Rien sur Marcelle Pichon ni sur le moindre journal d'agonie. Pas un mot sur les suicides par inanition. Déçu j'étais. Très déçu. Pour une « écriture de la faim », le journal de Marcelle se posait pourtant là. Merde alors. Encore un coup d'épée dans l'eau. Encore une impasse. Encore des heures pour rien.

Pas tout à fait pour rien. Car cette thèse est passionnante et, de Knut Hamsun à Zola ou Proust, de Don Quichotte à Aristote, de Gabriel García Márquez à Robert Antelme et Elie Wiesel ou Primo Levi, de Liam O'Flaherty à Gide et Maupassant, j'en ai appris long sur la faim et sur les innombrables récits narrant ses affres. Même s'il s'agit d'affres plus subis que désirés – sauf peut-être pour le narrateur de *Faim*, de Knut Hamsun. Mais sa faim est surtout l'orgueil de la misère. Elle est l'aliment de sa parole vomie jusqu'au délire, l'occasion d'un procès de la solitude, la promesse d'un livre encore à venir. Sa faim est soif d'autre chose. Comme dit Adorno, « Le pauvre mâche les mots pour tromper sa faim. » Rien à voir avec Marcelle.

Ceci dit, j'ai découvert ce dont je n'avais jusqu'ici pas conscience. Parce que j'appartiens au monde des repus. C'est un fait. C'est un biais sacrément cognitif dans mon cas. Je n'ai jamais souffert de la faim, je vis dans un « pays riche » qui n'a pas connu les restrictions alimentaires depuis la Seconde Guerre mondiale et, par conséquent, je vois la faim depuis la satiété. Je la vois depuis son antithèse, son oubli et son ignorance. Ce qui fait que je ne sais rien de la faim.

C'est-à-dire que *je ne sais rien de moi !*

Car la faim, ai-je découvert, est « la vérité première de notre condition humaine ». Elle n'est pas seulement une nécessité biologique mais aussi « la preuve de notre nature mortelle et animale », à laquelle nous ne pouvons pas échapper puisqu'elle revient toutes les six ou huit heures, nous soumettant en permanence à sa loi. J'ai beau manger chaque jour à ma faim et *parce que je mange chaque jour à ma faim*, parce que la faim est pour moi un sentiment agréable, un stimulus joyeux que je peux satisfaire sur l'instant, en ouvrant par exemple la porte du réfrigérateur, simplement en faisant ce geste d'ouvrir la porte du réfrigérateur et de prendre un truc à manger qui me plaît, comme si j'étais dans un putain de conte de fées, j'ignore que la faim me domine. Je crois l'assouvir sans voir qu'elle n'est jamais rassasiée. Que jamais elle ne s'épuise. Sans cesse elle se nourrit de moi. C'est ça « le truc de la faim », comme dit Mallarmé, qui a beaucoup écrit sur le sujet. Elle est elle-même dévorante. Elle nous ressasse et n'en finit pas de nous ressasser, comme une marée de coefficient toujours 100. À cause de notre métabolisme, elle est une malédiction que nous conjurons chaque jour, elle est une obsession aux allures de ritournelle, elle est un cavalier de l'Apocalypse auquel nous devons quotidiennement sacrifier, même si nous faisons comme si nous avions triomphé d'elle et qu'elle n'était qu'une plaisante anecdote dans notre existence. Alors qu'elle en est le trou noir monstrueux. Le centre aveugle. Aveugle chez nous, pas en Afrique ni dans les pays où la faim est une bouche à nourrir bien visible, ai-je besoin de le préciser ?

C'est au point, ai-je appris, que la faim est la mère de tous les cycles. Plus structurante que l'alternance du jour et de la nuit car ressentie intimement dans nos fibres, elle est la véritable Genèse de tous les cycles de notre vie physique et psychique. Même le cycle de la mort et de la résurrection est une « conséquence » de la faim. Même la musique répétitive parle de la faim. Que nous ayons le ventre plein ou pas – et, bien sûr, encore plus si on n'a rien à manger –, chacun d'entre nous est un damné de la faim condamné à chercher perpétuellement sa nourriture. Si bien que toute la culture se fonde sur la faim. Quels que soient le continent, la société ou le système de croyances, l'histoire des civilisations est d'abord celle de la mise à distance de la faim au travers de la mise à distance de la nourriture. Ainsi la fourchette et le couteau. Ainsi les recettes de cuisine, les festins de roi et la gastronomie, qui cherche à sublimer la faim et à socialiser l'appétit. Ce n'est pas un hasard si on parle d'une « faim de loup ». C'est parce que la faim peut, à tout instant, si besoin en est, nous transformer en loup ne connaissant plus de lois. La faim est une « violence » qui menace à chaque instant de ramener l'humanité à la barbarie. Ce pourquoi la civilisation se dresse sur sa route. Au commencement n'est pas le Verbe mais la faim. Au commencement, Ève *mangea* le fruit de l'arbre de la connaissance. Ce faisant, « Ève découvre sa faim », écrit Jérôme Lucereau. Elle découvre l'envie. Elle associe, pour l'éternité, nourritures terrestres et spirituelles. Avoir faim n'est dès lors plus vouloir se remplir l'estomac (« ce trou sans fond, un trou aussi vaste que le monde »), mais commémorer notre chute dans le temps. C'est avoir faim de *quelque chose* qui n'est pas seulement comestible. Quelque chose que Bachelard nomme le « réel », car « le réel est, de prime abord, un aliment ». Alors que le paradis ignore la faim. Raison pour laquelle manger est source d'une obscure culpabilité. Et Jérôme Lucereau de citer un autre Jérôme, Jérôme Thélot, pour qui la faim est « l'indubitable absolu avant tout autre indubitable ». Une jolie formule.

Au final, la faim peut s'épuiser, non par la satiété, mais par la disparition du corps qu'elle hante et soumet à la fois. Plus tangible que le cogito de Descartes, le véritable mantra de l'être humain est : « J'ai faim, donc je suis. » J'ai faim et j'y pense. J'y pense même lorsque j'ai bien bu et bien mangé. Car la faim unit le corps et l'esprit dans un même drame. Nous ne le savons plus dans nos contrées rassasiées, mais nous sommes tous des affamés, nés de la faim. Comme on parle de morts de faim, nous sommes des vivants de faim. Inversement, qui n'a pas faim, qui est repu, est mort. Telle est la leçon de la faim que nous avons oubliée, comme un évadé efface ses traces. « Si la douleur de la faim est si singulière, écrit Jérôme Lucereau, c'est qu'elle est aussi une manifestation de la vie et, par un renversement de perspective étonnant, c'est *la satiété qui apparaît alors œuvre de mort*. » Cette phrase m'a laissé songeur. Elle m'a bien fait réfléchir. Sur moi, qui fais partie des repus et dont l'abondance détruit la vie à la racine. (« Tandis que les pauvres cherchent la nourriture, les riches cherchent l'appétit. ») Et sur Marcelle qui, contre toute attente, ne fut peut-être jamais aussi vivante, atrocement vivante, que pendant les quarante-cinq jours où elle souffrit et triompha de *sa* faim.

Une autre phrase m'a bien plu tellement elle m'a, là encore, fait penser à Marcelle : « Dans nos sociétés d'opulence, l'affamé est avant tout le porteur des mauvaises nouvelles. Il est celui qui perd toute croyance en son humanité. *Celui qui s'efface au profit de l'organe*. »

Et puis celle-ci, de Juvénal, pour sa saveur : « Il n'y a rien de plus facile à satisfaire qu'un estomac. »

Et encore celle-là, parce que lorsqu'il n'y en a plus, il y en a encore : « Je compte la faim, l'absence de nourritures pendant quatre, cinq jours, parmi les meilleures sensations de ma vie, les plus enrichissantes, oui, les plus *assouvissantes* » (Pierre Minet, *La Défaite*).

Le plus intrigant, me suis-je dit, en fin de compte, après avoir lu cette thèse, c'est le choix que Marcelle fit de se laisser mourir de faim et non de se suicider d'une autre manière. C'est son *modus operandi*. Cette façon de s'en aller non en consentant à la faim, mais en provoquant sa propre faim. En la défiant en face. Comme un refus absolu de la société de consommation. Un anathème jeté au visage de tout ce qui nous empiffre et veut faire de nous des êtres repus, des êtres engraissés pour la mort. Des oies gavées de force, le tuyau de la satiété enfourné dans le gosier jusqu'au cerveau.

Ou bien, me suis-je encore dit.

Ou bien Marcelle en avait marre de chier.

Elle n'en pouvait peut-être plus de faire caca.

Me suis-je dit.

À quoi bon manger et manger encore, manger chaque jour, se battre si dur pour remplir son frigo et, deux fois par jour, avoir quelque chose dans son assiette, si c'est pour que tout ça finisse aux cabinets, expulsé par notre trou du cul ?

C'est tellement absurde.

Vie de merde.

Encore une piste à ne pas négliger.

« Je suis tellement docile dans la vie que j'ai dû être un chien dans une vie antérieure. »
Ozark, saison 1, épisode 8

28

Charles Pichon, le grand-père de Marcelle, est mort le 23 juin 1901 au Kremlin-Bicêtre, au sud-est de Paris, au niveau de la porte d'Italie. Au Kremlin-Bicêtre ! Une ville ouvrière très éloignée des champs du Berry et de ses sortilèges brumeux. Que fichait-il là-bas ? Il était pourtant né à Bommiers et, depuis des générations, sa famille s'enracinait dans cette région. J'ai vérifié trois fois qu'il s'agissait du bon Charles Pichon, fils de Pierre Pichon et de Marie Ribault. Aucun doute. À lui seul, ce détail n'avait l'air de rien – juste une ligne sur un acte de décès. Il informait pourtant d'un tournant majeur dans le destin de la famille Pichon.

Car c'est lui, Charles Pichon, qui, le premier, s'émancipa de l'atavisme rural. Lui qui, rompant les amarres avec le Bas-Berry et ses traditions enracinées, osa s'aventurer au-delà du canton, de la commune, du *département*. Franchit courageusement l'Indre pour s'en aller voir sur l'autre rive s'il y avait quelque chose par-delà les champs, les bois et les étangs – ou bien s'il n'y avait qu'un gouffre, si la Terre s'arrêtait là, si elle était plate ou ronde, à l'instar des grands explorateurs du passé. Car quitter son pays et ses racines familiales pour monter à la ville n'était pas si fréquent à l'époque. C'était même très rare dans le milieu des simples journaliers ne sachant ni lire ni écrire. Eux n'avaient pas les moyens de quitter leur patelin ni aucun point de chute dans une autre région, toutes leurs relations se concentrant depuis des lustres dans un rayon de quelques lieues. Que Charles s'en aille ne marqua donc pas seulement une rupture historique et géographique : ce fut surtout un saut culturel, relationnel, professionnel et sentimental, voire conjugal, dans l'inconnu. Une espèce de trahison aussi. Un changement de paradigme dans tous les cas. Il faut mesurer l'audace et la signification de ce départ de Bommiers pour, après bien des détours, s'en aller mourir tout seul aux portes de Paris. Car l'acte de décès de Charles Pichon ne mentionne personne de sa famille auprès de lui, seulement deux employés de la mairie du Kremlin-Bicêtre. Comme un prix à payer.

Sans ce pari sur l'avenir, cet arrachement des origines, ce *déracinement*, la destinée de Marcelle aurait été tout autre. Et sa mort aussi, sans doute.

Pourquoi s'en aller ? Quel vent poussa Charles Pichon ? Quelles envies d'ailleurs ? Quel espoir d'une vie meilleure ? Quel refus de Bommiers ?

Il est vrai que tout à côté de Bommiers, il existe un patelin qui s'appelle Vatan.

Mais pourquoi lui ? Charles Pichon était-il un rêveur ? Un ambitieux ? Un aventurier ? Un type insatisfait qui avait la bougeotte ? Un instable, un tourmenté, depuis qu'il avait perdu son père ? Car le décès prématuré de Pierre Pichon à l'âge de 51 ans, alors que son fils avait à peine 10 ans, fut peut-être déterminant. Pas seulement sur un plan psychologique. Il se peut que le petit Charles n'eût pas le temps d'en apprendre assez sur le labeur des bois et des champs pour espérer en vivre plus tard. Ou peut-être détestait-il l'idée de prendre la suite de son père si être journalier signifiait se tuer à la tâche pour un salaire de misère au point de mourir d'épuisement à 51 ans (quel dommage que les actes d'état civil n'indiquent pas la cause des décès, alors que cette information serait décisive pour la compréhension de l'Histoire. C'est vraiment REGRETTABLE !).

28.1

La petite sœur de Charles, la grand-tante de Marcelle, donc, s'appelait Madeleine. Née à Bommiers en 1867, elle décéda à Pruniers à l'âge de 61 ans, après avoir donné une tripotée d'enfants à un certain François Leduc, né à Saint-Aubin et, ô surprise, journalier de son état.

L'autre frère, Joseph, né lui aussi à Bommiers (en 1863), s'installa justement à Saint-Aubin, où il fut toute sa vie domestique, comme sa mère. Et comme sa femme, Marie-Clémentine Reviron, laquelle préférera rapidement se faire appeler Clémence (Florence rime avec Clémence – une piste ?). Clémence était née à Neuvy-Pailloux et Joseph l'épousa à Brives en 1897. Ils avaient respectivement 34 et 25 ans. Ensemble, ils eurent cinq enfants : Germaine, Lucien, Marguerite-Irène, Jules-Louis et

Blanche-Victorine. (Quelle grande famille que les Pichon, tout de même.) Tout cela dans un périmètre de dix kilomètres carrés et, socialement, dans un mouchoir de poche (à gros carreaux, le mouchoir).

Il n'y eut donc que Charles Pichon à prendre le large. À prendre le train plutôt ! Car tous les actes d'état civil livrent cette information à laquelle je ne m'attendais pas du tout : il était employé à la Compagnie du chemin de fer Paris-Orléans. Il était *cheminot*. Adieu le journalier, place à l'ouvrier mensualisé. Adieu l'homme des champs, vive l'homme de fer. Pour un changement de vie, il fut radical. Pour un aiguillage professionnel, il fut complet. Alors que sa généalogie le destinait à l'immobilisme de la terre et à la lenteur des saisons, Charles opta pour la locomotion et la vitesse. Il ne pouvait choisir une existence davantage aux antipodes de celle qui lui était promise, ce qui dit quelque chose de lui et dit quelque chose de la France car on oublie que la classe ouvrière, loin de tomber du ciel, fut l'enfant de la paysannerie avant d'être celle de l'industrie. En ces années 1880, c'est finalement à toute vapeur que Charles Pichon quitta les siens et son Berry natal. C'est le train du progrès qu'il prit en marche, littéralement. Car ce sont les technologies qui changent le monde, bien davantage que les idées. Or, les technologies s'imposent sans qu'on nous demande notre avis. Un jour, elles sont là, elles sont partout, nous sommes mis devant le fait accompli et il est trop tard. Nous sommes forcés de vivre dans le monde que les technologies ont fabriqué, pour le meilleur et pour le pire. Rien de moins démocratique, en somme.

Il est impossible de savoir quelle figure fut dominante dans la famille Pichon. Quel personnage prenait toute la place, patriarche ou matriarche au caractère bien trempé et faisant la loi, écrasant son entourage de son autorité (de sa brutalité ? De ses névroses ?) comme il y a toujours un membre alpha dans les familles, un ogre ou une ogresse qui, gardien ou gardienne du temple, monolithe terrassant son entourage, concentre toutes les soumissions et les rancœurs allant avec. Mais ce n'était probablement pas le grand-père de Marcelle. Le maître n'est jamais celui qui quitte son monde car il est celui qui règne sur lui. Il n'est pas un voyageur. Il n'est pas un héros.

C'est drôle : Anne Gaillard a raconté qu'elle avait eu l'idée de tourner son documentaire *Compartiment divorces* dans l'express Paris-Bordeaux parce que Marcelle Pichon lui avait soufflé l'idée. Marcelle voulait bien raconter sa vie, pourvu que ce soit dans un train l'emportant quelque part. Ce qu'elle voulait, c'était partir. S'en aller. Être en mouvement. Comme si elle était cheminote dans l'âme. Comme si son grand-père lui avait légué le goût des gares et des locomotives qui vous emportent vers l'inconnu, vers l'aventure, vers de nouveaux paysages. Vers une nouvelle vie, loin de celle qui veut votre peau.

« Teuf teuf. »
Enid BLYTON,
Oui-Oui et le train de Miniville

29

La Compagnie du chemin de fer Paris-Orléans – surnommée la PO pour Paris-Orléans – était l'une des cinq grandes compagnies privées qui, en 1938, fusionnèrent pour constituer la SNCF. Créée un siècle plus tôt, c'est elle qui mit en place la liaison Corbeil-Juvisy, puis Paris-Orléans en 1843. Dans les années 1850, ce fut au tour de Paris-Bordeaux, Paris-Clermont-Ferrand via Bourges, bientôt la ligne Paris-Nantes et Saint-Nazaire. En 1870 (Charles a alors 11 ans et son père est mort depuis un an), la PO exploitait déjà un réseau d'environ dix-sept mille kilomètres, couvrant le centre et l'ouest de la France. Une sacrée performance ! Une superbe entreprise ! Non seulement florissante au moment de l'irrésistible essor du ferroviaire en France (n'importe quel industriel pouvait mettre quelques millions pour avoir son petit train à lui entre deux villes de son choix), mais aux petits soins avec ses employés. Bons salaires, fonds de retraite, fonds de secours en cas d'accident, primes pour les roulants selon leurs performances de conduite, primes aux mécanos s'ils entretenaient leur machine comme s'ils en avaient l'usufruit, et même intéressement des salariés aux bénéfices. Sans oublier, réservés aux personnels et à leurs familles, des cantines et des magasins d'habillement ou de denrées alimentaires (des économats) implantés un peu partout sur le réseau, dans les grandes et moyennes villes desservies.

Contrairement aux autres compagnies ferroviaires, la PO jouissait d'une belle réputation en raison de sa politique avant-gardiste de « sécurité sociale ». Au point d'être qualifiée « d'aristocratie ouvrière ». Un modèle de capitalisme paternaliste et charitable, pour attirer une main-d'œuvre faisant encore largement défaut dans les chemins de fer puisque cette industrie était toute nouvelle. D'ailleurs, la PO formait elle-même ses ouvriers dès le plus jeune âge, les apprentis étant scolarisés dans des ateliers et des wagons-écoles où des agents confirmés de la Compagnie leur apprenaient les différents métiers du rail, mais aussi à lire, à écrire et à compter, cela pendant trois ans minimum, à condition que les postulants soient en bonne condition physique, seul impératif de départ.

Je ne pense pas m'avancer beaucoup en imaginant le petit Charles placé très tôt en apprentissage à la PO d'Issoudun. Peut-être dès après le décès de son père, à l'âge de 11, 12 ou 13 ans. Pour sa mère, c'était une bouche de moins à nourrir et l'assurance que son fils apprendrait un métier. Qu'il serait même instruit. Le premier de la famille à savoir lire et écrire ! Était-ce seulement possible ou c'est moi qui fabule et spécule ? Eh bien oui ! Trois fois oui, même ! En témoigne le livret militaire de Charles Pichon : à 20 ans, il possédait un degré d'instruction de niveau 3, c'est-à-dire le *niveau d'instruction le plus élevé* ! Il faut mesurer l'exploit. Le chemin parcouru. Le changement de statut. Merci la PO !

Car j'ai retrouvé le livret militaire de Charles Pichon. Eh oui. Je m'épate parfois moi-même. Il était le matricule 1153, classe 1879 du bureau de Châteauroux, numéro 127 au tirage (c'était une loterie qui décidait alors qui devait partir au régiment ou y échapper). Une vraie mine d'or, le livret militaire. Une source inespérée d'information. C'est en lisant celui de Charles que j'ai découvert, notifié tout en bas, qu'il était décédé au Kremlin-Bicêtre le 27 juin 1901. Sans ce document, je ne l'aurais jamais su. Je n'aurais eu aucune chance de découvrir que Pichon Charles était mort du côté de la porte d'Italie, qu'il était instruit et, sublimes informations, qu'il avait les yeux « gris », le front « étroit », le nez « petit », la bouche « moyenne », le menton « relevé », les cheveux et les sourcils « châtains », le visage « plat ». Qu'il mesurait 1,59 mètre. En fermant les yeux, on pourrait presque voir l'homme qu'était le grand-père de Marcelle. Je dis bien presque. J'ai d'ailleurs eu envie de demander à un dessinateur de la police de faire un portrait-robot. Je serais très curieux de savoir ce que cela donne. Mais je n'en connais aucun. Tant pis.

La carrière militaire de Charles fut brève : soldat de 2ᵉ classe versé au 68ᵉ régiment d'infanterie, il fut sitôt renvoyé dans ses foyers en vertu de son statut d'« aîné de veuve ». Et parce que la médecine militaire lui diagnostiqua une « hernie inguinale droite, difficile à maintenir réduite ». Cela signifie que, dès son plus jeune âge, une protubérance lui poussait au niveau du pli de l'aine, correspondant à une malencontreuse descente de ses viscères, qu'il s'agisse de l'intestin grêle, du colon ou encore de la vessie. Indolore au début, la boule se met peu à peu à grossir, jusqu'à gêner la marche, causer de douloureux troubles abdominaux et dégénérer en graves complications intestinales. Une réaction psychosomatique à la mort prématurée de son père ? Dans les premiers temps de leur mariage, Marie s'amusait-elle à presser avec son pouce l'étrange bosse charnue de son mari pour la faire rentrer sous la peau (la « réduire »), avant que la boule, comme douée de mémoire de forme, reparaisse et Marie d'appuyer de nouveau et ainsi de suite, en faisant peut-être à chaque fois un petit bruit comique avec la bouche, comme une baudruche se dégonfle, pfuiiiiit ? En disant à Charles d'un air coquin qu'il n'était qu'une boule de vice, une boule « aineuse », et que toucher sa bosse portait chance, trois points de suspension ? Façon d'écarter de ses pensées la vision des viscères se débinant affreusement du ventre de son époux. Ce qui pouvait l'horrifier autant que la fasciner. Comme chaque fois que nous sommes confrontés à l'organique matière qui nous constitue. À la mort qui, en nous, besogne et prospère.

Marie Lemoine, justement. Que Charles épousa en 1884. Née à Issoudun le 6 janvier 1862, qui était-elle ? Quelle fut la vie de la grand-mère de Marcelle ? Je l'ignore. J'avoue. J'enrage de n'avoir pas réussi à découvrir ce qu'elle devint, où elle finit ses jours, à quel âge, en quelle année, etc. Quelle frustration ! Mais il fallait bien que cela arrive. Ce n'est pourtant pas faute d'avoir cherché partout. J'ai ainsi un dossier d'une dizaine d'actes de décès concernant une Marie Lemoine qui, après m'avoir fait lever les bras au ciel, me les firent aussitôt tomber au sol comme de la sauce blanche : toutes étaient bien nées à Issoudun en 1862, sauf que l'une était la fille d'une certaine Marie Gruau (et non de Marguerite Chevalier), l'autre avait été l'épouse d'un monsieur Philippe Goussard (et non de Charles Pichon), une autre encore était morte à l'âge de six mois, etc. Chiotte de zob !

Tout ce que je sais sur la grand-mère de Marcelle, c'est qu'elle était encore vivante en 1911 puisque, selon le recensement effectué à Issoudun à cette date, elle se trouve domiciliée là-bas, rue des Alouettes, où elle habite seule (elle semble donc ne pas s'être remariée après le décès de Charles dix ans plus tôt, en 1901) ; mais elle était morte en 1921 lorsque naquit Marcelle Pichon, puisqu'elle est notée « décédée » sur l'acte de naissance de sa petite-fille. Pas plus que son grand-père, Marcelle ne la connut donc. Ce qui signifie qu'elle ne joua aucun rôle concret dans sa vie. Un rôle imaginaire alors ?

29.1

En contrepartie de former ses agents et de leur offrir stabilité de l'emploi et avantages sociaux, la PO avait des exigences en retour : pas de grèves, respect absolu de la hiérarchie, fidélité aveugle à l'entreprise et moralité irréprochable au travail comme en dehors. La PO ne voulait pas seulement contrôler la force de travail de ses employés mais aussi leurs mœurs, leur vie privée, leurs pensées, leur âme et leur salut. Il faut dire que les trépidations des machines, la rythmique suggestive des pistons, les jets intempestifs de vapeur, leurs couinements mêmes, la promiscuité dans des wagons fermés et surchauffés, la monotonie hypnotique du trajet provoquant d'abord l'ennui, puis l'énervement des passagers qu'une formidable bête humaine, une monstrueuse machine célibataire entraînait au loin comme des paquets, comme dans un rêve : tout cela électrisait, érotisait et troublait les sens, engendrant des tentations que la morale bourgeoise réprouvait. Quoique les plus sensuels pussent se rattraper en allant dans les maisons closes qui, se mettant au goût du jour, reproduisaient en trompe-l'œil des décors de trains et même de gares, preuve de leur pouvoir licencieux.

Car les gares, immenses volières haussmanniennes, étaient les nouveaux lieux de drague, elles étaient le théâtre de désirs inédits et anonymes et même les temples d'une toute récente littérature dite « de gare », dont l'éditeur Louis Hachette disait qu'elle était lue par des jeunes gens et, surtout, « des jeunes femmes prenant exprès le train dans le seul but de dévorer ces romans qu'elles eussent rougi de laisser pénétrer dans le foyer domestique ». Avec le chemin de fer, de nouvelles débauches s'emparaient des voyageurs... et des personnels. Ainsi des inspecteurs de la PO étaient-ils chargés de visiter les employés à leur domicile, officiellement pour s'assurer qu'ils ne manquaient de rien, officieusement pour vérifier s'ils menaient une existence conforme aux stricts principes de la religion et du Second Empire. Une certaine Mathilde Gelain se vit ainsi révoquée pour avoir mis au monde un enfant hors mariage.

Une autre histoire est demeurée emblématique : en février 1872, alors que l'évêque de Limoges, monseigneur Duquesnay, organisait une bénédiction en gare de Bersac, le chef de station Antoine Desir (un nom qui se mérite...) omit de se découvrir à son passage, plus occupé qu'il était de son service que des « cornettes et de l'office du prélat ». Lequel prélat, plein de cette bienveillance dont l'Église catholique (mais pas seulement elle) s'est fait une gloire universelle, se croyant peut-être encore aux jolis temps du chevalier de La Barre, se plaignit saintement au patron de la PO, Augustin Cochin, de l'irrévérence impie de son employé, preuve d'une belle intimité au plus haut niveau entre les mondes industriel et ecclésiastique. Dès lors soupçonné de « propagande républicaine », Antoine Desir vit sa carrière entravée et les vexations professionnelles s'accumuler, si bien qu'il finit par démissionner en 1877, après avoir trimé vingt ans à la Paris-Orléans. Contre les désirs toujours la société se dresse.

Le parcours d'Antoine Desir au sein de la Compagnie du chemin de fer Paris-Orléans est un bon indicateur pour apprécier celui que connut possiblement Charles Pichon. D'abord garde supplémentaire de nuit à Limoges en mars 1858, Antoine Desir devint facteur-aiguilleur en avril 1860, puis chef de station à partir d'août 1869, fonction qu'il exerça dans diverses localités. Or, tous les actes d'état civil concernant Charles le montrent par monts et par vaux, systématiquement loin de la famille qu'il fonde petit à petit. Parce que la PO voulait que ses agents logent dans des logements de fonction ou des habitations proches de ses gares, de ses dépôts et de ses ateliers, afin qu'ils soient rapidement sur place en cas de besoin, même pendant leurs périodes de repos.

Le 19 février 1884, pour son mariage avec Marie Lemoine, Charles se trouve à Issoudun, la deuxième plus grande ville de l'Indre après Châteauroux. Lui a 25 ans, elle 22. Native d'Issoudun, Marie Lemoine est une fille de la ville, issue de Jacques Lemoine, cabaretier, et de Marguerite Chevalier, marchande de vin. Charles entra donc dans une famille de commerçants. Pour lui, ce mariage dut représenter une promotion sociale, à l'unisson de son statut d'employé des chemins de fer. Sur l'acte de mariage, il est précisé qu'il est « domicilié, de droit, à Saint-Hilaire-en-Lignières avec sa mère Marie Ribault et, de fait, à Paris 1er, rue Saint-Honoré, numéro 130 ». Parce que ce n'était pas loin du dépôt des Invalides ?

C'est dans cette « grande ville » d'Issoudun que Marie enfante de Charles un premier fils (Ernest-Louis, en 1885), puis une fille l'année suivante (Charlotte-Ernestine qui, hélas, décède un mois plus tard), puis encore une fille (Julia-Marguerite, en 1887) ; or, sur tous les actes de naissance, Charles est noté « absent ». En fait, il réside à Paris, tantôt « rue des Boulangers » (proche de la gare de Port-Royal), tantôt « 7 quai d'Austerlitz » (tout à côté de la gare du même nom, anciennement gare d'Orléans, créée par la PO), tantôt « 8 rue des Bourdonnais » (pas très loin de la gare d'Orsay, également créée par la PO). Sans doute au gré de ses diverses affectations.

Et il est encore absent en 1890 pour assister à la naissance de sa troisième fille Alice, toujours à Issoudun. Laquelle, sinistre fatalité, ne survit que vingt-quatre jours. En ce temps-là, donner la vie signifiait une fois sur deux conjurer la mort. Enfanter avait un prix à l'époque et c'était souvent celui des larmes. Pour être affreusement banale, la mort d'un nouveau-né n'était pas moins vécue douloureusement par les parents. Ils prenaient souvent soin de baptiser leur enfant avant qu'on referme le cercueil. Sauf que sur l'acte de naissance de la petite Alice, Charles et Marie résident maintenant à Capdenac, dans le Lot, entre Aurillac et Cahors ! Une région dans laquelle la Compagnie du chemin de fer Paris-Orléans a justement étendu son réseau.

S'ensuivent quelques années sans enfants.

En 1898, le couple a de nouveau déménagé. Il a quitté le Lot pour s'installer à Saint-Sulpice-Laurière, dans la Haute-Vienne, au-dessus de Limoges. C'est là que naît leur deuxième fils, Charles Marcel Albert, le futur papa de Marcelle. Pour la première fois, c'est Charles qui présente l'enfant à l'employé de la mairie. Était-il alors chef de station ? Sous-chef de dépôt ? Mécanicien de première classe ? En tout cas, il vivait à Saint-Sulpice-Laurière depuis au moins deux ans. Car j'ai consulté les registres du recensement de la population de la ville de Saint-Sulpice-Laurière pour l'année 1896. Eh oui. La Bmore & Investigations ne se refuse rien ! Elle vit sur un très grand pied ! Et les registres indiquent que Charles, Marie et même leur fils aîné Ernest-Louis, âgé de 11 ans, vivaient au bourg deux ans avant la naissance de Charles. Le petit Ernest, il devait maintenant accompagner ses parents dans leurs pérégrinations. Mais moi, ce qui m'intéresse, c'est que Charles (le grand-père) était alors « contrôleur », comme l'a noté l'agent du recensement à la rubrique « Profession ». (Car si je fais toutes ces recherches, c'est aussi dans l'intention de dessiner la trajectoire sociale de la famille Pichon qui, au bout du compte, aboutit à Marcelle.)

À l'époque, Saint-Sulpice-Laurière n'était qu'une minuscule bourgade avant que la PO y établisse, d'abord la « gare de Laurière » sur le trajet Paris-Toulouse, puis un nœud ferroviaire permettant la jonction avec une autre ligne, vers Guéret et Montluçon. Un embranchement qui nécessita l'établissement d'un important dépôt de machines à vapeur, d'une rotonde et même d'une plaque tournante pour que les trains allant de Limoges à Guéret puissent manœuvrer. Ces activités demandèrent une main-d'œuvre conséquente, si bien qu'entre 1861 et 1921, la population de Saint-Sulpice-Laurière tripla, passant de plus de 700 à près de 2 000 habitants. D'ailleurs, les témoins de Charles pour la naissance de son fils sont deux « amis » employés au chemin de fer, alors que ce n'était pas le cas les autres fois, les témoins faisant partie de sa belle-famille, laquelle s'occupa manifestement de sa fille Julia-Marguerite et du petit Charles junior tandis que sa femme et son aîné le suivaient, selon toute vraisemblance, dans son évolution professionnelle en fonction de ses différentes affectations.

Ultime déménagement trois ans plus tard : en 1901, Charles décède au numéro 78 de la rue du Kremlin, au Kremlin-Bicêtre. Pourquoi à cette adresse ? J'ai fait une petite recherche (comme si je n'avais que ça à faire) et découvert que c'était l'adresse de l'hospice départemental de Bicêtre, qui n'était pas à l'époque un hôpital. Dépendant de l'assistance publique, Bicêtre avait une capacité de près de trois mille lits, avec une chance sur sept d'en sortir vivant si on était malade, une sur quinze si on était opéré (il ne faisait pas bon y être admis...). Sur les six médecins constituant le corps médical, cinq étaient affectés aux aliénés ; sinon, les patients étaient des indigents, des vieillards ou des malades. Dans quelle catégorie se rangeait Charles Pichon ? Alors qu'il n'avait que 42 ans, serait-il subitement devenu « fou » ? Sa hernie inguinale lui fut-elle fatale, surtout s'il fallut l'opérer ? Ou aurait-il eu un accident du travail ? Car l'acte de décès indique qu'il était domicilié 143 rue du Chevaleret, à Paris 13e – c'est-à-dire tout à côté de la gare d'Austerlitz, où il devait de nouveau être affecté (quelle vie de vagabond que celle d'un cheminot ! En l'espace de vingt ans, Charles Pichon vit plus de pays que toute sa famille réunie pendant des générations). Quoi qu'il en soit, on comprend maintenant pourquoi le grand-père de Marcelle est mort au Kremlin-Bicêtre. Encore un mystère d'élucidé. Un de plus.

Au tout début de ce récit, j'avais imaginé faire appel à un détective de la célèbre agence Duluc pour remonter la piste de Marcelle Pichon car je me sentais totalement démuni et inexpérimenté dans la conduite d'une enquête sur une personne disparue. Sur le papier, l'idée me plaisait beaucoup. Je la trouvais très « art contemporain ». Et romanesque aussi. J'imaginais déjà former avec mon détective un couple comme il y en a de formidable dans les romans ou les films policiers, sur le modèle de Holmes et Watson, Routetabille et Sainclair, Harry Dickson et son fidèle Tom Wills, voire *True Detective* ou, dans un autre genre, Hunter S. Thompson et son avocat. Oui, mais je suis un petit artisan qui aime broyer ses couleurs avant de se mettre à peindre car la sueur et l'effort font partie du tableau, ils se retrouvent quelque part sur la toile, ils préparent le terrain alors que la couleur qui sort du tube ne m'appartient pas, elle est une création de l'industrie et non de ma sensibilité. Et puis, je suis un solitaire. Je suis de la race des Hercule Poirot, des Slim Callaghan, des Nestor Burma. Je ne suis pas sûr qu'un détective professionnel aurait creusé si profond, faute d'avoir cet investissement personnel qui fait la différence. Je suis plutôt persuadé du contraire. Et puis, on n'est jamais si bien servi que par soi-même et je veux faire à mon idée. Et puis, tout cherche tellement à nous faciliter l'existence que me donner du mal, faire des efforts, compter sur mes propres forces et miser sur mes capacités, les miennes, aussi chétives soient-elles, m'apparaît un minimum. C'est une question d'hygiène physique et cérébrale. Je ne veux pas devenir ce mollusque que les technologies veulent que je devienne, soi-disant pour mon bien. Cela me diminue et m'amoindrit que les choses viennent à moi avant même que j'en aie le besoin ou le désir. Je préfère aller vers elles, car c'est le chemin qu'elles m'obligent à faire, les joies et les peines qu'elles me coûtent, qui en font le prix et, à mes propres yeux, me donnent un peu de valeur.

Et puis il y a Penny.

« Houston, we have a problem. »
Ron HOWARD, *Apollo 13*

30

– Penny ! (C'est moi qui crie son nom.) PENNY ! (Je hurle.)
– QUOI ? (Voix de Penny qui hurle à son tour, depuis un endroit que je ne parviens pas à localiser. Mais une seconde plus tard, elle déboule dans la pièce, tout essoufflée d'avoir couru.) Qu'est-ce qui se passe, Bmore ? Y a le feu ? Vous avez chopé le Covid ?
– Très drôle. Vous ne pouvez pas répondre quand je vous appelle ? Vous fichiez quoi ?
– Tout doux, Bmore. Celle-ci n'est pas votre esclave. Elle ne s'appelle pas Céleste et vous n'êtes pas Proust. Désolé de vous le dire. Si vous voulez le savoir, celle-ci était en train de réparer cette fichue tuyauterie.
– Parce que vous êtes plombier maintenant ?
– Pas vraiment. Vous entendez ? Ça continue. Celle-ci ne comprend pas pourquoi. Cela l'énerve. Le raffut et ne pas savoir d'où il vient.

– À force, je n'y prête plus attention.

– C'est ça le problème : on finit par s'habituer à tout. Au lieu de régler les problèmes, on s'en accommode, on devient ce que nos problèmes font de nous. Et à la fin, on s'étonne que nos existences ressemblent à une serpillière.

– Je vois qu'on est en forme ce matin.

– On n'est pas le matin mais le soir. Vous racontez n'importe quoi.

– Petit privilège d'écrivain.

– Vous savez ce que pense celle-ci ? C'est Marcelle, la tuyauterie. Elle cherche à nous dire quelque chose. C'est son fantôme qu'on entend. C'est lui qui tape dans les canalisations. Il veut nous faire passer un message.

– Un message amical ou horrifique ?

– Celle-ci ne sait pas. Quand on le découvrira, celle-ci suppose que Marcelle pourra enfin reposer en paix.

– D'accord mon petit. On arrête de délirer et...

– Redites une fois mon petit et celle-ci vous crève un œil.

– Décidément, vous respirez la joie de vivre et la bonne humeur aujourd'hui.

– Il y a des jours comme ça. Celle-ci a le droit d'être en rogne de temps en temps. C'est sain. C'est vivant. C'est justifié quand on voit ce qu'on voit. Que la bêtise les patafiole tous !

– Vous pouvez être plus spécifique, Penny ?

– Peu importasse. Qu'est-ce que vous vouliez dire à celle-ci pour crier son nom comme s'il y avait le feu ?

– Rien du tout. Je me disais seulement qu'une petite conversation avec vous tomberait bien. C'est une question de rythme, de structure narrative, vous comprenez ?

– Celle-ci préfère ne pas. Cela dit, elle a du biscuit pour vous. Vous vous rappelez Le Florence ?

– Le cabaret ? Vous avez trouvé quelque chose ?

– Façon de parler. Vous vous souvenez que la presse avait fait ses gros titres sur la réouverture de ce cabaret au lieu de parler de la rafle du Vel d'Hiv. Celle-ci avait lu ça sous la plume d'éminents spécialistes. Attendez, celle-ci vous cite les passages. Voilà. Dans *La Vie parisienne sous l'Occupation*, page 45, Hervé Le Boterf écrit que « Le 16 juillet 1942, une bonne partie de la presse du soir accorde presque autant d'importance à la rafle monstre des Juifs rassemblés au Vel d'Hiv… qu'au gala de réouverture du cabaret Le Florence, considéré comme un des faits parisiens les plus importants de la quinzaine ». Ce que confirme Gilles Perrault, à la page 50 de son livre intitulé *Paris sous l'Occupation* : « La presse parisienne consacra autant de place à la grande rafle des 16 et 17 juillet 1942 qu'à l'inauguration du cabaret Le Florence. » Sauf que c'est du pipeau !

– Comment ça ?

– Non seulement la presse n'a pas parlé de la rafle du Vel d'Hiv, pas un mot, pas une ligne, mais il n'est nulle part question du Florence ou d'un quelconque cabaret parisien.

– Vous plaisantez, j'espère.

– Celle-ci a épluché toute la presse des 16, 17 et 18 juillet 1942 et qu'il s'agisse des quotidiens paraissant en zone occupée ou en zone libre, c'est la percée de la Wehrmacht sur le front de l'Est et le sort d'une escadre française bloquée dans le port d'Alexandrie par les forces anglo-américaines qui font les gros titres. Rien sur la rafle du Vel d'Hiv, pas un seul article ! PAS UN MOT ! Et rien non plus sur un soi-disant gala d'ouverture au Florence ou ailleurs. Le Florence ne figure même pas dans les pages Spectacles où l'on trouve les programmes des boîtes de nuit parisiennes comme le Shéhérazade, le Ciro's, le Liberty's, le Monico, le Tanagra, etc. Si ça se trouve, Le Florence était fermé à cette date.

– Vous êtes sûre de vous ?

– C'est comme celle-ci vous dit !

– D'accord. Les historiens racontent aussi des craques. Personne n'est à l'abri de commettre des erreurs. Il est vrai que l'anecdote était un peu trop belle.

– Ah ça oui ! N'empêche, celle-ci trouve ça grave.

– Jules Vallès disait qu'après avoir lu ce que la presse disait de la Commune de Paris, il avait fini par douter que Louis XIV ait été roi de France.

– Oui, mais au moins la presse parla-t-elle de la Commune de Paris.

– Ma petite Penny, c'est la malédiction de Marcelle. Je vous avais prévenue. Depuis que nous enquêtons sur elle, nous n'arrêtons pas de lever des lièvres. Et ce n'est pas un hasard, vous pouvez m'en croire.

– Si vous le dites. Selon celle-ci, Gilles Perrault a dû copier Le Boterf car son livre a été publié treize ans plus tard. Or, il reprend l'histoire quasi mot pour mot. Il ne s'est pas foulé. Ainsi se colportent les fables qui, à la longue, deviennent des vérités. Les historiens fabriquent aussi l'Histoire à partir des livres des autres historiens. C'est la base. Celle-ci ne sait plus qui a dit que l'Histoire est moins sexiste que les historiens, mais il avait le nez creux.

– Je vous adore, ma petite Penny. Ce qu'il faudrait maintenant, c'est savoir comment Le Boterf en est venu à associer la rafle du Vel d'Hiv au Florence. Il y a peut-être un fond de vérité que vous ignorez.

– On ne peut pas lui demander, il est mort il y a vingt ans.

– Paix à son âme.

– En attendant, celle-ci a noté les autres informations dont les journaux firent aussi leur une au moment de la rafle du Vel d'Hiv. Autrement dit, c'est cela dont ils parlèrent au lieu de la rafle du Vel d'Hiv. Cela vous intéresse ?

– Non. Je vous crois sur parole.

– Oui, bah, hormis la percée de la Wehrmacht et l'histoire du port d'Alexandrie qui font les gros titres, il est question de « la mascarade des zazous qui doit cesser » (*Paris-Soir*), de la « neuvième ordonnance concernant les mesures contre les Juifs » (*Le Petit Parisien*), d'un « cirque ambulant dressant son chapiteau pour la première fois depuis trois ans » (*Le Figaro*), du « 92e pèlerinage national à Lourdes » (*La Croix*), du fait que « Rien ne doit plus s'opposer à l'emploi des femmes mariées » (*Paris-Soir*), de la loi sur…

– C'est bon, Penny. J'ai compris. Rien sur la rafle du Vel d'Hiv et rien sur Le Florence, donc.

– Absolument rien ! PAS UN MOT ! Mais attendez. Vous n'allez pas le croire. Le 16 juillet, le premier jour de la rafle, *Paris-Soir, L'Œuvre, Le Matin* et *Paris-Midi*, quatre poids lourds de la presse quotidienne, consacrent une partie de leur une aux « 500 enfants de la Presse » envoyés un mois et demi en colonie de vacances dans le domaine de Liancourt aux frais du Maréchal, sous le haut patronage de Jean Luchaire, le collabo qui avait la mainmise sur toute la presse. À chaque fois, l'article, enthousiaste, est illustré d'une photo montrant le départ en autobus de la marmaille partant se refaire une santé et une joie de vivre dans l'Oise.

– Comme c'est charmant.

– Vous vous rendez compte, Bmore ? Faire la une sur cinq cents gosses envoyés respirer le bon air de la campagne au moment même où quatre mille autres étaient envoyés au Vel d'Hiv avant d'être gazés à Auschwitz ! Ils le firent exprès ou quoi ? Ils utilisèrent les mêmes autobus ?

– Pour un journal, deux événements concernant des gosses, c'est un de trop pour le même jour. Être journaliste, ma petite Penny, c'est faire des choix.

– Oui, bah on voit de quel choix il s'agit ! Tout ceci est écœurant. Et arrêtez de m'appeler ma « petite Penny » !

– Ne vous en prenez pas à moi. Je fais partie des gentils.

– C'est à voir. En tout cas, si Perrault et Le Boterf avaient fait leur boulot, ils auraient vu qu'il y avait bien pire que pointer l'hypothétique inauguration d'un cabaret le jour de la rafle du Vel d'Hiv. Encore une fois, la réalité a plus d'imagination que la fiction.

– Je bois vos paroles, Penny. Autre chose ?

– Celle-ci a trouvé des informations sur Le Florence.

– Je vous écoute.

– Ce fut un haut lieu des nuits parisiennes dans les années 20, 30 et 40. Un endroit très connu. Very select. Au départ, il s'appelait Chez Florence, du nom de son hôtesse, Florence « Embry » Jones, qui fut la première chanteuse noire américaine à avoir du succès à Paris. On l'appelait « la Reine de Montmartre après minuit ». Chez Florence, on pouvait aussi bien croiser Joséphine Baker que les vedettes d'Hollywood de passage à Paris. Il existe d'ailleurs une photo d'Errol Flynn attablé avec Florence Jones ; le mur, derrière eux, est une immense peau de zèbre. Si vous voulez tout savoir, c'est une bagarre dans les toilettes impliquant un ami d'Errol Flynn qui fit la réputation du cabaret. Après qu'elle fut repartie à Los Angeles en 1927 où elle décédera en 1932, le cabaret périclita et fut même déclaré en faillite car, d'après *L'Humanité* du 13 mai 1933, sa propriétaire Régine Bouquin avait dissimulé au fisc les bénéfices engrangés depuis 1929. Vous êtes content de le savoir, j'espère.

– Ce n'est rien de le dire...

– Moquez-vous. Vous avez demandé à celle-ci de faire des recherches et ne venez pas vous plaindre maintenant.

Mais voici le meilleur ! Pendant l'Occupation, celle-ci a trouvé dans la presse plein d'encarts dans les pages Spectacles annonçant la réouverture du Florence. Apparemment, le cabaret ne cessait de fermer et de rouvrir, de fermer et de rouvrir. Peut-être en raison de nuits un peu trop borderline (du mot bordel ?) entraînant des fermetures administratives temporaires à répétition. Mais la seule fois où sa réouverture est annoncée en grande pompe, c'est dans *La Vie parisienne*, le journal des « théâtres et des mœurs élégantes », du 22 juillet 1942. Pas le jour de la rafle du Vel d'Hiv, pas les 16 et 17 juillet, mais le 22 juillet ! Six jours plus tard. Avant, le cabaret était donc fermé. Voilà sans doute d'où vient l'erreur de nos chers historiens. À six jours près, l'histoire était belle. Pas de pot. Car c'est vrai, cette inauguration fut un grand événement mondain. Sur une double page, des photos montrent le gratin des arts et des spectacles, dont Mistinguett et Suzy Solidor, célébrant au champagne la reprise en main des lieux par une nouvelle direction artistique. Voilà. Vous vouliez savoir, vous savez.

– J'en reste sans voix, Penny. Je ne sais que vous dire.

– Ne dites rien alors. Car celle-ci a gardé le plus croustillant pour la fin. Regardez cette photo. Elle a été prise au Florence en 1943. Vous voyez ? C'est édifiant, non ? Le nazi en uniforme qui a l'air de bien s'amuser avec les deux gonzesses à sa table, c'est un Oberfrontführer de l'organisation Todt. On reconnaît son écusson. Avec son sourire de vampire, il ressemble à Jean Luchaire. Ce qui est drôle car la jolie blonde à sa droite qui boit du champagne, on dirait justement sa fille, Corinne Luchaire. La toute jeune actrice révélée en 1938 dans *Prison sans barreaux* et devenue le symbole d'une jeunesse dorée se perdant corps et âme dans les bras de l'ennemi, sous l'influence pourrie de son père.

– Jusqu'à se retrouver après la guerre dans une prison munie de barreaux cette fois.
– Yep. Le cinéma a un curieux sens de l'anticipation.
– Et la fille à gauche de l'obertrouduc ? C'est qui ?
– Aucune idée. Elle est plutôt indescriptible. Elle fait assez grosse pute. Mais celui que celle-ci préfère, c'est le violoniste à côté de la colonne. Avec sa mimique, il est tordant.
– Merci, Penny. Tout ceci est très callipyge.
– Ça veut dire quoi ?
– Peu importe. J'avais envie d'écrire ce mot. Autre chose ?
– Le 17 juillet 1942, en pleine rafle du Vel d'Hiv, un coiffeur gagna le gros lot à la Loterie Nationale. Six millions de francs. Celle-ci a lu ça dans *L'Œuvre*. Mais l'article ne dit pas s'il s'agissait du père de Marcelle.
– Autrement dit, nous ne sommes pas plus avancés.
– Non.
– Merci Penny. Revenez quand vous voulez.
– Attendez.
– Quoi encore ?

À ce moment-là, Penny sort de son sac deux livres qu'elle me tend. Le premier est un roman policier : *La Fille du temps*, de Joséphine Tey. Le second : *Le Monde retrouvé de Louis-François Pinagot*, un essai de l'historien Alain Corbin.

– Pourquoi ces livres ?
– Lisez-les et vous verrez.
– Mais j'ai déjà des tonnes de trucs à lire et à écrire !
– Faites pas cette tête. Celle-ci a coché les passages les plus intéressants. Et c'est façon de prévenir le lecteur, qu'il aille y voir par lui-même, il comprendra. Les livres servent aussi à en faire lire d'autres, ce n'est pas vous qui allez dire le contraire.

« S'il y a bien une chose qu'un policier déteste, c'est un témoignage fondé sur des racontars. »
Joséphine TEY, *La Fille du temps*

31

Le père de Marcelle s'appelait Charles. Son grand-père aussi. Autrement dit, celui-ci donna à son fils son propre prénom. Il donna à son fils le prénom que ses parents lui avaient donné. C'est assez rare pour être souligné. C'est même incongru dans la famille Pichon, où nul père ne s'était jusqu'ici avisé de transmettre à son fils son prénom en plus de ses gènes. En France, la tradition voulait, surtout en cette fin de XIXe siècle, que l'on donne à sa progéniture des prénoms issus des générations précédentes, souvent les grands-parents, parfois un vieil oncle ou une vieille tante, un parrain ou une marraine. Plus rarement en ligne directe du père, lequel conservait ainsi les clés du prestige et de l'autorité. Il n'y a qu'aux États-Unis où le père refile volontiers son prénom à son fils, faisant de lui son « junior », sa baby version, son clone réplicant, ce qui n'aide sûrement pas à devenir un adulte libre et autonome. Ce n'est pas le fils Bush qui dira le contraire. De même, dans certaines sociétés arabes et méditerranéennes, où les fils sont prénommés « fils de... » (Ben), des fois qu'ils l'oublieraient. Sans doute cela ancre-t-il les fistons dans une histoire familiale leur donnant assurance et racines mais, revers de la médaille, cela suggère aussi des fils voués à le rester toute leur vie, au risque d'une certaine agressivité afin de se faire un nom à soi et prouver au monde entier qu'on existe.

Pourquoi Charles le père prénomma-t-il son fils comme lui ? Cela dit quelque chose de sa personnalité. Comme une volonté de se perpétuer soi-même. De prendre toute la place et de n'en laisser aucune à son fils. Un fantasme d'immortalité. Un désir d'être Dieu le père. Un narcissisme confinant à la toute-puissance. Dans tous les cas, cela exprime une certitude patriarcale tellement revendiquée qu'elle suggère, en creux, une inquiétude native, peut-être un doute sur la paternité. Surtout que Charles le père était souvent absent, lui qui avait lié son destin à la Compagnie du chemin de fer Paris-Orléans. Ici comme ailleurs, la situation sociale a pu déterminer certains affects. Son fils, Charles le père le voulait peut-être sur les mêmes rails que lui. Ou était-ce parce que tel père tel fils et fin de la discussion ?

Quand Charles (le père) parlait à son fils, c'était donc comme s'il se parlait à lui-même. Comme s'il se voyait dans un miroir, se revoyait bébé, se revoyait enfant, puis jeune homme, avec fierté peut-être, ou déception, à mesure que son fils grandissait et devenait un homme tandis que lui déclinait – qui sait ? La psychanalyse insiste beaucoup sur le désir des fils de tuer leur père pour coucher avec leur mère. Sur ce point, j'ai toujours pensé que Freud avait tout faux. Je me suis toujours dit qu'il avait découvert l'inconscient avec son propre inconscient, jusqu'à infuser beaucoup de ses désirs dans sa théorie. Comme moi-même dans mes hypothèses sur Marcelle Pichon, sauf que je ne prétends pas fonder une science. En tout cas, il me semble que Freud prend le problème à l'envers. Il fait peser sur le fils toute la charge de la pulsion sexuelle et meurtrière alors que celle-ci appartient évidemment au père. Et plutôt trois fois qu'une. D'abord parce que, tout petit, le fils vole au père l'amour de sa femme, l'expulsant du giron dont il avait jusqu'ici la jouissance exclusive et de quoi il se mêle le sale petit têtard baveux et pleurnichard ? Pas touche, petit d'homme ! Dégage ! Rends-moi ma femme, déjà que tu l'as déformée et qu'elle t'adore plus que moi ! (Premier conflit de jalousie.) Ensuite parce que, devenu pubère, le fils commence à surclasser le père en force et en puissance sexuelle au moment même où la vigueur de celui-ci diminue et qu'est-ce qu'il croit le petit saligaud ? Qu'il peut rivaliser ? Qu'il en a une plus grosse que papa ? (Deuxième conflit de jalousie.) Enfin parce que, devenu un homme, le fils nargue le père en convolant avec une femme jeune et fertile et là, ce n'est plus un conflit mais les mâchoires de la convoitise et de la frustration qui se referment sur le père. Cette fois, c'en est trop. Le père n'en peut définitivement plus de son fils. Il lui vient de véritables envies de meurtre, qu'il lui faut cependant refréner car il s'agit de son fils et il aime son fils. Hé quoi, c'est son fils ! C'est son héritier. Celui qui porte son nom. L'être qui, chair de sa chair et sang de son sang (moitié de ses gènes en fait), perpétue sa lignée. Il lui faut donc refouler ses envies de meurtre. D'où le conflit. Car sous les joies et la fierté des pères, la jalousie est là. Le désir d'éliminer le fils pour coucher avec sa bru est là et quelle belle-fille n'a pas surpris dans le regard et peut-être même l'attitude de son beau-père la folle envie qu'il avait de la serrer dans un coin, de la trousser, la violer, la voler à son fils ? Je serais curieux de connaître les statistiques.

En attendant, les pères ont toutes les raisons de détester leurs fils. De leur en vouloir à mort. Ce pourquoi ils tentent par tous les moyens éducatifs de les dominer, en exerçant sur eux une autorité et un contrôle qui sont autant leur vengeance que leur alibi. Mais chut ! Parfois, les pères refoulent tellement leur haine qu'ils la subliment en véritable amour paternel. C'est le mieux qui puisse arriver. Cela n'empêche qu'avant d'être des pères, ils sont des hommes soumis à des instincts aussi triviaux que la compétition sexuelle et la préservation de soi. Et cela vaut bien sûr pour les mères avec leurs filles. Une fois remis à l'endroit, le complexe d'Œdipe apparaît alors pour ce qu'il est : une « projection » des parents sur leur progéniture. Projection si puissante et perverse qu'ils accusent les enfants de leurs propres désirs. Et les gosses de se sentir coupables (qu'ont-ils fait pour mériter tant de haine ?), ou bien ils retournent à l'envoyeur cette détestation dont ils sentent bien qu'ils sont l'objet, même si elle ne s'exprime pas ouvertement. Car l'enfant est con, il est naïf, il aime son papa et sa maman – et c'est lui qu'on accuse ! On dit que c'est lui qui a des désirs de meurtre et d'inceste. Mais c'est que l'histoire des enfants est écrite par les parents et non par les enfants eux-mêmes. Toujours les vainqueurs se donnent le beau rôle et s'innocentent de leurs crimes. Toujours les prédateurs accusent leurs victimes en prétendant que c'est de leur faute à elles. Alors que c'est celui qui dit qui y est et combien de pères incestueux pour combien de fils incestueux ? Je pense qu'il n'y a pas photo. La seule chose qui tient la route dans le complexe d'Œdipe, c'est que le fils est aveugle. Il a vraiment de la merde dans les yeux. Mais sa cécité concerne les désirs d'infanticide dont il est la proie, pas ceux de parricide qui peuvent éventuellement lui venir un jour, en réaction justement, comme un noir héritage, un retour à l'envoyeur, à cause de l'angoisse ressentie. La tragédie de Sophocle et la théorie qu'en a tirée Freud sont les meilleures preuves de l'incroyable perversité des adultes envers les enfants. Lesquels, ignorants de quoi ils sont la haine, reproduiront plus tard la même turpitude avec leurs gosses et ainsi de suite. Ainsi le monde est-il comme il est et pas autrement.

Je pense que je vais maintenant aller faire un tour, histoire de m'aérer les synapses.

Cela vaut mieux.

Je ne tiens pas à ce que quelqu'un me demande si, d'aventure, par hasard, je n'aurais pas quelques comptes à régler avec mon père.

Ce à quoi je répondrais : mais de quel père parlez-vous ?

Et toc !

31.1

Pour en revenir à Charles Pichon le père (il est temps !) : lorsqu'il berçait son fils, le couvant du regard et lui murmurant à l'oreille « Dors bien, mon petit Charles », c'était comme s'il se murmurait à lui-même de faire un bon dodo et veillait sur son propre sommeil, sur ses propres rêves. L'illusion devait jouer à plein. Quand il collait une rouste au petit Charles après l'avoir surpris à faire une bêtise, tapait-il d'autant plus fort qu'il tapait aussi sur lui-même ? Quant à sa femme (Marie Lemoine), cela lui plaisait-il d'avoir deux Charles Pichon à la maison, un grand et un petit ? L'un qu'elle avait sorti de son ventre et l'autre à qui elle ouvrait son ventre ? S'y retrouvait-elle ? Fut-elle d'accord pour servir de machine à reproduire des Charles Pichon en série ? Était-elle embarrassée ou, dans le tréfonds de ses rêves, confondait-elle parfois le fils et l'époux, au point de tromper l'un avec l'autre et de s'en trouver obscurément heureuse ou honteuse ? Quand elle appelait Charles en criant dans la maison, le père et le fils devaient tourner la tête en même temps, chacun pensant qu'elle s'adressait à lui, avant de se rendre compte qu'elle s'adressait à l'autre. Quel bordel.

Qui a envie de donner son prénom à son fils ou à sa fille ?

De toute évidence, il se passa quelque chose avec le petit Charles qui ne s'était pas produit avec les autres enfants Pichon. Quelque chose d'affectif et de symbolique. D'autant que le petit dernier vit le jour sur le tard : lorsqu'il poussa son premier vagissement, son père allait sur ses 40 ans tandis que Marie en avait déjà 36. Pourquoi faire un troisième enfant, qui plus est si longtemps après les deux premiers ? Fut-ce un « accident » ? Y eut-il anguille sous roche ?

Mais imbécile que je suis ! Cela me saute tout à coup aux yeux : le petit Charles est né en 1898 et Charles le père est mort en 1901, c'est-à-dire trois ans plus tard. Trois ans plus tard, Charles le père était mort et Charles le fils était orphelin. Voilà qui change tout. Il faut regarder les dates. Ce sont elles qui tirent les fils de l'histoire. Elles qui flèchent le chemin.

Charles le père se savait-il condamné ? Était-il malade ? Sa hernie inguinale avait-elle pris des proportions épouvantables, le condamnant irrémédiablement ? Loin d'être le petit Charlot à son papa, sa pâle copie vouée à n'être qu'une doublure attendant la mort du père pour prendre sa place et gagner enfin le droit d'exister en son nom propre, *d'assurer la relève,* Charles (le fils) fut peut-être l'ultime sursaut de vie du père confronté à sa mort prochaine. Il fut peut-être le désir du père de laisser à sa femme une version de son mari la consolant de sa disparition. Oui, Charles (le fils) fut peut-être la dernière volonté de Charles (le père). Il fut peut-être son dernier souffle de vie. Son ultime désir de se survivre et de surmonter l'angoisse de la mort. Sur son nom ne se concentrait finalement pas la toute-puissance abusive du père mais la tristesse de sa disparition programmée.

Ce qui fait que Charles le fils porta toute sa vie le poids du père mort. On voulut qu'il porte toute sa vie son deuil. Qu'à jamais il incarne son fantôme. Sans oublier le chagrin de la mère. Sans oublier qu'on dut projeter sur lui le vécu du père, au détriment de son propre vécu. Sans oublier les attentes de l'entourage pour qu'il honore la mémoire du père et soit à la hauteur de l'homme que celui-ci avait été, comme si lui-même n'existait que pour ressusciter la figure forcément idéalisée du cher disparu. Comme si ce n'était jamais lui qu'on aimait mais le mort en lui. On imagine les ravages. Cela fabrique des individus volontiers bipolaires, paraît-il.

En témoigne le philosophe Louis Althusser, ainsi prénommé en mémoire du premier amour de sa mère, mort à la guerre et qu'elle ne cessa jamais d'aimer à travers son fils : à 62 ans, après avoir souffert toute son existence de maniaco-dépression, il étrangla à mains nues sa femme. Van Gogh vécut toute sa vie avec l'obsession de son frère Vincent mort quelques mois avant sa naissance et que ses parents pleurèrent toute leur existence : il se suicida peu après que son frère Théo, croyant à son tour bien faire, succombant au deuil des parents, ait lui aussi prénommé Vincent son premier fils, évinçant du même coup Van Gogh du rôle qui n'était même pas le sien. Le peintre Dalí raconta qu'avant sa naissance était décédé d'une méningite un frère adoré de ses parents et prénommé Salvador. « Quand je suis venu au monde, ils m'ont donné le même nom que lui et, à cause de cela, j'ai vécu toute mon enfance et toute mon adolescence en portant agrippé à mon corps et à mon âme l'image de mon frère mort. » Etc.

Pour ceux à qui l'on donne le nom d'un mort, leur être s'apparente à une crypte, à un caveau, à un tombeau. Squattés de l'intérieur par un cadavre, ils savent n'être que des substituts, des mémoires endeuillées. Ce n'est pas comme si on les avait désirés, eux nommément. Comme s'ils étaient uniques et que leur existence était légitime. Non, ils sont sur Terre en remplacement d'un autre, ils tiennent la place d'un *disparu*, leur présence au monde doit tout à un mort qui ne leur laissera plus de repos, les hantera toute leur existence, les hantera à jamais. Nés posthumes, jamais ils ne croiront qu'on puisse les aimer pour ce qu'ils sont, mais uniquement pour celui qu'ils ne sont pas et dont ils usurpent le nom et la place. Toujours ils chercheront à ce que l'on aime celui qui, en eux, n'est plus. *L'innocent défunt*. Voilà ce que c'est que de donner à un enfant un prénom qui n'est pas un prénom mais un nécronyme. Voilà qui explique peut-être l'espèce de tumeur sous la peau...

Là encore, c'est fou ce qu'on peut déduire d'un simple prénom.

Mais j'y songe : lorsque Charles le père mourut en 1859, Marie dut emmener le petit Charles sur la tombe du défunt, et tandis qu'elle voyait le nom de son époux gravé sur la pierre, à côté d'elle, en culottes courtes, son fils lisait le sien comme si c'était lui qui était enterré là et non seulement son père. À quoi pensait-il alors ?

Je rappelle que Charles le fils deviendra le père de Marcelle.

Voici qui ouvre certaines perspectives.

Donne certaines clés.

Ce ne fut sûrement pas rien d'avoir été la fille d'un père sacrifié à la naissance sur l'autel de la mort du père.

Nul doute qu'il en resta quelque chose.

Reste à savoir quoi.

« Je connais déjà sa taille
(un mètre soixante-six). »
Alain CORBIN, *Le Monde retrouvé*
de Louis-François Pinagot

32

Pour être exact, l'acte de naissance de Charles le fils indique qu'il eut deux autres prénoms. Il s'appelait Charles Albert Marcel Pichon. Né en 1898 à Saint-Sulpice-Laurière (Haute-Vienne). Décédé à Paris 15e en 1968. À 70 ans pile.

Son livret militaire (matricule 451, classe 1918, bureau de Châteauroux) décrit un jeune homme de 1,65 mètre (dans la moyenne, donc, mais plus grand cependant de six centimètres que son père), aux cheveux « châtain foncé », aux yeux « marron foncé », au front « vertical moyen », au nez « rectiligne » et au visage « ovale ». Pas vraiment le portrait craché de son père. Disons qu'il ressemblait à sa mère et n'en parlons plus.

En plus d'être « soutien de famille », le conseil de révision ne le jugea pas apte pour le service armé au motif qu'il figurait dans la « 5e partie de la liste faiblesse ». Cela signifie, au choix, qu'il était malingre ou d'une constitution fragile, qu'il avait une mauvaise vue ou une audition déficiente, souffrait à ce moment-là d'une maladie handicapante ou était affecté d'une infirmité physique ou mentale (on parle du père de Marcelle, n'est-ce pas).

L'armée ne fit cependant qu'ajourner son incorporation puisqu'il sera rappelé deux ans plus tard, le 11 octobre 1920, pour être versé au petit état-major de Joinville, où il restera un an avant d'être renvoyé dans ses foyers, muni d'un certificat de bonne conduite. Peut-être parce que sa fille venait de naître (comme ma naissance libéra mon père de la guerre d'Algérie...). Voilà qui explique que l'acte de naissance de Marcelle indique que son père était « militaire ». Mais au vrai, sa profession était déjà « coiffeur », comme cela est notifié sur son livret militaire. Lequel révèle qu'il résidait dès 1918 à Paris, 6 avenue Félix-Faure. Puis, à partir de 1924, au 144 rue de Javel, Paris 15e. Ce qui n'est pas tout à fait exact puisqu'il habitait à cette adresse un an plus tôt, comme le prouve son inscription sur la liste électorale de l'année 1924. (Eh oui, je ne suis pas peu fier d'avoir aussi retrouvé sa carte d'électeur !)

À propos du 144 rue Javel : les archives indiquent que c'est là que Marcelle habita toute sa vie, dans l'appartement qui devait se trouver au-dessus du salon de coiffure, avant d'aller mourir au 183 rue Championnet. Pour ce que j'en sais, elle ne déménagea jamais et, même mariée, elle continua de résider dans la maison de son enfance, dans la maison de son père, *avec lui*, ce qui n'est pas banal (encore une pièce du puzzle...). À l'évidence, le 6 avenue Félix-Faure fut une adresse temporaire. Ce qui, par parenthèse, ne change rien à ce que Marcelle vécut dans le 15e arrondissement pendant l'Occupation : le 144 rue de Javel est encore plus proche du Vel d'Hiv !

S'il était né deux ans plus tôt, le père de Marcelle aurait été envoyé au front. Peut-être à Verdun. Peut-être aurait-il été tué ou serait-il revenu amputé d'un bras ou d'une jambe, les poumons moutardés, la gueule cassée, l'esprit fracassé. Mais il avait 16 ans en 1914. Son père, né en 1859, avait lui aussi évité la guerre de 1870. Par un heureux effet de la loi des intervalles, les Pichon passèrent entre les balles de l'Histoire. À quelques années près, ils ne firent pas partie des générations envoyées se faire tuer dans la grande boucherie mondialisée et industrielle. Jamais ils ne furent blessés, tués, capturés ou traumatisés par les horreurs de la guerre. Pas directement en tout cas. Ils ne tuèrent personne non plus. Jamais ne furent des vaincus car c'étaient les autres qui avaient perdu.

Pour autant, tous vécurent leur adolescence et leur entrée dans l'âge adulte alors que le pays était en guerre. À l'instar de Marcelle qui, en 1939, avait à peine 18 ans. Comme un lien entre les générations. Une expérience que les Pichon pouvaient partager entre eux, en se disant sans doute qu'ils avaient eu de la chance, en éprouvant peut-être un vague sentiment de honte. Même si le père de Marcelle fut rappelé à l'activité le 14 février 1940, comme soldat de 2e classe affecté au dépôt d'infanterie 93, avant de passer à la 3e compagnie de guet dès le 19 février, rattaché au dépôt d'artillerie de la ville de Le Blanc, dans l'Indre. En clair : il passait son temps à regarder le ciel, de peur qu'il lui tombe sur la tête sous la forme de stuka ou de Messerschmitt flanqués de la croix balkanique de la Luftwaffe. Pour assister au mariage de sa fille, il dut bénéficier d'une permission.

Son livret militaire livre encore deux informations. D'abord, son père et sa mère sont notés décédés. Ce n'est pas une surprise pour le premier, disparu en 1901, lorsque Charles avait 3 ans ; mais j'apprends ici que Marie Lemoine n'était déjà plus de ce monde en 1918. J'apprends surtout que Charles avait un « tuteur » : Joseph Pichon.

32.1

Joseph Pichon ? Il a fallu que je me replonge dans l'arbre des Pichon pour constater qu'il était l'oncle de Charles (le fils). Le frère cadet de son père. Né en 1863 à Bommiers, marié à Brives en 1897 avec Clémentine Reviron, qui lui donna cinq enfants, tous deux étaient domestiques et Joseph décéda… je ne sais ni où ni quand. Je n'ai rien trouvé sur lui. Ni acte de décès ni livret militaire. Sans doute tira-t-il un bon numéro lui permettant d'échapper à la conscription. En tout cas, il semble s'être évaporé. Il demeure un mystère.

Au fil de mes recherches, j'ai bien trouvé un Ernest Pichon, qui était garde-moulin et fut condamné en 1885 par le tribunal correctionnel d'Issoudun à quinze jours de prison pour avoir « volé des pigeons ». J'ai trouvé un Jean-Désiré Pichon, qui était « blond aux yeux bleus ». J'ai trouvé un Jules Pichon qui avait un « signe au menton », du côté gauche. J'ai trouvé un autre Jules Pichon, valet de chambre. J'ai surtout trouvé un Jules-Henri Pichon, dont il est écrit qu'il fut libéré de ses obligations militaires le 1er juillet 1904 *alors qu'il était mort quinze ans plus tôt*, en 1889, à Thevet-Saint-Julien (trop marrant !). J'ai aussi trouvé un Louis-Rémi Prophète (il avait les cheveux noirs et crépus, je n'invente rien). J'ai trouvé un Georges

Scaramouche (qui était parcheminier). J'ai trouvé un Adrien Venin (réformé parce qu'il souffrait d'une hernie inguinale non pas simple comme le grand-père de Marcelle, mais double – pauvre gars, il était en effet plein de venin). J'ai trouvé un Georges-Désiré Brigand (il était boucher et fut réformé pour infirmité antérieure à son incorporation). J'ai trouvé un André-Henri Charlemagne (il était étudiant). J'ai trouvé un Alexandre Charlot (lui aussi décédé en 1894 et pourtant susceptible d'être rappelé sous les drapeaux jusqu'en 1909 – ah ah ah !). J'ai trouvé un Auguste Grenouilloux (un fruitier qui avait de légères rousseurs). J'ai trouvé un Désiré Lamoureux (qui était sans profession et habitait Vatan). J'ai trouvé un Georges Gagnon, dont le livret militaire est long comme le bras tellement il contient de notes marginales (il était officiellement journalier mais officieusement braconnier puisqu'il fut condamné en 1889 à six jours d'emprisonnement pour « délit de chasse en temps prohibé », puis à trois mois pour « vagabondages », puis à six jours de prison et à 50 francs d'amende pour « chasse et colportage de gibiers en temps prohibé », puis plein d'autres peines de prison au fil des années détaillées sur des feuillets ajoutés à son livret militaire, jusqu'à un total de près de trois années derrière les barreaux, pour chasse de nuit sans permis, ce qui ne l'empêcha pas de recevoir la médaille du Tonkin après avoir fait partie du corps expéditionnaire parti en Cochinchine se battre en 1885 et 1886 contre les Chinois pour le contrôle du fleuve Rouge. À noter que Georges Gagnon aimait décidément braconner sur les terres des autres car, en 1891, il fut également condamné à huit jours de prison pour « complicité d'adultère ». Cela signifie qu'il fut surpris au lit avec une femme mariée, probablement chez elle, le flagrant délit devant être constaté par le mari et des témoins pour que le tribunal inflige une peine de prison, celle-ci relativement minime cependant puisque la complicité d'adultère pouvait valoir jusqu'à plusieurs années de bagne (avait-il déjà reboutonné son pantalon ?). Vu toutes ses condamnations, le bougre était peut-être doué pour braconner, mais beaucoup moins pour ne pas se faire prendre.)

Tous ces êtres, toutes ces vies, ces destins s'entremêlant, ils me donnent le tournis. Ils me donnent aussi envie de pleurer. Au point d'avoir envie de chercher qui était chacun d'entre eux. *Qui était Georges Gagnon ?* D'où venait-il ? Pourquoi une existence si chaotique ? Avait-il un lien avec Henri Gagnon, le grand-père maternel de Stendhal (1728-1813) ? Chez qui le petit Henri Beyle vint habiter à l'âge de 7 ans, parce qu'il n'en pouvait plus de son chérubin de père et de son éducation orpheline ? Et si Georges était le frère caché de l'auteur du *Rouge et le Noir* ? Et si... Mais je me suis repris, juste à temps. Assez de traquer les fantômes ! Assez de perquisitionner les liens familiaux et de rechercher les pères, les fils et tout le toutim ! Stop à l'addiction. C'était non !

(Bon, je suis quand même allé regarder, juste un tout petit coup d'œil, l'air de rien et, surprise, à la date du 22 avril 1863 des archives de Châteauroux, l'acte de naissance de Georges Gagnon se trouvait juste en dessous de celui d'Alexandrine Gagnon, née le même jour des mêmes parents, mais une demi-heure plus tôt. Georges et Alexandrine étaient jumeaux ! Georges n'était pas tout seul dans le ventre de sa mère. Il était le zygote de sa sœur, née du même œuf, barbotant dans le même bain amniotique. Je ne m'étais pas trompé. J'étais sûr que Georges Gagnon n'était pas comme tout le monde. Et si ? Maintenant que j'étais lancé, je me suis replongé dans les archives pour découvrir, comme j'en avais l'intuition, comme je le pressentais et en étais même persuadé avant d'en avoir la confirmation, que la petite Alexandrine était décédée trois semaines après sa naissance. Voilà. George perdit sa jumelle, son double utérin, cette pure moitié de lui-même. Je me doutais qu'il cachait un lourd secret. Une vraie douleur. Ce n'était pas possible autrement. Ce n'était pas seulement poussé par la pauvreté qu'il braconnait et ne pouvait s'en empêcher alors qu'il se faisait chaque fois prendre et se retrouvait des mois durant en prison, ce ventre obscur de la société. Il y avait autre chose. Il y avait cette âme véritablement sœur dont il avait été amputé. Cette part manquante le laissant orphelin de lui-même, démuni dans le monde, seul sur Terre. Crut-il d'ailleurs avoir tué sa jumelle, en prospérant à son détriment dans le ventre de leur mère, ce pourquoi elle ne survécut pas, trop faible et chétive qu'elle était, tandis que lui était un beau bébé à la naissance, comme ses parents ne cessaient de le répéter, croyant ainsi rétablir l'équilibre, ouvrant un abîme en fait ? Le persuadant qu'il était un jumeau cannibale. Un jumeau parasite. Un parasite tout court. Un assassin voué à braconner la vie de son prochain.

« Je hais ces mots qui m'empêchent
de mourir. »
Sarah KANE, *4.48 Psychose*

33

– Oui, Penny ? Je sais que vous êtes là. Inutile de vous cacher !

– Pardon, Bmore. C'est juste… enfin… vous relisez parfois ce que vous écrivez ?

– Excusez-moi ?

– Vous vous rappelez vos splendides analyses sur le prénom Marcelle ? Pourquoi ses parents lui donnèrent ce prénom, etc.

– Et alors ?

– Vous venez d'écrire que le père de Marcelle s'appelait Charles Albert Marcel Pichon. Vous percutez ? Marcel était son troisième prénom. Voilà d'où vient le prénom de Marcelle. Pas la peine de chercher midi à quatorze heures. Rien à voir avec les cheveux « marcellés » et autres fariboles.

– Penny, je vous déteste !

– Oui, mais heureusement que celle-ci est là. Celle-ci a d'ailleurs hésité à vous prévenir. D'autant qu'elle est persuadée que personne n'a fait le lien.

– Personne ?

– Je parle des lecteurs.

– Voilà pourquoi vous êtes indispensable dans cette histoire.

– Heureuse de vous l'entendre dire.

– Autre chose ?

– Rien pour l'instant. Ah si.

– Quoi ?

– Celle-ci a relu les fragments du journal de Marcelle parus dans la presse.

– Alors ?

– Vous vous rappelez : à un moment, elle écrit que le jeûne, « c'est la mort la plus horrible. Comme toujours on ne sait jamais la vérité ».

– C'est vrai qu'on ne sait jamais la vérité.

– Sauf que ce n'est pas ce qu'elle a écrit. Celle-ci a comparé avec le fac-similé reproduit dans *Le Parisien*. Et ce que Marcelle a, de sa main, écrit, c'est : « comme toujours on ne *dit* jamais la vérité ». Vous voyez le problème ? Ce n'est pas du tout la même chose.

– Vous êtes sûre ?

– Oui oui. Marcelle fait les *s* d'une certaine manière et, là, ce n'est pas un *s*. C'est un *d*. Elle a écrit le mot « dit ».

– Merdum.

– Comme vous dites. Car cela change tout, n'est-ce pas ? Si vous dites : « comme toujours on ne sait jamais la vérité », vous parlez en général, c'est tout à fait impersonnel, il s'agit d'une phrase toute faite ; alors que si vous dites « comme toujours on ne dit jamais la vérité », cela devient tout de suite personnel. Vous pensez à quelqu'un ou à quelque chose en particulier. C'est tout à fait spécifique. Il y a une intention. C'est du vécu. Ce n'est plus le même « on » tout à coup. En écrivant ça, Marcelle pointait dans une direction bien précise. Elle avait de mauvais souvenirs en tête. Elle *pensait* à quelque chose. Ou à quelqu'un en particulier.

– Les mots, Penny. Il n'y a que ça de vrai.

– Pourquoi les journalistes ont-ils écrit « sait » à la place de « dit » ? Qu'est-ce que cela leur coûtait de respecter ce que Marcelle avait écrit ? C'était pourtant le minimum !

– Je n'en sais rien, Penny. Paresse, je-m'en-foutisme, timing de production trop serré…

– Oui, mais il a bien fallu que quelqu'un, à un moment donné, fasse la substitution. Cette petite adultération n'est pas tombée du ciel. Cela ne prend pas plus de temps d'écrire « dit » que « sait ». On ne parle pas de déchiffrer la pierre de Rosette.

– Ce fut peut-être inconscient…

– Ce serait encore pire. Cela voudrait dire que, d'une façon générale, quelque chose ne veut pas savoir. Quelque chose « bloque ». D'ailleurs, vous avez remarqué : quand les médias citent des extraits du journal de Marcelle, ils évitent de citer son « malédiction sur ce monde pourri ». Comme par hasard.

– J'avais noté, moi aussi. Il faut croire que les médias forment plus qu'ils n'informent.

– Oui, bah c'est nul.

– Mais vous êtes là, Penny. Cela rétablit l'équilibre. Voilà pourquoi la littérature est nécessaire.

– Vous savez, Bmore, quand celle-ci s'est aperçue que Marcelle avait écrit « comme toujours on ne dit jamais la vérité », elle a eu un flash. Elle s'est rappelé Laëtitia.

– Laëtitia ?

– Laëtitia Perrais. La jeune fille violée et assassinée en 2011. Elle avait 18 ans. L'affaire fit grand bruit à l'époque. Vous en avez forcément entendu parler. Parce qu'en plus d'être violée et assassinée par un taré qui passait par là, Laëtitia avait été placée avec sa sœur jumelle dans une famille d'accueil et, pas de pot, affreuse malchance, leur père adoptif était un vrai salopard qui, sous des dehors parfaitement respectables, agressaient sexuellement ses « chères petites pensionnaires ».

– Ah oui, je me souviens. Et cet enculé avait même un nom édifiant.

– Gilles Patron, il s'appelait.

– C'est ça. Monsieur Patron. Un vrai saint. Avec un nom comme ça, il devait se croire tout permis.

– Tout est désespérant dans l'histoire de Laëtitia Perrais. Dans le genre malédiction sur ce monde pourri, elle donne envie de tout détruire, de tout noyer dans un déluge de feu et de larmes.

– Mais quel rapport avec Marcelle ?

– Celle-ci a lu le livre qu'Ivan Jaklonka a consacré à Laëtitia. Et ce qu'elle ignorait, c'est que juste avant d'être assassinée, Laëtitia avait décidé de se suicider. Depuis toujours, les adultes s'ingéniaient à la détruire et, à la fin, à seulement 18 ans, elle n'en pouvait déjà plus. Elle voulait s'en aller, quitter ce monde pourri. Après sa mort, on a retrouvé des lettres d'adieu dans lesquelles elle disait donner ses vêtements au Secours populaire, son argent à sa sœur Jessica, sa vaisselle à sa mère, sa bague à sa demi-sœur, etc. Elle demandait aussi qu'on prélève ses organes et que tous les gens qu'elle aimait soient à son enterrement. Et elle terminait ses « dernières volontés » par ces mots : « Ah oui, je voulais juste vous dire de regarder autour de vous, il n'y a pas que moi qui mens. » Vous comprenez, Bmore ? C'est comme Marcelle disant que « comme toujours on ne dit jamais la vérité ». Ce ne sont pas les mêmes mots mais c'est la même phrase. C'est la même construction syntaxique, en deux temps. La même intention de dénoncer un mensonge sans pouvoir dire la vérité, parce que c'est impossible. C'est trop difficile. C'est trop énorme. Pour celle-ci, cela ne fait aucun doute : il s'agit, chez Marcelle comme chez Laëtitia, du même message envoyé aux vivants par-delà la mort. Une façon de dire de quoi elles sont mortes de leur vivant et ce qui les a tuées. Que les gens sachent, malgré tout. D'ailleurs, c'est comme ça que les flics ont commencé à s'intéresser à ce qui se passait chez les Patron.

– Rien de tel avec Marcelle. Il n'y a pas eu d'enquête pour savoir ce qui l'avait poussée à se tuer.

– Bien sûr puisque personne ne semble s'être donné la peine de lire ce qu'elle avait écrit ! À partir du moment où on remplace le dire d'un individu par le savoir de tous, c'est cuit.

– Vous pensez sérieusement, Penny, que Marcelle a eu son monsieur Patron ?

– Celle-ci n'a aucune certitude. Bien sûr que non. Mais elle n'en serait pas autrement surprise. Hélas.

– Décidément, il faudrait pouvoir lire l'intégralité de son journal.

– Celle-ci ne vous le fait pas dire.

– Ce que je trouve bouleversant dans les derniers mots de Laëtitia, c'est son « Ah oui ». Ce « Ah oui », il est terrible. Il est épouvantable. Il dit tout. Genre post-scriptum. En passant. Ah oui, au fait, j'oubliais de vous dire, mon père d'accueil me violait.

– Dire qu'il n'y a pas qu'elle qui ment, c'est dire que quelqu'un d'autre ment.

– Dans le monde du mensonge, c'est celui qui dit la vérité qui passe pour un menteur.

– On est d'accord, Penny. Sur toute la ligne.
– Penny ou Bmore ? C'est qui, là, qui parle ?
– On s'en fiche.
– Okay.

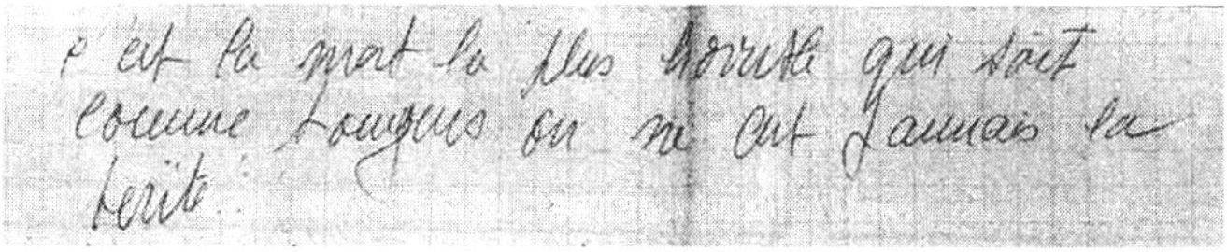
c est la mort la plus horrible qui soit
comme toujours on ne sait jamais la
vérité.

« Voici vingt minutes de ma vie
pendant lesquelles je ne me serai pas ennuyée. »
Hélène BESSETTE, *Vingt minutes de silence*

34

Extrait du carnet d'enquête :

« Aujourd'hui 6 janvier 2020. Sentiment que Penny et moi n'y arriverons pas. Sentiment de désespoir mou. L'enquête est au point mort. Rien ne va. Depuis des jours, c'est le néant. C'est la cata (et je suis poli). Pas une information valable, aucune piste sérieuse, rien de CONCRET ! Le néant ! Jamais nous ne retrouverons le journal de Marcelle : cela m'apparaît à présent inéluctable. Depuis le début, notre méthode d'investigation consiste à avancer de façon concentrique afin de resserrer toujours plus nos recherches autour du journal de Marcelle (en fait, ma méthode d'investigation est d'aller voir là-bas si mon père n'y est pas, mais il ne faut pas le dire) – sauf qu'au lieu de nous rapprocher du centre, nous nous en éloignons toujours davantage, jusqu'à dériver sans fin dans d'obscures zones périphériques et lamentablement psychologiques, faute d'éléments matériels. Pour un échec, il est complet. Il est patent. Que faire ? Je ne vais pas pouvoir cacher longtemps la vérité à Penny. La gamine va être bien déçue. Et moi donc ! Comment font les chercheurs d'or ? Comment se débrouilla le jeune Flint avec son île au trésor ? Et le Club des cinq avec son trésor de l'île ? Et Achab avec Moby Dick. Sauf que c'est la baleine blanche qui trouve Achab et non le contraire. Le journal de Marcelle finira-t-il par nous trouver ? J'y crois de moins en moins. J'ai même songé à Charles Marlow et à son colonel Kurtz : c'est dire combien les choses vont mal, le moral au plus bas, les ténèbres partout. D'ailleurs, je suis en train d'écrire le journal de cette débâcle. C'est un signe qui ne trompe pas. Les gens qui vont bien n'écrivent jamais de journal intime. Les gens qui vont bien ne se sentent pas seuls au monde. »

34.1

C'est en relisant Tintin que l'idée m'est venue.

Une minuscule petite idée. Une idée parfaitement stupide mais au point où j'en étais, vu la situation, même une stupide petite idée valait mieux que pas d'idée du tout.

Dans *Le Trésor de Rackham le Rouge*, le Pr Tournesol se promène pendant tout l'album avec un pendule qui lui indique qu'il faut chercher l'épave de *La Licorne* « à l'ouest, toujours plus à l'ouest ». D'après son pendule, le trésor du chevalier de Haddock ne se trouve pas sur « l'île qui ne figure sur aucune carte », pas au fond des mers non plus, non, il se trouve « à l'ouest » ; et, en effet, à la fin, lorsque Tintin et Haddock découvrent le trésor dans la crypte du château de Moulinsart, Tournesol s'exclame : « C'est ce que j'ai toujours dit : à l'ouest ! »

Et si je faisais appel à un radiesthésiste ?

Ah l'idée sublime !

Qu'avais-je à perdre ?

Et si, tenu au-dessus d'un plan de Paris, d'une carte de France peut-être, un pendule se mettait à vibrer magnétiquement au-dessus d'un endroit précis, captant les ondes du journal de Marcelle et révélant la région, la ville, la rue, l'immeuble, la pièce, le meuble, le tiroir peut-être où il attendait depuis trente-cinq ans que je vienne le chercher ?

J'en souriais tout seul d'avance.
Je voulais voir ça !
De mes yeux assister au prodige !

Le grand patron Ambroise Roux, vice-président du CNPF dans les années 70 et P.-D.G. de la Compagnie générale d'électricité, fervent militant de l'ultralibéralisme et « éminence grise » de trois présidents de la République (Pompidou, Giscard d'Estaing et Mitterrand), croyait à la parapsychologie. Il était persuadé que, par simple transmission de pensées, un individu sur Terre pouvait communiquer avec un sous-marin se trouvant à plus de cent mètres de profondeur. Il dépensait des fortunes pour prouver ses convictions.

Je peux être aussi con qu'un patron du CAC 40, si je veux.

Cela me donne, quoique de façon momentanée, le sentiment de faire partie des puissants de ce monde.

Quand bien même le père de la radiesthésiste fut, à la fin du XVIIe siècle, un parfait escroc. Répondant au nom de Jean Aymar (véridique !), il se targuait de pouvoirs de divination qui permirent l'arrestation de voleurs et de bandits dans la région de Lyon alors qu'il fut démontré par la suite qu'il employait des comparses pour obtenir les informations qu'il prétendait obtenir par des voies parapsychiques.

Mais je m'en fichais. Je me sentais si démuni que j'étais prêt à mettre mes derniers espoirs de retrouver le journal de Marcelle Pichon dans un petit morceau de cristal ou de laiton suspendu au bout d'une chaînette plaquée or.

Eh quoi ? En juillet 2019, le journal *Le Dauphiné* a bien rapporté qu'à Boulc, un petit village de la Drôme, le pendule d'un radiesthésiste permit de localiser le ravin dans lequel un octogénaire dont on était sans nouvelles depuis trois jours était tombé. Ainsi fut-il sauvé par les gendarmes.

Si le journal *Le Dauphiné* le disait.

En 2019, qui plus est.

Il existe d'autres belles histoires avec des chiens perdus, des objets égarés... Pourquoi pas avec un cahier d'écolier disparu depuis l'année 1985 ? Un cahier d'écolier petit format, à spirale et à petits carreaux, ainsi que le montrent les photos parues dans la presse. Je ne suis contre aucune expérience. Je suis toujours partant pour l'aventure. On est détective ou on reste chez soi à regarder la télévision.

Mais pas un mot à Penny ! Que cela demeure entre nous. Elle se moquerait bien trop. J'en aurais pour des semaines à subir ses sarcasmes.

34.2

Je ne sais pas si cette phrase à un sens, mais il me fallait trouver un radiesthésiste à la fois sérieux et honnête. Tel était à présent mon objectif. Voilà qui illustre à merveille ce que j'ai dit tout à l'heure à propos des cercles concentriques qui éloignent du centre au lieu d'en rapprocher : on commence par chercher le journal d'une femme qui s'est laissée mourir de faim et on se retrouve à chercher un radiesthésiste digne de confiance. Mais pas le choix. Farceuses sont les voies de la vérité. En tout cas, je ne voulais pas d'un marabout abusant grossièrement de ma crédulité, d'un sorcier aux yeux révulsés m'agitant sous le nez des grigris afin de me soutirer du pognon. Mon idée était stupide, mais pas moi. Même si, sur un plan romanesque, cela pourrait donner une scène croustillante. Mais je ne recherchais pas le croustillant. Je voulais plutôt mettre le maximum de chances de mon côté. Ce n'est pas parce que je ne croyais pas une seule seconde à la rémanence des ondes que des individus ou même des objets laisseraient de leur passage sur Terre, comme des empreintes magnétiques permettant de les suivre à la trace, que je devais traiter la « radiesthésie de recherche » par-dessus la jambe. Si on fait les choses, on les fait bien.

Je n'ai pas mis longtemps à trouver ce que je cherchais.

À Paris, dans le quartier de la Madeleine, à deux pas de la rue Tronchet si chère à Frédéric Moreau (et à mon cœur...), la Maison de la radiesthésie se targue d'avoir été fondée en 1925 par Alfred Lambert, un magnétiseur qui eut son heure de gloire au début du XXe siècle. Adepte de la « méthode Mermet », du nom du pionnier de la « médecine du sol » et des « ondes de formes », Alfred Lambert écrivit un *Mémento du magnétiseur* moult fois réédité, dont la première phrase transporte d'aise : « En principe, toute personne en bonne santé et en bon équilibre psychique peut devenir magnétiseur. » C'était bon à savoir. C'était très rassurant. Si quelqu'un pouvait m'aider à trouver un radiesthésiste compétent, c'était dans cette boutique dédiée depuis bientôt cent ans aux « domaines ésotériques et au monde de l'étrange ». Dans le métro, ligne 12, direction Madeleine, changer à Montparnasse, j'en frémissais d'avance.

Lorsque je poussai la porte de la Maison de la radiesthésie, la boutique était déserte. Cela m'arrangeait. Une vendeuse d'environ 40 ans, plutôt jolie derrière ses lunettes à grosse monture noire, rangeait je ne sais quoi derrière la caisse. Elle semblait en bonne santé et jouir d'un bon équilibre psychique. L'endroit était avenant, avec d'importants rayonnages de livres portant sur les rêves, le reiki, la réincarnation, les « âmes invisibles », la « puissance des mots », etc. À côté de la caisse, des tourniquets présentaient des pendules de toutes sortes : en fer, en laiton, en « pierre de Lune », « goutte d'eau », « toupie », « œil du tigre »... Plus loin, c'étaient des cartes divinatoires, des tarots, un grand plateau en bois présentant un « alphabet spirite pour communiquer avec les esprits ». Il y avait aussi des baguettes de sourcier, des boules de cristal de différentes tailles montées sur des socles dorés. Ailleurs, c'étaient des « bougies purificatrices » et des « poudres de magie » : à base de grains de benjoin, de copal ou de myrrhe, leurs fumigations avaient le don de chasser les « ondes négatives ». Des pots de « pontifical sang Dragon » étaient censés « favoriser » la télépathie. Plus loin, j'avisais des « lotions magiques haïtiennes » proposant des cocktails de plantes, d'épices et d'encens. Les étiquettes annonçaient « Eau des trois rivières », « Florida » et même

« Eau de désenvoûtement » : l'étiquette du flacon était toute noire avec une tête de mort, comme s'il s'agissait d'un poison. Verser le contenu du flacon dans son bain protégeait des mauvais sorts. Effet garanti ! Il en coûtait 8,90 euros le flacon. Sous vitrine, on pouvait admirer des améthystes de Madagascar, ainsi que d'autres pierres aux pouvoirs assurément bénéfiques. Il ne manquait que l'Œil d'Agamotto. Il y avait également des planches de ouija, pour détecter les « entités négatives ». J'avais envie de tout acheter !

Arborant sous mon masque FFP2 mon plus beau sourire, mon sourire de Humphrey Bogart qui, je l'espérais, se verrait jusque dans mes yeux rieurs, je m'approchai de la vendeuse et me lançai : « Hep mon chou, je suis détective privé, voici ma carte, j'enquête sur la disparition d'un cahier d'écolier qui a appartenu à une femme qui s'est laissée mourir de faim en 1984. Ça fait un bail, je sais. C'est triste, je ne vous le fais pas dire. Vous êtes une sensible, vous. J'aime beaucoup vos lunettes. Vous savez ce qu'on dit des femmes à lunettes ? Dites, mon chou, vous ne sauriez pas où je pourrais trouver un radiesthésiste qui jouerait du pendule comme personne ? Je suis certain que vous avez ça dans vos relations. »

Bien sûr, je ne l'ai pas autant joué à l'ancienne. Mais l'esprit y était. Je me faisais vraiment l'effet d'être Lemmy Caution (j'allais dire l'Ami Cochon) dans un film noir des années 50. Et cela marcha. Car « Chou » me conseilla de contacter l'Association des amis de la radiesthésie. « Des gens très sérieux », m'assura-t-elle en hochant la tête. Avec un nom comme ça, j'en étais persuadé. « Mon chou, vous êtes sensass », fis-je en lui tirant le chapeau imaginaire que j'avais sur la tête (un fédora couleur gris souris à large bord). Avant de partir, j'achetai un pendule en laiton, histoire de laisser une bonne impression. Je l'aurais préféré en cristal de roche mais ils étaient en rupture de stock. Va pour le laiton. « Ce modèle est très efficace pour débuter », gloussa Chou comme si elle me parlait d'un jouet sexuel qu'elle aurait expérimenté avec délice. Et grâce auquel elle aurait trouvé son point G, en faisant vibrer son pendule au-dessus de son sexe (seulement au-dessus ?) pour localiser son emplacement exact. Je notai l'idée, elle pouvait servir à l'occasion. L'objet coûtait 26 euros. Cela faisait un peu cher le simple fil à plomb. Je payai en liquide. Pas question de laisser une trace de mon passage.

Une fois dehors, j'ai regretté de n'avoir pas acheté un flacon d'« eau de désenvoûtement ». J'en aurais volontiers bu une bonne rasade, mélangée à du pastis. Ce n'était sans doute pas recommandé, mais il s'agissait, d'après l'étiquette, d'un mélange d'eaux du Jourdain, du Gange, du Nil et du Zam-Zam et absorber cette potion magique était peut-être plus efficace que de la noyer dans l'eau de son bain. Comme ces gens qui font passer directement l'alcool dans leurs muqueuses intimes pour une ivresse plus forte et immédiate. Le pouvoir des mots est tel que j'avais de bonnes chances de constater un effet sur moi. Peut-être cela lèverait-il le sortilège m'empêchant de retrouver le journal de Marcelle Pichon. Mais il était trop tard. J'avais tourné trois rues et me trouvais déjà rue Tronchet, en vue de la station Madeleine. Tant pis. Ce serait pour une autre fois.

34.3

Dans le métro, j'ai consulté Internet sur mon portable.

L'Association des amis de la radiesthésie (AAR) avait été créée à Lille le 29 décembre 1929 par l'abbé Alexis

Bouly, l'un des pères de cette « nouvelle science » dont le concept a l'avantage de la simplicité : les objets émettent un fort rayonnement énergétique dont les fréquences peuvent être captées à travers le temps et l'espace par des instruments ondulo-sensibles tels que baguette de sourcier ou pendule. Parmi ses membres fondateurs, des personnalités de premier plan : Édouard Branly, inventeur de la TSF, d'Arsonval, membre de l'Institut, Deslandes, membre de l'Académie des sciences, l'abbé Mermet, dit le « Prince des Sourciers », les vicomtes Henry de France père et fils, le Dr Foveau de Courmelles, doyen des radiologues français, etc. Combien de croyances populaires sont-elles d'abord le fait des élites qui, ne jurant officiellement que par la rationalité, s'adonnent en privé à l'irrationnel afin de supporter la violence de la séparation du corps et de l'esprit dont ils sont autant les acteurs que les jouets ? La théorie du ruissellement se vérifie dans certains cas, finalement.

Il me restait encore quelques stations. J'ai tapé « Zam-Zam », parce que cela me turlupinait. Je voulais connaître avec précision la composition de « l'eau de désenvoûtement ». Contrairement à ce que je croyais, il ne s'agissait pas d'un fleuve mais d'une source d'eau miraculeuse que, selon l'islam, l'ange Gabriel aurait fait surgir dans le sanctuaire de La Mecque pour sauver de la mort Agar, la servante d'Abraham, et son fils Ismaël qui erraient comme des imbéciles dans le désert.

J'aurais au moins appris un truc aujourd'hui.

Il y a décidément plus de spiritualité dans ce monde que de réalités.

Et la journée n'était pas finie !

(Je profite d'être dans le métro pour ouvrir une petite parenthèse : sans doute la méthode de la Bmore & Investigations pour percer les secrets de Marcelle Pichon et, si possible, retrouver le journal de son agonie en surprend-elle certains. Elle ne paraît pas très orthodoxe. C'est oublier qu'elle s'inscrit dans une tradition bien ancrée : celle de l'*Encyclopédie* des Lumières. Je m'explique : auparavant, Dieu possédait la réponse à toutes les questions que l'homme se posait. Si l'homme ne savait pas quelque chose, Dieu savait. Dieu était LA réponse ! Ce qui était bien commode pour contrôler les populations mais, sur un plan intellectuel, assez peu satisfaisant. Mais ça, c'était avant que d'audacieux philosophes osent supprimer Dieu de l'équation du savoir. Rompant avec Aristote et son arbre de Porphyre comme avec la Bible et son arbre de vie, Diderot et d'Alembert furent ainsi les premiers à innover dans l'art difficile d'épeler toutes les lettres du mot « Connaissance » en proposant un « arbre du savoir » s'articulant autour de trois facultés exclusivement humaines :

la raison,
la mémoire,
et l'imagination.

Ces trois facultés-là et pas une de plus.
Cette trinité humaine de la Science.
Dont l'imagination.
Absolument !
Sachant que la raison : rien de très compliqué. Les choses ne tombent pas du ciel, elles viennent de quelque part, elles sont *produites*, au terme d'une succession de causes et d'effets dont la logique et le raisonnement permettent justement de remonter la chaîne.

La mémoire, elle, exploite le lien analogique qui fait qu'une chose peut en rappeler une autre, à laquelle elle fait songer et, dès lors, nous en savons un peu plus sur cette chose.

Quant à l'imagination : voilà qui est plus problématique. C'est peut-être la mémoire élevée au carré de la raison, ou l'inverse. Peu importe. Voltaire a rédigé plus de vingt pages sur le sujet, distinguant l'imagination « active » de la « passive », sans parvenir à élucider le mystère. Mais ce n'est pas grave. Ce qui compte, c'est que, sans ces trois facultés, on ne peut rien savoir sur rien. Rien de sérieux en tout cas. Rien de *valable*. Et cela vaut pour Marcelle Pichon. Fermer la parenthèse. Ce qui tombe bien car voici la station Vaugirard et c'est là que je descends.)

34.5

Rentré chez moi, je me suis précipité sur le site de l'AAR pour envoyer un mail expliquant ma démarche et l'ardent désir que j'avais de recourir aux dons médiumniques d'un ou d'une radiesthésiste digne de ce nom. Un quart d'heure plus tard, ding, je recevais un mail de l'Association avec un numéro de téléphone à appeler. Waouh, ils étaient super réactifs à l'AAR. Je suis allé me brosser les dents et, après avoir pris une longue inspiration, j'ai composé le numéro magique. Le type qui décrocha était charmant. Il avait bien compris ce que je cherchais et, sans plus attendre, il me recommanda une radiesthésiste de sa connaissance, une dame âgée de 70 ans, très compétente dans la recherche des personnes ou des objets disparus, vraiment très douée. Exactement ce que je cherchais ! Je tenais ma madame Pendule !

De notre conversation, je retiens aujourd'hui un passage qui, sur l'instant, me laissa perplexe. Tellement que, sitôt après avoir raccroché, je l'ai retranscrit le plus fidèlement possible sur papier.

Lui – Avant d'aller plus loin, je dois vous poser une question, c'est un peu délicat, mais je suis forcé de vous la poser.
Moi – Je vous écoute.
Lui – Avez-vous l'autorisation de rechercher le journal de cette femme ?
Je crois qu'il parle de droits d'auteur, de propriété intellectuelle ou littéraire, de possibles ayants droit et je réponds en me mordant l'intérieur de la joue :
– Euh... je pense, oui, enfin... il n'y a pas de soucis de ce côté... pas que je sache. Pourquoi ?
– Lorsqu'on fait une recherche sur une personne disparue ou défunte, on pose toujours la question car il faut que l'esprit de cette personne soit d'accord. C'est pareil pour un objet ou un document : ils sont liés énergiquement à la personne qui les possédait et si vous avez, euh, quelques notions de l'au-delà, euh, il arrive que la personne ne veuille pas qu'on remonte jusqu'à elle, ou bien ce n'est pas le moment et il ne faut donc pas le faire. Vous comprenez ?

Je comprends surtout qu'il me demande si Marcelle accepte que je retrouve le cahier dans lequel elle a raconté son calvaire. Si, depuis sa tombe, depuis l'autre monde, où qu'elle se trouve, au paradis ou en enfer, elle est d'accord pour que moi, Bmore de la Bmore & Investigations, j'entre en communication avec son journal afin d'en prendre connaissance. Sans déconner ! Ils ont donc, tout là-haut, un service juridique aussi tatillon qu'ici-bas ? Ils connaissent Rita Ojabe ? Mince, je n'avais pas songé à ça. Je ne m'étais pas posé la question. Mince, je n'en sais fichtre rien. Du coup, me voici à improviser une réponse qui, mine de rien, m'oblige à révéler le fond de ma pensée, lequel comporte un fond de vérité que j'aurais préféré garder secret :

– Écoutez. Cela fait déjà plus de deux ans que je cherche le journal de Marcelle et c'est un peu ridicule de dire ça, mais je pense que Marcelle m'a choisi pour le retrouver. Je me raconte peut-être des histoires, mais c'est vraiment mon sentiment.

– D'accord. C'est très bien, ça. Vous avez un lien de parenté avec elle ?

– Aucun. Jusqu'à preuve du contraire...

– Vous avez déjà écrit sur ce genre de sujet ?

– Jamais. C'est la première fois. En fait, cette histoire m'est tombée dessus en 1986, elle m'est parvenue par la voie des ondes et c'est un signe, non ? Il faut que vous sachiez que je porte Marcelle dans un coin de mon cœur depuis trente-quatre ans. J'aurais pu oublier ce fait divers, mais non. J'ai toujours eu la conviction qu'il me faudrait un jour parler de cette histoire, que quelque chose ou quelqu'un m'avait désigné et je pense qu'il s'agit de Marcelle elle-même. Je pense que le moment est venu et que c'est à moi que revient cette tâche.

– On sait pourquoi elle s'est laissée mourir ? Elle était malade ?

– Je n'en sais rien. Elle était tombée dans la précarité mais cela n'explique pas son geste.

– Et j'imagine qu'elle s'est suicidée toute seule, sans rien dire à personne, sinon sa famille ou son entourage seraient intervenus.

– Tout à fait. Elle s'est enfermée un dimanche et elle s'est laissée mourir de faim en tenant le journal de son agonie pendant quarante-cinq jours.

– C'est une histoire bien triste, dites donc. Très émouvante.
– C'est comme si cette femme m'avait mandaté pour que je raconte son histoire. Entre elle et moi, il y a comme un contrat, un pacte...
– Je comprends. Et vous pensez que son cahier livre des éléments permettant de comprendre pourquoi elle a fait ça. Des raisons philosophiques, spirituelles ou autres.
– C'est ce que j'espère. Si elle a laissé un journal, c'était pour que les gens sachent. C'était pour qu'on le lise. Je pense donc qu'elle veut que son journal soit retrouvé.

En raccrochant, j'avais l'intérieur de la joue en sang à force de l'avoir mordue.

34.6

J'ai attendu quelques jours avant d'appeler madame Pendule. Je tenais à ressentir de bonnes vibrations au moment d'invoquer les forces magnétiques et spirites. Inutile que des mauvais esprits brouillent les fluides. Je ne voulais aucun parasite. Je voulais des conditions d'émission et de réception médiumniques aussi parfaites que possible. Absolument optimales. Malgré moi, j'imaginais déjà le pendule vibrer et gîter et même s'emballer follement, comme possédé par des forces surnaturelles, limite diaboliques, à la seule évocation du journal de Marcelle. Je le voyais faire des moulinets endiablés, tournoyant dans tous les sens comme les boules qu'on fait claquer dans les airs et qui s'entrechoquent de plus en plus vite en faisant tacotacotacotac. D'ailleurs, ce jeu s'appelait tac-tac lorsque j'y jouais étant gosse, dans les années 70, ce jeu débile faisant à l'époque fureur. À la fin, les boules finissaient toujours par cogner les os du poignet. Ça faisait un mal de chien. Les idées les plus stupides donnent parfois des résultats inattendus. Je comptais bien là-dessus.

Au téléphone, madame Pendule avait la voix vive et alerte d'une petite vieille pleine d'allant. Elle habitait quelque part en Normandie. Elle avait actuellement de « petits pépins de santé mais rien de grave ». À son âge, c'était « normal ». Elle ne devait d'ailleurs pas « s'attendre à ce que les choses s'améliorent pour elle. Ah ah ah ». Son rire était clair et flûté. Délicieuse elle était. Une petite vieille pas vraiment au top de sa forme mais jouissant assurément d'un très bon équilibre psychique.

Je lui ai exposé la situation, insistant avec gravité (gravité non feinte quoique surjouée) sur la nécessité dans laquelle je me trouvais de découvrir le journal de Marcelle, lui assurant que Marcelle elle-même m'autorisait à faire cette recherche et que ses dons en radiesthésie étaient mon dernier espoir, mon ultime recours. Mais elle, d'emblée, en toute franchise, avec une honnêteté que j'ai trouvée impeccable, vraiment tout à son honneur, m'a tout de suite arrêtée. Non non, elle ne pouvait pas faire ça. Elle ne pouvait pas savoir où se trouvait actuellement le cahier de Marcelle. C'était tout à fait impossible. Pas après tant d'années.

– Ah. Vous êtes sûre ? Vous ne pouvez pas au moins essayer ? (Allez, juste un petit coup de pendule, pour voir ce que ça donne, qu'on rigole un peu !)
– Non non, cela ne servirait à rien. Ça ne marche pas comme ça ! Je vous assure. Je suis désolée.
– Mais on m'a dit que vous aviez des dons fantastiques…

Mais rien à faire. Madame Pendule était irréprochable. La probité même. Un bon point pour elle. Un très bon point pour elle. Je m'attendais à tout sauf à ça. Il existait donc des radiesthésistes sérieux et honnêtes ? J'aurais au moins découvert quelque chose. En attendant, quelle déception ! Incroyablement dépité j'étais.

Cependant, j'insistais. Je voulais vraiment retrouver le journal d'agonie de Marcelle. C'était important pour moi. C'était *très* important et, à ce moment-là, je ne mentais pas. Je ne rigolais pas du tout, tellement la frustration me submergeait. Tellement je voulais retrouver le journal de Marcelle et, à travers lui, tant de choses perdues au cours de mon existence. Ne pouvait-elle rien me dire ? Rien de rien ? Pas même un indice ? Un tout petit ? Une miette de pain ? En plus je ne savais même pas si le cahier de Marcelle existait encore. J'ignorais s'il avait été détruit ou pas. Qu'allais-je bien pouvoir faire maintenant ? Où tourner mes pas ?

– À la rigueur, je peux vous dire si le journal existe encore. Ça, c'est possible. Je ne vous garantis rien, mais je peux essayer.
– C'est vrai ? Vous pouvez ? Vous pourriez ? Au moins me dire ! (Ô merci mon Dieu ! Ô félicité de la vie ! Ô miracle de la Bmore & Investigations !)
– Il faudrait que vous m'envoyiez une photo de la dame ainsi qu'un extrait de son journal, puisque vous m'avez dit que vous aviez des photos.
– Mais bien sûr ! Mais tout de suite ! (Hourra !)

En deux clics, j'ai envoyé les documents à l'adresse mail que madame Pendule venait de me donner.

– Attendez. Je reviens. Ne quittez pas. Je n'en ai pas pour longtemps. Il faut que je fasse des impressions. D'accord ?
– Mais oui, j'attends ! Aucun problème. Prenez tout votre temps. Je ne bouge pas. (J'espère ! Je croise les

doigts ! Je prie les Anges et toutes les Voix du Ciel et de l'Enfer !)

Je crois avoir patienté au téléphone un bon quart d'heure.

J'entendais dans le combiné des bruits bizarres, des objets qu'on déplace, des tintements étranges.

Que fabriquait-elle ?

Je regrettais de ne pas la voir officier.
J'aurais aimé voir ses gestes, son visage, son pendule.
Voir le pendule *bouger* !
J'aurais beaucoup aimé.
J'aurais *adoré,* littérairement parlant.

Madame Pendule a fini par me reprendre au téléphone.

– Écoutez, je ne sens rien. Je n'ai pas d'ondes. Rien du tout. Je suis désolée. Mais cela ne veut pas forcément dire que le journal n'existe plus ou qu'il a été détruit. C'est juste que je ne le trouve pas.

Elle y mettait des formes, elle prenait des gants, mais, pour elle, le journal d'agonie de Marcelle avait été détruit. Il n'irradiait plus nulle part à la surface de la Terre. Elle en était persuadée. Je l'entendais dans sa voix.

Chiotte !

Mais pas un mot à Penny !
Ah non !
Jamais !
Elle dira que l'imagination va avec la raison, pas sans elle.

« Braoum !... vrang !... vuâââ !... »
Louis-Ferdinand CÉLINE,
D'un château l'autre

35

Tout ceci était terriblement déprimant (le mot est faible) mais, pendule ou pas, professeur Tournesol ou pas, hors de question de me laisser abattre. Il ne s'agissait que de l'avis d'une radiesthésiste et je n'allais pas laisser tomber Ernest Pichon. Le frère aîné de Charles. L'oncle de Marcelle. Car j'ai en ce moment même son livret militaire sous les yeux et il est épais. Il court sur plusieurs feuillets collés ensemble. Il dit que tous les Pichon ne passèrent pas entre les balles.

De fait, né treize ans avant Charles, Ernest n'échappa pas à la conscription. Faisant partie de la classe 1905, il fut affecté dès l'année suivante au 90e régiment d'infanterie cantonné à Châteauroux, d'abord comme simple soldat de 2e classe, avant de devenir caporal en juillet 1907. Il est vrai qu'il était instruit (niveau 3). Il était presque grand pour l'époque (1,67 mètre). Il avait un nez « fort » et, sur son front qu'il avait « rond », une cicatrice au côté gauche lui donnait l'air encore plus viril. Comme son frère, son visage avait une forme « ovale ».

Dans le civil, il était boulanger.

Mis en disponibilité en 1908, Ernest semble avoir eu lui aussi la bougeotte, le goût des voyages, de puissantes envies de se faire la malle. Car loin de revenir faire du pain dans l'Indre, il prit la direction du Havre, où il s'installa en 1911. Au Havre, oui. Pourquoi Le Havre ? Parce que, deux ans plus tard, le voici boulanger sur le paquebot *Le Provence*, qui assurait depuis 1906 la liaison Le Havre-New York.

Provence rime avec Florence.

Sur l'instant, je n'en ai pas cru mes yeux. Ernest Pichon, petit-fils d'une famille de journaliers illettrés du Berry, traversant l'Atlantique en un peu moins de sept jours sur un luxueux paquebot doté (c'était une première) de la télégraphie sans fil pour se retrouver à New York, devant la statue de la Liberté. Pour un bond en avant, c'en fut un. Enfin un peu de rêve dans la famille Pichon. Quand bien même il n'était que boulanger et, en plus de dormir dans les ponts inférieurs, devait enfourner des pains à la chaîne pour près de mille passagers et cinq cents hommes d'équipage, l'aventure était belle. Nul doute qu'il nourrissait depuis longtemps le projet de prendre le large et de s'en aller voir de l'autre côté des océans s'il y était. Si son père était cheminot, lui préféra la mer au rail. Mais de la Compagnie du chemin de fer Paris-Orléans à la Compagnie générale transatlantique, la filiation paraît limpide. Il est vrai qu'Ernest était le fils aîné et les aînés, c'est bien connu, se coltinent la loi du père davantage que les cadets, que ce soit pour le meilleur ou pour le pire.

En sorte, Marcelle avait un oncle d'Amérique.

35.1

Avec ses deux machines à vapeur à triple expansion (il y a un mécanicien dans la salle ?) développant une puissance de 30 000 chevaux, *Le Provence* rivalisait avec les meilleurs paquebots de son époque. Son titre de gloire fut, un an après sa mise en service, de battre de plus de quatre heures le paquebot allemand *Deutschland,* pourtant détenteur du record de la traversée, lors d'une course transatlantique qui, six jours et deux heures durant, vit s'affronter non seulement la Compagnie générale transatlantique et la Hamburg America Line pour la conquête commerciale des mers, mais également les deux plus grands milliardaires de l'époque : le « roi du pétrole » John Rockefeller et le « plus grand industriel du monde » George Vanderbilt. Car le premier se trouvait à bord du fleuron allemand tandis que le second avait embarqué sur le champion français et, pour pimenter la course, tous les deux s'amusèrent à parier des sommes astronomiques sur celui qui arriverait le premier au Havre. Toute la presse se fit l'écho et de la victoire du *Provence,* et de la défaite de Rockefeller. Il n'en fallut pas davantage pour sceller le triomphe du paquebot de la CGT et lui assurer une clientèle fortunée et prestigieuse. Quand bien même certains articles attirèrent l'attention sur le coût d'un tel luxe puisque ces « Léviathans des mers » consommaient un demi-million de kilos de charbon chaque jour. Non que le sort de la planète inquiétât à l'époque mais le charbon que, pour leurs voyages grand luxe, brûlaient les Rockefeller et Cie manquait au simple mortel pour seulement se chauffer.

Lorsque Ernest embarqua en 1913 sur *Le Provence*, le *Titanic* venait de couler un an plus tôt, avec plus de 2 200 passagers à son bord, dont seulement 700 survécurent. Il ne pouvait l'ignorer. Cela ne le découragea pas. Il tenait vraiment à partir.

Son rêve ne dura toutefois pas longtemps. Il fit même long feu. Parce qu'une mèche d'un autre calibre s'alluma un an plus tard, qui allait tout embraser. On est en 1914 et Ernest est rappelé sous les drapeaux. *Le Provence*, lui, est armé de cinq canons et reconverti en croiseur auxiliaire pour le transport des troupes. Il sera coulé par le sous-marin allemand U-35 le 26 février 1916, au large du cap Matapan, en Méditerranée. Sur les 2 000 personnes se trouvant à son bord, 900 périrent lorsque ses 14 000 tonneaux sombrèrent à pic en dix-sept petites minutes. L'histoire retient que son commandant, Henri Vesco, resta jusqu'à la fin sur la passerelle, criant aux centaines d'hommes qui n'avaient pu embarquer sur des canots de sauvetage : « Adieu mes enfants ! » Ce à quoi des centaines de poumons hurlèrent « Vive la France ! » avant que leurs cris se noient dans les flots ultramarins, les engloutissant tous.

Il était un petit navire...

35.2

Arrivé le 10 août 1914 sur le front, Ernest sera blessé un mois plus tard, le 9 septembre 1914, à Connantre, en pleine bataille de la Marne. Lors d'un assaut, il se prit non seulement une balle dans la jambe gauche, mais encore des éclats d'obus dans le ventre. Je l'imagine ensanglanté, allongé dans la boue et se tordant de douleur, criant à l'aide, se croyant déjà mort, fermant les yeux et rêvant du *Provence* surgissant tout blanc d'une brume rouge sang, pleurant peut-être sa vie à peine vécue (il a 29 ans), au milieu du chaos immonde, de la boucherie universelle. Il faut dire que cela bardait dans les marais de Saint-Gond, le long de la rivière la Vaure, entre Linthes et Mondement, au niveau du « mamelon 161 », comme le rapportent les archives militaires. Cinq jours durant, cinq jours sans discontinuer où la consigne de l'état-major était de « tenir coûte que coûte et aucune défaillance ne devra être tolérée », le 9e corps d'armée subit les assauts répétés des 250 000 hommes de von Bülow, cédant notamment la localité de Fère-Champenoise qui ouvrait toute grande la route vers Paris. Le 9 septembre, les Allemands se voyaient déjà triompher et même gagner la guerre lorsque, ramassant ce qu'il lui restait de troupes décimées et « hallucinées de fatigue », le colonel Simon prit l'initiative d'un ultime assaut par le flanc et, par cette manœuvre inattendue, vraiment hardie des 68e et 90e régiments d'infanterie (celui d'Ernest), transforma ce qui était déjà une défaite en victoire inespérée, la garde prussienne et les corps saxons abandonnant Fère-Champenoise et refluant dans le plus complet désordre.

Après ce coup d'éclat « où la méthode stricte et rigoureuse des Allemands fut mise en déroute par suite de la rapidité des mouvements et de l'imprévu des événements » (voilà pourquoi les Allemands ne joueront jamais au rugby), Joffre écrira que « ce ne fut peut-être pas entre Mondement et Mailly-le-Camp, le 9 septembre 1914, que la bataille de la Marne a été gagnée, mais c'est sûrement là qu'elle aurait été perdue ». Deux jours plus tôt, le même Joffre ordonnait que « toute troupe qui ne pourra avancer devra se faire tuer sur place ». Parce que « la victoire appartient à celui des deux adversaires qui tient un quart d'heure de plus », quoi qu'il en coûte.

À son petit niveau, le soldat Ernest Pichon sauva ce jour-là la patrie en danger. Ce qui lui fit une belle jambe gauche, déchiquetée par une balle. Ainsi que des plaies dans le bide, perforé par des éclats d'obus. Lui valut une citation à l'ordre du régiment en tant que « soldat très courageux ». Au moins ne fit-il pas partie des 5 000 morts que laissa sur le terrain la 17e division. Mais en plus de ses blessures, que de souvenirs et de visions à rapporter chez lui. Dans ses mémoires, le général Dubois, qui commandait le 9e corps d'armée lors de cette première bataille de la Marne, parle de « blessés gémissant partout et implorant les secours... de sol couvert de cadavres... de routes bordées de morts... encombrées de mourants... de corps empilés dans les fossés... restés sans sépulture... abandonnés dans les bosquets depuis plusieurs jours... de chevaux agonisants, éventrés, épuisés, n'ayant même plus la force de brouter l'herbe à leurs pieds, attendant sans bouger, la mort se lisant déjà dans leurs yeux ». Il parle de « barbarie ». Dont « le résultat, écrit-il, fut de développer dans le cœur de nos hommes un sentiment de haine qu'ils n'avaient pas avant la guerre, un esprit de vengeance qui devait, dans les combats ultérieurs, doubler leur valeur combative ».

Tout à côté de Connantre, distant de cinq petits kilomètres, il y a un patelin qui s'appelle Pleurs.

C'est de Pleurs que Foch déclencha, ce fameux 9 septembre 1914, l'attaque sur Fère-Champenoise.

Tout un programme.

35-3

Rendu à la vie civile le 16 mars 1919, Ernest Pichon se retira à Bourges. Finis les voyages, les aventures, les combats, les horreurs et la fraternité à qui le danger donne un prix inestimable. Dès le 31 mars 1919, quinze jours seulement après avoir tombé l'uniforme, il épouse Louise Gourion, à la mairie de Bourges. J'ai bien sûr cherché qui était la demoiselle. Surprise : non seulement elle naquit en 1894 à Tréguier, dans les Côtes-du-Nord, bien loin de l'Indre, mais elle était la fille de Françoise Le Mével et de Jean Gourion, « marin domicilié au Havre ». Son père était marin *au Havre* ! Ça alors ! Peut-être Ernest le connut-il là-bas, en 1911, sur le port, dans un bar, entre deux marées. Peut-être tomba-t-il amoureux de la fille de son pote, qui avait alors 17 ans alors qu'il en avait 26. Il se peut aussi que Louise fût à bord du *Provence* où elle avait trouvé à s'employer. Ce serait alors sur le luxueux paquebot voguant vers le Nouveau Monde qu'elle et Ernest se rencontrèrent, s'aimèrent, s'unirent peut-être, lors d'une traversée de l'Atlantique aux allures enchantées de voyage de noces avant l'heure. Car pour se marier si vite après son retour à la vie civile, nul doute qu'ils s'étaient engagés avant la guerre. Ils s'étaient promis l'un à l'autre. Et les quatre années de guerre n'y firent rien. En dépit de la grande Histoire se mettant en travers de leur minuscule histoire d'amour, ils tinrent leur engagement. Ils réalisèrent leurs vœux. Et peut-être pendant toutes ces années où il bravait la mort et la donnait, Ernest écrivait-il des lettres enflammées à Louise. J'aime à le croire.

Il semble que Louise et Ernest n'aient pas eu d'enfants. Ce qui est sûr, en revanche, c'est que l'oncle de Marcelle revint de la guerre moins fringant qu'il ne l'était avant de partir se battre. Son livret militaire indique qu'il reçut une pension d'invalidité, d'abord temporaire, puis permanente pour : 1/ séquelles de fracture directe par balle de la jambe gauche au 1/3 inférieur consolidée par un cal saillant avec raccourcissement de 0,01 ; 2/ œdème de fatigue du pied et de la jambe avec varices ; 3/ paludisme modéré sans séquelles appréciables ; 4/ contusion de l'abdomen sans séquelles fonctionnelles.

Cela aurait pu être pire.

De la Grande Guerre, Ernest ne garda pas seulement certaines « séquelles » : son livret militaire mentionne qu'il fut « condamné en 1925 par jugement contradictoire du tribunal correctionnel d'Issoudun à 16 francs d'amende pour port d'armes prohibée (*sic*) ». Décidément, il aimait les ports.

C'est le 20 novembre 1933 que l'oncle de Marcelle ouvrit et ferma les yeux pour la dernière fois. Il n'avait que 48 ans. Il habitait alors La Guerche, tout à côté de Nevers, où il s'était installé après avoir déménagé de Bourges. Plus jamais il ne semble avoir pris la mer. J'ignore même s'il redevint boulanger ou s'il vécut sur sa pension d'infirmité. Louise, elle, décéda à l'âge de 94 ans, en 1988, au Havre, où elle était revenue, après s'être remariée en 1951 avec un certain Marcel Gustave Lefrançois.

Marcelle avait 12 ans lorsque son oncle mourut. Que connut-elle de lui ? Quels sentiments ? Aussi vifs que ceux que m'inspira ma tante ? Ou rien de cela ? Son père et lui étaient-ils proches ? Les deux frères s'appréciaient-ils un peu, beaucoup, pas du tout ? Ils avaient treize ans d'écart. L'un avait fait la guerre et pas qu'un peu ; l'autre avait été classé dans la « liste faiblesse ». L'un était coiffeur pour dames à Paris et l'autre un ancien poilu qui maniait des armes à Bourges. Il se peut qu'ils n'eussent rien à se dire.

« Une surprise les attendait. »
Pierre SOUVESTRE et Marcel ALLAIN,
Fantômas. Le mort qui tue

36

On est le 27 mai 2020 et je file à vélo sur la piste cyclable du boulevard des Maréchaux, en direction de l'est. Avant d'arriver à la porte d'Orléans, je tourne à droite, avenue de la porte de Montrouge. Les rues sont désertes. Il fait beau. Cinq minutes plus tard, j'accroche mon vélo à un poteau et me dirige vers l'entrée du cimetière de Montrouge, après avoir ajusté sur mon nez mon masque chirurgical.

C'est le énième cimetière que je visite.

J'ai commencé par les cimetières les plus proches du 18e arrondissement, en élargissant toujours plus le cercle de mes recherches autour de la rue Championnet. Cimetières de Montmartre, de Saint-Vincent, des Batignolles, du Calvaire et même de Saint-Ouen ; puis les cimetières de La Villette, de Belleville et du Père-Lachaise. En vain. Pas de tombe au nom de Marcelle Pichon. Nulle part. Chiotte ! C'est effrayant le nombre de cimetières dans Paris intra-muros et en lisière, finalement. J'étais pourtant persuadé que Marcelle avait été enterrée non seulement à Paris, mais dans un cimetière proche de son lieu de décès. Telle était mon hypothèse de départ.

Hypothèse fragile : ses enfants avaient très bien pu inhumer leur mère n'importe où. À Paris, dans l'Indre ou même en Tunisie, qu'est-ce que j'en savais ? Au vrai, je pataugeais dans l'aveuglette (contraction de patauger dans la semoule et d'avancer à l'aveuglette). Mais je n'allais pas renoncer pour si peu. Il en allait de la réputation de la Bmore & Investigations. Avant de m'avouer vaincu, je voulais aller au bout de mon idée. Je ne voulais rien avoir à me reprocher. C'est important d'être en règle avec soi-même. C'est lorsqu'on a le sentiment d'avoir fait tout ce qu'il est humainement possible de faire qu'on peut jeter l'éponge. Comme si épuiser le sujet en soi équivalait à l'épuiser tout court. Ce qui est stupide, si on y réfléchit. En attendant, cela me donnait des buts de promenade. Pédalant sans forcer, je bravais vélocipèdement l'épidémie de Covid-19, après quasiment deux mois de confinement.

Sauf qu'après quinze jours à courir les cimetières du nord et de l'est de Paris et à m'entendre dire par les personnels administratifs (au demeurant bien serviables) que, non, désolé, aucune Marcelle Pichon ne figurait dans leurs registres, j'ai commencé à me dire que je faisais fausse route. Un matin, j'ai appelé le cimetière communal de Bommiers. Nouvelle déception. Il y avait bien la tombe d'une famille Pichon-Aujard, celle d'une famille Pichon-Dreptin, un Georges

Pichon était inscrit sur le mémorial des enfants de Bommiers morts pour la France en 14-18, mais pas de Marcelle Pichon, là encore désolé, tant pis, merci à vous, bonne journée.

C'était désespérant.

Ne pas savoir est toujours désespérant.

Marcelle devait pourtant bien reposer quelque part.

On ne l'avait quand même pas jetée dans une fosse commune.

36.1

J'en étais là (nulle part) lorsque j'ai songé que le père de Marcelle avait vécu toute son existence rue de Javel, dans le 15e arrondissement, où il était mort en 1968. Et si Marcelle était enterrée avec lui ? Je me trompais peut-être de tombe. C'était celle de Charles Pichon qu'il fallait trouver. Auquel cas, il fallait chercher au sud et non au nord. Mais oui. Voilà qui était finement raisonné. C'était surtout mon dernier espoir.

Cimetière de Grenelle : rien. Cimetière de Vaugirard : rien. Cimetières d'Auteuil et de Passy : rien, nada. Cimetière de Montparnasse : que dalle ! (Au passage, je me suis rendu sur la tombe abandonnée, défoncée et anonyme que, dans une vie antérieure, j'avais annexée en y déposant subrepticement une plaque mortuaire célébrant en lettres d'or l'enterrement de la vie de jeune fille de M. Je l'appelais M alors. M. comme Marcelle, ai-je souri tout seul. La plaque n'y était plus.)

Restait le cimetière de Montrouge.

Un quart d'heure plus tard je sortais du bureau d'accueil dépité, une nouvelle fois dépité. Les cimetières n'étaient pas mes amis. Après avoir détaché mon vélo et enroulé la chaîne sous la selle, j'ai allumé une cigarette et aspiré une profonde bouffée. Laissé un instant errer mon regard sur la rue, les voitures qui passaient, les piétons tous masqués, la plupart avec des masques chirurgicaux, les autres avec des masques en tissu. Juste avant la pandémie, une loi sécuritaire avait interdit de dissimuler son visage dans un lieu public et, par exemple, au hasard, lors d'une manifestation de gens mécontents de la politique du gouvernement. Aujourd'hui, il était obligatoire de circuler masqué, sous peine d'amende. Le Covid était un virus très ironique. Il était l'ironie même. Avant la pandémie, les flics matraquaient les personnels de santé qui réclamaient plus de moyens pour les hôpitaux et ceux-ci étaient désormais les nouveaux héros de la Nation. Avant la pandémie, le gouvernement s'en prenait aux retraites des vieux et c'est pour eux qu'il sacrifiait à présent l'économie. Avant la pandémie, les gens protestaient contre les écarts entre les riches et les pauvres et il leur fallait maintenant respecter la « distanciation sociale ». Avant la pandémie, les terrasses étaient l'emblème de notre mode de vie que menaçaient des « extrémistes » et elles étaient à présent fermées. Avant la pandémie, les profs se plaignaient des classes surchargées et les écoles n'accueillaient plus désormais que des groupes de quinze élèves. Avant la pandémie, le gouvernement se flattait d'être En Marche et il avait mis le pays à l'arrêt. Etc. Qui a dit que l'on est puni par là où on a péché ?

Le soleil était bienveillant et je lui offris mon visage sans plus penser à rien. Juste la sensation de l'or sur ma peau. Ma cigarette grillée, je propulsai d'une pichenette le mégot dans le caniveau distant de deux bons mètres et, me décidant à reprendre mon vélo, je pivotai sur moi-même quand, du coin de l'œil, j'accrochai un type qui, de l'autre côté de la rue, venait de détourner brusquement la tête. Comme s'il m'observait et ne voulait pas que je le sache. Il était vêtu d'un anorak vert. Le type de Familles de France ? Le fou furieux qui voulait « tous nous tuer » ? Était-ce lui ? Mais impossible de distinguer son visage. Poussant mon vélo sur le trottoir, je m'éloignai tout en gardant un œil sur lui. J'étais persuadé qu'il était en train de m'observer. Il avait détourné la tête au moment précis où je m'étais tourné vers lui. Je n'avais pas rêvé. Avais-je rêvé ? Tout ceci était ridicule. Pourtant, le signal d'un danger s'était déclenché en moi. L'instinct sait la menace bien avant que la conscience l'identifie. C'est avec une désinvolture calculée que j'enfourchai mon vélo et commençai à pédaler, faisant mine de rien. L'homme à l'anorak vert ne bougea pas. Il me tournait ostensiblement le dos, comme s'il attendait que je m'en aille pour se mettre lui-même en mouvement. Je tournai dans la première rue à droite et, ce faisant, jetai un regard en arrière : l'homme à l'anorak vert avait disparu. Il s'était volatilisé ! Je le cherchai des yeux sans parvenir à le repérer. Appuyai sur les pédales. Tournai de nouveau une rue, puis une autre, encore une autre. Personne ne me suivait. Je me calmai. Me moquai de moi-même. L'instant d'après je n'y pensais plus, surtout qu'un abruti en trottinette avait failli me rentrer dedans. Sale con !

Avec tous ces détours et émotions, j'étais perdu. Il me fallut un moment pour retrouver mon chemin. Car il me restait un cimetière à visiter. Celui de Bagneux, distant seulement de deux kilomètres de celui de Montrouge, ce pourquoi j'avais décidé de grouper les deux dans la même journée.

C'est au cimetière de Bagneux que sont enterrés Alfred Jarry et Jean Eustache.

Entre autres.

Et Charles Pichon.

Hourra !

Lorsque la dame chargée de renseigner les visiteurs, après avoir pianoté quelques instants sur son ordinateur, m'a annoncé qu'il existait une sépulture au nom de Charles Pichon, né le 16 janvier 1898 et décédé le 2 mai 1968, j'ai senti mon cœur exploser dans ma poitrine. J'ai poussé intérieurement un long cri de victoire. La tombe du père de Marcelle se trouvait tout au nord du cimetière, dans la 92e division, ligne 20, emplacement 7. Entre l'avenue de la frênaie et l'avenue de l'Aulnaie. (Toutes les allées transversales du cimetière de Bagneux portent le nom d'un arbre.) Je n'avais qu'à suivre l'avenue principale et, au bout, ce serait sur ma droite. Juste après le cèdre centenaire. Je ne pouvais pas me tromper. La dame a coché l'emplacement sur un plan qu'elle m'a tendu. Pour un peu, je l'aurais embrassée et dansé une gigue avec elle.

J'allais partir lorsque je revins vers la dame :
– Pardon, encore une petite question. Pouvez-vous me dire s'il y a quelqu'un d'autre dans la tombe ?
La dame pianota de nouveau sur son ordinateur.
Suspens.
– Oui, il y a Marcelle Pichon.

36.2

Elle était donc là !
Oh Seigneur !
Merci mon Dieu !
Au cimetière de Bagneux était enterrée Marcelle Pichon.
Couchée en terre avec son père.
Tous les deux unis dans un inceste morbide.
C'est bizarre qu'on ne puisse pas être seul et tranquille après notre mort.
En même temps, on s'en fiche, on est mort.
Ai-je songé.

Je comprenais maintenant pourquoi, sur l'acte de décès de Marcelle, figurait comme témoin « Rodolph Demorcet, employé à la mairie de Bagneux ». J'aurais dû y songer plus tôt ! Cela m'aurait évité d'inutiles allées et venues. Buse idiote que je suis !

Cependant, j'avais vu juste. Je ne m'étais pas trompé. J'avais bien fait de m'acharner, m'épuiser, rien lâcher. Les efforts payaient, finalement. J'étais parvenu à retrouver la tombe de Marcelle Pichon et je n'en revenais pas moi-même. Vu le peu d'informations dont je disposais au départ (à l'origine, j'ignorais jusqu'à son nom !), je n'étais pas peu fier. La Bmore & Investigations venait d'entrer dans la cour des grandes agences de détectives. Duluc n'avait qu'à bien se tenir. C'était la preuve qu'une méthode à la fois déductive et inductive donnait des résultats. Que, d'un minuscule fil de rien du tout, on pouvait tirer un livre. Le monde n'était pas si pourri, certains jours.

C'est la tête pleine de papillons dorés que je remontai l'avenue principale, en direction du grand cèdre qui, en effet, déployait au loin une majesté arboricole majuscule. Passai l'avenue des micocouliers, l'avenue des érables champêtres... Le cimetière était désert. Il semblait immense. De la végétation partout. Une tranquillité fabuleuse. Les morts devaient être heureux ici. Au calme. Au vert. Tout à fait à l'abri des vivants. Des platanes en bordure s'étiraient jusqu'au ciel. J'aperçus un, puis deux écureuils qui se carapataient dans l'herbe. Comme s'ils avaient senti l'orage arriver. Car au-dessus de moi, des nuages s'étaient subitement amoncelés. L'ambiance était d'un coup devenue crépusculaire et une pluie fine commença à tomber. Je m'en fichais. Là, sur ma droite, un panneau indiquait la 92e division. Enfin je touchais au but. J'étais si excité que je me sentais comme Eli Wallach courant comme un fou dans le cimetière de Sad Hill à la fin du *Bon, la Brute et le Truand*. Déchiffrant à la volée les noms gravés sur les tombes, j'arpentai les rangées, enjambai les sépultures, me faufilai entre les monuments funéraires – et soudain elle fut là. La tombe de Charles Pichon. La tombe de Marcelle Pichon !

Me plantant devant elle, je restai silencieux, saisi d'une étrange émotion. Pourquoi imaginais-je une pauvre tombe en mauvais état, dégradée au fil du temps, éventrée par les intempéries, rongée par les mousses et l'oubli ? J'avais devant moi une sépulture rutilante, à la fois sobre et élégante, en granit noir pailleté de vert, aux courbes doucement arrondies avec, remplie de gravillons, une petite niche pour planter des fleurs, si quelqu'un l'avait voulu, ce qui n'était pas le cas. Sans être grand luxe, ce modèle de tombe n'était pas bas de gamme. Quelqu'un l'avait choisi avec soin. Elle était en si bon état qu'elle semblait d'ailleurs entretenue : par un des enfants de Marcelle ? Par le personnel du cimetière ? Gravée en lettres dorées, une grande croix ornait la stèle, à côté de l'inscription « Charles PICHON 1898-1968 ». Rien d'autre n'était écrit. Ni « Regrets éternels » ni phrases extraites des Évangiles ou d'un quelconque poème, une phrase endeuillée toute faite et bien le bonsoir.

Non plus le nom de Marcelle Pichon.

Le nom de Marcelle Pichon n'était inscrit nulle part.

Ni sur la stèle, ni sur le socle, ni sur les côtés.

J'eus beau regarder partout : rien !

Juste, écrit en petit sur le soubassement, le nom du marbrier : Mieulle.

Sur l'instant, je n'en crus pas mes yeux.

Cela me sidéra.

Comment avait-on pu l'enterrer sans graver son nom sur sa tombe ?

Comment était-ce possible ?

Cela revenait à nier qu'elle reposait ici.
À effacer son nom de la mémoire des hommes.
À la rayer de la surface de la Terre.
À la frapper éternellement d'indignité.
À la frapper d'anonymat à perpétuité.
À nier qu'elle avait été. Qu'elle avait vécu. Qu'elle était morte.
Tout nier d'elle.

Le mot outrage ici.

Qu'est-ce que cela signifiait ?

La dame à l'accueil s'était-elle trompée ?

Le Caravage avait été enterré à Porto Ercole dans une tombe sans nom ni épitaphe (parce qu'il avait tué en duel un proxénète notoire avec qui il était en bisbille) ;

Federico García Lorca avait été jeté dans une tombe sans nom (par des franquistes qui venaient de le fusiller) ; le couple Ceauşescu avait été jeté dans une tombe sans nom du cimetière de Ghencea (parce qu'ils étaient des dictateurs). Quel était le crime de Marcelle Pichon ?

Ne pas graver son nom avait été une *décision*.

Des vivants avaient souhaité qu'elle n'ait pas de sépulture à son nom.

Des vivants avaient voulu qu'elle soit traitée comme une indigente, une impie, une réprouvée, une chienne sans collier.

Des vivants avaient désiré qu'elle soit vouée à l'oubli, au néant.

Une anonyme ne méritant pas qu'on se souvienne d'elle.

Cette violence-là.

Son nom de femme inconnue.

Personne ne comptait donc venir se recueillir sur sa tombe, déposer une fleur, porter son deuil ?

On lui avait volé sa mort, pourtant conquise de haute lutte.

On l'avait rendue invisible.

On lui avait refusé le minimum.

On l'avait exclue de la communauté humaine.

Si elle n'était jamais morte, alors elle n'avait jamais existé.

Comment reposer en paix dans ces conditions ?

Depuis la préhistoire les hommes éprouvent pourtant le besoin de donner une sépulture décente à leurs morts. C'est même un marqueur de l'humanité. L'invention d'un sens du sacré distinguant notre espèce des autres animaux.

Une fraction de seconde, je sentis la main brûlante d'Antigone sur mon épaule. Je sentis sa fureur et sa douleur.

Je songeai qu'il ne devait pas y avoir grand monde lors de l'enterrement de Marcelle.

Il devait n'y avoir personne.

Un enterrement à la Mozart, même si l'anagramme de son nom était Chopin.

Il y a deux sortes d'enquêtes policières : celles où les flics ont un cadavre mais pas son identité ; celles où ils ont un meurtre mais pas de corps.

Se débarrasser d'un mort dans une tombe qui n'est pas la sienne : c'est malin. On pouvait passer cent fois devant la tombe de Charles Pichon sans soupçonner un seul instant que Marcelle reposait ici. Une super bonne planque.

J'ai fouillé dans mes poches, à la recherche d'un objet assez dur et pointu pour, sur le granit, tenter de graver à la main : « Marcelle Pichon 1921-1985 ». J'ai sorti mes clés. L'une d'elles était assez robuste pour faire l'affaire.

Mais c'était peut-être sa volonté !

La pensée m'a soudain traversé que Marcelle elle-même avait pu exiger d'être enterrée avec son père sans que son nom soit gravé à côté du sien.

Après s'être laissée mourir de faim, elle aurait voulu disparaître à jamais. Que, d'elle, il ne reste vraiment rien, pas même son nom sur une tombe.

C'était plausible.
Cela cadrait avec sa mort.

Cette façon de s'effacer volontairement de la vie, de s'absenter définitivement, jusqu'à ce qu'il ne subsiste rien de son passage sur Terre, ni corps ni nom comme on dit ni fleurs ni couronnes.

Cela me soulagea de penser qu'il s'agissait peut-être de *sa* décision.

Je respirai mieux soudain.

Je sentis qu'un poids m'était ôté de la poitrine.

Je songeai à Jean Valjean demandant sur son lit de mort à Cosette et Marius qu'il soit enterré comme « un pauvre, sans nom sur la pierre ».

D'autant que je n'y avais pas encore prêté attention, mais une plaque mortuaire était posée debout sur la tombe, avec ces mots gravés en italique : « Mon Père/Ton amour et ta sagesse/me manque bien plus chaque jour/tu me conduis sans faiblesse/à la vérité de toujours/dans l'offrande de mon amour/mon éternelle tristesse. M.P. »

À l'évidence, c'était Marcelle qui avait fait graver cette plaque, qu'elle avait signée de ses initiales et non d'une formule toute faite du genre « Ta fille devant Dieu ».

À l'évidence, elle aimait son père.

Elle l'aimait beaucoup.

Si les mots n'étaient pas de pure forme – et ils ne semblaient pas l'être –, elle l'aimait énormément.

Ce qui, en soi, était une information précieuse.

Une nouvelle pièce du puzzle, pas la moins significative.

C'était d'elle la faute d'orthographe ?

Je restai encore un moment devant la tombe sans nom de Marcelle Pichon.

Je songeai que la réalité n'était jamais décevante. Elle réservait toujours des surprises. Des abîmes.

Il ne pleuvait presque plus. Cela n'avait été qu'une averse. Juste au moment où. Comme par hasard. Je n'en étais pas moins trempé.

Je pris quelques photos avec mon téléphone portable.

En partant, j'allai vérifier le nom qui était inscrit sur la tombe se trouvant juste à côté.

Ce n'était pas celui d'Arch Stanton.

Alors que je redescendais l'avenue principale, me dirigeant lentement vers la sortie du cimetière, encore sous le coup de ma géniale découverte du jour, cela bruissait et s'agitait follement dans la cime des platanes qui bordaient l'allée. Je levai les yeux. C'était une perruche qui s'en donnait à cœur joie dans les feuillages. Une perruche ! Une perruche en liberté ! Une perruche vert et bleu ! La perruche du cimetière de Bagneux ! Elle jabotait et jacassait à gorge déployée, envoyait des trilles de toutes les couleurs, se livrait à une folle sarabande, sautant d'une branche à une autre, proie d'une excitation tout à fait exubérante. C'était joli. C'était joyeux. C'était étrange : on aurait dit qu'elle voulait attirer mon attention. Qu'elle me faisait la fête. Pour moi faisait tout ce raffut. Je la regardai s'ébattre un moment. Je songeai que l'âme de Marcelle, peut-être, à cet instant. Son âme reconnaissante. Son âme de perruche. Ou alors c'était moi la perruche.

36.3.

En sortant du cimetière, j'allai récupérer mon vélo. Lorsque, de l'autre côté de la rue, sur le fronton d'un immeuble rose saumon, inscrit en énormes lettres bleu marine sur fond blanc, le mot « MIEULLE ». Mieulle ?

Plus bas, une enseigne indiquait « Marbrier – Pompes Funèbres ». Et si ? Qu'avais-je à perdre ?

Le magasin était ouvert. À l'intérieur, un homme entre deux âges. Il était seul. Assis derrière un bureau. Il n'avait pas l'air d'être un employé. Plutôt le patron, en bras de chemise. Je lui expliquais la situation. Je revenais du cimetière juste en face et la tombe d'un de mes parents (pas la peine d'entrer dans les détails) portait la signature Mieulle. Se pourrait-il ? *Existait-il des archives quelque part ?*

Le type était chaleureux, volontiers volubile. Il m'expliqua qu'il était l'arrière-petit-fils du fondateur des établissements Mieulle & Fils, lesquels dataient de 1886. « Regardez », me dit-il. Au mur, une photo sous verre, reproduction d'un daguerréotype, montrait la devanture d'un magasin à l'enseigne de « Mieulle-Fournier, Entrepreneur de Monuments Funèbres pour tous les cimetières », devant laquelle posait toute une famille aux allures de bons commerçants de la fin du XIXe siècle.

– Vous voyez, c'est marqué là, tous nos marbres viennent des Alpes.

– En effet, hochais-je, tout à fait ébloui.

Maintenant que nous étions devenus copains, je le ramenai à l'affaire qui m'occupait.

– Quel nom dites-vous ? me demanda-t-il.

– Charles Pichon. Il a été inhumé en janvier 1968. Cela remonte à quarante ans. C'est vieux. J'ai bien conscience qu'il y a peu de chances...

– Détrompez-vous ! Nous conservons des bordereaux bien plus anciens. À cause du renouvellement des concessions, vous comprenez ?

Je comprenais. Je sentais l'excitation me gagner.

Alors que je m'attendais à le voir pianoter sur son ordinateur, il se dirigea vers une rangée de meubles en fer alignés contre un mur derrière son bureau, en ouvrit un après avoir vérifié l'étiquette qui était collée dessus.

– Vous conservez tout sur papier ? fis-je avec étonnement.

– Eh oui, la vieille école, me répondit-il sans cesser de fouiller dans les classeurs sur glissière que contenait le meuble en fer.

– 1968... Pichon... Charles Pichon... Ah, le voici ! s'exclama-t-il.

Je me retins de pousser un cri. Il revint vers moi, tenant dans sa main un document qu'il commentait à voix haute.

– C'est bien ça. La commande était un monument Labrador vert. Le numéro 104 de notre catalogue. Nous le fournissons toujours.

Je faillis lui arracher la feuille des mains.

– Il est écrit que le caveau a changé d'emplacement pour être installé le 16 octobre 1968 là où il se trouve aujourd'hui... Un caveau deux places pleine terre... d'un montant de 1 750 francs... la facture a été réglée par Marcelle Pichon, 144 rue de Javel.

C'était donc elle qui s'était chargée des obsèques de son père. Évidemment ! Mais ce messager des dieux continuait :

– Nous avons pris en charge une autre inhumation... le 6 septembre 1985... pour Marcelle Pichon, justement. Il est écrit que c'est son fils, José Baisse, domicilié 5 avenue César-Franck, à Colombes, qui a pris en charge les obsèques. Vous voulez que je vous fasse une photocopie ?

36.4

En sortant du magasin, j'étais ivre, je tanguais, j'exultais. Je pouvais sentir sous mes pieds la marée terrestre qui, toutes les douze heures, soulève Paris de trente bons centimètres ; mais là, c'était une grande marée, c'était la marée des équinoxes, c'était la Marée du Siècle ! De plus d'un mètre la ville se soulevait et se gondolait à chaque pas que je faisais, par l'effet conjugué de la force de gravitation de la Lune s'exerçant sur la Terre solide et de mon euphorie. J'avais trouvé la tombe de Marcelle Pichon ! J'avais découvert qu'elle avait un fils qui s'appelait José Baisse et qui demeurait à Colombes. Quelle magnifique moisson ! Depuis des mois je cherchais une piste concernant les enfants de Marcelle. Je m'arrachais le peu de cheveux qui me restaient. Et voici que je possédais le nom de l'un d'entre eux et même son adresse. Je venais, hip hip hip, de faire un pas fantastique en direction du journal d'agonie. Il y a des jours où la chance nous sourit de toutes ses dents et ses dents sont éblouissantes. Elles sont la beauté du monde. Hourra !

(Je rappelle que, à l'époque, j'ignorais l'existence de Rita Ojabe ; mais cette découverte fut un premier pas vers elle.)

À quoi tiennent les choses ? Si je n'avais pas remarqué le nom du marbrier gravé en tout petit sur la tombe de Marcelle ; si le nom de l'entreprise Mieulle n'avait pas été peint en gros sur la façade de l'immeuble ; si j'avais accroché mon vélo à un autre endroit ; si je n'avais pas levé les yeux ; si le magasin n'avait pas été ouvert ce jour-là (je ne serais jamais revenu) ; si monsieur Mieulle n'avait pas été aussi serviable ; alors je n'aurais jamais découvert que Marcelle Pichon avait eu un fils qui s'appelait José. C'était cela qui était fou. Cette somme de hasards heureux. Ces minuscules battements d'ailes de papillon, d'où procède tout le reste.

Dans la rue, tandis que je me dirigeais vers mon vélo, je serrais précieusement dans ma main la photocopie que m'avait donnée monsieur Mieulle. Je la dévorais des yeux en marchant. N'en finissais pas de m'en repaître. Parfois je l'agitais follement dans les airs, comme si c'était un billet gagnant à la Loterie. Un signe enthousiaste que j'adressais de loin à Marcelle perdue dans la foule. Une muleta avec laquelle j'esquissais sur le trottoir d'amples et sublimes véroniques. Ne venais-je pas de mettre à mort le taureau de l'oubli ? J'avais une folle envie de fêter ça. De boire une bière, un cognac, du champagne, tout ça à la fois. Mais les cafés étaient tous fermés, Covid oblige. Chiotte. J'appelai Penny sur mon portable. Il fallait que je lui raconte. Il fallait que je déverse sur quelqu'un le trop-plein de joie qui me faisait presque suffoquer.

Mais je tombai sur son répondeur.

Je m'apprêtais à enfourcher mon vélo mais me ravisai. Sur la photocopie, j'avais vu, noté dans la marge, le numéro de la concession de Charles Pichon. S'agissait-il d'une concession perpétuelle ? Temporaire ? Auquel cas, de quelle durée ? Le cimetière de Bagneux allait fermer. Je me précipitai. La dame qui m'avait renseigné était toujours là. Elle aussi me reconnut. En trois clics, elle trouva l'information.

– La sépulture a été achetée par Marcelle Pichon en 1968, lut-elle sur son écran. C'était une concession de trente ans et elle a expiré en 1998. Elle est donc dans le domaine public depuis vingt-deux ans.

Ce disant, elle leva les yeux sur moi et me fixa salement, comme si j'étais coupable.

– Euh, dans le domaine public ? Depuis… 1998 ?

– Tout à fait. Cela fait plus de vingt ans que le cimetière de Bagneux peut récupérer l'emplacement à n'importe quel moment. Tout dépend des besoins, des demandes, s'il faut qu'on trouve de la place, vous comprenez ? Pour l'instant, cela n'a pas été le cas, mais rien ne dit que demain... Vous êtes de la famille ? (Regard encore plus accusateur.)

– Euh, pas directement.

– Parce que pour renouveler la concession, il faut être un ayant droit de Marcelle Pichon. Des dérogations sont possibles mais, dans tous les cas, il faut contacter le Bureau des concessions. Je peux vous donner l'adresse si vous voulez.

– D'accord, euh. Et c'est cher ?

Elle se pencha pour consulter un barème scotché sur le comptoir.

– Pour une concession de trente ans, il en coûte 1 286 euros. 2 052 euros pour cinquante ans. Et 7 480 euros pour une concession perpétuelle.

– Euh, et si personne ne se manifeste ?

– Comme je vous l'ai dit, l'administration est en droit de récupérer la tombe à n'importe quel moment. Depuis 1998, elle aurait pu le faire. La sépulture est alors démolie et les restes mortuaires du défunt sont placés dans un reliquaire qui est transféré à l'ossuaire municipal. En l'occurrence celui de Thiais. Et une fois les restes là-bas, ils ne sont plus accessibles au public.

– Ah.

– Oui. C'est comme ça.

« Dans les moments de tension,
on songe à des choses idiotes. »
Dorothy JOHNSON, *Après la plaine*

37

Ce n'est que le lendemain matin que j'eus Penny au téléphone.

– Qu'est-ce que vous foutiez ?
– Celle-ci a une vie privée, Bmore. Et pas la peine de lui demander de quoi elle est privée parce qu'elle ne vous le dira pas.
– D'accord.

Toujours nos élans vers les autres sont douchés, jamais nous ne sommes sur la même longueur d'onde qui nous permettrait d'augmenter nos joies en les partageant et ainsi me contentai-je d'informer Penny des derniers développements de l'enquête, affectant un ton détaché aux antipodes des puissantes émotions qui, la veille, avaient été les miennes et qui, c'est vrai, avaient depuis perdu en intensité, comme se dissipe le beau temps à la vitesse des nuages. Rien de plus fugaces que les instants de bonheur.

– Si nous résumons, résumai-je, nous savons maintenant où Marcelle est enterrée et nous savons qu'elle avait un fils qui s'appelait José.
– Mais nous ne savons rien de ce José. Quand il est né, où il est mort...
– J'ai ma petite idée. Et de votre côté ? Du nouveau ?
– Bof. Trois fois bof. Celle-ci vous résume ?

En résumé :

Jean-Michel Brigouleix s'était fait virer de son poste de chef des informations de *France Soir* en 1995 et il s'était retiré dans un village de Corrèze, coupant les ponts, semblait-il, avec la presse et la vie parisienne ; il n'avait pas répondu au courrier que Penny lui avait envoyé.

Pierre Rey, qui signait l'article dans *Paris Match*, était décédé depuis très longtemps et Penny n'avait rien pu tirer du service des archives du journal. Quant aux photos de Marcelle parues dans l'hebdomadaire, leurs crédits désignaient deux paparazzis bien connus des stars et des services de police. Tous deux étaient sur Instagram. Ils n'avaient pas daigné répondre aux messages que, par deux fois, Penny leur avait envoyés, en y mettant pourtant les plus belles formes. « Pauvres types », avait lâché une Penny vexée et dépitée.

Penny avait aussi contacté les différents éditeurs d'Alain Arnaud ; ils l'avaient tous envoyée paître, plutôt sèchement (« Écrivez-nous, nous transmettrons à l'auteur. – D'accord, mais pouvez-vous au moins me dire si vous êtes en contact avec lui. S'il est toujours vivant. Cela remonte à 1986... – Non. Écrivez et nous transmettrons »). Elle n'avait donc, pour l'instant, aucun moyen de savoir où il se trouvait ni ce qu'il était devenu. Non plus qu'Anne Gaillard, France Inter et FR3 n'ayant même pas l'air de savoir qui était Anne Gaillard (du moins les personnes que Penny avait eues au téléphone, sans doute des stagiaires payées moins que rien).

Le reste n'était guère plus brillant.

Ainsi la piste du commissariat des Grandes-Carrières, pourtant si prometteuse. Grâce à l'amie d'un ami qui avait travaillé sur la série *Engrenages*, Penny était parvenue à entrer en contact avec un commissaire divisionnaire qui, depuis deux ans qu'il était à la retraite, servait de consultant pour des œuvres de fiction. « On sent le grand flic, m'avait décrit Penny. Voix forte et autoritaire, limite bourrue, le bonhomme a l'habitude de donner des ordres et certainement pas celle de perdre son temps. » Cela ne l'avait pas empêché d'écouter Penny jusqu'au bout. Il avait pris en note les éléments concernant la mort de Marcelle. Il verrait ce qu'il pouvait faire. Que Penny le rappelle d'ici une quinzaine. « Affirmatif », avait répondu Penny, mi-pour rire, mi-sérieuse.

Quinze jours durant, Penny avait vécu pleine d'espoir. Elle était persuadée d'avoir trouvé « la » source qui allait lui livrer les secrets policiers les mieux gardés de la mort de Marcelle. Celle qui allait lui remettre le rapport « exhaustif » que le préfet Guy Fouquet avait commandé à l'époque. Celle qui allait permettre à la Bmore & Investigations de comprendre ce qui s'était réellement passé entre novembre 1984 (date de la mort présumée de Marcelle Pichon) et août 1985 (date de la découverte de son cadavre), et dont le public n'avait jamais eu connaissance. Celle qui allait faire d'elle la Bob Woodward de l'affaire Marcelle Pichon. Qui sait : *son* commissaire lui dirait peut-être même où se trouvait le journal d'agonie. Peut-être le lui *remettrait*-il ! Son excitation était à son comble, comme on dit.

Quinze jours et sept minutes plus tard, Penny grelottait sous la douche froide qu'elle venait de prendre. Elle sautait sur la mine qu'elle avait cru être d'informations. En sept petites minutes, son fameux commissaire lui avait claqué au nez les portes du paradis, qui sont au nombre de trois, comme chacun sait. 1/ Le commissariat des « Grandes-Carrières » n'existait plus. Il avait été délocalisé à la fin des années 90 dans les locaux de l'actuel commissariat du 18e arrondissement, en partie à cause de l'affaire Makomé M'Bowolé. Lors de son interrogatoire pour des faits de vol à la roulotte, ce jeune Zaïrois de 17 ans avait été tué d'une balle en pleine tête par un inspecteur qui, par la suite, déclara qu'il voulait seulement l'intimider en lui mettant son flingue – un.38 Manurhin – sur le front. Mais le coup était parti. Pan. Le gamin était mort d'une balle en pleine tête. L'affaire avait fait grand bruit, dévoilant les « pratiques violentes » des flics de ce commissariat, surtout lors des interrogatoires, surtout avec les populations immigrées. Cinq ans plus tôt, un Sénégalais de 39 ans, Ousmane Kanté, était déjà mort « accidentellement » lors de sa garde à vue. Cette fois, l'inspecteur avait été condamné à huit ans de prison pour homicide volontaire. Et comme souvent dans ces cas-là, on s'était dit qu'en supprimant le lieu du crime, on ferait disparaître le crime. En déplaçant le problème, on donnerait l'illusion qu'il était réglé. Les violences policières ? Mais ça c'était du temps du commissariat des Grandes-Carrières. Or, il n'existait plus. Abracadabra. Sur place, il ne restait plus à présent qu'une simple antenne de la préfecture de police. Nous ne pourrions rien en tirer. 2/ Les archives courantes qui s'y trouvaient avaient été détruites, surtout concernant un simple cas de suicide ne présentant aucun caractère justifiant sa conservation (la numérisation n'existait pas encore). 3/ Il n'avait trouvé nulle trace de la note du préfet de police. Sûrement avait-elle disparu comme le reste. « À propos, avait glissé de sa belle voix virile le commissaire, votre préfet Fouquet s'appelait en réalité Guy Fougier. Un grand préfet de Paris d'ailleurs, contraint à la démission après avoir été injustement mis en cause par Pasqua lors de l'attentat de la galerie Point Show des Champs-Élysées, en 1986. Vérifiez vos sources, mademoiselle. Voilà. Je ne puis vous aider davantage. Je vous souhaite bonne chance dans vos recherches. » Clic.

Penny en fulminait encore que *France Soir* ait confondu le préfet Fougier avec Fouquet. « Et pourquoi pas Fouquier-Tinville ! s'écria-t-elle, pleine de hargne et de frustration. Putain, jamais ils vérifient ce qu'ils écrivent ? Celle-ci a eu l'air d'une cruche ! Putain, ça ne va pas, Bmore ! Ce n'est plus possible. Celle-ci en a marre. Ras-le-bol ! C'est peine perdue, Bmore. Nous allons dans le mur. Celle-ci vous jure. Vous ne vous rendez pas compte. Marcelle est un fantôme. Elle n'est qu'une rumeur. Hormis les bribes de son journal, il n'existe aucune trace de son passage sur Terre. Aucun élément tangible. Pas un seul témoin. Pas même une lettre ou une carte postale. Elle n'a même pas son nom sur sa tombe ! Qu'est-ce que vous imaginiez ? Quand Philippe Jaenada écrit son livre sur Pauline Dubuisson, il n'est pas fou. Il sait pouvoir puiser dans la masse colossale des rapports de police et des minutes des procès, sans oublier la correspondance et les milliers d'articles de presse parus, tous les ouvrages publiés sur cette affaire, si bien qu'il peut écrire que Pauline se trouvait le mercredi 7 mars 1950, à 19 h 00 pétantes, devant la station de métro Odéon et qu'elle lut Nietzsche vers l'âge de

11 ans – quel veinard de savoir tout ça ! Alors que nous ne saurons jamais ce que Marcelle lisait ni même si elle lisait. Et le livre de Jablonka sur l'assassinat de Laëtitia Perrais : il tire bonne part de sa matière des témoignages de la sœur jumelle Jessica, comme, là encore, des comptes rendus judiciaires et policiers, tant de témoins déroulant l'histoire de Laëtitia livrée en pâture depuis son enfance au sordide des hommes. Alors que nous ? Peau de balle ! Et celle-ci ne vous parle pas de Truman Capote. Sans son amie d'enfance Harper Lee qui l'assista tout du long dans son enquête sur le quadruple meurtre de la famille Clutter, il n'aurait jamais pu écrire *De sang-froid*. Car c'est elle, la future auteure de *Ne tirez pas sur l'oiseau moqueur,* qui gagna la confiance des habitants de Holcomb, leur soutirant mille informations utiles, véridiques et littérairement exploitables, telles que la hauteur des chaussettes de la mère assassinée, l'orientation du miroir dans la chambre de la fille ou la couleur des chats du quartier, etc. Des éléments narratifs que Capote n'aurait jamais pu obtenir, les locaux refusant de parler à cet écrivain habillé du dernier chic qui les prenait de haut et les méprisait ouvertement – un "vrai connard" ! Sans compter que *De sang-froid* est largement nourri des échanges de Capote avec les deux assassins, Perry Smith et Dick Hickock, qu'il a rencontrés dans la prison où ils étaient incarcérés, au point que pour écrire le dernier chapitre de son livre, Capote attendit avec impatience que Dick et Perry soient exécutés, eh oui, on le voit s'énerver dans les lettres qu'il envoie à son éditeur que les deux héros de son livre déposent recours sur recours, repoussant d'autant leur exécution, car il avait un besoin littéraire urgent qu'ils se balancent au bout d'une corde afin de mettre un point final à son bouquin. Et vous savez quoi, Bmore ? Même Modiano a bénéficié de l'aide de Serge Klarsfeld pour retrouver la photo de

Dora Bruder, quoiqu'il n'en dise rien dans son livre. Et nous, qu'avons-nous ? Rien. Nous n'avons RIEN ! Nada ! Que dalle ! Juste trois coupures de presse pourries, des photos encore plus pourries, une apparition de trente secondes dans un documentaire et quelques actes de mairie. Parlez d'une manne ! Ce n'est pas avec ça qu'on monte un dossier ! Vous comptez vous y prendre comment, Bmore ? Sans le moindre témoin, sans minutes de procès ni rapports de police, aucune lettre, personne pour nous aider à y voir plus clair. Personne pour nous raconter Marcelle, sa vie, son enfance, sa période mannequin chez Fath, ses dernières années – personne ! Pas une LIGNE ! Désolée d'être vulgaire, Bmore, mais celle-ci en a plein le cul. Et pas comme elle aime. »

37.1

(C'était vrai. Penny avait raison. Le nier aurait été absurde. Vulgarité mise à part, nous étions dans la merde. Okay, j'avais retrouvé la tombe de Marcelle mais sur elle, sur sa vie, sur ses fréquentations, sur ce qui lui était arrivé, sur ses agissements, sur sa *personnalité*, la hauteur de ses chaussettes ou l'orientation du miroir dans sa chambre, nous n'avions aucun détail ni aucune piste. Et très peu d'espoir d'en obtenir. Ah si, il y avait le documentaire d'Anne Gaillard. Mais c'était bien tout. Pour le reste, nous n'avions que sa mort. L'anonymat et l'horreur de sa mort. Aucun autre élément matériel sur lequel nous fonder, pas le moindre événement, nul propos la décrivant ni même la concernant. Pour la société, Marcelle Pichon était un fantôme. Elle était invisible. Son passage sur Terre avait été totalement effacé, jusqu'à son nom sur sa tombe, et nous n'avions, pour nous consoler, maigre consolation, que des questions qui jamais ne recevraient de réponses. Avec Marcelle, nous n'étions pas très bien tombés pour notre entrée dans le monde hautement concurrentiel des agences de détectives. Je n'avais pas choisi la facilité. Je n'aime pas spécialement les femmes faciles, mais là, c'était le pompon. Marcelle battait tous les records dans le genre femme récalcitrante. J'avais choisi le pire fait divers possible. La pire Marcelle de toutes les victimes de la vie. L'histoire la moins digne d'être racontée.

Cependant, je devais remonter le moral de Penny. Il en allait de la suite de l'enquête. Il en allait de la Bmore & Investigations et tout ce que je trouvai à dire, ce fut : « Oui, Penny, nous n'avons rien. Nous tournons sans fin dans la nuit et le feu nous consume, comme disait l'autre. Mais vous oubliez une chose, Penny. Vous oubliez que nous avons… nous ! *Nous avons nous et tout ce que nous sommes*. Nous et notre mémoire, notre raison et notre imagination. Ce qui est à la fois peu et beaucoup. De quoi pourrions-nous avoir besoin d'autre ? » Fermer la parenthèse.)

Penny allait répondre lorsque son téléphone vibra à cet instant dans sa poche. Elle le sortit, déverrouilla l'écran et lut le message qui venait de lui parvenir. Son visage s'illumina.

– Enfin une bonne nouvelle, fit-elle. Celle-ci va pouvoir récupérer la dépêche AFP concernant la mort de Marcelle.
– La dépêche qui alimenta toute la presse en août 1985 ? Mais comment avez-vous fait ?
– Celle-ci est une fan d'Erin Brockovich et elle a fait comme Julia Roberts : elle a agité ses seins sous le nez d'un type de l'AFP. Celle-ci vous expliquera plus tard.
– Vous voyez que tout n'est pas perdu.

– Mouais. (Dans sa voix s'entendaient les déceptions qu'elle avait connues ces derniers temps.) Dites, Bmore, vous pouvez expliquer quelque chose à celle-ci ?

– Quoi ?

– Au début du chapitre, nous parlions au téléphone. Vous étiez chez vous et celle-ci était chez elle. Comment pouvez-vous alors écrire que son portable a vibré dans sa poche et que le visage de celle-ci s'est illuminé en lisant le message qu'elle avait reçu ?

– Ce que vous pouvez être formaliste, Penny. Figurez-vous que j'ai mes petits secrets. Mais j'ai moi aussi une question : vous n'avez rien remarqué de bizarre ces derniers temps ?

– Comme quoi ?

– Un type avec un anorak vert.

– Non. Rien vu de semblable. Pourquoi ?

– Prévenez-moi si c'est le cas.

« Le même rôle que celui tenu par la guitare
dans la peinture cubiste. »
Steve Reich, *Écrits sur la musique*

38

Du père de Marcelle je sais finalement peu de choses : on lui donna le prénom de son père, disparu quand il avait 3 ans ; son livret militaire donne de lui une vague description mais pas de quoi le reconnaître dans la rue (voir page 363) ; il quitta très tôt son Limousin natal pour monter à la capitale où, d'après les registres du commerce que j'ai pu consulter aux Archives de Paris (entre deux confinements), il reprit le salon de coiffure du 144 rue de Javel que tenait un certain L. Gruet pour ouvrir le sien, le 30 novembre 1922 (n° de registre 41 342-203 136). En novembre 1922, c'est-à-dire vingt-deux mois après la naissance de Marcelle, comme si un bonheur n'arrivait jamais seul. Ou que le fait d'avoir une fille l'avait incité à se mettre à son compte, à penser à l'avenir, alors qu'il avait 24 ans.

Par la suite, sa vie semble avoir été toute tracée. Il exerça toute son existence la profession de coiffeur ; demeurant 144 rue de Javel (probablement dans un logement situé au-dessus du salon), jamais il ne déménagea, comme en attestent les différents annuaires officiels des abonnés au téléphone des années 1926, 1939, 1953, 1962 1968 que je suis également allé consulter boulevard Sérurier (toujours entre deux confinements).

C'est à l'âge de 70 ans qu'il décéda, le 2 mai 1968. Le jour même où les étudiants de Nanterre organisaient une « journée anti-impérialiste » et on connaît la suite. Tandis que le Quartier latin se barricadait, que les ouvriers se mettaient partout en grève, que le pouvoir en place « vacillait » (mais de quel pouvoir parle-t-on ?), que les femmes jetaient leurs soutiens-gorge et qu'un vent festif de révolte et de liberté soufflait sur le pays et même ailleurs, Marcelle pleurait son père. Elle l'enterrait au cimetière de Bagneux. Pour elle, ce ne fut pas vraiment un joli mois de mai. Elle avait 47 ans et, après avoir connu les années d'occupation, le tumulte ambiant dut drôlement l'indifférer. Ou l'exaspérer, surtout qu'elle était triste dans un moment qui ne l'était pas du tout. Le moment était exaltant pour les uns, déplorable pour les autres, mais certainement pas « triste » et, dans son coin, Marcelle devait se sentir très seule. Tout à fait exclue, sinon de l'histoire, du moins de l'actualité. Elle devait détester ces étudiants et ces ouvriers qui semaient le désordre en laissant éclater leur désir de vivre sans entraves : ils ne faisaient que piétiner son chagrin et, peut-être, ne pardonna-t-elle jamais à mai 1968 de lui avoir volé son deuil. Peut-être en conserva-t-elle toute sa vie une aversion, comme si la chienlit de mai était désormais associée à la mort de son père et que l'une n'allait désormais plus sans l'autre. Qui sait d'ailleurs si elle ne défila pas sur les Champs-Élysées, le 30 mai, en compagnie des centaines de milliers de gens réclamant le retour à l'ordre aux cris de « Vive de Gaulle » ? Pourtant, si un événement pouvait faire écho à son tumulte intérieur, c'était bien celui de mai 1968. Car Marcelle vit le « vieux monde » mourir et disparaître sous ses yeux. Elle le mit personnellement en bière. On ne peut être davantage en phase avec son époque et, cependant, plus éloigné d'elle.

38.1

Et si ?

Vu nos temps covidesques.

Si Charles Pichon est mort en 1968, ce fut peut-être de la grippe de Hong Kong qui, cette année-là et la suivante, fit un million de morts dans le monde, 40 000 victimes environ en France. Ce dont, à l'époque, personne ne s'inquiéta, ni le gouvernement ni les médias. Tout le monde avait l'air de s'en fiche royalement. Pourtant, nombre d'écoles et de commerces durent fermer, les transports furent fortement perturbés (15 % des cheminots infectés), de même que l'activité économique (20 % des personnels en moins dans les usines). Que s'est-il passé entre 1968 et 2020 pour que l'on passe d'une merveilleuse désinvolture face à la mort à un souci merveilleusement extrême de la vie ? D'un excès à un autre ? Comment est-ce possible ?

Mon esprit aimant enfiler les perles, je songe soudain que toutes les pandémies modernes survinrent lors de grands bouleversements sociaux : la guerre mondiale de 14 pour la grippe espagnole, mai 1968 pour la grippe de Hong Kong et, de nouveau, une année pleine de colères et de fièvres manifestantes un peu partout dans le monde (de la France au Venezuela en passant par Hong Kong, l'Albanie, le Chili, l'Iran, l'Algérie, l'Inde et j'en passe) pour le Covid-19. Ce n'est peut-être pas une coïncidence. Il existe possiblement un lien, qui est peut-être même de cause à effet. Comme si, malade socialement, le corps social ne pouvait faire autrement que tomber physiquement malade. Or, c'est la première fois qu'une pandémie supplante politiquement les troubles sociaux (j'utilise le mot trouble au sens médical du terme) dont elle est peut-être l'expression organique, la vitale allégorie, le débouché naturel, le compendium d'une maladie plus vaste. Comme disait le Dr Jugand : « En temps d'épidémie, la maladie en apparence la plus localisée est une affection dépendant d'un *état général.* »

38.2

Le plus intéressant dans le père de Marcelle, c'est peut-être sa femme. C'est la mère de Marcelle. C'est Eugénie Landré. Disparue lorsque Marcelle était encore petite puisque son père « l'éleva seul », d'où son amour pour lui, probablement nourri de l'absence de la mère, d'un ressentiment envers elle, aussi, peut-être, comme on en veut toujours à ceux qui ont failli et qui nous ont abandonnés, quelles que soient leurs raisons, bonnes ou mauvaises, ce n'est pas la question. Qui était Eugénie Landré ? Que se passa-t-il ? De quoi décéda-t-elle, si elle décéda ? Car je l'imaginais morte. Je n'imaginais pas qu'elle put avoir abandonné sa fille – à quel âge d'ailleurs ? Marcelle était-elle encore bébé ? Adolescente ? Non, je n'imaginais pas un divorce qui aurait été prononcé aux dépens de la mère, au point que la petite Marcelle aurait été confiée à la garde exclusive de son père. Il est rare que les juges déboutent la mère, tellement son rôle apparaît central dans l'idéologie de la famille. Surtout dans les années 20.

J'avais tout faux.

« Ça c'est un os ! »
Alain DERUE,
La Découpe des viandes de boucherie

39

Eugénie Landré est née le 20 février 1900, à 16 heures, au Pin, dans l'Allier. Moins qu'une bourgade, Le Pin est un bourg de 250 habitants perdu entre Mâcon à l'est et Moulins à l'ouest. Il faut plus de trois heures en voiture pour aller de Saint-Sulpice-Laurière (où est né Charles Pichon) au Pin. C'est donc à Paris que Charles et Eugénie se rencontrèrent et s'épousèrent le 17 juillet 1920 à la mairie du 6e arrondissement de Paris.

Si le père de Charles avait, grâce à son emploi de cheminot, amorcé la migration des Pichon de la campagne vers Paris, Eugénie fut (avec sa sœur aînée Félicie et sa cadette Alice) la première de la famille Landré à monter à la capitale et à y rester. À lui seul, ce détail dit quelque chose d'Eugénie. Un désir de s'émanciper et de vivre sa vie. Un esprit d'indépendance. Une intrépidité puisqu'elle se retrouva à 20 ans dans le Paris survolté de l'après-Grande Guerre. Peut-être un refus de la cambuse et de la vie morne et rude allant avec. Peut-être avait-elle des *ambitions*.

Ses parents étaient François Landré et Claudine Trouillet. À sa naissance, il est écrit que son père exerçait la profession de vigneron, comme son père avant lui. Mais vingt ans plus tard, au mariage de sa fille, le voici « facteur des postes ». Quant à sa mère, issue d'une lignée de cultivateurs, elle est notée chaque fois « sans profession ».

À Paris, Eugénie était « femme de chambre ». Elle habitait à deux pas du jardin du Luxembourg, au numéro 3 de la rue de Fleurus, Paris 6e, avec sa sœur Félicie, qui était « serveuse » (Alice, elle, resta toute sa vie au pays). Ce pourquoi elle convola à la mairie de cet arrondissement et non dans le 15e, où demeurait Charles. C'est lui qui vint se marier dans son quartier. Comme un ascendant qu'elle aurait eu dans leur couple.

D'ailleurs, au mariage, les deux témoins n'étaient pas des Pichon. L'un était Félicie ; l'autre un « étudiant en médecine » du nom de Pierre Carpentier, qui logeait lui aussi 3 rue de Fleurus, avec les deux sœurs. Peut-être le petit ami de Félicie.

Elles ont à peine 20 ans et j'imagine Eugénie et Félicie monter à la capitale, leur installation dans la grande ville, leur excitation de plonger dans une *vita nova* pleine de nouveaux rythmes, de nouvelles mœurs, de nouvelles rencontres, de nouvelles musiques et de nouvelles lumières, de nouveaux désirs et de nouveaux dangers aussi. Cependant, Félicie semble avoir moyennement aimé le bruit, la cohue, l'air chargé de suie, les chevaux partout, les trépidations et les lumières de la ville. Chez elle, la greffe parisienne ne prit pas et elle rentra très vite au pays, laissant Eugénie se débrouiller avec Charles, avec son salon de coiffure et avec la petite Marcelle née dans la foulée, Félicie ne figurant pas cette fois comme témoin sur l'acte de naissance de sa nièce. Retournée au Pin, il semble que, dès février 1921, Félicie ne voulut plus en partir.

C'est d'ailleurs dans son village d'origine qu'elle épousa deux ans plus tard Armand Marius Frank Lefevre, une vraie « gueule cassée » de la guerre de 14. De fait, le 27 juillet 1915, son livret militaire indique que, lors de la bataille du Linge, dans les Vosges, un éclat d'obus arracha l'œil gauche du soldat de 2e classe Armand Lefevre, le défigurant sur toute la longueur du visage, en plus de gazer ses poumons. Il avait 20 ans. Il lui restait cinquante années à vivre dans cet état. En compensation (mais qu'est-ce qui peut compenser un visage éborgné et défiguré ?), il reçut une pension d'invalidité de 100 %, la médaille militaire et même, en 1955, la Légion d'honneur. C'est cet homme-là que Félicie épousa.

Ce qui est drôle, si j'ose dire, c'est que François Landré, le père des trois sœurs, était lui aussi borgne, mais de l'œil droit (il ne le perdit pas à la guerre mais, à en croire son livret militaire, dans sa jeunesse, j'ignore comment). Eugénie et ses sœurs eurent donc un cyclope comme père. Un père qui ne les voyait que d'un œil et pourvu que ce soit le bon. Et le mari de Félicie aussi (je devais la faire celle-là) puisqu'elle épousa un garçon pareillement éborgné, mais de l'œil gauche. Son époux avait l'œil qui manquait à son père. Et réciproquement. J'adore l'idée. De la part de Félicie, je la trouve géniale. Je pourrais broder infiniment sur le symbole, la signification, sur qui voit qui et comment. Qui avait le mauvais œil et lequel le bon ? Etc.

De là qu'Eugénie n'avait pas froid aux yeux ?

Dans le civil, Armand était ébéniste de l'Éducation nationale, avant de devenir jardinier. Comment ? Pourquoi ? Mystère.

Quant à Alice, la petite dernière restée sagement au Pin (mais son existence ne fut peut-être pas moins exaltante, il suffit pour cela d'avoir un monde intérieur assez vaste), elle épousa en 1925, toujours au Pin, Pierre Bouguin, qui avait échappé à la guerre de 14 mais fut fait prisonnier par les Allemands le 11 avril 1940 à La Charité-sur-Loire, avec le 8e bataillon d'ouvriers d'artillerie. Interné en Autriche, au stalag XVII A, il ne rentra chez lui que cinq ans plus tard, le 5 juin 1945. Un pote de mon grand-père… Lui était facteur aux PTT. Comme son beau-père François Landré était facteur des postes. Décidément, les filles Landré prirent chacune quelque chose de leur père. Mais si l'aînée prit le physique et la cadette le métier, que prit Eugénie ? Qu'est-ce que Charles Pichon avait de François Landré ? Rien, justement ? Rien, surtout pas ? L'œil était dans sa tête et la regardait-il ?

Voilà pour les tantes de Marcelle. Sachant que Félicie décéda en 1986 et Alice en 1977, toutes les deux dans l'Allier, à un âge relativement avancé, bien loin de Paris, très loin de Marcelle, leur nièce.

39.1

Sachant que les trois filles Landré furent des enfants de la Grande Guerre. Eugénie avait 14 ans en 1914 et 18 en 1918. *Elle avait 14 ans en 1914 et 18 ans en 1918 !* Il faut mesurer ce que cela signifie. L'adolescence qu'elle eut. Pendant ces années où les jeunes gens rêvent d'amours enflammées, elle voyait arriver des milliers de blessés envoyés se faire soigner à l'arrière et, notamment, à Vichy, la grande ville proche du Pin. Quand les gars du pays n'étaient pas envoyés au front. Trente-sept noms sont inscrits sur le monument « Aux enfants du Pin morts pour la France – 1914-1918 ». Avec des familles Dumont, Geay, Galland, Malsot, Picard décimées. Un J. Trouillet périt lui aussi. Un cousin éloigné d'Eugénie du côté de sa mère. Entre 1911 et 1921, les registres de recensement indiquent que la population du Pin passa de 702 habitants à 588. Après la guerre, près de 20 % de Pinois et de Pinoises s'en étaient allés, pour ailleurs ou pour toujours.

Les dates disent tellement de choses, elles sont l'écume de tant d'émotions, d'événements, de décisions dessinant pas à pas les trajectoires, balisant les destins. Car je viens de m'apercevoir que la mère d'Eugénie, Claudine Trouillet, est morte à 46 ans le 5 décembre 1920, c'est-à-dire cinq petits mois après le mariage de sa fille avec Charles. Un an avant la naissance de Marcelle, qui ne connut donc aucune de ses deux grands-mères. C'est un détail mais il put avoir son importance. Autour de Marcelle, il y eut finalement très peu de figures féminines. De modèles de femmes vers lesquelles se tourner, à qui se confier, où quêter amour et expériences. Dès le départ, elle fut livrée au monde des hommes. C'est une information à garder en mémoire.

39.2

Marcelle naquit donc le 3 février 1921. Or, ses parents s'étaient mariés le 17 juillet 1920. Si je compte bien (j'ai recompté trois fois), Eugénie était donc enceinte de plus de deux mois lorsqu'elle épousa Charles. Voilà qui suggère (je dis bien suggère) un mariage sinon contraint, du moins arrangé. Un mariage moins d'amour que de devoir. Un mariage contracté afin d'éviter opprobre et déshonneur à une jeune fille de la province menacée de devenir honteusement fille-mère à Paris. En réparation de galipettes commises un soir d'exaltation. En punition d'un plaisir payé neuf mois plus tard rubis sur l'ongle et loin d'être désirée, Marcelle fut-elle une « erreur de jeunesse » ? Fut-elle l'enfant d'une « faute » et le lui fit-on sentir ? Fit-elle le malheur de ses parents, ou de l'un d'entre eux seulement, en les obligeant à s'unir pour le meilleur et pour le pire devant Dieu et les hommes alors qu'ils avaient 20 ans, c'est-à-dire toute la vie devant eux, tant de choses à découvrir et à accomplir, tant d'amours à vivre – et puis non ? Sa naissance, oui, fut-elle une *servitude* et, toute son existence, le lui fit-on sentir ? Fut-elle, dès le départ, persuadée que sa présence sur Terre ressortait, non du sacre de l'amour, mais de sa plaie ? On a vu, au-dessus d'un berceau, de meilleures fées se pencher.

Encore une information à garder en mémoire.

Le 13 juillet 1920 (ô les dates !), l'Assemblée nationale votait une loi assimilant la contraception à l'avortement et l'avortement à un crime passible de la cour d'assises. Le revolver de la loi sur la tempe, Charles et Eugénie participèrent à leur petit niveau à la volonté politique de repeupler au plus vite le pays après la grande saignée démographique de la guerre de 14. Maigre consolation pour Marcelle, j'imagine. Pas de quoi se sentir particulièrement aimée. Sans cette loi, qui sait si Eugénie n'aurait pas fait « passer » l'enfant et, à la fin, Marcelle ne se serait jamais laissée mourir de faim.

En plus d'être née sous la pression sociale, Marcelle fut l'enfant de son temps (comme nous le sommes tous). Plus que ses parents, c'est la IIIe République qui voulut et souhaita sa naissance : elle est donc aussi comptable de sa mort par inanition, non ?

39·3

Mais le plus important dans l'extrait de naissance d'Eugénie Landré, ce sont, comme toujours, les notes marginales. Là où un agent de mairie a, par la suite, écrit à la main sur le bord de la feuille qu'elle était morte le 18 mars 1983 à Ris-Orangis, dans l'Essonne, à l'âge de 83 ans, donc. Dans l'Essonne, drôle d'endroit. Naître au Pin et mourir à Ris-Orangis... (Je découvrirai plus tard qu'elle habitait à Sucy-en-Brie, dans le Val de Marne, mais qu'elle décéda dans une maison de retraite de Ris-Orangis.)

Auparavant, indique toujours son acte de naissance, Eugénie avait épousé le 17 juillet 1920 Charles Pichon, dont elle divorça le 31 octobre 1928, pour se remarier trois ans plus tard, le 1er juin 1931, avec un certain Olivier Édouard Créach, leur union durant vingt-quatre années, puisqu'elle divorcera de nouveau le 10 novembre 1955. Elle avait alors 55 ans.

L'histoire de Marcelle est truffée de divorces. À toutes les générations, on divorce, et plutôt deux fois qu'une. C'est très curieux. Je n'imaginais pas que les couples mariés puissent autant se séparer avant les années 70. Avant mes parents, en fait.

Mais l'important, c'est que si Charles éleva seul Marcelle, ce ne fut pas parce que sa femme était morte.

Pas du tout. C'est parce qu'ils avaient divorcé. C'est parce qu'Eugénie était partie. Parce qu'elle les quitta, lui et leur petite fille. Pour Olivier Créach ? Je l'ignore. Mais à ses yeux (on en revient toujours à l'œil...), avoir un enfant ne justifiait pas qu'elle sacrifie son existence à un homme qui avait été assez maladroit pour la mettre enceinte. Ou qui était un petit coiffeur de quartier. Ou qui mesurait seulement 1,65 mètre. Ou pour je ne sais quelle autre raison évidemment plus personnelle. Qui la concernait elle et qui le concernait lui. D'ailleurs, qu'est-ce qu'Eugénie trouva à Charles ? Pourquoi lui ? Et Charles ? Qu'est-ce qui lui plut chez Eugénie ? Comment se rencontrèrent-ils ? Quoi qu'il en soit, c'est elle qui s'en alla puisque Charles éleva seul Marcelle. Puisque c'est au père que fut confiée la garde de la petite. Marcelle allait alors sur ses 8 ans. Voire moins puisque la transcription judiciaire d'un divorce entérine bien souvent une situation jugée une, deux ou même jusqu'à quatre années plus tôt.

Pour quelles raisons Charles obtint-il la garde de Marcelle ? De quels torts se rendit coupable Eugénie pour être déchue de son droit de mère ? Les jugements de divorce du tribunal de la Seine de l'année 1928 sont-ils consultables quelque part ?

39·4

Ici, il me faut faire un petit bond dans le temps. Me transporter douze ans plus tard. Lorsque Marcelle, à l'orée de ses 20 ans, se marie le 1er octobre 1940 à la mairie du 15e avec Victor Baisse qui, est-il indiqué sur l'acte de mariage, exerçait la profession de « monteur-radio », sans autre précision. Plus décisif : l'agent de mairie a écrit concernant la « future épouse », je cite : « Fille de Charles Marcel Albert Pichon, coiffeur, domicilié 144 rue de Javel, présent et consentant, et d'Eugénie Landré, disparue, d'autre part. La future épouse et son père déclarent sous serment qu'ils ignorent la résidence actuelle de la mère de la future épouse et que celle-ci n'a pas donné de ses nouvelles depuis… »

Depuis je ne sais quand !

Car impossible de lire le chiffre qui est écrit. Les caractères de la machine à écrire se chevauchent, s'embrouillent, jusqu'à laisser sur la page un pâté illisible. Même à la loupe, aucun nombre ne correspond. Scrogneugneu de merde ! Mais ce n'est peut-être pas un chiffre. Ce pâté signifie peut-être que Marcelle et son père ne se rappelaient même plus la dernière fois qu'ils avaient eu des nouvelles d'Eugénie Landré. Mieux que n'importe quel nombre, ce pâté dit une durée non chiffrable. Il dit un temps fou. Il dit une éternité. Un infini dans le temps et l'espace.

Sa mère n'était donc pas présente au mariage de Marcelle. Elle avait « disparu ». Sans « laisser d'adresse » ni rien. Le « ghosting » le plus invincible. Le plus destructeur. Si bien que Marcelle n'avait aucune idée de l'endroit où sa mère, sa maman, se trouvait. Elle ne savait strictement rien d'elle. Pas même, peut-être, qu'elle s'était remariée neuf ans plus tôt avec Olivier Créach. Si elle avait eu d'autres enfants ou pas. Était morte ou bien vivante. Le silence de la disparition le plus épais. Sous serment, elle et son père n'avaient aucune nouvelle d'Eugénie depuis perpette, comme on dit d'une condamnation. Depuis que Marcelle avait 8 ans, si cela se trouve. Depuis toujours, en réalité. Tout en sachant que sa mère existait quelque part, mais pas pour elle. Pas même pour se manifester et embrasser sa fille lors du plus beau jour de sa vie. Rien à foutre.

Sa mère était, comme il est l'écrit sur l'acte administratif, « d'autre part ».

Pour Marcelle, que sa mère, sa maman, divorce lorsqu'elle était gamine, qu'elle s'en aille, la quitte, disparaisse sans laisser d'adresse, en la laissant à son père comme on se débarrasse d'un encombrant, fut peut-être pire que si sa mère, sa maman, était morte. On ne pleure pas les gens qui vous abandonnent, vous laissent tomber, vous trahissent. On les hait, on les idéalise, on les enterre vivants en soi, on les cherche partout et nulle part, on mendie toute sa vie l'amour qu'ils vous ont refusé, mais on ne les pleure pas. L'énigme de leur comportement suffoque bien trop. La violence de leur comportement empêche les larmes. Oblige à les ravaler, alors qu'elles ne cessent intérieurement de couler. Les larmes, elles n'embueront les yeux qu'au moment du pardon, s'il vient un jour. Elles éclateront soudain en sanglots irrépressibles à la vue des retrouvailles de deux crétins se réconciliant à la fin d'un mélo pourri diffusé un soir à la télévision. Et même tous les soirs puisque la douleur de l'abandon jamais ne s'apaise. Toujours saigne et purule, sous des couches de lave endurcies.

Avant d'être abandonnée de tous, Marcelle fut d'abord abandonnée par sa mère.

Ceci explique-t-il cela ?

« Les autres te diront quoi faire, quoi ressentir.
Et très vite, tu te saignes aux quatre veines,
à la recherche d'une chose qu'ils t'ont
dit de chercher. »
Le Jeu de la dame, saison 1, épisode 5

40

Qu'avait-elle fait, la petite Marcelle, pour que sa mère, sa maman, s'en aille, l'évince de sa vie, l'abandonne à son père, ne veuille plus entendre parler d'elle, plus faire partie de son existence, la renie et la répudie ?

Je sais bien que nous faisons tous l'expérience de la perte, de la solitude, de la cruauté, de l'injustice, de l'incrédulité et du rejet ; mais balancer ça tout à trac à une gamine de 8 ans, c'est la tuer dans l'œuf. C'est vouloir en faire un monstre.

Sur l'instant, lisant l'acte de mariage de Marcelle et Victor daté du 1er octobre 1940 et découvrant (avec stupeur, avec une totale stupeur !) qu'Eugénie Landré avait disparu sans plus jamais donner de ses nouvelles, j'avais imaginé que celle-ci s'était peut-être retrouvée prise dans la tourmente de l'exode qui, quatre mois plus tôt, en juin 1940, avait jeté sur les routes des centaines de milliers de Parisiens paniqués à l'idée des féroces soldats allemands venant jusque dans leurs bras égorger leurs fils et leurs compagnes. Elle se serait alors perdue, égarée, noyée dans l'immense pagaille. Aurait été blessée, peut-être. Agressée ou violée. Voire tuée par un stuka mitraillant en rase-mottes les gens tentant, là, devant lui, juste dans le viseur de sa mitrailleuse, de fuir comme des insectes éperdus, comme si c'était un jeu de massacre, un exercice de virtuosité aérienne, la bravoure militaire la plus marrante. Qui sait, Eugénie était peut-être devenue amnésique à la suite d'un choc à la tête ? Tout s'expliquerait alors. Tout m'apparaissait, sinon plausible, du moins préférable à une mère abandonnant sa fille et renonçant à ses droits sur elle.

En octobre 1940, énormément de familles recherchaient encore un proche ayant disparu dans le sauve-qui-peut général de juin 1940, principalement des enfants mais pas seulement. Le 13 novembre 1940, l'hebdomadaire féminin *Pour Elle* consacrait encore une pleine page aux personnes dont, quatre mois plus tard, on était toujours sans nouvelles, publiant jusqu'à vingt petites photos d'identité en guise d'avis de recherche, ici celle de « Jean-Claude Richard, 3 ans, cheveux longs frisés châtain clair, yeux marron, visage rond, incisives supérieures gâtées, disparu le 14 juin au cours du bombardement aérien d'Euvy (canton de Fère-Champenoise, Marne) », là celle d'« Émilienne Falot, 17 ans, grands yeux gris-bleu, taille 1,67 mètre, blessée à Étampes au cours du bombardement de 10 heures le 14 juin, et transportée à 17 heures par une ambulance militaire française conduite par un chauffeur noir et un infirmier blanc, en direction de Paris (?) ». Toutes les semaines, la rubrique « Le reconnaissez-vous » tentait, en diffusant ce « sommier » des personnes disparues, de recomposer les familles françaises démantelées par « l'exode tragique ».

Que sont devenus ces enfants perdus ?
Combien n'ont pas été retrouvés ?

Je sais aujourd'hui que rien de tel n'arriva. Eugénie Landré (j'allais dire Grandet) ne fut pas une victime du Blitzkrieg. Elle ne fut ni blessée ni tuée, elle ne devint pas amnésique, ce qui aurait justifié son absence au mariage de sa fille. Non. Elle s'était tirée bien avant. Elle avait disparu depuis des lustres, coupé tous les ponts avec son existence d'avant, avec son premier mari et avec sa fille, comme s'ils n'avaient jamais existé. Lorsque sa mère l'abandonna – c'est-à-dire lorsqu'elle l'enchaîna à cet abandon, ce qui est tout le contraire d'une « disparition » puisque ce terme suggère qu'il ne resterait rien d'elle alors qu'il reste justement l'énormité de la disparition –, Marcelle avait donc 8 ans. Comme moi-même avais 8 ans lorsque mon père s'en alla. Comme par hasard. Un de plus. Comme tous les enfants ayant vu leur monde s'écrouler le jour où leurs parents se sont séparés et, du même coup, ont été séparés en deux dans le sens de la longueur, je sais ce que l'on ressent. Je sais ce que cela fait. Je me souviens très bien que quelque chose se déchira en moi, oh oui, j'entendis très distinctement, parfaitement audible, le déchirement qui, tout à coup, tandis que ma mère nous apprenait à mon frère et à moi que notre père qui êtes aux cieux s'était barré sans même nous dire au revoir, déchira ma poitrine en un long cri intérieur, déchira de part en part l'étoffe dont j'étais fait, me déchira tout entier, lentement et infiniment, pour ne plus jamais être recousu. Cinq minutes plus tard, je n'étais plus le même enfant. Je n'étais plus innocent. J'étais *défloré*, avec du sang coulant soudain d'une plaie que je ne soupçonnais pas en moi. J'étais brisé en deux morceaux. Décollé de moi-même comme on décolle du papier peint d'un mur. Craaaaaaaaaaaac.

Comment Marcelle apprit-elle que sa mère, sa maman, était partie pour ne plus jamais revenir ? Était-ce une fin d'après-midi, si j'en crois mes propres souvenirs ? Comment le prit-elle ?

Quelque chose lui fut-il arraché à ce moment-là, quelque chose qu'elle entendit se déchirer en elle ou, comme je vis mon frère le faire avec notre mère, se jeta-t-elle dans les bras de son père, trop heureuse d'avoir désormais son papa pour elle toute seule, de prendre la place de celle qui, dans le cœur et le lit de son père, était depuis toujours sa rivale, celle qui lui volait l'amour de l'homme qu'elle aimait plus que tout, puisque sa mère l'aimait et qu'il aimait sa mère, justement ?

La comparaison s'arrête là. Car contrairement à mon père qui, un an plus tard, revint habiter avec nous, Eugénie ne fit pas une *fugue*. Elle ne reprit pas sa place à la maison, s'asseyant à la table familiale entre son mari et sa fille comme si de rien n'était et que son départ n'avait été qu'une frasque, j'allais dire une farce. Elle s'en alla pour de bon, pour ne jamais plus revenir, sans se retourner, sans un mot peut-être, sans même dire adieu à Marcelle ni l'avoir embrassée une dernière fois, lui avoir expliqué le comment du pourquoi.

Au moment où Eugénie recouvra sa liberté de mouvement et de sentiments, elle avait 28 ans.

40.1

Marcelle espéra-t-elle que sa mère viendrait à son mariage ? Au moins pour le plus beau jour de sa vie ? Le crut-elle ? Ou bien préféra-t-elle ne pas, ne voulant plus jamais voir celle qui l'avait rejetée, lui en voulant beaucoup trop ? En tout cas, se marier ne fit pas revenir sa mère, sa maman. Se faire belle ne la ferait pas revenir. Être heureuse ne la ferait pas revenir. Être malheureuse non plus. Se faire du mal ne la ferait pas revenir. Pleurer, s'arracher les cheveux, se crever les yeux, se faire vomir ne la ferait pas revenir. Devenir mannequin ne la ferait pas revenir. Défiler dans des robes de princesse ne la ferait pas revenir. Être admirée, enviée, applaudie ne la ferait pas revenir. Prendre mille amants ou aucun ne la ferait pas revenir. Mourir ne la ferait pas revenir. Même mourir de faim ne la ferait pas revenir. Rien ne la ferait revenir. Sa faim, elle pouvait se la garder pour elle. Elle aurait beau tout essayer, tout tenter, sa mère ne reviendrait pas. Elle ne reviendrait JAMAIS. Elle n'en valait pas la peine.

De qui, finalement, Marcelle était-elle la fille ?

Elle dut se poser la question.

Si sa mère lui apprit une chose, c'est que les femmes pouvaient disparaître sans laisser d'adresse. Un jour elles étaient là et le lendemain, pouf, Houdini ! Pouf, plus personne ! Plus de mère ! Avant une foultitude d'autres disparitions, hommes et femmes confondus, afin de rejouer la scène, la revivre, l'apprécier sous toutes ses coutures émotives, la souffrir encore et encore, jusqu'à la jouissance pure, jusqu'à voir ce qui lui avait échappé sur l'instant, comprendre enfin, digérer, épuiser la douleur et qu'il n'en reste rien ? Avant qu'elle-même s'abandonne comme sa mère l'avait abandonnée, devenant ce que sa mère avait fait d'elle : un être privé de sa propre subsistance, un être dévoré par le manque. Jusqu'à devenir une momie. Un être disparaissant dans la nuit sans rien dire à personne.

« Notre besoin de consolation est impossible à rassasier », a écrit l'écrivain suédois Stig Dagerman, que sa mère abandonna après l'avoir mis au monde et qui, à l'âge de 31 ans, se suicida par le gaz.

Dans le contexte de Marcelle Pichon, j'aime particulièrement l'expression « impossible à *rassasier* ».

40.2

Ainsi Charles éleva-t-il seul Marcelle. Seul, oui, mais avec le fantôme de sa femme l'ayant largué. Le fantôme de la mère de son enfant les ayant abandonnés tous les deux. Ce qui n'est pas vraiment être seul. Ce qui fabrique des fantômes immenses. Plus grands que du temps où ils étaient des êtres vivants occupant dans l'espace un volume corporel finalement limité. Il se peut d'ailleurs que le nom d'Eugénie ait été banni de la maison, Charles ne voulant plus jamais que l'on évoque en sa présence celle qui l'avait quitté et trahi et désespéré et tout et tout. (Ou bien fut-il soulagé d'être débarrassé d'une femme qui ne méritait pas d'être sa femme devant Dieu et les hommes et se trouva-t-il heureux de s'occuper de sa fille, de l'élever seul, de la regarder grandir, faire couple avec elle, puisque jamais il ne se remaria. Car il faut garder en tête que plus jamais ne convola Charles Pichon, comme un dégoût, sinon des femmes, du moins du mariage, peut-être de l'amour, comme un vœu de chasteté, ou qu'il était le veuf, l'inconsolé, le Prince d'Aquitaine à la tour abolie.

De ses 8 ans jusqu'à son mariage à l'âge de 19 ans, Marcelle vécut-elle dans l'ombre de la tristesse du père ? Sous le soleil noir de sa mélancolie ? Celui-ci lui transmit-il une acrimonie, une défiance, une haine devenues malgré elle les siennes ? Pas de quoi s'épanouir dans ces conditions. Pas de quoi être heureuse de vivre, entre un père cuirassé d'amertume et la culpabilité qui, toujours, ronge l'enfant dont un des parents s'en est allé : il croit que c'est de sa faute.

Poussons plus loin : à travers sa fille, Charles voyait-il Eugénie ? Retrouvait-il sur le visage de Marcelle la femme qu'il avait aimée et qui l'avait quitté ? Reconnaissait-il dans son sourire celui, intact et restauré, de son amour enfui ? Avait-elle les mêmes cheveux ? La même *nature* de cheveux ? En tant que coiffeur, les cheveux étaient peut-être le nerf de son désir. Au point que, pour lui, Marcelle deviendrait la femme qui, cette fois, ne le trahirait jamais, ne le quitterait jamais, lui serait toute sa vie fidèle et docile, à sa pogne, sa poupée d'amour qu'il pouvait coiffer comme il le voulait, et même au poteau ?

Si son père aimait sa mère à travers elle, qui était-elle alors ? devait se demander Marcelle.

Et s'il détestait Eugénie à travers à elle ?

Enchaînée à l'abandon de la mère et à la défaite du père, Marcelle fut-elle élevée dans cette ambiance ? Dans la terreur de ce que sa mère avait fait à son papa avant même de considérer ce qu'elle lui avait fait à elle ? Élevée signifiant ici rabaissée ?

Et si son père était homosexuel ?

L'hypothèse ne peut être écartée.

C'est une idée largement ancrée que les coiffeurs sont des hommes « oh comme ils disent », chantait Aznavour. C'est tellement de notoriété publique qu'en 2015, un garçon coiffeur ayant porté plainte pour licenciement à caractère homophobe (son manager l'avait traité de « pédé ») s'est vu débouté par le tribunal des prud'hommes au motif, je cite l'arrêt de la cour, que « le terme "pédé" employé par le manager ne peut être retenu à charge car il est reconnu que les salons de coiffure emploient régulièrement des personnes homosexuelles, sans que cela pose de problème ».

Mon frère, pour sa part, m'a confié un jour qu'il était surpris du nombre d'hommes parfaitement mariés et parfaitement pères de famille avec lesquels il avait couché.

Et si, pas seulement pour son père mais pour la famille et les voisins aussi, Marcelle ressemblait physiquement à Eugénie ? Si, la croisant, chacun s'extasiait que c'était fou, c'était dingue, mais elle était le portrait craché de sa maman. Elle était aussi belle qu'Eugénie. Plus belle, peut-être. Et aussi salope qu'elle !

Quel enfer !
Quelle vie envoyée d'emblée dans le mur.
Coulée inéluctablement par le fond.
Jusqu'à la détestation pure et simple de soi.
Des envies de disparaître sous terre.
De lacérer son visage.
De sortir de cette comédie.
De cette tragédie.
De jouer un autre rôle.
Un rôle qui serait le sien, enfin, pour une fois.
« Mais mon rôle, c'est le mien. Je n'en ai pas d'autres », disait Marcelle à Anne Gaillard. D'une voix désolée.

40.3

Perdue dans une forêt, perdue dans la nuit, perdue dans sa vie, Marcelle ne pouvait pas appeler sa mère au secours. Elle ne le put jamais. À aucun moment ne put, depuis l'âge de 8 ans jusqu'à sa mort en 1984, chercher amour et réconfort et soutien auprès de celle vers qui ses bras se tendaient naturellement, pour n'attraper que le vide. À qui confier ses chagrins de petite fille. Échanger, à l'adolescence, des trucs qui ne regardent pas les garçons. Quêter, dans le regard de celle qui était aussi sa chair et son sang, bonté ou courroux, compliments ou reproches. Apprendre de celle de son sexe, de celle dont elle était sortie du sexe, les choses de son sexe. Couper, de sa main, le cordon ombilical. Construire sa personnalité en fonction d'un modèle féminin à copier ou à réfuter. Elle n'eut même pas le temps de détester sa mère. Non plus de l'aimer. Cet amour-là lui fut volé.

Quelle sorte de femme devient une fille que sa mère a abandonnée ?

À qui sa mère n'a donné ni tendresse ni amour.

Aucune affection.

Aucune présence charnelle.

N'a donné que son indifférence et son rejet.

Son absence.

Cela fabrique sûrement une femme qui n'est pas tendre, ni avec les autres ni avec elle-même.

Une femme conduite à penser toute sa vie qu'elle ne suffisait pas, qu'elle ne valait rien, qu'elle n'était pas assez bien, pas assez quoi ? Avec tout ce que cela implique d'efforts pour être parfaite, irréprochable, impeccable, afin de mériter un minimum d'attention – en vain, évidemment en vain.

Une femme se détestant elle-même.
Une femme avec un trou béant à la place du cœur, une faille crachant de la lave.
Une femme ne supportant pas qu'on la quitte, qu'on la rejette, qu'on la répudie – et cela rata, bien sûr que cela rata.

Marcelle se rappelait-elle sa mère, un peu, beaucoup, à la folie, pas du tout ? Gardait-elle, cachée dans une petite boîte en fer, une photo jaunie et cornée les montrant toutes les deux dans un square ou lors d'une fête d'anniversaire, comme un vestige, un talisman, la preuve qu'elle avait malgré tout une mère, même si cela remontait à très longtemps.

Pascal Jardin disait que c'est dommage de commencer sa vie par son enfance.

40.4

Dans le film *Walk on the Wild Side* (*La Rue chaude* en français, Edward Dmytryk, 1962), l'ancienne mannequin Capucine, qui avait été l'égérie de Givenchy dans les années 50 (mais elle défila aussi pour Fath, en même temps que Marcelle et peut-être furent-elles un temps copines !), incarne Hallie, une froide et sophistiquée prostituée qui fait la renommée de « La Maison de poupées » que tient d'une main ferme une mère maquerelle à la fois lesbienne et âpre au gain (Barbara Stanwyck). L'histoire se situe en… 1930 et je me dis que Marcelle vit peut-être ce film à sa sortie en 1962, juste après son divorce avec Anouar Moualhi. Elle eut toutes les raisons de le voir et imaginons que ce fut le cas.

Imaginons qu'elle assista alors à la scène où Capucine retrouve Dove, son amour de jeunesse qui, depuis qu'elle a *disparu*, n'a eu de cesse de la chercher, sans oser lui dire cependant qu'elle est désormais une « traînée ». Je me dis que Marcelle dut frémir en entendant ce dialogue avec Dove où Capucine explique à mots couverts comment elle est tombée si bas, pourquoi elle a tout quitté et a disparu et, je cite : « Ma mère est partie quand j'étais encore enfant. »

Vlan !

– Mais comment peut-on t'abandonner ? s'exclame Dove, plein d'amour (et, dans son fauteuil, Marcelle de prendre cette réplique comme une flèche en plein cœur ?).
Hallie tourne la tête, regarde au loin, se remémore en pensée sa mère, esquisse un geste désolé :
– Elle croquait la vie à pleines dents. Elle voulait tellement plus. Un mari et un enfant, ce n'était pas encore assez. Elle voulait goûter à tout. Et je suis bien la fille de ma mère… (Et Marcelle, dans son fauteuil, de hocher la tête en dévorant l'écran des yeux ?)
– Raconte-moi. J'aimerais tout savoir de toi.
– Il faut garder des secrets… un peu de mystère.

Ce n'est que plus tard que Hallie avouera à Dove qu'elle fait la pute (ce qui ne signifie pas qu'elle est une moins que rien).

Le film se termine mal.
Dans la vie, ce ne fut guère mieux : en 1990, vivant seule à Lausanne, Capucine se défenestra du huitième étage de son immeuble.
Elle avait 62 ans.
Quasiment le même âge que Marcelle.
Ce n'était pas sa première tentative de suicide.

À cause de sa beauté altière, Capucine disait que « les hommes la regardaient comme si elle était une valise suspecte et qu'ils étaient des douaniers ».

L'amour comme une fouille au corps.

Voyant ce film, je me dis que Marcelle ne put s'empêcher de pleurer dans son fauteuil, tout doucement, sans bruit, sans verser une larme.

Je me dis que, toute sa vie, depuis l'âge de 8 ans au moins, elle marcha du côté sauvage de la vie.

« She says, hey babe, take a walk on the wild side. »

40.5

Je profite de Capucine pour dire que nombre de mannequins des années 50 ont mal fini. Car il n'y eut pas que Germaine Lefebvre (le nom civil de Capucine) à mourir tragiquement. La mannequin Kaki se défenestra, elle aussi. Dovima, si fameuse qu'on la surnommait « The Dollar-a-Minute Girl », épousa un alcoolique, puis une brute qui la laissait défigurée pendant des jours. Elle termina serveuse dans une pizzeria et mourut seule et sans argent à 63 ans d'un cancer. Anne Sainte-Marie finit sa vie également seule dans une petite bicoque au bord de la mer après avoir été plusieurs fois internée. Praline périt au volant de sa DS sur la route de Deauville. Marie-Hélène Arnaud fut retrouvée morte dans sa baignoire, sans doute un suicide. Alla finit alcoolique. Malade, Lucky décéda à 41 ans, sans personne à ses côtés. Les vingt dernières années de sa vie, Garbo resta cloîtrée chez elle. « Je veux qu'on me laisse seule », disait-elle. Refusant qu'on la voie, Ava Gardner donnait de rares interviews à travers l'interphone de son appartement. Laura Antonelli termina recluse. Au cours des dernières décennies de sa vie, Hedy Lamarr ne communiquait plus que par téléphone, même avec ses enfants. Surprise à voler des produits de beauté dans un magasin, elle expliqua qu'« une femme se devait, jusqu'à son dernier soupir, de soigner sa personne. Elle ne pouvait pas laisser son physique et sa beauté se dégrader ! » Mais de toutes, c'est Marcelle qui, de sa mort, fit volontairement et interminablement un calvaire.

« Désolée, je n'aurais pas dû
parler de maman. »
Katla, saison 1, épisode 3

41

En temps normal, avoir une mère n'est pas optionnel, c'est dans l'ordre de la nature et, okay, chacun ses casseroles, mais Marcelle partit dans l'existence avec un boulet à l'âme, avec une boiterie pour la vie (propice à la démarche chaloupée d'un mannequin ?). Elle souffrit, dès le départ, d'un « déficit de socialisation », dirait un ou une psy. D'une « folie de la distanciation affective ». D'un manque d'amour lui barrant le chemin, bloquant ses sentiments, brisant ses élans. On connaît la fin de l'histoire.

Il manque un mot pour dire le manque de repères lorsqu'il s'agit de la mère. Pourquoi ? Serait-il inconcevable ou même interdit de parler de manque de remères ? Il serait temps que cette expression entre dans le dictionnaire, avec tout ce qu'elle signifie et implique de déplorable.

Tous les psychologues le disent : l'absence de mère engendre (c'est le mot) des enfants en colère, distants, tristes, anxieux, parfois apathiques, toujours dépressifs. Des enfants qui vivent dans une espèce de terreur diffuse et incessante. Éprouvent une méfiance envers autrui que rien ne peut restaurer. Des enfants qui ont si peu confiance en eux qu'ils calquent leurs comportements sur les autres, faisant tout pour correspondre à ce qu'on attend d'eux, pourvu qu'on attende enfin quelque chose d'eux (une aubaine pour devenir mannequin !). Des enfants, qui, pour survivre, portent un masque derrière lequel ils dissimulent l'abîme qui les habite, le vide qui les aspire, la case qui leur manque, le manque qui les dévore et qui, au fil du temps, ne sait même plus de quoi il est le manque car le manque devient leur être même. Jusqu'à s'inventer une personnalité tantôt sympathique, tantôt insensible, dans tous les cas fabriquée par leur difficulté à exister par eux-mêmes puisqu'ils ne sont là pour personne.

Dans tous les cas, ces enfants développent une « folie des sentiments » parce qu'ils s'interdisent de les vivre et même de les exprimer. Quoi qu'ils fassent, leurs élans amoureux sont brisés, fauchés, sapés à la base. Puisqu'ils furent peut-être désirés (ce qui n'est même pas sûr dans le cas de Marcelle) mais certainement pas aimés.

Dans tous les cas, ces enfants sont la proie d'une mélancolie qui éclaire toute leur existence (toute leur existence !) d'un soleil noir la faisant tournoyer sans fin dans une orbite lourde et poisseuse et saturnienne.

Dans tous les cas, ils se retrouvent marginalisés dans le monde, exclus de la communauté de tous ceux que leur mère a aimés et choyés, comme une double peine les frappant, des coups bas à n'en plus finir. Instinct maternel mon cul ! Amour maternel des nèfles ! Tous ces hommes et toutes ces femmes qui n'ont que leur mère adorée à la bouche, que leur petite maman chérie à chérir, à qui ils tissent des couronnes de roses blanches énamourées, dont ils affirment qu'elle fut, est et sera à jamais le soleil de leur existence, leur souvenir le plus auréolé de bienfaits, leur unique exemple de vertu, leur canon de toute beauté, leur modèle de courage et d'abnégation, leur source infinie de tendresse infinie, leur dette impossible à rembourser, leur « promesse de l'aube » (Romain Gary), le seul « amour profond, sincère et inaltérable » qu'ils connurent (Dumas fils), « l'amour que nul n'oublie » (Hugo), « la plus belle du monde » (Luis Mariano, Tino Rossi, Dalida...), celle dont « les bras sont plus réconfortants que n'importe quels autres bras » (Lady Di) et dont « le visage est le plus beau du monde » (Jean-Marie Le Pen), sans oublier que « Tout ce que j'ai de bon, c'est à ma mère que je le dois » (Albert Cohen) – et quoi encore (sans parler de Proust) ? Tous ces fils à maman, comme ils devaient faire atrocement ricaner Marcelle. Toutes ces filles à maman, comme elles devaient la faire grincer des dents jusqu'à ensanglanter ses gencives. Rouvrir encore et encore l'hideuse blessure et l'obliger à patauger dedans, à jamais incomprise des autres, atrocement envieuse de leurs certitudes enchantées et contrainte de broyer sans fin sa propre amertume, de l'avaler et la ravaler en silence, seule dans son coin, enfermée dans ses sarcasmes, sa détresse. Comment s'en sortir quand celle qui vous donne la vie vous la donne sans la vie qui va avec, sans l'amour qui la justifie, sans la tendresse qui excuse d'avoir été précipitée dans un monde où les tourments l'emportent sur les joies et où la mort est la seule certitude garantie ?

Merci maman.

Malédiction sur ce monde pourri.

Le jour de la fête des mères, Marcelle s'enfermait peut-être à double tour chez elle et, à l'abri des regards, se faisait peut-être du mal, se punissait, se lacérait lentement le bras avec un couteau, s'enfonçait des aiguilles sous la peau. Ou elle buvait jusqu'à rouler sous la table. Dansait jusqu'à perdre la tête. Ou elle sortait et cherchait un homme qui lui fasse sa fête. Ou elle s'offrait un joli bouquet de fleurs. Ou rien. Justement rien.

En même temps. Quand on connaît certaines mères. Quand on voit certaines mères à l'œuvre. Quand on souffre la méchanceté de certaines mères. La violence de certaines mères. La bêtise de certaines mères. La *folie* de certaines mères. Le conformisme débilitant de certaines mères. Leur haine toute maternelle. Leur chaos de chair. Leur venin brutal ou insidieux, dans tous les cas toxique et misogyne.

Quand on sait que madame Pauline Nyiramasuhuko était ministre de la Famille et de la Promotion féminine lorsqu'elle excita son fils Arsène et une bande de miliciens hutus à massacrer trois mois durant des milliers de Tutsis dans la région rwandaise de Butare, exigeant que « les femmes soient violées » en plus d'être torturées, tuées et leurs corps brûlés et, en bon fils, Arsène s'y employa du mieux qu'il put, obéissant à sa « maman ».

Quand on sait ça.
N'avoir pas de mère peut s'avérer une chance.
La meilleure chose qui puisse arriver à un enfant.
Plutôt pas de mère qu'une mère qui vous dévaste et vous suffoque et vous anéantit et cherche à vous tuer dans l'œuf.

À vous nier de toutes les façons subtiles et tendres et brutales et imaginables.

À faire de vous un monstre !

41.1

Pour une fille, il existe un lien entre sa mère et son rapport à la nourriture. C'est de notoriété publique. Un trouble maternel peut aisément dégénérer en trouble alimentaire et, à l'adolescence, Marcelle fut-elle anorexique ? Chercha-t-elle, en rejetant la nourriture, à rejeter sa mère qui l'avait rejetée ? Si oui, cela lui permit-il d'avoir une taille mannequin et, dans un premier temps, de réussir dans le milieu de la mode, comme si le problème avec sa mère se révélait tout à coup un atout ? Car la société se nourrit volontiers de nos manques et désarrois. Elle nous les rachète pour pas grand-chose, avant de nous les revendre au centuple. Les victoires dans le monde cachent ~~toujours~~ souvent des défaites intimes. Elles donnent l'illusion de surmonter nos problèmes alors qu'elles les amplifient et les consolident en nous, jusqu'à les rendre insurmontables.

En se laissant mourir de faim, Marcelle chercha-t-elle à tuer une bonne fois pour toutes sa mère et le manque qu'elle avait d'elle, qui l'emplissait toute, la dévastait depuis l'âge de 8 ans ? Chercha-t-elle à lui envoyer un message post-mortem ? À lui retourner la culpabilité qu'elle lui avait léguée ? À lui dédier sa mort ?

À la fin de sa nouvelle *Un champion de jeûne*, Kafka fait dire à son « artiste de la faim » que, s'il avait eu le *choix*, s'il avait pu faire *autrement*, il ne se serait jamais laissé mourir d'inanition. Il ne se serait pas privé, ah non ! Il aurait mangé tout son chien de saoul et il s'en serait même mis plein la lampe comme tout un chacun ; sauf que « je *dois* m'affamer », explique-t-il. Et pourquoi doit-il s'affamer ? « "Parce que je... bafouille-t-il... parce que je n'ai pas pu trouver d'aliments qui me plaisent. Si je les avais trouvés, je ne me serais pas fait remarquer, et je me serais rempli le ventre comme toi et les autres." Ce furent ses derniers mots. »

Ne trouver nulle part dans le monde d'aliments à son goût, ne trouver *de toute sa vie* aucune nourriture qu'on puisse aimer et capable de vous rassasier : voici la définition même de la mélancolie. Voilà le drame premier dont, peut-être, souffrit Marcelle. Sa dette affective perpétuelle.

41.2

J'ignore si l'instinct maternel est une loi de l'espèce ou s'il est une invention culturelle, ou les deux s'alimentant l'une l'autre, mais il semble qu'Eugénie Landré n'en était pas grandement pourvue. Certaines femmes veulent bien devenir mère mais pas au point de s'occuper de leur enfant. D'après mes recherches, elle et Olivier Créach n'eurent pas d'enfants. Tant mieux pour eux. Je veux dire : tant mieux pour les enfants. Ou pas. L'amour inconditionnel d'une mère pour sa progéniture peut venir plus tard, au deuxième enfant par exemple, je le sais, j'ai des preuves autour de moi. J'en ai au moins une.

Dans le monde animal, seuls les insectes, les poissons, les reptiles, les tortues et les grenouilles abandonnent leurs bébés à la naissance. Sinon, c'est que la femelle est trop jeune pour s'occuper de son petit. Ou qu'elle est blessée et malade. Ou que sa propre mère l'a mal éduquée. Ou qu'elle sent sur son petit une odeur étrangère. Qu'il pue.

Pour abandonner sa fille et s'en aller comme une voleuse, Eugénie Landré devait avoir ses raisons, ses propres *démons* (liés à quoi ? À qui ?). Elle devait, en tout cas, avoir du caractère, du cran, un certain courage, un désir irrépressible de vivre sa vie, la volonté inflexible de disposer de son corps et de son existence, quoi qu'il en coûtât aux autres et quoi qu'il lui en coûtât. Qui peut le lui reprocher (hormis Marcelle) ? Les gens qui osent s'inventer leur propre destin et, contre vents et marées, en dépit des conséquences, se veulent souverains de leur sort au risque de se mettre tout le monde à dos ont forcément une personnalité qui échappe au commun des mortels. Sans doute ne sont-ils pas aimables au sens premier du terme, au regard des chagrins et des cruautés qu'ils causent. Peut-être sont-ils des monstres d'égoïsme, des adorateurs d'eux-mêmes, des ravageurs des villes, des vampires de la vie, des apeurés de naissance, des rebelles dans l'âme ; mais ceux qui, trop faibles envers eux-mêmes, suivent les règles et les lois et, pour justifier leur incapacité à être, voudraient que personne ne soit libre mais, au contraire, que chacun se tienne dans la même servitude volontaire sont pires. Eux sont des assassins aux mains propres. Ils vous tuent à la chandelle.

Eugénie préféra manifestement avoir les mains sales. Elle n'avait pas peur du jugement des autres, comme si elle avait très vite compris ce qu'il valait, d'où il venait, à quoi il servait. Elle qui, à 20 ans, avait quitté son Bourbonnais natal pour tenter l'aventure de la grande Ville lumière, elle devait penser qu'elle méritait mieux que d'être la gentille petite femme d'un coiffeur de quartier, la parfaite mère au foyer se sacrifiant sur l'autel de la maternité, du patriarcat et de l'épicerie.

Tant pis si elle avait tort. La claustrophobie suffoquée de la famille : ah non ! Être la bobonne à son bonbon s'étiolant dans l'oppression domestique affreusement petite-bourgeoise : très peu pour elle ! Passer sa vie à faire la popote et à torcher sa fille, à faire les poussières sous et sur les meubles, à tenir la caisse du salon de coiffure et à vieillir lamentablement en prenant du poids, ses rêves n'ayant pas disparu mais, à force de s'amollir en elle, s'accumulant en paquets de graisse autour de sa taille jusqu'à n'être plus que leur tombeau de cellulite, leur bouée bien visible, leurs cadavres adipeux, voilà qui lui apparaissait peut-être plus désastreux que de tenter l'aventure de sa propre vie, dont elle serait l'héroïne. Tant pis pour les coups qu'elle prendrait et ceux qu'elle donnerait. Quelles que soient les époques, les hommes et les femmes ont toujours été libres dans l'exacte mesure où ils et elles conquièrent leur liberté, et qui s'approche d'une flamme ne peut pas totalement s'étonner qu'elle brûle. Il ne peut pas venir se plaindre ensuite. Ce n'est pas seulement la *faute* du feu.

« Un jour, ta liberté te tuera. »
1883. Saison 1, épisode 4

42

On ne le disait pas encore, on ne le dira qu'à partir des années 60 (en embellissant notablement la réalité qui, dans les années d'après la guerre de 14-18, en raison de l'inflation et de la crise de la dette avec l'Allemagne, n'était pas si rose et, au contraire, était sinistre pour énormément de gens), mais c'étaient alors les « Années folles » et Eugénie se trouvait aux premières loges. Elle était *au cœur de l'action*, à deux pas de Montparnasse devenu une fête perpétuelle, dans un Paris vibrant d'une frénésie de vivre après les horreurs de la Grande Guerre et pourquoi serait-elle restée sagement à sa place alors que tout dansait autour d'elle ? Alors que les « garçonnes » et les jupes courtes ? Alors que Marlène Dietrich chantait gaiement une chanson qui, de Berlin à Paris, résumait l'ambiance électrique qui régnait alors : « Il y a quelque chose d'idiot dans l'air/Il y a quelque chose d'hypnotique dans l'air/Il y a dans l'air, il y a dans l'air/Mais qu'y a-t-il dans l'air aujourd'hui ? » Pourquoi Eugénie n'aurait-elle pas suivi le mouvement, à l'unisson, jusqu'à devenir folle ou idiote ? Qu'importe si cela déplaisait à certains.

Car je ne doute pas qu'Eugénie dut en entendre des vertes et des pas mûres. Dans son entourage, sa conduite dut lui valoir reproches, blâmes, anathèmes et invectives balancés en face ou dans son dos. Elle dut, oui, en entendre des « sale catin », des « fille de mauvaise vie », des « mère indigne ». De quoi l'habiller pour tous les hivers de sa misérable existence. Pour qui se prenait-elle ? Pensait-elle valoir mieux que les autres ? N'avait-elle pas honte ? Sa vie lui importait-elle davantage que sa réputation ? Ses plaisirs davantage que sa fille ? Quand bien même, certains soirs, la culpabilité pouvait l'assaillir. La pensée de sa petite Marcelle grandissant loin d'elle la hanter et la torturer. Quoique je n'en sache rien. Eugénie se fichait peut-être totalement de sa gamine. L'avait oubliée comme on oublie une lettre dans sa poche, un paquet de cigarettes et son briquet sur une table de café : on ne reviendra pas les chercher, tant pis. (Charles le paquet de cigarettes et Marcelle le briquet...)

Ou Eugénie Landré était une femme sans cœur. Tout simplement. Une femme chez qui le sentiment de sa propre liberté se confondait avec l'absence totale du souci d'autrui. Une femme n'en faisant qu'à sa tête et s'en flattant, alors qu'elle était surtout égoïste et irresponsable et, de ce fait, sa liberté ne valait pas grand-chose : elle n'était que l'expression d'une servitude exaspérée. De tels individus existent. Mieux vaut se garder d'eux.

Je sais cependant que se fabriquer un destin à soi a un prix que peu acceptent de payer. Mais Eugénie n'était pas

Fantine. Ce ne fut pas contrainte par la misère et forcée par l'injustice des temps qu'elle abandonna sa Cosette. Charles Pichon n'était pas Thénardier (pour autant que je le sache). Cela dit, on l'aurait moins agonie si elle avait été un homme. Incontestablement. Avait-on reproché à Rousseau ou à Gauguin d'avoir abandonné femme et enfants ? Cela avait-il nui à leur carrière ? On avait plutôt l'air de croire que leur art exigeait qu'ils soient libres de toute attache conjugale, car les hommes sont nés pour être libres. C'est même parce qu'ils avaient largué les amarres qu'ils étaient devenus Rousseau et Gauguin. Pourquoi pas elle ? Pourquoi les pères avaient-ils le droit de s'en aller vivre leur vie et pas les mères ? La liberté, c'était seulement pour les hommes ? N'avoir charge d'âme que de la sienne est un bon moyen de s'en acheter une. C'est toujours mieux que de n'avoir pas d'âme du tout. Ce n'est pas Patti Smith qui me contredira. Ni Linda Lovelace. Toutes deux ayant, dans leur prime jeunesse, abandonné leur enfant à la naissance pour le confier à l'adoption et, ainsi, se faire une place dans le monde des hommes (« À partir du moment où j'ai ressenti la nécessité de choisir, a expliqué plus tard Patti Smith, j'ai toujours choisi le masculin »).

Bien sûr, j'invente. J'affabule. Je spécule à partir de mes propres délires. Je fais d'Eugénie Landré une passionnée de l'existence, une héroïne de son émancipation, une traître à son genre maternel imposé, une rebelle qui, soulevant les interdits asservissant son sexe, voulait rire et danser et faire miroiter son existence plutôt que de lui tenir perpétuellement la chandelle, comme si sa vie devait sans cesse être remise au lendemain, tout le temps être une promesse non tenue.

Et je ne suis peut-être pas si loin de la vérité. Car j'ai retrouvé l'acte de mariage d'Eugénie et d'Olivier Créach.

Surprise : après avoir épousé en premières noces un petit coiffeur de quartier, elle convola avec un « musicien » ! Elle épousa un *artiste* ! Un type qui la faisait danser et chanter. Dont les amis étaient comme lui des musiciens. Du reste, l'un des témoins au mariage fut Louis Lacour, « chef d'orchestre » et « officier d'Académie », qui semble avoir fait carrière dans les drames lyriques et les « idylles burlesques ». Son grand succès ayant été *Zinnia*, un « boston chanté » daté de 1928. L'année du divorce d'Eugénie et de Charles. Comme par hasard.

Elle qui avait eu 14 ans en 1914 et qui, la guerre sitôt terminée, à peine le temps de profiter de la liberté retrouvée, s'était fait engrosser à l'âge de 19 ans et, dans la foulée, s'était mariée (avait dû se marier ?), on peut comprendre ses désirs de vivre sa vie dans un monde rendu à la légèreté, à l'amusement, au déni de la mort après que celle-ci s'en soit tapé une sacrée bonne tranche. Un monde qui s'imaginait tout à coup sexy et jazzy. Enfin ! On lui avait volé sa jeunesse ? Elle allait se rattraper ! On l'avait privée d'amours adolescentes, de baisers enflammés et de passions adorables, de désirs férocement ardents, les garçons étant tous partis à la guerre ? Elle allait se venger ! Elle allait assouvir ses désirs trop longtemps contrariés, différés, désabusés ! On ne pouvait plus la lui faire aux sentiments, encore moins à la morale. Pas après la grande boucherie. Assez d'horreurs et d'hypocrisies ! Comme tant d'autres femmes réquisitionnées à l'arrière pour faire tourner l'économie tandis que les hommes se battaient sur le front, la guerre l'avait émancipée, physiquement et intellectuellement et socialement. La guerre lui avait forgé le caractère, au point de la rallier à une philosophie de la vie possiblement hédoniste, égoïste et cynique. Quand on a vu de quoi les hommes sont capables, on ne peut plus croire en eux, ni en Dieu, ni en l'humanité, ni en rien. On est seul. On ne peut compter que sur soi.

En tout cas, les femmes avaient, quatre années durant, participé à « l'effort de guerre » (quelle affreuse expression !) et j'imagine Eugénie vouloir maintenant participer à l'effort de paix. Elle l'avait bien mérité. Elle avait droit à son repos du guerrier. Fini de porter un corset, jusqu'à étouffer dans son corps et dans sa tête. Fini d'avoir des cheveux longs ramenés en lourds et stricts chignons pour le seul plaisir masculin de les dénouer dans l'intimité. Fille des temps elle était. Vive Louise Brooks qui, dans son autobiographie, raconte qu'elle considérait « comme ses deux droits les plus précieux celui qui lui permettait d'être seule quand elle en avait envie, et celui de choisir les gens avec qui elle voulait être dans ses périodes de socialisation ». Louise Brooks a divorcé une première fois en… 1928 ! Un an plus tard, elle tournait *Loulou* et à un prêtre qui lui demandait ce qu'elle avait ressenti en jouant cette « fille », cette pute, cette salope sans foi ni loi, elle répondit en faisant une mine adorable que cela lui avait semblé « parfaitement normal ». À rebours, Louise de Vilmorin affirmait en 1965 (en 1965 !) que, pour les femmes, « moins il y a d'esclavage, moins il y a de bonheur ». Mais rien à foutre du bonheur dans l'esclavage ! Rien à foutre d'être une parfaite maîtresse de maison, une femme vertueuse, une bonne chrétienne, une bonne mère – une bonniche plutôt, une bonne à rien, en définitive ! La guerre de 14 avait changé la donne. Elle avait effondré l'ancien monde et, de lui, il ne restait plus à présent que décombres et carcasses, charognes et puanteurs. Quand on lui posait la question, Eugénie répondait peut-être : « Je suis née en 1900, c'est moi le XXe siècle. » Et on sait combien le XXe siècle fut le plus assassin d'entre tous. Le siècle des génocides, des serial killers, de l'individualisme de masse débridé. Le siècle où, légiférait Maurice Blanchot, « la douleur des autres compte moins que mon plaisir ».

Dans Eugénie, il y a le mot « génie ». Elle ne pouvait l'ignorer. Au point de se persuader qu'elle en avait et fonder son existence sur cette conviction ? Reste à savoir s'il s'agissait d'un bon ou d'un mauvais génie. Pour Marcelle, la question ne se pose pas.

42.1

On le sait, les déterminismes sociaux, là où on naît, ici dans la soie, ailleurs dans la dèche, pèsent fortement sur le destin des individus. Ils les assignent à une vie, à un corps, à des croyances, à des goûts et à des mentalités, à des comportements et même à des maladies. Mais il y a en chacun de nous. Peut-être pas chez tout le monde mais chez certains individus. Un désir. Une force. Un rire. Une vitalité. Une *légèreté*. Un je-ne-sais-quoi. Un presque rien. Qui fait qu'ils ne restituent pas la totalité de leur conditionnement. Sartre appelait cette force la « liberté ». J'appelle cette force la « joie de vivre ». Non la joie de vivre du ravi de la crèche, non la joie de vivre du bon vivant qui rote et qui pète, je parle de la joie de vivre qui sait la saloperie sociale et qui sait le tragique de l'existence et, cependant, sa joie de vivre demeure, elle est plus puissante que la souffrance, plus puissante que la colère. Je parle de la joie de vivre qui est parfois chagrine, parfois ivre, mais toujours irrésistible. Consubstantielle et incommensurable. La vitalité même. Je parle de la joie de vivre qui s'oppose à la tristesse dont le pouvoir a besoin pour exister car la tristesse lui permet d'apparaître nécessaire, ce pourquoi tout est fait pour entretenir et valoriser les drames et les horreurs qui se produisent à chaque instant, alors que la joie de vivre se moque de tous les pouvoirs puisqu'elle est partout en son royaume. Je parle de la joie de vivre qui fait qu'un prolo peut lire Proust avec plaisir et un fils de bonne famille se régaler de réparer un moteur de ses mains pleines de cambouis. Alors que ce n'est pas prévu. C'est même *interdit*. Je parle de la joie de vivre qui émancipe bien davantage que toutes les guerres de libération car elle est ce qui, rendant libre intérieurement, rend libre dans le monde. Voici que l'être voyage. Il fait danser les casseroles que la famille, la société et l'époque accrochent à ses basques au lieu que ce soient elles qui le mitonnent et le cuisent à petit feu. Je parle de « l'oiseau bleu » et Eugénie Landré était-elle un oiseau bleu ? Avait-elle l'oiseau bleu ? *Avait-elle le petit bougnoule ?*

En tout cas, elle voulait échapper à son milieu et à son destin tracé d'avance. Elle était prête à se couper de ses racines et peut-être la joie de vivre la guidait-elle. Rien n'empêche, dans nos contrées, d'être libre dans sa propre vie, hormis la servitude volontaire. Nous ne sommes pas forcés d'être ce que la société fait de nous. Nous ne sommes pas forcés de jouer le rôle qu'on nous oblige à jouer, comme y poussent tous ceux qui n'ont de cesse d'enfermer les êtres dans leur communauté d'origine, leur classe sociale, la couleur de leur peau, leur identité sexuelle, etc., au prétexte de les en libérer. Alors que ce n'est pas en revendiquant ses chaînes qu'on s'en libère. Ceux-là ne font rien d'autre qu'étouffer l'oiseau bleu dans leur poing. Ceux-là détestent la joie de vivre. Ceux-là détestent la solitude et, à la fin, tout le monde *surjoue* son rôle. Les hommes surjouent leur rôle, les femmes surjouent leur rôle, les enfants surjouent leur rôle, les gens intelligents surjouent leur rôle, les cons surjouent leur rôle, même les punaises de lit surjouent leur rôle. Même les feuilles des arbres : lorsqu'elles tombent en automne, c'est comme au ralenti, comme si elles étaient filmées. Tout le monde se la pète de nos jours, faute de laisser vivre son oiseau bleu. Alors qu'il suffit d'ouvrir sa cage et de le laisser s'ébattre dans son cœur pour s'apercevoir qu'il n'est plus besoin de surjouer ni même de jouer aucun rôle. On n'a plus le besoin maladif d'exister aux yeux des autres car on a l'oiseau bleu. Ce pourquoi il faut chérir son oiseau bleu, il faut le protéger, il faut le préserver à tout prix car, sans lui, nous ne sommes rien, nous sommes des coquilles vides, nous ne sommes plus que le plein d'angoisse des autres. Alors qu'il y a la beauté, il y a l'intelligence, il y a certaines personnes, il y a toutes les vertus, il y a la peinture et la musique, il y a la littérature, il y a l'allégresse d'être vivant. Si ce monde est réellement horrible, ce pourquoi moi, en tout cas, je le trouve depuis toujours pourri jusqu'à la moelle, ce n'est pas parce qu'il est injuste, déloyal, socialement immonde et rationnellement infect, non, c'est parce qu'il n'en finit pas de tuer l'oiseau bleu en nous. C'est parce qu'il refuse jusqu'à l'idée même de l'oiseau bleu. C'est parce que personne ne se bat pour l'oiseau bleu. Alors que l'oiseau bleu est la seule chose qui s'oppose véritablement à l'anorak vert.

42.2

Une chose est certaine : ce ne fut pas sa mère qui poussa Marcelle à devenir mannequin, comme certaines mères poussent leurs filles à être de jolies poupées et des filles qu'un homme friqué peut se payer maritalement.

Ce qui m'apparaît aussi, c'est que devenir mannequin est sans doute un excellent compromis pour une femme en mal de mère. Voici qu'elle incarne la femme parfaite. La femme réduite à ses apparences. À ses accessoires. À ses attributs. À son idéalité. À son *signe*. Une femme pour les yeux. Une femme pour la galerie. Une femme qui n'a pas besoin d'en être réellement une car il suffit que les autres le croient. Ce qui permet sans doute de faire illusion dans un premier temps ; mais certainement pas dans un deuxième temps.

Ce qui est enfin certain, c'est que devenue madame Créach, Eugénie changea de vie. Elle changea de milieu. De quartier aussi puisqu'elle passa de la rue de Javel à la rue de Laghouat ; du 15e arrondissement à la Goutte d'Or, dans le 18e ; du sud au nord et de Montparnasse à Montmartre ; des grandes brasseries aux cabarets et aux bals popus ; des Auvergnats et des Bretons aux émigrés venant d'Europe de l'Est et d'Afrique du Nord ; des grosses épicières aux gigolettes faisant le tapin ; des abattoirs de Vaugirard et des usines Citroën aux dépôts de la Gare du Nord et aux fabriques d'instruments de musique, nombreuses dans le quartier ; de la tour Eiffel à Gervaise et Casque d'or – une tout autre ambiance. Un folklore bien différent. Une mythologie aux antipodes, entre classe ouvrière et classes dangereuses. À Paris, traverser la Seine et changer de rive, que ce soit dans un sens ou un autre, a valeur de décision existentielle. De passage dans un autre monde.

C'est drôle comme chercher à parler de quelqu'un oblige à parler d'autres personnes et même de plein de gens ; et de soi aussi.

42.3

« À la Goutte d'Or, le soir venu, c'est le royaume des buveurs, des bandits, des pédérastes et des prostituées en savates, des maigres Algériens aux yeux inquiétants », décrivait *Paris-Soir* dans son édition du 3 août 1930. Assurément ce journal voulait-il alerter sur un quartier infâme, immoral, tout à la fois « laboratoire d'assassinats » et « fief communiste ». Mais pour ceux qui habitaient ce « royaume », ils s'y sentaient peut-être comme des rois. Plus à l'aise et heureux et vivants que s'ils avaient habité un arrondissement peuplé de gens lisant grassement *Paris-Soir*, les pieds grassement sous la table et la conscience grassement tranquille. De toute évidence, Eugénie n'était pas comme ceux et celles – très nombreux, largement majoritaires – qui se disent heureux dès lors qu'ils et elles se trouvent au calme, dans un petit coin bien tranquille, où ils ne sont plus au courant de rien et où il ne se passe strictement rien, où tout ce que l'on peut faire, c'est regarder sa vie s'écouler comme une rivière depuis la berge et c'est pourtant dans cet environnement inerte qu'ils et elles ont l'impression de *revivre*, disent-ils. Voici qu'ils et elles se sentent sereins, zen, relax, enfin tranquilles, disent-elles. À croire que leur idéal de vie s'apparente à l'encéphalogramme le plus plat. À une existence en charentaises la plus retirée et contemplative et insipide, dénuée de la moindre excitation ou émotion un peu intense. À la communauté humaine la plus rasibus, sans personne à moins de dix kilomètres, surtout pas, comme s'il était entendu que les gens étaient tous des raclures, ce qui n'est pas totalement faux, faut dire ce qui est. Voilà qui, au passage, en dit également long sur notre société et la sorte de vie qui va avec, les relations humaines qu'elle engendre. Ce à quoi tout le monde aspire, semble-t-il, c'est un autre monde sur Terre. Un monde plus paisible. Pour sa part, Eugénie avait l'air de croire tout le contraire. À bientôt 30 ans, c'est dans un endroit turbulent qu'elle se sentait vivante. Ce n'est pas moi qui lui donnerais tort. C'est dans un endroit turbulent selon mon goût que moi-même aimerais vivre. Je dis bien : « selon mon goût ». Sauf que je ne l'ai pas encore trouvé. Mais je ne désespère pas. Il doit exister un endroit sur Terre où, sans suffoquer immédiatement, on peut respirer l'air du temps. Où les gens et les choses donnent envie de les connaître plutôt que de les fuir. Où la parole n'est pas une arme que l'on retourne contre vous. Un monde où je me sentirais enfin à ma place et où ce monde aurait sa place en moi. Un monde encore à construire peut-être. Un espace à inventer, qui ne serait pas seulement celui des livres que j'écris et où, faute de mieux, je me réfugie comme un animal surpris par la foudre et traqué par des chasseurs.

Eugénie eut-elle la vie qui allait avec la Goutte d'Or ?

Son âme était-elle interlope, rouge et insoumise, indomptable et débauchée ?

Dans ses veines coulait-il la mémoire des Communards tombés rue Marx-Dormoy ?

Avec son père qui était borgne et portait sans doute un bandeau sur l'œil, aimait-elle la flibuste ? Se sentait-elle fille de corsaire ? Pirate elle-même ? Cela que la deuxième des sœurs Landré prit du paternel ?

42.4

(Allait-elle guincher au Bal Polonceau ou au Bal Adrien situés à deux rues de chez elle, où se donnaient rendez-vous Dédé de la Goutte d'Or et la pègre du quartier, tandis qu'Olivier jouait dans l'orchestre ?

Y dansait-elle la danse dite « danse apache », qui fit fureur dans les années 20 et 30 ? Fureur et scandale puisque cette danse était non seulement *très* suggestive, mais faisait référence aux voyous qui, avant la guerre de 14, régnaient sur les faits divers. Pour les danseurs, il s'agissait de se livrer à une espèce de tango acrobatique mimant une violente querelle entre un souteneur corrigeant sa marmite, celle-ci ayant cependant du répondant : une figure montre la demoiselle donner un grand coup de genou dans les roupettes de son Alphonse.

Plus tard, bien plus tard, en étudiant les registres du dénombrement de la population du quartier de la Goutte d'Or pour l'année 1931 (sacré boulot...), j'ai découvert qu'Olivier Créach était musicien dans l'orchestre du Royal-Souper, un cabaret de Montmartre sis 62 rue Pigalle, dans le quartier des dancings et des music-halls, là où les Parisiens couraient s'encanailler, que ce soit au Savoy, au Tabarin, à l'Apollo, au Capitole, au Lily's bar, au Rat Mort, etc. Ce n'était pas les endroits où s'amuser qui manquaient à l'époque. (Ô Paris, qu'as-tu fait de tes nuits ?) Dans le journal *Candide* du 17 juin 1937, le chroniqueur Jacques d'Antibes décrit ainsi le Royal-Souper : « Escalier en colimaçon, une vieille maison, banquettes de velours rouge, lambris dorés, petites ampoules de couleur, serpentins par terre découpés aux ciseaux par les garçons l'après-midi. C'est "Le Florence" du Français moyen, mais cossu, où se rencontrent, entre amis, les recordmen de la bouteille. L'orchestre attaque sur l'air des *Montagnards* : "Envoyez le Monopol... pol... pol..."

Une lipe à l'adresse du sommelier et les musiciens ont leur bouteille. »

Les *Montagnards* était une « tyrolienne comique ».

Le « Monopole » désignait une cuvée très en vogue des champagnes Heidsieck & Cie.

Sur la piste de danse, Mandarinette et son danseur Luigi assuraient le spectacle. Une carte postale d'époque les montre, elle levant le bras pour protéger son visage et lui s'apprêtant à lui filer une torgnole. Des professionnels de la « danse apache », selon toute vraisemblance. Surtout que Luigi porte la casquette de titi parisien et le foulard rouge typiques des célèbres voyous d'antan. La société adore transformer ce qui lui a fait peur en gravures de mode et en divertissements. En nostalgie à deux balles. Telle est sa vengeance.

Il semble que l'on s'amusait bien au Royal-Souper.

On imagine aisément l'ambiance.

On voit surtout que, du Royal-Souper au Florence : tout se tient !

Tout indique que je suis sur la bonne voie !

Hip hip hip !

Fermer la parenthèse.)

42.5

La rue de Laghouat se trouve à dix minutes à pied de la rue Championnet.

Un hasard ?

Un de plus ?

Cinquante ans plus tard, Marcelle marcha-t-elle sur les traces de sa mère, traversant la Seine pour quitter la rive gauche de son père afin de s'installer sur la rive droite de sa mère, là où celle-ci avait justement disparu et s'était évanouie lorsqu'elle était gamine, la laissant seule et orpheline ? Comme une façon de la rejoindre. Comme si l'heure était venue.

D'ailleurs, Marcelle se maria au même âge que sa mère et, comme elle, divorça deux fois. Et la première fois, ce fut après huit années de mariage, exactement comme sa mère avait quitté son père après huit ans de mariage, alors qu'elle-même avait 8 ans.

Un hasard ?

Un de plus ?

Ou Marcelle ne cessa-t-elle de courir après celle qui lui avait donné la vie mais pas d'amour, éperdument, comme un chien court après son os, le ronge jusqu'à l'os ? Peut-être ne pouvait-elle faire autrement que rechercher follement l'affection pour, systématiquement, la piétiner, la saccager, la transformer en sarcasme, s'y prenant merveilleusement bien pour s'ôter toute chance d'être heureuse puisque sa mère n'avait pas voulu qu'elle le soit, puisqu'elle n'en était pas digne et qu'elle ne pouvait pas l'être. Et elle, avec un goût très sûr, savait trouver les êtres capables de la confronter chaque fois à sa plus grande terreur et, de ce fait, à sa plus grande tentation. Des êtres qui, finissant par l'abandonner *comme elle le souhaitait* alors même qu'elle rêvait qu'un homme l'attende chez elle et lui demande gentiment comment s'était passée sa journée, lui faisaient chaque fois rejouer sa propre mort dans la vie, comme on gratte sa plaie, encore et encore, jusqu'à se dépecer vivant, jusqu'à devenir tout entier le mal qu'on vous a fait. Ce qui est un comportement typique des victimes. Ce qui s'appelle être la proie de son mauvais génie. Et Marcelle avait le sien.

Je suis persuadé que Marcelle croyait aux fantômes. Aux revenants. Aux disparitions surnaturelles. Aux forces occultes et invisibles. Aux dieux et aux déesses décidant depuis le ciel du sort des humains. À la malchance contre laquelle nul ne peut rien. À la chance qui fait toutes les différences. Aux coïncidences qui n'en sont pas. Au démon de l'interprétation afin de donner un sens à ce qui n'en a pas. Comme tous ceux qui ont vu très tôt une maman, un papa, un frère ou une sœur disparaître et hanter leur existence.

Surtout que tout se croise dans cette histoire, tout s'entremêle, tout s'imbrique. Car le père d'Olivier Créach était employé à la Compagnie du chemin de fer Paris-Orléans, comme le grand-père de Marcelle, comme par hasard. Et après avoir divorcé d'Eugénie en 1955, il décéda à Auray, dans le Morbihan, le 11 avril 1968. C'est-à-dire trois semaines avant que le père de Marcelle trépasse à son tour. Victime lui aussi, possiblement, de la grippe de Hong Kong. Quoi qu'il en fût, les deux maris de la mère de Marcelle quittèrent cette terre en même temps. Quasiment la main dans la main. Moi, je dis que c'est étrange ☺.

Eugénie Landré est morte à 83 ans, le 18 mars 1983, vieille dame seule dans une maison de retraite.

Un déclic ? L'élément déclencheur pour Marcelle ? Car dans la foulée, Marcelle quittait la rue de Javel (où elle avait attendu toute sa vie que sa mère revienne ?). Et peu après, elle s'enfermait dans son petit studio de la rue Championnet et se laissait mourir de faim. Pile un an après la disparition de sa mère, définitive et irrémédiable celle-là.

Un hasard de plus ?
La disparition de trop ?
La mort comme ultimes retrouvailles ?
Toujours aller là où sa mère ?

Les dates, toujours les dates !

Dans Eugénie, il a génie et quel génie fut le sien ?
Quel génie croyait-elle avoir ?

Eugénie : c'était à cause de l'impératrice Eugénie ? La femme de Napoléon III ? Celle que les Français appelaient « l'Espagnole » car elle était née à Grenade. Elle était réputée pour aider les pauvres, visiter les malades du choléra, soutenir la cause des femmes au travers d'artistes de son sexe et de l'enseignement des filles. Elle poussa également son empereur de mari à envahir le Mexique (mal lui en prit). Était férue de mondanités, de robes somptueuses et de « fêtes impériales » (ses ennemis l'appelaient la « fée chiffon »). Eut la douleur d'apprendre que son fils, parti faire la guerre en Afrique du Sud, avait été tué par des Zoulous. Termina sa vie à Madrid, où elle mourut à l'âge de 94 ans, le 11 juillet 1920. Et six jours plus tard, Eugénie Landré épousait Charles Pichon ! Peut-être y vit-elle un signe. Peut-être, oui, était-elle persuadée, dans le secret de ses pensées, d'être une impératrice qui méritait de rencontrer l'empereur qui la sacrerait à la face du monde. Lui ferait un destin de reine, j'allais dire un festin. Sauf que Charles n'était qu'un petit coiffeur de quartier. Devenir impératrice des indéfrisables n'était peut-être pas son rêve. Et tout dérapa ensuite.

Je ne sais pas si Penny sera d'accord, mais plus j'avance dans l'histoire de Marcelle Pichon et plus j'ai l'impression de comprendre ce qui la poussa à se suicider. Plus se confirme mon sentiment premier – à savoir que ce n'est pas l'indifférence de la société ni la solitude dans les grandes villes qui l'ont tuée.

Définitivement non.

« On met des choses en branle sans se soucier
du moyen de les faire cesser. »
STENDHAL, *Le Rouge et le Noir*

43

Penny.

Encore elle.

Sans prévenir.

Alors que je ne l'ai pas sonnée.

Voici qu'elle passe en coup de vent. Au moment où j'allais me coucher. Fermer boutique pour la nuit ou ce qu'il en restait. Mais non. Elle a pensé à un truc. Il faut qu'elle m'en parle. Cela ne peut pas attendre. C'est au sujet de Marcelle. De son agonie. De son journal.

– So what ? Soyez brève, Penny, je suis claqué. Je n'en peux plus de Marcelle, de sa mère, de toute cette histoire. Ça me bouffe le cerveau. Ça me déprime à la fin.

– Euh, okay. Bonsoir, Bmore. Merci de demander comme va celle-ci.

– Comment allez-vous ?

– Bien, merci.
– Tant mieux.
– Celle-ci a réfléchi. Et elle s'est dit que les souffrances que Marcelle s'est infligées au moment de sa mort, elles n'étaient peut-être masochistes qu'en apparence. Elles furent peut-être un *moindre mal* comparées à celles qu'elle éprouva de son vivant. La souffrance physique comme exutoire à ses souffrances psychiques. Comme un soulagement.
– Oui, peut-être, je ne sais pas, Penny.
– Mais si ! Se tuer d'un coup de pistolet, se pendre ou se jeter d'une fenêtre aurait été bien trop rapide. Cela aurait été un *contresens*. On aurait cru à un geste irréfléchi. À une pulsion suicidaire. On aurait dit qu'elle avait perdu la tête et fin de l'histoire. Sa mort serait demeurée incompréhensible. Elle aurait gardé son mystère. Elle serait devenue pure *énigme* ! Alors que rien de tel. Chez Marcelle, sa volonté de se laisser mourir de faim témoigne d'une lucidité dont son journal est précisément chargé de rendre compte. Quand bien même elle souffre mille morts en une, elle veut que l'on sache ! Elle refuse de mourir en emportant son secret dans la tombe. Pas de ça avec elle ! C'est évident, Bmore. Jusqu'à la dernière minute de sa dernière heure, elle refuse de se taire. Là est le sens profond de son journal. C'est à l'écrit qu'elle s'en remet car seul l'écrit permet de dire la vérité.
– Euh, faut le dire vite, Penny. Quand la parole se libère, c'est également pour dire la vérité.
– Allons, Bmore, vous savez bien que ce n'est pas parce qu'on libère la parole que la parole est libre. C'est même souvent le contraire. Seul l'écrit permet de libérer la parole de son propre mensonge. Car même si on est sincère, nous n'arrêtons pas de nous raconter des histoires. Nous croyons parler alors que nous sommes parlés. Nous ne faisons qu'exprimer des sentiments en

les intellectualisant. La parole est comme le sommet d'un iceberg : elle cache une base invisible, immergée et infiniment plus vaste. Essayez de mettre par écrit un truc qui vous est personnellement arrivé et vous verrez : toutes les idées qui étaient les vôtres au départ s'effondreront au fil des phrases, parce qu'on n'écrit pas avec des idées. Parce que écrire, c'est chercher la vérité à l'intérieur de ce qu'on dit. C'est attaquer l'iceberg à la base.

– D'accord. Et selon vous, ce serait la raison pour laquelle Marcelle a laissé un journal ?

– Exactement. Elle voulait laisser un écrit. Elle croyait en l'écriture. C'est même le secret de son journal. Nous n'en connaissons qu'une page, mais ce qui compte, c'est le fait qu'il existe. C'est sa présence à côté d'elle. C'est qu'elle l'ait tenu. Marcelle agonise et elle écrit. Peu importe quoi peut-être, elle écrit. Vous comprenez ? L'important, ce n'est peut-être pas tant ce que contient le journal que le journal lui-même. Sur ce, bonne nuit, Bmore. À demain.

– Okay. Merci Penny pour cette intervention. À vous aussi une bonne nuit.

J'ai éteint les lumières de la pièce et, en allant me coucher, j'ai songé que Marcelle s'était effectivement tuée très très très lentement (j'hésite à écrire quarante-cinq fois « très »). Rien à voir avec le fait de se pendre ou de se jeter par une fenêtre. Ces suicides-là exaltent la vitesse, ai-je songé en commençant à ôter mes vêtements. Ils visent une mort rapide, la plus rapide possible, avec une volonté d'éliminer toute sensation, toute conscience. En un rien de temps ces désespérés passent de vie à trépas, sans se rendre compte de quoi que ce soit. Ils meurent comme on claque des doigts. Ce sont des suicides à grande vitesse, ai-je songé en me glissant dans les draps, ils ont quelque chose de fascistes. C'est le mot. Tandis que celui de Marcelle est tout l'inverse : il dilate le temps.

Il fait de chaque seconde qui passe un dialogue avec la mort. Un baiser interminable. Une torture sans fin. En ce sens, le suicide par inanition est un sensualisme, ai-je songé en éteignant la lumière. On ne le croirait pas, mais Marcelle était une sensuelle, ai-je songé en bâillant et en me tournant sur le côté, en fermant enfin les yeux.

Dans le noir, j'ai alors songé que le facteur Cheval avait édifié son palais idéal après avoir trébuché sur une pierre et s'être fait mal au pied alors qu'il faisait sa tournée de postier. Ramassant cette fichue pierre, il avait construit sur elle l'œuvre de sa vie, l'enterrant sous des milliers d'autres pierres. Tout vient de ce qui nous fait tomber, ai-je songé. Toute sa vie, Marcelle l'a édifiée sur ce qui, un jour, au commencement, l'avait fait se casser la figure, ai-je songé. Lui avait fait maudire le monde. Mais le problème lorsqu'on maudit le monde, ai-je songé, c'est qu'on fait surtout du mal à soi-même. Le monde se fiche bien qu'on le maudisse. Il n'en a rien à battre. Cela ne le *change* pas, ai-je songé. Mais je ronflais déjà.

« Hélas, le monde ne sortit pas meilleur
de la peste noire, mais pire. »
Chronique dite de Jean de Venette (1340-1368)

44

Penny justement.

Elle a chopé le Covid.

Elle me l'a annoncé tout à l'heure par téléphone.

Après être passée en coup de vent l'autre soir, elle est allée dans un bar faire la fête.

Et hop.

Au téléphone, sa voix était au bout du rouleau. Elle ne toussait pas beaucoup ni n'avait de difficultés à respirer. Ouf. Mais elle avait une fièvre de cheval (entre 39,5 et 39,9°°C depuis trois jours) et elle se sentait incroyablement faible. Comme si toutes ses forces l'avaient quittée. Comme si elle avait pris cent ans en deux jours. Son corps ? Une loque qui pesait des tonnes ! Aller aux toilettes l'épuisait totalement ; retourner dans son lit lui coûtait un effort phénoménal qui la terrassait. Jamais elle ne s'était sentie si abattue. Mais le pire, c'était la migraine qui lui prenait tout le cerveau droit. Elle avait si mal qu'elle ne pouvait pas ouvrir les yeux. Tout ce qu'elle pouvait faire, c'était rester dans le noir, rester dans le silence, rester dans son lit, tout à fait moribonde, fiévreuse jusqu'aux os. Elle détestait se trouver dans cet état. Se sentir à la merci de son corps. Ne plus avoir le contrôle. La bonne nouvelle, c'est qu'elle n'avait pas perdu l'odorat. Il était diminué et elle n'avait de goût à rien, mais elle arrivait à sentir certaines odeurs. Youpi ! Sinon son moral était plutôt bon. Elle gardait le sens de l'humour : « D'après son test, celle-ci a le variant anglais et elle peut vous dire que ce film est nul. » J'ai mis trois secondes à comprendre de quel film elle parlait.

Depuis deux jours, je l'appelle toutes les trois heures pour prendre de ses nouvelles, ne pas la laisser seule, qu'elle sache que quelqu'un se soucie d'elle – puisqu'elle vit seule à Paris. Pour autant, je ne suis pas inquiet. Je suis persuadé que Penny va se rétablir haut la main. D'une part, elle est jeune, elle est en bonne santé, elle fait du sport et elle mange des légumes ; d'autre part, le taux de létalité du Covid est d'environ un décès pour cent personnes contaminées et cela concerne essentiellement des individus âgés et/ou souffrant de pathologies liées à notre fantastique mode de vie moderne fait de malbouffe, de pollutions diverses et variées, de sédentarité et de stress. Comme dit l'autre (un humoriste) en se prenant la tête entre les mains : « Oh mon Dieu, comment allons-nous nous en sortir avec un taux de survie d'à peine 99 % ? » Penny a donc toutes les chances d'être remise sur pied d'ici huit ou dix jours (et de bosser de nouveau pour la Bmore & Investigations). Ce qui ne m'empêche pas de me faire du mouron, vu le climat de peur ambiant, la pression *quotidienne*, permanente, hallucinante ces derniers mois. Pauvre Penny. Elle en chie, la petiote. Mais ça va aller. J'emmerde la peur. Je lui crève les yeux et je la jette à la poubelle. Surtout que la peur n'empêche pas le danger.

44.1

Surtout que cette crise n'est pas sanitaire, dis-je à Penny pour la rassurer (ou pour me rassurer, moi ?). Ce serait le cas si 100 % des personnes contaminées passaient l'arme à gauche, ou même 50 %, à l'instar du virus Ébola. Rien de tel avec le Covid-19. On en est même très loin. Vous n'avez rien à craindre, ma petite Penny. Au vrai, il s'agit d'une crise hospitalière liée à des décennies de coupes dans le budget de la santé et à des suppressions massives de lits et de personnels dans les services de réanimation. Au passage, c'est l'occasion de tester à grande échelle tout un arsenal de nouvelles technologies dédiées au contrôle social et à la surveillance de la population, pouvant assurément servir dans d'autres circonstances. Ce n'est pas un Chinois mangeant du pangolin qui est à l'origine du merdier. Vous m'écoutez, Penny ? La preuve qu'il s'agit d'une crise hospitalière, c'est qu'ils nous ont dit au début de la pandémie que les masques ne servaient à rien contre le virus parce qu'ils n'en avaient pas en stock et dès qu'ils ont reconstitué les stocks, hop, les masques sont devenus obligatoires et on se prend même une prune si on n'en porte pas. Fallait oser ! Ces gens se permettent vraiment tout. Qu'est-ce que cela leur aurait coûté de dire la *vérité* au lieu de mentir comme toujours ils mentent et nous prennent pour des bites ? Je vous jure, Penny. Ils ont raté une occasion en or de récupérer un peu de crédit. Tout le monde aurait compris s'ils avaient dit : « Bon, on a merdé, on n'a pas de masques, désolé, mais en attendant qu'on reconstitue les stocks, protégez-vous, c'est important, il en va de votre santé et de nos capacités hospitalières. » Au lieu de quoi, ils ont dit que se protéger ne servait à rien ! Mais c'est quoi leur problème ? C'est quoi ce cirque ? On joue à Jacques a dit ? C'est ça ? Jacques a dit les masques ne servent à rien et hop, personne n'en porte. Jacques a dit portez un masque et tout le monde doit en mettre un. Jacques a dit restez chez vous, sortez, restez confinés, faites-vous vacciner et tout le monde de rester chez soi, de sortir, de se confiner, de se faire vacciner. Jacques a dit pissez dans un violon et tout le monde pisse dans un violon. Allez tous vous faire foutre, bande de ploucs, et tout le monde d'aller se faire… Eh non, bande de ploucs ! Perdu ! Vous êtes tous éliminés car Jacques n'a pas dit Jacques a dit allez tous vous faire foutre ! Bon Dieu, là qu'on en est, tous autant que nous sommes ? Cela le *game* ? Cela la *réalité* ? Cette *fiction* de chaque instant ? Camus disait que mal nommer les choses ajoute au malheur du monde. Cela fait toujours chic de citer Albert Camus. On est tout de suite pris au sérieux. N'empêche, si on ne nomme pas un problème, on n'a aucune chance de lui apporter une solution. Et si on le nomme fallacieusement, c'est pour ne pas y remédier. C'est pour créer de nouveaux problèmes. Cela ne fait qu'ajouter des problèmes aux problèmes. À la fin, on se retrouve avec un putain de mille-feuille de problèmes absolument indigeste. Vous comprenez, Penny ? Vous m'écoutez ?

En même temps, ce n'est pas nouveau. Saviez-vous, ma petite Penny, que, jusqu'au XVe siècle, l'Église jugeait hérétique quiconque croyait au pouvoir des forces maléfiques (car il fallait croire en Dieu et en personne d'autre). Et vlan, du jour au lendemain, le pape Innocent III a décrété que serait désormais hérétique quiconque *ne* croyait *pas* aux forces maléfiques car seul Dieu avait le pouvoir de les combattre (ce pourquoi Il était nécessaire). Vous le croyez, Penny ? Mais ils imaginent quoi, tous ces gus qui, depuis leur Olympe, jouent aux majorettes avec nos existences ? Le jour où il y aura une catastrophe nucléaire, vous pouvez être certaine qu'ils nous referont le coup du nuage de Tchernobyl qui épargne la France. Ou celui des armes de destruction massive en Irak. C'est à parier. Et ils auront de bonnes raisons de le faire. D'excellentes excuses. Vous voulez que je vous parle du Mediator ? Du chlordécone aux Antilles ? De la « crise de la vache folle », dont les causes et les conséquences furent dissimulées pendant dix ans ? De l'OxyContin, responsable d'au moins 500 000 morts aux États-Unis, et ce n'est qu'un début ? De l'amiante ? Le merveilleux amiante qui a déjà fait plusieurs centaines de milliers de morts et continue de faire chaque jour des ravages sans qu'aucune condamnation à l'encontre des responsables ait été prononcée, non faute de preuves, pas du tout, mais faute de pouvoir déterminer le moment exact, quasiment à la minute près, où les victimes ont été contaminées, car la justice peut se montrer extrêmement pointilleuse sur la lettre de la loi au détriment de son esprit. Comme le disait l'agence de communication Brown & Williamson qui, dans les années 60 et 70, assura la défense de l'industrie du tabac et de son art bien rodé de vendre des cancers du poumon : « Notre stratégie, c'est le doute. » Vous comprenez, Penny ? Le doute scientifique a mille vertus, sauf lorsqu'il sert à dissimuler la vérité et à exonérer les criminels en leur permettant de gagner du temps et de noyer les victimes dans leur sang ! À transformer ce qui a réellement eu lieu en non-lieu judiciaire. Prenez les algues vertes qui, proliférant en Bretagne, dégazent des vapeurs toxiques d'hydrogène sulfuré depuis quinze ans : impossible d'incriminer les pratiques de l'agriculture intensive tant que toutes les pistes n'ont pas été explorées, même les plus farfelues. Et, par exemple, les bigorneaux : leur disparition depuis trente ans n'est-elle pas la véritable cause du désastre, eux qui se nourrissent en théorie des algues vertes ? Eh, c'est qu'il faut tout vérifier, on ne peut écarter aucune hypothèse, aussi risible soit-elle, il en va de l'honneur de la science et de la rigueur des chercheurs. Bande de bigorneaux vous-mêmes ! Marcelle avait raison : on ne *dit* jamais la vérité. Comme chaque fois qu'il y a du pognon en jeu. Ce n'est pas plus compliqué. Il faut suivre l'argent, Penny. C'est le b.a.-ba du métier de détective. Je ne sais pas quel crétin a dit qu'il fallait « chercher la femme », mais il racontait n'importe quoi. Il avait sûrement des problèmes sentimentaux. Encore une fois, les femmes ont bon dos. Alors que c'est l'argent, toujours l'argent, bien sûr, la cupidité. C'est moins sexy mais c'est la réalité. Et je ne vous parle de la pollution qui fait 9 millions de morts (*neuf millions !*) chaque année et qui, en déréglant le climat, promet d'en faire énormément d'autres… Enfin bref. Ce ne sont pas les désastres sanitaires et environnementaux liés à notre confortable mode de vie sous-tendu par la course aux profits qui manquent. Tout ceci est tellement désespérant. Et ils se plaignent qu'on ne leur fasse pas confiance ! Eux qui n'arrêtent pas de manigancer dans l'ombre, ils s'effraient que les gens voient des complots partout ! Comme c'est rigolo ! Comme c'est malin ! Alors que c'est les croire sur parole qui serait irrationnel ! Sauf qu'ils ne s'effraient pas du tout. Vous m'écoutez, Penny ? Heureusement que les complotistes existent puisque leurs délires paranoïaques permettent de disqualifier quiconque s'avise d'émettre un doute légitime, raisonnable et *fondé* sur ce qui se passe pour de vrai. Ils sont des idiots bien utiles. Il suffit de voir le nombre d'articles, d'émissions et de podcasts qui, tout à coup, se sont mis à alerter sur la stupidité (bien réelle) des complotistes sans pour autant pointer du doigt la malfaisance (non moins réelle) de ceux qui, sachant la vérité, font tout pour la dissimuler à la population et tromper les gens, leur nuire sciemment et absolument, en toute connaissance de cause et salut à toi, Richard Sackler ! Si le diable existe, il ressemble à Richard Sackler et à tous ceux qui, l'œil rivé sur la colonne des profits, complotent en toutes lettres contre la vie ! Vous m'écoutez toujours, Penny ? Sauf qu'à leur propos on ne parle pas de « complots », non, on parle de « scandales », de « crises » ou « d'affaires ». Nuances. Ceux qui croient que la Terre est plate ou que des reptiliens dirigent le monde souffrent à l'évidence d'un rapport dépravé à la réalité ; mais que dire de ceux qui sacrifient la vie de milliers de gens pour... du fric ? Ne sont-ils pas eux aussi de grands malades qui menacent la collectivité ? Pourquoi personne ne se penche-t-il sur les graves troubles mentaux et autres biais sacrément cognitifs dont souffrent les Sackler et compagnie ? Il y a urgence, non ? Quoi ? Que dites-vous, Penny ? Allô ? C'est vous qui toussez comme ça ? Je vous entends mal. Vous avez besoin de quelque chose ? Vous dites que j'avais promis de ne pas parler du Covid ? Allô ? Bon, je passerai demain vous apporter du ravitaillement. Des friandises aussi. Du chocolat. D'accord. Et du Doliprane ? Parfait. Tout ce que vous voulez. Bien sûr que je porterai un masque. Et je resterai à distance respectueuse (et non sociale !). Je ne tiens pas à choper cette saloperie de virus. Bien sûr que je vais me faire vacciner. Pas de gaieté de cœur mais j'ai 60 ans et les bronches en vrac à cause du tabac. Cela me déprimerait vraiment de mourir du coronalibéralisme. De deux maux, je préférais largement qu'il n'y en ait qu'un.

« Dieu est dans les détails. »
Daniel ARASSE,
Le Détail. Pour une histoire rapprochée de la peinture

45

Un lecteur attentif a peut-être remarqué, aux alentours de la page 129, qu'il manquait le chapitre 11. Le récit (est-ce un récit ?) passe directement du chapitre 10 au chapitre 12. Ce n'était pas une erreur. Je pourrais dire que c'était pour ménager mes effets, mais non. La vérité, c'est que je n'avais pas les mots, à ce moment-là, pour décrire les photos de Marcelle Pichon parues dans la presse et, plus particulièrement, dans *Paris Match*.

Dans le chapitre 10, j'appâtais pourtant le lecteur avec ces photos, je m'appâtais moi-même et, en bonne logique, j'aurais dû continuer sur ma lancée. Je *voulais* parler de ces photos. Elles étaient incontournables. Elles disaient quelque chose de Marcelle qui ne figurait nulle part ailleurs. Quelque chose qui, pour une fois, n'était pas des mots. Quelque chose qui permettait de dire : voici donc à quoi ressemblait Marcelle Pichon. Elle était ce genre de femme. Elle avait cette tête-là. Ces cheveux-là. Ce nez-là. Cette bouche-là. Cet air-là. C'était elle, là, pour de vrai, à un instant *t*. Elle et personne d'autre. Elle indubitablement. Elle avait donc bel et bien existé. Elle n'était pas qu'un nom. Il y avait eu une femme avant le fait divers. Etc. Sauf que l'écriture en avait décidé autrement. Un mot en entraînant un autre, j'étais parti sur le prénom Florence et, un autre mot en entraînant plein d'autres, j'avais parlé du documentaire d'Anne Gaillard, décrivant Marcelle à la fin de sa vie et, du coup, j'avais laissé de côté les photos qui la montraient jeune et belle. *Je les avais gardées pour moi.*

Encore aujourd'hui, je répugne à les décrire.

C'est très bizarre.

Je regarde ces photos et quelque chose me gêne, me bloque, me glace.

Je regarde ces photos de Marcelle et je ne vois pas Marcelle. Je n'y arrive pas. Je les scrute et rien de spécial ne me vient. Aucune émotion qui ne soit l'incrédulité de la curiosité. Au vrai, ces photos me désarment. Ces photos me font l'effet d'un piège. Chacune impose une vision de Marcelle Pichon tellement incontestable que c'en est effrayant. Alors qu'elles montrent Marcelle à différents âges de sa vie, elles l'amputent de son histoire. Car aucun fil ne semble relier la mannequin des débuts à la dame fatiguée de la fin (j'allais dire de la faim) en passant par la jeune femme radieuse au bord de la mer et la femme sur le retour assise dans les bois. De l'une à l'autre je ne reconnais pas Marcelle. Elle me glisse des yeux comme du sable entre les doigts. Elle s'éparpille en bribes, en lambeaux. Éclats ternis d'un miroir brisé. On dirait à chaque fois une personne différente. Le mot caméléon. C'est l'un de ses moments où la réalité s'oppose à la vérité. C'est comme si, loin de voler au secours de Marcelle, ces photos lui volaient quelque chose. L'enfermaient dans des images qui, pour être les siennes, la font reculer dans l'ombre. Impossible de se faire une vision d'elle. Impossible de deviner son oiseau bleu.

Moi qui étais avide de découvrir à quoi Marcelle ressemblait, j'en étais pour mes frais. À quoi m'attendais-je ? Quelle révélation ? Que dit une photo de quelqu'un qu'on ne connaît pas, qui ne nous rappelle personne, n'est associé à aucun souvenir, demeure anonyme ? Que peut-elle dire d'un visage, hormis son énigme ? Étais-je aveugle ? Ces photos m'aveuglaient-elles ? Ou étaient-elles un point aveugle ? J'avais l'impression que ces photos rendaient surtout Marcelle étrangère à elle-même. Elles faisaient d'elle une inconnue. Une femme comme les autres. Que chacun pouvait juger jolie ou pas. Intéressante ou pas. Comme ceci ou comme cela mais, dans tous les cas, une femme dont il était impossible de soupçonner qu'elle s'était laissée mourir de faim. Une femme sur le front de laquelle il n'était pas marqué « Malédiction sur ce monde pourri ». Sur son front, il n'y avait rien d'écrit.

Le plus simple serait de publier ici même ces photos et de me taire. M'en aller sur la pointe des pieds. Que le lecteur se fasse son propre sentiment. Vérifie à quel point ces photos disent rien et tout de Marcelle Pichon. Ou me détrompe sur ce point. J'en serais ravi. Mais puisque j'écris, je vais tenter de décrire ces photos. Peut-être l'écriture me fera-t-elle voir quelque chose que mes yeux n'ont pas vu. À quoi ils n'ont pas pensé. Ce qui est la définition même de la littérature.

45.1.

Pour illustrer la mort de Marcelle Pichon, *Le Journal du dimanche* et *Libération* avaient publié la même photo, chaque fois mise en valeur et prenant une place énorme dans la page si bien que, loin d'illustrer l'article, c'était plutôt lui qui semblait illustrer la photo. Elle faisait même la une du *JDD*. Et TF1 l'avait également passée à l'antenne lors de son édition du samedi 24. Impossible de la manquer.

Cette photo datait de l'époque où Marcelle était mannequin et sans doute avait-on jugé plus vendeur (plus décent ?) de montrer Florence au faîte de sa gloire : sa chute n'en apparaîtrait que plus cruelle et spectaculaire. D'un format rectangulaire, la photo montrait, cadrée très serré (recadrée très serré ?), le visage de Marcelle éclatant de jeunesse, éclatant de sourire, éclatant de beauté avec, autour du cou, ornant sa gorge nue, une parure épatante de pierreries (peut-être des rubis).

J'ai passé un temps fou à m'imprégner de cette photo, à plonger dans les grands yeux en amande de Marcelle, à me familiariser avec ce visage dans l'espoir qu'il me livre son secret. Me convainque de la vérité de son sourire. La légende du *JDD* indiquait : « Belle, les yeux rieurs, Marcelle Pichon mannequin chez Fath. » En noir et blanc, la photo n'était toutefois pas de très bonne qualité. Elle semblait avoir été prise sur le vif, lors d'un défilé ou d'une soirée, par un photographe spécialisé dans les événements mondains. À l'évidence, les services iconos s'étaient donné du mal pour dénicher cette photo. Peut-être venait-elle d'un fonds d'archives Jacques Fath. Je dis peut-être car elle n'était pas créditée dans le *JDD*, tandis qu'un simple *AP* (Associated Press) figurait en petit dans *Libération*. Voilà qui promettait de nouvelles recherches ! Pfffff. Mais savoir où et quand cette photo avait été prise lèverait le voile sur la carrière de mannequin de Marcelle, à propos de laquelle je n'avais jusqu'ici trouvé aucune information. Ce qui commençait à m'agacer sérieusement. Dès que Penny serait rétablie, il faudrait la mettre sur le coup (je l'ai eue ce matin au téléphone et si la fièvre a un peu baissé (38,6°°C), elle reste très faible et a toujours la migraine).

Le *Parisien libéré* avait fait un choix très différent. Pour sa une (grande image pleine page), il avait opté pour une drôle de photo. Une photo que Marcelle n'aurait peut-être pas aimé voir publiée dans la presse. Une photo volée ou vendue au *Parisien* par quelqu'un d'indélicat et de vénal (d'ailleurs, elle n'était pas créditée, ni *AP* ni rien). Photo prise dans l'intimité d'un pique-nique ou d'une balade en amoureux en forêt. Plutôt charmante, à première vue. Car on y voit Marcelle assise au pied d'un arbre, ses deux jambes (nues ou gainées de nylon) repliées sous elle. Contre sa poitrine, elle serre un lapin dont on aperçoit la grosse tête, les deux oreilles et l'œil apeuré d'être ainsi retenu captif. Difficile de dire l'âge que peut avoir Marcelle sur cette photo. Quarante-cinq ans ? Cinquante ans ? C'est ce que je dirais. Elle fait femme mûre. Ce qui ne l'empêche de serrer très fort le lapin dans ses bras comme le ferait un enfant d'un lapin, d'un chiot, d'un chaton ou de n'importe quelle adorable petite boule de poils donnant immédiatement envie de la prendre dans ses bras et de la serrer très fort contre son cœur, de la cajoler et la protéger, jusqu'à l'étouffer sous les caresses s'il le faut, s'exaspérer de tant de douceur et d'innocence. Marcelle semble avoir plus ou moins 50 ans (on serait donc au début des années 70) et dans l'œillade qu'elle décoche à celui qui la prend en photo (qui est-ce ?), dans le sourire qu'elle lui adresse, il y a quelque chose de coquin et d'aguicheur, ce qui donne au lapin une signification moins innocente. Surtout qu'elle est vêtue d'une espèce de manteau léopard. En y regardant de plus près, il ne s'agit pas d'un manteau de fourrure. Plutôt d'un imperméable imprimé léopard. Si j'ajoute que ses cheveux, noir corbeau, choucroutent énormément, Marcelle donne un peu l'impression d'être une pute sur le retour. Je dis bien « un peu ». Je dis le mot pute comme je dirais banquière, bonne sœur ou n'importe quelle femme dont l'apparence évoque, *à tort ou à raison*, une profession bien précise. Je le dis sans le moindre venin. Je le dis parce que, dans les années 80, j'ai habité quelque temps en bas de la rue Saint-Denis et que j'ai des images en tête. Je ne le dis pour aucune autre raison. Je ne dis pas que Marcelle était une pute. Et quand bien même cela serait : il n'y aurait là rien d'infamant. Elle ne serait pas la première mannequin à poursuivre sa carrière sous une autre forme, surtout après deux divorces l'ayant laissée sans ressources. Pas la première à vendre ses charmes après avoir vendu son image. À miser jusqu'au bout sur son physique parce que, comme aurait pu le chanter Jacques Brel : « Quand on n'a que son corps/À offrir en partage/Au jour du grand voyage… »

Qui prit cette photo ?
Avec qui Marcelle alla-t-elle pique-niquer ou se promener en forêt ce jour-là ?
Que firent-ils ensuite dans les bois ?
D'où venait ce lapin ?

D'où venait le lapin ?

De quel chapeau de magicien ?

Et que devint-il ensuite ?

Que devint le lapin ?

On ne peut le voir sur la photo mais ce lapin portait-il un gilet bleu et une montre à gousset ? Répétait-il à tout bout de champ : « En retard, toujours en retard » ? Est-ce lui qui conduisit Marcelle au Pays des Merveilles ? À la fin, Marcelle s'écria-t-elle comme Alice : « Ah mais non, je ne veux pas faire partie du rêve de quelqu'un d'autre ! » Et elle s'enferma dans son terrier de la rue Championnet et se laissa mourir de faim ?

45.2

En page intérieure, *Le Parisien* publiait une petite photo, peut-être une photo d'identité, montrant Marcelle telle qu'elle apparaît dans le documentaire d'Anne Gaillard, avec la même coiffure et, pour ce qu'on en devine, le même tailleur. Cette photo a donc été prise à la même période, peu de temps avant sa mort, au début des années 80. Marcelle semble ici fatiguée. Vieillie. Ses joues sont bouffies et s'affaissent. Fortement soulignés au crayon noir, ses sourcils sont très noirs et épais et arqués. « Les sourcils sont la clé de voûte du visage », disait la mannequin Freddy. Dans le cas de Marcelle, ils soutiennent au moins une cathédrale. Cette façon d'épaissir énormément les sourcils au crayon noir me dérange. Elle me déplaît. Elle me rappelle Kim Novak dans *Vertigo*. Après avoir joué le personnage si mystérieux et élégant de Madeleine (Florence ?), elle redevient Lucile (Marcelle ?), la pauvre fille du Kansas (du Berry ?) dont Alfred Hitchcock, pour mieux justifier Madeleine, justifier la *nécessité* esthétique de Madeleine, accentue la vulgarité, avec ses lèvres luisantes de rouge et ses sourcils grassement empâtés de noir. Les mêmes que ceux de Marcelle ! Alors que le film date de 1958 et Marcelle chercha-t-elle toute sa vie à incarner le genre de beauté qui prévalait à cette époque ? Pourquoi foncer à ce point ses sourcils ? Forcer à ce point le trait ? À plus de 60 ans ? Dans les années 80, ce n'était plus du tout la mode et voilà qui dit peut-être quelque chose de Marcelle. Une façon d'être restée bloquée aux années 50. À cette esthétique appuyée. Quant à son sourire, il se fige pour la photo. Il n'a rien de véritablement souriant. Dans le documentaire sur les femmes divorcées, elle était plus vive. Plus fraîche. Plus *nerveuse*. C'est le problème avec les photos : elles ne sont pas animées et cette photo respire la tristesse et l'épuisement. Elle sent la fin. Elle est douloureuse à regarder.

45·3

Si je devais ne retenir qu'une seule photo, c'est celle que publia sur une pleine double page *Paris Match* en ouverture de son dossier consacré à Marcelle Pichon et intitulé « Seule avec la mort ». On comprend pourquoi l'hebdomadaire misa sur cette photo. Elle montre Marcelle en compagnie d'un bel homme d'âge mûr, tous les deux très élégants et posant superbement sur fond de bord de mer. Peut-être lors d'un week-end en amoureux. On peut supposer qu'ils sont amants. Ou qu'ils vont le devenir. Précisément ce week-end-là ? En tout cas, il s'agit d'une jolie photo. De celle que l'on garde parce que, en plus d'être réussie, elle témoigne d'un moment heureux que sublime justement sa photogénie et, par la suite, ouvrant son album de photos, j'imagine Marcelle la regarder avec tendresse et nostalgie, peut-être avec un pincement au cœur, ou peut-être une incrédulité qui est celle qui vient lorsqu'on revoit qui on a aimé naguère et qu'on se demande comment on a pu être aussi bête, sachant comment les choses ont mal tourné. Qu'on se demande comment on a pu être aussi jeune et beau et fringant.

Une vraie photo souvenir. Pour Marcelle et pour nous aujourd'hui puisque c'est la Marcelle de cette photo dont, quarante ans plus tard, on a maintenant envie de garder le souvenir. En amont comme en aval, cette photo réussit à photographier le passage du temps. Mais ce n'est pas la seule raison pour laquelle elle sort du lot. Elle exprime quelque chose de radieux. D'abord, elle est en couleurs. Elle est *bleue*. Bleu du ciel. Bleue la robe que porte Marcelle. Bleue la mer qu'on aperçoit sur la gauche. Bleu le costume que porte l'homme qui, sur la droite, se tient à côté de Marcelle. Marcelle ou Florence ? C'est difficile à dire. Marcelle semble très jeune sur la photo. L'homme beaucoup moins. S'insinue ici le sentiment de la jeune fille et de l'homme riche. De la gamine et de son « sugar daddy ». De la belle et la bête. La poupée et son pantin. L'oiseau bleu et sa cage dorée.

Cependant, cette photo intrigue. De Marcelle, elle dit quelque chose d'inédit et même d'insolite. Quelque chose d'iconique, en tout cas. Rares sont les photos à atteindre une qualité *picturale*. La différence entre un tableau et une photo, c'est que le premier crée du réel alors que la seconde enregistre une réalité déjà là, que ce soit sur le vif ou en studio, pour l'embellir ou la dénoncer. L'histoire d'une photo se situe ainsi hors champ, dans la chose photographiée, le point de vue du photographe, le contexte, l'horodation, alors que l'histoire d'un tableau se trouve en lui, caché et cependant visible. De là qu'une photo laisse toujours songeur : on ne sait jamais ce qu'elle montre exactement, ni ce qu'elle veut qu'on voie. On perçoit qu'elle n'est qu'un fragment de temps et d'espace. Un instantané, un arrêt sur image, qui renvoie à autre chose situé hors champ et qui ne se trouve justement pas sur la photo, mais dont celle-ci témoigne. Le mystère des photos ne leur appartient pas vraiment. Alors qu'on peut entrer dans un tableau comme dans un monde à la fois total, autonome et délibéré. Y chercher des détails qui font sens et ne doivent leur présence qu'à l'ensemble dans lequel ils s'insèrent. Des détails qui exigent d'être vus et, parfois, ces détails ont été voulus par le tableau lui-même, indépendamment du peintre ou de celui qui le regarde. Tel est le prodige d'une peinture : elle est sa propre narration, jusqu'à *vouloir* parfois quelque chose de son propre chef. Quelque chose auquel l'artiste n'a même pas songé, ou alors de façon médiumnique et, devant la photo de *Paris Match*, malgré tout ce que je viens de dire, j'avais l'impression d'un tableau. Il me semblait qu'elle possédait son propre secret. Je la regardais comme j'aurais regardé un tableau, peut-être un tableau de la fin du XIXe siècle, peut-être de l'école anglaise. Un Lawrence Alma-Tadema, par exemple, à cause du bord de mer. En tout cas, elle avait quelque chose d'une scène de genre. D'une fable mythologique déguisée en photo de vacances. *Elle racontait une histoire,* sans que l'on puisse clairement deviner laquelle. Mais entre Marcelle et l'homme à ses côtés, il se passait indéniablement quelque chose. Il circulait un fluide qui n'appartenait qu'à eux. Il existait surtout un silence que la photo rendait épais et palpable. Un silence à la Edward Hopper. Pourquoi ? Que montrait exactement cette photo ? J'avais le pressentiment qu'il fallait la regarder très longtemps et s'approcher très près d'elle pour, à sa surface, découvrir ce qu'elle cherchait à dire. Certaines chansons contiennent une multitude de nouvelles chansons qui n'attendent que d'être jouées et, de même, cette photo cachait des images invisibles tant qu'on ne les voyait pas. C'est ce que je me disais en la regardant. En tendant l'œil comme on tend l'oreille. Isoler, dans le bruit visuel que créait cette photo, dans la légende qu'elle écrivait machinalement elle-même avec des mots tout faits, ce qui était réellement à voir. À tout le moins digne d'être vu. Si une photo se prête à l'exercice du regard, c'est qu'elle est réussie. C'est même à cela qu'on reconnaît qu'elle est réussie. Les autres ne comptent pas. Pas vraiment. Elles ramènent à la réalité extérieure au lieu de plonger dans une réalité intrinsèque. Elles ne sont que des souvenirs qui tiennent à la légende inscrite au dos.

Il faut dire que Marcelle. Comment dire, justement ? D'abord, on ne voit qu'elle. On ne voit que son large chapeau empanaché de plumes blanches, façon mousquetaire. On ne voit que sa robe qui, moirée de bleu moucheté de flocons blancs et lilas, vibre au soleil, telle une galaxie d'azur. Robe simplement d'été et cependant raffinée, peut-être signée Jacques Fath. Peut-être un twill de soie imprimé ou un brocard à motifs cachemire, vu sa brillance et son apparente raideur. Avec une encolure carrée et de larges bretelles. Ainsi les bras de Marcelle sont-ils nus. Le droit, dans un geste à la fois ample et gracieux, remonte à angle droit pour, au niveau de la main qui se casse avec grâce, rebiquer de nouveau à angle droit vers le chapeau, afin d'empêcher le vent de l'emporter. Ou est-ce pour en rabattre le bord et, ainsi, se protéger du soleil qui, à son zénith, éclabousse crûment ? Ou parce qu'elle maîtrise ce que cette pose a de graphique et de sophistiqué ? Combien elle la met en valeur ? Selon l'idée forgée que la femme se doit d'être grâce et finesse, sinon elle n'en est pas une ?

Marcelle se tient de profil. Son corps est de face mais son visage se tourne vers la droite. Avec son bras levé qui forme un carré dans l'air, comme un cadre dans le cadre, une petite fenêtre ouvrant sur le vide du ciel, elle fait songer à un hiéroglyphe égyptien. Elle est un hiéroglyphe. Son nez est très droit. Ses lèvres rouges et sensuelles. Sa peau très blanche. Son oreille tout ouïe et jolie. Son cou s'étire, fin et long, pur érotisme. Elle baisse les yeux (à cause du soleil ? En signe de pudeur ? De soumission toute féminine ?). L'expression de son visage est indéfinissable. Sur sa joue, une ombre fait croire qu'elle sourit. Mais il s'agit peut-être d'une crispation liée au fait que le soleil l'éblouit et l'incommode. Plus on regarde son visage, moins on se dit qu'elle sourit. On finit plutôt par lui trouver l'air triste. On devine une moue presque de dédain. Le mot solitude.

Prise une seconde plus tard, la photo l'aurait peut-être montrée riant aux éclats.

Sur sa nuque, la masse de ses cheveux mousse et enfle. Ils sont d'une belle couleur fauve. Elle était rousse ! Tout du moins à cette période de sa vie. Le cordon blanc, probablement élastique, de son chapeau passe derrière son oreille pour, sous le menton, enserrer sa gorge telle une jugulaire fermement attachée. Elle ne porte pas de boucles d'oreilles. N'exhibe aucun bijou en mettant plein la vue. Toutefois, un gros brillant bleuté orne l'annulaire de sa main gauche (un cadeau ? Une bague de fiançailles ?). En y regardant de près, on remarque aussi un fin bracelet en or à son poignet, sans doute une petite montre. Et, autour de son cou, une imperceptible chaîne argentée orne sa poitrine d'un pendentif.

Elle paraît avoir de petits seins.

Sa taille, très fine, vraiment très fine, est fermement sanglée dans une large ceinture en cuir noir.

« Elle ressemblait à un crayon sur la pointe. » Je ne sais plus qui a dit ça, mais cela pourrait s'appliquer à Marcelle.

On ne voit pas ses jambes car elle est assise sur un muret et la photo la cadre au niveau des genoux. Derrière elle, occupant la partie gauche de la photo, on aperçoit la mer qui, probablement à marée haute, s'avance vers la plage qu'on distingue au loin. Un gros rocher sort de l'eau, comme une dent plantée de travïole. Sa forme, son incongruité attirent le regard. Il semble jouer un rôle dans la photo. Le photographe s'est débrouillé pour qu'on le voie. Comme il se trouve à l'aplomb du bras levé de Marcelle, une ligne invisible les relie et l'œil va du rocher au bras, il va du rocher au petit carré que découpe dans l'air le bras de Marcelle et c'est géométrique : le plein de l'un permet de combler le vide de l'autre. Il suffit de remonter de quelques centimètres le rocher pour, une fois superposé, l'encadrer parfaitement dans la fenêtre que dessine le bras levé et recourbé de Marcelle. L'espace que l'on croyait vacant ne l'est donc qu'en apparence : il attend juste que le rocher vienne y prendre place. C'est évident lorsqu'on a vu. C'est très subtil. Un hasard ? Une façon de dire que le regard doit, en les décalant légèrement, relier les choses entre elles afin que l'image devienne nette et révèle l'image latente en elle ?

Tout au fond, par-delà la plage, ce sont des immeubles, le front de mer d'une station balnéaire. Quelle station balnéaire ? Cela ne ressemble pas à Deauville. Plutôt à la Côte atlantique. Ou à la Méditerranée. Nice ou Cannes, c'est possible. C'est étrange : les immeubles qu'on aperçoit au loin, la coupe du costume de l'homme à côté de Marcelle, l'ambiance même de la photo, le fait qu'elle soit en couleurs alors que les pellicules couleurs, grâce aux nouveaux Kodachrome, ne se démocratisèrent qu'à partir de la fin des années 50, oui, je me dis que cette photo date du début des années 60. Je suis prêt à prendre le pari (pour une petite somme). Marcelle n'aurait donc pas 20 ni même 30 ans sur la photo, mais pas loin de 40 ans et plus. À la voir, on ne le croirait pas. Pas une seule seconde. Ou alors je n'y connais rien. Ou alors Marcelle fit jeune très longtemps. Fit tout pour le rester le plus longtemps possible. Ce qui, sur elle, sur son rapport au temps, à sa beauté et à la jeunesse, dit quelque chose d'important. Quant à l'homme à ses côtés, il fait peut-être plus vieux qu'il n'est. Il a peut-être le même âge que Marcelle. Ou tout comme. Ce qui n'implique pas le même type de relations que celle d'un type friqué avec une jeunette.

Là où cette photo raconte une histoire, c'est que Marcelle tourne le dos à l'homme qui, prenant appui plus qu'il n'est assis sur le muret, se tient à ses côtés, tout proche, à portée de souffle. Elle lui tourne le dos *paradoxalement*. Car si son visage, tourné vers le large, l'ignore de façon ostensible, son corps penche néanmoins vers lui, au bord de se lover contre son épaule, comme une indicible inclinaison lui échappant. On a l'impression que sa tête dit non mais que son corps dit oui. Ou qu'elle offre à l'homme son dos, sa nuque. Qu'elle ne veut rien voir ni savoir de ce qu'il trame dans son dos, tout en y consentant. Sachant qu'il est là, mais comme dans son ombre. Tandis qu'elle prend toute la lumière. Tandis qu'elle pose malgré tout sa main gauche sur la cuisse droite de l'homme. Ainsi le touche-t-elle, sans le regarder. Ainsi s'assure-t-elle à l'aveugle de sa présence.

Tout ceci demeurant imperceptible. Dans un non-dit que la photo suggère.

Lui, l'homme d'âge mûr, l'homme dans l'ombre de Marcelle, avec son teint hâlé, presque basané, avec son grand front qui se dégarnit sur les côtés et ses cheveux noirs lissés en arrière, son beau costume croisé bleu anthracite à larges revers, sa cravate assortie, sa chemise blanche et la petite pochette également blanche qui dépasse en toute discrétion de la poche de son veston, lui, dans son attitude, dans son maintien, dans sa stricte élégance, dans sa façon massive et virile de se poser là, il a tout de l'industriel qui a réussi. Il pourrait être haut fonctionnaire. Ou avocat. Ou travailler dans le négoce international. Voire trafiquer dans le louche et l'illégalité, si on le regarde d'un drôle d'œil. En tout cas, il ressemble à Rainier de Monaco. Mais oui ! Cela me frappe tout à coup. La ressemblance saute aux yeux. En 1956, Rainier avait épousé Grace Kelly et vu le retentissement planétaire, sûrement ce type d'homme devint-il, pour un temps du moins, un modèle à suivre. Son style dut faire des émules. Les hommes qui en avaient les moyens pouvaient se croire des princes qui allaient séduire de sublimes actrices. Les femmes devaient s'imaginer en sublimes actrices allant faire un mariage princier retransmis en mondovision. Je délire ? C'est pourtant ici que la photo tisse sa propre toile. Révèle une image dans l'image. Car le fameux rocher bien visible à l'arrière-plan, le rocher qui, telle une dent, surgit hors de l'eau, le rocher que le photographe veut que l'on voie et dont le bras de Marcelle semble épouser, en les décalant, les contours, ce n'est pas n'importe quel rocher. Voici qu'il dévoile sa véritable nature. Sa présence, loin d'être accidentelle ou accessoire, devient symbole, emblème, allégorie. Il ne fait pas partie du décor car il est ce par quoi la photo accède à son propre contenu. Ce qui l'éclaire de l'intérieur. Daniel Arasse parlerait ici de détail *particolare*. Et le couple sur la photo de perdre soudain son innocence. Il paraît tout à coup factice. Il semble reproduire une scène déjà vue dans un numéro de *Point de vue-Images du monde* consacré à la famille Grimaldi. Singer des fiançailles cinématographiques, après s'être arrêté sur un parapet rappelant la corniche de Monte-Carlo. L'actrice et son prince d'opérette. Marcelle et sa main au collet. À l'arrière-plan, le Rocher qu'on dit de Monaco. Cette photo pourrait n'être que pour la galerie. Un leurre.

« Elle ne vit pas hors caméra, elle ne parle pas hors caméra. Il n'y a rien à dire hors caméra. À quoi bon parler hors caméra ? Quel est même l'intérêt d'exister si c'est hors caméra ? » Ainsi se moquait Warren Beatty de Madonna (avec qui il entretenait alors une liaison) lors du tournage de *In Bed With Madonna* qui, en 1991, initia le fléau de la téléréalité.

Ce qui n'empêche l'homme de sembler amoureux de Marcelle. Il paraît plein de délicatesses viriles. De respect attentionné. Sa main droite fait le geste d'enlacer par-derrière la taille de Marcelle, mais sans oser s'y poser franchement ; ainsi s'abandonne-t-elle en lisière de la robe, recroquevillée sur elle-même. Sa main gauche, elle, effleure le bras nu de Marcelle, comme pour une caresse, comme un papillon sur une fleur. Tel qu'il se trouve collé à Marcelle, il semble lui murmurer quelque chose à l'oreille. Ou attendre quelque chose. Espérer quelque chose. Ou prendre soin d'elle, comme s'il le fallait. Il pourrait aussi bien lui souffler à l'oreille « Tu es belle, je t'aime » que « Arrête de faire la gueule, c'est chiant ». Ou bien : « Je te quitte, pardonne-moi, restons amis, veux-tu ? » Ou encore : « Attention, ne te penche pas, tu vas tomber. » Ou même : « J'ai mangé un truc ce matin qui me reste sur l'estomac. Pas toi ? » Marcelle ne répondant rien. Détournant le visage. Baissant les yeux. S'enfermant en elle-même. Se concentrant sur sa photogénie. Tandis qu'au-dessus d'eux, le ciel est immensément bleu, sans le moindre nuage, sinon une nuée rose et gris, petite Voie lactée qui surplombe les immeubles au loin. Sans doute la pollution.

Cette photo, elle fait penser à une *Annonciation*. À une *Visitation*. L'homme pourrait être l'ange Gabriel. Ou bien Éros et Marcelle serait alors Psyché. Tous deux dissimulant leurs amours adultères dans une station balnéaire. Car si l'homme au costume bleu ne porte pas d'alliance, peut-être l'a-t-il rangée dans sa poche ? Ou il était célibataire, inutile de voir le mal partout. Célibataire à 40 ans passés, pour un homme de son envergure sociale ? Je n'y crois pas trop. Surtout au début des années 60. Cela cache peut-être quelque chose. Mais quoi ? Cela restera un mystère. Assurément. Un de plus.

Mais il y a autre chose. Un ultime détail. Qui me plaît beaucoup. M'intrigue plus que tout. Me transporte encore ailleurs. Je n'y ai pas prêté attention au début. Il m'a fallu du temps pour que mon regard en croie ses yeux. Mais la main que l'homme pose sur le bras de Marcelle : il la pose à plat, les doigts joints, sauf l'auriculaire. Son petit doigt : il s'écarte incroyablement des autres doigts ! Il se désolidarise totalement du reste de la main, jusqu'à faire cavalier seul, vivre sa vie à écart, selon un angle d'au moins 60°, ce qui est anatomiquement remarquable. On peut faire l'expérience : écarter son petit doigt de sa main posée à plat est malaisé. Cela demande un effort de concentration, une volonté musculaire, ou une longue pratique. En tout cas, ce n'est pas du tout naturel. Mais ce qui est saisissant, ce qui est définitivement fascinant, c'est que le petit doigt de Marcelle est pris du même écartèlement. Dans la main qu'elle pose sur la cuisse de l'homme, son auriculaire se dissocie pareillement des autres doigts pour s'écarquiller à son maximum. Lui aussi se distingue, se dissocie, s'isole, se détache, prolongé par un ongle qui semble immense. C'est quoi ce truc du petit doigt ? Du petit doigt de la main gauche car, pour elle comme pour lui, il s'agit de la main gauche, ce qui est encore moins naturel si on les suppose droitiers. C'est ici l'ultime secret de cette photo. Cela qu'elle a capté, à la marge, en catimini, et qui fait d'elle un tableau plus qu'une photo. La justifie pleinement. Marcelle a beau tourner le dos à l'homme, ils sont tous les deux unis par un lien secret. Ils parlent le langage des signes. Ils communiquent silencieusement par le petit doigt. Auriculaire voulant dire « qui a rapport à l'oreille », c'est par les mains qu'ils se parlent et s'entendent. Par le petit doigt qu'ils tiennent l'un à l'autre, s'aiment et se font secrètement signe. Se chuchotent des trucs à l'oreille. Font couple, mais de façon clandestine ! En s'arrangeant pour que nul ne le soupçonne. Ils sont, par le petit doigt, du bout des doigts, selon un code forgé entre eux, des mariés de la main gauche. Tout s'éclaire ! Ils ne pouvaient pas s'aimer au grand jour. Ne dit-on pas jeux de mains jeux de vilains ? De là qu'ils posent comme des gravures de mode, mais en laissant mille et un indices révéler la vérité qui était la leur et dont eux seuls connaissaient la signification. Les autres n'y voyant que du feu. Ne voyant pas le feu couvant sous les apparences. On comprend que Marcelle ait gardé toute sa vie cette photo. On ne jette pas une carte au trésor.

Symboliquement, le petit doigt est celui de Mercure (ou Hermès), le Dieu du commerce, des voleurs, des voyages et, accessoirement, le messager des autres dieux. S'il est très écarté de la main, il représente « indépendance et originalité ». Pourquoi pas ? C'est mieux que « conformisme et banalité ».

La seule fois où j'ai vu des mains aussi énigmatiques, c'est dans des tableaux du Greco. Le peintre de Tolède mettait tout son art, toute sa foi en Dieu et tous ses tourments d'homme dans les mains des personnages qu'il peignait. Il en faisait des adresses au spectateur. Des messages chiffrés. Effilées, expressives jusqu'à l'aberration, ses mains étaient l'éloquence même, au sens « d'exprimer de façon à émouvoir et à persuader ». On ne l'aurait pas cru au début, mais sous ses dehors sixties de jolie photo de vacances, cette photo cache un petit chef-d'œuvre de maniérisme, dans la grande tradition du Siècle d'or espagnol. Son côté cliché préserve son secret pictural. D'ailleurs, la main que Marcelle casse étrangement au niveau du poignet pour tenir son chapeau : je trouve maintenant qu'elle reproduit de façon subliminale, avec la même grâce nonchalante, le geste d'Adam s'en allant toucher le doigt de Dieu dans la fresque de la chapelle Sixtine peinte par Michel-Ange. Voilà ce qu'il fallait voir dans cette photo : elle est un tableau à clé. Elle est beaucoup plus que ce qu'elle semble être. Ce pourquoi elle est réussie. On peut y voir plein d'images à la fois. D'ailleurs, on parle aussi de « maniérisme des mains », notamment chez ceux qui souffrent du syndrome d'Asperger. Et dans la série *Les Envahisseurs*, les extraterrestres venus conquérir la Terre ont tous le petit doigt raide et immobile, cette anomalie anatomique étant l'indice qui, fort heureusement, permet de les distinguer des êtres humains et, à David Vincent, de les traquer.

Cette photo pourrait s'intituler *Les Aliens*.
Ou *Mon petit doigt m'a dit*.
Ou *Les Amants de la main gauche*.
Ou *Le Rocher*.

Paris Match l'a légendée ainsi : « Marcelle Pichon avec Paul, l'homme qu'elle a sans doute le plus aimé. Derrière cette photo, elle a écrit leurs deux prénoms. »

Il s'appelait donc Paul.

Qui était Paul ?

Encore un nouveau personnage dans cette histoire !

Comment retrouver la trace de ce monsieur Paul ?
Savoir qui il était, ce qu'il faisait dans la vie, etc. ?
Pourquoi Marcelle l'avait aimé, lui, et pas un autre ?
Lui plus que ses deux maris, semblait-il.
Lui, l'homme qu'elle « avait *sans dout*e le plus aimé ».

J'avoue n'en avoir pas la moindre idée.

J'ai bien fait quelques recherches, au hasard, comme ça, pour rire.

J'ai laissé tomber.

J'ai arrêté après avoir découvert cet encart publicitaire paru le 8 juin 1950 dans les pages littéraires du journal *L'Aurore* (mais aussi dans celles du *Figaro*) prévenant de la sortie imminente du nouveau livre d'Henri Calet, intitulé *Monsieur Paul*.

Je n'ai pas lu *Monsieur Paul* (livre que présente lui-même Henri Calet en quatrième de couverture : « Après une vie bien remplie – de quoi ? –, un homme entreprend de raconter à son fils l'existence qui fut la sienne. Il parle, il parle, jusqu'à y prendre goût »).

Un livre pour moi, semble-t-il.

J'aime beaucoup Henri Calet.

Et j'aime cette question que *L'Aurore* posait en 1950 à ses lecteurs et, pour moi, plus que jamais d'actualité.

Si quelqu'un connaît la réponse.

Vivement la semaine prochaine !

QUI EST
MONSIEUR PAUL ?
Vous le saurez la semaine prochaine

« Il y a donc un troisième larron ! »
Conan DOYLE, *Une étude en rouge*

46

La première fois que j'ai montré à Penny la photo de Marcelle et Paul, c'était bien avant qu'elle attrape le coronavirus, elle venait tout juste d'arriver à la Bmore & Investigations et je lui présentai alors les maigres pièces du dossier Marcelle Pichon que je possédais à l'époque, histoire qu'elle sache dans quoi elle s'embarquait. Époque paraissant bien lointaine à présent et,

par parenthèse,

les nouvelles sont bonnes : ce matin, Penny n'avait plus mal au crâne et quasiment plus de fièvre. Tout va bien. Elle va bientôt reprendre le travail. Elle a hâte. Et moi donc ! Je ne la paie pas pour être malade. La Bmore est une entreprise hyper capitalistique dans un secteur hyper concurrentiel confronté à une baisse hyper tendancielle du secteur – c'est bien comme ça qu'on dit ?

Preuve qu'elle allait mieux, Penny m'a raconté un truc rigolo. Une de ses copines est allée se confiner à la campagne chez ses parents et, en arrivant, elle a fait un test PCR par mesure de précaution et, vlan, il était positif au Covid. Du coup, elle s'est retrouvée en quarantaine dans la maison de son enfance, gardant ses distances avec ses parents et ses deux frères, ne s'approchant jamais d'eux à moins de trois mètres, chacun portant un masque en permanence, se lavant cent fois les mains par jour, aérant la maison toutes les heures pendant dix minutes, respectant toutes les consignes, faisant très attention à ne pas choper le virus. Heureusement, elle ne souffrait que de symptômes légers. La journée, elle restait cependant cloîtrée dans sa chambre, pour éviter de contaminer ses proches. Aux repas, elle mangeait seule sur une petite desserte disposée à l'écart, tandis que les autres membres de la famille se régalaient tous ensemble à la grande table. Elle avait le sentiment d'être devenue la pestiférée de la famille. Il régnait une ambiance bizarre. Sa mère était tiraillée entre son désir de la prendre dans ses bras et la peur que son enfant lui refile le virus, au risque de la tuer. Cela créait des tensions étranges. Avec le Covid, les enfants ont découvert que leurs parents avaient peur d'eux. Qu'ils les aimaient, mais pas au point de choper la grippe. Du jamais-vu dans l'histoire de l'humanité ! Cela laissera assurément des traces. De vilaines traces. Quels adultes le Covid va-t-il fabriquer ? Pas sûr que j'aie envie de le savoir. Malgré toutes les précautions que les uns et les autres avaient prises, le père a fini par choper le Covid. Puis les deux frangins, coup sur coup. Une véritable hécatombe ! À la fin de la semaine, il n'y avait que la mère à avoir échappé au fléau. Si bien que c'est elle qui mangeait à présent sur la desserte installée à l'écart tandis que tous les autres membres de la famille mangeaient ensemble à la grande table et rigolaient entre eux. Puisqu'ils étaient tous contaminés, ils n'avaient plus rien à craindre les uns des autres. Ne trouvez-vous pas cela amusant, Bmore ? À la fin de l'histoire, c'est la seule personne qui est en bonne santé qui se retrouve dans la position du pestiféré. Ah ah ah !

Quand je disais que Penny avait repris du poil de la bête.

Fermer la parenthèse).

46.1

Je disais donc que la première fois que j'ai montré à Penny la photo de Marcelle et Paul, elle s'est écriée : « On dirait Rosie la riveteuse ! Vous savez, l'ouvrière qui se retrousse les manches et on croirait qu'elle fait un bras d'honneur. L'icône féministe. Rosie la riveteuse, quoi ! »

– C'est tout ce que cette photo vous inspire ? ai-je fait.
– Oui, bah, chacun voit ce qui lui plaît, a-t-elle répondu.

J'allais lui dire que si Marcelle montrait quelque chose dans cette photo, ce n'était certainement pas ses muscles, encore moins un quelconque désir de se libérer du joug de l'homme – ou alors elle le cachait bien ; mais j'ai laissé tomber. Cela fait longtemps que je préfère laisser tomber. Je ne laissais pas tomber quand j'étais jeune. J'ai changé. La vie m'a changé. Les gens m'ont changé. Mes livres m'ont changé. Et pas en bien, je le crains.

Mais je n'ai désormais plus les moyens de m'infliger des souffrances inutiles.

Il existe une photo qui montre ma mère avec un grand chapeau à large bord. Elle se tient pareillement de profil, avec son bras qui se lève et sa main qui tient son chapeau. Elle porte une belle robe blanche qui s'évase en corolle à la taille. (C'est elle qui l'avait faite.) Pleine de pudeur, elle baisse les yeux et son expression ressemble à celle de Marcelle avec Paul ; mais, pour l'avoir vue faire de nombreuses fois, je sais que c'est l'expression qu'elle affichait lorsque, prise en photo comme on dit pris en faute, elle prenait immédiatement la pose. Elle creusait les joues et se composait un air hyper recueilli. Le masque intériorisé d'une star ou d'une sainte.

Cette photo, en noir et blanc, fut prise le jour de son mariage. C'était le 8 juin 1957. Peu après le mariage de Grace et Rainier, donc. Elle avait 17 ans. Ce rapprochement est bien sûr abusif. Comme tant d'autres que je fais. Je ne le sais que trop. Mais il dit tout de même quelque chose des individus dont la vie, pour être la leur, n'en est pas moins celle de leur époque. Est peut-être d'abord celle de leur époque.

46.2

On pourrait croire le contraire, mais Marcelle ne s'est pas mariée une troisième fois avec le dénommé Paul. Et celui-ci, quoique l'idée m'ait traversé, parce qu'il a possiblement un type méditerranéen (plus libanais ou égyptien, selon moi, que maghrébin), n'est pas Anouar Moualhi. En 1960, Marcelle divorçait d'Anouar. Paul vint donc ensuite. Très peu de temps après ? Fut-ce à cause de lui ? En tout cas, cette photo date des années 60. J'en suis à peu près certain. Du début des années 60, je dirais. Et pourquoi pas de l'année 1960, très précisément ? L'année de ma naissance. Ce serait drôle. Un hasard comme je les aime.

Pour moi, Paul était un homme marié. Marcelle était sa maîtresse. Ainsi l'aimait-il. Ce pourquoi ils se retrouvaient clandestinement de temps à autre pour un week-end au bord de la mer. Lui devait prétexter un voyage d'affaires, un congrès auquel il devait participer (sur l'euthanasie ? (Rires.) – voir p. 242) et, pendant deux jours, il embarquait Marcelle dans sa grosse automobile (ou prenaient-ils le train ? L'avion ?) pour aller passer tous les deux du bon temps dans un hôtel que Paul avait réservé, comme si Marcelle était sa *Peau douce*, son repos du guerrier conjugal, une parenthèse enchantée dans sa vie consacrée au labeur et à l'argent, imaginant qu'il en allait sans doute de même pour Marcelle et qu'il était, dans sa vie à elle, une parenthèse non moins enchantée dans la grisaille de sa vie de femme seule. D'ailleurs, elle se faisait jolie pour l'occasion. Pour lui se faisait très jolie. N'avait-elle pas encore trouvé un chapeau plein de panache lui allant à ravir ? Elle avait vraiment le chic pour l'être ! Une maîtresse dont il pouvait être fier.

Mais le week-end terminé, Paul rentrait retrouver sa femme et ses enfants, après avoir remis son alliance à son doigt et, ce faisant, éprouvait-il un sentiment de culpabilité pour avoir trompé sa femme, la mère de ses enfants, comme un venin ou, de façon plus obscure, un excipient érotique ? Rentrait-il plutôt chez lui avec la satisfaction du mâle qui vient d'assouvir ses désirs et se croit le plus fortiche des hommes ? Ou encore, tandis qu'il était seul au volant, la route dégagée devant lui, le crépuscule rosissant l'horizon, savourait-il infiniment ce moment où, venant de quitter sa maîtresse, il n'avait pas encore retrouvé son épouse et, dans cet entre-deux-femmes, dans cet intervalle entre deux bonheurs, entre deux oppressions, deux exigences et deux cris, se sentait-il tout à coup étrangement serein, enfin seul, lié uniquement à lui-même et à l'Univers, sans devoirs ni obligations envers personne, sans désirs ni volonté, sans mensonges ni vérités, ses pensées flottant dans un espace fluide et incertain lui apparaissant, à cet instant, comme le meilleur que l'existence sur Terre puisse offrir. Un instant schopenhauerien.

De son côté, Marcelle rentrait silencieusement chez elle se faire un repas froid. Je vois la scène. On l'a vue dix mille fois au cinéma. Marcelle espérait-elle que Paul quitterait sa femme et ses enfants pour elle ? Des années durant attendit-elle qu'il la choisisse, l'élise, l'aime enfin au grand jour, cesse cette mascarade qui ne profitait qu'à lui et faisait d'elle une malheureuse non seulement suspendue à des promesses jamais tenues, mais interdite d'aimer ailleurs, interdite de vivre sa vie puisque Paul la maintenait dans une servitude amoureuse ne lui laissant aucune échappatoire sentimentale ? Car Paul ne quitta pas sa femme, bien sûr que non. Les maîtresses ne deviennent pas des épouses puisqu'elles viennent en complément et non en remplacement. Sans l'épouse, la maîtresse n'existe pas et, par parenthèse, j'ai très tôt prévenu ma fille de ne pas tomber dans pareil piège dont la grossièreté n'égale que la perversité (sauf si elle ne veut pas s'encombrer d'un homme et préfère vivre d'agréables escapades renouvelant à chaque fois le sentiment de la rencontre amoureuse et de lunes toujours de miel).

Quoi qu'il en soit, j'imagine Marcelle très amoureuse de Paul. J'imagine une liaison ayant duré des années et, finalement, ayant meurtri Marcelle, l'ayant désagrégée à l'usure. L'ayant rendue furieuse contre elle-même et contre les hommes et contre ce monde pourri. Tant d'années gâchées pour rien. Tant d'amour pour personne. Oubliant, à ce moment-là, qu'elle aussi avait pris du bon temps avec Paul et, par exemple, le jour de la photo au bord de la mer (bon Dieu, j'aimerais beaucoup savoir où fut prise cette photo. Dans quelle station balnéaire). Rien n'immole davantage le bonheur que de vouloir l'inscrire dans une durée qui n'est pas la sienne. Voir dans le présent la promesse d'avenir dont il est le porteur est le plus sûr moyen de détruire et le présent et l'avenir. Un papillon dans de l'ambre ne vole plus.

46.3

Reste une question.
Peut-être la plus importante.
Qui prit cette photo ?

Qui peignit le tableau ?

Car pour photographier Marcelle et Paul comme s'ils étaient une variation des *Époux Arnolfini* de Van Eyck, il fallait avoir l'œil. Il fallait connaître leur secret. Impossible qu'il se soit agi d'un passant à qui, au débotté, parce que le point de vue était joli, la lumière belle, le moment propice, Paul d'accord malgré ses réticences (et si la photo tombait entre les mains de sa femme ?), Marcelle aurait prêté son appareil photo pour qu'il les photographie, merci beaucoup, vous êtes très aimable, clic-clac – ô la jolie photo souvenir ! Un passant les aurait cadrés plein pot, frontalement, machinalement. Il n'aurait pas décentré l'image pour, sur la gauche, laisser, par-delà la mer et, au loin, la station balnéaire, un immense espace vide propice aux rêves et aux non-dits de la photo. Il n'aurait pas fait du rocher celui de Monaco. La photo n'aurait pas été aussi réussie. Elle n'aurait pas disséminé tant d'indices permettant de recomposer une vérité à travers ses apparences trompeuses. Non, il fallait quelqu'un maîtrisant la prise de vue, le cadrage, les dimensions cachées de la réalité, le don de double vue. Qui alors ? Qui pour immortaliser Paul et Marcelle, j'allais dire Virginie, j'allais dire Eugénie ?

Je rappelle que, dans les années 60, les téléphones portables n'existaient pas et que les gens ne postaient pas leurs photos comme si elles étaient dignes d'être montrées au monde entier.

Ou alors : Paul posa l'appareil photo sur un support plat, peut-être le muret en face ; il vérifia dans le viseur que Marcelle, déjà installée sur le muret, se trouvait dans le cadre ; il zooma un peu, pas trop ; s'assura que les paramètres de vitesse et de luminosité étaient corrects relativement au soleil qui brillait et à la sensibilité de la pellicule et, cela fait, il enclencha le retardateur et, d'un bond, se précipita pour prendre la pose à côté de Marcelle, tous les deux se figeant, retenant leur souffle, entendant le petit bruit du minuteur et attendant celui de l'obturateur indiquant que la photo était prise, vrrrrrrrrrrrr clic-clac. Personne, à proprement parler, n'aurait alors pris cette photo. Elle se serait faite toute seule. Comme par magie. Au jugé. À l'aveuglette. Saisissant de façon prodigieuse tout ce que j'ai cru y voir et qui, en effet, s'y trouve. Ce serait alors le bouquet. Ce serait encore plus formidable. La preuve qu'une œuvre d'art peut s'inventer elle-même, sans l'aide d'un dieu créateur. Sans l'œil de personne.

Arrivé à ce point, je me dis que le lecteur aimerait sans doute voir cette photo. Je le comprends. À sa place, je demanderais moi aussi à voir ce que j'ai écrit. Histoire de confronter le monde des mots à celui des images. Les comparer ou les opposer ? Ou quoi ? Vérifier quoi ? Sauf que cette photo est en couleurs et, pour des raisons de coût de fabrication, mon éditeur imposera qu'elle soit reproduite en noir et blanc, ce qui ne rendra pas justice à cette photo. On n'y verra rien de ce que ses couleurs m'ont fait voir, on ne verra pas le « bleu » et, si on ne voit pas le bleu, on ne voit rien de la photo. L'oiseau bleu s'enfuit tout de suite. Dans ces conditions, mieux vaut la poster sur le site lecoeurnecedepas.com, ainsi que toutes les autres photos de Marcelle parues dans la presse. Chacun pourra ainsi se faire sa propre opinion. Que d'autres exercent leur regard sur ces photos, je ne demande pas mieux. Je serai enchanté qu'ils me fassent partager leur sentiment. Qu'ils me corrigent si je me suis trompé. Me révèlent ce qui a pu m'échapper. Je suis preneur.

46.4

Mais une question me vient tout à coup : ce que j'ai écrit concernant cette photo de Marcelle et Paul permet-il de la visualiser un peu, beaucoup, à la folie ou *pas du tout* ? Là encore, cela m'intéresserait de le savoir. Cela me permettrait littérairement d'y voir plus clair. D'avancer dans mon travail d'écriture, si c'est un travail. Mais comment en avoir le cœur net ?

(Ici, un blanc. Un instant sans forme ni consistance, où je demeure immobile, rêveur sans être endormi. Et, sans prévenir, quelque chose d'électrique de faire tilt dans mon cortex préfrontal. Un éclair. Une petite idée qui fuse de je ne sais quel recoin joyeux de mon cerveau, au terme de mystérieux entrechats neuronaux la faisant accéder à ma conscience. Une petite idée qui me fait moi-même sursauter. Un petit oiseau bleu qui me met en joie.)

Mais oui !

Et si je demandais à quelqu'un de reproduire cette photo d'après ce que j'en ai dit ?

Si je demandais à un photographe de tenter l'expérience ?

Non, pas un photographe ! Cela serait trop compliqué : il faudrait trouver deux figurants, un front de mer, un muret, une station balnéaire, un chapeau avec des plumes blanches, etc.

Surtout, l'idée n'est pas de refaire la même photo. L'idée, c'est de voir s'il est possible de retrouver la photo de Paul et Marcelle à partir de la description que j'en ai faite. *Il s'agit de découvrir ce que les mots donnent à voir*. Car les mots donnent à voir, mais quoi exactement ? C'est l'occasion ou jamais de faire l'expérience. D'étudier empiriquement quelle image peuvent produire des mots ayant eux-mêmes été inspirés par une image et, dès lors, quel lien entre l'image du début et l'image de fin ? Quelles différences et quelles similitudes ? Quel rôle jouent les mots dans ce passage de témoin ? Que se passe-t-il lorsqu'on change de moyen d'expression et qu'un même sujet passe d'un système d'écriture à un autre ? Qu'y gagne-t-il ? Que perd-il ? Des notes écrivent bien de la musique que d'autres jouent ensuite sur un piano ou une guitare, des mots peuvent donc écrire des images que d'autres peuvent dessiner au crayon ou à la plume. Ce n'est pas plus compliqué. C'est tout l'art de la traduction. C'est un dessinateur qu'il me faut ! Bien sûr que c'est un dessinateur qu'il me faut. Cela m'apparaît tout à coup évident.

Un dessinateur sachant dessiner.

Je veux dire : sachant dessiner autre chose que ses propres histoires et ses propres personnages. Un dessinateur assez doué pour visualiser ce que j'ai écrit et mettre en images les mots ayant été les miens. Un dessinateur précis, au trait aussi racé qu'élégant et... Fabcaro ! Le nom de Fabcaro, là, tout de suite, qui me vient sans réfléchir. Parce que je suis amoureux de son trait, je suis admiratif de la délicatesse de ses dessins, de leur fluidité et de leur virtuosité. Sans compter que son dessin est au service d'une désespérante hilarité du monde, j'allais dire un merveilleux dégoût de la société contemporaine dont l'absurdité est le fil sur lequel Fabcaro tire pour en dévider la vérité profonde.

Au début, je pensais que Fabcaro était le plus métaphysicien des dessinateurs contemporains. Je crois qu'il est surtout le dernier des pataphysiciens puisque ses BD vérifient ce principe d'équivalence prôné par Alfred Jarry qui fait qu'une carte de fidélité ou une carte de séjour, c'est la même chose : mieux vaut ne pas les perdre ni les oublier.

Par la suite, d'autres noms me sont venus (Fabrice Neaud, Bastien Vivès, Maria Llovet, Jean-Yves Mitton, Emmanuel Guibert, Timothée Le Boucher...) et, un instant, j'ai envisagé de demander à plein de dessinateurs d'interpréter graphiquement le texte que j'avais écrit, comme un projet dans le projet. Cela pourrait donner lieu à une exposition intitulée *Le Téléphone arabe* parce que cette façon de passer d'une image à des mots, puis des mots à une image me fait songer à ce jeu où des gens, après avoir formé une chaîne, se transmettent une phrase que le premier de la file chuchote à son voisin, qui la chuchote à son tour à son voisin, qui la chuchote lui aussi à son voisin et ainsi de suite jusqu'au dernier de la file. Lequel énonce alors à haute voix la phrase qui, de bouches à oreilles, est parvenue jusqu'à lui et elle n'a rien à voir avec la phrase initiale. Par exemple : « Le petit bougnoule est né à Tizi Ouzou » devient « Quand on boit de la gnôle le zizi fait plouf ».

À quel moment les choses dérapent-elles ?

Cette idée de téléphone *arabe*, je sais d'où elle m'est venue.

Mais j'ai laissé tomber cette histoire d'exposition. Elle m'aurait entraîné trop loin. Elle était un paravent. Même si, suprême raffinement, elle aurait permis de distinguer ce qui appartenait au style de chaque dessinateur et ce qui appartenait en propre à mon texte : il aurait suffi de regarder ce qui, d'un dessin à l'autre, revenait de façon systématique ou, au contraire, différait. Les invariants diraient les mots.

Mais Fabcaro était mon premier choix et je n'allais pas le trahir avant même d'avoir cherché à le joindre. Pourvu qu'il accepte. Car sa notoriété risquait de poser problème. La notoriété complique toujours tout, que ce soit en amont ou en aval.

Mais deux jours après l'avoir contacté (en passant par Olivier Chaudenson, le directeur de la Maison de la Poésie qui, fou dans son genre, avait accepté que mon dernier livre (mon livre de 2 000 pages !) fasse l'objet d'une folle lecture de dix heures (dix heures d'affilée !) par cet autre fou de Laurent Poitrenaux), un mail de Fabcaro m'annonçait qu'il était okay. Il m'écrivait relever le défi « avec joie ». Il était même « hyper emballé ». Tout simplement. Sans le moindre chichi.

Les bons sont toujours les meilleurs !

Ils ont un petit oiseau bleu dans le cœur.

Zaïzaïzaïzaï !

Cela faisait longtemps que je ne m'étais pas senti encouragé.

D'ordinaire, lorsqu'il me vient une idée et que, sans me la péter, en toute objectivité, je sais qu'elle est bonne, je sais qu'elle a du potentiel et qu'elle mérite d'exister dans le monde, je m'entends dire : « À part ça, tu regardes le match samedi ? » Ou bien : « Tu as vu mes nouvelles chaussures ? Je les adore ! »

Pas cette fois.

Chouette.

J'ai envoyé à Fabcaro le long passage que j'avais écrit concernant la photo de Marcelle et Paul et j'ai attendu qu'il m'envoie son dessin. J'avais hâte. Je me demandais si j'allais être rassuré sur ce que mes mots donnaient à voir ou, au contraire, dépité. Ou bien quoi de tellement plus excitant, à comparer avec la photo originale passée à la moulinette du langage, puis de l'image. Au filtre de la littérature, puis du dessin.

Trois semaines plus tard, je recevais le dessin de Fabcaro et je n'ai qu'une chose à dire : bravo ! Que dis-je bravo : magnifique ! Merveilleux ! Incroyable ! Soufflé j'étais. Estomaqué ! Le dessin semblait un décalque parfait de la photo elle-même. Il semblait avoir été exécuté directement sur le motif. En sorte, la littérature ne lui avait rien apporté ni rien retranché. Elle ne falsifiait pas la réalité, pas du tout ! Elle ne faisait pas voir les choses autrement mais les restituait fidèlement. Sur le dessin, on reconnaissait très bien Rainier de Monaco. Et Marcelle aussi ! Et le rocher : c'était lui, exactement au bon endroit ! Et leurs petits doigts : parfait ! D'un certain côté, c'était presque décevant : quelle folie si le destin de Fabcaro avait montré quelque chose n'ayant strictement rien à voir avec la photo d'origine et qui, dès lors, aurait tout à voir avec la Littérature ? D'un autre côté, c'était prodigieux. Vraiment satisfaisant. Une expérience hyper concluante ! Si on ne me croit pas, on peut aller comparer le dessin et la photo sur le site lecoeurnecedepas.com. En attendant, voici Marcelle Pichon et son mystérieux monsieur Paul dans toute leur splendeur fabcaresque et merci à lui. Mille mercis !

Dessin de Fabcaro, à comparer avec la photo de Marcelle et Paul sur le site lecoeurnecedepas.com

« Prout ma chère. »
Jean Renoir, *La Règle du jeu*

47

À propos de mouches (je dis à propos de mouches pour introduire ce qui va suivre et parce que j'ai la tête qui tourne et bourdonne à force de transformer des petits riens en un grand tout), j'ai remarqué un détail qui me chiffonne : sur les photos montrant Marcelle vers la fin de sa vie, un point noir apparaît au coin de son œil gauche. Ce n'est pas un grain de beauté : j'ai vérifié sur les photos qui montrent son profil gauche lorsqu'elle était plus jeune, notamment celle avec Paul. Non, il s'agit d'une mouche, qu'elle se dessine elle-même, à l'*eye-liner* ou au crayon noir, comme les marquises de l'Ancien Régime, parce que la légende disait que Vénus-Aphrodite, importunée par des mouches, fut interrompue dans son geste de les chasser par le facétieux Mercure lui disant que ces mouches lui allaient merveilleusement au teint. Et cette cruche de Vénus-Aphrodite de le croire !

De là cette coquetterie qui, à la cour de Versailles, fit florès, servant aussi bien à faire ressortir la blancheur de la peau qu'à masquer les imperfections cutanées, qu'il s'agisse des marques de la petite vérole qui, au XVIIe et au XVIIIe siècle, défigurait tant de visages, ou des grains de beauté parfaitement naturels dont la tradition catholique faisait la porte d'entrée du diable dans le corps et, sur ce plan, je me sens très catholique. Je suis un homme du Moyen Âge vouant un culte à la pureté des visages (imagine-t-on la Vierge Marie avec une vilaine peau et des points noirs ?). Je viens d'un temps où l'idée de transformer un défaut en une qualité n'était pas devenue un art, comme ce fut le cas avec la mode des « mouches artificielles » qui, pour dissimuler un bouton, une pustule ou une excoriation, ne trouvait rien de mieux que de l'amplifier avec un petit morceau de taffetas noir gommé ou une pointe de crayon gras, jusqu'à faire de cet artifice un accessoire de la séduction féminine et même un véritable code galant à déchiffrer. Car l'endroit où une femme disposait sa mouche énonçait son humeur du jour, ses intentions du soir, son caractère le sien, l'idée qu'elle se faisait d'elle-même et la femme que l'on voulait qu'on croie qu'elle était. Chacun sachant alors à quoi s'en tenir, cela faisait probablement gagner du temps. Sur le visage transformé en topographie des désirs, il suffisait de suivre la flèche, l'appel du baiser, l'invitation lancée à quiconque passant à portée. Une espèce de Tinder avant l'heure, en quelque sorte. Une appli de reconnaissance faciale aux temps des rois et reines. Ainsi une mouche au milieu de la joue annonçait-elle « la Galante » ; sur le front, c'était « la Majestueuse » ; sur le nez : « l'Effrontée » ou « la Gaillarde » ; au coin de la bouche : « la Baiseuse » ; sur le menton : « la Discrète » ; sur ou sous les lèvres : « la Coquette » ou « la Friponne » ; dans le pli que forme le sourire : « l'Enjouée » ; sur la poitrine : « la Généreuse ». Et il n'y avait pas que le visage : placée dans un endroit plus intime et stratégique du corps, une mouche désignait, ici « la Caressante » (sur l'épaule), là « l'enragée » (sur le ventre), ailleurs « la Badine » (au creux des reins), ou encore « l'Empalade » (sur la fesse), et même « le Diable au corps » (je laisse deviner où).

L'abbé de Choisy, grand libertin que sa mère habilla en fille jusqu'à l'âge de 18 ans et qui, succombant toute sa vie à « l'envie d'être belle », séduisit à la cour de Louis XIV d'innombrables femmes en se faisant passer pour l'une d'entre elles, avouait se parer chaque jour de « trois ou quatre grandes mouches, et plus d'une douzaine de petites », tandis qu'il plaçait lui-même sur « sa petite femme douze ou quinze mouches, car on n'en saurait trop mettre ». Sa « petite femme » se trouvant dans sa culotte.

Et au coin de l'œil ?

Au coin de l'œil, c'était « la Passionnée » ou « l'Assassine ».

Ainsi Marcelle Pichon se voyait-elle.

·Passionnée et assassine.

Ainsi voulait-elle qu'on la voie.

Ainsi voulait-elle être.

Que les hommes (et les femmes) se le tiennent pour dit.

Qu'ils s'y frottent s'ils l'osaient.

L'Assassine ?

Comme on dit un regard assassin ?

Parce que Marcelle foudroyait sur place quiconque tombait sous son charme et, de sa mouche, fusillait les cœurs en leur disant où viser ?

Qu'elle était une tue-l'amour ?

Une mouche parmi les moucherons ?

Cette mode des mouches m'a toujours causé un malaise. Une espèce de répulsion. Rien que le terme évoque un goût prononcé pour la putréfaction. Les corps en décomposition. Les mouches se nourrissant de chairs mortes et pondant leurs œufs dans les plaies des cadavres. La merde et la mort comme vecteurs du désir et de l'amour ? Comme un exorcisme et une domestication de l'angoisse en l'exhibant au grand jour ? Jusqu'à faire d'elle un charme et, de la mort, une pure coquetterie ? Le XVIIIe siècle dans toute sa splendeur, à la fois sublime et grotesque, pieusement vénéneux. Le XVIIIe des aristocrates et des puissants, je précise. Pas le XVIIIe siècle des paysans et des journaliers. D'ailleurs, la Révolution française balaiera marquis et marquises, perruques et poudre blanche, mouches et rubans ayant tellement codifié l'amour qu'il n'en restait, à la fin, qu'une charogne en dentelle.

Peut-être Marcelle ne faisait-elle pas l'amour mais accordait-elle ses *faveurs*. Peut-être aimait-elle la *bagatelle* et la carte de Tendre allant avec. La *galanterie* et les jeux coquins allant avec. Les *belles manières* et les liaisons dangereuses allant avec, à une époque où, sous ses fenêtres, des femmes descendaient dans la rue en jetant leur soutien-gorge comme une défroque du passé et une servitude insupportable, une servitude qu'il suffit de dégrafer pour se sentir libre et, par parenthèse, je suis pour tout ce qui nous corsète *dont on peut se débarrasser en un tournemain.* Je suis pour un maximum de contraintes, pourvu qu'elles permettent de s'en libérer si on le souhaite. Que deviendrait la liberté si elle ne peut pas être un geste ? Oui, peut-être Marcelle se sentait-elle, dans les années 70 et 80, l'âme d'une belle marquise et, toute sa vie, regretta-t-elle de n'avoir pas vécu à Versailles, au milieu de gens raffinés, éduqués, distingués, même s'ils chiaient dans les coins de la galerie des Glaces. Peut-être, en sa présence, entendait-on voler les mouches. Peut-être prenait-elle facilement la mouche. Ou cherchait-elle tout le temps à faire mouche. Se voulait-elle, en société, fine mouche ou mouche du coche ? Etc. Une seule chose est certaine : les mouches, à la fin, eurent sa peau. C'est à leur voracité putride qu'elle s'offrit en holocauste et, dix mois durant, les régala de sa dépouille.

La bonne nouvelle, c'est que Penny va mieux. Elle est quasiment guérie.

« Lorsqu'on n'a rien du poète,
on a quelque chance d'être un poème. »
Claude DORSEL, *L'Art de chercher une botte de foin dans une aiguille*

48

Depuis des mois, depuis que je sais que Marcelle Pichon fut Florence, j'ai exploré à la loupe des centaines de photos de mannequins des années 50 disponibles dans des banques d'images en ligne ou sur des sites d'agences de presse.

Avec Penny, j'ai lu plein de livres sur la mode de l'après-guerre, sur les couturiers de l'après-guerre, sur les mannequins de l'après-guerre, sur les mémoires que certaines écrivirent lorsqu'elles brillaient dans les années 50 (Lucky, Praline), sur les biographies consacrées à d'autres (Capucine).

Nous avons, sur le site Gallica, feuilleté un à un tous les périodiques de mode parus entre la fin des années 40 et le milieu des années 50 : *Mode du jour, Pour Elle, Marie Claire, Silhouettes, Excelsior Modes, Album du Figaro, Adam la Revue de l'Homme*. Et même la collection des *Vedettes*.

Avec Penny, j'ai cherché à contacter la petite-fille de Jacques Fath – en vain. Tout ce que nous avons appris, c'est que les archives Fath ont été détruites, dans un incendie semble-t-il, sans savoir dans quelles circonstances, ni quand.

Avec Penny, j'ai communiqué par mail, parlé au téléphone et même rencontré un nombre fantastique de personnes, toutes spécialistes, toutes très gentilles et serviables, toutes me renvoyant à d'autres personnes non moins spécialistes et gentilles et serviables et, pour ne pas les citer, pour les remercier de m'avoir consacré du temps, pour dire que la Bmore & Investigations se donne les moyens de ses ambitions, je me suis entretenu avec Nathalie Gourseau (chargée de documentation au Musée de la mode de la ville de Paris), avec Alexandre Samson (spécialiste de la mode de la deuxième moitié du XXe siècle), avec Sophie Kurkdjian (de la Fédération de la haute couture et de la mode), avec Emmanuelle Beuvin (chargée d'études au musée des Arts décoratifs), avec Sophie Grossiord (conservateur général du département mode période 1900-1950), avec Sylvie Lecallier (en charge des collections photographiques du palais Galliera), avec Jürgen Michaelsen, dit Yorn (ancien assistant de Christian Dior), avec Valérie Guillaume (conservatrice générale du Patrimoine), avec Margot Femenia (une étudiante ayant consacré son master d'histoire de l'art à Jacques Fath), avec Claude Brouet (ancienne journaliste de mode au magazine *Elle* entre 1953 et 1969 et véritable « mémoire » de la haute couture de cette époque), avec Valérie Fresnay (commissaire de l'exposition Jacques Fath s'étant déroulée en 1993 au palais Galliera), avec Sophia du site Skorver1 (une Californienne qui, sur son blog hébergé sur le site flickr.com, collectionne, compile et archive tout ce qui ce qui concerne la mode des années 50 et 60) et...

Et rien ! Strictement rien ! Aucune trace de Florence. Pas la moindre mention de Marcelle Pichon. Personne n'avait entendu parler ni de l'une ni de l'autre. C'est comme si elles n'avaient jamais été mannequins, ni chez Fath ni ailleurs. Que ni Florence ni Marcelle n'avaient jamais existé dans le monde enchanté de la mode. Ce n'est pas faute d'avoir cherché, remué ciel et terre, frappé à toutes les portes. Florence avait pourtant été mannequin *vedette*. Toute la presse l'avait dit et répété. Les radios et les télévisions aussi. Que savaient les médias que j'ignorais ? Ils n'avaient tout de même pas inventé un truc pareil. *Libération* avait parlé d'une « brève carrière » mais brève comment ? Au point de ne laisser aucun souvenir de son passage chez Fath ? Pas même un tout petit, un minuscule ? RTL qui, en 1985, avait promis à ses auditeurs de contacter d'anciennes mannequins pour en savoir plus sur Marcelle Pichon avait pareillement fait chou blanc. Eux non plus n'avaient trouvé personne qui l'eût connue ni, d'elle, entendu seulement parler. Elle était un fantôme qui semblait s'être évaporé. Du milieu de la mode on l'avait effacée comme, plus tard, sur sa tombe. Comme un fatum dans son cas. Merde alors !

48.1

Plusieurs fois, pourtant, au détour d'un document, mon cœur a bondi, plein d'espoir.

Ainsi, le 24 novembre 1950, le quotidien *L'Intransigeant* publiait une photo montrant Jacques Fath entouré de sa « cabine au grand complet ». Et, chouette chouette chouette, la légende précisait le nom des neuf mannequins, assorti d'un petit commentaire (pas franchement utile) et, je cite, de gauche à droite : « Françoise (qui a des yeux de biche et pas de jambes), Agnès (des yeux d'Espagnole et un tout petit pied), Jackie (Anglaise mince comme un fil), Michèle (23 ans, une figure de poupon), Patricia (un teint de rousse, des cheveux roux), Bettina (la ligne garçonnet, la plus célèbre des *cover-girls*), Ingrid (porte les robes très élégantes), Simone (de l'esprit et de l'abattage en masse), Sylvie (bon caractère et ravissante poitrine). »

Et Florence alors ?

Rebelote en 1953. Cette fois, c'est le magazine *Elle* qui présente en fanfare et sur une double page la « nouvelle cabine » Fath, avec les photos détourées des mannequins « Stella Marais, Nicole Bedel, Patricia Prunonosa, Martine Reynaud, Paule Glucksen, Margharita Hernell ». Toutes, est-il précisé dans de petites fiches dédiées à chacune, mesurant plus de 1,70 mètre et pesant entre 50 et 57 kilos. Il est également indiqué que ces six petites nouvelles rejoignent les modèles faisant déjà partie de la maison. En tout, quatorze « filles ».

Et Florence, putain ?

Des mois et des semaines et des jours et des heures et des minutes et des secondes pour un résultat nul !

Pour des NÈFLES !

Pour QUE DALLE !

Ah si. Une fois. Dans les pages mode du magazine *Carrefour* daté du 2 mars 1955, un long article, intitulé « Le voile est levé », rend compte des dernières créations de Carven, Fath, Patou, Nina Ricci, Lanvin-Castillo, etc. La journaliste Marie Nemours entend toutefois prévenir ses lectrices de ne pas tomber dans le piège de la plastique de tant de « mannequins qui donneraient du charme aux tuyaux de poêle. (...) N'oubliez jamais, Mesdames, que les dons des dieux se sont magnifiquement appesantis (*sic*) sur Patricia, Victoire, Capucine, Florence et Marie-Thérèse, et que les photographes ont fait le reste ».

« Florence » ?

En 1955, il existait donc une Florence qui était mannequin, peut-être pour Jacques Fath (mais sans garantie), peut-être Marcelle Pichon (sans aucune certitude).

Hormis cette microscopique occurrence : le néant.

C'était désespérant.

La lose totale pour la Bmore & Investigations.

48.2

Surtout que la haute couture ne m'a jamais intéressé, jamais captivé, jamais fasciné. Les sublimités vestimentaires que conçoivent et confectionnent des couturiers à l'intention des gens fortunés ne me font pas rêver. Elles sentent trop l'entre-soi de l'argent, l'apparat de la domination, une spectaculaire démonstration de force. J'y vois un uniforme et je déteste les uniformes. Même si je sais que le beau linge se retrouve un ou deux ans plus tard dans les classes moyennes et populaires sous forme de prêt-à-porter et que moi-même ne suis pas insensible à certains vêtements féminins, à certains tissus, à certains *patrons* venus d'en haut. Pour une fois que la théorie du ruissellement fonctionne... Sauf que non ! Le nouveau président des États-Unis a lui-même reconnu que la théorie du ruissellement était du pipeau (« Trickle-down economics has never worked », Joe Biden, 28 avril 2021). Dont acte. Concernant la haute couture, il ne s'agit donc pas de redistribuer les richesses qu'accumule un tout petit nombre de personnes mais de propager les goûts qui sont les siens, comme une mainmise supplémentaire, un désir de faire saliver de l'autre côté de la vitre de l'aquarium. Et voici que je passais tout mon temps à me documenter sur la mode, sur les mannequins, sur Jacques Fath. Bien ma veine.

Car je n'en avais pas grand-chose à fiche de Jacques Fath. Tant mieux pour lui si son grand-père était l'élève du peintre Corot et sa grand-mère couturière de l'impératrice Eugénie. Tant mieux si, à 10 ans, il faisait poser sa femme de chambre pour dessiner des croquis et qu'on le surnommait alors « Pommadin » parce qu'il se regardait tout le temps dans un miroir.

Si, en 1930, à 18 ans, il trouva un premier emploi à la Bourse de Paris, d'où son sens des affaires, sa connaissance des marchés, l'idée qu'on peut s'enrichir en rendant encore plus riches des gens riches.

Si, en 1937, il décida de se consacrer à la mode en créant, en parfait autodidacte (voilà qui me le rend soudain sympathique !), son studio de couture dans un petit deux-pièces de la rue La Boétie, avant de déménager en 1941 rue François-Ier et, finalement, d'investir en 1944 un magnifique hôtel particulier de l'avenue Pierre-Ier-de-Serbie, devenu l'adresse du Tout-Paris (qui ne compte en fait que mille personnes).

Super s'il était tout le temps bronzé comme s'il faisait toute l'année du ski à Paris et s'il changeait de tenue six fois par jour (avait-il des problèmes de sudation ? La phobie de la propreté ?).

Bravo à lui d'avoir épousé en 1939 Geneviève Boucher de la Bruyère, qui était modèle pour des magazines et la secrétaire de Coco Chanel, dont il fit d'abord sa mannequin vedette, puis son ambassadrice, puis son bras droit, puis sa tête pensante, sa femme d'affaires adorée en charge des activités commerciales de la maison. Si bien que pour chacune de ses collections, il créait deux robes de mariée : une pour Geneviève et une deuxième pour ses clientes et, tiens, la sœur aînée de Jacques Fath s'appelait déjà Geneviève. Tiens, il se maria en 1939, comme Marcelle, dont il était l'aîné de seulement neuf ans. Tiens, ses parents avaient également divorcé, mais il avait 14 ans et non 8 ans.

Merveilleux si, fait prisonnier en 1939 après avoir servi comme artilleur de 2e classe, il fut libéré au bout d'un mois seulement de captivité (de quoi rendre jaloux mon grand-père. Mais il devait avoir des « relations » que mon grand-père n'avait pas).

Encore plus merveilleux le fait qu'il reçut, paraît-il, la croix de guerre avec palme (pour quels faits de bravoure ? Mystère).

Je ne sais pas ce qu'en pense Penny, mais j'ai lu que Jacques Fath excellait dans « la précision des coupes, la grâce des biais, le charme des drapés, la magie des décolletés ». J'ai lu que sa « ligne chasuble avec buste triangulaire et taille étranglée » fut un must trois années de suite. Il conçut des jupes larges et flottantes pour les femmes forcées de faire du vélo pendant l'Occupation. J'ai lu qu'il participa, à la suite de Dior, à la transformation de la silhouette féminine revue et corrigée par le « New Look » qui, répudiant les austérités de la guerre et ses épaulettes en tweed gris, « arrondissait le buste des femmes et libérait leur taille pour, en la cintrant énormément, la rendre souple et fine et colorée ».

J'ai lu qu'il amusa son monde avec des « combinaisons amincissantes » qui, en les portant une heure par jour, promettaient à « la plus robuste des matrones de devenir une sylphide ». Qu'il lança trois grandes top-modèles : Lucky, Bettina et Sophie Litvak (pas Florence). Qu'il eut l'audace de faire défiler le premier une mannequin (elle était portugaise) dans une robe sans soutien-gorge. Qu'on lui décerna plusieurs fois l'Oscar de la couture. Qu'il fut parmi les premiers à lancer des collections de prêt-à-porter et à miser sur la publicité qui, selon lui, était « à la base de la haute couture ». Qu'il habilla Paris comme Dallas, New York, Buenos Aires ou Ryad. Que Danielle Darrieux, Marlène Dietrich, Michèle Morgan, Ava Gardner, Greta Garbo, Eva Perón, Suzy Delair, Micheline Presle et tant d'autres furent ses clientes. Qu'il créa la robe de mariée et le trousseau de Rita Hayworth pour son mariage avec Ali Kahn (un sacré coup de pub). Que monsieur de Givenchy (qui fut son apprenti, de même que Guy Laroche) disait de lui qu'il était « la joie de vivre ». Que lui-même disait dessiner des robes « non par goût mais par vice » – sauf qu'il ne dessinait jamais, il n'essayait même pas, car ses modèles, il les créait directement sur le corps d'une mannequin (dont Marcelle ?) et, plus fort encore, il lui arrivait de lancer en l'air un tissu pour chercher l'inspiration dans la forme et les plis que l'étoffe prenait en retombant par terre. Qu'il tailla un jour une « robe à danser » dans du jute de sacs à pommes de terre pour répliquer à Dior qui venait d'utiliser des paillons de bouteille pour un chapeau de plage. Qu'il révolutionna la mode dans la forme comme dans les matières utilisées. Lança le décolleté « en arum » et toutes sortes d'accessoires, dont les lunettes « colin-maillard » se nouant avec un foulard derrière la tête. Que tout le milieu de la mode voyait en lui « le plus ardent, le plus juvénile, le plus énergique et le plus enthousiaste des couturiers français ». Qu'il était « le petit prince de la haute couture », « le magicien des élégances », « l'enfant blond et bronzé, éternellement adolescent, trépidant éphèbe de la mode ». Était ce « garçon surdoué dont l'art avait germé sous les contraintes de l'Occupation et pour qui l'après-guerre fut une fête ». Fit de sa maison de couture un poids lourd de l'industrie du luxe employant jusqu'à neuf cents personnes. Fit de la femme une vamp des sleepings et de la « Parisienne chic » le nec plus ultra de la gaieté et du sex-appeal. Fut l'un des couturiers qui porta au plus haut le luxe français et la « griffe » de Paris. Aimait se travestir en Charles IX ou en cow-boy lors de « mémorables » fêtes costumées qu'il donnait dans son château de Corbeville, situé dans le Vexin, où la jet-set la plus huppée et le gotha le plus cosmopolite (jusqu'à huit cents invités tout de même) venaient s'amuser comme des petits fous et se faire voir, entre l'ambassadeur de France du Portugal et Orson Welles tout en blanc de passage à Paris, Claudette Colbert tout en rose et Jean-Louis Barrault dansant un mambo endiablé ; Gene Tierney sublime, forcément sublime ; sans oublier un maximum de journalistes et de clientes régulières ou potentielles que Fath prenait soin d'inviter car il savait concilier plaisir et travail, il savait faire de ses plaisirs un travail et de son travail un plaisir, avec un grand sens des affaires (et de la fête). À la lueur de candélabres tenus par des valets en livrée et bas blancs, ainsi assurait-il la promotion de sa maison de couture en assurant le spectacle avec, par exemple, selon le thème de la soirée costumée (« 1925 », « Far West », « Versailles », « Carnaval à Rio », « La Belle et la Bête »...), Geneviève déguisée en Marie-Antoinette et lui travesti en madame de Pompadour ; ou bien lui en Al Jolson avec le visage couvert de cirage et son fils de 3 ans pareillement blackfacé ; ou bien Geneviève surgissant en bohémienne et tenant en laisse un ours brun et l'ours brun : c'était lui ! C'était Jacques Fath dans le rôle de Jean Renoir déguisé en gros nounours et ne trouvant personne pour l'aider à ôter son déguisement ! C'était *La Règle du jeu* à Corbeville !

Quoi d'autre ?

48.3

Au début du mois d'août 1949, des milliers de midinettes, cousettes et autres « petites mains » de l'industrie de la mode se mirent en grève, bloquant la sortie des collections de toutes les grandes maisons parisiennes au moment où celles-ci s'apprêtaient à remplir leurs carnets de commandes. Du jamais-vu depuis la grande grève des couturières en 1917. Au cœur des revendications : la « semaine anglaise » (le droit à un jour et demi de repos), leurs salaires de misère et leurs déplorables conditions de travail.

C'est que la magie de la haute couture ne tombe pas du ciel. Elle ne sort pas seulement du génie d'un créateur bronzé toute l'année et jetant en l'air des mètres de tissus pour, à la retombée, chercher son inspiration. Désolé de casser l'ambiance, mais elle tient aussi au labeur d'ouvrières s'entassant dans des ateliers surchauffés pour couper et découper, coudre et blanchir, coller et broder, piquer et surpiquer à la chaîne, pour 94 francs de l'heure (1 franc en 1949 valait 0,02904 euro), des robes vendues au bas mot 250 000 francs et reproduites parfois à des centaines d'exemplaires pour satisfaire les riches clientes de par le monde. Chaque robe demandant environ cinquante heures de travail, les midinettes firent rapidement le calcul. Elles ne reprendraient le travail qu'en échange d'une augmentation de 15 francs l'heure payée. Et c'était un minimum !

Chez Fath, il n'y avait pas que les salaires de misère. Il y avait que les forçates de la mode devaient descendre à la cave pour, le midi, aller faire dînette (d'où le terme midinette). Là, elles mangeaient sur le pouce dans la pénombre, se posant où elles le pouvaient, parmi les encombrants entreposés et les toiles d'araignée. Des souris parmi les rats. Il y avait également que si elles pointaient à 9 heures pile le matin et non à 9 heures moins une, on leur retirait un quart d'heure sur leur paie, tandis que si elles partaient à 18 h 15 au lieu de 18 heures, on ne leur payait pas le quart d'heure supplémentaire. Quand on subit la mesquinerie, les revendications le deviennent, malheureusement.

La grève dura dix jours. Elle fut massivement suivie, inflexible et joyeuse avec, dans les rues, des défilés de midinettes pleines de rires et d'audace. Si bien que les journaux s'en firent largement l'écho et que la lutte des cousettes (j'allais dire Cosette) rencontra un vif soutien dans la population. Les gens étaient choqués que les robes qui les faisaient rêver soient tissées de misère sociale et d'exploitation salariale. Ils découvraient le véritable prix des toilettes dans lesquelles se pavanaient des rombières pensant valoir quelque chose parce qu'elles portaient des toilettes hors de prix. Sur les plus belles étoffes transparaissait tout à coup le suaire du prolétariat et la vulgarité de ce filigrane brisait la magie. Les gens ne pensaient pas (ne voulaient pas savoir ?) que de telles splendeurs pussent cacher pareil fumier, ni que la gaieté affichée cachât si peu de joie partagée. (Mais que croient les gens ? Que les marchandises qu'ils consomment sont produites par l'opération du Saint-Esprit ? Que c'est leur fée marraine qui, d'un coup de baguette magique, fabrique des robes couleur de Temps ou couleur de Lune ?)

C'est ainsi que Jacques Fath dut, en urgence, se mettre à la machine à coudre et embaucher des « jaunes » pour, malgré tout, présenter ses dernières créations aux riches Américains, Argentins et Saoudiens de passage à Paris (le 15 août, ils seraient tous partis sur leurs yachts en Méditerranée). Les briseuses de grève étant notamment ses amies la princesse de Polignac et la comtesse Philippe de Ganay, que l'on vit s'activer sur des tables à repasser et piquer et surpiquer et repiquer encore pendant des heures d'affilée. Quelques aiguilles firent-elles saigner leurs jolis doigts manucurés ? Il paraît que ces dames furent enchantées de l'expérience. Cela les excita de jouer les ouvrières d'un jour ou trois. Elles savaient que c'était pour de rire. Elles savaient qu'elles n'allaient pas vivre la vie d'une ouvrière, avec le salaire qui va avec, le passé, le présent et l'avenir allant avec.

Les mannequins n'étaient pas solidaires des ouvrières. Pourtant, elles n'étaient pas moins des prolétaires du luxe, sans clair statut juridique, aucune protection sociale. (Lorsque la mannequin Lucky fonda, en 1952, la première mutuelle des mannequins, elle fut d'abord accusée d'entrave à la législation du travail...)

Le résultat de cette grève générale fut l'ouverture de négociations entre les syndicats ouvriers et le patronat représenté par la chambre syndicale de la haute couture. Laquelle refusa d'augmenter les salaires mais, bon prince, proposa de les indexer sur le rendement de chaque ouvrière. Une chouette concession, pour sûr.

Chez Fath, cette grève ulcéra en haut lieu. La haute couture promeut l'élégance, sauf s'il s'agit des profits. Là, elle perd ses bonnes manières, elle cesse de parler chiffons pour sortir sa *griffe invisible* et montrer son côté Wolverine, dévoiler son vrai visage et il n'est pas chic du tout, surtout avec le petit personnel. Être aux petits soins avec les puissants et plein de hargne avec les faibles sont les deux faces d'une même pièce et c'est ainsi que, quelques jours seulement après la reprise du travail, l'homme qui avait d'abord voulu être trader licencia sans autre forme de procès quatorze midinettes qui s'étaient montrées particulièrement enthousiastes lors de la grève. De toutes les maisons de couture, Fath et Cie fut la seule à oser pareilles sanctions et cela dit quelque chose des fameuses coupes en biais qui sortaient de ses ateliers. Quelque chose de boléro avec la taille super étranglée. L'Inspection du travail s'étant émue et le spectre d'une nouvelle grève en solidarité avec les quatorze licenciées contraignit « Pommadin » à faire machine arrière. Aucune midinette ne fut finalement licenciée. On peut toutefois imaginer que les quatorze « rouges » ne perdirent rien pour attendre. Quand bien même son personnel « adorait » Fath qui, en dépit de colères « phénoménales », se montrait toujours joyeux et agréable avec tout le monde, d'une gentillesse exquise avec ses employées, à en croire toutes les mannequins ayant travaillé pour lui et qui, de façon unanime, lui témoignèrent toujours leur affection et leur admiration… dès qu'on leur posait la question.

48.4

Quoi d'autre ?

Sinon que « le petit prince de la mode » s'en alla comme s'en vont les feux follets. Car en 1954, à l'âge de seulement 42 ans, il décéda d'une leucémie s'étant déclarée trois ans plus tôt et qu'il dissimula le plus longtemps possible, courageusement. Sa gloire avait brillé dix ans. Par dérogation, il eut l'autorisation d'être enterré dans le parc de son château de Corbeville. Il laissait un fils de 11 ans. Lequel raconta plus tard, en 1993, dans le documentaire *Les Folies de Fath* (réalisé par Pascal Franck, et merci à lui de m'avoir prêté la seule copie existante !), que le jour où son père était mort, sa mère Geneviève lui avait montré le château et lui avait dit : « Tout ça est à toi maintenant. Tu comprends ce que cela signifie ? » Elle ne l'embrassa pas, elle ne le prit pas dans ses bras, elle ne lui dit rien d'autre. Elle ne lui dit pas que son « papa » était mort car, à 40 ans passés, Philippe Fath appelait encore son père « papa », quoiqu'il l'ait toujours vouvoyé. C'est Geneviève Fath qui prit la direction de la maison de couture ; mais sans son créateur, celle-ci ferma boutique trois ans plus tard, la marque Fath abandonnant la haute couture pour ne plus proposer que des accessoires (ceintures, sacs, parfums...). « L'âme est d'acier mais le fourreau est fragile » : voilà ce que révélait l'analyse graphologique de Jacques Fath. Ses obsèques, réunissant le gratin parisien pleurant l'archange de la mode (et les fêtes de Corbeville) se déroulèrent en l'église Saint-Pierre de Chaillot (là où je fis mon catéchisme : ô voyance !). En tête du cortège, les mannequins Nicole, Patricia, Freddy, Françoise, Paulette, Anna... mais pas Florence !

Marcelle n'était donc plus mannequin chez Fath en 1957, probablement même plus en 1954.

Voilà qui réduit le champ de recherche.

C'est maigre mais c'est toujours ça.

En tout cas, en 1954, elle se remariait avec Anouar Moualhi.

« Nous allons procéder
à la reconstitution du crime. »
Jean RAY, *Harry Dickson. Les tableaux hantés*

49

Je le dis tout net : quarante ans après avoir entendu parler à la radio de Marcelle Pichon, je n'imaginais pas me retrouver à regarder sur mon ordinateur le film *Scandale aux Champs-Élysées*. Ça, je ne l'avais ni prévu ni envisagé.

J'en suis pourtant là. À regarder – à regarder avec une extrême attention – le DVD de *Scandale aux Champs-Élysées*, que j'ai déniché sur un site de vente en ligne (12,16 euros, frais de port compris). Non qu'il s'agisse d'un chef-d'œuvre. Sorti sur les écrans en 1949 et réalisé par Roger Blanc (dont la carrière de metteur en scène fut éphémère), *Scandale aux Champs-Élysées* fut l'une des innombrables productions déferlant après la guerre pour divertir le public. Divertir signifiant oublier les difficultés du moment *et* ce qui permet de les oublier.

Ce qui distingue ce film, c'est Jacques Fath : il partage l'affiche avec Pierre Renoir et Anouk Ferjac. Le voici vedette de cinéma. Pour la première et dernière fois. Après avoir habillé des actrices et conçu des costumes pour des films comme, en 1947, *Quai des orfèvres* de Clouzot (avec la fameuse robe Tralala de Suzy Delair), il s'est improvisé acteur dans ce film où, sans surprise, il incarne un styliste plein d'audace (Thierry) plongé dans une intrigue policière. Insolite, sa présence à l'écran est le principal argument publicitaire du DVD dont la jaquette vante un film qui « est avant tout l'occasion de retrouver le légendaire couturier Jacques Fath, créateur fantasque et surdoué de l'après-guerre, passant devant la caméra pour ce seul film exceptionnel ». L'autre argument étant que ce film propose un « voyage délicieux dans le monde merveilleux de la mode » et qu'il est « un témoignage historique précieux sur l'univers de la haute couture à la fin des années 50 ». Du nanan pour moi. Je n'avais pas hésité. J'allais entrer dans le monde merveilleux qui avait été celui de Marcelle. J'allais rencontrer son patron. J'allais sacrément me rapprocher d'elle. Au plus près de sa vie de mannequin. J'avais commandé le DVD.

Le pitch ? « À Paris, trois mannequins sont assassinées, l'une d'entre elles étant la maîtresse du grand couturier Dominique Airelle. C'est un jeune inspecteur qui est chargé de l'affaire. » Voici ce qu'on peut lire sur le site allociné.fr. On est dans un pays libre, n'est-ce pas ? Car au vrai, seules deux mannequins sont assassinées (la troisième échappe de justesse au meurtrier) et Dominique Airelle n'est pas le « grand couturier » : il est le directeur de la maison de couture. Un gros homme d'affaires qui reproche à son styliste (Jacques Fath) de concevoir des robes si fastueuses et extravagantes que ses clientes ne pourront jamais les porter et, oust, fini les rocamboles, assez de frasques, que Thierry revoie ses classiques, qu'il rentre dans le rang et recommence la collection, c'est qui le boss ici ? Il croit quoi, le petit génie des drapés et des coupes en biais ? Un rôle en or pour Jacques Fath et une vitrine fantastique pour sa maison de couture. Tant pis si sa performance d'acteur ne crève pas l'écran, ne crève rien du tout.

Mais on s'en fiche. De même que de l'intrigue (l'assassin est finalement le pauvre type (hirsute, mal rasé, mal fagoté, débile sur les bords) qui, dans la maison de couture, sert d'homme à tout faire : il range les habits, s'improvise plombier pour déboucher un lavabo, lave les sols, crache sur les vitres pour les nettoyer, garde les locaux la nuit, etc. S'il a tué, c'est parce qu'il n'en pouvait plus de voir tant de jolies filles s'habiller et se déshabiller devant lui sans qu'aucune lui prête la moindre attention, comme s'il était parfaitement invisible et transparent, un pot de chambre plein de caca, un moins que rien dans le monde de la beauté et du luxe, un sale prolo frustré sexuellement et jaloux socialement, air connu).

Moi, ce qui m'intéresse, ce pourquoi je regarde ce film avec tellement d'attention, ce n'est pas seulement parce qu'on y voit Jacques Fath (tiens, il zozote), et même les robes qu'il a créées pour l'occasion (et, sûrement, intégrées ensuite à ses collections), non, c'est surtout qu'on y voit des mannequins et, parmi elles, certaines sont des actrices (elles ont une scène à jouer, une réplique à donner) ; mais d'autres sont des figurantes... issues de la cabine Fath ? Pourquoi pas ! Tel est mon espoir. Que, dans le lot, dans un plan ou dans un autre, silhouette fugitive et muette, présence anonyme fondue dans le décor, visage entrant tout à coup dans la lumière : Florence ! Enfin elle ! Sauf qu'aucune Florence ne figure au générique. Non plus de Marcelle Pichon. Même en y regardant de près. En scrutant chaque apparition à l'écran. Encore raté. Encore une déception.

Mais il n'y a pas que les mannequins. Car le film, tourné dans les studios de Boulogne, reconstitue les locaux de la maison Fath, avec fidélité si j'en juge des photos vues ailleurs. Certaines scènes semblent avoir été tournées dans l'hôtel de l'avenue Pierre-Ier-de-Serbie. Ainsi pénètre-t-on dans l'intimité de la maison Fath. Ainsi voit-on ce que Marcelle, quand elle s'appelait Florence, put voir, dut voir, vit de ses yeux lorsqu'elle se rendait à son travail et moi, devant l'écran de mon ordinateur, il me semble voir par ses yeux la réalité qui fut la sienne. J'ai soudain accès aux images qui, soixante-dix ans plus tôt, impressionnèrent sa rétine et c'est une émotion indicible. C'est une expérience visuelle qui me la fait toucher du doigt, me la rend tangible. Voici donc le décor dans lequel elle évoluait. Les gestes qu'elle faisait. Le quotidien qui était le sien. Même si je ne prends pas pour argent comptant tout ce que je vois à l'écran, il me semble, pour la première fois, entrer de plain-pied dans sa vie de mannequin. Une aubaine, vu le peu d'informations dont je dispose concernant cette période de son existence. Enfin une porte qui s'ouvre. Suffisait de la trouver.

Quand bien même ce n'est pas elle, voici donc Florence dans une robe du soir avec un gros nœud à la taille et Fath lui demande de marcher tout droit, de faire un tour sur elle-même, de revenir vers lui. Fath l'observe. Il ne la voit pas car il n'a d'yeux que pour la robe. (Au commencement, les mannequins étaient des poupées en osier ou en bois.) Au vrai, il ne lui demande pas de marcher, tourner, revenir, il lui en donne sèchement l'ordre, de façon parfaitement impersonnelle, comme si Florence n'existait pas. Qu'elle n'était qu'une chose devant exécuter au doigt et à l'œil ce qu'on lui dit de faire. (Au commencement, les mannequins étaient des poupées.) Florence ne dit rien. Fath est assis sur un tabouret, la chemise ouverte sur son torse nu, une jambe à l'équerre sur l'autre. S'il s'adresse à quelqu'un, c'est à sa modéliste (la cheffe couturière). Elle est sa seule interlocutrice. Celle qui, vieille bique, grande professionnelle, l'aide dans son travail. Fait marcher les filles à la baguette. Sa femme de confiance. Dans la « vraie » vie, elle s'appelait Berthe. Qu'il dise « plus haute la taille » ou « l'ourlet : il faut le remonter d'un centimètre » et Berthe s'empresse, avec des épingles, de corriger la robe que porte Florence. Un peu en retrait, une assistante note en silence dans un « road book » toutes les consignes, annonce le numéro de la robe. Immobile, Florence ne dit rien. Elle regarde ailleurs. Elle attend que ça se passe. Anticipe peut-être le moment où une épingle la piquera malencontreusement, des ciseaux l'écorcheront. S'amuse peut-être du cheveu sur la langue de Fath lorsqu'il parle. Pour une fille de coiffeur, elle en rigole encore. Un signe du destin. Il peut aboyer des ordres, il n'arrive jamais à être tout à fait crédible. Parfois il s'énerve. Il lui dit : « Bon sang, relève la tête ! On dirait une chiffe ! » Elle relève la tête, tient la pose. D'autres fois, il prend Berthe à témoin : « Regarde, ça ne tombe pas. C'est affreux ! C'est quoi ce jersey ? Ça vient encore des soieries de Lyon ? Je veux que tu les appelles. Non, laisse, je le ferai moi-même. Ils vont m'entendre ! » Florence ne l'avait pas remarqué mais, dans le fond de la pièce, un gros homme se tient dans l'ombre. Assis dans un fauteuil, il déborde de partout, il dégouline de graisse. Sûrement un client important. Il a le regard libidineux. Ses doigts boudinés tapotent sur la tablette d'un guéridon. Ils n'arrêtent pas de tapoter et c'est insupportable. (Au commencement, les mannequins étaient des poupées.) Lorsque Berthe a enfin terminé de reprendre la robe, Florence est congédiée. Place à la suivante. Elle n'a pas dit un mot.

49.1

Mais la voici dans la « cabine », l'endroit où les mannequins se retrouvent pour se reposer, attendre qu'on les appelle pour un essayage ou une présentation. Une sorte de vestiaire, dont Christian Dior disait qu'il est « un monde à part. Comme les loges de théâtre, la cabine a ses fauteuils, ses lampes et ses glaces. Comme les loges, elle est un peu *sordide* ». De fait, la pièce est moche, avec des murs défraîchis. Dans un coin, un lavabo dans lequel une mannequin lave à la main des sous-vêtements. Le long d'un mur, un portant surchargé de vêtements accrochés sur des cintres. Ailleurs, des étagères avec des paires de chaussures alignées et des boîtes à chapeaux de différentes tailles. Un peu partout des tabourets rembourrés et, disposés à la suite, des postes de maquillage (appelés « perroquets ») dédiés à chaque mannequin, avec lampe et miroir, boîtes à fards et pots de crème ouverts. Au milieu de la pièce, une grande table en bois. Dessus, des fringues en vrac, des piles de magazines, des boîtes de chocolats, des cendriers.

Quand Florence retrouve ses copines, elles sont six dans la pièce, la plupart en peignoir, d'autres en nuisette, en culotte et soutien-gorge. Accoudées à la table et penchées sur un magazine, deux d'entre elles font des mots croisés. Elles cherchent, en trois lettres, « Désagréable quand elle est vieille ». À côté, une autre se tire les cartes. Plus loin, une quatrième se fait les ongles des pieds. Ça pipelette un peu. Ça jacasse par moments. Ça s'ennuie surtout. Ça poireaute et tourne en rond. Une dispute éclate. L'une reproche à l'autre de lui avoir volé la robe qu'elle devait porter pour la nouvelle collection. Elles commencent à se crêper le chignon. Se lancent des noms d'oiseau. « Vieille vache ! – Va donc, fille de concierge ! Et ça a des prétentions à la distinction. Fais-moi rire. – La distinction, elle t'emmerde. » Etc.

Le calme revenu, une grande brune demande à sa voisine : « T'as fait quoi hier soir ? – Je suis sortie. – Seule ? – Avec un homme. Il est grand, blond, avec de très beaux yeux. – C'est tout ? – Non, il a beaucoup d'argent. Tu sais combien elle coûte ? (Elle agite la montre qui pend à son poignet). – Ça m'est égal, la mienne donne la même heure. – T'es bête. Celle-là indique avec précision combien t'es riche. » Sur la gauche, une fille se déshabille. On voit ses seins. La caméra s'attarde sur son bas qu'elle remonte et roule sur sa cuisse. Par un interphone, une voix nasillarde aboie brusquement : « Simone, en bas avec la veste verte ! » Simone se lève. Tombe le peignoir. On dirait une fille qu'un client vient de réclamer. Ou un plat commandé en cuisine. Tandis qu'elle sort, deux mannequins chuchotent dans un coin. « Je ne t'ai pas dit, mais je danse le soir au Bastringue, un cabaret à Pigalle. Un truc un peu olé, mais ça reste convenable. Genre Gilda, si tu vois ce que je veux dire. Il n'y a plus que ça qui marche. Il y a aussi une démonstration de danse apache (Luigi et Mandarinette ?). Mais chut, pas un mot à personne ! » L'autre hoche la tête. « Si tu es dans la panade, viens habiter avec nous. On est huit à partager un meublé. C'est tout petit, on est les unes sur les autres, le papier peint est affreux et la concierge une vraie bourrique, mais on s'entend bien. On se débrouille. Comme ça, on partage le loyer, l'eau et l'électricité. La vie est si chère et on est si peu payées. » Fondu au noir.

Comme ça toute la journée.
Tous les jours de la semaine.
L'univers de Florence.
Le quotidien de Marcelle.

Puisque le film, dixit la jaquette du DVD, est « un témoignage historique précieux sur l'univers de la haute couture à la fin des années 50 », il a la bonne idée, dans une courte séquence, de faire se succéder à toute vitesse des actualités Gaumont narrant, step by step, la carrière de Florence dans tout ce qu'elle a *aussi* d'exaltant et ainsi la voit-on apprendre à faire la révérence pour la venue du roi du Danemark à Paris. Puis elle embarque au Bourget pour une tournée de la cabine Fath à l'étranger. La revoilà se promenant en calèche dans le bois de Boulogne : il fait un temps radieux, elle porte une robe imprimée gris et blanc à la ligne sinueuse. Plus tard, elle descend les marches de l'Opéra, vêtue d'une longue robe blanche en tulle et paillettes d'or. Encore plus tard, elle pose tout sourire devant une immense volière où s'égaient des oiseaux. La fois d'après, elle défile au Pré Catelan sur une estrade en petite tenue et lunettes de soleil devant une foule curieuse et printanière. Et la voici à Allentown, dans l'État de Pennsylvanie, pour la « Caravan of Fashion » qui, sillonnant les États-Unis, dresse dans les cours de fermes ou d'usines un podium qu'elle arpente en Fath devant des ouvriers plus goguenards qu'autre chose.

49.2

Après ces aventures, on la retrouve, toujours altière, toujours impeccable, pour une réception à la tour Eiffel avec, à la main, un parapluie dont le pommeau fait lorgnon. Puis à Cannes en velours drapé géranium et à

Biarritz en coiffure ananas et même à Chamonix faisant du ski en anorak vert doublé de zibeline. Mais voici qu'elle se fait vacciner contre la variole dont un foyer en Bretagne sème la panique dans le pays. La fois suivante, elle porte des bas léopard et une barboteuse en coton et satin blancs. Et c'est encore elle au zoo de Vincennes, caressant un bébé alligator, tenant une biquette dans ses bras, posant devant un dromadaire qui, plein de dédain, affiche un air de diva. Mais direction le salon des arts ménagers où Florence s'extasie devant des chauffe-eau, une planche à repasser, une lessiveuse. Et la voici maintenant sur la Lune, flottant en apesanteur, faisant un petit pas pour l'humanité mais un grand pas pour la mode, vêtue d'un scaphandre en lamé noir et chinchilla et je plaisante. Je craque un peu. Je m'ennuie à écrire ces lignes, autant qu'on a, j'imagine, à les lire. Mais pas le choix. Ce n'est pas moi qui ai décidé du destin de Marcelle Pichon.

Ainsi la vie trépidante de Florence.

Jamais une minute à elle.

Toujours en représentation, toujours sur le pont, toujours par maux et par vaux.

49·3

La célèbre mannequin Freddy, que Florence connut forcément puisqu'elle fut elle aussi, un temps, la vedette de la cabine Fath, a raconté dans son livre de souvenirs (paru en 1956) les joies (et les fatigues…) qui furent les siennes d'avoir parcouru le monde aux frais de la haute couture, passant en trente-six heures de la chaleur de Rio au froid polaire de la Norvège, d'un Hilton sur Park Avenue à une immense piscine située en plein désert égyptien alors que, dans ce pays, « le gobelet d'eau se vend une fortune ».

S'appelant de son vrai nom Marie-José Vassé, Freddy raconte que Germaine Lecomte, chez qui elle débuta, lui demanda de se trouver un prénom qui soit plus court. Comme elle aimait Frédérique, elle proposa Freddy. Germaine Lecomte trouva que cela « faisait très couture – et ainsi naquit Freddy ! En une seconde, je venais de changer de peau. La tremblante Marie-José devenait l'intrépide et calme Freddy ». Ce qui, passé l'exaltation des débuts, n'alla pas sans lui poser des problèmes : « Aujourd'hui, écrit-elle, Freddy cherche Marie-José et Marie-José cherche Freddy. Entre les deux, un grand vide gris, un *spleen*. »

Marcelle lut-elle ce livre ?
S'y reconnut-elle ?
Entre elle et Florence : un grand vide ?

Freddy s'amuse aussi de toutes les fois où un homme – roi du pétrole américain, nabab oriental, ambassadeur portugais – la couvrit de fleurs, de chocolats, de voyages luxueux, de réceptions somptueuses, de caviar et de champagne, de rivières de diamants aussi, mettant sa fortune à ses pieds et le marché entre ses mains, afin de s'attacher ses faveurs. Se la payer.

Selon elle, la beauté d'une mannequin « donne du prix aux robes médiocres et fait oublier le prix des autres ». Une mannequin, du moins à cette époque, c'est « l'aisance, la grâce dans l'allure. La beauté n'est pas nécessaire car le mouvement et le rythme sont bien plus indispensables ». Enfin, une mannequin « ne doit jamais avouer sa lassitude, ni même la laisser deviner ». Telle est la règle d'or. Et c'est à cette école – « dure école ! » – qu'alla Marcelle.

Mais de prévenir : « L'aventure la plus dangereuse qui puisse arriver à une débutante est de voir le couturier se toquer d'elle, crier partout qu'elle a du génie et, la main sur le cœur, les manchettes retroussées, affirmer qu'il va imaginer pour elle la plus belle collection de sa carrière. Ce genre de contes de fées existe. Et l'idylle professionnelle peut durer dix ans, deux saisons, huit jours... ou vingt-quatre heures. » D'où la « brève » carrière de Florence ?

En 1955, il y avait douze mille mannequins en France, dont un millier à Paris.

Pour la plupart, leur salaire était « équivalent à celui d'une employée des Postes ».

49.4

Dans *Scandale aux Champs-Élysées* une scène montre un autre aspect de la vie de Florence. C'est au moment où elle tente de devenir cover-girl. Mannequin-cabine, c'est bien ; mais poser pour des magazines serait lucratif. Ce serait une nouvelle corde à son arc. Cela qu'elle se dit. On la retrouve donc dans une agence qui *booke* des mannequins. En face d'elle, une femme un peu grasse, les lèvres peinturlurées de rouge, la jauge des pieds à la tête, la scrute sous toutes ses (hautes) coutures, lui demande ses mensurations, décroche son téléphone. Florence l'entend dire à son interlocuteur : « Divine, elle est absolument divine... Tu as ma parole... Je l'ai devant moi... Un visage sec, des dents parfaites, des yeux gigantesques, une sublime chevelure rousse... Et grande ! La taille exquise... Une Vénus longiligne, je te dis... Je sais qu'elle sera parfaite... Je te l'envoie tout de suite, tu jugeras par toi-même. D'accord ? Tu es un ange ! »

La femme aux lèvres sanglantes raccroche. Se tourne vers Florence, la voix soudain cassante : « Les photos grossissent de 5 kilos. Il faudra que tu en perdes deux ou trois. » Puis, après une pause : « Cette coiffure, ce n'est pas possible. Il faudra faire quelque chose. »

Lorsque Florence arrive au studio, le photographe (une star montante de la photo de mode) est en train de terminer un shooting. Il la regarde. Lui jette comme on jette un seau d'eau : « Pourquoi t'es venue ? » Sans attendre la réponse de Florence, il replonge sous le drap noir qui couvre son appareil à soufflet posé sur un pied. Florence est venue avec la fille de l'agence. Celle-ci lui glisse : « Ne fais pas attention. Viens plutôt t'habiller. » Florence la suit. D'avoir été si bien douchée, elle est trempée des pieds à la tête. En sortant de la pièce, elle laisse derrière elle des flaques d'eau qui clapotent sur la moquette blanche.

Quand elle revient dans le studio, elle porte une robe de tulle noir transparente avec, sur la tête, en guise de chapeau, une espèce de palmier dont les feuilles également noires et brillantes lui tombent dans les yeux. Elle est archi-maquillée, archi-coiffée, archi-sèche. Le photographe la toise de nouveau. À la fille de l'agence, il dit : « Pourquoi tu l'as amenée ? On dirait un chiffon. » Puis, à Florence : « Tu portes des faux seins ? » Elle bafouille que non. Tout le monde la fixe. Les hommes avec une concupiscence dédaigneuse, les femmes avec une ironie malveillante. Le photographe soupire : « Je perds mon temps. » Puis, pour lui-même, en secouant la tête, assez fort cependant pour que Florence entende : « Sexy comme du thon en boîte ! »

Le photographe a disparu sous son drap noir et Florence essaie de prendre une pose. Elle lève le bras droit. « Tatata, fait la voix d'une assistante. Ne lève pas le bras, ça plisse la robe. » Elle baisse le bras, le pose sur sa hanche. Le photographe surgit de sous son drap. Il peste : « J'ai rien, là. Absolument rien ! » Il s'approche de Florence. S'approche tout près de son visage. Elle pense qu'il va la frapper. Il se contente de corriger un pli sur sa robe. « Tu as une tête pointue », qu'il dit. Puis, après un silence. « Il faudrait te casser la mâchoire. » Il se tourne vers la fille de l'agence : « Trop de maxillaires. Il faudrait lui casser la mâchoire. » La fille de l'agence opine du chef. Le photographe retourne à son appareil. À ce moment-là, un autre assistant amène un aigle royal. Un véritable aigle royal. Bien vivant. Bien acéré. Un capuchon en cuir masque ses yeux. Florence ne comprend pas. Sans rien dire, elle laisse un second assistant lui enfiler un gant de fauconnier. Elle ne comprend toujours pas. Le premier assistant dépose l'aigle sur son bras ganté. Elle sent les serres de l'aigle transpercer le cuir, lacérer sa peau. Le premier assistant ôte d'un geste rapide le capuchon et l'aigle, soudain inondé d'un flot de lumière, réagit. Il réagit mal. Il panique. Déployant brutalement ses ailes, il tente de s'envoler, se jette sur Florence, vise son visage, agrippe ses cheveux, le bec en avant. Mais l'assistant le tient serré et Florence reste pétrifiée, son visage tourné en arrière, son corps entièrement basculé sur le côté tandis qu'elle tend son bras le plus loin d'elle, pour que l'aigle ne l'atteigne pas. Ne lui crève pas les yeux.

Au bout d'un moment, l'aigle finit par se calmer. « On peut y aller ? » s'impatiente le photographe. Il rabat le drap noir sur lui comme s'il s'en drapait ou qu'il était une cape d'invisibilité. Florence s'est un peu redressée. Elle est terrorisée. Dans un souffle, elle murmure en désignant l'aigle : « Je crois qu'il ne m'aime pas. » Elle ne pense pas seulement à l'aigle à ce moment-là. Elle pourrait partir à ce moment-là. Les envoyer tous paître, avec leurs photos à la con et leur aigle à la con, l'aigle incarnant la noirceur agressive de leur âme, leur esprit tordu et crochu. Elle reste. Comme un défi. Comme – quoi ? Au prix d'un effort fantastique, elle tente de se tenir droite, l'aigle sur son bras à trente centimètres de son visage. À un coup de bec de ses yeux. Elle crève de peur. Sous son drap noir, le photographe semble enfin content. Il commence à shooter. « Lève le menton », qu'il dit. Toujours les hommes lui disent de lever le menton. De relever la tête. De les regarder. Comme lorsqu'on leur taille une pipe. Florence lève le menton. Le photographe lui dit : « Lève le bras. Pas celui avec l'aigle, l'autre ! » Elle lève le bras. « Superbe, s'écrie le photographe, toujours sous son drap. Garde la pose. Ne bouge plus. Surtout ne bouge pas ! » Florence ne bouge pas. (Au commencement, les mannequins étaient des poupées en osier ou en bois. Et à la fin aussi.)

Plus tard, quand la photo paraît dans un magazine, elle ne montre que l'aigle royal en gros plan et, sur la gauche, un tout petit bout du chapeau avec ses feuilles de palme toutes noires. Florence n'est pas sur la photo. On ne voit pas son visage. On ne voit rien d'elle. Raison pour laquelle on ne trouve aucune trace de sa période mannequin ?

49.5

Mais Florence n'est pas au bout de ses peines.

Dans une autre scène. On lui demande. Si elle veut bien. Si cela l'intéresse. C'est pour la télévision. L'ORTF. Un magazine de société. L'émission *Point contrepoint*.

Elle connaît ? Pas grave. L'idée est de proposer à trois cinéastes différents... Bon, cela s'appellera « 3 regards, une robe ». Elle va comprendre. On lui explique. Chacun des trois cinéastes va filmer la même mannequin vêtue de la même robe. Dans les trois cas, on retrouvera donc la même robe portée par la même mannequin, mais mise en scène de trois façons différentes. C'est ça le truc. D'où le titre : « 3 regards, une robe ». Elle comprend ou elle est aussi conne qu'elle est jolie ? Elle est d'accord ? Cela ne lui prendra que trois demi-journées. Elle sera bien payée. On ne lui dit pas pourquoi on l'a choisie plutôt qu'une autre. Elle ne demande pas non plus pourquoi, si la robe est le sujet, ils ont besoin d'elle. Mais elle sait bien pourquoi. Elle accepte.

Lorsqu'elle découvre la robe qu'elle va devoir porter, Florence n'est pas déçue. « La vache, s'exclame-t-elle. Je vais être nue là-dedans ! » Elle ne peut s'empêcher de rire. De rire jaune. Rire dans lequel il y a la lassitude de constater que c'est toujours la même histoire, toujours des histoires de vente à la criée. D'une blancheur immaculée, toute légère (sans doute du sergé de coton), laissant les bras nus, la robe de forme trapèze est ras la touffe et, à travers de larges anneaux brodés, complètement ajourée sur les côtés, le ventre et le dos, laissant voir sa peau, son corps, sa nudité.

En la découvrant si court vêtue, le premier cinéaste paraît gêné. Il voit la femme érotisant la marchandise et la marchandise donnant du prix à la femme, si bien qu'à la fin la femme devient une marchandise érotisée et cela ne lui plaît pas. Il a l'air de regretter de se trouver là. Comme la robe de Florence est blanche, il a l'idée, mais oui, « la Lune ! » s'écrie-t-il. Mais il ne va pas chercher à la décrocher. Que Florence se rassure. Et de lui expliquer qu'il va la filmer de très près, à fleur de robe et à fleur de peau, comme « la surface de la Lune. Si bien qu'on ne sait pas ce qu'on verra à l'écran. Personne ne le sait », dit-il avec un grand sourire de batracien.

C'est ainsi que, l'œil à la caméra, le cinéaste filme Florence allongée sur un lit, filme en très gros plan les anneaux et, entre les broderies, l'ombre qu'ils projettent sur sa peau nue. Tremblante, frémissante, la caméra caresse « la surface de la Lune », l'explore en rase-mottes, en un lent travelling muet. Mais un index tendu, soudain, entre dans le champ par la gauche, s'introduit dans l'un des anneaux de la robe, passe au travers, avant de se retirer et glisser de nouveau, se retirer et revenir, en un mouvement de va-et-vient parfaitement suggestif, assurément facétieux, d'un goût volontairement douteux. Le cinéaste n'a pas pu s'en empêcher. Le cinéaste est un sage et son doigt montre la Lune. Mais sans transition, le voici qui filme l'œil de Florence, son œil qui regarde la caméra en face, puis son oreille qui écoute la caméra en face, son oreille en très gros plan, ses cheveux maintenant, de nouveau son œil, la caméra ne cessant de prendre des bouts d'elle, de la trancher en tout petits morceaux, la fragmenter en confettis. C'est à la découpe que le désir masculin vend la femme. D'elle, il isole ce qui lui plaît et jette le reste. À la fin, toujours sans transition, on voit Florence allongée sur le lit, les bras le long du corps, raide et immobile, ses cheveux étalés sur l'oreiller. Un drap blanc la recouvre, duquel émerge juste son visage. Elle a les yeux clos. La Lune est un astre mort. Ainsi l'a voulu le cinéaste. Sur le drap blanc qui la couvre est sagement posée la robe blanche, bien à plat. Ci-gît la robe, sur le corps mort de la femme. Qu'est-ce que tout cela veut dire ? Pourquoi l'avoir tuée à la fin ? Florence ne pose pas la question.

À la fin, sur son lit de mort, Marcelle sera très précisément dans la position dans laquelle le cinéaste l'avait voulue à ce moment-là. Jusqu'à devenir cette morte qu'il imaginait. La momie qu'il rêvait de filmer.

49.6

La deuxième séquence s'ouvre sur un bidonville à perte de vue, filmé en plan large. Le ciel est moche, livide, glacé d'hiver. Une grue dans un chantier au loin. Un arbre décharné sur la gauche. Ici et là, des filets de fumée montent de baraquements en tôle ondulée. Des carcasses de voitures aussi. La pauvreté (et l'étrange poésie qu'elle cache, la liberté que l'argent ignore) lorsqu'elle entasse quatorze mille émigrés à Nanterre.

Vêtu d'un blouson, le cinéaste (c'est le numéro deux) entre dans le champ, contemple un instant le bidonville s'étalant devant lui, se retourne vers la caméra, ouvre la bouche pour dire quelque chose, se ravise, sort du champ avec la tête d'une carpe cherchant l'air. Le plan suivant le montre guidant son cameraman dans la gadoue du bidonville, en direction de Florence qui, un peu plus loin, dans sa petite robe blanche ras la touffe, se trouve cernée par une marmaille hirsute et crasseuse que sa présence a attirée, des grappes de gosses s'accrochant à ses basques en braillant, en la collant, en la coinçant dans un coin. Le cinéaste glisse à son cadreur : « Vas-y, prends les enfants ! » Affluant de partout, les gens du bidonville n'en finissent pas de s'attrouper, voulant voir ce qui se passe, qui est cette femme, que vient-elle faire ici, c'est quoi cette robe ras la touffe, pourquoi la filme-t-on, est-elle célèbre, c'est pour la télé ? Dans cette cohue, le cinéaste presse son cameraman : « Filme l'expression de la femme avec le fichu bleu, vite ! » À quelques mètres d'eux, on voit Florence tout à fait oppressée se débattre de toutes parts, noyée sous la masse de dizaines de gosses lui criant, la chahutant, agrippant sa petite robe blanche, la tirant jusqu'à presque la lui arracher. Certains lui font dans le dos des oreilles de lapin avec deux doigts. Excités par l'odeur, des chiens aboient, s'énervent, sautent partout. Florence ne sait plus où donner de la tête, comment s'échapper. « Vas-y, vas-y », s'excite le cinéaste. « Continue ! » qu'il engueule son cameraman. « N'arrête pas de filmer, bordel ! » Sur le pas de baraquements, des hommes regardent la scène de loin, sans bouger, sans s'approcher. L'un d'eux crache par terre. Dans cette ambiance, Florence garde le sourire, s'y évertue, ne veut surtout pas envenimer la situation. Perchée sur des hauts talons, elle manque de se vautrer dans la boue, se rattrape de justesse, évitant les gosses et les chiens agglutinés pour, à un signe du cinéaste, au milieu des flaques, au cœur du bidonville, commencer à faire son numéro de mannequin, avancer en ondulant, montrer ses jambes, faire voler sa petite robe blanche, secouer ses cheveux pour mieux les remettre gracieusement en place et, dans la foule des gamins féroces et hilares, des jeunes filles un peu en retrait font machinalement le geste de se recoiffer sans se rendre compte du mimétisme, tandis que des garçons. Leurs regards d'ados. Leurs sourires de gitans. Certains gênés mais séduits, comme découvrant pour la première fois la beauté et la propreté. D'autres gênés et crispés. Butés. Mastiquant avec hargne un chewing-gum. Comme ça pendant un moment. Cette effervescence dans le bidonville de Nanterre. Cette ribouldingue cinématographique. Lorsque, tout à coup. Par-dessus le brouhaha. La voix d'un gamin. Voix forte et goguenarde : « Hé madame, vous z'avez pas honte ?! » Peu après, l'équipe de télévision plie bagage, Florence et les autres s'engouffrent dans des voitures qui, dérapant dans le chemin bourbeux, s'éloignent sans se retourner, direction leur monde et ses opulences, juste au moment où une escouade de policiers investit le bidonville afin de prévenir tout désordre et, sur ces dernières images, voici qu'on entend de nouveau la voix du gamin, ce cri bravache qu'il a jeté à Florence autant qu'à la cantonade et que le cinéaste a cru bon d'isoler et de refaire entendre, en augmentant encore le volume, des fois qu'on n'aurait pas compris : « Hé, madame, vous z'avez pas honte ? »

Florence ne répond pas.
Elle ne répond jamais rien.
Au commencement les mannequins étaient, etc.

(Mais qui a eu l'idée d'aller dans un bidonville pour y exhiber une mannequin vêtue d'une petite robe ras la touffe ? Il croyait quoi, le cinéaste ? Il est content de lui ? Il pense avoir démontré quelque chose ? Confronté deux mondes et fait des étincelles ? Prouvé quoi à qui ? Car ce ne seraient pas les gens du bidonville qui verraient son film. C'est Florence qui avait pris la marée. Son corps qui avait été chahuté, raillé, livré en pâture, exposé sans défense dans un environnement où il n'avait aucun sens, aucune chance. Tout le monde peut devenir une bête de foire, ce n'est pas très compliqué. Exhiber aux fêtes de Corbeville un superbe spécimen du bidonville de Nanterre n'aurait pas été moins factice et humiliant. Cela aurait été pur cynisme. Les « sauvages » exposés dans des enclos au Jardin d'Acclimatation en savent quelque chose. Et ce serait elle qui devrait avoir honte ?)

Je continue ou je m'arrête là ?

49·7

La dernière séquence est moins mouvementée. Dans un appartement bourgeois, le cinéaste numéro trois a eu l'idée d'asseoir Florence (toujours vêtue de sa petite robe blanche) devant un miroir et la caméra tourne autour d'elle, saisissant dans un même mouvement son visage et son reflet dans la glace, dans un jeu de miroirs un peu facile, une dualité entre la femme et la mannequin à jamais irrésolue. Tout ce que Florence doit faire, c'est lire le texte que, dans ses *Mythologies*, Roland Barthes a consacré à la DS de Citroën. De la femme à la voiture, de l'industrie de la mode à l'industrie automobile, de Fath à Citroën, d'une déesse à la DS, d'une mythologie à une autre, d'un châssis à un autre, le cinéaste s'est plu au jeu des équivalences. Il a trouvé ces analogies judicieuses, signifiantes, pertinentes, malines, rigolotes, appropriées, etc.

C'est un peu vachard pour Florence.
Encore une fois on se sert d'elle pour démontrer – quoi ?
Encore une fois on la sadise.
Personne n'aime les mannequins, finalement.
Parce qu'elles n'existent pas.

Emblèmes de la beauté et de l'argent, elles sont des vitrines qui appellent le pavé. Des images qui donnent envie de les froisser, les déchirer, les humilier, les ridiculiser. Parce qu'elles incarnent l'exploitation radieuse de la femme, la servitude la plus volontaire et, cependant, enviée et gratifiante. Surtout, on leur en veut de la fascination qu'elles exercent. On leur en veut de faire rêver, si c'est un rêve. La beauté est profondément injuste et elles en profitent. Surtout, elles font peur, sexuellement peur, socialement peur. Elles sont des fantômes qui passent et disparaissent. De pures rumeurs. Personne ne leur suppose une existence en trois dimensions car leur être est une surface. Leur vie une mascarade. Ce n'est pas moi qui le dis mais Grégoire (eh oui, c'est son nom dans le film) qui, pour une interview, presse Florence de questions et celle-ci lui répond avec une sincérité désarmante : « Tu me demandes qui je suis ? Je ne suis pas sûre de pouvoir te répondre. Je me pose moi-même la question. Je ne sais pas si la robe fait la femme ou si c'est la femme qui fait la robe. Il faudrait faire l'expérience avec les jeunes filles du bidonville. Moi, chaque jour, je m'offre aux regards et ces regards, les regards des clients lors des défilés, les regards des hommes et des femmes, des gros lards pleins de fric et des vieilles peaux pleines de fric, regards de haute couture et de basse-cour, regards des photographes, des critiques de mode, des autres mannequins, du personnel de la maison, des lectrices et des lecteurs des magazines, du couturier enfin, de l'immense faune qui gravite dans le milieu de la mode, même les gens dans la rue, tous ces regards qui se rincent l'œil, regards pleins de venin, qui jugent et scrutent et concupiscent, tout le temps, en permanence, avec tout ce qu'ils contiennent de tortueux, de frustrations et d'amour qui ne me concerne pas, tous ces regards, oui, ils me prennent quelque chose, ils me volent des bouts de moi et qu'est-ce qui peut bien me rester à la fin ? Je te le demande. Si je porte un masque ? Mais quel masque ? Derrière le masque, il y a un autre masque. Je suis constamment en compétition avec mon image et je perds à chaque fois. Si j'étais une plante ? Je voudrais être une carotte, car les carottes poussent cachées sous la terre. Si j'étais un animal ? Un lapin ! Ah oui ! Pour manger la carotte ! Hi hi. Qu'est-ce que tu veux que je te dise, Grégoire ? J'ai lu dans le journal que les impératifs de la mode sont plus catégoriques que ceux de la philosophie kantienne. Qu'est-ce qu'il te faut de plus ? Tout ça, c'est la faute de Cendrillon. Le prince épouse celle à qui va la pantoufle de vair. »

Ainsi la vie de Florence.
Le quotidien de Marcelle.
Pendant une période de sa vie.
Au commencement, etc.
On sait comment l'histoire a fini.
À travers la lunette du microscope, l'insecte regarde aussi l'entomologiste.
Les femmes qui font rêver ont aussi des rêves.

Quand Chérif Kouachi et son frère sont partis assassiner l'équipe de *Charlie Hebdo,* ils ont dit à leurs femmes qu'ils allaient faire les soldes.

Je dis ça, je dis rien.

Bon, je crois que je me suis un tout petit peu emballé. À force de voir des films sur la mode, des reportages sur la haute couture et des documentaires sur les mannequins, j'ai tout confondu. J'ai fait de *Scandale aux Champs-Élysées* un film en contenant dix autres. Cent autres. Tous reconnaissables si on les a vus. Mais quelle importance ? Tout film est une cinémathèque. Tout livre est une bibliothèque. Je sais de quoi je parle. Je n'ai de toute façon pas le choix. Faute d'avoir la moindre information sur Marcelle lorsqu'elle était mannequin, je comble les trous comme je le peux. Je fais avec ce que j'ai. Dans ce fatras, il doit y avoir un peu de la vérité de Marcelle Pichon lorsqu'elle se faisait appeler Florence. C'est ce que je me dis et,

par parenthèse,

c'est un autre texte de Barthes que j'aurais donné à lire à Florence. Un texte en rapport avec la robe qu'elle porte puisque tel était le sujet au départ (mais, de la robe, il n'est *jamais* question : celle que porte Florence ou une autre, cela ne ferait aucune différence. La seule chose qui compte, c'est la mannequin, son corps offert à la caméra et au désir. « 3 regards, une robe » mon cul !). Ce texte de Barthes figure au début de son livre *Système de la mode* et, je cite : « J'ouvre un magazine de Mode : je vois qu'on traite ici de deux vêtements différents. Le premier est celui qu'on me présente photographié : c'est un vêtement-image. Le second, c'est ce même vêtement, mais décrit, transformé en langage ; cette robe photographiée à droite devient à gauche : "ceinture de cuir au-dessus de la taille, piquée d'une rose, sur une robe souple en shetland" ; ce vêtement est un vêtement écrit. Dans un cas, la structure de la robe est plastique (c'est une image) et, dans l'autre, sa structure est verbale (elle est un langage). »

Le meilleur de la mode, c'est son langage.

Manteau cocktail en ottoman avec faille multicolore et robe en organdi blanc brodé bleu. Bustier en shantung gris pékiné noir. Robe trois quarts en nylon blanc froncée à la taille et béguin breton en satin mauve. Fourreau noir en organza gris et vert. Redingote de taffetas bleu Matignon à deux pans-traînes retenus dans la ceinture. Plumetis rebrodé de paillettes avec corset à volant de poitrine. Etc. On dirait la carte des plats cuisinés par un chef étoilé. La haute couture et la grande cuisine sont un seul et même langage et j'imagine tout à coup Florence vêtue, le midi, d'une tourte en papillote avec son coulis d'asperges et betteraves pelées et, l'après-midi, d'une charlotte fourrée aux fraises et gelée de caviar, tandis que, le soir, elle porterait une araignée de mer aux sucs de fenouil, crème de poularde et fondue de yuzu glacé à la ferrandaise.

Bon appétit.

Bonne *dégustation*.

« Il en est sur qui les belles robes pleurent. »
MONTAIGNE, *Essais*, Livre III, chapitre VI

50

Mais je n'ai pas dit.

Je n'ai pas tout dit.

Au musée des Arts décoratifs, dans le dossier Jacques Fath, parmi la masse des documents archivés (articles de presse, croquis de robes, descriptifs de collections, cartons d'invitation, plan pour aller à Corbeville, factures et bons de commande, notes d'intention sur les lignes Jaillissante ou Va-et-Vient, texte publicitaire de Madeleine Chapsal...), une chemise rouge, tout à coup.

Une chemise rouge sur laquelle, en haut à droite, je lis, écrit au marqueur noir : « Confidentiel Jacques F ».

C'est quoi ce truc ?
Pourquoi « confidentiel » ?

Jacques Fath avait-il quelque chose à cacher ?
J'ouvre la chemise.

À l'intérieur, six feuillets dactylographiés sur du papier pelure. Le texte est en anglais. Le document daté du 23 novembre 1954. En bas de la première page, un tampon a encré en gros : « Declassified and Released by Central Intelligence Agency. Sources Methods Exemption Nazi War Crimes Disclosure Act Date 2006. »

Autrement dit, il s'agit d'un document sur des crimes de guerre nazis produit par la CIA en novembre 1954 et déclassifié en 2006.

Qu'est-ce que la CIA vient faire dans l'histoire de Marcelle Pichon ?

Et les crimes de guerre nazis ?

Quel rapport avec Jacques Fath ?

Je referme vivement la chemise rouge et, affectant un irrésistible besoin de m'étirer le dos et les membres qu'une position trop longtemps assise aurait ankylosés (mon geste est tout à fait crédible), je jette en douce de petits coups d'œil autour de moi. Mais personne ne semble prêter attention à ce que je fais. Nul anorak vert à l'horizon. Aucune tuyauterie faisant du barouf. Je sens toutefois l'air chargé d'électricité. Mes nerfs font un raffut qui doit s'entendre à des kilomètres. Mais non. Personne ne remarque l'excitation qui s'est emparée de moi. Covid oblige, nous ne sommes qu'une demi-douzaine à avoir obtenu l'autorisation de venir travailler dans la grande salle de lecture du musée des Arts décoratifs et la personne la plus proche se trouve à cinq bons mètres sur ma droite. Une brune avec des lunettes. Sûrement une étudiante en histoire de l'art de la mode.

Rien à craindre de ce côté. Même si on ne sait jamais.

Rouvrant la chemise rouge, je parcours les feuillets dactylographiés avec une fébrilité qui m'incrédule moi-même (et vice versa). Comme je suis mauvais en anglais, il me faut un moment pour comprendre que j'ai sous les yeux deux notes concernant les activités d'après-guerre de plusieurs « contacts » d'Otto Abetz, l'ancien ambassadeur du Troisième Reich en France, le grand manitou hitlérien de Paris qui, justement en 1954, vient d'être libéré, alors qu'il avait été condamné à vingt ans de prison par le tribunal de Nuremberg pour « crimes de guerre » et « déportation de Juifs ». Certains s'en sortent mieux que d'autres. On ne se demande pas pourquoi.

La première note porte sur un certain Henri Blanche qui, après avoir espionné pour le compte de Vichy, livre maintenant aux Américains des informations sur un dénommé « Georges Borres (ou Boris ?) » suspecté d'être un agent communiste infiltré dans l'entourage de Pierre Mendès France, devenu président du Conseil tout récemment, en juin 1954. La CIA en pleine guerre froide...

L'autre note concerne quatre « amis » d'Otto Abetz représentant « a potential but not an actual danger ». Il s'agit de l'avocat Ernst Achenbach, des industriels Hugo Stinnes et Friedrich Flick, et du directeur général de Coca-Cola en Allemagne Rudolf Rahn. Anciens du Reich, tous les quatre ont été liés au Groupe Naumann qui, au début des années 50, tenta d'infiltrer les nouvelles institutions de la RFA afin de recommencer l'aventure nazie. Mais Werner Naumann (un proche de Goebbels condamné lui aussi à Nuremberg et là encore libéré trois ans plus tard) venant juste d'être arrêté et son groupe dissous, la CIA tient maintenant à l'œil ses anciens comparses.

Voici, en substance, ce que je crois comprendre, en m'aidant, via mon téléphone portable, d'Internet pour en savoir plus sur les noms cités et le contexte.

50.1

Mais ce n'est pas tout.

Car découvrant la dernière page, voici que je sursaute, voici que j'hallucine, voici que je comprends pourquoi ces notes de la CIA figurent dans le dossier Jacques Fath archivé au musée des Arts décoratifs de Paris et, réciproquement, pourquoi Jacques Fath, alors qu'il vient de mourir, a droit à une note de la CIA consacrée aux « contacts » d'Otto Abetz. Note que voici :

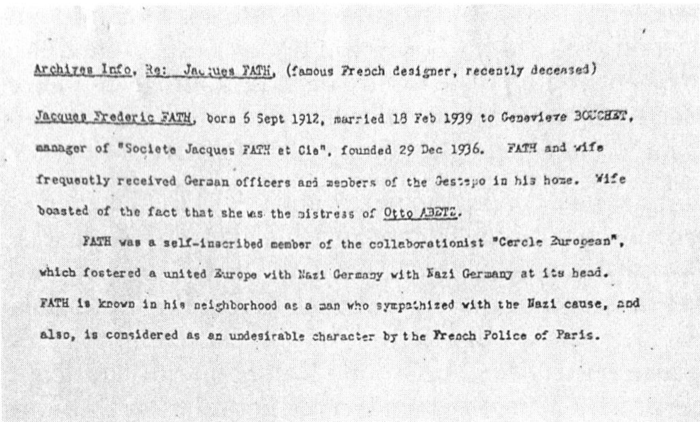

Archives Info. Re: Jacques FATH, (famous French designer, recently deceased)

Jacques Frederic FATH, born 6 Sept 1912, married 18 Feb 1939 to Genevieve BOUCHET, manager of "Societe Jacques FATH et Cie", founded 29 Dec 1936. FATH and wife frequently received German officers and members of the Gestapo in his home. Wife boasted of the fact that she was the mistress of Otto ABETZ.

FATH was a self-inscribed member of the collaborationist "Cercle European", which fostered a united Europe with Nazi Germany with Nazi Germany at its head. FATH is known in his neighborhood as a man who sympathized with the Nazi cause, and also, is considered as an undesirable character by the French Police of Paris.

En clair, je recopie mot pour mot :

« Archives Info. Re : Jacques FATH (famous French designer, recently deceased)

Jacques Frederic Fath : born 6 Sept 1912, married 18 Feb 1939 to Geneviève BOUCHET (*sic*), manager of "Societe Jacques fath et Cie", founded 29 Dec 1936. Fath and wife frequently received German officiers and members of the Gestapo in his home. Wife boasted of the fact that she was the mistress of Otto Abetz. Fath was a self-inscribed member of the collaborationist "Cercle European", which fostered a united Europe with Nazi Germany at its head. Fath is known in his neighborhood as a man who sympathized with the Nazi cause, and also, is considered as an undesirable character by the French Police of Paris. »

Autrement dit, pendant les années d'occupation, Fath et sa femme recevaient fréquemment chez eux des officiers allemands et des membres de la Gestapo. Madame se vantait même (« boasted ») d'être la maîtresse d'Otto Abetz. De son côté, le beau Jacques s'était inscrit au « Cercle européen » collaborationniste, qui militait pour une Europe unie sous l'égide du Reich et d'Hitler. Dans son quartier, tout le monde était au courant des sympathies nazies du couturier, si bien que la police parisienne elle-même le jugeait comme un personnage indésirable (« undesirable character »).

On m'en dira tant.
Si je m'attendais à ça.
Je n'imaginais pas, en me lançant sur les traces de Marcelle Pichon, lever tant de lièvres pourris.
Faut-il, dès qu'on gratte la réalité, tomber chaque fois sur lie et boue ?

On comprend tout à coup que la carrière du « petit prince de la mode » ait pu décoller pendant l'Occupation et que ce soit en 1944 qu'il ait déménagé sa maison de couture dans un splendide hôtel particulier de l'avenue

Pierre-Ier-de-Serbie, tandis que triplait son personnel en deux ans (de 76 employés en 1942 à 240 en 1944).

Il est vrai qu'avec madame Geneviève Fath se *vantant* de coucher avec Otto Abetz, la maison de couture de son cher et tendre devait disposer de certaines facilités pour obtenir des cargaisons de tissus en des temps où tout manquait, au point que les cheveux servaient à confectionner des robes ou des pantoufles. De même pour ce qui était d'organiser des ventes privées, fournir les anciens clients et en trouver de nouveaux, exporter ses créations, faire tourner la boutique, s'enrichir pépère, tandis que les Juifs, etc.

Si ça se trouve, la maison Fath était en affaires avec les textiles Barbet-Massin-Popelin et Cie qui, en 1942, remportèrent l'appel d'offres lancé par l'Hauptsturmführer Theodor Dannecker (celui-là même qui supervisa la rafle du Vel d'Hiv) pour la fourniture de cinq mille mètres carrés de tissu couleur « vieil or » afin de confectionner quelque 95 000 étoiles jaunes pour Paris et sa banlieue (400 000 pour toute la zone occupée). Eh oui, il y a des appels d'offres que certains sont contents de remporter. Cela n'a rien de personnel, c'est juste du business. (Qu'est-ce que Barbet-Massin-Popelin et Cie proposa de mieux que ses concurrents pour obtenir le marché : un tissu de qualité extra ? Un « vieil or » indélébile ?)

50.2

Quoi qu'il en soit, voilà qui ternit la gloire du « magicien des élégances », le glamour merveilleusement coloré de ses créations, ses fameuses coupes en biais et les folles soirées du château de Corbeville : on sait tout à coup d'où vinrent pareils gaietés et prodiges, au commencement du moins. On comprend soudain que, derrière le succès, derrière la légende, on trouve toujours quelques rats crevés dont personne ne veut parler.

On se rappelle soudain que Geneviève Fath, lorsqu'elle était encore Geneviève Boucher de la Bruyère, était la secrétaire de Coco Chanel qui, elle aussi, eut sa « petite ombre au tableau ».

Comme disait l'autre, la vérité ne se trouve jamais dans le produit fini mais dans les conditions de sa production. Jamais dans la surface dorée présentée au public mais dans ce qui la rend possible. Et si tout cela était fait proprement, on ne dissimulerait pas ces conditions. CQFD.

Mais chut : pas un mot dans les centaines d'articles consacrés dans les années 50 et même ensuite à celui qui, en 1941, intitula « Marché Noir » une de ses robes en lainage noir avec corsage en velours brodé sur tulle noir ; et si certains savaient (mais même les voisins savaient !), ils n'allèrent jamais plus loin que d'applaudir ce « surdoué dont l'art avait germé sous les contraintes de l'Occupation » et tu parles d'un germe.

Même la thèse en master d'histoire de l'art consacrée à Jacques Fath ne dit mot des « sympathies nazies » du couple de l'avenue Pierre-Ier-de-Serbie, alors qu'elle puise aux mêmes archives du musée des Arts déco que j'ai consultées.

Pourquoi ?

Parce que tout ça, c'est du passé ?

Parce qu'on se dit qu'on ne saurait pas soi-même ce qu'on aurait fait en 1940 ?

On refuse de jeter la pierre des fois qu'elle nous reviendrait en pleine figure ?

Avec de tels raisonnements, nul doute que l'avenir s'annonce radieux.

C'est tout de même bizarre d'avoir tant de scrupules pour la barbarie.
Tant d'honnêteté intellectuelle a posteriori.
D'indulgence par anticipation plutôt que de fermeté en prévision du pire.

50.3

(Petite parenthèse : l'autre jour, Penny tentait de faire le parallèle entre l'Occupation et le Covid et je l'avais tout de suite arrêtée : « C'était non ! » Elle se fourvoyait et pas de ça ici. Cependant, la conversation s'était poursuivie en off, « hors caméra ». Penny insistait. Elle n'en démordait pas. Je lui avais cité Kafka (« Dans ton combat contre le monde, seconde le monde »). Cette phrase était très compliquée à comprendre. Elle était très subtile. Vraiment contre-intuitive et, pourtant, avais-je dit à Penny, « vous devriez la méditer car elle exprime quelque chose de profondément vrai. Elle définit très précisément, je crois, le rôle de la littérature ». Mais Penny n'était pas convaincue. « Nous revivons ce qui a déjà eu lieu, s'énervait-elle. Regardez : les gens dénoncent leurs voisins parce qu'ils ne respectent pas les consignes. Et vous avez vu l'exode dans la précipitation des Parisiens se tirant à la campagne lors du premier confinement ? C'est tout pareil qu'en 1940, celle-ci vous dit. Les mêmes réflexes ! Même le préfet de Paris s'appelle Lallement ! »

– Sauf que vous ne crevez ni de faim ni de froid. Vous ne risquez pas d'être fusillée si vous n'avez pas votre attestation de sortie. Et le Covid ne cible pas des populations en raison de leurs origines. Un virus n'est pas une idéologie. Alors que l'inverse…

– D'accord, mais regardez autour de vous.

– Allez dire ça aux commerçants.

– Quoi ?

– Ma petite Penny (hum, voici la preuve que cette conversation remonte à loin…), vous oubliez que les soldats de la Wehrmacht ont fait la fortune des restaurateurs et des commerçants. Pendant quatre ans, ils ont dépensé leurs gros marks pour se payer plein de gueuletons et de souvenirs du Gross Paris. Les professionnels du tourisme ne peuvent pas en dire autant avec la pandémie.

– Vous voulez dire qu'ils préféraient le nazisme au Covid ?

– Économiquement, je n'en doute pas.

– C'est dégoûtant ce que vous dites !

– Sans compter les lieux de culture : les théâtres, les cinémas, les salles de concert, les musées et les librairies n'ont jamais autant fait recette que sous l'Occupation. Pour le monde des arts et des lettres, l'Occupation fut une période faste. La culture brilla de mille feux. À condition de n'être pas juif. Bah non. Eux furent écartés, spoliés, déportés et gazés. Ce dont profitèrent plein de nouveaux talents de souche purement française, puisque des places s'étaient libérées. Songez au *Corbeau* de Clouzot. Au *Soulier de satin* de Claudel, créée par J.-L. Barrault. Aux *Visiteurs du soir* et aux *Enfants du paradis* de Carné-Prévert. À *L'Assassinat du père Noël* de Christian-Jaque, à *L'Éternel Retour* de Cocteau…

– Okay, celle-ci a compris. N'en jetez plus !

– Contrairement à ce que nous vivons aujourd'hui, les années d'occupation furent une chouette période pour les artistes. Une époque vraiment excitante pour la culture française. Le journal *La Chronique de Paris* s'en félicitait d'ailleurs en novembre 1943 : « L'avenir s'émerveillera que parmi les difficultés nationales, les peintres aient continué à peindre, les théâtres à jouer et que les héros de l'art et de l'intelligence aient continué à briller. »

– Oui, mais il s'agissait de donner du bonheur aux gens à une époque où ils en avaient terriblement besoin. Toutes ces œuvres, elles donnaient de la joie. Elles donnaient de l'espoir ! Elles lavaient à leur façon l'humiliation de la défaite.

– C'est vrai. Mais au prix de quelles compromissions ? Le nom de Jean Guéhenno ne vous dit sûrement rien, mais il fut l'un des rares écrivains français à refuser de publier sous Vichy. Et dans son journal des « années noires » publié après la guerre, il écrit que « l'homme de lettres n'est pas une grande espèce humaine ». Cela dit, il disposait d'une fortune personnelle qui lui permit de prendre les choses de haut. Cela compte. Certains devaient continuer à gagner leur croûte. À nourrir leur famille. Les ouvriers continuaient bien de travailler, les charcutiers de charcuter, les paysans de récolter, même si 90 % de la production allaient aux Allemands. Pourquoi pas les artistes ?

– On en revient toujours à l'argent.

– Eh oui.

– C'est moche.

– J'ai une devinette pour vous, Penny. Si les nazis ou des gens aussi sympathiques revenaient, qui seraient les Guitry, les Lifar, les Tino Rossi, les Arletty, les Suzy Delair ou les Cécile Sorel d'aujourd'hui ? Lesquels *n'*auraient *pas* leur carte de la Propagandastaffel ? Attention, je ne vous demande pas de savoir qui aurait été un héros de la Résistance ou un collabo fanatique. On parle du tout-venant artistique, que ce soit en littérature, au cinéma, dans la chanson, etc.

– Dans ce cas, on sait très bien qui ferait quoi. Ceux qui putassent aujourd'hui auraient putassé en 1940. Pas d'histoire ! Les autres auraient fait valoir leur droit au silence de la mer car qui ne dit mot ne consent pas. Même si des surprises sont toujours possibles.

– N'est-ce pas troublant de voir les choses sous cet angle ?

– Vous déprimez celle-ci, Bmore. Cette conversation lui donne envie de faire caca.

– Allons, Penny. Vous savez bien que les artistes ne comprennent rien à la politique. Ils ne seraient pas artistes sinon.

– C'est peut-être pour ça que celle-ci ne comprend rien à l'art.

– En même temps, il y avait Éluard. Et René Char. Certains ont bel et bien résisté. Savez-vous ce que Tristan Bernard disait en 1942 : « Les optimistes sont partis à Auschwitz, les pessimistes à New York. »

– Il était optimiste ou pessimiste ?

– Il était juif. D'ailleurs, il fut arrêté en 1943. C'est Arletty et Sacha Guitry, dont, à son propos, le grand avocat Maurice Garçon a écrit dans son journal des années d'occupation qu'il était « décidément une triste putain », qui l'ont fait libérer de la prison de la Santé. Alors qu'ils étaient tous les deux bien compromis avec les Allemands, et justement parce qu'ils l'étaient. Sans leur intervention, Tristan Bernard aurait sans doute été déporté et serait mort dans un camp de concentration.

– Celle-ci n'y comprend plus rien. Tout ça est trop bizarre. Ils ont fait comment nos arrière-grands-parents ? Ils étaient faits de quel bois ? C'est fou comme celle-ci ne se sent pas préparée. Depuis sa naissance, on ne lui a appris qu'à consommer toujours plus et c'est comme un mensonge dont elle doit se réveiller, mais sans savoir comment.

– Allons Penny, tout va bien. Don't worry. L'industrie du luxe se porte à merveille en ce moment. Tout va bien, je vous dis.

Je précise (j'insiste même !) que cette conversation entre Penny et moi fut « off ». Elle n'était absolument pas destinée à être rapportée et jetée en pâture au public. À cause de Marcelle, je me suis déjà mis à dos la corporation des journalistes : je ne tiens pas à me griller maintenant avec le monde des arts et des spectacles. Mais vu la situation. Vu Jacques et Geneviève Fath.)

50.4

Je peux rigoler encore un peu ?

On ne m'en voudra pas de préférer en rire qu'en pleurer ?

Dans le dossier Fath du musée des Arts décoratifs figure un article de presse intitulé « Geneviève Fath et les hommes ». Paru le 7 octobre 1967 dans la revue *Noir et Blanc* consacrée, en lettres toutes majuscules, aux « Vedettes Du Moment et aux Grands De Ce Monde », il s'agit d'une interview dite « choc » de cette brave Geneviève donnée treize ans après la mort de son Jacquot adoré et je lui laisse la parole car elle vaut son pesant de je-ne-sais-quoi, qu'on en juge : « Deux choses me répugnent : l'injustice et le mensonge. Ça, je ne le supporte pas ! (...) Je pense qu'une femme ne peut pas tout faire. Elle ne peut pas coucher avec tout le monde. (...) Un homme se doit d'être jaloux, pas une femme. (...) L'argent, chez moi, n'a jamais influencé l'amour. (...) Il n'y a plus beaucoup de vrais hommes. Nous sommes à l'ère des minets. La race des grands play-boys (des seigneurs ?) s'est éteinte. Il n'y a plus à présent que des ersatz. »

Du petit-lait.

Ou du vomi de porc.

On en voudrait moins au vice s'il ne cherchait à se faire passer pour la vertu.

On comprend que, pour certains, c'était mieux « avant ».

Mais voici qu'une biographie d'Arletty, signée David Alliot, m'apprend que Geneviève Fath aurait été l'amie, peut-être l'amante, de notre « Garance » nationale, laquelle avait un faible pour les filles à particule (par exemple Josée de Chambrun, la fille de... Pierre Laval). Or, on peut lire au début du chapitre IV : « le couple Fath était pour le moins original. En effet, Jacques Fath était décrit par les Renseignements généraux (Dossier n° 77W1820/152 670, daté du 26 juin 1953) comme notoirement homosexuel, tandis que sa femme est présentée comme bisexuelle. » Voire carrément « lesbienne », à en croire le journaliste italien Bonaventuro Calora dont les propos sont cités sur plusieurs sites LGBTQ et même RSTUVWXYZ, histoire de n'oublier personne. Ledit journaliste italien (dont je n'ai toutefois pas trouvé trace...) décrivant Jacques Fath comme « extrêmement efféminé et ancien amant du réalisateur français Léonide Moguy » lequel, ai-je encore lu ailleurs (je joue aux petits chevaux sur l'échiquier de la petite Histoire), vivait à demeure à Corbeville. (Moguy fut celui qui tourna *Prisons sans barreaux*, le dernier film dans lequel apparaît... Corinne Luchaire.)

Sacrée Geneviève.
Sacré Pommadin.
Sacré couple.

C'est toujours déprimant de voir des gens (homos, Noirs, Arabes, Juifs, pauvres, etc.) que la société réprouve, rejette et désespère se ranger du côté du plus fort.

Ce n'est pas parce qu'on fait partie d'une minorité opprimée que les combats que l'on mène sont tous justes.

Hélas non.

50.5

Mais voici que, dans *Scandale aux Champs-Élysées*, Fath est interrogé par l'inspecteur qui mène l'enquête sur le meurtre des deux mannequins de sa cabine et, malice du scénariste ? Preuve que tout le monde était au courant et, en 1952, que certains n'avaient pas oublié ? En tout cas, Pierre Fresnay (qui joue l'inspecteur) s'énerve et, avec morgue, balance à un Fath livide : « Ma parole, tu fais tout en cachette, toi. Ta collection en cachette, tu te maries en cachette… » Quoi d'autre en cachette ? Il faut voir la tête de Fath à ce moment-là.

Voici que, dans son livre *La Mode sous l'Occupation*, l'historienne Dominique Veillon écrit page 177 que, contrairement à d'autres (Balenciaga, Lanvin, Schiaparelli…), « ce ne sont pas les scrupules de conscience qui embarrassent le jeune Jacques Fath, qui vient tout juste d'ouvrir sa maison, en 1939. Ce qui compte pour ce créateur de talent, c'est d'exercer son art et de vendre, peu importe qui achète. *L'essentiel est de faire des affaires*, même si c'est avec l'occupant ou des trafiquants du marché noir. Lui et sa femme sont de toutes les réunions franco-allemandes et se font remarquer par leurs fréquentations. Si J. Fath n'hésite pas à adhérer au Cercle européen, un groupement de collaboration, son épouse n'est pas en reste puisqu'elle entretient des liens d'affaires avec le bureau d'achat allemand que dirige un certain Zalhoum, installé rue Vernet, à Paris ». Là où siégeait le commandement allemand du secteur nord-ouest du Gross Paris. À dix minutes à pied de l'avenue Pierre-Ier-de-Serbie.

Plus loin, page 247 : « À la Libération, à l'heure des règlements de comptes, on peut s'étonner que l'épuration ait épargné la Haute Couture et ses activités annexes. » Car épargnée, elle le fut, ce ne sont pas les Fath, Rochas, Maggy Rouff ou Jacques Heim qui diront le contraire. Sur « cinquante et un dossiers examinés par le comité d'épuration en charge de l'industrie textile », aucun ne concerne un grand couturier ou ses activités. Seule une obscure entreprise de confection et une pauvre vendeuse des Galeries Lafayette accusée par une chouette collègue d'avoir été « un peu trop souriante avec des clients allemands » furent sanctionnées. On rigole, mais pas tant que ça. Car Dominique Veillon rappelle que « la collaboration économique a été très peu sanctionnée » (contrairement à celle dite « horizontale », qui a contre elle de ne pas taper au portefeuille). À l'heure du redressement du pays, le milieu de la mode fut donc dédouané à l'unanimité, dans tous les sens du mot dédouané. De fait, il s'agissait de préserver les « vastes possibilités d'exportation » d'un secteur d'activité terriblement lucratif et propre à redorer la *marque* France à l'étranger – le « soft power » ne date pas d'aujourd'hui. « Pour que les industries du luxe prospèrent, pour qu'elles puissent créer, réaliser et vendre, plaida la chambre syndicale de la haute couture, il leur faut un climat général favorable, un climat d'ordre et une attention bienveillante de la part des pouvoirs publics. » Et ainsi fut-on « bienveillant avec les grands patrons de la mode ». Amen.

Finalement, c'est toujours la même histoire. Au nom de l'argent, certains font des saloperies sur lesquelles, toujours au nom de l'argent, d'autres passent l'éponge. Une espèce de perfection. De machine en roue libre, où les êtres humains ont surtout l'air de rouages, de tristes pantins, même s'ils s'habillent de propre six fois par jour et affichent un teint bronzé toute l'année.

Le présent n'aime pas qu'on lui rappelle son passé mais le passé est comme ce bleu que Picasso effaçait et recouvrait par du rouge, du vert ou du jaune : « Même si on ne le voit plus, il reste quelque chose de ce bleu sur la toile. Il se trouve toujours là », disait-il.

Parfois, l'oiseau bleu perd ses plumes et ses couleurs.

Parfois, il ressemble à un vautour.

50.6

C'est donc cette maison de couture que Marcelle représenta.

Pour les Fath qu'elle travailla, posa, défila.

À leur service qu'elle fut.

Savait-elle ?

Que savait-elle ?

Qu'en pensait-elle ?

Que vit-elle, de ses yeux ?

Qu'entendit-elle, de ses oreilles ?

C'est encore Barthes qui disait que « montrer un aveugle permet de faire voir avec plus d'intensité ce qu'il ne voit pas ».

Tout cela me fatigue.

Tout cela me déprime.

Et si Marcelle ? Si Florence ? Puisque je n'ai trouvé nulle trace de sa carrière de mannequin pendant les années 50. Puisque lors du recensement effectué en 1946, tout de suite après la guerre, à la question de savoir quelle profession elle exerçait, elle répondit « néant », ce qui valait peut-être mieux pour elle. Oui, ce soupçon tout à coup. Et si elle avait été une des filles de la maison Fath pendant l'Occupation ! Sachant tout ce que cela implique, maintenant que je sais. Et quand on sait, on ne peut plus oublier. On sait. Avec tout ce que le mot « filles » pouvait suggérer en ces temps criminels. Ce ne sont pas des mots en l'air.

Car j'ai découvert. Je me suis brusquement souvenu. Un éclair. Un déclic. De nouveau mon syndrome de voyance de Modiano. C'était enfoui dans un recoin de mon cerveau et cela a resurgi tout d'un coup. Rien n'arrive sans mémoire et, vite vite vite, je suis allé vérifier. J'ai retrouvé dans ma bibliothèque le roman intitulé *Le Corps noir* de Dominique Manotti. Un « polar » comme je les aime et comme seule Dominique Manotti sait les écrire. Dont l'intrigue, située fin 1944, plonge au cœur de la bande de la rue Lauriston, dans le milieu des gestapistes français, au siège de la « carlingue », là où le crime – de la torture aux assassinats en passant par les extorsions à grande échelle – avait force de loi pendant Vichy, sous l'autorité mafieuse des Bonny, des Lafont et des Deslauriers, quand bien même ce dernier personnage est inventé (mais pas moins réel que les deux autres) et je ne me trompais pas.

Page 10, ces lignes : « La première, Geneviève Fath, ravissante, dans une robe blanche à fleurs rouges, lascive comme une graminée (...) entre dans le bureau de Deslauriers, qui lui baise la main avant de lui avancer une chaise. Elle s'assied de côté, croise ses jambes gainées de soie pour éviter la tache de sang qui imprègne le tapis (Deslauriers vient de buter un type), enlève ses gants blancs et relève sa voilette d'un geste précis.

– René, j'ai besoin de toi. Ce matin très tôt mon expéditionnaire m'a prévenue que toute ma livraison était bloquée. Une cinquantaine de robes de toutes les grandes maisons parisiennes et leurs accessoires qui doivent être livrés à Monaco. Tu ne peux pas m'obtenir un permis de circulation ?

Deslauriers lui glisse un bloc et un stylo.

– Note les coordonnées de ton expéditionnaire. Je verrai ce que je peux faire. 5 % du prix de la marchandise à la livraison, on est d'accord ?

Geneviève Fath se lève, longue, mince, perchée sur ses hauts talons, sourit, rabat sa voilette d'un geste expert, commence à enfiler ses gants.

– Affaire conclue. On te voit ce soir chez Dora Belle ?

– En principe, oui. »

Quelques pages plus loin, chez Dora Bell justement, qui tient un salon littéraire dissimulant une maison de plaisir (ou est-ce le contraire ?) : « Deslauriers s'éloigne et se heurte à Geneviève Fath, spectaculaire dans une longue robe verte près du corps qui tient par deux minuscules bretelles. (...)

– Ça roule, René. Tu es le meilleur. Tu as vu la robe de Dora ? Elle est de Jacques. (Jacques Fath, bien entendu.)

Derrière elle, dans l'encoignure d'une fenêtre, Greven, le patron de la Continental, grand, massif, chauve, sourire aux lèvres, et Clouzot, son metteur en scène fétiche, plus petit, maigre, visage aigu, discutent des jeunes femmes qui passent et repassent devant eux.

– La petite en rouge, un cul confortable comme un fauteuil anglais.

– Je suis plus sensible à la bouche à pompiers...

– Parfait. On se la prend tous les deux pour ce soir ?

– Affaire faite.

Le cercle se disloque. Greven et Clouzot, accompagnés d'une dizaine de filles, descendent vers l'orangerie, aménagée au rez-de-jardin. (...) Deslauriers pose la main sur l'épaule de Geneviève Fath qui s'apprête à partir avec son mari (avec Jacques Fath, donc).
– Laisse-le rentrer seul. Trouve-moi une autre fille et venez me rejoindre en bas toutes les deux. »
« Trouve-moi une autre fille... »
Et si Florence ?
D'imaginer pareille situation, je suis au bord de tomber de ma chaise.
De me prendre la tête entre mes mains.

Cependant, Marcelle avait épousé Victor Baisse en 1940.
Et alors ?
Leur mariage ne dura pas.
Geneviève Fath aussi était mariée.
Et, à 23 ans, Florence n'était peut-être plus Marcelle.

Que disait déjà Geneviève ?
– Je ne supporte pas le mensonge et l'injustice ?
– Je pense qu'une femme ne peut pas coucher avec tout le monde ?
– Les hommes se doivent d'être jaloux ?
– L'argent, chez moi, n'a jamais influencé l'amour ?

La véritable Geneviève s'appelait Eveiveneg puisqu'il suffit de retourner en son contraire tout ce qu'elle dit pour la voir telle qu'elle était réellement. Et cela vaut pour tous les gens de son espèce. Je veux dire ceux qui affichent un visage d'autant plus lisse et propre qu'ils ont le cul bien merdeux. Ceux dont le petit oiseau bleu gît à leurs pieds, abattu en plein vol.

Qu'écrivait déjà Marcelle : « Malédiction sur ce monde pourri » ?

Moi qui, il n'y avait pas si longtemps, l'imaginais crever de peur pendant l'Occupation, crever de faim, crever de froid.

J'avais peut-être tout faux.

Marcelle Pichon n'était peut-être pas une victime des temps, mais sa complice.

Elle était peut-être une anti-Dora Bruder !

50.7

En tout cas, elle n'était pas cette Marcelle Pichon dont le nom apparaît dans les Archives Arolsen qui, installées dans la ville de Bad Arolsen, au cœur du land allemand de la Hesse, conservent la mémoire de la Shoah, et notamment celle des « personnes civiles victimes de persécutions nazies » au travers de près de 90 millions de documents aussi nécessaires que déprimants. Sur le moment, découvrant par hasard, au fil de mes recherches décidément acharnées, totalement forcenées, entre « Robert Picard » et « Gilberte Philips », le nom de « Marcelle Pichon » dans la liste des « ressortissants français internés par les autorités allemandes à la prison de Fürth », j'ai cru, j'ai senti mon sang se figer ! Marcelle Pichon ? Persécutée par les nazis ? Surtout que, d'après cette liste établie en 1946, il était écrit à la machine à écrire que cette Marcelle Pichon était née à Paris. À Paris ! Oh mon Dieu ! C'était elle ! Oui, mais il était tapé à la machine à écrire qu'elle était née le 11 mai 1923. Elle n'était pas née le 3 février 1921. Après l'avoir cru, après avoir senti mon sang se figer, il s'agissait d'une autre Marcelle Pichon, d'un double onomastique, d'une petite sœur jumelle née deux ans après *ma* Marcelle. La foudre était tombée juste à côté, il s'en était fallu d'un cheveu. De quelques chiffres ne coïncidant pas tapés froidement à la machine à écrire. Sauf à imaginer que Marcelle aurait menti sur sa date de naissance mais c'était peu probable, les nazis souffrant, entre autres tares, de monomanie administrative. Dommage.

J'écris le mot dommage et… ça ne va pas la tête ? Je délire ou quoi ? Suis-je comme ces journalistes qui applaudissent des deux mains dès qu'une catastrophe se produit car ils savent que cela fera monter l'audience et, à l'antenne, je le sais pour avoir travaillé dans les médias, leur jubilation prend le masque d'une compassion parfaitement imitée et d'un vocabulaire surjouant l'émotion du style « violence inouïe » ou « spectacle insoutenable » ?

Suis-je aussi hypocrite ?
Aussi *misérable* ?
À cause du livre que j'écris ?

Parce que Marcelle, si elle avait été persécutée par les nazis, deviendrait soudain – quoi ? Plus émouvante ? Plus digne de compassion ? Voici qu'elle se retrouverait « du bon côté » ? Elle deviendrait imparable, j'allais dire admirable, car parée de toute l'horreur nazie ? Contre toute attente, elle serait auréolée du grand et noble statut de victime de l'Histoire ? Il y aurait des violons tout à coup ? On pourrait pleurer sur son sort, épouser sa cause ? Son suicide deviendrait même compréhensible, dans la foulée de celui de Primo Levi ? On saurait tout à coup le pourquoi du comment ? On comprendrait tout soudain ? Fin de l'histoire ? Oui, *en tant qu'écrivain*, aurais-je préféré que Marcelle soit persécutée par les nazis et tant pis pour elle, tant mieux pour mon livre ? Cela que j'aurais *voulu* ? Qu'elle soit internée au fin fond de la Bavière, à la prison de Fürth, à l'âge de 18 ans, près de neuf mois durant, du 6 juin 1941 au 23 février 1942, dans le cadre du projet nazi « d'extermination par le travail » puisque la fiche de Marcelle Pichon, celle née le 11 mai 1923, fut établie par les services de l'entreprise Siemens qui, indéfectible soutien financier d'Hitler depuis ses débuts, obtint en retour de se servir de la masse des prisonniers et des déportés pour faire tourner gratis ses usines dont certaines, pour encore plus de rentabilité, étaient directement installées dans l'enceinte des camps de concentration, comme à Auschwitz et Ravensbrück ? Cela qui, *littérairement*, m'aurait fait plaisir ? Merde alors !

J'ai honte soudain. Honte de moi. Honte de me prendre en flagrant délit de vouloir exploiter le chagrin et la pitié à des fins artistiques. Du coup, je suis heureux que *ma* Marcelle n'ait pas été déportée, emprisonnée et forcée de travailler comme une esclave sur les chaînes de production de moteurs d'avions Siemens. Une seule Marcelle Pichon aura bien suffi. Je trouve cela infiniment préférable, pour elle d'abord, évidemment pour elle, pour moi ensuite. Cela m'arrange, oui, finalement. Je n'ai, de la sorte, pas à surjouer des sentiments tellement consensuels qu'ils se trouvent vidés de leur substance vive, et que vaut une émotion qu'on cherche à nous extorquer ? On ne la ressent pas, pas vraiment, pas du tout ! Écrire consiste à refuser certaines choses et je me félicite maintenant que ma Marcelle demeure singulière, emblème uniquement d'elle-même, responsable toute seule de son malheur. Énigme d'un mal lui appartenant et non à l'horreur nazie. Ouf.

50.8

Tout de même. Cette petite sœur de la prison de Fürth. Cette jumelle envoyée de force dans un camp de travail pour y être exterminée tandis qu'elle-même travaillait pour le couple Fath et profitait luxueusement de la collaboration avec l'occupant. Quelle ironie ! D'une Marcelle Pichon l'autre, quelle histoire ! Une histoire à la Monsieur Klein ! Évidemment *Monsieur Klein*. Bien sûr le film de Losey (1976) ! Cela m'apparaît tout à coup lumineux. Je suis à ma table de travail et voici que j'imagine Marcelle, la mienne. J'imagine Marcelle mannequin vedette chez Fath, Marcelle se fichant des malheurs des temps et profitant des malheurs des temps avec cette ingénuité qui appartient autant à l'insouciance de la jeunesse qu'à son égoïsme. Eh quoi, sa mère l'avait abandonnée, elle en avait assez bavé, elle s'en était socialement sortie et que venait-on l'embêter avec la morale, la politique, les Juifs, les nazis et tout ce barnum ? Cela ne la regardait pas. Elle avait sa vie à vivre et la vie n'attendait pas. Elle connaissait enfin le faste et elle l'avait mérité. Elle y avait droit. Mais Marcelle : voici qu'on la confond tout à coup avec une autre et qu'elle est forcée de prouver qui elle est, de démontrer qu'elle est en règle, qu'elle n'est ni juive ni communiste ni rien, oui, elle est Marcelle Pichon, née le 3 février 1921, et elle n'est pas l'autre Marcelle Pichon, elle n'est pas le petit bougnoule, pas du tout, il y a erreur sur la personne, elle n'a rien à voir cette femme qu'elle ne connaît ni ~~d'Ève ni d'Adam~~ ni de Siegfried ni des Walkyries et c'est qui cette Marcelle Pichon, d'abord ? Pourquoi fait-elle effraction dans sa vie ? De quel message est-elle porteuse ? À la fin, Marcelle comprendra qu'elle et Marcelle Pichon ne sont en définitive que les deux faces d'une même pièce. Qu'elles sont toutes les deux liées par le destin de l'humanité et, à la fin, Marcelle se laissera arrêter, elle décidera de vivre le destin de toutes les Marcelle Pichon qui subissent l'arbitraire et la barbarie et elle montera volontairement, par solidarité si ce mot a encore un sens, dans le train l'emportant elle et la « vraie » Marcelle Pichon, ainsi que toutes leurs sœurs et doubles et sosies et alter ego, toutes leurs *semblables*, à la prison de Fürth, pour y être exterminées.

Ce qui serait formidable, c'est que Marcelle Pichon et Marcelle Pichon se soient connues. Je ne suis pas sûr que le mot « formidable » convienne, mais l'idée me transporte. Elle m'ouvre d'étranges perspectives. Je les imagine amies, je les imagine amantes, je les imagine Thelma et Louise, je les imagine Dr Pichon et miss Marcelle, sœurs jumelles dans l'adversité. Surtout que très peu de Marcelle Pichon sont nées à Paris entre 1921 et 1923. Je n'ai pas fait le compte (et je ne vais pas me replonger dans les Archives de Paris pour le savoir, merci bien), mais je pense que le chiffre n'excède pas les doigts d'une seule main. Voire une main atteinte de syndactylie.

50.9

J'ai fait quelques recherches sur la Marcelle Pichon de la prison de Fürth. Bien obligé. C'était le moins que, *in memoriam*, je pusse faire. Tant qu'à me trouver sur le fil du rasoir. Ce n'était d'ailleurs pas très compliqué. Sachant qu'elle était née à Paris le 11 mai 1923, il me suffisait d'éplucher les tables décennales de chacun des vingt arrondissements de Paris, période 1923-1932, pour découvrir dans quel quartier elle était née ; puis de rechercher dans les registres des naissances de l'arrondissement concerné afin d'en apprendre davantage sur elle.

Dans ce genre de situation, il m'est arrivé un nombre incalculable de fois de parcourir tous les fichiers pour découvrir que le nom que je recherchais figurait dans le dernier. Comme par hasard. Comme un fait exprès. Une espèce de loi. C'est au point où il m'arrive de commencer par le dernier fichier, afin de déjouer le mauvais génie du chercheur d'or – car il existe un mauvais génie du chercheur d'or, j'ai des preuves. Mais je me dis que celui-ci aura justement caché le nom dans le premier fichier et, finalement, je l'aurai encore dans l'os. On ne peut pas ruser avec le mauvais génie du chercheur d'or et, à malin, malin et demi, j'ai donc commencé par le 1er arrondissement, résigné d'avance de devoir me taper dans l'ordre les vingt arrondissements de Paris pour y chercher vingt fois de suite, à la lettre P comme Pichon, tous les enfants nés entre 1923 et 1932, comme un prix à payer pour obtenir ce que je voulais. Eh bien non ! Pas cette fois. Car dès le sixième fichier, j'ai levé les bras en l'air. Marcelle Pichon bis était née dans le 6e arrondissement ! Youpi ! Fort de cette information, je me suis précipité en trois clics sur la page des actes de naissance du 6e arrondissement, j'ai entré la date 1923 et... rien ! Les registres n'étaient pas accessibles en ligne. Ils n'étaient consultables que sur le site des Archives de Paris, boulevard Sérurier. Chiotte ! Telle est la dure vie de détective, entre frustrations hyper frustrantes et joies sans nom.

Finalement, (je passe les détails, j'accélère la cadence, je vais pour une fois droit au but), « l'autre » Marcelle Pichon naquit en fait le 10 mai 1923, à 16 h 15, à la maternité de la rue d'Assas, numéro 89, Paris 6e. Son père s'appelait Étienne Pichon. Il était né trente ans plus tôt, à Landerneau (Finistère). Il était manœuvre. Il n'avait aucun lien avec la branche berrichonne des Pichon. Sa mère, Jeanne Delpeux, était originaire de Brest. « Sans profession », elle était âgée de 26 ans lorsqu'elle accoucha de la petite Marcelle. Toute la famille logeait à ce moment-là 103 rue de Paris, à Vanves, dans les Hauts-de-Seine. Libérée de la prison de Fürth et rentrée dans sa famille, Marcelle épousa Édouard Pierre Zanni dès la fin de la guerre. La cérémonie eut lieu le 28 juillet 1945, à la mairie de Vanves. Elle avait 22 ans. Ils ne divorcèrent pas. Marcelle s'éteignit à près de 80 ans à Bezons, dans le Val d'Oise, le 22 septembre 2002. Je n'ai pas cherché à en savoir davantage. J'ai préféré la laisser tranquille. Elle en avait assez vu. Nous lui souhaitons d'avoir été heureuse.

PS : Sans les livres, sans *l'écrit*, nous ne saurions rien.

Je dis bien les livres, je dis bien l'écrit, pas autre chose.

« Mais quel est ce nouveau mystère ? »
Maurice LEBLANC, *L'Aiguille creuse*

51

– Oh Penny, je suis heureux de vous voir !
– Et celle-ci donc.
– Cela faisait un bail ! Vous ne pouvez pas savoir combien vous m'avez manqué. Je vous confirme que je n'aime pas le milieu de la mode. Les journées que je viens de passer ont été horribles.
– Celle-ci vous rappelle que c'est elle qui a été malade.
– D'accord, oui, euh, vous allez bien ?
– Ça va.
– Pas de séquelles ?
– Non.
– Parfait. On peut se remettre au travail, alors.
– Celle-ci ne vous a pas attendu.
– Ah oui ?
– Celle-ci a passé quelques coups de fil.
– Bravo !

– Anne Gaillard, par exemple. Celle-ci est finalement parvenue à entrer en contact avec elle. Vous voulez savoir comment ?

– Non.

– C'est sympa pour le mal que celle-ci s'est donné.

– La Bmore & Investigations sait ce qu'elle vous doit.

– Si vous le dites. En tout cas, Anne Gaillard a été très gentille. À plus de 80 ans, elle tient sacrément la forme. Elle m'a parlé Covid, situation internationale, politique française… Elle est au fait de tout ce qui se passe. Mais concernant Marcelle, elle n'a aucun souvenir. Elle ne se rappelle pas d'elle. Il faut dire que cela date.

– C'est bien dommage. Vraiment pas un souvenir ?

– Rien de rien.

– Même concernant la présence plutôt incongrue et décalée de Marcelle dans le documentaire sur les femmes divorcées ?

– Celle-ci lui a posé la question et Anne Gaillard suppose que c'est lié au fait que Marcelle était mannequin. À l'époque, elle avait produit plusieurs émissions sur les diktats de la mode et elle pense avoir été touchée par cette femme qui, ce sont ses mots, avait eu « la chance d'être mannequin » mais qui, finalement, se retrouvait dans la solitude et la pauvreté.

– Donc, nous pouvons la rayer de la liste des suspects.

– Anne Gaillard suspecte ? Mais de quoi ?

– Tout le monde est suspect, Penny.

– N'importe quoi !

– Je vous rappelle que nous enquêtons sur un crime.

– Bmore, vous délirez. Il s'agit d'un suicide !

– Tout suicide est un meurtre envers soi-même auquel on pousse un individu. Mais passons. C'est tout de même regrettable qu'Anne Gaillard ne se souvienne de rien. Elle seule aurait pu nous dire de quoi vivait Marcelle avant sa mort.

– Son acte de décès indique qu'elle était retraitée.
– Retraitée de quoi ?
– Me criez pas dessus, Bmore, celle-ci n'y est pour rien.
– Pardon, Penny. Vous avez autre chose ?
– À Béziers, aux archives de la SNCF, ils ne possèdent aucun dossier sur Charles Pichon. Le père de Marcelle, si vous vous rappelez.
– Vous dites ça pour le lecteur ? Afin qu'il ne soit pas perdu ?
– Absolument. Aux archives de la SNCF, ils ont été très serviables et ils ont renvoyé celle-ci au Cercle généalogique des cheminots, dont le président s'appelle Henri Dropsy. Et lui aussi a été super sympa. D'abord, il a trouvé une fiche concernant un Charles Pichon qui, en 1890, était « contrôleur des billets en résidence à Capdenac ». Capdenac dans l'Aveyron et non dans le Lot, comme on le croyait. Vous vous rendez compte ? Le grand-père de Marcelle était contrôleur des billets. Et d'après Henri Dropsy, son évolution de carrière a pu le mener jusqu'à devenir conducteur ou même chef de train. Alors, qu'est-ce qu'on dit ?
– C'est sûr que cela nous avance beaucoup.
– On le raye aussi des suspects ?
– Très drôle.
– Concernant la Compagnie du chemin de fer Paris-Orléans, Henri Dropsy a été très clair : on disait la Compagnie ou le PO, au masculin. Pas *la* PO. Il a également précisé que le terme « cheminot » était apparu pendant la guerre de 14. Avant, on disait « ouvrier » ou « employé » aux chemins de fer. Il espère qu'on en tiendra compte. Il en a un peu marre des libertés que prennent les écrivains avec la vérité historique. « Henri Vincenot, c'est sympa, qu'il a dit, mais c'est un peu n'importe quoi. »

– C'est noté. On dira le PO à partir de maintenant. Quoi d'autre ?

– José-Anne Micha a envoyé sa chanson.

– C'est vrai ? Formidable !

– Elle est même allée jusqu'à faire graver un CD car elle ne possédait qu'une vieille cassette de son disque *Tribulation(s) de femme*, sorti en 1989. Elle a été adorable. Pleine de verve. Avec son accordéon, elle donne des petits récitals sur son balcon pour distraire les gens de sa rue pendant le confinement. Les êtres humains sont gentils, finalement. Plus qu'on ne le croit. Comme vous, elle avait entendu l'histoire de Marcelle Pichon à la radio et elle a écrit cette chanson dans la foulée. Vous voulez que celle-ci vous lise un extrait ? Ça s'intitule *La Complainte des mutantes*.

– J'ai hâte !

– D'accord. Vous êtes prêt ? (Penny se racle la gorge) : « Elle s'appelait Pichon Marcelle/Nul ne se souvenait qu'elle vivait/Que dire ? Que faire ?/On a beau changer les tableaux/Marteler le mot « Espérance »/Nous dire que demain sera beau/On meurt toujours d'indifférence/Que dire ? Que faire ?/S'affrontent encore en nos cerveaux/Atavisme et monde nouveau/Ni soumises ni libérées/Serons-nous un jour achevées ?/Nous, mutantes que l'on harasse/Depuis l'aube de l'humanité ?/Que dire ? Que faire ?/Laissez-moi pleurer. » Bon, c'est mieux avec la musique. Celle-ci postera la chanson sur le site pour que vous puissiez l'écouter.

– D'accord. Vous saviez qu'au Moyen Âge, les faits divers étaient volontiers mis en musique ? Les chansons tenaient la gazette des temps.

– C'est pour ça que cette chanson est une « complainte »... Mais à propos d'hommage : celle-ci a réussi à contacter Béatrice Audry.

– Qui cela ?

– La dramaturge qui, en 1987, a écrit la pièce *Vous avez dit Marcelle Pichon ?*

– Ah oui. Vous avez lu sa pièce ?

– Bien sûr.

– Alors ?

– On ne peut juger du théâtre que lorsqu'il est joué sur une scène. Ce que celle-ci peut vous dire, c'est qu'il s'agit d'une pièce en deux tableaux. Dans le premier, Marcelle a 30 ans et, le temps d'un défilé de mode, elle est au faîte de sa gloire ; dans le second, elle a 60 ans et elle revient sur le lieu de ses exploits d'antan, pour constater qu'elle n'a plus sa place sur Terre. En exergue, une citation de Colette donne le ton : « Aucun autre métier féminin ne contient d'aussi puissants facteurs de désagrégation morale que celui de mannequin. »

– Ce pourrait être l'épitaphe de Geneviève Fath.

– Ou bien le métier de mannequin convient particulièrement aux femmes moralement désagrégées.

– Okay. Et Béatrice Audry ?

– La pauvre se remet tout juste du Covid. Elle était au plus mal. Celle-ci pense qu'elle a été sévèrement atteinte. Il faut dire qu'elle approche les 80 ans.

– Mince.

– Comme vous dites. Nous n'avons pas pu parler beaucoup. Elle n'était pas trop en état. Mais elle se rappelait très bien sa pièce, écrite avec « passion », a-t-elle précisé. Mais attendez, celle-ci a noté ce qu'elle a dit. Voilà. Elle aussi a appris l'histoire de Marcelle par les médias. Elle n'était pas au courant qu'un livre ou qu'une chanson avait été consacré à Marcelle Pichon. Ni à l'époque ni par la suite, elle ne fut contactée par la famille de Marcelle. En revanche, elle est allée rue Championnet pour se rendre compte, s'imprégner des lieux. Sa pièce n'a quasiment jamais été jouée, mais elle s'est vu décerner un prix par la SACD. Elle était surprise que je l'appelle. Plutôt

« touchée ». Ah oui, à la fin, elle a dit un truc. Elle trouve notre enquête « un peu morbide ». Aujourd'hui, elle se dit « scandalisée par la démarche de Marcelle ». Plutôt que se laisser mourir de faim, elle pense que Marcelle aurait pu se suicider « proprement ». Pourquoi s'être regardée mourir à petit feu ? Qu'espérait-elle ? Devenir célèbre dans la mort car elle ne pouvait plus l'être de son vivant ? L'idée la choque aujourd'hui. Elle la désespère. Et grâce à nous, Marcelle va obtenir la gloire qu'elle cherchait. Nous allons lui donner raison de façon posthume. Elle n'a pas dit qu'elle trouvait ça répugnant mais elle le pensait très fort.

– Cela peut s'entendre. Pourtant, elle-même a écrit une pièce de théâtre sur Marcelle.

– Qu'est-ce que vous voulez que celle-ci vous dise ?

– Mais j'y pense, vous ne deviez pas jouer les Erin Brockovich pour récupérer la dépêche de l'AFP qui a diffusé la nouvelle de la mort de Marcelle ?

– Alors là, Bmore, accrochez-vous !

– M'accrocher à quoi ?

– À ce que vous pourrez, pourvu que cela soit bien dur.

– Cela sans sous-entendus, j'espère.

– Ne vous faites pas plus bourrin que vous n'êtes, Bmore. Parce que là. Écoutez ! Celle-ci a pu récupérer la dépêche AFP grâce à un ami qui travaille à *Libération* et, au passage, merci Luc. Il s'appelle Luc. La dépêche se trouvait archivée dans le dossier de l'article paru en 1985. Le problème, c'est qu'elle n'est signée que par les initiales du journaliste. Or celle-ci vous rappelle que nous voulions savoir qui, le premier, avait été au courant de la mort de Marcelle. Qui et comment ? C'est là que Penny Brockovich a joué de ses charmes avec un type de l'AFP pour savoir qui se cachait derrière les initiales.

– Vous l'avez vu ?

– Pas la peine. Celle-ci a pris sa plus belle voix poitrinaire et il a cru voir ses seins au téléphone. Vous savez comme sont les hommes. S'ils n'érotisent pas une femme, elle n'existe pas à leurs yeux.

– Ça vous arrive de dire autre chose que des lieux communs ?

– Faites pas chier, Bmore.

– D'accord, mais les gens qui mettent tout le monde dans le même sac sont comme ce kangourou qui s'est caché un jour dans sa poche ventrale : on ne l'a plus jamais revu.

– Vous avez fini ? Tenez, lisez plutôt.

(Penny me présente l'écran de son ordinateur portable avec la dépêche de l'AFP affichée sur le site de la Bmore & Investigations. Je la lis avec attention.)

– Alors Bmore, rien ne vous frappe ?

– Pas spécialement. On retrouve, quasiment au mot près, tout ce que nous avons pu lire dans la presse. Tout y est. Même la voisine que Marcelle envoya paître. Et le documentaire d'Anne Gaillard, avec Marcelle disant à la fin qu'elle voudrait que quelqu'un l'attende, etc. Il est clair que cette dépêche a été copiée-collée par tous les journaux. C'est bien elle la source à laquelle les autres médias ont puisé.

– Regardez la date. Elle se trouve en bas, avec le time code.

– 25 août 1985, à 16 h 15. Et alors ?

– Alors ? Mais enfin, Bmore, le 25 août, c'était le dimanche. Or *Le Parisien libéré* et *France Soir* ont sorti l'histoire le samedi matin, de même que RTL et la télé. Les rédactions étaient au courant dès le vendredi soir, 23 août. Vous voyez le problème ? La dépêche a été écrite *après* que tout le monde a parlé de la mort de Marcelle. Ce n'est pas l'AFP qui a sorti l'affaire. Elle a envoyé à tous les médias abonnés à son fil d'actualité une information qui faisait déjà la une des journaux, des radios et des télés. Parlez d'une source !

– Nom d'un caramel mou !

– Comme vous dites.

– Mais comment est-ce possible ?

– À lire la dépêche, on a l'impression que le rédacteur de l'AFP s'est contenté, depuis son canapé, de copier-coller ce qu'il avait lu et entendu ailleurs et, ni vu ni connu, qu'il en a fait une dépêche classée « urgente » (P3).

– Holà Penny, on parle tout de même de l'AFP ! Et dans la dépêche, il y a une information qui ne figure nulle part ailleurs.

– Vous parlez du fait divers dont il est question à la fin ?

– D'après ce qui est écrit, des ouvriers ont découvert dans un appartement de Neuilly le cadavre momifié d'une femme de 45 ans qui était morte depuis sept ans.

– Elle s'appelait Louise Geoffroy.

– Vous avez vu ? Cela se passait en février 1984. C'est-à-dire relativement peu de temps avant que Marcelle s'enferme chez elle et cesse de s'alimenter. Imaginez qu'elle ait eu connaissance de cette histoire ? Cela a pu lui donner des idées. Vous n'êtes pas sans savoir qu'il existe des phénomènes de contagion.

– Celle-ci ne voit pas les choses ainsi. Cette histoire de Louise Geoffroy est un leurre. Elle n'a pas grand-chose à voir avec le suicide de Marcelle. D'ailleurs, aucun média ne l'a reprise. Pas même les journaux parus le lundi 26, tels *Le Monde* et *Libération*, ce qui aurait sûrement été le cas si l'AFP avait sorti l'histoire de Marcelle en premier. Non, le rédacteur l'a tirée de son chapeau pour couvrir ses arrières. Il a consulté les archives de l'AFP et, bingo, il a cloqué cette histoire dans sa dépêche, histoire de dire qu'il avait tout de même fait son boulot. Mais au vrai, concernant l'histoire de Marcelle, il n'y a pas une seule information qui ne soit d'abord sortie dans les médias et, surtout, qui ne soit rédigée avec les mêmes éléments de langage. Parce que tout de même, Bmore. La dépêche de l'AFP. Elle cite mot pour mot la voisine que l'on voit dans le reportage d'Antenne 2 ouvrir sa porte et raconter que Marcelle lui avait dit de lui fiche la paix alors qu'elle venait lui apporter son courrier et lui demander si elle n'avait besoin de rien. Ne dites pas à celle-ci qu'il n'y a pas un lézard.

– Vrai que c'est troublant, Penny. La dépêche semble avoir été écrite avec un œil sur la télé, mais sans le dire. En même temps, on était en plein mois d'août. Il y a peut-être eu du laisser-aller.

– Du laisser-aller ? Mais c'est grave, Bmore !

– Du calme, Penny. Ce n'est pas parce qu'on tombe sur un os qu'il faut le ronger. Nous ne sommes pas des chiens. Il faudrait au moins vérifier auprès du type qui a écrit la dépêche.

– Sonnez trompettes !

– Pardon ?

– Celle-ci dit que vous pouvez sonner trompettes, Bmore ! Vous avez devant vous la nouvelle Fantômette ! Car celle-ci a réussi à joindre l'auteur de la dépêche. Un monsieur très gentil, d'ailleurs. À la retraite aujourd'hui. C'est dingue comme les gens sont gentils ces temps-ci. C'est à cause du Covid ? Ou parce que celle-ci dit que vous êtes écrivain et que vous avez eu deux prix littéraires ?

– La prochaine fois, ne dites rien et vous verrez.

– Vous êtes méchant comme la gale, Bmore.

– Avoir reçu des prix littéraires aura au moins servi à quelque chose.

– C'est ça, faites le pioupiou. En tout cas, cela ouvre des portes. Les gens sont tout de suite bien disposés. C'est bon à savoir. Cela peut servir à l'occasion.

– Bon, votre type de l'AFP ?

– Il a confirmé avoir écrit cette dépêche. Quarante ans plus tard, il se rappelait même très bien ce fait divers qui, à l'époque, l'avait marqué et ému. Il a expliqué à celle-ci que l'AFP avait alors un journaliste accrédité à la préfecture de police de Paris et que c'est lui qui avait dû prévenir que des policiers du commissariat des Grandes-Carrières avaient découvert le corps momifié d'une ancienne mannequin. Voilà pour le circuit de l'information. C'est tout ce dont il se souvenait. Mais quand celle-ci lui a dit qu'il y avait un problème avec les dates et avec le contenu de sa dépêche, il a semblé bien embarrassé. Très embêté. Il était persuadé avoir été le premier à sortir l'histoire. Il a dit qu'une dépêche signalait théoriquement les informations issues d'autres médias. Il ne comprenait pas. Peut-être une erreur dans le codage des dates. La dépêche aurait été mal référencée. Il ne voyait pas d'autre explication. Il a dit qu'il allait vérifier sur les microfilms archivés à l'AFP et qu'il rappellerait très vite.

– Et ?

– Pas de nouvelles. Il n'a jamais rappelé. Ça fait trois semaines maintenant.

– D'accord. La malédiction de Marcelle a encore frappé.

– On peut dire qu'elle a le chic. Elle n'en loupe pas une avec les médias. Ou bien ce sont eux qui n'en loupent pas une.

– En attendant, nous ne savons pas qui, le premier, a sorti l'affaire.

– Telles que celle-ci voit les choses, les policiers du commissariat des Grandes-Carrières ont prévenu des journalistes qui étaient leurs copains, genre *France Soir* et *Paris Match.* En exclusivité, ils leur ont vendu l'info, ainsi que les photos et les pages du journal qu'ils avaient volées chez Marcelle. Des flics comme on les aime.

– C'est plausible, Penny. Mais nous n'avons aucune preuve.

– Ouais, bah, on fait avec ce qu'on a. N'empêche, celle-ci a bien bossé et vous pourriez la féliciter, cela lui ferait plaisir.

– Vous êtes une vraie Saga Norén.

– Celle-ci préfère Lisbeth Salander.

– C'est mieux que Miss Marple.

– Bon, et vous ? Le fils de Marcelle ? Vous disiez avoir une piste...

– José Baisse ?

– Voilà.

– Penny, on ne va pas tirer toutes nos cartouches d'un seul coup !

– C'est que celle-ci a envie de savoir. Elle a hâte.

– Plus tard. La prochaine fois. Je dois encore vérifier quelque chose.

– Vous êtes nul, Bmore. Cette façon de teaser, c'est vraiment cheap.

– Tant pis.

– Tant pis pie.

– Quoi ?

– Pie.

– De quoi parlez-vous ? Vous voulez aller aux toilettes ?

– La pie.

– Quoi la pie ? Qu'est-ce qui vous arrive, Penny ?

– Vous ne vous souvenez pas ? Dans *Scandale aux Champs-Élysées* ?

– Euh.

– Au passage, celle-ci tenait à vous dire qu'elle vous trouve gonflé d'avoir parlé de plein d'autres films en même temps que *Scandale aux Champs-Élysées*, mais sans le dire. Pas gêné le Bmore ! Vous croyez que celle-ci n'a pas reconnu *Portrait d'une enfant déchue*, de Jerry Schatzberg (1970) et *Qui êtes-vous, Polly Maggoo*, de

William Klein (1966) ? Elle a même reconnu un bout de *Dreams* d'Ingmar Bergman (1955). Ce n'est pas très sérieux, Bmore. Vous vous fichez de la gueule du monde.

– Oui, bon, on cherche l'information où on peut. Vous ne savez pas le nombre de films fascinés par les mannequins et la mode. Il y a même des pornos. J'ai dû faire un choix drastique.

– Et la scène dans le bidonville ? La pauvre mannequin jetée en pâture aux trois cinéastes. C'était qui ?

– Irène Tunc. C'était bien pour l'émission *Point contre-point*. Sur la première chaîne de l'ORTF. En janvier 1969. Le cinéaste qui met son doigt dans les anneaux de la robe de façon ironique et salace, c'est Claude Chabrol. Il devait avoir besoin de sous. Les deux autres sont Édouard Luntz et Alexandre Astruc. Tous ces cinéastes sont décédés aujourd'hui. Astruc vivait avec Irène à l'époque. Puis elle a vécu avec Alain Cavalier. Elle s'est tuée en voiture à l'âge de 37 ans. En 1972. Peut-être volontairement. On ne sait pas. Alain Cavalier lui a consacré un beau film en 2009. *Irène* ça s'appelle. Elle avait été miss France 1954. Au moment où Marcelle épousait Anouar Moualhi.

– C'est triste.

– Oui. C'est pour ça. Mais que vouliez-vous dire avec pi, pipi, je ne sais plus quoi.

– Ah oui. Dans *Scandale aux Champs-Élysées*, les mannequins qui font des mots croisés, en trois lettres, « Désagréable quand elle est vieille » : c'est la pie. Rien à voir avec les mannequins.

« Ainsi c'était là ! C'était elle.
La maison hantée. »
Henry JAMES, *La Redevance du fantôme*

52

Rue Championnet. À l'angle de la rue Ordener : un café-tabac. La Renaissance. Là où, peut-être, Marcelle aimait s'asseoir en terrasse, prendre un café, un vin blanc, une liqueur, en regardant les gens passer, sans penser à rien ou, au contraire, en pensant à trop de choses. Naguère, le café s'appelait La Halte. De l'autre côté de la rue, une brasserie. Le Cardinal. Là que Marcelle préférait aller ? Là que je suis allé prendre un demi et, après avoir posé la bière devant moi avec quelques chips dans une soucoupe, la serveuse m'a dit « bonne dégustation ». *Bonne dégustation !* Pour une Heineken et trois chips ! Bon Dieu, elle se croyait dans un cinq-étoiles ? Ses trois chips, elles avaient été découpées une à une au laser avec Fauchon microgravé en filigrane ? Bon Dieu, elle ne pouvait pas me parler normalement ? Me parler comme un être humain à un autre être humain ? Quel enfer ce monde ! C'est vrai qu'on déguste avec lui ! Car elle n'était pas la première à me traiter comme un roi pour mieux me prendre pour un con. Cela me donnait chaque fois des bouffées de haine. Cela que je ne supportais pas. Cette langue commerciale, ces gens comme des robots, ces comportements stéréotypés, cette vie totalement avilie, cette absence totale de discernement. Bientôt, les chauffeurs de taxi nous souhaiteront eux aussi « bonne dégustation ». J'ai bu une grande gorgée de bière. Et puis une deuxième. Et puis tout mon verre. Cela allait mieux.

Cent ans plus tôt, cette brasserie était la boulangerie Boussard. Je le sais car j'ai trouvé une carte postale de l'endroit. Les femmes du quartier étaient alors vêtues d'un corsage blanc boutonné très haut et d'une grosse jupe bleu-gris leur tombant jusqu'aux pieds. Les hommes portaient des canotiers. La vie était peut-être plus difficile mais ils avaient l'air plus heureux. Ils ont l'air plus vrais. C'est peut-être mon mauvais œil mais on dirait que les gens avaient plus de consistance il y a cinquante ou cent ans. Même leur bêtise devait être plus profonde.

Retour à la terrasse du Cardinal. Je ferme les yeux. Les rouvre. Autour de moi, la vie telle qu'elle est aujourd'hui dans ce coin du 18e arrondissement et telle que Georges Perec tenta de l'épuiser dans un autre arrondissement. Rien de spécial dans l'un et l'autre cas et c'est cela qui est spécial. Au premier étage d'un immeuble, un vélo est suspendu dans le vide, accroché aux barreaux d'un balcon, mais depuis l'extérieur, à l'aplomb de la rue. Plus loin, sur un mur, ce graffiti par temps de Covid : « Tousse ensemble. » Il fait beau. Il est aux environs de 16 heures. On est le 15 septembre 2020. Ce soir, le JT de TF1 emmènera en Italie, à la découverte des secrets du basilic et du pesto, rebaptisé pompeusement « l'or vert de Gênes », tandis que sur France 2, direction le Jura, ses « reculées vertigineuses » et son village tellement pittoresque de Baume-les-Messieurs (4 minutes à chaque fois tout de même). Tout va bien.

Penny étant malade, je me suis décidé à aller sur place. Je me suis décidé ce matin, au réveil. Comme si une force me poussait. Comme si c'était aujourd'hui ou jamais. Comme si le fantôme de Marcelle m'appelait.

Dans la rue Championnet, je cherche une Jaguar qui serait garée, même en double file. N'en vois point. Un peu plus loin, il y a une église. Je m'approche. Tout en pierre meulière et ciment, la façade surprend par son austérité. Pas de statues, pas de rosace ni de vitraux, aucun apparat. Juste un grand mur aveugle en pierre meulière avec, au fronton, une immense croix en bois. On croirait une chapelle de marins, en plus grand. Une inscription indique « Paroisse Sainte-Geneviève ». Sainte-Geneviève Fath ? Je rigole tout seul. Surtout que, renseignements pris, cette paroisse se distingua pendant l'Occupation pour son soutien à la Résistance. Sous le patronage de l'abbé Raymond Borme, elle servit de boîte aux lettres, de dépôt de tracts, même de stock d'armes. On y imprimait de faux papiers et le *Bulletin de la France combattante* y était secrètement ronéotypé.

La paroisse se trouve au numéro 174 et je reviens sur mes pas. Change de trottoir. Voilà. C'est ici. Le numéro 183 de la rue Championnet. L'immeuble de Marcelle. Un immeuble imposant, grandiloquent presque. Fraîchement ravalé, le soleil l'éclaboussant de rose et d'or. La façade est en pierre de taille jusqu'au premier étage, puis en briques jaunes jusqu'en haut. Un mix d'immeuble bourgeois et, plus on s'élève, d'habitations à bon marché (HBM). Architecture typiquement art déco.

Avec des bow-windows cassant la monotonie des lignes, des fenêtres hublots rappelant les paquebots et les croisières transatlantiques dont l'essor dans les années 20 inspira tant le style de cette époque. Une grande frise à mi-hauteur représente, taillées en ronde-bosse, des guirlandes de roses stylisées. Le portail en ferronnerie dessine une couronne de pétales. Une belle façade. Il n'y a pas à dire. Luxueuse tout du long.

Marcelle habitait au sixième. Je lève les yeux et compte sept étages. Le dernier doit être des chambres de bonne. J'ai lu que l'immeuble comptait cent vingt-huit logements. Pierre Bellemare parlait de deux cent dix familles. Mais c'est Pierre Bellemare. De part et d'autre du portail, deux inscriptions gravées dans la pierre. À gauche : « Montandon et Durand, Architectes » ; à droite « F. Mouly, constructeur, 1929 ». Montandon et Durand remportèrent en 1927 la médaille de vermeil du concours d'HBM pour des « maisons familiales à bon marché » à Enghien. Dans les années 1925, l'entreprise F. Mouly construisit plusieurs immeubles de rapport dans Paris, surtout dans le 7e arrondissement : rue du Colonel-Combes, avenue de Ségur, etc. Pas de doute, il s'agit d'un HLM qui se la joue cossu. Ou d'un bel immeuble à loyer modéré.

Pourquoi Marcelle vint-elle s'installer dans cet immeuble ?

Pourquoi cet immeuble en particulier ?

Il y a un million de réponses possibles à cette question.

Il y a que cet immeuble fut édifié en 1929. C'est-à-dire l'année qui, pour Marcelle, fut l'année zéro de la vie sans sa mère.

Il y a que c'est dans cette ambiance art déco qui, historiquement, fut celle de sa mère et qui, *in memoriam*, fut le décor de sa disparition qu'elle s'enferma et se laissa mourir de faim jusqu'à ce que sa mort s'ensuive.

Il y a que sa mère était morte un an avant, à Ris-Orangis, oui, mais c'est dans ce quartier du 18e arrondissement qu'elle était venue, après son divorce et après avoir abandonné sa fille, habiter avec Olivier Créach.

Cela fait beaucoup d'indices pointant dans la même direction.

Beaucoup de nostalgies qui, mises bout à bout, dessinent une intention. Ou un hasard objectif, comme disent ceux qui préfèrent ne pas prendre de risques, des fois que leurs certitudes reposeraient sur du sable.

52.1

Un digicode. Évidemment un digicode. Chiotte. Mais pas le temps de m'énerver : un jeune type arrive, tapote sur les touches du boîtier, entre dans l'immeuble. La chance est avec moi. J'emboîte le pas à la Providence, avec l'assurance du locataire qui habite l'immeuble et sait où il va. Le hall d'entrée est immense, tout en longueur. Des rangées de boîtes aux lettres à n'en plus finir. Cent vingt-huit boîtes aux lettres ! Sur la gauche, j'avise une porte vitrée avec un autre digicode. Re-chiotte. Devant moi, le jeune type se dirige vers le fond du hall, en direction d'un jardin intérieur dont on aperçoit la verdure. Je vois le moment où je vais rester coincé dans le hall. « Hep, que je fais. Désolé de vous embêter mais je suis détective privé, je m'appelle Bmore de la Bmore & Investigations et j'enquête sur une femme qui est morte dans cet immeuble il y a quarante ans. Cela vous ennuierait-il de me donner le code de la porte du hall ? Ce serait vraiment gentil de votre part. » Je la joue tout en douceur, limite mendiant. C'est une technique. On obtient parfois davantage des gens de cette façon. Sinon j'userai de la manière forte. Dans la poche de mon imperméable couleur mastic, je serre ma matraque et mon vilebrequin pour faire parler les gens sous la torture.

Mais pas besoin. Parfois tout devient fluide, gracieux. C'est rare, c'est très rare mais, parfois, on n'a pas besoin de se battre pour obtenir ce qu'on veut, pas besoin de sortir une arme et de rugir sans desserrer les dents (rugir sans desserrer les dents est un truc que j'ai appris et qui fait toujours son effet), non, les astres sont d'emblée avec vous, tout se passe à merveille et, sans même poser de questions, comme si sa mission sur Terre était ce jour-là d'arriver au bon moment pour me remettre les clés de l'immeuble, comme si c'était ce jour-là et pas un autre que je devais venir rue Championnet, le jeune type me donne le code du hall et même celui de l'immeuble, tant qu'il y est. Aussi simplement que je le dis. Ô joie ! Me voici bien tranquille maintenant. J'ai désormais mes entrées au 183 rue Championnet et, symboliquement, j'y vois un signe. J'y vois une autorisation venue d'en haut. Les dieux sont avec moi, que je jubile en moi-même. C'est bête, mais deux putains de digicodes peuvent vous mettre d'affreux bâtons dans les roues et ceux du 183 rue Championnet étaient les cerbères qui gardaient la tanière de Marcelle. Franchir sans encombre ce premier obstacle, le franchir la tête haute, en possédant les codes et non comme un voleur, comme un intrus, c'était la preuve que j'étais dans le vrai. C'était la promesse de découvertes à venir. L'aventure continuait. C'était presque trop facile. Et si c'était un piège ?

Avant de m'engager plus avant dans l'immeuble, je jette un œil dans la cour où a disparu le jeune type. Au centre, un massif d'arbustes et de plantes. Dans un coin, un abri avec des vélos suspendus par la roue avant. L'immeuble tourne autour de la cour, en fait le tour complet. L'endroit est calme, propre, paisible. Un peu trop, à mon goût. Sentiment vaguement carcéral. Le côté panoptique de l'architecture, sans doute. J'ai l'étrange sensation d'être observé depuis une fenêtre sans savoir laquelle. Je m'attends presque à voir surgir Benoît Patard me désignant la façade tout en briques jaunes et s'écriant avec un fort accent belge : « C'est quoi le jaune ? C'est la couleur du pipi, c'est la couleur des Chinois, c'est la couleur de la VIOLENCE ! Alors que le fléau de notre société est la violence, ils vont te foutre des briques jaunes ! Mais le jaune, c'est aussi la couleur des tournesols et qui dit tournesols dit Van Gogh, eh oui, Rémy. »

Retour dans le hall. Je jette un œil sur les boîtes aux lettres, parcours les étiquettes, lis les noms. Pas de Marcelle Pichon. Je tente de repérer la boîte 609, savoir qui habite maintenant l'appartement qu'occupait Marcelle, mais ne la trouve pas. Et si les lieux n'avaient plus jamais été habités ? S'ils avaient été condamnés ? La porte à jamais close, porte de Barbe-Bleue, avec, à l'intérieur, les choses laissées en l'état depuis près de quarante ans, dans un désordre et une désespérance datant du mois d'août de l'année 1985. Marcelle était la propriétaire de son logement et, une fois morte, puisqu'elle semblait seule au monde, peut-être le studio demeura-t-il vacant, sans personne pour s'en soucier.

Que vais-je trouver au sixième étage ?

Il se passe des choses bizarres quand on va sur une scène de crime. On a l'impression de revenir sur les lieux où on a soi-même commis quelque chose de grave et d'irréparable. On se sent gagné par le prestige de la tragédie humaine. Par une excitation très particulière, à la fois grave et solennelle. L'odeur du sang ? En tout cas, mon cœur bat un peu trop vite dans ma poitrine. Je sens mes nerfs tendus. Mes dents pousser. Je plaisante mais c'est nerveux. C'est pour exorciser l'émotion qui, malgré moi, m'étreint de me trouver dans l'immeuble que Marcelle choisit pour en faire son terrier, sa cellule, son tombeau. Je me dirige vers l'appartement 609 et je n'en mène pas large. Dans les pas de Marcelle je mets les miens, je pousse la porte du hall qu'elle-même poussa et je ne peux me départir d'un sentiment sacré et religieux qui m'inquiète autant qu'il me ridiculise à mes propres yeux.

L'ascenseur en ferronnerie est une antiquité. Sa grille reprend les pétales du portail de l'immeuble. En 1929, il devait être d'une folle modernité. Preuve de la vétusté de l'appareil, une feuille scotchée en évidence avertit : « Une seule personne dans l'ascenseur. Merci. »

C'est bringuebalant que l'ascenseur s'élève, avec une lenteur et des bruits de poulies hydrauliques peu rassurants. Des bruits « rouillés », écrivait *Libération*. Lorsque j'arrive au sixième, je ne m'attendais pas à ça. Je ne m'attendais à rien de particulier mais pas à une enfilade de couloirs glauques et étroits, qui semblent interminables et n'aboutir nulle part. Je prends celui de droite et je n'en vois pas le bout. À un moment, il décroche, fait un coude de manière très graphique, pour mieux repartir tout droit. Je comprends que je viens de passer dans une autre aile du bâtiment. Le couloir fait le tour complet de la cour avec, comme dans un labyrinthe, des embranchements qui s'enfoncent soudain de façon perpendiculaire vers une porte que l'on aperçoit vaguement au fond, comme un mur au bout d'une impasse. Tout est anguleux, roide, impersonnel, livide sous la lumière froide et blanche de globes opalescents installés à intervalles réguliers au plafond. Mais certaines ampoules sont grillées et il faut parfois s'enfoncer dans une flaque d'obscurité, une nuit épaisse qui n'inspire pas confiance. Au sol, le linoléum blanc rutile et reflète les murs couverts d'un épais revêtement blanc-beige. L'étroitesse des couloirs, surtout, oppresse. On ne peut s'y tenir à deux de front. En bois fauve vernissé, les portes des logements ressemblent à celles de placards ou d'armoires. Sur chacune, un numéro en laiton luit à force d'être astiqué. C'est bien la seule chose qui attire l'œil. On se croirait dans les coursives d'un paquebot naguère luxueux mais abandonné à la suite d'une épidémie et, depuis lors, livré à ses propres fantômes. Ou dans les dédales d'un immense hôtel. Les dédales de l'Overlook Hotel ! Du *Shining* Hotel ! Manquerait plus qu'un gamin surgisse en faisant du tricycle. Un type brandissant une hache ! Dingue comme les lieux fabriquent des états d'âme. Tout semble ici à la fois parfaitement entretenu et terriblement anonyme, presque désaffecté. Aucune chaleur humaine nulle part. Rien qui donne envie de connaître ses voisins. Juste la froide raison architecturale, parée de bonne conscience sociale. Il n'en faut pas plus pour tuer dans l'œuf toute vie, toute envie, tout rêve. Faire d'un lieu d'habitation un mouroir si on y reste, ou un simple lieu de passage, avec un turn-over que j'imagine maintenant important. Nul oiseau bleu ne peut survivre dans cet environnement. Personne n'a envie d'habiter ici, qui n'y soit contraint d'une façon ou d'une autre. Ou qui ne veuille se cacher.

Autant la façade du 183 rue Championnet est luxueuse et avenante, autant le sixième étage est cafardeux et sinistre. En tant qu'ancienne mannequin, Marcelle ne pouvait choisir mieux. Elle s'y connaissait en apparences et ce qu'elles dissimulent.

« Nous habitions au 6e. Lorsque la lumière s'éteignait dans les couloirs, comme il n'y avait aucune fenêtre, pas de veilleuse, pas de lumière sous les portes à l'heure où je rentrais de l'école, la frousse me prenait dans ce dédale. » Tels sont, racontés sur Internet, les souvenirs d'enfance d'un certain Dominique qui, avec sa famille, habitait au 6e étage du 183 rue Championnet dans les années 80.

Il n'y avait même pas de lumière sous les portes.

52.3

Porte numéro 12. Porte numéro 13. Je reviens sur mes pas. Prends un couloir sur la gauche. Porte numéro 6. Je reviens encore en arrière. Avance dans le couloir. Tourne de nouveau dans une coursive qui s'enfonce dans les entrailles de la bête. Porte numéro 10. Porte numéro 9. *Porte numéro 9* ! Enfin ! C'est elle ! C'est là ! L'appartement 609. Dans les hôtels aussi l'étage précède le numéro de la chambre. Je me recule un peu, la poitrine oppressée, tous les sens aux aguets. La porte se trouve au bout d'un couloir, au fond d'une impasse, noyée dans la pénombre. Installé trop loin, le plafonnier n'éclaire pas jusque-là. Comme un mauvais présage. Habiter ici est immédiatement déprimant. C'est une désolation. Ça pue la solitude. La solitude non choisie. La solitude imposée. La solitude couleur aubergine. Pas la solitude qui rend libre. Marcelle devait s'enfoncer dans un dédale de couloirs pour rentrer chez elle, comme un prisonnier regagne sa cellule. Elle se terrait vraiment dans un trou à rats. Je comprends que personne ne se soit aperçu de sa disparition. De son vivant, on devait à peine se rendre compte de sa présence. Personne ne doit se rendre compte de rien ici. Je colle mon oreille à la porte. Pas de bruit. Il y a une sonnette. J'hésite. Je passe ma main sur mon front. La passe sur le bois vernissé de la porte. Effleure les contours du chiffre 9 en laiton. Prends une grande inspiration et appuie sur la sonnette. Mon cœur tambourine très fort dans ma poitrine.

Mais rien.
Personne.
J'attends.
J'attends encore.
Je me dis que je vais laisser un papier avec mon nom et mon adresse.

Lorsque la porte s'ouvre. Un jeune homme. Le genre étudiant. Un visage d'étudiant. Des vêtements d'étudiant. Des cheveux d'étudiant. « C'est pour quoi ? – Pardon, désolé de vous déranger… » Je lui explique en deux mots pourquoi je suis là. Il tombe des nues. Il ignorait. Il n'était pas du tout au courant de l'histoire de Marcelle. « Cette femme est morte ici ? Elle s'est laissée mourir de faim ici ? » J'ai peur de sa réaction. Je crains d'avoir déclenché je ne sais quoi d'irréparable, foutu le bordel, sinon dans sa vie, du moins dans l'endroit où il vit ; mais non, il ne semble pas vraiment affecté. Il est surtout étonné. Il a l'air d'un jeune homme équilibré. Il ne croit pas encore aux fantômes. Sa jeunesse le protège. Cela ne durera pas. De toute façon, l'histoire s'est produite il y a très longtemps et elle ne le concerne pas personnellement. Même si, en théorie, les bailleurs sont tenus de préciser si, à leur connaissance, il y a eu un suicide ou une mort violente dans l'immeuble. Ce qui ne semble pas être le cas. Il est vrai que cela date. Tant mieux. Je suis soulagé. J'espère toutefois que cette première réaction ne sera pas suivie d'une autre à retardement, plus sournoise et destructrice, lorsqu'il réalisera plus tard, prendra la mesure de ce que je viens de lui apprendre et que l'information, creusant en lui des galeries, remontera jusqu'à certaines parties psychiquement molles de son cerveau, lui faisant soudain voir son logement avec horreur, le lit où il dort et s'envoie en l'air avec horreur. En attendant, il prend la chose mieux que je ne l'espérais. J'en profite aussitôt. « Cela vous ennuie si je jette un œil chez vous ? Pour me rendre compte des lieux. Juste un coup d'œil. C'est pour mon enquête, vous comprenez ? » Je le sens réticent. « C'est le bordel chez moi. » « Vous ne connaissez pas mon appartement », je rigole. Il finit par céder, s'efface devant moi, me fait pénétrer à sa suite.

52.4

D'abord, c'est une minuscule entrée, encombrée du sol au plafond de fringues, de sacs, d'étagères surchargées de tout et de n'importe quoi. Puis une pièce d'environ huit ou dix mètres carrés. Peut-être moins. Une cage à lapin ! Posé au sol et collé contre le mur du fond, un matelas occupe les deux tiers de l'espace. Les draps sont en vrac mais je m'en fiche. Je me demande si le lit de Marcelle se trouvait au même endroit. Si c'était là qu'elle était couchée, là qu'elle se laissa mourir de faim pendant quarante jours, là qu'elle écrivit son journal, là qu'on découvrit son cadavre. Une fraction de seconde j'ai la vision de la momie allongée de tout son long devant moi. Je vois le squelette de Marcelle, la peau parcheminée tombant en lambeaux sur les os, les touffes de cheveux éparses, affreux rhizome, ayant continué de pousser après sa mort, son crâne avec la bouche grande ouverte, la mâchoire avec ses dents dénudées, les orbites immenses et creuses et vides. Je vois les vers. Je chasse cette vision. Pas si simple. C'est vite dit.

En même temps, c'est le seul endroit où mettre un lit. C'est bien ici qu'elle. C'est bien la scène de crime. Dormait-elle aussi sur un matelas posé à même le sol ? À côté de la fenêtre, il y a un petit bureau en bois blanc avec un ordinateur portable allumé, des livres ouverts, des polycopiés. Une chaise. Un ridicule coin cuisine sur la droite. Un butagaz. Quelques assiettes. Une douche et un W-C tout à côté. Rien d'autre. C'est vraiment minuscule. Je ne pensais pas que c'était si petit. Je n'imaginais pas Marcelle finir sa vie dans un espace si étriqué, si – quoi ? L'imaginer ici me serre le cœur. Je vois sa déchéance. Je vois son *enfermement*. Et la liberté intérieure allant possiblement avec. Sans doute un étudiant peut-il s'accommoder d'un trou de souris, il sait que c'est provisoire, la misère estudiantine est un préalable pour réussir dans la vie, j'ai moi-même vécu dans une chambre de bonne lorsque j'avais 17 ans et je m'en fichais. J'étais chez moi. Ou plutôt, je n'étais plus chez mes parents et cela suffisait à mon bonheur. N'importe quelle mansarde pourrie valait mieux que rester sous le toit familial et continuer de dormir dans mon petit lit d'enfant avec les parents dans la chambre à côté. Même si je n'étais pas étudiant. Je n'ai pas fait d'études. Je salariais déjà à dix-huit ans et ma retraite devra se le rappeler. Mais acheter ce cagibi pour venir y vivre et s'y laisser mourir ? À 60 passés ? Au prix du mètre carré à Paris, elle aurait pu trouver n'importe quel appartement décent en province. Même à Deauville-Trouville. Surtout dans les années 80. Alors qu'on ne peut pas bouger ici. On ne peut pas *vivre* ici. On ne peut pas faire deux pas sans se cogner contre un mur. Tout ce que l'on peut faire, c'est rester allongé sur le lit ou s'asseoir sur une chaise et regarder par la fenêtre. La fenêtre justement.

Comme il fait beau temps, elle est grande ouverte et donne sur le bleu du ciel, laisse entrer la lumière à flots. Elle ouvre sur l'infini. Vu l'exiguïté du studio, cette fenêtre agrandit l'espace immensément. Elle est l'évasion à l'état pur. Sans elle, la pièce serait un cachot, une cellule, un mitard. L'hiver, la pièce doit se recroqueviller sur elle-même, rétrécir comme un poing se ferme, comme un sac en plastique dont on vide l'air. Marcelle, d'après son journal, a commencé de jeûner le 23 septembre 1984. Il pleuvait ce jour-là. Je l'ai déjà dit mais il plut toute la journée. Paris était bouché, caverneux, rébarbatif. La pluie à Paris est la plus triste du monde. La température annonçait déjà l'hiver avec un petit 9 °C le matin et 14,5 °C au plus chaud de la journée. C'était près de 7 °C en dessous des normales de saison. Marcelle n'avait plus de chauffage. Certains jours, jours de pluie et de froid, jours de dépression pas seulement climatique, l'endroit où on vit peut vite devenir votre tombe. Quatre murs formant un carré de huit ou dix mètres carrés peuvent devenir l'arme d'un crime. Il n'en faut parfois pas davantage. Alors qu'en été, le même endroit donne de l'espoir, il redonne des forces et cette fenêtre, une fois ouverte, elle est une bénédiction quand l'air est doux et que le soleil brille dehors, que les nuages dansent et enchantent, dessinent des figures périlleuses, envoient des messages nimbés de rosée. Voici qu'elle transfigure la vie réduite à peau de chagrin. Elle relie au monde au lieu d'en exclure et, si je pousse le raisonnement jusqu'au bout, cette fenêtre est finalement une provocation. Elle est une cruauté de plus. Car pour quelqu'un qui voudrait en finir avec la vie, en finir avec tout, elle offre une issue à nulle autre comparable. Elle est une tentation. Une tentation de six étages. Mais Marcelle ne s'est pas jetée par la fenêtre. Son suicide ne fut pas une façon de s'évader, je le comprends à cet instant. Ou alors il faisait trop froid pour qu'elle ouvre la fenêtre et l'enjambe. Je m'approche de l'embrasure. Me penche. Et là, en bas, tout en bas, je n'en reviens pas, j'en reste baba car en bas, sautant immédiatement aux yeux, sautant au visage, c'est la paroisse Sainte-Geneviève. C'est la vaste et ample façade en pierre meulière et ciment de la paroisse Sainte-Geneviève. On se penche à la fenêtre et voilà ce qu'on voit, six étages plus bas. On se penche à la fenêtre et le regard vient immédiatement buter sur l'immense croix en bois qui orne la façade en pierre meulière et ciment de la paroisse Sainte-Geneviève. On se penche à la fenêtre et on ne voit qu'elle. On ne voit que son austérité rébarbative et on ne peut pas faire autrement que voir cette croix. Ce qui s'appelle voir. Ou plutôt, la croix regarde quiconque se penche à la fenêtre de Marcelle. Elle s'accroche au regard qui la regarde. Elle ne quitte pas des yeux les yeux qui la fixent. Elle brûle les prunelles. Avec une insistance qui frise l'indécence, elle happe quiconque la contemple et ne lâche plus sa proie. Impossible de détourner le regard. On ne peut faire autrement que de zoomer sur l'église, plonger à toute vitesse vers sa façade nue et meulière, vers la porte au linteau arrondi située tout en bas, le regard s'arrêtant sur son seuil, comme interdit d'entrer, tandis que les fidèles, lors des offices, doivent se presser et Marcelle les observait-elle depuis sa fenêtre ? Avec quel sentiment ?

Si je m'attendais ! Cette vision est un choc. Elle est un vertige. Dès que Marcelle allait à sa fenêtre, elle voyait la maison de Dieu. Mais de loin. Mais d'en haut. Elle dans les nuages, elle déjà montée au ciel, alors que les hommes et les femmes, telles des petites fourmis, priaient en bas. Cela qui la décida à s'installer ici ? Cela qu'elle voulait avoir sous les yeux ? Cela ne peut être dû au hasard. Est-ce un hasard ? Je pressens que cette vue plongeante sur la paroisse Sainte-Geneviève était importante pour elle. D'une importance extrême ? Dès qu'elle visita l'appartement 609 ? Ou par la suite, à la longue, tandis qu'elle dépérissait toute seule ? Tandis qu'elle tournait en rond dans ses huit ou dix mètres carrés, ne voulait plus voir personne. Décidait de cesser de s'alimenter et entamait son jeûne comme dans la Bible ou le Coran et toutes les religions à dire vrai. Son carême à elle. Son ramadan à mort. Tandis qu'elle avait encore la force de se lever, d'aller à la fenêtre, de regarder la grande croix, comme quelque chose à quoi s'accrocher. Ou comme un défi. Comme un sacrilège. Comme on crache du haut d'un pont. Allongée sur son lit, trop faible pour se lever, ses urines devenant rouges, voyait-elle encore la croix en fixant le plafond au-dessus d'elle ? La voyait-elle encore en fermant les yeux ? En souffrant horriblement dans sa chair ? En maudissant ce monde pourri ? Agonisa-t-elle au rythme des cloches qui sonnaient les heures, les mâtines et les laudes, l'angélus et les offices, sans oublier les volées de mariage, le glas des morts ? J'ai bien fait de me déplacer au 183 rue Championnet. Il faut toujours se rendre compte par soi-même. Voir de ses yeux. De ses mains les ouvrir. Venir ici, constater les lieux, c'était voir cette croix que Marcelle voyait depuis sa fenêtre. C'était faire cette découverte. Il n'y avait rien d'autre à voir. Aucun autre indice. C'était ça qu'il fallait voir. Le secret du 183 rue Championnet. J'en suis immédiatement convaincu. Je peux maintenant m'en aller. À la question de savoir ce que me réservait la scène de crime succède maintenant la question de la croix et de ce qu'elle signifiait pour Marcelle. Jamais on n'obtient de réponses mais toujours de nouvelles interrogations. Cela qui est chouette. Ainsi l'histoire ne finit jamais. La mort est vaincue.

Je me suis reculé de la fenêtre et j'embrasse de nouveau la pièce. Elle a été refaite à neuf, sans doute récemment, sans doute plusieurs fois depuis l'année 1985. De Marcelle, les murs ni le sol ni le plafond ni les plinthes ni même les interrupteurs ne conservent la mémoire. Elle devait pourtant avoir des empreintes digitales.

Malgré moi, je retourne une dernière fois à la fenêtre. Dans mon dos, l'étudiant tente de mettre un peu d'ordre sur le lit, comme s'il était temps et que cela lui importait soudain. Par-delà la paroisse Sainte-Geneviève, la jouxtant, j'aperçois des terrains de tennis. Une piste d'athlétisme. Je sors mon téléphone et, rapidement, prends une photo.

Plus tard, en regardant la photo de la paroisse Sainte-Geneviève prise depuis la fenêtre de Marcelle, cela me frappera : la croix est la même que celle ornant la tombe que Marcelle choisit pour son père. Exactement la même forme de croix. Raide et nue, sans fioritures, austère, tout en longueur. La similitude est évidente. Elle est troublante. Elle suggère un lien entre Marcelle mourant et son père déjà mort. Comme une envie de le rejoindre. Ou de lui dédier son agonie. L'accuser peut-être. Quoi qu'il en soit, je poste toutes les photos du 183 rue Championnet sur le site lecoeurnecedepas.com, afin que chacun puisse voir de ses yeux ce que les miens ont vu.

Au moment de prendre congé, encore sous le coup, je me faufile dans la petite entrée pour trouver la sortie. Je n'avais pas vu mais, posé sur une étagère, il y a un vivarium avec une petite lumière rouge qui diffuse de la chaleur. À l'intérieur, un lézard. Je l'aperçois dans un coin. Il ne bouge pas. « C'est un dragon barbu », me dit Romain. L'étudiant m'a dit qu'il s'appelait Romain. Il m'a dit qu'il occupait les lieux depuis environ un an et, non, il ne savait rien du précédent locataire, s'il louait ici depuis longtemps, et qui avant lui, jusqu'à remonter la chaîne de tous les locataires ayant pris la suite depuis l'année 1985. Je tapote stupidement sur la vitre pour faire réagir le lézard. Il ne bouge pas. Il me fait songer à Marcelle. Le mot métempsychose. Je dis à Romain : « Merci, Romain. » Je lui dis que je suis désolé de l'avoir dérangé. Lui dis que c'était une chance de tomber sur lui, sur quelqu'un d'aussi sympa. Lui de me répondre que j'ai eu de la chance en effet car, d'ordinaire, il n'est jamais chez lui à cette heure. Et il se préparait à migrer à la campagne car sûrement on allait être de nouveau confiné et dans un espace aussi petit, c'était vraiment « la merde ». Oui, j'ai de la chance, j'en ai bien conscience, j'ai été bien inspiré, je savais en me réveillant ce matin que c'était aujourd'hui que je devais aller au 183 rue Championnet. Aujourd'hui ou jamais. Mes intuitions ne me trompent jamais. Quelque chose me guide. « Au fait, je demande, vous n'avez pas des problèmes de canalisation ? – Euh, non. J'ai eu un dégât des eaux mais c'était il y a six mois. Pourquoi ? – Pour rien. »

De la fenêtre de Marcelle…

« Au revoir mademoiselle ! Au revoir monsieur !
Merci beaucoup beaucoup ! »
Alain TANNER, *La Salamandre*

53

On est à Paris et, le 2 juillet 1420, entre l'église des Innocents (aujourd'hui détruite) et la fontaine du même nom (qui se dresse encore place Joachim du Bellay, dans le quartier des Halles), Alix la Bougeotte (ou Burgotte, ou Bourgeotte selon les sources) fit construire une espèce de cellule mesurant cinq toises (environ 10 mètres carrés) et, pardon, stop. Toutes ces parenthèses : elles sont pénibles ! Elles apportent des précisions que je crois nécessaires, mais au détriment de la lecture, qui s'en trouve si bien hachée que mon propos s'y perd, l'effet de surprise sur lequel je comptais tombe totalement à plat et, dans ces conditions, pardon, mais je recommence depuis le début, pardon, faites comme si je n'avais rien dit (tout en gardant en mémoire les précisions mises entre parenthèses) et, bref, pardon.

53.1

On est à Paris et, le 2 juillet 1420, là où se trouvait naguère le cimetière des Innocents, Alix la Bougeotte fit construire une espèce de cellule mesurant cinq toises et, s'enfermant volontairement, s'enfermant dévotement dans cette geôle murée du sol au plafond où le jour et l'air ne pénétraient que par deux meurtrières munies de barreaux, cette religieuse de l'hôpital Sainte-Catherine demeura cloîtrée quarante-six ans, sans une seule fois sortir ni mettre le nez dehors, vouant sa réclusion à Dieu, jusqu'à sa mort, survenue le 29 juin 1466.

Il n'y eut pas qu'Alix la Bougeotte. Il y eut aussi Jeanne la Verrière. Jeanne la Panoncelle. Béatrice Avinhol. Dorothée de Montau. Juette de Huy. Thaïs et Wilbirge. Jeanne de Cambry, etc. Rien d'exceptionnel cependant : aux XIVe et XVe siècles, des centaines, voire des milliers de femmes s'emmurèrent vivantes un peu partout dans les villes (en 1323, les autorités ecclésiastiques en dénombrèrent deux cent soixante rien qu'à Rome). Les recluses : ainsi les appelait-on et, au Moyen Âge, elles étaient une véritable institution religieuse. Elles étaient une figure familière des cités et des bourgs. Pour entrer en réclusion, il leur fallait d'ailleurs l'autorisation de la municipalité et du diocèse local ; tandis que le jour où elles pénétraient dans leur reclusoir pour n'en plus jamais sortir donnait lieu à une cérémonie publique et à une bénédiction de l'évêque, qui se terminait après que l'on eut scellé et maçonné la porte.

C'est qu'aux temps médiévaux se confiner à vie pouvait sembler préférable à une existence où la pauvreté, la prostitution, le viol et les mariages forcés menaçaient à chaque instant les femmes qui n'avaient pas la chance d'être bien nées, sachant que la chance n'a rien à voir avec la structure inégalitaire de la société. Pour elles, pour les orphelines, les veuves et les femmes répudiées de tous âges, pour les laissées-pour-compte et les marginalisées, les « victimes de la vie » se retrouvant sans ressources ni appui, mieux valait se couper d'un « monde pourri » qui, du berceau à la tombe, décidait du sort des femmes dans tous les compartiments de l'existence. Mieux valait se consacrer à Dieu plutôt qu'aux hommes. Mieux valait la charité furtive des passants que vendre son âme et son corps. Mieux valait appartenir à l'ordre des morts qu'au règne des vivants et mieux valait huit ou dix mètres carrés que le vaste monde. Mieux valait devenir un squelette vivant croupissant dans l'obscurité et la solitude plutôt qu'une proie livrée en pâture à la malédiction. Mieux valait la dignité d'une fonction reconnue par l'Église, les municipalités et les populations qu'une existence terrestre bafouée, inique, honteuse et cruelle. Toute malheureuse. Toute dépendante des hommes et de leur bon ou mauvais vouloir.

Parfois, une recluse n'en pouvait plus. Telle celle de Rouen qui « s'ardi en un four ». Plutôt que mourir à petit feu entre quatre murs, elle parvint, par la lucarne de sa « logette », à s'extirper en rampant et, sitôt dehors, avisant un boulanger qui enfournait son pain, elle alla se jeter dans le four, où elle périt brûlée vive.

Il se raconte que certaines, bravant leur sacerdoce et profitant que le toit de leur reclusoir était en chaume, réussissaient à faire entrer des galants.

D'autres demandèrent à retourner parmi les vivants et, parfois, cela leur fut accordé. Parfois pour retourner au tombeau, quelque temps plus tard.

53.2

Si la plupart des recluses s'enfermèrent volontairement, ce ne fut pas le cas de toutes. De noble naissance, Renée de Vendômois était déjà veuve à 16 ans lorsqu'en 1478 elle épousa en secondes noces le riche seigneur de Souday, lui aussi veuf qui, âgé de 40 ans, l'aimait (l'aimait elle ou aimait sa beauté et son (très) jeune âge ? Ou est-ce la même chose ?) et l'installa en sa seigneurie, parmi ses richesses, faisant d'elle le plus beau joyau de sa cour. Deux enfants naquirent bientôt, dont l'un ne vécut pas. C'est alors que Renée s'éprit d'un jeune et bel écuyer et, avec lui, pour lui, vola « moult écus » dans le coffre de son mari ; soupçonnée, elle accusa les domestiques ; brutalisée, elle se mit à haïr son seigneur et maître, d'autant plus que son amant la subjuguait ; après avoir tenté une première fois d'empoisonner son époux, elle engagea un sbire qui, déguisé en mendiant, la libéra des liens sacrés du mariage d'un bon coup de couteau donné dans le ventre de l'époux sur un chemin de terre, à la sortie de l'église ; on était en 1483 et Renée était maintenant veuve et riche et libre d'aimer, libre tout court, sauf de son crime ; car la rumeur commença à courir que son amant était l'assassin ; effrayé, le bel écuyer s'enfuit dare-dare, non sans avoir dénoncé Renée en échange de son absolution (sympa) ; réfugié en Bourgogne, en « pays contraire à la France », le fier amant épousa bientôt la fille d'une des meilleures familles de la région et prospéra, quand bien même la justice le rattrapa sur le tard, le condamnant au gibet et à la confiscation de ses biens ; quant au sbire, il avait disparu et jamais ne fut attrapé. Arrêtée et enfermée à la Conciergerie, Renée de Vendômois niait cependant toute implication dans la mort de son mari ; elle fut donc soumise à la question « purgative et préparatoire » (en lui brisant les membres, le supplice des brodequins la laissa tellement « gehainnée » qu'elle resta infirme et impotente), puis reconnue coupable de vol, d'adultère et d'assassinat, puis condamnée à mort au début de l'an de grâce 1486 ; elle n'avait pas 24 ans ; parce qu'elle était de noble extraction, elle échappa au bûcher mais il fut décidé qu'elle demeurerait « perpétuellement recluse et emmurée » dans une chambre basse édifiée exprès pour elle dans l'enceinte du cimetière des Innocents, non loin du reclusoir d'Alix la Bougeotte ; là, elle tomba si bien dans l'oubli que l'on ignore quand elle mourut.

Je pourrais aussi parler de Paquette la Chantefleurie, la recluse de la Tour-Roland, située place de Grève. Mais qui a lu *Notre-Dame de Paris* sait que, native de Reims, cette ancienne prostituée s'enferma de douleur dans sa « sagette » pour prier Dieu de lui rendre sa fille volée en bas âge par des bohémiens. Je n'en dis pas plus, pour ne pas divulgâcher, comme disent les snobs. Sinon que Victor Hugo, à propos du reclusoir entièrement muré de la Tour-Roland, raconte « qu'on avait gravé en grosses lettres romanes au-dessus de la fenestrelle ces deux mots : "TU, ORA" ("Toi, prie"). Ce qui fait que le peuple, dont le bon sens ne voit pas tant de finesse dans les choses, avait donné à cette cavité noire, sombre et humide, le nom de Trou aux Rats ». Je n'en dis pas plus. Sinon que Victor Hugo, noircissant romantiquement le tableau, écrit que « la cellule était étroite, plus large que profonde, voûtée en ogive et, vue à l'intérieur, ressemblait assez à l'alvéole d'une grande mitre d'évêque. Sur la dalle nue qui en formait le sol, dans un angle, une femme était assise ou plutôt accroupie. Son menton était appuyé sur ses genoux, que ses deux bras croisés serraient fortement contre sa poitrine. Ainsi ramassée sur elle-même, vêtue d'un sac brun qui l'enveloppait tout entière à larges plis, ses longs cheveux gris rabattus par-devant tombant sur son visage le long de ses jambes jusqu'à ses pieds, elle semblait un spectre mi-parti d'ombre et de lumière. Elle n'était ni une femme, ni un homme, ni un être vivant, ni une forme définie ; c'était une vision sur laquelle s'entre-coupaient le réel et le fantastique, comme l'ombre et le jour. C'était un squelette vivant pourrissant dans une horrible cellule, sorte d'anneau intermédiaire de la maison et de la tombe, du cimetière et de la cité. Le peu de forme humaine qu'on entrevoyait sous cette enveloppe de deuil faisait frissonner ». Je n'en dis pas plus. Sinon que Victor Hugo écrit que la cellule de la Tour-Roland « était célèbre dans Paris depuis près de trois siècles que madame Rolande de la Tour-Roland, en deuil de son père mort à la croisade, l'avait fait creuser dans la muraille de sa propre maison pour s'y enfermer à jamais, ne gardant de son palais que ce logis dont la porte était murée et la lucarne ouverte, hiver comme été, donnant tout le reste aux pauvres et à Dieu. La désolée demoiselle avait en effet attendu vingt ans la mort dans cette tombe anticipée, priant nuit et jour pour l'âme de son père, dormant dans la cendre, sans même avoir une pierre pour oreiller, vêtue d'un sac noir, et ne vivant que de ce que la pitié des passants déposait de pain et d'eau sur le rebord de sa lucarne, recevant ainsi la charité après l'avoir faite ». Je n'en dis pas plus. Sinon que Victor Hugo écrit encore : « Alors que les villes étaient menacées de toutes parts, à la merci de hordes barbares venues de l'est ou du nord ou d'un vil traître volant les clés de la cité pour les donner à l'ennemi, les recluses étaient ces noires vigies qui, les yeux brillants de fièvre, aux aguets dans l'ombre, prévenaient des dangers et des périls, même des maladies. On en vit ainsi faire des miracles, telle la recluse de Bavay qui, par ses cris et ses prières, mit en déroute des féroces capitaines qui voulaient brûler l'église. » Je n'en dis pas plus. Sinon que Victor Hugo écrit enfin : « Eh bien ! maudite sois-tu ! maudite ! maudite ! maudite ! » Je n'en dis pas plus car je n'en finirais pas.

Je n'en dis pas plus sinon que la tradition voulait que les reclusoirs se trouvent à côté d'une église et, par exemple, la paroisse Sainte-Geneviève. Je n'en dis pas plus mais Marcelle Pichon m'apparaît maintenant l'une de ces grandes recluses dont la présence spectrale, longtemps sanctifiée avant de susciter effroi, dégoût et pitié, hantait encore Paris au XVIIe siècle, époque où les transformations de la ville eurent raison des derniers reclusoirs. Le logement de cinq toises qu'elle s'était acheté en 1983, comme, cinq siècles plus tôt, Alix la Bougeotte avait payé de ses deniers son Trou aux Rats, n'était-il pas, niché dans le recoin lugubre d'un complexe immobilier aux allures de *carceri* à loyer modéré, une version moderne des reclusoirs ? Elle-même ne s'était-elle pas volontairement emmurée vivante jusqu'à ce que sa mort s'ensuive ? Se coupant du monde pour y expier ou pleurer ou prier un parent, un amant, un enfant, un crime, une faute – ou quoi ?

On ne comprend peut-être rien à Marcelle Pichon sans l'église et la croix qu'elle voyait depuis sa fenêtre ou, plus exactement, depuis son hagioscope, comme on appelait l'ouverture qui permettait à une recluse d'assister de loin à un office religieux. Peut-être, oui, visait-elle la perfection spirituelle. La rédemption et le rachat de ses péchés, en récompense de son exil et de son sacrifice, de sa mortification. Peut-être, en s'offrant en holocauste, chercha-t-elle à exalter la logique du corps tombeau et la liturgie de la mort au monde, pour la gloire de Dieu se confondant chez elle avec la haine de la vie. Peut-être était-elle *très* croyante, comme le deviennent certaines femmes qui, grandes luronnes ou vierges folles lorsqu'elles étaient jeunes et belles, se piquent de morale, de vertu et même de bio à mesure que l'âge, les rides, les seins qui tombent, les premières rebuffades. Après avoir tout misé sur le corps et ses plaisirs, comme effrayées tout à coup de tant d'excès passés, comme dégoûtées du sexe et de ses tourniquets, voici qu'elles se découvrent une âme qui, les sauvant d'elles-mêmes, leur permet de sublimer leur besoin d'aimer et d'être aimées, puisqu'il s'agit encore et toujours de turpitude, encore et toujours de servitude, de se vouer encore et toujours à quelque chose ou à quelqu'un, mais à un niveau cette fois supérieur. Sans plus se tromper désormais sur la marchandise, ni être trompées en retour et, sans que cela soit lié avec ce que je viens juste d'écrire, peut-être dois-je maintenant remercier l'historienne Paulette L'Hermite-Leclerc qui, honorant merveilleusement son nom, a consacré une belle étude aux recluses, à qui j'emprunte moult informations.

Si le capitaine Haddock avait croisé Marcelle, il aurait, une fois n'est pas coutume, eu raison de la traiter d'anachorète puisque ce mot vient du grec *anachorein*, qui signifie « se retirer, faire retraite ».

Depuis Jean-Baptiste Adamsberg, tout le monde sait que les recluses sont aussi des araignées mais, là encore, je n'en dis pas plus.

« Il se passe des choses étranges ici. »
Raymond ROUSSEL, *Locus Solus*

54

Encore sous le coup de ce que je venais de découvrir derrière la porte numéro 9, je me revois errer dans les couloirs du sixième étage du 183 rue Championnet. Impossible de retrouver l'ascenseur ! Je prends un couloir, en prends un autre et il ne conduit nulle part ; il mène à un autre couloir. Au début, cela ne m'inquiète pas. Je songe à Marcelle, je songe à son reclusoir, je songe qu'elle quitta l'appartement paternel de la rue de Javel où elle habitait encore en 1982 (l'annuaire téléphonique en témoigne) pour s'acheter ce minuscule logement situé à l'autre bout de Paris. Je songe qu'elle franchit la Seine pour venir s'installer dans une piaule de dix mètres carrés et la buse piaule. L'albatros piaule. Le chacal piaule. Le poulet piaule. Même le rat piaule. C'est fou le nombre d'animaux qui piaulent. Pour habiter ici, il fallait être rat ou albatros. Buse ou chacal ou poulet.

Il fallait piauler. Dommage que la chouette choule car dans le genre chouette piaule, Marcelle avait tiré le gros lot. Cela que je me dis en déambulant sans fin dans des couloirs tellement inextricables qu'ils me semblent tout à coup ceux du temps. Ou ceux de mon cerveau. Ou ceux de l'histoire de Marcelle Pichon. Tous ces couloirs à la fois. Le dédale le plus labyrinthique.

Comment sortir de ce pandémonium ? Cet immeuble est pire qu'une forêt obscure. Je n'en finis pas de me retrouver au même endroit, comme tournant en rond alors que je n'arrête pas d'avancer tout droit depuis un temps fou. Cet immeuble est un piège. Je ne retrouve même plus la porte numéro 9. On dirait qu'elle a disparu. Je n'aime pas ça du tout. Je sens des ondes maléfiques. J'ai peur des fantômes qui hantent cet immeuble. Marcelle ne fut peut-être pas la seule victime du 183 rue Championnet. D'autres crimes eurent peut-être lieu ici. Je m'attends à chaque instant à voir surgir le petit garçon faisant du tricycle dans les couloirs. Et le fou furieux brandissant sa hache. Un fou furieux portant un anorak vert. Ou déguisé en vieille femme. Ayant pris les vêtements de sa pauvre mère décédée un an plus tôt (Eugénie est morte en 1983) et dont le squelette n'en finit plus de se fossiliser sur un rocking-chair installé au milieu de l'appartement numéro 9. Okay. Me calmer. Reprendre mes esprits. Rationaliser l'espace. Retrouver le sens de l'orientation. Assez de cinéma. Fuck le *Shining* Hotel et le Bates Motel et Alfred Kubrick. J'ai envie de frapper à une porte pour demander de l'aide. Qu'on m'indique la sortie. Mais sur qui ou quoi vais-je tomber ? J'aurais dû venir avec Penny. C'est elle qui aurait peur et je me sentirais mieux. Je serais obligé d'être courageux. La protéger deviendrait ma mission et, pour elle, je surmonterais mon angoisse. Je gonflerais le torse et deviendrais désinvolte face à la mort. Mais tout seul, je n'y arrive pas. Tout seul, je ne suis rien. Une loque. Je tente de me raisonner. Mais voici l'ascenseur. Enfin ! Hourra ! Merci, mon Dieu.

Parvenu sain et sauf au rez-de-chaussée, je vais pour regagner l'air libre lorsque, sortant de sa loge, un seau et un balai à la main, la concierge, tout à coup. Je me précipite. Pardon madame… blablabla… détective… blablabla… une femme morte… blablabla… cela vous rappelle-t-il quelque chose ? Cela ne lui rappelle rien du tout. Elle est nouvelle dans l'immeuble. Mais les Vargas pourraient peut-être me renseigner. Ce sont les plus vieux locataires. Ils habitent au troisième. Oh oui, ils doivent être chez eux à cette heure. Ils ne sortent plus beaucoup. Ils sont un peu bizarres mais très gentils. Les Vargas, comme cela se prononce ? Merci, madame, merci beaucoup !

54.1

Cette fois, je prends l'escalier. Cette fois je trouve très vite l'appartement 3XX, en suivant scrupuleusement les indications que m'a données la concierge car, à partir du troisième étage et jusqu'au septième étage, tous les couloirs sont les mêmes. Tous les logements sont à loyer modéré, ce qui n'est pas le cas des deux premiers étages, réservés aux locataires plus aisés. Parvenu devant la porte, après avoir repris mon souffle, je sonne, un coup à la fois doux et bref, un coup que je veux le moins agressif possible. Tout est dans le coup de sonnette. La Gestapo en savait quelque chose. Au bout de quelques secondes, je perçois un léger bruit. Comme quelqu'un se glissant sans bruit derrière la porte pour observer par l'œilleton.

Je ne bouge pas. Prends l'air le plus pacifique que je peux. Je sens l'œilleton m'examiner, me passer au crible. Encore quelques secondes. Allez, je ne vais pas vous manger ! Je ne vais pas vous brûler la plante des pieds pour vous dérober votre bas de laine. Je ne viens pas installer un putain de compteur Linky ! Après quelques chuchotements dont je devine la teneur, j'entends un verrou tourner et, l'instant d'après, la porte s'entrouvre de quelques centimètres, laissant apparaître la tête toute grise d'un vieux monsieur : « C'est pour quoi ? » Dans ses yeux, un mélange d'inquiétude, de suspicion et de curiosité, comme un fol espoir de je ne sais quoi. Il est vraiment âgé. Au moins 80 ans. Son visage est épais, fripé, tavelé de taches de vieillesse (taches répugnantes, taches déprimantes). Il a dû enfiler une veste en vitesse car, dessous, il est en pyjama rayé. Dans son dos, j'aperçois sa femme. Aussi vieille que lui, toute menue et ridée, elle est en peignoir à fleurs. Le son d'une télévision me parvient. J'explique pourquoi je les dérange. Blablabla. Et mon cœur de faire un bond dans ma poitrine. Car le vieil homme assure se souvenir très bien de Marcelle. « Tu te rappelles la dame du 609 ? » qu'il crie à sa femme en se tournant vers elle. Elle doit être un peu sourde. « Mais si, bichette, la dame qu'est morte de faim », qu'il crie encore. Il l'appelle « bichette ». Et Bichette de se prendre aussitôt la tête entre les mains en disant : « Oh là là. »

Chez eux, c'est un peu plus grand que chez Marcelle, mais bien petit cependant. Un F2, comme qui dirait. Comme tout est aujourd'hui réduit à des sigles, des lettres et des numéros, sans doute par souci d'humanité. Je m'excuse encore une fois de les déranger. Le vieil homme a baissé le son de la télévision qui trône sur un buffet imitation Henri III. Je les dérange pendant *Des chiffres et des lettres*. Cette émission existe donc toujours ?

Cela doit bien faire cent ans maintenant. Voilà qui ne me rajeunit pas.

Nous sommes dans la pièce qui sert de séjour, surchargée de meubles, de lampes avec des abat-jour à franges, de photos encadrées, de babioles vernies et bariolées posées sur des guéridons, une reproduction de Marie Laurencin dans un angle. Pas de bibliothèque. Aucun livre nulle part. Les habitations sans livres me font peur et j'ai peur souvent. Je me suis assis sur une chaise collée contre un mur. Eux me font face, installés sur un canapé qui fut un jour bleu roi. La télévision se trouve sur ma gauche, j'ai le son dans l'oreille, plein de chiffres et plein de lettres dans l'oreille. Bichette se soucie davantage de ce qui se passe sur l'écran que de moi. Son mari semble en revanche content de ma présence. Un peu de distraction. C'est surtout à lui que je m'adresse. À lui que je demande. Marcelle et ce dont il se souvient. Marcelle et tout ce qu'il sait. Sans le brusquer. En le laissant parler à son rythme.

« C'est madame Saliéri, elle habitait l'appartement juste en dessous. Au cinquième. Elle était déjà âgée et elle doit être morte, la pauvre. Elle a déménagé, c'était pas très longtemps après, en 1986 ou 1987. Faut dire qu'il y avait de quoi. Car un jour, des asticots sont tombés de son plafond. Plein d'asticots. Et de gros vers blancs. Ils tombaient par grappes entières dans sa chambre. Ça grouillait énormément. Il y en avait tellement qu'ils avaient fini par percer le plafond. Ça leur avait pris dix mois mais ils y étaient arrivés. L'a fallu tout refaire, là-haut. Tout assainir. Le plafond, le plancher, les murs. Les travaux ont duré des semaines. C'est comme ça que les pompiers sont venus. Comme ça qu'on a su. C'est pas du tout à cause de l'odeur. Ils ont raconté n'importe quoi dans les journaux. » Se tournant vers Bichette, il lui hurle dans les tympans : « Tu te rappelles les asticots ? Les vers gros comme ça ? » Bichette plaque les mains sur son visage et gémit : « Oh là là ! Les asticots ! Oh les vers ! Partout ! »

« À l'époque, la concierge était malade. Des mois qu'elle était à l'hôpital. Sa remplaçante, elle pouvait pas savoir que la dame était morte. Elle croyait qu'elle était partie habiter chez ses enfants. C'est pour ça qu'elle s'est pas inquiétée. Ni personne dans l'immeuble. De toute façon, on se parle pas beaucoup ici. C'est chacun pour soi. Comme partout, pas vrai ? Non, je sais pas qui lui a dit que Marcelle était partie chez ses enfants. C'est vrai qu'elle a pas pu inventer ça. J'avais pas réfléchi à ça. »

Il a appelé Marcelle par son prénom. Comme s'il la connaissait. Était-ce le cas ? Il paraît soudain gêné. Il jette un rapide coup d'œil à Bichette ; mais celle-ci regarde la télé. « Je la croisais parfois. Elle était pas causante. Mais elle me plaisait bien, si vous voyez ce que je veux dire. Bichette était même jalouse. Les grands airs de Marcelle, ils lui revenaient pas. À l'époque, j'avais fière allure. On le croirait pas aujourd'hui mais c'est vrai. Je veux pas dire qu'il s'est passé quelque chose. On l'approchait pas comme ça, Marcelle. Je me souviens la dernière fois que je l'ai vue. C'était au concert Lamoureux. On s'était rencontrés par hasard. Je lui ai demandé si ça allait, elle m'a dit que oui. Mais on voyait que ça n'allait pas fort. » Sans prévenir, Bichette s'est animée sur le canapé. Elle a un truc à dire. Elle n'est peut-être pas aussi sourde qu'elle le prétend. Une feinte pour ne plus entendre son mari ? Être enfin tranquille ? Ras-le-bol d'être le public de monsieur ? Ma grand-mère était comme ça. Sauf qu'elle devint réellement sourde. Elle s'arrangea pour devenir complètement sourde de l'oreille droite. Celle où son mari lui tonitruait ses ronflements la nuit. Toutes les nuits. Pendant cinquante ans. En tout cas, Bichette se tortille sur le canapé et, d'une voix perçante et chevrotante, elle hurle sans se rendre compte qu'elle hurle : « J'ai toujours un livre qu'elle m'avait prêté. Un roman de Michel Zévaco. Je ne l'ai jamais lu. Oh là là. » Je vais pour demander quel roman de Zévaco mais son mari ne m'en laisse pas le temps : « Elle n'aimait pas la mode cette année-là. Elle trouvait que le chic parisien n'avait plus d'allure. À part Chanel, tout lui paraissait affreux. » Bichette le coupe de nouveau : « Elle m'a dit qu'elle avait très envie de s'acheter la *Quatrième Symphonie* de Beethoven dans l'édition du Club. » Lui : « Elle détestait les animaux. » Elle : Non, elle en avait peur. » Lui : « Elle n'aimait pas les films américains. » Elle : « Elle avait une belle voix mais insuffisamment travaillée. » Lui : « Elle a été sur la Côte d'Azur pendant les vacances. » Elle : « Elle avait peur de grossir. » Lui : « Elle ne mangeait rien. » Elle : « Oh là là ! » en plaquant ses deux mains sur son visage.

C'est comme une partie de ping-pong qui me donne le tournis. J'en viens presque à me demander s'ils ne parlent pas d'eux à travers Marcelle. En tout cas, ils profitent de ma présence pour s'envoyer des messages, régler quelques comptes, l'un et l'autre saisissant l'occasion de se parler comme si, désormais, il leur fallait un tiers pour briser le silence que les années et la promiscuité ont fossilisé entre eux. En même temps, j'enregistre avec avidité ce qu'ils m'apprennent sur Marcelle. Tiens, elle lisait Zévaco ? Tiens, elle aimait la *Quatrième Symphonie* de Beethoven ? Que déduire de ces informations ?

« Vous voulez boire quelque chose ? » Le vieux s'est levé et, d'autorité, il sert trois petits verres d'une espèce de calvados qui râpe bien la gorge. « Il est bon ! » hurle Bichette. On voit qu'elle apprécie. Le vieux hoche la tête en faisant un petit claquement avec la langue. J'opine à mon tour. Autre chose concernant Marcelle ? « Il y a eu une drôle d'histoire après. Un jeune gars. Il était bizarre. » Quelle histoire ? Drôle comment ? « Quand Marcelle est morte, l'appartement est resté vide un bon moment et, très vite, un jeune gars s'est installé dans l'appartement. » Un nouveau locataire ? « C'est ce qu'on croyait mais on a appris plus tard qu'il n'avait pas le droit d'être là. » Vous voulez dire qu'il squattait ? « C'est ça. Mais il connaissait Marcelle. Il disait qu'il voulait la venger. C'est ça qu'il disait à tout le monde. Qu'il voulait venger Marcelle. » *Venger Marcelle ?* Mais de quoi ? « Qu'est-ce qu'on en sait ? Tu te souviens le jeune qui voulait venger Marcelle ? » qu'il crie à Bichette. « Oh là là, il était fou ! Il était tout barbu. » Mais il voulait quoi ? j'insiste. Vous vous rappelez son nom ? « On l'a jamais su. Il a dû rester deux ou trois semaines. Peut-être plus. Il demeurait là-haut, sans sortir. Il devait dormir dans son lit car tout était resté en place. Il était pas dégoûté ! Il avait posé un cadenas sur la porte et paraît qu'il pleurait et faisait des crises, tapait contre les murs, mais on n'entendait rien de chez nous. C'est madame Saliéri qui se plaignait. C'étaient pas nos affaires. » Et ça s'est fini comment ? « Ça s'est fini qu'un jour les enfants de Marcelle sont venus et ils l'ont fichu dehors. Ça n'a pas traîné. Ils n'y sont pas allés de main morte. Tu te rappelles, bichette ? » « Oh là là » fait encore Bichette en agitant les mains comme deux écrevisses ébouillantées. C'était avant ou après les travaux ? « Les travaux, c'était après. Quand l'appartement a été vidé. Je crois d'ailleurs qu'il a été vendu assez vite. » Et les enfants de Marcelle, vous les avez vus ? « Pas vraiment. C'est madame Saliéri qu'était en contact avec eux, rapport aux travaux justement. Ils avaient pas l'air commode. Pensez, tout le monde disait qu'ils avaient abandonné leur maman et que tout ça était de leur faute. Une petite goutte ? » Il me présente la bouteille de calva. Ce n'est pas de refus, vu ce que je viens d'apprendre. Il nous sert à tous les trois une large rasade de son tord-boyaux. « Il est bon », hurle Bichette. Il est clair qu'elle commence à devenir pompette. J'ai l'air d'inventer la scène mais je suis vraiment très près de la réalité. Je n'en reviens pas de ce que je viens d'apprendre. Ce type qui s'est installé chez Marcelle et qui disait vouloir la venger. La venger de quoi ? Il était amoureux d'elle ? Il était son amant ? Ça alors ! Voilà qui change tout. Voilà un nouveau personnage dans l'histoire de Marcelle. Un de plus. Avec Paul, cela fait au moins deux. Vous ne vous rappelez rien d'autre ? Ce jeune homme, il était jeune comment ? « Oh pas plus de 20 ans. Moins peut-être. Avec une barbe. » Il doit donc être encore vivant, je songe.

Un silence.
Je ne sais plus quoi dire.
Mille pensées me traversent, me chahutent.
Trop complexes et entortillées pour que je puisse me les formuler à moi-même.
Sur la télé, mon œil attrape une série de lettres. Comme un mot dont les lettres auraient été mélangées. Le candidat finit par trouver « rasibus ». Mais il y avait mieux, en huit lettres : « subirais ». Nul, ce candidat.

54.2

– Un dernier pour la route ?
– Euh, oui, volontiers.

Je voulais refuser mais trop tard. Le vieux a déjà resservi tout le monde. « Vous savez que l'un des Frères Jacques a habité l'immeuble ? » qu'il dit en rebouchant la bouteille de calva. Se tournant vers Bichette, il lui crie : « C'était lequel des Frères Jacques qui habitait au deuxième ? » « Oh là là, couine Bichette. C'était pas au deuxième, non non ! » De la main, son mari me fait signe qu'elle perd un peu la boule. Je n'aime pas le sourire complice qu'il m'oblige à lui renvoyer. « Il y avait aussi le nain Piéral », qu'il ajoute. « Ah oui, Piéral, Piéral ! » hurle Bichette, tout excitée soudain. Le nain Piéral ? Le nain le plus célèbre du cinéma français ? Celui des *Visiteurs du soir* ? De *L'Éternel Retour* ? Du *Capitan* ? Il a habité ici ? Au 183 rue Championnet ? « Tout à fait », répond le vieux. « C'est Michel Zévaco qui a écrit *Le Capitan* », hurle Bichette. Elle dit Zévaco mais on entend Késaco. « Marcelle et Piéral se connaissaient ? » je demande. « Ça, je sais pas. C'est possible. C'était un drôle, le Piéral. Une vraie teigne. Et lubrique avec ça ! Vous savez ce qu'on dit des nains. Qu'ils sont pas petits partout, si vous voyez ce que je veux dire. » Lubrique ? « Oh là là », fait Bichette. « Piéral Piéral » qu'elle répète. Lui : « Il se promenait dans les couloirs déguisé en femme, avec des plumes, des fanfreluches, tout le tralala. Fallait voir ça ! » « Mae West ! Mae West ! » hurle Bichette, à qui l'alcool monte visiblement au cerveau. « T'as raison, bichette. C'est en Mae West qu'il était travesti. Avec la perruque blonde, les faux cils, le boa rose, tout. Ah, il s'en passait de belles chez lui. Tu te souviens, bichette ? » qu'il crie dans l'oreille de sa femme. À ces mots, Bichette rigole, elle peut plus s'arrêter de se trémousser. « Oh là là ! Hi hi hi ! » qu'elle fait en gloussant et en poussant son mari du coude. Il lui manque des dents en bas et en haut. Elle me fait peur soudain. Je ne sais pas si c'est moi, ou si c'est Piéral, ou l'alcool, mais je sens tout à coup de l'électricité dans l'air. J'ai comme un mauvais pressentiment. Je les regarde sur le canapé, lui avec sa veste enfilée sur son pyjama rayé, elle avec sa robe de chambre à fleurs, tous les deux maintenant rougeauds à cause du calva : quelle touche ils ont ! Mais quoi ? Lui vient de passer son bras autour des épaules de Bichette et, devant moi, pas gêné, voici qu'il approche son visage et, vlan, slurp, tous les deux de s'embrasser sur la bouche. Tous les deux de se rouler une super pelle, là, devant moi, comme si je n'étais pas là ou, au contraire, *parce que je suis là !* Nom de Dieu ! Je n'en crois pas mes yeux. Je ne veux pas voir ça. Je ne veux rien savoir. Je détourne le regard, fixe la télévision, me concentre sur les lettres affichées à l'écran sans parvenir à former un seul mot, ah si, on peut faire « mie ». Et « pain ». Pas terrible. Je ne suis pas contre l'amour à 80 ans, mais pas en public. *Pas devant moi !* Le candidat est parvenu à trouver « pimentai ». Pas mal. Huit lettres ! Le jackpot. Bon. Ils ont fini ? Je tourne la tête vers le canapé et Bichette : elle est rubiconde et me regarde avec des yeux brillants. Elle est complètement ivre. Elle passe une petite langue velue sur ses lèvres craquelées et, mon Dieu, elle me fait de l'œil ! Je ne rêve pas ! Elle m'aguiche pour de vrai ! Et lui, le vieux, il a glissé une main sournoise et décharnée dans le peignoir de Bichette dont les pans se sont écartés, exhibant un sein plat et vide qui dégouline sur des chairs ratatinées et, sans vergogne, ostensiblement, que je ne rate rien du spectacle, ses doigts empoignent et pressent et caressent la mamelle, si cela s'appelle caresser. Plutôt traire un vieux pis. Merde alors ! Je suis tombé sur deux partouzards de 80 ans ! Deux centenaires de la fesse ! La concierge m'avait prévenu qu'ils étaient bizarres et je comprends maintenant. Bon, ce sera sans moi. L'échangisme version cinquième âge, merci bien. Je sais bien que les vieux ont droit à une vie sexuelle mais « Désolé, je fais en me levant. Je ne crois pas que... » « Restez, chevrote Bichette d'une voix avinée. Je peux vous faire des choses... » Ce disant, elle fait mine d'ouvrir ses pauvres cuisses dont la peau tremblote et varice sur les os qui saillent et c'est trop ! Assez ! Calva ou pas, il y a des limites. D'un bond, je me dirige vers la porte, l'ouvre vivement tandis que, dans mon dos, j'entends Bichette rire grassement et crier quelque chose qui commence par « petite » mais dont la fin se perd dans le claquement de la porte que j'ai vivement refermée derrière moi.

Mais c'est qui ces gens ?
C'est quoi ce délire ?
C'est quoi cet immeuble ?
C'est quoi ce livre ?

54·3

« L'immeuble était un piège et le piège fonctionnait. »

Cette phrase figure à la page 110 du *Locataire chimérique* de Roland Topor, publié en 1964. C'est ce livre que Roman Polanski a adapté pour son film *Le Locataire* (1976). Je ne vais pas mentir : cela fait longtemps que je songe au « locataire », de son vrai nom Trelkovski. J'y songeais bien avant de venir au 183 rue Championnet. J'y songeais en sachant que je me rendrais un jour là-bas, en prévision de ce que j'allais éventuellement trouver sur place et que j'avais précisément peur de découvrir, comme on s'approche un peu trop près d'une flamme. Comme on sait qu'on risque de se brûler. Si bien que j'avais lu le livre de Topor et revu le film de Polanski. Il le fallait. C'était nécessité. Je savais mon imagination capable de me jouer un sale tour à sa façon et je voulais me préparer au pire. *Je ne voulais pas devenir le nouveau Trelkovski !*

Car le danger existait. La crainte était là. L'histoire de Marcelle Pichon occupait depuis des semaines et des mois toutes mes pensées, elle ne me laissait aucun répit et je redoutais de me faire posséder comme Trelkovski se fait posséder, dans tous les sens du mot posséder. Dans le sens démoniaque surtout. Dans le sens où Trelkovski loue un appartement dans lequel une jeune femme (Simone Choule) s'est suicidée en se jetant par la fenêtre et, peu à peu, il se sent devenir comme elle. Il se transforme peu à peu en Simone Choule. Physiquement et psychiquement. Quelque chose le pousse à prendre la place de Simone Choule, à incarner son mystère, à reproduire sa tragédie. Quelque chose qui vient de lui, qui vient de Simone Choule elle-même et qui vient de l'immeuble. Vient des voisins dont l'infecte mesquinerie, la passion autoritaire pour l'ordre, la haine de l'étranger et, par-dessus tout, le *nombre* finissent par avoir raison de sa raison. Car Trelkovski a beau résister de toutes ses forces, il assiste impuissant à sa propre métamorphose en Simone Choule. Dans la glace, son visage prend les traits de Simone Choule. La nuit, il met une perruque et s'habille comme elle. Ses pensées elles-mêmes deviennent celles de Simone Choule et, à la fin, poussant la substitution jusqu'au bout, devenant absolument Simone Choule, il se jette comme elle par la fenêtre, il meurt comme elle et je ne voulais pas de cela.

J'avais peur de ça.

Je redoute depuis toujours les phénomènes de contagion mimétique. Je sais qu'ils existent. Tout le monde est susceptible de devenir quelqu'un d'autre, personne n'est d'ailleurs précisément lui-même mais devient malgré lui ce que les autres veulent qu'il soit et je sentais que Marcelle Pichon, profitant de mon empathie, laquelle cache peut-être un trouble identitaire, avait le pouvoir de modifier ma personnalité. Sur mon imagination elle exerçait une emprise, une attraction, comme le vertige appelle le vide. Comme certains parasites prennent le contrôle d'un être vivant pour le forcer à agir à son complet détriment. C'est ne pas ouvrir la porte à Marcelle Pichon qu'il aurait fallu ; mais il était trop tard. M'intéresser à elle et à ce qui l'avait conduite à se laisser mourir de faim n'était pas sans creuser certains abîmes en moi. Je savais qu'il y aurait un prix à payer. Il ne pouvait y avoir d'impunité et, sans oser me l'avouer, tenant cet effroi à distance – cet effroi *et* cette tentation –, je pressentais que Marcelle Pichon pouvait devenir ma Simone Choule. Je craignais qu'elle ne devienne ma Simone Choule.

Surtout que j'adore le nom Simone Choule. Je ne m'en cache pas. Je ne me lasse pas de dire Simone Choule Simone Choule Simone Choule. C'est un nom que j'ai envie de répéter en boucle. De mâchouler encore et encore. De simoner jusqu'au citron. J'ignore comment Roland Topor a trouvé le nom Simone Choule, de quels recoins hilares de son cerveau il l'a enfanté, mais la chouette choule (et non piaule, comme j'ai déjà dit). On dit aussi d'un bateau qu'il est choulé par les flots lorsque ceux-ci le ballottent en tous sens. Et choule, c'est Schull. C'est louche. C'est chelou. Donc c'est juif. Cela s'entend à l'oreille. Polanski ne s'y est pas trompé en adaptant ce livre au cinéma.

Tout ça pour dire que j'envisageais très sérieusement la possibilité que Marcelle Pichon devienne *ma* Simone Choule. De l'une à l'autre, j'en venais d'ailleurs à les confondre. À appeler Marcelle Choule et Simone Pichon. Tandis que je n'ignorais pas mon côté Trelkovski. Il y a toujours eu en moi la place pour certaines métamorphoses à la Kafka et c'était encore plus vrai ces derniers mois, depuis que Marcelle était entrée dans ma vie pour la phagocyter. Cela prenait même des proportions inquiétantes. Je ne plaisante pas. Une nuit, j'avais écrit ces mots dans mon petit carnet : « Terminer le livre avec moi me demandant ce que cela fait de mourir de faim. Moi prenant un dernier repas (pantagruélique ?) et commençant à jeûner. Cessant de m'alimenter. Un jour. Puis un deuxième jour. Puis huit jours. Puis douze jours. Puis le plus longtemps possible. En tenant le journal de mon agonie. Et le livre sera justement le journal que l'on retrouvera après ma mort. » Sur le moment, j'avais trouvé l'idée excellente. Voilà qui collerait au plus près à mon sujet. Je parlerais en connaissance de cause plutôt que de pipeauter sur la page. Au moins mon livre serait-il écrit avec mon sang, mes reins, mes urines, ma souffrance et mes malédictions, mon cœur tant qu'il ne céderait pas, jusqu'à ce qu'il cède. De la littérature réellement à l'estomac.

Et voici que l'histoire de ce jeune homme qui s'était mystérieusement installé chez Marcelle. Qui s'était subrepticement enfermé chez elle. Cadenassé indûment chez elle. Avait dormi dans son lit. Dans le lit qui avait été celui où elle s'était laissée mourir de faim. Où elle s'était momifiée à l'insu de tous. Oui, ce jeune homme : c'était lui qui avait pris la place de Marcelle. C'était lui le « locataire chimérique » ! Lui qui était devenu elle. Lui le Trelkovski de cette tragédie. Et s'il était le nouveau Trelkovski, alors ce n'était pas moi. Il ne pouvait y avoir deux Trelkovski. Impossible. Quel soulagement ! Je peux le dire : en une fraction de seconde, j'ai senti qu'un poids formidable m'était ôté de la poitrine. J'ai eu envie de rire de moi. Envolée ma peur que Marcelle Pichon devienne ma Simone Choule. Envolées *toutes* mes peurs.

54.4

N'ayant plus rien à faire au 183 rue Championnet, l'immeuble m'ayant appris tout ce qu'il pouvait m'apprendre, c'est le cœur léger que je redescends l'escalier, me retrouve au rez-de-chaussée, croise de nouveau la concierge, qui me jette un regard noir. Aucun doute, elle me regarde maintenant d'un sale œil. Qu'est-ce qui lui arrive ? Autant elle était avenante tout à l'heure, autant elle me bat froid et je ne comprends pas pourquoi. Ai-je fait quelque chose de mal ? A-t-elle reçu des consignes ? Lui a-t-on fait comprendre qu'il ne fallait pas parler de Marcelle Pichon à un détective privé, surtout pas ? Que ma présence n'était pas la bienvenue ? Mes questions indésirables ? L'immeuble, cette espèce de bête vivante et démoniaque, ce monstre qui dévore ses habitants, ce piège de sept étages, a-t-il fait passer le message qu'il ne fallait plus me parler et, au contraire, me fermer toutes les portes, que je déguerpisse au plus vite ?

Et si le couple de vieux lubriques du troisième s'était plaint ? Il est vrai que j'ai un peu forcé le trait. Je l'avoue. Les choses n'ont pas dégénéré au point que j'ai dit. Je me suis un peu emballé. Les mots, oui, ont excédé la réalité. C'est même un euphémisme et Bichette aurait de quoi déposer plainte pour diffamation et atteinte à la dignité des personnes âgées. Mais faute avouée à demi pardonnée. Si on veut le savoir, j'avais un problème de narration. J'avais recueilli plusieurs témoignages de vieilles gens habitant l'immeuble et je ne me voyais pas faire littérairement la tournée des popotes. Sur la page, l'ennui m'anesthésiait déjà. Il me fallait donc trouver quelque chose de plus excitant (si j'ose dire). De là mon couple de petits vieux. Ce n'était peut-être pas une bonne idée mais je n'en ai pas trouvé de meilleure. À travers eux, je pouvais évoquer Mme B (qui était en effet un peu sourde), Mme E et son fils, sans oublier M. et Mme G, à qui j'ai bel et bien parlé, tous ayant été très gentils, je le précise. Tous parfaitement dignes et réservés, j'insiste ! Mais les mots – et quelque chose d'une angoisse qui m'appartient – ont dépassé la réalité et je me suis laissé entraîner. L'oiseau bleu s'est emparé de moi. Narrativement, cela avait l'avantage de l'unité de temps, de lieu et d'action. Un avantage très appréciable. Je n'oublie pas que j'écris un livre. Il ne s'agit pas d'un rapport d'enquête administrative. Mon récit est autant le récit d'une enquête absolument scrupuleuse sur Marcelle Pichon que le récit absolument subjectif de l'enquête elle-même, menée par la Bmore & Investigations.

Grâce à monsieur et madame Vargas, j'ai ainsi pu mettre dans leurs bouches ce que j'avais appris d'autres bouches. Car tout ce que je leur fais dire est *rigoureusement exact*. Je le jure ! Je tiens à ce que cela soit consigné devant huissier. Tombant du plafond, des asticots ont bien donné l'alerte (et non l'odeur !) ; un étudiant occupe actuellement l'appartement 609 et sa fenêtre plonge directement sur la paroisse Sainte-Geneviève ; après la mort de Marcelle, un jeune homme prétendant la « venger » s'est réellement installé chez elle et il fut délogé sans ménagement par les enfants Pichon venus vider les lieux ; l'un des Frères Jacques et le nain Piéral ont effectivement habité au 183 rue Championnet ; etc. Tout est vrai ! Je l'affirme sur l'honneur. Et j'ai cru tout ce que l'on m'a dit. Pourquoi m'aurait-on menti ? Moi seul avais un bouquin à écrire. Même la concierge me battant froid après avoir été toute gentille, c'est vrai. D'ailleurs, je ne comprends toujours pas son attitude. Il s'est passé quelque chose de bizarre à ce moment-là que je ne m'explique pas. Même la veste passée sur un pyjama rayé et la robe de chambre à fleurs, je les ai vues de mes yeux. Ainsi que la télévision allumée dans un coin, avec l'émission *Des chiffres et des lettres*.

En revanche, l'exubérance sexuelle de monsieur et madame Vargas, okay, les choses ne se sont pas exactement passées de cette manière. D'ailleurs, j'ai inventé le nom de Vargas. Parce que ça sonne comme sargasses. Les miennes de sargasses. Qui m'a cru, d'ailleurs ? Qui croit quoi aujourd'hui ? Les vieux ont bien le droit de s'amuser. Déjà qu'ils tombent comme des mouches à cause du Covid. Et puis, c'est la faute de Roland Topor. Car dans un passage du *Locataire chimérique*, Trelkovski se retrouve à picoler avec des voisins et, un verre après l'autre, la situation dégénère de façon franchement olé olé. Il n'en fallait pas davantage pour que je lâche la bride à ma plume. M'amuse un peu, l'histoire de Marcelle Pichon en offrant peu l'occasion. J'ai même repris mot pour mot le petit dialogue qui se trouve page 109, où l'on apprend que Simone Choule « n'aimait pas la mode cette année-là, sauf Chanel », etc. Simone Choule ou Marcelle Pichon ? Ce qui valait pour l'une semblait merveilleusement valoir pour l'autre. Encore une preuve de la splendide « voyance » des livres ! Quand je disais redouter les phénomènes de confusion et de transfert, je ne mentais pas. J'en ai donné sur la page un exemple très concret. Ce qui, de mon point de vue, est préférable à moi me prenant réellement pour Trelkovski et à Marcelle Pichon devenant dans ma vie ma Simone Choule. Maintenant, je suis bien tranquille. Je ne me laisserai pas mourir de faim. Ma venue au 183 rue Championnet aura au moins servi à ça. Elle aura été *très* fructueuse et je peux à présent passer à la suite. Mais pas un mot à Penny. Elle a trop de principes. Elle ne comprendrait pas. Ce n'est pas elle qui doit pimenter certains faits afin qu'ils prennent vie sur la page. Mais promis, je ne le referai plus. L'agence Bmore & Investigations est une maison sérieuse. Croix de bois croix de fer, si je mens Penny ira en enfer. Elle est prévenue.

« J'aime les nains qui riment
avec Blanche-Neige. »
Claude NOUGARO, *Rimes*

55

Rentré chez moi, j'étais fourbu. J'étais fourbu et excité. Je songeais à Marcelle. Je songeais à son minuscule logement et je songeais à la paroisse Sainte-Geneviève (j'y étais allé faire un tour au sortir de l'immeuble, mais le nom de Marcelle Pichon ne figurait dans aucun registre des paroissiens et nul ne semblait l'avoir connue, même sa mort ne disait rien au curé à qui j'avais posé la question (il avait eu la gentillesse d'appeler une de ses ouailles qui tenait les registres des paroissiens), laissant supposer que Marcelle, si elle voyait l'église de sa fenêtre, n'en avait peut-être jamais franchi le seuil).

À propos de religion : tandis que, m'éloignant de la rue Championnet pour rentrer chez moi et, à ce moment-là, j'avais décidé de faire un bout de chemin à pied, histoire de réfléchir à ce que j'avais vu de « la scène de crime », secouer toutes les informations que j'avais apprises pour les faire tomber dans le carnet ne quittant pas la poche intérieure de mon imperméable couleur mastic, car il ne s'agissait pas que j'oublie un détail qui, par la suite, pourrait se révéler important alors que, sur l'instant, il m'avait paru insignifiant, j'ai vu passer une Audi au cul de laquelle un autocollant affichait : « Jesus is my Airbag. »

Rentré chez moi, dans l'état que j'ai dit, je songeais surtout au jeune homme qui s'était installé chez Marcelle et voulait la venger. Qui était-il ? D'où la connaissait-il ? De quoi voulait-il la venger ? C'était quoi son histoire ? Qu'était-il devenu ? J'avais beau me creuser, je ne voyais pas comment retrouver la trace de ce mystérieux jeune homme. Je craignais qu'il ne demeure à jamais un inconnu, une ombre, une énigme, le parfait locataire chimérique. Ce qui me dépitait terriblement. Lui seul, peut-être, possédait les derniers secrets de Marcelle. Lui seul, peut-être, savait pourquoi elle avait choisi de se laisser mourir de faim. Et si c'était à cause de lui ? Et s'il était son fils ? Mais non, puisque les enfants de Marcelle l'avaient fichu dehors. Son fils caché alors ? Son jeune amant ? Son dernier amour ? Mille hypothèses me venaient.

En même temps, il était apparu après la bataille. Où était-il lorsque Marcelle se mourait et que son corps, dix mois durant, était la proie des asticots ? Était-il parti, à l'étranger peut-être, en mission peut-être, était-il militaire ? La croyait-il absente, la concierge lui ayant dit que Marcelle s'en était allée chez ses enfants ? Pourtant, il s'était installé chez elle très peu de temps après sa mort, il avait très vite rappliqué, preuve qu'il était dans les parages. Peut-être avait-il appris la nouvelle par les médias. Bon Dieu, qui était ce jeune homme ? Que venait-il faire dans l'histoire de Marcelle ? À quel point était-il important de le savoir ? J'avais mal au crâne à force de me poser des questions. Je disposais de trop peu d'informations pour élaborer une théorie qui tienne seulement la route. Hormis Trelkovski, je ne connaissais personne qui pût me donner un début de piste. C'était rageant. Alors que je tenais enfin quelque chose qui, potentiellement, avait le pouvoir de résoudre toute l'affaire, je ne pouvais rien en faire. Je me sentais comme un homme qui ouvre les bras et, pas de pot, la femme devant lui ferme ses cuisses. Comme avoir une Ferrari mais pas d'essence. Une bière mais pas de décapsuleur. Une cigarette mais pas de feu. Un bulletin de vote mais pas de candidat. Un missel mais pas de Dieu. Etc. La liste est infinie des choses que l'on peut avoir et qui ne nous servent à rien. Quelle poisse ! Me sentir si près de la vérité et la voir me glisser entre les pattes me déprimait énormément. C'était la pire des frustrations. Pour surmonter le dépit, j'en connaissais qui n'auraient pas hésité à inventer une autre vérité, puisqu'il en faut une à la fin. N'est-ce pas qu'il faut que la vérité éclate à la fin ? N'est-ce pas ?

55.1

J'en étais là de mes réflexions lorsque, par dépit justement (mais était-ce seulement du dépit ? N'était-ce pas plutôt parce que l'esprit ne peut s'empêcher de ronger un os ?), je me suis mis à songer à Piéral. Au nain Piéral. Pour une raison que je ne tiens pas spécialement à élucider, cela me réjouissait que le nain le plus célèbre du cinéma français ait habité le même immeuble que Marcelle. J'imaginais déjà des choses. Je me disais que la Jaguar que Modiano avait vue garée rue Championnet était la sienne ou celle d'un de ses amis assurément riches et célèbres. Je me disais que c'était lui l'enfant au tricycle rouge qui pédalait à fond la caisse dans le dédale des couloirs de l'immeuble de la rue Championnet aux allures de l'Overlook Hotel. Je me disais qu'il fallait que j'en sache davantage.

Une rapide recherche sur Wikipédia m'apprit que Piéral, de son vrai nom Pierre Germain Bernard Aleyrangues, était né à Levallois-Perret en 1923 (deux ans après Marcelle, ils avaient donc quasiment le même âge, ils étaient de la même génération) et qu'il était mort à Paris 13e en 2003. Avec Marcelle, ils avaient donc pu se croiser dans le hall ou dans l'ascenseur du 183 rue Championnet. Ils avaient même pu sympathiser, ayant en partage le fait d'avoir eu 20 ans pendant l'Occupation et d'avoir tous les deux vécu dans des milieux artistiques. Voilà qui avait pu les rapprocher. Mon instinct me disait de creuser davantage. Je pressentais que je tenais une piste. Je les imaginais s'entendre comme larrons en foire, elle vêtue en homme, avec son tailleur-cravate, et lui toute blonde, travesti en Mae West. Deux créatures merveilleusement assorties ! S'ils se retrouvaient pour papoter, se raconter leurs souvenirs, picoler ou plus si affinités, ce devait être dans les appartements de Piéral, ceux-ci probablement situés au premier ou au deuxième étage, là où les logements étaient plus chers et spacieux. Tout m'apparaissait possible. À condition d'en apprendre davantage. Et justement, Piéral avait écrit son autobiographie. Celle-ci était même disponible en version PDF sur le site Numilog (7,49 euros). Trois minutes plus tard, je me plongeais dans la lecture de *Vu d'en bas*. Peut-être, au détour d'une page, Piéral évoquait-il le 183 rue Championnet. Peut-être parlait-il de Marcelle ! Ce serait fabuleux ! D'autant que dans le documentaire *Les Folies de Fath* dont le réalisateur Pascal Franck m'avait prêté l'ultime copie (encore merci à lui), Piéral était interviewé et, pendant quelques minutes, il faisait l'éloge du travail du couturier dans le milieu du cinéma. Il y avait donc un lien. Il y avait définitivement un lien !

55.2

Disons-le tout de suite, Piéral n'a pas déçu mes espoirs. Le premier chapitre pose d'emblée une bonne question quand on a une grosse tête, des petits bras et une taille bloquée à 1,23 mètre : « Pourquoi le médecin ne m'a-t-il pas tué ? » Suit la première phrase du livre : « Les monstres naissent aussi. On les laisse vivre. » Le ton est donné. Il me plaît. Ça sent la franchise et la dureté de la vie. On est loin du politiquement correct et des bons sentiments. Loin des « personnes verticalement défavorisées ». Un chat est un chat, un nain est un nain. Si on dit de quelqu'un qu'il est « défavorisé », c'est qu'on se sent supérieur à lui et on le lui fait sentir. On veut qu'il le sache. Piéral n'était pas « défavorisé », ni verticalement ni autrement, non, il était un nain. Pas la peine d'en rajouter. C'était déjà assez difficile comme ça. Nain vient de *nanus*, qui signifie « petit », et, sauf erreur, « petit » n'est pas une insulte. Ce qui n'empêche Piéral d'en avoir gros sur le cœur et ce n'est pas une question de vocabulaire mais une question de regards, c'est une question de préjudice à la naissance et « malédiction sur ce monde pourri ». Encore un point en commun avec Marcelle. Un autre étant que s'il était un nain, elle était, de naissance, une « pichon ».

Une « petiote ».

Entre « petits », ils pouvaient se comprendre.

Je continue ma lecture et, page 9, je sursaute, je fais littéralement un bond en lisant, deux points ouvrez les guillemets : « Marcelle, murmure, bouleversé, l'homme penché sur son visage blême, ruisselant de sueur. » Marcelle ? MARCELLE ? Dès la page 9 ? Quelques lignes plus loin, je découvre qu'il s'agit de la mère de Piéral, au moment où elle accouche de ce fils qui restera minuscule et qu'elle plaindra toute sa vie. La sienne de vie comme celle de son « petit Pierre ». Elle se prénommait Marcelle. Ça alors ! D'accord, ce n'est pas *ma* Marcelle ; il n'empêche ! Voici un nouveau point commun – et non des moindres – entre Piéral et sa voisine du sixième étage. En Marcelle, à cause de son prénom, Piéral pouvait retrouver sa mère ! Ô merveille des coïncidences ! Ô splendeur des voyances ! Vite, la suite !

Hélas, trois fois hélas, la mère de Piéral est la seule Marcelle du livre. Et pas une fois il n'est fait mention de la rue Championnet. Dommage. Tant pis. Fait chier. Cela valait tout de même la peine d'essayer. Surtout que je ne regrette pas d'avoir lu *Vu d'en bas*. J'ai coché plein de passages et, au point mort où j'en suis, disons que Piéral et Marcelle se connaissaient. Imaginons.

C'est un soir.

Marcelle est allongée sur un sofa, une coupe de champagne à la main. Vêtue d'une robe « blanc-bleu des glaciers », elle triture la bague qu'elle porte à l'annulaire de la main gauche.

Piéral, lui, est travesti en Mae West, avec une robe moulante en lamé argent qui brille de mille feux et, autour du cou, un boa rose qu'il agite dans tous les sens. De temps en temps, il remet sa perruque blonde qui a tendance à glisser sur le côté.

Tous les deux ont bu. On peut même supposer qu'ils sont pompettes. Les lumières sont tamisées. Il y a peut-être la *Quatrième Symphonie* de Beethoven sur la platine. Mais en fond sonore, le volume très bas. La *Quatrième* est la plus pacifique des symphonies de Beethoven.

C'est surtout Piéral qui parle. Il est volubile. Plein d'entrain. Il sait que Marcelle ne va pas très bien. Il ne sait pas que Marcelle se laissera bientôt mourir de faim mais il sent qu'il faut lui remonter le moral. Avec ses histoires de cinéma ? Mais il lui a déjà raconté mille fois *Les Visiteurs du soir, L'Éternel Retour, Lola Montès, La Princesse de Clèves* et tutti quanti. « Au cinéma, je suis, semble-t-il, par dérision, voué aux plus belles histoires d'amour ! » (page 262). Et il ne va pas recommencer avec Cocteau, ce « merveilleux mentor » qui lui ouvrit les portes du cinéma et de la gloire, avant de les lui claquer au nez, vlan. Rien que d'y penser, les larmes lui montent encore aux yeux. La blessure est toujours là. Ce fut la grande désillusion de sa vie. Celle qui l'a poursuivi toute son existence. Pas besoin d'être nain pour savoir que la vie est un affreux miroir aux alouettes. L'alouette grisolle, ou tirelire, ou turlutte. Page 233, Piéral fait ainsi cet aveu : « Pour qui a rêvé de jouer Cromwell ou Othello, se retrouver à singer Mae West n'est pas l'idéal. » Rien que d'y penser, il ricane. Il agite son boa rose. Vide d'un trait sa coupe. Son visage s'est crispé. Il sait qu'il devient encore plus laid lorsqu'il fait cette grimace. Il se tourne vers Marcelle : « Les hommes ont peur des monstres et, pour se venger, ils deviennent cruels. Le problème, c'est que personne ne nous prévient à la naissance. » Marcelle le coupe : « Ça rassure les portiers d'hôtel, les restaurateurs, enfin toutes les… Tout de suite… » Piéral la regarde. « Adolescente ma mère était charmante ; jeune fille elle était belle. Elle s'est enfuie de chez ses parents pour pouvoir se marier avec mon père. Mon nanisme a été sa punition. » Marcelle ne bouge pas sur le sofa. Elle aime rester comme une statue, un bras à l'équerre pour tenir son chapeau, qu'il ne s'envole pas, que le vent n'emporte pas son personnage. Elle n'aime pas que Piéral parle de sa mère, parle de l'amour que sa mère, malgré tout, lui portait. Elle dit, d'une voix où perce la nervosité : « J'ai horreur des bijoux. J'adore l'orfèvrerie, j'aime bien en avoir, mais je n'aime pas les bijoux. »

Piéral fait mine de n'avoir pas entendu : « Mes parents ne me cachaient pas, ils m'emmenaient partout, ils voulaient que les gens sachent. Ils voulaient leur faire honte de leurs regards apitoyés ou dégoûtés. Pour ma mère, cela voulait dire : "Regardez-le bien ! Oui, il est minuscule, oui il a une grosse tête et de petits bras et des jambes arquées, oui, c'est un nain et, oui, je suis une belle femme et j'ai enfanté un nain ! Mais c'est mon fils et je l'aime." » Marcelle regarde la bague à son doigt, la tourne dans un sens puis dans l'autre : « Sauf qu'il faut mettre un bijou. On est sûr comme ça que je réglerai l'addition. » Piéral fait tout à coup les marionnettes en agitant ses petites mains : « Mes yeux arrivent naturellement à hauteur des ventres, des culs et des trous de serrure. Pour voir un visage, je dois renverser la tête en arrière. Je vois toujours les autres d'en bas et eux me toisent toujours d'en haut. Ma vie sociale est un torticolis. Il n'y a qu'assis que je me crois presque aussi grand que n'importe qui. »

Marcelle se frotte les yeux : « On loue, on fait une location et ça ne loupe pas ! On me dit : "Bonjour madame, vous êtes là pour combien de temps ? Votre mari va vous rejoindre bientôt ?" »

Piéral, qui continue de faire les marionnettes mais avec les pieds maintenant : « Quand je suis arrivé à l'école, le maître m'a regardé et il a dit : "Je me demande pourquoi on te met à l'école, toi ! Tu ne vas pas t'amuser." Il avait raison. »

Marcelle, sortant soudain de son texte : « Moi, on m'appelait Marcelle Nichon. »

Piéral esquisse devant elle un pas de danse : « Dieu que j'en ai entendu à l'école des "Hé, vise un peu, un nain ! Un nabot ! Va donc bas du cul, t'as pas mangé assez de soupe ? Ton père t'a fini à la pisse ? Hé, grosse tête, où sont tes bras ? Si on te pousse, tu fais Culbuto ? Oh la face de crapaud ! Attention les gars, les nains, c'est méchant, c'est des monstres, ça vient du diable." » Le regard dur, il ajoute : « Ils avaient 7 ou 8 ans. Ils me frappaient, ils me harcelaient. La souffrance forge l'âme ? Foutaise ! »

Marcelle fait un geste gracieux avec le bras : « Mais c'est la coutume ! Je sais que c'est la coutume ! »

Piéral tente de faire un salto arrière et retombe sur le dos : « Moi, je suis un farfadet, je suis un farfadet ! »

Marcelle, sans bouger les lèvres : « Je sais qu'on regarde ma main. »

Piéral s'asperge le visage de champagne car son acrobatie lui a donné chaud : « Les gens normaux, ils devraient presque me remercier, ils devraient remercier tous les difformes de naissance, les bossus, les boiteux, les sourds-muets, les aveugles, les mongoliens, d'avoir pris sur eux, sans le vouloir il est vrai, mais pris quand même, les tares du monde, les erreurs de la nature et, s'ils y croient, la malédiction de Dieu ! »

Marcelle regarde passer un oiseau bleu par la fenêtre : « Cette bague, c'est moi qui l'ai achetée. »

Piéral, qui se verse toute la bouteille de champagne sur la tête : « Je suis très tôt devenu hypocrite. Mon impuissance dans divers domaines a fait de moi un faux jeton. Ne pouvant en aucun cas être le plus fort dans une bagarre, il faut bien que je sois le plus traître : je n'ai pas la vocation du martyre. Qu'on ne me jette pas la pierre. Faible j'étais, il me fallait bien employer des moyens de faibles et ce ne sont pas les plus nobles. »

Marcelle se pince la peau du bras : « Vous voulez que j'aie un mari ? Eh bien j'ai un mari, oui, il vient me rejoindre, bien sûr. C'est tout. C'est fini. »

Piéral fait trois fois le signe de croix : « Ah le curé. Il m'asseyait sur ses genoux et ses mains étaient bien douces ! Elles effleuraient mon visage, s'attardaient sur mes cuisses, me frôlaient comme par mégarde à cet endroit dont on m'avait dit qu'il ne fallait surtout pas s'y intéresser. Je trouvais cela bizarre, mais je ne réagissais pas. »

Marcelle s'évente le visage parce que Piéral vient de lâcher un pet : « Cette journée est finie et je vais rentrer un peu tristement. »

Piéral lâche un autre prout encore plus sonore et malodorant : « La période de l'Occupation a pour moi été exaltante. La guerre c'était l'affaire des hommes qui avaient quarante ou soixante centimètres de plus que moi. Pourquoi m'en serais-je mêlé ? Ils ne me considéraient pas comme faisant partie de leur communauté. J'étais pour eux un rebut de l'humanité et qu'ils se battent entre eux, qu'est-ce que cela pouvait me faire ? »

Marcelle époussette sa robe blanc-bleu des glaciers, remet les plis en place : « C'est la solitude. »

Piéral se lance dans une série d'entrechats en faisant voler son boa rose : « Sais-tu la question qu'on m'a le plus posée sur tous les tons : "Est-ce que tout est si petit chez toi ?" Et, tout de suite après : "Mazette, mais tu es un vrai petit homme !" Je te parle des hommes comme des femmes, même si j'ai toujours préféré le genre masculin. »

Marcelle se mire dans la glace d'un petit poudrier qu'elle a sorti de sa manche : « Là il faudrait quelqu'un. Quelqu'un pour se confier, pour partager les joies qu'on a eues... Pour commencer... »

Piéral trottine et, d'un bond, se jette contre un mur, rebondit : « Quand j'aime une femme je la veux femme, quand je préfère un homme je le veux homme. À force de savoir ce que c'est que d'être anormal, j'ai un besoin, exigeant, chez les autres, de normalité. »

Marcelle se recoiffe avec grâce : « Ah oui, ce serait que quelqu'un me dise : "Bonjour chérie, la journée a été bonne ?" »

Piéral s'accroche au lustre et commence à se balancer : « Je sais ce que beaucoup pensent quand ils me regardent : Comment peut-on faire l'amour avec ça ! Moi-même me le suis inlassablement demandé, après chaque femme, chaque homme étreints : Comment peuvent-ils être attirés par moi ? Et j'ai généralement répondu : La curiosité, le vice. »

Marcelle veut dire encore quelque chose mais Piéral ne lui en laisse pas le temps : « Les nains sont montés comme des ânes, dit-on, et j'aurais préféré être aimé pour d'autres qualités. Mais pourquoi mentir ? J'en ai profité. Si je ne suis pas un obsédé sexuel, je ne suis pas non plus un moine et tant mieux si les fantasmes des autres m'ont permis de donner libre cours aux miens. » Marcelle veut dire quelque chose mais Piéral ne lui en laisse toujours pas le temps : « Je ne suis pas misogyne, mais je peux te dire que les femmes ont été infiniment plus odieuses que les hommes avec moi. Je ne suis pas rhabillé qu'elles me haïssent d'avoir pris du plaisir avec un monstre dans mon genre. Elles se montrent odieuses, insultantes, affreuses. Les hommes assument bien mieux leurs turpitudes. Ils n'accusent pas le messager. Comme cette comtesse italienne. Marina. Ce qu'elle aimait, c'est enfiler ses bracelets tout d'or et de diamants sur ma virilité, après l'avoir bien fait durcir. Transformer mes bijoux de famille en porte-bijoux de madame la faisait se pâmer dans les bras d'une de ses amies. Ce petit jeu dura quelque temps, jusqu'au jour où, lassée de voir ses admirables joyaux briller de mille feux sur un avorton tel que moi, elle me hurla son dégoût et me fit jeter dehors. Ce sont méthodes de femme, je regrette de devoir le dire. Seule, Angela... »

Marcelle allume une cigarette : « Je lui raconterais ma journée. »

Piéral, de plus en en plus énervé : « Je ne suis pas un saint, Marcelle : quand on me fait une vacherie j'ai tendance à la rendre, au besoin avec usure. »

Marcelle rit aux éclats : « J'aimerais, oui, j'aimerais. »

Piéral fait le poirier, puis une toupie sur la tête : « Qu'on ne vienne pas me dire que les gens du cirque sont merveilleux. Le troisième cercle de l'enfer, le plus horrible, c'est le cirque ! »

Marcelle pointe du doigt un lapin qui, faisant de petits bonds, vient d'apparaître dans la pièce : « J'aimerais parler de moi au pluriel et à la troisième personne. »

Voyant le lapin, Piéral a bondi sur la table car il a peur des souris : « J'ai été embauché au cirque d'hiver pour jouer Blanche-Neige et les Sept Nains. Quand j'avais 15 ans, j'avais vu le dessin animé de Walt Disney au cinéma et il m'avait enthousiasmé. C'était charmant, plein d'humour et de gentillesse. Ces petits bonshommes étaient à la fois réels et irréels. L'idée de ressembler à l'un d'eux ne me déplaisait pas. Simplet était mon préféré. »

Marcelle attrape le lapin par les oreilles et le serre très fort dans ses bras : « Ah elle était triste cette dame dans le train ! »

Toujours sur la table, Piéral se met à rouler sur ses lèvres un gros mollard blanc qui aurait fait chavirer d'aise Jean Genet : « Il y avait un clown chez Bouglione. Un jour, après le spectacle, toujours maquillé en clown, il m'a entraîné derrière le chapiteau, dans le box d'une jument appelée Précieuse. Là, il a grimpé sur un tabouret qu'il avait placé derrière la bête, il a sorti un sexe dont la taille m'a impressionné et il s'est mis ardemment à l'ouvrage. "Regarde bien, petit, qu'il me disait. Prends-en de la graine. Avec les animaux, pas d'emmerdes, pas de psychologie, pas de gosse." Moi, j'ai obéi. Je l'ai regardé jusqu'au bout, *j'aime m'instruire* ; mais je ne fus pas tenté. Un tabouret ne m'eut pas suffi, il eut fallu une échelle, et j'ai le vertige. »

Marcelle se pince de nouveau le bras, au même endroit que tout à l'heure : « Mais je ne suis pas celle-là. Je ne suis pas celle-ci, je ne suis pas cette femme ; et je suis cette femme. »

Piéral se jette de nouveau contre le mur et rebondit de nouveau : « Fernandel me glaçait. Il manquait totalement de chaleur humaine ! »

Marcelle lance brusquement le petit lapin loin d'elle, comme si c'était une crotte de nez : « J'aimerais bien jouer un rôle. Mais mon rôle, c'est le mien, malheureusement. »

Piéral pète encore : « Je n'aime pas les nains, je n'aime pas me trouver avec eux, ils ont toujours été encore plus méchants avec moi que les gens normaux, ce qui n'est pas peu dire. »

Marcelle secoue ses cheveux : « Mon rôle c'est celui qui s'est déroulé. C'est nos conversations. »

Piéral se met à piquer des hannetons : « Ce sont les mondanités qui m'ont initié aux partouzes. »

Marcelle s'arrache le bras qui la démange, le mord à pleines dents, le remet en place : « Le voilà mon rôle ! »

Piéral se jette encore contre le mur et, cette fois, il passe au travers : « On a prétendu que c'était l'une de mes distractions favorites mais je ne l'ai fait qu'une seule fois. Cela se passait au jardin du Luxembourg. J'ai pris un air piteux et je me suis approché d'une dame bien comme il faut. Dissimulant le plus possible mon visage, j'ai pleurniché que je n'arrivais pas à ouvrir ma braguette pour faire pipi. Évidemment, la gentille dame s'est empressée d'aider le "pauvre petit garçon" et... sa tête quand elle a découvert mon zizi, qui n'avait rien d'enfantin, d'autant moins que la situation m'excitait terriblement ! Les horreurs qui sont alors sorties de sa bouche étaient pires que celle qu'elle avait sortie de mon pantalon. »

Marcelle regarde son petit doigt très écarté de ses autres doigts : « Alors que si j'avais à tenir ce rôle, je dirais "bonjour chéri". »

Piéral qui anguille sous roche : « C'est drôle : je remarque que, dans ma vie, à une liaison féminine a toujours succédé une liaison masculine, à laquelle de nouveau succédait une histoire avec le beau sexe. Mes goûts ont toujours balancé. Mon parfum préféré est Peut-Être de Lancôme. C'était celui de ma mère. »

Marcelle cligne des yeux : « Bien sûr que j'aimerais être quelqu'un d'autre. »

Piéral lâche encore une caisse : « Avec Angela, c'est Jacques que j'ai le plus aimé. Ensemble, nous fréquentions les bordels, de préférence les plus sordides. Une nuit, c'était dans une maison de la rue des Tournelles, nous avons fait monter Nicole. La grande Nicole, celle avec un œil de verre. Bien des marins racontent avoir un jour "baisé à l'œil" et on croit que ce sont des histoires. Pour moi, ce fut une réalité. Jacques me posa sur une chaise et, debout devant moi, Nicole a enlevé son œil de verre ; je ne te raconte pas la suite. Je n'en suis pas fier. Mais j'étais saoul, Jacques aussi, et Nicole avait l'habitude. Nous n'étions pas les premiers à lui réclamer ce plaisir et elle gagnait sa vie comme elle pouvait. »

Marcelle ne dit rien.

Piéral : « Je te choque ? Mais moi, rien ne m'a jusqu'ici paru plus choquant que tel que je fus créé. »

Marcelle ne dit toujours rien.

Piéral met la puce à l'oreille : « Je n'ai jamais eu envie de faire l'amour à une naine, pas plus qu'à un nain. Je laisse ça aux gens normaux. Une de ces malheureuses, un jour, voulut m'épouser et faire des enfants avec moi. Elle était persuadée qu'ils seraient des géants. Je ne me voyais pas avec un fils me regardant de haut en bas. »

Marcelle reste silencieuse. Piéral en profite pour se tirer à quatre épingles : « Ceux qui me condamnent, je voudrais les y voir. Qu'ils s'identifient, ne fût-ce qu'une heure, à l'enfant que les toubibs examinaient comme une bête curieuse et que les autres enfants battaient et humiliaient, à l'adolescent dont les filles et les garçons se moquaient, que les adultes considéraient avec pitié ou avec dégoût et on verra s'ils deviennent des saints. Si, au bout du chemin, ils trouvent une raison de vivre ou de croire. »

Marcelle reste coite.

Piéral : « D'aussi loin que je me rappelle, je ne suis heureux que lorsque je suis travesti en femme. Quand je suis Mae West ou la grande-duchesse de Stromboli, avec robe à traîne, corsage de guipure, toque de grèbe ornée d'une somptueuse aigrette et des talons de dix centimètres. »

Marcelle ne bronche pas.

Piéral : « J'en ai connu des hommes et des femmes que ma monstruosité attirait ; mais les plus monstrueux ne furent jamais celui qu'on croit. »

Marcelle demeure figée.

Piéral : « Pourquoi le suicide serait-il un crime ? La bonne éducation veut qu'on ne s'impose pas aux gens qui vous jugent indésirable. Si on se trouve indésirable à soi-même, pourquoi ne pas être poli avec soi-même ? » Il regarde Marcelle. Se tait.

J'aimerais savoir ce que Mimie Mathy, Peter Dinklage (*Game of Thrones*), André Bouchet (Passe-partout), Alain Prévost (Passe-Temps), Anthony Laborde (Passe-Muraille), Kenny Baker (R2-D2), Hervé Villechaize (Tric-Trac) et tous les autres, nains célèbres ou anonymes, pensent de Piéral. Ce qu'ils écriraient, eux. Auraient la force, le courage et l'honnêteté d'écrire.

Comme Piéral l'écrit à la page 26 : « Il y a un choix à faire : dire toute la vérité – la mienne – ou fabuler. J'ai opté pour la vérité. Mais j'ai la dent dure. C'est, dit-on, un défaut de nain. Une revanche ? »

Il n'y a pas que les réprouvés de la société pour dire que « l'humanité ne ressemble pas à l'idée qu'elle s'en fait et que les parents s'acharnent pourtant à mettre dans la tête des enfants ». Mais alors, pas du tout.

Ainsi se concluent mes aventures au 183 rue Championnet.

« Mon cher Hastings, je pense que nous venons de faire un grand pas dans la résolution de l'énigme. »
Agatha CHRISTIE, *Poirot joue le jeu*

56

– BMORE !
– Holà Penny, pas la peine de hurler, je ne suis pas sourd.
– Bmoooooore !
– Dites donc, vous voilà bien excitée !
– Mais c'est génial, Bmore, vous ne vous rendez pas compte !
– Okay, calmez-vous et racontez-moi.
– Celle-ci est trop fière d'elle ! Car elle vient de parler au téléphone avec Alain Arnaud. Grâce à Facebook, elle a trouvé quelqu'un qui connaissait quelqu'un qui a finalement prévenu Alain Arnaud et il a appelé tout à l'heure.
– Waouh !

– Comme vous dites ! Il y a trente ans, nous n'aurions jamais retrouvé sa trace. Notre enquête est une vraie publicité pour les réseaux sociaux.

– Il y a trente ans, les poules avaient des dents. C'était la préhistoire.

– Moquez-vous. En attendant, celle-ci peut vous dire que Marcelle a bien été mannequin. À force de ne rien trouver sur elle, vous en étiez venu à douter. Eh bien, Alain Arnaud m'a affirmé que non seulement elle faisait partie de la cabine Fath, mais elle était même mannequin vedette de la cabine. Lui ne l'a pas connue mais un de ses amis était premier coupeur chez Fath, dans la section dite « tailleur », par opposition avec le « flou », celle-ci vous expliquera plus tard la différence. Alain Arnaud avait perdu de vue cet ami qui s'était retiré à Grenoble après la guerre mais celui-ci a repris contact après la publication de *Rue Championnet* pour lui dire qu'il se rappelait Marcelle. Il avait coupé des robes sur elle, il avait « modelé des œillères », ne demandez pas à celle-ci ce que cela veut dire, elle l'ignore. En tout cas, Alain Arnaud a dit à celle-ci que son ami avait dû se mettre à genoux devant Marcelle pour reprendre un ourlet, un plissé, etc. Car Marcelle était l'une des stars de la cabine Fath, c'est donc elle qui « enlevait » – car on dit « enlever » et non « porter », sachez-le Bmore – les manteaux, les robes et les toilettes les plus difficiles à porter. Mais ce n'est pas le plus important.

– Ah bon ?

– Dans son livre, Alain Arnaud évoque cet ami qui, écrit-il, lui avait souvent décrit « la robe de mariée couleur "blanc-bleu des glaciers" » que portait Rita Hayworth lors de son mariage avec Ali Khan. Et d'imaginer que Marcelle avait pu présenter cette robe. Or, son ami lui a dit qu'il avait commis une petite erreur. Bon, celle-ci n'a pas bien compris, mais ce qui est sûr, c'est que Marcelle ne pouvait pas porter une robe de mariée blanche car, tenez-vous bien, elle était enceinte ! Vous entendez, Bmore ? Marcelle était enceinte lorsqu'elle était mannequin chez Fath. Que dites-vous de ça !

– Fabuleux. Et vous ne savez pas à quel point. Mais continuez, je vous expliquerai ensuite.

– Comme Marcelle était enceinte, pas question qu'elle porte une robe blanche de mariée. Donc Fath lui a confectionné cette robe blanc-bleu des glaciers qui cachait son petit ventre. Une robe couleur du massif des Chartreuses dans les Alpes, quand les glaciers, au moment où ils se forment, irradient des lumières blanches puis, à mesure qu'ils cristallisent, réfléchissent des lumières bleues. Cette robe n'était pas pour Rita Hayworth mais pour Marcelle. Apparemment, Fath l'aimait beaucoup pour créer une robe juste pour elle.

– Une robe est née, qui sera peut-être le destin d'une femme.

– C'est quoi ce ton, Bmore ? Vous vous prenez pour Léon Zitrone ?

– J'imite le type qui commentait les défilés de haute couture pour les actualités Gaumont. Il est à se tordre de rire. Le style ampoulé-sentencieux dans toute sa splendeur.

– Nous aussi nous ferons rire dans cent ans.

– C'est certain. Mais qu'est devenu l'ami d'Alain Arnaud ? On peut le contacter ?

– Non, il est mort depuis longtemps. Le cancer. De toute façon, il n'aurait rien pu dire de précis sur Marcelle : avec elle, il n'a eu que des relations de travail. C'était purement professionnel. Ils ne se voyaient que lors des séances d'essayage. Après la guerre, il est parti se planquer en province parce que, comme vous le savez, la maison Fath n'a pas été blanc-bleu des glaciers avec les Allemands. Alain Arnaud n'était pas autrement surpris quand celle-ci lui a dit que, chez Fath, ça couchait beaucoup avec les Allemands. Selon lui, « ces gens n'avaient aucun sens politique. Ils étaient jeunes et ils voulaient profiter de la vie parisienne, ils aimaient surtout s'amuser ». Alain Arnaud fait partie de ceux qui disent qu'on ne peut pas juger a posteriori car personne ne peut dire aujourd'hui ce qu'il aurait fait en 1940.

– À croire que les gens ne sont que ce que les événements font d'eux.

– Ce n'est pas tout à fait faux.

– C'est drôle comme on ne pose jamais la question de savoir ce qu'on aurait fait à la Libération. Alors qu'il n'y avait pas moins d'enjeux, même si ce n'étaient pas les mêmes.

– Vous êtes une petite futée, Penny. À part ça, vous connaissez le nom de cet ami ?

– Il ne s'appelait pas Paul, si c'est votre question. Il était très proche de Fath, ils sortaient beaucoup ensemble, ils couraient les soirées mondaines, les fêtes à Corbeville, etc. Quand Fath appelait un taxi dans la rue, il criait « taxisssssss » parce que cela faisait plus chiccccccccc. Vous voyez le genre.

– Autre chose ?

– Du journal de Marcelle, Alain Arnaud ne sait que ce que la presse en a rapporté. Il n'a pas cherché à mettre la main dessus. D'ailleurs, si son livre fait 44 pages, c'est pur hasard. Rien à voir avec la durée du jeûne de Marcelle. Il n'y avait même pas pensé. Il ne croit pas aux symboles. Il n'est pas comme nous. En fait, il a écrit ce livre très vite, sous le coup de l'émotion, après avoir découvert l'histoire de Marcelle dans les journaux.

– Cet ami, il était certain que Marcelle était enceinte ?

– Alain Arnaud est formel. C'était même la raison de l'appel de son ami. À cause de la robe blanc-bleu des glaciers et de cette erreur qu'il a commise, même si ce n'est pas très clair pour celle-ci.

– J'ai peut-être une explication.

– Comment cela ?

– Si Marcelle a présenté cette fameuse robe alors qu'elle était enceinte, cela signifie que Rita Hayworth ne la portait pas lors de son mariage.

– Pourquoi dites-vous ça ?

– Parce que Rita Hayworth et Ali Khan se sont mariés en 1949 ; or, Marcelle était enceinte bien avant.

– D'où sortez-vous ça, Bmore ? Oh, mais cela veut dire ?

– Eh oui ! Moi aussi j'ai bien mérité de la Bmore & Investigations. Je vous avais dit, concernant le fils de Marcelle...

– José ?

– Oui, José Baisse. J'avais ma petite idée pour retrouver sa trace. En fait, c'était facile. Suffisait de réfléchir un peu. Prenez-en de la graine, ma petite Penny. Allons, ne faites pas cette tête : je plaisante. C'est pour vous taquiner. Dès qu'on sait quelqu'un chatouilleux à un endroit, on a envie de lui faire des guili-guili à cet endroit. C'est bête mais c'est comme ça.

– C'est bête, comme vous dites.

– Désolé.

– « Désolé » est le mot qui revient le plus souvent dans le cinéma américain. Avec le mot « famille ». Cela ne les rend pas meilleurs pour autant.

– Bon, je vous raconte ?

– Faites ! Celle-ci est prête à en prendre de la graine...

– D'accord. Pour commencer, je me suis dit que les couples faisaient un premier enfant très peu de temps après s'être mariés. C'est statistique. Il a fallu la pilule contraceptive pour que les femmes aient un enfant quand elles le voulaient. Ce n'était pas le cas en novembre 1940, lorsque Marcelle a épousé Victor Baisse. Il y avait donc de fortes chances pour qu'elle ait accouché une première fois, sinon en 1941, du moins dans les deux ou trois années suivantes. Selon moi, José était un enfant de l'Occupation. Telle était mon hypothèse. Si jamais je me trompais, il me faudrait alors chercher du côté du mariage de Marcelle avec Anouar Moualhi, en 1954. Vous me suivez ?

– Comme votre ombre.

– Donc, j'avais une plage temporelle. Je savais quelle période investiguer. Restait à savoir où José avait pu naître. Ce pouvait être n'importe où en France mais Marcelle était née dans le 15e arrondissement, elle avait habité toute sa vie dans le 15e, elle s'était mariée deux fois à la mairie du 15e, il était donc probable que ses enfants soient nés dans le 15e. Autrement dit, il fallait que je cherche un petit José Baisse né entre 1940 et 1945 dans le 15e arrondissement de Paris. Vous percevez la puissance du raisonnement ? Comment, à partir de rien, je suis arrivé à quelque chose ? Il suffit d'un peu de logique pour ramener un nombre infini de possibilités aux doigts d'une seule main.

– N'en faites pas trop Bmore. Vous n'avez tout de même pas résolu le problème P = NP.

– C'est quoi ça ?

– L'un des six problèmes mathématiques dits du millénaire. Celui qui en viendra à bout recevra un million de dollars.

– Okay. À propos de problèmes j'en avais un autre sur les bras. Car les Archives de la ville de Paris ne mettent en ligne que les actes de naissance antérieurs à 1924. Passé cette date, ils n'ont pas encore été numérisés. En revanche, ils sont consultables directement dans les mairies concernées, pourvu qu'ils aient été établis avant 1946. Car je me suis renseigné. Saviez-vous que la loi n° 2008-696 du 15 juillet 2008 relative aux archives a ramené à soixante-quinze ans, au lieu de cent ans jusqu'alors, le libre accès au grand public des actes de naissance ? Une sacrée aubaine ! Vous mesurez le timing, Penny ? Vous comprenez ce que cela signifie ? Si Grégoire Bouillier nous avait embauchés plus tôt, nous l'avions dans l'os. Cela s'est joué à un poil de cul et...

– Grégoire Bouillier ? Qui c'est celui-là ? C'est pour lui que nous bossons ?

– Absolument. C'est notre client. C'est lui qui a contacté la Bmore & Investigations. C'est lui qui signe les chèques.

– Et vous ne le dites que maintenant ? Mais c'est qui ?

– Un pauvre type qui ne sait plus quoi inventer. Mais du moment qu'il paie.

– Ça veut dire quoi ?

– Ce n'est pas important. Ce qui compte, c'est qu'il rumine cette histoire de Marcelle Pichon depuis 1985 et s'il nous avait engagés à l'époque, nous n'aurions rien trouvé. Toutes les portes du passé nous auraient été claquées au nez. Vous comprenez ? Il fallait que ce soit maintenant *et pas avant* ! Une fois n'est pas coutume, le temps a été notre allié. C'est parce que soixante-quinze ans ont passé que la vérité peut aujourd'hui sortir du puits. Plus tôt, elle serait demeurée hors de notre portée. Je peux même vous dire que cela s'est joué à un ou deux ans près. Retenez bien ceci, Penny : certaines choses ne livrent leurs secrets qu'une fois tombées dans l'oubli. Après que les années ont déposé sur elles des tonnes de poussière. Comme s'il fallait d'abord les plonger dans un profond sommeil pour, un jour, en leur donnant un doux baiser, les ramener à la vie. Un sacré paradoxe, non ? Un vrai miracle dans notre cas. Marcelle Pichon est notre Belle au bois dormant et nous sommes son prince. Quand j'ai raconté ça à notre client, il a tapé des mains et il s'est écrié : « Je le savais ! »

– Il a l'air bizarre ce type. Il voulait dire quoi ?

– Je l'ignore. Il croit aux signes, au destin, à la puissance psychique des ondes gravitationnelles, ce genre de trucs. Pour lui, les choses arrivent quand elles doivent arriver. Ce sont elles qui décident, pas nous. Il pense communiquer avec les esprits. Vous voyez le genre.

– Si je comprends bien, vous lui racontez tout ce que nous faisons ?

– Bien obligé. C'est dans le contrat.

– Vous lui racontez avant d'en parler à celle-là ?

– Allons Penny. Il est notre client ! Il est même notre seul client ! Bon, vous voulez savoir pour José ? *Vous voulez savoir pour Pierre ?*

– Pierre ? Mais oui ! Mais racontez !

– Mardi dernier je suis allé à la mairie du 15e. Le mardi est jour de moindre affluence, surtout en début d'après-midi. Je ne tenais pas à tomber sur des fonctionnaires débordés et, de ce fait, mal embouchés. Il ne faut jamais négliger le facteur humain, Penny. Il suffit parfois d'une mauvaise personne au mauvais moment pour se retrouver le bec dans l'eau. Au bureau de l'état civil, j'ai donc repéré une petite jeune fille qui avait l'air toute gentille et je me suis débrouillé pour me présenter à son guichet. J'ai pris mon air le plus souriant, genre séducteur, pour lui expliquer que je faisais des recherches généalogiques sur une femme qui s'appelait Marcelle Pichon et qui, avec son mari Victor Baisse, avait eu un enfant entre 1940 et 1945. Je n'en savais pas plus et pouvait-elle faire une petite recherche dans le registre des naissances ? Ce serait FANTASTIQUE ! La jeune fille était adorable. Elle a disparu je ne sais où et quand elle est revenue dix minutes plus tard, devinez quoi ? Elle n'avait pas trouvé un enfant mais deux enfants issus de l'union de Marcelle Pichon et Victor Baisse ! L'un né en 1940 et l'autre en 1943. Le premier s'appelait Pierre et l'autre José. Et voilà le travail, Penny ! Sonnez trompettes !

Inutile de vous dire que je ne tenais plus de joie. J'ai cru que j'allais embrasser cette merveilleuse petite fonctionnaire. Mais lisez plutôt. Là, c'est l'acte de naissance de Pierre Baisse, né le 12 décembre 1940 et voici celui de José Baisse, né le 8 juillet 1943.

– Mais c'est dingue, Bmore. Vous êtes génial !

– Je sais. Surtout que j'ai eu chaud. Car au bureau de l'état civil, il y avait une espèce de grosse vache qui ne voulait pas me donner les actes de naissance. Elle devait être cheffe de je ne sais quoi et j'ai bien vu qu'elle terrorisait tout le monde avec ses kilos en trop. Elle n'arrêtait pas de sadiser ma petite fonctionnaire, qui en tremblait de peur derrière son guichet. C'était affreux à voir. Cette peau de vache se vengeait de son obésité sur le monde entier et je suis sûr, Penny, que personne n'osait rien lui dire parce qu'elle était grosse. Parce que cela aurait été de la discrimination. Et cette sale bonne femme en profitait pour passer de victime à bourreau. Et le diable de se frotter les mains. Il n'en finit plus de se frotter les mains aujourd'hui. Ce qui fait que cette affreuse mégère n'était plus obèse, elle était juste méchante. Elle n'était pas une fabuleuse boule de graisse mais une immonde boule de méchanceté. Vous me connaissez, Penny : je me fiche que les gens soient gros ou petits ou bleus ou verts ou tout ce qu'on veut ; mais pas qu'ils soient de vrais cons nuisibles. Mais chut ! Je n'allais pas lui balancer ses quatre vérités. Ce n'était pas le moment. Surtout qu'elle m'avait dans le blair. Ma tête ne lui revenait manifestement pas, mes recherches généalogiques lui déplaisaient souverainement, si bien qu'elle a commencé à faire des histoires, à chercher la petite bête, juste pour le plaisir d'enlaidir le monde, d'user de son misérable pouvoir de nuisance. Exercer sa vengeance en toute impunité et, d'une voix aigre, elle voulait savoir pourquoi je demandais ces actes de naissance alors que je ne faisais pas partie de la famille Pichon. Car je n'avais pas le droit, non non non, on ne pouvait pas me communiquer ces informations, c'était interdit ! Comment ça interdit ? Elle délirait ou quoi ? Et la loi de 2008 alors ? Elle autorisait tout citoyen à prendre connaissance d'actes d'état civil datant d'au moins soixante-quinze ans et, oui, elle pouvait faire sa tête de truie constipée, elle pouvait recompter trois fois, elle pouvait ruminer sa malfaisance mille fois si elle le voulait, mais 2021 moins 1943, cela faisait soixante-dix-huit ans et dans son cul la grosse vache ! Elle était coincée, elle le savait, mais elle ne lâchait pas le morceau. Elle cherchait un autre bâton merdeux à me mettre dans les roues et, à côté d'elle, la petite fonctionnaire se faisait toute petite derrière son guichet. Mais elle jubilait que je tienne tête à sa Cerbère de cheffe. Je voyais bien. Elle me regardait par en dessous comme si j'étais Zorro venu la sauver du dragon. À contrecœur, la sale teigne a fini par laisser tomber. Elle s'est lourdement levée de son siège à roulettes et, avant de me tourner superbement le dos, elle m'a regardé bien en face avec des yeux injectés de venin et elle a dit : « Si cela ne tenait qu'à moi, je ne vous donnerais pas ces documents. » Sans déconner ! Je l'ai fixée et, du tac au tac, dans un grand sourire, j'ai rétorqué : « Sauf que vous n'êtes pas la loi. Et c'est heureux, chère madame ! » J'ai eu envie d'ajouter que, de toute façon, personne ne lui demandait son avis. Elle était fonctionnaire. Elle était au service de l'État et du public. C'étaient mes impôts qui payaient son salaire. De quoi se mêlait-elle ? Si cela ne tenait qu'à elle, elle se serait substituée à la loi ? Et puis quoi encore ? Mais la graisse lui montait au cerveau ! Si j'avais ignoré mes droits, elle aurait abusé de son pouvoir ? Mais ça avait un nom, ça ! Elle sortait de quelle porcherie intellectuelle ? Se rendait-elle compte de l'énormité de sa connerie ? Par comparaison, elle avait un physique de sylphide.

Son obésité était le moindre de ses problèmes. Quand je pense que si je n'avais pas pris soin de me renseigner, cette chiennasse ne m'aurait pas donné les actes de naissance des enfants de Marcelle et nous n'aurions jamais su pour Pierre et José ! Mais quelle engeance cette femme ! En plus elle était jeune, elle n'avait pas 30 ans, autant dire qu'elle n'a pas fini de diffamer la vie. Qui sait combien de pauvres gens comme moi elle a déjà dépités, juste par méchanceté, uniquement pour se venger sur eux de ce qu'elle est et se sentir puissante ? Et combien d'autres dans l'avenir ? Soufflé j'étais. Je vous jure, Penny. Encore aujourd'hui je n'en reviens pas. À quoi tiennent les choses, finalement ? Au bon vouloir de grosses ou de petites merdes ? On ne dira jamais assez combien la bêtise et la méchanceté sont le seul ennemi.

– C'est bon ? Vous avez fini, Bmore ?

– Oui, pardon Penny, mais parfois, les gens...

– Vous avez lu les notes marginales qui figurent sur les actes de naissance ?

– Bien sûr.

– Ils sont morts. Tous les deux. Les enfants de Marcelle. Pierre et José.

– Je sais, Penny.

– Et tous les deux en 2008 ! Pierre le 27 décembre, à Verrières-le-Buisson, dans l'Essonne ; et José le 19 août, à Rueil-Malmaison, dans les Hauts-de-Seine.

– À quatre mois d'intervalle et vingt-cinq kilomètres de distance, j'ai fait le calcul. Vingt-quatre années après la mort de leur mère. Raison pour laquelle ils ont quitté Paris pour la banlieue ? En même temps, la population de Paris intra-muros décline depuis les années 70 et 80, hausse des loyers oblige. C'est peut-être purement sociologique.

– Qu'ils soient décédés tous les deux la même année, c'est tout de même étrange. Encore une épidémie ?

Comme l'angine couenneuse en 1857 et la grippe de Hong Kong en 1968 ? Ce ne serait pas la première fois qu'un virus décime les Pichon. Après les arrière-grands-parents et le père de Marcelle, ses enfants ? On frise la malédiction familiale.

– En 2008, l'épidémie de grippe fut particulièrement sévère. Et tout le monde paniquait à cause du virus aviaire H1N5. Mais il y a tellement de raisons de mourir.

– C'était aussi la crise des subprimes. La mégacrise financière de 2008.

– Encore une fois, désordres sociaux et troubles sanitaires vont de pair.

– Ou c'est le hasard.

– Appelez ça comme vous voulez, Penny.

– Il n'y a pas de hasard, Bmore. Tout est écrit. C'est le site de rencontre Mektoube qui le dit dans ses publicités.

– Vous comprenez maintenant pourquoi j'aime tellement les coïncidences.

– C'est peu de le dire.

– Il s'est passé quoi d'autre en 2008 ?

– Discobitch chantait *C'est beau la bourgeoisie*, et *Bienvenue chez les Ch'tis* triomphait au cinéma. Deux trucs bien mortels.

– Et le Goncourt ?

– Je ne sais plus. Mais cette année-là, Carlos et Henri Salvador sont morts. Ainsi qu'Isaac Hayes.

– En tout cas, ils n'étaient pas très vieux. Pierre avait 68 ans et José 65 ans.

– Les enfants nés pendant la guerre étaient de constitution moins robuste. Ils étaient carencés, à cause des restrictions alimentaires subies quand ils étaient gosses. Du stress aussi.

– N'est-ce pas étrange que Marcelle ait fait deux enfants en pleine période de l'Occupation ? À l'époque, la natalité était pourtant sacrément en baisse.

– La pilule n'existait pas.
– Tout de même. Elle aimait tellement faire l'amour ? C'était la passion avec Victor ?
– J'ai lu que le cinéaste Andrzej Żuławski avait un jour demandé à ses parents pourquoi ils avaient fait un enfant en 1940. Ils lui ont dit que s'ils n'avaient pas fait d'enfant, ils n'auraient pas survécu.
– Les parents ne pensent qu'à eux.
– Allons, Penny.
– Oui, bah, une chose est sûre : ni José ni Pierre ne pourront nous dire où se trouve le journal de leur mère.
– Eh non. Va falloir chercher s'ils ont eu des enfants. Et nous avons du pain sur la planche, Penny. Parce que vous avez vu ? Pierre s'est marié une première fois à l'âge de 20 ans, en 1960, puis il a divorcé en 1984, juste avant de se remarier deux ans plus tard, en 1986. Quant à José, lui aussi s'est marié deux fois. Une première fois en 1967 et une deuxième fois en 1975, après avoir divorcé de sa première femme en 1973. Et en 1983, il divorçait de nouveau de sa deuxième épouse.
– Marcelle s'était déjà mariée deux fois, pour divorcer deux fois.
– Encore une malédiction familiale.
– Ou simple effet de la libéralisation des mœurs.
– Vous avez fini de me contredire tout le temps ?
– On est en démocratie, Bmore.
– Okay. Mais regardez plutôt : Marcelle s'est mariée le 1er octobre 1940 et elle a accouché de son premier le 12 décembre 1940. C'est-à-dire deux mois et demi plus tard.
– Mais c'est vrai ! Elle était enceinte de sept mois lorsqu'elle s'est mariée ! Rhooo, vous avez l'œil, Bmore. Voilà qui change tout.
– J'avais vu juste en supposant que Marcelle s'était mariée en 1940 parce qu'elle était enceinte, alors que les

Allemands défilaient sur les Champs-Élysées et que les temps n'étaient pas spécialement à la joie. Marcelle était à ce moment-là comme la France. Elle était occupée.

– Super analogie ! À vous la palme du mauvais goût, Bmore. Des fois, vous exagérez !

– Pas tant que ça. Marcelle Pichon est aussi une histoire française.

– Voilà autre chose ! En tout cas, sept mois, c'est beaucoup. Elle devait être super grosse le jour du mariage.

– La cérémonie était peut-être prévue plus tôt mais avec la défaite, la ruée allemande et l'exode des Parisiens, il fallut probablement la différer.

– Il est probable que Marcelle se soit mariée contrainte et forcée.

– Cela ne veut pas dire qu'elle n'aimait pas Victor.

– Cela ne veut pas dire non plus qu'elle l'aimait.

– Elle a tout de même fait un deuxième enfant avec lui. La seule chose dont nous soyons sûrs, c'est qu'elle n'attendit pas d'être mariée pour découvrir les joies de la chair. À 18 ans, elle était déjà enceinte. Elle n'était pas une sainte-nitouche.

– Cela démontre une belle envie de vivre ! En même temps…

– En même temps quoi ?

– Eh bien, celle-ci pense tout à coup que nous ne saurons jamais si Marcelle…

– Si Marcelle quoi ?

– Vous savez que l'avortement n'a été légalisé qu'en 1975. Il se peut donc que Marcelle ait avorté, peut-être même plusieurs fois. Cela compte dans la vie d'une femme. Cela laisse des traces. Surtout que c'était interdit en 1943 : cette année-là, une « faiseuse d'anges » du nom de Marie-Louise Giraud fut d'ailleurs guillotinée ! Sans déconner ! La guillotine ! Sous Vichy, Marcelle n'avait pas trop le choix lorsqu'elle tomba de nouveau enceinte.

En plus, une femme sur dix mourait en s'enfilant une aiguille à tricoter dans l'utérus, ou bien des scoubidous (jusqu'à dix fils torsadés), voire des fourchettes, des bouts de bois, même des os de poulet ou du fil de fer pour provoquer une fausse couche, au risque de crever de septicémie. Vous vous rendez compte ?

– Je préfère ne pas.

– Oui, bah, merci le Mouvement pour le planning familial !

– À la santé du Planning familial ! Mais vous avez remarqué, Penny ? Eugénie Landré s'est elle aussi mariée alors qu'elle était enceinte de Marcelle.

– Ah oui, c'est vrai. Toujours la fameuse reproduction des schémas familiaux. Ou bien la condition pourrie des femmes...

– Si ça se trouve, Marcelle a abandonné ses enfants exactement comme sa mère l'avait abandonnée. Cela expliquerait qu'elle se soit retrouvée dans la solitude.

– Ce serait vraiment moche.

– Le moche est notre métier, Penny.

– Pas seulement, Bmore, pas seulement... Il y a aussi l'oiseau bleu.

– Et les hommes en anorak vert. En tout cas, la robe blanc-bleu des glaciers, ce devait être pour la naissance de José. En 1943. C'est donc à cette époque que Marcelle était mannequin chez Fath.

– Donc en pleine période de l'Occupation. Au moment où « ça couchait beaucoup avec les Allemands chez les Fath ».

– Pffffff. Et si José ?

– Quoi ?

– Il faut vous faire un dessin ? Et si José n'était pas le fils de son père ? J'imagine que cela vous rappelle quelqu'un...

– On va demander l'exhumation du corps et faire des tests ADN.

– Ce serait rigolo.

– Rien ne dit que Marcelle se soit compromise.

– En effet. Mais José, c'est tout de même un drôle de prénom. Autant Pierre est très français, *très Pichon* puisque c'était le prénom de l'arrière-grand-père, autant José vient de nulle part. Surtout que ce prénom n'était pas du tout courant à l'époque.

– Petit bémol à votre théorie collaborationniste : José vient de l'hébreu « yosef », qui signifie « le Seigneur ajoutera ».

– C'est surtout la version espagnole de Joseph. Pourquoi un prénom espagnol ? En 1943 ? Alors que l'Espagne fasciste était idéologiquement proche des nazis ? Voilà la bonne question !

– Je ne sais pas quoi vous dire, Penny. Je reconnais qu'appeler son fils José en 1943... Je ne sais pas. Après la guerre civile, les républicains espagnols sont massivement venus se réfugier en France.

– On s'y perd...

– En tout cas, les plus belles années de Marcelle furent peut-être celles qu'elle vécut pendant l'Occupation. Quand elle avait 22 ans et qu'elle était la vedette de la cabine Fath. Qu'elle était plongée dans le grand bordel de la collaboration, avec madame Fath en grande macarelle de la « maison » de couture. Comme Sartre et bien d'autres, Piéral aussi, les cinq années d'occupation furent pour certains « les plus riches, les plus exaltantes et les plus *égoïstes* de [leur] vie ».

– Vous ne pouvez pas dire maquerelle, comme tout le monde ?

– Je préfère macarelle. C'est plus joli. Moins graveleux.

– Et puis, ça sonne comme Marcelle, n'est-ce pas ?

– Ah oui, c'est drôle, je n'avais pas fait attention.

– À d'autres, Bmore !

– Je vous jure, Penny.

– Faut vous faire soigner, Bmore. C'est celle-ci qui vous le dit. Arrêtez vos délires avec les noms. Ce n'est pas parce que vous ignorez le nom de votre géniteur qu'il faut projeter à tout bout de champ vos angoisses sur Marcelle. C'est vous qui cherchez à savoir comment vous vous appelez réellement. Vous voulez que celle-ci vous dise ? Bmore, c'est pas plutôt pour « ben More » ? « Fils de Maure » en arabe. Cela n'a rien à voir avec Marcelle.

– Si vous le dites. Quoi qu'il en soit, si Marcelle travaillait chez Fath dans les années 1943, voilà qui explique que nous n'ayons trouvé aucune photo d'elle. Contrairement à ce que tout le monde a raconté, elle n'était pas mannequin dans les années 50.

– Décidément, on ne peut pas se fier à la presse !

– Mais regardez les dates. Elles nous disent encore autre chose. Pierre, l'aîné, a divorcé juste au moment où sa mère commençait son jeûne et il s'est remarié un an après qu'on l'a retrouvée morte. Tandis que José, le cadet, s'est marié la première fois en 1967, c'est-à-dire peu avant la mort de son père, Victor. Comme par hasard…

– Et alors ?

– Alors rien. Je note simplement que chaque enfant a lié son destin sentimental au décès de l'un de ses parents. À l'aîné la mort de la mère et au cadet celle du père. Les deux frères se sont bien réparti les rôles. Une parfaite division du travail. Comme si, chez les Pichon, l'amour et la mort étaient les deux faces d'une même pièce de théâtre familial.

– Apprendre que leur mère s'était laissée mourir de faim n'a pas dû être facile pour eux. Il y a sûrement eu un avant et un après dans leur existence. Vous imaginez si c'était votre mère ?

– Celle-ci préfère ne pas. De toute façon, elle n'a plus de mère depuis des années.

– Vous voyez ! Marcelle est morte toute seule et la rupture avec ses enfants avait déjà eu lieu. Cela faisait peut-être même des années qu'ils ne se voyaient plus. Quant à savoir si cela venait d'elle ou si cela venait d'eux ?

– Celle-ci a son avis sur la question !

– Je n'en doute pas, Penny. Mais avez-vous remarqué ?

– Quoi ? Que notre dialogue a dérapé il y a cinq répliques car, sauf erreur, vous avez parlé à la place de celle-ci alors que cela aurait dû être son tour. Ce qui fait que celle-ci ne sait plus qui dit quoi.

– Ne soyez pas si rigide, Penny. On s'en fiche de qui dit quoi du moment que c'est dit.

– Au théâtre, cela ne passerait pas. Les comédiens seraient perdus.

– Nous ne sommes pas au théâtre, nous sommes dans la réalité de la fiction.

– Peuh, vous ne respectez rien, Bmore !

– Détrompez-vous ! Marcelle a accouché de ses deux enfants dans la clinique où sa mère l'avait elle-même mise au monde. Celle de la rue de la Convention, numéro 78, dans le 15e. Aujourd'hui, c'est une école maternelle et primaire.

– Pour vous, tout vient de la mère de Marcelle ? D'Eugénie Landré ?

– Chez les animaux, une femelle délaisse ses petits si sa propre mère ne s'est pas occupée d'elle.

– Nous ne sommes pas des animaux, Bmore. Marcelle n'était pas une bête.

– Elle est tout de même morte comme une chienne. Ou une sainte. Mais c'est la même chose. Cela n'a rien d'humain.

– Okay, on fait quoi maintenant ?

– Eh bien, il faut trouver si Pierre et José ont eu des enfants et, si c'est le cas, retrouver la trace des petits-enfants de Marcelle. C'est notre dernier espoir de savoir ce qu'est devenu le journal de Marcelle. Sauf que cela va être coton car, cette fois, nous n'allons pas bénéficier de la latence de soixante-quinze ans. Nous n'obtiendrons rien des archives.

– Bouh, cela n'en finira donc jamais ?

– Je sais, Penny. Mais c'est l'enquête qui décide, pas nous.

– Et on va faire comment cette fois ?

– Je ne sais pas.

– C'est encourageant.

– Comme vous dites. Sinon, savez-vous quel jour on est, Penny ?

– Euh, le 2 février. Oui, le 2 février 2021.

– Et alors ?

– Alors quoi ?

– Enfin, Penny ! Demain, Marcelle aurait eu 100 ans. C'est l'anniversaire de sa naissance.

– Mais c'est vrai ! Cela fera pile un siècle ! Ça alors ! Comme le temps passe !

– Il n'a que ça à faire.

– Le truc avec les anniversaires, c'est qu'ils tombent toujours le même jour. Une sacrée coïncidence, non ?

– C'est pour ça que j'ai prévu quelque chose. Histoire de marquer le coup.

– Quoi ? Une fête ? Un gâteau ?

– Mieux que ça.

– Du Dunlopillo ? Un ratatine-ordures ?

– Très drôle.

– Quoi alors ? Johnny Hallyday va chanter *La Complainte des mutantes* en direct à la télévision ?

– Johnny est mort, Penny. Il a eu des funérailles nationales.

– Pauvre France. Mais allez, Bmore. Dites ! Ne faites pas languir celle-ci. Ne soyez pas cruel.

– Tout ce que je peux vous dire, c'est que je vais avoir besoin de vous. Je vous donne rendez-vous ce soir à minuit et une minute.

– À minuit et une minute ? Cette nuit ? Mais à cause du Covid, le gouvernement vient de durcir le couvre-feu à partir de 18 heures, avec des contrôles renforcés !

– Je sais. Tant pis. On va prendre le risque. On fait ça pour Marcelle et comme nous ne pouvons pas déplacer sa date d'anniversaire, c'est demain ou jamais ! C'est même aussi bien, finalement. On sera tranquille comme ça. Toutefois, vêtez-vous de sombre et de façon sportive, avec des baskets. Si vous avez un sweat à capuche, ce sera encore mieux. Il se peut qu'on doive courir...

– Mais, Bmore... On va faire un casse ou quoi ?

– Ma petite Penny, l'heure est venue de passer à l'action.

« Merci de vous être intéressés à moi. »
LOANA, gagnante de *Loft Story*,
M6, 5 juillet 2001

57

Le 3 février 1921 était un jeudi. C'était et c'est toujours la Saint-Blaise. Ce jour-là, Freud publia *Psychologie des foules et analyse du moi* et Einstein reçut le Nobel de physique pour ses travaux sur l'effet photoélectrique et les « grains de lumière » (photons). Ce jour-là, Joseph Conrad embarqua à Marseille pour Ajaccio avec l'idée de s'en aller « au pays des souvenirs et dans les mots de la Méditerranée ». Ce jour-là, Hitler donna au cirque Krone de Munich son tout premier meeting devant six mille personnes venues applaudir, deux heures et demie durant, ses diatribes contre le traité de Versailles. Ce jour-là, *L'Humanité* publia le Manifeste des jeunesses socialistes et communistes, à vocation révolutionnaire et antimilitariste. Ce jour-là, Georges Auric écrivit à son ami Paul Collaer qu'il gardait « un souvenir charmant de son séjour à Bruxelles » et, plus précisément, du quartier de « la rue d'Albanie, où je me suis si bien perdu ». Ce jour-là, il faisait froid et brumeux, avec des éclaircies (environ 3 °C en journée). De sud-est, le vent était sec. D'ailleurs, l'hiver 1921 connut une sécheresse « exceptionnelle » qui perdura au printemps et dégénéra en canicule pendant l'été, avec même un coup de siroco faisant monter, le 29 juillet, le thermomètre jusqu'à 38,4 °C à l'ombre à Paris. Si bien que cette année reste dans les annales comme la plus sèche de tout le XXe siècle et c'est cette année-là que Marcelle est née.

Sinon, Marcelle est née l'année du code de la route et du permis de conduire car, désormais, il fallait passer un examen pour (se) conduire en société. Elle est née l'année de la toute première émission de radio diffusée sur deux mille six cent cinquante mètres par l'émetteur de la tour Eiffel. L'année des exploits de l'aviation civile, avec un Farman Goliath F60 reliant pour la première fois Paris à Londres avec onze passagers, tandis qu'Adrienne Bolland devient célèbre après avoir franchi la Cordillère des Andes (six mille mètres) à bord de son Caudron G3. L'année, aussi, du fer à repasser et du Visiophone permettant de synchroniser l'image et le son au cinéma. L'année de la tombe du soldat inconnu sous l'Arc de triomphe. L'année du dentifrice Sanogyl. L'année de la première station de sports d'hiver à Font-Romeu. L'année du procès Landru et de la vente aux enchères à Drouot de son fameux poêle, tandis que Marcel Petiot obtenait au même moment son diplôme de médecine à la faculté de médecine de Paris. L'année où Adrienne Bolland traversa la cordillère des Andes à bord de son biplan en bois. L'année du timbre « La Semeuse ». L'année du BCG. De l'incendie des magasins du Printemps. L'année où Mistinguett chantait « Moi j'en ai marre... » et où

Maurice Chevalier gouaillait « Je peux pas vivre sans amour ». L'année où, trois ans après la Première Guerre mondiale, la France panse ses plaies, reconstruit ses villes détruites, honore ses morts, se remet « au travail » et veut « tourner la page », persuadée qu'après la grande boucherie elle a vécu la « der des der » et que la vie, désormais, sera enjouée pour l'éternité. L'année où la grande roue installée lors de l'Exposition universelle de 1900 est démontée du Champ-de-Mars. L'année où le cinéma est baptisé « 7e art » et où le film qui remporte le plus grand succès fut *Sept Ans de malheur* avec la fameuse scène où Max Linder se mire dans une grande glace sans se rendre compte que son reflet n'est autre que son valet qui mime tous ses gestes afin de dissimuler qu'il a brisé le miroir – une merveilleuse métaphore du même qui est double. L'année où Lana Turner, Georges Brassens, Frédéric Dard et Yves Montand virent le jour, tandis que disparaissaient Georges Feydeau et le clown Foottit. L'année où, pour la première fois, le prix Goncourt fut décerné à un écrivain noir : le Martiniquais René Maran, pour son livre *Batouala*. L'année de *Sodome et Gomorrhe* de Proust. L'année où le droit de vote des femmes fut voté à une écrasante majorité à la Chambre des députés (mais ce vote sera invalidé par le Sénat l'année suivante, fallait pas déconner non plus !). L'année où les femmes se coupent les cheveux et où les couturiers réinventent la silhouette féminine à partir d'un nouveau patron visant un nouvel « idéal » : exit le corset et la « ligne tonneau », bonjour le soutien-gorge et la « ligne tubulaire », avec des jupes et robes toutes droites, sans taille ni hanches ni poitrine. Une mode plus fluide et sportive et asexuée qui permet aux femmes de se vêtir toutes seules car, jusqu'ici, il fallait qu'on les aide à s'habiller et à se déshabiller, comme si elles n'en étaient pas capables toutes seules, comme si elles étaient des enfants. En contrepartie, terminées l'aura et l'ampleur que les femmes occupaient dans l'espace. Car vêtues de robes et de jupons bouffant dans tous les sens, elles prenaient jusqu'ici une place folle dans une pièce. Elles prenaient *toute* la place. Par comparaison, les hommes semblaient riquiquis et déplaçaient très peu d'air. Mais c'est qu'en société, ils voulaient faire la part belle aux femmes. Ils voulaient qu'elles occupent grandiosement l'espace. Une place purement visuelle, volumétrique et froufroutante, certes, mais métaphorique aussi. Car dans le cœur des hommes, rien ne saurait davantage prendre de place qu'une femme. Mais c'est périmé tout ça. Les temps changent et les mentalités doivent évoluer. Les comportements aussi. Il va falloir que les hommes trouvent une autre source de sublimation. Cela fera des vacances aux femmes. Elles en ont bien besoin. J'imagine qu'Apple ne sera pas mécontent si la libido masculine investit définitivement les téléphones portables et leur design si élégant et sensuel.

En 1921 fut aussi l'année de la naissance du parti communiste chinois.

Du travail standardisé, des objets produits à la chaîne et de la vie allant avec.

Ce furent, alors que la grippe espagnole venait de faire des millions de morts, des réclames dans les journaux proclamant que le « Picon bière tue la grippe », car il contenait de la quinine (un dérivé de la chloroquine).

Ce fut aussi l'année où Anatole Deibler, digne fils de son bourreau de père qui officia pendant tout le XIXe siècle, guillotina en place publique vingt-deux condamnés à mort, soit quasiment deux par mois : un record dans l'histoire de la peine de mort en France. Or, Anatole Deibler eut une fille, qu'il prénomma… Marcelle ! Fille à qui il légua, après sa mort d'une crise cardiaque en 1939, ses carnets intimes, dans lesquels il avait raconté ce que cela lui avait fait de trancher la tête de 395 personnes pendant les quarante années qu'avait duré sa carrière de bourreau. La culpabilité qui, du début jusqu'à la fin, avait secrètement été la sienne, et du journal d'agonie de Marcelle Pichon aux carnets d'exécution d'Anatole Deibler : quel lien ? Quelle folie en partage ?

1921, ce fut encore, le 7 avril, l'année d'une éclipse du Soleil visible à 83 % dans le ciel de Paris, comme un signe, comme un symbole, une habitude dans le cas de Marcelle, presque une fatalité. Car le 1er octobre 1940, lorsqu'elle épousa Victor Baisse, la Lune avait déjà eu rendez-vous avec le Soleil, passant devant lui pour l'obscurcir entièrement ; et le phénomène se reproduisit le 30 juin 1954, lors de son mariage avec Anouar Moualhi ; et encore le 22 septembre 1968, au moment du décès de son père, comme par hasard !

Mais le plus beau, le plus étonnant, le plus *significatif*, c'est que la mort de Marcelle fut doublement placée sous le signe de l'éclipse puisque l'année 1984 vit une éclipse du Soleil (le 30 mai), suivie, un an plus tard, d'une éclipse totale de la Lune (le 4 mai 1985) ! Une espèce d'injonction astrale la poursuivant toute sa vie puisque, de sa naissance à sa mort, l'existence de Marcelle ressemble à une longue et lente éclipse. Et, à la fin, elle-même s'éclipsa du monde, la mort passant quarante-cinq jours durant devant sa vie pour l'obscurcir totalement. Ce pourquoi on ne peut pas la regarder en face car on s'y brûlerait les yeux, mais seulement au travers de verres teintés, cet autre nom de la littérature.

Peut-être devrais-je faire le thème astral de Marcelle. Parce que tant d'éclipses dans son ciel...

57.1

Mais par-dessus tout, l'année 1921 fut celle de La vache qui rit de la société Léon Bel et celle du N° 5 de Coco Chanel. Marcelle est née avec la vache la plus célèbre du monde et le parfum le plus célèbre du monde ! De tous les événements qui se produisirent cette année-là comme autant de fées bonnes ou mauvaises se penchant sur son berceau, ce sont ces deux-là que je veux retenir. C'est le mélange de fromage fondu, de lait écrémé réhydraté, de polyphosphates et d'acide citrique mélangés à des arômes naturels totalisant pas moins de quatre-vingts ingrédients pour composer une essence purement artificielle, une création entièrement humaine ne reproduisant pas le parfum d'une fleur mais inventant une essence inédite, « l'essence même de la femme » comme le revendiquait Ernest Beaux, le créateur du N° 5 : « Je veux un parfum de femme, un parfum qui *sent* la femme. » Ainsi Marcelle fut-elle, sous des dehors de vache hilare, un cœur ultrafloral (jasmin de Grasse, rose de mai, muguet, iris, ylang-ylang…) enrobé de fraîcheur par les notes hespéridées de la bergamote, du citron, du néroli… le tout sublimé par les aériennes et abstraites odeurs aldéhydées de linge propre, de fer chaud, de coriandre… Et d'on ne sait quoi encore, dans des proportions gardées jalousement secrètes, la composition exacte du N° 5 de Chanel demeurant un *pur mystère*, sa formule chimique n'ayant jamais été éventée ni révélée.

Mais j'allais oublier : le film *Shining* de Stanley Kubrick se clôt sur la photo d'un grand bal s'étant déroulé à l'Overlook Hotel cinquante-neuf ans plus tôt, le 4 juillet… 1921. L'année de la naissance de Marcelle ! Comme par hasard. Et comme par hasard, l'immeuble du 183 rue Championnet ressemble à l'Overlook Hotel. Un hasard plus un deuxième hasard, cela fait quoi ? Cela fait que l'appartement 609 fut peut-être pour Marcelle sa chambre 237. Sa chambre de Barbe-Bleue. La pièce interdite au public. Dans laquelle nul ne doit entrer. Surtout pas ! Sauf que Jack Nicholson y entre cependant (et Marcelle donc !). À l'intérieur, une jeune et très belle femme prend un bain. Elle est nue. Elle sort lentement du bain. On dirait Aphrodite sortant de l'eau. On assiste en direct à la naissance d'Aphrodite. C'est bien sûr une métaphore de la naissance. L'allégorie de l'entrée dans la vie, au sortir du bain amniotique. Enjambant la baignoire (sortant en fait du ventre de la mère), la jeune et très belle femme (la vie en fait) s'approche de Jack sans dire un mot. Lui est ébloui. Elle l'enlace. Ils s'embrassent. Longuement. Un baiser interminable. C'est le baiser de la vie. Mais après avoir fermé les yeux le temps de cette longue et passionnée étreinte, Jack les ouvre et, dans la glace, il aperçoit le dos de la jeune et très belle femme – et c'est le dos immonde d'une vieillarde ! La vie est devenue une affreuse vioque. Elle est devenue repoussante ! Ses chairs sont à présent fripées, boursouflées, putréfiées. Sa peau suinte et purule, couverte de moisissure. Son visage n'est plus qu'un masque putride, abject, édenté. La vie si désirable s'est transformée en vision cauchemardesque qui rit aux éclats et, les bras en avant, ses mains comme des griffes, veut s'emparer de Jack pour lui donner cette fois le baiser de la mort. Lequel recule et s'enfuit de la chambre, horrifié. Voilà ce qui se passe dans la chambre 237. S'il ne faut pas y entrer, c'est qu'elle contient le secret de la vie qui, d'abord jeune et très belle, vraiment tentante, se transforme sans prévenir, le temps de l'embrasser à pleine bouche en fermant les yeux, en une chose hideuse et monstrueuse. En quelque chose de Vargas (je comprends maintenant ce qui m'a inspiré Bichette !). Tout Marcelle peut se résumer dans les trois minutes que dure cette séquence. Toute son angoisse aussi. Depuis la naissance en 1921 de la magnifique jeune femme qu'elle fut jusqu'à sa mort momifiée en 1984. Jusqu'à son être devenu charogne. C'est comme un aperçu en accéléré. Voilà ce qu'il y a *réellement* derrière la porte de l'appartement 609 du 183 rue Championnet. Tel est le secret. Celui de Marcelle Pichon mais pas seulement. Car nous entrons tous dans la chambre 237, d'une façon ou d'une autre. Mais seulement ceux qui ont le « shining » le comprennent. Le shining est un autre mot pour l'oiseau bleu. Et Marcelle avait le shining. Sur son cahier d'écolier, elle aurait aussi bien pu écrire, un jour après l'autre, pendant les quarante-cinq jours que dura son jeûne, la même phrase infiniment répétée, toujours la même phrase : « All work and no play makes Jack a dull boy All work and no play makes Jack a dull boy All work and no play makes Jack a dull boy All work and no play makes Jack a dull boy », etc.

Je rappelle que la mémoire, la raison et l'imagination sont les racines de la connaissance. Sans ces trois facultés, pas « d'arbre du savoir ».

57.2

– Penny ?

– Oui, Bmore, celle-ci est là.

– Vous pouvez me donner la réplique, s'il vous plaît ? Juste les phrases en bleu. Moi je lirai celles en rouge.

– En bleu ? D'accord ? C'est quoi ?

– Vous occupez pas. Faites ce que je vous dis. C'est juste une petite reconstitution. Je veux pouvoir me rendre compte.

– D'accord.

– Allez-y.
– Euh... Monsieur Bmore, cet immeuble vous fait peur ?
– Je ne crois pas, non. Mais il se trouve que certaines demeures sont comme des personnes. Elles provoquent des fulgurances.
– Et l'appartement 609. Qu'est-ce qu'il y a dans l'appartement 609 ?
– Il n'y a rien du tout ! Cela ne te regarde pas. Tu es trop jeune. Tu comprendras plus tard.
– C'est parce qu'il y a quelque chose de mal dedans ?
– Ce n'est pas ça. Mais quand quelque chose se passe, ça peut laisser des traces, comme sur la neige. Et peut-être que des événements passés peuvent laisser une autre sorte de traces derrière eux. Des traces que seules les personnes qui ont le shining peuvent voir. Je crois qu'un tas de choses se sont passées dans cet immeuble au cours des années. Et pas toutes recommandables.
– Mon texte s'arrête ici, Bmore.
– Merci, Penny. J'y vois plus clair maintenant. Vous étiez très bien. Vous êtes la petite fille qui vit dans ma bouche. Vous aussi vous avez le shining !
– Okay, pas de problème. Dites, Bmore, celle-ci peut vous poser une question ?
– Bien sûr.
– Penny, c'est à cause de Moneypenny, dans James Bond ?
– Hein ? Non, pas du tout. Vous êtes bien trop jeune. Et vous n'avez rien de la secrétaire amoureuse de son patron.
– C'est peu de le dire. Alors quoi ? C'est parce que celle-ci est extravertie, gentille et attentive, que son père a essayé de l'élever comme un garçon et qu'elle aime les relations sexuelles dans des lieux inattendus, comme la Penny de la série *The Big Bang Theory*.

– Des « lieux inattendus » ? Voilà qui est intéressant. Lesquels, par exemple ? Non, ne dites rien. Laissez-moi imaginer.

– Arrêtez de faire l'andouille. Crachez le morceau, Bmore. Pourquoi Penny ? Car c'est nul comme nom. Celle-ci ne l'aime pas du tout. Ça fait cruche. Ça fait Penny-oui-oui. C'est vraiment cul-cul.

– Si vous voulez le savoir, j'avais en première intention de vous appeler Interlude. Sauf que ce n'est pas un prénom.

– Interlude ? C'est ce que celle-ci est pour vous : un interlude ?

– Un interlude musical, Penny. C'est beau un interlude musical. C'est indispensable.

– Sérieusement, Bmore. Ne soyez pas cruel. C'est parce qu'un *penny*, ça vaut que dalle ? C'est la plus petite pièce de monnaie en Angleterre ?

– Je peux vous dire que vous valez bien davantage qu'*un* penny.

– Alors quoi ? C'est à cause d'Ulysse ? Penny pour Pénélope ? Toujours vos obsessions ? Ah mais celle-ci vient de trouver. Mais oui ! Celle-ci est une extension de votre pénis ? C'est ça ? Vous prenez celle-ci pour votre bite ? Évidemment que c'est pour cette raison ! C'est pour ça que vous l'appelez tout le temps votre « petite Penny ». Celle-ci en est sûre et certaine, sale type comme vous êtes !

– Je suis peut-être un sale type mais quand je vous parle, je n'ouvre pas ma braguette. Vous pouvez vérifier. Bon Dieu, que vous puissiez penser que je vous prends pour ma bite, cela me peine, Penny. Cela me navre vraiment.

« Lorsqu'une goutte pénètre dans l'océan,
nous ne pouvons pas suivre son trajet :
elle est devenue l'océan tout entier. »
Sri CHINMOY, *Méditation du 23 novembre 1993*,
Bratislava, Slovaquie

58

Par la suite (je veux dire : après sa naissance), Marcelle fut une enfant. Un jour, elle eut 2 ans, puis 5 ans, puis 10 ans, puis 14 ans. Elle fut une petite fille dans le salon de coiffure de son père. Une petite fille qui eut des copines, des poupées, des rubans et des robes de princesse, des joies et des peines d'enfant. Une petite fille qui ignorait qu'elle se laisserait un jour mourir de faim et crèverait toute seule dans d'atroces souffrances en maudissant ce monde pourri. Une petite fille qui vit ses parents se séparer et sa mère l'abandonner. Une petite fille qui trottinait dans la rue de Javel, allait chercher le pain au coin de la rue Frédéric-Magisson, suçait des bonbons, faisait des bêtises, riait comme rient les petites filles, jouait à la marelle ou au cerceau dans les allées du square Saint-Lambert ou du square Dupleix, allait à l'école et quelle école ?

J'ai eu beau consulter les archives des écoles de filles maternelles, primaires et secondaires, situées dans un rayon d'un kilomètre et plus autour du 144 rue de Javel, celles de la rue Violet, de la rue Lacordaire, de l'avenue Félix-Faure, de la rue de L'Amiral-Roussin, de la rue Fondary, de la rue Miollis, de la rue Michel-Sextius et je ne sais quels autres établissements, je n'ai trouvé aucune trace d'une élève Pichon Marcelle, scolarisée entre, disons, 1923 et 1938. Une vraie déception. Mais c'est que l'Éducation nationale n'a jamais mené de politique patrimoniale et les établissements scolaires n'ayant pas l'obligation de conserver leurs archives, la plupart ont disparu, balancées après un certain temps, pour simplement faire de la place dans les armoires. Ne subsistent que quelques listes d'inscriptions et registres d'élèves, bien souvent incomplets, versés aux Archives de Paris. Une désolation.

Car j'aurais tellement aimé, au détour d'une des pages, grandes pages jaunies avec des lignes et des colonnes, d'un registre épais à grosse couverture cartonnée à motif Annonay marbré, écrit à la plume, découvrir le nom de l'élève Pichon Marcelle, la bonne. La mienne. Même si. Une fois – oh ce bond dans ma poitrine ! Une fois. Dans le registre de l'école de la rue Michel-Sextius. À dix minutes à pied du 144 rue de Javel. Oui, je ne rêvais pas. Tracé à l'encre noire avec de jolis pleins et déliés. Dans la liste des élèves commençant par la lettre P. Entre Picaud Eugénie et Pinchon Geneviève. Le nom de Pichon Marcelle. Suivi de son numéro d'ordre dans le répertoire des élèves : 116. Enfin ! Alléluia ! Sauf que l'école de la rue Michel-Sextius n'a pas conservé les registres des élèves, là où figurent les renseignements scolaires et les appréciations des professeurs. Ce que j'espérais justement trouver. Ce qui, de Marcelle écolière, de Marcelle petite fille, m'aurait donné un aperçu, fût-il délivré par un maître ou une maîtresse en blouse grise enseignant à lire, à écrire et à compter avec une autorité ne souffrant, en ces années 20 et 30, aucune discussion. Ce qui fait que j'ignore si la Marcelle Pichon de la rue Michel-Sextius fut la bonne, fut la mienne. Il s'agissait peut-être d'une homonyme, même si ce serait vraiment extraordinaire. Combien de Pichon Marcelle furent, durant cette période, scolarisées dans le 15e arrondissement de Paris ?

Sachant que j'ai trouvé dans les listes d'inscriptions une Pichon Denise (école Violet), une Pichon Odette et une Pichon Simone (toutes les deux à l'école Saint-Lambert) ; mais seules Denise et Simone figurent dans un registre des élèves : née le 28 mars 1918 à Guimiliau (Finistère) d'un père « inconnu » et d'une mère employée au ministère des Finances, Denise est ainsi décrite : « Bonne intelligence. Bonne tenue. Caractère fermé. Progrès satisfaisants. » Quant à Simone, née le 3 août 1921 à Yzeure (Allier) mère décédée et père remarié, son professeur a noté : « Très bonne tenue. Caractère excellent. Intelligence vive. Progrès satisfaisants. Travailleuse. »

Toutes les appréciations ne sont pas si flatteuses. Ainsi Marguerite Le Pen, née le 12 février 1920 d'un père employé apparaît d'une « faible intelligence. Paresseuse. Progrès lents. Ira au cours de préapprentissage rue Miollis ». Pour sa part, Édith Juif, née le 12 décembre 1923 à Andouillé (Mayenne), dont je redoute ce qu'elle a pu devenir et ce que toute sa vie elle eut à subir, est davantage appréciée : « Bonne conduite. Intelligence agréable. Envoyée en province à cause d'une maladie grave de la mère. » Il y a des noms difficiles à porter. Et je ne parle pas de Jacqueline Cocu (« Enfant molle »), d'Arlette Venin (« Caractère fermé et peu souple ») ou de Michèle Pédé qui, à l'école de la rue Michel-Sextius, était peut-être la condisciple de Marcelle Pichon et peut-être étaient-elles copines.

Je ne parle pas non plus des parents qui, d'après leur profession, sont mécanicien, manœuvre, tôlier en auto, chef monteur, métreur en fumisterie, représentant en vin, tricoteuse, marchand de volailles, tonnelier, employé de bureau, menuisier, peintre en bâtiment, gardien de la paix, boucher, chocolatière, taxi, agent au gaz, opérateur linotypiste, encadreur, cafetier, marchand de bouchons, coiffeur… C'est dans ce petit peuple du 15e que Marcelle évolua toute son enfance. Dans le bleu de travail davantage que dans la soie.

Et elle, justement ?
Quelles appréciations ?
Quel caractère, quelle intelligence, quelle tenue, quelle *moralité* ?
D'après ses professeurs ?

Était-elle, je cite, d'une « intelligence médiocre. Paresseuse. *Romanesque* » (Denise Moulinier, fille d'un père employé aux Halles et d'une mère concierge) ? Était-elle une « enfant charmante, très bien élevée, excellent cœur » (Denise Pivonet, son père était sous-directeur chez Panhard) ? Était-elle une « bonne fille débrouillarde » (Françoise Messier, père manœuvre et mère concierge) ? Une élève « indisciplinée, avec un caractère faux et sournois, moyennement douée et prétentieuse, devant être tenue sévèrement à cause de son mauvais esprit » (Gisèle Robert, père postier, mère employée) ? Était-elle d'une « nature rebelle et indisciplinée, d'assez bonne intelligence mais peu courageuse » (Madeleine Toussaint, père serrurier) ? Était-elle une « enfant étourdie ayant bon cœur, une intelligence assez fine » (Suzanne Marceau, père employé de bureau) ? Une « élève insoumise, avec du laisser-aller dans la tenue, un caractère très inégal, souvent maussade, ricanant, répondant ; mais parfois aimable et serviable » (Renée-Françoise Arthémon, père receveur à la STCRP) ? Était-elle « très peu douée mais fort vaniteuse et d'une moralité douteuse » (Henriette Alain, père infirmier) ? Ou bien « intelligente, douée pour l'enseignement littéraire, mais mal orientée dans un cours commercial. Très bien élevée, aimable et *originale* » (Madeleine Fontana, père maître d'hôtel) ? Etc.

Je lis ces appréciations qui semblent d'un autre âge et qui, en effet, le sont. On n'imagine pas aujourd'hui des maîtres et des maîtresses donner leur *sentiment* sur les élèves, jugeant moins leurs résultats scolaires que leur caractère agréable ou déplaisant, leur nature fausse ou sincère, leur cœur bon ou mauvais, leur tenue soignée ou douteuse, selon des critères hérités autant de la morale bourgeoise que de La Bruyère. Insupportable d'un côté ; mais d'un autre, les élèves sont aujourd'hui évalués selon des « objectifs » pédagogiques « non atteints », « partiellement atteints », « atteints » ou « dépassés ». Cela n'a plus rien de personnel. On croirait qu'on parle de machines. On peut toujours discuter avec un individu, voire s'en prendre à lui ; pas avec un système qui objective la subjectivité et, quoi qu'il en soit, je lis ces appréciations et je me demande ce qu'a bien pu devenir chacune de ces petites filles. Quel destin fut le leur ? Quelle vie ? Que devint le côté romanesque de Denise Moulinier ? L'excellent cœur de Denise Pivonet ? Le caractère faux et sournois de Gisèle Robert ? L'originalité de Madeleine Fontana ? Je me pose la question ; et puis j'oublie.

58.1

Tout ce que je sais de la scolarité de Marcelle, je le tiens du recensement de l'année 1936 (Marcelle avait donc 15 ans) où, au 144 rue de Javel, l'agent préposé à ce district nota que vivaient dans le logement numéroté 4 Charles Pichon « profession coiffeur patron » et Marcelle Pichon « sa fille, *dito* (donc coiffeuse), chez Degasne 15e » et qui Degasne 15e ? Quoi Degasne 15e ? Où Degasne ?

« 15e », c'était assurément pour l'arrondissement ; mais Degasne ? Cela voulait dire quoi ? J'ai cherché tout ce que j'ai pu, j'ai remué ciel et terre, je n'ai trouvé de Degasne nulle part. Ni « coiffure Degasne », ni « salon Degasne », ni « institut Degasne », ni « beauté Degasne », ni « apprentissage Degasne », ni « école Degasne » ni rien Degasne. Inconnu au bataillon Degasne ! Degasne mon cul ! Le bide complet. La grosse bulle. Quelle poisse ! L'agent qui avait fait le recensement, il ne pouvait pas être plus explicite ? Il ne pouvait pas faire un petit effort ? C'était trop demander qu'il pense à moi et à tous ceux qui, pauvres fous, tentent de reconstituer le passé mais qui, par la faute de gens comme lui, se retrouvent comme des cons avec un nom pourri comme Degasne. Et pourquoi pas Troisgasne ou même Dixgasne tant qu'on y était ? Merde alors ! Cela m'énervait à la fin ! Personne n'écrit donc pour l'histoire ? En pensant que d'autres, un jour, dans trente ans ou trente siècles, liront ce qu'ils ont écrit ?

En plus, cet abruti avait écrit Degasne comme si c'était évident. Comme si tout le monde connaissait Degasne. La maison Degasne ? Mais bien sûr, mais comment donc mon brave monsieur, c'est la deuxième à gauche et la troisième à droite, vous ne pouvez pas vous tromper. Pauvre type ! Si Degasne formait des coiffeuses (l'acte de mariage de Marcelle avec Victor Baisse indique que telle était alors sa profession), ce n'est donc pas le père qui apprit le métier à sa fille. Il avait sans doute de bonnes raisons pour envoyer sa fille chez ce fichu Degasne. Il devait savoir ce qu'il faisait. Mieux que je ne le saurai jamais ! De toute manière, trois ans plus tard Marcelle se mariait et enfantait un premier fils, avant de devenir mannequin chez Fath.

58.2

Mais cela me revient seulement maintenant (bon Dieu, je m'y perds dans la masse des informations que j'ai récoltées sur Marcelle) : dans son article publié en 1985 dans *Paris Match*, Pierre Rey a écrit qu'avant de devenir Florence chez Fath, Marcelle suivait « les cours de l'Académie scientifique de beauté ». Y aurait-il un lien avec Degasne ? Rebelote dans les archives du Net (pffff). Coup de chance, l'Académie scientifique de beauté existe toujours. Et pour cause : fondée en 1890 par le Dr Alexandre Lamotte, il s'agit de la plus ancienne société française de cosmétiques qui, toujours florissante, est aujourd'hui présente dans soixante-sept pays. Excusez du pneu. Re-coup de chance : sur son site, un onglet retrace les grandes dates de la « maison » qui, en 1895, ouvrit « dans le quartier le plus élégant de Paris, au 376 rue Saint-Honoré », le tout premier institut de beauté de France. Et de détailler, date après date, les marches du succès, grâce à « des produits de soin, formulés de manière rigoureuse et scientifique », comme l'iconique « Princesse des Crèmes » ou la « Princesse des Poudres » (dans notre beau pays républicain, le côté « *royal* cheese » des choses fait toujours vendre, ce n'est pas Jules Winnfield qui me contredira). Mais voilà qui est plus intéressant : en 1928 (tiens donc…), Georges

Gay (qui a succédé au Dr Lamotte à la tête de l'entreprise) « crée et inaugure la première école d'esthétique française située au 376 rue Saint-Honoré à Paris (au sein de l'institut de beauté, donc) dans le but de transmettre son savoir, de former les esthéticiennes à effectuer un diagnostic de peau et à prescrire les produits adéquats. L'école d'esthétique deviendra l'une des meilleures de Paris et les élèves titulaires d'un diplôme de l'"Académie" seront parmi les plus recherchés ». Autrement dit, Marcelle a pu apprendre le métier d'esthéticienne dans cette école, fût-elle fort éloignée de chez elle. D'autant que si elle se déclare coiffeuse lors de son mariage en 1940 avec Victor Baisse, elle indiquera être « esthéticienne » en 1954, au moment où elle épouse Anouar Moualhi. (Il est d'ailleurs à noter que dans aucun acte de mariage ou autre il est fait mention qu'elle a exercé la profession de « mannequin », signe que son passage chez Fath fut bien bref, ou qu'elle ne s'en vanta pas...).

En attendant, quel rapport avec « Degasne 15e » ? J'ai eu beau chercher et chercher encore (Grrrrrr), je n'ai trouvé aucun lien avec l'Académie scientifique de beauté. Pourtant, l'agent recenseur n'a pas pu inventer « Degasne 15e ». Il ne s'est pas dit : Tiens, dans la case profession de la fille Pichon, je vais inscrire « Degasne 15e », juste pour le fun, histoire d'emmerder les historiens du futur et, particulièrement, l'agence de détectives Bmore & Investigations. Ça, je n'y crois pas une seconde. Tandis que j'ignore d'où Pierre Rey écrit dans *Paris Match* que Marcelle suivit des cours à l'Académie scientifique de beauté. Au fil de cette enquête, j'ai appris à me méfier des journalistes. Bien forcé.

Tant que j'y suis : au 144 rue de Javel, en plus de Charles et Marcelle, l'agent recenseur a noté un troisième occupant dans le logement numéro 4. À savoir « Blanche

Pichon, parente, née en 1910 dans l'Indre » et déclarée comme « femme de ménage ». Blanche Pichon ? J'ai retrouvé sa trace dans l'arbre généalogique des Pichon (j'ai mis un temps fou à le constituer mais, désormais, je gagne un temps fou à retrouver qui est qui !). Il s'agit de Blanche-Victorine, quatrième enfant de Clémentine Reviron et Joseph Pichon, le frère du grand-père paternel de Marcelle, Charles Pichon. Blanche était donc la cousine issue de germain de Marcelle. Elle avait dix ans de moins que sa mère et seulement onze ans de plus qu'elle. Lorsque Marcelle avait 10 ans, Blanche en avait 21. Une grande sœur plus qu'une mère. Elle ne remplaça pas l'amour maternel. Mais une présence féminine cependant. Présence dérangeante ? Qui sait si Charles, qui avait douze ans de plus qu'elle... Une petite jeunette sous son toit... On peut supposer certaines choses. Ou rien de tel et Blanche n'était que la bonniche venue de province. Une cousine montée à Paris logée et blanchie en échange de tenir la maison puisque aucune femme ne s'occupait du foyer. Drôle de situation. Marcelle l'appelait-elle Bécassine ? En 1936, Blanche se maria à la mairie du 14e avec un certain Pierre Jauffre, monteur en chauffage central (Victor Baisse, lui, était monteur radio...). Elle est morte en 1997 à Périgueux, Dordogne. Apprit-elle la mort de Marcelle et la pleura-t-elle, se souvenant de l'enfant qu'elle avait vue grandir ? Ou ne fut-elle pas surprise, ayant d'emblée perçu chez Marcelle que quelque chose clochait ? Quelque chose d'impossible à réparer.

58.3

Parce que cela me chagrinait, cela me turlupinait, cela m'agaçait *prodigieusement* de ne pas savoir qui de Degasne ou de l'Académie scientifique de beauté, comme si tous mes échecs passés et à venir revenaient me hanter, comme si la question de mon « véritable » père m'animait férocement encore et toujours en sous-main, j'ai attendu six mois que les Archives de Paris rouvrent au public, Covid oblige. Mon idée tenait de la dernière chance. Si je faisais chou blanc, je pourrais manger mon chapeau et ranger une bonne fois pour toutes Degasne dans ma culotte. Cette ultime tentative m'apparaissait cependant excellente : puisque quiconque exerçant une activité commerciale avait l'obligation de s'inscrire au greffe du tribunal de commerce, le nom de Degasne devait forcément se trouver quelque part dans un registre du commerce des années 30. Si ce n'était pas le cas, alors Degasne était du pipeau. C'était du vent. L'agent recenseur avait écrit n'importe quoi, il n'avait pas compris ce que Marcelle lui avait dit, ou bien son père, ou je ne sais qui, on s'en fiche.

Ce n'est que le 25 mai 2021 que les Archives de Paris ont rouvert au public et, dès le 27 au matin, dès l'ouverture, j'étais sur place, consultant frénétiquement un grand classeur qu'une documentaliste m'avait fort obligeamment indiqué : dedans se trouvaient les cotes des registres du commerce couvrant la période 1920-1960. Ceux-ci étaient classés alphabétiquement par nom et je repérai vivement la lettre D, notai vivement la cote et, vif comme l'éclair, je courus pianoter sur l'un des ordinateurs dédiés pour passer commande du dossier D34U 3 suivi de quelques chiffres que je regrette de n'avoir pas noté sur l'instant. Il fallut vingt bonnes minutes pour qu'un archiviste, après avoir remonté mon butin des entrailles du bâtiment (pourvu que jamais un incendie se déclare, réduisant en cendres tant de trésors archivés !), affiche mon numéro d'appel sur le petit écran électronique fixé en hauteur et avertissant quiconque se trouvant dans la salle que sa commande était prête. À l'intérieur de la boîte en carton gris que je ramenai vite vite vite à ma place était rangée une autre boîte, en bois celle-ci et tout en longueur. Elle contenait une bonne centaine de petites fiches en carton genre bristol écrites à la main, chacune indiquant le nom d'une société ou d'un artisan dont le nom commençait par la lettre D. Les fiches étaient vieilles, cornées, jaunies, elles s'effritaient par endroits et il fallait souvent les décoller car le temps avait fini par les coller ensemble. C'est très lentement que je tournai les fiches l'une après l'autre. « Degand Ernestine, bonneterie »... « Degars Félix, café (gérance) »... « Degasset Albert, serrurerie »... « Degasne Marie-Louise, coiffeur parfumeur, 17 rue Le Peletier, Paris 9ᵉ » (Argh, dans le 9ᵉ !)... « Degasne Marie-Louise, salon de coiffure, 22 rue Ferdinand-Fabre 15ᵉ ». Dans le 15ᵉ ! Ho ho ho ! ALLÉLUIA ! Et voilà le travail ! Ce n'était pas plus compliqué ! Bravo, Bmore ! Bien joué ! J'avais trouvé le fameux Degasne 15ᵉ et ils étaient deux ! Le premier salon de coiffure, comme l'indiquait un tampon à l'encre rouge, avait ouvert en 1946, mais celui de la rue Ferdinand-Fabre l'avait été en 1935 ! Ah ah ah ! Et Degasne était une femme. Elle s'appelait Marie-Louise Degasne. Ah ah ah ! C'est dans ce salon de coiffure de la rue Ferdinand-Fabre que Marcelle, lorsqu'elle avait 15 ans, allait apprendre à coiffer, soigner, friser, chauffer, couper et marceller les cheveux. Il ne pouvait en être autrement. Comme je l'ai vérifié plus tard, le 22 rue Ferdinand-Fabre se situe à moins de dix minutes à pied du 144 rue de Javel. Rien à voir avec la bonne heure qu'il aurait fallu à Marcelle pour se rendre à l'Institut de la rue Saint-Honoré. Il n'y avait plus photo ! Marcelle n'était jamais allée à l'Académie scientifique de beauté. Pierre Rey avait raconté n'importe quoi (paix à son âne).

Tant que j'étais aux Archives, j'ai demandé à consulter des annuaires officiels des abonnés au téléphone, histoire de glaner de nouvelles informations sur le salon de coiffure de Marie-Louise Degasne. Et dans le Bottin par professions de l'année 1954, à la page 459, rubrique « coiffeurs pour dames », tout en bas de la première colonne, alors que je m'esquintais les yeux à chercher ligne à ligne un salon de coiffure se trouvant 22 rue Ferdinand-Fabre, voici que je le trouve. Voici que c'est la bonne adresse, avec le téléphone (VAU 14 65). Voici que je découvre que le salon de coiffure de Marie-Louise Degasne s'appelait « Paul ».

Paul !

Comme par hasard !

Comme l'homme avec qui Marcelle faisait couple au bord de la mer !

L'homme dont *Paris Match* disait qu'il était l'homme qu'elle avait le plus aimé (même si on n'est pas forcé de croire *Paris Match*, certes non).

Paul !

Le fameux, le mystérieux Paul !

Pour une surprise !

Se pourrait-il que le monsieur Paul avec qui Marcelle posa au bord de la mer dans les années 60 doive tout, de façon subliminale, au monsieur Paul du salon Degasne des années 30 ? Qu'à travers lui, à cause de son prénom et peut-être uniquement à cause de son prénom, trente ans plus tard, elle ait renoué en pensée, sans même s'en apercevoir (et lui encore moins), avec le Paul de ses 15 ans ? Ce Paul du salon de coiffure Degasne qui était sans doute un homme alors qu'elle était une enfant et, de ce fait, elle l'aurait aimé secrètement, sans jamais oser lui avouer ses sentiments. Sans jamais l'oublier cependant. Comme moi avec ma tante, sans qu'il s'agisse véritablement d'elle mais de l'effet qu'elle produisait sur moi lorsque j'étais juvénile. Marcelle gardant alors cet élan pour elle. L'enfouissant au plus profond d'elle-même et, les années passant, réduisant Paul à son seul prénom, le réduisant à sa plus simple expression, une pure sonorité, un mot fétiche, comme un fichier archivé et mentalement compressé afin qu'il ne prenne pas de place dans sa mémoire, mais susceptible d'être décompressé à la première occasion, au moment de rencontrer un autre Paul. Et, comme par magie, comme un mot programmé à l'avance plonge dans l'hypnose, de retrouver alors ses émotions intactes, là où elle les avait laissées trente ans plus tôt. Cette promesse attendant d'être tenue, ce désir à assouvir, cet amour attendant depuis si longtemps d'être vécu, tout ça parce qu'elle rencontrait un Paul et, pour elle, qu'il n'existait aucun autre Paul sur Terre que celui qui lui avait fait si forte impression à l'adolescence, le parant inconsciemment de toute cette mémoire capiteuse, quel que soit l'homme se trouvant devant elle. Ce que l'eau est à l'électricité, les prénoms le sont au désir. Ils sont émotionnellement supraconducteurs. Exactement comme un parfum a le pouvoir de nous restituer une personne aimée et, sur le corps de quelqu'un d'autre, nous la ressuscite à notre insu. L'enveloppe de son aura.

58.4

Je suis allé faire un tour rue Ferdinand-Fabre. Au numéro 22, il y a toujours un salon de coiffure. Il est tout petit. Il s'appelle aujourd'hui « LM1. Coiffure mixte ». Il propose des colorations « sans ammoniaque », le « balayage californien » et le « lissage brésilien », etc. Depuis l'époque de Marcelle, le monde de la coiffure s'est drôlement mondialisé, il permet aujourd'hui de voyager capillairement à l'autre bout du monde et, pendant quelques minutes, je suis resté devant la devanture, immobile et songeur, à écouter dans mes veines le goutte-à-goutte tonitruant du passage du temps.

Un peu plus loin dans la rue, un panneau Decaux annonçait la sortie au cinéma de Cruella, la dernière production Disney, avec l'affiche du film. Sur fond de l'actrice Emma Stone en maîtresse SM, il était écrit en grosses lettres rouges et blanches : « On ne devient pas une LÉGENDE en étant GENTILLE. » Je suis resté un instant en arrêt. J'ai regardé si un type vêtu d'un anorak vert ne se trouvait pas dans les parages. J'ai songé que, du temps de Marcelle, le message qu'envoyait Disney aux enfants (et à leurs parents) était que les héros étaient les gentils. Et voici que le même Disney vantait à présent les *mérites* de la méchanceté. Super, ai-je songé. Fantastique retournement des valeurs, ai-je songé. Voici que l'affreuse furie des *101 Dalmatiens* (1961) est devenue, soixante ans plus tard, une héroïne, un modèle, une improbable tête d'affiche et à qui le tour maintenant ? ai-je songé. Je suis resté encore un moment pensif, plutôt accablé, en pensant aux adultes qu'allait fabriquer ce genre de slogan. Si la réalité se retrouve au cinéma, ai-je songé, cela signifie que nous évoluons désormais dans un dessin animé. Nous sommes tous devenus des putains de personnages de dessin animé, ai-je songé. Tout s'éclaire, ai-je songé. Merci, Walt, de me prévenir, ai-je songé en m'en allant dans la direction opposée. Même si Walt Disney est aujourd'hui un consortium d'actionnaires dont la seule ligne de conduite est d'engranger des profits. Ce qui explique sans doute cela.

Peu après, je suis tombé sur un article du *Monde* consacré à ce film. Il était intitulé « La revanche des méchantes ». Un passage m'a bien plu : « La jeune Cruella, de son vrai nom Estella, a perdu sa mère dans des circonstances tragiques et rêve depuis toujours de se faire un nom dans le milieu de la mode. »

« De toute façon, tu es inaudible. »
Matthieu VILLIERS, *Les Contes de la rue Blomet*

59

En 1989, l'écrivain japonais Masahiko Shimada (né en 1961 à Tokyo) faisait paraître dans une revue une nouvelle intitulée *Miira ni naru made*, qui peut se traduire par « Jusqu'à ce que tu deviennes momie ». En 2012, ce texte est devenu un petit livre (moins de trente pages) publié en français chez Caractères sous le titre *Les Carnets de la momie*. Il faut dire que ce livre se veut, du premier au soixante-deuxième jour, le journal d'agonie d'un homme s'étant laissé mourir de faim dans un abri de fortune aménagé en lisière d'une plaine enneigée de l'île d'Hokkaïdo. Pour ce texte, Masahiko Shimada s'est inspiré d'un fait divers : la découverte, dans une cabane perdue dans des marais aux abords de la ville de Kushiro, du cadavre décharné d'un homme d'environ 40 ans, dont l'identité ne fut jamais élucidée. Comme Marcelle, sa disparition de la surface de la Terre n'avait, semble-t-il, été remarquée par personne. La quatrième de couverture précise : « L'auteur a imaginé que cet Inconnu (avec un *i* majuscule) avait choisi "le suicide par inanition" et qu'il avait consigné dans un cahier son long cheminement vers la mort. Son journal relate donc, avec une précision clinique, la dégradation progressive de ses capacités physiques durant les soixante-deux jours de sa lente agonie. Une alternance de lucidité et de délire l'aide à traverser cet *entre-deux* qui relie notre monde à l'au-delà, au fil d'un monologue intérieur qui, de bout en bout, tient le lecteur en haleine. »

J'ai lu ce livre.
Bien sûr que j'ai lu ce livre.
Je l'ai lu avec, en tête, en point de mire, le journal d'agonie de Marcelle Pichon.
Je l'ai lu en éprouvant un sentiment de gêne.

Ce n'est pas que ce livre soit bon ou mauvais. Là n'est pas la question. Je sais qu'il m'a plu. Je sais qu'il m'a *intéressé*, presque passionné, pour des raisons évidentes, des raisons marcellesques : voici que je lisais un journal d'agonie en intégralité, ce qui n'était toujours pas le cas de celui de Marcelle, hélas.

Mais je sais aussi, tandis que je lisais les phrases, tandis que je tournais les pages et plongeais dans les tourments de cet homme qui, sur la page :
souffre dans sa chair, du froid et de la pluie aussi,
délire tout seul dans son abri de fortune,
dans sa solitude la plus solitaire,
et, entre deux spasmes,
écoute du Bach ou du Mozart à la radio
et lit *Malone meurt* de Beckett
et entend le chant des insectes
et constate que ses urines deviennent rouges

et se plaint d'épouvantables maux de ventre
et dort comme se dégonfle lentement un ballon
et rédige son testament
et rêve d'une femme vêtue d'un corsage déchiré, de bas troués et d'une jupe maculée de boue, venue de l'au-delà et venant le chercher
et s'étonne d'être encore vivant au quarante-sixième jour de son jeûne,
s'étonne de ne pas arriver à mourir,
et se dit qu'il accomplit une chose que personne n'aura envie d'imiter
et s'interroge sur le sens de la vie,
s'interroge sur l'au-delà,
et cherche la paix de l'âme
à l'approche de la mort,
à mesure que son corps l'abandonne atrocement,
oui,
tandis que je lisais ce journal d'agonie rédigé de la main de l'écrivain japonais Masahiko Shimada, je sais que j'étais gêné.

Je ne peux pas mieux dire.
J'étais gêné.
Je n'arrêtais pas de me dire.
Non.
Je ne me disais rien.
Mais j'entendais Marcelle ricaner.
Voilà.
J'entendais Marcelle grincer des dents dans ma tête.
Je l'entendais gémir pendant qu'elle lisait par-dessus mon épaule.
J'entendais ses railleries à chaque page que je tournais et c'était pénible.

Dans mon oreille, sa voix aigre de corbeau noir gâchait mon plaisir et mon intérêt. Cela ne facilitait pas du tout ma lecture des *Carnets de la momie*. Les *soi-disant* carnets de la *soi-disant* momie, éructa Marcelle dans ma tête, d'une voix pleine de fiel et de mépris.

Eh quoi, elle ne s'était pas laissée mourir de faim dans d'épouvantables souffrances pour qu'un écrivain japonais *imagine* ce que cela fait de se laisser mourir de faim dans d'épouvantables souffrances. Elle ne s'était pas infligé quarante-cinq jours de jeûne pour tenir un quelconque lecteur « en haleine ». Son agonie n'avait rien d'un *suspens*. Elle n'était pas l'héroïne d'un film d'Hitchcock. Le faire croire était risible. C'était obscène, me soufflait aigrement Marcelle dans les bronches. C'était lui voler ses souffrances, si chèrement payées. C'était dénaturer son geste, à nul autre comparable. C'était lui voler sa mort, si affreusement acquise. En faire des papillotes. La réduire à des mots, des putains de mots, des mots en papier ! Rien à voir avec ceux qu'elle avait écrits avec ses urines rouges de sang et ses reins en bouillie. Personne ne pouvait se mettre à sa place ! Personne ne pouvait, sans l'avoir vécu soi-même, imaginer ce qu'endurent le corps et l'âme lorsque l'un est privé de nourriture et l'autre refuse d'abdiquer pendant des heures et des jours et des semaines.

Qui a souffert un jour d'une rage de dents le sait : on a beau le plaindre, on a beau avoir mal pour lui, on n'a pas mal aux dents à sa place et on n'a aucune idée de la souffrance réellement ressentie. Inutile de faire croire le contraire. Une simple rage de dents suffit à dévoiler la supercherie et se laisser mourir de faim ne pouvait être une « expérience de pensée ». Tant pis pour la compassion. L'empathie, elle était une impuissance. Elle était le plus beau des liens sociaux mais cela n'allait pas plus loin. Même le plus grand écrivain du monde, même avec les meilleures intentions du monde, ne pouvait saisir une réalité qui non seulement n'était pas la sienne, mais se trouvait aux antipodes de la sienne.

Ce n'était même pas la peine d'essayer !

C'était une question de logique. Une question de décence. L'esthétique ne valait rien dès lors qu'elle rabattait l'éthique dans son plan et, me hurlait à ce moment-là Marcelle dans les tympans, ce que faisait Masahiko Shimada, c'était la déposséder de son agonie pour en faire un *spectacle*. C'était transformer la réalité en une fiction se faisant fallacieusement passer pour elle. Ce n'était pas le livre qui l'offusquait, mais la démarche qui avait présidé à son écriture. L'idée même que l'on puisse se mettre dans la peau de quelqu'un ayant décidé de se laisser mourir de faim et souffrant jusqu'au bout la décision qu'il avait prise. Quelle prétention vaine et absurde ! C'est ne pas écrire un faux journal d'agonie qu'il aurait fallu. Le sien ne suffisait donc pas ? Elle s'était pourtant donné cette peine de l'écrire. Elle avait fait l'effort de noter dans un cahier d'écolier ce qu'il en était réellement de son agonie et ce n'était pas pour la galerie. Ce n'était ni du chiqué ni un exercice de style. Ce n'était pas pour qu'un autre la prive de la seule chose qu'elle avait souhaité laisser après sa mort. Un autre qui faisait semblant d'éprouver les affres de l'inanition alors qu'il avait sans doute le ventre plein. Ses mots à elle, ils étaient des lambeaux de sa vie arrachés un à un à la mort qui s'emparait d'elle. Chacun d'eux était chargé de son cri. Masahiko Shimada pouvait-il en dire autant ? Avec quoi avait-il écrit ses *Carnets de la momie* ? Du jus de crâne ? Des sentiments ? De la documentation ? Son talent ? Ses angoisses ? La belle affaire ! Rien de comparable. Rien qui puisse rivaliser ! Le journal de Marcelle témoignait pour elle et pour qui témoignait celui de l'Inconnu (avec un *i* majuscule) ?

À la fin du livre, une note avertissait que *Les Carnets de la momie* était « respectueusement dédié à tous les grévistes de la faim, les jeûneurs par ascèse et les anorexiques du monde ». Bisous bisous ! Tout le monde dans le même panier ! Et pourquoi pas à ceux qui, de par le monde, crevaient de faim, tant qu'à faire ? Ils étaient tout de même des millions ! Quelle farce, me postillonnait Marcelle au visage – d'énormes postillons ! Chaque expérience vécue est à la fois irréductible et exclusive. Inutile de se leurrer. Un Blanc peut-il imaginer ce que c'est que d'être un Noir dans une plantation ? Un Noir peut-il imaginer ce que c'est que d'être un Blanc dans la même plantation ? Des nèfles ! Que chacun parle de ce qu'il connaît, s'il l'ose. Que chacun parte de lui s'il veut parler des autres et s'adresser à eux. Quiconque ne se met pas dans le tableau raconte n'importe quoi. Il pipelette. Il se reluit la brosse. Il se mamoure le bibelot. Personne ne peut racheter ses peines et ses péchés en se mettant à la place d'autrui. C'est peut-être regrettable, mais assez d'usurpation ! me crachait carrément Marcelle au visage. Pour sa part, elle ne cherchait pas le respect. Dans son journal, il n'y avait pas la place pour la rédemption. Pas la place pour la pitié. Pas la place pour Bach ni Mozart ni Beckett non plus. Comme par hasard Bach et Mozart et Beckett ! Excusez du peu ! Cela qui l'avait également énervée. Cette manière de mourir de faim de façon tellement savante et érudite. En côtoyant les plus grands artistes. Comme si crever de faim n'était pas sale dans un monde dégueulasse mais, au contraire, une mort propre dans un monde cultivé.

À la toute fin du journal de l'Inconnu (avec un *i* majuscule), juste avant de mourir, Masahiko Shimada lui faisait écrire dans son cahier : « Nausées. Je voudrais vite prendre place dans le bateau » (3 octobre) ; puis « J'entends des rires à la radio » (4 octobre) ;

puis « Quelqu'un est là » (5 octobre) ; puis « J'aperçois une foule de gens. Le fleuve vient à ma rencontre » (6 octobre) ; puis « Partout, la lumière » (7 octobre) et ici s'achevait son journal. Sur cette vision : « Partout, la lumière. » Du Goethe dans le texte ! Alors que la toute dernière chose qu'avait écrite Marcelle dans son cahier, c'était : « Je ne peux plus me lever. Les urines sont rouge sang. J'ai très mal aux reins. » Point final. Point barre. Point de lumière, ni partout ni nulle part. Point de foule ni de fleuve ni de bateau venant la chercher au dernier moment. Point de rachat. Point d'autre monde ni d'au-delà salvateur. Point de paradis. Pas de chichis. Peau de balle. À d'autres !

Et là résidait la beauté irréductible de son journal. Sa folie noire. Sa puissance littéraire, s'il fallait lui en trouver une. Son journal était un bloc d'abîme. Il était l'expression véritable de son agonie véritable, en totale cohérence avec son suicide : aussi sec et monstrueux et sans espoir que lui. Sans la moindre fioriture, car les fioritures sont la vie. Pas de ça avec elle ! Surtout pas. Son journal, il réfutait la Littérature (avec un *l* majuscule), jusqu'à devenir son négatif idéal. Libéré du mythe littéraire et de l'ordre social qui le sous-tend, il réalisait le degré zéro de l'écriture comme Marcelle avait elle-même atteint le degré zéro de sa propre existence. Au sens où Barthes plaidait pour une écriture rendue à son « innocence », une écriture « impassible et amodale », purement « journalistique si, précisément, le journalisme ne développait en général des formes optatives ou impératives (c'est-à-dire pathétiques) ». Et c'est bien ce « pathétisme » qui ulcérait Marcelle dans *Les Carnets de la momie*. Exit la négativité effroyable qui avait été la sienne. Nulle part l'Inconnu (avec un *i* majuscule) ne maudissait le monde, ni qui que ce soit.

Lui n'accusait personne, *surtout pas* ! Son suicide par inanition n'avait rien de haineux envers quiconque, il n'avait rien d'humain. Il n'avait *aucune raison d'être*. Il cessait d'être son propre silence et sa propre énigme. Voici qu'il se mettait à flotter dans un éther littéraire et fictionnel. Sa mort n'était plus dédicacée. Détachée du commun et échappant aux lois triviales et fastidieuses de la causalité, elle n'était plus qu'un signe de loin. Jusqu'à devenir un grand mystère. Devenir un sentiment. Un plaisir de lecture. Un rêve. Devenir de la merde, faillit me gifler Marcelle tellement elle était en colère ! Et d'éructer que ce que faisait réellement Masahiko Shimada, c'était supprimer tout ce qu'il y avait d'insupportable dans le fait de se laisser mourir de faim jusqu'à en crever lentement et abominablement. Ce qu'il faisait, c'était lisser et policer ce qui était matière brute et hors la loi. Il donnait un sens supérieur à ce qui, de bout en bout, était un excès de sens et, en même temps, un deçà du sens. Ainsi pouvait-il développer ses propres thématiques : le passage d'un monde à l'autre, l'entre-deux du rêve et de la réalité, de la vie et de la mort, etc. Mais au final, il ne faisait que *rendre acceptable l'inacceptable*. Il rabattait dans le plan de la société ce qui, précisément, ne voulait plus en faire partie. L'obscénité du suicide de Marcelle, il la ramenait dans l'ordre civilisé des choses, dans *l'ordre du langage*, comme on rattrape un fugitif, alors même qu'elle se voulait une absolue fin de non-recevoir. Voici que Marcelle se trouvait, contre son gré, réintégrée au sein de la communauté humaine, sauf qu'elle ne voulait pas être sauvée ! Elle voulait échapper aux hommes et aux femmes et aux chiens et aux fleurs et à Bach et à Mozart et à Beckett et à tout. Elle n'était pas un ange. Elle n'était pas encore montée au ciel à ce moment-là.

Mais je t'en fiche ! *Les Carnets de la momie* faisait du suicide par inanition une bouleversante aventure existentielle, à la fois profonde et suprasensible, largement religieuse et même, par endroits, comique, ce qu'elle n'était réellement pas ! Marcelle s'y était férocement refusée, se maintenant au niveau de son corps supplicié, sans le moindre secours qui ne soit sa volonté amère et flamboyante d'en finir avec la vie et avec un monde qu'elle accusait nommément et, jusqu'à son dernier souffle, avait maudit en y mettant tout le poids de son calvaire. Elle ne cherchait aucune réconciliation. Aucune sympathie ni consolation. Elle ne s'était pas tuée de la façon dont elle s'était tuée pour appeler à l'aide et tendre la main. Elle voulait plutôt dire quelque chose du genre : « Toi qui liras mon journal abandonne toute espérance. Vois l'horreur. Contemple ce que l'on m'a fait et ce que je me fais » ; et voici que *Les Carnets de la momie* niait ses intentions à la racine. Il inventait une fiction qui faisait du suicide par inanition une monstruosité socialement fascinante et humainement compréhensible. Une mort presque douce et enviable ! Une aspiration métaphysique. Au point de vider le journal de Marcelle de sa matière noire et lui dénier ce qui en faisait le prix : sa radicalité forcenée. Cela la Littérature ? Une façon de recouvrir la vérité par une autre moins abyssale ? Quand bien même c'était le droit de Masahiko Shimada. Bien sûr que c'est le droit de tout écrivain d'écrire ce qu'il veut ; mais c'était son droit à elle, Marcelle Pichon, morte de faim après quarante-cinq jours de jeûne, de crier au contresens et à la trahison. À l'assassinat de son suicide.

Okay.

Elle avait fini ?
Je la sentais toute rouge dans ma tête.
Vraiment *très* énervée.
Folle de rage, même.
Littéralement en nage et essoufflée.

Je comprenais sa réaction.
Je comprenais qu'elle n'avait aucun humour.
La légèreté était un luxe qu'elle ne pouvait s'offrir.
Pas dans son état.

En sorte, elle avait des susceptibilités d'auteur.
Cela arrive même aux meilleurs.
Je plaisante.
C'est nerveux.

Car cette histoire du journal de Marcelle *versus* le livre de Masahiko Shimada : elle est épaisse. Elle me crispe moi-même. Je perçois de quel iceberg elle est le sommet, je vois de quel côté de la barrière l'un et l'autre se situent ; mais de quelle barrière s'agit-il ? Si cela ne tenait qu'à moi, je voudrais ne renoncer à aucun des deux. Je voudrais les réconcilier et, prenant le meilleur de chacun, qu'ils ne fassent qu'un. Comme mes parents lorsqu'ils m'ont annoncé qu'ils divorçaient : ma mère m'a demandé de choisir et j'ai menti. Je ne veux plus mentir. Je ne vais pas choisir. Pas cette fois. Sauf que c'est impossible. Mis en présence, le journal de Marcelle et *Les Carnets de la momie* s'annulent l'un l'autre, telles des particules collisionnant avec leurs antiparticules.

Tout ce que je sais, c'est que le journal d'agonie de Marcelle possède *quelque chose* que *Les Carnets de la momie* ne possède pas et qu'il ne possédera jamais ; mais *Les Carnets de la momie* possède lui aussi *quelque chose* que le journal de Marcelle ne possède pas et ne possédera jamais. Et ce *quelque chose* n'a, dans l'un et l'autre cas, pas la même valeur ni la même portée. Ce *quelque chose* se trouve dans deux dimensions séparées, irréductibles l'une à l'autre, à jamais irrévocables.

Pour le dire autrement : le sujet d'un livre, c'est la littérature. C'est *toujours* la littérature, quels que soient l'histoire, les personnages et les péripéties racontés. Et même si l'auteur l'ignore ou feint de l'ignorer. Ainsi le livre de Masahiko Shimada s'inscrit-il dans un processus qui le dépasse. Il appartient à l'histoire de la littérature. C'est-à-dire au temps social. Tandis que le journal d'agonie de Marcelle est son propre sujet. Dénué de la moindre utilité publique, libéré de toute perspective artistique et historique, il n'emmène nulle part et n'ouvre sur aucun autre récit qui ne soit précisément le sien : sans cesse il ramène à Marcelle et il ramène à lui, sans la moindre médiation entre eux deux. De là son honnêteté. Sa *transparence.* Ce qui n'est pas le cas de Masahiko Shimada : entre lui et les mots qu'il écrit sur la page, il y a toute l'épaisseur du mythe littéraire. Il y a une opacité qui est celle de la littérature et il y a un mensonge qui est celui du langage (et donc de la société qui le sous-tend). Et ce mensonge est sa vérité profonde. Il est sa *sincérité.* D'où Bach et Mozart et Beckett.

Pour le dire encore autrement : Marcelle écrit son *agonie* tandis que Masahiko Shimada *écrit* l'agonie de son Inconnu avec un *i* majuscule. La frontière qui les sépare, c'est le *style.* Absent chez Marcelle mais présent chez Masahiko Shimada, le style est la frontière. Car il est la conscience de l'écriture qui se cherche une issue. Ou, comme dit l'autre, qui cherche « à sortir de l'impasse littéraire qui est l'impasse de la société même ». D'ailleurs, que serait le journal de Marcelle si on ne savait pas qu'elle-même est morte de faim ? L'effroi qu'il inspire, il ne le doit pas à lui-même mais à Marcelle, il le doit à son hors-champ ; alors que *Les Carnets de la momie* tient debout tout seul : le lisant, on se fiche de son auteur. On ne pense pas une seconde à lui. Le hors-champ n'entre pas en ligne de compte et son livre ne renvoie pas à sa personne ni à sa vie. Sur la page, son Inconnu avec un *i* majuscule existe. Et il existe tout à coup dans le monde. Ainsi des mondes aux antipodes séparent ces deux textes, alors que l'un et l'autre décrivent exactement la même chose avec, parfois, des mots qui sont rigoureusement les mêmes.

Ce qu'il faudrait, ce dont je rêve, c'est que Marcelle ait *écrit* ce qu'elle vécut pendant quarante-cinq jours et que Masahiko Shimada ait *vécu* ce qu'il écrit.

Je pense que je vais m'arrêter là.

C'est préférable.

Mais je comprends maintenant ma fascination d'écrivain pour le journal de Marcelle. Je comprends ce qu'il interroge en moi. Car, à l'instar de Masahiko Shimada, je me trouve sur la rive de la littérature. J'écris des *livres*. Je me bats avec l'histoire littéraire et, en sous-main, avec l'ordre social qu'elle véhicule. Rien ne vient de moi car tout me vient des mots. Telle est ma fatalité. Raison pour laquelle le journal de Marcelle m'attire comme un trou noir attire tout ce qui passe à sa portée, matière et lumière, pour le faire disparaître à jamais dans ses entrailles, par-delà son horizon. Et la littérature aussi. La littérature d'abord. Que, du bout de mes doigts tapant sur le clavier de mon ordinateur, je voudrais voir disparaître. Dans l'espoir qu'une autre advienne. Ah ah ah.

« Tout se tient par la barbichette. »
René REOUVEN,
Élémentaire, mon cher Holmes

60

Plus tard, j'ai demandé à Penny à quoi lui faisait penser le journal de Marcelle. « À Mallarmé, m'a-t-elle répondu après une brève hésitation. À un poème de Mallarmé, le vocable rare en moins. "Ma faim qui d'aucuns fruits ici ne se régale/Trouve en leur manque une saveur égale." Et vous ? »

– Je dirais Henri Michaux. À cause de son livre *Donc, c'est non*. Et parce qu'il a dit que « écrire, c'est se suicider ».

– Ce sont les Goncourt qui ont dit ça dans leur journal, Bmore. Michaux, lui, a dit que « écrire, c'est tuer ».

– Vous êtes sûre ? En tout cas, il a écrit dans un poème intitulé « Nausée » : « Rends-toi, mon cœur. Nous avons assez lutté. On n'a pas été des lâches. On a fait ce qu'on a pu. Oh ! Mon âme. Tu pars ou tu restes. Il faut te décider.

Moi, je n'en peux plus. » Ces vers me font terriblement penser à Marcelle.

– Vive les poètes ! À part ça, c'est chouette d'avoir découvert le livre de Shimada. C'est tout bon pour la Bmore & Investigations. Nous possédons à présent un journal d'agonie à la fois complet et intégral. Tout fictif qu'il est, il comble les trous de celui de Marcelle. C'est mieux que pas de journal d'agonie du tout.

– L'est-ce, Penny ? Vraiment ?

– Celle-ci le pense. Car on peut aussi le voir comme une source d'information. Il pose des questions auxquelles nous n'avons pas songé.

– C'est-à-dire ?

– Rien n'empêche de rabattre la fiction dans le plan de la réalité car cette dernière peut y gagner quelque chose. Comme un juste retour des choses.

– Une façon de payer sa dette.

– Voilà. Par exemple, Shimada écrit que son Inconnu a choisi, pour se suicider, un endroit très éloigné de chez lui « parce qu'il était venu une fois dans cette région marécageuse lorsqu'il était enfant et il s'était alors dit que c'était un bon endroit pour mourir ». Et Marcelle avec la rue Championnet ? Est-elle venue dans ce quartier lorsqu'elle était gosse ? Alors qu'elle allait voir sa mère qui habitait à deux pas de là ? Comme la mère de Modiano l'emmenait dans le quartier de Dora Bruder quand il était enfant ? Et Marcelle se serait dit que si elle devait mourir un jour, ce serait de préférence ici ?

– C'est vrai qu'elle a traversé tout Paris pour venir mourir dans le 18e arrondissement.

– Il y a aussi que, pendant son agonie…

– Pendant sa « transition de la vie à la mort » !

– Si vous voulez. En tout cas, l'Inconnu écoute un petit poste de radio, l'oreille collée à l'appareil, jusqu'à épuisement des piles.

– Bach et Mozart…

– Oui, mais dans la vraie vie, Marcelle écoutait peut-être Radio Notre-Dame ou Nostalgie, avec Sardou et Stone & Charden en boucle. Ce serait plus plausible.

– Tandis qu'elle agonisait ?

– Justement parce qu'elle agonisait, Bmore !

– Sardou et Stone & Charden ? *Les Lacs du Connemara* ? *Besoin de rien, envie de toi* ?

– C'est la musique du vrai monde, Bmore. Du monde dans lequel nous vivons. Le monde marchand.

– Vous êtes sacrilège, Penny.

– À défaut d'aliments, Marcelle se nourrissait peut-être de ce qui passait à la radio. Au passage, celle-ci vous signale que *Besoin de rien, envie de toi*, c'est Peter & Sloane et non Stone & Charden.

– Qui s'en soucie ? Pour ma part, j'imagine Marcelle dans le silence le plus absolu, les yeux fixés sur le ciel qu'elle voyait depuis sa fenêtre avec, pour seuls bruits, les oiseaux, la pluie sur les carreaux, les cloches de l'église Sainte-Geneviève sonnant les heures et les bruits venant de son estomac, les cris de son corps s'autodévorant.

– Vous imaginez si elle écoutait Carbone 14, « la radio qui vous encule par les oreilles » ? Car c'étaient les radios libres à l'époque.

– La fin des radios libres, plutôt. Après l'élection de Mitterrand et la libéralisation des ondes, les radios commerciales ont très vite occupé le terrain. La liberté ne dure jamais longtemps. Elle n'est jamais qu'un *moment*. Un intervalle entre deux oppressions. De toute façon, je maintiens que Marcelle n'écoutait pas la radio. C'est un artifice que Shimada a inventé pour des raisons narratives. Et puis, ventre affamé n'a point d'oreilles !

– C'est long quarante-cinq jours, Bmore. C'est très long. C'est interminable. Cela fait mille quatre-vingts heures.

Marcelle n'est pas restée sans rien faire tout ce temps-là. Elle a bien dû s'occuper, du moins au début.

– Se laisser mourir de faim n'est pas exactement ne rien faire, Penny. Cela occupe, sinon les mains, du moins l'esprit. C'est une guerre de chaque instant. Et puis la torpeur…

– Si ça se trouve, la télé était allumée, sans le son mais en permanence.

– Marcelle n'avait plus l'électricité.

– Ah, c'est vrai.

– Si elle écoutait la radio, il fallait d'ailleurs qu'elle ait des piles.

– Vous faites bien d'y penser, Bmore. Car c'est encore une chose que *Les Carnets de la momie* nous apprend. Avant de commencer son jeûne, en prévision de l'épreuve qui l'attend, l'Inconnu s'achète toutes sortes de choses : « des bougies, un tuyau en caoutchouc, un entonnoir, de l'eau de Cologne, un coupe-ongles, des pastilles pour l'estomac, des piles », etc. Et Marcelle ? Vous pensez qu'elle a fait des emplettes avant de s'enfermer chez elle et cesser de s'alimenter ?

– Sérieusement, Penny ? Des « emplettes » ? Vous la voyez se préparer à mourir de faim comme on part en vacances ou un sportif avant une compétition ?

– Eh bien, c'est possible. Au cinquante-cinquième jour de son jeûne, l'Inconnu écrit : « À la pensée d'être encore vivant, j'ai envie de rire. On va sans doute m'inscrire au Guinness des records. »

– Absurde ! Marcelle n'a pas cherché à battre un record !

– Qu'en savez-vous ? Les « champions de jeûne » ne sont pas une invention de Kafka. Son récit n'est pas seulement une allégorie. Pas du tout. On préfère l'oublier, on veut toujours que l'art plane très au-dessus de la réalité, mais Kafka raconte d'abord l'histoire d'un véritable « artiste de la faim », comme il s'en produisait dans les cirques et les music-halls, aux côtés des femmes à barbe, des ventriloques, des fakirs, des hypnotiseurs et autres Houdini.

– Il racontait aussi un souvenir d'enfance, Penny. Dans sa *Lettre au père*, Kafka rapporte que, une nuit qu'il avait soif et réclamait un peu d'eau, ses cris et ses pleurs énervèrent tellement son père qu'au lieu de lui apporter à boire, celui-ci l'enferma sur le balcon, le laissant quasiment tout nu dans le froid et la nuit. Et Kafka d'écrire que, bien des années après, il n'arrivait toujours pas à faire le lien entre réclamer un peu d'eau et être jeté dehors, dans la nuit et le froid. Sinon le fait d'être « nul » aux yeux de son père. Voilà de quoi former à l'abstinence.

– N'empêche, des champions de jeûne ont bel et bien existé.

– C'était en quelle année ?

– La nouvelle de Kafka a été publiée en 1922 mais il l'a sans doute écrite en 1921.

– L'année de naissance de Marcelle !

– Oui. Et à cette époque, les champions de jeûne étaient une attraction. En fait, tout a commencé dans les années 1880 avec un certain Dr Henri Tanner qui, voulant comprendre les secrets du corps humain et prouver les vertus thérapeutiques d'une privation maîtrisée de nourriture, mena un jeûne expérimental de quarante jours, sous surveillance médicale, au Clarendon Hall, une célèbre salle de spectacle de Manhattan. D'emblée, le jeûne fut placé sous le double signe de la science et du spectacle. C'est ainsi que des artistes de la faim ont commencé à s'exhiber. Dès 1886, deux Italiens, Giovanni Succi et Stefano Merlatti, se défièrent en même temps à Paris, le premier annonçant qu'il allait jeûner trente jours, l'autre prétendant qu'il allait le battre à plates coutures en jeûnant cinquante jours. Le match du siècle ! Chacun faisait payer deux francs aux visiteurs qui venaient les observer *ne pas* manger.

– Super spectacle !

– Ils étaient tous les deux enfermés dans une cage en verre, Succi dans une salle du Cercle de la Presse, 6 rue Le Peletier, et Merlatti dans une chambre du Grand Hôtel, à côté de l'Opéra. Il paraît que, pour tenir le coup, Succi buvait une espèce de liqueur secrète qu'il avait ramenée d'Afrique et qui, prétendait-il, lui donnait des forces. Bien sûr, il en fit commerce sous le nom d'élixir Succi. Il paraît aussi qu'il trichait car, un jour, on le surprit en train de s'empiffrer ni vu ni connu d'un bifteck frites. Quant à Merlatti, il dévora une oie bien grasse, avec tous les os, avant d'entrer en piste. C'est lui qui a gagné. Il a tenu ses cinquante jours. Cinq jours de plus que Marcelle.

– Dites donc, vous en savez des choses. On ne le croirait pas à vous voir.

– C'est que vous avez mauvaise vue, Bmore. En tout cas, à partir de Succi et Merlatti, la course aux records fut lancée. Des professionnels du jeûne se produisirent un peu partout, à grand renfort de publicités et de tracts. C'était à celui qui resterait le plus longtemps sans manger, battant le précédent record. Et tenez-vous bien, ce genre d'exhibitions remplissait encore les salles dans les années 50 !

– Rien de ce qui s'est passé avant les années 80 ne m'étonne ! L'humanité n'était pas encore née.

– En 1956, un Allemand du nom de Willy Schmitz, qui se faisait appeler « Héros », resta quatre-vingt-quatorze jours sans s'alimenter.

– Quatre-vingt-quatorze jours !? Trois mois !?

– Ainsi devint-il le nouveau champion du monde de jeûne toutes catégories. Six ans plus tôt, en 1950, il était devenu le nouveau recordman en restant cinquante-six jours sans manger dans une cage du zoo de Francfort. Avant de battre son propre record deux ans plus tard, avec soixante-quinze jours. Notez les dates, Bmore. Tandis que « Héros » subjuguait les foules avec ses spectacles de jeûne, Marcelle épousait Anouar Moualhi.

– Comme par hasard, n'est-ce pas.

– Celle-ci savait que vous apprécieriez. L'époque adorait les performances suggérant la pénitence et l'expiation, mais vidées de leur contenu religieux. L'écrivain et essayiste Pierre Pachet parle même d'une *laïcisation de l'ascèse* tellement il y avait d'exhibitions de jeûne ou de privation volontaire de sommeil, sans compter les marathons de danse.

– La pauvreté se mettant elle-même en scène pour le plaisir du bourgeois. C'est comme les Blancs allant voir les Noirs se foutre sur la gueule sur un ring.

– On est d'accord, Bmore. Mais si ça se trouve, son père emmena Marcelle, quand elle était gamine, voir un champion de jeûne faire son numéro. Vous imaginez l'effet sur elle ? L'idée qu'on puisse devenir célèbre et susciter l'admiration rien qu'en cessant de s'alimenter.

– Vous êtes une petite futée, Penny. Mais tout ceci est pure spéculation. Où voulez-vous en venir, à la fin ?

– Eh bien, il se peut que Marcelle ait connu le « truc de la faim », comme dit Mallarmé. L'idée de se laisser mourir d'inanition lui vint peut-être des spectacles de jeûne qui, de son temps, suscitaient l'engouement. Elle visait peut-être l'exploit.

– Vous voulez qu'on lui décerne une médaille ? Bon, arrêtons le délire ! J'en ai marre, Penny. Assez perdu de temps. Je vous laisse. J'ai du boulot. Ciao. À plus tard.

– Attendez, Bmore. *Les Carnets de la momie* a été traduit en plusieurs langues et connaissez-vous le titre anglais ?

– Euh, non.

– *Diary of a mummy*.

– Mummy ? Comme maman ? Pour les Anglais, maman et momie, c'est la même chose ?

– Le même mot, oui. Voilà bien le problème avec les Anglais. Et voilà qui nous ramène surtout à la mère de Marcelle. À Eugénie Landré. N'est-ce pas étrange ?

– Si fait, Penny. Si fait.

« J'en étais là de mes pensées. »
Louis ARAGON, *Le Paysan de Paris*

61

Dans les années 20 et 30, le 15e arrondissement sentait le fauve, le sang, la bouse et le crottin, la sueur et l'huile de moteur, les gaz d'échappement, les fumées d'usine. C'est qu'au sud-est, les abattoirs de Vaugirard réceptionnaient depuis la gare de Brancion des dizaines de milliers de veaux, vaches, cochons, moutons et chevaux qui, après avoir été parqués et assommés au merlin, étaient saignés, étripés, dépecés, éviscérés, débités et découpés à la chaîne, parfois à même le sol, au milieu des abats flottant dans des rivières de sang, tellement nombreux étaient les arrivages de troupeaux de bestiaux que les riverains voyaient quotidiennement passer sous leurs fenêtres. De temps à autre, assez souvent même, un bœuf, une vache ou un cheval, fou de peur, s'échappait, semant le bazar rue Brancion ou rue de Dantzig, blessant des passants. Tout le quartier vivait aux cris des bêtes qu'on égorgeait, des fumées des carcasses qu'on brûlait, des bouchers paradant avec leurs tabliers ensanglantés et, à la ceinture, un long couteau.

Marcelle allait-elle se promener dans cette partie barbare du 15e ? Le sang des bêtes et ses odeurs de métal galvanisé l'attiraient-ils ? Les bouchers la fascinaient-ils ? Était-elle effrayée ? Dégoûtée ? Préférait-elle se perdre dans la rue des Morillons toute proche, là où s'établissait l'immense marché aux chevaux, aux ânes et aux mulets qui, acheminés d'Italie ou d'Espagne, de Corse ou du Poitou, étaient vendus pour servir d'attelage aux fiacres, aux calèches et aux omnibus hippomobiles qui sillonnaient Paris et que Marcelle voyait passer rue Lecourbe ? Le lien est rompu aujourd'hui et il n'en reste tellement rien que plus personne ne peut se rendre compte à quel point, jusqu'aux années 30, l'homme et l'animal cohabitaient dans les villes. Combien ils étaient proches, liés physiquement, socialement et intimement. De partout montaient les hennissements et le bruit des sabots claquant sur le pavé, les cris des cochers répondant aux mugissements des automobiles, tandis que la poussière soulevée par les grosses roues ferrées, tandis que le crottin : il fallait faire attention où l'on posait le pied, attention aux chevaux, attention aux voitures, attention aux tramways, attention à tout, les passages cloutés et les feux tricolores ne réglant pas encore la circulation et quelle fantastique fourmilière que la vie parisienne à cette époque ! Quelle vie bordélique dans tous les sens, entre passé et modernité, et la petite Marcelle était au milieu de cette effervescence. C'est dans cette frénésie qu'elle vécut son enfance. Même si le quartier de Javel était plutôt calme et propre, la rénovation haussmannienne ayant, au tournant du XXe siècle, assaini, embelli et embourgeoisé cette partie du 15e arrondissement,

Marcelle fut l'enfant des « Années folles ». Rescapée de la grippe espagnole elle fut. Enfant de l'après-boucherie de 14-18 et de la reconstruction du pays elle fut. Cela la mémoire vive de son enfance et moi-même garde un souvenir ému, un souvenir enchanté, de l'autobus à impériale numéro 80 qui passait rue Marbeuf et derrière lequel, du haut de mes 7 ans, avec mon cartable sur le dos, je courais pour, d'un bond, sauter en marche sur la plateforme tandis que le contrôleur faisait grelotter sa « moulinette » à tickets. C'était comme un jeu, un bonheur, un goût de liberté auquel le souci de sécurité a mis fin au tout début des années 70, comme tant d'autres plaisirs ont disparu parce qu'ils sont indissociables d'une certaine prise de risque et, à la fin, nos existences filent à toute vitesse sur des rails rectilignes et imperturbables, dans une ambiance climatisée, sans possibilité d'ouvrir la moindre fenêtre, sans aucun plaisir vécu et éprouvé, totalement *safe* et sans issue, finalement.

À l'ouest, si Marcelle suivait la rue de Javel jusqu'au bout, c'était la Seine dont la crue de 1910 avait noyé sous un mètre d'eau une bonne partie du 15ᵉ arrondissement et dix ans plus tard, lorsque Charles Pichon ouvrit son salon de coiffure, sans doute les habitants lui narraient-ils encore le chaos qu'avait provoqué la Grande Inondation dont, faute de mieux dès qu'un drame se produit, ils étaient sortis grandis de l'avoir vécue et encore plus de la raconter. Plus loin, le port de Javel déchargeait à tour de bras charbon et marchandises au rythme du ballet incessant des péniches. Au niveau du pont Mirabeau, c'étaient les ateliers de la Société parisienne du caoutchouc industriel, puis les entrepôts Thomson, puis les Glacières de l'alimentation, puis la fabrique de biscuits Hanin et, surtout, les usines Citroën d'où, en 1925, sortaient chaque jour deux cents modèles B2 avec leur rutilante carrosserie « toute nouvelle et tout acier ». En 1934, Marcelle avait 13 ans et elle pouvait voir mille tractions avant sortirent chaque jour des ateliers. Toute cette partie du 15e était industrielle. Les prolos étaient ici chez eux, avec des maisons ouvrières construites exprès, des « habitations bon marché » (HBM), comme l'immeuble du 183 rue Championnet, sauf que les briques étaient ici rouges. Comme les abattoirs de Vaugirard, l'usine Citroën de Javel ferma en 1976 et Marcelle, puisqu'elle habita toute sa vie 144 rue de Javel, put, de ses yeux, voir son quartier se transformer. Comment les ouvriers et les bouchers disparurent peu à peu, laissant la place à des commerçants, à des employés, aux fonctionnaires des nombreux ministères (de la Marine, de l'Air...) installés tout au sud, du côté de Balard. Comment, tout à côté de chez elle, les « Russes blancs » qui avaient fui la révolution bolchevique mettaient l'ambiance avec leur folklore, leurs églises orthodoxes, leurs restaurants, leurs commerces, leur syndicat des taxis russes. Aujourd'hui, ce sont les Asiatiques qui, évinçant les Auvergnats et les Bretons, tiennent les bars-tabacs du quartier, sans y mettre aucune joie qui ne soit celle qu'ils partagent exclusivement entre eux.

Mais je ne vais pas faire la visite du 15e dans son intégralité. Je ne vais pas prendre Marcelle par la main pour l'emmener à la Foire de Paris déménagée en 1923 du Champ-de-Mars au tout nouveau parc des expositions de la porte de Versailles. Je ne vais pas l'emmener faire un tour à l'Imprimerie nationale, rue de la Convention. Je ne vais pas la jucher sur mes épaules pour qu'elle puisse admirer le char du Bœuf Gras des abattoirs de Vaugirard défilant lors du carnaval de Paris, au milieu des bouchers qui, naguère, avaient servi de gros bras à Drumont et aux antidreyfusards. Ou la statue d'Émile

Zola inaugurée en 1924 sur la place du même nom, que les nazis déboulonneront pour récupérer le bronze. Je ne vais pas l'emmener voir le dernier Charlot au cinéma les Folies-Javel ou au Javel Palace, rue Saint-Charles. Lui montrer le métro aérien surplombant déjà le boulevard de Grenelle, les bains-douches ouverts en 1921 au 35 rue Castagnary, le Café du Commerce de la rue du Commerce et, en commençant par la Ruche à la cité Falguière, les innombrables ateliers d'artistes occupés par les Gauguin, Foujita, Soutine, Brancusi, Modigliani et autres Chagall ou Fernand Léger – tout proche de Montparnasse, le 15e fut aussi l'arrondissement des peintres les plus pauvres et talentueux. Lesquels se retrouvaient au Bal Nègre de la rue Blomet pour y danser la biguine et faire la fête toute la nuit en compagnie de leurs amis poètes et écrivains : Desnos, Camus, Hemingway, Scott Fitzgerald, Sartre et Beauvoir, etc. Je ne vais pas non plus lui montrer le colombier militaire de Vaugirard abritant cinq cents pigeons voyageurs qui, lors du siège de 1870 et, plus tard, pendant la guerre de 14-18, transportèrent à tire-d'aile de précieux messages dans un rayon de deux cents kilomètres. Ni la tour Eiffel. Bien sûr la tour Eiffel. Non, je ne vais pas faire ça car j'imagine que son père s'en chargea très bien lui-même, d'une façon ou d'une autre.

Dans le ciel de Marcelle flottèrent longtemps de gros dirigeables survolant lentement Paris comme d'immenses baleines volantes et silencieuses. Des nuages chargés de promesses et de menaces.

Voisine des Pichon, au numéro 100 de la rue de Javel, Mme de la Pommeraye, de l'Union spirituelle, donnait des consultations de « clairvoyance » tous les jours de 13 heures à 19 heures.

Comme Charles était divorcé et sachant que jamais il ne se remaria, fréquentait-il le « salon de rendez-vous » du 43 rue Frémicourt (tél : SEG 27 28) ou celui du 1 rue Sarasate (VAUG 42 44) ? Ni « maisons d'abattage » (où les hommes font la queue (c'est le mot) pour se soulager à la chaîne dans le ventre de filles à soldats), ni « maisons des plaisirs » (réservées à une clientèle huppée avec des demoiselles triées sur le volet), « les salons de rendez-vous » permettaient à de jeunes et moins jeunes femmes, souvent bourgeoisement mariées, de rencontrer des hommes non moins mariés dans de cosy appartements privés leur permettant de jouer au petit couple adultère, moyennant une somme dont la propriétaire du lieu empochait la moitié. Ici, la discrétion était si bien la règle que deux ascenseurs permettaient d'éviter que les uns et les autres se croisent en allant et venant. Du pur Feydeau.

61.1

Il y a la petite histoire des individus et il y a la grande histoire du monde, qui n'est pas avare de petitesses dont les individus, en bout de course, font les frais. Ce dont se fichent les enfants : n'ayant pas à se soucier de leur subsistance, ils ignorent la lutte pour la survie (donc les lois de l'économie), comme ils ignorent la compétition sexuelle (loi de l'espèce), étant trop jeunes, non pour aimer, mais pour chercher à s'accoupler. Échappant à ces deux malédictions qui asservissent les adultes jusqu'à faire de leur existence la serpillière que l'on sait, les enfants ne peuvent qu'être heureux et l'enfance apparaître un paradis perdu pour quiconque à l'âge d'être nostalgique. Heureux ne signifiant pas douceur et tranquillité mais, au contraire, intensité des émotions. Rires et larmes. Bruits et fureurs. Énergie dépensée sans compter. Vie sans temps morts, fût-ce le dimanche après-midi, car même l'ennui est intensément vécu. Tout prend des proportions démesurées chez les enfants. Tout est jeu, c'est-à-dire non pas factice mais incroyablement sérieux et réel. Pour une déception, une injustice, ils peuvent mourir. Ils meurent pour de vrai car la mort est pour eux un sentiment véritable et je me souviens de ma fille lorsque King Kong s'effondre et meurt à la fin : jamais je ne l'avais vue pleurer comme ça, elle avait 7 ans et elle ne pouvait plus s'arrêter de pleurer, les larmes coulaient sur ses joues et coulaient encore et encore, elle était *désespérée*. C'est ce qui distingue les enfants des adultes. Eux ne pleurent pas quand meurt King Kong. Ils ont perdu cette faculté. Si des larmes leur viennent malgré tout, elles ne leur appartiennent pas car ce ne sont pas des larmes d'adulte mais des larmes d'enfant dans un corps d'adulte. Ils les essuient très vite. La vie a pour eux cessé d'être un jeu émouvant. Elle est devenue une plaie. Elle est devenue une somme d'obligations sinistres. L'avenir, la foi et la force qui étaient leur boussole quand ils étaient enfants se sont peu à peu transformés en souvenirs, fatigue et défaite. Les adultes l'ignorent mais les enfants font semblant de vivre dans leur monde car ils évoluent dans un univers parallèle et secret, ce pourquoi ils acceptent leur environnement comme il est, comme quelque chose qui leur passe au-dessus de la tête et pour cause : ils sont petits. Plus tard, ils en paieront le prix, ils se souviendront de ce qui leur manqua ou qui fut surnuméraire, ils découvriront ici et là d'étranges cicatrices et ils les gratteront pour savoir ce qu'elles cachent, quel enfer s'est retrouvé cousu sous leur peau. En attendant, ils s'amusent et ils passent à autre chose, ils souffrent et ils passent à autre chose, ils vivent et ils passent à autre chose. Ce n'est pas qu'ils oublient, mais ils ne s'encombrent pas de souvenirs, trop pressés qu'ils sont d'aller de l'avant. Leur insouciance les protège. Ils n'ont même pas conscience de ce qui se passe dans le grand monde et lorsqu'elle était gamine, Marcelle ne soupçonna certainement pas qu'en plus d'être la fille de ses parents, elle était aussi l'enfant de la IIIe République. Elle n'en sut probablement rien sur le moment, mais elle fut la génération Millerand et Poincaré, la génération Daladier et Doumergue, celle du Bloc national et du cartel des gauches, de la Ruhr occupée pour obliger l'Allemagne à payer les réparations de guerre et tant d'autres événements faisant l'actualité, tant de dates et de personnages que l'on fait aujourd'hui apprendre aux enfants alors qu'ils ne savent même pas dans quel monde ils vivent, même s'ils en ont l'usage. Moi-même n'ai découvert qu'à l'âge de 14 ans qu'il existait un président de la République française qui s'appelait Valéry Giscard d'Estaing. Avant, je m'en fichais. Je préférais mes copains, jouer au foot, faire des conneries, regarder les filles dans leur cour de récréation, suivre Zorro à la télé et lire Bob Morane. J'étais heureux.

Juste après le divorce de ses parents, juste après que sa mère, sa maman, l'eut abandonnée, Marcelle perçut-elle que l'ambiance générale était à l'unisson de celle qui régnait désormais à la maison : en pleine dépression, la grande, la maousse, la costaude, la laide, celle qui mine les jours et le cœur, à cause du krach de 29 et du marasme économique s'ensuivant, du chômage passant de 2 % en 1930 à 15 % en 1932, de l'inflation devenant exorbitante, des coupes budgétaires drastiques, l'instabilité politique (29 gouvernements différents entre 1929 et 1940, certains durant moins d'un mois), la pauvreté et la colère partout, les grèves, le scandale Stavisky, les ligues d'extrême droite tentant, lors des émeutes de février 1934, trois jours après que Marcelle eut soufflé ses treize bougies, de renverser le gouvernement et y parvenant (au moins 16 morts) ; et, dans la foulée, trois jours plus tard, communistes et socialistes s'unissant pour la première fois pour défiler ensemble contre le fascisme (9 morts) ; et, dans la foulée, deux ans plus tard, Marcelle avait 15 ans, le Front populaire de Léon Blum, cette parenthèse sociale décrétant les congés payés, les nationalisations, les hausses des salaires, les 40 heures, la dévaluation du « franc Poincaré » ; avant que la guerre d'Espagne, puis l'Anschluss, puis Hitler, puis Victor Baisse, puis Jacques Fath : tout ça parce que sa mère l'avait abandonnée ! Tous ces événements, ce chaos des années 30, rythmant de loin son adolescence, composant sa toile de fond, comme une version sauvage du *Boléro* de Ravel composée précisément en 1928, comme une prémonition crescendo des temps à venir, la véritable bande-son de cette époque, chaque événement venant s'amalgamer aux autres de façon lancinante pour finir, en 1940, dans une apocalypse indescriptible. Dans le concert de tous les instruments réunis.

Tout ça parce que sa mère s'était tirée pour ne plus jamais revenir !

Ce que c'est que le pouvoir des mères, tout de même !

« L'exaltation des enfants croissait d'instant en instant. Ils avaient le sentiment de vivre une extraordinaire aventure. »
Pierre GASPARD-HUIT, *Les Galapiats*

62

– Rhoooo, Bmore, c'était trop bien ! C'était trop marrant ! Que d'émotions ! Vous aviez promis à celle-ci qu'il y aurait de l'action et elle n'a pas été déçue !

– Cela vous a plu ?

– Celle-ci a adoré ! Et quand la voiture de flics est passée : hou là là ! Celle-ci était morte de trouille. Elle a cru qu'elle allait faire pipi sous elle.

– C'était chaud, en effet. Nous avons juste eu le temps de nous planquer.

– On risquait quoi si on se faisait prendre ?

– Je ne sais pas trop. En théorie, deux ans d'emprisonnement et 30 000 euros d'amende.

– Fichtre ! Celle-ci préfère l'apprendre seulement maintenant.

– En plus, c'était le couvre-feu.

– Oui, mais quel pied Paris la nuit ! Comme la ville est belle quand elle est à soi seul. C'était magique. Vous souvenez-vous de ce que disait Gilles Perrault ?

– Lorsqu'il parlait du cabaret Le Florence et de la rafle du Vel d'Hiv ?

– Non, du couvre-feu en vigueur pendant l'Occupation. Celle-ci avait voulu vous en parler, vous vous souvenez ? Mais vous ne vouliez rien savoir à ce moment-là. Celle-ci pense que vous avez dû supprimer ce passage.

– C'est bien possible. Il ne devait présenter aucun intérêt. Déjà que nous sommes bien trop longs... Et alors ?

– Alors, cette nuit a rappelé à celle-ci ce que Perrault écrivait du Paris qu'il a connu pendant l'Occupation.

– Vous n'allez tout de même pas remettre ça !

– Écoutez plutôt, Bmore. Vous râlerez après. « Ce qui frappe d'abord, écrit Perrault, c'est le silence. Les avenues révèlent des perspectives inattendues. Les nuits, surtout, sont à couper le souffle. On perçoit désormais le gémissement de la hulotte perchée sur les arbres des squares et le petit cri persistant du grillon dans le sous-sol des boulangeries. On se croirait revenu au Moyen Âge. Chaque nuit, la Ville lumière s'encagoule de noir. *La Ville lumière s'encagoule de noir !* (c'est Penny qui répète, manifestement aux anges) Mais la pleine lune la révèle en majesté. Irréelle, transcendée par l'astre sélène, elle offre en ces heures de rêve le double don de la beauté des choses et de l'absence des hommes. » Rhoooo. *Le double don de la beauté des choses et de l'absence des hommes !* C'est beau, non ? Mais voici le meilleur : « Dans le silence stupéfiant qui règne, on n'a jamais mieux joui de Paris que depuis qu'il s'est ouvert à l'ennemi. » Quand celle-ci vous disait que le Covid et l'Occupation, c'était kif-kif bourricot !

– Un couvre-feu est un couvre-feu, Penny.

– En tout cas, celle-ci n'a jamais mieux joui de Paris que cette nuit. Vive le Covid ! Vive le couvre-feu !

– Toute catastrophe a ses bons côtés. Il faut juste être assez esthète pour l'apprécier. Cela dit, je n'ai pas vu de hulotte ni entendu de grillon. En revanche, c'est dingue le nombre de rats.

– Et des énormes ! Partout !

– Hormis cela, je suis d'accord : c'était magique. Ce silence parfait, ces rues vides et désertes, la nuit toute horizontale, devenant elle-même un halo dans la lumière figée des lampadaires. Et les immeubles comme des fantômes ! Comme les moulins à vent de Don Quichotte. C'était très chouette, oui.

– C'était comme un songe, Bmore. Et puis il y avait le danger. Cette façon de jouer au chat et à la souris avec les flics en maraude.

– N'exagérons pas, Penny. Nous n'avons croisé qu'une patrouille.

– Oui, bah, on s'est planqué fissa. Vous imaginez si on s'était fait gauler ?

– C'est vrai que nous avons eu un petit frisson.

– Celle-ci vous le dit : on ne pouvait rêver mieux pour célébrer le centenaire de la naissance de Marcelle.

– Mais attention, Penny. Nous sommes bien d'accord : nous ne sommes pas allés taguer les murs de Paris. Les pochoirs de Marcelle qui ont fleuri cette nuit, ce n'est pas nous. Nous n'y sommes pour rien. Jamais de la vie !

– Non non non, ce n'est pas nous ! Jamais de la vie ! Personne ne pourra dire le contraire. Sur la tête de la mère de Marcelle. Celle-ci a bien noté les deux ans de prison et les 30 000 balles d'amende.

– Voilà. Ce matin, comme n'importe quel Parisien, nous avons eu la surprise...

– L'immense surprise !

– Nous avons eu l'immense surprise de constater que quelqu'un…

– Quelqu'un qui n'est pas nous !

– Qui n'est pas nous et dont nous ne savons rien avait tagué cette nuit le portrait de Marcelle un peu partout dans Paris.

– Pas n'importe où !

– En effet. Dans des endroits très précis.

– Très stratégiques.

– Tous liés à l'histoire de Marcelle.

– Et nous n'y sommes pour rien.

– Absolument ! Si on vous le demande, vous étiez en train de vous faire cuire un œuf.

– Toute la nuit ?

– C'était un gros œuf.

– Et vous ?

– J'étais avec Piéral au Florence. On a fait la fête toute la nuit. Une sacrée bamboche. Au moins vingt personnes pourront en témoigner. Il faut dire que Piéral a fait le show, comme à son habitude. Il est dingue, ce nain ! Je l'adore !

– Celle-ci aurait préféré être à votre place.

– La vie est injuste, Penny.

– Mais vous pensez qu'il y a un risque, genre les flics et tout ?

– Je ne sais pas. C'est possible. La police a des moyens que nous ne soupçonnons pas. Ils sont capables de détecter une pompe à vélo depuis Mars et ils possèdent des neuro-puces à haute intensité pour se rendre invisibles. Il faut donc nous tenir prêts à toute éventualité. Accorder nos violons, pour le cas où.

– Ça y est, vos délires vous reprennent.

– La Chine est l'avenir de nos démocraties libérales, Penny. Quasiment pas d'impôts pour les plus riches et un contrôle absolu des populations par tous les moyens techno-policiers possibles : certains ne rêvent que de ça. Beaucoup semblent même avoir hâte. La démocratie qui vient, c'est le sino-capitalisme. Vous pouvez me croire, Penny. Regardez le nombre de reportages sur l'empire du Milieu. Peu à peu, on nous familiarise. C'est toujours le plus puissant qui devient le modèle. C'est lui qui *hypnotise*, jusqu'à susciter des vocations. À côté, la menace islamiste ne fait pas le poids. Elle sert d'écran de fumée. Elle n'est pas compatible avec nos valeurs économiques.

– Celle-ci ne sait pas. Elle n'aime pas quand vous parlez comme ça. Mais à propos de la Chine : vous vous souvenez au début de la pandémie ? En direct de Wuhan, on voyait des Chinois foudroyés en pleine rue par le Covid. Ils tombaient comme des mouches. D'un coup ils s'effondraient, frappés à mort. C'était terrifiant ! C'était qui ces gens ? C'était quoi ces images ? Une façon de nous terroriser ? Pour mieux nous imposer des trucs pourris ? Vous savez ?

– Pas la moindre idée.

– Okay. Celle-ci se posait juste la question.

– J'avais oublié ces images mais c'est vrai qu'elles paraissent un peu exagérées aujourd'hui.

– Bah oui, ça ne ressemble pas du tout aux symptômes du Covid. Celle-ci sait de quoi elle parle !

– Bon, si quelqu'un a des infos sur les Chinois foudroyés sur place, qu'il nous tienne au courant. En attendant, nous avons déjoué cette nuit Big Brother. Nous avons fait très attention aux caméras de vidéosurveillance et nous avions ôté la carte SIM de nos portables pour qu'ils ne puissent pas être tracés. A priori, nous sommes bons.

– Et nous portions des masques et des sweats à capuche. L'était chouette votre masque, d'ailleurs. Où diable avez-vous trouvé un masque de carburateur Zénith deux gicleurs ? Je croyais qu'on ne pouvait pas représenter le Prophète.

– Le vôtre n'était pas mal non plus, Penny. Mimi la petite souris, ce n'est pas banal.

– Ce n'était pas Mimi la petite souris, c'était une algue verte.

– Alors on est tranquille. Les flics n'y verront que du feu.

– On est des professionnels, Bmore.

– Et comment ! On est la Bmore & Investigations !

– Celle-ci se demande tout de même qui a tagué les rues de Paris avec le portrait de Marcelle ? Qui cela peut-il bien être ? Qui a bien pu ? Qui a *osé* ?

– Ah ça, je me le demande encore. Encore un mystère dans l'histoire de Marcelle Pichon. Un de plus.

– Pour celle-ci, c'est le jeune homme qui s'est enfermé chez Marcelle après sa mort. Vous savez : le locataire chimérique. Trelkovski. Celui qui squatta l'appartement de Marcelle après sa mort. Cela ne peut être que lui ! Celle-ci est prête à en prendre le pari.

– Ce serait bien le genre.

– Le genre voyou. Fêlé dans sa tête. Saccageur des villes !

– Vous me l'ôtez de la bouche, Penny.

– Rien à voir avec nous, donc.

– Nous sommes blancs comme neige, Penny. Et vous avez raison : ce Trelkovski est sans doute encore vivant et lui seul en sait assez long sur Marcelle Pichon pour taguer son portrait là où cela a un sens de le faire.

– Comme sur la façade du 144 rue…

– Tatatata, Penny ! Les murs ont des oreilles…

– Pardon, Bmore.

– Faites un peu attention !

– En tout cas, c'est drôlement culotté de sa part !

– À mon avis, il a voulu marquer le coup pour le centenaire de la naissance de Marcelle. À sa place, nous aurions fait de même.

– À sa place, celle-ci ne vous le fait pas dire. En quelque sorte, il nous a devancés.

– Arrêtez de rire comme une baleine, Penny. Ce n'est pas drôle. C'est même très sérieux.

– C'est surtout très joli. Ces portraits de Marcelle dans Paris, ils embellissent la ville. Ils ne la dégradent pas du tout. En plus, ils restent discrets.

– Ils sont même émouvants. Un bel hommage.

– Une noble cause.

– Le centenaire de la naissance de Marcelle !

– Vous pensez qu'elle aurait été contente ? Que Marcelle aurait aimé voir son portrait s'étaler sur les murs.

– Son portrait orne les murs, Penny. Il les anime, il les enjolive, il célèbre son souvenir, il ne « s'étale » pas dessus, comme vous dites. On ne parle pas de tartiner Marcelle partout. Mais pour répondre à votre question, j'ose le croire, oui. Cela lui aurait plu, j'en suis convaincu.

– Avec son bras qui rebique vers son chapeau, on dirait qu'elle nous salue bien.

– C'est une autre variation de la photo de *Paris Match*. Il faudra prévenir Fabcaro. Cela le fera marrer.

– Et le bleu est très réussi, très profond. Mais dites, Bmore, cela doit être compliqué de faire un pochoir aussi précis.

– Je n'en ai pas la moindre idée, Penny. Il faudrait demander à Trelkovski. S'il était là, je pense qu'il vous expliquerait que le truc, c'est que le dessin soit tout d'une pièce. Le trait doit être continu, sans jamais lever la main. Ensuite, vous reproduisez votre dessin sur Illustrator pour obtenir un fichier « . ai » qui servira à la découpe laser. Car celle-ci est automatisée sur de grosses machines à gravure (genre Trotec Speedy 360),

MARCELLE P.

dont un faisceau laser suit au micron près le tracé sur un support en plexiglas qu'il fait fondre et c'est la raison pour laquelle le trait doit être continu : s'il s'interrompt, la découpe s'arrête et le pochoir est raté. Il faut donc bien penser le dessin au départ. Vous comprenez ?

– Celle-ci n'est pas sûre. Mais Trelkovski connaît manifestement son affaire car le résultat est top. Vous me montrez les photos, Bmore ? Ah, voici ma préférée. Elle a été prise où, déjà ?

– Les autres sont moins réussies. Dommage. Mais c'était la nuit et mon portable est bof.

– Celle-ci aime également la photo avec l'énorme bande de papier encollée sur le mur sur laquelle il est écrit « Pas une de plus ».

– À côté, Marcelle semble minuscule.

– Il faudra y retourner, Bmore. Promettez à celle-ci qu'on recommencera ! En plus, nous n'avons écumé que le 15e arrondissement. Il y a peut-être d'autres portraits de Marcelle dans Paris. Du côté de la rue Championnet, par exemple. Ou de l'avenue Pierre-Ier-de-Serbie, là où Fath avait sa maison de couture. Du côté de votre maison d'édition aussi, comme un message pour notre « client ».

– Peut-être ce taré de Trelkovski est-il allé taguer la tombe de Marcelle au cimetière de Bagneux. Histoire de rappeler qu'elle y est enterrée alors que son nom n'est même pas gravé sur la pierre.

– Ce serait fou !

– Rappelez-vous qu'il voulait la venger après sa mort.

– Il faudra aller vérifier, Bmore. Encore une expédition nocturne sous couvre-feu. Chouette !

– De toute façon, nous posterons toutes les photos sur le site.

62.1

– Dites, Bmore. Il vient tout à coup une idée à celle-ci.

– Oui ?

– Nous possédons plein de photos de Marcelle parues dans la presse. Des photos à différents âges de sa vie. Quand elle était jeune mannequin, quand elle avait une trentaine d'années avec Paul au bord de la mer, 50 avec un lapin dans les bras, et même juste avant sa mort, avec la photo où elle est vieille et vêtue comme dans le documentaire d'Anne Gaillard sur les femmes divorcées.

– Et alors ?

– Alors, nous pourrions demander à quelqu'un d'analyser son visage. De nous dire ce que, d'elle, il révèle et dévoile.

– Vous voulez dire un genre de *profiler* ?

– Plutôt un morphopsychologue. Parce qu'un visage exprime plein de choses d'un individu. Il trahit son histoire, son vécu, sa personnalité. Il laisse transparaître son tempérament, son caractère.

– Vous croyez à ce genre de choses ? Vous pensez que les types qui ont un grand nez ont une grosse bite ?

– Vous pouvez rigoler mais celle-ci y croit. Pas aux grosses bites mais nos visages sont éloquents. Ils sont notre miroir. Ils sont notre mémoire. Notre passeport dans l'existence avec, tamponnés dessus, tous les visas des pays où nous sommes allés.

– Ça existe encore les visas ? Je vous rappelle que nous vivons dans l'espace Schengen…

– Faites pas votre mariole, Bmore.

– Je ne plaisante pas. Nous vivons dans un monde totalement structuré par des frontières. Des frontières géographiques, mais aussi sociales, économiques, culturelles, sexuelles, raciales… Partout des murs ! Nous sommes cernés par les barbelés, Penny. *Nous vivons dans des barbelés !* Voilà pourquoi nous allons tous si mal les uns et les autres.

– C'est vrai mais ce n'est pas le moment d'en débattre. Ce que celle-ci veut dire, c'est que lorsqu'elle se regarde dans une glace, elle voit ce qui l'a marquée dans l'existence. Elle sait les barbelés qu'elle s'est pris et qui lui valent aujourd'hui d'avoir ce petit pli au coin de la bouche. Il est apparu un jour et ce ne fut pas fortuit. Votre visage aussi est un livre de souvenirs, Bmore. On peut y lire vos histoires. Celle-ci ne sait pas lesquelles, mais elles sont là, autour de vos yeux. Elles ont laissé leur signature. Cette grande ride sur votre front...

– Ma cicatrice ?

– Non, la ride qui semble justement lui faire pendant de l'autre côté, très longue et toute de travers, étrangement en diagonale car elle coupe dans le sens de la longueur tous les autres plis qui barrent votre front, eh bien, ce n'est pas une ride due à votre grand âge. Impossible. Elle est bien trop bizarre. Vous ne plissez pas le front en diagonale ! Non, cette ride indique que quelque chose vous a un jour fendu le crâne en deux, comme un coup de hache, si fort que vous en avez gardé la trace. Cette ride a dû apparaître après qu'il vous est arrivé quelque chose de grave et violent et douloureux, celle-ci en est persuadée. Même si vous ne vous en êtes pas rendu compte sur le moment. Surtout qu'elle est apparue bien plus tard, le temps que le signal psychique remonte au cerveau et redescende ensuite jusqu'aux cellules de la peau.

– Mais je ne vous permets pas, Penny. Laissez mon visage tranquille !

– Nous sommes tous des portraits de Dorian Gray, Bmore ! Sauf que nous ne le cachons pas au grenier car nous le portons sur notre figure. Vous vous rappelez Quasimodo ? « Sa grimace était son visage » ? Nous en sommes tous là. La grimace est notre visage. C'est évident. Notre visage se trouve à la frontière de notre monde intérieur et du monde extérieur, ce qui fait qu'il est une surface sur laquelle s'impriment toutes les tensions qui s'exercent sur nous, qu'elles viennent du dedans ou du dehors. Relisez Levinas, Bmore. Pour lui, le visage est un mystère à décrypter. Et décrypter celui de Marcelle pourrait nous en apprendre long sur elle. Sur qui elle était. Sur les événements qui la marquèrent, sachant qu'on pourra relier ceux-ci à sa biographie. Pour une fois, nous aurons des informations de première main, au lieu qu'elles soient périphériques, comme c'est le cas depuis le début de notre enquête. Nous posséderons enfin un aperçu de son intériorité. Qu'en pensez-vous, Bmore ? Celle-ci vous rappelle qu'Edmond Jabès disait qu'« écrire, c'est affronter un visage inconnu ». Un *visage*, Bmore. Pas autre chose. Vous allez dire qu'Edmond Jabès n'est qu'Edmond Jabès, d'accord. Mais Albert Camus (encore lui !) a dit que « nous finissons toujours par avoir le visage de nos vérités ». Que vous faut-il de plus ? Que celle-ci vous cite tout Levinas ?

– Bon, bien, si Camus l'a dit. Okay. Vous m'avez convaincu, Penny. Cela vaut la peine d'essayer. Au point où nous en sommes, toutes les sources d'information sont bonnes à prendre. Qu'avons-nous à perdre ? Jusqu'ici, nous nous sommes principalement basés sur des articles de presse et on ne peut pas dire qu'ils ont été hyper fiables.

– Bravo, Bmore ! Vous êtes génial ! Celle-ci va tout de suite s'occuper de trouver un morphopsychologue.

– Un bon, Penny ! Pas un charlatan. Pas de blague.

– Le meilleur, Bmore ! Ou la meilleure ! Celle-ci vous promet. Vous pouvez lui faire confiance.

– Maintenant que vous avez ouvert cette porte...

– Oui ?

(J'allais lui parler de madame Pendule. J'allais tout lui dire. Toute honte bue, Penny méritait de savoir. Mais au lieu de ça, je me suis enfoncé encore plus dans l'irrationnel. Au lieu de ça, j'ai dit :)

– Eh bien, je me dis que nous avons le journal de Marcelle écrit de sa main. Nous avons sa signature sur les actes de mariage. Nous pourrions donc également faire appel à un graphologue.

– Mais oui ! Vous avez raison ! Excellente idée ! Ce serait sublime, Bmore ! Car le visage ou la main, c'est la même chose. Il existe un lien direct entre le corps et l'esprit et si nous n'avons pas accès aux pensées de Marcelle, son corps peut nous livrer de précieux indices. Les rides de notre visage sont comme les lignes de la main. Tout ce qui vient du corps est vrai, Bmore. C'est une fille qui vous le dit.

– Holà, Penny...

– Mais si ! Et on pourrait aussi demander à un ou à une astrologue de faire le thème de Marcelle puisque, grâce à son acte de naissance, nous connaissons ses date et lieu de naissance, et même l'heure à laquelle elle est née.

– Alors là, c'est vraiment n'importe quoi ! M'enfin, Penny ! Vous savez bien que l'astrologie est une escroquerie pure et simple.

– C'est vous qui le dites.

– Ce n'est pas moi qui le dis, ou alors la Terre est plate !

– Cela n'a rien à voir !

– Saviez-vous, Penny, que la mère de Sylvester Stallone lisait l'avenir dans l'anus des gens, moyennant la somme de 125 dollars ?

– Voilà autre chose ! La mère de Rambo lisait l'avenir dans les trous du cul ? Sans déconner !

– Je vous jure. La « rumpologie » : ainsi s'appelle l'art divinatoire qui, aux lignes de la main, préfère les plis du sillon interfessier.

– Il y a décidément un nom pour tout !

– Je ne vous le fais pas dire. Le corps connaît peut-être les secrets de l'âme, mais il ne faut pas exagérer.

– Cette enquête est décidément pleine de surprises ! Mais comptez pas sur celle-ci pour aller consulter une rumpologue.

– Dommage. Je vous imaginais déjà baisser votre petite culotte, offrir votre lune et...

– Et prout ! Merci, Bmore. Celle-ci connaît votre humour graveleux !

– C'est vous qui croyez aux forces occultes, aux souffles de l'au-delà...

– Dites Bmore, sa mère lisait aussi l'avenir au petit Sylvester ?

– En tout cas, son père était coiffeur.

– Il était coiffeur ? Comme le père de Marcelle ?

– Voilà d'où viennent Rambo et Rocky !

– Celle-ci comprend mieux... Mais justement ! En contactant des professionnels de la divination, des gens vraiment sérieux, nous pourrons comparer si leurs analyses concordent ou, au contraire, si elles sont aux antipodes et ne se recoupent pas. Auquel cas nous saurons que c'est de la daube. Il n'y aura plus aucun doute. *Tout le monde saura à quoi s'en tenir !* Qu'est-ce que vous en dites ? Ce pourrait être super rigolo. Vraiment instructif.

– Vu sous cet angle... Vous êtes décidément une petite maline, Penny. Vous faites de moi ce que vous voulez ! Okay, mais tant qu'à nous ridiculiser, pourquoi pas une diseuse de bonne aventure qui tirerait les cartes de Marcelle, voire la ferait revenir d'entre les morts ?

– Vendu, Bmore ! Celle-ci s'occupe de tout. Youpi ! Nous allons enfin savoir qui était Marcelle pour de vrai. On ne pourra pas dire que la Bmore & Investigations n'a pas exploré toutes les pistes !

– Ça, personne ne pourra le dire.

« À mon tour de poser une question. »
Aimé CÉSAIRE, *Discours sur le colonialisme*

63

Anouar Moualhi.

Il est temps.

C'est le moment.

Depuis que j'ai découvert que Marcelle, après s'être appelée madame Baisse, avait pris le nom de madame Moualhi, avait une nouvelle fois dû changer de patronyme, avec les bons et les mauvais côtés que cela implique (les hommes sont assignés à une seule et misérable identité et cela réduit terriblement leur marge de manœuvre), je n'ai cessé de chercher qui Anouar, quoi Anouar, où Anouar.

Sur l'acte de naissance de Marcelle figuraient la date et le lieu de son mariage avec son deuxième époux : le 24 juillet 1954, à la mairie du 15e. Muni de cette information, en remontant la piste dans les répertoires des Archives de Paris, je suis parvenu à mettre la main sur l'acte ayant célébré leur union.

YES !

Sur le document, il était écrit qu'Anouar Moualhi était né à Tunis, le 30 avril 1927.

Ses parents s'appelaient Mohammed Ben Tijani Moualhi, « commerçant en chaussures », et Chadlia Ben Mohammed Ouennas, « sans profession », tous les deux domiciliés « 46 impasse Sidi Dallas, à Tunis ».

Au moment où il passait la bague au doigt de Marcelle pour le meilleur et pour le pire, Anouar Moualhi était « commerçant » et résidait « 42 rue de la Convention », à dix minutes à pied de chez Marcelle. Une rencontre de quartier ? Un amour de coin de rue, une drague de terrasse de café au soleil, « Bonjour mademoiselle, c'est à vous ses beaux yeux », etc. ? Un coup de foudre dans son magasin de chaussures, tandis qu'il prenait le pied de Marcelle pour le glisser suavement dans une pantoufle de vair tout en lui glissant des regards de velours et que sa main caressait comme par inadvertance sa cheville, son mollet, plus haut encore ? Si tant est qu'il vendait lui aussi des chaussures.

Hormis ces informations : rien ! Je n'ai trouvé aucun autre acte d'état civil concernant Anouar Moualhi. Ni auprès des services français, ni auprès des services tunisiens. Ni de sa naissance, ni de son décès, rien du tout. Des fois qu'il serait décédé. Est-il toujours vivant quelque part ? Si tel est le cas, il approche les 95 ans.

63.1

Lorsque Anouar vint au monde, la Tunisie était un « protectorat » français. Façon pudique de dire que, après avoir conquis militairement le pays en 1881, la France exerça près de soixante-quinze ans durant son emprise sur le territoire, l'administration, l'économie et la population de la Régence de Tunisie, la vieille monarchie arabe conservant néanmoins son bey et ses dignitaires, évidemment placés sous la tutelle de Paris.

J'ai l'air de m'y connaître en colonisation de la Tunisie, mais non. C'est seulement le fruit de recherches et de lectures. C'est à cause d'Anouar Moualhi. Avant Marcelle, je ne savais rien de précis concernant ce pays et son histoire, n'ayant jamais eu de raison particulière de m'y intéresser, même pas celle d'y être allé en vacances, désolé.

Avant Marcelle, je n'avais pas fait attention que Tunis est l'anagramme de Nuits.

Avant Marcelle, j'ignorais que la présence française s'enracina dès le départ dans le sol tunisien sous la forme de champs de vigne autoritairement plantés. En quelques années, ce pays musulman fut transformé, pour ne pas dire phosphaté, en important producteur et exportateur de vin, dans l'unique but de satisfaire la demande en métropole. De fait, le secteur viticole français était à la ramasse depuis quinze ans que le phylloxéra ravageait ses vignobles. Ainsi la Tunisie devint-elle, quoique dans une moindre mesure que l'Algérie, une province agricole de notre beau pays et, via le port de Marseille, une grosse barrique de vin fort et lourd à base de cépages du midi de la France : l'alicante et le grenache. C'est ce qu'on a appelé la « colonisation par le vin » ou, au choix, « les raisins de la domination ».

En contrepartie, des débits de boissons ouvrirent par centaines dans les villes et, dans ce pays musulman prohibant par définition l'alcool, la population (re)découvrit les joies du vin, à l'instar du poète Abou el Kacem Chebbi et de ses *Chansons ivres* (1933). D'ailleurs, les autorités coloniales interdiront dès 1914 la consommation d'alcool aux musulmans tunisiens, officiellement pour respecter l'islam et la religion du pays ; mais il s'agissait aussi de prévenir les désordres avinés susceptibles, un verre après l'autre, de dégénérer en idées ou actions séditieuses. D'autres y verront cependant une volonté « d'indigéniser les indigènes » en les excluant du mode de vie des Européens, comme s'ils n'en étaient pas dignes. Comme s'il ne fallait surtout pas mélanger les torchons et les serviettes, ni que les Tunisiens acquièrent les vices auxquels s'adonnaient devant eux, en les narguant presque avec leurs beuveries et leurs débauches, les colons et le mot injuste ici. Le mot infantilisme. Voilà qui donne envie de lever son verre à la santé des uns et des autres !

Autres contreparties, non moins remarquables, le pays se para de routes, de ponts, de barrages, d'hôpitaux, de tramways et de trains, d'écoles laïques et d'industries, la France superbe et généreuse, véritable terre des Lumières, phare du monde civilisé, s'employant à sortir la Tunisie de son « Moyen Âge » pour en faire une « nation moderne », comme l'avait fait en son temps le glorieux Empire romain, avant que « quatorze siècles arabes ne la vouent au néant et ne l'enlisent dans les bandelettes des âges révolus », pour reprendre les mots merveilleux du merveilleux Philippe Este qui, en 1951, pour les Actualités françaises, commentait avec une extase lyrique les bienfaits de soixante-dix ans de protectorat français. Grâce à *nous*, l'ordre social régnait enfin dans ce qui n'était qu'un « désert de sécheresse ».

Le protectorat français prit fin deux petites années après le mariage de Marcelle et Anouar. À l'époque, la lutte pour l'indépendance de la Tunisie avait pris un tour plus catégorique, avec des manifestations, puis des grèves, puis des émeutes, puis des attentats contre les colons et leurs intérêts, puis les fellagas faisant régner la terreur, puis la répression de l'armée et de la police française, puis les exactions commises par la Main rouge, une organisation paramilitaire de colons extrémistes couverte par les services secrets français et préfigurant l'OAS en Algérie. Anouar, qui avait alors 27 ans, vint-il à Paris pour se mettre à l'abri et fuir la violence ? Se sentait-il menacé ? Se sentait-il concerné par les événements qui se produisaient dans son pays ? Par la révolution en marche ? Fut-il heureux, le 30 mars 1956, lorsque Habib Bourguiba et Pierre Mendès France signèrent à Paris l'indépendance de la Tunisie, empêchant ainsi que la situation ne dégénère davantage et s'englue dans les larmes et le sang ? En ce même mois de mars, quelques jours plus tôt, Mendès avait mis fin à la guerre d'Indochine en signant les accords de Genève et rendu la partie française du Maroc aux Marocains. La décolonisation était en marche, même si le cas de l'Algérie se passa autrement plus mal, je n'apprends rien à personne.

63.2

Lorsque leur divorce fut prononcé le 25 juin 1960, Anouar rentra-t-il à Tunis, ce qui expliquerait l'absence d'informations disponibles sur lui en France ? Se sentait-il, en quittant Marcelle, j'allais dire Marseille, plus décolonisé que divorcé, tout se mélangeant dans sa tête ? Lui qui était un Tunisien asservi lorsqu'il s'était marié, c'est en Tunisien libre qu'il se retrouva célibataire. Au point de s'inventer un nouveau destin dans son pays d'origine, désormais engagé dans sa propre modernisation ? Mais était-il seulement soucieux de ce qui se passait à Tunis où, semble-t-il, ses parents étaient demeurés ? Quel était son degré de conscience de lui et du cours des choses ? Que savons-nous des forces qui nous traversent et d'où elles viennent ? De quel nid de frelons bourdonnant et vrombissant en nous et hors de nous ? Il avait maintenant 33 ans et Marcelle 39.

Si Victor était plus jeune d'un an que Marcelle, Anouar l'était cette fois de six années et cela dit quelque chose, sinon de lui, du moins de ses goûts à elle. Il semble qu'elle préférait les hommes plus jeunes à ceux plus âgés. Il est vrai que ce n'était pas un père qui lui avait manqué et peut-être le sien était-il une figure indéboulonnable. Peut-être son père occupait-il une place qu'aucun homme ne pouvait, à ses yeux, occuper. Ou il était la vérité de son désir, mais impossible et inaccessible, trop brûlant pour qu'elle ose seulement s'y confronter avec un autre prenant, en termes d'âge et d'aura, sa place. Peut-être aimait-elle simplement avoir le pouvoir, avoir l'ascendant, ne supportant pas l'inverse. Peut-être aimait-elle bonnement les peaux imberbes, douces et agréables à caresser. La vigueur et la fougue d'un jeune étalon. Sa douceur, ses vulnérabilités et sa naïveté aussi. L'androgynie plus que la virilité sûre d'elle-même jusqu'à l'arrogance. Peut-être, oui, préférait-elle initier ses amants plutôt que l'être par des hommes plus expérimentés. Jouer à la maman plutôt qu'à la petite fille. Cela qui lui plaisait ? Cela qui lui plut chez Anouar ? Quoi d'autre ? Que peut-on déduire d'une femme de bientôt 40 ans qui préfère un homme plus jeune qu'elle et même un jeune émigré Tunisien ? Je ne doute pas que mille autres hypothèses sont envisageables, entre peur de vieillir et peur de vieillir. On ne fait pas tant d'histoires lorsqu'un type sort avec une jeunette qui a vingt ans de moins que lui. En attendant, Marcelle avait le cran de ses choix. Encore une fois, elle sortait de la norme, elle n'était pas une femme se coulant dans le moule comme les autres. En attendant, je suis heureux que l'adverbe « peut-être » existe. Celui qui, le premier, le fit entrer dans la langue française s'y connaissait dans l'art difficile de découvrir la vérité.

63.3

Ce qui est indéniable, c'est qu'Anouar Moualhi fut un enfant de la colonisation française. Après l'Occupation, voici un autre pan de l'histoire de France faisant effraction dans la vie de Marcelle. Si on peut appeler cela un pan. Pour les Tunisiens, ce fut une autre histoire. Car tout de même. Anouar poussait ses premiers vagissements lorsque *L'Action coloniale* (mais je pourrais citer d'autres journaux publiés ces années-là à Tunis ou dans la métropole) écrivait le 4 février 1928 que « l'Arabe est bien connu pour sa maladresse à exercer un métier, son intelligence inférieure à celle de l'Européen, sa paresse naturelle, ses tares ancestrales. (…) Masse ignorante et paresseuse, quoique pas méchante, le plus grand service à rendre à ces primitifs est de leur inculquer par la force l'amour du travail ». Plus loin : « Les indigènes seront nos élèves et nous leurs maîtres. Tous les moyens doivent être mis en œuvre par les autorités coloniales et métropolitaines en vue de maintenir notre suprématie triomphante. » Plus loin encore, cette adresse aux *bicots* : « C'est à genoux, dans la position de l'humilité la plus complète que vous devriez nous remercier sincèrement et loyalement de tout ce que nous avons fait pour vous !

Combattez pour arriver à mieux, ne vous révoltez pas contre vos bienfaiteurs. »

Ah oui.

Tout de même.

On voit le genre.

On voit l'idée.

Elle était largement dominante à l'époque, à Paris comme à Londres ou Bruxelles.

Quand je disais que nous vivons dans des barbelés !

Dois-je préciser que je n'ai rien à voir avec les crimes de la colonisation ?

Je me félicite plutôt que les choses aient officiellement changé.

Je mesure le chemin parcouru, même si la route est longue.

Rien de plus débile que de reprocher au passé d'avoir été.

Il suffit qu'il ne soit plus.

Je tiens d'ailleurs à le dire sous serment : il n'existe aucun continuum entre moi et n'importe qui d'autre, passé, présent ou à venir.

Je suis à moi tout seul une rupture historique.

J'ai beau être qui je suis (blanc, hétéro, athée, détective privé...), être qui je suis n'est pas mon métier.

Je possède une marge de manœuvre et si on me cherche, c'est là qu'on peut me trouver.

Nulle part ailleurs.

Mon métier, c'est de rester un être humain.

Et ce n'est pas si facile.

C'est très mal payé.

Limite mal vu.

Nous sommes d'ailleurs très peu à faire ce boulot.

Comme en bien d'autres domaines, on ne naît pas humain, on le devient.

Je crois que, par les temps qui courent (à leur perte ?), il n'est pas inutile de le rappeler.

Ce qu'il n'est pas non plus inutile de dire, c'est que la colonisation, une fois les territoires conquis par les armes et pacifiés par le joug, ne fut pas une simple occupation militaire doublée de l'appropriation et de l'exploitation des ressources du pays. Il s'agissait aussi de réaliser une « utopie civilisatrice » en créant sur place une société conforme aux valeurs supérieures de la « mère patrie », et même plus supérieures encore, si possible, puisqu'on partait ici d'une page *blanche*. Puisqu'il s'agissait de *transformer* les gens. Dans son discours de Carthage ouvrant la voie à la souveraineté retrouvée de la Tunisie, Pierre Mendès France, pourtant grand artisan de la décolonisation, se félicitera d'ailleurs du « degré d'évolution auquel est parvenu le peuple tunisien, dont nous (la France) avons lieu de nous réjouir, d'autant plus que nous y avons contribué ». Il dit bien le « peuple tunisien », pas le pays.

Ainsi le projet colonial cibla-t-il, dès le départ, les petits « moricauds » : leur « éducation » était cruciale pour sortir la population de sa « paresse », de ses « tares ancestrales » et de son « folklore » aussi éloigné de la « véritable culture » que la Lune l'est du cul d'une vache. Grâce à l'éducation coloniale, les gosses comme Anouar allaient devenir des hommes neufs. Devenir des êtres civilisés. Devenir des colons productifs. Des agriculteurs performants. Des soldats zélés dont les colonies avaient besoin pour maintenir l'ordre, grâce à la conscription obligatoire. Des ouvriers dociles aussi. Des prolos aux ordres. Des travailleurs corvéables à merci, sans droits ni salaires. Ils entreraient enfin dans « l'histoire », qui est d'abord celle qu'écrivent les dominants à l'intention des dominés. Tant pis si c'était au prix du sacrifice de leurs racines, de leur histoire, de leurs traditions, de leurs liens familiaux, de leurs sentiments et de leurs croyances. De leur intégrité physique et morale. De leur tranquillité. De leur oiseau bleu. Tant mieux, au contraire ! L'idée n'était-elle pas qu'ils cessent d'être des « primitifs » ? De « tuer le Tunisien dans l'enfant » ? Que le capitalisme colonial s'en mette plein les poches ?

Même si je n'en sais rien (d'autant moins que je découvre seulement maintenant, pour ainsi dire en direct, à cause ou plutôt grâce à Marcelle Pichon, le sens véritable du mot colonisation, à propos duquel je me suis toujours tenu prudemment à l'écart, sans doute parce que, né à Tizi-Ouzou en 1960, pendant la guerre d'Algérie, je me suis toujours senti un peu trop le cul entre deux chaises), il est probable que le petit Anouar fut, à l'instar de ses copains de l'impasse Sidi Dallas, considéré comme un « vecteur de la colonisation » – de même que, *toutes proportions gardées,* les gamins de nos villes et de nos campagnes sont depuis les années 60 les « vecteurs de la consommation » : il suffit de les voir sur leurs consoles de jeux, leurs portables et leurs tablettes. Eux aussi sont colonisés d'une certaine façon, ils le sont quasiment depuis le berceau et quand le pli est pris, il est pris. On obtient les adultes que l'on veut. *Toutes proportions gardées*, j'entrevois donc de quoi il retourne lorsque j'écris que les puissances coloniales cherchèrent massivement à coloniser, dans le sens de conditionner, les petits Tunisiens, au motif de les émanciper, de les civiliser, d'en faire les parfaits petits singes des Blancs. Car fallait pas déconner non plus. Il ne s'agissait pas qu'ils deviennent les égaux des Français. Ces petits « moricauds » étaient d'une « race inférieure », dixit Jules Ferry, le père de la colonisation au Maghreb, qui avait d'ailleurs son avenue et sa statue à Tunis, vite rebaptisée en 1956 avenue

Habib-Bourguiba. La presse coloniale ne s'y trompait d'ailleurs pas, qui ironisait sur cette « génération hybride d'Arabes baragouinant un français simiesque et qui se croit du coup parvenue à la civilisation ».

Concrètement, cela signifiait couper les enfants de leur environnement familial et culturel. Les raciser dans leur propre pays. Les obliger à apprendre le français pour qu'ils comprennent les ordres qu'on leur donnait. Leur inculquer les « bonnes » manières et les valeurs chrétiennes. Les persuader que leurs « ancêtres les Gaulois ». Leur enfoncer dans le crâne le mythe de la France sublime et lointaine. Leur imposer une représentation du monde et des rapports sociaux fondés sur la soumission et la compétition. Faire d'eux une pâte molle et malléable dans les mains de leurs « bienfaiteurs ». Qu'ils intériorisent leur infériorité et en soient heureux. Quitte à les placer d'autorité dans des familles d'accueil ou des institutions professionnelles et religieuses, entre acculturation radicale et assimilation forcée. Cela être un enfant de la colonisation. Un chouette destin. Les peuples autochtones du Canada en savent aussi quelque chose : tout récemment, un charnier de deux cents cadavres d'enfants a encore été mis au jour en Colombie-Britannique. Résultat des nobles vertus civilisatrices de Sa Gracieuse Majesté qui, après les avoir arrachés à leur famille d'origine, « plaçaient » les fils et filles de la Première Nation Tk'emlúps te Secwépemc (ainsi veulent-ils qu'on les appelle) dans des pensionnats religieux où nombre d'entre eux et elles périrent de maladies, quand ce n'était pas de maltraitances, d'abus, de sévices divers et sexuels. Au Canada, le dernier « pensionnat » de ce type a fermé en... 1996. Faut-il s'en étonner ? Le charnier de Kamloops a surtout ému à l'étranger, les autorités canadiennes préférant dans un premier temps minimiser le problème, avant d'être contraintes de corriger le tir. La poutre, on la voit toujours mieux dans l'œil du voisin. Si les Anglais ont inventé le fair-play, c'est surtout pour les autres nations.

Pour être né en 1927, c'est-à-dire pendant « l'âge d'or » de la colonisation française (il y avait alors autant d'Européens que de Tunisiens aisés à Tunis, la ville apparaissant même, dans son cosmopolitisme, comme la vitrine maghrébine de l'Occident avec, au sommet de la hiérarchie sociale, les Français, puis les Italiens et les Siciliens (très nombreux) puis les Tunisiens aisés, tandis que leurs frères de souche plus populaire étaient relégués au bled et à une citoyenneté de seconde zone, une clochardisation rampante), le petit Anouar dut, toute son enfance et son adolescence, prendre en pleine face cette situation faisant de lui un étranger dans son propre pays. Avec quels résultats ? Devint-il un être écartelé, entre Orient et Occident, jusqu'à souffrir d'une espèce de schizophrénie à force d'éprouver dans sa chair le conflit faisant de lui l'enfant de la France *contre* l'enfant de ses origines tunisiennes (j'allais dire berbères) ? Faisant de lui quelqu'un n'étant véritablement de nulle part et n'étant finalement personne puisque trop français pour être un véritable Tunisien et trop tunisien pour être simplement français. Car cela s'est vu. Profita-t-il, au contraire, des opportunités qu'offrait aussi le système colonial – par exemple l'enseignement supérieur, la culture classique, les soins de santé, la mobilité sociale et intellectuelle, la libéralisation des mœurs, une vision des choses moins figée et religieuse, moins *clanique*, que celle des caïds et des cheikhs qui, jusque-là, faisaient la loi dans le pays –, la tragédie collective prenant chez lui l'allure d'une réussite individuelle ? Car cela s'est également vu. Ce n'est pas Gisèle Halimi, de son nom tunisien Zeiza Taïeb, née comme Anouar en 1927 à La Goulette, tout à côté de

Tunis, qui dira le contraire. En recevant de la France ses belles Lumières, de jeunes Tunisiens et Tunisiennes en profitèrent pour apprendre le sens du mot liberté et plein d'autres choses dont ils et elles firent ensuite leur propre miel. Leurs combats aussi.

63.4

Et si Anouar avait été l'enfant, non du système colonial, mais du sentiment nationaliste et/ou syndicaliste qui, depuis la formation dans les années 20 du parti Destour, ne cessa de prendre de l'importance à mesure que lui-même grandissait, sa jeunesse étant rythmée par quelques dates clés, comme celle du 9 avril 1938 : Anouar avait 11 ans et se mêla-t-il à la foule immense qui, à Tunis, était descendue dans la rue pour réclamer des réformes et exiger la libération du militant nationaliste Ali Belhouane arrêté la veille ? Vit-il la colère du peuple tourner à l'émeute, les voitures caillassées, incendiées, les poings brandis, les charges policières qui tapaient dans le tas, les automitrailleuses de l'armée française entrant en action, les gens hurlant et s'armant de gourdins, de matraques, de planches et de moellons, de couteaux aussi. Vit-il, place de la Kasbah, un gendarme français s'écrouler, poignardé à mort, comme si c'était la France elle-même qui, preuve qu'elle n'était pas invincible, s'effondrait en perdant son sang et, un peu plus d'un an plus tard, le 22 juin 1940, le peuple de Tunis célébrera avec joie la défaite de la France face aux Allemands, bien fait pour elle ! Vit-il, après quatre heures de furie et de colère, les deux sections de zouaves ouvrirent le feu sur la foule devenue incontrôlable place de la Résidence ? Connut-il alors la peur, l'excitation, l'effroi, la sidération, la haine, la mort ? Vit-il les cadavres (22 officiellement), les blessés (150), le sang, les cris, les larmes ? S'il ne vit rien de tout ça, il sut cependant. Tout le monde sut. Son père sut, qui participa peut-être.

Mais il vint à Paris et pourquoi vint-il en France ? À quel âge ? Dans quelles circonstances ? Avec, dans ses bagages, 10 litres d'huile d'olive et 5 kilos d'oranges, comme Gisèle Halimi ? Fut-il, à l'instar de nombre de jeunes Tunisiens, envoyé dans un établissement professionnel pour servir de main-d'œuvre dans une usine du 15e arrondissement, chez Citroën par exemple ? Se trouvait-il à Paris pour faire des études ? Ou, puisque ses parents étaient « commerçants en chaussures » à Tunis et que lui-même, lors de son mariage avec Marcelle, se déclara « commerçant », ouvrit-il un magasin de chaussures au 42 rue de la Convention ? C'est difficile à dire.

Sur l'acte de mariage, un détail intrigue : les deux témoins initialement pressentis – Raoul Dupont, ingénieur, et Simone Dupont née Papillon, sans profession, domiciliés à Vitry-sur-Seine – se désistèrent ou furent récusés car leurs noms sont rayés, remplacés par ceux de Noël Cazes et Marcel Corbin, tous deux métallurgistes à Clamart. On est loin ici de l'univers de la mode. Loin également du commerce de chaussures. S'agissait-il d'amis d'Anouar ou de Marcelle ? Fréquentait-elle à présent les milieux ouvrier et émigré ? Huit ou neuf ans plus tôt, elle était pourtant mannequin vedette chez Fath. Elle portait une robe blanc-bleu des glaciers et défilait devant des actrices, des comtesses, le Tout-Paris mondain et international.

Certains parleront peut-être de déclassement social, de début de la fin ; mais Marcelle trouvait peut-être davantage de chaleur humaine dans la compagnie de métallos et de prolos venus du Maghreb. Peut-être ne pouvait-elle plus souffrir le cynisme et l'hypocrisie des classes qu'on dit aisées parce qu'elles en prennent à leur aise avec les autres et avec tout. Surtout lorsqu'on a côtoyé des gens comme Geneviève Fath. Quand Anouar lui parlait de ce que c'était que d'être un *bicot*, peut-être comprenait-elle très bien, en tant que femme, en tant que fille de coiffeur, ce qu'il ressentait, sa peur et ses colères, ses humiliations et ses espoirs.

Un an avant d'épouser Anouar, le 14 juillet 1953, la police de la République n'avait-elle pas usé de méthodes toutes coloniales (des paras de retour d'Indochine étaient venus grossir les rangs des CRS après avoir défilé le matin même sur les Champs-Élysées sous les applaudissements de la foule) en ouvrant le feu *sans sommation* sur une manifestation d'Algériens venus pacifiquement « défendre les libertés républicaines » en chantant *La Marseillaise*. Sept Algériens furent tués, ainsi qu'un syndicaliste de la CGT. Dans l'opinion publique, l'émotion fut vive, comme on dit, surtout que la presse stigmatisa sans vergogne les « émeutiers », les accusant d'avoir défié l'État et, finalement, de l'avoir bien cherché si la police les avait tirés comme des lapins.

Autre détail intrigant, dont je ne sais que faire car il est malaisé à interpréter : au bas de l'acte de mariage figurent, comme de juste, les paraphes des deux époux et tandis que la signature de Marcelle est fine et élancée, tracée d'un geste ferme et rapide, celle d'Anouar apparaît malhabile et appliquée. Son écriture est terriblement ronde et enfantine. On croirait la signature d'un gosse de 5 ans. Parce qu'il maîtrisait mal de français ? Pour une autre raison plus problématique ? (Penser à la montrer au graphologue de Penny, à tout hasard…)

63.5

Une fois qu'elle fut mariée avec Anouar, où étaient les deux fils de Marcelle ? Pierre et José avaient 14 et 44 ans et se trouvaient-ils avec leur père (Victor Baisse) ou avec elle tandis qu'Anouar devenait leur beau-père ? Si tel fut le cas, quelle sorte de beau-père fut-il ? Cela se passa-t-il bien ou mal ? Restèrent-ils plutôt avec leur père (Victor Baisse), comme Marcelle avait été confiée à la garde de son père (Charles Pichon) après que sa mère s'était tirée et remariée ? Je n'en serais pas autrement surpris. Surtout si l'on songe que ses enfants étaient aux abonnés absents tandis qu'elle se momifiait entre novembre 1984 et août 1985. Ce vide autour d'elle, il faudrait alors en chercher l'explication vingt ans en arrière. Voire davantage.

Je suis allé faire un tour du côté de rue de la Convention, numéro 42. C'est vraiment tout à côté de chez moi. L'endroit abrite aujourd'hui une agence de la MAAF. L'espace est relativement grand. Il n'y avait rien d'autre à voir et je ne me suis pas attardé. En plus, il pleuvait. Après quelques recherches, j'ai retrouvé une vieille publicité dans *L'Humanité* du 22 juin 1928 prévenant qu'à cette adresse se trouvaient Les Galeries ouvrières, spécialisées dans la confection ; puis ce fut, dans les années 30, un magasin de fourrure proposant à prix réduits des manteaux en petit-gris, castor, astrakan ou antilope, ainsi que des renards, des écharpes, des cols, des garnitures… Puis, au début des années 40, les Établissements A. Saintin, tailleur. Et dans les années 50 ? Quel commerce ? Toujours des vêtements ? Des chaussures ? Des *fourrures* ? Je ne sais pas. Il faudra que j'aille aux Archives de Paris consulter les registres du commerce pour voir si je trouve quelque chose. Pffffff.

Que Marcelle ait épousé un Arabe, peut-être un Juif, dans la France des années 50 dit assurément quelque chose d'elle. Quelque chose de pas si fréquent. Quelque chose de sa liberté et de son désir. De son rapport à elle et à l'Autre. Qui plus est quatre mois avant le décès de Jacques Fath. Comme un signe. Comme un doigt d'honneur.

Qu'Anouar épouse une Française, et une Française plus âgée de 6 ans, dit cette fois quelque chose de lui. Comme un symbole. Comme Bourguiba s'était marié avec une Française de treize ans son aînée : lui avait 24 ans et Mathilde Lorain 37 ans. Ils s'étaient rencontrés à Paris tandis que le futur « Combattant suprême » de la Tunisie faisait ses études de droit à la Sorbonne. J'aime cette coïncidence, surtout si ce n'en est pas une. Surtout si elle cache les fantasmes que la France implanta dans la tête des Tunisiens, où elle serait la mère patrie et eux ses enfants désirant la posséder autant qu'être reconnus d'elle, dans un inceste sublimé.

63.6

À propos de coïncidences : entre 1901 et 1906, le résident général de France en Tunisie s'appelait Stephen… Pichon ! Rien à voir avec la famille de Marcelle (j'ai vérifié), mais c'est tout de même rigolo. C'est même assez dingue ! En tout cas, c'est un nom dont Anouar avait certainement entendu parler car Stephen Pichon (qui deviendra par la suite ministre des Affaires étrangères au sein du gouvernement Clemenceau) eut longtemps une place à son nom à Sousse, tandis qu'à Haffouz il existe encore aujourd'hui un café Pichon et la ville est parfois appelée Bichoun, sans que les gens soupçonnent qu'il s'agit, arabisé, du nom de Stephen Pichon. Lequel nom reste aussi associé, dans les mémoires tunisiennes, aux émeutes de la faim qui, en 1906, eurent lieu dans le centre-ouest de la Tunisie.

Encore des émeutes de la faim ?
Cinquante ans après celles de Buzançais ?
On n'en sort pas !

Cet hiver-là, hiver 1906 exceptionnellement froid et rigoureux et désespérant, la neige tomba sans discontinuer pendant huit jours dans la région montagneuse de Kasserine, les villages se retrouvant coupés du reste du monde par des congères qui s'élevaient jusqu'à plus de deux mètres, tandis que le bétail, déjà famélique après deux années de mauvaises récoltes, mourait sur place faute de trouver le moindre brin d'herbe à brouter. Affamés, menacés de mourir eux-mêmes de faim et de froid, les Bédouins de la tribu des Fraichiches demandèrent respectueusement la permission aux colons français de faire brouter les quelques chèvres et moutons qui leur restaient sur les super bonnes terres que ces ~~enculés~~ doux enfants de la République s'étaient, avec un grand sens des droits de l'homme, appropriées. « Mon cul ! répondirent les colons. Allez crever ailleurs, sales bicots. Si chèvres et moutons à vous brouter bonne herbe à nous, vous payer grosse redevance. Sinon, vous dégager avec vos bestiaux de merde ! » Il est possible que les colons ne furent pas si grossiers, mais le sens y était. Il paraît que l'un d'eux, au nom prédestiné de Lucien Salle, était connu pour être « un homme brutal et violent, d'une rapacité insatiable ».

Réduits à manger, une fois cuites, des mauves (des plantes herbacées poilues et vivaces) et des betteraves sauvages, les Fraichiches essuyèrent aussi le refus de l'administration coloniale de leur prêter des semences. On ne se demande pas pourquoi. La colonisation n'est pas une entreprise philanthropique mais une rude école de la vie régie par le racisme sublimé par les profits et l'exploitation, et vice versa. Ce qui s'appelle « moderniser » la société. Si on ajoute, fraichichement arrivé dans la région, un marabout algérien aux pseudo-pouvoirs surnaturels que manipulait un cheikh voulant se venger de l'administration coloniale (celle-ci l'avait révoqué pour détournement de fonds, preuve que l'argent était son vrai dieu), on ne s'étonne pas de la suite.

Le 26 avril 1906, une bonne soixantaine de Fraichiches attaquèrent la ferme de Lucien Salle qui, coup de bol pour lui, était absent ce jour-là (il y a un Dieu pour les canailles). Son frère et sa mère eurent moins de chance, qui furent tués sur-le-champ. Lui, qui fumait tranquillement sa pipe à ce moment-là, d'un coup de feu ; elle, qui était vieille et impotente, égorgée dans son lit. Puis la ferme fut pillée. Les chevaux volés. Les ouvriers et les domestiques battus mais épargnés, à condition qu'ils récitent la Chahada et se convertissent immédiatement à l'islam. Ce qu'ils firent.

Après la ferme de Salle, une autre ferme fut attaquée. Un maçon italien, refusant d'épouser la foi du Prophète, fut tué au nom d'Allah par le cheikh et son corps aussitôt brûlé. Forts de ces exploits, ivres de sang et de haine, les émeutiers décidèrent de marcher comme un seul homme sur le poste colonial de la ville de Thala, symbole de l'administration française. Mal leur en prit : bien retranchés et les attendant de pied ferme avec leurs fusils, les colons les tirèrent comme des lapins, décimant leurs rangs et les mettant en déroute (bilan : 14 morts parmi les émeutiers, soit près du quart de la tribu de Fraichiches). Pourtant, le marabout algérien les avait assurés de la victoire. Face à l'ennemi, qu'il leur avait dit avec des airs d'imprécateur azimuté, leurs bâtons de berger se mettraient à cracher le feu tandis que les balles impies seraient comme des gouttes d'eau fondant au soleil. Invincibles ils seraient ! Et les autres de le croire. Ce n'est même pas drôle.

Après avoir tous été arrêtés, les insurgés qui avaient survécu furent jugés pour assassinat, homicide, pillage et violences lors d'un procès pour l'exemple se tenant à Sousse. Sur la petite soixantaine d'accusés, trois furent condamnés à mort, trente-huit au bagne ou à la prison, seize acquittés. Pour expliquer « l'affaire de Kasserine », les autorités françaises incriminèrent le fanatisme islamiste et le manque d'instruction, coupables selon elles de telles horreurs maraboutées. D'ailleurs, l'école deviendrait obligatoire pour les petits Tunisiens dès l'année suivante. L'idée d'améliorer le sort des populations autochtones ne vint pas... De bout en bout, cette histoire est exemplaire. Un vrai cas d'école !

Seule la romancière française Myriam Harry, qui sillonnait alors la Tunisie en compagnie de son mari et qui, par hasard, assista au procès, rappellera qu'au tout début, bien avant le fanatisme religieux et le manque d'instruction, il y avait de simples bergers que le pouvoir colonial avait laissés crever de faim en plein hiver. De Buzançais à Kasserine, de 1847 à 1906, les mêmes causes produisent les mêmes effets. C'est toujours la même histoire. TOUJOURS ! Pour expliquer le rôle joué par le marabout algérien, comment il avait réussi à subjuguer la colère des Fraichiches pour en faire l'instrument d'une vengeance personnelle, Myriam Harry écrit dans son article paru le 23 février 1907 dans *Le Temps* : « C'est quand on est désespéré qu'on espère en des miracles. » Finalement, Stephen Pichon graciera peu après les condamnés à mort, jugeant que « la tribu des Fraichiches avait assez payé ». Cela se passait en 1907 et quarante-sept ans plus tard, Anouar épousait une Pichon !

> « Nous sommes emmurés dans l'Histoire
> autant que l'Histoire est emmurée en nous. »
> James BALDWIN, *La Culpabilité de l'homme blanc*

64

Maintenant qu'Anouar était à Paris.

Quels furent ces sentiments ?

Aima-t-il la France ?

Aima-t-il Paris ?

Retrouva-t-il ce qu'on lui avait raconté de la Ville lumière et de la capitale de la mère patrie ?

Fut-il ébloui par l'opulence, les vitrines, les restaurants, la tour Eiffel, l'Arc de triomphe et tous les monuments sanctifiant un passé immense et glorieux, la vie parisienne pleine de vie, la beauté des avenues au printemps, la liberté des jeunes femmes en pull et pantalon qu'il croisait dans la rue, l'ambiance jazzy, intellectuelle et joyeuse qui régnait à Saint-Germain-des-Prés ?

Ou déchanta-t-il, découvrant avec stupeur que la France avait ses pauvres, de vrais pauvres, de sales pauvres ?
Se les gela-t-il l'hiver ?
Se prenant la pluie comme un chien ?
Comme Bako en son temps, venu de son Mali natal pour venir mourir de froid et de misère à Paris ?

Et le racisme, encore et toujours ?
N'ayant aucun de ses repères ici ?
Regrettant le soleil de Tunis ?
Ses souks, ses odeurs et ses ambiances ?
Il fallait qu'il soit très amoureux de Marcelle.

Était-il croyant, un peu, beaucoup, pas du tout ?
Plutôt juif ou plutôt musulman ?
Avec tout ce que cela peut impliquer, en termes de comportement, d'habillement, de nourriture, d'interdits, de soumission de la femme, de supériorité de l'homme, « car le mari est le chef de sa femme » (Éphésiens, 5,23) et si celle-ci lui désobéit, « qu'il l'exhorte, qu'il s'éloigne d'elle dans le lit, qu'il la frappe » (sourate 4,34).

Zeiza Taïeb, encore elle, disait qu'elle devait servir ses frères comme une bonniche lorsqu'elle était gamine, ce qu'elle refusa un jour de faire et ainsi devint-elle Gisèle Halimi.

Après tant de débauches chez Fath, Marcelle chercha-t-elle la rédemption, la punition, la pureté, la servitude, comme on remet sa liberté entre les mains d'un autre parce que soi, on ne peut pas, on ne peut plus ? On ne *veut* plus être responsable de rien. Devant l'effroi de la vie, face à la laideur du monde et à la cruauté des gens, confronté à sa propre angoisse et à son impuissance, mieux vaut se soumettre à une autorité supérieure. Mieux vaut que quelqu'un vous dise quoi faire, quoi manger, comment s'habiller, en quoi et qui croire, qui être.

J'avoue que je n'y crois pas.
Je ne veux pas y croire.
Même si je n'en sais rien.

64.1

Qui Marcelle épousa-t-elle, finalement ? Que vit-elle chez Anouar, dont s'empara son désir au point de tenter de nouveau l'aventure du mariage ? Vit-elle l'amant jeune et fougueux ? Le joli garçon à la peau douce et imberbe ? Le prince arabe et le fils du désert ? Le pauvre émigré ? L'enfant qui savait à peine écrire son nom en français ? Le bon commerçant ? Le musulman convaincu ? Le fier Arabe victime de la colonisation ? L'étranger de Camus ? Juste Anouar ?

Ou vit-elle le fils du grand acteur tunisien Hamda ben Tijani ?

Celle-là, même Penny ne s'y attendait pas !
Pour un coup de théâtre, c'en est un !
Moi-même ne l'ai pas vu venir !
Mais ce n'est pas moi qui décide de ce que ramènent mes filets lancés dans l'océan du Net.

Quand je dis un grand acteur, je devrais peut-être dire le plus grand acteur populaire de son pays ! L'un des pionniers du théâtre tunisien. Celui qui, aux temps du protectorat, joua autant le répertoire arabe que Sophocle, Shakespeare, Corneille ou Sartre. Avant de triompher dans les années 60 dans le rôle comique d'*El Marechal,* pièce adaptée et même « tunisifiée » du *Bourgeois gentilhomme,* qui resta seize années à l'affiche et, encore

aujourd'hui, demeure culte dans la mémoire collective des Tunisiens tant elle les fit rire, surtout qu'elle fut télévisée et multidiffusée.
Véritable consécration, la poste tunisienne émit en 2012 un timbre à l'effigie du grand comédien, qui était né en 1901 à Tunis et décéda dans sa ville en 1983, deux ans avant que Marcelle, etc.

Or il se peut qu'Anouar ait été son fils.
Et Marcelle sa belle-fille.
J'ai des raisons de le croire.
Et plutôt quatre fois qu'une.

64.2

Car Hamda Ben Tijani s'appelait de son vrai nom Mohammed Ben Tijani Mouelhi.
Soit, à une lettre près, le nom du père d'Anouar tel qu'il figure sur l'acte de mariage avec Marcelle.
Certes, Mouelhi n'est pas Moualhi.
Mais ce n'est pas rédhibitoire.
L'employé(e) de mairie comprit peut-être mal, orthographia mal ce nom étranger qui lui écorchait peut-être les oreilles.

Il y a aussi qu'Hamda Ben Tijani, à en croire les éléments biographiques que l'on trouve sur Internet, naquit « impasse Sidi Della », située au sein du quartier populaire de Bab Jedid, au sud de la médina de Tunis (et l'employé(e) de mairie de comprendre « impasse Sidi Dallas » ? D'autant que je n'ai trouvé nulle trace d'une « impasse Sidi Dallas » à Tunis).

Il y a surtout qu'il était, comme son père avant lui, un fabricant de balghas (mules traditionnelles) qu'il vendait dans les souks. (Anouar préféra-t-il dire « marchand de chaussures », c'était plus simple vu ce mal embouché d'employé de mairie, qui était peut-être une employée, grosse et méchante ?)

Il y a enfin qu'il fit une pause dans sa carrière de comédien, abandonnant le théâtre entre les années 1953 et 1954 pour reprendre son activité de vendeur de balghas, juste au moment où le pays connaissait les pires violences préfigurant son indépendance. Juste au moment où Anouar se trouvait à Paris et se mariait avec Marcelle !

Cela fait tout de même beaucoup d'indices convergents.

Cela fait *énormément* de coïncidences !

Sans compter qu'Hamda, d'après les dates, avait 26 ans lorsque Anouar vint au monde : il aurait pu donc sans problème être son père.

Pour moi, cela ne fait (presque) aucun doute.

Marcelle épousa le fils du plus célèbre acteur tunisien.

Elle devint la belle-fille du Bourgeois gentilhomme tunisien.

J'aime l'idée.

J'adore l'histoire que cela raconte.

Qui sait si Marcelle ne vit pas jouer Hamda sur la scène du théâtre de Tunis lors d'une tournée Fath ? Elle aurait à cette occasion rencontré Anouar, ils se seraient écrit, se seraient revus, lui débarquant à Paris.

J'invente ? Je délire ?

Je dirais plutôt que je fais des suppositions.

Depuis le début, ce que j'écris repose de toute façon sur du sable.

Sur du sable et non sur du vent.

Nuance...

Mais je n'ai pas mieux en magasin.

C'est tout ce que j'ai trouvé concernant Anouar Moualhi. Après avoir cherché tout mon chien de saoul pendant des jours et des mois, avec les dents certaines nuits.

Que s'est-il passé avec Marcelle pour qu'ils divorcent seulement six ans après s'être mariés ? Qu'est-ce qui n'alla pas entre eux ? Qu'est-ce qui n'allait pas chez elle ? Ou chez lui ?

Si je m'interroge autant sur le deuxième mari de Marcelle, ce n'est pas pour le simple plaisir de savoir et comprendre. Ce n'est pas seulement de gaieté de cœur. On va tout de suite comprendre pourquoi.

« Je crois que j'en voulais trop.
J'ai même eu ce que je ne voulais pas. »
Stephan EICHER, *Des hauts, des bas*

65

19 juin 2021. Au JT de 20 heures de TF1, le téléspectateur a droit à un reportage intitulé « Méditerranée : le rendez-vous des baleines » ; au JT de France 2, au même moment, c'est « Alaska : le sanctuaire des baleines ». À l'évidence, ce samedi 19 juin était le jour des baleines. Je le confirme. Foi de capitaine Achab.

C'est ce 19 juin 2021 que j'ai reçu un mail (en fait il était arrivé la veille mais il s'est retrouvé dans la boîte des spams, j'ignore pourquoi. Heureusement que j'ai vérifié, comme j'en ai pris l'habitude depuis la fois où – mais on s'en fiche ! L'important, c'est d'avoir pu récupérer ce mail *in extremis*. Ouf ! Je n'ose imaginer si je n'en avais jamais pris connaissance. À cause d'une fichue erreur d'aiguillage numérique. Cela aurait été une CATASTROPHE. Je n'hésite pas à le dire. De Marcelle, j'aurais été privé non seulement d'une pièce du puzzle, mais d'une pièce centrale du puzzle une pièce DÉCISIVE !).

Ce mail était assorti d'une pièce jointe (un fichier PDF) et provenait des Archives de Paris. J'ai froncé les sourcils. Qu'est-ce qu'ils me voulaient ?

Je me suis alors souvenu que la dernière fois que j'étais allé boulevard Sérurier, j'avais découvert, à ma grande surprise, qu'il était possible, en remplissant un simple formulaire, de faire une demande en recherche d'actes de divorce. À condition de retrouver le numéro de la chambre correctionnelle dans laquelle le divorce avait, tel jour de telle année, été jugé et prononcé. Pour ce faire, il fallait consulter les répertoires du tribunal de la Seine consultables sur les ordinateurs disposés au fond de la salle, éplucher les listes, s'esquinter encore les yeux, à la recherche du nom des plaignants et, si tout se passait bien, le numéro de la fameuse chambre correctionnelle figurerait en face.

Et ainsi fis-je.

Je trouvai toutes les informations me permettant de remplir les formulaires car je ne m'étais pas gêné pour remplir plusieurs formulaires, avec les noms et les dates des divorces concernés, ainsi que mes motivations, les raisons pour lesquelles je voulais consulter ces actes, etc. J'avais une pile de divorces à élucider. Une tripotée même.

Cela fait, j'avais disposé les formulaires dans une bannette où d'autres demandes s'empilaient, en attente d'être traitées en interne par les valeureux archivistes du boulevard Sérurier.

S'ils trouvaient trace des actes de divorce demandés, ils me le feraient savoir par mail. Il m'en coûterait

3,60 euros le scan de chaque acte. Pas de souci, avais-je répondu. Puisque c'était Grégoire Bouillier qui payait.

Mais les jours avaient passé, puis les semaines, et j'avais fini par oublier. Je me disais que cette piste n'avait finalement rien donné. Je me trompais. Ô combien !

65.1

Tribunal de la Seine.
Audience du 31 octobre 1928.

« Le Tribunal, ouï en leurs conclusions et plaidoiries (...) après en avoir délibéré conformément à la loi (...) donne défaut contre la dame Pichon, née Eugénie Landré, faute par elle d'avoir constitué avoué, quoique régulièrement assignée (...). Attendu que Pichon a formé contre sa femme une demande en divorce ; Attendu que de la procédure et des documents versés aux débats, il résulte que la dame Pichon a abandonné le domicile conjugal depuis plus d'un an et que sa résidence actuelle est inconnue. Que ce fait constitue injure grave et est de nature à justifier la demande du mari. Par ces motifs : vu l'ordonnance de non-conciliation du 25 juillet 1928, prononce le divorce des époux Pichon avec toutes ses conséquences de droit à la requête et au profit du mari. (...) Confie au père la garde de l'enfant. (...) Condamne la dame Pichon aux dépens (...) et commet Clairvault huissier de justice de signifier le présent jugement à la défaillante. »

Tribunal de la Seine, 4e Chambre, 2e Section.
Audience du jeudi 10 novembre 1955.

« Le Tribunal (...) donne défaut contre la dame Créach, née Eugénie Landré, demeurant 30 rue Arago à Saint-Maur des Fossés (Seine), faute par elle d'avoir constitué avoué, bien que régulièrement assignée. (...) Vu l'ordonnance de non-conciliation du 15 octobre 1948. (...) Prononce le divorce des époux Créach-Landré à la requête et au profit du mari Olivier Créach, demeurant 4 impasse de la Gaîté, Paris, avec toutes ses conséquences de droit et aux torts et griefs de la femme. (...) Condamne la dame Créach en tous les dépens (...) et commet huissier de justice pour lui signifier le présent jugement. »

Dans le document, au milieu de l'attendu du jugement, il manque environ dix lignes, qu'un cache blanc empêche de lire. Argh ! Dix lignes concernant des faits dont, vu leur teneur, le tribunal avait débattu à huis clos avant de fonder son verdict « aux dépens de la dame Créach ». Dix lignes suffisamment graves à l'encontre d'Eugénie Landré pour que la Justice refuse qu'elles soient communiquées au public, jugeant que même soixante-six ans plus tard, ces « notes marginales » porteraient préjudice à sa mémoire ou à celle de ses descendants. Fichtre ! Argh ! Il semble qu'Eugénie Landré ait fait fort. Que sa conduite : ouh là là ! Cette fois, c'était plus grave que quitter le domicile conjugal et avoir disparu depuis un an sans laisser d'adresse, puisque ce fait à charge figure sans problème dans le prononcé de son divorce avec Charles Pichon, en 1928. Cette fois, elle ne se contenta pas de disparaître. Elle fit des *choses* que son mari ne put tolérer et que la justice condamna fermement. Inutile de demander quoi. Même si j'aurais bien aimé connaître les détails. Tant pis. Argh ! Car c'était peut-être pire encore qu'un simple adultère. En dix lignes, même avec les lourdeurs précautionneuses du langage juridictionnel, on peut en raconter des *saloperies*. Ce qu'elle fit était assurément plus *terrible* que s'évanouir dans la nature ni vu ni connu. Du super caca ! Et ce, dès l'année 1948, alors qu'elle avait épousé Olivier Créach en 1931 et que le divorce fut acté en 1955. Quel engin, cette femme !

Quelle fidélité à elle-même ! Car de même que pour son divorce avec Charles Pichon, elle ne se présenta pas au tribunal. Elle ne prit pas un avocat pour plaider sa cause, expliquer sa conduite, justifier son comportement. Rien à foutre de se présenter devant la justice et de répondre à ses injonctions, aux assignations lui étant « régulièrement » envoyées. Rien à foutre d'être condamnée. Rien à foutre de se défendre. Rien à foutre tout court. Je vous emmerde tous ! Elle préférait, encore et toujours, prendre la fuite et répondre aux abonnés absents. Encore et toujours faire la morte. Ne rendre de comptes à personne. La stratégie de la chaise vide. Du ghosting le plus lâche et avare. Ce genre de femme qu'elle était. Le genre à abandonner sa fille, en effet. À abandonner Marcelle lorsque celle-ci avait 7 ans et non 8, comme je le croyais jusqu'ici. Ce qui, dans le fond, ne change pas grand-chose.

Comme je l'avais d'emblée supposé, Eugénie n'eut pas d'autres enfants avec Olivier Créach car cela serait notifié dans le prononcé du divorce.

65.2

Tribunal de la Seine. 19e Chambre.
Audience du 17 avril 1948.

« Le Tribunal (...) après en avoir délibéré (...). Attendu que sur une demande en divorce formée par Baisse Victor, demeurant 5 rue Mademoiselle, Paris, et une demande reconventionnelle de sa femme Marcelle Baisse née Pichon, demeurant 144 rue de Javel, Paris, tenant aux mêmes fins, un jugement rendu par cette chambre le 18 mai 1946 (...). Attendu que... (ici, encore un blanc ! Au moins quinze lignes cachées ! QUINZE LIGNES ! Chiotte et méga argh !). (...) Attendu que deux enfants sont nés du mariage ; que l'ordonnance de non-conciliation en date du 24 mai 1944 avait confié la garde de l'aîné au père et le plus jeune à la mère allouant à cette dernière une pension alimentaire mensuelle de mille francs pour elle-même et mille cinq cents francs pour l'enfant (...). Par ces motifs : déclare Baisse mal fondé en sa demande de divorce et la dame Baisse bien fondée en sa demande reconventionnelle tendant aux mêmes fins ; En conséquence, prononce le divorce d'entre les époux Baisse au profit de la femme (...) et confie à la mère la garde des enfants mineurs ; Dit que le père pourra avoir les enfants les premier et troisième dimanches de chaque mois, de dix heures à dix-huit heures, à charge de les chercher et reconduire ; Condamne Baisse à servir à sa femme une pension alimentaire mensuelle de mille francs pour elle-même et de mille cinq cents francs pour l'entretien de chacun des enfants, lesdites pensions payables par mois et d'avance au domicile ou à la résidence de la bénéficiaire. (...) Condamne Baisse aux dépens, nonobstant appel. »

Voilà voilà voilà. Comme ces choses-là sont dites. Avec des mots froids non dénués de charme, un style impersonnel et technique dépourvu du moindre affect, sans la moindre chaleur humaine, un rêve stendhalien, alors qu'il s'agit de rendre compte de situations hautement affectives. Comme le journal d'agonie de Marcelle prend jusqu'au vertige ses distances avec ce qu'elle vivait à ce moment-là, souffrait à mort. Littérairement parlant, j'apprécie ce vertige. C'est au lecteur de faire le boulot. À lui de plonger dans ce vide des mots qui, ici, s'emplit de termes juridiques. Termes barrant la route aux émotions. N'en laissant aucun s'exprimer. Comme on dit le terme de son existence. Enfin bref.

Ce document livre de précieuses informations. La première étant que dès le mois de mai 1944, à peine quatre ans après s'être mariés, Victor et Marcelle étaient déjà en instance de divorce, à l'initiative d'icelui, qui avait eu la garde de leur premier enfant, mais pas du second. Leur rupture ne datait donc pas de 1948 (année où le divorce fut définitivement acté) mais de l'époque où les Allemands occupaient toujours Paris et où Marcelle, qui venait d'accoucher de son deuxième enfant, était dans sa période Fath, avec tous les non-dits que cela implique – d'où les quinze lignes censurées ? Mais ce n'est qu'en 1946, lorsque les tribunaux purent de nouveau traiter les affaires matrimoniales que Vichy avait mises en veilleuse, que Victor avait, en première instance, obtenu le divorce, aux dépens de Marcelle. Sur la foi de quels (mé)faits ? Mais en 1948, à la demande « reconventionnelle » de Marcelle, les juges avaient inversé le verdict, prononçant cette fois le divorce aux dépens de Victor. Pourquoi ? Quels nouveaux éléments Marcelle avait-elle produits ? Impossible de le savoir. Ils se trouvent dessous les passages ripolinés de blanc. Quelle chierie ! Quelle frustration ! Cependant, Marcelle avait contesté le premier verdict. Elle voulait récupérer ses enfants. Ses deux enfants puisqu'elle avait d'abord eu la garde du cadet. Elle tenait donc à ses gosses. Elle voulait les avoir avec elle, auprès d'elle. Elle voulait la pension alimentaire ? Ce qui est sûr, c'est que tous deux voulaient divorcer, chacun se disputant le droit et les raisons qu'il avait de le faire.

65.3

Tribunal de la Seine, 19e Chambre, 2e Section.
Audience du 25 juin 1960.

« Le Tribunal (...), ouï Moreau avoué pour la dame Moualhi Marcelle, née Pichon, demeurant 144 rue de

Javel, Paris, et Défaut contre le sieur Moualhi, 127 rue Saint-Charles, Paris (...). Attendu qu'aucun enfant n'est issu de cette union. Attendu que... (Oh non ! Chiotte de crotte ! Encore le coup du gros blanc qui masque ! Encore des choses débattues à huis clos et non communicables. Encore une fois le plus important n'est pas lisible ! Au moins quinze lignes, là encore ! Mais quelle poisse ! Quelle impolitesse de donner pour mieux reprendre ! Mais qu'on me rende mes 3,60 euros !) (...) Par ces motifs : statuant par jugement contradictoire bien que le défendeur régulièrement assigné n'ait pas constitué avoué. (...) Prononce le divorce d'entre les époux Moualhi Pichon à la requête et au profit de la femme. (...) Commet le Président de la Chambre des notaires de Paris, avec faculté de délégation, pour procéder à la liquidation des droits respectifs des époux. (...) Dit n'y avoir lieu à pension en faveur de la dame Pichon. (...) Condamne Moualhi en tous les dépens dont distraction au profit de Moreau avoué aux offres de droit. » Etc. etc. etc.

Je suis un peu déçu. Je ne suis pas vraiment plus avancé. Sinon que c'est Marcelle qui demanda le divorce et que le « sieur Moualhi » fut « condamné en tous les dépens ». Comme la mère de Marcelle l'avait été lors de son divorce avec son père. D'ailleurs, comme Eugénie Landré, Anouar s'était comporté avec une crasse désinvolture : la justice avait eu beau « régulièrement » l'assigner, il n'avait pas répondu, il ne s'était pas présenté au tribunal, n'avait pas pris non plus d'avocat, faisant lui aussi le mort, comme une fatalité pour Marcelle. Comme si toujours les gens devaient se dérober devant elle.

« Lorsque soudain... »
Edgar Alan Poe, *La Lettre volée*

66

On est le samedi 19 juin 2021 et.

C'est bizarre.

Je regarde, affichée sur l'écran de mon ordinateur, le document actant le divorce de Marcelle et Anouar. Je regarde la partie laissée en blanc (grrrrr). Je regarde le texte tapé à la machine à écrire par un quelconque greffier il y a exactement soixante et un ans et,
tiens donc,
mais oui,
on devine par transparence le texte qui se trouve au verso du document.

On voit, lignes grises et ténues mais bien visibles, le texte qui, également à la machine à écrire, a été tapé au dos de la feuille. Parce que le papier est assez fin pour le laisser transparaître. Parce que la machine à écrire marqua fort les pages et que celles-ci sont probablement extraites d'un gros registre dont les feuilles, bien serrées et comprimées, se sont au fil du temps comme amalgamées. En raison des marges inversées, un léger décalage fait que le texte qui se trouve au verso se glisse dans les interlignes de celui qui se trouve au recto et les deux ne se chevauchent donc pas. Celui qui se trouve « en clair » n'écrase pas celui qui, présence fantomatique, hameçon de toute curiosité, surgit en filigrane. On parvient à les distinguer l'un de l'autre et c'est comme un palimpseste. C'est exactement ça. L'acte de divorce de Marcelle et Anouar est un merveilleux palimpseste puisque deux textes partagent le même support mais que l'un recouvre l'autre, qu'il efface et laisse cependant affleurer, si bien qu'en plissant les yeux, en écarquillant les yeux, en me prenant pour Guillaume de Baskerville, je peux presque reconstituer ici une lettre, là un mot, peut-être le mot « sépia », ou « radio », ou « adieu », zut, ce n'est pas si facile.

Zut, il faudrait passer ce texte aux ultraviolets, au rayonnement synchrotron, aux révélateurs chimiques, à base d'hydroquinone, d'acide citrique, de je ne sais quoi encore.

Zut et zut.

66.1

Et si ?
Pourquoi pas ?
Cela vaut la peine d'essayer.
Ce serait incroyable !
C'est un signe !
Un signe qui m'est envoyé.

On veut que je prenne connaissance du texte qui affleure en filigrane.
On veut que la vérité éclate.
Qui ça « on » ?
Je dirais Marcelle elle-même.
C'est elle qui me guide et me pousse et m'incite.
Elle qui veut que je sache.
Veut que la vérité éclate !
Car il y a une vérité à connaître.
Il y a quelque chose à savoir.
Quelque chose *d'important*.
Et pas question de la décevoir !
Il n'est pas dit que la Bmore & Investigations,
avec ses tout petits moyens,
ses moyens ridicules,
ne puisse faire des miracles.
Ah non, sacré bordel de Dieu de piano à cul !

Mais du calme.
Tout doux.
Il s'agit de procéder avec méthode.
D'y aller pas à pas, sur la pointe des pieds, comme un voleur.

D'abord, convertir le document PDF en format image (.jpeg), seul moyen d'arriver à mes fins. Rien de très compliqué. Trois clics et trente secondes plus tard, grâce à un petit logiciel bien pratique, c'est fait. À la place du PDF, je dispose à présent de deux fichiers jpeg correspondant aux deux pages de l'acte de divorce de Marcelle et Anouar. Bien joué, Bmore !

Deuxième étape : importer ces deux fichiers dans un logiciel de traitement d'images. J'en possède justement un, qui n'est pas le meilleur du marché, d'ailleurs il est gratuit, mais c'est mieux que rien. Cela suffira peut-être.

Une fois le logiciel ouvert, hop, je glisse mes deux images jpeg sur le plan de travail et les voici prêtes à cracher le morceau. Je vais leur faire avouer ce qu'elles cachent. Mon interrogatoire va les pousser à bout. Je vais jouer le bad cop et le good cop, je vais les passer à la question ordinaire et extraordinaire, je vais leur faire subir tous les outrages numériques dont je dispose, oui, je jure qu'elles ne sortiront pas de mon ordinateur sans m'avoir révélé leur secret. Je vais même les jouer l'une contre l'autre car les deux m'intéressent puisque la partie expurgée, celle à laquelle je n'ai pas accès, celle qui excite tellement ma curiosité, court sur les deux pages. Et c'est parti !

Correction gamma, contraste et luminosité, température, netteté, définition, saturation, balance des gris, tons sombres et tons clairs, vibrance, seuil, courbes, niveaux, histogrammes, effets divers et variés, de nouveau la correction gamma, de nouveau la netteté, et puis le contraste, et puis la luminosité, et même la polarisation et pourquoi pas la fonction « négatif » pour inverser tous les rapports de lumière, que les blancs deviennent noir et les noirs deviennent blancs, comme une radiographie aux rayons X ? Aussitôt dit aussitôt fait. De longues minutes durant – des heures durant ! – je joue sur tous les paramètres, accentue ici, corrige là, rehausse, abaisse, module dans tous les sens, cherchant à rendre lisible l'illisible. À faire surgir l'image dans l'image.

De folles minutes durant, je sue, je triture, je me bagarre avec les pixels, je leur braque des lampes de cent mille watts dans les yeux, je les empêche de dormir, je leur fais subir le supplice de la baignoire, je leur arrache les ongles, coule de la cire brûlante sous leurs paupières, bon Dieu, ces deux garces ne lâchent rien, elles *nient* ! Chapeau. Respect ! Ces deux petites photos de rien du tout sont des dures à cuire, des fières à bras comme pas permis. Mais moi aussi j'ai du répondant, moi aussi je suis un dur, je suis Baltimore de la Bmore & Investigations et, au bout d'un moment, peu à peu, voici que j'arrive à quelque chose. Je le sens. Peu à peu, ça vient. Ça commence à desserrer les dents. Le verso, subtilement, se révèle, apparaît au recto. Les rapports entre l'officiel et l'officieux s'inversent enfin, plus ou moins. L'arrière-plan accède à l'avant-plan. Ah oui, ça s'améliore et pas qu'un peu. C'est mieux. C'est indéniable ! J'arrive lentement à faire ressortir le sous-texte, je vois lentement la vérité sortir de la nuit et le passé accéder à la clarté, lentement des lettres se forment, formant elles-mêmes lentement des mots et, le nez collé à l'écran, j'essaie de lire, je tente de décrypter, je plisse de nouveau les yeux, les écarquille encore plus, afin de deviner, comprendre, reconstituer les hampes et les jambages et là, c'est un mot, je peux le lire, mais il ne veut rien dire. C'est incompréhensible ! C'est du chinois !

Mais con que je suis !

Triple buse que je suis !

Comme le texte se trouve au dos, il apparaît à l'envers de ce côté-ci de la feuille. Évidemment ! Con débile que je suis ! Pour le mettre à l'endroit et qu'il devienne lisible de la gauche vers la droite, il faut utiliser la fonction « rotation horizontale » dans le menu Édition et, cela fait : miracle !

Voici que tout à coup.
En pointillé.
Ici et là.
Dans les interstices.
Un mot, un vrai.
Le mot « commissariat ».

Ça alors ! Et plus loin, je parviens à saisir des bribes, des séquences entières, surtout vers le quart inférieur de la page, là où le texte « officiel » s'interrompt tandis que, de l'autre côté de la feuille, le texte « caché » court jusqu'en bas de la page et, bon, avec de meilleurs outils, avec des ultraviolets et un synchrotron, le résultat serait bien meilleur mais c'est déjà ça. Je parviens à lire certains passages. Je découvre ce qu'on ne voulait pas que je découvre. Je lis avec avidité ce qui, interdit de lecture, surgissant de l'enfer de la 19e chambre correctionnelle du tribunal de la Seine, s'affiche maintenant à l'écran, cet arrière-plan que, par endroits, j'ai réussi à faire passer à l'avant-plan, moi zoomant pour voir encore mieux, moi retenant mon souffle tout en recopiant d'une main ce qui est écrit et cela donne : « ... son mari demeurant... aux fins de divorce... que celui-ci n'est pas... régulièrement... lui faisait... au foyer des deux enfants qu'elle avait... l'abandon du domicile conjugal... qu'il l'a laissée dans... déclaration au commissariat de police du quartier de Javel le 22 octobre 1955... qu'il a quitté le domicile conjugal... Que le père de la demanderesse affirme avoir dû venir en aide à sa fille parce que son mari ne lui remettait absolument rien pour subvenir à ses besoins... que la demanderesse verse aux débats un certificat médical indiquant que le 16 octobre 1955 elle portait des ecchymoses multiples résultant de coups ; Attendu que ces faits constituent (trois mots illisibles ici. Peut-être « par ces excès » ?) sévices et injures graves et renouvelés de nature à rendre intolérable le maintien... déchets... sollicité une... » C'est tout.

Impossible de décrypter le reste.

Même en me crevant les yeux.

Mais n'est-ce pas suffisant ?

66.2

Ce que je viens de lire ne brûle-t-il pas déjà les yeux ?
N'est-ce pas *édifiant* ?
Je voulais savoir ?
Je sais !
J'en sais bien assez.
J'en sais trop.
Anouar frappa Marcelle.
Il la tabassa le 16 octobre 1955.
Il la roua de coups.
La passa à tabac, à coups de poing et peut-être de pied, au point qu'elle alla à l'hôpital se faire soigner. Alla faire constater les coups de poing et peut-être de pied, les *multiples* ecchymoses. Alla sept jours plus tard au commissariat de police déposer une plainte ou, tout du moins, une main courante.

Sept jours pour se décider.
Pour oser porter plainte.
Oser dire.
Montrer.
Ravaler ses.
Sept jours, le temps de.
Son corps, les ecchymoses, multiples.
La marque de l'alliance de son mari possiblement incrustée dans ses chairs.

Sept jours à avoir mal partout.
Honte partout.
Et la peur.
Le choc, la sidération.
La honte surtout.
La peur surtout.
Qu'il recommence.
Il était son mari.

Il rentrait chaque soir.
Il était toujours là.
Même si elle le virait, il habitait à sept minutes à pied.
Il pouvait l'attendre à la sortie.
La guetter.
Pour la.
Avec un couteau cette fois ?
Qui sait ?
Qui sait quand les os se mettent à trembler de terreur ?
Qui sait si, en plus d'être rouée de coups, Marcelle ne fut pas violée, tant qu'à faire ?

Peut-être son père obligea-t-il Marcelle, l'encouragea-t-il et la força-t-il à se rendre au commissariat. Afin que rien ne se perde. Pour ne pas laisser impunis ces « *sévices et injures graves et renouvelés* ». Que la police sache. Qu'Anouar sache que la police savait. Fut-il d'ailleurs convoqué ? Ou rien à foutre ? « Eh quoi ma petite dame. C'est bien regrettable ce qui vous arrive mais fallait pas l'énerver. C'est votre mari. C'est sûrement de votre faute aussi. Vous avez fait quoi pour le mettre en rogne ? Un époux ne tape pas sa femme sans raison. Vous rendez-vous compte que vous l'accusez d'un crime qui risque de l'envoyer en prison ? Et pour quoi ? Des chamailleries ? Deux trois gifles ? C'est grave ce que vous faites, madame. C'est très grave. Je propose que lui s'excuse parce que ce n'est pas très correct ce qu'il a fait, mais que vous aussi vous vous excusiez auprès de lui parce que vous lui avez fait passer une sacrée soirée avec vos histoires, c'est moi qui vous le dis. » C'est le policier filmé par Raymond Depardon dans son film *Faits divers* qui disait ça à une femme venue porter plainte pour viol en 1983. Alors en 1955…

Elle avait fait quoi, Marcelle ?

Et Anouar donc !

Charles était-il présent ? Vit-il sa fille se faire massacrer sous ses yeux ? Sans rien pouvoir faire. N'étant pas de taille. Étant trop petit, trop faible, trop vieux. Prenant lui aussi une beigne au passage ?

Anouar vint-il ensuite pleurer, pleurnicher, s'excuser, comme un petit bébé, comme souvent les types qui tabassent leur femme pleurent et pleurnichent et s'excusent ensuite comme des petits bébés de merde et la femme de s'attendrir, la femme d'être piégée. La femme de prendre sur elle, de prendre sur son amour, en plus des coups qu'elle a pris et prendra encore. La femme de prendre le loup pour l'agneau, le tramway pour le désir, jusqu'à s'imaginer qu'elle détient le pouvoir, finalement, fût-il payé au prix fort. Car c'est lui qui a besoin d'elle et c'est elle qui lui est supérieure, elle la maîtresse de la situation, elle le punching-ball sans lequel les poings frappent dans le vide, pauvre petit bébé qui a besoin d'amour, c'est lui qui va mal et si c'est lui qui va mal, psychiquement mal, alors ce n'est pas elle. Quand on n'a pas été aimé dans son enfance, prendre des coups peut s'apparenter à recevoir de l'amour. C'est mieux que ne rien recevoir du tout.

Cela un an et demi seulement après que Marcelle et Anouar avaient convolé et qu'ils s'étaient unis à la mairie du 15e pour le meilleur et pour le pire et le pire arriva très vite. Le meilleur fit très vite long feu.

66.3

Quand il frappa Marcelle, Anouar la frappa-t-il pour se défendre (parce qu'elle l'avait poussé à bout, l'avait humilié, comme il arrive qu'une femme pousse à bout son homme, l'humilie, jusqu'à ce qu'il craque, cette victoire à la Pyrrhus ?) ?

Frappa-t-il sa femme devant Dieu (parce que la sourate 4,34, parce qu'il était le chef de famille, le *raïs al âila*) ?

Frappa-t-il toutes les femmes à travers elle (parce que si l'homme ne sait pas pourquoi, elles le savent) ?

Frappa-t-il son père à travers elle (parce que celui-ci le battait comme les pères, surtout à cette époque, usaient volontiers de violence envers leurs fils pour leur apprendre le respect, leur apprendre la vie, leur apprendre à devenir des hommes et ainsi la violence se transmet-elle de père en fils à travers une pédagogie noire fabriquant des victimes devenant des bourreaux) ?

Frappa-t-il sa mère (parce qu'elle lui enduisait l'anus de harissa lorsqu'il avait fait une bêtise, comme madame Djanboudi enduisait de harissa l'anus de son fils lorsqu'il avait fait une bêtise et le petit Hamida, né à Tunis en 1949, s'en souviendra plus tard : il assassina en 1977 une jeune fille de 22 ans après l'avoir torturée pendant des heures, lui enduisant notamment le sexe et l'anus d'essence avant d'y mettre le feu. Merci maman. Vive la tendresse féminine. Pour madame Djanboudi, avoir le feu au cul n'était pas une simple image) ?

Frappa-t-il l'enfant immature qu'il était (parce qu'il n'avait pas les mots, sachant à peine signer son nom) ?

Frappa-t-il l'ancienne mannequin (parce que la beauté, c'était trop pour lui, la beauté, elle le crispait comme un extravagant) ?

Frappa-t-il la France (parce que la colonisation. Parce que c'était ce que la colonisation lui avait fait et ce qu'elle avait fait de lui, lui avait appris. Parce que son peuple avait été opprimé et que cela lui donnait le droit d'opprimer n'importe quel représentant du peuple français, même si, en tant qu'individu, celui-ci n'était coupable de rien, peu importe, il paierait pour les autres) ?

Frappa-t-il parce que frapper une femme était ~~permis admis intériorisé~~ banal en 1955 (le premier numéro de téléphone SOS femmes battues date de 1975) ?

Frappa quoi ?

Frappa qui ?

Et c'est Marcelle qui prit les coups.

En 1975, justement, pour l'émission *Aujourd'hui Madame* sur Antenne 2, une journaliste demandait à des hommes croisés dans la rue, des hommes tout ce qu'il y a de plus ordinaires, des hommes comme vous et moi, blancs, moyens, français, quelconques, s'ils avaient déjà battu leur femme et la plupart répondaient non, bien sûr que non, *pas vraiment* ; mais un certain nombre – nombre non négligeable (même si ceux-là furent bien sûr sélectionnés au montage, ce qui empêche d'en déduire la moindre statistique) – avouaient tranquillement à la femme qui leur tendait le micro que, oui, « des petites gifles, quatre fois rien », car « il y a des femmes qui aiment être battues » et, d'ailleurs, « si je veux taper ma femme, je suis sûr qu'elle fera mieux l'amour ensuite » parce que « quand le dialogue n'est pas possible, à certaines femmes, il faut leur faire *rentrer à coups de poing* ».

Sur le site de l'INA, ce micro-trottoir est la plus ancienne occurrence sur les violences conjugales. Avant cette date, il n'existe aucune émission de radio ou de télévision. Avant cette date, le problème n'existe pas. Il n'est pas un tabou car il n'est simplement pas un sujet.

Finalement, je n'étais pas si loin de la vérité avec le film *Florence est folle*. Lorsque Jérôme (le mari) donne une grande mandale à sa femme pour qu'elle cesse de se prendre pour Florence, cesse ses frasques, refrène ses envies de s'amuser, arrête de le faire tourner en bourrique avec ses conneries de chanteuse de cabaret, pour qu'elle redevienne sa petite Lucile. Sa petite femme adorée. Redevienne « gentille » et, comme le chantait Aznavour, redevienne « la petite fille qui m'a donné tant de bonheur et, comme par le passé, que tout contre mon cœur, tu te laisses aller, te laisses aller ». Et ça marche ! Dans le film, ça marche. Après avoir reçu sa torgnole, Lucile rentre dans le rang. Elle renonce à Florence. Elle redevient Lucile, j'allais dire servile. Elle enterre ses rêves d'une vie libre et joyeuse et, la mâchoire endolorie, la joue en feu, elle se laisse aller contre son homme, moins comme un abandon que comme un renoncement. Maintenant qu'elle vient de se prendre l'amour de son mari dans les gencives. Le bras de son seigneur et maître en pleine gueule.

66.4

Y eut-il d'autres fois ?

Avant ou après ?

Marcelle fut-elle une « femme battue » ou, cette fois-là, fut-elle exceptionnelle ?

Que se passa-t-il le 16 octobre 1955 ?

Pour que l'enfer conjugal, la folie criminelle, le spectre du fait divers ?

La guerre des sexes telle qu'elle emporte les individus bien au-delà d'eux-mêmes ?

Telle qu'elle charrie énormément d'affects dont certains sont plus sociaux que sentimentaux. Plus culturels que personnels.

Pour que deux êtres en arrivent à ne plus se supporter au-delà d'une certaine limite ?

Était-ce parce que Anouar ne lui donnait rien pour subsister, pas un sou, « pas même de quoi manger » (pas même de quoi *manger !*) et, ce jour-là, Marcelle s'en plaignit ? Elle osa réclamer à son mari qu'il subvienne un minimum à ses besoins comme tout bon époux se devait de le faire dans une société où les femmes étaient entièrement dépendantes du bon vouloir financier de leur mari (ce n'est qu'en 1965 qu'elles obtiendront le droit d'ouvrir un compte en banque à leur nom) ; et lui, l'Anouar, de lui donner des beignes à la place d'un peu d'argent, tiens, prends ça, tu ne l'as pas volé, sale pute, c'est quand tu veux, sale *kahba,* t'as ton compte ou t'en veux encore, parce que j'ai encore plein de biftons à ton service, sale pute de *kahba moouasskha,* non mais qui m'a refilé une femme si dépensière, je vais t'apprendre à rester à ta place, tu vas cesser de me faire chier, c'est moi qui te le dis, بنت القحب (car peut-être retrouvait-il sa langue maternelle lorsqu'il devenait violent).

À cette époque, Marcelle ne travaillait donc pas ? Elle n'était pas autonome ? Elle ne gagnait plus de quoi vivre comme du temps où elle était mannequin ? Elle ne voulait pas se donner la peine de travailler ou elle ne le pouvait pas ?

66.5

Ce jour-là, 16 octobre 1955, était un dimanche et comme Dieu se repose le dimanche ou, plus prosaïquement, comme les gens ne travaillent pas ce jour-là et, de ce fait, se trouvent livrés à eux-mêmes, livrés à leurs tourments, à leurs frustrations et à leur rage, sans recours ni secours, à l'instar des souris qui dansent quand le chat n'est pas là, c'est logiquement un dimanche que Marcelle et Anouar se livrèrent à leur propre danse de mort, à leur danse apache – de même que c'est un dimanche que Marcelle entamera sa solitaire danse de mort près de trente ans plus tard, à l'approche du mois d'octobre, comme par hasard.

Quelles traces ce dimanche pourri de 1955 laissa-t-il dans l'esprit de Marcelle, en plus des ecchymoses sur son corps ? Quel venin en elle ? Quels sentiments effondrés de déchéance, elle qui avait été mannequin vedette ? Quelles incrédulités sapant toute confiance en elle, démolissant son estime d'elle-même, sa foi en les autres – *décuplant sa rage* ? Sa haine du monde ! Déjà que sa mère l'avait rejetée, déjà qu'elle avait dû s'inventer toute seule – et la blessure de se rouvrir atrocement ce jour-là ? Tous ses efforts pour s'en sortir et s'effondrer comme un château de cartes ?

Mais quels bienfaits, aussi, peut-être, possiblement, paradoxalement, sur le long terme, en son for, là où son être s'entortillait secrètement en sa propre meurtrissure ? Elle qui se fit tellement souffrir à l'heure de sa mort, éprouva-t-elle sous les coups d'Anouar un certain goût de la douleur car la douleur est *aussi* un goût ? C'est aussi quelque chose que quelqu'un vous *offre,* en plus de vous l'infliger. Une graine qui peut donner un arbre immense et majestueux. Toute catastrophe porte en elle un avenir meilleur. Toute nuit est promesse de l'aube.

Et si ? Lorsque Anouar la frappa. Se pourrait-il que Marcelle ait souhaité, inconsciemment ou, au contraire, tout à fait consciemment, qu'il la tue ? Peut-être voulait-elle déjà mourir à cette époque et, à un sbire, à son homme de main, délégua-t-elle son assassinat, n'osant pas encore se salir les mains à ce moment-là, préférant qu'un pantin brutal s'en charge proprement à sa place.

Peut-être porta-t-elle plainte parce que ce connard d'Anouar n'avait pas été capable d'aller au bout de son désir de meurtre. Il lui avait juste fait mal.

J'étudie toutes les *hypothèses*.

« J'entendais, moi, ces phrases stupéfiantes (je n'invente rien) : "Mateo, tu me battras encore ? Promets-le-moi : tu me battras bien ! Tu me tueras ! Dis-moi que tu me tueras !" » rapporte Pierre Louÿs, en précisant qu'il « n'invente rien », dans son livre *La Femme et le Pantin*.

Ramón Gómez de la Serna, à la fin de sa *Veuve blanche et noire*, n'y va pas non plus de main morte, si j'ose dire, en faisant dire à sa Christine : « Quand mon mari était jaloux, il me battait... Voilà qui s'appelle adorer : c'est vaincre les mièvreries et les niaiseries avec de la cruauté ! Il n'a jamais eu de la répugnance pour moi ; mais de la haine, une haine qui, je le vois bien, était de l'amour, de l'amour, l'amour suprême... »

Et pour citer au moins une femme, Sylvia Plath, dans son poème « Daddy », prétend que « Chaque femme adore un fasciste. »

Mais ça, c'était avant.

C'était surtout du temps de Marcelle Pichon, de son temps à elle, et même avant.

Il n'en demeure pas moins que « Chaque jour est un dimanche/Chaque jour est gris et silence/Viens, Armageddon !/Arrive, bombe nucléaire ! » supplie Morissey dans sa chanson *Everyday Is Like Sunday*.

Puisque j'en suis aux citations : dans *Portrait d'une enfant déchue*, Faye Dunaway (qui incarne une top-modèle) subit elle aussi la violence de son second mari. « À la fin, explique-t-elle, il ne supportait plus le mystère que j'étais et il a commencé à m'espionner. Il me suivait partout, j'étais sa prisonnière. Il disait qu'il allait me tuer et se tuer ensuite. Il m'a frappée et j'ai dû fuir. C'était horrible. Il m'a battue, il m'a abattue, je croyais qu'il allait tout le temps surgir pour me frapper. C'est là que j'ai demandé le divorce. »

Anouar Moualhi ne supportait-il plus le « mystère » qu'était Marcelle Pichon ?

Comme tous les hommes à propos de toutes les femmes ?

66.6

Ce jour-là, 16 octobre 1955, était la Sainte-Edwige.

À la RTF, l'émission *La Petite Gazette du théâtre français* présentait la prochaine pièce bientôt à l'affiche à la Comédie-Française : *Est-il bon ? Est-il méchant ?* de Denis Diderot.

Ce jour-là, il faisait froid pour un mois d'octobre (5 °C).

Comme chaque fois qu'il se passe quelque chose d'important dans la vie de Marcelle.

Depuis 1979, le 16 octobre est la Journée mondiale de l'alimentation.
Je n'invente rien !
Certaines coïncidences touchent au sublime.
Ou elles ne sont pas des coïncidences.
Ce n'est en tout cas pas la première du genre.

Cette journée du 16 octobre 1955, elle change bien des choses.

Change quoi ?
Mon regard sur Marcelle ?
Ou le cours de sa vie à elle ?
Ce qu'il est possible, à quarante ans de distance, de comprendre de sa volonté d'en finir avec la vie et avec tout ?
De sa volonté de se punir en refusant d'ingérer quoi que ce soit venant du monde extérieur ? De ne plus jamais prendre de *coups* ?

Même si c'est par des moyens peu orthodoxes (je ne dis pas illicites car je n'ai fait que décrypter le document que les Archives de Paris m'ont envoyé), je ne regrette pas d'avoir découvert la vérité car elle mérite d'être connue.

À la fin, une femme est morte.
Je ne l'oublie pas.
J'ai ma conscience pour moi.

L'agence de détectives Bmore & Investigations n'a de comptes à rendre qu'à son client.
C'est une agence privée.
Elle est indépendante.
Elle n'a pas peur de se salir les mains.
La vérité est à ce prix.
Et trouver la vérité, c'est son boulot.
On peut même dire qu'elle est douée dans sa partie.

À quoi bon sinon ?

« Comme toujours on ne *dit* jamais la vérité » ?
Pas cette fois.

De toute façon, il s'agit d'une fiction.
Dans la « vraie vie », je ne m'appelle pas Baltimore.
On est bien d'accord.

Dans la vraie vie, des hommes frappent leur femme.

Dans la vraie vie, des femmes enduisent de harissa l'anus de leur fils.
Dans la vraie vie, des hommes sont des bourreaux et il manque le féminin du mot bourreau.
Dans la vraie vie, c'est la merde partout.
Partout la violence.

Presque partout.
Car il y a l'oiseau bleu.
Heureusement qu'il est là !

Si, par définition, les extraterrestres ne sont pas des êtres humains, s'ils incarnent par définition l'inhumanité, alors ils sont déjà parmi nous. Alors ils sont très nombreux. La majorité, je dirais, sans distinction de sexe, de race ou de religion. Et cela depuis très très longtemps.

66.7

Selon l'OMS, les femmes battues développent des comportements de retrait social, de l'anxiété, de l'agressivité envers l'autorité et autrui. Beaucoup connaissent des dépressions (plus de 50 % des cas), des troubles du sommeil et/ou de l'alimentation, des addictions à l'alcool (deux fois plus que la moyenne). Mais aussi des migraines, des douleurs dorsales ou abdominales, des fibromyalgies, des troubles digestifs, une mobilité réduite, des risques cardiovasculaires et neurologiques accrus. Physiquement et psychiquement, on constate des phénomènes d'anesthésie, des états dissociatifs (conscience altérée, dépersonnalisation), des troubles de la mémoire avec des pensées « intrusives », des flash-back, des cauchemars (cette « mémoire traumatique » est non contrôlable). Il peut même s'instaurer des états de confusion mentale, assortis de pensées délirantes ou paranoïaques, conduisant parfois à des troubles réellement psychotiques, parfois à des tentatives de suicide, surtout dans les cas où la violence conjugale révèle ou exacerbe une vulnérabilité antérieure.

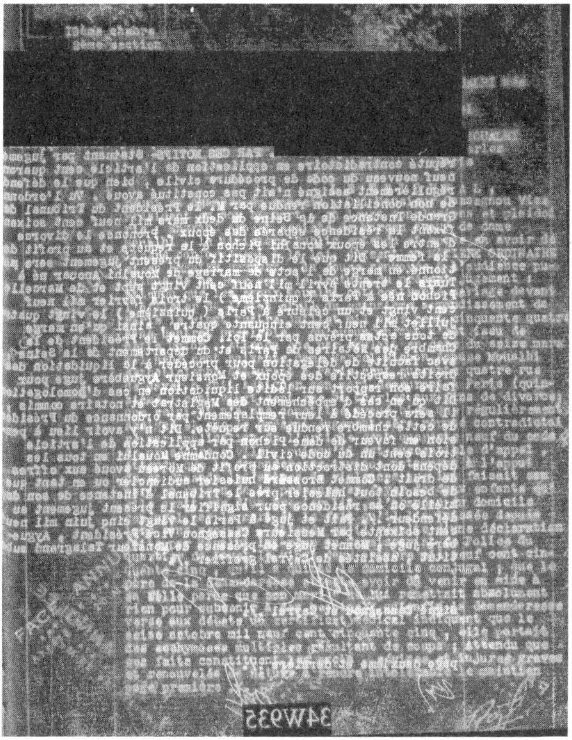

« Les pierres sont des poèmes.
Elles disent la direction. »
Francis PONGE, *Le Parti pris des choses*

67

– Mais c'est l'Artillerie !
– Quoi l'Artillerie ? qu'on s'écrie d'une seule et même voix, Penny et moi.

Car c'est Dom qui vient de parler. Dom est une amie de Penny. Bien jolie elle aussi. Je me demande d'ailleurs si toutes les deux… Je me le demande parce qu'elles vont bien ensemble et que mon désir, qui joue sa propre partie sans jamais me demander mon avis, se plaît fugacement à les imaginer se toucher, s'embrasser, etc. Puis la vision s'évanouit et tout redevient ~~social~~ normal.

Dom est passée chercher Penny pour une soirée à laquelle elles doivent se rendre plus tard dans la nuit et j'aurais préféré qu'elle ne voie pas le « mur d'images » qui, dans mon salon transformé en locaux de la

Bmore & Investigations, occupe immensément un mur justement, avec, punaisés et couverts de Post-it, tous les documents et photos concernant Marcelle que Penny et moi avons réussi à rassembler depuis près de trois ans et quand je dis tous les documents et photos, je parle d'une masse proprement délirante de documents et de photos, je parle d'une furie investigationnelle faite mur, je parle d'un mur d'images comme on parle d'un mur du son qui, passé une certaine limite, provoque une déflagration, en l'occurrence visuelle – la preuve (en noir & blanc).

Version en couleurs et en haute définition sur le site lecoeurnecedepas.com

Ce « mur d'images de Marcelle », il est excessif, il est *maladif*, je m'en rends compte aujourd'hui. Plus que l'équation de Marcelle, il exprime les tourments à un milliard d'inconnues de la Bmore & Investigations et, au sens le plus abrupt qui soit, il est ce *mur* contre lequel Penny et moi nous sommes heurtés et continuons de nous heurter, bille en tête. Pour autant, il est un « mur d'images » comme on en voit dans les films ou les séries policières et, je le précise, uniquement dans les films et les séries policières. Car jamais les policiers n'affichent en long et en large les indices dont ils disposent. Jamais, dans la « vraie vie », les flics n'étalent sur un mur ou sur un grand tableau les multiples éléments qui, de près ou de loin, ont trait à leur enquête, transformant le crime qu'ils cherchent à élucider en une espèce de charade dadaïste (les spécialistes parlent de « carte heuristique » ou *mind mapping*) devant laquelle les enquêteurs se plantent pour, embrassant du regard la totalité des éléments recueillis à date comme s'il s'agissait, mélangées et éparpillées, des pièces d'un puzzle à reconstituer, de débusquer le minuscule truc qui cloche, la fausse note vibrant dans le concert des informations, l'image subtilement cachée dans l'image faite jungle, dans l'espoir qu'une soudaine révélation, une géniale illumination, l'eurêka mystique leur apporte la solution, le travail des policiers prenant à ce moment-là la forme non d'une élucidation par la raison mais d'une élicitation par la vision et l'imaginaire, comme si les méandres de l'affaire se confondaient avec les méandres de l'inconscient humain et que les flics se livraient au jeu divinatoire des libres associations, jusqu'à se muer en poètes de leur propre psyché, en « artistes du réel », ce qu'ils ne sont évidemment pas, sauf dans les fictions, pour des raisons qui n'appartiennent qu'à elles.

L'autre raison pour laquelle on ne verra jamais un « mur d'images » dans un commissariat, c'est qu'il n'est pas question d'exposer à la vue de tous les éléments d'une enquête qui, par définition, doit demeurer l'apanage des policiers. Ce serait comme dévoiler le brouillon d'un texte en cours d'écriture. C'est bien trop intime et obscène. Bien trop *révélateur*. Et comme une confirmation de cette crainte, voici que Dom s'était plantée devant le « mur d'images de Marcelle » et, pointant la photo montrant Marcelle et Paul (le mystérieux monsieur Paul !) posant sur fond de bord de mer, elle s'était écriée : « Mais c'est l'Artillerie ! » et quoi l'Artillerie, où l'Artillerie ?

– Là, le rocher, à l'arrière-plan, qui émerge de l'eau, c'est l'Artillerie. C'est comme ça qu'on appelle l'un des rochers qui se trouvent au bout de la grande plage de Biarritz. Il y a le rocher du Basta, le Channing, le Jargin et l'Artillerie. On le reconnaît très bien avec sa forme en biais, comme le nez d'une baleine sortant de l'eau. Il est très célèbre. Il n'y en a pas deux comme lui.

– Tu veux dire que cette photo a été prise à Biarritz ?

– À 100 %, Penny !

– Le rocher qu'on aperçoit à l'arrière-plan, juste à droite de Marcelle, à l'aplomb du geste que fait son bras pour tenir son chapeau, c'est l'Artillerie ? C'est ce que tu dis ?

– Oui oui ! Là, comme c'est marée haute, on ne voit que son sommet mais à marée basse, il se dresse en entier, avec sa drôle de forme. Comme une dent de traviole. Juste à sa droite, on aperçoit d'ailleurs la pointe de la Petite Artillerie, un autre rocher qui fait la paire avec lui. Et même le front de mer avec les immeubles à l'arrière-plan : la tache blanche au milieu, c'est le casino municipal. On le reconnaît très bien. Sur la gauche, il devrait y avoir l'Hôtel du Palais, mais on ne le voit pas sur la photo car il est un peu plus sur la gauche.

– Vous êtes certaine, Dom ?

– Autant qu'on peut l'être, monsieur Baltimore. Ma main à couper. J'ai de la famille à Biarritz et j'y ai passé plusieurs étés quand j'étais adolescente. J'y vais encore de temps en temps.

– Oh non, pas ta main à couper, susurre Penny en baisant doucement les doigts de Dom (encore une petite vision d'elles deux joliment enlacées dans un lit).

– Jamais je n'aurais cru qu'un simple rocher… C'est dingue. C'est un signe. Voici que la forme d'un rocher permet de résoudre le mystère. Une belle leçon, Penny. Retenez ça. La forme dit la vérité !

– Retenez vous-même que ce rocher n'a rien de monégasque. Ce n'est pas Monte-Carlo qu'on aperçoit sous le bras de Marcelle.

– La réalité n'ôte rien à l'imaginaire, Penny.

– Comme vous voulez, Bmore. Celle-ci vous laisse à vos délires. Mais ce n'est pas comme ça qu'on découvrira la vérité sur Marcelle.

– C'est aussi comme ça qu'on la trouvera, Penny. Marcelle est notre chimère et les gens ont plus d'imaginaire en commun que de gènes.

– À propos de chimère : si ça trouve, le locataire chimérique est allé taguer le portrait de Marcelle sur l'Artillerie. Comme un chien marquant son territoire. Ce serait fou !

– Il faudra aller vérifier.

– On va aller à Biarritz ? Chouette ! Celle-ci vous adore, Bmore ! Tu viens avec nous, Dom ?

– Si je ne dérange pas… Je vous servirai de guide. Selon moi, la photo a été prise depuis le plateau de l'Atalaye. C'est une espèce de promontoire qui surplombe le vieux port des pêcheurs, tout au sud de la grande plage. Un endroit en hauteur. Où se trouve l'aquarium, très célèbre pour son architecture art déco et ses bassins de phoques et de requins. Il y a aussi des jardins et, au bout de l'allée des pêcheurs, à côté de la cloche d'alarme qui, naguère, prévenait des naufrages ou qu'une baleine était en vue et les pêcheurs d'embarquer aussitôt, une petite esplanade dite des Anciens Combattants offre un point de vue magnifique sur la plage de Biarritz. Tout le monde vient se faire photographier là. Je vous recommande le site. Il embaume le chèvrefeuille et l'océan. Si on pousse vers le rocher de la Vierge, on peut visiter la Loge du Théâtre. C'est une grotte que tout le monde appelle le Trou de Madame parce qu'au début du XIXe siècle, la duchesse de Berry s'écria en découvrant l'endroit : « Quel trou ! »

– Le trou de madame ? Mumm. Voilà qui est prometteur. Tu feras visiter à celle-ci ?

– Bon, les filles...

– Oui, euh, vous vous rendez compte, Bmore ? Marcelle et Paul étaient à Biarritz aux débuts des années 60.

– À l'époque, Biarritz était en plein essor. C'est là qu'est né le surf en France et même en Europe. C'était the place to be. Pendant l'été 1960 se déroula d'ailleurs la première compétition internationale de surf, remportée par Joël de Rosnay. Cela reste une grande fierté là-bas.

– Peut-être Marcelle et Paul assistèrent-ils à cette compétition. Puis ils allèrent boire un verre au Milano.

– Le Milano ?

– Un petit bar crapuleux où l'on pouvait manger et danser dans l'arrière-salle. Ce n'est pas moi qui le dis mais Hemingway dans *Le soleil se lève aussi*. Vous vous rappelez ? À la fin du roman, c'est à Biarritz que Jake reçoit le télégramme de Brett l'appelant au secours, qu'il vienne la retrouver à Madrid car elle a des ennuis. Car elle l'aime, finalement, bien qu'il soit impuissant depuis qu'il a été blessé à la guerre.

– J'avoue que j'avais oublié.

– Vingt ans après Scott Fitzgerald et son *Tendre est la nuit*, Hemingway a fait beaucoup pour la célébrité de Biarritz. Avant et après la Seconde Guerre mondiale, plein d'artistes fréquentèrent la station, son luxe ensoleillé et ses bars interlopes. À tel point que la ville fut même pressentie pour accueillir le festival de cinéma qui, in fine, se tiendra à Cannes.

– Celle-ci se rappelle le film qui a été tiré du roman d'Hemingway. Avec Ava Gardner et Tyrone Power. C'était en 1957 ou 1958. À peu près au moment où Paul et Marcelle devaient y être ! Ils virent peut-être le film, qui sait ? Il y a des plans, à la fin, où on voit à quoi ressemblait Biarritz à l'époque. La plage noire de monde et tout.

– Après Rita Hayworth, Ava Gardner ? Marcelle n'en finit pas de croiser les plus belles comtesses aux pieds nus !

– Si ça se trouve, Marcelle se prenait pour une star. Avec son grand chapeau à plume, elle a tout d'une vedette de cinéma sur la photo. Avec Paul, ils se faisaient peut-être un film. Se voyaient peut-être en personnages d'Hemingway. En amants maudits. Vous imaginez si Paul était impuissant ? Et Marcelle de se noyer dans l'alcool et les amants capables de la satisfaire. Après la violence d'Anouar, ce serait compréhensible. Exit la domination masculine. Plus jamais être la proie d'un homme ! Rappelez-vous que Marcelle connut un Paul quand, à 15 ans, elle travaillait dans le salon de coiffure de Marie-Louise Degasne. De même, Brett a connu Jake quand elle était une petite infirmière, avant de le retrouver des années plus tard… En tout cas, on sait maintenant que Paul et Marcelle sont allés à Biarritz. On sait que c'est là-bas qu'ils s'aimèrent. Voici un mystère de résolu.

– Yep.

– C'est très satisfaisant pour l'esprit.

– Yep yep.

– Et pour la réputation de la Bmore & Investigations.

– Oh yep.

– En même temps, on s'en fiche complètement.

– Comme vous dites, Penny.

67.1

Plus tard, Dom et Penny étant parties faire la bringue et plus si affinités, j'ai feuilleté *Le soleil se lève aussi* dont un exemplaire se trouvait dans ma bibliothèque. J'ai téléchargé le film pour voir à quoi ressemblait Biarritz en 1957 (et constater que le scénario s'arrange pour que la fin soit plus heureuse que dans le roman) et, bien fatigué après tant de nouvelles recherches, j'ai soudain imaginé Marcelle et Paul. J'ai imaginé Paul retrouvant Marcelle à Biarritz et elle, le voyant entrer dans sa chambre, se jetant dans ses bras en s'écriant « Oh Paul ! » Mais lui reste froid et disant :

– Dans ton télégramme, tu disais que tu avais des ennuis.

– Je n'en peux plus.

– Tu n'en peux plus de quoi ? Tu as obtenu ce que tu voulais, non ?

– Ce n'est pas vrai.

– Tu veux dire que tu as quitté Anouar ?

– Disons que j'ai fait en sorte qu'il s'en aille. En blessant son orgueil. Tu comprends ? C'était plus facile pour moi.

– Et ça a marché ?

– Plus que tu ne l'imagines… Oh Paul, je pensais trouver quelqu'un pour t'oublier. Et je me suis trompée. Oh, je ne m'attends pas à ce que tu me croies. Mais Anouar n'était qu'un enfant. Et je ne veux pas devenir une de ces garces qui détruisent les jeunes.

– Si tu le dis.

– Oh chéri ! Nous aurions pu être si heureux ensemble !

– N'est-ce pas merveilleux d'y penser ?

– Ne me laisse pas, Paul. Emmène-moi avec toi, s'il te plaît. Ne me laisse pas seule.

– D'accord. Fais tes valises et tirons-nous d'ici.

Encore plus tard, malgré la fatigue, j'ai cherché sur Internet des images du fameux rocher dit l'Artillerie, afin de comparer avec la photo de Paul et Marcelle parue dans *Paris Match*.

Il n'y avait pas de doute. C'était bien le même rocher. Une carte postale ancienne, prise du plateau de l'Atalaye, le montrait depuis le même point de vue que la photo. C'était même troublant de découvrir cette carte postale ancienne prise depuis le même point de vue. C'était émouvant. C'était génial.

Bravo, Dom !

Encore plus tard (il était vraiment très très tard), je suis allé me coucher. En me demandant pour la énième fois qui avait bien pu prendre la photo de Biarritz.

Tant de questions futiles...

Ce qui manque dans la vie reconstituée de Marcelle Pichon, me suis-je dit en me servant un dernier cognac pour le siroter tranquilou dans mon lit, ce sont les instants de bonheur. Cela qui manque *cruellement*. Marcelle dut pourtant en connaître. Il dut lui arriver de rire. Elle fut, pendant des périodes non mesurables, que celles-ci durassent une seconde, une semaine ou une année, être heureuse. Juste heureuse. Heureuse en toutes lettres. À cause du soleil, un matin de juin. Ou d'un bouquet de fleurs. D'un petit lapin. D'une soirée joyeuse et réussie. D'une nuit d'amour la laissant ravie. Ce n'est pas possible autrement. Ce pourquoi, de toutes les photos de Marcelle, celle que je préfère est celle de Biarritz. Enfin un peu de lumière. Son existence ne put être de bout en bout une longue nuit sans fin. *Sauf que les archives ne conservent rien du bonheur !* Les moments heureux, ils ne font pas date et ainsi sont-ils les grands oubliés de l'Histoire. L'Histoire, elle retient les drames, les catastrophes, les charognes, jusqu'à faire croire que les drames et les catastrophes et les charognes sont ses moteurs. Jusqu'à imposer l'idée que la joie n'existe pas. Qu'elle est la quantité la plus négligeable qui soit. Mais c'est seulement que le bonheur ne laisse pas de traces visibles. Il laisse surtout des traces en soi. Telle est sa délicatesse. Si on donne une coupe moche comme tout aux champions, c'est parce que les victoires ne laissent pas vraiment de souvenir, contrairement aux défaites. Ce qui est absurde puisque les deux sont un *sentiment* ! Si cela se trouve, le bonheur représente 90 % de l'histoire de l'humanité, mais les historiens n'en savent rien parce qu'ils n'ont accès qu'aux 10 % de l'histoire visible. Il s'agit là d'un affreux biais méthodologique, j'allais dire idéologique. D'une injustice qui fausse tout puisque chacun est convaincu que les horreurs comptent davantage que les bonheurs et voilà qui fait assurément le lit des horreurs à venir. À quand une histoire du bonheur ? Quel historien relèvera ce défi ? Quand saurons-nous le meilleur qui eut lieu et non seulement le pire qui eut lieu ? Ce que le bonheur provoqua et son rôle dans le cours des événements ? Il y a urgence, non ? En tout cas, j'aimerais que l'on garde présent à l'esprit que Marcelle fut parfois joyeuse, même si aucun document ne l'atteste, ni ne l'attestera jamais, hormis cette photo prise à Biarritz sous un beau ciel bleu. Ce qui me désole.

Je crois que je me suis endormi avec ces mots dansant dans ma tête : « Nous aurions pu être si heureux. N'est-ce pas merveilleux d'y penser ? »

« Les mots ont faim aussi,
voilà l'origine des phrases. »
Theodor W. ADORNO, *Minima Moralia*

68

On est au mois de septembre de l'année 1818 et l'homme marche dans des bois en lisière de la ville de Forst, en Basse-Lusace. La rivière la Neisse est toute proche. Ici, c'est la Confédération germanique. Sur l'autre rive, le royaume de Pologne (sous tutelle de la Russie tsariste). Les bois sont déserts, comme reclus. Juste de hauts sapins qui enténèbrent le ciel et ses limailles blanches. Ou des arbres griffus et, au sol, le tapis de feuilles mortes qui, déjà, pourrissent. Il a plu et la terre se fait gadoue par endroits. Le vent agite les bruyères. Il fait froid. L'homme a froid : il est légèrement vêtu. Un jour, deux jours, trois jours, il erre dans les bois. Avance, revient sur ses pas, repart dans une autre direction, comme s'il cherchait son chemin, ou bien quelque chose. Ou il cherche simplement à se réchauffer, surtout la nuit.

La nuit, il lui faut encore plus marcher, marcher sans cesse, rester tout le temps en mouvement, à cause du froid, même s'il ne voit rien, même s'il ne sait pas où il met les pieds. La Lune rend tout lunaire et lui-même est lunaire, furtivement. La nuit, dans les bois, l'obscurité est pire que le froid. La nuit, dans les bois, elle fait peur. Le temps se fige. Il cesse de battre. Il devient une éternité stagnante, devient le noir de la nuit qui remue et bruisse comme une bête infâme tapie dans l'ombre. Une nuit, deux nuits, trois nuits, l'homme marche dans les bois. Il marche légèrement plié en deux car il a mal au ventre. L'autre jour, son nombril s'est rompu. Il portait une lourde charge et crac. Autour de lui, tout est morne. Même le ciel est silencieux, glaçant. Nulle âme qui vive. La première auberge (« Ziegen-Krug ») se trouve à cinq kilomètres. Des crottes indiquent que, de temps à autre, un berger mène un troupeau pâturer quelque part. Peut-être n'en peut-il plus d'errer sans fin dans les bois, peut-être vient-il de trouver ce qu'il cherchait, peut-être est-il épuisé, vaincu : quoi qu'il en soit, le quatrième jour, l'homme avise, entre deux taillis, un recoin légèrement dégagé ; il s'assied et commence à creuser la terre avec ses mains nues. Au bout d'un moment, il s'arrête. Contemple l'espèce de tombe qu'il vient de creuser dans les bois. Va ramasser quelques branches et les dispose par-dessus pour se fabriquer un abri de fortune. Cela fait, il se glisse dans son trou. S'allonge. Se recroqueville. S'endort lourdement. Dans sa poche, un cahier et un crayon. Au réveil, si cela s'appelle un réveil, il les sort. Commence à écrire.

« 16 septembre – Le généreux philanthrope qui me trouvera après ma mort est invité à m'enterrer et à conserver pour lui, en raison de ce service, mes vêtements, ma bourse, mon couteau, mon portefeuille. Je ne suis pas un suicidé, mais je suis mort de faim ; il est donc inutile d'ouvrir mon corps. C'est la dureté de ma famille qui me réduit à mourir de faim et c'est elle, en conséquence, qui est la cause de ma mort. Et parce que des hommes pervers m'ont privé d'une fortune considérable et que je ne veux pas être à charge de mes amis.

J'étais, en 1812, négociant à S ; mais je perdis, par des malheurs, par des vols, etc., la majeure partie de ma fortune. Il me devint impossible de remplir avec exactitude mes engagements ; on obtint contre moi un décret de prise de corps, et l'on vendit mes meubles et immeubles. Que me restait-il à faire sans argent, dans ce monde, si ce n'était de mourir de faim ?

Hier, 15 de ce mois, je me suis préparé cette petite cabane dans les bois près de la ville de P, où je compte attendre une mort amère, à moins que la Providence ne vienne à mon secours, car je ne puis ni ne veux mendier. Hélas ! c'est ici que je dois mourir de faim, puisqu'à mon âge (32 ans) on n'est plus reçu soldat, et que je me suis présenté vainement à tous les chefs militaires. Ma mort aura probablement lieu dans quelques jours, car je ne puis supporter plus longtemps la faim, la soif, l'humidité, le froid et le manque total de sommeil.

17 septembre – J'existe encore, mais quelle nuit j'ai passée ! Que j'ai été mouillé ! Que j'ai eu froid ! Grand Dieu ! Quand mes tourments cesseront-ils ? Aucune créature humaine ne s'est présentée à moi depuis trois

jours : seulement quelques oiseaux. Pendant presque toute la nuit précédente, le froid rigoureux m'a forcé de me promener, quoique marcher commence à m'être bien pénible car je suis bien faible. Une soif ardente m'a contraint à lécher l'eau sur les champignons qui croissent autour de moi ; mais que cette eau est mauvaise ! Aujourd'hui je puis espérer que, dans quelques jours, je ne souffrirai plus.

18 septembre – Malheureusement, ma situation est toujours la même. Si j'avais seulement un briquet afin de pouvoir me faire un peu de feu la nuit ! Car il ne manque pas de broussailles sèches ! Je manque de gants, et je suis si légèrement vêtu ! On s'imaginera aisément ce que je dois souffrir pendant des nuits si longues ! Dieu ! Pourquoi faut-il que, parmi des millions d'hommes, je sois probablement le seul destiné à une mort aussi cruelle, et cela si tôt ! J'aurais pu vivre encore cinquante ans !

(Plus tard le même jour)

Dans le cas où mon décès serait porté sur le registre de l'église de B, je précise que je suis né le 6 mars 1786, à N, près de N, et que je serai décédé le jour dont la date manquera sur mon journal. Mon père s'appelait M.C. N. Il était pasteur à N. Ma mère était madame N. N., née à N, fille aînée de M. N., à N, près de N. Je n'ai pas été marié et n'ai pas eu d'enfants.

19 septembre – Le froid, la longueur des nuits, la légèreté de mes vêtements qui me fait mieux sentir la rigueur du froid, me font beaucoup souffrir.

20 septembre – Le Seigneur ne veut jusque-là m'envoyer ni la mort ni tout autre secours. Pas une âme ne se laisse voir en ce lieu, quoique j'y sois depuis sept jours. Il se fait dans mon estomac un vacarme terrible, et la marche

m'est à présent extrêmement pénible. La faim et surtout la soif deviennent de plus en plus affreuses. Il n'a pas plu depuis trois jours ; si je pouvais seulement lécher l'eau des champignons ! J'espère du moins être délivré dans deux jours !

21 septembre – N'en pouvant plus de soif qui me dévore depuis sept fois vingt-quatre heures, par conséquent, depuis cent soixante-huit heures, je me suis rendu au Ziegen-Krug, distant d'une lieue de ma cabane ; j'y ai pris une bouteille de bière, et pour ma dernière pièce de monnaie, un korn ; mais j'ai été obligé d'employer plus de trois heures pour faire cette route. Comme l'aubergiste m'avait vu venir du côté de T, j'allai du côté de B, et je m'établis de nouveau près du Ziegen-Krug. Cependant, la bouteille de bière n'a pu me soulager et j'ai vomi ; la soif est toujours extrême, mais au moins je trouve de l'eau près de moi, c'est-à-dire à la pompe de l'aubergiste, tandis qu'il n'y en a pas au milieu des bruyères ; j'en ferai usage ce soir, quand il sera tard, si la mort ne vient pas bientôt me délivrer. Dieu, que j'ai l'air maigre et défait lorsque je me regarde dans le miroir de l'aubergiste !

23 septembre – Hier, 22, j'ai pu à peine me remuer, et moins encore conduire le crayon. La soif la plus dévorante qu'on puisse imaginer me fit aller de grand matin à la pompe ; mais mon estomac vide refuse l'eau glaciale, et je l'ai non seulement vomie, mais j'ai en outre éprouvé des convulsions tellement violentes qu'elles étaient à peine supportables, et elles ont duré jusqu'au soir. Alors la soif extrême m'a conduit comme ce matin à la pompe. L'estomac paraît vouloir s'habituer à l'eau froide ; mais tout cela ne peut plus durer bien longtemps, puisque c'est déjà aujourd'hui le dixième jour que je passe sans aliments, puisque en sept jours je n'ai pris qu'un peu de bière et de l'eau, et que je n'ai pas eu un instant de

sommeil. J'espère que c'est aujourd'hui le dernier jour de ma vie (c'est justement le jour de la fête de mon frère), et dans cet espoir, je fais ma prière, et je dis : Dieu, je te recommande mon âme !

26 septembre – Grand Dieu ! Encore trois jours d'écoulés, et pas d'espoir encore de mort, ni de vie. Mes jambes semblent mortes ; je n'ai donc pu, depuis le 23 au soir, me rendre à la pompe, ce qui a naturellement augmenté la soif et la faiblesse, au point que ce n'est qu'aujourd'hui que j'ai pu tracer ce peu de lignes. Cela ne peut plus durer longtemps ; mais le cœur est toujours sain.

29 septembre – Encore trois jours, et j'ai été tellement trempé pendant la nuit que mes vêtements ne sont pas encore secs. Personne ne croira combien cela est pénible, et il faut nécessairement que ma dernière heure arrive. Il est vrai que pendant la forte pluie, il m'est entré de l'eau dans la bouche ; mais l'eau ne peut plus calmer ma soif ; d'ailleurs, je ne peux plus m'en procurer depuis six jours, puisque je suis hors d'état de marcher et de changer de place.

30 septembre – Hier, j'ai vu, pour la première fois, un homme, depuis l'éternité que je passe ici. Il s'est approché de huit à dix pas de moi ; c'était un berger qui conduisait des moutons ; je l'ai salué silencieusement, et il a répondu de la même manière à mon salut. Peut-être me trouvera-t-il après ma mort !

(Plus tard le même jour)

Je déclare devant Dieu le tout-puissant que, malgré les infortunes qui m'ont accablé depuis ma jeunesse, c'est avec bien du regret que je meurs ; c'est la misère qui m'y a impérieusement forcé ; je prie néanmoins pour que la mort arrive.

(Encore plus tard)

Mon père, pardonnez-moi, car je ne sais ce que je fais ; la faiblesse, les convulsions m'empêchent d'écrire davantage, et je sens que c'est la dernière fois que je tiens le crayon. »

Ici s'interrompt le journal.

Trois jours plus tard, le corps inanimé du négociant de la ville de S fut découvert par l'aubergiste du Ziegen-Krug, que le berger avait peut-être prévenu. Après dix-huit jours sans manger ni presque boire, il était moribond mais respirait encore, imperceptiblement. L'aubergiste tenta de lui faire avaler un peu de bouillon mélangé d'un jaune d'œuf ; mauvaise idée : le négociant de la ville de S expira tout de suite après.

68.2

Ainsi Marcelle eut-elle des devanciers.
Et ce ne fut pas pour « de faux ».
Ce ne fut pas dans l'imagination d'un écrivain.

Il s'est trouvé, avant elle, dans la réalité, parmi nous, des êtres qui se sont volontairement laissés mourir de faim *et qui, dans un cahier, ont raconté leur mort lente et suppliciée*.

Il s'en est trouvé au moins un, plus de cent cinquante ans avant qu'elle creuse sa tombe rue Championnet.

Il y en eut aussi par la suite.
Pas beaucoup.
Très peu.

Ainsi cet article paru dans *Le Parisien* du 12 février 2008 : « Un chômeur de 58 ans a été découvert mort de faim à côté de son journal où il notait soigneusement les affres de son agonie dans un affût de chasse, a annoncé la police d'Uslar, en Allemagne. Originaire d'Hanovre, le cadavre a été retrouvé vendredi dernier par deux chasseurs dans un affût de la forêt de Solling (Basse-Saxe) deux mois après son décès. Dans le journal retrouvé près de son corps momifié, dont le dernier texte date du 13 décembre, le chômeur désespéré note qu'il n'a rien mangé depuis vingt-quatre jours. Il y décrit les douleurs provoquées par la faim et déclare vouloir mourir. Les raisons qui l'ont poussé à se rendre dans cet affût de chasse pour s'y laisser mourir de faim sont inconnues. Le mois d'octobre 2007, la date de son départ de Hanovre, à cent trente kilomètres plus au nord, correspond à l'arrivée à terme de son allocation-chômage. »

Marcelle n'a rien d'unique.

Hélas.

Il existe, à travers le temps et l'espace, une petite communauté d'individus qui, un jour pas comme les autres, un jour de grande résolution, décident de se laisser mourir de faim *en prenant soin de raconter leur agonie*. Eux ne se contentent pas d'être la victime et le bourreau, la plaie et le couteau, le soufflet et la joue, les membres et la roue : ils se font aussi les scribes de leur voix la criarde et cela fait toute la différence. Ils sont les hérauts de l'héautontimoroumenos, la poésie en moins mais la réalité en plus (laquelle a cependant sa propre poésie). En ceci, ils se distinguent des autres suicides par inanition, dont Schopenhauer disait qu'ils sont le « suicide philosophique » par excellence puisque mourir de cette façon résignée et passive attaque à la racine le « monde (pourri) comme volonté », laquelle est source de toutes nos souffrances sur Terre en nous obligeant à lutter et à souffrir perpétuellement pour exister. Ainsi les suicidés par inanition ne se *donnent*-ils pas la mort mais s'offrent à elle ; ils ne *veulent* pas mourir car ils ont « complètement cessé de vouloir ».

Loin de moi la cuidance de contester Schopenhauer (qui est mort plus banalement que philosophiquement, à l'âge de 72 ans, en 1860, d'une crise cardiaque, consécutive à une pneumonie) ; mais s'il avait lu le journal d'agonie du négociant de la ville de S, ce qui est envisageable puisqu'il date de l'année 1818, il aurait peut-être moins idéalisé le suicide par inanition. Car ceux qui font ce choix *décident* à l'évidence de mourir et, pendant des jours et des semaines, on peut dire qu'ils *luttent* âprement pour réaliser le but qu'ils se sont fixé. On peut dire qu'ils se donnent un putain de mal de chien pour parvenir à leur propre fin et, finalement, désolé Arthur, mais il faut convenir que se laisser mourir de faim témoigne d'abord d'un *vouloir*-mourir absolument phénoménal.

Marcelle choisit-elle de se laisser mourir de faim parce que cette façon de se tuer était si lente et interminable qu'elle laissait place à un ultime espoir ? Comme le négociant de la ville de S disait attendre la mort, « à moins que la Providence ne vienne à mon secours ». Mais la Providence ne se manifesta pas, ni pour elle, ni pour lui.

68.3

Qu'ils me pardonnent, mais ayant bien assez à m'occuper de Marcelle, je n'ai pas cherché à en savoir davantage sur le négociant de la ville de S, non plus sur le chômeur de Hanovre.

Il me suffit de savoir qu'ils ont existé.

Cela au fil de mes recherches.

Dans des revues d'annales médicales datant du XIXe siècle.

Il ne fallait rien négliger !

C'est Grégoire Bouillier qui va être content.

Car la Bmore & Investigations va au moins pouvoir lui présenter un journal d'agonie en bonne et due forme et non seulement les fragments du journal de Marcelle arrachés à l'oubli et qu'il se débrouille avec ça. Qu'il s'en contente. Cela lui donnera matière à réfléchir. Qui a dit que le client était roi ?

68.4

D'autant que certains points communs sautent aux yeux.

Au « monde pourri » que maudit Marcelle, le négociant de la ville de S répond pour sa part : « hommes pervers » et « dureté de sa famille ». Leur journal, à tous deux, crie à l'injustice et accuse nommément des assassins. Le négociant l'écrit explicitement : sa mort *n*'est *pas* un suicide mais un crime contre lui-même auquel il fut poussé. Il faut entendre ce qu'il dit (à quoi bon écrire si c'est pour ne pas être lu ?). La faim fut l'arme que certains mirent dans sa main. Telle est sa version. Je ne vois aucune raison de la contester. Pour le faire, il faudrait avoir un intérêt personnel. Il faudrait se sentir soi-même sur la défensive.

Autre point commun : au « cœur qui ne cède toujours pas, hélas » de Marcelle fait écho, de façon tout aussi regrettable, « le cœur est toujours sain » du négociant de la ville de S.

En outre, tous deux se trouvent un minuscule endroit pour mourir. Ils se choisissent une tombe très éloignée de leur habituel lieu de résidence, comme s'ils fuyaient l'endroit où, de leur vivant, on les accula à la mort, comme s'ils faisaient du reste du monde leur véritable cimetière et le désignaient comme tel. Même le chômeur de Hanovre fit cent trente kilomètres pour s'en aller mourir du côté d'Uslar, dans un affût de chasse dont il fit sa dernière demeure.

Et à chaque fois on trouve le fait d'être tombé dans la misère après avoir connu la fortune. Tous deux souffrent de *disgrâce*. Tous deux ont fini par capituler devant, non les coups du sort (ô l'euphémisme qui noie le poisson et innocente les responsables), mais l'ignominie, l'injustice et on ne sait quelle trahison dont ils ne se relevèrent pas car le choc fut trop rude. Il effondra trop de choses en eux.

Ricaneront ceux qui, forts avec les faibles, sont du côté de l'ignominie, de l'injustice et de la trahison.

Je ne connais pas un homme, pas une femme, qui ne soit d'une manière qui lui est propre ce que son environnement fait de lui, que ce soit pour s'y conformer ou lui résister, ce qui revient géométriquement au même. Nous sommes des êtres sociaux et cela n'a rien à voir avec le fait de discuter au bistrot avec des amis ou des inconnus, mais tout avec l'incroyable porosité qui est la nôtre au monde extérieur et aux pressions que celui-ci exerce sur notre corps et sur notre esprit, qu'elles soient sociales, économiques, familiales, sentimentales, culturelles, événementielles ou tout ce qu'on veut. Si nous sommes quelque chose, nous sommes façonnés.

« Il y a des consciences qui, certains jours, se tueraient pour une simple contradiction et il n'est pas besoin pour cela d'être fou, fou repéré et catalogué : il suffit, au contraire, d'être en bonne santé et *d'avoir la raison de son côté.* »

Disait Antonin Artaud.

Ce qui, plus que tout, ruine l'âme, sape toute confiance en soi et en les autres et emplit d'un dégoût de la vie qui ronge l'être jusqu'à le transformer en petite boule noire et sèche, c'est d'avoir raison et de perdre malgré tout. C'est de voir la bêtise, le vice et la méchanceté triompher contre soi. C'est de se sentir coupable du mal qu'on vous a fait.

Ce n'est pas Alceste qui dira le contraire.

Encore Artaud : « On ne se suicide pas tout seul. Nul n'a jamais été seul pour naître. Nul non plus n'est seul pour mourir. Mais, dans le cas du suicide, il faut une *armée de mauvais êtres* pour décider le corps au geste contre nature de se priver de sa propre vie. »

Bien sûr, on peut être un saint (et c'est Dieu et tous ses saints « l'armée de mauvais êtres »).

Bien sûr, on peut n'avoir aucune fierté et, face à l'adversité, faire comme si de rien n'était, siffloter en prenant un air détaché et en mangeant son chapeau comme s'il était à la fraise. C'est le mieux pour survivre. Les insectes font ça très bien. Mais si on a sa fierté, on est cuit. On finit tôt ou tard comme Marcelle et le négociant de la ville de S. Plutôt mourir que déchoir ? Pour certains, ce ne sont pas des mots.

L'autre jour, en sortant du Casino qui se trouve en bas de chez moi, un couple de petits vieux fouillait dans les poubelles du supermarché, à la recherche de nourriture jetée aux ordures car avariée, périmée ou impropre à la consommation ; mais pas pour eux. Je les ai regardés un moment. Je me suis forcé à les regarder.

Un peu plus loin dans la rue, quelqu'un avait tagué sur un mur « Faim du monde ».

68.5

Hormis celui du négociant de la ville de S (et à l'exception des *Carnets de la momie*, mais ils ne comptent pas vraiment), je n'ai trouvé aucun autre journal d'agonie. Il en existe sûrement, mais pas que je sache. Je n'ai pourtant pas ménagé ma peine. J'ai consulté un maximum de revues médicales. Car les suicides par inanition, lorsqu'ils sont racontés de l'intérieur, j'allais dire *in vivo*, intéressent au premier chef les médecins. *Ils n'intéressent que les médecins !*

Alors que tout le monde se fichait qu'un négociant tombé dans la misère se soit laissé mourir de faim dans un coin paumé de la Basse-Lusace, son journal d'agonie fit, pendant tout le XIXe siècle, l'objet de communications très érudites de la part de sommités médicales aussi fameuses que C. W. Hufeland (médecin du roi de Prusse, de Goethe et Schiller et inventeur de l'homéopathie), J.-P. Falret (psychiatre fondateur de la maison de santé de Vanves), J.-É. Esquirol (célèbre aliéniste en chef de l'asile de Charenton) ou C. C. H. Marc (médecin du roi Louis-Philippe).

Entre 1819 et 1840, la « Mort volontaire par abstinence, décrite jour par jour, jusqu'aux derniers moments, par la personne même qui en a été la victime » apparut un cas clinique inespéré permettant de valider ou de réfuter certains dogmes en vigueur dans des disciplines aussi différentes que la macrobiotique, la physiologie, les maladies mentales ou la médecine légale. Plus que son corps, le négociant de la ville de S légua son journal à la médecine et, contre toute attente, celui-ci accéda à une certaine postérité, sinon célébrité. Son supplice ne fut pas totalement inutile qui, de main en main, passa comme un mistigri. C'est au point où, en 1887, près de soixante-dix ans après la mort du négociant de la ville de S, son journal était encore cité dans *Les Désespérés et les Déserteurs de la vie*, une belle et très documentée étude d'Émile Julliard sur « le malheur de vivre et l'aspiration à la mort » dans laquelle, au chapitre XXXIII intitulé « Les trois étapes de la route du suicide et le choix des moyens », l'auteur écrit : « Je ne crois pas qu'il existe dans l'histoire du suicide un exemple plus navrant de mort volontaire par inanition que celui de ce négociant de la ville de S. » Il est vrai qu'il ne connaissait pas Marcelle Pichon.

Je crois avoir résumé en un *minimum* de mots les milliers d'heures passées à chercher un journal d'agonie qui, à défaut de savoir où se trouve celui de Marcelle, soit complet.

Si on m'avait dit que je me lancerais un jour dans de telles recherches, je ne l'aurais jamais cru.

En même temps, si on m'avait dit que les radios et les télévisions diffuseraient un jour des messages du gouvernement intimant aux gens « d'éviter de s'embrasser », je ne l'aurais jamais cru non plus.

68.6

En même temps, je ne suis pas mécontent que si peu de journaux d'agonie existent.

Car je n'en peux plus de ces gens qui se laissent mourir de faim.

C'est trop de souffrances à la fin.

Trop de détresse morbide.

De désespérance récalcitrante.

Tous autant qu'ils sont, ils commencent à me taper sur le système.

Ils me sapent le moral.

Ils me coupent l'appétit.

Si cela continue, je crains de ne pas en sortir indemne.

Si cela continue, je vais les prendre en grippe.

Qu'ils crèvent, s'ils y tiennent tellement.

Qu'importe puisqu'ils ne font du mal qu'à eux-mêmes.

Dire cela me fait du bien.

Cela m'évite de décrire ce qui se passe après vingt jours de jeûne.

Car ce n'est pas joli joli.

C'est affreux.

Vraiment moche.

Après vingt jours de jeûne,
Le corps termine de brûler ses réserves
Et il se dégrade en loques
Il se disloque tout seul
Il s'effondre sur lui-même
Comme une planète morte
Une pomme pourrie
Organe après organe
Sur l'air de « J'ai la rate qui se dilate »
Mais en moins drôle.

En beaucoup moins drôle.
Avec les muscles qui fondent et flasquent
Le ventre qui enfle et se gonfle d'eau vascularisée
La tête qui vertige
Les oreilles qui acouphènent et cymbalent et avionnent.
Les yeux qui doublent et triplent, se vitrifient.
L'abdomen tordu de crampes gastriques et bilieuses
Les reins bloqués, tout rétractés, conglutinés
Les veines douloureuses
Les muscles
(ce qu'il reste d'eux)
qui spasment et hoquettent
tout à coup tétanisent
Et le cerveau qui convulse
s'égare et s'exalte
La peau qui devient jaune
La peau sur les os,
Crevassée et parcheminée.
Des œdèmes.
Le visage dévoile son suaire
Creuse sa tête de mort.
Jusqu'au quarantième jour de jeûne
où commence la phase dite terminale.
Phase encore plus moche.
Avec les yeux qui saignent
Les gencives qui saignent
Les reins qui saignent
Des hémorragies de tout le tube digestif
Partout le sang déglutit et déborde,
s'enfuit, brise les digues cellulaires.
Tandis que le souffle s'asphyxie
Qu'une torpeur de plomb ouatée
Que le cerveau déraille
Hallucine
Délire

Se détraque
Rigole maintenant.
Oh l'euphorie soudaine !
Et puis le coma.
Et voilà.
C'est fini.
L'oiseau bleu s'est envolé.
Ouf.

Cela que vécut Marcelle Pichon rue Championnet.

68.7

Elle n'en parle pas dans le peu que je connais de son journal, mais eut-elle des hallucinations auditives ? Des sons chimériques vrillant ses tympans ? Des flashs l'éblouissant et l'empêchant de lire ou de se livrer à une quelconque activité ? L'obligeant à rester couchée, toute dolente, et à attendre, attendre, attendre, qu'enfin la vie la quitte et la laisse en paix ? Cesse de la faire souffrir. Qu'enfin cède son cœur, cette sale teigne.

Eut-elle des hallucinations olfactives et, de là, cette phrase incongrue, presque comique, qu'elle écrivit au dix-septième jour de son jeûne : « Pour un bol de bouillon, une tranche de pastèque, un citron, on vendrait son âme » ? Pourquoi ces aliments ? Parce que le fumet délicat d'un bouillon de poule ou de légumes, le parfum frais et sucré d'une belle pastèque, les effluves fins et parfumés d'un citron tout jaune l'hallucinèrent, justement ? Évanescents au plus profond de sa mémoire, ces parfums vinrent-ils, au dix-septième jour de son jeûne, la tourmenter délicieusement en lui rappelant des mets qu'elle aimait et, avec eux, les plaisirs de l'existence, les bonnes choses de la vie, la gratuité du bonheur, tant de minuscules et précieuses délicatesses réveillant les sens ? Au point d'ébranler sa détermination et la ramener du côté ensoleillé de l'Univers ?

Mais non ! Elle tint bon. Elle triompha de l'illusion. Elle repoussa la tentation. On ne pouvait pas acheter son âme avec un bol de bouillon, une pastèque et un citron. Ce n'étaient pas ses papilles qui faisaient la loi. Pas un filet garni qui allait la sauver. Jamais de la vie !

Connut-elle des instants d'euphorie ? Parce que, dès les premiers jours d'un jeûne et encore à la toute fin, l'organisme compense le manque de graisses et de sucres qu'il a totalement brûlés, comme se dévorant lui-même (phase d'autophagie), en produisant à tout-va des corps cétoniques (cétogénèse) qui, inondant le cerveau, le plongent fugacement dans des états de bonheur artificiel et même de berlues oniriques, avant de tomber dans le coma ?

De cela, Marcelle ne dit mot dans le peu que je connais de son journal. Non plus le négociant de la ville de S dans le sien. On ne trouve nulle trace dans leurs écrits d'hallucinations d'aucune sorte, de liesses soudaines, de béatitudes fugaces. Comme quoi, les suicidés par inanition ne confient pas tout à leur journal. Ils ne disent pas l'entière vérité. Ou bien ces disjonctions sensorielles et cérébrales sont surestimées par les spécialistes de la faim. Ou chaque suicidé réagit de façon singulière. Raison de plus pour retrouver le journal de Marcelle – merde au pendule ! Dans les pages qui (me) manquent, peut-être y exprime-t-elle, au milieu de ses tourments, de subites extases, des allégresses incongrues, des visions sublimées révélant ses arcanes inconscients. Ce serait chouette.

Un mot en entraînant un autre, j'ai songé à Andy Warhol filmant en continu, en un seul plan-séquence, de façon interminable, un homme en train de dormir

(5 heures) ou l'Empire State Building depuis le coucher du soleil jusqu'à l'aube (8 heures). Quel film donnerait Marcelle se laissant mourir de faim pendant quarante-cinq jours ? Si c'était aujourd'hui, diffuserait-elle son agonie sur les réseaux sociaux plutôt que de la consigner dans un cahier d'écolier ? En tout cas, on saurait ce qu'elle endura. Ou plutôt, on en aurait un aperçu. Ce serait morbide, mais tout de même bien instructif. On éprouverait aussi de la compassion, surtout vers la fin. On aurait enfin la perception de la durée de son calvaire.

– Dites donc, Bmore, vous en avez de drôles d'idées ! Vous m'inquiétez.

– Tiens, vous voici Penny. Vous tombez bien. J'allais justement vomir.

« Ah ! c'est m'assassiner que me sauver la vie. »
Jean Racine, *La Thébaïde*

69

– Dites donc, Bmore, vous êtes devenu drôlement calé sur les suicides par inanition. Celle-ci espère que cela ne va pas vous donner des idées.

– Quoi ? Mais non ! Aucun risque ! Figurez-vous que j'ai pris 3 kilos depuis que nous enquêtons sur Marcelle. Cette histoire me fait grossir. Je vais finir obèse si ça continue.

– C'est peut-être davantage lié au confinement, non ?

– Un écrivain est tout le temps confiné, Penny. Pour lui, le monde est un Covid permanent. Que dis-je un Covid ? La peste, le choléra et la variole réunis !

– C'est chouette de parler avec vous, Bmore.

– Vous vouliez me dire quelque chose ?

– C'est à propos du bol de bouillon, de la tranche de pastèque et du citron. Vous avez remarqué ? Marcelle ne parle que de fruits et légumes. Elle ne rêve pas d'un bon steak frites, d'un poulet rôti ou d'une blanquette de veau. Elle était peut-être végétarienne.

– En tout cas, son suicide fut particulièrement écologique. Côté empreinte carbone, sa mort frise les zéro émissions de CO_2. Se laisser mourir de faim est bon pour la planète, Penny. Qu'on se le dise.

– Vous ne respectez vraiment rien, Bmore.

– C'est pour me dire ça que vous m'avez dérangé ?

– Non. Celle-ci voulait vous dire qu'elle n'a pas chômé de son côté. Il n'y a pas que vous à faire des recherches.

– Je n'en attends pas moins de votre part.

– Saviez-vous que, question suicide par inanition, on trouve pas mal d'exemples dans l'histoire, et même la plus reculée ?

– Vous voulez dire qu'on se suicidait déjà dans l'Antiquité en se laissant mourir de faim ?

– Eh oui ! La lassitude de la vie est aussi vieille que la vie elle-même, Bmore.

– Le fameux *tædium vitae* de Sénèque. Après Baudelaire, Oscar Wilde lui a dédié un poème. En voici quelques vers : « Porter la livrée voyante de ce siècle mesquin/ Laisser les mains les plus viles voler mon trésor/Avoir mon âme captive dans les filets d'une chevelure de femme... »

– Heureusement que celle-ci a les cheveux courts ! Cela dit, les Anciens jugeaient à la fois condamnable et honorable le fait de se tuer, pourvu que ce soit par l'épée. De façon aristocratique et virile. Pas en s'empoisonnant comme une femme, à l'instar de Socrate. Pas en se laissant mourir de faim de manière ignominieuse, lente et passive, comme Himilcon. Vous connaissez Himilcon ?

– Nullement. Mais le nom me plaît bien.

– Héros des guerres puniques, il se laissa mourir de faim en 395 avant notre ère parce qu'il était tombé dans une telle déchéance sociale qu'il se refusa une « belle mort ».

– Pauvre gars.

– Himilcon était un généralissime carthaginois parti conquérir la Sicile avec une flotte de trois cent mille hommes. Sauf que la peste décima son armée et, raconte Diodore, « lui qui pensait entrer glorieusement dans Syracuse et faire parade de son triomphe devant le peuple de la cité déconfite, il dut prendre la fuite et, de nuit, s'en retourner honteusement à Carthage avec une poignée d'hommes, poursuivi par ceux-là mêmes qu'il croyait vaincre et humilier ».

– Fiasco est un mot italien, non ?

– Il n'y a pas qu'Himilcon. Démonax, un philosophe contemporain d'Hadrien et de Marc Aurèle...

– Démonax ? On dirait une bande dessinée pour adultes !

– Oui bah, il était un croisement des cyniques et des stoïciens.

– Personne n'est parfait. Et alors ?

– Alors, il mourut à l'âge de 98 ans...

– 98 ans ? On pouvait vivre si longtemps avant les années 80 ?

– Il faut croire que la philosophie conserve, Bmore. En tout cas, Lucien de Samosate raconte que Démonax se trouvant trop vieux et trop faible pour seulement subvenir à ses besoins...

– Tu m'étonnes !

– ... ne voulut plus prendre aucune nourriture et « il quitta la vie aussi gai que ses amis l'avaient toujours connu ».

– Mourir d'inanition dans la joie et la bonne humeur, voilà qui est inattendu. Autre chose ?

– Oui. Vibius Marsus.

– C'est qui celui-là ?

– Un sénateur romain. Accusé sous Tibère de trahison, il fit semblant de se laisser mourir de faim afin de gagner du temps et survivre à Tibère, qu'il savait malade et proche d'une mort que Macron, sur ordre de Caligula, aurait hâtée en l'étouffant avec un coussin. Sitôt la nouvelle connue, Vibius recouvra un appétit qu'il n'avait jamais perdu et, plus tard, il devint gouverneur de Syrie.

– Macron ? Un assassin ? En se servant d'un coussin ?

– C'est bon, Bmore. Cessez de tout ramener à vous. L'important, c'est que pour prolonger leur existence, certains ne trouvent rien de mieux que simuler un suicide par inanition.

– Je ne vois pas trop le rapport avec Marcelle.

– Celle-ci non plus. Mais à propos de Marcelle, Sénèque cite le cas de son grand ami Tullius Marcellinus qui, atteint d'une « maladie longue, assujettissante et exigeante, décida de se laisser mourir de faim. Il fit dresser dans sa chambre une tente avec une baignoire, dans laquelle il resta longtemps couché. L'eau chaude qu'on y versait de temps à autre le fit insensiblement défaillir, et cela – écoutez bien, Bmore ! – non sans une certaine jouissance que procure un doux anéantissement ». Voilà ce qu'écrit Sénèque. Il parle d'une certaine jouissance à s'anéantir doucement soi-même.

– On voit qu'il n'a pas connu Marcelle. Mais j'y songe : ce n'est pas Sénèque qui a dit que « voler sa mort est sublime » ?

– C'est dans la lettre LXX. Plus exactement, il écrit que « savoir mourir est la seule chose qu'un jour on exigera forcément de nous. Il faut donc bien réfléchir à la manière de se libérer de la vie, parce qu'il y a de la grandeur dans un suicide réussi : il est inique de vivre de vol ; mais voler sa mort est sublime ». Ailleurs, il déclare que nous ne pouvons pas nous plaindre de l'existence puisqu'elle ne retient personne.

– Merci Penny pour ses sages paroles tout à fait réconfortantes. Quand je pense que la France procrastine toujours au sujet de l'euthanasie.

– Oh, mais ce n'est pas si simple, Bmore. Martial raconte qu'un certain Fannius, fuyant l'ennemi, se donna la mort. Et Martial d'ironiser : « N'est-ce pas folie, pour ne pas mourir, de mourir ? » Dans une autre épigramme, il écrit qu'« il est bien facile de mépriser la vie quand on est dans le besoin : le véritable courage est de savoir être pauvre ».

– « Méditez vos malheurs » : tels furent les vœux de bonne année que Pétain adressa aux Français en 1942.

– Oui, mais cela ne vaut ni pour l'Inde ni pour la Chine, où le suicide par inanition est non seulement fréquent, mais honoré, pour des raisons bouddhistes et taoïstes. En Inde, la quête du Nirvana exalte carrément l'abstinence pour mettre fin à ses jours, car elle seule permet de retrouver le néant d'où on vient, en supprimant toute volonté, tout désir, tout moi.

– Du pur Schopenhauer. Mais nous avons déjà établi que, dans le cas de Marcelle, il s'agissait plutôt d'un vouloir-mourir. Cela dit, vous avez raison, il ne faut pas négliger l'impact des religions. Elles mettent tant d'idées bizarres dans la tête des gens.

– Surtout que Marcelle s'est pour ainsi dire tuée sur le parvis de l'église Sainte-Geneviève de la rue Championnet...

– Vous exagérez, Penny. Elle était au sixième étage. De toute façon, le catholicisme comme les deux autres monothéismes condamnent fermement le suicide.

– Ils condamnent le fait de se donner la mort car notre vie appartient à Dieu, mais pas de s'abandonner à elle. Pour les croyants, le suicide par inanition n'est pas réellement condamnable : il permet de mourir sans se tuer. Cela ne compromet donc pas le salut éternel. D'autant que le jeûne est une pratique que toutes les religions instituées recommandent, comme un moyen d'humilier le corps et de purifier l'âme. De se rapprocher des plus pauvres et, surtout, d'être au contact de Dieu. Avec la prière, le jeûne est même l'un des piliers de la foi.

– Et alors ?

– Alors, se laisser mourir de faim, c'est faussement transgresser un interdit et, dans le même mouvement, réaliser véritablement un vœu d'obéissance à Dieu.

– Dieu n'existe pas.

– Sauf si on y croit. Dans ce cas, il existe bel et bien. Il est un fait. Dieu est parmi nous, Bmore, que vous le vouliez ou non, au travers de millions de croyants.

– Je suis pour le droit des minorités, spécialement celle des athées. Tous les bigots m'offensent. Dire que nous ne sommes que 13 % dans le monde.

– Bon courage, alors. Mais saviez-vous que, à en croire la Bible, Dieu a créé le Ciel et la Terre tandis qu'il jeûnait ? Par ailleurs, les Juifs disent que jeûner, c'est « faire de la place pour l'autre ».

– Jésus, lui, a dit : « Celui qui vient à moi n'aura plus jamais faim ni soif. »

– Sauf que Marcelle a épousé un musulman.

– Il la battait, Penny ! Il lui a démonté la tronche !

– Quel rapport ? En tout cas, le grand Ibn 'Arabî a dit que jeûner est un « pèlerinage » vers Allah. Selon lui, le jeûne n'a rien à voir avec la faim car « le jeûne appartient au Prophète, tandis que la faim appartient aux hommes ». C'est beau, non ?

– Je ne vois pas où vous voulez en venir, Penny.

– Celle-ci dit juste que nous ne pouvons pas exclure que le suicide de Marcelle fût un « suicide spirituel », comme les Grecs et les Romains ont inventé le suicide philosophique et les grévistes de la faim le suicide politique.

– L'ennui, c'est que le journal de Marcelle n'a rien de mystique. Ses souffrances n'ont pas l'air de la rapprocher radieusement de son Créateur.

– Nous n'en connaissons qu'une petite partie, Bmore.

– Elle est morte en maudissant le monde, Penny ! Pas en chantant les louanges de Jésus-Christ.

– Comme Job brandissait le poing sur son fumier. Et Job était croyant. Et n'oubliez pas Matthieu, 5,44 : « Bénissez ceux qui maudissent, faites du bien à ceux qui haïssent ! »

– Vous m'épuisez, Penny.

– Mais si ça se trouve, Marcelle ne voulait simplement plus manger le corps du Christ. Le côté cannibale de la religion chrétienne, elle n'en pouvait peut-être plus. Qu'en pensez-vous, Bmore ?

– Pour moi, le suicide par inanition a surtout quelque chose de bourgeois. On meurt sans bruit ni drame, sans faire le moindre scandale ni esclandre. C'est le suicide qui trouble le moins l'ordre public. La violence envers soi-même est totalement socialisée.

– Cela fait tout de même des saletés, Bmore. Rappelez-vous les asticots dégringolant chez la voisine du dessous.

– Je crois davantage aux méfaits de la contagion mimétique. Les *Archives d'anthropologie criminelle* de l'année 1906 citent le curieux cas d'un homme qui avait tout pour être heureux : famille, argent, respectabilité. Mais un soir de printemps, voyant un homme se jeter dans la Seine, il éprouva soudain le besoin d'imiter ce qu'il venait de voir et même comme une volupté à l'exécuter. Du coup, il enjamba le parapet et se précipita lui aussi dans le fleuve. Que dites-vous de ça, Penny ? Que dites-vous de la « volupté de l'imitation » ?

– Du René Girard avant l'heure !
– Lequel a d'ailleurs écrit un livre sur la maigreur des mannequins comme idéal de beauté contagieuse.
– Une sale maladie, Bmore, vous pouvez en croire celle-ci.
– Mais nous nous égarons, Penny. Et il se fait tard.
– Celle-ci veut tout de même vous citer cet hypocondre dont elle a trouvé mention dans des annales médicales : fermement décidé à mourir de faim, il s'enferma à double tour dans une chambre, lança la clé par la fenêtre et, couché sur son lit, il attendit que la mort vînt, comme Frédéric attend madame Arnoux. Mais elle tardait, mais elle ne venait pas et, au bout de sept jours, le pauvre gars commença à dévorer le plâtre arraché aux parois ; au neuvième jour, il hurlait et se ruait contre la porte pour l'enfoncer et, tout à la fois, s'assommer. On finit par le secourir, on lui apporta à boire et à manger et lui qui n'avait pu périr d'inanition, il mourut le lendemain d'indigestion. Véridique, Bmore !
– Très amusant, Penny. Vraiment cocasse. Cela dit, on ne va pas y passer la nuit.
– Non, mais il nous faut tout de même aller au fond des choses. À quoi bon toutes nos recherches, sinon ? Et si vous n'interrompiez pas celle-ci sans arrêt, on gagnerait du temps.
– D'accord, je me tais.
– Enfin !
– Hey ! Un peu de respect !
– Le mort de faim que celle-ci préfère, c'est celle de l'âne de Buridan. Peut-être Marcelle fut-elle comme lui : entre son picotin d'avoine et son seau d'eau, elle ne sut par où commencer et, plus que d'inanition, elle mourut d'indécision. Quant à Midas, on sait que Marcelle était trop pauvre pour changer tout ce qu'elle touchait en or, même les aliments.

– Je me tais.

– Il y a aussi l'histoire de Pomponius Atticus qui, à 75 ans passés, assembla ses gens pour leur déclarer qu'il était malade et qu'il avait décidé de ne plus « nourrir son mal ». Sauf qu'au bout de deux jours de jeûne, la fièvre était tombée et son mal comme disparu. Voilà qui nous amène aux vertus d'un jeûne maîtrisé. Déjà Celsus et, après lui, le grand médecin Galien en vantaient les mérites. Hildegarde von Bingen alla même jusqu'à affirmer que cesser de s'alimenter était une panacée contre quarante maladies. D'une certaine façon, Marcelle est morte en meilleure santé.

– Je me tais.

– Celle-ci peut aussi vous parler de Hieronymus Cardanus. Ce célèbre astrologue du XVIe siècle se laissa mourir de faim pour confirmer ses savants calculs : il avait en effet lu dans les astres la date de sa mort et il ne voulut pas que quiconque puisse dire qu'il s'était trompé, ni que son art était une menterie.

– Ron... ron...

– Vous êtes chiant, Bmore. Saviez-vous que certains se sont laissés mourir de faim parce qu'ils craignaient que l'on verse du poison dans leur nourriture. Ainsi Charles VII le victorieux ou le grand mathématicien Gödel. Le premier craignait d'être empoisonné par son fils, le second par sa femme. Et ainsi sont-ils morts en cessant de boire et manger.

– On ne compte plus les gens qui redoutent un danger imaginaire plutôt qu'un malheur déjà là. Bon, vous avez terminé ? Car j'ai vraiment ma dose, là. Je sature totalement.

– Okay, Bmore. Celle-ci arrête. Assez joué les Bouvard et Pécuchet.

– Parce que nous jouons à Bouvard et Pécuchet ?

– Oh, ça va ! Ne faites pas l'innocent. Toutes ces recherches sur des domaines dont nous ignorons tout, pour un résultat à chaque fois médiocre et décevant...

– Quand je vois le temps que nous avons passé à chercher des informations sur l'art du suicide par inanition, je suis effrayé par la puissance de travail de Flaubert. Vous rendez-vous compte de la somme d'ouvrages qu'il a dû assimiler pour traiter de chimie, de botanique, d'astronomie, de magnétisme, des religions et de je ne sais quoi encore.

– Surtout qu'il n'y avait pas Internet à son époque.

– C'est dingue. On ne se rend pas compte du mal qu'il s'est donné. Il a dû boire des litres de Bouvarine.

– Mais lui a l'élégance de ne pas le dire.

– Ce sera notre hommage, Penny.

– Si vous voulez. Reste à savoir si c'est vous Bouvard ou moi Pécuchet.

– Nos initiales parlent d'elles-mêmes, non ? Sur ce, je vous propose de nous arrêter là pour ce soir et de nous retrouver la prochaine fois. Ce qui arrivera bientôt, n'en doutez pas. Car, pour citer nos chers maîtres *es* bêtise : « Mais bientôt ils s'ennuyèrent, leur esprit ayant besoin d'un travail, leur existence d'un but. »

« Il faut faire entrer les éléments extérieurs
dans le cercle de la raison. »
Gaston LEROUX, *Le Mystère de la chambre jaune*

70

Plus tard dans la nuit j'ai fait un rêve.
J'ai rêvé du père de Marcelle.
Charles Pichon.
Il tenait le rôle de Charlton Heston dans le film *Soleil vert* et je me souviens qu'à un moment une femme (Eugénie ?) disait : « Le soleil ne peut pas contempler l'ombre qu'il crée. »

Que je rêve de Charles Pichon m'a surpris.
Ce n'était pas le bon moment.
Quel était le message ?
Que cherchait à me dire mon inconscient ?

Il est vrai que, jusqu'ici, j'ai peu parlé du père de Marcelle. Bien aidé par le peu d'informations le concernant, je l'ai, pour ainsi dire, zappé. Mon rêve comblait ainsi un manque. Il cherchait à réparer une injustice. Je voulais écrire « oubli » mais j'ai écrit « injustice ».

Quelle injustice ?

Parce que je possède très peu d'éléments sur le père de Marcelle, contrairement à Eugénie Landré, sa femme, la mère de Marcelle, qui se tira un beau matin pour ne plus jamais donner de ses nouvelles, se remaria avec un musicien, quitta Paris pour la banlieue. C'est peu, mais suffisant pour esquisser un portrait, fût-il complètement erroné. C'est énorme comparé à Charles Pichon. Car, de lui, rien ne filtre qui me soit revenu aux oreilles. Hormis la certitude qu'il était coiffeur et qu'on lui donna le nom de son père, sa vie, sa personnalité demeurent un mystère. Aucun indice, fût-il indirect, ne permet d'imaginer l'homme qu'il fut. Même le fait que Marcelle l'ait, semble-t-il, beaucoup aimé en dit peut-être plus long sur elle et sur son manque d'amour maternel que sur lui.

Pour le reste, Charles apparaît un fantôme. Ce qui, en soi, est une information. On peut supposer un homme sans histoires. Un coiffeur comme un autre (même si cette phrase ne veut strictement rien dire). Dont l'existence fut normale, voire banale, voire effacée, voire inexistante (là encore, chacun vit une existence à part entière). Tout ça parce que l'Histoire n'a rien retenu de son passage sur Terre. Mais c'est un biais bien connu des historiens : ils ne savent que ce que les archives ont conservé du passé, lesquelles ne représentent, comme je l'ai déjà dit, qu'une infime partie de ce qui a réellement eu lieu (10 % selon les astrophysiciens). Comme eux, je suis pareil à ce type qui a perdu ses clés dans le noir et qui les cherche au pied d'un réverbère parce que, dit-il, il y a de la lumière.

Mais pourquoi avoir *rêvé* de lui ?
De quoi se mêlait mon inconscient ?
Que cherchait-il à me dire ?

Et si mon rêve de cette nuit ?
Ce rêve du père de Marcelle.
Il avait un lien avec mon propre père ?
Il était lié au silence entre nous.

À cette façon que j'ai de mettre notre relation à distance, de la mettre dans du formol, afin de m'en protéger, anesthésier je ne sais quelle douleur que, au quotidien, je ne ressens pourtant pas. Dont je ne veux rien savoir. Cri que j'aurais refoulé. Colère que j'aurais réprimée. Genèse de tellement d'autres (« malédiction sur ce monde pourri »). Ce pourquoi j'aurais « négligé » de parler de Charles Pichon. Et mon inconscient d'en profiter. De s'engouffrer dans la brèche. Il s'agirait alors d'une espèce de transfert.

Je n'aime pas cette hypothèse, mais je ne peux l'exclure.

Il est possible, oui, que j'aie rêvé du père de Marcelle pour ne pas rêver du mien, tout en rêvant de lui. Parce que, sur la page, je m'en rends compte maintenant, je m'en rends compte à cause de mon rêve de cette nuit, j'ai fait l'impasse sur le père de Marcelle *exactement comme dans ma vie je fais l'impasse sur mon propre père*. Quel père ? Ne le sachant pas exactement, j'ai fait en sorte que, dans la vie de Marcelle, la question de la figure paternelle demeure aussi opaque et irrésolue qu'elle l'est dans mon existence. Demeure un *manque dans l'ordre du langage*. Ce qui s'appelle un biais familial. Moi tombant d'autant plus dans mon propre panneau que, chez les parents de Marcelle, la mère paraît avoir été le personnage le plus spectaculaire, au point de faire oublier le rôle de Charles, comme ma mère fut, à la maison, le personnage le plus spectaculaire – ô combien ! Il a d'ailleurs fallu qu'elle meure pour que je m'aperçoive de la présence de mon père. Pour que je découvre à quel point il m'avait manqué. Tant que ma mère était vivante, cela ne se voyait pas. C'était comme s'il n'existait pas. Brillant magnifiquement par son absence, il disparaissait dans l'ombre de sa femme qui, elle, prenait toute la lumière, prenait tout l'espace, prenait toute la douleur, prenait tout le langage. De l'avis général, c'était elle le *problème*. Et ce problème a disparu lorsqu'elle est morte, révélant tout à coup d'autres problèmes qu'elle éclipsait, comme remontent subitement à la surface des cadavres envoyés naguère par le fond : voici qu'ils se mettent à flotter le ventre à l'air.

C'est drôle comme Marcelle a le don de vider mes placards.

Ce qui l'est moins, c'est le nombre de biais qui éloignent de la vérité au moment même où on croit s'en approcher.

Il se peut que ma méthode d'investigation consiste, in fine, à aller voir ailleurs si mon père y est.

70.2

Dans mon rêve, Charles est grand. Il a une moustache grise en chevrons. Le cheveu ras. La cinquantaine émaciée. Une bonne tête, à la fois lumineuse et racée avec, dans le regard très clair, une malice pleine de mélancolie (ou l'inverse). La scène se passe dans son salon de coiffure. Il n'y a aucun client, alors que c'est le milieu de l'après-midi. On voit la rue à travers la vitrine, des voitures qui passent, des piétons, la rue de Javel. Le salon est-il fermé ? Est-ce l'heure creuse ? Je me pose la question. Je me la pose dans mon rêve.

À un moment, Charles glisse une cassette dans un minicassette et l'espace s'emplit d'une musique orientale. Au milieu du salon de coiffure, il se met à danser. Il est à la fois sublime et ridicule. Il fait de grands gestes de pieuvre avec les bras, sans la moindre grâce qui est celle des Arabes lorsqu'ils dansent sur la musique qui est la leur. Même si, pour quelqu'un qui vient du Berry, Charles ne s'en sort pas si mal.

Mais il veut danser avec une femme que je n'avais pas vue. Elle a une chevelure rousse rayonnante, un beau visage, un corps solaire et épanoui. Elle porte une petite robe rouge picorée de milliers de feuilles d'érable comme des étoiles : la féminité faite printemps, avec des seins qui appellent les caresses. C'est Eugénie. Tel que mon inconscient l'imagine. La sexualise à travers le regard de Charles. Mais elle ne veut pas danser. Assise à la caisse, elle feuillette un magazine et dit qu'elle ne sait pas danser sur ce genre de musique. On la sent gênée, réticente à autre chose que la danse. Réticente à l'Orient ? À Charles ? Au bonheur ? À quoi ? Son regard plonge dans la rue. Le regard d'un oiseau bleu dans sa cage. Elle dit qu'il va y avoir de l'orage.

Mais Charles insiste. Il dit qu'il ne sait pas danser non plus. Dit que ce n'est pas grave. Il suffit de suivre la musique. De fermer les yeux et de se fiche du regard des autres. On sent qu'il aime sa femme. Il l'aime énormément. Il est vêtu d'une chemise blanche à manches courtes et, pour le bas, sans que cela m'étonne plus que ça, il est en slip, juste en slip, un drôle de slip, un slip informe, en grosse laine tricotée, rouge et blanc, avec deux pompons qui pendouillent sur le côté, comme certains képis des militaires coloniaux.

L'instant d'après, la femme a disparu. Eugénie s'est volatilisée. Tout est brusquement devenu crépusculaire et, dans un coin du salon de coiffure à présent désert, une petite fille toute menue, toute triste, ramasse des mèches de cheveux avec une pelle et une balayette. Elle les colle sur des bouts de carton pour se fabriquer des pantoufles et un grand chapeau à plume. Au plafond, une immense fissure s'est ouverte, comme un gouffre dans le ciel. De l'eau se met à pleuvoir. Qui douche tout. Métaphore des larmes et du chagrin, c'est évident. Je me suis réveillé à ce moment-là.

70.3

Il faut bien que les rêves viennent de quelque part et, par exemple, de films visionnés la veille sur l'écran de mon ordinateur. De films comme *Le Mari de la coiffeuse* (Patrice Leconte, 1990). Qui a vu ce film aura reconnu de quelle étoffe mon rêve était tissé. Je ne m'en cache pas. Au contraire.

Cela aurait pu être d'autres films. Car un certain nombre de productions cinématographiques mettent en scène des coiffeurs et/ou se déroulent dans le milieu, plus fascinant qu'on ne le croit, de la coiffure. J'en ai visionné un certain nombre. Depuis *Coiffeur pour dames* avec Fernandel (1952) jusqu'à *Chacun pour toi* avec Jean Yanne (1994) en passant par *Shampoo* (1975) ou encore *Un pitre au pensionnat* (1955). J'avais déjà fait le coup avec Jacques Fath et le milieu de la mode via *Scandale aux Champs-Élysées* et, dans mon souvenir, cela m'avait plutôt réussi. À la Bmore & Investigations, on ne change pas une équipe qui gagne.

Au final, ces films ont, à eux tous, répondu à certaines questions que, depuis le début, je me pose sur Charles Pichon. La première étant : comment, lui qui était fils de cheminot – pardon fils d'un « employé » au PO –, devint-il coiffeur ? Par quel prodige ? D'où son amour pour les cheveux ? Son père était-il ravi ? Sa mère enchantée ? Et que devint-il après le départ d'Eugénie ? Quel fut son destin de coiffeur ? Etc.

Au final, je retiens deux ou trois hypothèses, chacune ayant, je le concède, un indice de vraisemblance plus proche de – 4 que de + 9 sur une échelle de 10.

Tant pis.

(Dois-je rappeler que l'imagination est l'une des trois facultés qui, selon Diderot et d'Alembert, permet de faire grandir « l'arbre du savoir » ?)

70.4

Première hypothèse : lorsqu'il était petit garçon à Saint-Sulpice-Laurière, Charles adorait aller chez le coiffeur du village. Car le coiffeur était une coiffeuse ! Le coiffeur était une blonde et plantureuse jeune femme venue s'installer dans la région. Et le petit Charles de tomber fou d'amour. À la regarder, il était pris de saisissement. Dès qu'il la voyait, des papillons dansaient dans ses yeux. Et quand il cessait de la voir, c'étaient des papillons encore plus grands et colorés, encore plus exaltés. En pensée, il n'en finissait plus de s'émerveiller des formes de la coiffeuse, de ses bras nus, de ses lourds cheveux blonds et de sa blouse blanche qui dissimulait et révélait tout à la fois les trésors qui étaient les siens, ce secret devenu celui de ses 12 ans.

La coiffeuse vivait seule. Elle n'avait pas de mari. Tenait son salon de coiffure avec une grâce sensuelle et oisive. Les clients ne se bousculaient pas. Le petit Charles lui supposait beaucoup d'amants. Après avoir osé pousser la porte grelottante pour se faire un jour couper les cheveux, il revint, revint encore, revint le plus souvent possible, comme possédé, comme une drogue. Le soir, devant la glace, il se désespérait que ses cheveux ne poussent pas plus vite et il tirait dessus à pleines mains pour qu'ils s'allongent, ne serait-ce que d'un centimètre, histoire qu'ils aient une taille suffisante (laissons flotter délicatement cette allusion un peu graveleuse), afin de pouvoir galoper jusqu'au salon de coiffure et, tout frissonnant, se retrouver confortablement installé dans le fauteuil, la nuque prise dans le lave-tête en faïence dure et froide, son être tout entier livré aux mains douces et expertes de cette femme qui, s'aperçut-il un jour à la fois avide et honteux, ne portait rien sous sa blouse. Était nue sous sa blouse. Une déesse ! La félicité en chair et en os ! Un autre jour, il vit carrément le sein de la coiffeuse dans l'échancrure de sa blouse. Son sein nu, charnu, irrésistible, mystérieux, « un peu lourd mais d'une rondeur idéale ». Elle lui lavait la tête, lui massait indiciblement le cuir chevelu et il vit. Il vit le sein nu et charnu et ce fut une vision pour la vie. Ce furent aussi des odeurs pour la vie. Car à peine était-il assis dans le fauteuil, la tête renversée en arrière, qu'il fermait les yeux pour s'enivrer des odeurs de lotions, de laque, de violette et de jasmin, d'eau de rose, de poudres et de shampoing que, plus musquées et entêtantes, sublimaient encore les odeurs puissamment alsaciennes de la coiffeuse lorsqu'elle levait le bras pour jouer du peigne et des ciseaux, découvrant alors sous le nez de Charles une aisselle un peu moite et frisotée, tout aromatique. Ainsi Charles décida-t-il, à 12 ans, qu'il deviendrait coiffeur lorsqu'il serait grand. Si quelqu'un a une meilleure explication, je suis preneur.

Deuxième hypothèse : lorsque Charles le père apprit que son fiston, loin de suivre la voie du rail qui était la sienne, voulait devenir coiffeur, il lui colla une baffe. Vlan ! Une grosse mandale. VLAN ! Sans prévenir. En plein visage. Ainsi réagit le père dans le film de Patrice Leconte. Avec violence. Parce que coiffeur, n'est-ce pas, les coiffeurs sont des pédés, c'est bien connu. Ce sont des figaros, des tralalas, des merlans frits, des *Italiens*. Quel garçon normalement constitué rêve de devenir coiffeur ? À 12 ans ? Faut être bizarre quand même. Alors qu'il ne faut pas avoir fait Polytechnique pour couper des tifs. Crénom, Charles, dis-moi pas que t'es pédé ! Pas toi ! Pas mon fils ! Pas un Pichon ! Et le PO alors ? Tu songes au PO ? Qu'est-ce qu'ils vont dire ? Et cetera. Il y a tout ça dans la mandale du père, même si on ne le voit pas à l'écran parce que les images sont incapables de montrer toutes celles qu'elles contiennent et qui les élucident. Seul l'écrit y parvient. Il y a tous ces préjugés dans la mandale que donne le père. Je le sais parce que j'ai lu une thèse sur la mauvaise réputation des coiffeurs dans l'imaginaire collectif. Et le petit Charles de filer dans sa chambre, la joue en feu.

Plus tard, sa mère (Marie Lemoine) vint dans sa chambre s'excuser au nom du père et du Saint-Esprit de la mandale qu'il avait reçue : « Papa est désolé, il ne voulait pas, il s'en veut terriblement de t'avoir frappé, faut le comprendre aussi, il est sous pression en ce moment. » Et cetera. Rien de plus écœurant qu'une mère présentant les excuses du père et mettant toute sa douceur maternelle à convaincre l'enfant de les accepter. À réconcilier le fils et le père. Alors que ce serait au père de venir s'excuser. Pourquoi le faire à sa place ? Qui est-elle à cet instant précis : la mère de l'enfant ou la femme du mari ? Elle pourrait aussi bien s'élever contre la violence du père, prendre le parti du fils. Est-elle complice, finalement ? La fameuse « pression » : c'est elle ? Cette attitude de la mère, elle est pire que la mandale. Elle fait encore plus mal car, dès cet instant, l'enfant comprend qu'il est seul au monde. Il se sent *trahi*. Coup sur coup, il vient de perdre et son père et sa mère et, autour de lui, tout lui apparaît désormais orphelin, sur Terre comme au Ciel. La paix des ménages est, depuis toujours, l'arme de crimes parfaits. Parfois le messager est le message. Je sais de quoi je parle. D'une façon ou d'une autre, je parle toujours de ce que je connais. Sinon je n'en parlerais pas. J'en serais incapable. Quoi qu'il en soit, on sait maintenant comment réagirent les parents de Charles lorsqu'il leur avoua la carrière qu'il voulait embrasser – sur un indice de vraisemblance de – 3, on est bien d'accord.

Surtout que Charles le père ne sut jamais que son fils voulait devenir coiffeur pour la bonne raison qu'il était mort depuis longtemps ! Eh oui. Charles le fils n'avait pas 3 ans qu'il enterrait déjà son paternel. De lui, il ne put donc recevoir une grosse mandale. J'imagine qu'il ne s'en plaindra pas. Mais ce fut peut-être son oncle, devenu son tuteur, Joseph Pichon, qui lui colla une torgnole. D'autant qu'il n'était que son tuteur. Mais devant tant d'incertitudes et d'approximations, j'en vois déjà certains lever les yeux au ciel, ironiser sur les errements de la Bmore & Investigations et fulminer contre le temps qu'ils viennent de perdre alors qu'ils n'ont pas que ça à faire. Sauf que c'était un test ! Afin de savoir si je suis tout seul sur la page ou si d'autres se sentent concernés. Allez.

Franchement. Entre nous. Qui, en lisant l'épisode de la mandale, s'est écrié : « Ah mais non, c'est impossible, Charles le père était mort à ce moment-là ! Ce bouquin raconte n'importe quoi ! »

70.5

Et si ?

Puisque j'en suis à rêver la vie de Charles Pichon.

À faire d'elle un film et de lui une star.

Et si Charles était doué dans sa partie ?

S'il avait, peignes et ciseaux en main, de l'or dans les doigts ?

S'il était même une bête à concours !

Car je l'ignorais (c'est fou ce que j'ignore de choses !), mais des concours de coiffure existent depuis le XIXe siècle. Depuis les temps les plus reculés, l'homme et la femme ont toujours eu des démêlés avec leurs cheveux puisqu'ils ne cessent de pousser (madame Cro-Magnon se faisait déjà des tresses) ; mais en 1820, rompant avec la tradition des barbiers et des perruquiers, les professeurs de l'école de coiffure Saint-Louis, à Paris, eurent l'idée de se livrer à des démonstrations publiques qui attirèrent un large public. Il s'agissait pour eux d'inciter les gens à confier leur tête à des « artistes du cheveu » – des « capillartistes ».

Sauf que ces exhibitions se transformèrent rapidement en féroces compétitions car, dans le monde tel qu'il existe depuis la Renaissance, rien n'existe que la compétition. Seuls comptent ceux qui, triomphant de leurs congénères, raflent le premier prix, la mise, le pactole, le marché, au terme d'une lutte sans merci. Les perdants, eux, peuvent s'arracher les cheveux tout seuls. Ils sont les losers de l'histoire. J'écris cette phrase alors que se déroulent en ce moment même les Jeux paralympiques de Tokyo, que la télévision a baptisés « La course aux médailles ». Drôle d'idée, me suis-je dit. Trois semaines plus tôt, les Jeux olympiques n'étaient pas qualifiés de « course aux médailles ». Parce que c'est évident qu'ils le sont. Pourquoi le préciser pour les jeux paralympiques ? Quel était le message ?

Mais suis-je bête : la télévision ne vend pas le handicap comme elle le clame haut et fort, non, elle vend la compétition sportive et, à travers elle, le monde tel qu'il existe par et pour la compétition, qu'elle soit commerciale, économique, technologique, électorale, tout ce qu'on veut. L'important, c'est que des gens se battent pour être les premiers, les meilleurs, les plus forts. C'est qu'un système organise la concurrence de tous contre tous afin de faire tourner la caisse enregistreuse. Comme le dit Fran Lebowitz : « Nous vivons dans un monde où, dans une vente aux enchères, ce n'est pas le tableau qu'on applaudit, mais le prix qu'il atteint. » Et cela vaut pour les handicapés. Eux aussi peuvent réussir *malgré leur handicap*. Même sans bras ou sans jambes, ils peuvent « entrer dans l'histoire » s'ils battent d'autres handicapés, écrasent d'autres gens sans bras ou sans jambes, exactement comme dans le monde des valides. Ce qui s'appelle une intégration réussie. Rien à voir avec le fait que la société s'ouvre au handicap car ce sont les handicapés qui doivent s'adapter à elle. Ce sont les *champions* qui sont mis à l'honneur, pas les handicapés. D'où « la course aux médailles ». CQFD. Si la société se souciait réellement des handicapés, elle doterait les villes et les villages d'équipements adaptés. Si j'étais tétraplégique, je l'aurais d'ailleurs mauvaise. Quand bien même j'ai apprécié les exploits de certains athlètes, cette « course aux médailles » m'a déprimé.

Malédiction sur ce monde pourri.

« Quand vous jouez le personnage d'un handicapé, vous êtes sûr de gagner un prix » (Al Pacino, en 1993, après son Oscar pour son rôle d'un aveugle dans *Le Temps d'un week-end*).

« Le modèle de l'individu du futur, c'est le handicapé. Car il faut être sacrément mutilé pour avoir besoin de prothèses technologiques pour simplement exister dans ce monde. » (dixit Penny, il y a quelques semaines, après l'achat d'un nouveau smartphone).

Qu'est-ce que je disais ?

Ah oui, les concours de coiffure.

70.6

Devenus au XIXe siècle des compétitions internationales, ils se déroulaient à intervalles réguliers, notamment au cirque des Champs-Élysées, où s'opposèrent à plusieurs reprises les meilleurs coiffeurs d'Europe. Lesquels acquéraient de la sorte notoriété et clientèle. Tandis que leurs créations devenaient à la mode.

Ainsi le coiffeur Antoine, venu de sa Pologne natale, fit-il sensation à Deauville en 1904 avec sa première « coiffure d'art ». C'est lui qui, en 1912, eut l'intuition que les cheveux courts étaient l'avenir de la femme puisque, visage au vent, celle-ci roulait à présent en automobile, travaillait et faisait du sport. Bien sûr, on parle de la femme du monde, qu'il soit grand ou demi. Pas de la poissonnière du coin, ni de l'ouvrière sur sa machine-outil. N'empêche, sa coupe à la garçonne triompha après la guerre, libérant l'image de la femme de son opulente chevelure ramenée en chignon aussi lourd et pesant que l'avait été le XIXe siècle, au profit d'une « petite tête aux lignes claires ». Ce qui valut à Antoine la haine de ceux – et ils étaient nombreux ! – qui voyaient en lui « l'assassin de la féminité ». Contre les mauvaises ondes que lui envoyaient ses détracteurs, Antoine dormait dans un cercueil en verre qu'il s'était fait construire exprès. C'est ce que racontaient les humoristes, pour se moquer.

Charles Pichon, lorsqu'il démarra dans le métier juste après son retour de la guerre de 14, se rêva-t-il grand visionnaire, créateur génial d'innovations capillaires suscitant le scandale, synonyme de gloire ? Dans ses songes les plus fous se voyait-il coiffer les têtes couronnées, à l'instar des Auguste Petit, Dondel père & fils, Loisel et autres Émile Long qui, dans les cours princières et royales d'Europe, faisaient rayonner le style et le savoir-faire du cheveu français ? S'imaginait-il triompher en Angleterre tel Gaston Boudou qui était devenu le coiffeur attitré de la gentry londonienne ? Se voyait-il entrer dans une cage aux lions pour y tailler tranquillement la barbe du dompteur au milieu des fauves rugissants, comme ce Daniel de la coiffure que des gravures rendirent célèbre en 1894 ? Mais lui, Charles Pichon, serait plus audacieux encore : il friserait carrément les moustaches des lions !

Mais son idole était peut-être Marcel Grateau (je n'ai pas totalement renoncé à l'impact du « roi de l'ondulation » sur le prénom de Marcelle) qui, fort des fers à friser de son invention, révolutionna la profession en faisant venir en masse les clientes dans les salons de coiffure. Si bien qu'en 1922, la corporation reconnaissante des coiffeurs organisa au Luna Park de Paris le « Jubilé Marcel » pour célébrer, au travers de trois jours de festivités, celui qui avait fait leur fortune. En son honneur, une foule nombreuse banqueta et festoya, valsa et polka, fit des tours de montagnes russes et chanta à tue-tête *La Marcellaise*, cet hymne des coiffeurs qu'écrivit à l'époque un autre coiffeur (Edmond Perrin) sur l'air martial de *La Marseillaise* – dommage que les paroles soient aujourd'hui perdues !

Sachant que le Luna Park se trouvait porte Maillot, j'imagine très bien (*j'imagine*, oui) Charles aller faire un tour au Jubilé Marcel avec, dans ses bras, la petite Marcelle qui, tout juste âgée d'un an, en eut probablement plein les mirettes de ces joies échevelées. Si c'était ça être coiffeur, c'était chouette. Si la coiffure menait à la gloire, cela donnait envie.

Surtout que l'avenir appartenait aux métiers de la coiffure. C'était, dans les années 20, un secteur d'activité en plein essor depuis que Martha Matilda Harper – une domestique née dans l'Ontario dont le sens des affaires s'avéra aussi long que ses cheveux qui lui tombaient jusqu'aux pieds ! – avait ouvert aux États-Unis le premier salon de coiffure pour dames exclusivement. C'était en 1888, dans la ville de Rochester. Très vite, les femmes se pressèrent dans les officines Harper qui, organisés en réseau de plus de cinq cents franchises, ouvraient un peu partout, et même en France. À une époque où la morale victorienne exigeait que les femmes ne découvrent pas même leurs chevilles, se faire coiffer dans un lieu public où elles pouvaient faire salon, papoter et grignoter des petits gâteaux parut à beaucoup une transgression salutaire. Une aubaine pour sortir de la maison où elles étaient confinées. Car la liberté s'obtient d'abord par des petites choses concrètes. Auparavant, les femmes confiaient leur chevelure à l'intimité de leur cabinet de toilette et à une chambrière qui, le matin, brossait les cheveux de madame, les coiffait et les apprêtait avant, le soir venu, de les dénouer, les rebrosser et les recoiffer. C'est ce que racontent tous les livres d'histoire. Lesquels ne disent pas qui coiffaient les chambrières, ni toutes celles qui n'avaient pas de servantes. J'imagine qu'elles se débrouillaient toutes seules et/ou entre elles. Mais on s'en fiche puisqu'elles ne font pas partie de l'histoire. Quand bien même elles représentaient l'immense majorité.

70.7

Tout ça pour dire que Charles Pichon, petit coiffeur monté de son Berry natal pour ouvrir un salon à Paris, nourrissait peut-être de terribles ambitions à un moment où, dans sa profession, tous les espoirs entrepreneuriaux étaient permis.

C'était avant de rencontrer Eugénie.

Avant qu'Eugénie le plaque et que la vie, tout ça, ne ruine ses grands rêves capillartistiques, comme un château de cartes s'écroule à cause d'une seule qui vacille. Lui ne se remettant pas de ce qui lui arrivait (j'imagine toujours). Lui ayant perdu sa femme, la mère de sa fille, mais aussi, peut-être, son modèle, sa muse, celle dont les cheveux l'inspiraient, à jamais irremplaçables, car ce sont aussi les cheveux qui font le coiffeur. À présent, Charles ouvrait sans joie son salon de coiffure, faisait chauffer sans joie ses fers, son avenir à présent derrière lui (j'imagine toujours). Petit coiffeur de quartier il était et petit coiffeur de quartier il resta (c'est un fait). En 1921, au moment de la naissance de Marcelle, son salon de la rue de Javel était un parmi quatorze mille autres en France ; quinze ans plus tard, en 1936, il était un parmi trente mille (quatre-vingt-cinq mille aujourd'hui).

Charles approchait à ce moment-là de la quarantaine et ses rêves s'étaient comme recroquevillés sur eux-mêmes, disparaissant dans la masse des innombrables officines coiffant pour pas cher et dans le plus parfait anonymat – mais de façon « exemplaire », tient à souligner le grand historien de la coiffure Paul Gerbod – une clientèle « modeste et fidèle ». À présent, il enquillait mécaniquement les coupes à l'anglaise (cheveux rejetés en arrière), à la Paulus (cheveux ramenés vers l'avant), à la Capoul (cheveux sur les côtés rejetés vers l'avant) ou celles dites « à la Bressant » (cheveux coupés en brosse). Sans oublier la fameuse coupe Valsar, plus communément appelée coupe au bol. Tailler les barbes le barbait. Elles avaient heureusement tendance à disparaître, au profit des seules moustaches, celles-ci volontiers cosmopolites : américaines, hongroises, russes, mais aussi à la Grognard, à la Charlot, en crocs... Aujourd'hui, la mode est à la barbe de trois jours et au pubis rasé. Les hommes sont peut-être épris de liberté mais, question poils, ils se comportent comme des moutons.

Ce qui est sûr, c'est que Charles Pichon ne coiffa aucune tête couronnée. Nulle intuition ne lui vint comme une illumination destinée à marquer l'histoire de la coiffure et le destin des femmes. Il n'entra dans aucune cage aux lions pour friser la moustache de grands fauves ni n'alla à Londres couper, tailler, peigner, sculpter et laquer les cheveux des lords et des ladies, jusqu'à leur donner une tête plus noble et aimable, car les coiffeurs, prescrivait en 1902 le rédacteur en chef du *Rasoir,* ont « pour mission de rétablir la symétrie et l'harmonie des visages. À eux revient le privilège de retoucher l'œuvre de Dieu ». Rien que ça.

On en sait autant sur quelqu'un d'après ce qu'il a fait dans la vie que d'après ce qu'il n'a pas fait.

J'aime cette idée (dont j'emprunte la trame à une scène du film *Chacun pour toi*) : le dimanche après-midi, Charles aimait prendre la petite Marcelle par la main, parfois sur ses épaules, et hop, direction le Louvre, « le plus grand salon de coiffure du monde », disait-il avec emphase. C'était pour lui une joie de faire admirer à son enfant les prodiges capillaires dont l'humanité avait été capable et dont mille œuvres d'art témoignaient à travers les âges. Une façon de redorer, aux yeux de son enfant, le métier de coiffeur (il n'était pas sans ignorer que ses camarades de classe surnommaient Marcelle « Bigoudis », quand elles ne l'appelaient pas Marcelle Nichon). Secrètement, Charles espérait aussi lui transmettre la flamme.

Comme un rituel, comme lui-même, au moment de coiffer un ou une cliente, démarrait toujours par le côté gauche avant de tourner autour de la tête, Charles commençait chaque fois la visite du Louvre par la salle des antiquités égyptiennes, qui se trouvait à gauche de l'entrée. Il voulait que Marcelle admire, sculptée dans du bois d'ébène, la statuette de la dame Touy dont l'imposant « claft » qui la coiffait depuis près de trois mille cinq cents ans n'avait pas bougé d'un cheveu – « Un prodige ! s'exclamait Charles. Ils connaissaient le secret de la laque en ce temps-là. C'est pas comme aujourd'hui », rigolait-il en adressant un clin d'œil à Marcelle. Son père faisait toujours cette même blague mais Marcelle riait quand même, parce qu'elle était contente de le voir plaisanter. Ce n'était pas souvent. Elle aimait qu'ils fassent quelque chose ensemble. Qu'il lui parle et lui raconte ce qu'il savait. Alors se sentait-elle sa fille et contente de l'être. Digne de l'être.

Plus loin, Charles l'emmenait voir la Vénus de Milo, avec sa mini-vague sur les côtés qui ramenait les cheveux en arrière et une raie bien droite au milieu. Marcelle regardait. Elle voyait surtout que la statue n'avait pas de bras. Comment faisait-elle pour se coiffer ? Elle n'osait poser la question. Elle écoutait son père lui expliquer que, au temps des Romains, la coiffure la plus répandue était le galericon : ronde sur le devant et la nuque relevée en casque. Ce disant, Charles arrangeait les cheveux de sa fille pour qu'elle se rende compte. Galericon : Marcelle aimait le mot. On aurait dit un gros mot.

Mais c'étaient maintenant des peintures. « Tu vois, montrait Charles. Lui, c'est Vercingétorix. Et ses longs cheveux blonds qui flottent dans son dos : ça c'est du boulot. Le style crinière est très laid, mais il est très difficile à réaliser. C'est comme le "mulet flottant" : ça tient mal. Ça fait tout de suite chien mouillé. Il faut travailler le poil sur toute la longueur. »

Marcelle préférait les dames du Moyen Âge, avec leurs longs cheveux lissés sur toute la longueur et qui, tressés de rubans, chutaient de part et d'autre du visage comme le rideau d'une cascade d'encre noire. « Un effet obtenu grâce à un peigne qui s'appelait le Fraiseau », expliquait Charles, décidément très calé. « Mais viens donc ! » pressait-il le pas (je ne vais pas non plus y passer la nuit). D'ailleurs, Marcelle commençait à s'ennuyer. Elle fatiguait. En passant devant le portrait d'Isabeau de Bavière, Charles lui montrait le grand chapeau pointu, turlututu, que la reine portait. « C'est parce que Isabeau avait perdu ses cheveux à la suite d'une maladie. Du coup, elle imposa la mode du hennin pointu. Mais certaines coiffes avaient deux cornes. – Comme le diable ? demandait Marcelle, soudain curieuse et intéressée. – Tout à fait. Isabeau de Bavière était une vraie salo...

Elle était un peu comme ta mère », se reprenait Charles. Marcelle savait qu'il ne fallait pas insister lorsqu'il parlait de sa maman. Il devenait alors tout rouge. Puis tout blanc. « Et elle, c'est qui ? se hâtait-elle de détourner l'attention. – C'est la Belle Ferronnière. Avec son petit attifet qui lui tombe sur le front. On ne le voit pas mais, derrière, ses cheveux sont coiffés en "réseau espagnol". C'était la mode au XVe siècle. » Marcelle regardait sans comprendre. Elle s'y perdait. C'était le moment où son père était en roue libre. Ce qu'elle voyait, c'est que les tableaux montraient maintenant des femmes avec des coiffures toujours plus compliquées et volumineuses, de véritables vertugadins échevelés avec plein de rouleaux tombant en grosses boucles torsadées sur les côtés et sur la nuque. Son père n'aimait pas cette période. Il n'aimait pas non plus les poufs extravagants des marquises du XVIIIe siècle qui, pesant jusqu'à plus de 10 kilos, rivalisaient d'enflure et d'apparat. « Tout pour le paraître, s'exclamait Charles avec dédain. L'auteur de ces extravagances était le coiffeur de la reine Marie-Antoinette. Il s'appelait Léonard. Il n'avait pas volé son nom celui-là. Tu m'écoutes, Marcelle ? Quand un siècle devient capillairement grotesque, c'est qu'il n'en a plus pour longtemps. D'ailleurs, la révolution de 1789 a dégonflé les coiffures des marquises comme les baudruches qu'elles étaient, et leur monde avec elles. Tu te rends compte (mais Marcelle ne se rendait plus compte de rien à ce moment-là) que les dames de la cour, pour ne pas risquer de détruire le chef-d'œuvre d'équilibre qu'elles portaient sur la tête, dormaient assise dans un fauteuil, passant la nuit toute droite ? Ce qu'il ne faut pas faire pour être à la mode ! Retiens aussi ça, ma chérie. Les cheveux sont politiques. Si Bonaparte avait les cheveux longs, Napoléon les avait courts. Et c'est vrai qu'il a déplumé la

France à la fin. Mais allons de ce côté. Je vais te montrer ce qu'est la vraie coiffure. »

Marcelle s'était assoupie. Juchée sur les épaules de Charles, la tête dodelinant, elle se laissait bercer par la voix de son père qui, intarissable, lui expliquait maintenant que la coiffure, « c'est sensible, précis, créatif. C'est une chorégraphie des mains, mais des pieds aussi. Il faut danser autour de la tête. Ainsi vient le mouvement. Ainsi le coiffeur parvient-il à transformer les pensées qui nous sortent toutes hirsutes de la tête en jardin philosophique, en océan sur lequel la main peut doucement naviguer sans risquer d'être prise dans des paquets d'algues. La coiffure, s'enflammait Charles, c'est la civilisation à la portée de toutes les têtes. C'est le meilleur de l'humanité depuis l'aube des temps. Le plus vieux métier du monde aussi. Tu m'entends, Marcelle ? (Mais Marcelle ne l'entendait plus.) Les cheveux, ils poussent toute la vie, ils poussent chaque jour, ils ne s'arrêtent jamais de pousser et ainsi rappellent-ils à chaque instant à l'homme qu'il est un animal. Et à la femme donc, insistait-il l'œil sombre. Et c'est ici que papa arrive avec ses peignes et ses ciseaux. Comme Zorro. Tu m'écoutes, ma chérie ? Papa, il dompte la bête ! Il pourfend les épis, les mèches rebelles, il ramène l'ordre ! » Marcelle hochait mollement la tête. Rouvrait les yeux au moment où Charles, qui lui secouait le bras, s'était planté devant *La Femme au miroir* de Titien. Il faisait de grands gestes, parlait soudain trop fort : « Regarde, Marcelle. Regarde cette chevelure. Ce gaufré somptueux. Quel travail d'orfèvre ! Et ce blond vénitien. Une merveille de teinture ! Pour obtenir cet effet vaporeux, les coiffeurs se servaient à l'époque d'une pommade faite de moelle de bœuf touillée dans de l'huile de noisette avec, pour donner du brillant, une pointe de jus de citron. La “pommade de bœuf", ça s'appelait. C'est peut-être ce qu'il y a dans le flacon que tient la dame, là, sur droite. Comme une réclame pour un produit. Tu comprends ? Ce tableau est à lui tout seul un manifeste de la coiffure. Les critiques d'art disent qu'il est une réflexion sur le caractère éphémère de la beauté, ils parlent d'une allégorie du temps qui passe, mais c'est débile ! Ils n'y connaissent rien ! Il s'agit d'une publicité pour les coiffeurs et les produits qu'ils utilisent. Ça crève les yeux ! Les deux miroirs que l'homme sur la gauche présente à la dame pour qu'elle puisse se voir de face et de dos, c'est afin qu'elle juge du résultat. Pour un coiffeur, c'est le moment crucial. Le moment où le client est content ou pas. Où il découvre sa nouvelle tête et si elle ne lui plaît pas, hou là là. Ça arrive parfois. Alors que les coiffeurs n'ont que vingt minutes pour mettre la nature en ordre et en beauté. Transformer le paquet de nouilles qu'on a sur le crâne en festin pour les yeux. Et tout ça sans couper une oreille ni entailler la peau. Il faut travailler avec beaucoup de délicatesse. Le poignet toujours léger. Nous agissons directement sur le vivant, nous autres. Titien, lui, il a pris des mois pour peigner sa dame avec ses pinceaux. La coiffure est aussi une maîtrise du temps. En tout cas, l'homme sur la gauche est un capillartiste. Aucun doute. C'est papa en plein travail. C'était déjà lui au XVIe siècle. Tu comprends ? Sans son coiffeur, cette femme serait une pauvre dondon. Elle serait une grosse vache. Retiens ceci, ma petite Marcelle chérie : ce sont les cheveux qui font les femmes et les hommes. Ce n'est rien d'autre. Sacré Titien ! Il fut le plus grand coiffeur de la Renaissance. D'ailleurs, c'est lui qui a inventé la triple carpathe. Mais faut pas le dire. C'est notre secret. D'accord ? » Et Marcelle de

Bon.

Au moins j'aurai essayé.

De rendre justice à Charles.

Le père de Marcelle.

Charles Pichon, profession coiffeur.

Au moins j'aurai fait exister la figure du père dans l'ordre du langage.

« Tais-toi, je t'en prie. »
Raymond CARVER,
Les Vitamines du bonheur

71

Un deux trois quatre cinq six sept huit neuf dix onze douze treize quatorze quinze seize dix-sept dix-huit dix-neuf vingt vingt et un vingt-deux vingt-trois vingt-quatre vingt-cinq vingt-six vingt-sept vingt-huit vingt-neuf trente trente et un trente-deux trente-trois trente-quatre trente-cinq trente-six trente-sept trente-huit trente-neuf quarante quarante et un quarante-deux quarante-trois quarante-quatre quarante-cinq quarante-six quarante-sept quarante-huit quarante-neuf cinquante cinquante et un cinquante-deux cinquante-trois cinquante-quatre cinquante-cinq cinquante-six cinquante-sept cinquante-huit cinquante-neuf soixante.

Le temps de compter ici même jusqu'à soixante, quinze personnes sont mortes de faim dans le monde.

Et dans l'heure qui vient, une personne virgule deux se sera suicidée en France et vingt-trois autres tenteront de se tuer.

Dans l'heure qui vient de s'écouler, un homme, une femme, quelqu'un se trouvant dans *mes* parages, s'est pendu chez lui ou dans une grange, a pris des médicaments ou s'est tiré une balle dans la tête ou dans le cœur, s'est jeté par la fenêtre ou du haut d'un pont, s'est tranché les veines, s'est noyé ou s'est asphyxié de toutes les façons possibles (par le gaz aussi), s'est jeté sous un train ou sous un camion, a précipité sa voiture contre un mur ou dans un ravin, s'est immolé par le feu, s'est laissé mourir de faim.

S'est fait exploser au milieu de la foule.

Voilà qui donne un peu de prix au temps qui passe.

À chaque *heure* qui passe.

« Pour certaines personnes, commence Louis C.K. dans un de ses sketchs, la vie se résume à mourir de faim. Ils naissent, ils ont faim, ils meurent. Voilà tout. Et pendant ce temps, moi, j'écoute de la musique au volant de mon Renault-Nissan Infiniti. Je passe du bon temps et je dors comme un bébé. » Et la salle d'éclater de rire. Louis C.K. laisse les rires se déployer. Il sourit en regardant le public qui se gondole. Un étrange sourire. Un sourire dans lequel il y a une espèce d'effarement. Un sourire qui semble dire : « Mais ce n'est pas drôle ! C'est affreux ! Ne comprenez-vous pas ? Bon Dieu, à quel moment allez-vous cesser de rire ? Jusqu'où faut-il que j'aille dans le cynisme pour que vous ouvriez les yeux ? Qu'est-ce ce que vous ne comprenez pas dans la phrase : "malédiction sur ce monde pourri" ? Ou alors. Non. Me dites pas. C'est vous le monde pourri ? »

Tant que j'y suis.

Dans un autre sketch, Louis C.K. raconte qu'avec un ami, ils sont allés accueillir la cousine de cet ami qui, venant de sa cambuse, débarquait pour la première fois à New York. Et vlan, elle tombe sur un SDF. À peine sortie du car, vlan, un SDF, tout crasseux et dégueulasse, vautré dans sa pisse. « Eh quoi, elle est à New York, *right ?* » rigole Louis C.K. (Rires dans la salle.) Aussitôt, sa cousine s'agenouille et demande au SDF : « Ça va bien, monsieur ? Mais qu'est-ce qui s'est passé ? » « Qu'est-ce qui s'est passé ? Sans déconner ! Mais l'Amérique est passée par là, chérie ! Pourquoi elle demande ? » rigole Louis C.K. (Les rires redoublent dans la salle.) Mais la cousine veut faire quelque chose, elle ne veut pas laisser ce malheureux dans sa crasse et dans sa pisse et Louis C.K. explique que lui et son ami ont dû prendre la cousine par le bras *de force,* l'entraîner et l'éloigner ailleurs parce que s'occuper d'un SDF, « ce ne sont pas des choses qu'on fait ici, *right* » ? (Encore des rires, plus gras.) Il a fallu, explique Louis C.K., que lui et son ami « corrigent le comportement de la cousine, comme si elle faisait quelque chose de mal ». Et de conclure en s'adressant directement au public : « Quelle stupide campagnarde, n'est-ce pas ? *What a silly country-girl, right ?* » Et la salle d'être pliée en deux de rire.

Bien sûr, cette blague marche aussi à Paris.

Appelons ça une blague.

J'en ai une autre : vers l'an – 300 avant Jésus-Christ, Hégésias de Cyrène écrivit un livre qu'un journaliste, dans son langage inimitable, qualifierait aujourd'hui de « sulfureux ». Un livre maudit. D'une part, il a disparu et il n'en reste que des fragments ; d'autre part, il fut interdit par le roi-pharaon Ptolémée car il provoqua une vague de suicides dans tout le royaume. Il faut dire qu'il racontait, avec autant d'éloquence que d'émotion, la résolution d'un homme qui décide de se laisser mourir de faim parce que se suicider lui apparaît la seule option *raisonnable*, sachant :

1/ les malheurs sans nombre qui nous menacent et nous assiègent ;

2/ les maux physiques dont la présence nous accable ou nous accablera ;

3/ les souffrances morales auxquelles nous n'échappons pas ;

4/ le passé qui ne nous laisse, s'il fut heureux, que d'inutiles regrets et, s'il fut malheureux, que des souvenirs lugubres ;

5/ l'avenir horrible qui nous attend, avec d'abord la vieillesse, puis la mort.

Cinq bonnes raisons, selon Hégésias, de rejeter le « fardeau de l'existence ».

Ce livre s'appelait *L'Abstinent* ou, selon certains, *Le Suicidé par jeûne.*

S'il y a une bonne blague, c'est la vie.

Dans le genre comique, elle est imbattable.

Cui-cui, répond l'oiseau bleu.

« Cavalier en e5. »
J. K. ROWLING,
Harry Potter à l'école des sorciers

72

– Vous allez être content, Bmore.

– J'aime être content. J'aime que mon petit oiseau bleu pépie.

– Vous agressez celle-ci sexuellement, là ?

– Allons, Penny, vous voyez le mal partout.

– Le mal est partout, Bmore.

– D'accord. Quel bon vent vous amène ?

– Celle-ci a trouvé.

– Quoi ? Le journal de Marcelle ? La solution au problème P = NP ?

– Non, un graphologue ! Un graphologue tout ce qu'il y a de sérieux ! L'un des meilleurs dans sa partie. Une pointure ! Celle-ci vous avait dit qu'elle trouverait et yes, she can !

– Il s'appelle comment ?

– Serge Lascar.
– Vous vous fichez de moi ?
– Mais non, Bmore. C'est d'ailleurs parce qu'il s'appelle Lascar qu'on peut lui faire confiance. David Douillet ne l'était pas du tout sur un tatami. Michel Bon l'était encore moins (« bon ») lorsque, P.-D.G. de France Télécom, il mettait en place son plan Top qui, endettant si bien l'entreprise, conduira in fine à « suicider » un maximum d'employés « par la fenêtre ou par la porte ». Cela s'appelle des contraptonymes. C'est une garantie, Bmore. Si votre nom vous désigne de façon péjorative, vous cherchez à le faire mentir afin de vous prouver à vous-même que vous valez mieux et, accessoirement, démontrer à tous ceux qui, depuis toujours, se moquent de vous en vous confondant avec votre nom qu'ils ont tort. Ceux qui partent dans la vie avec un handicap deviennent toujours meilleurs que les autres.
– Admettons. Vous le sortez d'où, votre Lascar ?
– C'est toute une histoire !
– J'ai tout mon temps.
– Pas tant que ça car vous avez rendez-vous avec lui au téléphone dans dix minutes.
– Quoi ?
– Pas de panique, Bmore. Tout va bien se passer.
– Mais je vais lui dire quoi ? Je ne sais même pas où est donc ornicar !
– En fait, celle-ci a lu un bouquin. *Je suis le carnet de Dora Maar*. C'est le titre.
– Ça marche aussi avec *Nous sommes le journal de Marcelle Pichon* ?
– Vous ne croyez pas si bien dire. Car ce livre raconte comment la journaliste et écrivaine Brigitte Benkemoun a, par le plus grand des hasards, découvert un répertoire téléphonique qui appartenait à Dora Maar. Vous voyez qui est Dora Maar ?

– La troisième ou quatrième épouse de Picasso ? La femme qui, toujours, pleure dans ses tableaux ?

– Elle était d'abord peintre et photographe, Bmore. Une femme n'est pas que la femme de son mari, fût-il Picasso. Surtout si celui-ci la rend folle. En même temps, elle avait toujours été un peu excessive. Surtout envers elle-même.

– Okay. So what ?

– Celle-ci ne va pas vous raconter ce livre des fois que vous voudriez le lire, mais dans le répertoire de Dora Maar figuraient les adresses et les téléphones d'Aragon, de Braque, Breton, Cocteau, Éluard, Lacan, Leiris, Ponge, etc. Tout le gratin des arts et spectacles ! Mais il y avait aussi des gens moins célèbres et justement ! À la lettre P, celle-ci vous le donne en mille : il y avait un Pichon ! Un monsieur Pichon. C'est dingue, non ? Tout se tient, n'est-ce pas ? Il n'y a pas de hasard. L'histoire de Marcelle passe aussi par le carnet de Dora Maar. Encore un signe qu'on nous envoie ! Cela nous fait un « journal » de plus. Comme une histoire secrète...

– Je vous adore, Penny. Mais ce Pichon : il a un lien avec Marcelle ?

– Pas que celle-ci sache. Il était vétérinaire et habitait dans le 16e arrondissement. Mais l'important est ailleurs. Car dans le répertoire de Dora Maar figurent les coordonnées d'un graphologue : Raymond Trillat. Brigitte Benkemoun a trouvé pourquoi Dora le connaissait : il s'agissait d'un ponte de la graphologie que Paul Éluard, en 1942, sollicita pour qu'il analyse les écritures de Picasso et de Dora au moment où tous les deux venaient de se mettre en couple. Sans révéler, bien sûr, leurs identités.

– En 1942 ? Voilà qui est rigolo. Et ça donne quoi ?

– Ce ne serait pas sympa pour le livre de Brigitte Benkemoun de vendre la mèche. Je vous laisse la surprise. Mais là où ça devient intéressant pour nous, c'est que Brigitte Benkemoun a eu l'idée de soumettre le carnet de Dora, lequel date d'après la rupture avec Picasso, lorsqu'elle se remettait à peine de sa dépression, à un graphologue qui s'appelle...

– Serge Lascar ?

– Bingo ! Et le portrait graphologique qu'il fait de Dora Maar est tout aussi bluffant. Dans son écriture, il a vu le « côté borderline » qui était le sien à ce moment-là. Voilà comment celle-ci a trouvé Serge Lascar. Le livre de Brigitte Benkemoun ayant été publié en 2019, votre petite Penny adorée n'a eu aucun mal à retrouver sa trace. D'ailleurs, il a une page Wikipédia. Figurez-vous qu'il est diplômé de la Société française de graphologie et qu'il est titulaire d'un DEA de linguistique et de lettres. Pendant dix ans, il a été rédacteur en chef de la revue *La Graphologie*. Mais il est aussi comédien, metteur en scène de théâtre et auteur pour la télévision et le cinéma. C'est assez sérieux pour vous, Bmore ?

– N'en faites pas trop, Penny. Vous ne m'ôterez pas de l'idée...

– En plus il est charmant.

– Vous lui avez parlé ?

– Bien sûr ! Celle-ci l'a eu au téléphone il y a une dizaine de jours. Au début, il était sur la défensive. Il se méfiait.

– Quoi ? Mais c'est le monde à l'envers !

– C'est que des journalistes ont tenté de le piéger, vous voyez le genre. Cela dit, il est à la retraite. Il a fermé son cabinet et ne pratique plus vraiment. Mais quand il a compris que nos intentions étaient pacifiques, que c'était pour un *livre*, il a accepté. Il a dit que cela l'amusait. En plus, à cause du confinement, il a du temps libre. Celle-ci a trouvé ça super sympa de sa part. Bien sûr, elle ne lui a rien dit à propos de Marcelle. Pas même qu'il s'agissait d'une femme. S'il trouve son sexe rien qu'en analysant son écriture, ce sera bon signe.

– Une chance sur deux…
– Allons, Bmore, jouez le jeu ! Celle-ci est sûre que cela en vaut la peine. Nous allons apprendre des choses formidables sur Marcelle. Des choses intimes. Son écriture va nous dévoiler un pan de sa personnalité, de son âme peut-être. Jamais nous n'aurons été aussi proches de la connaître. De la comprendre.
– Dites donc, vous y croyez vraiment.
– Celle-ci ne vous comprend pas. Vous avez dressé le portrait imaginaire de Charles Pichon et voici que vous faites la fine bouche ! C'est pourtant vous qui disiez que tout peut devenir source d'information.
– Un point pour vous, Penny. Mais vous ne m'ôterez pas de l'idée que nous allons nous trouver aussi éloignés de la vérité que Guermantes l'est de Méséglise. Ou que Mettray l'est de Fontevraud, si vous préférez Jean Genet.
– Celle-ci ne comprend rien à vos métaphores pourries. Mais elle est contente que vous lui donniez un bon point. Les femmes ont besoin d'être encouragées. C'est un truc avilissant que les hommes leur ont appris.
– L'ennui avec votre graphologue, c'est qu'il s'agira de son imaginaire, pas du nôtre.
– Oui, bon, il est trop tard, Bmore. Celle-ci a envoyé à Serge Lascar des extraits du journal de Marcelle. Mais attention : des extraits les plus inoffensifs possible, afin qu'il ne puisse pas deviner qu'il s'agit d'un journal d'agonie. Des bouts de phrase du genre : « pour un bol de bouillon, une tranche de pastèque, un citron/le mardi 9 octobre/la langue est un escargot qui dégorge/la lucidité est entière/comme toujours on ne dit jamais la vérité »… Ça fait un peu cadavre exquis, non ? Celle-ci s'est évertuée à donner un minimum d'informations susceptibles de mettre sur la piste de Marcelle ou d'orienter l'analyse. Ah, elle a aussi envoyé deux signatures de la main de Marcelle : l'une quand elle avait 19 ans, tirée

de l'acte de mariage avec Victor Baisse, en 1940, l'autre extraite de l'acte de mariage avec Anouar Moualhi, quatorze ans plus tard, quand Marcelle avait 33 ans. À l'œil nu on voit qu'elles sont un peu différentes. Qu'il y a eu une évolution. Serge Lascar nous dira peut-être dans quel sens. Et tant qu'elle y était, celle-ci a joint une copie de la signature d'Anouar Moualhi. Vous savez, celle tracée d'une écriture malhabile. On verra bien ce qu'il en sortira.

– Beau boulot, Penny. Je le dis sans arrière-pensées.

– Merci, Bmore.

– Et, euh, cette plaisanterie va nous coûter combien ?

– Rien du tout ! Serge Lascar a dit qu'il faisait ça pour la beauté du geste. Parce que relever le défi l'amusait. C'est classe, non ?

– Comme ça, on ne pourra rien lui reprocher. Godard disait qu'il voulait que ses acteurs soient le mieux payés possible car, de la sorte, il pouvait leur demander des trucs qu'ils n'auraient jamais fait gratuitement.

– Godard est suisse. Mais puisque vous évoquez le sujet, autant que vous sachiez.

– Sache quoi ?

– Celle-ci ne voulait pas vous le dire mais Serge Lascar a aussi été graphologue conseil dans des entreprises.

– Vous voulez dire qu'il aidait des employeurs à recruter des candidats sur la base de leur écriture ?

– Quelque chose comme ça.

– Il aidait aussi à les virer ?

– Euh, non. Celle-ci ne croit pas… Ce n'est pas ce que vous pensez… La graphologie est une aide à la décision. Elle permet de repérer les « potentialités cachées » d'un individu, pas de le disqualifier.

– Ah Penny ! Dans quoi nous avez-vous embarqués ! Je n'aime pas ça du tout.

– C'est fou comme vous êtes prévisible. Mais votre téléphone, Bmore. Il sonne ! C'est lui ! Vite, décrochez !

(Moi adressant un regard noir à Penny.)

– Allons, Bmore ! Il a fait l'analyse graphologique de Dora Maar. C'est l'un des meilleurs dans sa partie. Vous ne voulez pas savoir ?

« Quand les temps deviennent bizarres,
les gens bizarres s'en sortent. »
Hunter S. THOMPSON,
La Grande Chasse au requin

73

« Je pense qu'il s'agit d'une femme. À cause de l'écriture : elle est assez ample et, en principe, c'est un signe. Je suis donc parti de cette hypothèse. Mentalement, c'est aussi plus facile. Cela aide à se représenter la personne.

(C'est la première chose que me dit Serge Lascar concernant son analyse graphologique de l'écriture de Marcelle. Au téléphone, sa voix est agréable, posée. Il parle avec précaution et, pendant toute la conversation (je lui ai dit que, pour ne rien perdre de ce qu'il allait me dire, je nous enregistrais grâce à une petite application intégrée à mon téléphone portable), je sens qu'il prend des pincettes, ne veut surtout pas asséner des vérités définitives, avance sur des œufs. Ce qui l'honore. D'un autre côté, je préférerais

qu'il me livre le fond de sa pensée, qu'il aille directement à l'os de Marcelle.)

« Ce qui ressort immédiatement de l'écriture, c'est une dureté, un très grand inconfort. Le sentiment d'une lutte. Contre soi-même. Contre les autres aussi, peut-être. En tout cas, la personne n'est pas tranquille. Elle est dans un état de qui-vive, de tension extrême. Il y a de l'anxiété aussi. Une anxiété très difficile à canaliser. C'est la première chose qui saute aux yeux. L'écriture exprime quelque chose de sombre, de dur, de violent, de conflictuel. Une violence contre soi, forte et lourde. Ce qui se dégage n'est pas du tout joyeux. Il s'agit d'une écriture noire.

(Un bon point pour lui. Marcelle était tout de même en train de crever littéralement de faim à ce moment-là. Dans le genre confortable, on a vu mieux.)

« Son geste est grand, anguleux, avec des étrécissements, des aspérités. L'écriture est heurtée, avec des trous à l'intérieur des mots, des blancs, beaucoup d'arrêts, des interruptions, tandis que les orbes des lettres sont raccourcis dans leur forme. Cela incite à penser que cette femme *(je lui confirme à cet instant qu'il s'agit effectivement d'une femme, qui s'appelait Marcelle, pas la peine de faire durer le suspens)*, d'accord, Marcelle donc. C'est comme si Marcelle était en guerre. Il y a en elle quelque chose de retenu. De bridé. On peut faire l'hypothèse d'une espèce de discipline de soi qui a été très difficile à acquérir, à accepter. Une sorte de dressage au départ. Comme si son éducation lui avait coûté beaucoup d'énergie. Avec quelque chose qui n'a pas été complètement intégré. On peut imaginer des frustrations, des interdits, des manques, qui l'ont empêchée de s'épanouir. Sentiment qu'elle a été à rude école. Pour cette femme, vivre n'est pas une partie de plaisir, pas du tout. Elle affronte la vie, elle se confronte, mais sans s'adapter ni s'intégrer. Il y a vraiment un sentiment de guerre permanente, avec elle et avec les autres. C'est très frappant dans son écriture.

(Voilà qui validerait l'hypothèse d'une ambiance pourrie au 144 rue de Javel, avec un Charles Pichon dans le rôle du père élevant sa fille à la dure. Du père castrateur. Du père malheureux. Du père kafkaïen !)

« J'extrapole, mais je dirais qu'il y a des choses qui lui sont restées en travers de la gorge. Comme si elle n'avait pas eu la place qu'elle pensait mériter. Qu'on lui avait refusé quelque chose à quoi elle pensait avoir droit. Mais cela lui a été interdit, elle en a été privée, et elle ne l'a pas accepté, pas digéré. Dans son écriture, on sent qu'on lui a coupé les ailes à un moment donné, on l'a amputée de quelque chose et cela l'a cassée, ça l'a segmentée, sectionnée et coupée d'elle-même. On lui a coupé les ailes, je ne peux pas mieux dire.

(Mais oui, on a coupé les ailes de son oiseau bleu ! Quelque chose l'a amputée. Quelque chose comme sa mère l'ayant abandonnée lorsqu'elle avait 7 ans ? Un autre bon point !)

« En tout cas, on sent chez elle une douleur très profonde, qui vient de loin, c'est évident. Ce qui fait que c'est quelqu'un qui ne s'aime pas beaucoup et qui ne se fait pas de cadeau, ni n'en fait aux autres, probablement pas. Pour moi, c'est une femme qui a appris à se méfier. Pour qui faire confiance est très difficile. Il y a sûrement une blessure d'enfance, ou plus tardive, qui l'a amenée à se méfier de ses propres sentiments. Et de ceux qu'on peut lui manifester. Pour elle, ne pas être aimée paraît préférable à l'idée d'être engloutie par les sentiments, car elle s'est fait avoir un jour et on ne l'y reprendra plus. Il y a une vraie défiance vis-à-vis des émotions, de leur libre expression. Il y a vraiment un truc qui a été cassé chez elle.

(Encore un bon point, non ? Parce que sa mère et parce que Anouar : comment faire confiance après ça ? Comment ne pas être « cassée » ?)

« Les conséquences, c'est qu'elle semble s'être empêchée de vivre et même de rêver. J'ai une image comme ça : plutôt que s'échapper par le rêve, elle a chaussé ses bottes de pluie, elle s'est enfoncée dans la terre, une terre hostile, pour essayer de lutter. Il y a un côté : je me débats, je lutte, parce que je sais que rien n'est facile, rien n'est simple. Impression que la vie l'a endurcie et qu'elle-même s'est durcie. Pour elle, la vie n'est pas un long fleuve tranquille et elle s'est blindée affectivement.

(Okay. Je note, j'enregistre...)

« Ce que montre aussi son écriture, c'est qu'il s'agit de quelqu'un qui n'arrive pas à manifester librement ses sentiments. Chez elle, les émotions s'expriment d'une manière anormale. Soit elles ne sortent pas du tout et elle est complètement mutique ; soit elles sortent de façon débridée. C'est quelqu'un qui n'arrive pas à nuancer, ça, j'en suis à peu près sûr. Composer, relativiser, arrondir les angles, elle ne sait pas faire. D'où des réactions brusques, brutales, maladroites, intransigeantes.

(Voilà qui rappelle Marcelle envoyant brutalement balader la voisine de la rue Championnet. Et son interview avec Anne Gaillard : c'est vrai qu'elle s'exprimait avec une vivacité un peu inquiétante, tout à fait excessive. Un autre bon point !)

« C'est très net dans les espaces entre les mots : ils sont assez grands, très importants. C'est comme si, à chaque fois que quelque chose veut se manifester, qu'un mot lui vient, une envie de dire, elle s'arrête, elle se bloque et il se fait un silence qui empêche les choses de s'exprimer dans la continuité, de s'activer. C'est d'autant plus fort que l'écriture est tout en angles, très saccadée. Vous pourriez avoir des espaces aussi grands mais avec une écriture banale, cela n'aurait pas le même sens. Or, là, avec un geste très dur, les rétrécissements des voyelles, il y a une grosse charge dans l'écriture, sauf qu'elle n'arrive pas à se décharger. Tout ce qui ne s'exprime pas s'imprime, donc c'est très violent envers soi-même. Ce que vous ne pouvez pas sortir, vous en restez prisonnier et c'est forcément douloureux. C'est comme si Marcelle voulait dire quelque chose mais qu'elle ne pouvait pas, qu'elle n'avait pas le droit, se l'interdisait ou qu'on le lui avait interdit.

(Comme toujours on ne dit jamais la vérité ? Un autre bon point ?)

« Pour se rendre indépendante, elle est d'emblée dans le refus. En opposition plutôt que dans l'acceptation. Elle peut adopter des positions de principe péremptoires. Voire extrêmes. Des solutions radicales, sans compromis. Parce que accepter un compromis serait une façon de céder, de baisser sa garde et se retrouver démunie. Ce n'est pas quelqu'un qui échange, qui fait des compromis. Elle ne sait pas transiger. Tout indique qu'elle a une vision noire de l'existence. Pour se sentir exister, elle a besoin d'une certaine pression, de se confronter, parce que c'est comme ça qu'elle peut tenir à distance ses propres tensions internes, son anxiété, son angoisse de fond.

(Okay. Je note, j'enregistre...)

« Et il y a de la colère. Ah oui ! Une grande colère, rentrée. Une colère jamais rassasiée. Contre elle. Ou contre les autres. Ou les deux.

(Malédiction sur ce monde pourri ! Un autre bon point. J'aime aussi sa colère jamais « rassasiée ».)

« Elle est dure avec les autres car elle l'est avec elle-même et elle ne peut pas imaginer que les gens soient gentils, aimables, estimables. Les attentions qu'on lui porte, elle ne peut pas envisager que ce soit sans arrière-pensées, sans retour sur investissement. Je pense qu'elle a appris à se méfier, à ne pas faire confiance. Peut-être a-t-elle été trahie et elle ne l'a pas supporté. C'est si fort chez elle que je me suis dit qu'elle était tellement remplie de choses âpres et verrouillées que, dans certaines circonstances, elle avait pu être généreuse.

(Je retiens le mot « trahison ». Et croire que les autres ont des arrière-pensées, qu'ils attendent un retour sur investissement : une conséquence de sa période mannequin ?)

« Elle peut très vite s'indigner, monter sur ses grands chevaux, passer de l'exubérance à un retrait très ombrageux. Soit elle explose de colère, soit elle refoule toute cette colère à l'intérieur d'elle-même. En tout cas, j'en suis quasiment certain : il y a beaucoup de solitude chez cette femme. Une solitude très douloureuse. On ne peut pas dire qu'elle vit car, chez elle, l'existence tient davantage de la survie, elle ne fait que surnager, férocement, comme si elle était sans cesse au bord de se noyer.

« Mais on voit aussi qu'elle fait preuve de courage. De ténacité dans l'adversité. Elle ne lâche rien. C'est quelqu'un qui fait face, qui ne se démonte pas, qui va jusqu'au bout de ce qu'elle a entrepris. Mais le plus fou, selon moi, reste la bataille à laquelle elle se livre intérieurement. Son écriture est une espèce de champ de bataille. C'est comme s'il fallait qu'elle sacrifie une partie d'elle pour être à la hauteur de ses exigences, car elle est intransigeante.

(S'il veut dire que Marcelle est effectivement allée au bout de sa solitude et qu'elle a affronté courageusement la faim, sacrifiant son être à la mort, il marque un nouveau point.)

« Ce dont je suis quasiment certain aussi, c'est que ce n'est pas une femme qui cherche à séduire, mais alors, pas du tout ! Elle est plutôt le contraire de la séduction ! Elle préfère convaincre que séduire, tout en restant sur le qui-vive, afin de garder le contrôle, ne pas se laisser déborder.

(Elle a pourtant été mannequin. Un point en moins ?)

« Voilà ce que je peux vous dire. Pour une analyse plus fine et approfondie, il me manque des éléments. Je ne dispose que de photos de son écriture, ce qui n'est pas l'idéal. Il me faudrait une lettre entière, signée de sa main, afin de voir le positionnement des mots dans la page, la place que prend la signature par rapport à l'écriture, si elle est petite ou pas, à droite ou à gauche, il y a plein de choses significatives. Là, je ne peux parler que du geste de l'écriture.

(Et les signatures ? Il peut en dire quelque chose ?)

« Les signatures ? Ah oui. Celle de 1954 semble plus mature que celle où votre Marcelle avait 19 ans, ce qui est logique. Elle ne fait pas le P de son nom exactement de la même façon. Elle a abandonné les grosses boucles qu'elle faisait en 1940 mais, selon mon hypothèse, c'est plutôt comme si elle avait abandonné une partie d'elle. Comme si elle avait perdu quelque chose. Mais dans les deux cas, la signature ne va pas vraiment de l'avant car le dernier geste revient sur la gauche, ce qui fait qu'elle se referme, se squeeze. Mais ce qui frappe surtout, c'est le M de Marcelle qui, en 1940 comme en 1954, révèle un geste qui s'encoquille. Là encore, cela indique quelque chose qui ne s'est jamais épanoui, un rêve d'enfant qui serait resté à l'intérieur de soi, n'aurait pas eu la possibilité de s'exprimer.

(J'aime beaucoup le verbe encoquiller. Je donne un point.)

« La signature du mari ? Le deuxième mari, c'est ça ? Ah oui. Bon, elle est molle. C'est un geste très mou. Cela dit, il s'agit manifestement d'un étranger *(je lui confirme qu'Anouar était tunisien).* Cela peut jouer. Évidemment. Toutefois, une écriture qui n'a pas d'angles, qui n'offre aucune prise, manque de solidité : dans ces cas-là, deux hypothèses. Soit c'est le fait de quelqu'un qui, analogiquement, est un peu inconsistant et se laisse volontiers dominer car c'est confortable pour lui ; mais une autre hypothèse me paraît plus plausible. Comme vous le savez, nous avons tous en nous de l'agressivité. C'est normal. Dans l'écriture, cette agressivité se traduit par un mélange de cercles, de ronds, d'angles, d'élans brusques qui l'expriment tout en la canalisant. Notre agressivité, on la dresse, on la domestique et cela se voit dans l'écriture. Or, lorsqu'il n'y a aucun signe d'agressivité dans l'écriture, de dressage de l'agressivité, comme c'est le cas ici, on peut faire l'hypothèse de quelqu'un de violent. L'écriture des gens violents ne révèle, en général, pas de signes de violence. On pourrait imaginer le contraire, une écriture très expressive, hachée, emportée, etc. C'est tout l'inverse ! On constate des écritures assez flasques, sans véritable ossature, où la personnalité n'apparaît pas car elle ne s'est pas faite. L'individu n'est pas construit. Il est, de façon infantile, resté dans le principe de plaisir, synonyme de difficulté à supporter la frustration et cela peut donner des gens agressifs. En tout cas, cette signature me paraît montrer quelqu'un qui n'est pas clair avec lui-même. Quelqu'un qui n'est pas sexué, c'est évident ! De pas très viril. Ce qui peut donner un individu gentiment enfantin, ou capable d'explosions de violence. C'est pour ça que les deux hypothèses sont possibles mais, pour ma part, la deuxième me paraît la plus probable. »

(Alors là, chapeau ! Cela vaut dix points ! Vingt points !)

73.1

Bien bien bien.

C'était assez impressionnant, en effet.

Il n'y avait pas à dire.

Serge Lascar m'avait dit à peu près tout ce qu'il avait graphologiquement vu dans le peu de matériel dont il disposait et je lui exposai alors qui était Marcelle. (Jusqu'ici, je n'avais fait que l'écouter, me gardant de lui donner le moindre indice, de le guider par mes interventions.) En quelques mots, je lui racontai la fille de coiffeur devenue mannequin chez Fath, deux fois mariée, deux enfants dont je ne savais rien et qui, à l'âge de 64 ans, avait décidé de se laisser mourir de faim en écrivant son journal d'agonie, dont il avait eu un aperçu.

Il comprenait mieux « l'écriture noire ».

Il n'était pas tellement surpris.

Il avait perçu quelque chose d'assez « affreux ».

Je me rappelle avoir songé qu'il n'aimait pas beaucoup Marcelle. Son écriture ne paraissait pas l'avoir spécialement ému. Trop de noirceur, peut-être. Sur l'instant, j'en avais éprouvé une espèce de dépit. J'aurais aimé qu'il me dise que Marcelle était une femme extraordinaire. Une femme qu'il aurait aimé connaître. Aimé aimer. Aimé embaucher. Cela ne semblait pas être le cas.

« Ce qui est intéressant dans ce que vous m'apprenez, me dit-il, c'est qu'elle ait été mannequin. C'est un biais de métier qui me manquait. Car l'écriture est grande, inclinée, ample et, dans ce geste, il y a un côté image. Une image à avoir. Une image qu'on lui demande d'avoir alors que le fond n'est pas du tout en harmonie. Il s'agit d'une image pour les autres et, en même temps, contre soi. Comme souvent les mannequins, bon, c'est peut-être un cliché, mais on a l'impression qu'ils se construisent dans le regard des autres et, forcément, cela laisse leur intériorité en jachère. Je comprends mieux maintenant. Le mannequinat impose une discipline très stricte, il s'agit d'être tout le temps en représentation. Ce qui n'est pas très épanouissant pour l'individu. Ce que Marcelle pouvait offrir, c'était son image, c'était le physique que la nature lui avait donné. Et elle a exercé un métier où c'était justement ce qu'on lui demandait. Cela n'a pas dû l'aider car, pour le reste, ce devait être un grand vide en elle. »

Après, il m'a un peu expliqué la graphologie, parce que cela m'intéressait.

« C'est surtout une perception. L'histoire des barres de *t* penchées comme ceci ou comme cela n'a pas grand sens. On ne peut pas faire de bijection en disant : tel tracé d'une lettre implique tel trait de caractère. Ça ne marche pas comme ça. Il s'agit d'avoir une vision globale. C'est comme un visage : tout a son importance. Si vous changez les yeux, le nez ou la bouche, vous changez le visage. Les éléments sont en résonance les uns par rapport aux autres. Il en va de même avec l'écriture. Par exemple, quand Marcelle écrit le mot "lucidité", je vois des suspensions, des intersections et c'est significatif par rapport à tout le reste que j'ai vu. Mais partir de ce mot pour en déduire quoi que ce soit, ce serait faire le travail à l'envers. En plus, il faut se méfier car ce qui semble une singularité peut n'être qu'un accident de la plume. »

À côté de moi, Penny écoutait la conversation que j'avais mise sur haut-parleur. Elle m'a tendu un Post-it sur lequel elle venait d'écrire le mot « viol », avec un gros point d'interrogation.

J'ai posé la question.

« Je vous ai parlé d'une blessure remontant à la petite enfance ou qui se serait produite plus tard. Mais pour en savoir davantage, il faudrait disposer de documents montrant son écriture à différents âges. Afin de pouvoir suivre l'évolution, repérer les tournants de la vie, si, à un moment, il s'est produit quelque chose de grave dans l'existence. Sachant qu'il y a des effets retard. La trace est rarement immédiate. Un viol ne s'inscrit pas dans l'écriture le lendemain ou le surlendemain. Ça ne se passe pas comme ça. Ce dont je suis sûr, cependant, c'est que quelque chose a été cassé chez Marcelle. Une blessure que rien ne permet d'identifier, mais qui lui a donné une vision très dure de l'existence. Le fait que sa mère l'ait abandonnée n'est peut-être pas suffisant. Je ne sais pas. »

J'ai chaleureusement remercié Serge Lascar.

Je ne lui ai pas parlé de ses activités de graphologue dans le monde de l'entreprise.

Je m'en fichais à ce moment-là.

Après avoir raccroché, je me suis dit que j'aurais dû lui demander de faire mon analyse graphologique.

Cela m'intéressait tout à coup.

Et celle de Penny aussi, ah oui, tant qu'à faire, ce serait très *instructif*.

Laquelle Penny m'a reproché de n'avoir pas fait le rapprochement entre l'écriture hirsute, manifestement en bataille, tout à fait segmentée et coupée d'elle-même de Marcelle et le fait que son père était coiffeur. « Vous auriez dû demander. Il y a peut-être un lien entre ses ailes coupées et son père qui, très certainement, lui coupait les cheveux. Sans compter qu'elle était mannequin chez Fath pendant l'Occupation. Nous ne savons pas comment les choses ont tourné pour elle à la Libération. Et si elle avait été tondue ? S'il s'était encoquillé quelque chose à ce moment-là ? Vous avez raté le coche, Bmore. »

Nous avons encore discuté un moment de ce que nous avions appris, en nous demandant si ce qu'avait dit Serge Lascar aurait pu s'appliquer à n'importe qui, qu'il s'agisse de Marcelle ou de quelqu'un d'autre. Qui n'a pas eu un drame dans son enfance ? Qui n'est pas entravé dans son existence ? Etc. Il s'agit d'invariants universels qui ne sont nullement spécifiques. Ils pouvaient aussi bien s'appliquer à moi ou à Penny. Rien de plus facile que d'établir un profil dans lequel chacun peut se reconnaître, *dès lors qu'il le souhaite*. Les mots, on les prend alors pour soi, sans s'apercevoir qu'on leur donne la signification qui nous convient. Ce qui s'appelle halluciner. Parce que le sens est toujours produit, jamais préalable. Eh quoi, il ne fallait pas être devin pour déceler une grande colère chez quelqu'un ayant écrit « malédiction sur ce monde pourri ». Ni une certaine difficulté à s'exprimer puisque, « comme toujours on ne dit jamais la vérité ». Cependant, avoir repéré la violence d'Anouar Moualhi à partir de sa seule signature plaidait en faveur de l'analyse de Serge Lascar. Sur ce point, Penny et moi étions d'accord. Nous étions convaincus.

– Nous verrons si l'étude du visage de Marcelle confirme son portrait graphologique, a conclu Penny.

– Sans parler de l'analyse astrologique. Pffff. Sur un plan narratif, cela va être fastidieux d'enquiller trois fois les mêmes situations.

– Faut ce qu'il faut, Bmore. La répétition exprime la faim. Et puis, si ce sont les lois de la narration qui dictent le propos, à quoi bon en avoir un ?

– On ne change pas les lois comme ça, Penny.

– Pourtant c'est nous qui les faisons, non ?

« Cornegidouille ! Par ma chandelle verte !
Ah les écrase-merdre ! »
Alfred JARRY, *Ubu cocu*

74

Alors là.
Chapeau !
Là, c'est le bouquet.
C'est le pompon !
C'est ÉNORME !
On atteint ici des sommets !
Jamais je n'aurais cru.
Ah non !
Cette fois, une limite est atteinte.
La ligne rouge a été franchie.
La farce ne fait plus rire.
On est au-delà de la malédiction de Marcelle.
On peut carrément parler de damnation.
Comment ont-ils pu ?
Comment ont-ils osé ?

74.1

On est le 23 mai 2021.

Huit jours plus tôt, Janine Maréchalle m'appelait sur mon téléphone portable.

Janine Maréchalle est la présidente de la Société française de morphopsychologie.

C'est Penny qui l'a contactée en laissant un message sur le site de la SFM et, peu après, Janine Maréchalle lui répondait en personne.

Penny m'a expliqué que Janine Maréchalle avait travaillé pour des historiens. Elle avait notamment expertisé un portrait d'Agrippine, la mère de Néron, la sœur de Caligula. Et, en 2014, on avait fait appel à sa « science des visages » pour le buste en marbre retrouvé en 2007 dans le Rhône et attribué à Jules César. Ce que son analyse avait, peu ou prou, confirmé : qui que soit cet homme, il avait tous les traits d'un « conquérant ».

Ainsi Penny m'a-t-elle vendu les talents de Janine Maréchalle.

Au téléphone, la voix de celle-ci est fraîche, enjouée, sympathique.

Lorsque, huit jours plus tôt, elle m'a appelé. Elle venait de recevoir les photos de Marcelle que lui avait envoyées Penny par WeTransfer. Les photos de Marcelle parues dans la presse, mais recadrées de façon à ne garder que son visage, sans les articles ni la moindre information la concernant, non plus son suicide, aucune date. Il y avait, en tout, cinq photos, montrant Marcelle à différents âges de sa vie, depuis les années 50 jusqu'en 1984. Et justement. Janine Maréchalle m'appelait à leur sujet : « Je viens de regarder les photos que vous m'avez envoyées, me dit-elle, et il y a un problème avec la photo numéro 3. »

– Un problème ? Avec la photo numéro 3 ? C'est laquelle ? Attendez une seconde que je regarde le dossier sur mon ordinateur.

En trois clics, j'ai trouvé la photo numéro 3. Il s'agissait de celle montrant Marcelle pendant sa période mannequin. Ou plutôt Florence, lors d'un défilé de mode, sans doute un défilé Fath, quoiqu'on ne voie pas la robe qu'elle porte. La photo cadre son visage de face. Tout sourire, Florence semble radieuse. Une rivière de pierres précieuses (des rubis ?) orne son cou. Tout semble indiquer que cette photo date des années 50.

À ce jour, c'est la seule établissant que Marcelle a été mannequin.

L'unique preuve de sa période Fath.

En août 1985, cette photo avait été publiée par le *Journal du dimanche*, puis par *Libération*. Dans le *JDD*, la légende indiquait : « Belle, les yeux rieurs, Marcelle Pichon, mannequin chez Fath. » Dans *Libé*, on pouvait lire sous la photo : « Après une carrière éclair de mannequin, une vie de solitude. À la fin de l'été 84, Marcelle Pichon a décidé d'en finir. »

J'ai repris Janine au téléphone :

– D'accord, je vois de quelle photo il s'agit. Quel est le problème ?
– Eh bien, il ne s'agit pas de la même femme que sur les autres photos.
– Comment cela ?
– Je ne sais pas si vous l'avez fait exprès, si c'est un test pour me piéger, mais je peux vous dire que la femme de

la photo numéro 3 n'est pas la même personne que sur les autres photos. Le cadre du visage n'a pas la même largeur, les yeux ne sont pas pareils, la bouche non plus, ni le nez... Bref, ce n'est pas le même visage !

– Mais non ! ai-je bafouillé. Je vous assure... Enfin... comment est-ce possible ? Je ne comprends pas. Vous êtes certaine ?

74.2

Après avoir raccroché, je n'en menais pas large. J'avais réussi à convaincre la présidente de la Société française de morphopsychologie que je ne lui avais pas tendu un piège, pas du tout : j'avais moi aussi été abusé, elle devait me croire. Mais j'allais élucider ce mystère – ah oui ! Merci de m'avoir prévenu – ô combien ! Car si elle avait vu juste, elle venait de lever un putain de drôle de lièvre. Elle pouvait me croire. Cela n'allait pas se passer comme ça – ah non !

Si cette photo ne montrait pas Marcelle, qui montrait-elle ?

Qui l'avait prise ?

D'où venait-elle ?

Qui était la mannequin photographiée ?

La fille « aux yeux rieurs » ?

Lors de quel défilé ?

Fath ou un autre couturier ?

Et pourquoi prétendre qu'il s'agissait de Marcelle ?

Mais à qui se fier, bordel ?

Comment Penny et moi étions-nous passés à côté de cette énormité ?

Parce que plus c'est gros, plus ça passe ?

Car la photo avait été publiée en grand dans *Libé* et le *JDD*.

Elle n'était pas une vignette coincée dans un coin, non, elle occupait toute la place, si bien que, dans la page, on ne voyait qu'elle.

Elle n'avait pas non plus été publiée dans un quelconque fanzine mais dans deux grands journaux nationaux.

Même TF1 avait utilisé cette photo, l'incrustant en médaillon, dans le 20 heures du 24 août 1985.

Heureusement que je ne suis pas complotiste.

Pute vierge !

74·3

Maintenant que je regardais la photo numéro 3, cela semblait évident, *cela crevait les yeux* : Marcelle ne ressemblait effectivement pas aux autres photos qui la montraient à Biarritz ou dans un bois avec un petit lapin dans les bras. C'était même remarquable comme elle ne se ressemblait pas.

Pourtant, je n'avais rien soupçonné. Si j'avais eu un doute, je l'avais écarté, je l'avais refoulé. Je l'avais mis sur le compte de la mauvaise qualité de la photo. Sur le fait que Marcelle était jeune et, au fil du temps, qu'elle avait dû changer de tête, jusqu'à prendre celle qu'elle avait sur les photos qui la montraient plus vieille. Qui plus est, elle était déguisée en Florence, elle était en représentation, toute maquillée et apprêtée, et rien de plus normal que son visage ne lui ressemblât pas tout à fait. Mais surtout, *Le Journal du dimanche* et *Libération* disaient qu'il s'agissait d'une photo de Marcelle Pichon à l'époque où elle était mannequin vedette chez Fath. Ils l'écrivaient en toutes lettres et cela avait suffi pour que, *refusant d'en croire mes yeux*, j'accepte qu'il s'agisse de Marcelle, puisque c'était écrit, là, dessous la photo. Puisque pas un mais deux grands journaux nationaux le disaient, j'avais fermé les yeux pour m'en remettre à leur *autorité*. Putain de chiotte ! Toujours les légendes font croire qu'une photo montre ceci ou cela alors qu'elle montre autre chose, que l'œil saisit pourtant très bien. Sauf que personne n'écoute ce que ses yeux lui disent. Tout le monde lit au lieu de regarder. Personne ne *veut* en croire ses yeux. Et, ce coup-ci, moi comme les autres.

Au départ, je m'étais pourtant demandé d'où venait cette photo, comme si, obscurément, un doute s'était insinué en moi. J'écrivais, je cite : « Les services iconos (de *Libé* et du *JDD*) s'étaient, à l'évidence, donné du mal pour dénicher cette photo. Peut-être venait-elle d'un fonds d'archives Jacques Fath. Je dis peut-être car elle n'était pas créditée dans le *JDD*, tandis qu'un simple *AP* (Associated Press) figurait en petit dans *Libération*. Voilà qui promettait de nouvelles recherches ! Pfffff. Mais savoir où et quand cette photo avait été prise lèverait le voile sur la carrière de mannequin de Marcelle, à propos de laquelle je n'avais jusqu'ici trouvé aucune information. Ce qui commençait à m'agacer sérieusement. Dès que Penny serait rétablie, il faudrait la mettre sur le coup. »

Je n'avais pourtant pas mis Penny « sur le coup ». Elle avait chopé le Covid à ce moment-là et j'avais oublié. Par la suite, je n'y avais plus songé, alors même que cette photo posait un autre problème : d'après ce qu'Alain Arnaud nous avait appris, Marcelle était enceinte lorsqu'elle était mannequin chez Fath. C'est-à-dire en 1940 ou, plus probablement, en 1943, au moment de la naissance de son deuxième fils. C'est à cette occasion qu'elle avait porté la fameuse robe blanc-bleu des glaciers. Voilà qui expliquait pourquoi nous n'avions rien trouvé concernant une quelconque mannequin des années 50 s'appelant Florence ou Marcelle Pichon. Parce que c'est pendant la période de l'Occupation qu'elle avait fait partie de la cabine Fath, avec tout ce que cela impliquait, sachant les accointances du couple Fath avec les Allemands. Une hypothèse que seule la photo publiée dans *Libé* et le *JDD* mettait à mal, puisqu'elle montrait Marcelle défiler pour Fath dans les années 50. Or, si cette photo était un « fake », plus rien ne s'opposait à Marcelle portant haut les couleurs de la maison Fath devant des parterres de dignitaires nazis et, peut-être, participant aux sympathiques soirées de Geneviève Fath. Toutes les pièces du puzzle s'emboîtaient, *pourvu que la photo parue dans le* JDD *et* Libé *soit fausse*.

Et voici que cela semblait être le cas !

Restait à savoir qui était sur la photo publiée dans *Libé* et le *JDD*.

Si Janine Maréchalle avait raison, s'il ne s'agissait pas de Marcelle Pichon, à qui appartenait ce visage « aux yeux rieurs ».
Il fallait le découvrir !
C'était impératif !

L'avantage, c'était de posséder cette photo.
Elle était réelle, tangible, indubitable.
Quelqu'un l'avait prise un jour.
Elle venait forcément de quelque part.
Il était donc possible de retrouver sa provenance.
L'était-ce ?
Pour le coup, la Bmore & Investigations allait devoir réaliser l'exploit !
Car d'après son grain, son noir & blanc, mais aussi la fille aux « yeux rieurs », son *look*, cette photo datait vraisemblablement des années 50.

Ça, au moins, semblait vrai.
Elle avait donc été prise il y a soixante-dix ans.
Soixante-dix ans !
À l'époque de l'argentique.
Bon courage pour mettre la main dessus !

Mais j'en faisais à présent une affaire personnelle.
Qu'on me prenne pour une bille : ah non !
Je l'avais en travers de la gorge.
Pour la Bmore, ce serait même comme un test.
Un examen pour entrer dans la cour des grands.
Décrocher notre licence officielle d'agence de détectives.
Nous faire un nom sur la place de Paris.
Devenir l'égal de Duluc.
Que dis-je Duluc : de l'agence Pinkerton !

En tout cas, c'était le seul moyen d'en avoir le cœur net.
Retrouver cette photo et il n'y aurait plus aucun doute.
Marcelle aurait bien été mannequin pendant la guerre.
Tout deviendrait limpide.
Chaque chose serait désormais à sa place.
Preuve serait faite que – quoi ?

Déjà que Marcelle n'avait pas eu droit à son nom sur sa tombe.
Voici que même son visage lui avait été volé.
Malédiction sur ce monde pourri et comme toujours on ne dit jamais la vérité ?
On ne la montre pas non plus ?

C'était plutôt Marcelle qui était maudite.
Comme si le monde se vengeait.
Lui faisait payer.
Monde pourri !

J'ai appelé les rédactions de *Libé* et du *JDD*. Non pour leur dire qu'ils se fichaient de la gueule du monde, qu'ils devraient avoir honte, devraient s'excuser auprès de leurs lecteurs, s'excuser auprès de Marcelle, s'excuser auprès de Tintin et Rouletabille, s'excuser comme des malpropres qu'ils étaient, etc. ; mais pour savoir s'ils avaient conservé les photos des articles publiés en 1984 sur Marcelle Pichon et, dans cette éventualité, s'ils pouvaient m'indiquer leur provenance, peut-être le photographe qui les avait prises. Dans l'un et l'autre cas, on me répondit que c'était peine perdue. Ces articles remontaient à trop longtemps. Les dossiers iconos avaient très certainement été détruits. Surtout que rien n'était numérisé à l'époque. Désolé.

J'ai envoyé un mail au service client d'Associated Press : personne ne m'a répondu.

J'ai cherché, cherché encore, cherché toujours.

J'avais déjà passé des jours et des nuits entières à chercher des photos de Florence mais, cette fois, c'était différent : je cherchais à présent une mannequin dont je connaissais le visage. Je cherchais quelqu'un qui *n'*était *pas* Marcelle Pichon et c'était presque plus facile. Je possédais au moins sa photo.

Considérant que les meilleurs mensonges sont tissés d'une part de vérité (ainsi fabrique-t-on le « vraisemblable »), je me suis dit que la mannequin de la photo « numéro 3 » avait dû faire partie de la maison Fath. Pour escroquer les gens, il faut de l'imagination (et il semblait que les journalistes n'en manquaient pas, sinon ils ne seraient pas journalistes), mais pas trop d'imagination non plus. Le coup monté doit demeurer crédible, sinon il est éventé.

J'ai donc épluché tout ce que j'ai pu trouver sur les mannequins du couturier de l'avenue Pierre-Ier-de-Serbie, en scrutant chaque photo avec un regard neuf. En envoyant aussi des mails à des spécialistes de la mode avec qui j'étais entré en contact depuis que la Bmore & Investigations s'était lancée sur la piste pavée de gouffres et d'oursins de Marcelle Pichon, avec la photo de la mannequin « aux yeux rieurs » en pièce jointe et cette question : « Savez-vous qui est cette femme ? »

Mais rien.
Personne n'avait d'informations.
Aucune piste !
J'étais prêt à placarder des affichettes dans la rue.
À inonder les réseaux sociaux.
À lancer une procédure judiciaire pour « disparition inquiétante ».
À ressusciter Jacques Pradel et son émission *Perdu de vue*.
J'étais prêt à tout pour faire éclater la vérité.

Et voici qu'après quinze jours et quinze nuits d'une quête devenue totalement obsessionnelle, absolument hystérique.

Vers les 3 heures du matin.

J'ai reçu un message de Sophia, cette merveilleuse Californienne qui, basée à San Francisco, compile depuis 2010 sur son blog « skorver1 » tout ce qui concerne la mode des années 50 et 60. J'avais déjà fait appel à elle pour retrouver la trace de Marcelle/Florence – en vain. Elle n'avait rien trouvé la concernant dans sa prodigieuse collection de photographies et d'articles de presse, de couvertures de magazines, etc. Cette fois, son message brillait de mille feux dans la nuit. Il était porteur d'une promesse qui était plus qu'une information. Selon elle, la mannequin « aux yeux rieurs » ressemblait à une célèbre mannequin des années 50. Une mannequin qui avait travaillé chez Fath, très iconique du couturier, mais pas seulement. Elle n'était pas sûre à 100 % que ce soit elle, elle ne connaissait pas cette photo qui, en outre, était de mauvaise qualité ; mais le visage lui rappelait cette mannequin. Celle-là plus que n'importe quelle autre. Son nom ? Patricia Prunonosa.

74.5

Patricia Prunonosa.

J'avais déjà croisé ce nom.

Cette mannequin faisait partie de la seconde cabine Fath.

Celle formée en 1953.

Elle était le « modèle exotique » sur laquelle le petit prince des élégances créait désormais ses robes les plus « dramatiques ».

Par la suite, elle avait défilé pour Dior.

Elle avait surtout mené une carrière de mannequin volant.

Elle était née le 9 juillet 1934, treize ans après Marcelle, à Paris 14e, d'un père espagnol et d'une mère française.

Elle était morte le 16 mars 2017, aux États-Unis, à l'âge de 82 ans, paisiblement, une fois n'est pas coutume concernant une mannequin.

Sans perdre une minute, je me suis mis à chercher des photos de Patricia Prunonosa. J'ai tiré de toutes mes forces sur ce fil d'Ariane, dans l'espoir de débusquer le Minotaure caché dans le labyrinthe.

D'après ce que je pouvais voir sur les clichés montrant Patricia Prunonosa photographiée par les plus grands photographes de mode des années 50, elle ressemblait en effet à la femme de la photo numéro 3. Mais rien d'absolument avéré. Peut-être un phénomène d'autosuggestion. Je devais me méfier de moi-même. Il fallait être absolument certain. Il fallait retrouver la photo parue dans le *JDD* et *Libé*. Celle-là et pas une autre !

J'ai continué de chercher.

Des heures, des jours, des nuits.

74.6

Et puis le miracle !

Il n'y a pas d'autre mot.

Au détour des centaines de clichés de mode archivés sur le site Pinterest, je suis tombé sur deux photos.
Deux photos prises le même jour, lors d'une tournée Fath à Londres.
Deux photos prises le 29 septembre 1954 à l'hôtel Dorchester, situé dans le quartier chic de Mayfair.
Deux photos faisant manifestement partie d'une même série.
Deux photos montrant, alignées, toutes debout et serrées les unes contre les autres, chacune portant une robe de soirée signée Fath, les mannequins Rose-Marie, Nathalie, Anna, Freddy, Patricia, Nicole et Jackie.
Et la cinquième mannequin en partant de la gauche.

Aucun doute.
C'était elle !
C'était la fille « aux yeux rieurs ».
Indéniablement !
Et il s'agissait de Patricia Prunonosa !

Tout coïncidait à la perfection.
L'expression du visage.
Les cheveux noirs tirés en arrière.
Leur implantation très haut sur le front.
Les sourcils en accent circonflexe.
Avec le gauche plus relevé que le droit.
Les yeux en amande.
Légèrement asymétriques.
Le nez droit.
Les narines et les ailes du nez.
Le dessin des lèvres.
Même les boucles d'oreilles.
Même le rideau gris dans le fond.
Et la robe qui laissait ses épaules nues.
Le fait qu'elle se trouvait à côté d'une autre mannequin dont on apercevait l'épaule également dénudée.
Même l'ambiance générale de la photo.
Et la lumière.
Et la rivière de rubis autour du cou.
Surtout la rivière de rubis autour du cou !

C'est la rivière de rubis qui a achevé de me convaincre.

Il s'agissait exactement de la même rivière de rubis.

Avec les pierres serties pareillement.

Ce n'était pas exactement la même photo mais c'était la même femme.

C'était la même femme photographiée trente secondes plus tôt ou trente secondes plus tard ce 29 septembre 1954, à l'hôtel Dorchester de Londres, lors d'un défilé Jacques Fath.

Ma main à couper.

Mes deux mains à couper.

74·7

Mais je ne veux pas crier victoire.

Je ne peux pas être heureux que deux grands quotidiens nationaux (sans oublier TF1) aient publié quasiment pleine page une photo de Patricia Prunonosa en prétendant qu'il s'agissait d'une photo de Marcelle Pichon.

Non, je ne vais pas crier victoire. Même si je ne suis pas mécontent d'avoir éventé la supercherie. (Intérieurement, je m'applaudis d'ailleurs à tout rompre. Je fais carrément la ola dans ma tête.) C'est sûr, la Bmore & Investigations vient de marquer un grand coup. Elle vient de se faire un nom sur la place de Paris. Un nom écrit en lettres de feu. Mais j'aurais infiniment préféré que supercherie il n'y eût point.

Dois-je rappeler que la profession des journalistes baptise son prix le plus prestigieux du nom d'Albert Londres, lui qui disait que le métier de journaliste « n'est pas de faire plaisir, non plus de faire du tort (je souligne), mais de porter la plume dans la plaie en mettant dans la balance son crédit, son honneur, sa vie ».

Pas de pot, mais avec Marcelle Pichon, plaie il y eut.

Une vilaine plaie, même.

Impossible de ne pas patauger dedans.

Car la bonne question maintenant, c'est : pourquoi cette photo ?
Cette photo-là et pas une autre ?
Pourquoi cette photo de groupe ?
Photo prise lors d'une tournée Fath à Londres en 1954 ?
Qui l'avait trouvée ? Exhumée ? *Inventée* ?
Et pourquoi avoir choisi Patricia Prunonosa ?

Pourquoi la mannequin numéro 5 en partant de la gauche ?
Pourquoi pas la numéro 2 ou la numéro 6 ?
Pourquoi pas Rose-Marie ou Freddy, Nicole ou Jackie ?
N'importe laquelle des autres mannequins défilant pour Fath ce jour-là ?

Qui avait eu l'idée de recadrer cette photo de groupe afin d'isoler le visage de Patricia ?
Pensait-on, de la sorte, noyer le poisson ?
Que personne, en France, en août 1985, ne verrait l'entourloupe ?
Personne n'aurait l'idée de chercher la vérité dans un portrait de groupe, qui plus est datant de trois décennies ?
De repérer un visage en particulier dans une *brochette* de mannequins défilant sur une estrade dans les salons d'un hôtel situé, qui plus est, à Londres ?

Qui s'était dit : Tant pis, on va mettre la photo de cette mannequin, la cinquième en partant de la gauche, elle me plaît bien, rien à foutre de toute façon, ras-le-bol, qui le verra ? Personne ne connaît cette Marcelle Pichon.

Un récit long et détaillé pourrait raconter l'histoire de celui ou de celle qui commit cette piteuse indignité, en remontant peut-être jusqu'à sa petite enfance, peut-être jusqu'au XIIIe siècle, afin de le ou la sauver des jugements hâtifs.

De toute façon, il ou elle n'était pas tout(e) seul(e).
Il y avait eu des complicités.
Des incompétences coupables.

J'aimerais vraiment comprendre le *choix* de Patricia Prunonosa.
Cela m'intéresserait énormément de démonter chacun des rouages de la mécanique ayant conduit à transformer Marcelle Pichon en Patricia Prunonosa.
Si au moins elle s'était appelée Florence Prunonosa.
Même pas.

74.8

Quoi qu'il en soit, la combine avait réussi.
Tout le monde n'y avait vu que du feu.
Libération, qui avait paru après le *JDD,* était tombé dans le panneau.
Il avait sans nul doute repris la photo publiée par son confrère, sans l'authentifier lui-même.
Parce que le *JDD* la lui avait certifiée et garantie, promis juré craché ?
Avoir un bon collègue…

Et TF1 dans la foulée.
Tant qu'à faire.
Parce que les médias fonctionnent en circuit fermé.
S'auto-valident les uns les autres.

Même la famille de Marcelle.
Ses ami(e)s.
Ses enfants.
Personne n'avait donc protesté ?
Personne ne s'était écrié : « Mais ce n'est pas Marcelle, là, sur la photo ! »

Mais peut-être n'avaient-ils pas su, pas lu, pas vu.

Qu'était devenue la photo originale ?
Celle qui avait servi au *JDD* et à *Libé* (et à TF1) ?
Les deux clichés que j'avais trouvés faisaient partie d'une série, mais eux seuls semblaient avoir survécu au passage du temps.
Le site Pinterest ne donnait aucune information : ni crédit ni copyright.
Toutefois, maintenant que je savais où et quand ces deux photos avaient été prises, j'avais découvert que Getty Images (le plus grand fonds photographique au monde) possédait les droits de l'une d'elles, la référençant dans sa « collection Popperfoto », du nom de « l'une des plus anciennes et grandes banques d'images indépendantes du Royaume-Uni », dixit Getty, qui avait racheté ce fonds.
Le nom du photographe n'était cependant pas mentionné.
Ces deux photos étaient donc les seules encore en circulation.
Où étaient passées les autres ?
Où était passée celle qui montrait Patricia Prunonosa se faisant passer pour Marcelle Pichon quelques secondes avant ou après, avec l'inclinaison du visage et l'expression du sourire un tout petit peu différentes ?
Qu'était devenue la photo manquante ?
Pourquoi n'était-elle visible nulle part ?
Avait-elle été détruite, comme on fait disparaître l'arme du crime ?
Rhhhooooo !

Sacrés journalistes.
Cela commençait vraiment à faire beaucoup.
Cela faisait *trop* !
Ah les sales petits crèvetêtards.

Dois-je rappeler que nous vivons dans un monde où il a arbitrairement été décidé que le nord était en haut et le sud en bas.

Pour en arriver à ce point de falsification (c'est tout de même le mot), cela voulait dire qu'au *JDD* comme à *Libération*, ils n'avaient trouvé aucune photo de Marcelle lorsqu'elle était mannequin dans les années 50. Ils avaient certainement cherché ; mais ils avaient fait chou blanc. Ainsi s'étaient-ils résolus à prendre n'importe quelle photo d'une mannequin estampillée Jacques Fath, période années 50, puisque tout le monde disait que Marcelle avait été mannequin chez Jacques Fath pendant cette période.

Qui « tout le monde » ?
Qui le premier avait lancé la rumeur que tous avaient propagée, ni vu ni connu et vite fait bien fait ?
Ce n'était pas l'AFP puisque... (on sait bien pourquoi).

Pourquoi n'avoir pas publié la photo de Patricia Prunonosa en la légendant d'une phrase disant sobrement que « Marcelle avait été mannequin chez Fath, comme Patricia Prunonosa, ici en 1954 (voir photo) » ? Cela aurait été un minimum. Le mot honnêteté ici.

Cependant, il aurait fallu dire un mot de Patricia Prunonosa. Expliquer qui elle était. Bah oui. Afin que l'on comprenne ce qu'elle venait fiche dans l'histoire de Marcelle Pichon. C'est le problème avec la vérité : elle exige de tout dire. Mentir est bien plus facile. Mentir est plus *rapide*. C'est même à cela qu'on reconnaît le mensonge : il va plus vite que la musique. Il prend des *raccourcis*. Mais ce qu'il gagne en vitesse (et donc en efficacité), il le perd en imagination de la réalité (et donc en oiseau bleu). Je suis bien placé pour le savoir.

Ainsi le *JDD* et *Libé* (et TF1) avaient-ils publié la photo de Patricia Prunonosa, mais en l'abusant elle aussi. En se fichant tout autant de sa gueule, de son visage, de son nom. Elle aurait pareillement pu protester contre l'utilisation inappropriée de son image. La confondre avec Marcelle Pichon ? Mais ils l'avaient bien regardée ? Ils trouvaient qu'elle lui ressemblait ? Ils avaient du caca dans les yeux. Ils fumaient quoi dans les rédactions ?

Tout ça parce que, pour illustrer l'histoire, il leur fallait une photo de Marcelle Pichon et, finalement, *peu importât laquelle*. Celle-ci ou une autre faisait très bien *l'affaire*. Il convenait avant tout de respecter les lois de la mise en page. De tordre la réalité afin qu'elle se plie aux impératifs de l'édition. Aux formats qui formatent ! Alors que ce qu'il faudrait, c'est se plier aux impératifs de la réalité. Dès lors qu'on ambitionne d'en rendre compte.

Mais il ne s'agissait que d'un vulgaire fait divers. Il ne s'agissait que de Marcelle Pichon. D'une femme qui s'était laissée mourir de faim comme une conne. Quelle importance alors ? Pour qui cela aurait-il de l'importance ? C'était qui Marcelle Pichon ? Combien de divisions ? C'était que dalle. Cela valait beaucoup moins que le *JDD* ou *Libération* ou TF1. Ce n'était pas elle le sujet de l'histoire. Qu'est-ce qu'elle croyait ? Et nous donc ?

La bonne nouvelle, c'est qu'il n'existait donc aucune photo de Marcelle mannequin chez Fath dans les années 50. Inconnue au bataillon elle était. En soi, cette information était précieuse. Elle était cruciale. Elle validait l'hypothèse de Marcelle mannequin chez Fath pendant l'Occupation.

Du reste, RTL avait fait le même constat. Car le 24 août 1985, dans le journal de 13 heures, après s'être longuement attardé sur le suicide de Marcelle, Henri Marque *promettait* de retrouver des mannequins l'ayant connue, ses copines de chez Fath, afin qu'elles livrent leurs témoignages, évoquent Marcelle, racontent qui elle était. Sauf qu'il n'avait plus jamais été question de Marcelle dans les éditions suivantes. À RTL non plus, ils n'avaient trouvé aucun témoin. Et ils n'avaient pas creusé plus loin. Ils avaient laissé le mensonge flotter dans l'air, jusqu'à devenir sa propre vérité.

Tout concourait désormais à situer la période mannequin de Marcelle Pichon dans les années 40 et non dans les années 50.

Une sacrée information, finalement.

(Par la suite, Janine Maréchalle m'a confirmé qu'il s'agissait bien de Patricia Prunonosa sur la photo montrant fallacieusement Marcelle. Elle était formelle. Sur le plan morphologique, cela ne faisait strictement aucun doute.)

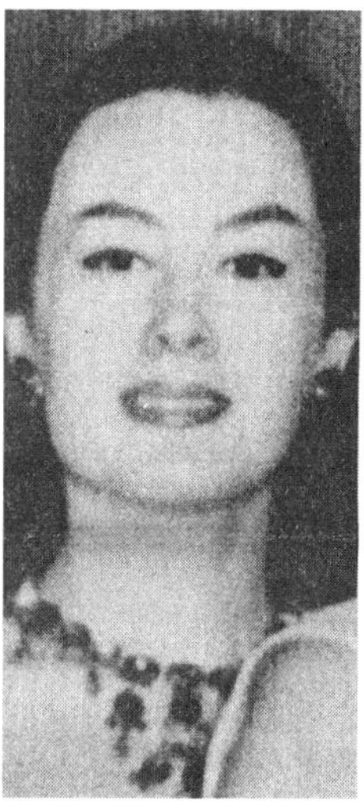

De la fausse Marcelle...

... à la vraie Patricia

« On dirait la peinture d'un chagrin,
un visage sans cœur. »
William SHAKESPEARE, *Hamlet*

75

Avec tout ça, Janine Maréchalle avait marqué non pas dix points, non pas vingt points, mais cent points, un million de points.

Elle avait à présent toute mon attention.

D'autant que son analyse physiognomonique de Marcelle...

Surtout après l'analyse graphologique que Serge Lascar avait faite de son écriture...

Mais le plus simple est de lui laisser la parole :

« Ce qui frappe chez Marcelle (j'écris Marcelle mais Janine Maréchalle ignorait jusqu'à son prénom), c'est sa tristesse. Elle sourit mais ses yeux ne sont pas gais du tout. Sur toutes les photos, elle a "l'œil qui chavire".

C'est-à-dire qu'on voit le blanc de son œil (la sclérotique), en dessous de l'iris. Ses yeux remontent vers le haut, ils partent vers le ciel et c'est un signe de déprime, voire de dépression. Par moments, cette femme devait être très triste.

« Elle avait une bonne énergie. Le cadre de son visage est assez large, elle n'était pas fluette, donc elle avait pas mal de force et de puissance. De la vitalité. Mais si on regarde son profil, on s'aperçoit qu'elle est une "rétractée frontale".

« Je vous explique. À la naissance, nous sommes des bébés tout ronds, qui nous imprégnons de tout ce qui nous entoure. Cette phase de dilatation dure, en théorie, toute l'enfance. Mais à l'adolescence, le visage s'aplatit sur les côtés et il se projette vers l'avant. Le front devient oblique, le nez avance... C'est ce qu'on appelle la rétraction latérale. Cela traduit un élan vers le monde, un dynamisme, l'envie de découvertes et de conquêtes, etc. Sauf que le désir vient se cogner contre la réalité, contre la société, les lois, les autres, l'autorité, la censure... Les élans sont stoppés, l'individu se met à intérioriser, il prend du recul, il se censure, il comprend que s'il se cogne tout le temps contre un mur, c'est aussi parce qu'il fonce à chaque fois dedans. En un mot, il devient mature. Il cesse d'être jeune pour devenir adulte. C'est ce qu'on appelle la rétraction frontale. Or, Marcelle est *totalement* rétractée frontale ! Elle n'a pratiquement pas de rétraction latérale ! Dans son profil, tout est droit, rien n'avance, même son nez se projette très peu en avant. C'est donc une hyper-rétractée frontale. C'est vraiment ce qui domine chez elle. C'est comme si elle n'avait jamais été jeune, qu'elle était devenue adulte trop tôt. L'élan de la jeunesse, elle n'a pas pu le vivre. Elle se l'est interdit. En général, c'est le signe d'une éducation très stricte. Très cadrée. Que Marcelle a, en tout cas, ressentie comme stricte. Ou bien elle a porté des responsabilités trop tôt. Des responsabilités qu'on lui a imposées ou qu'elle s'est imposées à elle-même. Comme s'occuper de ses petits frères et sœurs, par exemple, parce que les parents seraient décédés. En tout cas, cela lui a pesé. Cette femme a manifestement traîné toute sa vie un boulet qui a contrarié ses désirs et ses aspirations. Elle a porté un fardeau qui était trop lourd pour elle et cela l'a empêchée de s'épanouir. Elle avait de la force, de la vitalité, mais elle se bridait, elle se refrénait en permanence, jusqu'à s'interdire de vivre. Il y a beaucoup de frustrations chez cette femme. Selon moi, elle n'a pas dû rigoler beaucoup dans son enfance. Il a dû se passer quelque chose quand elle était petite qui lui a coupé les ailes.

« Son front est d'abord plat, bien droit, elle est donc dans le recul ; mais il est aussi légèrement bombé au sommet, ce qui indique une bonne imagination. Cette rondeur de la zone imaginative signifie qu'elle avait accès au monde des idées, au monde de la spiritualité, à ce qui échappe aux contingences et au quotidien. La religion ou l'ésotérisme ont pu l'intéresser. Les forces occultes aussi. Il se peut qu'elle se soit passionnée pour l'astrologie, la numérologie, des choses comme ça.

« Il est fréquent que les rétractés frontaux tombent amoureux de quelqu'un qui est plus latéral qu'eux. Par procuration, ils vivent le dynamisme de la personne dont ils tombent amoureux, car on tombe toujours amoureux d'une projection idéalisée de ce qu'on n'est pas soi-même. C'est le cas de l'homme sur la photo (il s'agit de monsieur Paul). Lui, c'est un rétracté latéral. Il va de l'avant, il fonce, tandis qu'elle est dans le refus. Le problème dans ce genre de couple, c'est qu'il arrive toujours un moment où ce que l'un a aimé chez l'autre devient ce qui l'insupporte justement chez lui. Si l'autre est tonique alors qu'on est atone, on n'en peut plus de le voir s'agiter. Et l'inverse est vrai. Celui qui est attiré par le calme de l'autre, il finit par avoir envie de lui donner des gifles pour le secouer et le faire réagir ; et plus il le secoue, moins l'autre réagit car c'est sa nature d'être calme et il n'a pas d'autres moyens de défense.

« La bouche est bien dessinée, avec l'arc de Cupidon bien net. Marcelle devait donc avoir un certain sens esthétique. Un sens esthétique que l'on retrouve au niveau de la paupière, avec le sourcil qui dégage bien la paupière : cela indique le sens de la forme et de la couleur. La beauté, les jolies choses devaient compter pour elle. Elle travaillait peut-être dans un métier qui demandait un certain sens esthétique.

« Sa bouche est assez charnue. C'est l'indice d'une certaine gourmandise, mais sans excès. Ses narines, ses ailes narinaires, indiquent beaucoup de sensibilité. Donc, sur le plan affectif et relationnel, elle était très sensible, elle était facilement émue, affectée. En plus, ses pommettes sont très saillantes, donc elle a un côté passionné. Quand elle s'investit dans quelque chose, elle s'investit complètement. Quand elle se donne, elle se donne complètement. Elle peut être très passionnée. C'est quelqu'un qui va au bout de ce qu'elle a décidé. D'autant qu'elle est exigeante dans la qualité de la relation car ses pommettes sont hautes. Ses yeux sont assez grands, assez ouverts, d'où une grande curiosité sur le plan cérébral ; mais sur le plan affectif, on voit qu'elle se protège. C'est comme si elle se disait : Attention, ça peut être dangereux, ça peut faire mal, mieux vaut ne pas laisser mes émotions s'exprimer. Cela pourrait se retourner contre moi. Toujours cette histoire de se brider, de s'interdire de vivre ses désirs et ses émotions. Si on regarde sa zone instinctive, c'est-à-dire la bouche, le menton et la mandibule, on voit qu'elle est dans le concret. Elle a les pieds sur terre, enfoncés dans la terre même.

« Sexuellement, comme elle a un cadre large, une bouche assez charnue, elle devait avoir des besoins importants ; mais pas pour des coups d'un soir ! Il fallait y mettre les formes. De la délicatesse dans les gestes et les intentions. Attention fragile ! comme disait Arletty. Mais il y a quand même pas mal de sensualité en elle. Si elle était dans un milieu positif, c'était parfait ; mais si elle était avec des gens négatifs ou dans une ambiance angoissée, elle vivait l'angoisse des autres. Si quelqu'un lui mettait la tête sous l'eau, elle était du genre à se dénigrer ensuite elle-même. Pour moi, elle a eu des moments comme ça.

« Un dernier mot : sur la photo datée de 1984 (il s'agit de celle qui date de l'émission d'Anne Gaillard, la dernière connue de Marcelle), il apparaît qu'elle vit un moment difficile : il y a une chute de la tension nerveuse dans son visage, signe d'une dépression. C'est très net. Il semble qu'elle ait vécu à cette période une déception, que ce soit dans sa vie affective ou moralement. »

Voilà voilà voilà.

C'était tout ce que Janine Maréchalle pouvait me dire.

Ce n'était pas si mal.

C'était même beaucoup.

75.1

Si j'avais dans l'idée de confronter graphologie et morphopsychologie et, au vu des résultats produits, de me gausser et me tordre de rire de telles calembredaines pseudoscientifiques, j'en étais pour mes frais.

Sans s'être concertés, en empruntant des voies tout à fait différentes, leurs deux analyses se rejoignaient de façon étonnante sur de nombreux points, jusqu'à dresser de Marcelle le portrait d'une femme dont *les ailes avaient été coupées*. En raison d'un *manque* à la racine. D'une *éducation rigide* qui, très tôt dans son enfance, l'avait *empêchée de s'épanouir*, avait contrarié ses aspirations, faisant d'elle un être frustré. Un être malheureux. Un être *dur avec lui-même* et avec les autres. Un être fermé, replié sur soi et encoquillé, se *méfiant de ses émotions* comme de celles des autres, se *protégeant* et dressant autour d'elle des barrières, des murs hérissés, au lieu de s'ouvrir et de laisser libre cours à ses sentiments et à ses envies, qu'elle avait pourtant grandes. Quelqu'un qui, comme Marcelle le disait d'ailleurs dans l'interview d'Anne Gaillard, n'était pas cette femme triste que l'on croyait, pas du tout, elle n'était pas cette personne, elle n'était pas cette femme – sauf qu'elle était cette femme car c'était ce qu'on avait fait d'elle. Elle aurait bien aimé jouer un rôle, mais son rôle était celui qu'elle avait dû jouer, malheureusement.

Le mot important est « malheureusement ».

Marcelle était finalement très lucide sur elle.

Sans compter qu'elle avait été mannequin. C'est-à-dire qu'elle avait été « à la rude école de la mode », pour reprendre les mots de Freddy, l'une des plus célèbres égéries de la haute couture dans les années 50 qui, dans son livre de souvenirs, prévient d'emblée que ce métier est « la pire des galères », même si elle ne s'est jamais plainte. Elle pense d'ailleurs que le mannequinat provoque chez les filles « d'obscures métamorphoses » afin qu'elles puissent faire ce métier si peu naturel qu'il

« épouse le cycle inversé des saisons ». Dont les « impératifs sont plus catégoriques que ceux de Kant ».

Concernant Marcelle, je comprenais maintenant sa *soumission* à ce qu'elle appelait la « coutume » quand elle disait mettre une bague à son annulaire pour faire croire qu'elle était mariée parce que, la voyant, c'était ce que les gens *regardaient*. « Vous voulez que j'aie un mari ? s'exclamait-elle. Eh bien j'ai un mari ! » Pas de problème. Ce n'était pas plus compliqué. Parce que Marcelle faisait ce que les autres lui demandaient de faire. Elle n'en finissait pas de défiler sur les tréteaux de la vie. Elle était ce que les autres voulaient qu'elle soit. Elle se pliait à leur volonté car c'est ce qu'elle avait toujours fait. C'est ce qu'on lui avait appris à être. Ce qu'on avait *exigé* d'elle. Le pli, chez elle, avait été pris lorsqu'elle était gamine. Lorsqu'elle avait 6 ou 7 ans. Lorsqu'elle avait découvert qu'elle n'avait pas voix au chapitre, pas droit à la parole, pas le droit d'exprimer ses sentiments, ses émotions, ses désirs. Pas le droit d'être triste. Pas le droit de tendre les bras vers sa mère, car elle n'avait plus de bras à tendre. Pas de bras pas de chocolat. Elle ne pouvait plus parler car c'était un mugissement qui sortait de sa bouche. Comme Io, la nymphe devenue vache à cause de Zeus. Pas le droit d'être elle-même. Juste le droit d'être sage comme une vache. De ruminer comme une vache. Juste le droit de refouler tout au fond d'elle son oiseau bleu, jusqu'à faire de sa joie de vivre une minuscule petite boule sèche et noire et laide et désespérée.

Ce qui s'appelle prendre un mauvais pli.

Un très sale pli.

Le genre de pli qu'on met dans la boîte aux lettres et il vous revient avec la mention « le destinataire n'habite plus à cette adresse ».

Le genre de pli qui se rabat sur vous et qui vous plie consciencieusement en deux en quatre en huit en seize en deux cent cinquante-six.

« Elle avait pris ce pli dans son âge enfantin... »

75.2

Bien sûr que Marcelle aurait aimé être « quelqu'un d'autre ».

Puisqu'elle n'avait jamais pu être elle-même.

Toujours avait été une autre.

Toujours s'était oubliée dans une fourmi.

S'était oubliée dans l'ensevelissement de l'enfance

Oubliée dans la constellation des piqûres.

À ces moments perdus, elle apprenait à marcher à une statue.

Ce n'était pas facile.

Ni pour la statue. Ni pour elle.

Cela commença quand elle était enfant.

À en croire Henri Michaux.

Qui s'y connaissait en vie dans les plis.

En petit trou dans la poitrine mais il y souffle un vent terrible.

S'y connaissait en être fou, en être phare, en être mille fois biffé, exilé au fond de l'horizon, boudant au fond de l'horizon, criant au fond de l'horizon.

Henri Michaux connut Marcelle, je crois.

Pas personnellement mais poétiquement.

Car c'était elle « la femme qui retire sa chemise, qui laisse voir une autre chemise, qu'elle retire, qui laisse voir une autre chemise, qu'elle retire, qui laisse voir une autre chemise, qu'elle retire, qui laisse voir une autre chemise et le repos de la nudité n'arrive jamais ».

Le repos de la nudité, il lui vint lorsqu'elle s'enferma chez elle et se laissa mourir de faim.

Sans personne pour une fois lui disant quoi faire.

Qui être.

Comment tuer l'enfant en elle.

L'oiseau bleu en elle.

Se tuer de son vivant.

Enfin personne.

Enfin la PAIX !

Plus un rat.

Tous ces gens à la place de celle qui l'avait abandonnée.

Sans jamais la remplacer.

Abusant de l'absence de l'absente.

Allongée sur son lit, elle avait alors vu descendre du plafond la machine familiale.

L'appareil à éventrer.

Sur un bâti solide étaient plantées des fraises chignolantes aux lames d'acier.

Des herses.

Et, à cet instant, le calme de s'installer en elle.

Jamais elle n'avait été aussi calme.

Autant elle-même.

Le désespoir vaste avait reculé ses bornes.

75·3

Ce que Serge Lascar et Janine Maréchalle m'ont appris, c'est qu'il n'y eut pas que la mère. Il n'y eut pas seulement l'abandon de la mère. Il y eut aussi la vie avec son père. Il y eut *l'éducation* que son père lui donna. L'ambiance stricte qu'il créa autour d'elle. Ambiance possiblement rébarbative, silencieuse, glaciale, mortifère. À couper aux ciseaux puisqu'il était coiffeur. Et la petite Marcelle de se sentir responsable. De se sentir coupable. De se sentir entravée. Jusqu'à se dévouer pour son père. Jusqu'à s'interdire de vivre afin de prendre soin de lui, pour ne pas augmenter son malheur ni déranger son existence, au détriment de son propre épanouissement. Pour un début dans l'existence, il y avait mieux. Pour un désastre, il fut complet. Il était programmé. Quand bien même il mit soixante-quatre ans moins sept égale cinquante-sept ans à s'accomplir. (En fait, Marcelle avait très précisément 63 ans et 7 mois lorsqu'elle entama son jeûne, je m'en rends compte seulement maintenant...)

On en connaît des pères (et des mères) qui, ayant raté leur vie, obligent leur enfant à réussir là où ils ont échoué, faisant d'eux l'instrument de leur revanche, leur deuxième chance par procuration, au complet détriment du développement libre et entier de l'enfant. Si Marcelle devint mannequin pour un grand couturier, fut-ce son choix ? Fut-ce son désir ? Mais d'où lui serait venu pareil désir ? D'où viennent les fameux rêves d'enfant auxquels les adultes disent sacrifier leur existence ? Les étoiles qu'ils ont dans les yeux lorsqu'ils disent avoir réalisé, au terme d'efforts et de contraintes sans nom, leurs rêves m'ont toujours paru des dettes remboursées au centuple – sans parler de tous ceux, innombrables, qui restent sur le carreau. Pertes et profits. Dans ces conditions, ne fut-ce pas plutôt parce que Charles Pichon (bien aidé par la disparition de sa femme rimant avec idéalisation) lui mit ce rêve en tête, l'élevant dans cette idée dès son plus jeune âge, la dressant par tous les moyens psychologiques et physiques à sa disposition pour qu'elle réussisse dans la vie avec les armes (sa beauté) qui étaient les siennes, parce que lui-même était demeuré un obscur petit coiffeur de quartier, loin des feux de la rampe ? Se pourrait-il, oui, que Marcelle ait dédié son existence à son père, mettant toute son énergie à faire en sorte qu'il soit fier de sa « poupée en bois », origine du mot mannequin, comme je l'ai déjà dit ? Déjà qu'elle était une fille et non un garçon, d'où son nom de Marcel féminisé, alors que Marcel était le deuxième prénom de Charles, ce qui en dit peut-être long sur le projet parental que celui-ci nourrissait dès le départ. Déjà que sa femme l'avait déçu – ô combien ! Comment Marcelle aurait-elle pu décevoir son père ? C'était impossible. Piégée elle était. Pieds et poings liés. Camisolée psychiquement. Et toute son existence elle en paya le prix. Jamais elle ne réussit à se libérer du rôle que son père avait projeté pour elle. Jamais ne parvint à faire sauter les verrous apposés sur sa vie, demeurant face à eux. Jamais ne réussit à avoir d'autres ambitions que celles de son père. Des ambitions pour elle. Une chambre à soi, sauf à la toute fin, rue Championnet. Surtout qu'elle échoua dans la carrière de mannequin. Elle ne remplit pas les *objectifs* qui lui avaient été assignés. Elle ne fut pas à la hauteur des attentes et des espoirs placés en elle et, toute sa vie, je peux l'imaginer mortifiée par cet échec, alors qu'il n'était même pas le sien. Mais il était trop tard et je l'imagine aussi rester auprès de son père dans l'espoir de réparer sa faute et de rembourser sa dette, tous les deux unis par une espèce d'amertume envers ce monde pourri qui ne leur avait pas donné leur chance. C'est une hypothèse.

Lorsque Marcelle avait écrit sur la tombe de son père « tu me conduis sans faiblesse à la vérité de toujours, dans l'offrande de mon amour, mon éternelle tristesse », de quelle « vérité de toujours » parlait-elle ? De quelle « offrande » ? Quelle « éternelle tristesse » ? Sinon celle de la petite fille conduite « sans faiblesse » à son propre anéantissement.

Telle que je l'imagine maintenant, Marcelle retint toute sa vie son cri ; et son cri, à la fin, l'emporta.

Je jure que je n'ai pas demandé. Mais Janine Maréchalle, spontanément, au fil de notre conversation (nous étions alors chez elle, dans son petit appartement bien propret, super ordonné, situé au rez-de-chaussée d'un immeuble donnant sur les Grands Boulevards et, sur la table, il y avait mon téléphone portable qui enregistrait tout ce que nous disions), elle m'a tiré le portrait. Elle m'a dit : « Vous, par exemple, vous êtes un rétracté latéral. *(Chouette ! Car si j'avais bien compris, c'était mieux que d'être un rétracté frontal. Beaucoup mieux. Je n'allais pas me suicider en me laissant mourir de faim, moi !)* Vous êtes resté jeune, avec un côté conquérant, dynamique, un peu transgressif aussi. *(Mais oui je suis resté super jeune ! Je suis Bmore le Conquérant ! Transgresser est mon métier !)* Vous avez une imagination assez importante *(et comment !)* car le front est arrondi avec deux petites bosses de part et d'autre *(j'ai les « bosses de l'imagination » ? Je suis un vrai chameau !)* ; mais votre zone imaginative ne vous empêche pas de demeurer conscient, elle ne vous entraîne pas vers l'irrationnel car l'arrière de votre crâne est plat, il n'est pas proéminent *(comment ça l'arrière de mon crâne est plat ? C'est grave ?)*. Vous avez aussi de belles pommettes (*hé hé)*. Mais ce qui domine vraiment chez vous, c'est le cérébral ! C'est la pensée ! *(Je tutoie les cieux, moi, madame !...)* C'est sur l'intelligence que vous vous êtes construit. *(Je plaide coupable !)* Vous appréhendez le monde d'abord par la pensée, c'est votre moteur, votre motivation. D'ailleurs, votre pensée est rapide *(archi-rapide ! Ah ça ! Une vraie fusée !)*. Ça va vite dans votre tête. Très vite, même. Trop vite, peut-être. Les autres ont dû mal à suivre et ça vous agace. Vous avez l'impression qu'on vous ralentit, qu'on vous met des bâtons dans les roues, qu'on vous fait perdre votre temps *(elle n'avait pas idée ! Les autres sont des boulets !)*. En plus, vous êtes très bon question synthèse. L'abstraction, les concepts, cela ne vous fait pas peur. *(Même pas peur !)* Vous aimez ça. (*J'adore ça !)* Vous ne vous arrêtez pas à l'analyse, vous ne coupez pas les cheveux en quatre. *(Eh, je ne suis pas un intello, moi ! En plus, je n'ai plus de cheveux...)* Et comme vous avez une bonne imagination, vous savez trouver des solutions aux problèmes qui se posent. *(Elle bossait pour un cabinet de recrutement ou quoi ?)* Mais votre pensée n'est pas seulement rapide : elle est surtout novatrice. *(Non, là, c'était trop, elle allait me faire rougir.)* Vous aimez ce qui est nouveau, vous aimez le changement, vous n'êtes pas routinier. *(Euh, fallait le dire vite. Parce que j'étais tout de même le cul sur ma chaise quinze heures par jour.)*. Ce n'est pas épanouissant pour vous d'être dans une routine. Vous avez besoin d'évoluer, de bouger, de changer. Même de bouger matériellement. D'aller ailleurs, d'aller voir ailleurs... *(Elle me faisait du gringue ou quoi ? C'était une invitation ?)*

Côté affectif *(ah oui, le cœur, le cul !)*, vous avez des besoins importants *(énormes, elle n'avait pas idée !)*. Mais vos pommettes étant assez hautes, il y a aussi un souci d'exigence relationnelle *(bah oui, tout le monde ne me mérite pas...)*. En tout cas, l'instinctif n'est pas votre moteur *(ah bon ? Mince...)*. Gagner de l'argent n'est pas votre moteur non plus *(ça, mon banquier est au courant !)*. Mettre des choses en place techniquement, voir le résultat concret de votre travail, ce n'est pas votre moteur non plus *(euh, quand même un peu. J'écris pour être publié...)*. Non, vous êtes vraiment très cérébral ! *(Bon, ça suffisait à la fin avec mon côté cérébral ! J'avais un corps aussi !)* Vous avez un cadre qui est moyen *(hey, mollo avec mon cadre !)*, donc il y a un bon équilibre entre la conservation et l'expansion *(ah bon, ouf)*. Vous êtes dans l'ouverture mais vous savez vous protéger. Votre force vitale est moyenne *(mais non ! Pas moyenne du tout ! Qu'est-ce qu'elle racontait ?)*. Comme je vous l'ai dit, il y a deux mouvements dans la force vitale : un mouvement d'expansion, c'est le bébé dilaté qui s'ouvre à tout, avec les risques que cela comporte ; et une phase rétractée, où on se ferme à tout, avec tous les dangers associés. Vous, vous êtes au milieu, il y a un bon équilibre entre l'expansion et la fermeture. Vous gérez à peu près les deux. Vous savez vous ouvrir aux autres et, de temps en temps, vous savez vous protéger. Ce qui est l'idéal. *(Le type parfait, quoi.)*

Au niveau des récepteurs (le nez, les yeux, la bouche), ils sont assez grands donc, là aussi, il y a une ouverture, une ouverture au niveau intellectuel, au niveau cérébral. *(Je suis un mec super ouvert ! Elle pouvait prévenir Penny ?)* Il y a de la curiosité, vous avez envie d'apprendre, de connaître des choses, des gens. Mais vous savez prendre du recul par rapport aux événements. *(Eh oui, je suis formidable !)* Au niveau de la bouche, il y a de la gourmandise *(miam, si elle continuait à me brosser dans le sens du poil, elle allait voir jusqu'où j'étais gourmand)*, vous aimez profiter des bonnes choses de la vie *(sauf qu'il n'y en a pas tant que ça...)*. Au niveau du modelé, il est ondulé. *(C'est vrai, je suis un garçon hyper ondulé.)* Cela signifie que vous savez vous ouvrir quand le milieu est positif et vous savez vous fermer quand le milieu est négatif. C'est ce qu'on appelle une adaptation harmonieuse. *(Il y a une fille dans la salle qui veut de moi ?)*

Cela dit, si on regarde la zone qui se trouve sous l'œil, pas seulement les cernes mais ce qu'on appelle « la vallée de larmes *(la vallée de larmes ?)*, en ce qui vous concerne, elle est plus forte à gauche que du côté droit. Cela signifie que, par le passé, vous avez vécu sur le plan affectif des choses douloureuses *(hyper douloureuses, en fait. Elle ne pouvait même pas imaginer car elle avait l'arrière du crâne bien trop plat !)*. Ce qui vous a amené à vous protéger, à vous mettre à l'abri, à être plus pudique, plus réservé, plus fermé *(une tombe, quoi...)* ; mais maintenant, ça va un peu mieux *(oui oui, je suis au top à présent !)*. Comme si vous aviez dépassé quelque chose. *(Ça, c'est grâce à Marcelle !)*

En plus, il y a une certaine sensorialité visuelle chez vous. Vous aimez voir, n'est-ce pas ? Vous jouissez du plaisir de regarder *(euh, oui, on peut même dire que je suis un voyeur, si elle voulait tout savoir. Elle ne voulait pas se mettre toute nue et danser lentement devant moi en se caressant les seins et en me regardant avec des yeux brillants ?)*.

Bon, ce n'était pas tout mais on n'était pas là pour parler de moi, la nuit tombait, j'avais de la route avant de rentrer chez moi et je lui devais combien ? Parce qu'avec toutes les choses gracieuses qu'elle venait de me dire je me sentais revigoré, gonflé à bloc. Des siècles qu'on n'avait pas été aussi *gentil* avec moi. Qu'on ne s'était pas autant *soucié* de moi. J'avais soudain l'impression, sinon d'être important, du moins d'exister pour quelqu'un. J'avais cessé d'être *invisible* ! Son truc de physiognomonie était finalement très « feel good » & développement hyper personnalisé. Mais quoi ? Elle ne voulait pas d'argent ? Elle avait trouvé amusant d'analyser le visage de Marcelle et je ne lui devais rien du tout. Pour moi, c'était gratuit. C'était pour Marcelle. C'était pour la *littérature*.

Mais ils gagnent leur vie comment, les graphologues et les morphopsychologues ? Surtout que l'ambiance générale est de rentabiliser la moindre parcelle de son existence : ses compétences, bien sûr, mais aussi son corps, sa gueule, ses problèmes, son chien, ses vieilles fringues (tant pis pour la Croix-Rouge) ou encore, via Airbnb, sa chambre d'amis, perçue désormais comme un *manque à gagner* (et tant pis pour les amis, qu'ils aillent dormir ailleurs ou qu'ils payent comme les autres !). Même se balader en ville ou à la campagne est devenu un moyen de faire du pognon pour huit millions d'abonnés à une application qui comptabilise leurs pas et, ô bonheur, ils touchent 20 centimes d'euro dès qu'ils ont fait 10 000 pas dans la journée. Vingt misérables centimes d'euros pour se priver du plaisir de marcher pour le simple plaisir de marcher, en laissant vagabonder son esprit, sans penser à rien en particulier, sans penser à l'argent, comme si *ne pas* penser à l'argent était devenu un luxe. Mais qui fait ça ? Qui a envie de vivre dans ce monde ? Qui connaît cette lettre que Jean Vilar, en 1971, destinait à André Malraux : « Cette société est triste, et sans espoir, parce qu'elle ne donne à penser qu'au fric » ?

Cela n'a rien à voir (ou peut-être que si), mais qu'est devenu l'homme à l'anorak vert ?

« Ne travaillez jamais. »
Graffiti rue de Seine, mai 1968

76

Que devint Marcelle après Anouar Moualhi ?
Je me pose soudain la question.
Car la fin approche.
La fin de Marcelle.
Celle de la Bmore & Investigations aussi.

Après Anouar, il y eut monsieur Paul, au début des années 60 et sans doute se fréquentèrent-ils quelques années. Il y eut ensuite la mort de son père, en 1968. Et après ? Marcelle avait 47 ans et, sans son père, sans mari à ses côtés, sans monsieur Paul pour occuper ses pensées et son temps, que devint-elle ? Que fit-elle de ses dix doigts pendant les années 70 ? Que lui arriva-t-il ? Mystère ! De cette période de sa vie, la dernière en date, je ne sais rien. Cette période est un blanc, un vide, un trou noir dans sa biographie, un de plus.

Il lui restait pourtant seize années à vivre. Seize années avant de décider de s'enfermer à double tour chez elle et se laisser mourir de faim. C'est long seize années et de quelle façon vécut-elle ? *Avec quel argent ?* Celui de son père ? Celui de ses enfants, qui approchaient chacun la trentaine ? Rien n'indique qu'elle ait trouvé un emploi. Rien n'indique non plus qu'elle en ait cherché un.

Car cela lui appartient, cela dit encore quelque chose d'elle, cela m'apparaît tout à coup, cela me *dérange* soudain, mais hormis sa brève période mannequin lorsqu'elle avait 20 ans, Marcelle semble n'avoir jamais *travaillé de toute sa vie*. C'est assez remarquable pour être souligné. Voilà qui décrit quelqu'un de particulier. Quelqu'un ne connaissant qu'une partie de la réalité. Quelqu'un en marge de la société. Quelqu'un à l'écart du commun des mortels. Ce qui ne signifie pas forcément quelqu'un d'exceptionnel.

Marcelle vient d'un monde où le travail des femmes n'était pas visible. Si un extraterrestre débarquait, là, tout de suite, pouf, et qu'il se demandait ce que fichaient les femmes dans les années 20 et suivantes, il croirait qu'elles étaient tantôt des mères et des épouses, tantôt des putes ou des artistes. Rien d'autre. C'est ce que racontent les œuvres d'art (livres, films...), lesquelles expriment une vision massivement masculine et bourgeoise du monde, comme chacun sait. Sauf que la réalité ne se confond pas avec sa représentation. Au vrai, les femmes ont toujours bossé dur pour gagner leur croûte et/ou contribuer à faire vivre leur ménage. Qu'elles soient agricultrices, ouvrières, commerçantes, employées, fonctionnaires ou infirmières, les recensements effectués en France indiquent que les femmes ont toujours représenté *au moins* un tiers de la population active. Les livres et les films n'en parlent pas mais en 1901, 34,5 % des travailleurs étaient des travailleuses ; en 1921, après la Première Guerre mondiale, elles étaient près de 40 %, et cela jusqu'en 1946 ; avant que le chiffre retrouve en 1954 son niveau de 1901 (34,3 %) ; pour remonter et culminer aujourd'hui aux alentours de 48 %. En un mot, le travail des femmes n'a jamais été marginal.

De quoi vécut alors Marcelle lorsque, la cinquantaine approchant, elle se retrouva seule et célibataire ? Elle n'était pas une héritière. Elle ne faisait pas partie de la bonne et haute société. Elle la côtoya pendant sa période mannequin, elle s'y brûla peut-être les ailes (qui lui avaient été de toute façon coupées), mais cela ne dura pas. Elle était la fille d'un petit coiffeur de quartier, la petite-fille d'un employé des chemins de fer, l'arrière-petite-fille d'un journalier du Berry : pas de quoi rouler sur l'or et se tourner les pouces lorsque la bise fut venue. Cependant, elle ne travailla quasiment jamais. Elle habita quasiment toute sa vie chez son père et, rien que d'y songer, j'en frémis. Voilà qui, de Marcelle, dit quelque chose qui, jusqu'ici, ne m'était pas apparu. Quelque chose d'une fixation à l'enfance. D'une impossibilité à devenir adulte. À affronter sa propre vie comme la dureté sociale du monde.

Ils sont d'une race particulière ceux qui ne vivent pas du fruit de leur travail. Je parle ici d'un choix, non d'un empêchement ou d'une incapacité. Dans le monde tel qu'il est, il faut de l'argent pour se loger, se vêtir, se chauffer, manger au moins une fois par jour, s'amuser un minimum, se faire respecter. Et l'argent doit venir de quelque part. L'argent vient toujours de quelque part. On ne s'intéresse jamais assez à d'où vient l'argent. On s'intéresse à ce qu'il est, à ce qu'il représente, à ce qu'il permet ou pas, aux injustices qu'il crée, à qui en a et qui n'en a pas, mais pas d'où il vient. Or, la provenance de l'argent fait partie de l'argent.

C'est encore plus vrai dans le cas de ceux qui ne travaillent pas. S'il ne vient pas des morts (héritage), s'il ne vient pas de la Loterie nationale ou du casse du siècle (rentiers), l'argent vient alors de ceux qui en ont, qu'ils le gagnent ou en aient trop. Il vient des *autres*. Ce n'est pas un argent qu'on puisse dire sien. Dans le monde tel qu'il est, celui qui ne gagne pas sa vie dépend de ceux qui lui en donnent. Il s'en remet à eux. Il est content qu'ils aient du pognon, fruit de leur capital ou de leur travail, afin que lui-même puisse ne pas travailler.

J'ai connu des gens qui s'enorgueillissaient de ne pas travailler. Pas si cons, disaient-ils. Ils laissaient ça aux imbéciles. Eux valaient mieux. Eux n'étaient pas des esclaves. C'était beau comme ils parlaient. Je me sentais minable de bosser huit heures par jour pour gagner ma misérable pitance, recevoir un salaire quelconque et enrichir mes employeurs. C'était avant de m'apercevoir que, au quotidien, ils se faisaient entretenir soit par leurs parents, soit par leur copine ou copain qui, elle ou lui, bossait pour deux. Au quotidien, ils étaient donc des poules de luxe et, en même temps, ils étaient des proxénètes. Dans tous les cas, ils dépendaient de bonnes âmes et de leurs motivations plus ou moins nobles ou troubles. Car l'argent permet toujours d'acheter quelque chose ou quelqu'un. Leur liberté, elle dissimulait donc une servitude et c'est quoi, quelqu'un qui est l'esclave d'esclaves ? C'est quoi, quelqu'un qui exploite ceux qui sont déjà exploités ? Où la fierté ?

Peut-être Marcelle se prenait-elle pour une princesse qui n'avait pas à s'avilir pour gagner sa vie. Peut-être se croyait-elle au-dessus des ploucs et des lois. Peut-être pensait-elle que tout lui était dû. Peut-être avait-elle une très haute opinion d'elle-même. Trop haute pour elle et pour le monde tel qu'il est. D'où son dépit à la fin. « Malédiction sur le monde pourri », etc.

La seule fois où elle s'est donné du mal, où elle a travaillé dur, ce fut pour gagner sa mort.

76.1

Si Marcelle ne travailla jamais, jamais ne *daigna*, cela signifie qu'elle vécut toute sa vie aux crochets de proches. Principalement aux crochets de son père, selon toute vraisemblance. À ceux d'autres hommes, possiblement. Des hommes comme monsieur Paul qui, sur la photo de Biarritz, a tout du type qui gagne bien sa vie (en faisant tourner une usine, par exemple, ou en dirigeant une clinique, ce genre de trucs lucratifs). Des hommes comme Anouar aussi, sauf qu'elle tomba mal avec lui : au moment de leur divorce, Marcelle se plaignait qu'il ne lui *donnait* pas d'argent. Il se peut qu'elle ait exigé qu'il lui rende au moins l'argent qu'elle avait gagné, puisqu'elle n'avait pas le droit, à cette époque, d'ouvrir un compte en banque à son nom. Puisqu'être sa femme était son boulot à plein temps, le jour et surtout la nuit, dans le lit conjugal.

Si elle refusait de travailler, peut-être Marcelle condescendait-elle à user de ses charmes. User de ses charmes lui coûtait peut-être moins que travailler dans un bureau, dans une boutique, dans une administration. Au moins était-elle à son compte. Son propre patron. Elle pouvait donc s'exploiter comme elle l'entendait. En tout bien tout honneur, évidemment.

Mais elle avait maintenant 50 ans et c'était moins facile.

Alors quoi ?

Les pensions alimentaires ? Il est à parier qu'Anouar ne lui versa pas un sou ; tandis que les enfants de son premier mariage étaient grands. La retraite ? Mais elle n'avait jamais travaillé. Les aides de l'État ? Mais elles étaient inexistantes (le RSA date de 2007). Si au moins elle avait été veuve. Mais ce n'était pas son cas. Elle était une femme célibataire, une femme seule et divorcée et sans ressources parmi des centaines de milliers d'autres, surtout à Paris. En 1965, on estimait à environ 15 % le nombre de femmes de plus de 65 ans vivant dans la solitude dans notre beau pays, surtout dans les grandes villes. Selon l'Insee, elles sont aujourd'hui 35,1 % et, passé 80 ans, 61,5 %. Une chouette évolution.

Dans les années 70, de quoi vécut Marcelle ?

Il est possible (probable ?) que son père lui ait laissé un (petit ?) pécule.

Peut-être se débarrassa-t-elle aussi du salon de coiffure.

Pour en avoir le cœur net, je suis retourné aux Archives de Paris (entre deux confinements) afin de consulter les annuaires des abonnés du téléphone.

Comme prévu, le Bottin alphabétique de l'année 1968 recense un « Pichon C. *Coiff. mixte*, 144 rue de Javel, tél. 532 27 56 ». Mais un an plus tard, en 1969, Charles étant décédé entre-temps, il n'est question, domiciliée à la même adresse, que d'une « Pichon, madame M », sans nulle mention du salon de coiffure. Marcelle l'avait-elle mis en vente ? Par la suite, on ne trouve plus aucune trace d'un quelconque salon de coiffure au 144 rue de

Javel. Aujourd'hui, un disquaire et un voyagiste se partagent les lieux.

Marcelle ne semble donc pas avoir repris le salon de son père. Elle ne mit pas ses pieds dans ses pas. Elle ne devint pas coiffeuse mixte. Elle ne voulut pas devenir comme lui. S'y refusa ? Cependant, elle conserva son numéro de téléphone : 532 27 56 (532 pour LECourbe).

La vente du salon de coiffure permit sans doute à Marcelle de vivre quelques années à l'abri du besoin. D'autant qu'elle n'avait pas de loyer à payer puisqu'elle continua d'habiter dans l'appartement au-dessus du salon. *Dans l'appartement qui était le sien depuis sa naissance !* Toute sa vie, Marcelle vécut dans sa chambre d'enfant ; toute sa vie, elle demeura avec son père, en tête à tête avec lui, matin midi et soir, tous les deux vieillissant ensemble, lui plus vite qu'elle, mais sans jamais se séparer, leurs existences semblant liées à jamais, à la vie à la mort, comme deux moules sur leur rocher. Marcelle se mariait, elle divorçait, elle était encore et toujours avec son père et plus je prends conscience de la force du lien qui unissait la fille et le père et de ce que cela dit de Marcelle, de la petite fille ne prenant jamais son envol et refusant de le prendre, refusant de s'en aller pour mener sa propre existence, refusant de quitter son père comme sa mère les avait tous les deux abandonnés, plus j'ai le sentiment d'un gâchis. Moins je me plains filialement de mon sort.

Et Charles mort et enterré, voici que Marcelle continua d'habiter avec son fantôme. Elle resta, quinze années durant, dans la maison du père, dans les meubles du père, dans son cadre à lui. Continua-t-elle d'occuper sa chambre de petite fille ou prit-elle la chambre paternelle ?

Prit-elle le lit de son père, y dormant désormais ? Rien que l'idée...

Entre 1968 et 1983, entre la mort de Charles Pichon et le déménagement rue Championnet, Marcelle demeura d'une fidélité sans faille aux lieux de son enfance et à tout ce qui l'y enchaînait. La mort de son père ne la libéra pas. Elle n'en profita pas pour voyager, voir ailleurs si elle y était. Non, elle resta sur place, enkystée. La seule fois où elle osa partir, où elle se risqua à vivre, où elle affronta le monde extérieur, ce fut pour s'en aller mourir de l'autre côté de la Seine, au plus loin du 15e arrondissement, sur l'autre rive parisienne, sur la rive de la mère, comme on change de camp, comme on franchit le Styx, un passage annoncé de vie à trépas. Comme une métaphore. Un aveu. À croire que quitter la maison de son père, sa maison de l'enfance, signifiait, pour elle, aller vers la mort et rien d'autre.

76.2

Entre 1968 et 1984, si Marcelle ne travaillait pas, que faisait-elle de ses journées ?

QUE FAISAIT-ELLE DE SES JOURNÉES ?

Comment occupait-elle son temps ?

C'est long une journée, surtout un jour après l'autre, trois cent soixante-cinq jours par an.

C'est long le temps lorsqu'il n'est plus structuré par rien. Lorsqu'il est livré à sa propre durée. Devient sans formes ni contours définis. Sans rien venant combler sa vacuité. Rien venant rythmer les heures et les minutes. Sans personne venant l'enchanter ou seulement en distraire.

Ce pourquoi la plupart des gens travaillent et veulent travailler. Se font la guerre ou l'amour. Plutôt faire quelque chose de ses dix doigts, même quelque chose de débile ou d'affreux. C'est façon de payer son tribut à la faim qui, jamais rassasiée, n'en finit pas de nous dévorer de l'intérieur toutes les douze heures. Façon d'échapper à l'angoisse du temps. De ne pas sombrer dans son néant. Ne pas devenir son pur écoulement dans le vide. Oublier cet interminable goutte-à-goutte dans la mort.

Se promenait-elle au hasard des rues, jusqu'à épuisement, jusqu'à épuiser la ville en elle, arpentant sans fin Paris, été comme hiver, comme si c'était sa propre vie, afin d'échapper à son existence réduite à peau de chagrin, à une peau de vache, comme un prisonnier fait les cent pas dans sa cellule et s'évade mentalement des murs de sa prison, agrandit physiquement l'espace en multipliant par cent une distance de trois mètres sur trois ?

Allait-elle dans les jardins publics, s'asseyant sur un banc pour, derrière ses lunettes noires, regarder les gens, sourire aux enfants jouant sous le regard plus ou moins attentif de leur mère, les hommes qui passaient devant elle, dans l'espoir d'une éventuelle rencontre, d'un dernier amour, d'une issue providentielle, tout en feuilletant un magazine, tout en prenant le soleil, en donnant peut-être du pain aux pigeons, selon une habitude devenue un rituel, un transfert de compétences ?

Se posait-elle dans un café devenu sa seconde maison, s'installant toujours à la même place et observant l'animation autour d'elle, l'absurdité bruyante du monde et de ceux croyant le peupler, s'imaginant dominer leur destin ?

Lisait-elle, au café, au square ou chez elle, passant des heures avec Zévaco, tout Balzac ou la série des *Jalna*, le dernier auteur à la mode, *Bonjour tristesse* ? Avait-elle des amies, avec qui elle prenait régulièrement le thé ? Faisait-elle partie d'un club de bridge ?

Fréquentait-elle en fin de journée, à l'heure de l'apéritif, lorsque la nuit allume les lumières de la ville, les bars d'hôtel, là où les gens étaient tamisés et cependant plus clinquants qu'ailleurs, se sentant bien dans cet environnement luxueux et protégé, sirotant à petites gorgées un porto, un Bacardi, un verre de vin blanc sec avec, dans une soucoupe, des chips ou des olives, allumant parfois avec des gestes étudiés une longue cigarette à bout doré, peut-être mentholée, peut-être de marque Vogue ou Fine 120, avec peut-être un fume-cigarette (fumait-elle seulement ?) ?

Buvait-elle, un peu, beaucoup, toute seule ?

Allait-elle au cinéma, passant le plus clair de son temps dans les salles obscures, que ce soit à la séance du matin et/ou à celle de l'après-midi, avant de rentrer chez elle, des images plein la tête, sa journée bien remplie par procuration ?

Que faisait-elle de ses journées ?

Avec qui parlait-elle ?

À quoi pouvait bien occuper ses journées une femme seule de 50 ans habitant Paris dans les années 70 ?

Et aujourd'hui ?

Aujourd'hui, quatre millions de Français n'ont pas plus de trois conversations par an.

Quatre millions de personnes n'ont personne avec qui parler.

Et parmi ses quatre millions, une majorité de femmes seules.

76.3

On est en 1975 et Valéry Giscard d'Estaing est devenu président de la République, Jacques Chirac est Premier ministre, un secrétariat à la Condition de la femme a été confié à Françoise Giroud, Simone Veil a fait voter la loi légalisant l'interruption volontaire de grossesse, le chanteur Mike Brant s'est jeté d'un sixième étage, Nixon a démissionné après le scandale du Watergate, Coluche fait à la télévision la publicité pour le code postal qui vient de passer à cinq chiffres tandis qu'Annie Duperey se pâme en buvant une coupe d'Aspro effervescent comme si c'était du Dom Pérignon 1959, Paris aura bientôt un maire comme n'importe quelle autre ville, la France a des idées mais pas de pétrole et le nombre de chômeurs dépasse tout à coup le seuil du million.

On est en 1975 et Marcelle suit-elle l'actualité ou pas du tout, surtout pas ?

On est en 1975 et Marcelle a 54 ans.

On est en 1975 et j'ai 15 ans, je suis en seconde au lycée Chaptal.

On est en 1975 et je sais.

Je sais ce que Marcelle faisait de ses journées.

– Vous êtes sûr, Bmore ?

– Certain, Penny. J'ai des preuves.

– Quelles preuves ?

– Vous allez comprendre. Je vais vous décrire une journée de Marcelle. Une journée dans sa vie de femme seule de 50 ans au mitan des années 70. Une journée comme les autres. Ni particulièrement hivernale, ni spécialement estivale. Une journée de tous les jours. Dans le genre d'une journée d'Ivan Denissovitch, mais au féminin. Mais à Paris. Sans le goulag ni Soljenitsyne ; mais une journée dont, à la fin, Marcelle pouvait elle aussi dire : « Une journée de passée. Sans un seul nuage. Presque de bonheur. » Ne m'interrompez pas, Penny. Vous ferez des commentaires plus tard. Fermez plutôt les yeux. Vous allez voir. Vous allez tout comprendre. On est un mardi de l'année 1975. Un mardi, oui. C'est assez précis pour vous ? La précision est une preuve, non ? On est un mardi et vous voulez la version longue ou la version courte ?

– La courte.

– D'accord.

« Tout va très bien. Je vous assure. »
Charlotte BRONTË, *Jane Eyre*

77

Je peux vous dire que Marcelle se levait tôt le matin. Le jour n'était pas levé que son réveil sonnait et, tout de suite après l'avoir éteint, elle allumait la lampe au-dessus de son lit, tout de suite se levait, sans perdre une seconde enfilait ses mules rangées au pied du lit et sa robe de chambre pliée sur une chaise, la boutonnant jusqu'en bas en commençant par le bouton du haut.

Son premier geste était d'ouvrir les volets sur la nuit encore noire, en laissant la fenêtre ouverte afin d'aérer la pièce. Son deuxième geste était de rabattre au pied du lit le drap et l'édredon afin d'aérer la literie. Cela fait, elle allait dans la cuisine mettre de l'eau dans la bouilloire, gratter une allumette, allumer la gazinière, remettre la boîte d'allumettes à sa place, poser la bouilloire sur le feu. Prendre un bol, le poser sur la table de la cuisine, sortir d'un tiroir une petite cuillère, la disposer à côté du bol, du côté gauche du bol, toujours du côté gauche. Tandis que l'eau chauffait, elle allait dans la salle de bains se passer de l'eau sur le visage, se brosser les dents, juste le temps de retourner dans la cuisine parce que la bouilloire sifflait. Faisait alors passer le café avec un filtre dans un thermos, emplissait son bol de café, posait le thermos à côté de la gazinière en vissant bien fort le bouchon pour le fermer, prenait ensuite un sucre dans le sucrier posé lui aussi sur le plan de travail à côté de la gazinière, mettait le morceau de sucre dans son bol, touillait son café avec sa petite cuillère, reposait la petite cuillère à sa gauche, soufflait sur le café parce qu'il était trop chaud, attendait un peu, avant de boire à petites gorgées son café, en silence, assise sur une chaise qu'elle avait tirée de sous la table de la cuisine, le regard fixant sans le voir le mur devant elle, ses deux coudes posés sur la pointe, et tenant devant elle son bol de café serré dans le creux de ses deux mains jointes.

– Elle se faisait du café et alors ? Pas la peine d'en faire tout un plat.
– Chut, Penny. Vous ne comprenez pas. Vous allez comprendre. Je vous demande d'écouter jusqu'au bout sans m'interrompre. C'est possible ?
– D'accord, celle-ci se tait.
– Merci.

Son café terminé, cette *cérémonie* du café terminée, cette *aventure* du petit déjeuner terminée, Marcelle se levait, rentrait la chaise sous la table de la cuisine, en vérifiant qu'elle était bien alignée. Déposait son bol et la petite cuillère dans l'évier. Passait un coup d'éponge sur la table de la cuisine. Reposait l'éponge sur le bord de l'évier, avant de retourner dans sa chambre faire son lit, lissant les draps en passant dessus ses deux mains à plat, bordant soigneusement l'édredon, tapant sur les oreillers pour leur redonner forme, faire tomber les rêves s'étant amalgamés pendant la nuit. Cela fait, fermait la fenêtre qu'elle avait laissée ouverte et choisissait dans son armoire les vêtements qu'elle allait porter, s'assurant que pas un faux pli, pas une tache.

Cela fait, s'habillait. D'abord un soutien-gorge et une culotte, puis des collants noirs en nylon, puis une combinaison en tissu satiné blanc, puis un chemisier également blanc qu'elle boutonnait jusqu'au col en commençant par le bouton du haut, puis un gilet couleur pastel qu'elle ne boutonnait pas, puis une jupe noire plissée lui arrivant sous le genou, puis des escarpins noirs à talons carrés et à bout semi-rond.

Cela fait, allait dans la salle de bains pour, devant la glace, se mettre un peu de fond teint, un peu de mascara, un peu de fard à paupières, un peu de blush sur les pommettes, un gros trait de crayon gras sur les sourcils, pas de rouge à lèvres. Terminait de se maquiller en dessinant sa mouche au coin de l'œil. Se brossait ensuite les cheveux, passait sur eux un coup de laque en bombe en fermant les yeux, regonflait sa mise en plis en la remontant avec ses deux mains.

Cela fait, retournait dans la cuisine faire la vaisselle dans l'évier, nettoyant sous l'eau du robinet, à l'aide d'une éponge et de produit de vaisselle, son bol et sa petite cuillère, mais aussi son assiette, son verre, ses couverts, la casserole et, éventuellement, la poêle qui avaient servi pour son dîner de la veille au soir et qu'elle avait mis à tremper dans l'évier pour les nettoyer plus facilement le lendemain matin. Cela dans le silence troublé uniquement par la pureté sonore des assiettes s'entrechoquant, de l'eau giclant par moments du robinet, du chauffe-eau se déclenchant et s'éteignant.

– Chut, Penny.

Cela fait, se mettait à faire un peu de ménage dans l'appartement, passant un chiffon antistatique sur les meubles, les bibelots, les pieds de lampe, la soupière en faïence trônant sur la table de la salle à manger, les deux photos sous verre posées sur le buffet : l'une la montrant petite fille sur les genoux de son père, l'autre avec le nain Piéral à la sortie d'un night-club. Chaque jeudi, elle passait l'aspirateur et lavait les sols carrelés de la cuisine, de la salle de bains, des vécés. Tous les premiers lundis du mois faisait les vitres.

Cela fait, il était 10 h 30, il était déjà 10 h 30, il était seulement 10 h 30.

Vite, elle allait décrocher dans la penderie son manteau imitation léopard, l'enfilait, refermait la porte de la penderie, allait dans la salle à manger chercher son sac à main, passait dans la cuisine prendre le filet à provisions suspendu à la poignée de la porte, repassait dans la salle à manger récupérer ses clés déposées dans une timbale se trouvant sur le buffet, à chaque fois le même parcours avant de sortir faire des courses. À chaque fois les mêmes gestes. Une *somme de gestes* à la fois dérisoires et fabuleux, anonymes et minutieux, des gestes sculptant le silence et la solitude, vous comprenez, Penny ? Vous voyez la beauté de la chose ? Vous voyez la folie ? Vous voyez la *littérature* ? Si on parle de vie domestique, c'est parce qu'elle domestique quelque chose. On a l'impression que Marcelle ne faisait rien d'important, qu'elle faisait des trucs de bonne femme dénués du moindre intérêt mais, au vrai, elle livrait une guerre féroce, farouche, implacable, contre les secondes, les minutes, les heures, le néant. Cela avec les seules armes à sa portée, en occupant simplement ses mains, en occupant férocement son esprit avec ses mains, se trouvant à chaque instant une occupation afin de ne laisser aucune place à l'angoisse, juguler l'attente sans but et la répétition sans fin des jours, vaincre le temps sur son propre terrain, apprivoiser sa vie de sac de plâtre. Tous ensemble, ces centaines de petits gestes exécutées depuis que son réveil avait sonné alors que le jour n'était pas encore levé formaient un continuum emplissant tout l'espace et le temps de Marcelle, devenaient toute sa vie, à quoi celle-ci se réduisait à ce moment-là. De chaque geste, elle faisait un rituel, une nécessité psychique, une routine existentielle, jusqu'à ce que, une fois tous mis bout à bout, chacune de ses journées devienne une véritable épopée et, un jour après l'autre, que son existence devienne une seule et immense *geste* au sens épique du terme, celle-ci se déroulant dans un ordre toujours identique, immuablement, afin que tout soit réglé au millimètre, tout soit impeccable, sans le moindre temps mort ni brèche par laquelle la vie pourrait s'hémorragiser. Que jamais le chaos, surtout pas. Le chaos qui, chaque jour, défaisait le lit, salissait la vaisselle, déposait la poussière sur et sous les meubles, froissait les draps, obligeait à manger, semait le trouble, détruisait l'ordre, fomentait la guerre, obligeait à se battre.

Voilà ce que faisait Marcelle chaque matin que Dieu fait et, cela fait, vers 10 h 30, après avoir enfilé son manteau imitation léopard, pris son sac à main, pris le filet à provisions, pris ses clés, Marcelle ouvrait sa porte, refermait derrière elle à double tour, appelait l'ascenseur, prenait l'ascenseur, sortait de l'ascenseur, sortait de son immeuble, se retrouvait dans la rue de Javel, prenait tout droit, puis à gauche, pour aller chez le boucher acheter une escalope ou du steak haché, des pommes de terre et des carottes chez le primeur, du café, du lait, une bouteille de bière de marque Jupiler ou autre chose chez l'épicier, parfois faisait un détour pour aller poster une lettre au bureau de poste et, pour la première fois de la journée, disait deux mots au préposé de la poste, disait deux mots au boucher, deux mots au vendeur de fruits et légumes, deux mots à l'épicier, deux mots comme « bonjour bonsoir ».

Cela fait, Marcelle rentrait chez elle, marchant rapidement sans se presser, serrant son sac de dame d'une main et, de l'autre, son filet à provisions qu'elle tenait à bout de bras en prenant garde qu'il ne cogne pas contre sa jambe, ne file pas ses collants. S'il faisait beau, si elle avait un peu de temps devant elle, parce qu'elle n'avait pas passé l'aspirateur ni lavé les vitres ce jour-là, elle s'arrêtait dans un café, toujours le même, s'installant à une place devenue la sienne, sur la banquette près de la porte, commandait un café au lait, sans quitter son manteau imitation léopard. Encore deux mots avec la serveuse. Un instant de pure socialisation. Presque de relation humaine. Un moment restait à boire son café au lait, regardant la rue à travers la vitre du café, les yeux dans le vague. Parfois feuilletait le journal qui traînait sur une table, lisait les gros titres. Mais elle payait bientôt et s'en allait : il allait être midi et elle avait plein de choses à faire et à bien faire.

– Chut, Penny.

77.1

Rentrée chez elle, Marcelle déposait le filet des courses sur la table de la cuisine, retournait dans l'entrée ôter son manteau imitation léopard et l'accrocher dans la penderie sur un cintre, retournait dans la cuisine, retroussait les manches de son gilet, sortait les provisions du filet, rangeait les produits frais et la bouteille de bière de marque Jupiler dans le réfrigérateur, les autres victuailles dans les placards. Cela fait, elle décrochait sa blouse de ménagère blanche avec de fines rayures bleues suspendue à un clou derrière la porte de la cuisine, l'enfilait, la boutonnait jusqu'en bas en commençant par le bouton du haut, se mettait en cuisine. Sortait du placard un paquet de farine et en jetait trois poignées sur la table de la cuisine, étalait la farine. Cassait un œuf dont elle mettait le jaune dans une assiette creuse, le battant avec une fourchette. Disposait de la chapelure dans une autre assiette. Sortait du réfrigérateur l'escalope qu'elle avait achetée chez le boucher. La dépiautait du papier d'emballage qu'elle pliait soigneusement en quatre et rangeait sous l'évier avec d'autres papiers d'emballage pareillement pliés en quatre. Prenait alors l'escalope en la tenant avec deux doigts par les extrémités pour la tremper de tout son long dans le jaune d'œuf, d'abord d'un côté puis de l'autre ; puis la passait dans la farine, d'abord d'un côté puis de l'autre ; puis la passait dans la chapelure, d'abord d'un côté puis de l'autre. Cela fait, déposait dans une assiette propre l'escalope maintenant prête à être panée pour le dîner du soir, couvrant l'assiette avec une feuille de papier d'aluminium avant de la mettre au frais dans le réfrigérateur. Cela fait, débarrassait la table des assiettes sales et des ustensiles dont elle s'était servie pour les poser dans l'évier, les rinçant sommairement sous le robinet afin que les laver plus tard soit plus facile. S'essuyait les mains au torchon pendu à côté de l'évier. Repoussait une mèche de cheveux qui lui tombait dans les yeux. La table de la cuisine était pleine de farine et, du tranchant de la main droite, elle faisait glisser dans le creux de sa main gauche un maximum de farine, qu'elle allait jeter dans la poubelle se trouvant sous l'évier. Se lavait les mains sous l'eau du robinet.

Humidifiait une éponge pour la passer sur la table de la cuisine, nettoyer toutes les traces de farine. Essorait plusieurs fois l'éponge sous le robinet. La reposait à sa place à côté de l'évier. S'essuyait les mains au torchon pendu à côté de l'évier. Le silence complet tout à coup.

Parfois, la voisine sonnait, souvent à la même heure, pour raconter avec des mots affligés et affligeants un petit souci qu'elle avait, demander un menu service à Marcelle (par exemple garder son bébé quelques minutes, le temps de faire une course), briser le silence qui était aussi le sien. Sur le pas de la porte, Marcelle l'écoutait sans mot dire, hochant poliment la tête, s'abstenant de tout commentaire, réprimant en elle une exaspération qui, si elle l'avait libérée, si elle l'avait laissé exploser, aurait soufflé d'un coup la voisine et tout ce qu'elle était, l'immeuble et toute la rue de Javel, tout le 15e arrondissement, que saute la ville et qu'il n'en reste rien. Ce dont elle se souviendrait neuf ans plus tard en claquant sa porte au nez à sa voisine de la rue Championnet, lui criant de lui fiche la paix, assez d'humiliations ! Mais pas à cet instant. À cet instant, Marcelle attendait tranquillement que la voisine ait fini de lui raconter ses petits soucis du jour et, cela fait, elle refermait la porte, retournait dans la cuisine, regardait l'heure à sa montre-bracelet, constatait qu'il était l'heure de déjeuner, qu'elle ait faim ou pas. Elle sortait alors du réfrigérateur une barquette de fromage à tartiner et, d'un placard, un paquet industriel de pain de mie tranché, posait le fromage à tartiner et le pain de mie sur la table de la cuisine, tirait la chaise de sous la table de la cuisine, s'asseyait dessus, tartinait avec un couteau pris dans le tiroir de la table de la cuisine deux tranches de pain de mie, les assemblait ensemble pour en faire un sandwich, mangeait son sandwich en silence, mastiquant lentement en silence, son visage demeurant lisse, son regard fixant le mur en face.

– Vous êtes sûr que c'est la version courte, Bmore ? Parce que là...
– Chut, Penny. C'est bientôt fini.
– Ah.

77.2

Il était maintenant 13 heures, il serait bientôt 14 heures, puis 15 heures, puis 16 heures et la journée était loin d'être terminée. Marcelle avait toujours quelque chose à faire et à bien faire, à faire toujours mieux. Par exemple déposer une robe chez le teinturier. Ou passer à la mercerie acheter une pelote de laine en s'assurant qu'elle soit de la même couleur que le brin qu'elle avait pris soin d'emporter, tiré de la pelote avec laquelle, le soir après dîner, elle tricotait un pull pour son fils (José ou Pierre). Quand le pull serait terminé, elle en commencerait un autre, d'une autre couleur. Ou bien une écharpe. Cela changerait.

Mais c'était l'heure de se remettre en cuisine. Elle enfilait de nouveau sa blouse de ménagère, prenait le sac de pommes de terre acheté chez le primeur, le posait sur la table de la cuisine avec une assiette creuse prise dans un placard, s'asseyait sur la chaise qu'elle avait tirée de sous la table de la cuisine, commençait à éplucher les pommes de terre avec un économe. Une première pomme de terre, puis une deuxième pomme de terre, une troisième pomme de terre, une quatrième pomme de terre, une cinquième pomme de terre, une sixième pomme de terre, peut-être une septième pomme de terre si elle était en forme, voire une huitième et une neuvième pomme de terre, elle pourrait continuer d'éplucher des pommes de terre toute sa vie s'il le fallait, ça ou autre chose, quelle importance ? Qui s'en souciait ?

Mais elle mettait les pommes de terre dans une casserole d'eau, allumait la gazinière en grattant une allumette, posait la casserole sur le feu en la couvrant avec un couvercle, baissait le gaz pour qu'il ne soit pas trop fort, reposait la boîte d'allumettes à sa place. Avec tout ça, il était bientôt 17 heures et comme le temps filait. Il était bientôt 17 heures et elle allait dans sa chambre, sortait de l'armoire une serviette-éponge, l'étalait sur son lit, l'alignait bien droite sur l'édredon, rectangle blanc sur fond vert olive. Cela fait, allait aux toilettes faire pipi, peut-être caca, pour la première fois de la journée. Puis se rendait dans la salle de bains pour se mettre un peu de rouge sur les lèvres, arranger sa coiffure, juger de son apparence dans le miroir au-dessus du lavabo. La sonnette la surprenant à ce moment-là comme chaque jour aux environs de 17 heures un coup de sonnette la surprenait à ce moment-là. Elle éteignait la lumière de la salle de bains et fermait la porte derrière elle, traversait le couloir qui conduisait à la porte d'entrée, allumant le plafonnier, ouvrant la porte à un homme se tenant sur le palier, prenant le chapeau, l'écharpe et le pardessus que, sans mot dire, l'homme ôtait devant elle et lui tendait, elle s'emparant du pardessus, de l'écharpe et du chapeau pour les poser avec soin sur une chaise se trouvant exprès à portée.

Cela fait, Marcelle conduisait l'homme dans le couloir menant à sa chambre, fermait la porte derrière elle. Se dévêtait, rangeait avec soin ses habits sur une chaise après les avoir pliés, s'allongeait sur le lit, la serviette-éponge étalée sous elle. L'homme se dévêtait aussi, ôtait son costume, sa cravate, sa chemise, ses chaussures, son pantalon, son slip, gardait son Marcel, gardait ses chaussettes, s'allongeait sur elle, la pénétrait, allait et venait en elle, éjaculait. Marcelle ayant du plaisir. Ne simulant pas. Pas toujours. Pas à chaque fois. Il lui arrivait d'avoir un orgasme. Elle aimait avoir des orgasmes. Cela faisait partie du rituel.

Après avoir joui, l'homme restait sur elle, le sexe mou, l'écrasant de tout son poids, le visage dans ses cheveux, le souffle court. Marcelle attendait. Regardait le plafond. Finissait par repousser le corps de l'homme sur le côté. Se dégageait, se rhabillait. L'homme aussi. Ni l'un ni l'autre ne disant rien. Cela fait, une bonne chose de faite vite fait bien fait, l'homme sortait le premier de la chambre, Marcelle le suivant dans le couloir, le raccompagnant jusqu'à la porte d'entrée. Elle récupérait sur la chaise le chapeau, l'écharpe et le pardessus et les tendait à l'homme qui, en silence, sans mot dire, enfilait son pardessus, nouait son écharpe autour du cou, gardait son chapeau à la main, Marcelle se tenant devant lui, le regardant faire, sans rien dire non plus, sans l'aider, ses deux mains jointes devant sa jupe, ses doigts serrés, nerveusement. Une fois chaudement habillé, l'homme toussait, sortait son portefeuille de la poche intérieure de son pardessus, tirait deux billets de son portefeuille, toussait encore, les donnait à Marcelle. Marcelle les prenant sans rien dire. L'homme serrait brièvement le bras de Marcelle en disant d'une voix neutre : « Alors, à la semaine prochaine. » Marcelle souriait brièvement en signe d'acquiescement tout en ouvrant la porte de l'appartement et l'homme de franchir le seuil, de se retrouver sur le palier. Marcelle refermant tranquillement la porte derrière lui, tournant les talons, éteignant la lumière dans l'entrée, allant dans la salle à manger mettre les billets que l'homme lui avait donnés dans la soupière posée sur la table de la salle à manger et, cela fait, elle retournait dans la cuisine afin d'éteindre le feu sous les pommes de terre, vider dans l'évier l'eau bouillante de la casserole en se servant du couvercle pour que les pommes de terre ne tombent pas dans l'évier, laissant celles-ci dans la casserole, reposant la casserole sur la gazinière désormais éteinte, la couvrant avec le couvercle pour garder les pommes de terre au chaud. Cela fait, encore une bonne chose de faite, elle sortait de la cuisine en éteignant le plafonnier comme chaque fois qu'elle sortait d'une pièce, allumant de même la lumière dès qu'elle entrait dans une pièce, ne cessant de commander la lumière au gré de ses déplacements dans l'appartement, dans un jeu d'ombre et de lumière qui, pour quelqu'un qui aurait regardé les fenêtres depuis la rue, aurait semblé des messages lumineux envoyés depuis un bateau en langage Scott, peut-être des messages de détresse.

Au sortir de la cuisine, Marcelle retournait dans la chambre à coucher et son premier geste était d'ouvrir en grand la fenêtre afin d'aérer la pièce. Son deuxième geste était de récupérer sur le lit la serviette-éponge à présent souillée d'un peu de sperme et de taches humides pour aller la jeter dans le panier de linge sale se trouvant dans la salle de bains. Cela fait, elle retapait le lit, lissant du plat de la main l'édredon, vérifiant qu'aucune tache suspecte n'était visible, qu'elle aurait alors dû nettoyer, comme cela avait plusieurs fois été le cas, en témoignaient ici et là des zones où le vert olive de l'édredon avait tourné au jaune paille à force d'avoir été frottées avec de l'eau de Javel.

Mais rien de tel cette fois et, prenant les oreillers, Marcelle leur redonnait forme en tapant dessus, les débarrassant des soupirs s'étant amalgamés, effaçant jusqu'à l'oubli ce qui s'était passé dans la chambre. Tout lui semblant en ordre, elle fermait la fenêtre. Quittait la chambre en éteignant le plafonnier et en fermant la porte derrière elle. Retournait dans la salle de bains, ôtait de nouveau ses vêtements qu'elle déposait avec soin sur une chaise après les avoir pliés, ouvrait les robinets de la baignoire, passait sa main sous l'eau pour juger de la température, attendait que l'eau soit chaude sans l'être trop, entrait nue dans la baignoire, s'accroupissait nue dans la baignoire, s'emparait du savon posé sur le porte-savon et commençait à se savonner, d'abord la nuque, le visage et les oreilles, longuement ; puis les seins, les bras, les aisselles, longuement ; puis le ventre, le sexe, les fesses, longuement ; puis les cuisses, les genoux, les chevilles, frottant méthodiquement la moindre partie de son corps, dans un mouvement partant du haut de la tête pour descendre jusqu'au bas des pieds. Après s'être rincée et séchée, elle remettait son soutien-gorge, passait sa combinaison en satin blanc et, dans cette tenue, rinçait longuement la baignoire, la nettoyant avec une éponge et de la poudre à récurer. Cela fait, se rhabillait, d'abord sa jupe plissée noire, puis son chemisier blanc boutonné jusqu'en bas en commençant par le bouton du haut et, par inadvertance, qu'elle boutonnât une seule fois mardi avec mercredi, son monde s'effondrerait. Éteignait la lumière. Sortait de la salle de bains. Refermait la porte derrière elle. Allait dans la salle à manger, allumait le plafonnier et une lampe sur un guéridon, allumait la radio diffusant à ce moment-là un programme musical, prenait son tricot posé dans une corbeille sur la tablette inférieure du guéridon, prenait sur le buffet ses lunettes de vue, tirait une chaise de sous la table de la salle à manger et s'asseyait dessus, commençait à faire une maille à l'endroit une maille à l'envers tout en parcourant des yeux l'article qu'elle n'arrivait jamais à finir d'un magazine ouvert devant elle sur la table, la radio diffusant soudain *La Lettre à Élise* et Marcelle esquissant un sourire, s'arrêtant de tricoter, inclinant un peu la tête, fermant un instant les yeux, les rouvrant, reprenant son tricot, remuant les lèvres pour fredonner les notes de *La Lettre à Élise* en même temps qu'elle les entendait, savourant cet instant de quiétude, cet instant de *relâchement*, presque de bonheur, le premier de la journée, le seul de la journée et – quoi Penny ?

77·3

– C'est bon, Bmore. Celle-ci a compris. Vous vous fichez du monde, excusez-moi de vous le dire.

– Pardon ?

– Vous croyez que celle-ci n'a pas reconnu le film de Chantal Akerman ?

– Vous voulez parler de *Marcelle Pichon, 144 rue de Javel, 75015 Paris* ?

– C'est *Jeanne Dielman, 23 quai du Commerce, 1080 Bruxelles*.

– C'est la même chose, Penny. La rue du Commerce est toute proche de la rue de Javel.

– N'importe quoi ! En tout cas, si vous pensiez que celle-ci n'y verrait que du feu, c'est raté. Celle-ci a vu le film. Qu'est-ce que vous croyiez ?

– Tout le monde ne l'a pas vu. Surtout qu'il date de l'année 1975 et que le cinéma d'Akerman, le cinéma tout court, bon... À l'époque, le mot blockbuster n'existait pas. Je n'en dis pas plus.

– Le problème, c'est que vous avez déjà fait le coup des films. Trop c'est trop ! Vous perdez la main, Bmore. Vous devenez lassant.

– Du calme, Penny. Je vous rappelle que nous ne savons rien de la vie de Marcelle Pichon après la mort de son père. Strictement rien. Le néant. C'était l'occasion. Sur la solitude dans les grandes villes dans les années 70, sur la solitude des femmes de 50 ans livrées à elles-mêmes, sans ressources ni personne à leurs côtés, le film de Chantal Akerman est une mine d'informations inestimable. Il n'y a pas mieux ! Il s'agit d'un *document* de première main. Ce film a rendu visible un état de la condition féminine que personne ne veut voir alors qu'il menace toutes les femmes d'un certain âge socialement isolées. Or je crois que Marcelle s'est retrouvée dans cet état.

– Vous pensez qu'elle se prostituait pour arrondir ses fins de mois ?

– Pourquoi pas ? Où le mal ? Elle ne serait pas la seule. Cela ne ferait pas d'elle une pute. Coucher pour de l'argent ou éplucher des patates, cela peut devenir la même chose dans l'économie générale d'une existence. Dans son livre *La Femme seule à l'époque moderne*, la sociologue Scarlett Beauvalet-Boutouyrie écrit que « bien souvent, entre la célibataire qui vit seule de son propre travail et la prostituée, la frontière est floue ». Vous voyez ? De quoi vivait Marcelle, sinon ? D'où venait l'argent, selon vous ? Quel autre choix peut avoir une femme à un moment donné dans le monde marchand tel qu'il est ? C'est une hypothèse que nous ne pouvons pas écarter. C'est même l'hypothèse la plus probable, vu la situation qui était la sienne. En plus, Akerman montre qu'elle prenait du plaisir avec les hommes qu'elle recevait.

– C'est Akerman qui le dit. Cela ne veut pas dire que…

– Je ne vous comprends pas, Penny. Vous devriez plutôt me féliciter de remettre la question de la survie des femmes seules à l'ordre du jour alors que la précarité augmente partout.

– D'abord, Jeanne Dielman a un peu plus de 40 ans dans le film, pas 54 ans. Ensuite, elle est veuve tandis que Marcelle était simplement divorcée.

– Vous pinaillez, Penny. Dézoomez votre esprit, voyez plus grand. En 1975, lorsque le film est sorti, Marcelle était veuve de son père depuis sept ans, exactement comme Jeanne l'est de son mari.

– Le vrai problème, Bmore, c'est que Jeanne Dielman est une *fiction*. La réalité que l'on voit à l'écran, elle est de bout en bout fabriquée. Quand Jeanne part avec l'homme dans sa chambre, la lumière du couloir s'éteint automatiquement, comme s'il s'agissait de la minuterie d'une cage d'escalier, alors qu'elle est chez elle ! C'est du cinéma, Bmore. Chantal Akerman le dit à ce moment-là. Elle ne le cache pas. Il ne s'agit pas d'un documentaire. Okay, on suit à l'écran le quotidien d'une femme qui vit seule avec, celle-ci vous le rappelle, son fils de 16 ans, eh oui Bmore, Jeanne n'est pas *toute* seule, pas du tout, contrairement à ce que vous écrivez ; mais surtout, ce film décrit la folie d'une femme. Ce n'est pas la solitude mais la folie d'une femme que Chantal Akerman documente. Jeanne Dielman est complètement tarée. C'est évident. Marguerite Duras en était d'ailleurs convaincue. Trouvez-moi une seule femme se tenant à ce point immobile dans le silence et l'hygiène mortifères d'une existence réduite à une somme de gestes ménagers exécutés de façon mécanique, celle-ci allait dire merdique ? Une vie où tout est méthodiquement prévu, ordonné et organisé afin que rien ne se passe, rien ne dépasse, rien ne survienne ni n'advienne, rien ne filtre du monde extérieur, rien ne vive ? C'est juste impossible ! C'est de l'autisme pur et simple, Bmore ! Si au moins elle picolait. Mais non. Jeanne Dielman incarne une vision idéologique de l'aliénation féminine poussée à son comble. Ce pourquoi elle n'existe pas. Personne n'est aussi parfaitement fasciste envers soi-même. Sa solitude est, au mieux, la conséquence de sa folie, au pire son expression, son théâtre, son écrin.

– Qui vous dit que Marcelle n'était pas folle ? Vous avez vu la façon dont elle s'est suicidée ? Et c'est quoi la solitude ? Que savez-vous des gens qui vivent seuls, avec pour unique compagnon leurs souvenirs, pour unique avenir la mort, pour unique sentiment celui que la vie est une arnaque et le monde une pourriture ? De quoi sont tissées leurs journées, selon vous ? De joies, d'imprévus, de libertés, de youpla boum ? La solitude n'est pas qu'un mot, Penny. C'est une vie qui n'a rien à voir avec la vôtre. C'est un néant dans lequel on tombe. C'est une existence où l'on n'a plus que soi, non à qui tenir, mais à quoi se raccrocher. Je ne vous le souhaite pas, mais vous apprendrez peut-être un jour ce que signifie chacune des lettres du mot solitude. En attendant, sans le film de Chantal Akerman, nous ne saurions rien de la vie de Marcelle dans les années 70. Nous n'aurions aucune *image*. Pour moi, sa vie ressemblait à celle à Jeanne Dielman. Je la vois pareillement monomaniaque et psychorigide. Ne tenant debout que par la discipline qu'elle s'imposait férocement au quotidien. Vivant après la mort de son père comme elle vivait avec lui de son vivant, sans rien changer à ses habitudes afin de nier la douleur de sa disparition, se convaincre elle-même que rien n'avait changé, que tout allait bien, qu'elle avait toujours le contrôle de son existence car avoir le contrôle de son existence était tout ce qui lui restait pour ne pas s'effondrer. Regardez comment elle se tient dans le documentaire d'Anne Gaillard ! Comment elle est habillée ! Comment elle ment sur son âge ou sur le fait d'être mariée ! C'est symptomatique. À l'époque, le destin des femmes était de servir les hommes et de rester sagement à la maison pour faire le ménage, jusqu'à la neurasthénie pure et simple. La seule question étant : jusqu'à quand cette folie ? Cette vie morte comme on parle de peaux mortes ? Cet infini étouffement de soi ?

Avant que tout se dérègle ? Avant de *capituler* ? Car il suffit d'un minuscule grain de sable pour que la machine se détraque. De quelques pommes de terre trempant dans une casserole d'eau chaude comme de trois paires de chaussettes trempant dans une bassine d'eau froide. Ne faites pas attention, Penny, je réfléchis à voix haute. Je songe à quelqu'un d'autre, soudain. Peu importe. Il suffit d'une fissure au plafond, d'un minuscule imprévu, d'un je-ne-sais-quoi ou d'un presque rien pour que tout s'effondre d'un coup. Pour que rompent les digues. Que le dehors fasse effraction dans le dedans, emportant tout sur son passage et il est trop tard ensuite. Il s'agit de tuer cette non-vie pour s'en libérer enfin, que ce soit en se laissant mourir de faim ou en plantant une paire de ciseaux dans la gorge du type ayant sonné à 17 heures et ce n'était pas son jour à celui-là. Ce n'est pas plus compliqué, Penny. Tout concorde. Jeanne et Marcelle sont sœurs de folie. J'en suis persuadé. Si vous avez la preuve du contraire, produisez-la !

– Justement. Si vous allez par là. Celle-ci vous prend au mot, Bmore. Vous l'aurez cherché. Écoutez bien. Fermez les yeux à votre tour. N'interrompez pas davantage celle-ci. Imaginez.

77·4

Contrairement à ce que vous pensez, Marcelle ne restait pas chez elle comme une pauvre fille vaincue par la vie, pas du tout. À 60 ans passés, elle était pleine d'ENTHOUSIASME. Elle était pleine d'HUMOUR ! Elle avait beau vivre seule, elle débordait d'OPTIMISME et de JOIE DE VIVRE. Elle avait L'OISEAU BLEU ! Loin de la rendre neurasthénique, la mort de son père l'avait libérée, voici qu'elle pouvait respirer, respirer de nouveau, respirer pour la première fois de sa vie, sans son père ni aucun homme pour l'oppresser, lui dire qu'elle n'était pas assez ceci, qu'elle était trop cela, lui faire toujours des reproches. Seule, elle était libre et elle rattrapait à présent le temps perdu. Jamais ne s'était sentie si JEUNE. Pour la première fois de son existence elle vivait sa vraie vie, au jour le jour, sans se soucier du lendemain, sachant trop bien de quoi il serait fait, elle n'avait pas de temps à perdre. Elle ne voulait plus passer à côté des bonnes choses et, chaque jour, elle s'efforçait d'enchanter son quotidien, de le faire miroiter, le peupler de moments inédits. « La vie, c'est pour découvrir. On n'est pas éternel », disait-elle.

Elle disait aussi qu'elle en avait fini avec le vice et la vertu. On ne pouvait plus la lui faire à la morale. Ah non ! Elle avait assez donné, assez payé. « Mieux vaut ne pas être trop vertueux, disait-elle, c'est se priver de la vie. Il faut viser au-delà de la vertu. » Lorsqu'elle conduisait, elle se fichait du code de la route, elle ne croyait pas aux « permis », il lui suffisait de faire attention aux autres. « Il suffit de faire attention aux autres. Ce n'est pas plus compliqué. Pas besoin de permis pour ça. C'est même quand on a un permis qu'on cesse de faire attention : on se soucie seulement de son permis, qu'on ne vous le supprime pas. »

Le soir, dans l'appartement de la rue de Javel où flottait le fantôme de son père, elle aimait s'habiller à l'orientale et fumer le narguilé, comme le lui avait appris Anouar. Elle ne lui en voulait plus. Elle n'en voulait plus à personne. Pas même à sa mère. Elle n'avait pas de temps à perdre avec les rancœurs, les déceptions, les drames. Parfois elle allait quai de la Mégisserie et, quand le marchand avait le dos tourné, elle ouvrait les cages des oiseaux pour qu'ils recouvrent la liberté, s'envolent libres et heureux dans le ciel de Paris. Elle trouvait que « ce monde aimait beaucoup trop les cages ». Tant pis si, apeurés, certains oiseaux préféraient rester dans leur cage, s'effrayant de la grille ouverte, poussant mille petits cris aigus et acrimonieux, on n'entendait soudain qu'eux dans la volière ; tant pis si, après trois battements d'ailes, des colombes, des perruches, des inséparables s'écrasaient au sol, incapables de voler à force d'avoir vécu en captivité. Tant pis. Car il arrivait que certains oiseaux parviennent à prendre leur essor et, s'envolant par-dessus la Seine, disparaissent dans l'azur, en route pour de nouvelles aventures. Marcelle les regardait avec bonheur et envie. Ceux-là rachetaient tous les autres. Plutôt communiquer avec la vie que prier Dieu, disait-elle. On la disait excentrique, ridicule, sentimentale, c'est-à-dire bête et improductive : elle s'en fichait. Elle savait qui disait ça. Elle savait d'où ils parlaient. C'étaient eux qui étaient à plaindre. Eux qui n'étaient pas sortis de leur rôle ni de la place qu'on leur avait attribués. Pour avoir été mannequin, elle avait assez vécu par et dans le regard de ces gens-là pour ne plus vouloir être à leur image, ni même sage comme une image. Elle se fichait maintenant du jugement des autres. Elle ne se souciait plus de ce qu'on disait ou pensait d'elle car c'était le premier pas vers l'horizon. Elle n'avait plus d'autre ambition que celle de se sentir vivante dans son existence : il lui semblait embellir le monde de cette façon. L'améliorer à sa façon. Être utile, discrètement et modestement. Si les gens travaillaient à être heureux dans leur vie personnelle, s'ils cessaient de faire du malheur le héros de leur quotidien, tout irait mieux pour tout le monde, pensait-elle. À quoi bon être sur Terre, sinon ?

– Chut, Bmore !

Pour gagner sa vie, puisque cela vous tracasse, Marcelle posait nue pour un sculpteur qui était de ses amis. Eh oui. À 50 et bientôt 60 ans. Toute nue. Son vieux corps, qu'elle entretenait cependant, en faisant chaque jour des exercices. Cela vous choque, Bmore ? Vous n'aimeriez pas voir ça ? Vous êtes une chochotte. D'ailleurs, elle avait longtemps gagné sa vie comme modèle pour des peintres. Elle aimait ça. Le 15e était l'arrondissement des artistes depuis les années 1900. La nudité ne l'embarrassait pas. Rester immobile tandis qu'on la regardait sans la voir : cela ne la changeait pas beaucoup du mannequinat. Elle était depuis longtemps devenue experte dans l'art de laisser son corps ici tandis que son esprit vagabondait ailleurs. Elle possédait plusieurs tableaux qui la montraient en Sabine éplorée dans *Le Rapt de Rome*, alanguie sur une méridienne en Léda avec le cygne, en louve romaine de couleur verte sur fond bleu sang, même si le tableau, d'inspiration fauviste, s'intitulait *Éléphante avec un œuf sous elle* et que la louve ressemblait plutôt à une grosse truie. C'était sa toile préférée. « Mon portrait tout craché », s'exclamait-elle en riant. En lançant une œillade à son visiteur. Car dans tout ce qu'elle disait, il y avait toujours un petit sous-entendu grivois, un désir de séduire, l'envie d'émois charnels.

D'ailleurs, elle avait la passion des odeurs. Elle possédait un petit appareil, sorte d'orgue à parfums, dans lequel elle glissait des cartouches odoriférantes pour, après avoir actionné une petite manivelle qui pompait l'air dans un tuyau à l'embout duquel se trouvait un masque qui avait naguère été à oxygène, respirer les senteurs qu'elle avait capturées ici ou là : celle d'une robe qui avait appartenu à sa mère, d'un lit dans lequel elle avait fait l'amour avec Paul, du café-épicerie de Bommiers, des embruns iodés de Biarritz, des lotions et des cheveux fraîchement coupés dans le salon de coiffure de la rue de Javel, et même les effluves d'une pissotière.

– Les effluves d'une pissotière ?!

– C'est comme celle-ci vous dit, Bmore. Mais pas n'importe quelle pissotière ! Bah non. Il s'agissait de la pissotière qui se trouvait boulevard Malesherbes, à l'angle de la place de la Madeleine. Il s'agissait de la pissotière que Proust, qui habitait juste en face, voyait de sa fenêtre. Car vous n'êtes pas sans savoir qu'avant de disparaître à la fin des années 70 les pissotières servaient de lieux de rendez-vous aux homosexuels qui venaient se retrouver là pour se faire des gâteries, tremper furtivement leur biscuit, lequel était parfois un morceau de pain. Il ne s'agissait pas seulement de faire pipi. Et Proust adorait observer le manège interlope qui se déroulait juste sous ses fenêtres. Il avait une vue imprenable sur cette pissotière que les familiers appelaient entre eux la « petite Madeleine » et qui, paraît-il, était très fréquentée. Bon, celle-ci dit pissotière, mais le nom officiel était « vespasienne », du nom de l'empereur Vespasien qui imposa une taxe sur l'urine des Romains au Iᵉʳ siècle de notre ère. Eh oui : pisser coûtait cher à l'époque. Plus trivialement, les vespasiennes étaient baptisées « ginettes » ou encore « tasses », je ne vous explique pas pourquoi. Ou voulez-vous que celle-ci vous fasse un dessin ?

– Sans façon, Penny, merci bien.

– En 1900, Paris comptait pas moins de 4 000 urinoirs, il y avait une ginette tous les deux cents mètres et… vous comprenez maintenant ? Vous faites le lien ? La tasse… la petite madeleine… tremper son biscuit… Proust ? Ce n'est pas un hasard si Marcelle a choisi cette pissotière. Elle connaissait son Proust. Elle ne s'appelait pas Marcelle pour rien !

– Vous voulez dire, Penny, que la page la plus célèbre de la littérature française, le passage que les écoliers de France apprennent depuis des générations à l'école dissimule un sous-texte graveleux accessible seulement aux initiés ? Vous me faites marcher, avouez !

– Pas du tout ! Relisez ce qu'écrit Proust. Il parle du « plaisir délicieux » qui l'envahit après avoir porté à ses lèvres une cuillerée du thé où il a laissé « s'amollir un morceau de ces gâteaux courts et dodus appelés Petites Madeleines qui semblent avoir été moulés dans la valve rainurée d'une coquille de Saint-Jacques ». Vous voyez la « valve rainurée », Bmore ? Vous comprenez les majuscules à Petite Madeleine, comme s'il s'agissait d'un nom propre ? Juste après, il parle, au contact de son palais, d'une « puissante joie le remplissant d'une *essence précieuse*, de la même façon qu'opère l'amour ». Que vous faut-il de plus ? Ce qui sort de sa tasse de thé, c'est peut-être le souvenir heureux de Combray, mais ce qui y a été versé, ce sont les joies du gay Paris. En plus, pardon, mais tant d'émois bouleversifiants pour un simple gâteau trempé dans du thé : vous y croyez, vous ? Alors que s'il s'agit d'autre chose, s'il s'agit d'une autre sorte de gâteau et s'il s'agit d'une autre sorte de thé, tout s'éclaire ! Tout prend sens. Ce pourquoi le narrateur cherche dans sa mémoire un autre souvenir que celui qui lui brûle les lèvres. Un souvenir moins compromettant. Un souvenir écran, remontant à son enfance, c'est-à-dire parfaitement inoffensif. Vous comprenez ? Toute la puissance évocatrice de cette scène vient de son contenu latent. Tel est le magnifique pouvoir de la censure. Et dire qu'il existe des bibliothèques entières sur « l'édifice du souvenir » qu'a édifié Proust dans cette page. Et pour l'édifier, on peut dire que c'est édifiant !

– Mais qu'est-ce que vous racontez ? Ça va pas la tête, Penny ! Vous débloquez totalement ! Vous savez qu'on fête cette année le centenaire de la mort de Proust et vous… vous… vous salissez tout !

– Vous ne comprenez pas, Bmore. Celle-ci est en train de vous dire que Proust est un génie ! Elle est en train de vous dire que la littérature, c'est prodigieux !

– Vous m'en direz tant !

– Oh, cessez de faire l'autruche, Bmore ! Tant pis pour vous si vous échappent les miracles de la rose. De toute façon, qu'est-ce que celle-ci y peut si Marcelle avait la passion des odeurs ? Avoir vécu toute son enfance au milieu des fragrances de lotion capillaire, de mousse à raser, de brillantine, de gomina et d'eau de rose aura développé son odorat et ses pouvoirs mnésiques. Mais chut maintenant. Laissez celle-ci finir.

– Passons à autre chose, oui, s'il vous plaît. Cela vaut mieux. Mais promettez-moi que tout cela restera entre nous.

– Promis. Croix de bois, croix de fer…

77·5

Un autre grand kif de Marcelle, c'était d'aller dans un cimetière et, pendant des heures, de se perdre dans les allées désertes et recueillies. Celui de Bagneux où était enterré son père, mais pas seulement. Elle aimait la compagnie des tombes. Elle courait les enterrements comme d'autres courent les boutiques. Sitôt qu'elle apercevait de sa fenêtre du sixième étage des gens vêtus de sombre s'amasser par petits groupes silencieux et moroses devant l'église Sainte-Geneviève, elle descendait pour se mêler à eux, assister à l'office. Cela l'amusait beaucoup. Les naissances, les funérailles, c'était le grand cycle de la vie. Que pouvait-on y faire ? « La mort a toujours faim », disait-elle.

C'est ainsi qu'elle rencontra un jeune homme. Un très jeune homme. Presque un enfant. Vous vous souvenez du locataire chimérique, Bmore ? Celui qui occupa le studio de Marcelle après sa mort ? Eh bien, c'est lui ! Eh oui ! Marcelle le rencontra lors d'un office funèbre car ce jeune homme aimait lui aussi les cimetières et les enterrements. Il n'en fallut pas plus pour qu'ils se lient d'une amitié qui, bien vite, devint plus que de l'amitié. Elle avait beau avoir 60 ans et lui pas encore 18 ans, ils s'aimèrent. Ce jeune homme, Bmore, il fut le dernier amour de Marcelle.

– Vous êtes une petite futée, Penny.
– Chut, Bmore !

Lui était un gosse de riche. C'est-à-dire qu'il subissait les contraintes qui pèsent sur les enfants de sa classe. Il n'avait pas 18 ans et on voulait déjà le marier à une jeune fille dont le pedigree avait été trié sur le volet. Il n'avait pas 20 ans et son existence était tracée d'avance. Il gagnerait de l'argent comme son père avant lui, car tel était son destin. Il n'avait pas le choix. Pas voix au chapitre. Il était payé pour le savoir, grassement même. Il avait tout, on le lui disait et on le lui répétait, de quoi se serait-il plaint ? À qui se serait-il plaint ? Son père, il ne le voyait jamais : les affaires étaient sa vraie famille ; son fils, il était son capital, un rouage de son patrimoine car l'argent était son véritable rejeton. « L'argent engendre l'argent », disait-il en reprenant les mots de Benjamin Franklin, en faisant sienne une idée datant de 1748.

C'était donc sa mère qui l'élevait. C'est-à-dire qu'elle commandait une armée de gouvernantes et de professeurs particuliers pour qu'ils et elles fassent de lui l'homme qu'il devait devenir. Mais toujours, il y avait cette insatisfaction qui l'intriguait parce qu'il n'arrivait même pas à la définir. Il voulait vivre parmi ses égaux – des gens qui ne seraient ni meilleurs, ni pires que lui. C'était le mieux qu'il pouvait faire pour décrire sa tristesse à vivre dans la peau de quelqu'un qu'il n'avait pas envie d'être – mais qui être alors ? Et comment ? Il aimait les livres d'aventure, les histoires de Far West de Dorothy Johnson. Dans ses rêves, il s'imaginait capturé par des Indiens de la tribu des Crows et se trouver si bien parmi eux qu'il devenait un grand guerrier, devenait « l'homme qu'on appelait Cheval ». Mais il se réveillait et son rêve gisait à ses pieds, jonchant le sol comme un paquet de linge sale. Il se sentait alors désespéré. Il imaginait se tuer sur-le-champ. C'était un jeune homme sensible, dépressif, que la mort attirait. Parce que son environnement était mortifère. Et parce que la seule fois où sa mère lui avait témoigné de l'affection, la seule et unique fois où sa mère avait ôté son masque de femme puissante pour se révéler simplement humaine, c'était lorsqu'elle l'avait cru mort après l'incendie de son école privée. Elle s'était évanouie. Il en avait été quitte pour une belle peur et des sourcils roussis. Mais que sa mère se soit évanouie, il n'en était pas revenu. Cela avait été un choc. Une révélation. Si mourir était la condition pour obtenir une réaction de sa mère, obtenir un minimum d'attention de sa part, un minimum d'affection, un minimum d'amour, alors il devait mourir. Il avait déjà fait plusieurs tentatives de suicide, non dans l'intention de se tuer réellement mais dans l'espoir de faire réagir sa mère, qu'elle s'évanouisse de nouveau, démontre qu'elle s'inquiétait de son sort. Mais il avait beau se pendre au lustre du salon juste au moment où sa mère entrait dans la pièce, flotter tout habillé dans la piscine comme s'il s'était noyé tandis qu'elle faisait des longueurs, balancer des litres de sang de bœuf sur tous les murs de la salle de bains et attendre que sa mère le découvre ensanglanté dans la baignoire, celle-ci haussait les épaules, passait sans le voir, lui disait de cesser de faire l'imbécile, demeurait imperturbable. Elle ne s'évanouissait pas. Elle ne s'était plus jamais évanouie. Jamais elle ne disparaîtrait de sa vie.

77.6

Et voici qu'il rencontra Marcelle. Une femme qui aurait pu être sa grand-mère. Qui était tout le contraire de sa mère. Qui était vivante, excentrique, inconvenante, virevoltante, se fichant bien du qu'en-dira-t-on comme de faire la vaisselle, les courses, le ménage. D'avoir le contrôle sur son existence ou sur quoi que ce soit. Sur qui que ce soit. C'est elle qui l'aborda. À la sortie de l'église Sainte-Geneviève, elle lui offrit de la réglisse. Elle était comme ça, Marcelle. Elle offrait de la réglisse aux jeunes gens à la sortie des églises. Le garçon avait fait la grimace, il avait refusé le bâton de réglisse, elle lui voulait quoi, la vioque ? Mais elle avait insisté, elle l'avait fait rire, elle lui avait remonté le moral, lui avait ouvert l'esprit, l'avait ému avec son franc-parler, ses manières audacieuses, sa joie de vivre tellement incongrue, absolument déplacée.

– Penny ?

Un soir, ils avaient été à la fête foraine, puis ils étaient allés chez elle, ils avaient sniffé l'odeur phéromonale de saumons remontant le courant de la rivière Chilkat, en Alaska, ils avaient dansé, tendrement enlacés, sur *Le Beau Danube bleu*, ils s'étaient embrassés, avaient couché ensemble, avaient fait l'amour. Pour lui, c'était la première fois. À 60 ans passés, Marcelle avait encore des désirs, des élans, une sexualité enthousiaste. Soudain amoureuse, elle se sentait comme une écolière. C'est façon de parler car les écolières sont d'ordinaire plutôt prudes, ce qui n'était pas son cas et...

– Penny ?

C'est pour ça que le locataire chimérique...

– PENNY ! S'il vous plaît ! J'ai compris le message. Moi aussi j'ai vu *Harold et Maude*. Pas à sa sortie en 1971, j'étais trop jeune, je regardais Zorro et des dessins animés à l'époque. Qui sait d'ailleurs si ce film n'aurait pas modifié ma sexualité si je l'avais vu à 11 ans. À quoi tient l'orientation sexuelle ? Bref. Il est clair que vous et moi n'avons pas la même vision de Marcelle. La vôtre vous ressemble et c'est très bien ainsi. Vous aurez une vieillesse plus heureuse que la mienne et je suis bien content pour vous. Autant en rester à ce constat.

– Surtout que, question personnages féminins d'un certain âge se retrouvant seuls dans les années 70, il n'y a pas foule. Avec Jeanne Dielman et Maude Chardin, nous avons épuisé le sujet.

– Nous avons fait notre possible, Penny. Là encore, personne ne pourra rien nous reprocher. Grégoire Bouillier va devoir se débrouiller avec ça.

– C'est son problème après tout.

– Comme vous dites. Mais basta, Penny. Maintenant que nous avons fait notre part du boulot, je propose que nous cessions de jouer au jeu des films. Cela n'amuse finalement que nous. Je vous rappelle que notre objectif premier est de retrouver le journal d'agonie de Marcelle et c'est peu dire que nous ne sommes pas plus avancés qu'au début. Il va falloir nous bouger le cul, Penny. (Il va falloir faire mentir le pendule de madame Pendule !) Et sérieusement !

« Je vois... Je vois... »
CHARB,
Maurice et Patapon – Prédiction

78

À propos de madame Pendule.

Madame K est une voyante. Une voyante professionnelle. Une voyante célèbre dans le milieu des voyantes et des médiums. C'est Penny qui l'a contactée. Moi, je ne voulais pas. Mais pourquoi pas finalement ? Ce n'était pas plus stupide que bien des choses qui se passent chaque jour. Cela permettrait peut-être de savoir qui était *réellement* Marcelle Pichon. Car nous ne sommes pas que notre biographie. Chacun sait bien qu'il ne se résume pas à sa vie, à son travail, à ses enfants, etc. Chacun possède aussi une *intériorité*, qui n'a rien à voir avec ses papiers d'identité. Absolument rien à voir ! Ainsi sommes-nous plus vastes que ce à quoi on veut nous réduire et à quoi nous-mêmes cherchons parfois à nous réduire. Grave erreur !

Dans « diseuse de bonne aventure », il y a le mot « aventure » et cela ne se refuse pas.

Sur le site de madame K, on peut lire, je cite : « Auteure, praticienne, enseignante, mais aussi "sujet psi", j'ai toujours privilégié l'expérimentation et les démonstrations objectives de mes capacités extrasensorielles avec un objectif unique : contribuer à réhabiliter les capacités de clairvoyance et de précognition pour leur conférer un statut d'objet d'étude à part entière, à travers une approche scientifique pluridisciplinaire. »

Un « sujet psi » désigne « une personne manifestant des capacités psi (perceptions extrasensorielles et/ou psychokinèse) acceptant de collaborer avec des scientifiques dans le cadre d'un programme d'expérimentation ».

Suit une liste de collaborations avec des chercheurs en sciences humaines, dont Tobie Nathan, le grand spécialiste de l'ethnopsychiatrie.

Elle a aussi participé à des émissions de télévision, dont *Mystères*, sur TF1, où elle est parvenue à deviner la provenance d'un fragment du mur de Berlin.

Elle a même travaillé avec des artistes. En 2007, elle participait ainsi à l'exposition *Prenez soin de vous*, où cent sept femmes (cent sept femmes !) s'en prenaient au mail de rupture que Grégoire Bouillier avait envoyé à l'artiste Sophie Calle. Après avoir tiré les tarots du fameux mail, de l'immonde mail de rupture, elle avait conclu que Grégoire Bouillier était « maladivement instable », qu'il n'était pas un « homme sincère à cause de la Lune », qu'il n'était pas « un homme libre et adulte à cause du Pendu », qu'il n'y avait « rien à attendre d'un tel monsieur ». Tel était le verdict des tarots.

Penny s'était dit qu'elle avait trouvé la voyante parfaite.

Elle ne pouvait trouver personne psi mieux qualifiée.

C'est Grégoire Bouillier qui allait être surpris.
Voilà qui lui ferait les pieds.
On n'avait pas idée de plaquer les gens *par mail*.
Il ne pouvait pas prendre un parchemin, un encrier et une plume d'oie, comme tout le monde ?
On n'avait pas idée de quitter une femme. Et quoi encore ? De quel *droit* ? C'était interdit ! C'était *offenser* toutes les femmes. Au moins cent sept d'entre elles, parmi les plus représentatives. Quand les hommes comprendraient-ils ?

Maintenant qu'elle savait quel triste sire se cachait derrière la Bmore & Investigations, Penny avait moins envie de travailler pour lui. En tant que femme, elle n'était pas mécontente de lui jouer ce petit tour. De toute façon, elle n'avait aucune autre voyante sous la main, encore moins une voyante ayant fait la démonstration scientifique de ses compétences psi. Après avoir brillamment tiré les cartes d'un pauvre type comme Grégoire Bouillier, nul doute que madame K allait, à partir des photos et du journal d'agonie de Marcelle, en dire long sur celle-ci. Ses dons de voyance allaient faire merveille. Ils allaient révéler la femme que Marcelle était réellement. Ils allaient la faire revenir d'entre les morts. Les tarots allaient parler !

78.1

Penny m'a expliqué que, pour joindre madame K, pour que celle-ci accepte de mobiliser ses perceptions extrasensorielles et/ou ses capacités de psychokinèse, il fallait envoyer un mail à son secrétariat, en motivant sa démarche. Si votre demande était acceptée, un certain Lucas vous fixait un rendez-vous. Contrairement à Serge Lascar et à Janine Maréchalle que Penny avait pu contacter avec une délicieuse facilité, ça ne rigolait plus tout à coup. Cette fois, c'était du sérieux. On était chez les pros. Il fallait en passer par un *secrétariat*. Il s'agissait de VOYANCE et non de vulgaires graphologie ou morphopsychologie.

La consultation avait lieu en visioconférence, par Skype, car madame K résidait en Asie du Sud-Est. C'est à ce moment-là, et seulement à ce moment-là, qu'elle prendrait connaissance des documents concernant Marcelle, à propos de laquelle Penny ne lui avait strictement rien dit, afin de ressentir en direct les émanations psi et, ainsi, établir une communication médiumnique aussi scientifique que possible.

Le prix pour une séance d'une heure et quinze minutes était de 370 euros.

La somme devait être réglée à l'avance par virement bancaire européen sur un compte en Suisse.

Pas de problème puisque c'était le client qui payait.

La séance a duré un peu plus de deux heures, de façon passionnée et gracieuse concernant le dépassement horaire !

J'en livre ici, retranscrite d'après l'enregistrement effectué en direct sur Skype, la quasi-intégralité, expurgée cependant des maladresses et redondances langagières inhérentes à toute conversation, mais aussi de mes interventions, pour des raisons narratives, mais pas seulement.

Cet entretien avec une voyante, il est un *document*.

Il est à prendre ou à laisser.

Il m'en a tout de même coûté 370 euros et pas question de le passer sous silence.

78.2

Il était 15 heures lorsque madame K m'est apparue dans la fenêtre Skype s'affichant sur l'écran de mon ordinateur. Elle était vêtue d'un sweat à capuche vieux rose. Derrière elle, une grande tenture murale représentant un mandala aux cercles rouges et violets. J'étais un peu déçu. J'étais très déçu. À tout prendre, j'aurais préféré une madame Irma me recevant tout enturbannée dans son alcôve plongée dans une semi-obscurité propice, avec de l'encens brûlant dans un coin, une boule de cristal sur un guéridon à trois pieds couvert d'un tissu de velours pourpre, un candélabre à sept branches, de lourdes tentures partout, des ombres fantomatiques frôlant par instants mon visage et me faisant sursauter. Des bruits venant de la tuyauterie, comme un esprit frappeur se manifestant. Comme les trois coups au théâtre, car le théâtre est l'art de fait revenir les morts sur le devant de la scène.

Là, l'ambiance était froidement technologique. Un webinaire comme un autre. Comme ceux que me propose régulièrement Pôle emploi pour m'informer des dessous juridiques du statut d'autoentrepreneur.

Côté émotion, c'était pauvre.

Narrativement parlant, cela ne m'arrangeait pas du tout.

Moi qui me voyais déjà en Victor Hugo faisant tourner les tables et me livrant à des séances de spiritisme dans l'espoir, par je ne sais quels fluides circulant je ne sais comment entre les états inerte et animé de la matière, d'entrer en contact avec Marcelle, comme l'auteur des *Contemplations* avait, lors de son exil à Jersey et parce qu'il était en exil, parce qu'il était lui-même ce grand fantôme hantant alors la France de Napoléon III, cherché à communiquer avec l'âme des défunts, n'y croyant absolument pas tout d'abord, étant même allé se coucher au moment où les autres occupants de la maison avaient décidé, sous la férule de la poétesse et dramaturge mondaine Delphine de Girardin, de « faire parler les tables » ; avant d'être absolument convaincu lorsqu'un certain dimanche 11 septembre 1853, l'esprit de sa petite Léopoldine morte noyée dix ans auparavant s'était soudain manifesté, la table levant brusquement un de ses trois pieds et ne le baissant plus, j'en étais pour mes frais.

Moi qui rêvais de communiquer avec le royaume des ombres et, comme Victor Hugo, de demander à la table « Qui est là ? » et la sainte table de répondre par une série de coups frappés depuis l'au-delà, la table de convoquer Dante et Homère, Molière et Jésus-Christ, Shakespeare et Aristote, tous les morts les plus illustres et même l'esprit du Drame ou celui de la Poésie, j'en étais pour précisément 370 euros.

Il y avait très peu de chances pour que se produisent par Skype des phénomènes paranormaux prenant la forme de dialogues d'une poésie hugolienne à nulle autre comparable, du style :

– Qui est là ?
– La mort.
– As-tu entendu la question et veux-tu y répondre ?
– Oui.
– Parle.
(Silence)

– Qui est là ?
– u u z.
– Recommence.
– u p.
– Est-ce que tu es gênée ?

– Qui est là ?
– Mahomet.
– Parle.
(...)
– Quand veux-tu revenir ?
– Jeudi.
– À quelle heure ?
– Neuf heures.

– Qui est là ?
– Bonheur.
– Sois le bienvenu ! Parle.
(Silence)
– Aimes-tu mieux que je t'interroge ? Si oui, deux coups ; si non, un coup.
(Silence, la table ne bouge plus.)
– Es-tu toujours là, Bonheur ?
(La table recommence à tourner)
– Réponds.
(Plus de mouvement)
– Y a-t-il encore quelqu'un ?
(Des coups frappés dans la table nous dirent alors : « Bonne nuit. »)

Quand bien même le bonheur n'est pas causant et/ou n'aurait rien à dire, je rêvais moi aussi d'écrire de somptueux poèmes d'outre-tombe commençant tous par « Qui est là ? » et Henri Michaux me répondrait (« Non ! »), Dagobert me répondrait (« Ouaf »), Tambour me répondrait (« Tombola »), Kurtz me répondrait (« L'horreur »), Yôzô-tchan me répondrait (« Bouffon »), Adonaï me répondrait (« Uuuuuuuuuueid ! »), Dada me répondrait (« Dada »), Bartleby me répondrait (« Je préfère ne pas »), Bukowski me répondrait (« L'oiseau bleu »), etc. Chacun son panthéon. À cet instant, je désirais plus que tout rencontrer « l'esprit de la table ». Je voulais, oh oui, *oh Lord won't you buy me,* vivre d'intenses expériences surnaturelles et, de mes yeux, assister à l'irruption de l'infini dans le borné et du mystère dans le vrai. Parler tranquilou bilou avec les morts, aux premiers rangs desquels Marcelle Pichon.

Par écrans interposés ?
Via les GAFA ?
Pffffff !

La voyance 2.0 manquait singulièrement de charme, de décorum, de frissons, de mystères.

Le monde postmoderne avait décrété une guerre totale à l'ombre, jusqu'à tout enténébrer de lumière crue et artificielle.

Bien ma veine.

– Qui est là ?
– Éloge de l'ombre
– Parle.
– Patine toi-même.

78.3

Si, malgré tout, Marcelle se manifestait depuis des limbes sépulcrales numérisées, mon ordinateur se mettrait-il à vibrer de façon erratique et paranormale ? L'écran se brouillerait-il, affichant d'horrifiques visions remontées des enfers ? L'électricité de l'appartement sauterait-elle tout d'un coup, plongeant mon immeuble et même une partie du 15e arrondissement dans une obscurité occulte et malsaine, celle-ci se propageant à la vitesse de la lumière en cercles concentriques depuis chez moi jusqu'à atteindre le 144 rue de Javel ?

Je n'y croyais pas une seule seconde.

Cependant, il y a un fond de superstition en chacun d'entre nous, il y a l'espoir d'un au-delà de la matière, d'une vie plus forte que la mort et, quoique ma raison y répugnât, je n'échappais pas à l'idée de possibles forces agissant dans l'ombre sous couvert de chance ou de malchance, de mondes potentiellement parallèles au nôtre, de féeries transcendant l'existence, d'un souffle intérieur à chacun ne venant pas de ses poumons.

Une expérience a montré que si on propose à quelqu'un d'acheter son âme en échange de 10 euros, même le plus endurci des athées recule, s'effraie, préfère ne pas, finit par refuser. « On ne sait jamais... » plaide-t-il. Et ce n'est pas une question d'argent : la somme ridicule proposée (10 euros) permet justement de mesurer la croyance en l'âme et non en l'argent. J'ai fait le test avec Penny et elle m'a carrément regardé avec horreur, comme si j'étais le diable. Si quelqu'un est persuadé d'avoir une âme, c'est elle.

J'adore Penny.

Ainsi n'étais-je pas totalement rassuré au moment de convoquer l'esprit de Marcelle. Il ne fallait peut-être pas plaisanter avec ces choses-là. En même temps, je m'accrochais au bon bout de ma raison. J'étais, sinon sceptique, du moins extrêmement dubitatif au moment de me connecter à Skype. S'il y avait quelque chose de surnaturel, c'était de voir le visage de madame K s'afficher à 15 heures pile sur l'écran de mon ordinateur alors qu'elle se trouvait quelque part en Asie du Sud-Est et moi à Paris. De la pure magie.

78.4

Comme le temps c'est de l'argent et qu'il ne fallait pas traîner, madame K a très vite plissé les yeux, histoire de me faire comprendre qu'elle tentait d'entrer en communication avec l'esprit de Marcelle, parce que c'est bien ce qu'on fait lorsqu'on tente de voir un point qui se trouve très éloigné à l'horizon : on plisse les yeux et, en la circonstance, plisser les yeux devait permettre de voir également loin dans le temps et dans l'espace et même au-delà, cela marchait aussi pour se connecter avec les arrière-mondes et bref. À l'heure dite, sur commande, madame K a plissé les yeux et, hop, elle a commencé à « voir » des choses après que je lui ai dit que je cherchais à en savoir plus sur une femme, née en 1921 et décédée en 1984, qui s'appelait Marcelle Pichon. (Je précise que, à cet instant, je ne révélai rien d'autre sur Marcelle, ni sur sa mort, ni sur sa mère, ni sur rien !)

– La première sensation qui me vient, c'est quelqu'un de très trouble, de très ambivalent. Je ne suis pas à l'aise avec cette personne. J'ai la sensation d'une femme complètement double. Je ne veux pas porter de jugement, mais je perçois quelqu'un qui a pu faire de drôles de trucs. Des trucs que la morale réprouve, si vous voulez. Est-ce que ça vous parle ?

– Euh…

– J'ai aussi des visions d'univers. J'entends des quartiers vivants, très populaires. Je sens la misère, des odeurs d'humidité, de vieilles maisons pourries, de petites rues pavées. J'ai ça qui revient beaucoup ! Il y a des cris, des gnons, des adultes qui partent en cacahuète. Il y a des abandons, il y a des mémés qui s'occupent d'elle, un univers à la limite de la marge, je pense à une enfance miséreuse et bordélique à la Édith Piaf. Est-ce que ça vous parle ?

– Euh…

– Je vois aussi des problèmes de généalogie. J'ai une petite fille en manque de repères, qui ne sait peut-être pas qui était son père ou qui a été élevée par sa grand-mère. Je vois des ruptures vraiment très disruptives dans son enfance.

– Euh…

– Ce qui m'apparaît également, c'est une petite fille très froide avec des capacités d'observation incroyables. D'un côté, il y a clairement quelque chose de l'ordre de la victime, avec un univers social très défavorisé, très déséquilibré et chaotique ; mais d'un autre côté, j'ai une petite fille avec une structure assez perverse. Quelqu'un qui avance masqué, comme s'il y avait un masque, puis un autre masque, puis encore un masque, etc. Une espèce de mal-être dont, enfant, elle se sert pour manipuler les autres. Est-ce que ça vous parle ?

– Euh…

– La misère sociale ne vous dit rien ? Ah bon. Vous me dites que Marcelle habitait le 15e arrondissement de Paris ? D'accord. Pour moi, je suis dans un Paris qui n'a pas été nettoyé – mais je suis à Paris ! Je ne vous ai pas dit : je suis à la campagne, ce qui serait statistiquement plus logique. Je suis tombé sur la petite rue pourrie. Alors, ce n'était peut-être pas la misère, mais vous voyez, je n'étais pas dans un milieu bourgeois. J'étais en ville, dans un milieu populaire, ça criait… Faudra que vous recherchiez comment était le 15e arrondissement à l'époque.

– Euh…

– Mais vous me dites que, dans sa famille, il y avait des « manques ». Du côté du père ? Parce que j'ai vraiment un problème de filiation, d'identité.

– Euh…

– C'est sa mère qui l'a abandonnée ? Tiens donc. Et le père ? Vous dites qu'il s'est occupé d'elle et qu'elle l'aimait apparemment beaucoup. C'est curieux. Il se peut que je ne capte pas votre Marcelle… *(Elle se concentre, plisse les yeux, reste silencieuse plusieurs secondes.)* Le père faisait quoi ? Coiffeur ? Très bien. Il a pu avoir de l'argent à un moment donné, puis des périodes difficiles. Car j'ai un sentiment de déclassement. Et le côté double, la duplicité, ça vous parle ?

– Euh…

– Elle a été mannequin pendant l'Occupation ? Elle se faisait alors appeler Florence ? D'accord. Aurait-elle pu être une espionne ?

– Euh…

– Profiter des messieurs ?

– Euh…

– Car j'ai beaucoup ce truc de la petite fille qui sait manipuler les hommes.

– Euh…

– Vous me dites qu'elle n'aurait quasiment jamais travaillé de sa vie… Vous pouvez me montrer une photo d'elle ? *(Je lui envoie par Skype la photo de Marcelle avec le petit lapin, elle la regarde, se concentre, plisse les yeux, reste silencieuse un moment.)* Ouille ouille ouille ! Cette femme me fait peur ! Je vous ai parlé de manipulation… La petite fille très jolie qui a des trous dans sa filiation, je pensais au père mais c'est maternel, d'accord, mais elle, la petite fille, elle complote, elle gère tout le monde aux sentiments et à la beauté, et là, devenue adulte, je suis entre la psychopathie et la paranoïa ! Là, on descend en enfer. Ah oui !

– Euh…

– C'est quelqu'un qui ne peut pas négocier avec les autres, qui ne supporte pas… On est vraiment dans une forme d'autorité, il y a de la violence, il y a une détermination *anormale*. Et beaucoup de colère, de rage !

– Euh...

– Je vois que ça vous parle. D'accord. Cette femme, elle se vit comme le centre du monde et il faut que les gens lui obéissent. C'est quelqu'un qui est dans la solitude, mais pas la solitude malheureuse de la personne renfermée ou abandonnée ; c'est une solitude paranoïaque, la solitude des cimes. L'autre n'a le choix qu'entre l'asservir ou être châtié. Pour elle, les gens doivent être à son service. C'est ce que cette photo m'inspire immédiatement.

– Euh...

– Vous me diriez : il y a un diagnostic de paranoïa, je vous dirais : ah oui ! Et cela n'a pas pu passer inaperçu ! À ce stade, elle n'a pas pu fonctionner normalement. Plein de gens vont mal, mais ils arrivent à fonctionner. Avec elle, la marche de manœuvre est proche de zéro.

– Euh...

– C'est une très jolie femme, très féminine, mais en fait, c'est un mec ! Il y a une brutalité. Il y a une méfiance, mais celle-ci s'exprime à des endroits où elle n'a pas lieu d'être. Ce qui peut donner des comportements de violence ou de fuite.

– Euh...

– Après, je vois énormément de rancune, d'amertume, le sentiment d'être lésée... Je pense que c'est une petite fille qui a été très maltraitée, peut-être plus qu'on peut l'imaginer. Vous me dites que son père aurait été bienveillant, mais ce qu'elle a vécu dans son enfance... Je sens une petite fille déposée chez des vieilles femmes qui s'en foutent, qui la nourrissent quand elles y pensent. Et cette absence de feed-back, le fait d'être traitée comme un paquet de linge par les grandes personnes, un paquet de linge un peu encombrant, avec lequel on n'est même pas hostile car on ne passe pas à tabac une paire de draps sales : il s'agit d'une négation. Voilà. Je sens une petite fille qui a été niée, de façon absolue mais sans agressivité, car ce n'était même pas la peine, elle comptait juste pour rien. Il s'agit d'une négation de sa personne, de sa vie, de son humanité et, à un moment, elle a dû faire un nœud avec ce qu'il restait au fond d'elle, c'est-à-dire surtout de la rage, de la colère – et cette rage n'est jamais retombée. Je crois que lorsqu'elle s'est retrouvée seule avec son papa, elle était déjà construite, malheureusement. Construite à moitié de colère et à moitié de perversion. Le mal était déjà fait. Le mal vient de très loin, ah oui.

– Euh...

78.5

– J'ai aussi des trucs – comment vous expliquer ? J'ai une impossibilité à... J'ai une paresse... Voilà. Ce qui est incroyable chez cette femme, c'est ce mélange de volonté et de stérilité de la volonté. Elle est infoutue de faire quoi que ce soit. Mais je vais tout de même regarder du côté de la mère *(Elle tire à ce moment les tarots. Silence, suspens...)*

– Ah voici la mère ! Ah bah oui. Je comprends mieux. La maman, c'est madame tout est faux ! Voilà pourquoi elle est folle, Marcelle. C'est tout à fait normal. La mère a été prise dans des conflits affectifs très compliqués. Extérieurement, elle est dans une très grande normalité mais, intérieurement, elle regarde son enfant comme une plante verte. Sa mère, elle a joué à la maman en regardant les autres dames faire, mais avec une absence totale d'investissement, de liens, de sentiments. Ce qui fait que cette petite fille s'est accrochée à sa mère, d'autant plus qu'elle devait avoir l'impression de tambouriner à une vitre, à une porte close. En même temps, c'était tout à fait courant à l'époque, les femmes aimaient avoir du linge bien propre, bien rangé, elles avaient une obsession pour le ménage et cette petite fille, c'était un peu une plante dans un coin de la maison. Mais une plante qui lui faisait peur, une plante carnivore. Comme si elle avait eu peur de cet amour dévorant de sa fille. La mère devait se sentir incroyablement coupable de voir qu'elle n'aimait pas sa fille. Elle devait se demander pourquoi. Je comprends pourquoi la fille est devenue folle : parce que sa mère a fait semblant de jouer à la mère, jusqu'au moment où elle a craqué et où elle l'a abandonnée, et cet abandon, ça a été le seul endroit de vérité ! Pour le reste, elle a fait semblant. Avec ce truc horrible pour la petite fille car on devait lui dire : « Oh comme ta maman a l'air gentille », etc. Un truc absolument affreux !

– Euh...

– Le père, je le sens faible. *(Elle plisse les yeux, écoute ce que lui disent les esprits.)* Oui, j'ai raison, il est faible. Il est gentil, c'est vrai, mais il est naïf, très influençable. La mère, sous ses risettes petites-bourgeoises, c'est une dragonne. Le père a dû être complètement happé. Il ne devait pas exister face à elle. Il était probablement très attaché à sa petite fille. Cela dit, je ne vois pas de relation incestueuse. Rien de tel. Non. J'ai surtout le sentiment qu'il a aimé la mère, beaucoup beaucoup, jusqu'à en être foudroyé. Il a dû être complètement fou d'elle, incapable psychiquement de se délier, même après la rupture. Mais ce n'était pas un méchant, pas un salaud et ça, c'est important pour Marcelle. C'était un gars normal, mais tellement faible et influençable que je ne vois pas comment il a pu incarner une figure paternelle. Il n'est pas une figure d'autorité, impossible. Il n'est pas non plus une figure rassurante car il a dû se laisser sadiser par la mère d'une manière absolument délirante et, pour la petite fille, voir la puissance maléfique de la mère détruire littéralement le père, c'est un drôle de spectacle. Cela laisse des traces. Son père, il n'a pas tenu son rôle. Il ne l'a pas protégée. C'est pour ça que je vous disais qu'il y avait un problème avec le père.

– Euh... *(Je montre à ce moment-là la photo de Marcelle et Paul à Biarritz. Elle la regarde en silence. Longuement. À l'affût de ses capacités psi. Des ondes spirites émanant de la photo.)*

– Lui, c'est un type intéressant. Un homme intelligent, qui dirigeait sans doute une entreprise, qui avait une très belle voix. Quelqu'un de très efficace, d'instruit, sans doute diplômé. Il vivait dans un milieu assez masculin. Il avait un charisme important. Un homme qui avait énormément de succès avec les femmes, tellement de succès que ça ne devait plus l'intéresser et, en bon séducteur, il est tombé très amoureux d'une femme qui le maltraitait. Il a dû souffrir avec Marcelle... Quant à elle... En fait, on ne sait jamais où elle est. C'est une femme qui a vécu sa vie en la regardant. Comme si elle s'était réservée intérieurement toute sa vie en traversant l'existence comme on visite une ville en autocar, sans descendre de l'autocar. Elle ne peut pas être dans une histoire car elle est dans un monde où l'Autre n'existe pas. Il n'y a qu'elle, qu'elle et son regard. Elle regarde les autres, elle se regarde en train de vivre avec les autres, elle regarde les autres vivre et faire des choses avec elle, mais elle n'est pas là, elle ne se sent jamais concernée à 100 %. D'une certaine façon, cette femme n'a jamais été nulle part. C'est quelqu'un qui a expérimenté un très haut niveau de solitude et qui a géré la seule chose qu'elle possédait : sa beauté. Elle passait son temps à manager sa beauté. Elle a dû se demander toute sa vie quand elle allait commencer à vivre. Parce qu'il ne s'est rien passé.

– Euh...

– Ce n'est pas que cette femme était narcissique. C'est pire que ça. C'est juste que l'Autre n'existe pas dans son monde. Il n'y a pas d'intention malfaisante. Elle n'était pas une femme qui avait du plaisir à nuire. Ça, c'est important ! Les gens qui jouissent que quelqu'un se suicide à cause d'eux, ils ont un minimum d'intérêt pour la personne, même si cet intérêt est sordide. Marcelle n'en était même pas là. Pour elle, les mecs, c'étaient juste des cartes bleues et rien d'autre.

– Euh...

– Aimer les femmes ? Non, je ne sens rien de ce côté-là. En fait, elle n'a développé de liens avec personne. Et quand sa beauté a été moins spectaculaire, je ne vois pas par quoi elle a pu la remplacer. Pour elle, le lieu d'interaction sociale était essentiellement « admire-moi et paie pour moi ». Mais le jour où ça s'arrête, il se passe quoi ? Quand Florence ne peut plus briller dans le monde, que devient Marcelle ? N'importe quelle jolie femme qui utilise ses charmes sait que cela va devenir moins facile un jour. Or, on a l'impression qu'elle n'a pas du tout anticipé la suite. Était-elle si folle qu'elle ne s'est même pas projetée ?

– Euh... *(Je lui envoie une photo de Marcelle à la fin de sa vie.)*

– Holà ! Alors là, on rentre vraiment dans la folie ! Là, on y est ! Pour moi, l'intermède « beautiful lady » lui a permis de masquer la pathologie mentale. Elle a eu la chance de bénéficier d'un truc totalement patriarcal, du genre sois belle et tais-toi – et c'était parfait pour elle. Parce qu'elle était belle, personne ne se rendait compte qu'elle était complètement givrée car ce qui intéressait ces messieurs, soyons clairs, c'était son cul, ses nichons et sa gueule. Eux, ils devaient prendre sa folie pour une forme de réserve, voire ils se disaient que sous cette glace il y avait un cœur ardent et blessé qu'ils allaient conquérir et sauver. Comme ce pauvre Paul de Biarritz : il s'est dit qu'elle allait l'aimer, lui. Et elle, elle les voyait tous s'empaler sur les grilles de sa dinguerie.

78.6

– Euh… *(Ici, je raconte que Marcelle s'est laissée mourir de faim en écrivant son journal d'agonie. Je lui envoie une photo d'une page du journal.)*

– « Malédiction sur ce monde pourri » ? Quand je vous disais qu'il y avait beaucoup de rage, de colère, de haine ! Se tuer de cette façon… Son suicide, c'est pour que tous ceux qui l'ont connue et même aimée, voire adulée, se sentent coupables. Il y a cette méchanceté. Ah oui ! Quand elle était dans sa phase « beautiful lady », elle n'était pas méchante, elle était juste absente, juste dans l'instrumentalisation des autres. Je pense que si elle n'avait pas été très belle, elle aurait terminé en tôle ou en HP. Parce qu'il y avait quelque chose de pulsionnel, d'une très grande violence, qui fait que, pour avoir de l'argent, elle aurait pu aller jusqu'à tuer. Moralement, cela ne lui aurait posé aucun problème. Comme je vous le disais, elle était surtout un mec. Elle me fait penser à ces fausses infirmières qui zigouillent leurs patients. Cela allait jusque-là chez elle. Sauf qu'elle était belle, les hommes la désiraient, et elle n'a pas eu à se confronter à ce qu'elle aurait été capable de faire si elle n'avait pas eu sa beauté. Mais cette mascarade n'a eu qu'un temps, la descente aux enfers a commencé et il n'est resté que la rage psychopathique. À la fin, elle s'est tuée avec l'idée que le monde entier était responsable de sa déchéance. C'est une mort accusatrice. Tant qu'elle a pu faire marcher des hommes, il n'y avait pas de problèmes. C'est ensuite que ça a merdé. L'argent tombait, il ne tombe plus, monde pourri ! Voilà son équation. Pour moi, cette femme était une vraie salope ! Une psychopathe avec des tendances paranoïaques.

– Euh…

– Oui oui, une épouvantable salope, mais elle ne le savait pas. Ce n'était même pas une figure sadienne car il n'y avait pas de plaisir chez elle. Je me demande d'ailleurs si elle n'a pas fait de la magie noire… Mais vous, comme tous les mecs, vous êtes bluffé par sa beauté. Du coup, vous ne voyez rien.

– Euh…

– Ah mais j'ai trouvé ! Je sais ! Cette femme, elle meurt de faim parce qu'elle n'a aucun appétit dans la vie ! Voilà ! Elle veut bien des jolies robes, une bonne qui nettoie ses chiottes, mais c'est tout. Qu'elle ait fini par se considérer comme une victime, c'est normal. Alors qu'objectivement elle ne l'était pas. C'est juste qu'elle n'avait pas les ressources mentales. Pas la volonté. Trop bête et paresseuse elle était.

– Euh…

78.7

– Je vais vous tirer les cartes du journal d'agonie. Je vais regarder ce qu'elle avait dans la tête au moment de se laisser mourir de faim. *(Moment de silence, tandis qu'elle tire les tarots.)* Elle n'a prévenu personne, on est bien d'accord… Bon, elle avait des problèmes de fric… Je n'ai plus d'argent pour manger, donc je ne mange plus… Okay… Je comprends… C'est comme si, à force d'instrumentaliser tout ce qu'il y avait autour d'elle, elle avait fini par s'instrumentaliser elle-même. Par avoir d'elle la vision qu'elle avait des autres. Elle n'a plus d'argent, mais travailler, elle n'essaie même pas ! Dans sa volonté de se laisser mourir de faim, il n'y a pas de désespoir humain. Vous comprenez ? C'est juste inhumain, à l'image de tout le reste. Moi, j'entends surtout la volonté de perpétuer l'anathème. Malédiction sur ce monde pourri ! Vous allez me dire : pourquoi s'infliger une telle souffrance au moment de mourir ? Mais parce que sa rage vis-à-vis des autres, elle l'a retournée contre elle. La rage la dominait complètement. Elle punit ce corps qui n'est plus bon à attirer les hommes et à lui rapporter de l'argent.

– Euh...

– Pour moi, la haine était délirante chez cette femme. Pas du tout justifiée. On peut haïr des monstres comme Marc Dutroux, c'est normal ; mais dans son cas, le simple fait de lui désobéir déclenchait un désir de destruction pharaonique. Et comme elle ne pouvait pas trucider à l'arme lourde tous ceux qui lui avaient marché sur les pieds – car c'est cela qu'elle aurait voulu : trucider tout le monde ! –, qu'est-ce qu'il lui restait ? La haine ! La haine la haine la haine... Et ça a dû durer des jours et des jours. À ruminer dans son coin. Contre Machin, contre Untel, sa mère, ses ex, Paul, ses fils, sa voisine, etc. La haine n'était pas une pulsion chez elle car c'est son être tout entier qui était dévoré. Pour moi, c'est une femme qui n'aurait eu aucun problème à dénoncer un voisin aux nazis ou une voisine aux impôts. Voire à prendre un couteau de cuisine, comme dans *Liaison fatale*. Car elle était ce genre de dingue. Et ça, les gens le sentent. Peut-être pas tout de suite, mais assez vite quand même. Donc, les hommes la quittaient. Comme elle leur faisait peur, ils lui mentaient, ils la manipulaient, afin de pouvoir se sortir de ses griffes. Et elle, elle ne le supportait pas. Du coup, c'était encore plus la haine ! Jamais elle ne se disait que c'était aussi de sa faute.

– Euh...

– Mais ça y est ! Je viens de comprendre : c'est une femme qui a fait des *fixations* ! Voilà ! C'est exactement ça ! Elle faisait des FIXATIONS sur des gens… Ça, je suis sûre que vous en trouverez la trace. La voisine du dessus qui fait du bruit, l'ex-mari qui ne lui a pas donné d'argent, la belle-sœur machin… Cela de façon terrifiante.
– Euh…
– Moi, je ne vois rien dans ses actes qui soit humain ! Sa mort, c'est peut-être le seul endroit dans toute son existence où sa volonté est parvenue à produire quelque chose. Elle s'est infligé un martyre mais c'était pour mieux accuser le monde. Et vous, trente ans plus tard, vous passez par là et le truc va devenir collectif. Votre livre va lui donner raison. Votre livre sera sa vengeance ! Il va perpétuer la malédiction ! Grâce à vous, elle va triompher post mortem !
– Euh…

78.8

(À ce moment, je lui dis que Marcelle s'est remariée avec un homme dont elle a également divorcé après des violences conjugales et que pouvait-elle me dire sur lui ? Elle tire aussitôt les tarots. Plisse très fort les yeux. Se concentre. Un peu comme on tourne le bouton d'une radio pour se brancher sur la bonne fréquence. La fréquence d'Anouar Moualhi.)
– Oh là là, c'est un sale mec, celui-là ! Waouh ! Vous n'avez pas de photo ? Dommage. Car c'est un très sale mec. Il a un truc d'escroc, de salaud. C'est un magouilleur, un embrouilleur. Là, on est dans l'arroseur arrosé… Sauf que lui, il est actif… Est-ce qu'elle a été amoureuse de lui ? Les autres hommes dont vous m'avez parlé, c'est non… *(Elle tire de nouveau les cartes.)* Ah, j'ai une piste !

Elle avait quel âge quand elle l'a rencontré ? Plus de 30 ans ? Oui, c'est bien ça. Elle a 32, 33 ans... Oui oui... Les photos à Biarritz avec le chef d'entreprise, c'était après... D'accord... On y est... J'y suis... Je peux vous dire qu'avec cet homme, il y a un truc de double diabolique masculin. C'est un type qui l'a fascinée parce que, comme elle, il s'affranchissait de la morale ordinaire. Cette femme n'a jamais pu comprendre qu'on puisse se marier, faire cinq gosses, faire la vaisselle, s'épanouir dans un cadre familial normal. Les gens comme ça, elle les regardait comme des plantes vertes. Elle savait très bien que ce qu'elle faisait n'était pas moral, mais comme un serial killer, elle disait : « Qu'est-ce que vous êtes cons, les mecs ! Vous n'avez rien compris à la vie pour vivre comme des moutons ! » Cet homme, ce qui m'apparaît de lui, c'est qu'il a pu être un genre d'escroc, de proxénète, mais élégant. Ce n'est pas une petite frappe. Et là, elle découvre quelqu'un qui a le même souci des apparences qu'elle et, en même temps, le même mépris des conventions morales. Du coup, il y a eu quelque chose d'amoureux, en tout cas il y avait du désir, oui, elle a dû l'aimer celui-là ! Elle a trouvé en lui un double négatif masculin, un double diabolique. Mais elle n'aurait pas dit qu'ils étaient tous les deux diaboliques, oh non, elle aurait dit : nous, nous sommes des affranchis. Nous ne sommes pas des imbéciles. Nous sommes des seigneurs ! Voilà. Lui avait du vice, il était moins rigide qu'elle, il savait mieux y faire et c'est pour ça qu'elle l'a aimé. Cet homme n'avait pas d'argent et, comme par hasard, elle tombe amoureuse de lui, alors qu'il ne lui servait à rien. C'est tout à fait caractéristique.

– Euh...

– Ses enfants ? Oh, elle a dû les chosifier. Elle pouvait se balader à poil devant eux puisqu'ils n'étaient rien pour elle. Ou recevoir ses amants, juste en poussant mollement la porte… Comme je vous l'ai dit, les autres n'existaient pas pour elle. Pas même ses enfants.

– Euh…

– Écoutez, je crois que j'ai la clé du truc. Une fois la mère partie, je pense que son père a regardé sa petite fille comme un dieu vivant. Si bien que Marcelle a appris très tôt qu'elle avait le pouvoir de fasciner les hommes. Et son père l'a confortée dans cette idée. On sait que lorsque les petites filles (mais ça vaut maintenant pour les petits garçons) sont particulièrement belles, elles s'en sortent quand elles sont dans des milieux où on leur dit : « Écoute, ta beauté, on s'en fiche, tu mets la table comme tout le monde et tu fais pas chier. » Et là, ça se passe bien. Femmes comme hommes. Parce que la beauté est un cadeau empoisonné. Dès que l'enfant devient un objet de fascination, c'est foutu. Je pense que Marcelle a fasciné son père, il en a fait sa petite déesse… Et la déesse, elle ne lavait pas l'escalier avec une brosse, elle ne mettait pas la table, elle restait sur son lit et elle ne foutait rien. À 16 ans, elle était super roulée, il y avait des mecs qui étaient d'accord pour qu'elle soit leur déesse, qui lui donnaient un petit cadeau pour qu'elle leur fasse une fellation. Et ça a dû commencer très tôt ! Sinon, de quoi a-t-elle bien pu vivre, cette femme ? Vous m'avez bien dit qu'elle n'avait jamais travaillé de sa vie. Compte tenu de sa structure mentale, je ne vois rien qui l'ait empêchée de faire la pute, même avec les Allemands…

– Euh…

– Mais je viens de comprendre mon erreur. Au début je vous ai dit : je suis dans des immeubles humides qui puent, c'est la misère, les cris, la violence ; en fait, je pense avoir ressenti la perception que Marcelle avait elle-même de son environnement quand elle était gamine, compte tenu de son sentiment d'être le centre du monde. Elle a vécu son milieu comme le syndrome de Cendrillon : je vis dans un taudis alors que je suis une princesse et que je mérite le prince charmant.

– Euh…

– Il y a un personnage qui peut vous aider à comprendre votre Marcelle, c'est Luka Rocco Magnotta. Vous voyez qui c'est ? Il a mangé le corps de son amant chinois après l'avoir tué. Auparavant, il était escorte, un peu acteur porno, courait les castings télé parce qu'il voulait à tout prix devenir célèbre. Si vous voyez sa photo, il était très joli. Il misait tout sur son physique. Mais ça ne marchait pas car il était trop fou, trop centré sur lui. Pour se faire connaître, il se mettait en scène sur Internet au travers de dizaines de profils dédiés à sa gloire, allant jusqu'à diffuser des vidéos dans lesquelles il torturait des chatons. Lui aussi était un mélange de psychopathie et de problèmes psychiatriques. Vous avez la même stupidité avec Marcelle. La même folie noire. Lui était persuadé d'avoir un grand destin et il a fini par obtenir ce qu'il voulait en tuant son amant chinois et en diffusant la vidéo dans laquelle il bouffait son cadavre. Et votre petite dame, elle aussi va être connue planétairement grâce à votre livre. Peut-être pas planétairement mais bon…

– Euh…

– Voilà, je crois que j'ai fait le tour. Ça vous aide ce que je vous ai raconté ?

« Que l'on ne comprenne rien
à certaines choses signifie que l'on
en comprend d'autres. »
Ludwig WITTGENSTEIN, *L'Intérieur et l'Extérieur*

79

Est-ce que cela m'aidait ?
Euh…
C'était difficile à dire, là, tout de suite.
Euh.
Je pouvais plisser les yeux avant de lui répondre ?
Car je trouvais qu'elle plissait super bien les yeux.
Plisser les yeux, elle savait faire.
C'était un vrai don chez elle.
Elle voulait bien m'apprendre ?
Me révéler le secret des « yeux qu'on plisse » ?
Je pouvais payer si c'était une question d'argent.

En tout cas, merci, merci infiniment, c'était très intéressant. Vraiment passionnant. Je ne regrettais pas. En aucune façon. Elle venait de me raconter une histoire à laquelle je ne m'attendais pas du tout. C'était peu de le dire. Cela valait tout l'or du monde. J'étais très sérieux. La Marcelle qu'elle m'avait dépeinte, jamais je ne l'avais envisagée. Même les yeux plissés, même les paupières parfaitement closes, je n'aurais jamais imaginé une Marcelle aussi pourrie. Pour noircir le tableau, madame K l'avait noirci au charbon, à la suie, au Vantablack le plus pur. Avec un indice d'absorption de la lumière proche de 100 %. Elle m'en avait donné pour mon argent. Et l'argent repeint tout en noir, comme on sait.

En tout cas, personne ne pourrait reprocher à madame K son manque de professionnalisme. Elle aussi voulait satisfaire le client et c'est quelque chose que je respecte. Je suis très sérieux quand je dis ça. Tellement de gens font semblant de travailler. Pas madame K. Deux heures durant, elle avait plissé les yeux. Deux heures durant, elle avait mobilisé ses dons de voyance. Deux heures durant, ses capacités psi avaient donné leur maximum. Deux heures durant, l'esprit de la table avait parlé. Qui étais-je pour le mettre en doute ?

Qu'y pouvais-je si, de Marcelle, madame K avait dressé le portrait d'une épouvantable salope, d'une psychopathe avec des tendances paranoïaques, d'une haineuse délirante, d'une sorcière se livrant à la magie noire, d'une paresseuse velléitaire, d'une gamine toute pourrie gâtée, d'une manipulatrice dans l'âme, d'une pute sans scrupule, d'une femme qui n'avait que sa beauté à vendre car, pour le reste, elle était bête et méchante ?

C'était elle la voyante.

Je n'avais pas accès aux mondes nécromants et superfluidiques, moi.

Quand l'oracle parlait, il fallait prendre ses arrêts au sérieux.

Œdipe avait eu beau fuir Corinthe, il avait tué son père et épousé sa mère, comme l'avait prédit la pythie de Delphes.

79.1

Plus tard, Penny a visionné l'enregistrement Skype. Le lendemain, elle revenait hilare. Elle se marrait comme une baleine. Elle était énervée aussi. « Vous ne prenez tout de même pas ce qu'a dit madame K pour argent comptant. Enfin, Bmore ! Réveillez-vous ! Madame K n'a cessé de vous demander si ce qu'elle "voyait" de Marcelle correspondait à ce que vous saviez d'elle et vous, pauvre benêt, vous lui disiez non ou vous lui disiez oui et hop, elle s'engouffrait dans la brèche ouverte. Vous n'avez cessé de lui flécher le chemin. De lui souffler ce qu'elle avait à dire. Cela s'appelle l'apprentissage par essai-erreur, Bmore. C'est une méthode très efficace en intelligence artificielle et en sciences du comportement. Votre voyante, c'est vous qu'elle a vu, ce n'est pas Marcelle. On peut même dire qu'elle vous a vu venir de loin. Ah, elle est fortiche, madame K ! Très habile ! Vraiment douée ! Ses fameuses capacités psi, elles sont surtout psy. Qu'est-ce que vous imaginiez ? Que Marcelle allait réellement revenir d'entre les morts ? Que les tarots ? Les esprits frappeurs ? Les tables tournantes ? Vous êtes un grand malade dans votre genre. Votre naïveté est fascinante. Sur la vidéo, on voit très bien que plus vous donnez d'informations sur Marcelle, mieux madame K la cerne. À ce compte, celle-ci peut se faire voyante dès demain. Elle va apprendre à plisser les yeux, à écouter très attentivement ce que les gens lui disent afin d'en déduire ce qu'ils veulent entendre et le tour sera joué.

« Le plus comique, c'est qu'on voit que vous gobez tout ! À l'écran, vous êtes risible. Bien sûr qu'Anouar Moualhi était un sale type puisque vous lui avez dit qu'il cognait Marcelle. Et cette façon qu'elle a de retomber sur ses pattes comme un chat. Du grand art ! Car au départ, elle raconte quand même n'importe quoi. Que Marcelle avait un problème de filiation avec son père alors que c'est sa mère qui l'a abandonnée. Qu'elle aurait connu une enfance miséreuse et misérable dans un quartier pourri aux petites rues fétides alors que les cartes postales anciennes montrent que la rue de Javel était une rue claire et commerçante. Vous avez d'ailleurs vu son immeuble : comme tout le pâté de maisons, il s'agit d'un bel immeuble bourgeois de cinq étages, tout en pierre de taille, édifié en 1896 par l'architecte E. Belzane, lorsque cette partie du 15e arrondissement a été rénovée à la fin du XIXe siècle façon Haussmann. Mais en deux temps trois mouvements, elle vous a retourné le truc et vous n'y avez vu que du feu. Quand elle vous dit à la fin qu'elle a vu, non pas le milieu dans lequel vivait Marcelle, mais la perception que Marcelle avait de son milieu : ça c'est fort ! Une vraie pro, celle-ci vous dit. Tout ce que madame K a fait, c'est amplifier vos propos afin que vous ne reconnaissiez pas qu'ils venaient de vous. C'est combler les trous en y mettant toute sa science cognitive et son intelligence. Toute son imagination aussi. À chaque instant, elle donnait l'impression de vous devancer alors qu'elle ne faisait que vous suivre à la trace. Au vrai, vous avez fait une bonne partie de son boulot, Bmore. Vous avez cru recevoir l'oracle mais vous avez participé activement à sa fabrication. D'ailleurs, vous avez dit à celle-ci que vous étiez sorti épuisé de cette séance. Le contraire eût été étonnant.

« Cela dit, madame K n'a pas chômé non plus, continua Penny. Elle n'a pas volé ses 370 euros, celle-ci est d'accord avec vous. Il faut être drôlement concentré pour écouter avec une telle perspicacité ce que l'autre dit afin de le lui rendre au centuple. C'est un exercice psychique de haut vol. On frise ici la télépathie. Sauf que vous n'en avez pas profité, Bmore. Vous ne lui avez même pas demandé où se trouvait le journal d'agonie de Marcelle. S'il existait toujours ou s'il avait été détruit. C'est dingue, ça ! À quoi pensiez-vous ? C'est archinul ! C'était l'occasion ou jamais. Celle-ci ne vous complimente pas, Bmore ! Vous l'avez drôlement déçue sur ce coup. Ce n'est pas chez Duluc qu'on verrait ça. La Bmore & Investigations a encore beaucoup à apprendre ! Cela doit nous servir de leçon. À vous d'abord.

« Vous voulez que celle-ci vous dise, Bmore ? Ce qu'il aurait fallu, c'est donner à madame K de fausses informations. Vous auriez dû vous inspirer de la biographie d'une femme aux antipodes de Marcelle, quelqu'un comme Marie Curie ou Yvonne de Gaulle, peu importe, et on aurait vu ce qu'on aurait vu. Cela aurait été très instructif. Au lieu de quoi, nous nous retrouvons avec une sale histoire sur les bras. Avec une Marcelle de la pire engeance. Tellement rébarbative que, selon madame K, elle ne mérite même pas que l'on parle d'elle. À l'en croire, nous allons même donner raison post mortem à sa méchanceté. Nous allons propager dans le monde le venin qui était le sien. Sa haine va passer par nous et, dans sa tombe, Marcelle va jubiler. Vous m'écoutez, Bmore ? Si madame K a raison, Marcelle était une criminelle en puissance. Elle était une folle dangereuse. Une femme *diabolique*. Ce n'est vraiment pas de chance !

Cela dit, elle n'était pas une femme puisqu'elle était un homme. Car pour madame K, les hommes sont par nature des monstres et si une femme est un monstre, c'est qu'elle est un mec ! Quelle farce ! Tous nos efforts pour en arriver là ? Voilà qui va complètement à rebours des lois du récit, Bmore ! En temps normal, on part de quelqu'un d'affreux pour découvrir qu'il n'était pas si coupable, voire qu'il était totalement innocent, youpi, le bien et la justice triomphent à la fin. Là, c'est tout le contraire. Nous sommes partis de l'idée que Marcelle était quelqu'un de bien qui avait mal fini et, vlan, nous découvrons qu'elle était un putain de monstre. Quelle poisse ! Quelle déception ! Celle-ci est dégoûtée. Pourquoi souriez-vous, Bmore ? Vous trouvez ça drôle ? »

Je souriais, oui.

79.2

Je souriais parce que « la supercherie fait partie du spiritisme, sans nullement le détruire. Chercher à démystifier l'occulte est donc aussi absurde que l'occulte lui-même. Lequel, quelles que soient les preuves de fraude, ne se réfute pas car il est le rêve mystique d'un autre monde. Il est le désir d'être trompé » (Philippe Muray).

Je souriais parce que Penny ne comprenait pas. Elle ne voyait pas la beauté de la chose. Elle ne voyait pas le parti que nous pouvions tirer de la situation. Le parti *narratif*. Le parti *épistémologique*.

Contrairement à ce qu'elle croyait, Marcelle n'était pas le sujet de notre enquête. Le sujet n'était pas non plus madame K. Depuis le début, il ne s'agissait que d'une chose : transformer l'impossibilité de savoir qui était Marcelle Pichon en possibilité d'écrire sur elle.

Je peux répéter cette phrase s'il le faut car elle est au cœur de notre enquête.

Ainsi échappait-il à Penny que madame K nous avait *aidés*. Elle nous avait aidés d'une façon qu'elle-même ne soupçonnait pas. Elle nous avait ouvert les yeux. Ce qui, pour une voyante, est la moindre des choses.

79·3

Car madame K nous avait dévoilé une Marcelle que nous ne connaissions pas. Une Marcelle que nous n'osions pas nous formuler à nous-mêmes. Une Marcelle non pas digne d'amour mais horrible et détestable. Contre toute attente, sa vision de Marcelle mettait le doigt sur quelque chose qui, jusqu'ici, nous avait échappé. Qui, jusqu'ici, était demeuré pour Penny comme pour moi un implicite. Un implicite que madame K avait subitement rendu explicite. Qu'elle en soit ici remerciée.

Jusqu'ici, en effet, Penny et moi avions considéré que, pour se tuer de la façon dont elle s'était tuée, Marcelle était une *victime*, sans savoir de quoi au juste, quoique le « monde pourri » qu'elle avait maudit juste avant de mourir ouvrait une piste. Savoir ce qui lui était arrivé revenait ainsi à chercher ce qui avait causé son malheur. Et nous avions trouvé : Marcelle avait été abandonnée par sa mère lorsqu'elle avait 7 ans, elle avait connu l'Occupation et ses outrances, peut-être ses outrages, elle avait subi des violences conjugales : que demander de plus ? Nous tenions notre Marcelle. Nous tenions notre victime. Nous pouvions la plaindre et la chérir à notre aise.

Et voici que madame K nous mettait la tête à l'envers – ou peut-être à l'endroit. Voici que Marcelle n'était plus une victime mais un bourreau. Une Marcelle que personne n'avait rendue malheureuse car elle avait elle-même fabriqué son malheur. Parce qu'elle était pourrie de l'intérieur. Une Marcelle tellement aux antipodes de la nôtre qu'elle faisait vaciller notre postulat de départ. Réfutait notre certitude première que Marcelle était forcément « émouvante ». Pour l'unique raison qu'elle était une victime. Donc une femme bien. Donc une victime. Donc une femme bien. Etc. Ce cercle faussement vertueux en boucle.

Penny était dégoûtée que madame K fasse de Marcelle une salope dégénérée. Elle y voyait une espèce de sacrilège. Pour ma part, je trouvais bienvenu, salutaire même, ce pavé jeté dans notre mare. Sans madame K, nous n'aurions jamais découvert que, concernant Marcelle Pichon, nous étions en effet partis d'un *postulat*. Ou, pour être exact, d'une *émotion*. Sans elle, nous n'aurions jamais su que notre enquête était entachée depuis le début de ce qu'il faut bien appeler un « biais de compassion ». Sans elle, nous aurions continué de penser que nous cherchions les preuves de la tragédie qui avait frappé Marcelle alors que nous ne cherchions, en réalité, qu'à donner les preuves de la sympathie qu'elle nous inspirait. Tous les éléments que nous avions accumulés allaient dans ce sens. Ils ne visaient qu'à conforter notre hypothèse de départ, au détriment d'une Marcelle moins victime, moins estimable, moins digne d'être aimée, moins *idéalisée*. En un mot, notre méthodologie était viciée à la base. Elle se bornait à vérifier le sentiment qui était le nôtre et non à rechercher la vérité qui avait été celle de Marcelle Pichon.

Ce dont madame K avait justement eu l'intuition en faisant de Marcelle le portrait d'une manipulatrice psychopathe. Intuition qui éclairait d'une lumière crue et acerbe à quel point Penny et moi avions, sans nous en rendre compte, mis notre charrue avant les bœufs. Pour des enquêteurs qui se targuaient de découvrir la vérité, c'était raté. C'était pitoyable. De vrais amateurs ! Du travail de sagouin ! Si un mort s'était manifesté sur Skype, c'était l'angle sous lequel Penny et moi n'avions cessé d'aborder le cas Marcelle Pichon, avec une ingénuité valant cécité. Si madame K était entrée en relation avec l'occulte, c'était surtout avec le nôtre. C'était avec ce que Penny et moi avions d'emblée occulté. Cela le boulot d'une « voyante » ? Voir ce que les gens occultent lorsqu'ils viennent la consulter et qu'elle leur retourne sous forme d'occultisme ?

79·4

Qu'elle ait raison ou pas, madame K avait remis nos pendules à l'heure. En nous livrant son sentiment sur Marcelle, appelons ça un pressentiment, elle nous apprenait que ce que Penny et moi avions pris pour une évidence n'était qu'une émotion ne reposant sur rien de tangible. Parce que notre sentiment était vrai, nous l'avions confondu avec la vérité. Erreur commune, très commune.

Pouvions-nous démontrer que madame K avait tort de voir en Marcelle un monstre ? Non. D'autant qu'elle avait improvisé un portrait de Marcelle tout à fait cohérent, en se fondant sur les mêmes éléments qui nous avaient permis, à Penny et à moi, de faire une interprétation radicalement opposée. Car nous aussi n'avions cessé d'interpréter les signes. Ce à quoi nous avions assisté en direct avec madame K, c'est à l'invention d'un *récit* qui, pour contester le nôtre, n'en dévoilait pas moins que nous-mêmes nous étions raconté une histoire.

Pouvions-nous, à l'inverse, démontrer que Marcelle avait été une malheureuse et innocente victime ? Pas davantage. De sorte que le mauvais pressentiment de madame K valait bien nos bons sentiments. Les deux interprétations étaient plausibles et pareillement invérifiables. Les deux étaient des *fictions*. Sauf que nous avions pris nos bons sentiments comme allant de soi. Pour nous, ils étaient un fait acquis. Mais un sentiment n'est pas un fait. N'en déplaise à tous ceux qui se *sentent* offensés même s'il n'y a aucunement lieu et Dieu sait s'ils sont nombreux de nos jours. (Salut à toi, Samuel Paty !)

Voilà pourquoi il nous fallait remercier madame K. Elle nous avait permis de comprendre que notre bienveillance envers Marcelle était artificielle. Elle était un présupposé qu'il nous fallait déconstruire si nous voulions avoir une chance d'accéder à une vérité qui ne soit pas celle que nous avions tissée à partir d'affects aussi puissamment sentimentaux qu'affreusement idéologiques, voire positivement sexistes. Des affects à la fois consensuels et convenus, férocement bien-pensants, misérablement dans l'air du temps. Sans madame K, sans la Marcelle de madame K, il nous aurait manqué une pièce du puzzle, sans laquelle celui-ci n'avait aucune chance d'être complet. Jusqu'au bout nous aurions cru que nous parlions de Marcelle alors que nous parlions de nous ou, plus exactement, d'un nous saturé d'inconscient collectif, d'air du temps et de bonne conscience, de sentiment *chrétien*. Cette information valait bien 370 euros. Qui avait dit que

Marcelle était quelqu'un de bien ou qu'elle devait l'être ? Dès que l'on regarde quelque chose, il faut aussi embrasser le regard qui est le nôtre, il faut se mettre dans le tableau, il faut accéder à sa propre vision, faute de quoi on ne voit que ce que l'on veut voir et non ce qui est.

Et si Marcelle était une psychopathe à tendance paranoïaque, cela changeait quoi ? Bien des animaux changent de pelage au cours de leur vie, tels les lipizzans, ces baroques petits chevaux qui naissent tout noirs et deviennent tout blancs. Marcelle était peut-être tout l'inverse, mais elle avait bien le droit de se transformer au cours de notre enquête. De toute façon, ce n'était pas comme si nous l'avions choisie. C'est Marcelle qui s'était imposée à moi, un soir de mai 1986, à cause d'une émission entendue un soir à la radio, alors que ma vie sentimentale était à ce moment-là un naufrage, tiens donc, comme par hasard. C'est Marcelle qui avait quelque chose à me dire. Ou plutôt, c'est elle qui, de moi, avait quelque chose à dire et non moi qui, d'elle, avais quelque chose à dire. Mon sentiment de Marcelle était né à ce moment-là. Il avait servi de tremplin à la suite. De toboggan.

79·5

La vraie question, cependant, c'était pourquoi madame K avait-elle pris Marcelle en grippe ? Pourquoi n'avoir pas supposé, comme nous, qu'elle était une malheureuse victime ? Car de toutes les interprétations possibles, elle avait choisi la pire. Dès la première seconde de la première minute de la séance Skype, elle avait détesté Marcelle. D'emblée avait avoué « ne pas se sentir à l'aise avec cette personne ». Pourquoi ?

C'était tout de même étrange qu'elle ait eu à ce point Marcelle dans le blair. Cela avait été tellement immédiat. Une animosité instinctive. Comme un réflexe de défense. Cela disait-il quelque chose de Marcelle ou de madame K ? En vertu de quoi ? Était-ce pour mieux nous faire prendre conscience de notre biais de compassion ? Était-ce lié à autre chose ? S'était-elle levée du pied gauche ce matin ? Connaissait-elle des problèmes sentimentaux ? Et si c'était à cause du mail de rupture que Grégoire Bouillier avait envoyé à Sophie Calle ? Peut-être lui restait-il de cette histoire vieille de plus de dix ans une obscure animosité envers l'homme et envers l'écrivain. N'avait-elle pas cherché à nous décourager d'écrire sur Marcelle Pichon ? À plusieurs reprises avait insisté, lourdement même. Madame K avait son propre occulte et, à travers Marcelle, peut-être faisait-elle état de griefs qui lui étaient personnels. Comment savoir ?

Quoi qu'il en soit, elle n'avait trouvé aucune excuse à Marcelle. Plus de deux heures durant, elle avait noirci le tableau, prenant même de moins en moins de gants avec elle, jusqu'à finir, comme une apothéose, par l'associer à un taré de tueur psychopathe et cannibale ! Pour elle, j'étais tombé, comme tous les hommes (*sic*), dans le panneau de la beauté de Marcelle. Alors que la beauté de Marcelle ne m'avait pas spécialement ébloui. Elle n'était pas vraiment mon genre. Mais en étais-je si sûr ? L'histoire de la belle mannequin finissant par se laisser mourir de faim dans la tour de son château fort n'était-il pas un conte propre à exciter la fibre chevaleresque de tout individu de sexe masculin éduqué aux princes et aux princesses ? Heureusement, l'évolution des mentalités fera bientôt que plus un seul mec ne s'en ira sauver une malheureuse donzelle retenue captive. Assez de sexisme, bon sang !

Finalement, Penny n'avait peut-être pas été si bien inspirée de faire appel à madame K.

Mais quelle importance ! Victor Hugo avait beau croire en « l'esprit de la table », il n'était pas débile. Dans une lettre de septembre 1855 à son ami Auguste Vacquerie, il se demandait si l'occultisme n'était pas plutôt la « serre chaude de [son] inspiration », un « moyen de dégager plus vite et mieux la production de [son] cerveau ». En un mot : une façon de laisser s'exprimer son génie, librement et sans entraves, sans souci de littérature pour une fois. Et cela valait pour tout un chacun. Voilà qui permettait d'aller plus loin dans sa propre pensée, de se parler à soi-même à travers un autre se trouvant déjà en soi, grâce à un dédoublement de la personnalité jouant d'autant mieux le rôle de synapse entre son propre monde intérieur et le monde extérieur qu'il est de l'ordre désocialisé du langage. L'avantage de faire parler les morts, c'est qu'on peut leur faire dire tout ce qu'on veut, sans modération ni censure. Sans risquer d'être interrompu ou contredit. Sans craindre le moindre jugement esthétique. Encore faut-il comprendre qu'il s'agit d'une conversation secrète avec soi-même. Que l'esprit avec lequel on cherche à entrer en communication, c'est le sien. Parce que nous n'avons pas accès à lui, sinon au travers de médiations. Parce qu'il faut créer les conditions pour non seulement donner la parole à l'esprit qui nous habite, mais écouter enfin ce qu'il a à nous dire. Si les tables tournantes sont quelque chose, elles sont des tables de travail. Elles sont des écritoires. Des ventriloquies.

Madame K disait voir chez Marcelle « des problèmes de généalogie ». Elle avait tout de suite parlé à son propos d'un « manque de repères ». Avait immédiatement perçu quelqu'un qui « ne savait peut-être pas qui était son père » et elle avait eu du mal à admettre que les malheurs de Marcelle aient pu venir de sa mère. Même sachant que celle-ci avait abandonné sa fille à l'âge de 7 ans, elle n'y croyait pas. Elle répugnait à cette explication. Ce n'était pas ce que lui disaient ses capacités psi. Ses yeux plissés disaient que Marcelle avait un problème de filiation avec son père et avec personne d'autre, là se trouvait l'aiguille dans la botte de foin… et de qui parlait-elle finalement ? De Marcelle Pichon ? Ou bien de moi ? Était-ce moi que captaient ses magnifiques pouvoirs spirites ? Moi qu'elle voyait à travers ses yeux plissés, me confondant avec le sujet de mon enquête comme si celui-ci n'était qu'un prétexte ? Comment savoir ?

Tout ceci était *fascinant*.

Voilà pourquoi je souriais.

« Si je m'occupais un peu de moi,
pour changer. »
Samuel BECKETT, *L'Innommable*

80

Comment savoir ?
Mais j'allais savoir !
Ah oui !
Il était temps !

Car je ne l'ai pas dit à Penny, mais j'ai fait il y a quelque temps un test ADN pour savoir d'où je viens. Établir de qui je suis génétiquement le rejeton. Je n'aurais jamais fait ce test ADN sans Marcelle.

À cause d'elle, parce que j'ai remonté sa généalogie, fouillé son passé, interrogé ses liens familiaux, fait appel à tout un tas de gens me parlant de ses éventuels problèmes de filiation et des conséquences sur sa vie, mes origines se sont de plus en plus rappelées à mes bons et mauvais souvenirs. Comme si, depuis le début de cette enquête, je n'avais secrètement cessé de tourner sept fois ma langue autour de cette interrogation (cette angoisse ?). Avais voulu et n'avais cherché qu'à résoudre cette énigme, en loucedé. Sans que Penny s'en doute. Ce pourquoi je ne lui ai rien dit. Eh quoi, c'est moi le patron de la Bmore & Investigations et un patron possède des informations qu'il ne doit pas révéler à ses employés. Car sans elles, plus d'autorité, plus de prestige, plus de légitimité, plus de patron ! C'est ce qui fait que je suis le boss et pas Penny. J'ai une vue d'ensemble de la situation et pas elle. Ici le secret des gens qui commandent aux autres. Ils savent que n'importe qui possédant le même degré d'information pourrait sans problème devenir patron à leur place. Ce n'est pas une question de compétences mais de niveau d'accréditation. Mais chut. Ils n'ont aucun intérêt à le dire. Où irait la société si cela se savait ?

Jusqu'ici – je veux dire : depuis soixante ans ! –, je m'étais bien gardé de remuer ma propre boue. Je ne voulais pas soulever cette chape. Les conditions de ma venue sur Terre ne me préoccupaient nullement. Je me fichais d'être né à Tizi-Ouzou, dans des conditions qui faisaient supposer que mon père et ma mère n'avaient pas été tout seuls à me concevoir. Je n'avais pas besoin d'élucider ce « triolisme » pour vivre ma vie. J'utilisais chaque jour plein de mots dont j'ignorais l'étymologie et cela ne m'empêchait ni de parler, ni d'écrire. Je connaissais plein de gens qui, nés quelque part sans qu'ils y soient pour rien, se mettaient à revendiquer fièrement leurs racines et à les défendre mordicus, comme un premier pas vers Sa Majesté la connerie.

Au vrai, je tirais obscurément de ma naissance assez peu conventionnelle, plutôt atypique, disons hyper sexualisée et n'en parlons plus, une espèce de prestige, de gloire, de force, de *liberté*. J'aimais cette incertitude qui faisait de moi tantôt le fils de mon père, tantôt celui d'un Algérien inconnu au bataillon, tantôt des deux, comme ma mère, alors que je la pressais de questions, me l'avait dit un jour et je la cite mot pour mot : « Lorsque deux hommes éjaculent dans le vagin de la femme, leurs spermatozoïdes fusionnent pour donner naissance à un mutant. » La phrase m'était restée. Difficile de l'oublier. Sur l'instant, j'avais eu la vision de deux *pénis*... ensemble... dans le vagin... de ma mère. J'avais chassé cette vision ! Je préférais ne rien savoir, finalement. J'en savais bien assez, tout à coup. Ce n'est que plus tard que j'avais réalisé que les deux *pénis* avaient dû féconder ma maman, non pas ensemble mais l'un après l'autre, dans un temps relativement rapproché. J'ignore pourquoi, mais cela m'avait quelque peu rassuré.

Encore plus tard, j'avais découvert qu'un seul et unique spermatozoïde fécondait l'ovule. Il n'y avait, dans les trompes utérines, pas la place pour deux gamètes mâles. Un seul triomphait à la fin, un seul était le vainqueur des trois cents millions, un seul entrait dans la vie en sortant de la mort, comme le chantait Ricet Barrier. L'ovocyte était en définitive assez traditionaliste. Limite conservateur. Franchement catholique. Le spermatozoïde de qui ? La question restait ouverte.

En attendant, j'étais un mutant puisque ma mère me l'avait dit. J'étais un *mutant* ! Et cela m'allait très bien. *La Complainte des mutantes* ne s'appliquait pas seulement à Marcelle. Moi qui, gamin, lisais dans *Strange* les aventures des X-Men, je me sentais honoré. Je faisais partie des superhéros. D'autres auraient pu être catastrophés d'apprendre qu'ils étaient une entité génétique frisant la monstruosité, pas moi. Être un mutant, cela signifiait posséder des superpouvoirs. C'était ne pas être comme les autres et, enfant, je me sentais déjà différent. C'était surtout être promis à un destin extraordinaire. Ma mère n'aurait pu mieux me sauver de ce qu'elle venait de m'apprendre. Dans le même mouvement, elle me plongeait la tête sous l'eau et me lançait une bouée. Bien prévenantes sont nos mamans. Surtout qu'elle avait raison : j'étais bien un mutant puisque, ainsi que je l'ai déjà dit à propos des conséquences épigénétiques de la faim qui se transmettent de génération en génération, il arrive que des chocs psychologiques perturbent la méthylation de notre ADN, ce qui engendre dans notre génome des mutations durables. Engendre des mutants, donc.

Avant que quelqu'un me fasse la moindre réflexion (j'allais dire objection), qu'il se mette une seconde à ma place. Juste une seconde. Une minuscule petite seconde. Ce n'est pas beaucoup une seconde. Ce n'est pas toute une vie. Je ne demande qu'une petite seconde mais, pendant cette seconde, si on trouve le temps, qu'on se mette alors à ma place et, cela fait, pas de problème pour entendre toutes les réflexions, toutes les objections, tout ce qu'on veut. À ceux qui ne prendront pas cette petite seconde, je ne répondrai rien. Pas un mot. Qui que ce soit. Je sais bien qu'il n'est pas de bon ton aujourd'hui de se mettre à la place de quelqu'un d'autre. L'air du temps veut que chacun reste tel qu'en lui-même, agrippé à ses propres basques, sans sortir de son rôle, sans se mettre dans la peau de qui ne lui ressemble pas, surtout pas. J'ai même lu que certains veulent faire précéder les films de Charlot d'un avertissement prévenant le public que Chaplin, loin d'être le pauvre vagabond qu'il incarne à l'écran, était milliardaire. Autant dire que les violeurs et leurs victimes seront bientôt les seuls habilités à produire, réaliser et interpréter des films sur le viol. Alors que c'est précisément en se mettant *une seconde* à la place de quelqu'un d'autre qu'on arrive à comprendre ce qu'il vit et ressent. Qu'on mesure à la fois la distance et la proximité. Qu'on comble le fossé. Sort soi-même de ses ornières et l'autre des siennes.

80.1

Tout ça pour dire que j'ai fait un test ADN.

À 60 ans passés, je me suis dit qu'il était temps. Temps de soulager mes pieds. J'étais prêt. Marcelle m'y poussait. Tout ce que, sur elle, j'avais écrit depuis des mois m'y incitait. La plaisanterie avait assez duré. Fini de faire l'autruche. L'occasion faisait le larron et l'heure était venue d'explorer mon côté végétal. De savoir quelle plante verte j'étais pour de vrai. Il fallait que j'en aie le cœur net. Qu'enfin j'affronte cette partie passablement romanesque de ma biographie. Que je sache qui était mon géniteur. Que je rencontre mon Créateur. Hello, Père ! Salut à toi, vieil océan ! Bien le bonjour, mister Commandeur ! Finalement, c'était à moi de *crever l'abcès* (comme si je n'avais que ça à faire !). Mais pas le choix : il me revenait personnellement de donner une existence, sinon légale, du moins génétique au petit bougnoule qui, en moi, se confond avec l'oiseau bleu. Sachant que je n'avais jamais osé poser la question à mon père (pour ne pas nous embarrasser tous les deux) et encore moins à ma mère : à partir du moment où elle m'avait affirmé que j'étais un mutant, que pouvais-je espérer de sa part ? Le débat m'apparaissait clos. J'étais certain que tout ce qu'elle me dirait serait aussi éloigné de la vérité qu'un éléphant l'est d'une souris. Ses réponses sèmeraient encore plus la pagaille dans mon esprit qui, pauvre de lui, n'avait pas besoin de ça.

Que disait Marcelle ?

« Comme toujours on ne dit jamais la vérité » ?

Une fois qu'on a pris une décision, tout va très vite. Tout roule sur des roulettes. En quelques clics sur Internet, j'ai trouvé une société de biotechnologie spécialisée dans les recherches généalogiques. Basée aux États-Unis, elle disposait, semblait-il, d'une impressionnante banque de données génétiques et il apparaissait qu'elle excellait dans l'analyse de l'ADN des particuliers. Surtout, elle acceptait les demandes venant de France, où ce type de recherches demeure interdit. Décidément, la Bmore & Investigations en aura bravé, des interdits ! Décidément, on ne peut plus faire un pas dans la rue sans transgresser ceci ou cela – mais chut ! C'est pour la bonne cause. C'est à cause de Marcelle. C'est pour la Littérature ! N'écoutant que l'innocence romanesque de mes intentions, je me suis donc inscrit sur le site, j'ai créé mon espace personnel, j'ai suivi les liens, rempli les formulaires et, cinq minutes plus tard, fingers in the nose, je commandais un kit ADN (99 dollars, sans les frais d'envoi). Ce n'était pas plus compliqué. La machine était lancée. Plus rien ne pouvait l'arrêter.

Il fallut cependant que je patiente près d'un mois pour, un matin, ô surprise, chouette chouette chouette, trouver dans ma boîte aux lettres un petit colis sous blister gris venant d'outre-Atlantique et contenant le kit de ce qui serait bientôt la clé de mes origines, le sésame de ma filiation, le bulletin de ma naissance génétiquement avérée. Me dévoilerait qui était mon paternel. S'il s'agissait de celui figurant sur le livret de la famille Baltimore ou de quelqu'un d'autre. Quelqu'un de plus basané.

Grande émotion !

80.2

En ouvrant toute grande la bouche et, dans ma salle de bains, pendant une bonne minute ainsi qu'il était spécifié dans la notice, passant et repassant lentement sur mes parois buccales l'écouvillon qui était fourni dans le kit, je n'en menais pas large. Je me faisais l'effet d'un suspect soupçonné d'un crime de sang, de viol, d'horreurs sans nom.

En insérant, après l'avoir séparé délicatement de sa tige, le coton de l'écouvillon imbibé de ma salive dans un petit tube en plastique contenant un liquide stabilisateur et, une fois celui-ci soigneusement bouché et agité doucement afin de favoriser la conservation du mélange, chacun de mes gestes étant exécuté avec une minutie extrême afin de ne polluer en aucune façon mon ADN, je me faisais l'effet d'un expert de la police scientifique mettant tous ses espoirs dans les progrès de la science pour élucider un crime vieux de soixante ans.

En scellant le sachet en plastique contenant l'échantillon de mes cellules buccales et, après l'avoir glissé dans la boîte en carton déjà timbrée et adressée au laboratoire américain, ne perdant pas une seconde pour aller poster au bureau de la rue de la Convention ma précieuse semence salivaire à des fins d'analyse, je me faisais l'effet de je ne sais quoi.

Il ne me restait plus qu'à attendre.

Une semaine, deux semaines, trois semaines, quatre semaines, cinq semaines, six semaines.

Je n’étais pas pressé.

C’était quand ils voulaient.

Cela ne faisait jamais que soixante ans que durait la plaisanterie.

« Lorsqu'on n'a rien du poète,
on a quelque chance d'être un poème. »
Gilbert KEITH CHESTERTON,
Le Club des métiers bizarres

81

C'est la dernière fois.
Je le jure.
Moi-même n'en peux plus.
Mais ce matin, j'ai reçu ce mail sur mon téléphone portable.

« Cher Monsieur,

Comme promis, voici l'analyse du ciel natal de Marcelle P.
Un personnage astralement haut en couleurs !
Vous me pardonnerez le style parfois télégraphique...

1. Il s'agit d'un Verseau original, hors du commun – célèbre ? –, très indépendant, voire changeant et excentrique, épris de liberté.

2. Fait remarquable : l'ascendant se situe à 0° ♈ (Bélier) sur l'équinoxe de printemps et le MC (milieu du Ciel : vocation, destinée) sur le solstice d'hiver, à 0° ♑ (Capricorne). L'ascendant Bélier indique un chemin de vie personnel, que l'on a quelque chose à exprimer qui vient de sa personnalité propre (œuvre à accomplir ou transformation de soi-même).

3. Fait encore plus remarquable : vous-même possédez un Mars natal sur Vénus (en conjonction exacte = primauté de l'amour dans la vie), sur le solstice d'été à 0° ♋ (Cancer), donc en symétrie avec les deux premiers éléments = attraction et complémentarité ! Entre vous et Marcelle P, il y a une véritable affinité. Si vous vous étiez rencontrés, il y aurait eu une forte attirance entre vous (son Pluton sur votre Vénus et votre Soleil indique des éléments franchement passionnels).

4. Vocation politique (milieu du Ciel en ♑ Capricorne) : importance du rôle social. Tempérament passionné, énergique, courageux (ascendant et Vénus en ♈ Bélier).

5. Les amis, l'amitié, jouent un rôle essentiel dans cette destinée. Hélas, on note beaucoup de déceptions/illusions/tromperies qui touchent également ses amours, souvent utopiques, avec idéalisation de l'autre. La lune noire dans le secteur des amitiés réduit le nombre de celles-ci, mais celles qui subsistent sont solides et dynamisantes (lune noire trigone Jupiter/Saturne)...

6. Les projets, au départ séduisants et prometteurs, se révèlent souvent également décevants, impactant l'activité professionnelle.

7. Celle-ci est constructive, montrant de belles possibilités dans l'exercice de la profession, qui promet d'être durable.

8. Le travail (édition ? Écriture ? Médias ?) lui aura permis de sublimer son mal-être, ses problèmes liés aux amitiés et aux projets décevants (Jupiter trigone ⚸ noire)

9. Importance (funeste) de l'amour – l'Autre, autrui, compte beaucoup –, orientation ultime et idéale vers autrui, liée à un caractère passionné. La passion est difficile à vivre. Essentiellement malheureuse.

10. Distance avec la mère ou éloignement/séparation vers 7/8 ans. De toute façon, cet âge apparaît comme traumatisant dans cette destinée en raison d'un événement familial marquant (deuil ?). Ou alors mort de la mère à la naissance ? (Distance Vénus/Mars)

11. Élément traumatique corroboré par la distance Pluton/FC (Fond du Ciel) : ceci peut signifier une angoisse quant à la filiation, les racines. Une épreuve liée à la famille (au père ?) ou à un événement secret, caché, qui apparaît plusieurs fois dans le thème (distance Mercure/Uranus, maître du Soleil en XI/XII) : Marcelle fut-elle abusée sexuellement par son père autour de 7/8 ans ? Et/ou cela a-t-il causé une maladie psychosomatique (Jupiter/Saturne en VI) ?...

Conclusion : ce Ciel montre un karma qui visait une résilience – le Phénix qui renaît de ses cendres à travers un combat permanent – (Nœud nord en ♏ (Scorpion), en VII, la maison des Amours, du Couple, de l'Autre), au service d'autrui ou lié à un partenariat.

PS : Les 64 ans (à un an près) sont indiqués ici par un événement aussi imprévu, violent, que funeste – la mort !? (Distance MC : Uranus en 12, secteur du secret et des épreuves).

Voilà.
J'espère que ce portrait assez fouillé vous aura plu.
Cordialement et astralement vôtre, cher ami ♋ (Cancer).
Elizabeth Teissier »

Suivait la carte du ciel de Marcelle.

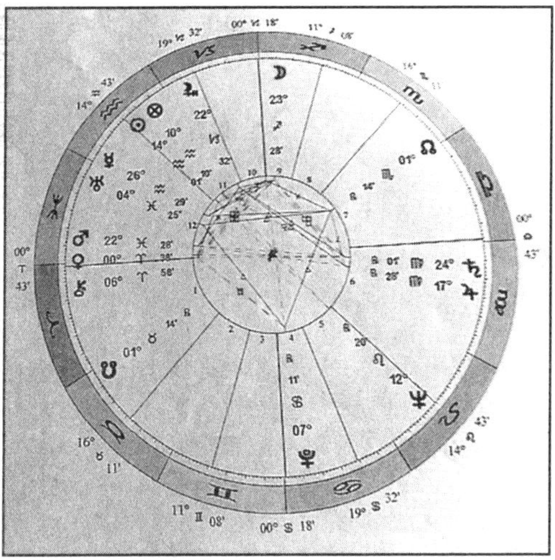

– Elizabeth Teissier ? La flamboyante astrologue de Mitterrand ? Celle qui prédit leur horoscope aux grands et aux petits de ce monde ? Sans déconner, Bmore !

– Marcelle mérite ce qui se fait de mieux, non ? Il m'en a coûté 300 euros en passant par son site, qui m'a dirigé vers son secrétariat, ce n'était pas plus compliqué.

– Comme avec madame K. En un peu moins cher, cependant.

– C'est vrai. J'ai d'ailleurs viré l'argent là aussi sur un compte en Suisse. Mais je ne suis pas déçu. Je suis même plutôt soufflé. Car vous avez vu ?

– Oui, celle-ci a lu.

– Et alors ? C'est dingue, non ? Moi, ça m'en a bouché un coin !

– C'est vrai que le profil astral de Marcelle nous réconcilie avec elle. Si son Ciel dit vrai, elle était une femme passionnée, excentrique, éprise de liberté, pour qui les autres comptaient beaucoup. C'était un Verseau « hors du commun ». Comme la Maude d'Harold, elle était « haute en couleurs » ! Voilà qui la rend *très* sympathique. C'est comme un rayon de soleil ! Cela nous change de la voyance ! Nous en avions grand besoin, n'est-ce pas ? À force, Marcelle nous conduisait tout droit vers la dépression. Sauf que l'amour l'a déçue, ses amis l'ont trompée, la vie l'a trahie. Elle investissait trop sur les gens et sur les sentiments. C'est cela qui l'a perdue. Miser sur les gens et sur les sentiments est une très mauvaise idée. Neuf fois sur dix on se retrouve le bec dans le caca. On se retrouve au fond du puits. C'est une erreur qu'on paie au centuple.

– Je ne vous parle pas de ça, Penny.

– Vous voulez dire que les astres se sont bien plantés en lui prêtant une carrière « durable » qui lui aurait permis de sublimer ses problèmes personnels ?

– Non non, ce n'est pas...

– Ah oui. Celle-ci reconnaît que c'est dingue d'avoir vu dans les astres que sa mère l'avait abandonnée à l'âge de 7 ou 8 ans. Ça, c'est fort ! C'est hyper précis. Les planètes disent donc vrai ? Celle-ci comprend que vous soyez perturbé, Bmore. Ce n'était pas prévu au programme, n'est-ce pas ? Au départ, vous aviez plutôt envie de vous moquer de toutes ces conneries paranormales. Et vous voici pris à votre propre piège. Allez maintenant prétendre que l'astrologie n'existe pas !

– Attendez. Pas si vite... je ne...

– Mais ce qui est vraiment fantastique, c'est qu'il était écrit dans son Ciel que Marcelle mourrait à l'âge de 64 ans. Alors là, chapeau les astres ! Bravo les mirifiques ! Dans le genre catégorique et ponctuel, c'est imparable ! Les planètes savent tout de nous, Bmore. Quoi que nous fassions, nous ne pouvons pas leur échapper. Ce sont elles qui décident. Même si prédire la mort de quelqu'un à partir de sa date de naissance a quelque chose d'effrayant. C'est même totalement flippant. Cela ne nous laisse pas une grande marge de manœuvre. À quoi bon lutter si tout est décidé à l'avance au plus haut des cieux, sans qu'on nous demande notre avis ?

– Okay, Penny, vous le faites exprès ou quoi ?

– Qu'est-ce qu'il y a, Bmore ? Vous voulez parler du fait que son père l'a peut-être violée quand elle avait 7 ans. Genre : juste après que sa mère l'a abandonnée ? Et tous les problèmes de Marcelle viendraient de là ? Elle aurait ensuite drôlement somatisé et ne s'en serait jamais remise ? Toute sa vie aurait été résiliente, comme on dit aujourd'hui à propos de tout et de n'importe quoi, même d'un bobo de rien du tout, comme une façon d'inciter les gens à ne surtout pas réagir au mal qu'on leur fait, des fois qu'il leur prendrait l'envie de se révolter. Sauf qu'on n'en sait rien, Bmore. Nous nous étions déjà posé la question, avant d'écarter cette éventualité, faute du moindre indice. Maintenant, si les astres le disent... Si l'accusation vient du Ciel... Voilà qui change tout ! Certaines dénonciations ne reposent pas sur des bases aussi solides. Vous savez quoi, Bmore ? Nous devrions balancer le père de Marcelle sur les réseaux sociaux. Poster un #CharlesPichonPédophile. Celle-ci est persuadée que l'info ferait le buzz. Vous imaginez les gros titres ? « Une célèbre astrologue accuse un père d'inceste cent ans plus tard. » Cela ferait des millions de likes, Bmore ! Nous aurions droit à une somptueuse polémique. Les astres sont-ils juridiquement dignes de foi ? Les viols sont-ils écrits dans le Ciel ? Toute femme dénonçant des faits d'agression sexuelle doit-elle présenter son thème astral établissant qu'elle dit la vérité ? Médiatiquement, ce serait une boucherie. Sur les réseaux sociaux, ce serait la folie !

– C'est bon, Penny ? Vous avez terminé ? C'est nous qui allons nous faire allumer sur les réseaux asociaux si vous continuez de dire des stupidités. En plus, je ne parlais pas de ça. Je voulais juste... Ah vous m'énervez à la fin !

– Vous fâchez pas, Bmore. D'accord. Celle-ci a lu. Entre Marcelle et vous, il y a un lien astral ! Son Pluton est sur votre Vénus et sur votre Soleil. Rien que ça. Super ! Si vous vous étiez rencontrés, cela aurait fait des étincelles. Vous auriez vécu une grande passion. Vos planètes s'alignant parfaitement, vous seriez tombés dans les bras l'un de l'autre et, tous les deux fulgurés sur place, vous auriez baisé comme des lapins. Et alors ? Qu'est-ce que vous voulez que cela fasse à celle-ci ? Elle s'en fiche royalement. Vos amours ne l'intéressent pas du tout.

– Mais enfin... Penny ! Qu'est-ce qui... Ma parole, vous êtes jalouse ! Mais c'est ridicule ! Je n'y suis pour rien, moi. Ce sont les planètes ! Entre Marcelle et moi, c'est purement astral ! Je vous jure qu'il n'y a rien d'autre !

– Ça veut dire quoi : « purement astral » ? Il n'y a pas que les corps qui s'abouchent et s'acoquinent, Bmore ! Plein de gens s'adonnent aujourd'hui au « sexe astral ». Les jeunes appellent ça le *shifting*. Mais celle-ci s'en fiche. Cela ne la regarde pas ! Sauf qu'on sait maintenant ce qui vous lie à Marcelle. Celle-ci comprend mieux votre obsession. Entre vous et Marcelle, il y a depuis le début quelque chose de paranormal. Tant mieux pour vous. Grand bien vous fasse. Ce n'est pas tout le monde qui nous fait *signe* depuis la voûte céleste. Il y a les élus et les autres. On sait à présent ce que nous fichons ici. Pourquoi tous *vos* efforts pour retrouver une morte. Voici un autre mystère d'élucidé. Un de plus. Mais vous voulez que celle-ci vous dise ? Allez vous faire foutre !

Vlan ! (Bruit de la porte qui claque.)

Aussitôt, la tuyauterie s'est mise à faire un barouf d'enfer.

Cela a été immédiat.

Cela faisait un moment que la plomberie ne s'était pas manifestée.

Ce coup-ci, elle y allait fort.

C'était, dans les murs, un tumulte énorme, vrombissant et gargouillant.

La bête se réveillait, prise de violentes douleurs gastriques.

Je suis resté sans bouger au milieu de la pièce.

Attendant que les choses se calment.

Essayant de faire abstraction du bruit, de Penny et de ce que sa soudaine jalousie pouvait signifier.

Me concentrant plutôt sur Marcelle.

Réfléchissant soudain au « problème de filiation » qui, selon les astres, aurait été le sien. Madame K avait pareillement pointé une angoisse du côté du père. Et le visage de Marcelle comme son écriture suggéraient déjà un malaise identitaire à la racine. Un avis, ce n'était pas probant ; mais quatre avis concordants, cela commençait à dessiner quelque chose.

Décidément, tout pointait dans la même direction.
Tout s'acharnait à désigner le père.
On voulait vraiment que je fasse une recherche d'ADN en filiation.
Alors que c'était sa mère qui l'avait abandonnée.
Alors que Marcelle semblait avoir beaucoup aimé son père.
Après sa mort, n'avait-elle pas écrit sur sa tombe que « son amour et sa sagesse lui manquait bien plus chaque jour » ?
Sauf à imaginer que la faute d'orthographe gravée dans le marbre était un lapsus révélateur (d'une émotion censurée ?), ce n'était pas le genre de choses qu'une fille dirait de son père s'il avait abusé d'elle d'une façon ou d'une autre.
De toute évidence, Marcelle aimait beaucoup beaucoup son papa.
Elle l'aimait presque trop, d'ailleurs.
Elle l'aimait comme…

Oh merde !

« Le visqueux, c'est la revanche. »
Jean-Paul SARTRE, *L'Être et le Néant*

82

Et si ?

Et si Marcelle n'était pas la fille de son père ?

Mais oui !

Voilà qui expliquerait bien des choses.

Tout deviendrait d'un seul coup lumineux.

Voilà qui m'allait parfaitement !

Incroyable que Penny et moi ne nous soyons jamais posé la question !

Il s'agit pourtant d'un secret de famille bien banal.

Vu mes antécédents, j'aurais dû y songer plus tôt.

Mais ceci expliquait peut-être cela.

En tout cas, j'entrevoyais maintenant quelque chose. Si je plissais les yeux, je pouvais presque raconter ce qui s'était passé. J'imaginais très bien Eugénie, au moment de divorcer, vendre la mèche. Lors d'une dispute comme seuls en connaissent d'aussi venimeuses les couples qui se séparent, elle aurait balancé à Charles qu'il n'était pas le vrai père de Marcelle, bien sûr que non, il croyait quoi, le petit coiffeur de quartier ? Il s'était regardé dans une glace ? Il s'était vu au lit ? Il connaissait ce vers de Saint-Leger Leger : « Quand vous aurez fini de me coiffer, j'aurai fini de vous haïr » ? S'il pensait qu'elle allait gâcher sa vie avec un minable comme lui, au milieu des lotions capillaires et des crèmes à raser, il était encore plus stupide qu'il en avait l'air. Mais quel crétin ! Lui qui aimait sa fille comme la prunelle de ses yeux, ça lui fichait un choc, n'est-ce pas ? Bien fait pour sa gueule ! Oh, mais il allait pleurer, le pauvre chéri ! Il faisait ses yeux de chien battu. Ah la petite nature ! Oh l'homme viril ! Mais quelle chiffe molle ! Voilà pourquoi elle le quittait ! Elle avait besoin d'un homme, un vrai. Un homme qui sache la tenir. Sache la combler. En soit capable. Non, elle ne lui dirait pas qui était le vrai père. Cela ne le regardait pas. De toute façon, elle n'était même pas sûre de savoir qui c'était. Cela remontait à si loin. Qu'il sache seulement que Marcelle était une enfant de l'amour et qu'il se débrouille avec ça. Il voulait un gosse, elle le lui avait donné, ils étaient quittes. Le reste ne le regardait pas. Adieu les cons ! Bien le bonjour à votre vie de merde.

Imaginons que les choses se soient passées ainsi (plus ou moins).

Imaginons que Marcelle ait assisté à cette scène (cachée derrière une porte).

Qu'elle ait tout entendu.

Elle avait 7 ans.

Voilà qui justifierait – oh combien ! – ses problèmes d'identité et de filiation.

Le traumatisme lié à ses racines dont elle aurait souffert toute sa vie.

À condition, bien sûr, que les Astres et les Tarots aient vu juste.

Même l'amour inconditionnel de Marcelle pour son père deviendrait limpide. Car ne pouvant aimer sa mère, elle aurait d'autant plus reporté son affection sur son papa qu'elle savait devoir mériter son amour, puisque celui-ci n'était ni donné ni acquis. J'en sais quelque chose. Tous les bâtards savent de quoi je parle. C'est d'ailleurs pour des raisons personnelles que j'ai sans doute refoulé cette hypothèse, avant qu'elle m'explose comme le nez au milieu de la figure. M'apparaisse non seulement plausible mais probable. Car elle seule permet de faire s'emboîter toutes les pièces du puzzle. Au vu des données que Penny et moi possédons, il n'existe aucune autre possibilité pour que Marcelle, à l'âge de 7 ans, ait eu à souffrir à la fois de sa mère l'ayant abandonnée et de son père qu'elle aima toute sa vie.

Si ce n'est pas du boulot d'enquêteur, je ne sais pas ce que c'est.

Qu'en pensait la tuyauterie ?

Il faudrait que je parle de cette théorie à Penny, lorsqu'elle aussi serait calmée.

L'astrologie avait du bon, mine de rien.

Elle nous avait rendu service, finalement.

Tout est bon dans le cochon, comme on dit.

82.1

Une pensée en entraînant une autre, j'ai alors songé au lien astral entre Marcelle et moi. À son Pluton sur mon Vénus et mon Soleil. Je ne me représentais pas trop la chose mais on aurait dit une position du Kama soutra. Je n'en espérais pas tant. Pour une révélation, elle crevait l'écran. C'était tout de même une sacrée coïncidence que mon thème et celui de Marcelle se trouvent en conjonction exacte. C'était juste ~~incroyable~~ ~~fantastique~~ ~~hallucinant~~ ~~vertigineux~~ ~~magnifique~~ rigolo !

Je comprenais maintenant que Marcelle se soit manifestée à moi par la voie des ondes. Entre nous, c'était magnétique et électrique. C'était corpusculaire et ondulatoire. C'était astrologique et horoscopique. C'était au minimum quantique. Ou bien kantien. C'est pareil. La chose en soi est inaccessible, seuls les phénomènes le sont.

Penny avait raison. Il y avait bien quelque chose de pas banal entre Marcelle et moi. Tout n'est pas rationnel chez l'être humain. Il y a de la place pour des aventures qui sortent de l'ordinaire. Ceux qui n'y croient pas ne savent pas ce qu'ils ratent. Ils ont peur de leur propre imagination. Ils pensent sans doute que la raison sert à faire le tri entre ce qui est rationnel et ce qui ne l'est pas comme, naguère, les religions disaient ce qui est bien et ce qui est mal. Sauf que la raison n'est pas un culte. Elle est ce qui permet, non d'exclure l'irrationnel et le déraisonnable, mais de les intégrer à son monde pour en dégager les logiques et les rendre compréhensibles. Faute de quoi, elle n'est qu'une croyance comme une autre. Un obscurantisme qui ne dit pas son nom.

La tuyauterie a redoublé de vacarme à cet instant. Je me suis servi un whisky car j'avais soif soudain. Finalement, je l'avais échappé belle avec Marcelle. Ai-je songé.

Heureusement que nous ne nous étions pas rencontrés de son vivant. Avec son Pluton sur mon Vénus et mon Soleil, j'aurais salement morflé. Je me serais encore fait déchiqueter dans les grandes largeurs. Car j'ai le chic pour tomber sur des femmes qui me déchiquettent. Pour tomber sous leur *coupe*. À cause des astres, semble-t-il. Ai-je songé.

82.2

De fait, je n'ai aimé dans ma vie que des femmes dont l'amour qu'elles me portaient se transformait très vite en machine à déchiqueter. J'ignore quel point sensible je touchais chez elles, quel *interrupteur*, mais c'était imparable. C'était comme si j'excitais leurs doubles rangées de lames entrecroisées, celles-ci puissamment actionnées par des tambours turbomoteurs. Qui n'a pas vu une déchiqueteuse en action ne sait rien de l'amour ni de la vie.

Mais qu'y puis-je ? Celles-là qui me mettaient en pièces ont toujours eu le don de m'envoûter. De m'émouvoir. De m'exalter. De me faire jouir. Jusqu'à ce qu'il ne reste plus de moi que des filoches de papier. Des copeaux lacérés. Des serpentins en vrac. Une bête éventrée à un croc avec, sur le sol, mes entrailles dégueulant de mon ventre tandis que, sur le mur, ma cervelle a giclé partout et moi la regardant comme un test de Rorschach. La machine à déchiqueter est un rêve de peintre.

Ou bien c'est lié à ma mère. Car ma maman était une déchiqueteuse qui faisait aussi broyeuse, trancheuse, filocheuse et lacéreuse. Un vrai combo. Le modèle grand luxe. Son niveau d'efficacité était classé P7. C'est le plus haut niveau de performance pour broyer quelqu'un qu'on aime. De lui, il ne reste, non de fines bandelettes qu'on peut encore, avec une infinie patience, reconstituer, mais que des sacs pleins de confettis faisant moins de 5 mm de long sur 1 mm de large. Ce n'est pas Marcelle qui dira le contraire. Sa mère était manifestement de la race des grandes déchiqueteuses.

Mais je ne me plains pas. Rétrospectivement, je ne vais pas porter plainte. Ou alors il faudrait que je porte plainte aussi contre moi-même. Ce ne serait d'ailleurs pas une mauvaise idée. Nous devrions tous commencer par là. Car je ne choisissais pas mes amours au hasard. J'avais beau rêver d'une femme qui m'aimerait de la façon la plus douce et gracieuse et intelligente et érotique possible, je tombais systématiquement amoureux de femmes qui me déchiquetaient avec un soin maniaque. C'est la preuve que nos intentions conscientes n'ont pas grand intérêt. Nos intentions conscientes, elles mesurent très précisément la distance qui nous sépare de nos véritables intentions, dont nous ne voulons rien savoir, par peur ou par honte. Ainsi mes amours : sans le soupçonner, à mon corps comme qui dirait défendant, je les voulais déchiqueteuses et, par-devers moi, victime absolument consentante j'étais. Là se trouvait mon étrange bonheur, à moi-même inavouable. En amour, une force m'a toujours poussé à faire mon malheur. C'est mon problème et celui de personne d'autre.

Alfred Hitchcock a bien fait de la peur un *plaisir*.

Et François Truffaut : dans *L'homme qui aimait les femmes,* Charles Denner croise dans un escalier une petite fille qui pleure à chaudes larmes. Sa sœur ne veut pas lui rendre ses patins (comme on dit rendre un baiser ?). S'ensuit ce dialogue :

– Je suis sûr que tu es très malheureuse. Mais quand même, je ne sais pas si j'ai raison mais pleurer, ça fait un petit plaisir.
– Non, c'est pas vrai ! s'écrie la petite fille sur les joues de laquelle roulent de grosses larmes.
– Réfléchis bien à ce que tu sens au fond de toi. Tu pleures, tu es très malheureuse, mais tout en pleurant, tu sens un petit plaisir. C'est pas vrai ?

La petite fille réfléchit. Elle écoute ce qu'elle sent au fond d'elle. Elle fait son examen de conscience, ce dont plus personne ne semble aujourd'hui capable, plus personne ne semble actuellement en mesure d'être honnête avec soi-même et, un étrange sourire s'esquissant soudain sur ses lèvres, comme un rayon de soleil perce au beau milieu d'une averse, elle dit : « Oui, c'est vrai. Ça fait un petit plaisir. »

Ce « petit plaisir » *en même temps que l'on pleure de chagrin,* il est exquis.
Il fait toute la différence.
Il dit toute la complexité.

Pour le dire autrement, le malheur qui vient après l'amour n'est pas juge du bonheur qui fut avant et pendant. Il en est seulement le prix. Croit-on qu'aimer est gratuit ? Que l'amour est un dû ? Que le feu ne brûle pas ? Qu'il ne *devrait* pas brûler ?

(J'espère que l'on comprend que je meuble en ce moment même en attendant de recevoir enfin les résultats de mon test ADN.)

Il y a en nous une part maudite.
La mort existe.
L'angoisse nous étreint.
Tout nous névrose depuis notre naissance.
Il faut n'avoir aucune idée de *l'ampleur* de l'humanité pour l'ignorer.
N'en déplaise à celles et ceux qui veulent éradiquer de la surface de la Terre le tragique de nos existences et le mortel de notre condition.
Jusqu'à vouloir transformer l'aventure humaine en activité aussi hygiénique et inoffensive que le jogging, boire du thé vert, regarder le foot à la télé, faire du shopping, monter une start-up ou se brosser les dents.
Jusqu'à désigner à tout-va des coupables (grande passion !) et fabriquer à tour de bras des victimes (autre grande passion !).
Cela la civilisation ?

Je vois bien ce que l'on gagne à tout policer, tout protéger, tout surveiller et punir ; mais je vois aussi tout ce que l'on perd, individuellement et collectivement.
Celles et ceux qui nous font du mal, ceux et celles qui nous causent le plus grand tort, ils nous permettent de les haïr *sans aucune retenue*.
De nous venger sur eux de tout ce qui ne va pas en nous.
C'est comme un cadeau qu'ils nous font.
Ces amours qui m'ont déchiqueté comme je le souhaitais sans me l'avouer, elles n'étaient pas responsables de ma vie secrète.
Sans elles, je n'aurais jamais su que j'avais une vie secrète, ni que celle-ci conspirait contre moi.
Sans elles, je ne me serais jamais rencontré.

Quand admettrons-nous le bien que nous devons aussi au mal qu'on nous a fait, quand bien même le mal qu'on nous a fait nous a totalement démolis ?

Quand comprendrons-nous que la vie exige de nous une approbation jusque dans ce qu'elle a de pire ?

Quand écouterons-nous l'oiseau bleu ?

(Toujours pas de nouvelles de mon test ADN.)

82.4

Tout ça pour dire que je suis bien content qu'entre Marcelle et moi les choses soient demeurées platement astrales. À 60 ans passés, j'en ai soupé des déchiqueteuses grand luxe, des passions ensorcelées, des amours massacrantes. Je préfère désormais aller voir ailleurs si j'y suis aussi (et si mon père y est aussi). Je suis fatigué de répéter toujours les mêmes situations – je ne dis pas les mêmes erreurs. Même si ces amours sous influence (des astres ? De ma mère ? De mes problèmes de filiation ? De la misère ambiante ? D'autre chose ?) sont les plus intenses que j'aie connues. Les plus merveilleusement destructrices et les plus atrocement créatives. Celles qui m'ont emmené au bord des cimes et au sommet des précipices. Si bien que je ne me suis pas ennuyé une seconde, à aucun moment ! L'amour est possession et dépossession. Il est emprise sur le corps et sur l'âme. Il est ce qui force nos verrous. Je dis bien « force ».

Car de nous-mêmes, nous sommes incapables de nous libérer, surtout des libertés que nous prenons. Nous ne possédons pas la clé de notre être. Nous avons besoin de quelqu'un qui abatte nos murs. Qui scie nos barreaux. Brise nos résistances. Ouvre toutes grandes nos fenêtres et nous jette à la rue. Traverse notre miroir. Nous délivre enfin. Nous tue pour que nous puissions enfin naître à nous-mêmes. Et nous avons un flair infaillible pour trouver l'ange qui nous exterminera. La bête qui nous crucifiera. Nous ne nous trompons jamais sur celui ou sur celle que nous appellerons ensuite notre bourreau et que nous haïrons comme tel, parce qu'il le mérite bien. Mais sans dire qu'il fut d'abord l'instrument de notre libération. Car sans lui, nous n'aurions jamais été déniaisés. Nous n'aurions rien su de l'amour et de ce que ce mot dissimule. Nous n'aurions aucun vécu que nous puissions dire nôtre. *Nous n'aurions rien à dire.* Au risque de nous retrouver déchiquetés, absolument seuls et dévastés, marqués au fer rouge, et puis amers, blessés, fragiles, hargneux, avilis, amputés, tout à fait horrifiés d'avoir perdu ce dont nous voulions justement nous débarrasser. Oui, c'est cher payé. C'est très cher payé ! En plus, le boulot a été fait salement. On aurait aimé être tué comme dans la chanson. *Killing me softly*. Pas de façon si médiocre et brutale. Si *réelle* ! Mais que croyions-nous ? Que tout se déroulerait comme dans une publicité pour un parfum ? Ce n'est pas comme si des millions de livres, de films et de chansons ne prévenaient des horreurs de l'amour en particulier et de la vie en général, jusqu'à en faire une tentation. Ce n'est pas comme si, au bout du compte, nous allions en sortir indemnes.

Que croyons-nous ?

Nous vivons dans un monde où des types tabassent à mort leur femme et où des mères peuvent enduire de harissa l'anus de leur fils.

Et tout à l'heure, j'ai appris qu'un chien robot humanoïde, de la même famille que celui dont je parlais page 156, sert désormais à faire « respecter les consignes du gouvernement face au coronavirus » dans le parc Bishan-Ang Mo Kio, de Singapour. À Hambourg, Spot – c'est son nom – patrouille sur la Rathausmarkt dans le cadre d'une « opération de relations publiques pour la sécurité urbaine ». Même chose place Graslin, à Nantes. Il paraît que si « les adultes sont méfiants, les enfants se montrent plus curieux et réceptifs ». Il paraît aussi que Spot « danse maintenant mieux que les êtres humains ».

Super ! Bravissimo ! Dans notre société hyper ~~comptable~~ sympatoche, l'erreur n'est pas humaine, car c'est l'humain qui est l'erreur et l'« intelligence artificielle » va définitivement, ludiquement et tragiquement réaliser cet idéal d'inhumanité. Tragiquement, car la question n'est pas de savoir si l'IA est une bonne ou une mauvaise chose (vain débat s'il en est), ce n'est même pas de savoir à qui elle va d'abord profiter (pas à moi en tout cas), non, le problème, c'est qu'elle va devenir une *domination* ! Youpi.

(Il y a un problème avec mon ADN ou quoi ?)

82.5

Ceux qui ne sont jamais passés à la déchiqueteuse, je ne les envie pas. On pourrait croire qu'ils ont eu de la chance, mais c'est faux. Non seulement ils ne sont jamais émouvants, jamais consistants, toujours indécents dans leurs certitudes et dans leur volonté de bien faire, mais il suffit de les regarder et de les écouter pour comprendre qu'ils n'ont que les drames des autres pour exister. Ils n'ont que leur morale expéditive à faire valoir. De leur part, on ne peut rien attendre de bon puisque

Ding.

« Cœur de bâtard, en trois lettres. »
Mots croisés du *Parisien*, 18 janvier 2022

83

Ding.

Enfin !

Pas trop tôt !

Voici que cet après-midi (ce doit être le matin outre-Atlantique), un mail dans ma messagerie.

« Les résultats de vos analyses ADN sont disponibles en ligne dans votre espace personnel. A world of discovery DNA is waiting. »

Sonnez trompettes !

Cui-cui, mon oiseau bleu !

83.1

Aller dare-dare dans mon espace personnel.
Onglet « Ancestry Overview ».
Rubrique « Ancestry Composition ».
Retenir mon souffle.

Alors ?
ALORS ?
Le verdict ?

Vite ! Vite !

Fermer les yeux.
Les rouvrir.

Mes « origines ethniques » affichent :
« European : 50,5 %
North African : 49,3 %
Unassigned : 0,2 % »

Voilà voilà voilà.

Les 50,5 % d'ADN européens sont attribués à la mère.
Les 49,3 % au père.

Pour être clair, c'est sans bavure.
Il n'y a plus à discuter, tortiller, procrastiner.
Je suis bien le fils d'un Algérien.
Il y a bien en moi un petit bougnoule.
Dans bougnoule, il y a bleu.
Le bleu de l'oiseau bleu.

Soixante ans à me poser la question.
Soixante ans à éviter de me poser la question.
Pour en arriver à ça.
À des chiffres.
Des *pourcentages*.

83.2

J'ai lu et relu et relu encore la composition de mon ADN.
Les nouvelles lettres de mon nom de Baltimore.
Cela changeait-il quelque chose ?
Me sentais-je tout à coup un autre homme ?
Me sentais-je différent ?
Apaisé de quelque chose ?
Investi de quelque chose ?
Pas le moins du monde.

Dans le détail, il apparaissait que mes origines européennes mélangeaient des gènes ibères (17,9 %), italiens (11,6 %), certains localisés en Europe du Nord et, plus précisément, dans le Grand Est de la France (10,6 %), d'autres, via la Pologne, la Hongrie ou la Roumanie, étaient étiquetés « Juif ashkénaze » (6,3 %), sans oublier des rogatons bretons et britanniques (4,1 %).

Côté Afrique du Nord, c'était moins hétéroclite : il était indiqué que mes gènes venaient d'Algérie et, typiquement, de deux régions administratives : la province de Tizi Ouzou et la province de Béjaïa (46,8 %), les 2,5 % restants correspondant à des populations nigérianes.

Pour le coup, il n'y avait plus aucun doute, plus le moindre.
Comment appelle-t-on les natifs de Tizi Ouzou ?
Des Baltimoriens ?
En même temps, j'étais génétiquement un citoyen du monde.
Mon génome était un vrai melting-pot.
Il ne manquait que l'Asie à mon palmarès génétique.

Restait les 0,2 % étiquetés « unassigned ».

Cela m'allait tout à fait qu'il demeure une part d'inconnu en moi, aussi génétiquement congrue soit-elle. Que dis-je : cela m'enchantait ! Si j'étais quelque part, c'était dans ce minuscule 0,2 % dont nul ne savait qui que quoi dont où. Là résidait ma toute petite singularité. Cette infinitésimale part de moi qui, assignée à rien ni personne, pouvait tout à la fois être ma meilleure part comme ma part maudite mais, dans tous les cas, faisait de moi un être à part.

Les gènes de l'oiseau bleu !

83.3

Dans mon profil, il apparaissait aussi que j'avais 42 % de chances d'avoir une calvitie (pas faux...), 53 % de préférer la vanille au chocolat (mouais), 60 % de préférer le salé au sucré (bof), 75 % d'avoir les yeux marron (vrai), 39 % d'avoir la « peau très claire » (euh, j'ai la peau mate, bien évidemment), 91 % de ne pas avoir de vergetures (chouette !), 78 % de sentir l'odeur d'asperge dans mes urines (sauf que j'ai perdu le sens de l'odorat à cause de staphylocoques dorés attrapés dans ma prime enfance), 28 % d'avoir le vertige (faux : j'ai peur à 100 % du vide depuis que j'ai vu ma mère se jeter par la fenêtre), 71 % d'être un lève-tôt et, à partir de 60 ans, de me réveiller « vers 7 h 04 du matin » (complètement faux : je travaille la nuit et ne me lève jamais avant midi !) et, fin du fin, j'étais, avec seulement 11,5 %, « moins susceptible que la moyenne d'avoir les pieds plats ». (Ah ah ah ! Nos gènes ne disent pas tout de nous, tant s'en faut ! Le contexte culturel et notre histoire personnelle jouent aussi. Cela étant, si mes pieds n'avaient aucune prédisposition génétique à être plats, comment l'étaient-ils devenus ?)

Vu tant d'aléas se révélant erronés, j'avais bien fait, au moment de commander mon kit ADN, de ne pas prendre l'option « Santé » alertant sur les maladies dont mon génome est porteur. J'avais très bien fait.

Dans un autre onglet, j'appris que je possédais deux cent quatre variantes provenant en ligne directe de l'homme de Néandertal. Cette ascendance préhistorique représentait presque 2 % de mon ADN. Encore une bonne nouvelle ! Il est bon de savoir qu'on vient de très loin et qu'il en reste quelque chose en nous. Penny n'en sera pas autrement surprise. Dans mon cas, elle va même *jubiler* !

Parmi ces deux cent quatre variantes dont j'héritais de mes plus lointains ancêtres, quasiment du fond des âges de l'humanité, deux étaient caractéristiques d'un « très mauvais sens de l'orientation », une indiquait que je devais « suer de façon excessive pendant l'effort », une autre était typique des individus dont les « oreilles sont décollées », d'autres encore suggéraient que je rougissais moins que la moyenne mais que j'avais plus de risque d'avoir des pellicules.

Que l'homme de Néandertal ait pu avoir des pellicules, je n'y avais jamais songé.

Qu'il nous ait légué des trucs aussi sympas que les oreilles décollées ou une transpiration embarrassante, je ne lui dis pas merci.

Je l'ignorais également mais, côté maternel, j'appartenais à l'haplogroupe T2e, le même que celui du légendaire Jesse James, était-il précisé. Côté paternel, mon haplogroupe était le T-L208 et m'apparentait à Thomas Jefferson. Le site savait flatter les ego. Entre un hors-la-loi notoire et le grand artisan de l'indépendance de l'Amérique, mon destin ne pouvait être que spectaculaire.

Plus sérieusement, mon ADN matchait avec mille quatre cent vingt-quatre personnes dont l'ADN était déjà fiché, mais dans des proportions nanoscopiques. La personne qui m'était génétiquement la plus proche était une cousine au quatrième degré. De nationalité galloise, elle s'appelait Holly P. et nous partagions moins de 0,62 % de nos gènes sur quatre minuscules segments. C'était maigre. Pas de quoi l'appeler et laisser sur son répondeur téléphonique un message du style : « Hello Holly ! My name is Bmore, you don't know me but we are from the same family. Could we meet us ? Please, call me back. Thanks. Bye. »

D'après le site, 84 % de mes « cousins » étaient d'origine britannique et irlandaise. Sûrement parce que le site, basé aux États-Unis, recensait en majorité les ADN d'Américains & assimilés. Au lieu de m'emballer comme un cabri au printemps, il me fallait garder présent à l'esprit qu'il ne s'agissait que de statistiques rapportées non à l'humanité tout entière mais à une population à la fois donnée et restreinte : la clientèle du site. Laquelle était essentiellement blanche de peau et d'origine européenne ou américaine. Cela constituait un sacré biais géographique pour chercher ses ancêtres maghrébins. Même l'histoire génétique est écrite par les vainqueurs.

En l'état, je n'avais cependant ni demi-frère ni demi-sœur. Cette réflexion me plongea dans d'étranges affres car je n'avais pas envisagé cette éventualité. Moi qui cherchais mon géniteur, le vrai, l'unique, je me croyais son enfant pareillement unique. C'était stupide. Il existait, probablement en Algérie mais pas obligatoirement, un homme ou une femme dont j'étais le demi-frère. Sans doute étaient-ils plus jeunes que moi. Nés vers le milieu ou la fin des années 60. Après la guerre d'Algérie. Une fois mes parents rentrés en France et moi commençant à marcher en canard, tandis que mon « père biologique » (expression vraiment moche) vivait sa vie de son côté. Se mariait de son côté *et cetera*.

Quoique je n'en sache rien. Comme d'habitude, on trouve des réponses qui posent plus de questions qu'au départ. Qu'importe, mon esprit s'enflammait tout seul et je m'imaginais déjà partir à la recherche de mes frères et sœurs, fussent-ils demis. Je me voyais les retrouver et, plein d'amour, empli d'un sentiment de fraternité aussi pur qu'exalté, leur expliquer que leur père... que ma mère... et puis mon père... euh, tous les trois ensemble... euh, tous les trois jeunes et beaux et nus... sous le soleil brûlant de Tizi Ouzou... en pleine guerre d'Algérie... au milieu des atrocités et leur opposant les plaisirs souverains de la chair, enfin bref, ils comprenaient ? Ils voulaient que je leur fasse un dessin ?

Euh.

Fallait peut-être voir d'abord sur qui je tombais.

Je marchais tout de même sur des œufs.

Tout le monde n'a pas les idées larges.

Plein de gens se crispent dès qu'on touche à leur papa et à leur maman.

Très peu admettent que leurs parents s'envoient en l'air.

L'idée les dégoûte plutôt.

Pour beaucoup, le sexe demeure compliqué, effrayant, inavouable, plutôt sale et dérangeant, voire tabou.

Il n'y avait peut-être pas grand monde à qui cela ferait plaisir d'apprendre que j'étais leur demi-frère.

Ils sont si nombreux à s'offenser pour un rien.

À prendre tout mal.

À n'avoir aucun humour.

À ne pas supporter les surprises que réserve l'existence.

De pauvres moules accrochées à leur rocher.

Pourtant, il n'y avait pas mort d'homme.

J'étais même la preuve du contraire.

Aucun *crime* n'avait été commis.

Trois jeunes adultes pleins de fougue et de sève avaient pris du bon temps ?

Tant mieux pour eux !

Où le drame ?

Si crime il y avait, c'était d'enrober tout ça de honte, de mystère, de chape et de silence.

Raison pour laquelle ce que j'avais à dire risquait d'être mal perçu.

Il était à craindre que je sois reçu moins à bras ouverts qu'avec des huées, des crachats, peut-être des babouches jetées au visage.

Surtout si mes frères et sœurs d'Algérie croyaient en Dieu, en la religion, aux préceptes moraux, aux commandements qui, venus soi-disant d'en Haut, répriment sévèrement les plaisirs ici-bas.

Étaient-ils d'ailleurs des musulmans pratiquant un peu, beaucoup, à la folie ou pas du tout ?

Auraient-ils vu en moi un « dhimmi », c'est-à-dire quelqu'un non pas de « différent » mais « d'inférieur », un *moins que rien* ?

Ils avaient vu *Jules et Jim* ?

Ils avaient aimé ?...

Ou bien la décadence de l'Occident ?

Tant mieux, finalement, si mon côté maghrébin demeurait orphelin de frère ou de sœur. Cela m'évitait l'embarras de moments assurément embarrassants. J'avais déjà bien assez de fers au feu. J'étais cependant surpris que mon Algérien de père n'ait pas eu d'autres enfants. Jusqu'à preuve du contraire, j'étais son fils unique. Mais, là encore, il pouvait s'agir d'un biais lié à la base de données. C'était même très probable.

Je dis mon Algérien de père mais je devrais plutôt dire mon Kabyle de père. Car n'importe quel Kabyle sait qu'il est Kabyle issu de Berbère et non Algérien issu du monde arabe. C'est une distinction à laquelle tiennent les Kabyles depuis au moins le XIIIe siècle et, à 49,3 %, j'y souscris moi aussi désormais, j'y souscris depuis environ une heure et demie. Comme plein de gens ont des convictions depuis deux semaines et en auront d'autres dans deux semaines.

N'est-ce pas Rouletabille qui, à la fin du *Mystère de la chambre jaune,* découvre qu'il est le fils caché de l'affreux et redoutable Ballmeyer, celui-ci ayant séduit sa mère (Mathilde Stangerson) lorsqu'elle était jeune et... à l'étranger ?

Si, c'est bien Rouletabille.

Dans son nom aussi il y a bleu.

Qu'est-ce que je disais déjà ?

83.4

Mon père kabyle était-il au courant que ma mère avait enfanté de ses œuvres ?
Savait-il qu'il avait un fils et que ce fils, c'était moi, bibi, mézigue, ben Bmore ?
L'avait-il appris ?
Le lui avait-on caché ?
Mais il était, paraît-il, interne à l'hôpital de Tizi Ouzou.
Or, ma mère avait accouché le 22 juin 1960 dans cet hôpital et toute sa grossesse s'était déroulée sous le ciel de Kabylie.
Des mois durant, ma future naissance avait donc été, sinon notoire, du moins visible.

Mon géniteur n'avait pu l'ignorer.
Il n'avait pu m'ignorer, moi.

Ma mère aurait pu avorter, mais non !
J'avais été *voulu* !
Qui plus est, le bébé que j'étais était resté trois semaines à biberonner du lait d'ânesse par 50 °C à l'ombre avant que monsieur Bmore, madame Bmore et leur magnifique petit chiard soient rapatriés par avion en France, mon père se trouvant automatiquement libéré de ses obligations militaires pour cause de deuxième enfant.
Alors quoi ?
Étaient-ils trois à se pencher sur mon berceau et à me faire gouzi-gouzi à la maternité ?
Ou rien à foutre ?

Que s'était-il passé à Tizi Ouzou ?
Vers la fin du mois d'octobre 1959, date approximative de ma conception ?
Qu'était devenu celui qui, le sachant ou non, m'avait transmis ses gènes ?
Quel rôle jouait-il dans cette guerre qui, pour le moins, le concernait ?
Quel âge avait-il à l'époque ?
Quelle était son histoire ?
Était-il toujours vivant ?

Et que savait mon père français à son sujet ?
Ma maman étant morte, lui seul pouvait le dire.
Si je lui posais la question, que me dirait-il ?
De quoi se souvenait-il, soixante ans plus tard ?
De tout ?
Avec nostalgie ?
Le sentiment que, là-bas, cela avait été le bonheur ?
La liberté ?
La vie la plus intense ?

Eh quoi, il n'avait pas 20 ans lorsque, tout juste marié et père d'un premier fils, il avait été envoyé en Algérie.
Envoyé se battre, envoyé tuer d'autres hommes et se faire tuer.

Lasse d'être séparée de son époux et n'écoutant que son amour, sa femme (ma mère) avait décidé de confier son fils âgé d'un peu plus d'un an (mon frère) à ses beaux-parents et, quittant tout, à seulement 20 ans (à seulement 20 ans ! *À seulement 20 ans !*), petit bout de femme toute jolie et intrépide, elle avait traversé toute seule la France, traversé toute seule la Méditerranée, traversé toute seule l'Algérie depuis Alger jusqu'à Tizi Ouzou, bravé mille dangers, pour rejoindre l'homme qu'elle aimait au beau milieu d'une guerre tellement sale et vicieuse qu'elle ne disait même pas son nom.

Ce n'était pas banal.
Ça, c'était un mariage d'amour !
Le panache fait couple !
La jeunesse la plus digne de ce nom.
Tous les jeunes gens n'étaient pas si audacieux.

À Alger, mon père et ma mère avaient échappé de très peu à un attentat du FLN.
Le café qu'ils venaient juste de quitter avait explosé, dévastant les lieux, les gens.
C'est ce que ma mère m'avait raconté.
À deux minutes près, je ne voyais pas le jour.

À Tizi Ouzou, ils s'étaient aimés, et plutôt trois fois qu'une.
Ils avaient scellé une union franco-algérienne plus forte que la guerre.
Ici mon véritable patrimoine.
Cela dont j'avais hérité.
Génétiquement et symboliquement.

Quel regard mon père portait-il aujourd'hui sur leurs « événements » d'Algérie ?

En gardait-il à présent un souvenir radieux et précis ou, au contraire, lointain, indifférent, vaguement nauséeux ?

Mes parents avaient-ils regretté de devoir rentrer en France, contraints et forcés ?

Auraient-ils préféré rester à Tizi Ouzou et vivre de guerre et d'amour, sinon toute leur existence, du moins encore un bout de temps ?

S'aimaient-ils tous les trois, façon Henri-Pierre Roché ?

Par la suite, les uns et les autres étaient-ils demeurés en contact ?

Au moins dans les premiers temps, avant que la vie, l'éloignement, la mer qui efface les traces sur le sable ?

S'étaient-ils écrit ?

Des photos de moi bébé avaient-elles circulé au-dessus de la Méditerranée ?

Ou ma conception n'avait-elle été qu'un coup d'un soir, une rencontre fortuite, une nuit d'ivresse charnelle, une façon de se sentir vivant au milieu des combats, une passion brutale et soudaine se consumant tout entière dans le temps où elle se vivait et, dès le lendemain, il n'en reste rien.

Rien sauf un petit Bmore.

Rien sauf ce que je suis en train d'écrire en ce moment même.

Tant de questions soudain !

Par milliers.

Des abeilles dans une ruche.

Maintenant que je savais, je me sentais encore plus curieux.

Une fois qu'on a tiré un fil, on veut dévider toute la pelote.

La curiosité se nourrit d'elle-même.
Merci Marcelle !
Sans elle, je n'aurais jamais cherché à savoir.
Je n'aurais pas brisé le plafond de verre de mes origines.

De toute façon, les petits mystères de ma généalogie imprégnaient depuis le début le grand mystère de la mort de Marcelle Pichon.
Ils étaient le sous-texte de mes recherches.
Ils n'en étaient pas le but mais l'obscur moteur.
Je n'aurais pas autant investi dans cette histoire sans un intérêt proprement personnel.
Cela m'apparaissait évident tout à coup.

Maintenant, il allait falloir que j'aille voir mon père.
Pas le choix.
Depuis la mort de ma mère, lui seul pouvait m'apporter des réponses.
Il était âgé de 84 ans, il ne fallait d'ailleurs pas que je tarde.
Ce serait dommage et dommageable qu'il meure en emportant *mes* secrets.
Je m'en voudrais tout le reste de mon existence de n'avoir pas osé.

Je n'étais pas à l'aise, cependant.
J'avais peur, sans bien savoir de quoi.
Qu'il ne veuille rien me dire ?
M'adresse une fin de non-recevoir ?
S'énerve comme il sait si bien s'énerver ?
Me *rejette* ?

Je voulais pourtant croire qu'il jouerait le jeu de la vérité.

Je nous imaginais dans un café, un petit café désert, vers les 16 heures, en terrain parfaitement neutre et propice, chacun devant un verre de vin et lui me parlant, lui me racontant et moi l'écoutant, moi l'aimant qu'il me parle enfin et me raconte sans chichis, avec des mots simples, l'histoire qui, pour avoir été la sienne, était devenue la mienne.

Plus tard, nous avons eu une petite conversation avec Penny et elle a dit : « Vous êtes la première personne que celle-ci rencontre qui a été conçue de façon si burlesque (elle utilisa le mot "burlesque"). Ce n'est pas banal. Celle-ci se demande si vous êtes nombreux dans le même cas. Vous devriez lancer un appel, Bmore. Vous pourriez fonder un club. L'Amicale des enfants nés d'une partie à trois. Histoire de défendre vos droits. Exiger la reconnaissance, le respect, la visibilité, le pouvoir ! Pourquoi non ? Sauf que vous semblez vous en fiche. C'est bizarre la manière dont vous prenez les choses, Bmore. Il s'agit tout de même de vos origines. De votre maman, de votre papa et… et de votre autre papa. À votre place, celle-ci serait drôlement perturbée. Elle ne saurait pas quoi faire de cette histoire. En fait, elle n'en voudrait pas ! Ou alors, elle en ferait sa raison de vivre. Elle en ferait la matière de mille livres. Sa malle aux trésors, son passeport dans le monde, le paravent derrière lequel se cacher. Alors que vous, cela paraît vous amuser. Vous semblez juste curieux, comme si cela ne vous concernait pas réellement. C'est pour vous protéger ? C'est ça ? Mais oui, c'est forcément ça ! Ou alors votre mère avait raison : vous êtes un mutant. Celle-ci ne plaisante pas, Bmore. Vous êtes un mutant. Voilà ce que vous êtes. »

– Je ne suis pas un mutant, Penny, ai-je répondu. Si je suis quelque chose, c'est la mie.

– La mie ? Quoi la mie ? L'ami Caouette ? La Mistinguett ? L'ami des jardins ? La Mirandole ?

– La mie de pain, Penny.

– Qu'est-ce que vous racontez ?
– « Cœur de bâtard », en trois lettres : c'est la mie.
– Ah bravo, Bmore ! Bien joué ! Vous n'oubliez vraiment rien, n'est-ce pas ? Vous êtes teigneux dans votre genre. Super rancunier finalement. En plus, mie rime avec pie. Celle-ci s'incline.

« Marcelle regardait avec fixité
ce spectacle. C'est lui qui m'a enfermée
dans l'armoire, dit-elle. »
Georges BATAILLE, *Histoire de l'œil*

84

On est aujourd'hui le jeudi 23 septembre 2021 et cette date, 23 septembre, je ne m'en suis pas aperçu tout de suite, je n'ai pas percuté sur l'instant, mais c'est un 23 septembre que Marcelle avait décidé de cesser de s'alimenter avec l'idée de se laisser mourir de faim, qu'importe le temps que cela prendrait, les souffrances qu'elle allait endurer, quarante-cinq jours finalement. Il y avait exactement 37 ans, Marcelle Pichon ouvrait un cahier d'écolier et commençait à tenir le journal de son agonie et comment marquer le coup ? Le fallait-il seulement ?

Toute la journée, cette question m'a tourmenté. Je cherchais une pierre blanche, une croix, quelque chose permettant de distinguer cette date entre toutes, que chacun sache ce qu'elle signifiait, de quoi elle était l'anniversaire. On était le 23 septembre 2021, la journée passait et rien ne me venait. La journée passait et c'était déjà le journal télévisé de 20 heures. Machinalement je zappai de TF1 sur France 2, puis de France 2 sur TF1 et ainsi de suite. J'adore regarder les journaux télévisés en passant d'une chaîne à l'autre le plus vite possible. C'est comme jouer au jeu des sept erreurs et ne trouver aucune différence. À chaque fois je me fais avoir. Trop forts ils sont.

Ce jour-là, jeudi 23 septembre, il était question dans les JT, ô surprise, d'argent (400 millions d'euros pour les personnes âgées), et puis d'argent (des trains à petits prix mais à petite vitesse) et puis d'argent (la fin des livraisons gratuites pour les achats en ligne) et puis de drames (des inondations catastrophiques dans le sud de l'Espagne), de drames (l'éruption potentiellement toxique du volcan de La Palma), de drames (gare aux vols de bijoux à l'arraché) et puis c'était à peu près tout.

De l'oiseau bleu, il n'était pas question.

Il n'est JAMAIS question de l'oiseau bleu aux infos.

De l'oiseau bleu, nous ne recevons jamais AUCUNE nouvelle.

Le monde des JT, il tourne exclusivement autour de deux pôles qui se magnétisent l'un l'autre : l'argent et la mort.

Il donne en exclusivité des nouvelles de la mort et de l'argent, avec un soin maniaque, à la virgule près, en comptables opiniâtres, chiffres à l'appui, parce que les chiffres font *autorité*, ils unifient tout, clouent le bec – « On peut parler de tout sauf des chiffres », prévient en ce moment même un message gouvernemental.

Ceux et celles qui fabriquent les JT n'informent véritablement sur rien d'autre.

Sans doute parce que, à l'image de notre société, ils et elles n'existeraient pas sans l'argent et la mort.

Je n'en dis pas davantage car tout m'énerve dans les journaux télévisés.

Les sujets m'énervent, le choix des sujets m'énerve, la manière de les traiter m'énerve, les commentaires m'énervent, les experts et leurs analyses m'énervent, le journalisme façon prévisions météo avertissant *six mois à l'avance* des élections présidentielles ou des JO de Paris m'énerve, les images forcément spectaculaires m'énervent, l'absence de millions d'informations faute d'images à montrer m'énerve, les présentateurs racontant ce qui se passe dans le monde comme des concierges à l'affût du moindre ragot dans l'immeuble m'énervent, les gens à qui on tend un micro dans la rue et qui semblent trop contents de donner leur avis comme si on leur demandait vraiment leur avis m'énervent, ah oui, les micros-trottoirs devenus la matière vive du moindre sujet d'actualité, voilà qui m'énerve *énormément* ! Je le confirme ! Si au moins les gens de la rue étaient payés, je comprendrais ; mais non, ils bossent gratuitement pour les JT, ils jouent gracieusement le rôle débile qu'on leur fait jouer, ils passent avec plaisir ce petit bout d'essai dans le fil de l'actualité, manifestement ravis de passer à la télé pour y faire étalage de leur insignifiance, sans même se soucier de l'utilisation finale qui, de la salle de montage à la diffusion à l'antenne, sera faite de leur image, de leurs propos et de leur vacuité. Et on s'étonne que l'info vaille que dalle ! (Qui a signé la pétition que j'ai lancée page 247 pour supprimer une bonne fois pour toutes dans les JT l'hideuse pratique du micro-trottoir ?)

En fait, je ne sais rien de plus DÉGOÛTANT que les JT de 20 heures. Et, partant, le monde qui les produit.

Je peux même dire que je fais une *fixation* sur les JT de 20 heures. Une fixation anale. Terriblement régressive. Si bien que les JT sont pour moi un défouloir. Une façon de régler tout ce qui constipe et ulcère chez moi. C'est devenu maladif. (Alors que la télévision était une belle invention au départ, non ?)

Je grince tellement des dents en les regardant que je perds mes dents. Je les perds *toutes* ! C'est affreux. C'est catastrophique sur le plan dentaire. Sur le plan de ma tension artérielle, ce n'est pas mieux. Car pendant une grosse demi-heure, je fulmine, je vitupère, je bous littéralement sur place, je ricane, je lève les yeux au ciel, je me prends la tête entre les mains, je m'arrache les cheveux, je balance en direct des bordées d'injures, je crache et glaviotte sur tout ce que je vois et entends, c'est ma revanche, c'est mon moment de haine, c'est ma manière de me défendre et de sauver mon âme.

Puis je reprends le cours ordinaire de mon existence.

84.1

Ce n'est pas une grosse perte, mais les JT consacrent aujourd'hui de moins en moins de temps aux informations proprement dites (les événements du jour, dont les retombées se feront sentir d'une façon ou d'une autre dans nos existences), au profit de reportages n'ayant rien à voir avec la choucroute de l'actualité. Mais alors, rien du tout ! C'est ce que les professionnels de l'info appellent la « partie magazine », laquelle dévore pire que des piranhas la partie journalistique avec des rubriques conçues, pour la plupart, comme un catalogue d'agence de voyages pour touristes fortunés. En gros, il s'agit, une fois les mauvaises nouvelles du jour expédiées plus ou moins sommairement, de proposer au public ébahi de longues séquences montrant les endroits les plus beaux du monde. Les lieux les plus spectaculaires. Les sites qui en mettent plein la vue, façon *National Geographic*, ce magazine de charme de mère nature, ce *Playboy* de l'hypocrite. Des séquences voyeuristes parfaitement intemporelles, dont le présentateur se plaît chaque fois à souligner que ce sont des documents « exceptionnels » avec des images « magnifiques » – un peu comme si, à la fin de ce paragraphe, je prévenais le lecteur de l'incroyable beauté des phrases qu'il s'apprête à lire. Mais puisque personne, pas même en interne, ne trouve rien à y redire, puisque l'autosatisfaction semble satisfaire tout le monde, quelle importance ? Cela signifie qu'il existe un consensus pour que l'actualité ne soit plus que son propre divertissement et que l'information soit traitée comme une fiction se terminant, après vingt petites minutes de morosité ambiante, par un joli « happy end ». Par un beau et long moment d'évasion, de rêve, de tourisme béat, de réconciliation universelle avec la nature la plus enchanteresse, de porno soft géographique, de branlette subliminale. Un peu de douceur dans un monde de brutes. Une « note d'espoir qui fait du bien ». Ouf.

Je ne sais pas si je suis le seul, mais je ne demande pas aux JT de me faire du bien mais de *m'informer*.

Je ne veux pas une douceur qui soulage d'un monde de brutes car elle est la douceur qui vient de la brutalité.

« Malédiction sur ce monde pourri ! »

« Comme toujours on ne dit jamais la vérité ! »

Etc.

Les JT, ils sont finalement les journaux d'agonie de ce monde. Dans la forme comme dans le fond, ils ne sont rien d'autre. Ils renseignent au jour le jour sur une démission collective et des débâcles individuelles, sur une anémie sociale, une fascination pour la décrépitude suivie en direct et contaminant jusqu'à la façon d'en rendre compte, la façon d'en rendre compte faisant partie de la décrépitude, devenant l'expression même de la dégradation générale, comme Marcelle donnait des nouvelles de la dégradation de son corps dans son journal.

Comme Marcelle se mourant de faim, les JT expriment un jour après l'autre une autophagie qui constitue la véritable information qu'ils livrent au public.

Du journal de Marcelle au journal télévisé, je la tenais, ma petite célébration du 23 septembre 1984.

Mais oui !

Tandis que Marcelle agonisait, j'allais l'imaginer regarder les JT un jour après l'autre pendant quarante-cinq jours. Non pas les sujets d'actualité (je n'en finirais pas) mais les parties magazine. Puisqu'elle se mourait, autant qu'elle regarde les images de fin des JT. Les magnifiques images hyper sexualisées de la beauté du monde. Des images mother-earth-porn faisant du bien et donnant un peu d'espoir.

Aussitôt dit aussitôt fait.

84.2

J'ai ouvert un fichier Word comme si c'était un cahier d'écolier et j'ai noté qu'en ce 23 septembre 2021, TF1 célébrait le début du jeûne de Marcelle en diffusant trente-sept ans plus tard un reportage intitulé « Maisons troglodytes : les trésors cachés d'Aquitaine ». Sur

France 2, c'étaient les merveilles de l'Inde avec un sujet intitulé : « Lac Loktak : le paradis flottant ».

Bien bien bien.
Ça démarrait fort.
Je tenais le bon bout.
J'ai continué comme ça pendant quarante-cinq jours, jusqu'au 6 novembre.

Après le 23 septembre, le journal de Marcelle faisait un bond de plusieurs jours, jusqu'au 9 octobre et, ce jour-là, tandis que les JT faisaient rêver avec la « tour Eiffel : une star de cinéma » (séquence « Culte ») et « Photographie : 15 ans et déjà un prix international ! » pour des clichés de papillons en Ardèche (séquence « Portrait »), Marcelle écrivait : « 17e jour de jeûne. Un demi-litre d'eau par jour. La toilette assise devient pénible. Le cœur s'épuise mais quelle résistance ! 45 kg. »

13 octobre. « Chine : les vertigineuses gorges du Saut du tigre ». « Tour Eiffel (encore elle !) : l'homme de l'ombre ». « Somme : les stars de la baie ». « Le loup et le lion : meilleurs amis au cinéma ». « m. 6 kg p 80.m. 21 jours. »

19 octobre. « L'escalade : le sport qui grimpe en ville ». « Chypre : les trésors engloutis ». « Julie Manet : l'enfant chéri des peintres ». « 27 jours. »

24 octobre : « Automne : 50 nuances de champignon ». « Irlande : le berceau d'Halloween ». « Cyril Choquet : le pêcheur de l'extrême ». « Baie de Somme (encore elle !) : le jour de la transhumance des chevaux ». « Découverte : le GR de l'île de Ré ». « 32 jours. Crise de foie. Bile. 40 kg. Épouvantable. Le cœur tient toujours. Que la malédiction soit sur ce monde pourri. Pour un bol de bouillon, une tranche de pastèque, un citron on vendrait son âme. »

28 octobre : « Chocolat : le carré du bonheur ? » « Massif du Sidobre : des pierres de légende ». « Les secrets d'un macaron pas très français ». « Côte d'Azur : l'automne sur les îles de Lérins ». « C'est épouvantable. L'eau n'est plus tolérable. La langue, c'est un escargot qui dégorge dans du sel. Le cœur ne cède pas. La lucidité est entière. La nuit, l'estomac se contracte. Trente-cinq jours sans manger. Je suis à bout de résistance. Le jeûne, c'est la mort la plus horrible qui soit. Comme toujours on ne dit jamais la vérité. »

6 novembre. « Épaignes : la farine de pomme ». « Mont Saint-Michel : à l'heure des grandes marées ». « Automne au Québec : 50 nuances de rouge » (ils aiment les « 50 nuances » aux JT). « Roumanie : le village englouti ». « Mayotte : le lagon qui veut sauver ses tortues ». « Je ne peux plus me lever. Les urines sont rouge sang. J'ai très mal aux reins. »

Fin du journal télévisé de Marcelle.

84.3

Tandis que Marcelle agonisait dans son coin et, un jour après l'autre, éprouvait le délabrement de son corps, voyait la faim l'auto-dévorer sans pitié à petit feu jusqu'à ce que son cœur lâche enfin, tant que j'y suis, maintenant que je me suis coltiné tous les JT de TF1 et de France 2 pendant quarante-cinq jours (Marcelle aura vraiment tout exigé de moi !), entre « le dernier facteur du Bayou » (27 septembre), les « châteaux forts des samouraïs » (28 septembre) et « Udaipur : l'envoûtante cité des lacs » (4 octobre), j'ai découvert avec le plus vif intérêt « Les mystères de la forêt de la Massane » et, en « Thaïlande : les fantastiques canards nettoyeurs de rizières » (5 octobre). J'ai également eu droit au « Brame du cerf : l'appel de la forêt » (7 octobre), puis de nouveau à des châteaux pleins de secrets, mais cette fois dans le Val de Loire (12 octobre).

Je rappelle qu'on parle ici des journaux télévisés censés informer la population de ce qui, à date, se passe dans le monde.

Ce même 12 octobre 2021, France 2 diffusait un reportage sur « David Hockney : un peintre américain en Normandie », à qui TF1 rendra à son tour une petite visite douze jours plus tard sous le titre « Les quatre saisons normandes de David Hockney ». Coup de chance, j'ai échappé pendant cette période aux pandas du zoo de Beauval, ainsi qu'aux inondations, un must télévisuel et compassionnel qui ne loupe jamais (les colères de la Terre ont l'avantage d'être hyper télégéniques, en plus de n'impliquer politiquement personne).

En revanche, j'ai eu droit à « Tanzanite : le joyau du Kilimandjaro » (16 octobre). À « Défi : il veut traverser l'Atlantique en pédalo » tandis que, sur l'autre chaîne, c'était « Anafiotika : le quartier le plus secret d'Athènes » (18 octobre). Le même jour, 18 octobre 2021, TF1 proposait un passionnant sujet de 4'42 *(près de 5 minutes !)* intitulé « Vaches errantes : les bêtes noires de la Corse » et là, je me suis pincé. Parce que j'avais déjà vu ces vaches au JT. J'en étais persuadé. La blonde à l'antenne ne le disait pas, elle se gardait bien de le dire, mais ma main à couper ! J'ai fait quelques recherches et, de fait, quatre ans plus tôt *(quatre ans plus tôt !)*, le 21 avril 2018, France 2 avait diffusé exactement le même sujet intitulé alors « Corse : des vaches à la plage » ! Et l'édition de 13 heures de TF1 en avait encore remis une couche le 14 août 2020, alertant sur « La Corse confrontée à la divagation animale ». La *divagation animale* ! Sans déconner ! Waouh ! Le problème semblait épais pour mobiliser depuis tant d'années les rédactions de France et même de Corse. Tous les dossiers n'étaient pas suivis avec autant de professionnalisme. Au prix de la minute à une heure de grande écoute, cela faisait cher la vache divagante. C'est sûr que, ce jour-là, il ne devait rien se passer de plus intéressant, ni chez nous ni ailleurs. Rien qui mérite d'être porté à la connaissance du public. Rien de plus important que quelques vaches se baladant encore et toujours sur les plages de l'île de Beauté, sans qu'on comprenne pourquoi le problème n'était toujours pas réglé depuis des années qu'il accablait la Corse, ses habitants et son tourisme. Que fichait donc l'État ?! Mais il y a des jours comme ça…

Il y a vraiment des jours comme ça car ce même lundi 18 octobre 2021 (je n'invente rien : à quoi bon ?), France 2 diffusait pour sa part un reportage sur le fameux Caminito del Rey intitulé « Andalousie : une randonnée à donner le vertige ». Or, six mois plus tôt, le 1er avril 2021 (non, ce n'est pas une blague), TF1 proposait également un reportage sur le Camino del Rey intitulé celui-ci : « Gorges du mont Rebei : une vertigineuse randonnée ». Et le 10 mars 2019, deux ans plus tôt donc, TF1 avait déjà fait le coup du Camino del Rey sous l'intitulé « Sensation : marcher au-dessus du vide ». Et ce n'est pas tout ! Car le 29 mai 2015, c'est-à-dire six ans plus tôt (*six ans plus tôt !*), France 2 ouvrait déjà la voie du Caminito del Rey avec « Espagne : la randonnée de l'extrême ». Putain de zob ! Et tout le monde n'y voyait que du feu ? À cela que servent les mots : faire du neuf avec du vieux ? À cela que sert la redevance télé ? Aux JT, on raffole manifestement du Caminito del Rey. On aime emprunter le « petit chemin du roi ». On mise terriblement sur lui. On kiffe se faire peur en marchant le long de parois à pic. On ne craint pas de faire l'actualité avec du réchauffé. On se plaît à prendre les gens pour des cons. On est incroyablement PARESSEUX. Okay. J'arrête là.

Cela juste en regardant avec un minimum d'attention les JT pendant quarante-cinq jours.

Je ne sais pas si le Caminito del Rey est vertigineux, mais les JT, c'est incontestable.

Dans le genre divagant, ils se posent là.

À quand des vaches corses se baladant en toute liberté sur le petit chemin du roi, le long de parois à pic ?

Pour le coup, ce serait le reportage ultime.

Le jackpot de l'information à une heure de grande écoute.

Entre neuf et dix millions de gens regardent chaque jour les infos de 20 heures.

Maintenant, je me demande si je ne vais pas republier mon premier livre sous un titre différent, ni vu ni connu. Sans dire qu'il a paru il y a vingt ans. En faisant croire qu'il est une nouveauté et s'inscrit dans l'actualité la plus brûlante. Pourquoi non ? S'ils ne se gênent pas à la télé, pourquoi serais-je plus caminito que del rey ? Si personne ne remarque, pourquoi me gêner ?

Malédiction sur ce monde pourri.

84.4

Mais je suis injuste. Il arrive aussi que les JT me fassent bien rigoler. Par exemple le 5 avril 2021. Ce soir-là, de façon tout à fait exceptionnelle mais cependant opportune (on va comprendre pourquoi), le JT de France 2 innova : plutôt que de finir par un reportage vantant les énièmes charmes d'un énième site touristique, il proposa une enquête aussi longue que fouillée sur la télévision chinoise CGTN autorisée tout récemment à émettre dans l'Hexagone. Intitulée « La voix de la Chine sur nos écrans », l'enquête s'attachait à pointer l'affreuse censure dont cette chaîne chinoise se rend coupable dans le traitement de l'information puisque, je cite le journaliste de France 2 : « Voilà le genre d'images qui, sur la chaîne chinoise CGTN, ne sont pas mises en avant : celles du conflit politique dans la province du Xinjian, par exemple, où une partie de la communauté internationale dénonce des persécutions envers la communauté musulmane ouïghoure. À l'antenne de CGTN, on vante plutôt les charmes touristiques de la région, avec un reportage sur l'immense marché de Kashgar. » Pendant deux jours j'ai eu mal aux côtes à force de rire.

Qui a dit qu'on voit la paille dans l'œil de son voisin mais pas la poutre dans le sien ?

« J'ai fait un peu longue cette narration
pour deux raisons. »
Jean GENET, *Journal du voleur*

85

C'est donc le 23 septembre 1984 que Marcelle prit sa décision.

Un dimanche.

Comme je l'ai déjà dit, il pleuvait, c'était la Saint-Constant, il se tint ce jour-là à Nice le 5e congrès de l'Association pour le droit de mourir dans la dignité, etc.

Ce que je n'ai pas dit, c'est le *contexte*.

C'est important le contexte.

Par exemple : nous sommes le 23 novembre 2021 et je viens à l'instant de voir un reportage sur les services d'urgence saturés par la cinquième vague de Covid et, alerte la journaliste qui commente les images de personnes hospitalisées, la situation devient de nouveau critique « dans un contexte de manque de personnel, de fermetures de lits et d'épidémie de bronchiolite précoce ».

C'est sûr qu'avec plus de personnel dans les hôpitaux et moins de fermetures de lits, dans un contexte économique moins marchand, la crise ~~sanitaire~~ hospitalière aurait été moins ~~dramatique~~ fâcheuse.

C'est cela : le contexte.

Et le contexte, concernant Marcelle, c'est ce qui s'est passé dans les jours, les semaines et les mois qui ont précédé le 23 septembre 1984. Car rien ne prouve que la décision de Marcelle de se laisser mourir de faim, pour être absolument sienne et liée absolument à ses tourments, ne fut pas aussi ~~causée motivée encouragée~~ ourdie par certains événements s'étant produits à cette époque et agissant sur elle comme des éléments déclencheurs. Lui sapant le moral. Lui donnant le sentiment qu'elle ne voulait plus vivre dans un monde lui apparaissant définitivement pourri, non parce qu'elle était aigrie et déprimée, mais parce que le monde était réellement pourri et déprimant. Qu'il était réellement une *malédiction* ! Eh quoi, ce n'est pas parce qu'on est paranoïaque que personne ne cherche à vous nuire. Ce n'est pas parce qu'il y a des complotistes que des complots n'existent pas. Ce n'est pas parce qu'une femme se prend pour une victime qu'elle n'a pas été réellement agressée. Etc. Chaque jour, je vois moi-même des gens et j'entends des choses qui m'accablent et me dégoûtent et cela ne veut pas dire que j'ai tort. Qui dit la vérité : le thermomètre qui, ce matin, affichait 0 °C ou moi qui, mettant le nez dehors, ai pensé qu'il devait faire au moins 5 °C en dessous de zéro tellement je me les gelais ? Il y aura toujours des gens pour soutenir que le thermomètre a raison et que j'exagère, jusqu'à dire n'importe quoi, jusqu'à me faire honte de moi. Il y aura toujours des gens pour oublier qu'entre 0 °C et – 5 °C, il n'y a pas ce qui distingue le vrai du faux mais le vent qui, allant de l'un à l'autre, augmente cruellement le froid ambiant, lequel n'est finalement qu'une sensation ou il n'est rien. Et ce qui vaut pour les petits matins d'hiver vaut pour tous nos ressentis. N'en déplaisent à ceux qui, pour des raisons qui ne les honorent pas, s'obstinent très subjectivement à ne voir dans l'être humain qu'un peu de mercure dans une pipette – ou bien il n'est pas. Ceux-là me donnent particulièrement envie de les balancer tout nus au large du Spitzberg – ou de me tirer très loin d'ici, sur une autre planète. Surtout qu'ils sont très nombreux (à monopoliser la parole).

Avant de s'enfermer chez elle et de cesser de s'alimenter jusqu'à ce que sa mort s'ensuive, Marcelle reçut-elle du monde des nouvelles encore plus mauvaises que d'habitude et la décourageant définitivement ? Se produisit-il un ou plusieurs événements déclencheurs qui, à force d'accumulation, eurent soudain raison de son courage ? Lui firent dire « stop, c'est bon, la coupe est pleine, ras-le-bol, allez tous vous faire, si c'est ainsi, c'est non, c'est sans moi » ?

Des événements la touchant peut-être de près comme, en septembre 1984, précisément en septembre 1984, cela m'a fait un petit frisson de le découvrir, le rachat de la maison Fath par l'industriel bordelais Michel Faret, associé à la famille Rothschild, en vue de lancer une ligne de prêt-à-porter masculin alors que la marque, passée en 1963 dans le giron de L'Oréal, ne proposait plus que des parfums et des accessoires (ceintures, lunettes, maroquinerie).

Quelques mois plus tôt, Marcelle avait-elle appris (la presse s'en fit également l'écho) que le chanteur Gérard Lenorman (*La Ballade des gens heureux*...) avait revendu à une importante société de transport nippone (la Sagawa Express) le château de Corbeville qu'il avait acquis quatre ans plus tôt ? (Geneviève Fath l'avait vendu en 1970 à la famille Girardeau qui le revendit en 1980 à Gérard Lenorman).

Coup sur coup, Marcelle reçut possiblement des nouvelles de sa jeunesse et elles n'étaient pas joyeuses. Elles disaient que les temps changeaient et qu'elle n'en faisait plus partie.

85.1

Car les temps changeaient.

Ils avaient à présent les visages de Margaret Thatcher et de Ronald Reagan et, en France, celui de François Mitterrand qui, deux ans après avoir été élu en mai 1981 sous la bannière « socialo-communiste », avait rallié le camp de ceux qui, intransigeant sur les profits, avaient décidé de renoncer à l'idéal démocratique d'une prospérité pour tous au profit, c'est le mot, de quelques-uns seulement. Rien à foutre du pacte social sur lequel la France disait se fonder depuis la fin de la Seconde Guerre mondiale et le Conseil national de la Résistance. Voire depuis les Lumières et leurs rêves de progrès humains. Cette fiction avait vécu, place à un nouveau récit. Place à de *nouveaux rapports humains*. Désormais, il y aurait des gagnants et tant pis pour les perdants. Après les années 70, ras-le-bol des luttes sociales, des prolos, des syndicats, des grèves, de toute cette chienlit pleurnicharde et revendicative. Place à l'économie surpuissante et à sa vision des choses et des êtres, à son langage aussi.

Eh quoi, c'était la *crise*, c'était *déjà* la crise – et rien de tel qu'une bonne crise pour mettre en œuvre certains changements que, sans cela, on n'arriverait jamais à imposer à la population, expliquait en 1982 Milton Friedman, ce merveilleux théoricien de l'ultralibéralisme devenu le gourou idéologique des démocraties marchandes. À la clé : un état de crise permanent qui perdure depuis quarante ans et qui n'est pas près de se terminer, vu les réformes qu'il autorise dans une urgence qui n'est jamais la nôtre.

Dans les faits, c'était la crise du pétrole depuis l'année 1973. Suivie d'une crise économique : dans la foulée de l'arrivée de la gauche au pouvoir et de ses dépenses sociales (en fait un simple rattrapage social) coûtant un « pognon de dingue », le franc avait été dévalué trois fois : en 1981, 1982 et 1983. Pour relancer la croissance et réduire les déficits publics creusant de façon « insupportable » la dette du pays, le Premier ministre Pierre Mauroy avait pris en mars 1983 le « tournant de la rigueur ». Rigueur signifiant prêter aux riches et serrer la vis à tous les autres. Signifiant néolibéralisme. C'est-à-dire que l'État s'engage lui-même dans la course à la rentabilité, contrairement à l'ultralibéralisme qui, lui, prône la disparition de l'État afin de laisser les entreprises prospérer comme elles l'entendent. Dans tous les cas, c'est la notion de service public qui disparaît. Ce sont les gens comme vous et moi qui trinquons.

Pour faire passer la pilule de la conversion socialiste à l'économie de marché, Mauroy avait trouvé une jolie formule : « La rigueur, c'est l'austérité plus l'espoir. » Et de fait, certains connurent l'espoir et, pour ceux-là,

1983 fut même l'année zéro des « fantastiques années fric » ; tandis que les autres connurent l'austérité. Car dès l'année 1984, ce furent tout à coup 2,5 millions de chômeurs, produits directement par la « rigueur » nouvellement mise en place dans le pays et, dans le même temps, ce furent des écarts de salaire en faveur des patrons du CAC 40 multipliés par 2, puis par 25, puis par 80, et même par 240 aujourd'hui. Alléluia ! Tant mieux pour le 1 % des plus riches, tant pis pour les autres (tant pis pour Marcelle qui, deux fois divorcée, se retrouvait seule et démunie à l'âge de 64 ans). À la clé : une société, mais deux mondes n'ayant plus rien en commun. Des trains de vie, mais aux antipodes. Une crise, mais une multitude en pâtissant pour une poignée se frottant les mains. Oui, il est scandaleux, selon l'Insee, qu'une femme gagne en moyenne 16 % de moins qu'un homme en équivalent temps plein (cet écart était de 28,5 % en 1976). Mais que dire de l'inégalité verticale des salaires ? Pour le coup, l'écart s'est drôlement creusé. Il est devenu abyssal.

En guise de théorie du ruissellement, les riches avaient maintenant toute latitude pour pisser sur la tête des pauvres depuis des hauteurs vertigineuses et, le 11 mars 1983, six mois avant de décider de se suicider dans son studio de la rue Championnet, Marcelle vit-elle Serge Gainsbourg brûler en direct à la télévision un billet de 500 francs pour, d'une voix avinée, protester contre le « racket des impôts » qui le frappait, ainsi que les plus fortunés ? Si elle ne le vit pas, elle en entendit forcément parler tellement l'affaire fit grand bruit.

Vit-elle, un mois plus tôt, le 22 février 1984, en même temps que 20 millions de téléspectateurs (*20 millions de Français !*), l'émission *Vive la crise !* présentée par un Yves Montand au meilleur de sa forme ? Yves Montand qui, à l'époque, se revendiquait fièrement de « gauche tendance Reagan ». (Ah ah ah !) Yves Montand qui, comme Marcelle, était né en 1921. Yves Montand, contre qui je n'ai rien du tout en tant que chanteur et acteur mais qui, ce jour-là, pendant près de deux heures, se livra à un fantastique numéro de pensée magique pour convaincre les gens comme Marcelle que, je le cite : « La crise ? Quelle crise ? Tout le monde en parle comme d'un désastre. Avouez pourtant que ce désastre n'est pas spectaculaire. Comparez à ce qui se passe ailleurs : notre pays profite, malgré certaines inégalités de privilèges incroyables ! »

Malgré certaines inégalités ?

Ne serait-ce pas plutôt *grâce à* certaines inégalités ?

On le voit, le ton était donné.

Dommage qu'Yves Montand ait oublié ce que Jean Renoir faisait dire en 1936 à un ouvrier dans son film *La vie est à nous* : « Ils appellent ça la crise mais c'est nous qui souffrons. » Cela eût été plus conforme à la réalité.

De quoi vous plaignez-vous ? ne cessa, deux heures durant, de marteler le grand penseur Yves Montand en usant de toutes ses mimiques de comédien professionnel. Vous n'avez pas honte ? Vous n'êtes que des égoïstes ! Vous ne savez pas la chance que vous avez de vivre en France. Fermez-la ! Prenez-vous par la main et avancez ! Arrêtez de gémir ! Personne ne viendra vous sauver. N'attendez de l'aide de personne. Vous qui entrez dans les années 80, abandonnez toute espérance ! Enrichissez-vous plutôt. Visez votre intérêt exclusif ! Adaptez-vous au monde marchand, bordel ! Battez-vous ! Pensez pognon ! Soyez forts ! Soyez plus forts que les autres ! Devenez productifs, devenez rentables, profitez un max des autres, de vous, de tout ou bien crevez ! Carpe diem ! Après vous le déluge ! C'est à vous de voir ! *Vous avez le choix !* Votre destin vous appartient ! Vous ne changerez pas le monde car le monde change pour vous. C'est lui qui vous change. C'est lui qui fait que vous êtes libres ! Qu'est-ce que vous venez faire chier avec votre justice sociale, votre idéalisme niais, vos utopies rances ? Devenez ce que la société marchande veut que vous soyez ou bien prenez votre jalousie, votre rancune et votre médiocrité et allez vous faire voir tous les quatre chez les Grecs !

Finalement, les artistes ne sont pas si nuls en politique.

Sept mois plus tard, Marcelle disait adieu à tout ce joli monde.

Je ne dis pas que c'est lié, je dis que tel était le contexte.

Je dis qu'en tant que femme (j'insiste !) de plus de 60 ans deux fois divorcée et désormais sans compagnon ni famille ni ressources Marcelle sut probablement à quel point elle était socialement mal barrée dans notre beau pays engagé dans la rigueur et l'austérité pour ceux se retrouvant au bas de l'échelle. À quel point elle n'avait aucune aide à attendre de personne. À quel point elle n'avait aucun avenir dans une société se voulant désormais faite pour et par les plus fortunés, selon un idéal civilisationnel dont la ville de Seattle exprime sans doute le mieux la parfaite logique : depuis que Microsoft, Google et Amazon y ont installé leurs sièges, les pauvres et les classes bassement moyennes ont été contraints de quitter la ville (hausse des loyers oblige) et, cela fait, les transports en commun sont miraculeusement devenus gratuits, parce qu'il ne faut pas déconner non plus. Le miracle de la croissance doit profiter à ceux qui la produisent et uniquement à eux.

C'est sûr, les temps s'annonçaient difficiles pour Marcelle et les gens dans sa situation, j'allais dire de sa condition.

Au point de devancer l'appel ?

Une chose est certaine : en janvier 1984, neuf mois avant d'entamer son jeûne, Marcelle répondait à une petite annonce pour témoigner de ses difficultés financières dans une émission télévisée consacrée aux femmes de plus de 50 ans se retrouvant seules et sans ressources dans les villes de grande solitude.

Je le redis : les dates sont imparables. Elles sont cruelles. Car n'en déplaise à Yves Montand (hou les cornes), le 17 octobre 1984, alors que Marcelle entamait son 25e jour de jeûne, le gouvernement de Laurent Fabius décidait dans l'urgence, juste avant l'hiver qui s'annonçait très rigoureux (et qui, en effet, le fut), d'un programme de « lutte contre la grande pauvreté », avec des mesures d'aide en faveur des chômeurs, des parents isolés, etc. Preuve que la « crise » causait des ravages bel et bien *spectaculaires*. Il faut prendre la mesure de l'expression « grande pauvreté ». Si elle est banale aujourd'hui, elle était inédite à l'époque. Vu l'ampleur du désastre social, l'idée d'un revenu minimum d'existence fut d'ailleurs évoquée (elle deviendra effective en 1988, sous le nom de RMI). Trop tard pour Marcelle.

Mais il y a plus cruel et imparable encore ! Car le 26 septembre 1985, c'est-à-dire moins d'un mois après que l'on avait découvert le cadavre de Marcelle morte de faim dans son minuscule studio, comme célébrant sa tragédie, comme un *hommage*, Coluche lançait sur Europe 1 le projet de ses Restos du cœur, en réaction à l'augmentation de plus en plus visible de « nouveaux pauvres » subissant de plein fouet les ravages de la crise et des choix économiques imposés en son nom, au point de ne plus avoir de quoi manger et crever littéralement de faim dans la cinquième puissance du monde. Là non plus, ce n'était pas du cinéma. L'expression « nouveaux pauvres » était apparue dans la presse un an plus tôt, caractérisant des « gens normaux mais devenus inutiles » dans la nouvelle organisation marchande de la société. Des pauvres produits par le système, en somme, et non parce qu'ils seraient des incapables, des paresseux, des nuisibles, des idiots, des gens sans importance, sans qualités ni destin, sans même de dents.

Pour mémoire, la première campagne des Restos du cœur démarra en décembre 1985, avec plus de 8,5 millions de repas distribués gratuitement dans dix-huit villes.

Notre société a les succès qu'elle mérite et, par parenthèse, c'est tout de même dingue : l'homme a inventé la roue, il a maîtrisé le feu et le fer, il a domestiqué la nature et bâti des cathédrales, il a trouvé des vaccins et édifié des villes immenses, il est parvenu à aller sur la Lune et se dirige maintenant vers Mars, il a réalisé la fission nucléaire et fait péter la bombe A, il sait manipuler le génome des êtres vivants comme la lumière à l'échelle du photon mais concernant le fait que certains possèdent beaucoup (trop) et d'autres (quasiment) rien : aucun véritable progrès. *Aucune volonté réelle de résoudre ce problème*. En la matière, l'humanité s'éclaire toujours à la bougie et c'est dingue, non ?

En 2019, l'association fondée par Coluche a distribué 133 millions de repas dans deux mille centres ouverts un peu partout en France.

Aux toutes dernières nouvelles, entre 5 et 7 millions de Français, soit environ 10 % de la population, n'ont d'autres choix que d'aller à la soupe populaire.

C'est dire combien les choses ne cessent d'aller mieux, une crise après l'autre et les belles réformes allant avec. CQFD.

Le cœur ne cède pas, même au restaurant.

Hélas.

85.2

Philippe Gildas a raconté plus tard que l'idée des Restos du cœur était venue à Coluche de la combinaison de deux facteurs : d'une part, les auditeurs d'Europe 1 ne cessaient de témoigner d'une misère là, toute proche, au coin de la rue et, d'autre part, les stars de la musique populaire américaine se mobilisaient massivement, sous le nom de Band Aid, contre la famine qui frappait depuis plusieurs mois l'Éthiopie, tout là-bas, dans un pays que très peu d'Américains et pas beaucoup plus d'Européens étaient capables de situer sur une carte. Cela avait énervé Coluche que « la misère émeuve au Zambèze et pas en Corrèze ». Que l'on regarde si bien ailleurs pour ne pas voir ce qui se passe ici. En quoi il avait, comme sur tant d'autres sujets, raison.

Il est vrai que la famine en Éthiopie émut tout au long de l'année 1984. Quotidiens, magazines, journaux télévisés, mobilisation des artistes et des intellectuels : nul ne put ignorer qu'après deux années de sécheresse, des centaines de milliers d'hommes, de femmes et d'enfants, peut-être des millions, se mouraient de faim dans cette terre d'Afrique considérée comme l'un des berceaux de l'humanité depuis que les restes de Lucy y avaient été découverts en 1974. Marcelle fut forcément au courant. Avant de l'éprouver elle-même, elle connut le sens du mot famine. Avec quel retentissement en elle ? Une espèce de nœud coulant lui serrant la gorge ? En tout cas, cette famine en Éthiopie fait également partie du contexte. Elle tisse un autre lien avec la volonté de Marcelle de se laisser mourir de faim. Comme une solidarité dépravée. Une contagion mimétique vers le pire. Une façon horrible de faire cause commune. De dire que le lointain ne peut pas servir à occulter l'ici et maintenant. D'accéder à la notoriété s'il faut crever de faim pour susciter l'attention générale et que des artistes se mobilisent ? Le 3 novembre 1984, alors qu'elle pesait moins de 40 kilos et que, dans trois jours, son cœur céderait enfin, France 2 diffusait encore des images de la famine en Éthiopie.

« Tout animal terrestre a froid, a faim, a soif ;
donc la justice a froid, le courage a faim,
la clémence a soif. »
SÉNÈQUE, *Lettres à Lucilius*, Lettre CXIII

86

Je ne vais pas maintenant lister tout ce qui s'est passé pendant l'année 1984.

À tort ou à raison, je pense que Marcelle n'en eut pas grand-chose à faire des Jeux olympiques de Los Angeles se déroulant cet été-là. Pas grand-chose à faire qu'ils soient boycottés par les pays du bloc soviétique après que les Américains avaient boycotté ceux de Moscou quatre ans plus tôt. Pas grand-chose à faire qu'ils soient les premiers à être financés par des investisseurs privés (Coca Cola, etc.) – des jeux très reaganiens. Pas grand-chose à faire que la France, avec une équipe de foot bis, ait remporté la médaille d'or après que le onze de Platini, Giresse et Tigana avait été sacré champion d'Europe deux mois plus tôt. Etc.

L'image la plus marquante de ces jeux fut sans nul doute celle de la Suissesse Gabriela Andersen-Schiess terminant l'épreuve du marathon titubante, hagarde, totalement déshydratée et dans un état second, dans un état d'exténuation totale, ses bras et sa tête ballant en tous sens, sa bouche suffoquant et ses jambes tellement tétanisées, tellement percluses de crampes qu'elle zigzaguait sur la piste tel un pantin désarticulé, ne pouvant plus mettre un pied devant l'autre et y parvenant malgré tout, à force de courage et de dépassement de soi, à force de volonté surtout, parce que la volonté de Gabriela Andersen-Schiess en avait décidé ainsi. Parce que l'esprit est plus fort que la matière. Il peut imposer au corps d'aller au bout de ses forces et même au-delà de la souffrance s'il le veut. Comme on crève un cheval sous soi. Comme un esclave, un forçat ou une bête de somme qu'on peut terrasser de travail puisqu'ils ne sont qu'un esclave, un forçat, une bête de somme.

Retransmise en direct, la séquence fit le tour du monde. Bien qu'elle soit arrivée vingt minutes après la gagnante, Gabriela Andersen-Schiess devint aussitôt une « gloire » de l'athlétisme. « La souffrance avait désormais son visage », s'extasièrent en chœur les journaux. Lesquels ne ratent jamais l'occasion de propager « l'injonction de réussite », qui est au cœur de nos sociétés marchandes et dont le sport de haut niveau véhicule à la fois le spectacle et l'idéologie. Dans le monde sans pitié de l'or, de l'argent et du bronze, Gabriela Andersen-Schiess devint immédiatement un *symbole*, quand bien même elle était arrivée parmi les dernières. Parce que l'important, c'était qu'elle ait persévéré jusqu'au bout, quoi qu'il lui en coûtât. Le message, c'était qu'il fallait tout donner, absolument tout donner, si on voulait réussir. Surtout après tant de sacrifices pour arriver jusque-là, et ce mot « sacrifice » qui, systématiquement, revient dans la bouche des sportifs de haut niveau : il me cause chaque fois un malaise. Il est le contraire de l'esprit du jeu, donc de la vie. Il relève de l'aliénation la plus pure. Il évoque un « rite de destruction offert à la divinité », et Marcelle vit-elle ces images ? Peu importe. Il suffit de respirer l'air du temps. De baigner dans le jus de l'époque. Car elle n'obligea pas moins son corps à subir sa loi, jusqu'à l'anéantir tout entier, le crever sous elle pendant quarante-cinq jours, l'offrir en sacrifice, en holocauste, afin que cède enfin son cœur et que, d'elle, il ne reste que sa volonté triomphante, la *toute-puissance de son esprit*.

Sauf que le public ne se leva pas pour applaudir sa performance tandis qu'elle faisait son dernier tour de piste. Comme ce fut le cas à Los Angeles, le 5 août 1984, lorsque Gabriela Andersen-Schiess entra dans l'enceinte du Memorial Coliseum et, férocement, lamentablement, *interminablement*, sous les applaudissements follement enthousiastes de la foule, franchit les quatre cents derniers mètres qui la séparaient de la ligne d'arrivée. La séparaient de son rêve et rêve de quoi au juste ? De quoi ce rêve peut-il être le prix pour s'infliger tant de souffrances ? Le grand basketteur Rudy Gobert a vendu la mèche, déclarant en octobre 2022 que, pour lui, gagner « n'était pas un rêve mais un objectif » ! Un *objectif*. Voici ce qu'est devenu le rêve des sportifs : un rêve de *manager* ! Voici d'où vient l'inhumanité qui s'est emparée du sport de haut niveau comme, finalement, du monde du travail tout entier. Si on applaudit Gabriela Andersen-Schiess, si on applaudit sa volonté de réaliser coûte que coûte son objectif et de terminer la course, fût-ce les pieds devant (elle-même raconta par la suite qu'elle n'avait qu'une idée en tête à ce moment-là, une seule *obsession* : « Finir ! Finir ! Finir ! »), alors on peut applaudir l'exploit de Marcelle Pichon et sa volonté non moins inflexible et coercitive d'en finir avec la vie, de réaliser son objectif de mort, au terme de son marathon de quarante-cinq jours sans manger, chaque jour comme un kilomètre de douleur arraché à son corps. En tant que championne de jeûne, elle aussi mérite la gloire. Elle mérite d'entrer dans l'Histoire. Comme l'âne Balthazar se couchant dans l'herbe et mourant d'épuisement au milieu d'un troupeau de moutons parce que des hommes ont trop chargé sa mule. L'ont tué à force de lui mettre sur le dos des sacs trop lourds pour lui, des rêves qui n'étaient pas les siens, un or dont il n'avait que faire.

86.1

Toujours en 1984, ce fut le prix Goncourt décerné à *L'Amant* de Marguerite Duras et, cartonnant au cinéma, ce furent *Terminator, SOS Fantômes* et… *1984,* d'après le roman prémonitoire de George Orwell, tandis que le « peuple de droite » faisait au mois de juin son « mai 1968 » en descendant par millions dans la rue pour défendre l'école ~~libre~~ privée et obliger le ministre Savary à retirer son projet de réforme de l'enseignement supérieur. Ce fut le Front national faisant une percée remarquée lors des élections européennes en même temps que le parti communiste connaissait un « recul historique » (toujours en juin). Ce fut la troisième hausse en un an de la taxe téléphonique et les syndicats s'insurgeant que le gouvernement transformât les services publics en impôts afin de renflouer les caisses (février). Ce fut aussi le gang des postiches (cinq braquages rien qu'en mars). Ce fut l'étrange assassinat de Gérard Lebovici dans un parking (également en mars) ; le décès de Jackie Coogan, le « Kid » de Chaplin (crise cardiaque), ainsi que ceux de François Le Lionnais (vieillesse), de Michel Foucault (sida), de Brassaï (vieillesse), Richard Burton (hémorragie cérébrale), Roger Couderc (hémorragie cérébrale), Johnny « Tarzan » Weissmuller (œdème pulmonaire), Truman Capote (chute, phlébite et cancer du foie), Count Basie (cancer du pancréas), Marvin Gaye (assassiné par son père), Henri Michaux (infarctus), etc. Marcelle est morte en bonne compagnie.

On croit qu'il se passe plein de choses aujourd'hui, mais il se passe tout le temps plein de choses qui semblent toutes interchangeables et que le vent emporte et nos baisers au loin les suivent.

Avec le recul, l'actualité apparaît terriblement répétitive et incroyablement futile.

Une perte de temps et d'énergie.

Qui disait que le monde s'annonce comme une immense accumulation d'informations ?

En mars 1984, ex aequo avec *Le Bal* d'Ettore Scola, Maurice Pialat, à la surprise dite générale, recevait des mains de François Truffaut le César du meilleur film pour *À nos amours* et, lors de la cérémonie, le réalisateur commença par dire que, fidèle à son mauvais caractère, il trouvait « vexant d'être une surprise générale » ; avant de faire l'éloge de sa toute jeune actrice, dont c'était le premier rôle au cinéma : Sandrine Bonnaire. Trois ans plus tard, recevant à Cannes la palme d'or des mains cette fois d'Yves Montand (hou hou !), Pialat sera hué par le public festivalier et, brandissant le poing, il s'écriera plein de morgue : « Malédiction sur votre monde pourri ! » Mais Marcelle n'était plus là pour voir ça.

C'est dans ce film que Pialat, lors d'un repas de famille comme on ne souhaite à personne d'en vivre mais comme il s'en passe cependant très souvent dans les familles, entre gifles, crises de nerfs et invectives, cite Van Gogh : « La tristesse durera toujours. » Et d'enfoncer le clou : « Mais c'est vous qui êtes triste. Tout ce que vous faites est triste. C'est vrai ou pas ? Qui a raison : eux ou moi ? » Telle est, en effet, la question.

Grâce à Coluche et Pialat, il était possible de survivre aux années 80.

J'aimerais pouvoir en dire autant aujourd'hui.

J'ignore si Marcelle alla voir *À nos amours* au cinéma, j'en doute même si je n'en sais rien, mais je me dis qu'à l'adolescence, elle devait ressembler à la Sandrine Bonnaire du film. J'aime cette idée. À 16 ans, je l'imagine aussi solaire et éperdue, animale, ses cheveux roux comme une crinière au vent, son sourire défiant la violence de sa famille, défiant la violence de la société et défiant sa propre violence, son regard brillant cherchant une issue soyeuse, son corps lui servant de boussole, ses sens de clé des champs et, pourtant, craignant déjà « d'avoir le cœur sec », redoutant par-dessus tout d'être morte dans la vie. D'être triste comme les pierres. Triste comme tout le monde. Triste comme un oiseau bleu encagé à vie. Triste comme quelqu'un que sa mère a abandonné (et qui, peut-être, n'était pas la fille de son père).

« La manifestation du capitalisme dans nos vies, c'est la tristesse », disait l'amie d'un ami (je choisis mes amis, quoi qu'ils en pensent).

En mai 1984, le groupe Téléphone rêvait justement d'un « autre monde ». Cela juste au moment où le téléphone était coupé chez Marcelle.

J'ai bien conscience que quelqu'un d'autre contextualiserait de façon tout à fait différente le suicide de Marcelle Pichon.

Je suis persuadé que quelqu'un d'autre écrirait sur Marcelle Pichon un tout autre livre que celui que j'écris.

Cela m'intéresserait d'ailleurs de voir ce que cela donnerait.

86.2

C'est drôle : tout l'été de l'année 1984, tandis que Marcelle agonisait, une chanson cartonnait sur les radios, on ne pouvait pas allumer le poste sans tomber sur elle (dixit Michel Drucker) et, en septembre 1984, lorsque Marcelle décida de tirer sa révérence, peut-être avait-elle dans les oreilles le refrain que chantait la toute jeune Mylène Farmer et qu'elle-même fredonnait peut-être inlassablement dans son petit studio de la rue Championnet, ne retenant cependant des paroles que celles qui résonnaient particulièrement à ses oreilles, ainsi que nous ne nous privons pas de le faire dès qu'une chanson met des mots sur nos chagrins : « Un, maman a tort/Deux, c'est beau l'amour/Trois, l'infirmière pleure/Quatre, je l'aime/Cinq, maman a tort/Six, j'suis malheureuse/Sept, maman a tort/Huit, j'aime quand elle me sourit/Neuf, maman a tort/Dix, maman a tort/Onze, maman a tort/Douze, maman a tort/Treize, maman a tort » et ainsi de suite, en boucle dans sa tête, cette bande-son de son suicide, petite comptine de mort, ad libitum et ad nauseam, tout en allant acheter un cahier d'écolier petit format à spirale et à petits carreaux et, cela fait, rentrer chez elle pour n'en plus jamais sortir. Dehors, il pleuvait. Sur les murs, une affiche pour les chaussures Eram claironnait peut-être : « Il faudrait être fou pour dépenser plus. »

Il y a bien une autre chanson, à la même époque, en 1983 pour être précis, mais point trop n'en faut.

À force, je vais vraiment passer pour le maniaque pathologique que je suis.
Cette chanson s'appelle *Florence*.
Musique et paroles de Claude Barzotti.
Le premier couplet commence ainsi :
« Elle avait la couleur du ciel au fond des yeux,
Et des brises d'ailleurs caressaient ses cheveux.
Elle avait la richesse des secrets féminins,
Elle avait la tendresse dans le creux de sa main. »

Beurk.

Le refrain n'est pas avare non plus de rimes riches :
« Florence, Florence, ton sillage s'efface,
Florence, je cherche encore ta trace,
Florence, je pense encore à toi,
Tu danses encore en moi,
Je pense encore à nous. »

C'est vrai que le sillage de Florence s'est effacé et que je cherche encore sa trace.

Ce que je peux être injuste parfois.

« Ce ne sont pas ceux qui peuvent infliger
le plus mais ceux qui peuvent endurer le plus
qui vaincront à la fin. »
Terence MACSWINEY, *Discours d'investiture*
à la mairie de Cork, 1920

87

Mais j'allais oublier !

Ce fut peut-être un événement qui eut son importance dans la décision de Marcelle de se laisser mourir de faim. Un événement que je ne peux passer sous silence car il éclaire d'une autre lumière le moyen qu'elle choisit pour se massacrer elle-même. Un événement ayant eu lieu trois ans avant le dimanche 23 septembre mais dont le retentissement fut tel qu'aujourd'hui encore tout le monde se le rappelle. Tout le monde s'intéressant à autre chose qu'à ses doigts de pied, je veux dire. Ce qui, en définitive, ne fait peut-être pas grand monde. Bref.

Je veux parler de Bobby Sands.
De l'agonie de Bobby Sands.

De la mort de Bobby Sands, survenue le mardi 5 mai 1981 dans le bloc H de la prison de Maze/Long Kesh, au terme d'une grève de la faim ayant duré soixante-six jours.

Soixante-six jours !

Il avait 27 ans. Il était né le 9 mars 1954 à Newtownabbey, une ville moyenne d'Irlande du Nord, dans une famille catholique en butte à l'hostilité des loyalistes du cru (les Sands durent même déménager). Militant très tôt pour une Irlande indépendante et républicaine, il faisait partie depuis l'âge de 18 ans de l'IRA « provisoire », la branche armée et sécessionniste de l'IRA « officielle ». Il réclamait le statut de prisonnier politique en lieu et place de celui de délinquant de droit commun condamné en 1977 par les tribunaux britanniques à quatorze années de prison pour possession et recel d'arme à feu (un pistolet avait été trouvé dans la voiture dans laquelle, avec trois autres membres de l'IRA, il tentait de fuir après un attentat à la bombe commis au Balmoral Furniture Company, un grand magasin situé au cœur du quartier protestant de Belfast (quatre morts). Parce que, une semaine auparavant, les paramilitaires loyalistes avaient fait exploser le McGurk's Bar situé dans le quartier catholique de New Lodge (15 morts).

Cela faisait des années que les prisonniers irlandais revendiquaient le statut de prisonnier politique, celui-ci ayant été supprimé par le gouvernement anglais en 1976.

Refusant de porter l'uniforme des délinquants de droit commun, ils restaient nus dans leurs cellules, endurant le froid et les humiliations, enroulés dans des couvertures miteuses qui les couvraient à peine.

Tout le monde s'en fichant, ils avaient alors décidé d'une grève de l'hygiène (« Dirty protest »), vivant nus au milieu de leurs excréments dont ils barbouillaient les murs de leurs cellules, afin de faire honte à la couronne britannique de les traiter si mal.

Cela pendant cinq années.

Cinq années !

Sans aucun résultat.

D'où la grève de la faim, comme ultime moyen de se faire entendre.

87.1

La prison de Maze/Long Kesh se trouve en Irlande du Nord, au sud de Belfast. De sinistre mémoire (la brutalité et le sadisme des mâtons anglais sont parfaitement documentés), elle a été rasée en 2006. À la place : un stade de 45 000 places. C'est ce qu'indique la fiche Wikipédia. Il est toujours instructif de voir par quoi on remplace ceci ou cela. Ce n'est jamais innocent. On n'est jamais assez prudent. Car à la place d'un stade, l'ancienne prison est en fait devenue le Balmoral Park. Balmoral, comme par hasard. Comme le nom du grand magasin pour l'explosion duquel Bobby Sands fut condamné.

Soit un immense parc d'attractions, avec fête foraine, centres équestre et agricole, terrains de jeux, concerts en plein air et, bien sûr, méga-centre commercial avec moult exposants locaux et internationaux. Aujourd'hui, des milliers de visiteurs viennent chaque jour passer du bon temps à l'endroit même où Bobby Sands, suivi et accompagné par neuf de ses camarades, entre le 1er mars et le 20 août 1981, se laissèrent mourir de faim les uns après les autres, faute que leur soit accordé le statut de prisonnier politique, certains au bout de quarante-six jours, d'autres au bout de soixante-treize jours, tous unis dans le même combat, tous solidaires jusque dans la mort. Les cris de joie des familles venant faire un tour dans la grande roue recouvrent leurs derniers soupirs, leurs derniers souffles, leurs dernières volontés.

Pendant soixante-six jours, le monde entier suivit en direct la grève de la faim de Bobby Sands, presque minute par minute dans les derniers temps, jusqu'à son dénouement morbide, au terme d'un suspens même pas insoutenable, un compte à rebours fatidique, fascinant, désespérant.

Marcelle comme les autres, sauf à vivre sur une autre planète.

Moi comme les autres : j'avais alors 20 ans et je me souviens très bien de Bobby Sands et de son agonie retransmise en mondovision. Je me souviens d'avoir veillé funèbrement, avec d'autres, des amis. Je me souviens de ceux qui admiraient sa volonté phénoménale et de ceux qui trouvaient intolérable son chantage à la mort. Chaque jour les JT affichaient la photo de son visage tout sourire et un chiffre : celui du nombre de jours sans s'alimenter, chaque jour étant pour lui un jour de plus, chaque jour posant cette question : jusqu'à quand ?

Le spectacle d'une mort programmée.

Un an plus tard, ce seront les portraits des otages du Liban qui s'afficheront avec le nombre de jours de leur détention et la même question : jusqu'à quand ?

À la fin, Bobby Sands était devenu aveugle des deux yeux et pesait moins de 45 kilos.

87.2

Pendant soixante-six jours, Margaret Thatcher demeura inflexible, droite dans ses tailleurs Cardin, inébranlable dans ses convictions soi-disant chrétiennes, refusant que des « terroristes » soient traités autrement que comme des « criminels ».

Pour elle, c'était « no no no ».
A terrorist is a terrorist is a terrorist.
A crime is a crime is a crime.

Pour elle, Bobby Sands était un assassin.
Il n'était pas un soldat de la liberté.
Il n'était pas un prisonnier politique.
Sa grève de la faim n'y changeait rien.
Son élection, au 40e jour de son jeûne, comme député au Parlement d'Irlande n'y changea rien.
En cessant de s'alimenter, Bobby Sands avait « choisi de prendre sa propre vie ».
Elle n'était pour rien dans son décès.
S'il y avait un meurtrier de Bobby Sands, c'était Bobby Sands lui-même.
Ce n'était pas elle.
En aucun cas.
Elle l'avait dit et répété : « Si quelqu'un ne veut pas travailler, qu'il ne mange pas non plus. »
Ce qui valait pour les ouvriers en grève valait encore plus dans sa bouche pour les grévistes de la faim.

En plus, Gandhi avait déjà fait le coup à l'empire de Sa Gracieuse Majesté et une fois avait déjà été de trop.
Peu importe ce que l'on en pensait.
Les appels au « respect des droits de l'homme ».
La pression internationale.
L'opinion publique.

L'opinion catholique.

Chacun est libre de disposer de sa vie et de sa mort, non ?

« Dans une démocratie, il n'y a rien qu'un gouvernement puisse faire pour empêcher quelqu'un de se suicider. »

Rien ?

Vraiment ?

Ainsi Margaret Thatcher devint-elle la « dame de fer ».

Ici le message au monde de la femme devenue toute-puissante, vraiment inspirante.

Chacun était prévenu.

Les forts seraient désormais sans pitié.

Ils seraient une main de fer dans un gant de fer.

87.3

J'avais prévenu que Marcelle ferait voyager dans le temps et l'espace, j'avais dit à Penny que nous n'avions que notre oiseau bleu pour remonter la piste de sa mort par inanition, mais je n'imaginais pas que celui-ci m'amènerait à parler de Bobby Sands. Ce n'était pas du tout prévu. Je n'avais pas envisagé que le suicide de Marcelle puisse avoir un quelconque lien avec une *grève de la faim*. Jusqu'ici, il m'était apparu l'expression désespérée d'un dégoût de la vie, d'une fatigue de soi et de tout, la conséquence tragique de malheurs récents ou remontant à l'enfance. De toute évidence, elle avait *voulu* mourir ; alors que les grévistes de la faim ne veulent pas mourir : ils engagent leur vie pour obtenir quelque chose qu'ils estiment plus important que leur existence, au risque de la perdre s'il le faut. Ils mettent leur corps en jeu dans un but précis. Pour les prisonniers de l'IRA, c'était la dignité politique et la fin de l'oppression anglaise. C'était aussi renouer (de façon épigénétique ?) avec la Grande Famine qui, entre 1845 et 1851, à cause du mildiou et de l'administration coloniale britannique, fit un million de morts en Irlande. Sans surprise, les mêmes causes produisent les mêmes effets. Dans le cas de Marion Wallace Dunlop et des suffragettes anglaises qui, dans les années 1910, étaient arrêtées pour troubles à l'ordre public et menaient déjà des grèves de la faim en prison, c'était pour que les femmes obtiennent le droit de vote. Afin de « briser » leurs grèves de la faim, la police les libérait au bout de trois jours, avant de les remettre en prison sitôt après qu'elles s'étaient sustentées et ainsi de suite, selon une loi de 1913 dite du « Chat et de la Souris » (Mouse and Cat Act).

Au Moyen Âge, en Irlande, il était écrit dans les lois des brehons qu'un créancier pouvait venir jeûner à la porte d'un débiteur jusqu'à ce que celui-ci paye enfin sa dette. Juridiquement, le fait de « s'asseoir pour la mort » était également reconnu dans la Grèce antique, en Perse ou en Inde. D'après l'étude très documentée du sociologue Damien Lecarpentier que je suis en train de lire (bien obligé...), les grèves de la faim furent, en France, le fait de prisonniers algériens et d'objecteurs de conscience lors de la guerre d'Algérie. Puis de travailleurs émigrés au tout début des années 80, justement. Refuser de s'alimenter a toujours été un moyen d'obtenir réparation et de faire reconnaître ses droits (même dans les dictatures !). Il est l'ultime moyen de protestation auquel un individu peut recourir contre un pouvoir ou une autorité qui l'opprime, le nie, le bafoue. Il porte en lui une *espérance*. Il témoigne de la résistance de David qui, se dressant d'autant plus courageusement contre Goliath que ses forces déclinent, défie plus puissant que lui. Parfois de façon virale et dérisoire : en 1988, un retraité lyonnais a entamé une grève de la faim contre l'interdiction de promener son chien dans le parc Chambovet.

Au départ de la décision de Marcelle de se laisser mourir, il y eut peut-être un motif futile. Il s'agissait peut-être d'une chose importante uniquement à ses yeux. Sa décision de ne plus s'alimenter fut peut-être prise par contagion mimétique. À cause de Bobby Sands et du contexte. J'admets que c'est tiré par les cheveux. Mais aucune piste n'est à écarter. Le suicide de Marcelle a, d'une façon ou d'une autre, un lien avec une grève de la faim. Dans tous les cas, il peut accueillir énormément de possibilités. Il peut accueillir énormément de morts. Il peut s'interpréter de plein de manières différentes. Il est un labyrinthe où se perdre.

87.4

Je n'imaginais pas parler de Bobby Sands et il est trop tard maintenant. Il est d'autant plus tard que je viens de découvrir que Bobby Sands tint le journal de sa grève de la faim. Journal trouvé en ligne, sur un site irlandais dédié à Bobby Sands, à sa mémoire, à son combat et à ses écrits (bobbysandstrust.com). Journal écrit au jour le jour sur du papier à cigarette ou sur des pages de la Bible, qu'il réussit à faire sortir en douce de la prison. Un journal lui aussi incomplet puisqu'il ne porte que sur les dix-sept premiers jours de son jeûne. Commencé le 1er mars, il s'interrompt le 17 mars, sans explication. Il manque les quarante-neuf derniers jours de son supplice. Parce que Bobby Sands était devenu trop faible ? Parce qu'il avait été mis à l'isolement et qu'il était maintenant trop bien surveillé ? Je l'ignore.

Ce que je sais, c'est que voici un autre journal d'agonie.

Ce que je sais, c'est que le journal de Bobby Sands raconte les dix-sept premiers jours de son calvaire alors que le journal de Marcelle, pour ce que j'en connais, commence au... dix-septième jour du sien !

Comme par hasard !

Comme un lien entre les deux !

Une incitation à les lire à la suite, dans la continuité, l'un prenant le relais de l'autre et l'autre venant compléter l'un.

C'est presque trop beau pour être vrai.

Ce genre de coïncidence ne se refuse pas.

Elle est un don du ciel.

Elle fait de vous son obligé.

Impossible de ne pas en tirer la conclusion qui s'impose.

Surtout quand on sait que Bobby Sands signait ses écrits de prison d'un pseudonyme et pas n'importe lequel : il utilisait le prénom de sa sœur aînée. Il signait... Marcella !

Que l'on ne vienne pas me dire que je suis fou car c'est la réalité qui est folle ! Que l'on ne vienne pas me dire que Bobby Sands n'est pas Marcelle Pichon : je suis au courant, merci. Le suicide par inanition d'une ex-mannequin dans un minuscule studio du 18e arrondissement de Paris n'a rien à voir avec la grève de la faim d'un militant de l'IRA se battant depuis le froid de sa cellule pour faire triompher une cause plus grande que lui : j'en suis le premier convaincu, intimement et absolument !

Je mesure ce qu'il y a d'artificiel, de choquant et même de sacrilège à mettre la mort de Bobby Sands et celle de Marcelle Pichon sur un même plan.

À faire de leurs deux journaux d'agonie un seul et même chemin de croix écrit à quatre mains.

C'est pourtant ce que je vais faire.

Parce que Marcelle était elle aussi en guerre (« Malédiction sur ce monde pourri »). Sa mort au bout de quarante-cinq jours de jeûne, elle exprime bel et bien une *protestation*. Elle témoigne tout autant d'une situation carcérale car cesser de s'alimenter est l'arme de celles et ceux qui se trouvent enfermé(e)s et privé(e)s de liberté, que ce soit physiquement ou psychiquement. Les anorexiques en savent quelque chose.

Oui, je vais relire le journal de Bobby Sands à la lumière de celui de Marcelle Pichon, dans son contexte à elle, après l'avoir traduit de l'irlandais comme je le peux grâce au traducteur de Google.

Je vais extraire du journal de Bobby Sands certains passages en imaginant qu'ils seraient la part manquante du journal de Marcelle.

En imaginant que c'est elle qui tient la plume !

En recopiant les passages dans lesquels Bobby Sands parle de lui, de son corps et de son esprit confrontés à la privation de nourriture et à l'effroi de la mort s'emparant de plus en plus de ses rêves, de son être, de sa vie. Passages dans lesquels on entend, dans sa nudité suppliciée, dans sa volonté la plus ferme et son courage le plus émouvant, l'homme et le poète plus que le militant de l'IRA et le prisonnier politique, même si tous les quatre ne faisaient qu'un chez lui.

En remontant dix-sept jours avant que Marcelle prenne la plume, j'aurai ainsi *l'illusion* de posséder dans son intégralité le journal d'agonie qui fut le sien.

Comme si leurs deux corps affamés, j'allais dire diffamés, faisaient cause commune.

Que leurs souffrances se donnaient la main pour ne faire qu'un seul cri.

Une seule humanité.

Je n'en dis pas plus.
Je laisse la parole à Bobby Sands, filigranée par celle de Marcelle.

87.5

Bon.
Euh.
Finalement.
Tout bien réfléchi, les ayants droit de Bobby Sands (le fameux Bobby Sands Trust, basé à Belfast) viennent, aujourd'hui 3 mai 2022, de me prévenir par mail qu'ils considèrent « à l'unanimité » que citer des passages (des « *quotes* ») du journal de Bobby Sands (pourtant en libre accès sur leur site…) est une « manière inappropriée d'utiliser ou même de promouvoir l'héritage de Bobby ». Cela n'a rien de personnel mais, « désolé, c'est comme ça » (« *Sorry, but that is how it is* ») et,
bon,
euh,
glup,
finalement,
tout bien réfléchi,
quand bien même je comprends et, d'une certaine façon, *approuve* l'idée principielle que le journal de Bobby Sands est un et indivisible ou il n'est pas, je me vois contraint de supprimer la dizaine de pages que j'avais écrites et qu'on ne lira donc pas.
Cela me crève le cœur, mais il me faut renoncer à mon idée de faire entendre la voix de Bobby Sands à travers la part manquante du journal d'agonie de Marcelle.
Tant pis.
That is how it is.

Les dix-sept premiers jours du jeûne de Marcelle vont retourner à la nuit qui est la leur et, même fictive, l'intégralité de son journal va demeurer un horizon inaccessible, un fieffé fantasme, un lac noir d'asymptotes entrelacées.

Dans le même temps, je ne contribuerai pas, à mon tout petit niveau, à entretenir la flamme et le souvenir de Bobby Sands en France, en restituant ses mots les siens et sa poésie la sienne, jusqu'à sa mort la sienne, survenue il y a exactement quarante ans – encore un anniversaire !

Tant pis.

That is how it is.

Peut-être était-ce une mauvaise idée.

Finalement.

Tout bien réfléchi.

Marcelle aurait-elle pu écrire, au tout premier jour de son jeûne, « qu'elle se tenait sur le seuil d'un autre monde tremblant et que Dieu ait pitié de son âme » ?

Aurait-elle pu écrire, au deuxième jour de son jeûne, qu'elle avait l'idée d'un poème – un poème sur les « tribulations » d'un champion de jeûne – mais « comment terminer ce poème » ?

Rien n'est moins sûr.

Mais quelle importance ?

Il me faut une nouvelle fois admettre que je ne peux pas écrire ce que je veux.

Il me faut carrément me taire ce coup-ci.

Garder pour moi le journal que j'ai imaginé écrit à quatre mains par Bobby Sands et Marcelle Pichon.

Garder pour moi le sentiment exceptionnel d'être en pleine forme (troisième jour) ; le désir « de pain complet et de miel » (de pastèque ?) regardant la faim « au fond des yeux » ainsi que les vents de mars (septembre ?)

« pleins de colère » ce soir (cinquième jour) ; l'attente de l'alouette, gentille alouette, dont le chant brise le cœur, alors que les corbeaux noirs de Van Gogh, au même moment, partout (huitième jour) ; les forces déclinant et la fatigue de plus en plus lourde et saturnienne (douzième jour) ; les magazines lus pour passer le temps alors qu'ils ne contiennent que des « ordures » (quatorzième jour) ; un maton (une voisine ?) se piquant de harcèlement de manière enfantine très vindicative (seizième jour) ; la perte de poids scrupuleusement notée chaque jour, comme une obsession, un compte à rebours fatidique dont l'unité ne se compte plus en jours, en heures et en minutes mais en kilos et en grammes. Etc.

Tout cela – et tant d'autres choses –, il me faut le garder pour moi. La beauté et l'émotion et la tristesse, je les garde pour moi.

La force de l'esprit qui vient du désir de liberté, je la garde pour moi.

Même le « lever de la Lune » à la fin, je le garde pour moi.

Bien forcé.

Que disait déjà Inès, du service juridique, à mon éditrice ?

« La marge de manœuvre de ton auteur est étroite. »

Elle ne mentait pas.

That is how it is.

« Ce truc a un nom : c'est la conscience. »
Greg EGAN, *Lumière des événements*

88

– Venez voir, Bmore. Vite ! Look look look !

– Quoi ? Où ?

– Là, sur l'écran de l'ordinateur. Regardez ce que celle-ci vient de découvrir.

– Nom de Dieu ! Mais c'est... Rhoooo ! Mais c'est incroyable ! Comment avez-vous... ?

– La chance, Bmore. La chance ! Celle-ci avait un peu de temps devant elle et comme vos abonnements sur les sites de généalogie en ligne arrivent à expiration, elle s'est dit que cela ne coûtait rien de faire une ultime recherche, des fois que. Et bingo ! À force de surfer tous azimuts, elle est tombée par hasard sur cet arbre généalogique posté sur la page perso d'un certain samu02. Qu'est-ce que vous en pensez ? Vous croyez que ?

– C'est dingue, Penny. Regardez : voici Marcelle et Victor, son premier mari. Puis leurs enfants Pierre et

José. Les noms coïncident avec ceux que nous avons déjà identifiés.

– En plus, ils ont l'un et l'autre été mariés deux fois avant de divorcer deux fois, comme Marcelle.

– Les schémas familiaux se répètent, Penny. Ils sont comme des empreintes digitales.

– Sauf que José n'a pas eu d'enfant tandis que Pierre, l'aîné, a eu deux, non trois enfants ! Une fille et un garçon d'un premier mariage : Rita en 1960 et Samuel en 1964 ; puis un petit Egmont, d'un second lit, en 1987.

– Vingt-trois ans plus tard, donc.

– Oui. Marcelle a été trois fois grand-mère même si elle n'en connut que deux de son vivant. Et tous ses petits-enfants sont nés en région parisienne. Aucun à Paris.

– C'est fantastique, Penny ! Nous possédons maintenant la descendance de Marcelle sur deux et même trois générations ! Car tout en bas de l'arbre, ce sont ses arrière-petits-enfants. Il y en a une flopée, dites donc. Tous issus de Samuel mais pas de la même mère. Tous nés dans les années 2010. Le nom des Pichon a beau s'être éteint avec Marcelle, son ADN continue de circuler. Ah je vous bénis, Penny. Vraiment ! Je ne sais pas quoi dire. J'ai besoin d'un whisky, là, tout de suite. Non mais vous vous rendez compte ? Vous comprenez ce que cela signifie concernant le journal de Marcelle ? Vous réalisez un peu ?

– Bien sûr que celle-ci se rend compte ! Elle n'est pas débile. Pourquoi croyez-vous que... Enfin, Bmore !

– Pardon mais c'est pour que le lecteur mesure l'importance de votre découverte. Je ne m'adressais pas vraiment à vous. C'était purement rhétorique.

– Oui, bah, faites un clin d'œil dans ce cas. C'est vexant sinon.

– D'accord, je vous donnerai un coup de coude la prochaine fois. En attendant, vous êtes géniale ! Vous êtes mon oiseau bleu de toutes les couleurs ! Car non seulement nous connaissons maintenant les petits-enfants de Marcelle, mais il est très probable qu'ils soient vivants ! Pas seulement Egmont, qui est né en 1987, mais les deux autres aussi puisqu'ils ont à peu près mon âge. Ils sont de la génération des années 60 et nous aurions pu jouer aux billes ensemble. Nous pourrions être frères et sœur.

– Holà, Bmore. Calmos. Vous allez péter une durite si vous continuez.

– Je me calmerai si je veux. Ce que je vois, c'est que nous avons maintenant de bonnes chances de retrouver le journal de Marcelle ! Hourra ! Hip hip hip !

– S'il n'a pas été détruit...

– Évidemment. Rien ne dit que... Je vous parlerai une autre fois de madame Pendule. Une autre fois, vous dis-je. Mais qu'est-ce qu'il y a, Penny ? Vous devriez sauter de joie, vous aussi.

– C'est juste que celle-ci craint les déceptions. Imaginez que le journal ait disparu. Ou il existe mais pas question de vous le donner ni même que vous le consultiez. Plus on tombe de haut, plus on se fait mal.

– Vous êtes du genre à refuser l'amour pour ne pas souffrir ensuite ? Mauvais calcul, ma petite Penny. Ce qui vient après n'efface jamais ce qui a été. Et puis, chaque chose en son temps. L'important, c'est que nous ayons l'occasion de savoir ce qu'est devenu le journal de Marcelle. S'il a été détruit, alors il a été détruit. Au moins nous serons fixés. Nous serons allés au bout de l'histoire. Car il s'agit de cela depuis le début : allez au bout de l'histoire, *peu importe le résultat*. Vous comprenez, Penny ? La chasse au trésor est elle-même le trésor ! Quoi que nous trouvions à la fin, c'est le chemin y menant qui lui donne de la valeur. Ce sont nos efforts et le temps passé. C'est notre désir. C'est le puzzle ! Il serait même logique que nous restions sur notre faim.

Ce serait digne de Marcelle, non ? Je sais, c'est de mauvais goût. En attendant, l'aventure continue. En sautant une génération, l'espoir vient de renaître ! Car la piste qui s'arrêtait aux enfants de Marcelle décédés tous les deux en 2008, voici que ses petits-enfants viennent de la remettre à l'ordre du jour. Un vrai miracle ! Ah Penny ! C'est fête aujourd'hui ! Champagne ! Si je m'écoutais, je vous culbuterais sur le bureau, là, tout de suite, pour célébrer ça !

– Bas les pattes, Bmore ! Couché le chien ! Celle-ci n'en demande pas tant. Celle-ci va porter plainte si vous continuez. Surveillez vos propos ou bien gare ! Doit-elle vous rappeler que vous êtes un homme et qu'elle est une femme ?

– Vous n'arriverez pas à me déprimer, Penny. Vos provocations glissent sur moi comme un parapluie sur une machine à coudre. Je sais bien que la chair est triste aujourd'hui, nous sommes dans un moment d'injonctions qui, sexuellement, sont toutes répressives, mais on s'en fiche ! En attendant des jours meilleurs, lequel des petits-enfants de Marcelle possède son journal ? Selon vous ?

– Celle-ci dirait Samuel, car samu02 est probablement son pseudo. S'il a posté l'arbre de sa famille, c'est qu'il s'intéresse à elle. Il doit être le gardien du temple. En tant que mémorialiste de sa lignée, il serait logique qu'il possède le journal de Marcelle.

– Peut-être. Ou bien c'est Rita, parce qu'elle est l'aînée. En plus, c'est une fille.

– Ou Egmont, puisqu'il est le cadet, justement.

– En tout cas, Egmont n'a pas connu sa grand-mère : il est né trois ans après que Marcelle est morte. Tandis que les deux autres avaient la vingtaine en 1985.

– Nom de Dieu, Penny, vous avez raison. Rita et Samuel ont forcément connu leur grand-mère. Quelle folie ! Oh vertige ! Nous allons enfin savoir qui était Marcelle Pichon ! Nous allons avoir le témoignage de ses proches ! De gens qui l'ont approchée, qui l'ont vue, qui l'ont touchée, qui lui ont parlé !

– À condition de pouvoir les contacter, Bmore.

– C'est vrai, ils peuvent être n'importe où. Ah ce serait trop bête d'échouer si près du but. Ce serait *cruel* !

– Pas de panique, Bmore. Regardez plutôt en bas de l'écran, la petite icône en forme d'enveloppe. Elle signifie qu'on peut envoyer un message à samu02.

88.1

Être parvenu à retrouver la trace des petits-enfants de Marcelle : ce fut un grand moment. Ce fut comme découvrir l'emplacement exact de l'île au trésor. Cette excitation-là. Juste avant de poser le pied sur l'île où l'on sait que se trouve, telle une belle captive endormie, le trésor tant convoité. Celui-ci attendant son « inventeur » car ainsi appelle-t-on les découvreurs de trésors : des « inventeurs ». C'est ce qu'on peut lire dans le *Guide du chercheur de trésors*, de Max Valentin. On ne trouve pas un trésor, on « l'invente ». C'est assez bien vu. Cela me convient parfaitement.

En tout cas, cette sensation de toucher au but. Penny et moi touchions au but. NOUS TOUCHIONS AU BUT ! Nous allions enfin résoudre L'ÉNIGME et c'était une sensation exaltante. Une euphorie au-delà des mots. Le comprendront ceux qui, une fois dans leur vie, ont embarqué sur leur *Sirius*, leur *Hispaniola*, leur *Pequod* ou leur *Jauréguiberry*, à la recherche du trésor de leur ancêtre, d'une baleine blanche, d'un crabe-tambour ou d'un sens à leur existence. Tant d'efforts depuis si longtemps, tant d'heures dans tous les sens depuis près de trois ans, et nous allions enfin savoir ! Nous étions tout à coup à *ça* de la vérité. Jamais nous n'avions été aussi proches de Marcelle et de son journal. Fini de nous faire des idées. Terminés les archives, la radiesthésie, les voyantes, la graphologie et tout le toutim. Nous allions enfin sortir de la Spéculation ! Quand je songeais au chemin parcouru depuis la première page, d'où j'étais parti, à cause d'une voix entendue trente-cinq ans plus tôt un soir à la radio : que d'émotions ! Quelle apothéose ! Grâce à Marcelle, mon oiseau bleu avait repris des couleurs. Il s'était remis à battre des ailes dans ma poitrine et il pépiait désormais de folles mélodies, des madrigaux, des opéras. Quelle chance que samu02 ait posté son arbre généalogique ! Quelle sublime idée il avait eue là. Sans cette initiative, sans Internet (eh oui), sans l'acharnement de Penny et sans la chance qui, toujours, fait pencher la balance d'un côté ou de l'autre, nous n'aurions jamais su. Nous serions restés comme deux ronds de flan. L'ignorance serait demeurée notre pays. Tandis que maintenant ! Nous allions savoir. Hourra ! La fin approchait. Je le sentais.

Je mis pourtant très longtemps à contacter samu02. Plus d'un mois ! Parce que je touchais au but, justement. Parce que la fin approchait et je ne voulais pas.

Je ne voulais pas que l'histoire se termine. Pas si vite, pas maintenant, pas comme ça. C'était trop tôt, trop brutal et je n'étais pas prêt. Je ne l'étais pas du tout. Cela allait laisser un trop grand vide dans ma vie. J'avais vécu quasiment trois années en compagnie de Marcelle Pichon, elle avait occupé tout mon temps, mobilisé toutes mes pensées, pris toute mon énergie et à l'idée de devoir mettre la clé sous la porte, que ferme la Bmore & Investigations : c'était non ! Pas question de rompre le lien si subtil, puissant, étrange et intime que j'avais tissé avec cette femme qui avait fait irruption dans mon existence sans que je comprenne pourquoi. Depuis presque trois ans, je vivais pour ainsi dire en couple avec elle, je nous avais enfermés tous les deux dans un cercle enchanté et que celui-ci se défasse comme éclate une bulle de savon m'effondrait d'avance. À cette seule perspective, j'éprouvais une espèce de panique. Pour moi, le monde était plus intéressant si Marcelle en faisait partie.

Le monde est plus intéressant si des gens comme Marcelle Pichon existent. Je ne dis pas qu'il est meilleur, ce n'est pas une question de morale.

Et voici que. La fin de l'histoire ? La fin du voyage ? Terminé de jouer les détectives ? Confronté à la vérité que je poursuivais depuis le début, confronté à la *réussite* de la Bmore & Investigations, je ressentais, plus forte que la joie, une indicible tristesse. Comme une dépression post-partum. Un contrecoup hormonal après avoir tant espéré, tant investi et tant lutté. Une fois que samu02 m'aurait raconté sa grand-mère et, de source enfin sûre, qu'il m'aurait révélé qui elle était, Marcelle perdrait de son charme ou, plus exactement, le charme qu'elle m'avait jeté serait brisé. L'enchantement cesserait et, avec lui, tant de sortilèges. Marcelle ne m'appartiendrait plus. Elle sortirait de mon imagination, elle sortirait de ma vie, elle deviendrait un être hors de moi, une femme aux contours imparables, oui, Marcelle Pichon allait m'échapper et j'allais la perdre, oui, elle n'aurait plus besoin de moi pour exister, elle allait s'évanouir comme la flamme d'une bougie qu'on souffle et j'allais devenir quoi ? J'allais faire quoi maintenant ? Occuper mon temps à quoi ? Et mon esprit ? Qui pour me tenir intérieurement chaud ?

Sans qu'il s'en doute, samu02 allait me déposséder de quelque chose que, depuis trois ans, j'appelais Marcelle Pichon mais qui, d'ici peu, ne pourrait plus porter ce nom. N'aurait plus aucun nom et le mot orphelin ici. Moi qui voulais encore l'aventure, encore la chasse au trésor, je voyais, rimant avec dénouement, se profiler la face hideuse du désœuvrement et, avec lui, la vacuité, les sentiments d'inutilité, de pourriture. Les contingences les plus minables de l'existence (factures à régler, problèmes de machine à laver, conseillers Pôle emploi, conversations futiles, relations sociales convenues, couleurs des rideaux, crise du Covid...) allaient de nouveau m'accaparer comme si elles étaient les choses les plus importantes au monde. La question de savoir quoi manger le midi redeviendrait un dilemme alors que cela faisait trois ans que je m'en fichais comme d'une guigne. Aucun doute, la misère ambiante allait reprendre ses droits comme on le dit de la nature après une catastrophe écologique et c'était tout sauf réjouissant.

Mon oiseau bleu allait dépérir, se mettre dans un pauvre coin et demeurer immobile, une aile rabattue sur ses yeux.

La « vie normale » est une pitié et je ne fais pas partie de ceux qui rêvent de la retrouver comme si elle était un putain de paradis perdu.

Derrière toute chose se dissimule, paraît-il, une « chose rêvée » et, définitivement, je ne voulais pas me réveiller du « rêve de Marcelle ». Je ne voulais pas casser mon jouet. Je déteste retomber brutalement sur Terre, où je n'ai pas ma place, faute de l'avoir jamais trouvée. Si nous aimons tellement posséder des objets, qu'il s'agisse d'un caillou, d'une parure de diamants, d'une vieille robe de chambre, d'un ours en peluche, d'une voiture neuve ou de son smartphone, c'est qu'ils ont le pouvoir de combler notre sentiment d'incomplétude. Ils viennent réparer un manque. Ils sont la malle où nous entreposons notre « précieux », ce n'est pas la société de consommation qui dira le contraire. Ainsi nous attachons-nous aux objets d'autant plus férocement que notre angoisse est vive, jusqu'à ne plus pouvoir nous passer d'eux et les chérir parfois comme des êtres vivants, mieux que des êtres vivants, comme notre part manquante enfin retrouvée, même s'ils n'ont aucune valeur marchande ni utilité. Surtout s'ils n'ont pas de valeur marchande ni d'utilité.

Pour le dire autrement : selon Freud & consorts, nous tenons à certains objets non comme à la prunelle de nos yeux mais comme à la merde qui nous sort du cul. Raison pour laquelle certains auraient tant de mal à s'en séparer. Ce n'est pas très glamour mais qu'y puis-je ? Les objets – et Marcelle fut, trois années durant, ma « chose » – détiennent *notre* secret, au sens où le mot « secret » partage avec les mots « sécrétion » et « excrément » la même racine, via le latin « cernere » (séparer). Rien de tel que l'étymologie d'un mot pour accéder à son sens inconscient et, par exemple, « viril » vient de Vénus et non de Mars, comme on le croit un peu vite, jusqu'à en tirer des conclusions erronées. Telle est ma petite contribution aux débats sur le genre. Je ne sais pas pourquoi je me mets tout à coup à parler de caca, mais je sais que, avant d'envoyer un message à samu02, j'ai eu beaucoup de mal à « lâcher » Marcelle. La procrastination n'est peut-être qu'un autre mot pour constipation. Un mot plus décent.

88.2

Mais il n'y a pas que cela.

Si j'ai autant reculé le moment de contacter le petit-fils de Marcelle, c'est pour une autre raison, moins avouable. C'est parce que j'avais *peur*. Sans y être aucunement invité, je m'étais immiscé dans la vie de Marcelle Pichon de façon si profonde et passionnée qu'au moment de rencontrer un membre de sa famille, quelqu'un qui l'avait connue et peut-être aimée, j'en éprouvais une affreuse gêne, un vrai malaise.

Comment lui expliquer ?
Comment me justifier ?
Comment allait-il réagir ?
Qu'avais-je fait ?

Je mesurais tout à coup à quel point je m'étais mêlé d'affaires qui n'étaient pas les miennes. Je me faisais à présent l'effet d'un intrus, d'un voleur de vie, d'un pilleur de tombe, d'un coucou ayant squatté un nid qui n'est pas le sien. C'était une sensation très désagréable. Je n'en menais pas large, soudain. J'avançais tout à coup sur des œufs tout pourris. Je ne m'étais jamais vu dans le tableau dont j'avais passé trois années à rassembler les pièces et de m'y découvrir, de voir le rôle que j'y tenais, à quel point ma présence avait quelque chose d'indécent, j'avais envie de vomir. Je n'avais rien à faire sur la photo. Je n'aurais pas dû y être. Je n'y avais pas ma place. Ce n'était pas *ma* famille. Je n'étais pas *légitime*. Je le réalisais seulement maintenant, avec une espèce d'effarement. Une angoisse qui me levait le cœur. Pour la première fois, il m'apparaissait combien j'avais été pris de délire. Combien cette histoire m'avait rendu fou et de m'en rendre compte me dévorait encore plus le cerveau.

Tant que Penny et moi étions sur la piste du journal de Marcelle, il n'y avait eu aucun problème. Nous avancions sabre au clair, emportés dans notre élan, obnubilés par notre désir, ne nous souciant de rien d'autre que du but à atteindre, du trésor à déterrer. Peu importaient les obstacles. Seules comptaient l'énigme et sa résolution. Nos œillères nous servaient de boussole et nous étions prêts à tout pour retrouver le journal de Marcelle. D'ailleurs, nous n'avions cessé de transgresser des lois, d'outrepasser des règles. Mais l'heure était venue d'ôter nos masques. De montrer notre vrai visage. De régler la note.

Mon malaise était tel que j'aurais aimé revenir trois années en arrière, au moment où Marcelle n'était même pas un nom, pas même une histoire, certainement pas une enquête et encore moins un livre, juste un fait divers dans un journal, un mystère intact, un souvenir lointain et précieux. Mais il était trop tard. Il me fallait aller au bout de l'histoire. Il me fallait maintenant *assumer*. À samu02 je devais avouer l'obsession qui avait été la mienne, la lui remettre en mains propres, qu'il en fasse ce qu'il jugerait bon. Quand bien même je n'avais jamais eu l'intention de nuire, à personne, à aucun moment, au contraire ! Mais ce n'était pas si simple, je m'en rendais compte à présent.

Sans compter que tout déballer au grand jour allait augmenter ma honte. Personne ne veut être percé à jour. Nul ne veut être pris en flagrant délit, la main dans le sac, pour ne pas dire dans le pantalon, en pleine activité solitaire. Il y a des choses que nous ne souhaitons pas partager parce qu'elles nous touchent de trop près, ce qui en dit long sur la valeur de ce que nous partageons.

D'ailleurs, j'avais très longtemps répugné à mettre des tiers dans la confidence. De Marcelle, je ne parlais jamais à personne, sauf à Penny – mais Penny était Penny ! Sauf nécessité (pour solliciter l'aide d'un spécialiste de la mode ou de la morphopsychologie, par exemple), il n'était pas question d'éventer mon secret, preuve que je n'avais pas la conscience si tranquille, que je me savais obscurément *coupable* de quelque chose, même si je refusais de me l'avouer. Officiellement, je faisais des recherches sur une ancienne mannequin de Jacques Fath qui, à l'âge de 63 ans et 7 mois, il y avait trente-sept ans, s'était laissée mourir de faim en tenant le journal de son agonie. Et moi, Bmore, fils de ben Bmore, je voulais retrouver ce journal, je rêvais de le lire et de le porter à la connaissance du public, parce que j'y voyais le témoignage bouleversant d'une femme qui avait maudit le monde avant de le quitter, parce qu'il était l'ultime combat de la vie face à la mort, parce que je lui supposais une valeur littéraire à nulle autre comparable, parce que – quoi au juste ? Quoi derrière mes alibis ? Quelles anguilles grouillant sous roche ? Quel *inconscient* ? Avais-je seulement le droit de troubler le repos d'une morte qui, vu sa volonté de disparaître sans dire au revoir à personne, n'en demandait sans doute pas tant ? De remuer son ciel et sa terre et peut-être le ciel et la terre des personnes qui, trente-sept ans plus tard, lui demeuraient éventuellement attachées ? Pour la première fois depuis trois ans, je me sentais merdeux. Je me sentais comme André Breton effaçant avec son pouce la trompe d'un mammouth peint il y avait plus de vingt mille ans sur une paroi de la grotte ornée du Pech Merle, dans le Lot. Il voulait toucher du doigt ce prodige pariétal, vérifier comment nos lointains ancêtres l'avaient accompli, et il l'avait tout salopé. Il l'avait vandalisé. Il avait EFFACÉ la trompe de l'éléphant !

Oui, la curiosité est un vilain défaut.
Je réalisais un peu tard à quel point.
Mais dans quel pétrin m'étais-je fourré !

M'exagérais-je les choses, comme j'ai tendance à tout exagérer ?
Tout ceci était-il aussi grave que je le supposais ?

André Breton avait pris de haut les cris scandalisés du gardien de la grotte du Pech Merle. « Allons bon, s'était-il énervé. Savez-vous qui je suis ? Connaissez-vous le surréalisme ? Je suis Breton ! Le grand poète André Breton ! Le pape du surréalisme. » Et l'autre de lui rétorquer : « Que vous soyez breton ou normand, le pape ou le bon Dieu, je m'en moque. Vous venez de profaner un chef-d'œuvre de l'humanité vieux de vingt mille ans ! Vous êtes une fripouille, monsieur ! Un vaurien. Une crapule. Voilà ce que vous êtes ! »

Il fallut que je prenne mon courage à deux mains, à dix mains, à cent mains, pour enfin envoyer un message à samu02.

Oser déchirer le voile.
Révéler mon pot aux roses.
Affronter la réalité que j'avais créée.
Tout rendre public.

Un message écrit avec des mots tremblants.

Cela fait, j'attendis la réponse.

Je ne dis pas dans quel état.

Je ne dis pas à quel point j'avais envie de me terrer dans un trou de souris.

88.3

Je ne dis pas non plus à quel point, avec Marcelle, ce n'était plus pareil.

Entre elle et moi, insensiblement, un gouffre se creusait.

Une distance de sécurité s'instaurait.

Un ressort était cassé.

Ce n'était plus la même innocence qu'au début.

Plus la même histoire.

Plus du tout l'euphorie.

Et si samu02 ne répondait pas ?

S'il ne voulait pas me parler et son silence vaudrait fin de non-recevoir ?

S'il ne voulait plus entendre parler de sa grand-mère, plus jamais, ni lui ni personne de sa famille ?

Car il me revenait tout à coup la solitude de Marcelle. Le fait que, pendant au moins dix mois, entre le moment où elle avait décidé de se laisser mourir de faim et le moment où son cadavre avait été découvert, personne de sa famille ne s'était manifesté. Aucun de ses deux enfants ne semblait avoir été là pour elle. Pourquoi ? Où se trouvaient Pierre et José entre septembre 1984 et novembre 1985 ? Comment avaient-ils appris le décès de leur mère ? Par la police ou par la presse ? De la bouche de quelqu'un d'autre ? Quand exactement ? Tout de suite après ou plus tard ? Ensemble ou séparément ? En éprouvant quels sentiments ? En y comprenant quoi, au suicide de leur maman ? Ce n'était tout de même pas rien d'être l'enfant d'une mère qui s'était laissée mourir de faim et dont le cadavre avait pourri, bouffé par les vers et les asticots, pendant presque un an, sans que personne s'émeuve de sa disparition. Ce n'était pas toutes les familles. Cela devait laisser des traces. Ils étaient les enfants d'un fait divers et, à l'époque, cela avait dû jaser.

Leurs oreilles avaient dû siffler. Les Pierre Bellemare et Cie ne s'étaient pas privés de dénoncer les enfants à la vindicte populaire. De pointer dans leur direction un index terriblement accusateur. Comment Pierre et José avaient-ils pris la chose, eux qui étaient des hommes faits de plus de 40 ans à l'époque ? Comment avaient-ils réagi ? *Quelle était leur version de l'histoire ?*

D'après mes recherches, personne n'avait jamais cherché à le savoir. Personne ne leur avait donné la parole. Ni à la radio ni dans la presse ni nulle part. Parce qu'ils ne voulaient pas s'exprimer ? Parce qu'ils étaient injoignables ? Parce que nul ne s'était donné la peine de les contacter, rien à foutre ?

Il existait encore des zones d'ombre dans l'histoire de Marcelle. Ah oui ! Tout n'était pas élucidé. Tant s'en fallait. En attendant, Marcelle avait fait à ses deux fils un drôle de cadeau empoisonné. Elle leur avait collé sur les bras une histoire vraiment moche, franchement sale et, par la suite, ils avaient dû traîner ce boulet. Ils avaient dû porter ce poids. D'une façon ou d'une autre en payer le prix et qu'avaient-ils raconté à leurs propres enfants ? Tout ? Rien ? Trente-sept ans plus tard, que savaient les petits-enfants de la mort de leur grand-mère ? De sa vie et de son histoire ? Que leur avaient expliqué leurs parents ? Quelle mémoire leur avait-on léguée ? Quelle légende familiale ? *Que restait-il aujourd'hui de Marcelle ?* Son souvenir s'était-il transmis et demeurait-il vivace ? Un portrait d'elle trônait-il quelque part ? Ou, au contraire, s'agissait-il d'un secret de famille ? De quelque chose dont il ne fallait pas parler ? D'un nom qu'il était interdit de prononcer, au point qu'il ne figurait même pas sur sa tombe ? Et moi, la gueule enfarinée, je déboulais comme un chien dans un jeu de quilles, déterrant les cadavres, remuant la boue, rouvrant les plaies. *Je ressuscitais le*

« locataire chimérique » ! Je comprendrais que samu02 ou n'importe quel autre membre de sa famille ne veuille pas me parler. M'envoie paître. Voire pire.

En même temps, c'était l'occasion de dire ce qu'ils avaient sur le cœur.
De rétablir la vérité, s'ils le jugeaient nécessaire.
J'étais prêt à les écouter.
À tout entendre.
C'était la moindre des choses.

Je possédais même des informations qui pouvaient les intéresser.
Savaient-ils que le deuxième mari de Marcelle la tabassait ?
Entre nous, ce pouvait être gagnant-gagnant.

Sachant que leurs témoignages seraient indirects.
Il s'agirait de ouï-dire.
De ce que leurs parents leur avaient raconté.
Et on sait que les parents ne disent pas tout.
Ils ne disent que ce qu'ils veulent bien dire.
Ils taisent ce qui les embarrasse, j'en sais quelque chose.
Samu02, son frère et sa sœur n'étaient que les petits-enfants de Marcelle.
Deux générations les séparaient de la vérité.
Ce qu'ils diraient ne serait donc pas parole d'Évangile.
Une expression qui, si on y réfléchit, ne vaut pas tripette.
Sauf si on croit en Dieu.

« À un moment, il faut juste écouter. »
Eugène IONESCO, *Le Solitaire*

89

Ouistreham est une jolie petite cité normande, avec une immense plage à perte de vue, où débarqua le 6 juin 1944 la 3e division d'infanterie britannique intégrant une centaine de fusiliers marins français. Les Alliés baptisèrent cette plage Sword Beach, la « plage de l'épée ». Chaque année, des cérémonies commémorent les sept cents hommes venus mourir ici « pour la liberté ». Désormais, c'est une station balnéaire qui vit du tourisme mémoriel, d'un peu de pêche et des ferries qui font la liaison avec l'Angleterre.

Aujourd'hui, en ce jour de décembre 2021, jour froid et venteux, le sable, la mer et le ciel semblent ne former qu'un lent dégradé de gris maussades et de blancs laiteux où les frontières se troublent et se diluent, où l'horizon s'aquarelle. C'est ici que vit Samuel Ojabe, avec sa troisième femme. Ojabe étant un nom d'emprunt, je ne vais pas de nouveau expliquer pourquoi. Mais cela tombe bien puisque les petits-enfants de Marcelle ont changé de nom dans les années 50, prenant celui de leur belle-mère, à cause d'histoires remontant à la période de l'Occupation, si j'ai bien compris ce qu'il m'a dit au téléphone. En tout cas, Penny ne s'était pas trompée : samu02 était bien le pseudonyme de l'aîné des petits-enfants de Marcelle. Moins d'une semaine après avoir reçu mon message il avait téléphoné en début de soirée. Une semaine pour se décider, c'était correct. À sa place, j'aurais mis bien plus longtemps. Au bout du fil, la voix était virile et chaleureuse. Pas du tout hostile. Ouf ! Merci mon Dieu ! Mon message l'avait « intrigué ». Il était « très curieux » de mon intérêt pour sa grand-mère. Il n'était pas sûr de comprendre, ne voyait pas trop comment m'aider, voulait en savoir davantage. Sans être méfiant, il était sur ses gardes, comme un homme qui se demande ce qu'on lui veut et qui attend de savoir à qui il a affaire. Rien que de très légitime. « C'est compliqué de vous expliquer par téléphone, lui avais-je dit. Pourrions-nous nous rencontrer ? Si cela ne vous ennuie pas, bien sûr. Mais ce serait vraiment gentil de votre part. Je peux bien sûr me déplacer. Vous habitez Paris ? »

C'est là qu'il m'avait appris qu'il vivait à Ouistreham. Connaissais-je Ouistreham ? « Seulement de nom », avais-je répondu. Nous avions rapidement convenu d'une date. Il aurait un peu de temps le week-end en huit. Parfait ! Vendu ! Autant battre le fer. Je réserverais une chambre d'hôtel et je le préviendrais lorsque nous serions sur place, car je viendrais sûrement avec mon assistante. « C'est drôle, avait-il ajouté. Hier, j'ai reçu de la part d'un vieux monsieur des lettres d'amour que lui et ma mère se sont échangées il y a cinquante ans, lorsqu'ils étaient jeunes. Cela faisait des années qu'il cherchait à la retrouver. Dans sa lettre, il dit qu'elle fut le grand amour de sa vie. Mais en découvrant qu'elle était morte en 2003, il s'est mis à me chercher. Avant de mourir – c'est un très vieux monsieur –, il voulait me raconter son histoire avec ma mère et me confier leur correspondance. C'est étrange, n'est-ce pas ? Pourquoi faire ça ? En tout cas, je viens de découvrir que ma mère était aussi une femme ! Avant de se marier avec mon père, elle a vécu une grande passion. Ce que j'ignorais totalement. Elle n'en avait jamais parlé. Moi qui croyais qu'elle était une mère aux seins blancs… Je ne m'attendais pas à lire les choses enflammées qu'elle écrit. Cela fait bizarre. C'est un peu perturbant. Il se passe ces temps-ci de drôles de choses dans ma vie. On dirait que les fantômes sont en train de sortir des placards. Je ne sais pas pourquoi je vous raconte ça… »

Intérieurement, j'ai béni cet amour venant du plus lointain passé le bouleverser. J'étais persuadé que cela l'avait incité à m'appeler. Cela l'avait mis dans de bonnes dispositions. Il y avait vu un signe. Son imaginaire avait saisi la balle au bond. Pour un coup de pot, c'était une chance. Encore un heureux hasard ! Les planètes s'alignaient merveilleusement. Les astres étaient de mon côté – ou du sien, car il se pouvait que ce soit moi qui entre dans le cercle de son imaginaire et non l'inverse. Je n'étais pas le seul à jouer au jeu de la vie. Mais peu importait qui magnétisait l'autre. L'important était que quelque chose de magique se produise. Sans la protection d'Athéna, Ulysse ne serait jamais rentré en Ithaque. Dans tous les cas, c'était tout bon pour la Bmore & Investigations. J'avais l'impression que nous allions nous entendre. Lui aussi avait peut-être l'oiseau bleu. En raccrochant, j'ai adressé un immense sourire à Penny. « Mon cher Watson, réservez votre prochain week-end, je vous emmène à Ouistreham ! »

89.1

Avec Penny, nous sommes arrivés dans la « maison de l'ouest », origine anglo-saxonne de Ouistreham depuis le XIe siècle, par le car de 12 h 50, après avoir pris le train jusqu'à Caen. Nous avons déposé nos bagages à la Villa Andry, une ancienne demeure bourgeoise du XIXe siècle reconvertie en hôtel quatre étoiles, où j'avais réservé deux chambres. Autant faire les choses bien. Prendre nos aises, pour une fois. J'enverrais la facture à notre client. Comme je l'avais demandé, nos chambres donnaient sur la mer. Penny a battu des mains de joie en découvrant la vue. Dans l'encadrement de la fenêtre, on avait l'impression d'une marine d'Eugène Boudin particulièrement mélancolique. Au loin, on apercevait des chars à voile qui filaient sur la plage. Le paysage avait quelque chose de triste et sauvage. La nostalgie faite panorama. Quelque part au large des gens cherchaient peut-être à rejoindre l'Angleterre à bord d'embarcations de fortune. Eux aussi se battaient pour une liberté qu'on leur refusait. Et mouraient pour elle.

Après nous être rafraîchis, nous sommes allés manger des fruits de mer accompagnés d'une bouteille de blanc sec. Se retrouver au bord de la mer n'était pas seulement dépaysant mais vivifiant. Bienfaisant. Au moment du café, j'ai texté à Samuel que nous étions bien arrivés. S'il était libre, nous pouvions nous retrouver au bar de la Villa Andry. Il connaissait ? L'endroit était cosy, plutôt désert en cette saison, nous serions tranquilles pour discuter. Comme s'il n'attendait que mon message,

Samuel a aussitôt répondu : « D'accord. 17 heures. » C'était lapidaire. Pas du tout chaleureux. Y avait-il un problème ? Après réflexion, rétropédalait-il ? Il ne voulait peut-être plus nous parler. En même temps, il n'allait pas raconter sa vie par SMS. Comme nous avions un peu de temps devant nous, Penny et moi sommes allés nous promener sur la plage. La mer était très loin. Elle était mauvaise. Verdâtre et écumeuse. Le vent cinglait le visage. Il piquait les yeux jusqu'à les faire pleurer. Mais qu'est-ce que c'était beau.

89.2

« *Pièce* n° 8632.
Statut : Urgent (niveau 5).
Date : 11 janvier 2022.
Destinataire : Grégoire Bouillier.
Expéditeur : Bmore, de la Bmore & Investigations.
Sujet : Document relatif à la vérité sur Marcelle Pichon, sa vie et sa mort, d'après son petit-fils Samuel Ojabe.
Descriptif : Transcription de l'enregistrement impliquant ledit Samuel Ojabe, en présence du détective adjoint Penny et de moi-même, effectué le 8 janvier 2022, entre 17 h 15 et 20 h 28, avec un smartphone posé sur une table basse du lounge bar de la Villa Andry (Ouistreham, Calvados).
Appréciation : Au terme de trois heures de discussion, la table basse était encombrée de deux bouteilles de vin blanc et de trois tournées de cognac (note de frais en pièce jointe). Plus que des mots, voilà qui témoigne de L'EXCELLENT climat dans lequel s'est déroulé l'entretien. In vino veritas ! Après une brève période d'observation où chacun s'est tenu sur la réserve (stade 1 des relations interpersonnelles), l'ambiance s'est détendue et

la parole s'est libérée, la confiance instaurée. Parfois, les gens n'ont pas peur de se livrer. Ils n'ont pas peur de dire ce qu'ils savent. Ils ne cherchent pas à jouer au plus fin. Ils jouent le jeu franchement car ils savent que l'on perd toujours à ne pas jouer. Parfois, les gens sont épatants. Ainsi fut Samuel Ojabe. Il possède l'oiseau bleu. Nous recommandons qu'il soit chaleureusement remercié pour sa contribution selon nous déterminante à l'établissement de la vérité. Tout ce qu'il nous a appris sur sa grand-mère nous paraît digne de foi. Cependant, nous attirons l'attention sur d'éventuels biais (de mémoire, de subjectivité, de légende familiale, de ressentiments aussi) qui obligent à relativiser certaines informations, même si, bien évidemment, elles doivent être prises en compte car elles constituent une pièce majeure du puzzle.

Narrative : Sachant que Samuel O nous a parlé de sa vie privée et de ses amours (plutôt chaotiques) ainsi que de sa famille côté Baisse (une lignée pas piquée des hannetons), ne sont transmises ici que les informations utiles concernant spécifiquement le sujet Pichon Marcelle et le souvenir qu'elle a laissé, à travers un certain nombre de citations (numérotées de 1 à 27) extraites des propos tenus par son petit-fils et scrupuleusement retranscrites (voir le compte rendu ci-après).

89.3

1. « Cette histoire est tellement douloureuse… Après votre message, je ne savais pas quoi faire. Surtout que vous n'êtes pas le premier. D'autres se sont intéressés à ma grand-mère. Il y a eu des "sauveurs", des gens bizarres, des hurluberlus. Je me rappelle un monsieur qui a fait un site sur elle. Un truc dédié à sa mémoire. Mais j'ai regardé sur Internet qui vous étiez, j'ai vu que

vous étiez sérieux, que vous enquêtiez de façon "sensible", pas comme les journalistes, et ma compagne, à qui je dis tout, m'a dit que vous parler de ma grand-mère pouvait être une bonne chose pour nos enfants. Ce qui pourrit la vie des enfants, c'est le secret. Il y a un malaise et ils ne peuvent pas le nommer. Ils ne peuvent pas s'en libérer. Les enfants, c'est ce qu'il y a de plus important pour moi. Les parents ne devraient pas transmettre leurs dysfonctionnements, mais c'est pourtant ce qu'ils font.

2. Il faut que vous compreniez qu'il va falloir faire le tri. Tout ce que je sais de ma grand-mère, c'est une mémoire d'enfant, c'est une compréhension d'enfant. Je ne sais que ce qu'on m'a raconté. Et ce qu'on ne dit pas est encore pire.

3. Votre message a fait ressurgir les histoires que j'ai vécues avec mon père et avec sa mère. Avec Marcelle Pichon, donc. Ma grand-mère. Je suis le plus sympathique de la famille, je vous le dis tout net. Ma sœur Rita, c'est plus compliqué. Elle a une relation particulière avec notre grand-mère. Elle lui ressemble physiquement... Mais je préfère ne pas parler d'elle. Quant à Egmont, le petit troisième, il est né bien plus tard et sa mère l'a si bien protégé qu'il ne sait pas grand-chose. Il est passé au travers des gouttes. C'est un garçon très intelligent. Il a fait Science Po. Il est universitaire. Moi je suis l'artiste de la famille. Je suis un voyageur. D'ailleurs, ma compagne s'appelle Pénélope. C'est comme ça que je m'en suis sorti. Parce que j'ai voyagé. J'étais photographe et je suis allé un peu partout dans le monde. Je me suis confronté aux autres. J'ai couvert l'Amazonie, j'ai travaillé dans les mines d'or de la Serra Pelada, j'ai fait la descente du Maroni avec la Légion étrangère, j'ai été canardé, j'ai pris des coups de couteau au Surinam. Bref. Tout ça pour dire que cela fait très longtemps que je me suis

remis de cette histoire. J'ai compris que ma vie n'était pas la vie de mes parents. Je ne suis pas responsable des actes de ma famille. Personne ne l'est. C'est pour ça que je n'ai pas de problème à vous parler. Je suis un grand garçon. Mais je ne peux pas parler au nom des autres.

4. Pour gagner du fric, je faisais aussi des shootings de mannequins. Je faisais les salons de lingerie, ce genre de trucs. Je me suis toujours demandé si mon intérêt pour la photographie n'était pas lié à ma grand-mère. Parce qu'elle avait été mannequin. Chez moi, j'ai longtemps eu une photo de Marcelle accrochée au mur. Une photo genre studio Harcourt, où on voit qu'elle était très belle quand elle était jeune. Oui, je vous la montrerai si vous voulez. Je l'ai retirée du mur il y a seulement deux ans, lorsque ma petite dernière est née. Comme une façon d'avancer. De tourner la page. Et comme par hasard, vous venez me replonger dans le passé. Je me dis que le moment est venu de solder les comptes… Pour vivre, j'organise aujourd'hui des stages de photo sous-marine et je fais de la peinture. Des grands formats. Je peins pour exorciser mes démons. Les horreurs que j'ai vues. Trouver un peu de lumière dans la nuit. J'ai une particularité physique : j'entends les couleurs. Et j'ai des dons de magnétiseur. J'arrête les montres. Je fatigue les gens si je touche leur tête. Aujourd'hui, il n'y a plus que la peinture qui m'intéresse. Et la musique. Ma compagne est musicienne. Mais je ne signe pas mes tableaux. Je n'y arrive pas. Comme si je n'avais pas le droit. Que ce n'était pas moi qui… Je ne sais pas.

5. En 1985, j'avais 21 ans et j'ai appris la mort de Marcelle complètement par hasard. Je rentrais du Brésil et j'habitais chez ma mère, à Fontenay-aux-Roses. Je descends acheter mon habituel pain Poilâne et du pâté de tête de veau parce que j'adore ça. Je passe à la Maison

de la Presse pour prendre le journal et parce que ma mère aime bien ce magazine, j'achète aussi *Paris Match*. Il y avait Alain Delon sur la couverture. Dans la rue, je feuillette *Paris Match* et je tombe sur l'article qui parle d'une ancienne mannequin qui s'est laissée mourir de faim. Sur l'instant, je n'ai pas réalisé qu'il s'agissait de ma grand-mère. Je n'ai pas percuté en voyant la photo. C'est en découvrant son nom que j'ai compris. C'est comme ça que j'ai su. Je me rappelle qu'il faisait grand soleil et, d'un coup, c'est comme si une ombre immense, je ne sais pas comment vous expliquer. J'ai eu un moment de panique. Je ne savais pas quoi faire. Mon père ne m'avait pas prévenu car on ne se voyait pas à ce moment-là. À l'époque, j'étais par monts et par vaux, j'étais le plus souvent au Brésil et je prévenais seulement ma mère quand je rentrais. Elle non plus n'était pas au courant. J'ai appelé ma sœur. Elle était en vacances sur la Côte d'Azur lorsqu'elle avait appris la nouvelle en écoutant Pierre Bellemare sur Europe 1. Et puis il y a eu le battage médiatique. Mon père et son frère, José, s'en prenaient plein la gueule. On disait partout que c'était une honte que des enfants aient pu abandonner leur mère comme ça. La laisser crever de faim. C'était comme s'ils l'avaient tuée. On les traitait d'assassins. Alors que les gens ne connaissaient pas l'histoire. Ils jugeaient sans savoir. Quand mon père a été convoqué par les flics, ils l'ont traité comme une merde. Ils l'appelaient le fils indigne. Genre : "Ah c'est vous le fils indigne ? Asseyez-vous, Monsieur le fils indigne. Vous n'avez pas honte, Monsieur le fils indigne ? etc." Marcelle avait déjà été enterrée à ce moment-là. Comme je n'étais pas à Paris, je ne suis donc pas allé à son enterrement. Je ne peux pas vous dire s'il y avait du monde au cimetière. J'ignore qui était présent. Si mon père et son frère José y sont allés. Je pense que c'est José qui s'est occupé des formalités.

Oui, je sais qu'il n'y a pas son nom sur sa tombe. Je crois que ma sœur y va de temps en temps. Elle entretient sa mémoire. Je suis allé une fois au cimetière de Bagneux. Pas pour Marcelle mais pour Victor, son premier mari, mon grand-père. C'est un Ojabe tandis que Marcelle, c'est une Pichon. Victor est également enterré à Bagneux mais sa tombe est partie au vide-ordures. Moi, je suis retourné assez vite au Brésil. C'était préférable. Bien sûr, cette histoire m'a perturbé. Mais je crois que c'est ma sœur qui a été la plus affectée. Je me suis posé un million de questions. Pourquoi s'être tuée de cette façon ? Je n'ai pas d'explication. Sa mort a quelque chose de christique. Elle était croyante à la fin de sa vie, paraît-il. Pour moi, sa mort témoigne surtout d'une vanité incroyable. Quand tu n'as pas prise sur ta vie tu as prise sur ta mort et Marcelle a pris le contrôle de sa mort. C'est ça qu'elle a fait. Mon grand-père du côté de ma mère, il m'a dit qu'il n'était pas surpris. "Elle devait terminer comme ça, il m'a dit. C'était obligé. C'est comme Victor : ce sont des gens qui finissent mal. Marcelle et Victor, ce sont deux vies déglinguées. Ils s'étaient bien trouvés tous les deux et ils ont fini pareil."

6. Je sais que mon père et mon oncle José, bon. Les mecs de *Paris Match*, ils ont eu les photos de Marcelle parce que les flics ont appelé leurs copains journalistes. En échange d'un petit billet, ils les ont laissés prendre des photos, ni vu ni connu. Mon père et José n'ont pas apprécié. Ils se sont débrouillés pour avoir l'adresse du journaliste de *Paris Match*. Celui-ci habitait en Normandie et ils sont allés lui rendre une petite visite. Il y a eu quelques gifles. Le journaliste de *Paris Match*, il a payé pour tous les autres. Pour les Bellemare et compagnie.

7. Après la mort de Marcelle, le studio de la rue Championnet a été vendu et toutes les affaires qui s'y

trouvaient ont été jetées. Mon père ne voulait rien garder. Quelques trucs ont bien été récupérés mais la plupart ont disparu ou se sont perdus. Oui, même son journal. Son fameux journal. Je pense que les flics l'ont emporté quand Marcelle est morte et, au bout d'un moment, ils ont dû le balancer. Ils s'en fichaient, de toute façon. À la mort de mon père, j'ai seulement pu récupérer l'album de photos de Marcelle.

8. Il faut savoir que Marcelle a abandonné mon père à sa naissance. C'était son premier fils et elle ne l'a jamais aimé. Vous savez que sa propre mère l'a abandonnée quand elle était petite ? Les chiens ne font pas des chats. Vous me dites qu'elle était enceinte de sept mois lorsqu'elle s'est mariée avec Victor. Elle avait alors 19 ans. Peut-être qu'elle ne voulait pas avoir d'enfant. C'est possible. Cela n'excuse pas tout. Car lorsque Pierre, mon père, est né en décembre 1940, elle s'est débarrassée de lui en le mettant en nourrice en province, dans le Perche, chez une femme qui s'appelait Jeanne et qui était la fameuse Jeanne de la chanson de Georges Brassens. À qui Brassens a aussi dédié sa chanson *L'Auvergnat*. C'est chez elle que Marcelle a placé mon père. En guise de berceau, Jeanne le mettait dans un cageot d'oranges quand il était bébé. Mon père en a gardé la saveur toute sa vie. C'est en tout cas ce qu'il m'a raconté. Bon, on était en 1941, c'était la guerre, c'était peut-être aussi bien de l'envoyer à la campagne. Sauf que Marcelle ne l'a pas repris ensuite. Elle a complètement rejeté son fils. Mon père a été envoyé en Auvergne, chez son grand-oncle paternel, du côté d'Aurillac, où se trouve le berceau de notre famille. C'est la belle-famille qui l'a donc élevé. Lui, il a été ballotté car après l'Auvergne, vers l'âge de 6 ou 7 ans, il est revenu à Paris, mais chez ses grands-parents, qui habitaient aussi le 15e. Pas chez sa mère. Marcelle

ne voulait pas de lui. À partir de là, c'est très complexe. Ça a été compliqué pour mon père et pour nous, les enfants, par voie de conséquence.

9. Ce que je peux vous dire, c'est qu'à chaque fois qu'on essayait de parler de Marcelle avec mon père, il devenait violent. Très violent ! C'était immédiat ! C'était plus fort que lui. Un jour, il a carrément fracassé une table tellement le mettait en rage qu'on parle de Marcelle devant lui. Il disait en parlant d'elle : "Cette salope ! Cette merde ! Cette pute !" C'était à ce point. Mon père disait que la meilleure chose qui lui était arrivée dans la vie, c'était que sa mère l'abandonne. Cela veut tout dire. Je ne sais pas s'il la haïssait, je crois que c'était surtout de la douleur. Mais c'est sûr qu'il lui en voulait énormément. Il ne voulait rien avoir à faire avec elle. Elle lui avait fait trop de mal et la blessure était toujours à vif. Elle ne s'est jamais refermée. Du coup, on ne parlait jamais de Marcelle à la maison et je ne l'ai quasiment pas connue. C'était comme si on n'avait pas de grand-mère mais, en même temps, son absence était très pesante. C'était comme une menace qui planait en permanence au-dessus de nos têtes. On savait qu'on ne devait pas parler d'elle et, pour un enfant, c'était intrigant. Cela excitait ma curiosité, mais c'était tabou. D'une certaine façon elle était tout le temps là. Bien avant sa mort, Marcelle hantait déjà notre famille. Elle était une hantise. Sa mort a été un choc, mais cela n'a pas changé grand-chose. Cela n'a été qu'un coup de hache en plus. Le mal remontait à bien plus loin. Mais bon, je ne me rappelle pas tout. Cela remonte à quarante ans. Il faut que je fouille ma mémoire. Il y a des trucs que je mélange peut-être.

10. Mon père était très élégant. Il mesurait 1,83 mètre, il avait beaucoup de prestance. Il aimait les beaux

vêtements. Très dandy il était. C'est un homme qui est parti de rien et qui, pour gagner de l'argent, faisait des affaires. Son truc, c'était de faire des coups. Pas des coups tordus ni des trucs louches, non, des coups qui rapportaient gros, en toute légalité. Quand j'avais 15, 16 ans, il m'emmenait sur des chantiers qu'il dirigeait. Des choses de haut vol, avec des toitures en cuivre, rue de Seine. C'était quelqu'un de très charismatique. Il embellissait les gens. Il les valorisait. Il était très égocentrique aussi. À la fois solaire et destructeur. Pas commode du tout. Cela n'a pas été simple d'être son fils. Mais être le fils de Marcelle non plus. Il y a eu des moments difficiles entre nous. C'est même allé une fois jusqu'à la violence physique. À 14 ans, je l'ai menacé avec une batte de baseball parce qu'il venait emmerder ma mère alors qu'ils étaient séparés. Cela dit, c'était un vrai bonhomme. Dans la famille, les hommes sont tous des mâles dominants et les femmes doivent suivre. C'est comme ça. Ma sœur en a payé le prix fort. Cela n'empêchait pas mon père d'être très pudique. Avec moi, il était distant mais aimant. Il m'emmenait au musée de l'Homme et il filait un bifton au gardien pour qu'il me fasse faire la visite autant que je le voulais tandis qu'il allait voir une maîtresse car c'était un vrai cavaleur. J'ai également très bien connu les ouvreuses du Gaumont Convention car mon père me larguait avec elles et, donc, j'ai vu des films invraisemblables pour mon âge. Il est mort en 2008 d'un cancer du poumon. Comme son frère José. Tous les deux à quelques mois d'intervalle. Oui, c'est étrange, comme un lien à la vie à la mort entre eux. Avoir été abandonné par sa mère a été une de ses grandes blessures. Je ne sais pas si vous pouvez comprendre, mais quand je pense à Marcelle, je ne pense pas à elle, je pense au mal qu'elle a fait à mon père. Un mal qui s'est répercuté.

11. Parce que, bon. Ce que je ne vous ai pas dit, c'est qu'après avoir abandonné mon père à sa naissance et s'être débarrassé de lui en le confiant à sa belle famille sans plus jamais se soucier de lui, Marcelle a brusquement repris son fils avec elle, mais pour le mettre à l'usine. Elle l'a obligé à quitter l'école pour l'envoyer à l'usine ! Il avait 15 ans et son boulot, c'était de nettoyer des cocottes-minute en fonte à l'acide. Et tous les vendredis, c'est elle qui allait toucher sa paie ! C'est pour ça qu'elle l'avait repris ! Pour l'argent. Je ne veux pas en rajouter dans le côté Zola, mais mon père racontait que Marcelle ne l'autorisait pas à habiter avec elle. Il devait dormir sur un matelas installé sur le palier, à côté des toilettes. Vous vous rendez compte ? C'était ça Marcelle ! Vous comprenez maintenant ? Il y a eu beaucoup de traumatismes. De la maltraitance. Il y a une autre anecdote, qui date des années 1957-1958. Quand il était jeune, mon père faisait des conneries. Il avait 17 ans et il était ce qu'on appelait à l'époque un "blouson noir". Un jour, il a été arrêté après une baston. Marcelle a dû venir le récupérer au commissariat et elle a dit aux flics en parlant de son fils : "Envoyez-le en Algérie, qu'il meure là-bas !" Je ne sais pas ce qu'elle avait contre lui, pourquoi elle détestait tellement son fils, mais cette dame était très destructrice. Elle était toxique. C'est pour ça que mon père lui en a voulu toute sa vie. En plus, ce n'était pas beaucoup mieux du côté de son père à lui. Mon grand-père Victor. Lui, c'était encore autre chose.

12. Victor était un garçon très particulier. Il était connu dans le 15e comme le loup blanc. C'était une figure locale. Je pense même que, dans le quartier, plus personne ne supportait ses frasques. Parce que, bon, en deux mots, c'était un noceur. C'était un grand amateur de prostituées. Non, il n'était pas maquereau. Mais il se livrait

à des petits trafics, rien de grave mais bon. En plus c'était la guerre, l'Occupation. Je pense qu'il ne s'est pas gêné pour profiter de la situation. La guerre faisait que les gens transgressaient les interdits. C'était la porte ouverte à beaucoup de choses. Mais ce n'est rien à côté de la famille du côté de ma mère. Eux, ils ont vraiment été mouillés jusqu'au cou. Je vous parle de Waffen SS, là. Certains se sont d'ailleurs retrouvés à Sigmaringen, avec les Pétain, Déat et compagnie. Il y a même eu des condamnations à mort par contumace. C'est pour ça que nous avons changé de nom. Moi, j'ai été élevé dans cette ambiance. À 12 ans, on m'a collé aux cadets de la mer. Ce sont les scouts d'extrême droite. Une émanation de l'Ordre noir. C'est mon père qui m'a inscrit. Cette branche de la famille est réac, mais de façon idéologique. Ce n'est pas contre les individus. J'ai une famille très compliquée, comme vous pouvez voir. Une grand-mère qui se laisse mourir de faim d'un côté et, de l'autre, l'extrême droite. Le bonheur, quoi !

13. Pour en revenir à Victor, je crois qu'avec Marcelle, c'était très houleux. Avec les Allemands à Paris, la collaboration, les règles avaient volé en éclats. Je pense toutefois que, comme beaucoup de Parisiens, ils ont dû crever de faim à ce moment-là. Heureusement, ils devaient recevoir des colis des cousins d'Auvergne ou de l'Allier. Comment ils se sont connus ? Pourquoi Marcelle et Victor se sont-ils mariés ? Je l'ignore. Elle était coiffeuse. D'après ma mère, elle était très belle. Une rousse sublime. Avec un chien incroyable. Je vous montrerai des photos. Mais Victor en jetait lui aussi. Il ressemblait à Alain Delon, c'est dire. Dans le 15e, ils passaient pour des vedettes. Ils étaient beaux tous les deux et ils se sont mariés, voilà tout. Mais dès le départ c'était mal embarqué entre eux.

14. Sur l'extrait de mariage, il est écrit que Victor était "monteur radio" ? Ah oui. Très drôle. Il était plutôt "menteur radio" (rires). Il était surtout très alcoolique. Un fêtard de première, je vous dis. Après son divorce avec Marcelle, il a peu à peu sombré. Lorsqu'il habitait dans sa belle-famille, mon père racontait qu'il avait honte de lui. Sa hantise, c'était qu'il se pointe à la sortie de l'école. Il avait 8, 9 ou 10 ans et son père était une loque. Quand il le récupérait, il l'emmenait faire la tournée des bars, dire bonjour aux putes qu'il connaissait. Je pense que c'est Marcelle qui a fini par le jeter car il la trompait tout le temps, de façon sale et éhontée. De son côté, je ne sais pas si elle était fidèle ou pas. Belle comme elle était, elle devait avoir plein de prétendants. Les hommes lui tournaient sûrement autour. Mais je pense qu'elle jouait plutôt les femmes inaccessibles. Les divas. Elle avait une très haute opinion d'elle. Comme je vous le disais, ils étaient très spectaculaires tous les deux. Mais lui, c'était vraiment un baiseur de première. C'était tous les jours les quatre cents coups. Il pouvait monter avec trois putes en même temps. Il piquait de l'argent dans le tiroir de ses parents, qui étaient bijoutiers rue des Entrepreneurs, tout à côté de l'église. Il est mort en 1969, dans la misère lui aussi. Vous l'ignoriez ? Il a fini quasiment clochard. Il vivait rue de la Roquette, dans un logement qui appartenait à ses grands-parents. Je crois même qu'on a découvert son cadavre plusieurs jours après son décès. Comme Marcelle. Sauf que pour elle, il a fallu dix mois avant qu'on découvre son corps.

15. Oui, c'est vrai qu'un gus a occupé le studio de la rue Championnet après la mort de Marcelle. Quand mon père et mon oncle sont venus vider l'appartement pour le mettre en vente, ils ont trouvé la porte fracturée et un type s'était installé. Pas gêné. Un vrai taré celui-là.

Hirsute. Genre hippie. Il couchait par terre. Il disait vouloir venger Marcelle. Il tenait des propos incohérents. Mon père et mon oncle l'ont fait dégager vite fait. À coups de pompe dans les escaliers. Non, ce n'est pas lui qui a volé le journal de Marcelle. Je le sais parce que je l'ai lu. Le journal de Marcelle : je l'ai lu des années plus tard, après la mort de mon père. Il était dans ses affaires. Il ne l'avait dit à personne. C'est ma mère qui l'a trouvé dans ses affaires et elle me l'a fait lire. C'est une lecture – comment dire ? C'est complètement déroutant. C'est assez hallucinant. C'est jour après jour. Pendant quarante-cinq jours. Des phrases lapidaires. Cliniques. Sans la moindre émotion. Comme un bulletin dans un hôpital. Ma mère s'en est débarrassée parce qu'elle ne voulait pas garder ça chez elle. Pas question. C'était trop morbide. Elle ne m'a pas demandé mon avis mais j'étais d'accord. Donc elle l'a jeté. Oui, j'en suis sûr. Je pense moi aussi que c'est mieux comme ça.

16. José ? Ah mon oncle José ! Quand il est né en 1943, trois ans après mon père, Marcelle l'a gardé avec elle. Je ne sais pas pourquoi elle a abandonné mon père et pas lui. Comme si José était son unique enfant. Pourquoi le prénom José ? Parce que notre famille a des origines andalouses. Nous sommes originaires d'Auvergne et cette région a des liens historiques avec l'Espagne. Les mecs du Cantal allaient scier les arbres en Catalogne et ils revenaient au pays avec des filles qu'ils avaient trouvées là-bas. C'est pour ça qu'on mange des plats à base de morue dans la région. José est mort quelques mois avant mon père, mais on ne l'a su qu'au moment du décès de mon père. Mon père et mon oncle n'étaient pas proches. Ils se voyaient une fois l'an, et encore. Ils avaient chacun leur caractère. Et il y avait leur mère entre eux. Le fait que Marcelle avait rejeté l'un et pas l'autre. Qu'elle ait

choisi un fils et pas l'autre. C'était comme un poison. José, c'était un phénomène dans son genre. Il aimait les femmes mûres, les vieilles qui avaient du pognon, si vous voyez ce que je veux dire. Pour moi, c'était un gigolo. Officiellement, il disait qu'il bossait dans la plomberie et, d'une certaine façon, ce n'était pas tout à fait faux... Cela le faisait peut-être marrer de dire ça. Non, il n'a pas eu d'enfant. Physiquement, il était beaucoup plus petit que mon père, il était brun alors que mon père était blond, mais lui aussi avait de l'allure. Dans la famille, les gens se sont toujours servis de leur physique pour réussir. Marcelle la première.

17. Je ne saurais pas dire à quel point José était proche de sa mère. En tout cas, il ne sortait qu'avec des femmes qui avaient au moins deux fois son âge. Je ne sais pas si ça veut dire quelque chose. Lorsqu'il croisait sa mère, Marcelle lui disait : "Alors, comment va ta réformée ?" C'est comme ça qu'elle appelait les femmes de son fils. Des "réformées". C'est un terme que les éleveurs utilisent pour les vaches ou les chevaux qu'on mène à l'abattoir. Cela vous donne une idée de Marcelle. C'était quelqu'un de très cassant, de cruel. Elle aimait blesser les gens. Quelqu'un de très narcissique. Il suffit de voir les photos : elle pose tout le temps. Il n'y en avait que pour elle. C'était une femme hyper narcissique. Pour moi, sa mort ne rachète pas sa vie. Elle a fait trop de dégâts. Même si je crois que José a été plus préservé que mon père.

18. Je ne sais pas du tout comment mon oncle a vécu la mort de sa mère. Je crois que ça l'a secoué. Plus que mon père en tout cas. Vu sa façon de vivre, José ne pouvait pas aider Marcelle sur la fin. Gigolo, ça marche quand on est jeune. En 1984, il avait dépassé la quarantaine. Mais attention : j'adorais José ! Même si on ne se voyait pas souvent. Je me souviens que l'avant-dernière fois où

je l'ai vu, c'était en bagnole. Je roulais sur le périphérique et qui je vois dans une voiture ? Mon oncle José ! Du coup je klaxonne, je fais de grands signes, je crie par la vitre "José ! José !" Lui me regarde et, par la fenêtre, il m'insulte direct : "Qu'est-ce t'as, espèce d'enculé !" Il ne m'avait pas reconnu. D'ailleurs, il ne me reconnaissait jamais. Mais le plus marrant, c'est qu'il sort alors un flingue et il commence à l'agiter dans la voiture, à le brandir dans ma direction, genre "me casse pas les couilles ou je te fume, connard !". Sur le périph ! Je lui crie toujours par la vitre : "Mais c'est moi, c'est Samuel ! Le fils de Pierrot !" Là, il a percuté, il a rigolé et il m'a crié : "Sale petit enfoiré ! Tu tombes bien, toi ! Viens, on sort du périph !" Cela se passait en 1986 ou 1987. Pas très longtemps après la mort de Marcelle. Je devais avoir 22, 23 ans. Donc on sort du périphérique, on s'arrête et là, il ne me dit même pas bonjour, il ne me demande pas si ça va, ce que je deviens, si j'ai des gosses ou quoi que ce soit, non non, il me dit : "Putain, ton enfoiré de père est venu l'autre jour à la maison, il voulait que je lui file de la thune, tu me connais, j'en avais pas et cet enfoiré, il a sorti son flingue et il a flingué mes poissons dans l'aquarium. Il a tout niqué, ce con ! L'aquarium, les poissons, tout ! Bam bam bam bam ! Donc si tu le vois, tu lui dis qu'il me doit le pognon des poissons et de l'aquarium. Mais quel con, ton père !" C'était ce genre-là José. C'était cette ambiance dans la famille. Il y avait un côté film d'Audiard. À la fois grotesque et violente. Quand on se croisait, on ne se disait pas "Bonjour, comment vas-tu ?" mais "Combien tu gagnes en ce moment et combien tu peux me filer ?" Chez nous, c'était toujours l'argent l'argent l'argent ! Il n'y en avait que pour le pognon ! Marcelle aussi, ah oui ! Je pense que mon père et mon oncle ont uniquement eu des rapports d'argent, pas des liens de fraternité. La différence entre eux, c'est que mon père était malin et, peu à peu, il s'est élevé dans l'échelle sociale. Il a commencé à faire de bonnes affaires. Alors que José est toujours resté, ce n'est pas péjoratif, mais un peu prolo, titi parisien. Son seul talent, c'était de séduire les vieilles qui l'entretenaient.

19. Cela me revient tout à coup : José était bègue. Mais vraiment bègue ! Jo... jo... jo... jo... José. Un vrai bègue ! Et son père Victor l'était déjà. Moi je suis un ancien dyslexique. J'ai même été dans un centre audiométrique à Boulogne-Billancourt, pour les muets. On est tous un peu bègue dans la famille. Même mon grand fils bégaie un peu. C'est sûrement un symptôme qui se transmet.

20. Je pense que Marcelle a vécu toute sa vie avec l'argent de son père et, après la mort de celui-ci, en 1968, de son héritage. En plus du salon de coiffure et de l'appartement de la rue de Javel, Charles possédait une maison au Plessis-Robinson et une autre, je crois, à Nogent. C'était une famille qui avait un peu d'oseille. La petite bourgeoisie aisée. Marcelle a dû vendre les propriétés et vivre sur cet argent, tout dilapider. Et puis, je crois qu'elle se faisait entretenir. Elle avait des "protecteurs". Non, je ne sais pas qui était monsieur Paul. Mais j'ai une série de photos de lui avec Marcelle, dont fait partie celle parue dans *Paris Match*, où on les voit tous les deux au bord de la mer. Des photos très bizarres. Vous verrez. Elles en disent long sur Marcelle. Je ne vous en dis pas plus. Avec Paul, cela a duré quelques années entre eux car je possède aussi une photo où on les voit tous les deux à Dieppe en 1962. Alors que les photos de Biarritz datent de 1964 ou 1965, je ne sais plus. En tout cas, à la fin, Marcelle avait de grosses difficultés d'argent. Rue Championnet, il y avait des lettres recommandées sous sa porte. Ma mère m'a dit que mon père était intervenu une ou deux fois pour l'aider à payer des

factures. Comme quoi… J'imagine qu'elle a acheté le 183 rue Championnet après avoir vendu l'appartement de la rue de Javel. Je ne sais pas. À sa mort, elle a laissé des dettes. Elle devait être prise à la gorge. Quand on n'a pas d'argent, se laisser mourir de faim est la mort la plus économique qui soit, non ?

21. Charles ? Le père de Marcelle ? Mon arrière-grand-père Pichon ? Le coiffeur de la rue de Javel ? J'avais 4 ans quand il est mort en 1968 mais j'ai des photos de lui, en militaire, quand il avait 17 ans. C'était une très gentille personne. Il était tout petit. Un petit monsieur, toujours bien mis, avec une petite moustache. Après son divorce avec Eugénie, il ne s'est jamais remarié. Il s'est consacré corps et âme à l'éducation de sa fille et tous les deux étaient très fusionnels. Lui la traitait comme une princesse et elle le vénérait. Je ne pense pas avoir jamais rencontré Eugénie. Je ne sais pas du tout ce qu'elle est devenue. Au début, Charles était coiffeur pour messieurs, puis pour dames. Il a voyagé aussi. Je possède une carte postale qu'il a envoyée de New York ! Il écrit à sa mère qu'il va bien, un truc comme ça. C'était dans les années 30. Je crois qu'il a essayé de faire fortune là-bas. J'ai aussi une photo d'Eugénie avec Marcelle quand elle était gamine. Elles sont toutes les deux dans un parc, assises dans l'herbe. Le problème avec Charles, c'est qu'il était avare. Et pas à moitié ! C'était pathologique chez lui. Dans la famille, son avarice était un sujet de plaisanterie. Il n'était pas berrichon pour rien. Ma mère m'a raconté qu'il marquait les bouteilles de vin pour vérifier que personne ne buvait dans son dos. Quand il achetait un camembert, il dessinait avec un stylo à bille les parts que chacun pouvait prendre et pas au-delà. C'était ça le père de Marcelle. Cela explique peut-être certaines choses. Le rapport à l'argent, l'absence de générosité, le fait de

se laisser mourir de faim, de *s'interdire* de manger... Ce n'est pas rien d'être l'enfant d'un avare ! Je ne suis jamais allé dans le salon de coiffure de la rue de Javel mais on me l'a montré par la suite. D'ailleurs, mon père a passé un CAP coiffure, même s'il a fait tout autre chose par la suite. Bien après que Marcelle et Victor ont divorcé, Charles a continué de voir la famille de son gendre. Il venait à la maison à Fontenay-aux-Roses, où nous habitions. On s'est installé là-bas parce que ma mère avait trouvé un emploi chez les frigos Laden Philips. Je pense que Charles voulait garder un lien avec ses petits-enfants et, en particulier, avec mon père.

22. Si Marcelle a vraiment été mannequin chez Jacques Fath ? Je pense, oui. Mais je ne sais pas quand c'était. Ma grand-mère maternelle était aussi mannequin. Et sa mère avant elle, chez Paquet. Mais pour Marcelle, je ne sais pas. Je ne peux pas vous aider. C'était peut-être dans les années 50, ou les années 40, pendant la guerre, je ne sais pas. Peut-être ma sœur pourrait vous dire. Mais ce n'est pas certain. Vous me dites que Fath a collaboré avec les Allemands, qu'il y avait des "soirées". Je l'ignorais. Mon autre grand-mère, celle du côté de ma mère, elle disait qu'il s'était passé des choses pendant la guerre, des choses pas jolies. Elle disait que Marcelle avait eu des histoires avec les Allemands. Il y a eu des rumeurs dans la famille comme quoi elle aurait eu des problèmes à la Libération. Qu'elle aurait été interrogée par la police, voire tondue. C'est quelque chose que j'ai entendu dire. Mais c'était peut-être de la malveillance. De la médisance. Dans la famille, il y a une vraie détestation de Marcelle. Un ressentiment que sa mort n'a pas effacé. Je ne peux pas vous en dire plus.

23. Non, je ne sais pas quelles études a faites Marcelle. Je crois qu'elle était scolarisée à l'école de la rue Violet,

mais je n'en suis pas sûr. Il est possible que je confonde. À force, il se peut que j'imagine des choses. Là, je vous parle, je vous déballe tout, mais je dois dire que je me sens un peu mal à l'aise. J'ai l'impression de trahir mon père. De trahir tout le monde. Ce n'est pas une sensation agréable. Mais pas de problème. Continuons. Ce n'est pas mon histoire, c'est juste ma famille. Je trouve légitime qu'on s'intéresse à l'histoire de Marcelle. Ce que je trouve fascinant, c'est que, quarante ans plus tard, à Ouistreham, nous soyons encore là à parler d'elle. Cela va au-delà de son suicide. Il y a quelque chose dans cette histoire qui excède son cas particulier et notre famille. Je suis très curieux de ce que vous allez en faire. Vous m'avez dit que votre client était un écrivain ? C'est confidentiel ? Je comprends.

24. Je ne sais rien du tout sur Anouar Moualhi. Il était marocain, je crois. J'ai entendu dire que c'était une lavette, un pauvre type qui ne travaillait pas et qui restait vautré toute la journée sans rien faire. Un parasite. J'ignorais qu'il avait frappé Marcelle et qu'elle avait porté plainte pour violences conjugales. Je sais que mon père et mon oncle sont allés balancer un jour ses affaires par la fenêtre. Je n'en sais pas plus.

25. Ah oui, tout de même, vous avez fait notre arbre généalogique. Waouh ! C'est impressionnant. Vous avez drôlement bossé. Cela dit, il est incomplet. Nos ancêtres remontent aux croisades. Notre famille vient de très loin car on a notre blason à Madrid. Les Pichon sont du Berry mais nous, les Ojabe, nous venons d'Auvergne. Nous faisons partie des grands d'Espagne qui ont fondé le Carladez, où était enfermée la reine Margot. Dans la famille, nous sommes cousins avec les grands cafetiers auvergnats, les Tafanel, les Bouscarat, les Ladoux, les Costes, les Vaudable (Maxim's), les Boubal (café

de Flore). Tout le monde vient des mêmes patelins : Brommat, Mur-de-Barez… J'arrive là-bas, je suis cousin avec 90 % des gens. Avec tous les Auvergnats qui sont montés à Paris pour vendre des glaces, du charbon, du pinard.

26. Je n'ai jamais vu le studio de la rue Championnet. Je n'y suis jamais allé. La fenêtre donne sur une église ? Cela ne m'étonne pas. De toute façon, le studio a été vendu rapidement après la mort de Marcelle. Mon père a trouvé assez vite un acheteur. Ça s'est fait de la main à la main. C'est moi qui ai touché l'argent, que j'ai rétrocédé ensuite à mon père, en liquide, parce que Marcelle avait beaucoup de dettes. Au moment des constatations, les flics ont mis des affaires de Marcelle dans un carton et ils les ont emportées pour l'enquête. Quand ils ont clos le dossier, le carton a fini au bureau des greffes de la mairie du 18e. C'est moi qui suis allé le récupérer à la mairie. Parce que mon père, il ne voulait absolument pas s'en occuper. Je lui ai dit que je m'en chargeais et il a dit : "Démerde-toi !" Il n'a jamais touché au carton, jamais regardé ce qu'il y avait dedans. Il ne voulait pas. J'avais 20 ans et c'est donc moi qui ai récupéré les affaires de Marcelle. L'album de photos et le journal aussi. Il se trouvait dans le carton. C'est à ce moment-là que je l'ai lu. Mais je ne l'ai plus aujourd'hui. C'est quelqu'un d'autre qui l'a. Non, ce n'est pas ma sœur. Je ne peux pas dire qui. Je ne sais même pas si cette personne l'a toujours. Je peux me renseigner. Sans garantie, cependant. Mais je vous le dis : lire ce carnet ne vous aidera pas. Il ne faut pas le lire. C'est une mauvaise idée. Il est malsain. Je pense préférable de le laisser là où il est. De toute façon, il ne vous apprendra rien. Il ne contient rien de spécial. Aucune explication. Il est à l'image de la page qui a paru dans *Paris Match*. Juste des indications cliniques.

Comme si Marcelle était l'infirmière de sa propre mort. La fille qui, au chevet d'un malade en soins palliatifs, note chaque jour son état, l'évolution de sa maladie, jusqu'à la fin. Cela ne va pas plus loin. Cela ne présente aucun intérêt.

27. J'ai passé toute mon enfance à Fontenay-aux-Roses et, à côté il y a le parc de Sceaux. Et il paraît que Marcelle y allait aussi tous les week-ends. Elle prenait le RER et elle allait jusqu'au parc de Sceaux. Je ne sais pas pourquoi elle faisait ça. Et moi, j'y étais tous les week-ends. Je jouais au foot, je construisais des cabanes avec les copains. Et elle était là, sans que je le sache ni le soupçonne. Elle s'asseyait sur un banc et elle restait sans rien faire. Je sais qu'elle m'a vu au moins deux fois. C'est ma mère qui me l'a dit. Je ne sais pas si elle venait exprès pour me voir. Mais jamais elle ne s'est manifestée. Mon père ne l'aurait pas toléré. Une seule fois elle est venue à la maison. C'était dans les années 1968. Peut-être après la mort de son père. Raison pour laquelle mon père a accepté qu'elle vienne, car ce fut bien la seule fois. En tout cas, j'étais vraiment petit. Je devais avoir 4 ou 5 ans. Je me rappelle vaguement une grande femme brune dans un manteau léopard avec des lunettes très épaisses car elle était myope comme une taupe. Il paraît qu'elle nous a donné, à ma sœur et à moi, une petite médaille de Lourdes et ça s'est arrêté là. Ce fut bien la seule fois. Avait-elle des remords ? Pour moi, elle s'aimait beaucoup trop pour avoir des remords. Il ne se passe pas une journée sans que je pense à elle. Comme tout le monde, je me demande comment tout ça a pu arriver. Pourquoi avoir mis fin à ses jours en se laissant mourir de faim ? Je ne sais pas. Personne ne peut le savoir. »

« Obtenir ce que l'on veut ne change rien d'important. »
George CUKOR, *Ma vie à moi*

90

– Ben dites donc.
– Comme vous dites.
– Waouh !
– J'en reste sans voix, moi aussi.
– Celle-ci est rincée. Complètement épuisée.
– Cela fait du bien de prendre l'air. De respirer un grand coup.
– Il faisait super chaud à l'intérieur, non ?
– Regardez Penny : la mer est phosphorescente. C'est beau.
– On voit les étoiles.
– Le vin blanc était très correct.
– Le cognac aussi. Celle-ci est bourrée.
– Ah ah.
– On se calme, Bmore.

– Bon, on sait maintenant quel souvenir a laissé Marcelle.

– Un sacré mauvais souvenir.

– C'est peu de le dire.

– Nous voilà beaux.

– On ne s'attendait pas à ça.

– Vous êtes déçu ?

– La réalité n'est jamais décevante. Elle est au-delà des sentiments.

– Celle-ci est tout de même un peu sonnée.

– Sacrée Marcelle !

– Sacrée peau de vache, oui. Nous qui pensions découvrir la vérité, nous nous retrouvons avec un témoignage à charge.

– La vérité n'est que la somme de toutes ses versions augmentée d'elle-même.

– Pour contrebalancer, il faudrait quelqu'un qui ait aimé Marcelle. Qui, d'elle, aurait conservé des souvenirs heureux.

– Quelqu'un comme Paul, par exemple.

– Peut-être. Sauf que nous ne savons rien de lui. Nous ne connaissons même pas son nom. Cela restera un regret. Une énigme. Un échec.

– Ce n'est pas le seul. Cela dit, nous n'avons pas de raison de douter de ce que Samuel nous a raconté. Tout doit être vrai, dans les grandes lignes, même si, de toutes les couleurs de Marcelle, il a surtout dépeint le noir.

– Difficile pour lui de faire autrement. Il n'a pas vraiment eu le choix. Marcelle n'était pas précisément une petite fleur des champs. C'était une épineuse. Un cactus. Une ciguë.

– Il y a beaucoup de douleur dans cette histoire. Beaucoup de tragique dans cette famille.

– Vous retenez quoi, là, tout de suite, à chaud, Bmore ?

– L'avarice du père de Marcelle. Les parts de camembert qu'il dessinait au stylo à bille. J'imagine Marcelle quand elle était petite fille. J'avais vu juste.

– À propos de quoi ?

– Le père de Marcelle : il était un père à la Kafka. Le genre de père oppressif, qui terrorise son entourage avec ses névroses. Tout s'éclaire ! Marcelle « artiste de la faim » et tout ça. Dans sa *Lettre au père*, Kafka écrit que « L'avarice est l'un des signes les plus sûrement révélateurs d'une profonde détresse ». Il dit aussi que l'éducation que lui a donnée son paternel « a suffi à le rendre obéissant par la suite, mais intérieurement, cela lui a causé un préjudice ». Ce pourquoi il a échoué dans toutes ses tentatives de mariage. Du Marcelle dans le texte !

– Vous aviez finalement raison, Bmore, lorsque vous imaginiez Charles « marcellant » sa fille et, à l'oral, vous aviez entendu « harcelant ». Toutefois, n'oubliez pas qu'il était orphelin de père depuis l'âge de 3 ans. Sur la tombe de son paternel, il pouvait d'ailleurs lire son propre nom. Comme s'il était depuis toujours mort et enterré. On peut comprendre sa volonté de ne plus rien vouloir perdre.

– Voire de s'imposer maladivement aux autres.

– Sans oublier ses origines issoldunoises. Celle-ci vous rappelle que le Dr Jugand disait des gens du Berry qu'ils ont « la manie de posséder et qu'ils sont économes jusqu'à la parcimonie, sobres jusqu'à la *privation* ».

– Vous avez bonne mémoire, Penny. Et vous ? Que retenez-vous de ce que samu02 nous a dit de Marcelle ?

– Sa mère l'abandonne et elle abandonne son fils. Elle le maltraite affreusement.

– Vous vous souvenez ? Lorsque nous tentions de mesurer les séquelles laissées par les années d'occupation ? Si je me rappelle bien, les psychologues parlaient, entre autres, d'un « exceptionnel déclin de l'instinct maternel » ayant frappé les Françaises. Au point que vendre son enfant était devenu une pratique courante après la guerre.

– C'est vrai. Celle-ci avait oublié.

– Et cela pourrait aussi s'appliquer à Eugénie Landré. Il ne faut pas oublier qu'elle avait 14 ans au début de la guerre de 14. Des séquelles, elle a dû en avoir aussi. Tous ces malheurs viennent peut-être de la guerre.

– Peut-être oui.

– C'est étrange aussi ce bégaiement se transmettant de génération en génération. Comme un truc impossible à dire. Qui n'arrive pas à sortir. Il y a peut-être un secret enfoui, un truc bien moche qui remonte à très loin. Vous avez lu *Billy Budd, marin*, d'Herman Melville ?

– « Comme toujours on ne dit jamais la vérité. »

– Ce qu'on ne peut pas dire, on le bégaie.

– En tout cas, c'est une chance d'être tombé sur Samuel. Il est émouvant, cet homme. Costaud dans sa tête. C'est pour ça qu'il s'en est plutôt bien sorti. Ce n'était pas gagné vu sa famille.

– Yep. Cela dit, il nous a drôlement baladés avec le journal de Marcelle. Un coup il nous dit qu'il a disparu, un coup c'est quelqu'un d'autre qui l'a. C'est sa façon de bégayer. Dès que ça devient brûlant, ça coince. Pour moi, le journal est en sa possession.

– Celle-ci le pense aussi.

– Mais il ne veut pas le dire. Il ne veut pas qu'on le lise.

– Cela peut se comprendre. C'est tout de même le cœur de l'histoire.

– Et le cœur ne cède jamais, hélas.

– Si ça se trouve, Marcelle a écrit dans son journal quelque chose de compromettant ou d'embêtant. Cela expliquerait sa réticence. Son embarras.

– Quoi qu'il en soit, il a dit qu'il nous montrerait demain des photos. De Marcelle quand elle était jeune. Et d'Eugénie ! Et de Charles !

– Et une série de Marcelle avec Paul à Biarritz. Des photos bizarres, il a dit. Celle-ci se demande de quoi il s'agit. Celle-ci a hâte.

– Pourquoi nous montrer des photos et pas le journal ?

– C'est louche, en effet.

– Bon, on verra demain. On a rendez-vous à 13 heures. Il a dit qu'il viendrait avec sa femme et ses trois enfants. On va les inviter à déjeuner. C'est la moindre des choses.

– C'est notre client qui va être content. On est en train de le ruiner.

– Il peut être content ! On a tout de même retrouvé le journal. On a remonté toute la piste ! On sait qu'il n'a pas été détruit. On sait où il se trouve. On a rempli notre mission, Penny. Champagne ! Nous sommes allés au bout du bout. Je nous félicite. Rappelez-vous d'où nous venons. La suite ne nous regarde pas. Ce sera à notre client de jouer. S'il veut lire le journal, qu'il voie ça directement avec Samuel Ojabe. Nous, on a fait notre boulot. Vive la Bmore & Investigations !

– Comme quoi, madame Pendule a raconté n'importe quoi !

– Vous étiez au courant ?

– Vous prenez celle-ci pour qui ? Elle sait tout depuis le début.

– D'accord. En tout cas, ça valait la peine de venir à Ouistreham. Nous n'avons pas perdu notre temps.

– Vous vous rendez compte, Bmore, que la Marcelle que nous a décrite Samuel...

– Oui, je sais.

– Elle correspond en tout point à ce que nous avait dit madame K ! Elle est aussi pourrie. Aussi méchante. C'est dingue !

– Je sais.

– Vous ne comprenez pas, Bmore. C'est vraiment dingue. C'est hallucinant ! La voyance marche ! Votre madame K, elle a eu tout bon. Elle a vraiment des dons. Ses capacités psi, c'est pas du bluff. Elle ne fait pas que plisser les yeux ! Cette femme est bel et bien extralucide !

– Je ne ferai aucun commentaire.

– Allons, ne soyez pas mauvais perdant.

– Je ne suis pas mauvais perdant. Je suis aussi surpris que vous, mais je ne partage pas votre enthousiasme, Scully.

– D'accord, Mulder.

– Et à part ça ?

– Euh.

– Dites.

– Cela ne vous émeut pas, Marcelle allant chaque week-end au parc de Sceaux ? Prenant le RER pour aller regarder son petit-fils, l'observer de loin, sans pouvoir lui parler, comme une mère à qui on aurait enlevé son enfant, comme une vieille dame venant chaque jour s'asseoir sur son banc pour nourrir des pigeons, donner à manger à ses regrets.

– C'est assez tragique, en effet.

– Ce qui est inattendu, c'est son père allant aux États-Unis dans les années 30. À l'époque, ce n'était pas banal.

– Vous vous souvenez de Marcel Grateau ? Le bienfaiteur des coiffeurs ? En 1905, il était en Amérique, où il fit breveter son fameux fer Marcel. Peut-être Charles marcha-t-il sur ses traces.

– Vous croyez encore que le prénom Marcelle vient de là ?

– Je note la coïncidence, rien d'autre.

– Trève de bêtises. Vous savez qu'il nous reste une dernière chose à faire, Bmore.

– Vous parlez de Rita, la sœur ?

– Vous lisez dans les pensées de celle-ci. Il va falloir la contacter. Pas le choix. Ça promet. Elle n'a pas l'air commode.

– Yep. Dites, Penny. Je ne vous ai jamais posé la question.

– Quoi ?

– Pourquoi vous parlez de vous à la troisième personne ?

– Parce que celle-ci est une troisième personne.

– Sérieusement ?

– C'est à cause de Mantis.

– Mantis ?

– C'est une superhéroïne de Marvel. Ses aventures ont paru dans *Strange* que lisait son frère. Celle-ci lui piquait et les lisait en cachette. Elle a tout de suite adoré le personnage de Mantis. Au début, Mantis fait partie du groupe des Avengers. Mais elle est promise à un destin encore plus exceptionnel. Dans sa jeunesse, elle a subi un lavage de cerveau et, après ça, elle se met à parler d'elle à la troisième personne. À la fin, elle fusionne avec un arbre et elle devient la « madone céleste ». Tout à la fois mère, prostituée, monstre, mystique et Avenger, elle possède un lien psychique avec tous les végétaux qui lui permet de communiquer avec eux. Elle contrôle les fleurs et les plantes parce qu'elle fait partie de leur monde. Quand ma mère est morte d'un cancer, j'avais 13 ans et je me suis complètement identifiée à Mantis. J'ai fait un transfert. Et cela m'est resté. Voilà, vous savez tout. Chacun se débrouille comme il peut avec ses casseroles. Mantis, c'est le lien qui me relie à ma mère. Une façon de supporter son absence et de ne pas l'oublier.

– Je comprends, Penny. Mais vous venez de parler normalement, là ! Vous vous en êtes rendu compte ?

– Cela arrive à celle-ci quand elle parle de sa mère. Uniquement à ce moment-là.

– D'accord. Pas de souci. Merci de me faire confiance. Vous devriez peut-être parler plus souvent de votre mère, non ?

– On rentre ? Il commence à faire frisquet.

– La Lune est magnifique ce soir.

« Face is the place. »
Suzanne VEGA, *Private Goes Public*

91

Marcelle était ravissante. À 18 ans, elle était jolie comme un cœur. Elle était désirable. Elle était *émouvante*. Dans ses yeux clair de nuit, un voile de tristesse, quelque chose de noyé, d'interloqué, une *inquiétude*, déjà, à 18 ans.

La photo, datée au dos de 1939, que, tenant parole, Samuel nous a montrée le lendemain nous a saisis, Penny et moi. Nous sommes restés sans voix. Avec le sentiment de découvrir Marcelle pour la toute première fois. De la *rencontrer* enfin. Voici qu'elle avait un visage ! Elle avait un regard et, dans ses yeux, nous pouvions plonger les nôtres. Il avait fallu attendre trois ans pour que Marcelle nous apparaisse dans toute la splendeur de sa jeunesse et, devant cette photo, Penny et moi avons soudain réalisé que, jusqu'ici, nous ne l'avions jamais vue. Pas vraiment. Pas au point de *l'aimer*. En tout cas, nous ne possédions aucune image que notre esprit ait eu envie de mémoriser. Plus maintenant ! Nous pouvions à présent aller dans un bar et demander aux gens : « Connaissez-vous cette femme ? L'avez-vous déjà vue ? » Cette photo, elle était notre récompense ! Elle venait couronner *tous* nos efforts. Elle était l'image primitive qui nous manquait. Quelle émotion ! De Marcelle, nous pouvions désormais imaginer plein de choses. Projeter plein de choses. Y voir, nourries des mille et une informations recueillies depuis mille cent cinquante-deux pages, toutes les images enfouies se trouvant à l'intérieur de cette photo et lui donnant, telles des strates palimpsestes, une épaisseur affolante. D'un seul coup d'œil, nous pouvions entrevoir toutes les femmes qu'avait été Marcelle depuis l'âge de 20 ans et cette vision changeait tout. Ce n'était soudain plus la même Marcelle Pichon. Je comprenais maintenant notre intérêt pour elle. J'étais si fébrile que j'ai immédiatement demandé à Samuel la permission de capturer cette photo avec mon portable, afin de la conserver, la posséder, l'afficher en grand, l'archiver à jamais. S'il n'y avait qu'une image à garder de Marcelle, ce serait celle-ci. C'était évident. C'était un peu facile, un peu trop hétérosexuel, tant pis. Dans cette histoire tellement sombre et âpre, un peu de beauté ne fait pas de mal. Un peu de tendresse soulage. Il n'y a rien de plus près du cœur que les yeux. Alors que l'inverse n'est pas vrai.

Bien sûr, je regarde cette photo en sachant la tragédie qui s'est produite ensuite. Je relie malgré moi la jeune fille de 18 ans qui fixe l'objectif d'un air à la fois sérieux et ingénu, délicat et sensuel, à la femme de bientôt 64 ans qui s'est laissée mourir de faim et a fini bouffée par les asticots et, de l'une à l'autre, je trace une ligne. Je devine une logique. J'y vois le point de départ d'une fatalité. Ce qui est ridicule. Si je ne savais rien de Marcelle, si j'ignorais tout de son histoire, que verrais-je dans cette jolie jeune femme qui, sur le papier, regarde dans les yeux celui qui la regarde, en souriant de façon ambiguë, avec un voile de tristesse assombrissant la clarté de son regard ? Quelle question me poserait-elle ? Y verrais-je une starlette des années 40 ? Croirais-je reconnaître Gene Tierney à ses débuts ? Ava Gardner ? Hedy Lamarr ?

En tout cas, je n'y verrais certainement pas le destin désastreux de Marcelle Pichon. Je n'y verrais pas la malédiction sur ce monde pourri. Cette image garderait son innocence. Elle décrirait Marcelle telle qu'elle était à 18 ans. Marcelle ne soupçonnant pas une seule seconde ce qui l'attendait. Ignorant qu'elle se suiciderait un jour en choisissant « la mort la plus horrible qui soit ». Au moment où fut prise cette photo, Marcelle ne se doutait de rien. Elle avait la vie devant elle et elle ne savait pas ce que celle-ci lui réservait. Elle ne pouvait même pas imaginer. Tout était encore ouvert, l'horizon infini, le mystère intact. Lorsque le photographe appuya sur le déclencheur, elle prenant la pose, inclinant la tête, esquissant un sourire, retenant sa respiration, elle croyait sûrement à ce moment-là, à cet instant précis, avoir tout l'or du temps à sa portée. Elle devait se dire que le monde lui tendait les bras. Elle pouvait s'imaginer promise à l'amour, au bonheur, au succès peut-être. Tant de rêves et d'espérances. De foi en l'avenir. Merveilleuse jeunesse ! Affreuse naïveté !

Cette photo n'élucide ni la vie que fut celle de Marcelle Pichon, ni la mort qu'elle s'infligea. Si elle montre quelque chose, c'est le passage du temps. C'est la cruauté de l'existence. C'est le soleil avant la pluie. Ou plutôt, elle met au défi tout ce qui s'est passé ensuite. C'est pour ça que cette photo est un vertige. Elle est l'image la plus douloureuse de Marcelle qui puisse être. La plus horrible qui soit. La vision de son cadavre momifié ne saurait davantage glacer les sangs. Susciter autant l'incrédulité. Comment cette jeune femme si ravissante en vint-elle quarante-cinq ans plus tard à se massacrer elle-même ? Mais c'est quoi la vie ? Que se passe-t-il pour que les choses merdent à ce point ? Quand ? Où ?

Il suffit de tomber sur une photo nous montrant dans le sourire de l'enfance pour découvrir qu'il nous est arrivé *quelque chose*. Nous regardons l'être que nous avons été un jour, au tout début, il n'y a pas si longtemps pourtant, et nous ne le reconnaissons pas. Nous découvrons un étranger. Nous constatons une trahison. Nous contemplons un fantôme. Ou c'est nous le fantôme. Dans tous les cas, cette photo de Marcelle n'est pas seulement une énigme, elle est d'une importance capitale. Elle est la pièce du puzzle qui manquait pour que le tableau prenne tout son sens. Pour que le livre advienne à lui-même. Voilà pourquoi je voulais la conserver précieusement. Afin d'en éprouver encore et encore le mystère. Me poser la question que, pour l'éternité, le regard caméra de Marcelle pose de façon éperdue. Car il y a ce voile de tristesse dans son regard. Cette mélancolie, déjà, à dix-huit ans. Cette inquiétude perceptible, minuscule faille dans l'eau de ses yeux, eau d'une clarté insondable, dont la profondeur ne tenait peut-être qu'à un strabisme languissant, mais quelle importance ? L'émotion est là, visible, saisissante. Désespérée et désespérante.

« Le véritable chercheur de trésors ne cherche pas un magot qui a de la valeur aujourd'hui mais un trésor qui en avait le jour de son enfouissement. »
Max Valentin, *Guide du chercheur de trésors*

92

Au cours du déjeuner du lendemain (fruits de mer pour les adultes, pizzas pour les enfants), Samuel a reconnu en souriant qu'il possédait le journal de Marcelle. Mais il n'était pas prêt à nous le faire lire. Pas encore. Pas si vite. Sa femme, vraiment charmante, semblait plaider pour qu'il se soulage de ce poids qui pesait depuis si longtemps sur ses épaules. Lui n'était pas convaincu. Ce journal était son trésor de guerre. « C'est quelque chose qui me relie à mon père, vous comprenez ? » Penny et moi n'avons pas insisté. On comprenait, oui.

En revanche, il était venu avec d'autres photos que Marcelle conservait chez elle. Pas aussi émouvantes mais très instructives. Nous étions à table, Samuel nous passait les photos par-dessus les plats, en faisant des commentaires, nous indiquant qui était qui, les dates aussi. Oui, il était d'accord pour nous les envoyer. Quinze jours plus tard il tenait parole et ce sont les scans de ces photos que je regarde aujourd'hui.

Photo du père de Marcelle, tout d'abord. Photo noir et blanc aux bords crénelés montrant Charles Pichon dans l'allée ensoleillée d'un parc. Dessous, on peut lire, inscrit au stylo à bille : « Mon père. Sceaux. 1934 ». C'est donc Marcelle qui a écrit « Mon père ». Peut-être allait-elle finalement au parc de Sceaux chaque week-end non pour voir son petit-fils à la dérobée mais en mémoire de son père, parce qu'il l'emmenait là-bas quand elle était petite. En 1934, elle avait 13 ans. Pour l'avoir gardée par-devers elle, cette photo lui rappelait sans doute de bons souvenirs. Une journée heureuse avec son père. Une période bénie.

Sur la photo, Charles apparaît légèrement de profil, la tête bien droite et le regard au loin, sanglé dans un costume gris trois pièces. Il fait en effet petit monsieur. Petit monsieur sérieux. Un peu guindé. Pour donner une idée, il ressemble vaguement à Hitler. À Hitler détendu, dans l'intimité, au soleil, comme on le voit sur certaines photos prises au Nid d'aigle. Mais tous les hommes minces et petits de cette époque devaient ressembler à Hitler. Ou Hitler ressemblait banalement à n'importe qui. De toute façon, je parle du physique de Charles et de rien d'autre. Je ne parle pas de l'homme Hitler, de l'extermination des Juifs, de la folie haineuse. Je parle de Charles Pichon qui, ce jour-là, portait un chapeau noir de type trilby, typique des années 30. Il plisse les yeux à cause du soleil. En bandoulière, bien serré contre lui, comme pour empêcher qu'on le lui vole, l'étui d'un appareil photo Rolleiflex (peut-être un K2). Celui qui a probablement servi à prendre la photo. Qui l'a prise, d'ailleurs ? Marcelle ? Quelqu'un d'autre ? En voyant la photo, Penny m'a poussé du coude en me montrant la moustache que porte Charles. Une moustache en chevrons. « La même que celle de Jean Rochefort. Vous avez tapé dans le mille, Bmore », m'a-t-elle soufflé en clignant de l'œil. J'ai compris l'allusion au *Mari de la coiffeuse*. Cela m'a fait sourire.

92.1

C'est une autre photo, éventuellement prise au parc de Sceaux, elle aussi. Elle n'est pas datée. C'était peut-être le même jour que la photo de Charles, mais ce n'est pas certain. Marcelle paraît avoir moins de 13 ans. Plutôt 9 ou 10 ans. Mais je me trompe peut-être. C'était peut-être bien le même jour. En tout cas, c'est elle, c'est Marcelle enfant, en petite robe blanche à manches courtes, coiffée à la Jeanne d'Arc. C'est elle avec sa mère. Avec Eugénie Landré. Enfin la voici ! La fameuse Eugénie. La mère partie sans laisser d'adresse. Qui abandonna sa fille de 8 ans et on connaît la suite.

Sur la photo, elles sont toutes les deux assises dans de hautes herbes. Au loin, une rangée d'arbres touffus. C'est manifestement l'été. Marcelle se tient à genoux et, de ses deux bras, elle enlace le cou de sa mère, l'embrasse sur la joue, tout en fixant l'objectif. Eugénie sourit. Elle a un très beau sourire. Son visage est radieux. C'est une jolie femme. Très jolie même. Elle porte une robe en tissu satiné de couleur sombre qui laisse ses bras nus. Ses cheveux sont tirés en arrière. Elle aussi regarde l'objectif. C'est un moment heureux, par une belle après-midi ensoleillée. Sans doute Charles prend-il la photo, mais il a bougé, il a tremblé au moment d'appuyer sur le déclencheur car la photo est un peu floue. Si bien qu'on discerne mal le visage de Marcelle. À peine voit-on son œil qui s'écarquille. Sans être nette, on distingue mieux l'expression d'Eugénie (c'est donc sur elle que Charles faisait le point, si c'est lui qui tenait l'appareil ?). Cette photo a été prise bien après qu'Eugénie a divorcé de Charles car Marcelle a plus de 7 ans. C'est évident. Eugénie est-elle venue voir sa fille, le temps d'une promenade au parc, avec son ex-mari, en terrain neutre ? Cela lui arrivait donc ? Elle n'avait pas totalement disparu ? Pour une surprise, c'en est une !

Je comprends que Marcelle ait gardé cette photo. Ce fut peut-être la dernière la montrant avec sa maman. L'une des rares les montrant toutes les deux enlacées et heureuses, complices et réunies, comme si plus rien d'autre n'existait qu'elles deux. Quand elle regardait cette photo, Marcelle pouvait se voir embrasser sa mère, comme un baiser pour la vie. Peut-être pouvait-elle même retrouver son odeur, retrouver sa chaleur, tout retrouver. En tout cas, elle pouvait voir sa mère lui sourire et lui sourire d'un sourire qui jamais ne s'effacerait. Un sourire qui disait que sa mère l'aimait et l'aimerait éternellement, tandis qu'elle-même l'enlaçait et l'embrassait, l'avait toute à elle, pour toujours.

Sauf que non. Car la photo n'est pas seulement floue, elle jette aussi le trouble. Si on la regarde attentivement, si on se laisse imprégner par la scène qu'elle a fixée sur la pellicule, elle raconte une histoire différente de celle qu'elle propose au premier regard. Une histoire moins heureuse. Plus problématique. C'est dans les corps que ça se passe. Leur attitude. Ce qu'ils expriment. Marcelle se pend au cou de sa mère, de ses deux bras l'enlace fermement, dans un geste avide qui l'emprisonne, qui l'enserre, l'étouffe, jusqu'à l'obliger à se pencher, à subir cette étreinte, *alors qu'Eugénie ne veut pas !* Car on sent qu'elle résiste. C'est très net. Son corps dément son sourire. Ou plutôt, son sourire est la forme que prend à cet instant son embarras, sa répugnance. Comme lorsqu'il nous faut endurer une situation qui nous déplaît : nous préférons d'abord en rire, avant de tomber le masque et laisser éclater notre frustration si la situation s'éternise et passe nos bornes. Eugénie ne fait que consentir à l'étreinte de sa fille. Elle n'y participe pas activement. Au contraire. C'est de façon toute passive qu'elle laisse Marcelle l'enlacer et la prendre dans ses bras, sans lui témoigner en retour la moindre affection. Elle ne fait aucun geste en sa direction. Tandis que sa fille l'embrasse sur la joue, son visage penche de l'autre côté. Il tente de se dérober. S'esquive. Il ne cherche pas à rendre le baiser. C'est indicible, mais indéniable. Eugénie fait tout pour que Marcelle ne se doute de rien, elle lui dissimule sa froideur, mais la rebuffade est là, sous-jacente, patente, implacable. Ce pourquoi Marcelle s'agrippe d'autant plus férocement à elle ? Parce qu'elle sent bien que sa mère la rejette, même si elle le cache et, pour la photo, fait mine d'être heureuse et aimante ?

Le pire, c'est le bras gauche d'Eugénie. Il pend le long de son corps, inerte, en retrait, occupé à rien. Occupé en fait à ne témoigner aucune tendresse à sa fille. À ne surtout pas la toucher ! Ce bras, il est terrible. Il dit tout. La cruauté et son mensonge. Dans ce genre de situation, le bras de la mère vient naturellement prendre la taille de son enfant venu se jeter à son cou, pour une étreinte réciproque et chaleureuse, un bonheur partagé. Pas ici. Pas Eugénie. C'est plus fort qu'elle. Elle ne peut pas prendre sa fille dans ses bras. Elle ne peut pas lui donner ce qu'elle veut. Même son autre bras n'enlace pas Marcelle. On verrait sa main si c'était le cas. Ce que Marcelle embrasse, c'est un mur. C'est un refus. Un cœur mort. Une absence d'amour. On imagine, une fois la photo prise, Eugénie se lever vivement et s'écarter au plus vite de sa fille, secouer sa robe pour faire tomber les brins d'herbe comme si c'était Marcelle elle-même, soulagée que ce soit fini, heureuse d'être enfin débarrassée de cette gamine pendue à son cou comme un petit singe, sa fille qui cherche à l'avoir tout à elle, veut l'accaparer tout entière, la posséder et la dévorer de son amour, sans cesser de sourire pour la galerie. Pour Charles, d'abord, sûrement. Et pour sa fille, évidemment. Qu'elle et lui ne se doutent de rien. Ne souffrent pas. Mais pour elle également. Afin de préserver les apparences. Ne pas avoir à s'expliquer. Dissimuler sa culpabilité, si culpabilité il y a. Elle ne peut pas faire mieux, Eugénie. Elle n'a qu'une façade de mère à offrir. Un semblant d'amour maternel à donner. Elle n'aime pas sa fille, elle n'y arrive pas, alors qu'elle le devrait. Elle ne le sait sans doute que trop. Mais c'est ainsi. Elle n'a pas la fibre. Peut-être Marcelle était-elle aussi insupportable. Trop exigeante. Étouffante. Épuisante. Pauvre Marcelle. Pauvre Eugénie.

Bien sûr, une seconde plus tard, la photo pourrait montrer Eugénie couvrant Marcelle de baisers et l'aimant de tout son cœur. Mais je n'y crois pas.

Qu'est-ce qui est le pire : une mère qui bat sa fille parce qu'elle la déteste ou une mère qui sourit à sa fille pour lui faire croire qu'elle l'aime alors que c'est complètement faux ?

Entre une mère avare en sentiments et un père avare avec le camembert, Marcelle était mal barrée dans l'existence.

Définitivement.

92.2

Plus tard, c'est Penny qui m'a fait remarquer que, page 445, ma langue avait fourché et, l'espace d'une microseconde, emporté par les mots et le démon de l'homophonie, j'avais confondu Eugénie Landré avec Eugénie Grandet. Je ne croyais pas si bien dire ! Il s'agissait d'un lapsus révélateur par anticipation. Sauf qu'Eugénie Grandet, c'était plutôt Marcelle. Sa mère partie (et comment ne pas comprendre Eugénie Landré divorçant fissa d'un mari qui avait des oursins dans les poches ? Voilà que tout s'éclaire soudain !), c'était elle, Marcelle, qui avait été soumise, *sans pouvoir lui échapper*, à l'avarice d'un père dont, écrit Balzac, « l'esprit de despotisme ne cessa de grandir en proportion de son avarice ». Un père économisant sur tout : le chauffage, les vêtements, les loisirs, la *nourriture* (« À quoi vous sert donc de manger ! » s'exclame à un moment le père Grandet, et Marcelle d'apporter à la fin la réponse en se laissant mourir de faim ?), mais aussi les gestes, les paroles et les sentiments, « comptant au sou près les marques d'affection qu'il ne donnait pas car il s'agissait pour lui d'un prêt dont il attendait un jour qu'il lui soit remboursé avec les intérêts ». Un père dont la « figure annonçait une finesse dangereuse, une probité sans chaleur, l'égoïsme d'un homme habitué à concentrer ses sentiments dans la jouissance de l'avarice et sur le seul être qui lui fût réellement de quelque chose, sa fille, non parce qu'elle était la chair de sa chair, mais parce qu'elle était sa seule héritière et qu'il voyait en elle une espèce de coffre dans lequel il transférait son précieux argent, comme s'il s'agissait d'un compte en banque qu'il aurait ouvert sous un nom d'emprunt et dont il aurait la jouissance exclusive même après sa mort ». Et Marcelle avait grandi toute son enfance, et même toute sa vie, dans cette ambiance.

Elle avait été éduquée à la privation, à la parcimonie, au rationnement, à l'aversion pour la perte, jusqu'à être « si bien accoutumée à toutes ses façons d'avarice que son père réussit à les tourner chez elle en véritables habitudes ». Si bien qu'après la mort de son père, Marcelle était demeurée dans « cette maison où elle était née, où elle avait tant souffert, où sa mère l'avait abandonnée, faisant tout ce que son père aurait voulu qu'elle fasse », vivant comme avait vécu la pauvre Eugénie Grandet, « n'allumant le feu de sa chambre qu'aux jours où jadis son père lui permettait d'allumer le foyer de la salle, et l'éteignant conformément au programme en vigueur dans ses jeunes années ». L'appartement du 144 rue de Javel étant ce tombeau « sans soleil, sans chaleur, sans cesse ombragé, mélancolique, à l'image de sa vie ». Et Balzac de conclure : « Ce noble cœur, qui ne battait que pour les sentiments les plus tendres, devait donc être soumis aux calculs de l'intérêt humain. L'argent devait communiquer ses teintes froides à cette vie céleste, et lui donner de la défiance pour les sentiments. La grandeur de son âme amoindrit les petitesses de son éducation et les *coutumes* de sa vie première. Telle est l'histoire de cette femme, qui n'est pas du monde au milieu du monde ; qui, faite pour être magnifiquement épouse et mère (*sic*), n'a ni mari, ni enfants, ni famille. »

De Marcelle, voici un portrait qui, en plus d'être affligeant de tristesse, pourrait être très ressemblant. Sa mort ne décrit-elle pas très précisément une femme « qui n'était pas du monde au milieu du monde » ? Son père était bien un despote à la Kafka et on sait même pourquoi ! Voici que toutes les pièces du puzzle s'emboîtent, les unes après les autres, révélant le secret ! Ce n'est pas la première fois que la Bmore & Investigations trouve dans la littérature ou le cinéma matière à hypothèses et à *solutions*, considérant avec les plus grands historiens de l'époque moderne que l'histoire n'est pas seulement une affaire de dates et de faits, de généalogie familiale et de pratiques sociales, mais également celle d'œuvres de l'imagination. Ainsi Pierre Vidal-Naquet écrit-il dans *Le Chasseur noir* que son ambition a toujours été « de faire communiquer ce qui ne communique pas naturellement selon les critères habituels du jugement historique ». Quand bien même, ajoute-t-il, « certains de ces rapprochements peuvent paraître aussi singuliers, sinon aussi beaux, que la rencontre fortuite sur une table de dissection d'une machine à coudre et d'un parapluie ». Aussi incongru et même fortuit qu'il semble, le rapprochement d'Eugénie Grandet avec Marcelle Pichon est *beau*, lui aussi.

« Chaque homme sait, au fond de lui,
qu'il n'est qu'un tas de merde. »
Valerie SOLANAS, *SCUM Manifesto*

93

Il reste une dernière photo. Ou plutôt une série de photos. Toutes prises à Biarritz en 1964, à « l'été 64 », comme il est indiqué au dos de l'une d'elles. Je ne m'étais pas trompé sur la date. Toutes montrent Marcelle, parfois seule, parfois en compagnie de Paul. Ce sont leurs photos de vacances. Les photos de leur escapade amoureuse à Biarritz.

La première montre Marcelle sur un bateau, un genre de promène-couillons qui doit proposer des balades en mer car on aperçoit des touristes à l'arrière-plan. Assise sur un banc près du bastingage, elle retient ses cheveux d'un roux flamboyant que le vent emporte. Son bras en visière la protège du soleil qui l'éblouit. Elle regarde Paul qui la photographie. J'imagine que c'est Paul qui prend la photo. À lui qu'elle sourit. À qui d'autre ? Elle porte la même robe bleue à motifs moirés que sur la photo parue dans *Paris Match*. Elle semble heureuse. Elle a 43 ans mais fait moins. Beaucoup moins.

Sur une autre photo, Marcelle est assise dans des ajoncs, le buste droit et les jambes repliées sous elle. En contrebas, la surface miroitante de l'eau, qu'aucune vague n'agite ni ne trouble. La photo la surprend les deux mains en l'air en train de recoiffer l'imposante masse de ses cheveux, comme si elle venait d'être ébouriffée. Paul et elle viennent-ils de se faire des papouilles ? De faire des galipettes ? Dans les ajoncs ? En pleine nature ? C'est possible. La photo le suggère. Tant mieux pour eux. Marcelle porte cette fois une robe à grosses fleurs multicolores, très printanière, très années 60. La photo est en noir et blanc mais on imagine des roses vifs, des oranges pétants, des mauves flashy. Aux pieds, elle chausse des ballerines plates en toile blanche. Sa silhouette : fine et élancée. Son visage : radieux.

Sur les autres photos (il y en a une dizaine en tout), elle pose avec Paul, tous les deux assis sur un banc en fer, probablement dans un jardin offrant un point de vue sur l'océan. Ou debout avec lui à côté d'une Peugeot 403 blanche. Ou lovée dans le creux de son épaule, l'un et l'autre amoureusement enlacés sur le petit muret qui, sur la digue, longe la plage de Biarritz. Ou tous les deux allongés carrément dans la paille, à côté d'une grosse meule de foin, elle écoutant avec attention ce qu'il dit, les yeux baissés, tripotant quelque chose dans sa main, vêtue cette fois d'une jupe crayon de couleur grise et d'une petite veste blanche passée sur une marinière à grosses bandes bleues et blanches. Ou de nouveau à côté de la Peugeot blanche, la mer à l'arrière-plan, elle regardant quelque chose sur sa droite, les deux mains posées sur les hanches tandis que lui se tient derrière elle, sa main gauche posée sur celle de Marcelle. Ce jour-là, elle portait un pantalon violet avec des motifs cachemire et, tenu par des bretelles bleues, un ravissant caraco blanc joliment échancré.

À l'évidence, ils sont restés plusieurs jours à Biarritz. Sauf à imaginer Marcelle changeant de tenue trois fois par jour, comme au bon temps de sa période Fath.

D'après les photos, ils se photographient surtout à l'extérieur, en plein air, dans des lieux publics, dans la journée. Mais avec l'idée de rechercher un peu d'intimité dans des coins à l'écart, dans le foin ou dans des ajoncs, à l'abri des regards, après s'être éloignés du sentier côtier ou avoir pris la Peugeot pour aller dans les terres, trouver un endroit tranquille, loin de la ville et de la foule. En tout cas, aucun cliché ne les montre dans une chambre ou dans un espace clos. Et jamais le soir ! Exclusivement diurnes semblent leurs amours. Parce que Paul était marié et qu'il ne pouvait voir Marcelle que pendant la journée, de façon illégitime, avant de retrouver, la nuit venue, sa femme et ses gosses ? Où dormait alors Marcelle ? À l'hôtel ? Toute seule ?

93.1

Samuel nous a montré d'autres photos, dont une prise à Dieppe en 1962. On y voit Paul et Marcelle dans la rue, elle le regardant en souriant, lui fixant l'objectif avec un air d'épagneul breton. Il paraît moins fringant que sur la photo de *Paris Match*. À peine le reconnaît-on. Une autre photo, datée de 1969 celle-là, montre Marcelle vêtue de son fameux manteau léopard et tenant dans ses bras le non moins fameux petit lapin. Paul n'est pas sur la photo, mais on aperçoit un bout de la Peugeot 403 blanche. La même que celle de Biarritz. Tout s'éclaire ! Les pièces du puzzle s'emboîtent les unes après les autres. Ainsi Marcelle était-elle encore avec Paul à cette période. C'est lui qui la photographia tenant le petit lapin serré contre sa poitrine. Aucun doute, ils avaient une liaison. Une liaison qui perdura des années, entre au moins 1962 et 1969. Une liaison extraconjugale en ce qui concerne Paul ? J'en suis persuadé. Que ce soit à Dieppe ou à Biarritz, il se peut que Marcelle l'accompagnait ou le rejoignait secrètement, au gré de ses déplacements professionnels. Je n'en serais pas autrement surpris. Ils avaient leurs petits week-ends. Reste que toutes ces photos les montrent dehors. Jamais en intérieur. Comme s'ils n'avaient pas de chez eux. Pas de toit. Qu'ils ne pouvaient se rencontrer que dans des lieux publics, s'aimer que furtivement. Autre possibilité : les scènes d'intérieur et les photos disons « privées » ont disparu, si elles ont jamais existé. Ou ils avaient mieux à faire dans une chambre que se photographier. Ou Paul gardait pour lui les images coquines de leurs escapades, ne donnant ensuite à Marcelle que les photos les plus mondaines et inoffensives. Les plus sentimentales.

En tout cas, aucune des photos prises à Biarritz ne montre Paul posant seul devant l'objectif. Sur toutes, il se tient auprès de Marcelle, ou elle apparaît sans lui parce qu'il la photographie. Parce que c'est lui, l'homme, qui se servait de l'appareil photo et elle, la femme, qui était photogénique et s'offrait à l'objectif, selon une division du travail parfaitement intériorisée ? Parce qu'il l'aimait et voulait posséder son image en plus de son corps ? On sait que l'érotisme des hommes est volontiers voyeur, bien plus, si j'en crois mon expérience personnelle, que celui des femmes. Quoi qu'il en soit, Marcelle ne prend jamais Paul en photo. Elle ne photographie jamais son amant afin de garder une image de lui qu'il lui plairait de regarder plus tard à son aise, autant pour prolonger par les yeux un plaisir qu'elle prenait ailleurs que pour en explorer le mystère. Apparemment, elle préférait être contemplée plutôt que contempler.

93.2

Ce que je n'ai pas dit, ce qu'il faut que je dise maintenant que j'ai planté le décor, c'est que la petite dizaine de photos de Biarritz que Samuel nous a montrées. Photos que Marcelle conserva précieusement pendant des années. *Conserva jusqu'à sa mort.* Eh bien, Paul n'y figure pas ! Un jour, jour de grande fureur, jour de sauvage résolution, Marcelle prit une paire de ciseaux et, avec soin, elle découpa une à une chaque photo afin d'en ôter Paul. Clac clac clac, elle détoura à grands coups de ciseaux la silhouette de son amant pour la jeter à la poubelle. Elle ne détruisit pas les photos de Biarritz, non, elle raya son amant de la carte, elle le dépeça minutieusement, l'éviscérant tout entier de ses souvenirs, jusqu'à ce que, de lui, il ne reste rien, pas même un bras, un pied, une oreille, une mèche de cheveux.

Ainsi ne voit-on qu'elle sur les photos de Biarritz, à côté d'un espace vide, d'un blanc, d'un trou aux bords tranchants et rageurs. Là où se trouvait Paul, il n'y a plus que ses contours grossièrement silhouettés, comme un cadavre sur une scène de crime. On ne peut mieux exprimer la volonté de supprimer l'autre. L'ampleur d'un acharnement, entre fureur et dépit. Voilà qui dévoile un aspect méconnu de Marcelle. Une sensibilité à fleur de peau. Une aptitude à la violence. En même temps, nous ne sommes pas en bois. Tout le monde crie de douleur s'il a mal. Chacun connaît, a connu ou connaîtra des moments de haine, de fureur destructrice, de rancœur phénoménale, d'envies de meurtre. Rien de plus humain. Pas de quoi en faire une montagne. Chacun se débrouille comme il le peut avec ses frustrations et, à tout prendre, mieux valut que Marcelle découpe Paul et s'acharne sur son image, le massacre symboliquement, plutôt qu'elle lui plante une paire de ciseaux en pleine poitrine ou dans la gorge. Pour le coup, il n'y a pas photo.

Toutes les photos de Biarritz ont subi le même sort.

Sauf, j'y songe tout à coup, celle parue dans *Paris Match* !

Celle-là échappa au massacre.

Pourquoi ?

Pourquoi cette photo en particulier ?

Sachant que Samuel ne possédait pas cette photo.

Elle ne faisait pas partie des affaires de Marcelle qu'il récupéra à la mairie du 18e.

Les journalistes la volèrent-ils en 1985 ?

Puisqu'elle était intacte, les autres photos furent-elles alors mutilées *après* la mort de Marcelle ?

Mais pour quelle raison ?

Par qui ?

Un membre de la famille ?

Quelqu'un d'autre ?

À la demande de Paul ?

Paul lui-même ?

Mais sa photo avait paru dans *Paris Match* et il était trop tard pour éviter le scandale, si telle était sa crainte.

D'ailleurs, nul ne sait comment il réagit en découvrant son visage affiché pleine page avec Marcelle posant devant l'Artillerie.

Je ne m'étais pas posé la question mais je me la pose soudain.

Je me dis qu'il dut éprouver un petit choc.

Il l'eut peut-être mauvaise.

Il y eut, possiblement, des conséquences dans sa vie, dans sa famille, dans son travail, même si sa liaison avec Marcelle remontait à plus de vingt ans.

Quoi qu'il en soit, cela n'explique pas le mystère de la photo de *Paris Match* versus les autres photos de Biarritz.

J'avoue que je m'y perds.

D'autant que Paul n'a pas été découpé sur la photo de Dieppe.

Celle-ci est intacte.

Et si c'était le locataire chimérique qui avait trouvé les photos de Biarritz ? Tandis qu'il squattait le 183 rue Championnet. Dans un accès forcené de jalousie ? Puisqu'il voulait « venger » Marcelle ?

Bah non, puisque la police emporta les photos pour les mettre sous scellés.

De toute manière, je ne vois pas un homme s'amuser à découper des photos. Il les aurait déchirées, pas la peine de prendre des ciseaux. À tort ou à raison, j'y vois la vengeance d'une femme. Il faudra que j'en parle à Penny, mais il n'y a qu'une Marcelle jalouse, une Marcelle bafouée, une Marcelle meurtrie et terriblement furax pour avoir fait un truc aussi féroce et radical, dans un moment évidemment de crise, un accès de rage froide et exacerbée.

Pour avoir découpé Paul en rondelles, il fallut que celui-ci fasse quelque chose. D'une façon ou d'une autre, il fallut qu'il fasse souffrir Marcelle. Qu'il la vexe. La trompe et la trahisse. La dépite énormément. Par exemple : lorsqu'il rompit avec elle. La plaqua sans ménagement, un beau jour, en lui disant qu'il aimait finalement sa femme et ses gosses, il les avait toujours aimés, désolé, blablabla, air connu. Car pour moi, Paul était un homme marié et, désolé, mais il ne divorcerait jamais. Ou bien il avait rencontré une autre femme. Une jeunette de 20 ans. Un grand classique. Dans tous les cas, terminés leurs amours clandestines, leurs week-ends en amoureux. Finito ! Voici qu'il n'en pouvait plus de ses propres mensonges et il n'en pouvait plus d'elle qui les incarnait à ses yeux et jamais il ne l'épouserait, comme il le lui avait peut-être promis, à Biarritz peut-être, justement. Et Marcelle de voir rouge ! Marcelle de virer Paul des photos comme il l'avait virée de sa vie. De saccager les instants de bonheur qui avaient été les leurs à Biarritz et qui, désormais, lui brûlaient les yeux. Paul lui préférait sa femme ou une pouffiasse de 20 ans ? Okay. Pas de problème. Si c'était comme ça, elle aussi allait trancher dans le vif. Elle non plus ne supportait plus sa vue. Le Paulo, il lui sortait à présent par les yeux avec ses costards bien coupés, sa gueule triste de directeur d'usine, sa femme, ses gosses et ses scrupules de pervers catholique, sa lâcheté d'homme sans envergure. S'il voulait le savoir, elle ne pouvait plus le voir ni en peinture ni en photo. Œil pour œil. Qu'il débarrasse à jamais son plancher s'il l'avait larguée comme une malpropre, comme une pute, une « réformée ». Oust, du balai. Dent pour dent. On ne brûle que ce qu'on a aimé et j'imagine Marcelle, après avoir découpé Paul consciencieusement, ramasser toutes les petites figurines qui le montraient debout, assis ou allongé à côté d'elle sur les photos de Biarritz, les empiler dans le cendrier, craquer une allumette et les regarder flamber jusqu'à ce qu'il ne reste de son vieil amant désastreux qu'un petit tas de cendres.

Cela soulagea-t-il Marcelle ? Cela suffit-il à apaiser sa colère, son chagrin, son ressentiment, son *amour-propre* ? En tout cas, elle ne jeta pas les photos de Biarritz.

Des instants heureux passés avec Paul, elle voulut conserver le souvenir. Même amputées, elle conserva ces photos. Parce qu'elles étaient amputées, justement ? Pour se rappeler et ne pas oublier ? Comme une plaie jamais refermée ? Une cicatrice indélébile ? Un regret éternel ? Une fureur éternellement inassouvie ? Que voyait-elle lorsque, tombant dessus par hasard, elle regardait ces photos la montrant non pas seule à Biarritz, mais avec le fantôme de Paul bien présent, j'allais dire le cadavre de son ennemi, j'allais dire sa mère qui, pour être disparue, n'en gardait pas moins, sous la forme d'un trou béant, toute sa place dans sa vie ?

À condition que ce soit elle qui ait découpé les photos de Biarritz.

Sauf celle parue dans *Paris Match*.

Pourquoi ?

Je continue de me poser la question.

Cela m'agace de ne pas comprendre.

J'ai beau me gratter la tête, quelque chose m'échappe.

Quelque chose que je ne m'explique pas.

Quelque chose dont j'ignore l'importance et cela m'agace encore plus.

93-3

Ce sont ces photos mutilées de Biarritz que Samuel voulait absolument nous montrer. Les fameuses photos « bizarres ». Photos en disant « long » sur sa grand-mère. Nous allions voir ce que nous allions voir. Nous allions enfin comprendre qui était véritablement Marcelle. Car pour lui, ces photos témoignaient de l'hyper-narcissisme de Marcelle. Ce qu'il voyait, c'était Marcelle faisant le vide autour d'elle, n'hésitant pas à supprimer quiconque la gênait ou lui faisait de l'ombre, afin de demeurer seule dans la lumière, occuper tout l'espace, parader pour la galerie, concentrer tous les regards. Qu'à la fin, s'il ne devait en rester qu'un, que ce soit elle. Il suffisait d'ailleurs de bien observer son visage. C'était celui d'une femme qui se pavanait et s'adorait tellement qu'elle ne supportait aucune présence à ses côtés. « Regardez bien, s'était exclamé Samuel. Regardez donc ! Ce n'est pas pour rien si elle a découpé Paul et qu'elle s'est épargnée. Pas question d'écorner son image ! »

Si ces photos mutilées hérissaient tellement Samuel, c'était peut-être qu'elles lui parlaient de sa propre mutilation. C'est ce que je me suis dit. Elles lui rappelaient peut-être Marcelle ayant tout fait pour exclure de sa vie son fils, son père à lui, comme elle avait évincé Paul des photos de Biarritz. De l'un à l'autre, il faisait peut-être le lien. Il voyait la même volonté de nuire. La preuve d'un égoïsme sans borne. Dont Paul avait fait les frais, mais, avant lui, Pierre, son père. Ce fils dont Marcelle avait refusé qu'il fasse partie de son histoire, refusé de lui faire une place à ses côtés, refusé de l'aimer pour, au contraire, le nier, s'acharner à l'anéantir, l'effacer de sa mémoire, le découper en petits morceaux jusqu'à l'éliminer du paysage, jusqu'à souhaiter qu'il aille se faire tuer en Algérie. Ces photos étaient la preuve du crime maternel de Marcelle. Elles attestaient du mal qu'elle avait causé et dont lui-même, son petit-fils, par ricochet, avait payé le prix. Elles lui permettaient de visualiser la violence faite à son père et d'en ressentir l'injustice. De consolider la version détestable que celui-ci lui avait racontée. Ce n'était pas sa grand-mère qu'il voyait sur les photos, mais la Reine rouge ordonnant qu'on leur coupe la tête à tous. Là où, à côté d'elle, les photos laissaient un blanc, un vide, il voyait la tombe de son père. La tombe que Marcelle avait creusée à grands coups de ciseaux et dans laquelle elle avait jeté son fils comme si c'était aux cabinets. C'était tellement évident qu'il ne comprenait pas pourquoi je ne voyais pas la même chose que lui. Car je n'avais pas la même interprétation. Je me rappelle avoir dit que, pour ma part, je voyais surtout le geste d'une femme blessée. D'une femme en colère contre son amant parce qu'il l'avait trahie. Il ne fallait pas confondre le moment heureux où ces photos avaient été prises avec le moment hargneux où Marcelle les avait saccagées. Samuel n'était pas d'accord. Je n'avais pas insisté.

93·4

Plus tard, quelque chose m'a sauté aux yeux.

Quelque chose m'a plongé dans des abîmes de perplexité.

Des affres sans nom.

Sur les photos, on voyait donc Marcelle et Paul (ou ce qu'il en restait) dans plusieurs endroits à différents moments de la journée : assis sur un banc dans un jardin public, enlacés sur un muret le long de la plage de Biarritz, debout à côté d'une Peugeot blanche, allongés dans la paille et le foin quelque part dans la campagne, en dehors de la ville.

Qui avait pris ces photos ?

Qui ?

Ce ne pouvait être ni Paul ni Marcelle puisqu'ils étaient sur les photos.

Alors qui ?

Une troisième personne se trouvait-elle *tout le temps* avec eux, les accompagnant *partout*, les suivant dans tous leurs déplacements, les photographiant à tout bout de champ, comme un paparazzi, le cameraman d'une émission de téléréalité ?

Participant à leurs ébats ?

C'était fou, ça !

Cette présence permanente, invisible et muette, attachée à leurs basques, les mitraillant avec son appareil photo. Cette ombre se tenant dans leur ombre. Ce Truman Show soudain.

S'agissait-il d'un homme ou d'une femme ?
D'un Algérien travaillant à l'hôpital de Tizi Ouzou ?
Je plaisante.

Et si, sur les photos, ce n'était pas Paul qui avait été éliminé à coups de ciseaux mais *l'autre* ? Le troisième larron dont Marcelle ne voulait garder aucun souvenir. Comme Jeanne Dielman frottait à l'eau de Javel l'édredon vert que maculaient les hommes qu'elle recevait chaque jour à 17 heures, jusqu'à ce qu'il ne reste rien de leurs étreintes tarifées, sinon des auréoles de tissu brûlé par le détergent ?

Parce qu'il avait fait un truc qui lui avait déplu, un truc bien moche ? Parce qu'il n'avait rien à faire sur les photos, salissait a posteriori le souvenir de Biarritz ? Puisqu'on ne voyait pas de qui il s'agissait, tout était possible. Oh vertige !

On regarde une photo et on oublie qui l'a prise.

Dans les photos de Biarritz, le plus important était peut-être ce qu'on ne voyait pas, celui qui n'y figurait pas, ne pouvait pas être sur les photos car il se trouvait hors champ, car il les prenait.

Le plus important, c'était peut-être celui qui avait voulu qu'on voie ce qu'il voyait, sans se faire voir cependant et que voyait-il alors ? Que photographiait-il exactement ? Que représentait pour lui ce couple qui s'aimait devant lui, sous ses yeux ?

Ou bien Paul avait chaque fois demandé à une bonne âme de les prendre en photo. Même tandis qu'ils étaient dans les ajoncs au bord de l'eau ? Je n'y crois pas. Ou bien il installait l'appareil photo sur une pierre et déclenchait le minuteur. Mais dans la photo où Paul et Marcelle sont allongés dans les foins, ils sont pris en plongée et il aurait fallu que l'appareil photo soit posé en hauteur, avec le bon angle d'inclinaison. J'y crois encore moins. J'avais déjà émis ces deux hypothèses avec la photo parue dans *Paris Match,* mais j'y renonce à présent. La photo de *Paris Match* que Marcelle épargna et je ne sais toujours pas pourquoi.

Mais peut-être Marcelle voulut-elle conserver intact au moins un cliché de ses amours biarrotes avec Paul. Une photo où elle les trouvait trop beaux tous les deux pour en détruire le souvenir. Où elle le trouvait, lui, particulièrement photogénique, et elle pareillement. Cette photo devenant iconique à ses yeux. Une vraie photo de magazine ! Digne d'être publiée dans *Paris Match* justement, lors d'un reportage sur Grace Kelly et Rainier de Monaco. Ce pourquoi elle échappa aux coups de ciseaux ? En tout cas, c'est, et de loin, en toute objectivité, la meilleure de la série. S'il ne fallait conserver qu'une seule photo de Biarritz, ce serait celle-ci. Les journalistes de *Paris Match* ne s'y sont pas trompés. Ici l'explication ? Quelqu'un a-t-il une autre hypothèse ?

Tant d'inconnues, tant de possibilités, à chaque fois, en permanence.

Toujours des questions, encore des questions, et si peu de réponses !

Je n'en peux plus.

J'en ai MARRE !

Et j'imagine ne pas être le seul.

Maintenant que Penny et moi avons découvert où se cachait le journal de Marcelle, nous ne sommes pas tenus de faire des heures supplémentaires.

Basta !

J'ai compris que cette histoire était sans fin.
Qu'au bout du compte, on ne peut rien savoir avec certitude.
On ne peut pas tout élucider.

Il était couru d'avance que Marcelle allait garder nombre de ses secrets, de mystères, de zones d'ombre.

Insaisissable est la réalité d'un seul individu.
Bien trop foisonnante et complexe elle est.
Une équation à un milliard d'inconnues et autant de variables.
Un chaos qu'aucun ordinateur ne peut modéliser.
Je m'en doutais en commençant cette enquête, j'en ai désormais la confirmation.

Je savais dès le départ que seulement 10 % de l'Univers sont observables et, comme prévu, 90 % de qui était Marcelle Pichon vont demeurer inaccessibles.

Si c'était cela que je voulais démontrer, c'est réussi.

« Que vienne la nuit, que sonnent les heures, que les jours s'en aillent, que les souvenirs s'estompent. »
Georges PEREC, *Un homme qui dort*

94

Encore Penny.

Que deviendrais-je sans elle ?

Nous étions dans le train qui nous ramenait à Paris, nous étions bientôt arrivés, pas trop tôt, j'étais fourbu, flapi, tout à fait somnolent, lorsque Penny s'est soudain agitée à côté de moi. Fébrilement, elle s'est mise à fouiller dans ses poches. À retourner son sac. À refouiller dans ses poches. Retourner de nouveau son sac. Elle cherchait de toute évidence quelque chose qu'elle ne trouvait pas. Je l'entendais pester, jurer ses grands dieux que si jamais elle l'avait perdu... De quoi parlait-elle ? Perdu quoi ?

Je la regardais s'énerver sans comprendre. Lorsque son visage s'est illuminé. Dans sa main, elle tenait un bout de papier froissé, presque une boulette. Il s'agissait d'un fragment de la nappe du restaurant où nous avions déjeuné à Ouistreham avec Samuel, sa femme et leurs enfants. Penny m'a fièrement tendu son bout de papier, un sourire jusqu'aux oreilles, totalement aux anges.

J'ai pris la chose.
L'ai dépliée.
Dessus, il était écrit au Bic bleu une suite incompréhensible de lettres et de chiffres.

– C'est quoi ? Un code secret ? Un nouveau jeu ?
– C'est le numéro de la plaque minéralogique de la Peugeot 403 blanche qu'on voit sur les photos. Vous n'aviez pas remarqué ?
– Mais non, je n'ai pas fait attention. Cela m'a échappé.
– Heureusement que celle-ci à l'œil ! La plaque était visible sur la photo où Marcelle se tient les mains sur les hanches et celle-ci s'est empressée de noter le numéro. Et pas qu'un peu ! Oui, c'est la bonne immatriculation. Celle-ci a vérifié trois fois. Imaginez Bmore. La Peugeot 403, c'était sûrement celle de Paul. Vous comprenez ce que cela signifie ? Ce numéro, il pourrait nous conduire à lui. Nous pourrions enfin savoir qui il était. C'est fou, non ? Cela ne vous donne pas envie de danser tout nu dans le TGV ?
– Ne vous gênez pas pour moi. Remontrez-moi le numéro. C'est un 5 ou un 6, là ?
– La plaque, c'est 257 HD 75. Voilà notre Sésame !
– Et si c'était la voiture de Marcelle ? On serait bien avancé.
– Et si c'est la voiture de la troisième personne ? Hein ?
– Vu sous cet angle…
– Allons, Bmore. Ça ne va pas ? Vous avez vos règles ?
– Bmore, il est claqué. Il a un coup de mou. Voilà ce qu'il a. Il n'en peut plus de faire des recherches. Encore

des recherches, toujours des recherches. Ras-le-bol. Vous n'êtes pas fatiguée ? Nous avons fait le job, Penny. Nous avons retrouvé le journal. Que vous faut-il de plus ?

– Mais il s'agit de Paul ! Le grand amour de Marcelle. L'homme qu'elle a zigouillé avec une paire de ciseaux. Celui à propos duquel nous nous sommes posé tellement de questions.

– Il n'est pas le seul. Vous oubliez le « locataire chimérique ». Pour ne citer que lui.

– Oui, mais là, nous avons une piste. Une piste solide, vraiment sérieuse. Cela vaut la peine d'essayer. On ne peut pas rater cette occasion. Elle est trop belle. Elle est inespérée !

– À condition qu'il existe quelque part un fichier recensant les immatriculations des années 60. Je vous rappelle que tout ça remonte à une bonne soixante d'années et, à l'époque, rien n'était numérisé. Pour moi, les registres ont sûrement été détruits. Et quand bien même ce ne serait pas le cas, comment y avoir accès ? Vous cachez dans votre manche une baguette magique ? Sérieusement, Penny. C'est mission impossible.

– Les missions impossibles, cela vous connaît, non ? C'est même une manie chez vous. Sauf que vous êtes Bmore de la Bmore & Investigations et non monsieur Phelps de la CIA. Nous sommes des détectives, des vrais. Pas des enquêteurs qui bossent pour l'État ou pour du fric mais des amateurs dans le sens le plus noble du terme. Amateur vient du verbe aimer, Bmore. Vous comprenez ? Nous avons une réputation à tenir. Nous sommes une équipe. On se soutient depuis le début. Si vous avez un coup de moins bien, celle-ci vous porte sur ses épaules et vice versa. C'est comme ça que ça marche. De quoi aurions-nous l'air si nous laissions tomber maintenant ? Tout le monde dirait que nous sommes à côté de la plaque.

– À côté de la plaque. Ah ah. Très drôle.

– Celle-ci fait ce qu'elle pneu pour vous regonfler le moral.

– C'est bon, n'en jetez plus. Redites-moi le numéro.

– 257 HD 75.

– C'est vrai que retrouver la trace de Paul serait la cerise sur le gâteau. Surtout à partir de l'immatriculation de sa Peugeot. Cela aurait de la gueule. Ce serait drôlement fortiche de notre part. Notre dernier coup d'archet.

– Vous imaginez s'il est encore vivant ? Ce qu'il pourrait nous dire sur Marcelle.

– Calmos, Penny. Ne vous emballez pas. Nous n'en sommes pas là. Tout ce que nous avons pour l'instant, c'est cinq chiffres et deux lettres. Quant à Paul, le pauvre doit être mort à l'heure qu'il est. Cela doit même faire un bail. Ou alors il sucre sacrément les fraises.

– Celle-ci adore les fraises.

94.1

Mais voici qu'une angoisse me vient, qui n'a aucun rapport avec Marcelle et, cependant, elle doit en avoir un puisqu'elle me vient là, tout de suite. Est-ce parce que les dieux sont en colère ? En tout cas, depuis trois ans que la Bmore & Investigations s'est lancée sur les traces de Marcelle Pichon, pile depuis cette date, les volcans entrent en éruption les uns après les autres. Aux quatre coins de la planète, ils n'arrêtent pas de se réveiller et la Terre de cracher le feu comme jamais. Aux Canaries, c'est le Cumbre Vieja, de l'île espagnole de La Palma. En Islande, le Fagradalsfjall vomit sa lave depuis six mois. Il y a aussi le Taal aux Philippines. Et le Rincón de la Vieja au Costa Rica. Le volcan Nyamuragira en République démocratique du Congo. Le Piton de la

Fournaise, à la Réunion. Le Pacaya s'est d'un seul coup réveillé au Guatemala, ainsi que la Soufrière aux Antilles. Même l'Etna en Sicile. Et le San Cristóbal au Nicaragua. Le Sinabung en Indonésie. Le Kilauea à Hawaï. Le White Island en Nouvelle-Zélande. Et le Stromboli de nouveau en Italie. Et le mont Asama au Japon. Et le Tangkuban Perahu, en Indonésie. Le Raikoke dans l'océan Pacifique. À Bali, l'Agung a provoqué un tsunami. Sur l'île des Célèbes, le Soputan s'est réveillé. De même que le Semeru, à Java. Et, tout récemment, au large des îles Tonga, l'éruption du Hunga Tonga-Hunga Ha'apai a lui aussi engendré un puissant tsunami et à qui le tour ? C'est quoi cette activité volcanique partout dans le monde ? Cela fait tout de même beaucoup de volcans se mettant à cracher le feu, comme s'ils s'étaient passé le mot. Il n'y a que moi pour m'inquiéter de ces éruptions en chaîne ? C'est quoi le message (qui se détruira dans les trente secondes) ? N'est-ce pas bizarre ? Est-ce à cause de Marcelle ? Ou bien quoi ?

« It's not a big deal, dad. »
Succession, Saison 1, épisode 7

95

Je reviens sur le « troisième homme » qui se trouvait avec Paul et Marcelle à Biarritz.

Je ne sais pas pourquoi, mais je suis persuadé qu'il s'agissait d'un homme.

Je sais trop bien pourquoi.

Incroyable tout de même comme la vie de Marcelle Pichon n'a cessé de me renvoyer à la mienne.

À moins qu'il s'agisse d'un biais d'identification.

Un biais de plus, faussant les choses, inéluctablement.

Pourtant, je n'ai pas inventé « l'inconnu de Biarritz ».

Il y avait bien quelqu'un, à Biarritz, qui prenait Paul et Marcelle en photo.

Quelqu'un *d'autre*.

Si je l'ai inventé, c'est au sens où les chercheurs de trésors « inventent » le magot qu'ils trouvent. C'est au sens où la physique quantique établit que, par sa seule présence, l'observateur modifie l'objet qu'il observe.

Lorsque le sage montre la Lune, que faut-il regarder ? La Lune ? Son doigt ? Son autre main ? Ses pieds ? La tête qu'il fait ? Le Soleil ? Nous en train de le regarder en train de pointer du doigt la Lune ? Ceux qui, avant lui, ont montré la Lune du doigt ? Etc.

C'est quoi un sage ?
C'est quoi un doigt ?
C'est quoi la Lune ?
Si quelqu'un le sait, qu'il lève le doigt.

Bref.

Cette histoire de Biarritz a été un déclencheur.

Je ne l'ai pas dit à Penny, mais peu après notre *trip* à Ouistreham, je suis allé voir mon père dans sa retraite à Mimizan.

Je l'ai appelé et je lui ai dit que j'avais quelque chose à lui montrer.
Rien de grave, qu'il ne s'inquiète pas.
Je n'avais aucunement l'intention de le brusquer à 84 ans.
Je venais en paix.

J'avais juste envie de savoir la vérité.

Fort de mon test ADN, je voulais connaître l'identité de l'homme qui se trouvait avec Paul et Marcelle à Biarritz, pendant l'été 1964. Euh, l'homme qui se trouvait avec lui et ma mère à Tizi Ouzou, en octobre 1959. Celui dont j'étais le fils, génétiquement parlant. Cet inconnu dans mon équation personnelle. Il était temps que je sache. Qui il était. Comment il s'appelait. À quoi il ressemblait. S'il savait pour moi. Etc.

Tout ce que mon père pourrait me dire serait précieux.
J'étais prêt à tout entendre.
Qu'il ne soit pas avare en renseignements.
Pas embarrassé non plus.
Drôle comme nous devenons pudiques dès qu'il s'agit de dire ce que nous savons.
Ce qui en dit long sur la valeur de ce que nous disons ordinairement.

Le fossé entre les mots et les actes : pouvions-nous le combler, lui et moi ? Tous les deux ensemble ? J'avais 60 ans, je n'étais pas un ado bourré d'hormones œdipiennes et il pouvait tout me dire. Je n'allais pas lui exploser au visage. Je ne piquais pas ma crise. Ce n'était pas son procès. Cela resterait entre nous. Nous pouvions parler comme deux adultes responsables, j'allais dire consentants, mais cela aurait quelque chose d'un peu ambigu. Je n'avais aucun compte à régler. Aucun reproche à faire. Je n'étais pas juge. En aucun cas. Ce serait le meilleur moyen de ne pas obtenir ce que je voulais. Qui juge rétrécit son champ de connaissance. Qui juge ne veut pas écouter mais prendre le pouvoir, monopoliser la parole, faire taire l'autre, clore les débats.

De toute façon, j'avais assez vécu pour savoir que la vie n'est pas une ligne droite tracée d'avance que les individus suivent docilement comme si, de la naissance à la mort, nos existences roulaient sur des rails. Nous ne sommes pas des TGV. Nous pouvons ouvrir nos fenêtres. Nous empruntons parfois des chemins de traverse et nous traçons notre route au fur et à mesure que nous avançons, poussés par nous ne savons trop quoi et attirés par nous ne savons trop quoi non plus, au gré des événements, des rencontres, des accidents de terrain et de tout un tas de choses trop longues à lister ici. La chance, par exemple. Les névroses sociales et familiales, par exemple. Ce que les ligues de vertu et autres inquisiteurs ne comprendront jamais. Eux veulent la vie sur des rails bien droits, parfaitement parallèles, qui jamais ne se croisent ni bifurquent. Eux postulent un monde harmonieux et ils s'offusquent que la réalité démente leur postulat de départ, sans se dire que c'est peut-être leur postulat de départ qui est tout simplement faux et aberrant. Au lieu de partir de ce qui est, ils s'acharnent, jusqu'à la fureur parfois, à corriger la réalité afin qu'elle coïncide à *leur idéal*. Ces pauvres d'esprit prennent tout à l'envers, ils ne font qu'empirer les choses et ce n'est évidemment pas ma façon de voir et de penser. Je suis pour la vertu qui admet l'imperfection des êtres et des choses et il n'avait donc aucun souci à se faire. Il n'avait rien à craindre de moi. Je n'étais pas une *menace*. Nous pouvions aborder cette zone trouble de ma généalogie sans nous troubler nous-mêmes. Mettre les pieds dans le plat de notre famille sans éclabousser tout partout. Parler des conditions de ma naissance comme si elles concernaient quelqu'un d'autre que moi. Cette mise à distance-là. Qu'il se sente libre de parler. Qu'il libère sa parole, c'était à la mode.

Du reste, il en brûlait peut-être d'envie. Depuis le temps, il voulait peut-être se soulager, vider son sac, en finir avec les non-dits. Qu'est-ce que j'en savais ? Je voulais savoir, justement. Et c'était le moment ou jamais. Qu'il saisisse cette occasion. C'était aussi son moment. C'était notre moment à tous les deux. Un moment Bmore père & fils. Si cela pouvait le mettre à l'aise, il n'avait qu'à oublier que j'étais son fils. Qu'il s'imagine parler à un étranger. Pas à un Algérien, non, pas forcément, enfin, il comprenait, à un ami n'ayant aucun lien de parenté avec lui. C'était de circonstance, non ? Pour ma part, j'étais très serein. En plus, il y avait prescription.

Je voulais juste savoir. Assouvir ma curiosité. Qu'il me raconte. Simplement. Sérieusement. Honnêtement. Ce qui s'était passé à Tizi Ouzou. *Pourquoi j'étais sur Terre ?* Il pouvait faire ça pour moi ? Me dire ce qu'il savait ? Ce qu'il se rappelait ? Le moindre détail avait son importance. Il n'imaginait pas ce que j'étais capable de tirer d'une date ou d'un nom. J'étais détective privé à présent. Il n'était pas au courant ? J'agissais d'ailleurs dans le cadre d'une enquête que je menais depuis trois ans. Ce serait trop long à lui expliquer. Et ce n'était pas le sujet. Il voulait bien ne pas changer de sujet ? Allez, un bon mouvement. Est-ce que j'en faisais tout un drame ? Une question existentielle ? Que nenni ! Que lui et maman se soient envoyés en l'air avec un interne de l'hôpital de Tizi Ouzou, cela les regardait. Ce n'était pas mon histoire. Je m'en fichais comme d'une guigne. Je trouvais cela plutôt rigolo. En revanche, l'homme avec qui je partageais la moitié de mes gènes, voilà qui me regardait. Ce n'était pas compliqué à comprendre. C'était une demande très raisonnable. Vraiment légitime. Il s'agissait finalement d'un sujet de conversation comme un autre. Un peu plus sensible qu'un autre, mais pas tellement plus. On n'avait qu'à dire qu'on parlait d'une toile de Pollock. Ou de la recette de la pâte à crêpes. D'une chaise Louis XV. Peu importe. Tout est matière à discussion.

D'accord, ce n'est pas un très bon exemple car il est extrêmement difficile de discuter de quoi que ce soit, même avec des gens qui nous veulent du bien. On veut parler d'un truc et, en deux temps trois mouvements, on se retrouve à parler d'Untel qui a dit ceci et de Machin qui a osé dire cela et c'est fichu : il n'est plus question du truc dont on voulait parler au départ. Il a disparu comme par enchantement et on ne parle plus que des uns et des autres. C'est nous maintenant le sujet de la conversation, parce que ce que veulent les gens, c'est parler d'eux. C'est crier au monde qu'ils existent et s'imposer aux autres et je ne voulais pas de ça avec mon père. Ce n'était ni lui ni moi la question mais ce qui s'était passé à Tizi Ouzou soixante et un ans et neuf mois plus tôt. C'était mon géniteur le sujet, pour utiliser un langage d'éleveur de bovins. Pas question de perdre de vue cet objectif. Ce que je voulais, c'était obtenir des *informations*.

Un nom,
des dates,
des faits.

Rien de personnel. Surtout pas d'avis, d'opinions, d'impressions, de psychologie, de blablas. Surtout pas *d'affects*. Les affects sont une plaie. Ils sont tyranniques, despotiques, égocentriques, stupides et brutaux. Surtout, ils sont sourds à tout ce qui n'est pas eux. Impossible de discuter avec les affects, les siens comme ceux des autres. C'est la dernière chose à libérer en société. Ce pourquoi il fallait les laisser au vestiaire. Tout ce qui m'importait, c'était qu'il me parle de ma moitié maghrébine. Il serait toujours temps, une fois qu'il m'aurait tout raconté, de songer à ressentir quelque chose. J'aviserais à ce moment-là.

J'étais d'ailleurs curieux des répercussions intellectuelles et émotionnelles de ce qu'il allait m'apprendre. De cela aussi j'étais curieux. Qu'allais-je faire de la vérité ? À cet instant, je n'en avais pas la moindre idée. À cet instant, j'avançais sur des œufs. Il allait falloir que je sois malin. Que je la joue fine. Car j'ignorais comment mon père allait réagir. Je redoutais sa réaction lorsque je lui montrerais le papier indiquant que je possédais, venant de ma lignée paternelle, 49,3 % de gènes nord-africains, qui plus est typiques des populations natives de la région de Tizi Ouzou.

Je l'avais déjà vu s'énerver. Il était doux et réservé en temps normal mais il pouvait piquer de terribles coups de sang. Une fois, je l'avais vu entrer comme une bombe dans un bar bondé de bikers patibulaires parce que leurs Harley bloquaient sa 2CV. Et les types avaient déplacé leurs engins. Hop hop hop. Il m'avait épaté ce jour-là. Fait peur aussi puisqu'il ne se contrôlait pas du tout à ce moment-là. Une espèce de Hulk. Je pouvais donc m'attendre à tout. J'allais tout de même aborder avec lui un sujet dont nous n'avions jamais parlé ensemble. Dont nous nous étions bien gardés. Un sujet qui, ma mère étant morte, l'impliquait maintenant autant que moi.

Le pire, me disais-je, serait qu'il se mette en colère, m'envoie balader, se dérobe, dissimulant son malaise derrière un emportement brisant net la discussion, interdisant à la vérité de sortir du puits, au jour de se lever. Une violence dont je ferais les frais. Cela qui serait le pire. Que mon père me claque la porte au nez et que je me retrouve comme un con avec mon test ADN. Pour le coup, je ne savais pas comment, moi, je réagirais si les choses tournaient vinaigre. Si je conserverais mon calme. Si quelque chose d'enfoui très profondément, quelque chose de rouge et d'incandescent et d'hirsute ne remonterait pas à la surface. Notre rencontre allait décidément être très intéressante. Vraiment instructive. Elle risquait d'avoir des conséquences, dans un sens ou dans un autre. Mais ce ne serait pas de ma faute. C'est lui qui avait les cartes en main. Ce n'était de toute façon pas de ma faute. Cela ne l'avait jamais été. Je n'y étais pour rien si j'étais moitié français moitié algérien. Un bâtard, disons le mot. Cela dit, je préférais largement que les choses se passent bien entre nous. Que tout se passe en bonne intelligence. Voilà. En bonne intelligence. Une bien belle expression que celle-là. Tombée en désuétude si j'en juge l'ambiance générale. Aucun doute, j'avançais en terrain miné. Tout dépendrait de mon père et de ce qu'il me dirait. Comprendrait-il ? Pouvait-il déchirer le voile, le silence, le mensonge ? M'ouvrir les yeux ? Faire ça pour moi ? S'il te plaît ? Papa ?

95.1

Voilà comment j'imaginais les choses.

Cela que je me disais en allant le voir, tout là-bas, à Mimizan, et ce n'est pas de la tarte en train depuis Paris. Il faut près de cinq heures, avec une correspondance en gare de Labouheyre ou d'Ychoux, selon les horaires.

J'ai retrouvé mon père en fin de matinée. Il faisait beau temps. Il avait l'air en forme. Le teint frais. La barbe parfaitement taillée. Il gambaderait sans des douleurs persistantes dans le dos et à la hanche. Il marchait à présent difficilement. Sensation d'être fragile. J'aurais préféré l'emmener au restaurant, qu'on se parle en terrain neutre, dans un endroit cosy, mais il aimait mieux qu'on reste chez lui, ce qui m'angoisse toujours un peu, pour des raisons qui remontent à très loin. Il avait acheté du poisson pour le déjeuner. « Et pas besoin de masque ici. Pas besoin de passe sanitaire », a-t-il rigolé. Il a décapsulé deux bières. On a parlé de choses et d'autres. Puis je me suis lancé.

95.2

Un miracle !

Toutes mes craintes : envolées !

La conversation entre nous s'est magnifiquement déroulée. Pas de drame, pas de crise, pas d'affects ni de réactions émotionnelles inappropriées. La bonne intelligence comme je l'espérais. Ouf ! Mon père a été impeccable. Attentif. Généreux. À l'écoute. Il ne s'est pas énervé. Il n'a rien esquivé. Il m'a répondu honnêtement. En toute franchise il m'a dit tout ce qu'il savait. C'est-à-dire rien du tout.

Car il tombait des nues.

Il avait regardé mon test ADN. Me l'avait rendu. Il ne comprenait pas. Il ne se doutait de rien. J'étais son fils. Je l'avais toujours été. C'était quoi cette histoire ? Non, il ne se rappelait pas. Il me le jurait. Il voyait bien que j'étais déçu, il était désolé, mais il disait la vérité. Il ne pouvait rien me dire sur mon… sur mes 49,3 % de gènes algériens. Il ne voyait pas d'où ils venaient, de qui ils pouvaient provenir. Il ne contestait pas les chiffres mais, bon, c'était fou ça ! Il était aussi surpris que moi. Vraiment navré de ne pas pouvoir m'aider. Il aurait bien aimé sincèrement, il comprenait que cela puisse être important pour moi, mais il ne savait rien. Ni d'un quelconque interne de l'hôpital de Tizi Ouzou ni de personne. Que pouvait-il me dire d'autre ? Il ne savait rien. N'avait aucune explication.

D'accord, papa, ai-je fait.
Tant pis.
Pas de problème.

Je m'attendais à tout sauf à ça.

À un moment, il m'a semblé percevoir dans ses yeux comme un flottement, une interrogation, presque une tristesse, comme s'il se demandait tout à coup si sa femme, ma mère, n'avait pas eu à Tizi Ouzou une liaison sans qu'il le sache. Je crois qu'il s'est fugacement posé la question. Je n'ai pas insisté. Je me suis senti gêné s'il n'était au courant de rien.

Pourtant, il était présent lorsque, il y avait de cela une éternité, je l'avais convoqué avec ma mère pour qu'ils m'expliquent, eux mes parents, ce qui s'était passé à Tizi Ouzou. Parce que j'avais entendu des rumeurs. De la part de mon frère, notamment. Il était temps d'ouvrir la malle aux secrets de famille. De cracher le morceau. Qu'ils assument ma naissance. Que je sache ce qu'il en était réellement. Ce devait être vers l'année 1984 ou 1985, peut-être en 1986. J'avais autour de 25 ans. Je me le rappelle parce que c'était après ma rupture avec F. C'était lié à cette rupture. J'étais psychiquement au plus mal à l'époque, j'avais l'impression de devenir fou, j'avais besoin de *certitudes*, il en allait de ma santé mentale et c'est bizarre, hasard des coïncidences, mais Marcelle se suicidait à peu près au même moment. Je n'étais manifestement pas le seul à en chier dans ce monde pourri.

En tout cas, je revois mon père et ma mère assis sur le canapé de la maison de Mimizan et moi leur faisant face, assis sur une chaise, à la fois fiévreux et très calme, comme à la barre d'un tribunal, tenant le rôle du procureur et eux celui de témoins, sans que je sache si c'était de la défense ou de l'accusation. Il y avait du feu dans la cheminée et j'entends encore ma mère me dire que j'étais un « enfant de l'amour », me parler de « l'interne de Tizi Ouzou », des spermatozoïdes qui fusionnent dans le vagin de la femme pour donner naissance à un « mutant ». *Et cetera*. Mon père était là. Il avait entendu ce que disait sa femme (ma mère). Il était assis à côté d'elle sur le canapé. Et il n'avait pas bronché. Il n'avait rien dit. Son silence valait approbation. Il serait intervenu si ma mère (sa femme) avait raconté des conneries. Surtout des conneries aussi délirantes. Aussi vénéneuses. Il ne l'aurait pas laissé faire. Il m'aurait protégé.

Non ?
Si ?
Et aujourd'hui, rien ?
Plus d'interne de Tizi Ouzou.
Plus de mutant.
Plus rien.
Plus personne.
Du vent.
Des nèfles.

Et il semblait sincère.
Il tombait réellement des nues.
Je voyais bien qu'il était surpris, tout à fait pris de court.
Il ne simulait pas ni ne cherchait à se dérober en feignant l'amnésie.

Devais-je supposer un déni de réalité ?
Avait-il tout refoulé ?
Ou avait-il raison et la vérité n'était-elle que cette chiffe molle ?
Et si c'était moi qui, depuis le début, avais tout inventé ?
Avais tout *fantasmé* ?
Était-ce possible ?
Devais-je me faire soigner de toute urgence ?

Mais je n'étais pas fou.
Je n'avais pas rêvé.

Le test ADN en témoignait !
Ouf !

N'empêche, tout cela ne m'arrangeait pas du tout.
J'étais encore moins avancé qu'au début.
Bien ma veine.

À Biarritz comme à Tizi Ouzou, le « troisième homme » demeurerait donc une énigme.
Un fantôme.
Un mystère complet.
Une ombre cachée dans l'ombre.
Un grand Autre.
Ainsi soit-il.

C'était ce qui s'appelait perdre sur tous les tableaux.

À un moment, mon père m'a dit que son groupe sanguin était B+. Un groupe très répandu chez les Asiatiques. Comme quoi.

95·4

Il m'a ensuite raconté sa vie d'appelé à 20 ans en Algérie. Il avait eu de la chance. Au « foyer territorial » de Tizi Ouzou, il avait été affecté à l'Action sociale des forces armées. L'ASFA. Il était vaguemestre. Lors de ses classes, il avait demandé à être sous-officier. Sa requête n'avait pas été acceptée. Mais deux mois après son incorporation, sa hiérarchie lui avait proposé de monter en grade. Il avait refusé. (« Pas me prendre pour un con non plus. ») Il était donc resté 2e classe, avant de finir 1re classe, parce que devenu le secrétaire du commandant de la caserne, c'était un minimum.

Concrètement, il était affecté au service de son commandant (« Il s'appelait Beffre, il venait de Millau, un type très sympathique, très compétent »), mais aussi à des tâches administratives, aux relations avec les appelés du contingent et avec la population locale. Il ne manquait pas de travail. Il ne se tournait pas du tout les pouces. Il rendait service à des tas de gens. Il réglait les problèmes. Il lui arrivait d'aller récupérer à l'extérieur de la ville une femme, un type ou une famille que le FLN menaçait. Il s'occupait aussi d'organiser le camion-cinéma qui faisait la tournée des postes avancés dans les montagnes pour projeter des films, les mêmes que ceux qui passaient en exclusivité en France. (« L'important dans la vie, c'est de faire quelque chose d'utile. De servir à quelque chose. »)

Il n'avait jamais fait partie d'une unité combattante. Jamais torturé personne. Mais il était au courant… Il voyait les blessés de retour de patrouille. Des légionnaires venaient régulièrement caserner et ils parlaient. Ils racontaient des histoires bien sales. Chaque matin, lui-même recevait des dépêches qu'il transmettait au commandant. Des « photos horribles ». Il connaissait le nombre quotidien des tués et des blessés. (« C'était bien plus que les chiffres que publiait *Le Figaro* en métropole. Beaucoup plus. »)

Dans l'ensemble, il n'y avait pas de problèmes avec les habitants de Tizi Ouzou. Cela se passait plutôt bien. Avec les jeunes de son âge, ils parlaient jazz, ils écoutaient des disques. (« Ce n'était pas une guerre de tranchées. Il y avait des fêtes. Avec les copains, on avait formé un orchestre dans lequel je jouais de la batterie. ») Au pied du Djurdjura, la région était belle, elle était riche, fertile. Les gens vivaient plutôt bien. Ils étaient à l'aise. Une population de maraîchers. (« Des gens très ouverts. Très cultivés aussi. ») Pas du tout des paysans incultes.

Mais c'étaient des Kabyles. Même l'arabe qu'ils parlaient était différent. La vie était bien plus difficile pour les pieds-noirs. Avec eux, les relations étaient compliquées. (« Des sales types, pour la plupart. »)

Ma mère était arrivée quelques mois après son incorporation à Tizi Ouzou. Elle était venue toute seule, par ses propres moyens. Elle était descendue en train de Paris jusqu'à Marseille, avait pris le bateau, puis de nouveau le train et le car d'Alger à Tizi Ouzou. (« Il ne faut pas oublier que l'Algérie était un département français et on pouvait circuler relativement normalement. ») Comme il était interdit à un appelé d'avoir sa femme auprès de lui, il avait été mis aux arrêts. Il avait passé deux jours et deux nuits au trou. (« Un vrai trou, creusé dans la terre. ») Bonhomme, le commandant lui avait expliqué qu'il ne pouvait pas faire autrement que le sanctionner. Cela n'avait pas été plus loin. Bien sûr, il n'y avait rien de prévu à la caserne pour les couples et, avec ma mère, ils avaient dû s'installer dans une baraque de chantier. Plus tard, ils avaient loué un petit logement à Tizi Ouzou. Ma mère avait dégoté un travail à la poste. Dans les services administratifs, pas au guichet. Ils se retrouvaient le soir, lorsqu'il n'était pas de service à la caserne. (« On ne peut pas empêcher une femme amoureuse de faire ce qu'elle veut. »)

Il était resté en relation avec d'autres appelés comme lui. Des types qui étaient devenus ses copains. Tous faisaient partie de l'association des anciens d'Algérie. La FNACA. Il recevait toujours le bulletin. Ils étaient encore huit de la classe 1958 1B à être encore vivants. Ils se voyaient de temps à autre. Surtout aux enterrements. Il faut dire qu'ils étaient dispersés aux quatre coins de la France. Il y avait des Bretons, des Normands, des Auvergnats, des types de Lyon, de Dijon… Il avait leur numéro de téléphone à tous. D'ailleurs, il avait des photos. (Il est allé les chercher pour me les montrer. C'est toujours étrange de voir à quoi ressemblaient ses parents lorsqu'ils étaient jeunes. C'est vertigineux. On a l'impression d'inconnus. On réalise qu'ils ne furent pas toujours nos parents. Voici qu'ils obtiennent notre pardon. Sur une photo, on le voyait tout jeune, en uniforme, me tenant tout bébé dans ses bras. Il avait l'air heureux. Sur l'instant, cette photo m'a empli d'émotion. Elle comblait un manque. Un gouffre. Sauf qu'au dos, il était noté « avril 1958 ». C'était mon frère, juste après sa naissance en février 1958, que tenait fièrement mon père dans ses bras. J'ai ravalé ma joie sans rien dire.) Dernièrement, l'un de ses copains d'Algérie ne donnait plus de nouvelles. C'était étrange car son téléphone était toujours en service. Un type charmant. Un jour, il avait trouvé dans une poubelle une édition originale du *Petit Prince* datée de 1949 et publiée à New York. Dans une poubelle ! (« Puisque tu es devenu détective, tu ne pourrais pas retrouver sa trace ? J'aimerais beaucoup savoir ce qu'il est devenu. Je sais que tu espérais que je t'aide mais c'est finalement toi qui vas peut-être m'aider. Ah ah ah. »)

Quelques-uns de ses copains étaient retournés là-bas. À Tizi Ouzou. Dans les années 2006. Il était prévu qu'il y retourne avec eux. Mais à leur retour, ils le lui avaient déconseillé. Le problème n'était pas les Algériens avec qui, de loin en loin, ils avaient conservé des relations amicales, mais les jeunes. La nouvelle génération. Le pays sortait de la guerre civile et la situation était encore tendue. Les Français pas franchement bienvenus. (« En 1960, au moment de rentrer en France, on s'était dit avec ta mère qu'on resterait bien là-bas. C'est un beau pays et on avait noué de réelles sympathies. Avec des commerçants. Même avec le coiffeur de Tizi Ouzou. Non, il ne s'appelait pas Charles Pichon. Pourquoi tu demandes ça ? »)

Ma mère m'avait raconté qu'ils avaient échappé à un attentat à Alger, juste après être sortis d'un café. Il ne se souvenait pas de ça. J'avais dû entendre parler de l'attentat du Milk Bar qui, parmi les pires du FLN, avait fait cinq morts et soixante blessés et j'avais confondu. Il se souvenait en revanche d'une boulangerie à Tizi Ouzou. Ils venaient d'acheter du pain et un type à motocyclette avait lancé une grenade. Il y avait plein de gens dans la boulangerie.

– Tu ne savais pas ?
– Enfin, papa. Tu sais bien que nous n'avons jamais parlé. Ni de ça ni d'autre chose. Tu ne m'as *jamais* parlé.

Je suis rentré par le train du soir.

En partant, je lui ai dit que sa nouvelle cuisine était très chouette. Vraiment bien équipée. High-tech et tout. Et la couleur : top ! Ce qui était vrai.

Dans le train, j'ai songé que j'allais continuer de pleurer comme un veau au moindre téléfilm pourri montrant un père et un fils tombant à la fin dans les bras l'un de l'autre.

Et pourtant, Dieu sait comme je m'en veux de sentir les larmes me monter à ce moment-là.

Des larmes venues de très loin.

De bien plus loin que la mer Méditerranée.

« Si la civilisation n'a pas rendu l'homme plus sanguinaire, elle a rendu sa soif de sang plus maligne, plus abjecte. »
Fédor Dostoïevski, *Notes d'un souterrain*

96

« Il fut un temps où le Mal, l'idée que la société se faisait du Mal, était une puissance extérieure, une présence démoniaque qui menaçait et persécutait les individus, ce pourquoi ils faisaient des sacrifices en prononçant des incantations, mettaient des gousses d'ail devant leur porte ou se signaient quand ils voyaient un chat noir. C'étaient des temps superstitieux. Puis le Mal est devenu une figure intériorisée et l'individu le lieu même du combat entre le Bien et le Mal. Saint Augustin tourmenté par ses pulsions et luttant contre les tentations de la chair marque ce tournant de la conscience occidentale, où l'être est désormais obsédé par ses propres démons qui le déchirent. On est au IVe siècle et, peu à peu, le conflit augustinien va supplanter les anciennes croyances. La chrétienté impose un nouveau récit, duquel émerge une nouvelle civilisation, reléguant l'ancienne au rang d'obscurantisme. D'une culture de la persécution, l'Occident est ainsi passé à une culture de la culpabilisation. De l'exorcisme à la confession. Des incantations aux rituels d'expiation. Avoir déplacé le Mal au sein du sujet fut une véritable révolution anthropologique qui inaugura un nouveau rapport de l'individu avec lui-même comme avec les autres. Imposa une peur de soi et, de ce fait, un *contrôle de soi* considéré comme une nouvelle identité collective et individuelle. Car notre intériorité n'est pas fixe, comme on le croit, mais acquise. »

Me dit la psychiatre que j'ai contactée.

« Pour devenir un être civilisé, l'individu intériorise de nombreuses contraintes sous l'effet de l'éducation, des règles morales, de l'exclusion possible du groupe, des lois et des sanctions. Le problème, c'est que ces contraintes intérieures peuvent mettre tellement la pression sur l'individu qu'elles dégénèrent. Angoisses, manies, dépressions, troubles de l'humeur et de la personnalité, TOC... : tels sont les maux de l'esprit qui se contraint *trop*. D'un côté, cela permet des sociétés moins violentes, pacifiées en apparence, puisque les individus s'autocontrôlent ; la mauvaise nouvelle, c'est que la pression intérieure peut prendre des proportions invivables. Être civilisé, cela se paie en termes de souffrances psychiques. Et plus on se civilise, plus ces souffrances deviennent incontrôlables et dévastatrices. Le docteur Jekyll et son mister Hyde sont un archétype des effets terriblement coercitifs de la société victorienne sur le moi d'un individu parfaitement civilisé. En tant que docteur, Jekyll fait partie de la bonne société et toute son éducation l'a conduit à réprimer son animalité ; sauf que celle-ci refait surface sous la forme d'une bête immonde qui finit par prendre possession de lui. C'est ce qu'on appelle la "dé-civilisation subjective". Et les élites sont les premières touchées, puisqu'elles sont les plus éduquées. D'ailleurs, on ne peut pas comprendre leur mépris envers les couches inférieures de la société si on ne prend pas la mesure des efforts psychiques considérables auxquels elles doivent consentir pour apprendre ne serait-ce que les bonnes manières. Ce qui n'est pas le cas des "rustres". D'où une haine d'autant plus féroce qu'elle se double d'une jalousie et d'une nostalgie. Le colonisateur qui, au nom de la civilisation, s'acharne sur les populations indigènes ne fait qu'appliquer aux autres ce qu'il s'applique psychiquement à lui-même. »

Me dit la psychiatre que j'ai contactée.

« On se demande comment le nazisme a pu naître dans une Allemagne qui était à l'époque une des nations les plus civilisés au monde. On parle de revanche de la guerre de 14, de problèmes économiques, sociaux et politiques. On oublie que c'est parce que l'Allemagne avait atteint un degré supérieur de civilisation qu'elle libéra les forces de destruction que sa haute culture avait réprimées. C'est au sein des civilisations les plus avancées que le risque de barbarie est le plus grand. L'écrivain J. G. Ballard a très bien décrit comment, plongés dans un environnement hyper policé et sophistiqué, des enfants en viennent à trucider tout le monde de façon effroyable alors qu'ils auraient toutes les raisons d'être heureux et respectueux d'autrui. Vous voici prévenu. Nous voici tous prévenus. Nous sommes actuellement dans un moment ballardien. La haine de la démocratie que l'on constate un peu partout appartient à la démocratie. Elle ne vient pas d'ailleurs. C'est la raison pour laquelle il existe une tentation pour les régimes autoritaires. Car ce type de régimes exerce des contraintes qui sont essentiellement extérieures, ce qui soulage intérieurement les individus d'être responsables d'eux-mêmes. Ce ne sont plus eux qui se forcent mais une instance supérieure qui les oblige. Pour la psyché, la contrainte extérieure est plus supportable que la contrainte intérieure. Ce n'est pas un problème psychologique mais une question de coût énergétique. »

Me dit la psychiatre que j'ai contactée.

« Aujourd'hui, l'individu est sommé de devenir toujours plus civilisé dans tous les compartiments de sa vie sociale, mais également privée. L'injonction à devenir un "bon citoyen" a supplanté celle d'être un "bon chrétien". Les modalités ont changé mais le principe est le même. Si bien que l'individu doit se surveiller en permanence. Il doit surveiller son langage, surveiller ses pulsions et son comportement, surveiller ses pensées, surveiller ses déchets, surveiller les autres aussi, tout surveiller... Ce qu'il n'aime pas, il doit malgré tout l'aimer car il en va de la Civilisation, de la Démocratie, de la République, etc. Sauf que c'est trop pour la plupart des gens. Ils n'en peuvent plus de se sentir coupables faute d'être à la hauteur de ce qui est exigé d'eux. Ils n'en peuvent plus de se réprimer et de se policer pour s'inventer un personnage purement social. C'est comme si on leur demandait d'adopter en permanence une hyène. Pour beaucoup, l'idéal démocratique apparaît psychiquement trop exigeant, surtout s'il doit être assimilé de force, sous peine de devenir un paria, un proscrit, un *ennemi* de la société. Ce n'est pas pour rien que des gens déversent massivement leur haine sur Internet ou font des burn-out. Comme le disait Philippe Muray, Freud nous a libérés du refoulement, mais qui nous libérera du défoulement ? Et je ne vous parle pas de la vogue du développement personnel, afin d'arriver à se sentir bien dans sa peau et dans son époque, preuve que c'est loin d'être évident. Preuve que c'est en réalité très difficile ! Ces comportements témoignent d'un malaise général. Tout le monde semble assis sur des oursins et ne plus rien supporter, ni soi-même ni personne. D'ailleurs, tout le monde veut que ça change. Même les conservateurs appellent au "changement". C'est comme une fuite en avant. Il s'agit là d'un symptôme qui, loin de remédier au problème, l'exprime et le renforce. De là que la moindre étincelle provoque aujourd'hui d'incroyables incendies qui, en temps normal, seraient de simples feux de paille. Nous prenons feu de partout. En devenant toujours plus morale, la conscience contemporaine est devenue un immense champ de bataille qui cache un véritable champ de mines. Nos démocraties marchandes, où la maîtrise de soi se doit d'être toujours plus intériorisée, portent en germe des violences envers soi-même ou envers les autres d'autant plus terrifiantes qu'elles sont volcaniques. C'est le syndrome de la cocotte-minute. Kafka a très bien perçu ce phénomène lorsqu'il écrit dans son journal à la date du 21 décembre 1910 : "Avoir le sentiment d'être attaché et sentir que si on vous détachait, ce serait encore plus terrible." C'est peut-être ce qui est arrivé à votre Marcelle. Lorsque l'individu ne parvient plus à réaliser les objectifs de perfection physique et morale que sa famille ou la société lui a assignés, il se retourne contre lui et, en s'anéantissant de façon innommable, votre Marcelle peut être considérée comme une figure de la barbarie se déchaînant pour avoir été trop longtemps réprimée. »

Me dit la psychiatre que j'ai contactée.

« Des éléments biographiques que vous m'avez transmis, on peut inférer qu'elle était peut-être prise dans un double mouvement : d'une part, une errance absolue et l'impossibilité de nouer des liens durables avec les autres, à cause de l'abandon de la mère et, de l'autre, vu la façon dont son journal décrit scrupuleusement son agonie, l'obsession de compter, de tout contrôler, de mettre en ordre le chaos qui était le sien, sans doute en lien avec l'avarice du père. Mais à 64 ans, une crise psychotique paraît peu probable. On peut a priori exclure une pathologie psychiatrique lourde. »

Me dit la psychiatre que j'ai contactée.

« Elle semble aussi animée d'un idéal – parce qu'elle était la petite fille idéalisée de son père ? Auquel cas, on peut supposer un déficit de maturation psychique. Elle se serait trouvée prise au piège de la jeune fille éternelle, qui ne peut pas devenir une femme, se construire dans la durée, ni être mère et aimer ses enfants. Écrire que "le monde est pourri" suggère qu'elle était même extrêmement idéaliste. En quête d'une certaine pureté, peut-être de spiritualité. Dans le combat entre la chair et l'esprit, elle aurait choisi l'esprit contre la chair, après avoir choisi la chair contre l'esprit, puisqu'elle avait été mannequin. Si on ajoute à cela que nos sociétés prônent un idéal de minceur totalement irréaliste, le piège se serait refermé sur elle. »

Me dit la psychiatre que j'ai contactée.

« Dans tous les cas, elle exerce sur son corps une volonté toute-puissante. Son corps n'a plus voix au chapitre. Elle l'anéantit froidement, en dépit de la souffrance que cela lui cause. Elle est à la fois Bobby Sands se laissant mourir de faim et madame Thatcher le regardant mourir de faim sans esquisser un geste. Car elle pourrait arrêter son jeûne. Elle n'était pas forcée de souffrir autant. Pour se tuer, elle pouvait se jeter par la fenêtre, puisqu'elle habitait au sixième étage. Mais non ! Elle se regarde mourir de faim, elle décrit son agonie, complètement centrée sur elle-même, recroquevillée sur ses pensées qui devaient tourner en boucle dans sa tête. On peut parler de quelqu'un qui se dévore lui-même. Qui, paradoxalement, se détruit pour se sauver des forces destructrices terribles, extrêmement puissantes, qui devaient le traverser. Et votre Marcelle, elle lutte comme elle le peut en exerçant sur elle un contrôle absolu, comme son père le faisait avec son obsession de la mesure, en prédécoupant les parts de camembert, etc. Il s'agit là de rituels pour juguler l'angoisse. Mais chez elle, cela prend des proportions morbides à la puissance mille. Cette femme, elle était un peu paumée, non ? Ou bien c'est moi. C'est très compliqué de savoir, vous savez. Votre Marcelle, c'est un cas. »

Me dit la psychiatre que j'ai contactée et qui, décidément, ne veut pas prendre Marcelle pour elle tellement elle me donne du « votre Marcelle » comme si c'était du « Votre Majesté ».

« Il se peut aussi qu'elle regardait son corps comme son père et, plus tard, les hommes la regardaient : un corps chosifié, dans une fascination intériorisée, qui a abouti à un enfermement complet sur elle-même. Le fait qu'elle ait été très jolie a certainement joué. Avec l'âge, elle a dû constater la perte de son aura, engendrant un dégoût pour elle-même. Toutes les jolies femmes s'aperçoivent un jour qu'elles ont perdu le pouvoir, le superpouvoir même, d'attirer les regards lorsqu'elles entrent dans une pièce. Leur beauté n'agit plus. Elle ne fait plus aucun effet, leur corps ne vaut soudain plus rien. Si votre Marcelle avait construit son identité à partir de sa beauté, se voir vieillir, se dire qu'elle devenait moche et bonne à rien a pu déconstruire son identité, d'où une détresse. À partir de là, elle est entrée en guerre contre son propre corps. Qui a vécu par le corps périt par le corps. »

Me dit la psychiatre que j'ai contactée.

« En même temps, son jeûne fait penser à celui du Christ. Mais vous me dites que son journal ne comporte rien de mystique, ni aucune adresse à Dieu, au sacrifice de soi, etc. L'église qu'elle voyait depuis sa fenêtre : a-t-elle attendu un signe qui n'est pas venu ? En tout cas, elle n'offre pas sa souffrance à un tiers. Cela se passe entre elle et son corps, c'est un système totalement fermé, un huis clos total. Il y a une dimension narcissique. Cela ne veut pas dire qu'elle était narcissique au sens où on l'entend ordinairement mais, à ce moment-là, plus rien n'existait qu'elle et son corps. »

Me dit la psychiatre que j'ai contactée.

« Votre Marcelle, elle me fait penser au livre d'Oscar Wilde. *Le Portrait de Dorian Gray*. On retrouve la même fascination de contempler sa propre déchéance, la destruction de sa beauté, la pourriture de son corps. C'est comme si elle s'était fabriqué son propre portrait de Dorian Gray, dans une jouissance morbide et masochiste. Son journal décrit sa décrépitude comme Dorian Gray repère scrupuleusement sur son portrait les horribles stigmates révélant ses crimes et sa disgrâce, alors que, aux yeux du monde, il paraît toujours jeune et beau. Pour en arriver là, il a fallu qu'elle vende son âme au diable. Car c'est ce qui se passe avec Dorian Gray. Il vend son âme au diable. En tout cas, il a dû faire un truc. Je ne sais plus lequel, il faudrait relire ce livre. Pour moi, il se noue chez cette femme quelque chose autour de la quête de l'idéal lié à sa beauté et du fantasme de contrôle de soi, mais aussi d'une fascination pour la déchéance et la destruction. Elle veut préserver une pureté d'âme idéalisée et c'est son corps qui trinque. Mais tout ceci n'est que suppositions. Évidemment. Cela dit, je ne vois pas pourquoi vous vous intéressez tellement à cette femme car cette histoire est absolument atroce. »

Me dit la psychiatre que j'ai contactée.

Psychiatre que j'ai pu contacter grâce à Penny, car elle la voit une fois par semaine depuis quatre ans. « L'analyse est un de ces rituels qui permettent aux individus hyper civilisés comme celle-ci de surmonter leur inadaptation à la société », a rigolé Penny. C'est elle qui a demandé à sa psy si elle voulait bien se prêter au jeu de Marcelle Pichon. Laquelle (qui salue bien le Pr Baruk...) a accepté, avec réticence cependant. D'ailleurs, à la fin de notre entretien téléphonique (qui a duré une bonne heure et que j'ai bien sûr enregistré), elle m'a demandé de ne pas citer son nom. Elle préférait ne pas. Ce qu'elle m'avait dit était bien trop improvisé et, en aucun cas, ne pouvait être considéré comme un diagnostic de sa part. Dont acte.

« Cette liberté n'est pas la bonne. »
Albert CAMUS, *Caligula*

97

Après avoir raccroché, je suis allé chercher dans ma bibliothèque *Le Portrait de Dorian Gray*, afin de le relire.

Je voulais savoir comment Dorian Gray avait vendu son âme au diable car, moi non plus, je ne me rappelais plus la façon dont Oscar Wilde fomentait le malheur de son héros. J'avais hâte de le savoir. Là se trouvait peut-être le secret de Marcelle Pichon. Je regrettais d'ailleurs de n'avoir pas songé moi-même à ce roman comme à une source d'information de première importance tellement, de Marcelle Pichon à Dorian Gray, je percevais une vibration, un fil sur lequel il me fallait tirer.

Marcelle connaissait-elle l'histoire de Dorian Gray ? Celle-ci fait, en tout cas, partie de la culture, sinon générale, du moins populaire. Parce que, dès sa parution en 1891, le roman d'Oscar Wilde a donné lieu à une bonne trentaine d'adaptations cinématographiques : la première, signée Méliès, en 1899 et la dernière encore en 2009. Dorian Gray est une figure qui traverse tout le XXe siècle. Depuis plus de cent ans, son étrange histoire demeure d'actualité, elle n'a pas pris une ride, ce qui est le propre des mythes et, accessoirement, le plus bel hommage que l'on puisse rendre à Dorian Gray. Il faut dire que le destin de ce jeune homme de la bonne société londonienne demeurant éternellement jeune et beau tandis que, enfermé au grenier, son être véritable dépérit et se flétrit tend un drôle de miroir, c'est le mot, à notre époque. Dorian Gray parle d'un certain pacte faustien que nos temps obsédés par le paraître nous incitent à signer. En 1891, Oscar Wilde poussait à l'extrême le trouble de la personnalité d'un aristocrate anglais devenu aujourd'hui non seulement banal mais si bien intériorisé qu'il semble à présent la norme. C'est celui qui ne se fabrique pas un personnage, un look, un langage, un corps et une identité parfaitement en phase avec notre époque qui, de nos jours, paraît d'un autre siècle. En sorte, le syndrome de Dorian Gray (syndrome d'éternelle jeunesse et d'immortalité) frappe aujourd'hui énormément de monde, alors qu'il concernait à l'origine le petit cercle de l'élite britannique de la fin du XIXe siècle, comme un prix civilisationnel que les lords et les ladies devaient payer au « bon goût » et à la morale hyper coercitive qui sévissait au XIXe siècle. N'est-ce pas inquiétant que nos sociétés marchandes aient démocratisé des contraintes aussi puissantes que celles de l'époque victorienne ? Dans *American Psycho*, variante trash du *Portrait de Dorian Gray* parue en 1991, Brett Easton Ellis fait dire à son tueur psychopathe déguisé en trader (à moins que ce ne soit l'inverse) : « Je me sens comme une merde, mais j'ai l'air en pleine forme. » On ne saurait mieux résumer la situation actuelle.

La plus fameuse adaptation cinématographique du roman d'Oscar Wilde, la plus fidèle et la plus captivante aussi, est celle qui triompha sur les écrans en 1945, réalisée par Albert Lewin, avec le glacial Hurd Hatfield dans le rôle de Dorian Gray et l'impeccable George Sanders dans celui du vénéneux lord Henry qui, en dandy blasé et cynique, en collectionneur de papillons, se plaît à pousser l'ingénu Dorian dans ses pires paradoxes. En 1945, Marcelle vit-elle ce film au cinéma ? Elle avait alors 24 ans. La guerre venait juste de se terminer et, après avoir été mannequin chez Fath, après être devenue mère pour la seconde fois, peut-être s'inquiétait-elle de son avenir, de ce qu'elle allait devenir, faire de ses dix doigts, faire de sa *beauté*. De quoi la rendre particulièrement sensible à l'histoire de Dorian Gray et peut-être se reconnut-elle en lui. Peut-être l'image de fin, montrant le tableau de Dorian Gray dans toute son horreur devenue, révélant l'hideuse réalité intérieure que cache son masque de beauté éternelle, l'impressionna-t-elle vivement. La terrifia-t-elle, comme une prémonition de ce qui l'attendait à plus ou moins longue échéance, inéluctablement. Surtout que cette vision horrifique (due au peintre Ivan Albright, qui peignit toute sa vie avec un soin maniaque des personnages monstrueux) apparaît à l'écran en couleurs, alors que le film est entièrement tourné en noir et blanc. Pour encore plus d'impact sur le spectateur. De perception de la *réalité*.

97.1

Publié cinq ans plus tôt, en 1886, *L'Étrange Cas du docteur Jekyll et de mister Hyde* développait déjà le thème du double horrifique, mais du côté de l'animalité refoulée, alors que Wilde le tire du côté du « malaise de la civilisation ». Cela, avant que Freud invente la psychanalyse, preuve que celle-ci était déjà dans l'air du temps (*L'Interprétation des rêves* date de 1899). Les romanciers étant les premiers à ouvrir la voie. Stevenson ne parle-t-il pas de son docteur Jekyll comme d'un « cas », au sens médical du terme ? Mais si Jekyll expérimente sur lui une drogue qui le métamorphose et libère le monstre en lui, rien de tel chez Wilde. Lui se garde de livrer la moindre explication, même scientifique, au sortilège qui frappe son héros. Pas de formule chimique ici, pas de breuvage fumeux. Tout demeure strictement *causa mentale*. Au vrai, Dorian Gray se trouve pris à son propre piège. Ou plutôt, *il est pris au mot* ! Car en bon romancier, Oscar Wilde plaide pour sa paroisse. C'est l'écrivain l'enchanteur. C'est la littérature qui est fantastique. C'est le langage qui fait et défait les êtres. Je m'explique.

Lorsqu'il découvre pour la première fois le tableau qu'a peint de lui Basil Hallward (et dans lequel celui-ci a mis tant d'amour qu'il craint qu'on y devine le « fond de son âme », c'est-à-dire son désir homosexuel qui, à l'époque, était un crime passible de prison, Oscar Wilde en fera bientôt la cruelle expérience), Dorian a tout à la fois la révélation de sa propre beauté (sublimée par le désir coupable du peintre) et celle que son portrait restera éternellement jeune alors que lui deviendra vieux et laid. « Quelle pitié ! s'écrie-t-il. Je vais devenir horrible, repoussant. Un jour, mon teint sera blême, mes joues hâves, mes yeux ternes. Je souffrirai abominablement. La vie, à mesure qu'elle formera mon âme, déformera mon corps. Tandis que cette peinture restera toujours jeune ! Elle ne sera jamais plus âgée que ce jour de juin où Basil l'a peinte. Chaque minute qui passe ajoute à son charme ce qu'elle ravit au mien. » Et de prononcer alors ces paroles fatidiques : « Oh ! Que n'est-ce le contraire !

Que n'est-ce à moi de rester toujours jeune et à mon portrait de vieillir ! Pour ce miracle, je donnerais tout. Pour ce miracle, je donnerais mon âme. » Dorian ne vend pas son âme, il la donne. Il se la donne à lui-même et, si diable il y a, c'est donc lui.

Car son vœu se réalise ! Le « miracle » a lieu ! Sans que l'on sache par quel prodige, sinon par le mirifique pouvoir des mots. De fait, les années ont beau passer, Dorian demeure sublimement jeune et beau, à mesure que son portrait s'enlaidit des outrages du temps, mais aussi de ses fautes et souffrances à mesure qu'il les commet et les éprouve. Le tableau est devenu le miroir de son corps *et* de son âme. Une parfaite figure de la civilisation de la culpabilité ! Dorian en est le premier épouvanté. La première fois qu'il découvre que son portrait vit chez lui sa vraie vie, c'est après avoir rompu avec sa fiancée de manière si brutale et odieuse qu'elle se suicide peu après. Revenu à son domicile, il s'aperçoit que son portrait a, je cite, « légèrement changé. L'expression ne semblait plus la même. On eût dit que la bouche était marquée d'une nuance de cruauté. C'était vraiment étrange ». Et de se rappeler soudain « le vœu insensé qu'il avait formé : rester toujours jeune, tandis que vieillirait le portrait ; garder l'éclat de sa beauté, tandis que le visage peint sur la toile assumerait le fardeau de ses passions et de ses péchés. Mais son désir n'avait pu être exaucé. Ces choses-là sont impossibles. Il semblait monstrueux d'y seulement penser. Et pourtant le portrait était là, devant lui, la bouche marquée d'une nuance de cruauté ».

En littérature, rien n'est impossible.

Sur la page, nos désirs peuvent être exaucés.

Marcelle fut-elle à sa façon une espèce de Dorian Gray ? Préserva-t-elle toute sa vie ses apparences, misant tout sur son physique, sa beauté et sa jeunesse – *pariant sur Florence* ?

Car il ne faut pas oublier Florence !
La « belle Florence ».
Le double de Marcelle.
Son autre *personnalité*, taillée sur mesure pour le monde étincelant de la mode.

Florence, qui n'était peut-être pas seulement un prête-nom, un avatar créé pour des raisons professionnelles, mais la femme que Marcelle voulait être et qu'on voulait qu'elle soit. Son image magnifiée. Sa jeunesse sanctifiée. Son corps hyper aliéné dans le regard des autres et dans celui de Jacques Fath le premier, puisqu'il en fit la vedette de sa cabine alors qu'elle était toute jeune. Aussi jeune que Dorian tombant dans les griffes de lord Henry et devenant la coqueluche de la bonne société londonienne. Ce miroir dans lequel l'époque se rêve et s'idolâtre.

Florence : la femme dans laquelle Marcelle pouvait se voir et s'aimer dans les robes conçues pour elle par un grand couturier comme Dorian Gray s'adore dans son portrait peint par un grand artiste qui le désire et, avant lui, Narcisse dans son reflet lui apparaissant dans l'eau ovidienne « d'une source limpide, aux ondes brillantes et argentées, que ni bêtes ni hommes n'avaient jamais troublée ».

Florence, dont je me dis tout à coup qu'elle prit la place de Marcelle. Se substitua à elle *corps et âme*. Même après avoir cessé d'être mannequin. Comme un pli que Marcelle aurait pris. Un personnage qu'elle se serait inventé et qui lui aurait si bien réussi dans un premier temps, si bien convenu, qu'elle ne l'aurait plus jamais quitté. N'aurait plus jamais *pu* le quitter. Son masque de Florence lui collant si bien à la peau, il serait devenu son visage. Tout entière elle serait, lentement ou tout d'un coup, devenue cette version mythifiée d'elle-même. Jusqu'à se métamorphoser en sa propre *créature*, comme tant de gens semblent aujourd'hui de pures créations socialisées d'eux-mêmes. Perpétuellement en représentation, elle se serait comportée comme si une caméra la suivait partout. Une caméra de surveillance ! Pour le dire avec les mots d'aujourd'hui, elle serait devenue la « star de sa life ». Sachant que le « je est un autre » de Rimbaud, véritable credo de notre civilisation de l'image, a fini par devenir une injonction totalement performative. Cela qui arriva à Marcelle ? À l'instar de Dorian Gray devenant éternellement son portrait adoré alors que son être véritable pourrit au grenier, Marcelle devint-elle Florence parce que tout le monde n'avait d'yeux que pour Florence, alors que Marcelle passait inaperçue ? Marcelle, elle n'était rien. Elle n'était personne. Elle ne faisait pas le poids. Elle n'était qu'une Pichon. Elle était la fille d'un coiffeur de quartier, petite-fille d'un employé des chemins de fer et arrière-petite-fille d'un journalier et d'une bonniche du Berry. Pas de quoi impressionner quiconque ni briller en société. Tandis que Florence ! Florence était *quelqu'un* ! Et cela valait tout l'or du temps. Tous les sacrifices. L'histoire de Marcelle telle que Penny et moi en avons reconstitué certains pans ne serait donc pas la sienne à proprement parler, mais celle de Florence. Et cela change tout.

Cela qu'il s'agissait de découvrir ?
Cela le fin mot de l'histoire ?
Cela que je me dis, en tout cas.

Que Penny et moi nous sommes trompés depuis le début. Nous cherchions Marcelle et, à chaque fois, nous sommes tombés sur Florence. C'était Florence depuis le début ! Chercher la femme ? dit-on dans les romans policiers. Mais laquelle ? *Tout Marcelle s'explique si on sait qu'il s'agissait de Florence.* En tant que Florence, elle n'avait aucune limite, aucune empathie, aucun souci des autres, uniquement celui d'elle-même, exactement comme Dorian Gray se répand en infamies parce que, devenu son propre idéal, devenu sa propre machine de guerre, tout lui est permis, il se situe au-delà de la morale commune et du jugement des autres. Ce n'était pas Marcelle mais Florence qui fut une Gorgone pour ses enfants. C'est Florence qui posa en princesse monégasque à Biarritz. Florence qui supprima rageusement Paul des photos. Florence qui se rajeunit de dix ans pour passer à la télévision, sanglée dans un tailleur impeccable et portant autour du cou une cravate nouée bien serrée. Florence qui, à 20 ans, fraya avec les Allemands pendant la guerre, si jamais ce fut le cas, parce que Jacques et Geneviève Fath avaient joué dans sa vie le rôle passablement pervers que jouent Basil Hallward et lord Henry avec Dorian Gray. Vu son comportement, tout le monde semblait penser qu'il manquait une case à Marcelle. Et c'était vrai. Sauf que cette case, c'était Marcelle elle-même, puisqu'elle était devenue Florence.

Machiavel avait raison lorsqu'il disait que Marcelle « s'est toujours appelée Florence ».

Cela que je me dis.

Que, toute sa vie, Florence se fit passer pour Marcelle. Toute sa vie usurpa l'identité de Marcelle, la détournant à son profit, tel un double maléfique. Toute sa vie interdit à Marcelle d'exister, l'étouffant dans son poing et l'enfermant en son for, jusqu'à faire d'elle sa recluse, son secret bien gardé, comme Dorian Gray cache son portrait au grenier et à personne ne le montre. Parce que Marcelle incarnait une vérité trop piteuse. Entre son père avare et sa mère l'ayant abandonnée, elle ne pouvait s'en sortir que cuirassée de Florence. C'était une question de survie. Une façon de se sentir forte. D'avoir le CONTRÔLE ! Eh quoi ! Personne ne voulait s'endormir le soir avec la belle Florence et se réveiller le matin avec Marcelle Pichon. Personne ne veut se réveiller à côté d'un *être humain.* Pour circuler dans le monde, chacun doit dissimuler ses peurs et ses faiblesses, maîtriser son langage comme ses apparences, jusqu'à la culpabilité même. Et chez certains, cette culpabilité, qui est le prix d'une adaptation socialement réussie, est si insupportable qu'ils préfèrent s'inventer de toutes pièces un personnage qui les représente au mieux, tandis qu'eux-mêmes ne voient jamais le jour, sont mis au cachot, mis au pain sec et à l'eau. Bien avant de s'enfermer chez elle et de mourir de faim, Marcelle était retenue captive et tout à fait affamée, sous les dehors magnifiquement contraints de la belle Florence. Ses dehors tortionnaires. Celle-ci ne voulant plus entendre parler de Marcelle, ne voulant plus rien savoir d'elle, la niant et la reniant absolument, jusqu'à se persuader qu'elle était Florence et personne d'autre. Jusqu'à devenir Florence jusqu'au bout des ongles, le piège se refermant sur elle. Jusqu'à se croire supérieurement libre et heureuse sans voir qu'elle devenait en réalité prisonnière de son personnage. Devenait pure façade. Un être uniquement pour la galerie. Marcelle qui ? Connais pas. Jamais entendu parler ! Cela ce que je me dis.

Que le drame de Marcelle Pichon est d'abord un drame de la culpabilité.

Lorsque quelqu'un se fait beau devant sa glace, ce n'est pas seulement pour se faire plus beau qu'il n'est : c'est surtout pour vérifier qu'on ne voit pas *quelque chose.* Quelque chose qu'il ne veut pas que les autres voient. Quelque chose qui lui fait honte et d'où lui vient cette honte ?

Quelque chose comme Marcelle dans le regard de Florence.

Quelque chose comme Mélanie Bastian, cette jeune fille que sa mère, une notable de lignée aristocratique de la ville de Poitiers, enferma dans la cave de la maison familiale pendant vingt-cinq ans pour la punir d'avoir fauté avec un garçon de condition inférieure. Pour éviter surtout que les gens jasent et que le scandale ne déshonore la famille. Lorsqu'on la découvrit le 23 mai 1901 dans la cave « où n'entrait qu'une pâle lumière à travers un soupirail dont la fenêtre était cadenassée », raconte André Gide qui a consacré un livre à « la séquestrée de Poitiers », la malheureuse Mélanie Bastian avait 50 ans passés et gisait recroquevillée sur une infâme paillasse, parmi les ordures et au milieu de ses excréments. Ses cheveux lui tombaient jusqu'aux pieds, elle avait perdu l'usage de la parole et son corps, à force de privations, n'était qu'une ombre famélique couverte de vermine. Sur un mur, on découvrit cette inscription qu'elle avait gravée un jour dans la pierre : « Faire de la beauté, rien de l'amour et de la liberté, solitude toujours. Il faut vivre et mourir au cachot toute la vie. »

Voilà à quoi pousse le culte de la beauté et des apparences.
Voilà ce que c'est que la pression sociale et la peur du regard des autres.
Voilà ce que nous ne voulons pas voir dans la glace.

Voilà ce que nous dissimulons en notre for intérieur.
Tout le monde, s'il s'examine deux minutes, sait de quoi je parle.
De *qui* je parle.
J'en suis persuadé.

Madame Bastian mère, de son côté, soignait ses tenues et ses certitudes notables. Pour sa défense, elle prétendit que c'était sa fille qui s'était retirée elle-même du monde, après avoir souffert dans sa jeunesse d'une « fièvre pernicieuse ».

Pour André Gide, l'histoire de Mélanie Bastian est un drame des préjugés, de la respectabilité, de la *vertu exaspérée* !

Si Florence séquestra Marcelle, alors celle-ci fut toute sa vie une Mélanie Bastian enfermée dès son plus jeune âge à la cave pour une faute qu'elle n'avait pas commise, comme Dorian Gray dissimule au grenier son portrait qui, au fil des années, se couvre pareillement de vermine.

97·3

Dans la photo qui montre Marcelle si jolie à 20 ans, ce n'est pas Marcelle que l'on voit, mais Florence. C'est Florence avec, dans le regard, un voile de tristesse et ce voile de tristesse, ces « yeux qui chavirent », c'est Marcelle. C'est la plainte muette de la prisonnière qui transparaît.

On croit connaître quelqu'un mais on ne voit que ses apparences, uniquement ce qu'il montre et laisse affleurer, rien d'autre. Pour ses voisins, Michel Fourniret était ce bon gars avec qui, les soirs de réveillon, ils faisaient la chenille en chantant *La Danse des canards*. Ils ne voyaient de lui que ce qu'il voulait bien leur montrer. Ils ne pouvaient soupçonner qu'il cachait le « monstre des Ardennes ».

À un vétéran du Vietnam qui le traitait de gonzesse à cause de ses cheveux longs, Frank Zappa rétorqua : « Si j'en juge votre jambe de bois, vous êtes une table. »

Marcelle, personne ne la connut, finalement. Nul ne la rencontra ni ne sut peut-être qui elle était. Car Marcelle n'existait pas. Pas réellement. Pas dans le monde ni dans la vie de tous les jours. Elle n'existait que dans le grenier de Florence. C'est à Florence que les gens disaient bonjour le matin et bonne nuit le soir. Elle qu'ils connaissaient. Marcelle, ils ne la virent jamais. Marcelle, elle était pour Florence ce que fut l'homme au masque de fer pour Louis XIV. C'est-à-dire un secret. Une raison d'État. Un refus. Une hantise.

Qui devient son pseudonyme n'a qu'une pseudo-vie.

Voilà ce que je me dis.

Nous pouvions toujours chercher Marcelle, nous ne l'aurions jamais trouvée.

Combien de temps cette usurpation d'identité ? Pour Mélanie Bastian, sa claustration dura vingt-cinq ans. Pour l'homme au masque de fer, sa mise au secret perdura trente-quatre ans. Pendant trente-quatre années, il fut le prisonnier le mieux gardé du royaume, contraint de porter en permanence un masque de fer (de velours dans les derniers temps) afin que nul ne voie son visage ni ne devine son identité et, encore aujourd'hui, les historiens n'ont pas de certitude sur le visage sous le masque. Trente-quatre années ! *À porter un masque de fer.* Matin midi et soir. Entre 1669 et 1703, date de sa mort. Il faut imaginer. Imaginer une seconde. Ce que la vie dut être pour cet homme. Qui n'exista pour personne, sinon pour celui qui ne voulait pas qu'il existe. Qui voulait le punir d'exister. Et Marcelle ? On sait quand elle cessa d'être Florence (à sa mort, en novembre 1984), mais quand devint-elle son double ? Quand Florence prit-elle le pouvoir ? Quand se mit-elle à porter son masque de fer pour ne plus jamais l'ôter ? Quand fut-elle enfermée à la cave ? Quand devint-elle son portrait de Dorian Gray ? À 20 ans, lorsqu'elle devint mannequin chez Fath ? Ou bien ?

97·4

Il se trouve que, par le plus grand des hasards (mais le hasard fait bien les choses, le hasard, c'est Dieu qui se promène incognito, a dit Einstein), j'ai lu récemment une bande dessinée (pardon, un roman graphique) qui, après *Le Portrait de Dorian Gray*, m'a encore un peu plus ouvert les yeux.

Il s'agit de… Non, je ne vais pas le dire, cela gâcherait le plaisir de ceux qui n'ont pas encore lu cette BD et je m'en voudrais de gâcher le plaisir de quiconque. D'éventer l'intrigue que l'auteur a mis tant de soin à tricoter.

Disons seulement, de façon anagrammatique, que l'album pourrait s'intituler *Janus par qui ses sortes d'ici*, de Mouchette Bihorel (ou Michel-Hubert Etoo, ou Béhémoth Cloutier, ou Timothée Le Boucher, voire Chimère Bluetooth, c'est au choix).

Au début, un jeune homme découvre, en se réveillant un matin, qu'il a sauté pendant son sommeil une journée pleine. Il croit avoir dormi quarante-huit heures mais non : la veille, il s'est bien réveillé, il a vécu sa vie, il a vu sa copine, sauf que ce n'était pas lui. C'était un autre que lui. Une espèce de double. Un sosie. Un inconnu lui ressemblant en tout point physiquement mais au caractère et aux goûts cependant différents. Bientôt, cette autre version de lui-même prend de plus en plus sa place, squatte son existence, phagocyte sa vie pour, insensiblement, la faire sienne et lui donner une direction plus à sa convenance, mettant à profit le temps qui lui est imparti, tandis que dort d'un sommeil ensorcelé le jeune homme. Lequel sommeil devient de plus en plus important. Car ce n'est plus un jour sur deux, mais un jour tous les quinze jours, puis un jour tous les six mois, puis un jour tous les quatre ans, un jour tous les dix ans que le jeune homme parvient à réintégrer son moi, constatant avec stupeur que, pendant son sommeil, son double l'en évince à mesure qu'il en prend possession. C'est une situation affreuse. Se voir ainsi exproprié de sa vie par quelqu'un qui prétend être vous, se fait passer pour vous, usurpe votre identité, vole votre corps, vous vole tout, sans que vous puissiez rien faire pour l'en empêcher.

C'est alors qu'on découvre que c'est l'autre qui est le véritable moi ! C'est en fait le jeune homme la doublure, l'avatar, le *fake* et non le contraire. Parce qu'il y a très longtemps, à la suite du traumatisme causé par la mort de ses parents dans un accident de voiture, il avait alors 4 ans, son autre moi, son vrai moi, son moi originel, s'est inventé une nouvelle personnalité, préférant qu'elle prenne sa place, le temps qu'il surmonte la mort de ses parents, cette perte irréparable, cette douleur trop vaste. Ce qui a fini par arriver : lui qui avait totalement disparu, il revient tout à coup récupérer son corps et sa vie, il reprend littéralement ses esprits, dissipant l'illusion qu'il avait créée, comme on arrache un pansement. Le double n'était donc pas celui qu'on croyait. Pourtant, le jeune homme s'était, pendant toutes les années où il avait eu la main, au moins douze ou treize années d'affilée, fabriqué une vie à lui, une identité à lui, une copine à lui. Des gens l'aimaient, lui et pas son vrai moi parti se cacher, nul ne sait où. Mais il doit maintenant céder la place. Pas le choix. Puisqu'il n'était qu'une fiction, née d'un traumatisme. Il n'avait pas d'autre raison d'être. S'il était quelque chose, c'était un simple mécanisme de défense. Ce que fut Florence pour Marcelle, lorsqu'elle avait 7 ou 8 ans, après le divorce de ses parents ?

97·5

Cela que je me dis.

Que Florence serait apparue lorsque les parents de Marcelle se sont séparés ! Afin de surmonter le choc, la déchirure, son univers atomisé. Parce que Marcelle, elle ne le pouvait pas. Pas à 7 ou 8 ans. Quel choix ont les enfants ? Aucun ! Que sa mère l'abandonne, que sa mère ne l'aime pas, que ses parents divorcent, c'était trop pour la petite fille qu'elle était. Trop d'angoisse. Trop de « fièvre pernicieuse ». Trop d'incrédulité et trop de culpabilité (qu'avait-elle fait pour que sa mère ne veuille pas d'elle ? Pour que son père soit avare ? Pour qu'ils se séparent ? Etc.). Pour survivre, pour simplement survivre, son psychisme aurait enclenché un puissant mécanisme de défense, son moi se scindant en deux, à l'image de ses parents se séparant pour ne plus jamais se remettre ensemble. Comme on lève le bras pour parer un coup, son être se serait mis en opposition, de façon purement défensive. La substitution se faisant à son insu, Marcelle se serait évanouie dans la nature. Elle aurait été exilée à la cave ou au grenier, tandis qu'une autre Marcelle prenait mécaniquement le relais pour vivre désormais sa vraie vie à sa place.

Tous les gens à qui il est arrivé « quelque chose » le savent : il y a un avant et il y a un après. Avant, ils étaient quelqu'un et, après, ils sont quelqu'un d'autre. Ils ne savent pas comment cela est possible, mais voici qu'ils ne sont plus les mêmes. La chose qui leur est arrivée les a changés, elle les a rendus malheureux, elle les a rendus honteux et c'est irrémédiable. C'est définitif. Jamais ils ne redeviendront la personne qu'ils étaient avant. La chose qui leur est arrivée a pris possession d'eux, elle les a coupés d'eux-mêmes, elle a fait d'eux sa chose et ainsi Marcelle serait-elle, à l'âge de 7 ou 8 ans, devenue « folle ». C'est-à-dire Florence. *Florence la folle*, comme dans le film ! Comme on s'habille pour l'hiver elle se serait blindée. Se dédoublant elle-même, ne pouvant faire autrement, elle aurait refoulé sa souffrance, tandis qu'elle se créait une personnalité fictive, se dotait d'une carapace, s'inventait une *insensibilité* à toute épreuve, afin que plus rien ne l'atteigne, plus rien ne la fasse souffrir ni ne la déchire, plus jamais !

C'est le mot carapace qui m'y fait penser : « En se réveillant un matin, Grégoire Samsa se retrouva dans son lit métamorphosé en un monstrueux cancrelat. » Ainsi commence *La Métamorphose* de Kafka. Encore une fois, l'histoire de Marcelle Pichon me ramène à Kafka. Dès le départ, je faisais le lien. J'avais l'intuition d'un drame kafkaïen. À cause du *Champion de jeûne*. Mais c'était pire que ce que j'imaginais. Toute l'œuvre de Kafka est une exploration de la culpabilité de l'individu confronté à la Loi qui l'écrase et le torture, l'égare et le condamne. Jusqu'à le transformer en vermine. Le transformer en hideux portrait de Dorian Gray.

Ici le secret de Marcelle Pichon ?

Je l'ignore. Mais si Marcelle prit le masque de Florence, ce fut au moment du divorce de ses parents. J'en suis convaincu. Quand bien même elle n'adopta ce prénom que lors de sa période Fath, la substitution avait déjà eu lieu. Le mal était fait. Ce pourquoi le prénom Florence est tout le contraire de celui de Marcelle, dans sa sonorité comme dans sa signification. Son prénom exprime littéralement l'effacement de Marcelle. Il indique que, comme on ravale ses larmes, Marcelle se ravala elle-même et, de cette apostasie, il sortit une Florence tout armée pour la vie. Une Florence parée pour donner le change et acharnée à ne plus jamais se faire avoir par les autres, plus jamais se faire démolir. Anouar lui tapant dessus ne comprit décidément rien, même s'il perçut peut-être que Marcelle se cachait derrière la vitre sans tain de Florence, jusqu'à vouloir la briser. On dit que les gens se renferment sur eux-mêmes et, dans le cas de Marcelle, je me dis qu'elle se renferma à double tour en elle-même, remettant ses clés à celle qu'elle n'avait pas pu faire autrement que devenir et qui se dépêcha de les jeter dans un puits. Celle qui, forteresse noire, masque de fer, la mettait désormais à l'abri des horreurs d'un monde lui ayant démontré à quel point il était pourri. Celle qui, sauvant la petite fille désemparée qu'elle était, devint cependant sa malédiction, devint son geôlier, comme bien souvent (toujours ?) les sauveurs se transforment en dictateurs, Marcelle ne pouvant plus jamais échapper à son personnage. Tenant trop à lui car que deviendrait-elle si elle tombait le masque, sinon un long cri de rage, une rivière de larmes, une boule de feu ? Sur qui d'autre pouvait-elle compter, sinon sur Florence ? Qui avait été là pour elle ? Qui l'avait sauvée ?

Que Marcelle, même brièvement, soit devenue mannequin, c'était dans son droit fil. Quel meilleur rôle pour Florence que celui d'une jolie femme réduite à ses apparences et perpétuellement déguisée pour parader dans le monde, applaudie même, tandis que son être véritable moisissait dans le noir ? Cela ne pouvait que consolider son côté Dorian Gray. Son côté vase Lalique. Son éducation assurément trop contraignante. Si on nous récompense, aucune raison de ne pas persévérer. Être tout le temps en représentation, même dans l'intimité, a un coût exorbitant. J'ai déjà parlé de la célèbre mannequin Freddy, de son vrai nom Marie-José Vassé. Dans son livre de souvenirs, elle fait l'aveu d'une semblable dissociation de la personnalité, jusqu'à ne plus savoir qui elle était : « Voilà pourquoi Marie-José cherche Freddy et Freddy cherche Marie-José », écrit-elle à la fin de son livre. Et de conclure que c'est Freddy qui, « beaucoup mieux *armée* que Marie-José, retombe toujours sur ses pieds ». Sur les pieds de Marie-José… Pour devenir « l'intrépide » Freddy, « la tremblante » Marie-José se levait à 6 h 30 du matin pour être prête à 10 h 30 ! « Vous voyez la gageure ! » s'exclame-t-elle. Voilà qui dit surtout la violence de la coercition. La férocité du processus d'hyper-socialisation. Gene Tierney, pour sa part, raconte dans ses mémoires qu'elle « n'avait aucun problème à interpréter un rôle, quel qu'il soit. Mes ennuis commencèrent le jour où je dus être moi-même ». Ennuis si profonds qu'elle faillit se jeter du quatorzième étage d'un immeuble de la 57e Rue, à New York. Il était aux alentours de midi.

Cela que je me dis.

97.6

Être soi-même : il se peut que jamais Marcelle n'y parvînt. Peu avant sa mort, dans le documentaire d'Anne Gaillard, n'avouait-elle pas qu'elle aimerait être quelqu'un d'autre ? « Je ne suis pas cette femme, disait-elle. Et je suis pourtant cette femme. J'aimerais bien jouer un rôle. Mais mon rôle, c'est le mien, malheureusement. » En écho, Dorian Gray s'écrie lui aussi vers la fin du livre, à la page 187 : « Je suis excédé de ma personne ce soir. Ah ! si je pouvais la changer pour une autre ! »

Plus loin, Dorian s'effraie de l'être hideux que son être intime est devenu (alors que c'est lui le monstre, c'est celui qui dit qui y est, c'est l'idéal qui fabrique des monstres). Si bien qu'il aspire à « une vie nouvelle ! Cela seul lui importait maintenant. Il l'appelait de tous ses vœux. C'était sa beauté qui l'avait perdu et jamais plus il ne chercherait à séduire l'innocence. Il voulait être bon ». Marcelle ne dit pas autre chose lorsque, dans le train Paris-Bordeaux, elle rêve tout haut de quelqu'un l'attendant chez elle. Quelqu'un avec qui partager les joies qu'elle a eues dans la journée. À qui elle dirait en rentrant chez elle : « Bonsoir chéri. » Etc. Elle aussi voulait maintenant devenir « quelqu'un de bien ». Rentrer dans le rang. Sortir de son personnage. Refaire partie de l'humanité. Tomber le masque.

Sauf qu'il est trop tard. Dorian ne peut pas plus échapper à son portrait que Marcelle à Florence. À la fin, l'un et l'autre se retrouvent dans la solitude la plus froide car leur autre moi a fait le vide autour d'eux, de peur que l'on découvre leur secret. Même si le désir leur vient sur le tard, comme un regret, une nostalgie, une lassitude. Leur armure, à cet instant, se fissure et ce moment de faiblesse préfigure la fin. Il est le signe avant-coureur d'une faille par laquelle s'échappe le faux de leur existence, le commencement de leur dernier souffle et, de fait, tous les deux meurent peu après, elle dans la vie et lui dans le roman, ce qui revient au même.

Cela que je continue de me dire, sur ma lancée, creusant toujours davantage cette hypothèse, ce fil qui me semble dénouer toute la pelote.

Jusqu'à cette conclusion qui m'apparaît soudain imparable : Marcelle ne s'est pas suicidée rue Championnet. Pas du tout ! Ce qui s'est passé, c'est que Florence suicida Marcelle, exactement comme Dorian Gray, à la toute fin du roman, poignarde son portrait. Il aurait pu se planter un couteau dans le cœur, il aurait pu se tuer, mais non : *il s'en prend au tableau !* Ce qui s'appelle persévérer dans son personnage. S'appelle choisir son camp. Juste avant, Oscar Wilde décrit Dorian prenant conscience de la tragédie que ce fut pour lui d'avoir échangé son être avec son image. *D'avoir endossé son idéal*. Contemplant sur la toile l'être monstrueux qu'il est devenu intérieurement, voici qu'il ne peut plus se voir en peinture. « Est-ce que le passé allait l'accabler pour toujours ? Allait-il être obligé d'avouer ? Cela, jamais ! Il détruirait donc son portrait. Ce tableau avait assombri, de son seul fantôme, bien des moments de joie. Il avait été pour lui comme une conscience. Oui, une vraie conscience. Sa destruction s'imposait. » Dorian empoigne alors un couteau. « Cette lame, elle tuerait le passé et, quand le passé serait mort, Dorian serait délivré. Elle tuerait cette toile monstrueuse où vivait une âme, et les hideux avertissements cesseraient : il pourrait vivre en paix. Il saisit la lame et transperça le portrait. »

Tout est dit !

Car il suffit de remplacer Dorian par Florence et son portrait par Marcelle pour que, d'un seul coup, s'éclaire le drame qui se déroula rue Championnet. Enfin la vérité éclate ! La scène que l'on croyait d'un suicide, elle fut celle d'un meurtre. Tout colle à la perfection (si, si !). À la fin, ce n'est pas Marcelle qui n'en pouvait plus de Florence jusqu'à la trucider pour s'en libérer mais Florence qui n'en pouvait plus de Marcelle et de cette *âme* qu'elle retenait prisonnière. De ce cœur qui, en elle, ne voulait pas *céder*. De ce *fantôme* la hantant de l'intérieur. Cette *vraie conscience* se dressant devant elle comme reproche permanent. Une lèpre la tourmentant. Pour Florence, c'est Marcelle qui est coupable car elle l'a empêchée d'être pleinement Florence. Elle l'a empêchée d'atteindre ses objectifs. De réaliser son rêve. De se *délivrer du passé*.

Renoncer à Florence ? Cela, jamais ! Dixit Florence.

N'est-ce pas ce que disent tous les pouvoirs totalitaires qui, jamais ne renoncent, jamais n'abdiquent, jamais n'en démordent mais, au contraire, persistent et signent dans leur erreur, quitte à « exterminer toutes ces brutes » ou provoquer l'apocalypse. Ce que fit Florence.

97·7

C'est à la façon dont Marcelle est morte qu'on sait que c'est Florence qui l'a tuée. Pour affamer quelqu'un pendant quarante-cinq jours (quarante-cinq jours comme autant de coups de couteau assénés à son portrait), pour le détruire avec une telle détermination, une telle cruauté et une telle *abnégation*, il faut avoir des raisons personnelles. Ce n'est pas possible autrement. Il n'y a que son ennemi juré que l'on peut vouloir anéantir à ce point.

L'ennemi qui est le sien. L'ennemi qui vous obsède et ne vous laisse aucun répit. L'ennemi qui est en soi. *L'ennemi qui est soi !*

Pardon pour ce point Godwin (mais je me fiche du point Godwin s'il aboutit à empêcher de tirer les leçons de la Shoah), les nazis ne mirent pas moins de soin, de férocité et de volonté à exterminer la « vermine juive » qui, disaient-ils, gangrenait *de l'intérieur* leur pays. Exactement comme cette vermine de Marcelle empêchant Florence d'être purement elle-même. Ainsi les Allemands, en êtres hyper civilisés, se livrèrent-ils à leur œuvre barbare de manière implacable, consciencieuse et calculée. Et Florence pareillement. On trouve chez elle le même désir de « solution finale ». La même vertu exaspérée. Le même *excès de civilisation*. Ici l'arme du crime ! Non pas la sauvagerie de la bête se déchaînant tout à coup, non pas le peuple se révoltant contre le pouvoir qui l'opprime comme un « retour du refoulé » ou, ainsi que le supposait la psychiatre, un processus de dé-civilisation subjective mais, au contraire, un processus de sur-civilisation ne connaissant plus de bornes. Car Florence *génocida* Marcelle. À la fois lentement et rituellement. De façon atroce et clinique. Industrieuse et même parcimonieuse (merci l'avarice de papa). Afin de réaliser le projet d'anéantissement de Marcelle qui, depuis le début, était précisément le sien. Était idéologiquement le sien, osons le mot. Loin d'être masochiste, la mort de Marcelle témoigne d'un vrai sadisme de Florence envers elle. J'allais dire fascisme.

Quitte à en mourir, mais peu importait. Peu importait si, en assassinant Marcelle, Florence se massacrait elle-même. Dorian Gray se sacrifie lui aussi en poignardant son portrait, le crevant comme on crève l'abcès.

Lors du marathon des JO de Los Angeles, Gabriela Andersen-Schiess était prête à mourir sur la piste si tel était le prix de son idéal sportif. Hitler, enfermé dans son bunker, ne souhaitait pas moins la destruction totale du peuple allemand si celui-ci s'avérait incapable de réaliser ses rêves de grandeur. Il y a des gens pour qui la défaite n'est pas envisageable et ce sont les plus dangereux, pour eux comme pour les autres. Ce sont toujours les idéalistes qui, constatant que la réalité ne se pliera pas à leur volonté, basculent dans la fureur destructrice. Sacrifient tout à leur divinité. À leur hubris ! Et de même Florence. C'était pour le bien de Marcelle qu'elle avait pris sa place. C'était pour réussir dans le monde, selon ses critères moraux et esthétiques à lui, qu'elle l'avait enfermée au grenier. C'était Marcelle qui, au moment du divorce de ses parents, l'avait portée au pouvoir et elle voulait maintenant redevenir elle-même ? Elle en avait marre de Florence ? Ah mais non ! Pas question ! Hors de question de perdre le CONTRÔLE ! Si c'était comme ça, qu'elle crève. Que tout le monde crève ! C'est lorsque le bien comprend qu'il ne viendra pas à bout du mal qu'il devient lui-même le mal absolu. Qu'il devient *fanatique*. Je ne vois pas d'autre explication.

Je pense que je viens d'élucider ce qui s'est passé rue Championnet.

Je viens de résoudre l'affaire de l'ancienne mannequin retrouvée morte de faim.

L'étrange cas de Marcelle Pichon et de miss Florence.

J'ai découvert que ce qui paraissait un suicide dissimulait un meurtre.
J'ai démasqué l'assassin et il s'agissait du double de Marcelle Pichon.

Il s'agissait d'un drame de la culpabilité.
D'un drame de l'aliénation sociale et du démon de la civilisation.
D'une femme dressée à être une femme et non un être humain.
Telle est ma théorie.
Fin du *cold case* !

C'est cette version que je vais mettre dans mon rapport et envoyer au client.
Je n'en vois pas de meilleure.
De plus satisfaisante pour l'esprit.
Cette version, elle me plaît *beaucoup*.

J'espère que Penny sera du même avis.
D'autant que c'est peut-être ce qui s'est réellement passé.
J'ai peut-être mis dans le mille.
Qui sait ?

Il existe deux sortes de crime : celui de l'esclave qui tue le maître pour conquérir sa liberté et celui du maître qui tue l'esclave pour conforter son pouvoir et faire régner sa loi. Ils n'ont ni la même signification ni la même valeur. Et nous-mêmes, en tant qu'individus civilisés, sommes le lieu de ce conflit. Pour chacun, la question se pose de savoir s'il est son propre oppresseur. Et jusqu'où il l'est. Telle est la leçon de Marcelle Pichon.

Il existe deux sortes de gens : ceux qui aiment l'oiseau bleu au point de le laisser s'envoler et ceux qui aiment l'oiseau bleu au point de le mettre en cage, au nom d'une instance supérieure, jusqu'à le tuer s'il le faut, parce que telle est la nature de la cage. De même que, dans la fable de La Fontaine, c'est la nature du scorpion de piquer la grenouille, même si cela les conduit à se noyer tous les deux.

Jusqu'à ce qu'on me prouve que j'ai tort, je ne vois aucune autre explication à la mort de Marcelle Pichon qui tienne autant la route. À condition qu'il y ait une route, bien évidemment. Ce qui reste à démontrer.

97.8

Dans le roman, la mort de Dorian Gray est constatée quelques heures après son décès tandis qu'il fallut dix mois dans le cas de Marcelle. Il s'agit là de circonstances qui n'appartiennent pas directement au drame. Cependant, par une étrange coïncidence, par une espèce de volonté occulte qui me conforte dans mon opinion, ces dix mois font se rejoindre dans la mort Marcelle Pichon et Dorian Gray. Car la vision du cadavre de Marcelle momifié et grouillant de vers : comment ne pas l'associer à l'immonde portrait final de Dorian Gray tel que le peignit le peintre Ivan Albright pour les besoins du film d'Albert Lewin ? Il n'existe pas d'image plus *réaliste* de l'horrible fin de Marcelle Pichon que celle-là. Même les photos que dut prendre l'identité judiciaire ne sauraient rivaliser.

La façon dont Oscar Wilde décrit la découverte du corps de Dorian Gray ne coïncide pas moins : les voisins, « assistés de deux policemen, après de vains efforts pour enfoncer la porte, montèrent sur le toit et, de là, descendirent sur le balcon. Les fenêtres, dont les serrures étaient vieilles, cédèrent aisément. En entrant, ils virent, gisant sur le parquet, un homme en habit de soirée, un couteau dans le cœur. Son visage était flétri, ridé, repoussant, hideux, méconnaissable. Ce ne fut qu'à l'examen de ses bagues qu'ils reconnurent ce mort ».

On croirait qu'il s'agit de Marcelle.

Lorsqu'on la découvrit dans un état à la fois « repoussant et méconnaissable », était-elle vêtue d'une robe du soir signée Fath ? S'était-elle faite belle ? Avait-elle les ongles peints ? Une bague à son doigt ? Qu'est-ce qui permit de l'identifier ? Je regrette de ne pas le savoir.

Ultime analogie : Dorian Gray est découvert mort à côté de son tableau exactement comme Marcelle fut trouvée morte à côté de son journal intime. Comme si son cahier d'écolier était son portrait de Dorian Gray dans lequel Florence consigna, avec un soin maniaque, le coup de couteau qu'elle donna quarante-cinq jours durant à Marcelle. Preuve, s'il en fallait encore une, que c'est son être civilisé qui a bel et bien suicidé Marcelle : une sauvagerie débridée ne se serait pas donné cette peine.

Car c'est Florence qui tint le journal d'agonie de Marcelle ! Ce n'est pas Marcelle qui écrivit : « Malédiction sur ce monde pourri » et « Comme toujours on ne dit jamais la vérité » (et on sait maintenant la vérité qu'elle ne disait pas, on entend sa « vertu exaspérée »). Pas Marcelle qui écrivit que sa langue dégorgeait « comme un escargot ». Il s'agit du journal d'un assassin. Voilà ce qu'est ce journal. De là qu'il est si froid, si clinique, si impersonnel. Dépourvu de la moindre émotion. Le journal d'un tortionnaire consignant avec soin, de façon scrupuleuse, aussi détachée que possible, parfaitement *rationnelle*, le détail d'une exécution impeccablement préméditée et impitoyablement perpétrée. Même à l'heure de la mort, Florence ne laissa pas Marcelle s'exprimer.

(« 1er septembre 1942. Ai demandé à Berlin par écrit qu'on m'envoie une casquette d'officier, un ceinturon et des bretelles. Cet après-midi, un block a été gazé au Zyklon B. » Etc. Journal de Johann Paul Kremer, médecin SS à Auschwitz-Birkenau.)

Voilà qui donne moins envie de lire le journal de Marcelle s'il est celui de Florence, finalement. Mais au moins ai-je découvert sa raison d'être.

Journal écrit sur un cahier d'écolier parce que Florence prit le pouvoir lorsque Marcelle était une petite fille ? Au moment du divorce de ses parents ? CQFD ?

Les noms ont bien leur importance, finalement.

Par-delà mes petits problèmes de généalogie algérienne, j'en avais depuis le début le pressentiment.

C'était une intuition du grand détective Bmore, de la grande agence de détectives Bmore & Investigations.

« Nous étions tristes. »
Denis DIDEROT,
Jacques le fataliste et son maître

98

– Sans vouloir vous déranger, Bmore.

– Vous êtes encore là, Penny ? Je croyais qu'on avait fini. Je finis d'emballer les cartons et je ferme la boutique.

– Celle-ci a déjà rangé ses affaires.

– Parfait. Je termine et je vous invite au restaurant. Nous l'avons bien mérité. Surtout que je suis plein aux as. Le client a payé rubis sur l'ongle ce qu'il nous devait, frais compris. Il semble qu'il ait acheté notre histoire, je ne sais pas trop pourquoi. J'ai mis un chèque pour vous au courrier.

– Chouette. Dites...

– Oui ?

– Avec votre théorie florentine, vous vous êtes débrouillé pour innocenter Marcelle. Vous êtes un petit malin, Bmore.

– Je ne vois pas de quoi vous parlez.
– Allons, vous l'aimez bien votre Marcelle Pichon, finalement. Dites pas le contraire.
– Vous parlez de Marcelle ou de Florence ?
– D'accord. Celle-ci n'insiste pas.

(petit silence)

– Vous vous souvenez, Bmore ? Alain Arnaud ? Lorsqu'il écrivait que « nul ne pourrait jamais dire comment Marcelle en était arrivée à se laisser mourir de faim » ? Vous disiez alors que nous allions tenter l'impossible. Celle-ci pense que nous avons sacrément relevé le défi. Le contrat est rempli.
– En tout cas, nous aurons fait tout notre possible. Nous avons fait tout notre possible, Penny. Nous avons fait dégorger l'escargot de Marcelle dans notre bouche.
– Et vous avez vu ? On n'entend plus la tuyauterie. Il semble que le problème soit réglé.

(petit silence)

– Bmore ?
– Quoi encore ?
– Celle-ci voulait vous demander.
– Oui ?
– Vous avez contacté la petite-fille de Marcelle ?
– Rita ?
– Oui, Rita. La sœur de Samuel.
– Si fait.
– Et alors ?
– Alors rien. Comme je l'ai écrit au début du livre, elle a accepté de me voir. Nous avons discuté près de quatre heures dans un café de la porte des Lilas. Tout s'est bien déroulé. Le courant passait de mieux en mieux entre nous, m'a-t-il semblé sur l'instant. Elle m'a parlé librement de sa grand-mère. Et trois jours plus tard,

elle m'envoyait le mail dans lequel elle me disait d'aller me faire voir.

– Celle-ci est au courant. Elle n'a pas oublié. Mais entre nous, Rita vous a dit des trucs ? Fait des révélations ?

– Rien que je puisse divulguer.

– Allons, Bmore !

– Je ne plaisante pas, Penny. C'est confidentiel.

– Enfin, Bmore, c'est à celle-ci que vous parlez. Vous n'allez pas lui faire des cachotteries. Pas vous ! Pas maintenant !

– Non, vraiment, je ne peux pas. La Loi est la Loi et elle est implacable. Foi de Kafka. De toute façon, Rita ne m'a rien dit que nous ne sachions déjà. Elle m'a confirmé ce que Samuel nous a raconté sur leur grand-mère. La version que leur père a transmise à son frère et à elle. Elle n'en savait pas beaucoup plus. Ou elle n'a pas voulu m'en dire plus. Pour elle, Marcelle a toujours fait sa star. Même sa mort fut une mise en scène, selon elle.

– Okay.

– Il y a toutefois…

– Oui ?

– Elle a dit une chose que j'ai trouvée… Qui m'a…

– Oui ?

– Je ne sais plus comment elle a formulé ça, mais…

– Dites, Bmore. Accouchez, putain !

– Okay. Comme vous le savez, son père en voulait énormément à sa mère pour le mal qu'elle lui avait fait. Du coup, tout le monde détestait Marcelle dans la famille. Elle ralliait contre elle tous les suffrages. Il y a toujours un vilain petit canard et c'est parfois justifié. C'est parfois bien commode. Or, Rita m'a confié que [redacted]

[redacted]

– Attendez, Bmore. Celle-ci ne comprend rien à ce que vous dites. Vous avez un truc bizarre dans la bouche. Votre langue est toute noire !

– C'est la couleur de l'article 226-15, alinéa 2, du Code pénal sur la protection des échanges privés !

– Mince. Vous ne pouvez réellement rien divulguer ? Ce que vous a confié Rita était si compromettant ?

– Au contraire ! Mais c'est la perversité de la législation : faute de pouvoir dire la vérité, on croit que celle-ci est horrible, alors que pas du tout ! Ce que m'a dit Rita était surtout émouvant. Cela plaidait totalement en sa faveur. Mais comme cela lui appartient, je ne peux rien dire.

– Allez, Bmore. Même dans le creux de l'oreille ? En braille ou en Morse ? Dans le langage des signes ?

– Tatata, Penny. Je préfère que nous parlions d'autre chose.

– Pfff, vous n'êtes pas drôle.

– Vous voulez rigoler ? Okay. Quelle serait, selon vous, la figure féminine la plus monstrueuse qui soit ?

– À part la mère de celle-ci ?

– Oui.

– Celle-ci dirait Cruella dans *La Belle au bois dormant*.

– Cruella, c'est dans *Les 101 Dalmatiens*. La méchante reine de *La Belle au bois dormant*, c'est Maléfique. Faut revoir vos classiques, Penny.

– Oui, bah, c'est la même chose. Chez Disney, la figure du mal se décline toujours au féminin. On a droit à des méchantes reines et à d'affreuses sorcières, alors que les rois sont tous gentils et les princes évidemment charmants. Il est vrai que ce cher Walt était pote avec les nazis. Dire qu'on a obligé celle-ci à voir tous ses films quand elle était petite.

– Vous allez me faire pleurer.

– Mais pourquoi cette question ?

– Eh bien, j'ai une hypothèse à vous soumettre. Supposez que vous soyez la petite-fille de Cruella.

– Oh non ! Pas ça !

– Et si ! Mais il y a pire. Comme vous l'avez dit, Cruella est la méchante de l'histoire et tout le monde la déteste. Elle rallie contre elle tous les suffrages. Or, imaginez que, depuis toute petite, on vous ait dit et répété que vous ressembliez à votre grand-mère Cruella. Imaginez que, dans votre famille, tout le monde vous ait rabâché sur tous les tons que, physiquement, vous étiez le portrait craché de votre grand-mère Cruella et *ce n'était pas un compliment* ! Alors que votre personnalité n'a rien à voir avec Cruella. Vous voyez les mauvaises fées penchées sur votre berceau ? Vous imaginez les dégâts ? Les gens retourner contre vous votre physique et vous coller à vie une étiquette d'infamie sur le front en vous disant : « Ah ! comme tu ressembles à ta grand-mère Cruella. Ah ! comme ta grand-mère Cruella était une femme horrible. »

– Mais ce serait affreux, Bmore ! Mais celle-ci ne veut pas !

– Sauf qu'il est trop tard. On vous a dit et répété que vous ressembliez à Cruella et vous devez maintenant vivre avec la hantise que cela soit vrai. Vous craignez d'être aussi mauvaise et pourrie que votre Gorgone de grand-mère, puisqu'on a tout fait pour vous en convaincre. C'est comme une culpabilité qui ne vous lâche plus. Une espèce de tentation aussi. Dans tous les cas, une malédiction. Sachant que dans le mot malédiction, il y a tout ce qu'on dit mal et qu'on dit pour faire du mal. C'est tout à fait audible à l'oreille. On aurait voulu que vous ayez l'affreux destin de Cruella jusqu'à périr comme elle dans les flammes de l'enfer qu'on ne s'y serait pas pris autrement.

– Celle-ci aimerait vous y voir ! Si, depuis tout petit, on vous avait dit que vous ressembliez au Yéti, vous auriez eu peur toute votre vie d'être un monstre. Vous auriez cru être un monstre ! Vous auriez peut-être même des poils partout ! Alors que les monstres, ce sont ceux qui vous démolissent à la racine.

– Vous savez comme sont les gens, Penny. Depuis la cellule familiale jusqu'à la société tout entière, il y a toujours la volonté de charger au maximum un de ses membres afin d'innocenter tous les autres. C'est la théorie du bouc émissaire.

– Et dans le monde des hommes, le bouc émissaire est très souvent une femme ! À bas le patriarcat, Bmore ! À mort les innocents aux mains sales !

– On se calme Penny.

– Celle-ci se calmera si elle veut ! Nous sommes dans un pays libre, qu'elle sache.

– Dans un État de droit, assurément.

– En tout cas, si on avait dit à celle-ci qu'elle ressemblait à Marcelle (pardon, à Cruella !), elle n'ose imaginer ce qu'elle serait devenue.

– Je ne peux rien vous dire à ce sujet, Penny.

– Le drame des enfants, c'est qu'ils veulent sauver leurs parents des torts qu'on leur a causés. Ce qui fait qu'ils souffrent de problèmes qui ne sont même pas les leurs. Celle-ci sait de quoi elle parle.

– Je ne peux rien vous dire à ce sujet.

– D'accord, Bmore. Celle-ci n'insiste pas. Cette histoire est tout de même très triste. Elle a produit des effets bien pourris. Elle a des douleurs et des haines de tragédie antique.

– Je ne peux rien vous dire à ce sujet.

« C'est quoi ce livre qui ne sait même pas compter jusqu'à cent ? »
PENNY, *Carnets de la Bmore & Investigations*

99

Il restait une dernière chose.
Une toute petite chose.
Il restait la plaque d'immatriculation.
Il restait *l'homme à la Peugeot 403 blanche*.
Il restait Paul, si Paul était le propriétaire de la voiture.

Et si c'était quelqu'un d'autre ?
Celui qui, à Biarritz, prenait en photo Paul et Marcelle, j'allais dire Paul et ~~Virginie~~ Florence ?
Et si c'était Marcelle elle-même qui conduisait la Peugeot ?
Cela valait-il la peine de résoudre cette ultime énigme ?

257 HD 75.

J'avais l'air malin avec ce numéro. Je le retournais sans fin dans ma tête. Le frottais comme la lampe d'Aladin dans l'espoir d'un miracle. À force, je le connaissais par cœur. J'en avais fait le mot de passe verrouillant mon ordinateur. Le taper sur le clavier et voir mon écran s'allumer me donnait le sentiment que j'avais percé son code. Cela me faisait une belle jambe.

Je ne voyais pas comment faire de ces cinq chiffres et deux lettres un nom et un prénom complets. Comment retrouver le propriétaire d'une Peugeot 403 blanche dont la carte grise datait au minimum des années 60.

Je songeais qu'il existait plein de Peugeot blanches impliquées dans des affaires criminelles : dans la tuerie de Chevaline, une Peugeot blanche serait le véhicule des tueurs ; c'est dans le coffre de sa Peugeot blanche que Tony Meilhon transporta le corps démembré de Laëtitia Perrais pour aller l'éparpiller dans les étangs du Trou Bleu ; dans la disparition de Delphine Jubillar, des traces de sang ont été découvertes dans le coffre d'une Peugeot blanche appartenant à un ami de Cédric Jubillar ; dans l'affaire Gaston Dominici, une mystérieuse Peugeot blanche impliquerait de mystérieux membres des services secrets ; etc.

Je songeais à Octave Mirbeau qui, en 1907, avait publié un livre de plus de 400 pages dont le titre unique en son genre, jamais égalé – *La 628-E8* –, était le numéro d'immatriculation de la Charron 4 cylindres qu'il s'était achetée en 1902 et au volant de laquelle il avait sillonné l'Europe à la vitesse enivrante de cinquante-cinq kilomètres à l'heure. De cette expérience, il n'avait pas voulu faire un roman, genre qu'il jugeait « vulgaire et dépassé », mais un récit « mi-auto mi-fiction ». Écrivant comme il conduisait, il disait de sa 628-E8 qu'elle « était impatiente. On la sentait toute frémissante d'élans contenus ». Je n'étais pas moins impatient et frémissant d'élans contenus, sauf que, pour le moment, la 257 HD 75 n'avait rien à me raconter. Pas un mot.

99.1

Bien sûr, Penny avait contacté son commissaire à la retraite (le type à la belle voix grave et bourrue). Il était notre seule piste. Notre unique espoir. Cela n'enchantait guère Penny : elle avait encore en mémoire sa bourde concernant le préfet Fouquet qui s'appelait en réalité Fougier. Elle ne voulait pas se ridiculiser une seconde fois. (Comme cette époque semblait lointaine tout à coup. Que de chemin parcouru depuis trois ans. Que de découvertes !) Mais pas le choix. Après plusieurs tentatives infructueuses, elle avait fini par avoir son commissaire au téléphone. Il était encore plus bourru que dans son souvenir. Il lui avait appris que la préfecture de police de Paris conservait bel et bien les registres des anciennes immatriculations du département de la Seine (génial !), mais les collections étaient incomplètes, il manquait les registres de certaines lettres et la recherche n'était donc nullement assurée d'aboutir (mince !). Maintenant qu'il était à la retraite, il n'y avait de toute façon plus accès (argh !) et, pour tout dire, il n'avait pas le temps de voir ce qu'il pouvait faire, c'était compliqué, il était débordé (misère !). Penny n'avait pas insisté. C'était inutile.

Retour à la case départ.
Retour morne et piteux.
Que faire ?

99.2

Comment s'y prendrait Columbo ? Et l'inspecteur Clouzot ? Le commissaire Maigret ? Les commissaires Bourrel ou Lavardin ? Harry Bosch ? Le juge Ti ? Steve Carella ? Serpico ? McNulty ? Javert ? Etc. Mais eux étaient des flics. Ils bénéficiaient des ressources de la police judiciaire. Ils avaient accès aux archives et aux fichiers, aux *millions* de fichiers, dont certains parfaitement secrets, compilant d'innombrables informations de toutes sortes sur la population sans que, bien souvent, les gens le soupçonnent ni que le grand public puisse les consulter. Ce qui était mon cas. La Bmore & Investigations était une agence de détectives privés, avec les avantages et les inconvénients que cela comporte. Penny et moi étions des amateurs. Nous n'étions nulle part accrédités. Devions en permanence nous débrouiller par nos propres moyens. Nous étions plus proches du Club des cinq. De Rouletabille. Du père Brown. Du Docteur invraisemblable. De Julia et Munoz. De Tintin, voire de Rintintin. Sauf que tous ces grands détectives n'étaient pas joignables. Impossible de les contacter pour leur demander un tuyau et qu'ils nous rencardent. Nous fassent profiter de leurs lumières. Vers qui me tourner alors ? À qui m'adresser ? Qui, d'encore vivant, de disponible, de bienveillant et, surtout, possédant des connexions à la préfecture de police, pourrait nous aider ?

Qui pour retrouver le propriétaire d'une Peugeot 403 blanche immatriculée, il y avait de cela plus de soixante ans, 257 HD 75 ?

J'ai alors pensé à un confrère.
À un écrivain qui, comme moi, aurait la passion de la réalité comme fiction.
De la réalité comme terrain de jeu de l'imagination.
Comme exercice littéraire.
Comme défi à l'entendement.
Comme énigme attendant que quelqu'un la prenne au sérieux.
Comme lieu de la Chose.
Comme recherche de la vérité.
Comme façon de rendre justice aux individus.

Les noms de certains auteurs (pas beaucoup, à dire vrai) ont commencé à défiler devant mes yeux. Je les écartais les uns après les autres, pour des raisons qui ne m'honoraient pas toutes.

Jusqu'à ce que je songe à Philippe Jaenada. Mais oui ! Dans le genre enquêteur hors pair, chien de chasse qui ne lâche pas son os, éplucheur d'archives et redresseur de torts, découvreur de vérités enfouies, en voici un qui était fortiche. Dans son domaine, on pouvait même dire qu'il était le meilleur. J'avais lu ses enquêtes sur Pauline Dubuisson et Georges Arnaud. Le bougre ne faisait pas semblant : il bossait dur. C'était un acharné. Derrière chaque phrase je pouvais percevoir les heures de boulot. La somme titanesque d'informations recueillies, triées, organisées. Les excitations et les déceptions aussi. Cela demandait un temps fou. J'étais payé pour le savoir. Le travail est une notion que je respecte. En plus, il avait des moyens, des contacts, des relations dont j'ignorais jusqu'à l'existence. Dans son dernier livre, *Au printemps des monstres*, il remerciait sur une pleine page tout un tas de gens qui l'avaient aidé dans son enquête, *dont une fille de la préfecture de police* ! Pourrait-il me mettre en relation avec elle. Please ! C'était précisément le genre de personne qu'il me fallait. Entre collègues, ce sont des choses qui se font. Il faut se serrer les coudes. De mon point de vue, Jaenada cochait toutes les cases. Qui mieux que lui pouvait comprendre le mystère de l'homme à la Peugeot 403 blanche et le désir furieux que j'avais de le percer. Surtout, il avait le grand avantage d'être vivant et joignable. Il n'était pas un personnage de fiction. D'ailleurs, je l'avais croisé une fois et le bonhomme m'avait paru bien sympathique. Il était bourré et tout à fait joyeux.

Cela n'a pas traîné ! Jaenada a tout de suite répondu à mon appel à l'aide. Deux heures après lui avoir envoyé un mail, il me répondait. Avec enthousiasme ! Oh le chouette confrère ! Le délicieux camarade ! Lui aussi a l'oiseau bleu ! L'énigme de l'homme à la Peugeot 403 blanche, voilà qui lui parlait. Voilà qui *l'excitait*. Son chien renifleur s'était tout de suite figé, en arrêt, la patte avant en l'air, les oreilles dressées, la truffe humide et la queue raide comme un bambou. Pour un peu, cela lui donnait des idées de livre. Son imagination s'emballait déjà. Le titre en était déjà tout trouvé. Je comprenais très bien sa fébrilité. J'éprouvais la même. Depuis que je m'étais lancé sur les traces de Marcelle Pichon, j'avais découvert le chien policier en moi, le chien fou en moi, et, pour la première fois, je lui avais laissé la bride sur le cou. Ce n'était pas moi qui le sortais mais lui qui, depuis trois ans, me tenait en laisse. Lui qui menait la chasse. Lui qui cherchait l'os. Lui qui me baladait dans le temps et l'espace pour que je fasse mon petit pissou.

99.4

Malheureusement, Jaenada était en pleine tournée promotionnelle de son dernier livre. Il sillonnait la France, allant d'une librairie à l'autre, sautant d'une case à l'autre comme un petit cheval jouant au jeu de l'oie : tous les écrivains connaissent ces sympathiques moments de solitude. Son mail, il me l'envoyait ainsi depuis une chambre d'hôtel à Saint-Malo. Mais pas de souci. Il avait prévenu Wats. Wats était son assistante. Une « fille formidable ». C'est à elle que j'aurais dorénavant affaire. Je pouvais lui faire confiance. Elle était top ! Une vraie « chienne truffière » ! Si quelqu'un pouvait trouver le propriétaire de la Peugeot, c'était elle. Même si, l'ayant déjà prévenue, elle l'avait averti que ce ne serait sans doute pas de la tarte. Mais elle allait contacter leur informatrice à la préfecture de police et on verrait bien ce qu'il en sortirait. Que je le tienne au courant. Parce que, écrivait-il à la fin de son mail, « cette histoire de femme amoureuse, de Peugeot 403 blanche, d'homme mystère… j'aime. J'aime beaucoup ».

Wats ?
Pour Watson, bien sûr !
Ou pour What's up ?
Pour mégawatts ?
C'était sa Penny à lui ?
Jaenada était définitivement un confrère.
Merci Philippe.
Mille mercis.
Et merci Wats !

Car cette « Penny-like » a été à la hauteur de sa réputation. Elle a été à la hauteur de la situation. Ô combien ! En quinze jours, l'affaire était bouclée. Montre en main ! Après avoir joint par mail la fille de la préfecture de police, celle-ci lui avait, en substance, répondu : « Pas de problème, il suffit de remplir un formulaire à l'adresse suivante (une adresse ".gouv.fr") et le service des archives du ministère de l'Intérieur fera une recherche. Si le registre correspondant aux immatriculations "HD" a bien été conservé, les informations concernant votre plaque minéralogique vous seront librement communiquées, puisqu'elles datent de plus de cinquante ans. Cela peut prendre une dizaine de jours, voire davantage à cause du Covid. Non, ce n'est pas plus compliqué. De rien. Ne me remerciez pas. C'est un plaisir d'aider un grand écrivain comme Philippe Jaenada. »

Trois ans que Penny et moi cherchions à savoir qui était monsieur Paul, que nous nous arrachions les cheveux, nous frappions la tête contre les murs, mangions notre chapeau, ravalions notre frustration et, abracadabra, Wats se préparait à nous le livrer sur un plateau. Et quand bien même il ne s'agirait pas de Paul, voici que le ou la propriétaire de la Peugeot blanche allait nous tomber tout(e) cuit(e) dans le bec sans que nous ayons à lever le petit doigt. J'en étais presque gêné, tellement nos efforts faisaient partie du récit. C'était même à l'aune de ce qu'il nous en avait coûté pour dénicher une information que nous jugions de la valeur de celle-ci. Plus nous avions sué sang et eau et plus ce que nous avions trouvé nous paraissait d'une importance capitale. C'était stupide mais c'est ainsi.

Quand Penny a su pour la plaque minéralogique, *quand elle a su pour Wats*, elle a fait une drôle de tête. Elle s'est mordu les lèvres. A regardé ses pieds. Grimacé un sourire. Marmonné que « c'était super, bravo à elle ». Son visage était tout vert et mauve. Ses yeux : jaunes.

Toute son attitude semblait dire : « Non mais, elle se prend pour qui, cette Wats ? Wats comme Water-closet, oui ! Comme Waterloo ! Quelle petite insolente, celle-là ! Quelle vipère ! Etc. »

Je pense que si Penny croise un jour Wats, elle lui crève les yeux.

J'ai dû lui dire qu'il n'y avait qu'une seule Penny à mes yeux et c'était elle. Ce serait toujours elle. Il n'y aurait jamais qu'elle. Elle était la seule et unique Penny sur Terre. Etc.

99.5

Je le dis tout bas, mais Wats a fait un super boulot.

Car le 21 janvier 2022, elle m'envoyait un mail avec plusieurs documents en pièces jointes. « Je vous laisse la surprise... » écrivait-elle avec gourmandise.

C'est le cœur battant que j'ouvris la première pièce jointe. Émanant de la préfecture de police de Paris, il s'agissait du scan d'une page du registre des immatriculations « série HD ». Hourra !

Dans la colonne de gauche figurait une liste de numéros. Le premier était le numéro 256. En face, il était indiqué la « désignation du véhicule » (une Simca Violette) et la « désignation du propriétaire » (un certain Régis Hussain). Le numéro suivant était le 257. En face, il était écrit : « Peugeot 403 ». On y était ! L'heure de vérité ! Son propriétaire s'appelait... Il s'appelait...
Roulements de tambour.

« Paul Sammer ».

C'est le nom qui était écrit. Paul Sammer. Voilà. Il s'agissait bien de Paul ! C'était lui, l'homme à la Peugeot 403 blanche ! L'homme que Marcelle avait aimé pendant presque dix ans, dans les années 60. L'homme qu'elle avait par la suite rageusement découpé sur les photos de Biarritz. Paul Sammer ! Victoire ! Yippee ! Owl owl owl !

Nous étions finalement parvenus à l'identifier, le bougre. À partir de la plaque de sa Peugeot. *À partir d'une photo montrant incidemment l'avant d'une Peugeot 403 de couleur blanche.* Cela dans la vraie vie ! Pas dans un polar ou dans *Les Experts : Miami*. Non non non ! La réalité était fantastique.

Même si j'étais un peu déçu. S'il s'agissait de Paul, alors il ne s'agissait pas de quelqu'un d'autre. Il ne s'agissait pas de l'homme (la femme ?) qui avait pris les photos à Biarritz. Le mystère de « la troisième personne » allait demeurer entier. À jamais « l'inconnu de Biarritz » garderait ses secrets. Sa piste s'arrêtait là. Elle s'arrêtait net. Dommage.

En même temps, je n'avais pas retrouvé mon géniteur et n'avais aucune chance de savoir qui il était, même si son existence était avérée. Tout était finalement dans l'ordre.

Paul Sammer, donc.

Dieu qu'il nous avait fait courir celui-là.

Fait *fantasmer*.

Paul « sa mère » ?

Tout est dit.

Je n'en dis pas plus.

99.6

D'après les autres pièces jointes au mail de Wats, Paul Sammer était né le 27 avril 1921 en Alsace, de parents « journaliers » et « protestants ». Il s'était marié une première fois à l'âge de 24 ans, en novembre 1945, à la mairie de Paris 14e, avec une certaine Sylvine Faranor qui était née à Paris 6e et exerçait la profession de « teinturière stoppeuse » (un métier à la fois technique et artistique puisqu'il consistait à réparer les tapis tissés à la main et à la machine, spécialement les tapis d'Orient et des Gobelins, mais aussi à teindre les laines dans des nuances inédites). À ce moment-là, ses parents étaient passés de simples journaliers à « commerçants ». Après avoir convolé quatre ans, le couple avait divorcé le 29 juin 1949. Ce n'est que 28 ans plus tard, à l'âge de 56 ans, que Paul s'était remarié. Le 6 décembre 1977, toujours à Paris 14e, il épousait en secondes noces Catherine Rosardini. Celle-ci était née le 20 août 1919, à Tunis (*à Tunis !*). Sûrement dans une famille de colons italiens. À Tunis, elle s'était mariée une première fois en janvier 1943 avec Albert Bartès, dont elle avait divorcé treize ans plus tard, en juin 1956. Que Paul, sur le tard, se soit remarié avec une femme née à Tunis : cela avait-il un lien avec Anouar Moualhi dont Marcelle venait juste de divorcer lorsqu'elle avait rencontré Paul ? C'était une drôle de coïncidence. Comme un passage de témoin. Du mistigri ?

Catherine Rosardini décéda le 16 octobre 1999, à Neuilly-sur-Seine ; Sylvine Faranor, elle, le 30 novembre 2012, dans la Creuse. Ces deux femmes ont existé. Elles ont vécu, aimé, souffert, etc.

Bien avant, le 21 novembre 1990, Paul s'était éteint à l'âge de 69 ans, à la clinique d'Orgemont à Argenteuil

(Val d'Oise). Six ans seulement après Marcelle, donc. Il logeait alors rue Bénard, dans le 14e. Catherine Rosardini, avec qui il était toujours marié, devint sa veuve. Alla-t-il aux obsèques de son ancienne maîtresse ? Que pensa-t-il de sa mort et des circonstances d'icelle, s'il fut au courant ? Quels souvenirs gardait-il d'elle ? Qu'aurait-il pu dire sur Marcelle, même s'il s'agissait de Florence ? Je ne le saurais hélas jamais. C'était à prévoir, alors que son témoignage aurait assurément été crucial.

99·7

Paul acquit la Peugeot 403 blanche le 11 juin 1958. Elle était neuve car jamais immatriculée auparavant. Le destin de cette voiture évolua le 4 août 1964 : d'après le registre de la PP, elle fut, à cette date, immatriculée dans le département de la Saône et Loire, au nom de « Darl'Mart » (une société ?), avec la plaque « 226 JW 71 ». Pourtant, sur la photo où, dans les bois, Marcelle pose avec un petit lapin serré contre sa poitrine – photo qu'elle-même data de l'année 1969 et, de fait, elle apparaît plus vieille de cinq ans par rapport aux photos de Biarritz prises en 1964 –, on aperçoit une Peugeot 403 blanche avec la plaque… 257 HD 75 ! Par quel prodige si la Peugeot se trouvait maintenant du côté de Mâcon avec de nouvelles plaques ? Paul s'acheta-t-il une nouvelle 403 en tout point identique, conservant sa carte grise ? Voilà qui dirait tout à coup quelque chose de l'homme qu'il était. Quelque chose de ses inquiétudes. D'une volonté de changement pour que rien ne change, surtout pas. D'une fixation. Avait-il un *truc* avec les Peugeot 403, qui plus est d'un blanc immaculé, d'une blancheur virginale ? Un truc bizarre, sentimental, romantique, obsessionnel, libidinal ? Il ne serait pas le premier à fétichiser son automobile. À être marié avec sa bagnole après avoir transféré sur elle de puissants affects, sublimé certains manques. Il est vrai qu'il aimait photographier Marcelle à côté de sa Peugeot. Cela m'apparaît tout à coup, mais il aimait manifestement les embrasser l'une et l'autre du regard, qu'elles posent amoureusement ensemble dans le même cadre, au point que je me pose maintenant la question de savoir s'il prenait en photo Marcelle à côté de sa Peugeot ou sa Peugeot à côté de Marcelle. Peut-être s'agissait-il de ses deux grandes passions dans la vie, qu'il aimait pareillement posséder et dont il aimait caresser des yeux les formes, la carrosserie, le châssis, pour un maximum de plaisir esthétique, une satisfaction d'homme typiquement moderne, une mise en concurrence sournoise. On croit penser à tout et on oublie la voiture de monsieur. Cela depuis au moins Octave Mirbeau.

99.8

En 1958, au moment où lui fut délivrée la carte grise du véhicule, Paul exerçait à Paris 14e la profession de « gérant », sans autre précision. Il avait alors 37 ans. Quand il avait 24 ans, ainsi qu'on peut le lire sur l'acte de mariage avec Sylvine Faranor, il était « mécanicien ». Sur son acte de décès, en 1990, il est indiqué qu'il était un « ancien ingénieur à la retraite ».

Ainsi Paul avait-il le même âge que Marcelle, contrairement à ce que la photo de *Paris Match* m'avait suggéré. Il n'était pas son « sugar daddy ». Pas du tout. Je me suis raconté des histoires. De toute évidence, Marcelle (Florence ?) aimait les hommes de son âge, voire un peu plus jeune. En aucun cas elle ne se cherchait un père. Le sien lui suffisait. Il avait suffisamment tenu son rôle. De toute évidence.

Ainsi Paul était-il un homme divorcé lorsque lui et Marcelle se fréquentèrent dans les années 60. À Biarritz, à Dieppe aussi, il était célibataire et, semble-t-il, guère pressé de se remarier. Il était libre comme l'air et cela lui convenait très bien. Ce pourquoi Marcelle supporta encore moins leur rupture ? Car s'il la quitta, ce ne fut pas pour retourner auprès de son épouse.

Parce qu'il en avait soupé de ~~Marcelle~~ Florence, alors ?
Parce qu'il refusa de lui passer la bague au doigt ?
Parce qu'une autre, plus jeune, plus fraîche, moins *chiante* ?
Parce qu'il lui préférait sa fichue 403 blanche ?
L'avait remplacée par une femme en tout point semblable, de la même marque et de la même couleur, mais neuve ?

Moi qui étais persuadé qu'il s'agissait d'une liaison extraconjugale.

Je me suis bien trompé.

Sur ça et sur quoi d'autre ?

ÉPILOGUE

1

Ce n'est pas Bmore qui parle.
Ce n'est pas non plus Penny.
Non, c'est le « client », c'est Grégoire Bouillier qui parle à présent.
Je viens de reprendre la main.
C'est nécessité.
Car je n'ai pas oublié le journal d'agonie de Marcelle Pichon.
Depuis le début, l'idée était de le retrouver.
L'idée était de le lire et, éventuellement, de le publier.
C'était *mon* projet de départ.
Et c'était maintenant ou jamais puisque l'affaire de la rue Championnet était à présent élucidée, Marcelle Pichon ayant dévoilé toutes ses ramifications, son « rhizome ».
Élucider voulant dire ici non pas faire toute la lumière sur le drame de la rue Championnet mais déployer toute l'opacité de son mystère, clarifier les termes mêmes de sa noirceur.

Sauf que.

2

La chose s'est produite le 4 février 2022.

Il était aux environs de 18 heures et je venais de composer sur mon portable le numéro de Samuel O puisqu'il était, d'après le rapport de la Bmore & Investigations, en possession du fameux cahier dans lequel sa grand-mère avait noté au jour le jour, de façon lapidaire et laconique, le détail de son jeûne et de son agonie. Quand bien même c'était Florence, et non Marcelle, qui avait tenu la plume. Quand bien même il s'agissait du journal de l'assassin de Marcelle Pichon, le journal de son *tortionnaire*, cela ne changeait rien à mon idée de départ. Mieux valait d'ailleurs connaître le mode d'emploi avant de le lire. Ce qui était désormais le cas. Mieux vaut toujours savoir qui dit quoi car les mêmes mots (par exemple « vive la liberté ») n'ont pas la même signification selon que c'est un loup ou un agneau qui les prononce.

Samuel O accepterait-il de me faire lire le journal de sa grand-mère ? Au moins me le faire lire ? Malgré tout ? En dépit de ses réticences ? À quelles conditions ? Pouvais-je le convaincre ? Voulait-il de l'argent ? Voulait-il quelque chose en échange ?

Plusieurs jours durant, j'ai reculé le moment qui, je le savais, serait le dernier de toute *mon* histoire de Marcelle Pichon. Mentalement, je n'étais pas prêt. Si je voulais convaincre Samuel O, je devais moi-même être convaincu du bien-fondé de ma démarche. Cela me prit plusieurs jours. Je savais que je n'aurais droit qu'à une seule tentative. Si Samuel O ne voulait pas, s'il tenait définitivement à conserver par-devers lui le journal de sa grand-mère et à le vouer, pour des raisons n'appartenant qu'à lui, au silence et à l'oubli, je n'insisterais pas. Ce serait comme il voulait. Mais je voulais au moins essayer. Je voulais n'avoir aucun regret. Je tenais à demeurer professionnel jusqu'au bout.

C'est finalement le vendredi 4 février 2022, aux alentours de 18 heures, que, la gorge un peu sèche, j'ai pris mon téléphone pour composer le numéro de Samuel O.

Lorsque j'ai subitement suspendu mon geste.
Tout s'est suspendu en moi.
Tout s'est arrêté.
Même ma respiration s'est bloquée.
J'étais debout à ce moment-là, le téléphone à la main et, comme une masse, je me suis laissé tomber sur une chaise.
Nom de Dieu !

NOM DE DIEU !

3

Au commencement de cette histoire, si on se le rappelle, il y avait un souvenir jamais oublié. Un souvenir persistant, qui m'était resté dans un coin de la tête pendant plus de trente-deux années. Souvenir d'une émission de radio entendue je ne savais plus quand ni où, sur quelle fréquence. Souvenir d'une femme qui s'était laissée mourir de faim et, pendant des jours et des semaines, avait noté dans un cahier d'écolier le détail de son agonie, ce dont on s'était aperçu dix mois plus tard, en découvrant chez elle son cadavre momifié. Souvenir d'un escargot n'en finissant pas de dégorger et j'avais vu l'escargot, je l'avais senti dégorger dans ma propre bouche, cette sensation ne m'avait plus quitté, imperceptiblement.

Et voici que, de façon tout à fait inattendue, lors d'un improbable dîner d'anniversaire où j'avais rencontré un certain Thomas qui travaillait à l'INA, rencontre tellement inespérée que, après coup, je m'étais demandé « pourquoi maintenant ? Ce n'était peut-être pas un hasard. *Il y avait peut-être une raison qui m'échappait* », voici, dis-je, que j'avais retrouvé cette émission de radio, j'avais renoué les fils, j'avais découvert que ce souvenir remontait très précisément à l'année 1986 et, la mémoire me revenant, je me souvenais que « j'avais alors 25 ans, bientôt 26, et j'étais malheureux. Mon malheur s'appelait cette fois F (disons F). Après quatre années d'un amour dévorant, elle m'avait quitté sans un mot ni un regard, pour ne plus jamais donner de ses nouvelles, pas la moindre. Un parfait cas de "ghosting", même si le terme n'existait pas encore. À l'époque, cela m'avait rendu fou. Réellement fou. Je dormais dans les rues et j'entendais des voix. Je sais avoir connu à ce moment-là un grave épisode psychotique. Une espèce de crise schizophrénique qui dura quelques mois. Ce fut, dans ma vie, une période compliquée, psychiquement et socialement. Inutile d'entrer dans les détails, surtout que je m'en suis sorti. Rien que de songer au déchet que j'étais à ce moment-là me déprime. Ce n'est définitivement pas la période de ma vie que je préfère. D'ailleurs, je m'en souviens à peine. *Je préfère ne pas.* C'est si loin aujourd'hui. Non, ce qui importe, c'est qu'en 1986, je remontais peu à peu la pente. Financièrement, c'était aussi la misère. Il faudra que je vérifie, mais je crois que j'étais au chômage à ce moment-là. C'était la première fois. Et voici que je suis actuellement au chômage, pour la seconde fois de ma vie, trente-deux ans plus tard. C'est drôle ».

C'est drôle, oui.

C'est même hilarant.

Trente-deux années durant, j'avais gardé le souvenir extrêmement précis d'une inconnue agonisant seule chez elle pendant des jours et des semaines alors que je me souvenais à peine de cette période de ma vie où moi-même agonisais tout seul dans mon coin. *Je préférais ne pas m'en souvenir !*

Et ce qui est encore plus drôle, c'est que pendant toute cette période où j'errais dans les rues en entendant des voix qui me disaient d'aller tout droit, puis de tourner à gauche, puis à droite, et ainsi de suite pendant un temps littéralement fou qui me laissait au bout du compte hagard et perdu dans la ville, je notais dans des carnets tout ce qui me passait par la tête. Je noircissais des carnets entiers, fébrilement, jusqu'au délire, sans discontinuer, sans pouvoir m'en empêcher, comme pris de transes, totalement possédé, m'accrochant à mes carnets comme on s'accroche à la vie, parce que je n'avais qu'eux à quoi m'accrocher à ce moment-là dans mon existence. Je n'avais qu'eux pour tenter d'épuiser la folie elle-même, désespérant de la prendre de vitesse sur la page sans voir que c'était plutôt moi qui courais après elle. Ainsi pendant des mois. À me vider de toute mon encre, à me vider à gros bouillons comme on vide un cochon pendu la tête en bas à un croc, ou comme un escargot dégorge dans le sel de sa propre vie, dans l'espoir d'étancher dans des blocs de correspondance petit format achetés (parfois volés) au Prisunic l'hémorragie qui, sans fin, sous forme de mots griffonnés furieusement à la volée, me giclait d'une blessure intérieure dont je ne savais ni l'origine, ni comment la refermer.

Ma folie, je la documentais en direct, exactement comme Marcelle documenta sur le vif son agonie. Sauf que, dans mon cas, ce ne fut pas l'oppresseur qui tenait la plume mais l'opprimé libérant son cri et brisant ses chaînes.

Ma folie, elle ne concernait pas seulement le « ghosting » de F mais tout ce qui, depuis ma naissance et les silences l'entourant, sans oublier l'époque la contenant, les fameuses années 80 de sinistre mémoire dans mon cas, n'allait pas chez moi et m'explosait soudain en plein visage, se déversait à jets continus, comme une vanne ouverte, un égout déflagrant brutalement toute la merde qu'il contient.

Mais les crises avaient fini par s'espacer. Comme tombe le vent qui, l'instant d'avant, soufflait la tempête dans mon crâne, j'avais recouvré, du moins extérieurement, un semblant de raison, si bien que, peu à peu, j'avais remonté la pente. La Providence était intervenue sous la forme d'un deux-pièces tout pourri situé rue Saint-Lazare, qu'une jeune fille rencontrée un soir me sous-loua de manière totalement mythologique (elle partait pour six mois à l'étranger et, dans mes carnets, je l'appelais Nausicaa, car j'étais alors un « inédit d'Ulysse », ce naufragé échoué et couvert de sel dont la fureur d'un dieu avait brisé tous les navires). À l'époque, comme je l'ai déjà dit, le nom de cette rue Saint-Lazare m'était apparu singulièrement propice. Dans ces moments où la détresse se transforme en pure euphorie, en oiseau bleu prenant toute la place, je ne craignais pas de convoquer les plus grands mythes, façon mégalomane, j'allais dire mélomane, d'exprimer l'émiettement vers l'infime et le néant de mon être en perdition. Je n'en continuais pas moins de couvrir fiévreusement des carnets entiers, faisant chaque jour en direct le compte rendu des événements qui m'arrivaient. Événements extraordinaires, événements faramineux et de la plus haute importance, du style : « mercredi 30 avril. 16 h 02 : trouvé par terre une épingle à cheveux à l'angle de la rue Bleue et de la rue Papillon ».

Je le sais parce que.

Je sais que, partout, tout le temps, j'étais à l'affût de signes susceptibles d'organiser le chaos et de donner un sens et une forme à la douleur universelle dont j'étais la proie, ce dont l'enquête de la Bmore & Investigations témoigne ô combien, et ma vie de même, en sourdine cependant, désormais.

Voilà pourquoi je me suis écrié : « Nom de Dieu ! »

Il y avait bien « une raison qui m'échappait ».

À aucun moment je n'avais fait le lien entre le journal d'agonie d'une femme disparue dix mois plus tôt et mes carnets de folie consécutifs à la disparition de F survenue pareillement quelques mois plus tôt.

Lien qui m'est subitement apparu au moment où j'allais appeler Samuel O pour qu'il me laisse lire le journal de sa grand-mère. Au moment où il s'agissait que je trouve les mots pour exprimer et justifier le désir que j'avais de lire ce que Marcelle avait bien pu écrire tandis qu'elle agonisait. Et cela m'avait transpercé : j'avais compris de quelle nature était *mon* désir. J'avais compris ce que je voulais réellement *lire*. J'avais tout compris soudain. Cela m'avait foudroyé sur place, dans un éblouissement écarquillé, comme un rideau se déchire, comme on reçoit un coup sur la tête, comme on ouvre d'un coup les volets et le soleil entre à flots.

J'imagine que me retrouver au chômage exactement comme en 1986 a pu jouer le rôle d'élément déclencheur.

Je me dis que, comme par hasard, j'atteins aujourd'hui à peu près l'âge qu'avait Marcelle Pichon lorsqu'elle décida de s'enfermer chez elle pour n'en plus jamais sortir. Comme s'il avait fallu tout ce temps-là, plus de trois décennies tout de même, pour revenir à moi, oser affronter mon passé, savoir de quoi et de qui l'être que je suis aujourd'hui était l'héritier.

Je me dis que ma détestation des années 80 vient de mon histoire de F (mais pas seulement).

Je me dis que je connais maintenant les réponses aux questions que je me posais page 1113, alors que je m'interrogeais sur les raisons avouables et inavouables que j'avais d'enquêter sur Marcelle Pichon : « Quoi derrière mes alibis ? Quelles anguilles grouillant sous roche ? Quel *inconscient* ? »

Je me dis que, depuis le début, le journal d'agonie de Marcelle fut un test de Rorschach attendant que j'y reconnaisse enfin le fou que j'avais été.

Voilà pourquoi l'histoire de Marcelle Pichon m'était restée en mémoire. Pourquoi ce fait divers avait « cogné à ma vitre » et pas un autre. D'autant qu'il m'était parvenu par la mirifique voie des ondes, comme une voix de plus dans mon crâne, un ordre m'étant intérieurement intimé et me soufflant directement dans l'étrier de l'oreille, par conduction osseuse, une voix d'Irène Omélianenko si proche de celle de F.

Ce fait divers, il était aussi le mien. La disparition de cette femme, je l'éprouvais à l'époque dans ma chair. Sa solitude au milieu de la foule, je la vivais moi-même au quotidien. Sa mort par inanition, elle me parlait de mes propres privations. Son escargot dégorgeant, il dégorgeait dans ma bouche. Son journal d'agonie, j'avais le même.

Le souvenir de cette émission de radio, il était un souvenir-écran !

Voilà.

Il était un souvenir que je m'étais fabriqué pour en dissimuler un autre. Parce que, confrontée à un événement traumatique, il arrive que la mémoire transfère la charge émotionnelle sur une scène à la fois éloignée et anodine, quoique liée de façon indicible. On se souvient alors de ce qu'on n'a pas vécu et on s'en souvient très bien. Dans ce genre de situation, c'est le seul moyen de garder en mémoire ce qui a été refoulé, sans avoir à s'y confronter.

La caractéristique des souvenirs-écrans, c'est leur « netteté », paraît-il. On se rappelle avec une extrême précision un détail en particulier car il est comme la clé qui code le chiffre de la mémoire. Un simple mot peut suffire. Un mot comme le mot escargot.

Dans escargot il y a cage et sort.

Dans quel passé fouille exactement un archéologue ? Quel ciel scrute réellement un astronome ? Quel infiniment petit met personnellement au défi un astrophysicien ? Qu'est-ce qui fait humainement avancer la science ? Qui a dit que l'art et la science sont ce que l'homme a trouvé de mieux pour résoudre ses propres conflits ?

Hier, j'ai entendu le président de la Société française d'astronomie et d'astrophysique expliquer à la radio que son grand sujet d'étude, celui qui le mobilise depuis des années, est de « comprendre comment meurent les étoiles qui sont en couple ». Tiens donc. Pourquoi les étoiles qui sont en couple et seulement elles ? De quelle mort, de quel couple parlait-il exactement ? Était-il divorcé ? J'ai alors songé que, sur les décombres sublimés de mon couple avec F, j'aurais pu devenir un grand scientifique. J'aurais pu devenir un astrophysicien hyper impliqué dans ses recherches, avec tout un laboratoire à sa disposition et plein de financements pour surmonter mon histoire de F. Mon malheur, alors, eût été utile aux progrès de la connaissance. Au lieu de quoi, je me suis mis à errer dans les rues en entendant des voix.

Je ne l'ai pas fait exprès (je le jure !), mais l'exergue du tout premier chapitre énonçait d'emblée le programme en citant une phrase dont, à ce moment-là (je le jure !), je ne mesurais pas la véritable portée : « On commence à s'intéresser à une chose quand elle est perdue. » Comme si mon inconscient (ce conspirateur-né !) savait tout depuis le début, cette phrase de l'auteur britannique Darian Leader était tirée de son livre intitulé *Ce que l'art nous empêche de voir*. Non ce que l'art permet de voir, comme on le croit ordinairement, mais ce qu'il empêche de voir ! Car voilà bien ce que fait l'art : déplacer dans le champ socialisé de la culture des émotions trop sauvages pour être exprimées et transmises directement. Ce n'est pas Masahiko Shimada qui dira le contraire. Non plus l'art qu'on dit brut. Ni *La Joconde* : après son vol au musée du Louvre le 31 août 1911, des milliers de gens se précipitèrent pour contempler la place laissée vide sur le mur du salon Carré. Ils venaient voir le chef-d'œuvre de Léonard de Vinci précisément parce qu'il n'était plus là ! Certains prenaient même fébrilement des notes. Dans l'espace désormais vacant qu'occupait *La Joconde* sur le mur comme dans les esprits, il semblait que les mots affluaient soudain. Il semblait qu'on pouvait tout à coup voir et penser plein de choses. Cette enquête sur Marcelle Pichon, elle m'a pareillement empêché de voir de quoi elle était la véritable quête, avant de m'y ramener à la toute fin, l'écran du souvenir se déchirant une fois l'œuvre accomplie et seulement à ce moment-là, me dévoilant enfin le contenu latent qu'il dissimulait. Mais il fallait aller au bout de Marcelle Pichon pour découvrir de quoi mon souvenir était l'oubli. Pour résoudre cette ultime énigme à l'origine de toutes les autres : pourquoi, moi, Grégoire Bouillier, avais focalisé sur ce fait divers au point de me le rappeler avec précision pendant trente-deux années et lui consacrer aujourd'hui un livre de 1271 pages ? Quel lien m'attachait à cette histoire de mort et de solitude ? Au suicide d'une femme s'étant condamnée à d'atroces souffrances en marge de la société ? Je le sais à présent. Je le sais enfin ! On oublie toujours de demander aux gens pourquoi ils s'intéressent à une chose (ou même à une personne) en particulier. Il est vrai que, neuf fois sur dix, ils répondent que leur intérêt tient à la chose elle-même. Parce qu'elle est, en elle-même, intéressante, à cause de ceci ou de cela qui lui appartient, disent-ils. Alors que ce n'est qu'une partie de la vérité. Au vrai, c'est d'abord nous qui suscitons la chose. Nous qui *l'inventons* et, dans ses plis, y cachons un trésor qui est le nôtre. Ainsi notre intérêt pour une chose (ou une personne) en fait-il partie. Elle en est même le cœur, le mystère, la raison d'être. Et c'est ce cœur que nous cherchons à travers elle. C'est ce cœur qu'il faut mettre à nu, faute de quoi l'histoire n'est pas complète. Elle demeure superficielle. Elle reste une fiction.

C'est ce cœur-là qui ne cède pas.

Je comprends aussi – je le comprends seulement maintenant – pourquoi j'ai tellement voulu contextualiser l'histoire de Marcelle Pichon. Et pourquoi, à intervalles plus ou moins réguliers, j'ai si longtemps cherché à retrouver ce fait divers, songeant à Marcelle Pichon « comme à un ami d'enfance perdu de vue depuis très longtemps dont on se demande ce qu'il a bien pu devenir ». Car cet ami d'enfance, c'était moi en 1986. C'était le fou que j'étais à l'époque. Qu'était-il devenu ? Où va la folie lorsqu'elle recouvre la raison ? Que devient la nuit lorsque le jour se lève ? *Comment perd-on la tête ?* Sans me les formuler clairement, je me posais toutes ces questions à intervalles plus ou moins réguliers, comme un leitmotiv entêtant, comme quelque chose cherchant à me faire signe, *un crime non élucidé*. Quelque chose ou plutôt quelqu'un. Parce que c'était mon petit bougnoule qui me faisait signe. Bien sûr que c'était lui le fou, lui la recluse, lui qui n'avait pas de nom, lui l'enfermé vivant, le camisolé de force, l'être en parfaite souffrance, l'oiseau tout bleu. Lui qui crevait de faim à force d'être privé de tout : nourriture, affection, lumière. Lui qui me faisait signe de loin en loin et se rappelait à mon bon souvenir à intervalles plus ou moins réguliers, preuve qu'il était toujours là. Voulait attirer mon attention. Voulait que je reconnaisse enfin son existence. Et c'est bien à cela que m'a conduit Marcelle Pichon. À reconnaître cette part de mon être occultée depuis toujours. Cette moitié maghrébine dont personne n'avait jamais voulu entendre parler, pas même moi. Alors qu'elle était, sinon la meilleure part, du moins la part innocente de mon être transformée en part coupable de mon être. La part la plus vive, dans tous les cas. La plus irréductible. Ma part maudite. Ce dont Marcelle Pichon m'a fait prendre conscience. Je sais aujourd'hui que je suis bien à moitié kabyle. Un test ADN en fait foi. Je n'ai plus à cacher mon petit bougnoule. J'ai reconnu officiellement son existence et j'ai reconnu moi-même son existence, comme un coming out génétique, la pièce centrale qui manquait à mon puzzle, à 60 ans passés, il était temps.

Même l'homme à l'anorak vert errant dans les rues et tenant des propos hirsutes contre les « familles de

France » : je vois maintenant d'où il vient. Même si, à l'époque, j'étais plutôt vêtu d'un vieux caban de marin.

Même le locataire chimérique je le connais. Je ne connais même que lui.

4

Il se trouve que j'ai gardé mes carnets de folie.

Depuis près de quarante ans, ils dorment dans quatre cartons rangés au fond d'une penderie qui sert de débarras.

Je ne les ai jamais jetés !

Sauf un, une fois, il y a environ quinze ans, pour me prouver que j'étais capable de le faire, que cette période de ma vie était définitivement derrière moi. J'avais besoin de me prouver que j'étais passé à autre chose. Que je n'étais plus fou. Je ne regrette pas d'avoir commis ce sacrilège car ce geste pieusement symbolique fut nécessaire à l'époque ; mais je regrette la perte des dizaines de carnets que contenait ce carton.

Depuis près de quarante ans, je n'ai pas une seule fois ouvert ces cartons, jamais lu le moindre de mes carnets de folie. Je ne voulais rien avoir à faire avec eux. Strictement rien ! Comme une angoisse de ce qu'ils pouvaient contenir. La peur de réveiller le fou peut-être. De déterrer un fantôme. Toute cette douleur enfouie. Je ne me sentais pas assez costaud.

Surtout qu'il y avait énormément de carnets. Au bas mot cent cinquante. Des blocs sténo de cinquante pages, des blocs de correspondance de marque Country ou La Couronne, ces derniers avec une belle couverture dorée.

Il y avait aussi des liasses de feuilles volantes. En tout, cela faisait des milliers et des milliers de feuillets couverts d'une écriture échevelée, une écriture – comment dire ? Il faudrait que je la fasse analyser par Serge Lascar.

Mais Marcelle Pichon était passée par là.

Son journal d'agonie, je l'avais finalement chez moi depuis le début !
Je l'avais quasiment sous les yeux.
Je n'avais qu'un geste à faire pour le retrouver et en prendre connaissance.
Pour le *lire* !
Découvrir ce qu'il m'empêchait de voir, tout en maintenant vivace cette envie.
Cela ne tenait qu'à moi.

Il me suffisait d'ouvrir ma penderie et d'aller chercher tout au fond les quatre cartons empilés dans le noir et dormant là depuis des décennies, attendant que je les sorte de l'oubli, les retourne lentement vers la lumière. Attendant que je sois assez fort pour les affronter.

Il y a bel et bien des cadavres dans nos placards : ce n'est pas une simple image.

Que contenaient ces carnets ?

Il était temps de le découvrir.
Il aura fallu tout ce détour par Marcelle Pichon pour oser faire les dix pas me séparant d'eux.
Telle est ma dette envers elle.

Je suis allé sortir les quatre cartons de la penderie.
J'ai ouvert un carton.
J'ai pris le premier carnet qui me tombait sous la main.
J'ai lu une page au hasard.

Suis tombé sur celle où il était écrit à l'encre violette : « mercredi 30 avril. 16 h 02 : trouvé par terre une épingle à cheveux à l'angle de la rue Bleue et de la rue Papillon ».
Juste en dessous, cette phrase : « La boussole n'indique pas le Nord car c'est la boussole qui est le Nord. »

Cela commençait bien.

J'ai lu le feuillet jusqu'au bout, puis le suivant, puis le suivant.

Je tremblais.

Je souriais.

L'auteur tient à remercier chaleureusement nombre de personnes pour l'aide précieuse, patiente et si souvent pertinente qu'elles lui ont apportée. Aux premiers rangs desquels, dans l'ordre alphabétique : Thomas Arbez (et les équipes d'INA Mediapro) ; les Archives de Paris (en particulier Lydie Vaillant et Boris Dubouis) ; François Ferval-Chanut et Jacqueline Reverdy de l'Association des amis de la radiesthésie ; Béatrice Audry ; Samuel B. et Pénélope R. (mention très spéciale !) ; Charlotte Bibring ; Bernard Bouillier ; Suzanne Bouillier ; Claude Brouet ; Pierre Cabon ; Fabrice Caro (ô combien !) ; Olivier Chaudenson ; Dom Coullet (☺) ; Letizia « Wats » Dannery (ah oui !) ; Thierry Depambour ; Patricia Dollé ; Henri Dropsy du Cercle généalogique des cheminots ; Patricia Duez ; Mathilde Durand ; Pascal Franck ; Anne Gaillard ; Quitterie Gausserès ; Inès Gautier (gardienne de la Loi) ; Pierre-Marie Giraud ; Valérie Guillaume, conservatrice en chef du patrimoine et directrice du musée Carnavalet ; Romain Hermet et les résidents du 183 rue Championnet ; Philippe Jaenada (la classe !) ; Maud Kristen ; Sophie Kurkdjian de la Fédération de la haute couture ; Serge Lascar ; Nathalie Le Damany ; Abder L'Mehdi (*shukran !*) ; Loïc Chaslin (the Photographer !) ; Catherine Lottier ; Dominique Manotti ; Jean-Baptiste de Lescure ; Janine Maréchalle ; Claire Marin ; Valérie Mazerolle ; Luc Mathieu (deux fois !) ; José-Anne Micha ; M. Mieulle ; Jürgen « Yorn » Michaelsen ; le musée des Arts décoratifs et, au premier chef, Emmanuelle Beuvin ; Pascale Nivelle ; le palais Galliera-Musée de la mode et, définitivement, Nathalie Gourseau, Alexandre Samson, Sylvie Lécallier et Sophie Grossiord ; Amélie Pascal (si précieuse) ; Alix Penent (sans qui...) ; Sophie-Aude Picon ; Emma Picard Lachacinski et le service juridique de Flammarion ; Victoire Le Mat ; Agnès Poirier-Keigwin ; Colette Poix ; Philippe Provensal ; Vincent Reignier ; Aude Roelly, ainsi que Frédérick Bey et Nathalie Minart, de la Préfecture de police de Paris/Service de la mémoire et des affaires culturelles (SMAC) ; Jean-Michel Sabatier (maître graphiste !) ; Tatiana Seniavine ; Djanet Serir ; Dounia Sichov (et ses dons médiumniques) ; la Société française de graphologie ; Sophia du site Skover1 ; Florent Souillot (monsieur Internet) ; Tim Berners-Lee (pour avoir inventé le Web) et Alexander Graham Bell (pour l'invention du téléphone) ; Manuelle von Strachwitz ; Marie Trang ; Elizabeth Teissier ; Simon Vaillant du Centre d'archives d'architecture du XXe siècle ; Vanessa Vallet ; Matthieu Villiers ; James Watson et Francis Crick (pour leur découverte de la structure de l'ADN) ; et, *last but not least*, l'oiseau bleu et le petit bougnoule.

Pour aller plus loin : lecoeurnecedepas.com

Contact Penny et Bmore : bmore.et.investigations@gmail.com

COPYRIGHTS

Presse écrite

p. 61-63 : « Seule à en mourir », article paru dans *Le Monde* le 27 août 1985 à la rubrique « Faits divers »
p. 94 : extraits de l'article « L'indifférence et la misère ont tué la vieille dame », publié par *L'Humanité* le 26 août 1985
p. 90-92 : extraits de l'article « Marcelle a tenu 45 jours son journal de mort » par Pascale Nivelle, publié par *Libération* le 26 août 1985
p. 87 et 495 : extraits de l'article de « Marcelle, assassinée à Paris dans l'indifférence », publié par *Le Journal du dimanche* le 25 août 1985
p. 87 et 115 : extraits de l'article « Abandonnée de tous, elle se laisse mourir et raconte son agonie », par Jean-Michel Brigouleix, publié par *France Soir* le 24 août 1985
p. 121-122 : extraits de l'entretien avec Anne Gaillard publié dans *Le Parisien libéré* le samedi 24 août 1985

Archives INA

p. 105 : extraits de l'édition de midi du journal télévisé d'Antenne 2 présenté par Noël Mamère du 24 août 1985
p. 107-108 : extraits du journal télévisé de 20 heures d'Antenne 2 présenté par Daniel Bilalian du 24 août 1985
p. 108 : extraits de l'émission *Au nom de l'amour* animée par Pierre Bellemare, diffusée sur FR3 le 3 janvier 1986

p. 243 : extrait du documentaire d'Anne Gaillard, *Compartiment divorces*, diffusé sur France 3 le 27 janvier 1984

Archives RTL

p. 101-104 : extraits du journal de 13 heures du 24 août 1985, entretien d'Henri Marque avec le Pr Henri Baruk, puis avec le cinéaste Henri Verneuil

Livres

p. 658-671 : Piéral, *Vu d'en bas*, Robert Laffont, collection « Vécu », 1976
p. 717-728 : Masahiko Shimada, *Les Carnets de la momie*, Éditions Caractères, 978-2-85446-495-5, 2012
p. 587-589 : *Le Corps noir*, Dominique Manotti, Éditions du Seuil, 2004
p. 1209-1219 : Oscar Wilde, *Le Portrait de Dorian Gray* (*The Picture of Dorian Gray*, 1891), trad. Edmond Jaloux et Félix Frapereau, Stock, 1924

Photo

p. 1155 : Collection privée

13946

Composition
NORD COMPO

Achevé d'imprimer à Barcelone
par CPI Black Print
11 septembre 2023

Dépôt légal : septembre 2023
EAN 9782290388396
OTP L21EPLN003492-557108

ÉDITIONS J'AI LU
82, rue Saint-Lazare, 75009 Paris

Diffusion France et étranger : Flammarion